Zu diesem Buch

Ein junger Dichter enthüllt in der Darstellung seiner Vaterstadt und ihrer Menschen eine Welt lastender Enge, wuchernder Lebensgier und skrupelloser Erwerbssucht, aber auch die ganze Weite Amerikas und den weiten Strom amerikanischen Lebens.

Thomas Wolfe wurde am 3. Oktober 1900 in Asheville, einer kleinen Gebirgsstadt North Carolinas im Süden der USA, geboren. Er starb knapp 38 Jahre alt am 15. September 1938 in Baltimore / USA. Diese kurze, von unersättlichem Schaffensdrang erfüllte Lebensspanne genügte, um ihm einen bleibenden Namen in der modernen Weltliteratur zu schaffen. Wolfe fand nach harter Jugend den Weg zum Studium. Nach Versuchen als Dramatiker («Willkommen in Altamont!», «Herrenhaus») gab er die Laufbahn als Lehrer bald auf, um an seinem Romanwerk zu arbeiten, das breit ausladend die Geschichte einer Sippe schildern sollte. 1929 erschien der erste Band, «Schau heimwärts, Engel» (rororo Nr. 5819). Das Werk machte seinen Dichter über Nacht berühmt. Sinclair Lewis feierte es in seiner Nobelpreisrede als «eine kolossale Schöpfung von tiefer Lebenslust». Hermann Hesse sah in ihm «die stärkste Dichtung aus dem heutigen Amerika». 1935 erschien der zweibändige Roman «Von Zeit und Strom». Kurz vor seinem Tod schloß Wolfe den Roman «Geweb und Fels» (1939) ab, mit dem er den großen Romanzyklus unterbrach. Auch der nachgelassene Roman «Es führt kein Weg zurück» steht für sich. Mit dieser reifsten Dichtung tritt der große Epiker prophetisch als Richter seiner Zeit auf. Besuche Deutschlands, die er in den Jahren 1935 und 1936 unternahm, finden hier ihren erschütternden Niederschlag und werden zum Anlaß einer Vision zivilisatorischen Niedergangs. Wolfes genialisch-bruchstückhafte Erzählungen sind in «Gesammelte Erzählungen» vereint. Diese Sammlung nachgelassener Prosa enthält neben Meisterstücken auch solche von höchstem biographischen Interesse. Wolfe war eine dynamische, unter ständigem schöpferischem Zwang stehende Natur. In der höchsten Intensivierung epischen Geschehens, in der Bildhaftigkeit und Kühnheit des Worts und in der Offenheit seiner Skepsis dem modernen Menschen gegenüber ist er ohne Beispiel. Über seine Arbeitsweise gab der Dichter in «Uns bleibt die Erde» einen ausführlichen Rechenschaftsbericht. Eine umfassende Briefsammlung, herausgegeben von der ihm vertrauten Freundin Elizabeth Nowell, die das ganze Leben des Dichters widerspiegelt, erschien 1961 im Rowohlt Verlag.

In «rowohlts monographien» erschien als Band 46 eine Darstellung Thomas Wolfes mit Selbstzeugnissen und Bilddokumenten von Herbert Joseph Muller, die eine ausführliche Bibliographie enthält.

Thomas Wolfe

Es führt kein Weg zurück

Roman

Deutsch von
Susanna Rademacher

Rowohlt

Übertragen nach der 1940 bei Harper & Brothers, New York,
unter dem Titel «You Can't Go Home Again»
erschienenen Originalausgabe
Umschlagentwurf Werner Rebhuhn
(Foto: Thomas Wolfe 1935 auf dem Kurfürstendamm
in Berlin / Ullstein Bilderdienst)

16.–18. Tausend Dezember 1988

Veröffentlicht im Rowohlt Taschenbuch Verlag GmbH,
Reinbek bei Hamburg, Mai 1981
Copyright by Rowohlt Verlag GmbH, Hamburg, 1950
«You Can't Go Home Again» © Paul Gitlin, Administrator C. T. A., 1968
Satz Bembo (Linotron 404)
Gesamtherstellung Clausen & Bosse, Leck
Printed in Germany
1480-ISBN 3 499 14753 x

Da erstand vor ihm ein Bild vom ganzen Leben des Menschen auf Erden, und ihm schien das Menschenleben nichts zu sein, nur ein winziges Entbrennen, ein kurzes Aufflackern in grenzenlos-schreckensvoller Finsternis; und alle Größe, alle tragische Würde des Menschen und sein heldischer Ruhm rührten daher, daß dieses Aufflammen so kurz und einzig war. Er wußte: sein Leben war gering und würde wieder verlöschen, und übrig bleiben würde nur die unermeßliche, ewige Finsternis. Und er wußte: mit Hohn auf den Lippen würde er sterben, und mit dem letzten Schlag seines Herzens würde seine trotzige Absage hineintönen in die alles verschlingende Nacht.

Erstes Buch

Die Heimkehr

Der trunkene Bettler zu Pferde

Es war im Jahre des Herrn 1929, gegen Ende April, in der Dämmerstunde eines lauen Frühlingstages. George Webber lehnte an der Fensterbank seines Hoffensters und sah hinunter auf das Stück New York, das er überblicken konnte: auf die getürmte Masse des neuen Krankenhauses am Ende des Blocks, dessen obere Stockwerke terrassenförmig zurücksprangen und in lachsfarbenem Abendlicht verschwebten. Auf dieser Seite des Krankenhauses, einem niedrigeren Anbau ihm direkt gegenüber, wohnten die Krankenhausschwestern und die Dienstmädchen. Der übrige Block bestand aus einem halben Dutzend alter Backsteinhäuser, die sich in dichtgedrängter Reihe schwächlich aneinander lehnten und ihm die Rückseite zuwandten.

Eine seltsame Ruhe lag in der Luft. Der Lärm der Stadt drang hier herauf nur als fernes, gedämpftes Summen, so pausenlos, als gehörte es zu der Stille. Plötzlich drang durch die offenen Fenster des Vorderhauses das heisere Dröhnen eines Lastwagens, der auf der Laderampe des Lagerhauses drüben anfuhr. Dröhnend lief der schwere Motor an, kreischend wurden die Gänge geschaltet, und dann fühlte George, wie das alte Haus unter ihm erbebte, während der Lastwagen in die Straße einbog und davondonnerte. Das Dröhnen wurde schwächer und schwächer, ging dann in das allgemeine Gesumme ein, und alles war wieder so still wie zuvor.

George lehnte an seinem Hoffenster und sah hinaus, und ein namenloses Glück wallte in ihm auf; er grölte hinüber zu den Dienstmädchen im Krankenhaus, die wie gewöhnlich ihre Fähnchen und ihre zwei Paar Schlüpfer bügelten. Er hörte gedämpft das Johlen von Kindern, die weiter weg auf der Straße spielten, und vernahm ganz nahe die leisen Stimmen der Leute in den Häusern. Er beobachtete, wie im Abendlicht die kühlen, steilen Schatten auf den kleinen Hofflächen wuchsen; jedes kleine Bodenfleckchen hatte da sein eigenes, persönliches Gesicht und gab Aufschluß über seinen Besit-

zer: ein Stückchen Land, auf dem eine hübsche Frau Blumen ange-
pflanzt hatte und nun mit einem großen Strohhut und Zwirnhandschuhen stundenlang ernsthaft arbeitete; ein kleines, frischgesätes
Rasenstück, das allabendlich feierlich von einem rotgesichtigen,
kahlköpfigen Mann begossen wurde; eine kleine Bude, Laube oder
Werkstatt, in der vielleicht ein Angestellter in seiner Freizeit bastel-
te; oder ein lustig gestrichener Tisch, ein paar leichte Gartenstühle,
darüber ein buntgestreifter Gartenschirm, und ein gutaussehendes
Mädchen, das den Mantel umgehängt und etwas zum Trinken neben sich, den ganzen Nachmittag lesend dort gesessen hatte.

Beim Zauber des still dahinschwindenden Tages und der duftenden Aprilluft meinte George, alle diese Leute zu kennen. Er liebte
dieses alte Haus in der 12th Street mit seinen roten Backsteinmauern und seinen großzügig hohen und geräumigen Zimmern, er
liebte das Knacken der alten nachgedunkelten Balken und Dielen; in
der Verzauberung dieses Augenblicks schien es von einer tiefen einsamen Würde beseelt, als wäre es reicher geworden durch all die
Menschenwesen, die in den neunzig Jahres seines Bestehens unter
seinem Dach gehaust hatten. Jeder Gegenstand schien sein eigenes,
seelenvolles Leben zu führen – Wände und Zimmer, Stühle und
Tische, auch das feuchte Badetuch, das von der Dusche über der
Badewanne herunterhing, auch der über einen Stuhl geworfene
Mantel oder die Zeitungen, Manuskripte und Bücher, die in wilder
Unordnung im Zimmer umherlagen.

Die schlichte Freude, wieder mitten unter den altvertrauten Dingen zu sein, hatte zugleich etwas Befremdendes und Unwirkliches.
Wieder, wie schon hundertmal in den letzten Wochen, fühlte
George wie einen scharfen Stich das Erstaunen darüber, daß er
wirklich heimgekehrt war – heimgekehrt nach Amerika, in das Gewimmel der Felsenstadt Manhattan, heimgekehrt zur Liebe; und
am Rande seines Glücks fühlte er sich ein wenig schuldig, wenn er
daran dachte, wie er vor noch nicht einem Jahr in Wut und Verzweiflung ausgezogen war, um dem zu entrinnen, zu dem er nun
zurückgekehrt war.

Mit jenem bitteren Entschluß im Frühling vorigen Jahres hatte er
vor allem der geliebten Frau entfliehen wollen. Esther Jack war viel
älter als er, war verheiratet und lebte mit ihrem Mann und ihrer
erwachsenen Tochter zusammen. Aber ihre Liebe hatte sie George
geschenkt, so inbrünstig und so ausschließlich, daß er sich allmählich wie in einer Falle gefühlt hatte. Davor hatte er fliehen wollen –
davor und vor der beschämenden Erinnerung an ihre wilden Zan-

kereien und vor dem Wahnsinn, den er in sich zur Gewalttätigkeit
anwachsen fühlte, als sie ihn zu halten versuchte. So hatte er sie
schließlich verlassen und war nach Europa geflohen. Er war gegangen, um sie zu vergessen, und er entdeckte nur, daß er sie nicht
vergessen konnte; die ganze Zeit über hatte er nur an sie gedacht.
Ihr frisches, rosiges Gesicht, ihre echte Güte, ihre sichere, unbestechliche Intelligenz und die vielen Stunden, die sie beisammen
gewesen waren – all das tauchte wieder auf und peinigte ihn mit
erneuter Sehnsucht, mit erneutem Verlangen.

So hatte er sich auf der Flucht vor einer ihn unablässig verfolgen-
den Liebe auf die Wanderschaft durch fremde Länder begeben. Er
war durch England, Frankreich und Deutschland gereist, hatte unzählig viele neue Dinge und Menschen gesehen, hatte sich fluchend,
hurend und trinkend durch den ganzen Kontinent gerauft und war
mit eingeschlagenem Schädel, gebrochener Nase und unter Verlust
einiger Zähne einer Prügelei in einem Bierlokal entkommen. Dann
lag er als einsamer Rekonvaleszent in einem Münchener Krankenhaus, lag auf dem Rücken, starrte mit seinem verschandelten Gesicht zur Zimmerdecke und hatte nichts weiter zu tun als nachzudenken. Da endlich hatte er ein bißchen Vernunft angenommen.
Da war der Wahnsinn von ihm gewichen, und zum erstenmal seit
vielen Jahren war er mit sich selbst im reinen gewesen.

Denn er hatte einiges gelernt, was jeder Mensch nur durch sich
selbst lernen kann, und er war so dazu gekommen, wie man eben
dazu kommen muß: durch Irrtümer und Prüfungen, durch Hirngespinste und Illusionen, durch Lüge und durch seine eigene gottver-
dammte Torheit; er hatte sich geirrt, hatte unrecht gehabt und war
ein egoistischer, ehrgeiziger Idiot gewesen, voller Hoffnungen,
Glauben und Wirrsal. Während er im Krankenhaus lag, hatte er sein
ganzes Leben zurückverfolgt und hatte die harten Lehren der Erfahrung Stück für Stück geschluckt. Nun er es einmal begriffen hatte,
lag alles so klar auf der Hand, daß er sich wunderte, warum er das
nicht schon immer gewußt hatte. Alles zusammen ergab gleichsam
einen roten Faden, der weit zurück in die Vergangenheit und vorwärts in die Zukunft führte. Und nun, glaubte er, könnte er vielleicht beginnen, sein Leben nach seinem Willen zu formen, denn
tief innen spürte er so etwas wie einen neuen Ruf; aber wohin der
ihn führen würde, das wußte er nicht.

Was hatte er eigentlich gelernt? Ein Philosoph hätte es gering
geachtet, aber vom einfach menschlichen Standpunkt aus bedeutete
es allerlei. Einfach durch das Dasein, durch die täglich tausendmal
zu treffende Wahl, zu der ihn Erbgut und Umwelt, bewußtes Den-

ken und tiefes Gefühl getrieben hatten, und durch die Konsequenzen, die er tragen mußte, hatte er gelernt, daß man den Pelz nicht waschen kann, ohne ihn naß zu machen. Er hatte gelernt, daß er Sohn und Bruder aller lebenden Menschen war – trotz seines befremdend wuchtigen Körperbaus, der ihn oft auf den Gedanken brachte, daß er ein ganz außergewöhnliches Geschöpf sei. Er hatte gelernt, daß er die Erde nicht verschlingen konnte, daß er seine Grenzen erkennen und innehalten mußte. Er erkannte, daß manche Qual der letzten Jahre einfach die unvermeidliche Selbstquälerei des Heranwachsenden gewesen war. Und das Wichtigste für ihn, der solange Zeit zum Heranwachsen gebraucht hatte, war: er glaubte gelernt zu haben, daß er sich nicht mehr zum Sklaven seiner Gefühle machen durfte.

Er sah nun ein, daß er viel Kummer selbst verschuldet hatte, indem er Hals über Kopf in alles hineinsprang. Gut also – von nun an würde er genau hinsehen, bevor er sprang. Es kam darauf an, daß Vernunft und Gefühl an einem Strange zogen, daß man sich nicht von ihnen nach verschiedenen Seiten zerren und zerreißen ließe. Er wollte versuchen, dem Kopf die Befehlsgewalt zu überlassen, und wollte sehen, was dabei herauskäme; und wenn der Kopf ihm zu springen befahl – dann wollte er herzhaft springen.

Aber nun kam ihm Esther dazwischen, denn zu ihr hatte er wahrhaftig nicht zurückkehren wollen. Sein Kopf hatte gesagt, es sei besser, es beim Ende ihrer Beziehung bewenden zu lassen und nicht wieder von vorn anzufangen. Kaum aber war er in New York angekommen, da sagte ihm sein Herz, er müsse sie anrufen – und er hatte es getan. Sie waren wieder zusammengekommen, und dann kam alles, wie es kommen mußte.

Er war also zu Esther zurückgekehrt – und gerade das hatte er für ganz unmöglich gehalten. Überdies war er sehr glücklich, wieder bei ihr zu sein; das war das Verrückteste. Er hätte also perverserweise unglücklich darüber sein müssen, daß er etwas getan hatte, was die Vernunft ihm verbot. Er war aber nicht unglücklich. Und deswegen fühlte er wohl auch beim letzten Tageslicht des sinkenden Aprilabends, sinnend ans Fensterbrett gelehnt, heimlich einen Wurm im Gewissen nagen, und er grübelte trübsinnig darüber nach, wie weit bei ihm der Weg vom Denken zum Handeln sei.

Er war 28 Jahre alt und klug genug, um zu wissen, daß es manchmal Beweggründe gibt, von denen die Vernunft nichts ahnt, und daß man die Gefühle, die das Leben jahrelang geformt und gefestigt hat, nicht ganz so leicht ablegen kann, wie man einen verbeulten Hut oder ein Paar abgetragene Schuhe wegwirft.

Schließlich war er nicht der erste, der in diesem Dilemma steckte. Hatten nicht sogar die Philosophen derartiges durchgemacht? Natürlich – und dann hatten sie weise Sprüche darüber geschrieben.

«Törichte Logik ist der böse Kobold kleiner Geister», hatte Emerson gesagt.

Und der große Goethe hatte die unausweichliche Wahrheit erkannt, daß die Entwicklung des Menschen nicht geradlinig aufs Ziel losgehe, und hatte die Entwicklung und den Fortschritt der Menschheit mit dem Taumeln eines trunkenen Bettlers zu Pferde verglichen.

Vielleicht war es nicht so wichtig, daß der Bettler trunken war und taumelte, sondern vielmehr, daß er aufs Pferd gestiegen war und, wenn auch schwankend, *irgendwohin ritt*.

Dieser Gedanke tröstete George, und er dachte eine Zeitlang darüber nach; aber der schmale Schatten des Schuldbewußtseins, der seine Zufriedenheit trübte, ließ sich dadurch nicht ganz beseitigen. Womöglich hatte dieses Argument doch einen schwachen Punkt:

Die Inkonsequenz seiner Rückkehr zu Esther – war sie nun klug oder töricht? Mußte der Bettler zu Pferde denn schwanken?

Esther wachte hurtig wie ein Vogel auf, und war sofort hellwach. Sie lag auf dem Rücken und starrte mit weitoffenen Augen die Zimmerdecke an. Sie fühlte: das war ihr Leib und ihr Fleisch, und sie war augenblicklich munter und quicklebendig.

Sogleich dachte sie an George. Ihre Wiedervereinigung war eine lustvolle Neuentdeckung der Liebe gewesen, und alle Dinge wurden damit wieder neu. Sie hatten die Trümmer ihres gemeinsamen Lebens aufgehoben und wieder zusammengesetzt, so stark und schön wie in ihrer besten Zeit vor seiner Abreise. Von seinem Wahnsinn, der sie beide fast zugrunde gerichtet hatte, war nun nichts mehr zu spüren. Er steckte noch voll von nicht vorauszusehenden Launen und verrückten Einbildungen, aber seine alte, düstere Wut, in der er sich wie ein Rasender die Knöchel an der Wand blutig geschlagen hatte, schien spurlos verschwunden zu sein. Seit seiner Rückkehr schien er ruhiger, sicherer und beherrschter, und aus allem, was er tat, sprach der Wunsch, ihr seine Liebe zu zeigen. Sie hatte noch nie ein so vollkommenes Glück erlebt. Wie gut das Leben doch war!

Draußen in der Park Avenue hörte sie schon die Leute auf dem Fußsteig; die Straßen der City füllten sich mit drängenden Massen. Die kleine Uhr auf dem Tisch neben ihrem Bett tickte eifrig den Pulsschlag der Zeit, eilig wie ein Kind, das unentwegt einem eingebildeten Vergnügen nachjagt; irgendwo im Haus schlug langsam, gemessen-feierlich eine Uhr. Die Morgensonne tauchte jeden Gegenstand des Zimmers in ein verschwenderisches Licht, und ihr Herz schlug dem Heute entgegen.

Nora brachte den Kaffee und warme Brötchen, und Esther las die Zeitung. Sie las den Theaterklatsch und die Namen des Ensembles, das für die Herbst-Premiere des neuen deutschen Stücks von der Community Guild engagiert worden war, und sie las, daß man «Miss Esther Jack für den Entwurf der Bühnenbilder gewonnen» hatte. Sie lachte über die Bezeichnung «Miss», und lachte, wenn sie sich *sein* entsetztes Gesicht beim Lesen vorstellte, und dabei fiel ihr seine Miene ein, als damals der kleine Schneider sie für seine Frau hielt; und sie lachte, weil es ihr soviel Spaß machte, sich in der Zeitung gedruckt zu sehen: «Miss Esther Jack, die durch ihr Schaffen in die Reihe unserer ersten modernen Bühnenbildner gerückt ist.»

Glücklich, munter und mit sich selbst zufrieden, steckte sie die Zeitung, zusammen mit ein paar anderen Zeitungsausschnitten, die sie aufbewahrt hatte, in ihre Tasche und nahm sie mit, als sie zu ihrem täglichen Besuch bei George in die 12th Street fuhr. Sie gab sie ihm, setzte sich ihm gegenüber und beobachtete sein Gesicht, während er las. Sie hatte alles behalten, was da über ihre Arbeit stand:

«. . . zart, tiefgründig und verhalten, von abseitig-weher Originalität . . .»

«. . . ihre handfeste, launisch-gewagte Sicherheit ließ meine alten Augen aufleuchten wie nichts sonst in dieser an leerem Stroh so überreichen Theater-Saison . . .»

«. . . die fröhliche Sorglosigkeit ihrer unmanierierten Bühnenbilder, gleichsam hingetupft mit jenem Können, das uns überall in ihrem beseelten Schaffen entgegentritt und für das unser heruntergekommenes Drama manchmal ein recht undankbares Objekt darstellt . . .»

«. . . das köstlich Närrische ihrer possierlichen Bühnenbilder – welche Kobold-List, welcher Spott und – müssen wir das hinzufügen, oder müssen wir uns entschuldigen, so etwas überhaupt zu erwähnen? – welches Können! . . .»

Sie konnte sich kaum das Lachen verbeißen, bei dem verächtlichen Zucken seines Mundes, bei dem höhnischen Ton, mit dem er einzelne Satzfetzen hervorstieß.

«‹Kobold-List!› Das ist ja ganz verflucht entzückend!» sagte er affektiert-prononciert. «‹Ließ meine alten Augen aufleuchten!› Na, so ein ulkiges Hurensöhnchen! . . . ‹Unser heruntergekommenes Drama . . . undankbares Objekt!› Ach, du liebes bißchen! . . . ‹Müs-

12

sen wir das hinzufügen!› Mir wird schlecht, Liebling! Nachbarin! Euer Fläschchen!»

Angewidert warf er die Zeitung auf den Fußboden und sah sie mit Lachfältchen in den Augenwinkeln komisch-streng an.

«Also», sagte er, «krieg ich was zu essen oder muß ich verhungern, während du dich in diesem Unrat sielst?»

Sie konnte sich nicht länger beherrschen und kreischte vor Vergnügen. «Ich bin's nicht gewesen!» japste sie. «Ich hab's ja nicht geschrieben! Kann ich was dafür, wenn sie so was schreiben? Ist's nicht grauenhaft?»

«Jawohl, und du kannst es nicht ausstehn, nicht wahr?» sagte er. «Du schlürfst es ja direkt! Da sitzt sie und schmatzt und lacht sich ins Fäustchen, und was ist mit meinem Hunger, he? Weißt du auch, Weib, daß ich den ganzen Tag noch keinen Bissen gegessen habe? Krieg ich nun was zu essen oder nicht? Willst du nicht vielleicht deine handfeste, launisch-gewagte Sicherheit an einem Steak ausprobieren?»

«Ja», sagte sie. «Möchtest du ein Steak?»

«Willst du meine alten Augen aufleuchten lassen, indem du mir ein Kotelett, garniert mit zarten Zwiebeln, servierst?»

«Ja», sagte sie. «Ja.»

Er kam zu ihr und nahm sie in die Arme, und seine Augen suchten verliebt und hungrig die ihren. «Wirst du mir etwas Zartes, Tiefgründiges und Verhaltenes anbieten?»

«Ja», sagte sie. «Alles, was du willst, tu ich für dich.»

«Warum tust du's für mich?» fragte er.

Das war ein Ritus, den beide genau kannten, und sie hingen an jeder Frage und an jeder Antwort, weil sie es so rasend gern voneinander hörten.

«Weil ich dich liebe. Weil ich dich füttern und lieben möchte.»

«Wird es auch was Gutes sein?» sagte er.

«Es wird so gut sein, daß man gar nicht sagen kann, wie gut es ist», sagte sie. «Es wird so gut sein, weil ich so gut und so schön bin, und weil ich alles selber besser kann als irgendeine Frau, die dir je begegnen wird, und weil ich dich von ganzem Herzen und von ganzer Seele liebe und ein Stück von dir sein möchte.»

«Wirst du auch diese große Liebe in mein Essen hineinkochen?»

«Du wirst sie bei jedem Bissen schmecken. Ich werde dich so füttern, wie noch kein Mensch dich gefüttert hat. Ein Fleisch gewordenes Wunder wird es sein, und es wird dich fürs ganze Leben besser und reicher machen. Du wirst es nie vergessen. Es wird glorios, es wird triumphal!»

«Das wird ein Essen, wie ich noch nie eins gegessen hab», sagte er.

«Ja», sagte sie. «Das wird es.»

Und das wurde es auch. So etwas hatte die Welt noch nicht gesehen. Es war wieder April geworden.

Sie waren also wieder zusammen. Aber ganz so wie einst war es nicht zwischen ihnen. Schon äußerlich war es anders. Sie lebten nicht mehr in einer Wohnung und führten keinen gemeinsamen Haushalt. Er hatte sich nach seiner Rückkehr vom ersten Tag an rundweg geweigert, wieder in das Haus am Waverly Place zu ziehen, in dem sie früher zusammen gelebt, geliebt und gearbeitet hatten. Statt dessen hatte er die beiden großen Zimmer in der 12th Street gemietet, die den ganzen zweiten Stock des Hauses einnahmen und die man durch Öffnen der Schiebetür zu einem riesigen Raum vereinigen konnte. Auch eine winzige Küche war da, gerade groß genug, daß man sich darin umdrehen konnte. Die Wohnung war genau das, was George brauchte, denn sie gewährte ihm Bewegungsfreiheit und Abgeschlossenheit. Hier konnte Esther kommen und gehen, wann sie wollte, hier konnten sie jederzeit ungestört zusammen sein und ihre Liebe nach Herzenslust füttern.

Das Wichtigste jedoch war, daß es *seine* Wohnung war und nicht *ihre*, und dadurch hatten sie ihre Beziehung auf einer anderen Ebene neu geknüpft. Er hatte beschlossen, daß er von nun an zwischen Leben und Liebe einen Trennungsstrich ziehen müsse. Esther hatte ihre Welt für sich, das Theater und ihre reichen Freunde, mit denen er nichts zu tun haben wollte, und er hatte seine Welt: sein Schreiben, das er ganz allein besorgen mußte. Die Liebe sollte eine Sache für sich bleiben; über sein Leben, über seine nur ihm gehörige Seele wollte er selbst bestimmen, er wollte ganz er selbst sein.

Würde sie mit diesem Kompromiß einverstanden sein? Würde sie seine Liebe hinnehmen und ihn dabei uneingeschränkt sein Leben führen und seine Arbeit tun lassen? Als er ihr sagte, daß sie es so halten wollten, verstand sie ihn und willigte ein. Aber konnte sie es durchführen? Konnte eine Frauennatur sich mit dem begnügen, was ein Mann ihr geben konnte? Mußte sie nicht immer gerade das wünschen, was er ihr nicht geben konnte? Ein paar kleine Anzeichen hatten bereits Zweifel in ihm geweckt.

Eines Morgens kam sie zu ihm und berichtete ihm sehr geistreich und launig von einem lustigen Erlebnis, das sie gerade auf der Straße gehabt hatte; plötzlich brach sie mittendrin ab, ihr Gesicht umwölkte sich, und beunruhigt fragte sie ihn:

«Du liebst mich doch, George, nicht wahr?»

«Ja», sagte er. «Natürlich. Das weißt du doch.»

«Wirst du mich auch nie wieder verlassen?» fragte sie ein klein wenig atemlos. «Wirst du mich ewig lieben?»

Ihr jäher Stimmungsumschwung und die Selbstverständlichkeit, mit der sie annahm, er oder sonst ein Mensch könnte sich irgend jemandem gegenüber zu irgend etwas ehrenwörtlich auf ewig verpflichten, kam ihm so komisch vor, daß er lachen mußte.

Sie hob ungeduldig die Hand. «Lach nicht, George», sagte sie. «Ich muß das wissen. Sag: wirst du mich ewig lieben?»

Ihr Ernst und die Absurdität dieser Frage ärgerten ihn; er stand auf, starrte sie einen Augenblick geistesabwesend an und begann dann im Zimmer auf und ab zu gehen. Ein- oder zweimal blieb er stehen, als wollte er etwas sagen, dann aber kam ihm das, was er sagen wollte, so schwer ausdrückbar vor, daß er seine nervöse Wanderung wieder aufnahm.

Esther folgte ihm mit den Augen, und ihre Miene verriet ihre gemischten Gefühle; allmählich wich ihr amüsierter Ärger einer ängstlichen Unruhe.

«Was hab ich jetzt wieder gemacht?» dachte sie. «Großer Gott, gibt es wohl so einen Menschen zum zweitenmal? Nie kann man wissen, was er im nächsten Augenblick tun wird. Ich hab ihn doch bloß was ganz Einfaches gefragt, und nun benimmt er sich so! Na – immer noch besser als früher. Da explodierte er und beschimpfte mich mit gemeinen Ausdrücken. Jetzt schmort er einfach im eigenen Saft, und ich hab keine Ahnung, was er denkt. Seh sich einer das an – da rennt er rum wie ein Raubtier im Käfig, wie ein wild gewordener, verbohrter Affe!»

Tatsächlich sah George, wenn er aufgeregt war, einem Affen nicht unähnlich. Den mächtigen Brustkasten und die breiten, schweren Schultern ein wenig vorgebeugt, lief er herum, und er ließ seine langen Arme schlaff hängen, daß sie fast bis zu den Knien baumelten; die großen Hände mit den spatelförmigen Fingern waren wie Tatzen nach innen gekrümmt. Er streckte den Kopf auf dem festen, kurzen Hals etwas vor, als drängte er vorwärts, und seine ganze Erscheinung bekam dadurch etwas Schleichend-Kriechendes. Er wirkte kleiner, als er war, denn tatsächlich maß er etwa ein Meter achtundsiebzig, also ein paar Zentimeter über Mittelgröße, aber seine Beine waren im Verhältnis zum Oberkörper zu kurz geraten. Außerdem hatte er ein kleines Gesicht – ein bißchen stupsnasig, die Augen sehr tiefliegend unter dicken Brauen, die Stirn ziemlich niedrig, den Haaransatz dicht über den Augenbrauen.

Wenn er aufgeregt war oder sich für etwas interessierte, dann hatte er eine eigentümliche Art, intensiv nach oben zu blicken; dieses wirkte, zusammen mit dem vorgestreckten Kopf und dem geduckt schleichenden Körper, ausgesprochen affenähnlich. Man konnte es verstehen, daß manche seiner Freunde ihn Monk (*monkey* = Affe) nannten.

Enttäuscht und gekränkt, weil er nicht antwortete, beobachtete Esther ihn einige Minuten. Er blieb am Vorderfenster stehen und sah hinaus, und sie ging hinüber und schob ruhig ihren Arm in den seinen. Sie sah seine Schläfenader anschwellen und wußte: es hatte keinen Sinn zu sprechen.

Draußen kamen die kleinen jüdischen Schneider aus ihrem Gewerkschaftsbüro nebenan und blieben auf der Straße stehen – eine blasse, dreckige, schmierige und höchst muntere Gesellschaft. Sie schrien und gestikulierten, streichelten einander in zunehmender Wut sanft die Wangen und sagten in zärtlich-kehligem Ton: «Nain! Nain! Nain!» Dann begannen sie, immer noch wutverzerrt lächelnd, spielerisch mit den Fingerspitzen leichte Klapse auszuteilen, und schließlich traktierten sie einander kreischend mit schmerzhaften Ohrfeigen. Andere fluchten und brüllten, ein paar lachten, und einige sagten gar nichts und standen düster in sich versunken daneben.

Dann wurden sie von jungen irischen Polizisten, denen Korruption und Bestechlichkeit auf den brutal-hirnlosen Gesichtern geschrieben stand, angerempelt. Sie platzten vor Hochmut, kauten mit ihren mächtigen schlaff hängenden Kinnbacken unaufhörlich Kaugummi und schoben sich drängelnd vorwärts.

«Schluß jetzt!» riefen sie. «Schluß! Los! Weitergehn!»

Die Autos schossen dröhnend vorbei, auf dem Fußsteig gingen die Leute lang. Gesichter, die George und Esther noch nie gesehen hatten, immer wieder andere, und doch stets dieselben; unaufhörlich entquollen sie dem träge-fruchtbaren Quell des Lebens, grenzenlos verschieden, ununterbrochen in Bewegung, in ewig sich wiederholender Monotonie. Da waren die drei leichten Mädchen, denen man immer wieder auf den Straßen des Lebens begegnet: die eine mit grausam-sinnlichem Gesicht trug eine Brille, ihr Mund war hart und gemein. Eine andere mit großer Nase im ausgemergelten Gesichtchen glich einer Ratte. Die dritte grinste spöttisch mit weichlich-aufgeschwemmtem Gesicht, dicken, geschminkten Lippen und fettig glänzenden Nasenflügeln. Wenn sie lachten, klang es nicht warm oder fröhlich: ihr spitzig-schrilles, gemein-hysterisches Lachen sollte nur alle auf sie aufmerksam machen.

Kinder spielten auf der Straße, dunkle, kräftige und gewalttätige Kinder, die in ihrer Sprache und in ihrem rüden Benehmen die Erwachsenen nachäfften. Sie gingen aufeinander los und warfen den Schwächsten aufs Pflaster. Die Polizisten trieben die randalierende Schar der kleinen Schneider an ihnen vorbei, und sie stoben davon. Der Himmel war blau und wolkenlos, jung und voller Leben; an den Bäumen begannen die Blattknospen aufzuspringen; das Sonnenlicht überglänzte die Straße und alle Menschen mit unschuldigfurchtlosem Leben.

Esther blickte George an, sie sah, wie sein Gesicht sich beim Hinuntersehen verzerrte. Er wollte ihr sagen: wir alle sind törichte, irrende, gewalttätige Wilde; voller Angst und Wirrsal wandeln wir auf der lebendigen, schönen Erde dahin und wissen nichts; wir atmen die junge, lebensfrische Luft, wir baden im Morgenlicht und sehen das alles nicht, weil in unseren Herzen der Mord wohnt.

Aber das alles sagte er nicht. Müde wandte er sich vom Fenster ab.

«Ewig!» sagte er. «Da hast du dein ‹ewig›!»

Des Ruhmes erstes Werben

Trotz des leichten Schuldgefühls, das oft seine strahlende Laune beschattete, war George glücklicher denn je, ja, er war geradezu in einem Jubelrausch. Der alte Wahnsinn war von ihm genommen, und lange Zeit hielt ihn der triumphierende Glaube in Schwung, daß er nun endlich der Herr seines Schicksals sei. Das war durchaus kein neuer Gedanke, aber noch nie hatte er ihn so stark in sich verspürt. Von Kindheit an, als er noch dort hinten in Libya Hill als Waisenkind bei seinen Verwandten, den Joyners lebte, hatte er davon geträumt, eines Tages nach New York zu gehen und dort Liebe, Ruhm und viel Geld zu gewinnen. Jahrelang hatte er New York seine Heimat genannt, und auch die Liebe hatte er gefunden; und nun wuchs in ihm die tiefe, feste Überzeugung, daß die Zeit für den Ruhm und für das Geld herbeigekommen sei. Wer zuversichtlich der Verwirklichung seiner höchsten Träume entgegensieht, ist glücklich; in diesem Sinne war George glücklich. Und wie die meisten Menschen betrachtete auch George es ganz als sein Verdienst, daß die Dinge sich gut anließen. Weder Zufall noch Glück oder das blinde Zusammentreffen von Ereignissen hatte den Umschwung in seiner Gemütsverfassung bewirkt; nein, Zufriedenheit und Beherrschtheit kamen ihm einfach zu – als Lohn für seine ureigenen, besonderen Verdienste. Allerdings mußte man zugeben, daß das Glück eine ausschlaggebende Rolle bei seiner Wandlung gespielt hatte. Etwas ganz Unglaubliches hatte sich nämlich zugetragen.

Ein paar Tage nach seiner Rückkehr nach New York hatte ihn die Literaturagentin Lulu Scudder ganz aufgeregt angerufen. Der Verlag James Rodney & Co. interessiere sich für sein Manuskript und der berühmte Verleger Foxhall Edwards wolle mit ihm darüber sprechen. Natürlich wußte man nie, was an solchen Sachen dran war, aber es konnte ja nichts schaden, das Eisen zu schmieden, solange es heiß war. Ob er gleich mal zu Edwards hingehen könnte?

Auf seinem Weg in die Stadt sagte George sich, daß es albern sei, sich aufzuregen, und daß wahrscheinlich gar nichts dabei herauskommen werde. Hatte nicht schon ein Verleger das Buch mit der Begründung abgelehnt, es sei kein Roman? Jener Verleger hatte sogar geschrieben, und seine ablehnenden Worte hatten sich tief in Georges Gehirn eingeprägt: «Die Romanform ist einer Begabung wie der Ihren nicht angemessen.» Und hier handelte sich's immer noch um dasselbe Manuskript. Keine Zeile war geändert, kein Wort gestrichen, obwohl Esther und Miss Scudder immer wieder angedeutet hatten, daß kein Verleger mit einem so umfangreichen Buch etwas anfangen könne. Er hatte sich eigensinnig geweigert, es zu ändern, und hatte darauf bestanden, es solle entweder so gedruckt werden, wie es war, oder überhaupt nicht. Er war nach Europa gereist und hatte das Manuskript bei Miss Scudder gelassen – in der festen Überzeugung, daß ihre Bemühungen um einen Verleger zwecklos bleiben würden.

Während der ganzen Zeit im Ausland war ihm übel geworden bei dem Gedanken an sein Manuskript, an die jahrelange Arbeit und an die vielen schlaflosen Nächte, die er da hineingesteckt hatte, an die großen Hoffnungen, die ihn die ganze Zeit aufrechterhalten hatten; er hatte versucht, nicht daran zu denken, und war zu der Überzeugung gekommen, es sei nichts wert, und er selber sei auch nichts wert, und all sein hitziger Ehrgeiz und seine ruhmsüchtigen Träume seien die Hirngespinste eines unbegabten, größenwahnsinnigen Ästheten. Darin, so sagte er sich, gleiche er aufs Haar den meisten anderen verspielten Dozenten an der School for Utility Cultures, der er entflohen war und in der er nach seinem Urlaub wieder Unterricht im Englischen Aufsatz geben würde. Immerzu redeten sie von den großartigen Büchern, die sie schrieben oder schreiben wollten; sie suchten, genau wie er, verzweifelt einen Ausweg aus der öden Tretmühle des Unterrichts, des Lesens und Zensierens von Aufsätzen, aus den fruchtlosen Versuchen, in Köpfen ein Feuer zu entfachen, in denen nichts zünden wollte. Fast neun Monate war er in Europa gewesen – und von Miss Scudder kein Wort; so schienen sich seine düsteren Vorahnungen zu bestätigen.

Nun aber sagte sie, die Leute bei Rodney interessierten sich für das Manuskript. Na ja, sie hatten's nicht sehr eilig gehabt. Und was hieß überhaupt «interessieren»? Höchstwahrscheinlich würden sie ihm sagen, sie hätten in dem Buch ein paar Spürchen einer Begabung entdeckt, die bei sorgsamer Pflege und Schulung mit der Zeit ein publikationsfähiges Buch hervorbringen könnte. Er hatte sich sagen lassen, Verleger hätten manchmal einen Riecher für so etwas, und oft führten sie einen aufstrebenden Autor jahrelang am Gängelband und ermutigten ihn immer gerade so weit, daß er die Hoffnung nicht ganz aufgab und meinte, sie glaubten immer noch an seine große Zukunft, wenn er nur immer weiter ein mißratenes Buch nach dem andern schriebe, bis er «zu sich selber gefunden» hätte. Na, er würde ihnen schon zeigen, daß er sich nicht zum Narren halten ließ. Mit keinem Wimpernzucken würde er seine Enttäuschung verraten, und vor allem würde er sich in keiner Weise binden!

Der Verkehrspolizist an der Ecke, der vielleicht an jenem Morgen einen etwas merkwürdigen jungen Mann vor dem Büro von James Rodney & Co. stehen sah, gewahrte wohl nichts von der finsteren Entschlossenheit, mit der dieser junge Mann sich innerlich für die ihm bevorstehende Unterredung zu wappnen suchte. Wenn der Polizist ihn überhaupt sah, so mußte er ihn wahrscheinlich höchst verdächtig finden, und er mußte sich überlegen, ob er nicht einschreiten und ein Verbrechen verhindern sollte, oder ob er nicht auf alle Fälle den jungen Mann ansprechen sollte, bis der Unfallwagen käme und ihn zur Beobachtung nach Bellevue schaffte.

Denn als der junge Mann sich mit finster-strengem, grimmig-verbissenem Gsicht und raschen, weitausgreifenden Schritten dem Gebäude näherte, als er gerade die Straße überquert und den Fuß auf die Bordschwelle vor dem Verlagshaus gesetzt hatte, da stockte er, blieb stehen und sah sich um, als wüßte er nicht, was er tun sollte; dann zwang er sich, sichtlich verwirrt, zum Weitergehen. Jetzt aber waren seine Bewegungen unsicher, als gehorchten die Füße nur sehr zögernd seinem Willen. Er schlenderte weiter, blieb stehen, schlenderte wieder ein Stück und ging auf die Tür zu; als er aber dicht davor war, blieb er in einem Anfall von Entschlußlosigkeit wieder stehen. Einen Augenblick stand er vor der Tür, ballte und entspannte die Fäuste und sah sich dann rasch und mißtrauisch um, als fühlte er sich beobachtet. Schließlich gab er sich einen entschlossenen Ruck, bohrte die Hände tief in die Taschen, drehte sich bedächtig um und ging an der Tür vorbei.

Nun schritt er langsam weiter, den Mund noch grimmiger zusammengepreßt als vorher, den Kopf hielt er steif vorgestreckt, als steuerte er geradewegs auf einen weitentfernten Gegenstand zu. Aber während er an dem Eingang und an den Buchauslagen zu beiden Seiten der Tür vorbeiging, warf er ununterbrochen verstohlene Blicke auf das Gebäude, als wäre er ein Spion und müßte unauffällig die Vorgänge im Innern des Hauses erkunden. Er ging bis zum Ende des Blocks, kehrte um und kam zurück, und als er an dem Verlagshaus vorbeikam, blickte er wieder stramm geradeaus und warf dabei verstohlene Seitenblicke auf das Gebäude. Fünfzehn oder zwanzig Minuten lang wiederholte er dieses sonderbare Manöver; immer, wenn er sich der Tür näherte, zögerte er und machte eine halbe Wendung, als wollte er hineingehen, um dann kurz entschlossen wieder weiterzuschlendern.

Als er schließlich wohl zum fünfzigstenmal vor dem Eingang stand, beschleunigte er seinen Schritt und ergriff die Türklinke – ließ sie aber, als hätte er einen elektrischen Schlag bekommen, sofort wieder los, trat zurück und stand nun auf der Bordschwelle, den Blick auf das Haus James Rodney & Co. gerichtet. Ein paar Minuten blieb er so stehen, trat unruhig von einem Fuß auf den andern und schien die obere Fensterreihe nach einem Zeichen des Himmels abzusuchen. Dann plötzlich biß er die Zähne zusammen, schob in verzweifeltem Entschluß die Unterlippe vor, stürzte über den Fußsteig, warf sich gegen die Tür und verschwand in dem Gebäude.

Wenn der Verkehrspolizist eine Stunde später, als der junge Mann das Haus verließ, immer noch Dienst an jener Ecke hatte, dann hätte ihm sein Benehmen fraglos ebenso befremdlich und rätselhaft erscheinen müssen wie zuvor. Langsam, wie betäubt, mechanisch einen Fuß vor den andern setzend, trat er heraus; er ließ die Arme schlaff herunterhängen und hielt in der einen Hand einen zerknitterten gelben Zettel. Wie in einem Trance-Zustand verließ er das Büro von James Rodney & Co. Langsam, mit gedankenlosautomatischen Bewegungen, ging er stadtwärts, wandte sich, immer noch wie entrückt und betäubt, nach Norden und verschwand in der Menge.

Erst am Spätnachmittag als die schrägen Schatten zusehends länger wurden, kam George Webber irgendwo in den öden Straßen von Bronx wieder zu sich. Wie er hierher gekommen war, wußte er nicht. Er wußte nur, daß er plötzlich Hunger hatte; er blieb stehen, sah sich um und erkannte, wo er sich befand. In seinen leeren Blick kam ein Ausdruck ungläubigen Staunens, und sein Mund verzog sich zu einem breiten Grinsen. Er hielt immer noch den zerknitterten gelben Zettel in der Hand; nun glättete er ihn langsam und musterte ihn eingehend.

Es war ein Scheck über 500 Dollar. Sein Buch war angenommen, und der Scheck war ein Vorschuß auf seine Prozente.

Noch nie in seinem Leben war er so glücklich gewesen. Endlich hatte der Ruhm an seine Tür geklopft und umwarb ihn mit süßer Schmeichelei; er lebte wie in einem Jubelrausch. Die Aufregung über das bevorstehende Ereignis erfüllte die nächsten Wochen und Monate. Das Buch sollte erst im Herbst erscheinen, aber inzwischen war noch viel zu tun. Foxhall Edwards hatte einige Vorschläge für Durchsicht und Einstreichen des Manuskripts gemacht, und George, der zuerst widersprochen hatte, fand sich zu seiner eigenen Überraschung ganz einig mit Edwards und tat alles, was dieser verlangte.

George hatte seinen Roman *Heimwärts in die Berge* genannt und hatte alle Erinnerungen an seine Heimatstadt in Old Catawba und an die Leute dort hineingepackt. Jede Zeile war ein Extrakt seiner Lebenserfahrungen. Und jetzt, da der Würfel gefallen war, zitterte er manchmal bei dem Gedanken, daß schon in wenigen Monaten alle Welt lesen würde, was er geschrieben hatte. Es war ihm ein entsetzlicher Gedanke, daß er jemanden damit verletzen könnte – ein Gedanke, der ihm bisher noch gar nicht gekommen war. Aber nun, da ihm alles aus den Händen genommen war, konnte er sich eines gewissen Unbehagens nicht erwehren. Natürlich war alles reine Erfindung, aber wie bei jeder richtigen Erfindung war doch der Stoff dem menschlichen Leben entnommen. Vielleicht erkannten manche Leute sich wieder und fühlten sich beleidigt – was sollte er dann tun? Würde er mit dunkler Brille und einem falschen Bart herumlaufen müssen? Er tröstete sich mit der Hoffnung, daß seine Figuren nicht so lebensecht seien, wie er sie andererseits gerne gestaltet hätte; wer weiß, dachte er, vielleicht merken sie gar nichts.

Auch *Rodney's Magazin* begann sich für den jungen Autor zu interessieren und wollte in der nächsten Nummer eine Erzählung bringen, ein Kapitel aus dem Buch. Diese Nachricht steigerte seine Aufregung noch. Er konnte es nicht erwarten, sich gedruckt zu sehen, und war in dieser glücklich-erwartungsvollen Zwischenzeit

21

aller Welt zugetan wie ein Don Juan; er liebte buchstäblich jeden Menschen: seine Kollegen in der Schule, die langweiligen Studenten, jeden Verkäufer in allen kleinen Läden, sogar die namenlosen Horden, die die Straßen überschwemmten. Rodney war natürlich der großartigste und prächtigste Verlag der Welt, und Foxhall Edwards war der großartigste Verleger und der prächtigste Kerl unter der Sonne. George hatte ihn von Anbeginn unwillkürlich gern gemocht, und jetzt nannte er ihn einfach Fox, als wären sie schon lange intim befreundet. George wußte, daß Fox an ihn glaubte, und das Vertrauen und die Zuversicht des Verlegers stärkten seine Selbstachtung und luden ihn mit neuer Arbeitsenergie auf. Fox war gerade zur rechten Zeit gekommen, in einem Moment, da George jede Hoffnung aufgegeben hatte.

Schon hatte er seinen nächsten Roman angefangen, der bereits in ihm Gestalt gewann. Bald würde er ihn zu Papier bringen müssen. Die Aussicht auf das ernsthafte Niederschreiben schreckte ihn, er kannte ja die Qualen, die damit verbunden waren. Er war dann wie von einem Dämon besessen, als triebe ihn eine fremde Gewalt vorwärts, die stärker war als er. Wenn ihn die Schaffenswut überkam, dann bedeutete das sechzig Zigaretten und zwanzig Tassen Kaffee pro Tag, und die Mahlzeiten schlang er irgendwie, irgendwo und zu irgendeiner Tages- oder Nachtzeit hastig hinunter, wann ihm sein Hunger gerade bewußt wurde. Ein Buch niederschreiben hieß Schlaflosigkeit, meilenweite Spaziergänge, um sich körperlich zu ermüden, hieß Nervosität, Alpträume und am nächsten Morgen völlige Erschöpfung.

«Sicher gibt es bessere Methoden, ein Buch zu schreiben», sagte er zu Fox, «aber ich kann mir nicht helfen: dies ist nun mal meine Methode, und Sie werden sich schon damit abfinden müssen.»

Als die Nummer von *Rodney's Magazin* mit der Erzählung erschien, war George auf Erdbeben und Meteorstürze gefaßt, er meinte, der Straßenverkehr müßte stillstehen und ein Generalstreik würde ausbrechen. Aber nichts dergleichen geschah. Ein paar Freunde erwähnten es – das war alles. Ein paar Tage lang war er enttäuscht, aber dann sagte ihm sein gesunder Menschenverstand, daß man einen neuen Autor nach einer kurzen Erzählung in einer Zeitschrift wahrhaftig nicht beurteilen könne. Erst das Buch würde ihnen zeigen, wer er war und was er konnte. Das war dann ganz etwas anderes. Er konnte es sich leisten, noch ein bißchen auf den Ruhm zu warten, der ja mit Sicherheit bald kommen mußte.

Erst später, als die erste Erregung sich gelegt und George sich an den neuen Zustand gewöhnt hatte, Autor eines wirklich und wahrhaftig erscheinenden Buches zu sein, gewann er nach und nach etwas Einblick in die ihm unbekannte Welt des Verlagswesens und der Menschen, die sich damit befaßten; nun erst lernte er Fox Edwards richtig verstehen und schätzen. Den ersten wirklichen Einblick in den Charakter seines Verlegers gewann George durch Otto Hauser, der in seiner Uranständigkeit Fox so ähnlich, in anderer Hinsicht aber sein genaues Gegenteil war.

Hauser war Lektor bei Rodney und wahrscheinlich überhaupt der beste Verlagslektor Amerikas. Hätten Ehrgeiz, Begeisterungsfähigkeit, Wagemut, zähe Entschlossenheit und jene gierige Entdeckerlust und Findigkeit, die ein großer Verleger haben muß – hätten diese Eigenschaften ihn angetrieben, dann wäre er ein ungewöhnlich guter Verleger gewesen. Aber Hauser begnügte sich damit, seine Tage mit dem Lesen lächerlicher Manuskripte von lächerlichen Leuten über lauter lächerliche Themen zu verbringen, wie: «Das Brustschwimmen», «Steingärten für Jedermann», «Leben und Zeitalter der Lydia Pinkham», «Das moderne Zeitalter des Überflusses»; unter zahllosen Manuskripten fand er dann vielleicht einmal eines, in dem das Feuer der Leidenschaft, der geniale Funke, das Licht der Wahrheit brannte.

Otto Hauser wohnte in einem winzigen Appartement in der Nähe der First Avenue und bat George, doch einmal abends bei ihm vorbeizukommen. George ging hin, und sie verbrachten den Abend in angeregter Unterhaltung. Von da an ging er immer wieder zu ihm, denn er hatte Otto gern; außerdem verblüfften ihn seine einander widersprechenden Charaktereigenschaften, vor allem die zurückhaltend unpersönliche Neutralität seines Wesens, die zu der klaren Offenheit seines Charakters gar nicht zu passen schien.

Otto besorgte seinen Haushalt ganz allein. Er hatte es ab und zu mit Zugehfrauen versucht, hatte aber schließlich ganz auf deren Dienste verzichtet. Sie waren für seine Ansprüche nicht ordentlich und sauber genug, und ihre gleichgültig-nachlässige Art, die Gegenstände ganz woanders hinzustellen, als er sie haben wollte, beleidigte sein ordnungsliebendes Gemüt. Jede Unordnung war ihm verhaßt. Er besaß nur ein oder zwei Regale mit Büchern, meist Neuerscheinungen des Rodney-Verlags und einigen Bänden, die andere Verleger ihm zugeschickt hatten. Meistens verschenkte er seine Bücher wieder, wenn er sie gelesen hatte, denn er haßte Unordnung, und Bücher verursachten Unordnung. Manchmal vermeinte er, auch die Bücher selber zu hassen. Jedenfalls war er nicht gern von vielen Büchern umgeben: ihr Anblick quälte ihn.

Für George blieb er wunderlich und rätselhaft. Otto Hauser war auffallend begabt, aber er hatte fast keine der Eigenschaften, die der Mensch braucht, um in der Welt «vorwärtszukommen». Tatsächlich wollte er auch gar nicht «vorwärtskommen». Er hatte einen Abscheu vor dem sogenannten «Vorwärtskommen», überhaupt einen Abscheu davor, weiter zu kommen, als er bisher gekommen war. Er wollte Verlagslektor sein und weiter nichts. Bei James Rodney & Co. bearbeitete er das, was man ihm auf den Tisch legte, und erledigte mit peinlicher Genauigkeit alles, was von ihm verlangt wurde. Befragte man ihn um seine Ansicht, so äußerte er sie vollkommen unbestechlich, mit seelischer Gelassenheit und fällte mit der erschöpfenden Gründlichkeit seines germanischen Geistes ein unbeirrbar gerechtes Urteil. Mehr aber tat er nicht.

Wenn einer der Verlagsleiter bei Rodney – es gab neben Foxhall Edwards noch mehrere andere – Hauser nach seiner Meinung fragte, dann spielte das Gespräch sich etwa folgendermaßen ab:

«Haben Sie das Manuskript gelesen?»

«Ja», sagte Hauser, «ich habe es gelesen.»

«Was halten Sie davon?»

«Ich glaube, es taugt nichts.»

«Sie würden also eine Annahme nicht empfehlen?»

«Nein, ich glaube, es lohnt sich nicht, es zu veröffentlichen.»

Oder:

«Haben Sie dieses Manuskript gelesen?»

«Ja», sagte Hauser. «Ich habe es gelesen.»

«Na, was halten Sie denn davon? (Zum Henker, kann der Kerl nicht sagen, was er denkt, ohne daß man ihm die Würmer aus der Nase zieht?)»

«Ich glaube, es ist ein geniales Werk.»

Ungläubig: «Nein – wirklich?»

«Ja, wirklich. Meiner Meinung nach kann gar kein Zweifel darüber bestehen.»

«Aber hören Sie mal, Hauser –» ganz aufgeregt – «wenn das stimmt, was Sie da sagen, dieser Bursche – der Kerl, der das geschrieben hat – also, der ist doch noch ein Junge – kein Mensch hat bisher was von ihm gehört – kommt da irgendwoher aus dem Westen – Nebraska, Iowa, irgendsowas – wahrscheinlich nie rausgekommen – wenn das stimmt, was Sie da sagen, dann haben wir ja eine Entdeckung gemacht!»

«Ja, das haben Sie wohl. Das Buch ist ein geniales Werk.»

«Aber – (Verdammt noch mal, was ist bloß mit dem Mann los?

Da macht er so eine Entdeckung – ist da einer sensationellen Sache
auf der Spur –, und bleibt dabei so gleichgültig, als unterhielten wir
uns über einen Kohlkopf!) – Aber nun hören Sie doch mal zu! Sie –
Sie meinen wohl: da stimmt irgendwas nicht?»

«Nein, ich glaube nicht, daß da irgendwas nicht stimmt. Ich halte
es für ein prachtvolles Werk.»

«Aber – (Mein Gott, ist das ein komischer Kauz!) Aber Sie meinen vielleicht, daß – daß es in dieser Form nicht zu veröffentlichen
ist?»

«Nein. Ich meine, es läßt sich ausgezeichnet so veröffentlichen.»

«Aber vielleicht ist es zu breit, was?»

«Ja. Es ist wirklich zu breit.»

«Dacht ich mir's doch!» sagte der Verleger scharf. «Es zeigt sich
natürlich, daß der Junge sehr wenig vom Schreiben versteht. Er
macht es ganz unbewußt, wiederholt sich dauernd, gibt von allem
die zehnfache Dosis, ein überschwengliches, überspanntes Kind.
Hundert andere Schriftsteller verstehen mehr vom Schreiben als
er.»

«Ja, das mag wohl sein», gab Hauser zu. «Trotzdem, er ist ein
Genie, und die anderen sind keine Genies. Sein Buch ist ein geniales
Werk, und die anderen Bücher sind keine genialen Werke.»

« Finden Sie also, wir sollten es bringen?»

«Ja, das finde ich schon.»

«Aber – (Aha, jetzt hab ich's vielleicht – das, womit er die ganze
Zeit nicht rausrücken will!) Aber glauben Sie, daß das alles ist, was
er zu sagen hat? Daß er sich in diesem Buch verausgabt? Daß er
weiter nichts mehr schreiben kann?»

«Nein. Das glaube ich ganz und gar nicht. Natürlich kann man
nie wissen. Er kann ja ermordet werden, das passiert öfter –»

«(Gott, ist das ein muffiger Flegel!)»

«– aber nach diesem Buch würde ich sagen, es besteht keine Gefahr, daß er sich ausschreibt. In dem könnten noch fünfzig Bücher
stecken.»

«Aber – (Mein Gott! Wo *liegt* denn der Haken?) Aber Sie meinen
wohl, daß in Amerika für so ein Buch jetzt nicht die richtige Zeit
ist?»

«Nein, das meine ich nicht. Ich glaube, es *ist* die richtige Zeit.»

«Und warum?»

«Weil das Buch jetzt geschrieben worden ist. Wenn ein Buch geschrieben wird, dann ist immer die richtige Zeit dafür.»

«Aber vielleicht werden manche unserer besten Kritiker sagen, es
wäre nicht die richtige Zeit.»

«Ich weiß. Aber sie haben unrecht. Die Sache ist die: es ist eben nicht *ihre* Zeit.»

«Wie meinen Sie das?»

«Ich meine, es gibt die Zeit der Kritik, und es gibt die Zeit des Schaffens. Das sind zwei verschiedene Zeiten.»

«Glauben Sie denn, daß die Kritiker hinter der Zeit zurück sind?»

«Hinter der Zeit des Schaffens: ja.»

«Dann können die Kritiker aber nicht die Genialität dieses Werkes erkennen, die Sie darin sehen. Oder glauben Sie doch?»

«Kann man nicht wissen. Vielleicht nicht. Aber das macht ja nichts.»

«*Macht* nichts? Also, was meinen Sie eigentlich?»

«Ich meine, das Buch ist gut, und so was läßt sich nicht zerstören. Darum macht es nichts, was die Leute sagen.»

«Ja, dann – mein Gott, Hauser! –, wenn das stimmt, was Sie da sagen, dann haben wir ja eine großartige Entdeckung gemacht!»

«Ja, glaub ich schon.»

«Aber – aber – ist das *alles*, was Sie dazu zu sagen haben?»

«Ich denke, ja. Was *wäre* denn sonst noch dazu zu sagen?»

Etwas verwirrt: «Gewiß – nichts – nur – ich könnte mir denken, daß *Sie* darüber aufgeregt wären!» Dann gab der Verleger es auf und sagte resigniert: «Na also – *sehr* schön! *Sehr* schön, Hauser! Vielen Dank auch!»

Keiner bei Rodney konnte das verstehen. Sie wußten nicht, was sie daraus machen sollten. Schließlich gaben sie es auf, Hauser verstehen zu wollen – alle außer Fox Edwards; denn Fox hätte nie den Versuch aufgegeben, etwas zu verstehen. Immer wieder kam er in Hausers kleine Büro-Zelle und sah sich diesen Menschen an. Fox schob seinen alten grauen Hut, den er bei der Arbeit nie abnahm, nach hinten, beugte sich mit gekrümmtem Rücken vor, reckte den Hals und starrte Hauser unruhig-forschend mit seinen wasserblauen Augen an, als betrachtete er zum erstenmal ein phantastisches Tiefsee-Ungeheuer. Dann drehte er sich um und ging, die Hände an den Rockaufschlägen, hinaus; in seinem Blick lag grenzenloses Erstaunen.

Noch konnte Fox es nicht verstehen. Und Hauser selbst hätte keine Auskunft geben können; er hatte ihnen nichts zu sagen.

Erst als George Webber mit beiden Männern gut bekannt geworden war, drang er allmählich in das Geheimnis ein. Wenn man Foxhall Edwards und Otto Hauser kannte, wenn man die beiden Männer, jeden auf seine Weise, im gleichen Büro arbeiten sah, dann verstand man sie beide zusammen viel besser, als man jeden für sich allein hätte verstehen können. Durch die persönliche Eigenart jedes der beiden Männer hindurch erkannte George den gemeinsamen Urgrund ihres Wesens, durch den sie einander so ähnlich und – voneinander so gänzlich verschieden geworden waren.

Vielleicht hatte zu irgendeiner Zeit in den stillen Tiefen des Hauserschen Geistes ein starkes, stetiges Feuer gebrannt. Damals aber wußte er noch nicht, was es heißt, ein großer Verleger zu sein. Nun hatte er es selbst mit angesehen und hatte kein Verlangen danach. Zehn Jahre lang hatte er Fox Edwards beobachtet und wußte sehr wohl, was nottat: ein lebendiges, reines Feuer inmitten aller Finsternis; ein stetig-gelassener, unnachgiebiger Wille, das zu vollbringen, was der Geist als notwendig erkannt hatte und wofür jenes Feuer brannte; die heimlichen Qualen ununterbrochener Willensanstrengung, sich durchzusetzen bis zum leuchtenden Ziel und die blind-brutalen, widrigen Kräfte in der Welt – Unwissenheit, Feindseligkeit, Vorurteil und Unduldsamkeit – auf irgendeine Weise zu bezwingen; der Kampf gegen die Torheiten der Zeit, der Prüderie, der Mode, des Spießertums und des Kitsches, gegen die Dummheit der Frömmelei, des Philistertums, der Eifersucht und des Neides und schließlich gegen das Allerschlimmste: die schlichte, simple, nicht zu überbietende, fluchwürdige natürliche Dummheit der Menschen!

Ach, so zu brennen, sich so verzehren, so erschöpfen zu lassen, sich so zu verschwenden in der Glut dieses ewigen Feuers! Und wofür? *Wofür?* Und *warum?* Weil irgendein obskurer Bursche aus Tennessee, ein Pächterjunge aus Georgia oder der Sohn eines Landarztes in North-Dakota, einer ohne Titel und Stammbaum und ohne den Segen der normalen Welt der Dummköpfe – weil irgend so einen der Genius berührt hatte; weil so einer sich abgemüht hatte, die erhabene Leidenschaft seiner Einsamkeit in Worte zu fassen, seinem eingezwängten Geist das abzuringen, was seine Seele und was seine stummen Brüder sagen wollten, in der blinden Grenzenlosigkeit dieses grausamen Landes ein Bett für seine angestaute Schaffenslust zu finden und vielleicht in der brüllenden Wildnis des Lebens sich einen eigenen Weg und eine eigene Wohnstatt zu schaffen. Und all dies gegen die Frömmelei, die Ignoranz, die Feigheit, die Marotten, den Spott, die Modetorheit und den Haß der Narren dieser Welt. Denn ihr Haß richtete sich gegen alles, was nicht verfälscht oder abgedroschen war, und entweder wurde die heißbrennende Leidenschaft durch Lächerlichkeit, Geringschätzung, Ablehnung oder Nichtachtung ausgelöscht, oder der starke Wille wurde durch einen verfälschten Erfolg besudelt. Dafür mußten solche Menschen wie Fox brennen und leiden – damit die qualvolle Flamme im Geiste eines begnadeten und gezeichneten Knaben weiterbrannte, bis schließlich die Welt der Dummköpfe sie unter ihre Obhut nahm und verriet!

All das hatte Otto Hauser mit angesehen.

Und welchen Lohn hatte schließlich ein Mensch wie Fox zu erwarten? Einen einsam erkämpften und kaum erhofften Sieg nach dem andern, der dann am Ende von denselben Narren, die nichts davon hatten wissen wollen, bejubelt wurde, als sei es ihr eigener Sieg. Und wieder von neuem suchen, in Schweigen versinken und abwarten, während die Narren gierig aus dem Geist eines Menschen ihren Gewinn schlugen, während sie den Schatz, den ein anderer gefunden hatte, stolz als *ihre* Entdeckung ausriefen und die Prophetie eines anderen lärmend als ihre eigene Vision feierten. Ach, mußte ihnen das nicht das Herz brechen – dem Verleger Fox und auch dem einsamen, genialen Knaben? Das schwache kleine Herz des Menschen mußte ja stillstehen, mußte einfach aufhören zu schlagen; aber die Herzen der Dummköpfe würden ewig weiterschlagen.

Und deshalb hatte Otto Hauser kein Verlangen danach. Warum soviel Lärm um nichts? Er würde seine eigene Wahrheit suchen, und damit mochte es sein Bewenden haben.

So war Otto Hauser, als George ihn kennenlernte. In freundschaftlichem Vertrauen offenbarte Otto klar und unverzerrt wie in einem Spiegel die stille, erstaunlich bescheidene Rechtschaffenheit seiner Seele; gleichzeitig aber enthüllte er, ohne es selber recht zu merken, das stärkere und strahlendere Bild von Fox Edwards.

George wußte sehr wohl, wie glücklich er sich schätzen durfte, einen Mann wie Fox zum Verleger zu haben. Und als mit der Zeit seine respektvolle Bewunderung für den Älteren zu einer tiefen und warmen Zuneigung wurde, da merkte er, daß Fox für ihn weit mehr war als nur ein Verleger und Freund. Immer mehr sah George in Fox den einst verlorenen und lang gesuchten Vater. Und so kam es, daß Fox sein zweiter – sein geistiger – Vater wurde.

Der mikroskopisch kleine Herr aus Japan

Das Erdgeschoß des alten Hauses, in dem George in jenem Jahr lebte, wurde von Mr. Katamoto bewohnt, den er sehr bald gut kennenlernte. Man könnte sagen: ihre Freundschaft begann etwas geheimnisvoll, entwickelte sich aber zu einem unerschütterlich zuverlässigen gegenseitigen Verständnis.

Dabei kannte Mr. Katamoto keine Nachsicht, wenn George einen Fehler machte. Er war jederzeit auf dem Sprung, ihm mitzuteilen, daß er wieder einmal einen falschen Schritt getan hatte (wir benutzen absichtlich diesen Ausdruck), aber er war so unendlich geduldig, so unermüdlich zuversichtlich in bezug auf Georges Besserung und von einer nie versagenden Gutmütigkeit und Höflichkeit, daß man sich unmöglich über ihn ärgern konnte oder etwa den Versuch einer Besserung unterließ. Stets wurde die Situation durch Katamotos kindlich-heiteren Humor gerettet. Er war einer jener mikroskopisch kleinen japanischen Herren, knapp einen Meter fünfzig groß und von magerem, aber zähem Körperbau; Georges riesiger Brustkasten, seine breiten Schultern, die lang herunterhängenden Arme und seine großen Füße hatten ihn wohl am Anfang komisch berührt und zum Lachen gereizt. Als sie sich das erste Mal begegneten – sie gingen nur im Hausflur aneinander vorüber –, begann Katamoto, als er George kommen sah, zu kichern; als sie einander gegenüberstanden, fletschte der kleine Mann eine Reihe weißblitzender Zähne, drohte schelmisch mit dem Finger und sagte:

«Tram-peln! Tram-peln!»

Mehrere Tage lang wiederholte sich dieses Schauspiel, sobald sie im Hausflur aneinander vorbeigingen. George fand die Worte sehr geheimnisvoll und konnte anfangs weder ihren dunklen Sinn ergründen noch verstehen, wieso allein ihr Klang bei Katamoto eine krampfhafte Heiterkeit auslöste. Aber immer, wenn er sie aussprach und George ihn überrascht-fragend ansah, bog Katamoto sich vor Lachen, stampfte wie ein Kind mit seinen winzigen Füßen und kreischte hysterisch: «Cha – cha – cha! Sie tram-peln!» Dann verschwand er eilig.

George überlegte sich, diese geheimnisvollen Anspielungen auf das «Tram-peln», die bei Katamoto solche Lachanfälle verursachten, müßten wohl irgend etwas mit seinen großen Füßen zu tun haben, denn Katamoto warf immer, ehe er zu kichern begann, einen listig-raschen Blick darauf. Bald aber sollte die Angelegenheit gründlich aufgeklärt werden. Eines Nachmittags kam Katamoto

herauf und klopfte bei George. Als dieser öffnete, fletschte Katamoto die Zähne und kicherte verlegen. Nach kurzem Zögern grinste er mühsam und sagte:

«Bi–iete, Sir! Wollen Sie – bei mir – Tee trinken – cha?»

Diese Worte sagte er sehr langsam und gemessen-förmlich, und
dann grinste er schnell wieder eifrig und gewinnend.

George sagte, er würde gern kommen, zog seine Jacke an und
ging mit ihm hinunter. Katamoto trabte ihm flink und geräuschlos
auf seinen kleinen, filzbeschuhten Füßen voran. Als sie halbwegs
unten waren, blieb Katamoto plötzlich stehen, drehte sich um und
zeigte, als habe Georges schwerer Schritt wieder seine Lachmus-
keln gekitzelt, mit schüchternem Gekicher auf Georges Füße:
«Tram–peln! Sie tram–peln!» Dann wandte er sich um und eilte vergnügt und kindisch quietschend die Treppe hinunter und durch den
Hausflur. An der Tür wartete er, komplimentierte seinen Gast hinein, stellte ihn der schlanken, behenden kleinen Japanerin vor, die
bei ihm zu wohnen schien, und führte George schließlich in sein
Arbeitszimmer, wo er ihm den Tee servierte.

Es war ein äußerst merkwürdiges Zimmer. Katamoto hatte die
schönen alten Räume neu streichen lassen und in seinem fremdar-
tig-schnurrigen Geschmack eingerichtet. Das große Hinterzimmer
war durch schöne japanische Wandschirme in mehrere kleine Kabi-
nen aufgeteilt und wirkte sehr überladen und unübersichtlich. Auch
eine Treppenflucht war hineingebaut und eine Galerie, die sich um
drei Seiten des Zimmers zog und auf der George eine Couch entdeckte. Im ganzen Zimmer standen winzige Stühle und Tische herum, außerdem ein üppiges Sofa mit Kissen und eine Unmenge ge-
schnitzter Gegenstände und Nippsachen. Es roch stark nach Weihrauch.

In der Mitte des Zimmers war jedoch ein freier Raum; dort stand
auf einem großen, schmutzigen Leinwandfetzen eine riesige Gipsfi-
gur. George erfuhr, daß Katamoto ein blühendes Geschäft betrieb:
er produzierte Plastiken für teure Amüsierlokale oder fünf Meter
hohe Kolossalstatuen von Staatsmännern, die für die Ausschmük-
kung öffentlicher Plätze in kleinen Städten oder in den Hauptstädten von Arkansas, Nebraska, Iowa oder Wyoming bestimmt waren. Wie und wo er diesen sonderbaren Beruf erlernt hatte, bekam
George nie heraus, aber Katamoto hatte sich dank der zuverlässigen
Nachahmungsfähigkeit der Japaner eine solche Meisterschaft erworben, daß seine Erzeugnisse anscheinend mehr gefragt waren als
die der amerikanischen Bildhauer. Trotz seines kleinen und zarten
Körperbaus war der Mann energiegeladen und konnte bei der

Arbeit titanische Kräfte entwickeln. Gott allein mochte wissen, wie er das machte und woher er diese Kräfte nahm.

George erkundigte sich nach dem großen Gipsmodell in der Zimmermitte, und Katamoto führte ihn davor und bemerkte, indem er auf die riesigen Füße der Figur deutete:

«Er ist – wie Sie! . . . Er tram-pelt! . . . Cha! . . . Er tram-pelt!»

Dann führte er George über die Treppe auf die Galerie, die George gebührend bewunderte.

«Cha? – Sie finden schön?» Er lächelte George eifrig und ein wenig zweifelnd an, deutete dann auf die Couch und sagte: «Ich hier schlafen!» Dann zeigte er zur Decke hinauf, die so niedrig war, daß George sich bücken mußte. «Sie schlafen dort?» fragte Katamoto eifrig.

George nickte.

Mit feinem Lächeln, aber verlegen zaudernd und in einem gequält-mühsamen Ton, den er vorher nicht gehabt hatte, fuhr Katamoto fort: «Ich hier – Sie dort – cha?» Und er zeigte erst nach unten und dann nach oben.

Ein bißchen verzweifelt, fast als wollte er um Entschuldigung bitten, sah er George an – und plötzlich begann George zu verstehen.

«Oh, Sie meinen, ich schlafe gerade über Ihnen –» Katamoto nickte sofort erleichtert – «und manchmal, wenn ich abends lange aufbleibe, dann hören Sie mich?»

«Cha! Cha!» Er nickte mehrmals heftig mit dem Kopf. «Manchmal –» lächelte er etwas gezwungen – «manchmal – werden Sie trampeln!» Schelmisch-vorwurfsvoll drohte er George mit dem Finger und kicherte.

«Das tut mir schrecklich leid», sagte George. «Ich wußte natürlich nicht, daß Sie so dicht – so dicht unter der Decke schlafen. Wenn ich abends spät arbeite, geh ich auf und ab. Eine schlechte Angewohnheit. Ich werde mir Mühe geben, es nicht wieder zu tun.»

«O na–in!» rief Katamoto ehrlich erschrocken. «Ich wünsche nicht – wie sagt man? – Sie Ihr Leben zu ändern! . . . Bi–iete, Sir! Nur kleine Sache – nicht Schuhe tragen nachts!» Er deutete auf seine kleinen, filsbeschuhten Füße und lächelte George hoffnungsfreudig an. «Sie Pantoffeln lieben – cha?» Und wieder lächelte er ermunternd.

Natürlich trug George von da an Pantoffeln. Aber manchmal vergaß er es, und dann klopfte Katamoto am nächsten Morgen an seine Tür. Er war niemals böse, war immer geduldig und guter Laune und bezaubernd höflich – aber er zog George jedesmal zur

31

Rechenschaft. «Sie haben getram-pelt!» rief er dann. «Gestern abend – wieder – getram-pelt!» Dann sagte George, es tue ihm leid, er wolle versuchen, es nicht wieder zu tun, und dann ging Katamoto kichernd davon, drehte sich aber noch einmal um, drohte schalkhaft mit dem Finger und rief: «Tram-peln!» Kreischend vor Lachen eilte er die Treppe hinunter.

Sie waren gute Freunde geworden.

In den folgenden Monaten stieß George, wenn er nach Hause kam, wiederholt im Hausflur auf eine Menge schwitzender, keuchender Transportarbeiter, zwischen denen Katamoto, von Kopf bis Fuß mit Gipsspritzern und -klümpchen bedeckt, herumwimmelte und mit ängstlich-entschuldigendem Lächeln inständig flehte, seine Arbeit doch ja nicht zu beschädigen; die kleinen Hände krampfhaft ringend, begleitete er die Arbeit mit erschrecktem Zusammenzucken, mit plötzlichen, atemlos-entsetzten Sprüngen und verzerrten Windungen seines Körpers, und die ganze Zeit flehte er mit übertrieben-gezwungener Höflichkeit:

«Nun – wenn – *Sie* – meine Herren – ein klein wenig! ... *Sie* ... Cha – cha – cha! Oh-h-h! Cha! – cha! Bi–iete, Sir! ... Würden Sie unten – ein wenig – cha! – cha! – cha!» zischte er leise mit seinem krampfhaften, flehend schüchternen Lächeln.

Die Arbeiter trugen die kolossalen Bestandteile irgendeines Perikles aus North-Dakota hinaus und verstauten sie in ihrem Lastwagen; man fragte sich, wie dieser zerbrechliche, flinke Mann wohl solch ein überlebensgroßes Ungetüm zustande gebracht hatte.

Wenn die Arbeiter dann abgezogen waren, führte Mr. Katamoto für kurze Zeit seine Seele auf die Weide. Dann kam er mit seiner Freundin, der kleinen, schlanken, munteren Japanerin, die irgendwie einen italienischen Einschlag zu haben schien, in den Hof und spielte dort stundenlang mit ihr Handball. Mr. Katamoto warf den Ball gegen die vorspringende Backsteinwand des Nebenhauses, und immer, wenn er getroffen hatte, schrie er vor Lachen, klatschte in die Händchen, bückte sich und hielt sich erschöpft vor Wonne und Vergnügen taumelnd den Bauch. Er wollte vor Lachen platzen und rief, so schnell er konnte, mit spitz überschnappender Stimme:

«Cha, cha, cha! Cha, cha, cha! Cha, cha, cha!»

Dann bemerkte er George, der ihm vom Fenster aus zusah, und das gab ihm neuen Auftrieb, denn er drohte mit dem Finger und schrie lustig:

«Sie haben getram-pelt! ... Cha, cha, cha! ... Gestern abend wieder getram-pelt!»

Darauf folgte wieder ein solcher Heiterkeitsausbruch, daß er über den Hof zur Hauswand torkelte; dort lehnte er sich ganz zusammengesunken an, hielt sich den mageren Bauch und kreischte völlig ermattet.

Inzwischen war es voller, dampfender Hochsommer geworden; als George Anfang August eines Tages nach Hause kam, begegneten ihm wieder die Transportarbeiter. Offensichtlich wurde diesmal ein außergewöhnlich großes Meisterwerk verladen. Mr. Katamoto wimmelte natürlich gipsbespritzt im Hausflur herum, grinste nervös und begleitete die Arbeit der kräftigen Ziehleute mit flehenden Stoßseufzern. Als George hereinkam, trugen gerade zwei Männer einen kolossalen Kopf mit ungeheuerlichen Kinnbacken und mit dem Gesichtsausdruck eines weitblickenden Staatsmannes langsam durch den Flur. Kurz darauf schoben drei weitere Männer sich aus dem Arbeitszimmer, die, mühselig keuchend und vor sich hinfluchend, ein Stück von einem flatternden Gehrock und einen dicken Bauch mit einer prächtigen Weste schleppten. Die ersten beiden Männer waren ins Arbeitszimmer zurückgegangen, und als sie wieder herauskamen, schwankten sie unter einem mächtigen, behosten Bein und einem überdimensionalen, beschuhten Fuß. Als sie durch den Flur gingen, drückte einer von den anderen Arbeitern, der weitere Bestandteile des Staatsmannes holen wollte, sich an die Wand, um sie vorbeizulassen und sagte:

«Donnerwetter! Wenn der Hurensohn dich in den Hintern tritt, dann bleibt nicht mal 'n Fettfleck übrig, was, Joe?»

Das allerletzte Stück war ein riesiger Arm und eine Faust, deren ungeheurer Zeigefinger feierlich-bekennend und mahnend nach oben zeigte.

Diese Figur war Katamotos Meisterwerk; als sie an George vorübergetragen wurde, fühlte er, dieser gewaltig aufgereckte Finger bedeutete für den kleinen Mann den Gipfel seiner Kunst, die Vollendung seines Lebens. Bestimmt liebte er ihn wie seinen Augapfel. George hatte ihn noch nie so hochgradig erregt gesehen. Er begleitete die schwitzenden Männer geradezu mit seinem Gebet. Man sah deutlich, daß ihr derb-pietätloses Zupacken ihn schaudern machte. Sein Lächeln war zu einer Maske des Schreckens erstarrt. Er wand und krümmte sich, rang die kleinen Hände und preßte sie an seinen stöhnenden Mund. George hatte den Eindruck, daß er auf der Stelle tot umgefallen wäre, wenn diesem fetten Zeigefinger etwas zugestoßen wäre.

Endlich hatten die Arbeiter alles in ihren großen Lastwagen verstaut und fuhren mit dem Monstrum ab. Mr. Katamoto blieb verstört, abgekämpft und vollkommen erschöpft am Straßenrand zurück. Dann kam er wieder ins Haus und lächelte George gezwungen an.

«Tram-peln!» sagte er kraftlos und drohte mit dem Finger, und zum erstenmal war keine Spur von Fröhlichkeit und Energie in ihm.

George hatte ihn bisher noch nie müde gesehen. Nie war ihm der Gedanke gekommen, daß Katamoto müde werden könnte. Der kleine Mann war so voll unerschöpflicher Lebenskraft gewesen. Als George ihn jetzt so matt und merkwürdig grau dastehen sah, überkam ihn eine unerklärliche Traurigkeit. Katamoto schwieg einen Augenblick, dann blickte er auf und sagte fast tonlos, aber mit einem schwachen Abglanz seines gierigen Eifers:

«Sie sehen Statue – cha?»

«Ja, Kato, ich hab sie gesehen.»

«Und finden schön?»

«Ja, sehr schön.»

«Und –» er kicherte ein bißchen und hob die zittrigen Hände – «Sie sehen Fuß?»

«Ja.»

«Ich glaube», sagte er mit einem glucksenden Lachen, «er werden tram-peln – cha?»

«Das müßte er wohl, bei dem Riesenfuß, den er hat», sagte George und fügte anzüglich hinzu: «Fast so groß wie meiner!»

Katamoto schien entzückt von dieser Bemerkung, denn er lachte schrill und sagte: «Cha! Cha!» und nickte nachdrücklich mit dem Kopf. Wieder schwieg er und sagte dann zögernd, aber mit unverhohlenem Eifer:

«Und Sie sehen Finger?»

«Ja, Kato.»

«Und Sie finden schön?» fragte Katamoto ernst und eindringlich.

«Sehr schön.»

«Großer Finger – cha?» fragte er im Ton wachsenden Triumphgefühls.

«Sehr groß, Kato.»

«Und *zeigen* – cha?» sagte er verzückt, grinste breit übers ganze Gesicht und zeigte mit seinem kleinen Finger himmelwärts.

«Ja, er zeigt.»

Katamoto seufzte befriedigt. «Das sein gut», sagte er wie ein zufriedenes Kind, «ich mich freue, Sie finden schön.»

Danach sah George Katamoto eine Woche lang nicht und dachte nicht einmal an ihn. In der School for Utility Cultures waren Ferien, und George saß jede Minute Tag und Nacht in einem Anfall von Schreibwut an seinem neuen Buch. Eines Nachmittags hatte er einen langen Abschnitt beendet. Die mit seiner fliegenden, fast unleserlichen Handschrift bekritzelten Blätter hatte er achtlos auf den Fußboden geworfen und saß nun entspannt an seinem Arbeitstisch; er sah zum Hoffenster hinaus, und da fiel ihm plötzlich Katamoto wieder ein. Die ganze letzte Zeit hatte er ihn nicht gesehen, und jetzt kam es ihm befremdlich vor, daß er nicht einmal das Aufprallen des kleinen Balles an der Hauswand oder das spitze, schrille Lachen gehört hatte. Er merkte, daß ihm etwas fehlte; er wurde unruhig und ging sofort hinunter und klingelte bei Katamoto.

Keine Antwort – alles blieb still. Er wartete, aber niemand kam. Er ging ins Souterrain hinunter und fragte den Pförtner. Der sagte, Mr. Katamoto sei krank gewesen, nein, nichts Ernstes, glaubte er, aber der Arzt hatte nach der anstrengenden Arbeit eine kurze Ruhe- und Erholungszeit verordnet und ihn zur Behandlung und Beobachtung in das gegenüberliegende Krankenhaus geschickt.

George wollte ihn besuchen, aber er steckte so tief in der Arbeit, daß er es aufschob. Als er etwa zehn Tage später eines Morgens vom Frühstück in einem Restaurant zurückkam, hielt vor dem Haus ein Lastwagen. Katamotos Tür stand offen, und beim Hineinschauen sah er, daß die Ziehleute die Wohnung schon fast ausgeräumt hatten. In der Mitte des einst so phantastisch eingerichteten, jetzt aber leeren Zimmers, wo Katamoto seine Wunderwerke vollbracht hatte, stand ein junger Japaner, ein Bekannter des Bildhauers, den George schon mehrmals gesehen hatte. Der überwachte das Fortschaffen der letzten Möbelstücke.

Als George eintrat, blickte der junge Japaner schnell mit dem zähnefletschenden Grinsen starrer Höflichkeit auf. Er sagte nichts, bis George ihn fragte, wie es Mr. Katamoto ginge. Da sagte er mit demselben zähnefletschenden, starren Grinsen und mit der gleichen undurchdringlichen Höflichkeit, Mr. Katamoto sei tot.

George stand einen Augenblick entsetzt da, wußte, daß es nichts weiter zu sagen gab, und hatte doch irgendwie, wie stets bei solchen Anlässen, das Gefühl, daß er etwas sagen *müßte*. Er sah den jungen Japaner an und wollte etwas sagen, aber sein Blick versank in die unergründlichen, höflich-nichtssagenden Augen Asiens.

Er sagte weiter nichts, bedankte sich nur bei dem jungen Mann und ging hinaus.

Manche Dinge wandeln sich nie

Von seinem Straßenfenster aus konnte George nur die düstere Masse des Lagerhauses gegenüber sehen. Es war ein altes Gebäude, eine kahle, unschöne Front in rostig-verschossenem Braun, über die sich ein häßliches Gespinst von Feuerleitern zog; auf einem verwitterten Holzschild, so breit wie die Fassade selbst, war in verblichenen Buchstaben der Firmenname «The Security Distributing Corp.» zu lesen. George wußte nicht, was eine Verteilungs-Gesellschaft war, aber seit er in dieser Straße wohnte, waren täglich gewaltige Lastautos vor dem schäbigen Gebäude vorgefahren und hatten vor den abgestutzten Planken der Laderampe geparkt, die anderthalb Meter über dem Straßenpflaster wie abgeschnitten im Leeren endete. Fahrer und Beifahrer sprangen aus den Wagen, in dem ruhigen alten Gebäude brach sofort eine tolle Arbeitswut aus, und die Luft hallte wider von rauhen Zurufen:

«He–ebt an, eh! He–ebt an! Hau–*ruck!* Hau–*ruck!* Mal anfassen, ihr da! Heh! *Ihr* da!»

Mit spöttischem Lächeln auf ihren harten Gesichtern sahen sie sich an, und ihr aus einem Mundwinkel hervorgestoßenes «Verflucht noch mal!» klang unerschütterlich. Die ließen sich bestimmt nicht die Butter vom Brot nehmen, und keiner von ihnen tat mehr, als er unbedingt mußte.

«Geht *mich* einen Dreck an, wo der hinfährt! Kümmer *du* dich doch drum! Woher zum Teufel soll *ich* das wissen?»

Sie packten schnell, kräftig und wunderbar geschickt zu, eine unerbittliche Ruhelosigkeit spornte sie zu mürrischer Wut an und machte ihre Stimmen bitter und scharf.

Die Stadt mit dem steinernen Herzen war ihre Mutter, an ihrer Brust hatten sie die erste bittere Nahrung gesogen. In Stein und Asphalt waren sie hineingeboren, in überfüllte Wohnungen und in das Gewimmel der Straßen; beim betäubenden Dröhnen der Hochbahn fielen sie wie Kinder in den Schlaf; in einer gewalttätigen, unaufhörlichen Welt hatten sie drohen, kämpfen und sich behaupten gelernt; das Wesen der Stadt war ihnen in Fleisch, Blut und Bewegungen übergegangen, die ätzende Säure der Stadt hatte sich in ihre Sprache, in ihr Denken und in ihre Vorstellungen eingefressen und hatte sie ganz durchtränkt. Sie hatten grobe, zerfurchte Gesichter und eine derbe, trockene Haut ohne einen Hauch frischer Farbe. Ihre Pulse schlugen in dem gleichen wütigen Takt wie das Herz der Stadt: stets mit einem Fluch auf dem Sprung, einen metallisch-gellenden Pfiff auf den schiefgezogenen

Lippen, und im Herzen den mächtigen, heimlich-düsteren Stolz. Ihre Seelen glichen dem Asphaltantlitz der Straßen: täglich peitschten tausend neue Eindrücke mit schreienden Farben auf sie ein, und täglich wurde alles, was sie sahen und hörten, die ganze Raserei des Tages von ihren hartnäckigen Seelen wieder weggewischt. Zehntausend wilde Tage waren über sie dahingebraust, und sie hatten keine Erinnerung mehr daran. Sie lebten, als wären sie schon erwachsen in die Gegenwart hineingeboren worden und als schüttelten sie mit jedem Atemzug die Last der Vergangenheit ab; das Buch ihres Lebens wurde in jedem gegenwärtigen und vergänglichen Augenblick neu geschrieben.

Sie waren sicher und zuversichtlich, immer geschah ihnen Unrecht, aber stets blieben sie vertrauensvoll. Sie kannten kein Zaudern und keine Zweifel und gaben nie zu, wenn sie etwas nicht wußten oder sich irrten. Sie begrüßten den Morgen mit einem höhnischen Ausruf, mit einem derben, ungeduldigen Fluch und gierten schon nach dem Lärm des Tages. Mittags saßen sie fest und sicher auf ihren Sitzen und hielten den Umstehenden fluchgespickte Reden über die Kniffe und Praktiken schlauer Konkurrenten, über die Tyrannei der Polizisten, über die Blödheit der Fußgänger und über alles, was weniger Erfahrene als sie verkehrt machten. Den Gefahren der Großstadtstraßen begegneten sie mit einer Gemütsruhe, als führen sie bloß über einen Feldweg. Täglich brachen sie seelenruhig zu Abenteuern auf, vor denen der tapferste Wilde im Dschungel entsetzt und verzweifelt zurückgeschaudert wäre.

An rauhen Vorfrühlingstagen hatten sie dicke schwarze Wollhemden und Lederjacken getragen, aber jetzt im Sommer hatten sie ihre sonnenverbrannten, tätowierten Arme entblößt, auf denen man die Muskeln wie dicke Stricke spielen sah. Die kraftvolle Präzision ihrer Arbeit erweckte in George gleichzeitig tiefe Achtung und Bescheidenheit. Denn verglichen mit dem Leben dieser Männer, die ihre Kraft und ihr Können voll auszunutzen wußten, erschien ihm sein eigenes Leben mit allen widerstreitenden Begierden, allen vagen Plänen und Aussichten und mit seiner hoffnungsvoll begonnenen und oft halbfertig gebliebenen Arbeit wie ein blindes, wirres Gestammel.

Fünfmal in der Woche fuhren die gewaltigen Lastwagen auch nachts vor und standen dann als wuchtige Karawane wartend am Straßenrand. Dann waren sie mit großen Planen bedeckt, an beiden Seiten brannten kleine grüne Lampen, und die Fahrer standen im Schatten ihrer riesigen Fahrzeuge und unterhielten sich, die Gesichter schwach von den aufglühenden Pünktchen ihrer Zigaretten erhellt. Einmal hatte George einen Fahrer gefragt, wohin sie in der Nacht führen, und hatte erfahren, daß sie nach Philadelphia führen und gegen Morgen wieder zurückkämen.

Eine geheimnisvolle Freude überkam George, wenn er abends diese großen Lastwagen düster-schweigend, in mühsam gebändigter Erwartung stehen sah und die Fahrer auf den Befehl zum Aufbruch warteten. Diese Männer gehörten zu der großen Gemeinschaft der Nachtvögel, und er fühlte sich eng mit ihnen verbunden. Denn er hatte die Nacht stets inniger geliebt als den Tag, und seine Lebenskräfte hatten sich in dem heimlich jubelnden Herzen der Dunkelheit aufs höchste gesteigert.

Er wußte um die Freuden und um die Mühsal dieser Männer. Er sah, wie der Schattenzug ihrer Lastwagen sich durch schlafversunkene Städte schlängelte, und spürte die Finsternis, den kühlen Duft des freien Landes auf seinem Gesicht. Er sah in der lilafarbenen Finsternis die Fahrer mit wachen Sinnen am Steuer hocken, den Blick starr auf die Straße vor sich gerichtet, um den nächtlichen Vorhang über der einsamen Landschaft zu durchdringen. Und er kannte ihre Haltestellen, wo sie etwas aßen, jene kleinen, die ganze Nacht geöffneten Imbißstuben, in denen ein warmes Petroleumlicht glimmte und in denen nur der griechische Wirt mit vorgebundener Schürze hinter der Theke döste, bis das Scharren der schweren Männerfüße und gleichgültig-rauhe Stimmen die Stille des Raums unterbrachen.

Sie kamen herein, warfen sich auf die nebeneinander stehenden Hocker und bestellten. Während sie warteten und der Hunger ihnen durch den männlichen Geruch frischgebrühten Kaffees, gebratener Eier mit Zwiebeln und bruzzelnder Hamburger grimmigbrennend bewußt wurde, griffen sie zu dem unschätzbaren, prikkelnden und billigen Trost der Zigarette; sie hielten sie im hartgeschlossenen Mund, zündeten sie hinter der vorgehaltenen Hand an, rauchten mit tiefen Zügen und stießen den Rauch bedächtig durch die Nase wieder aus. Sie gossen sich dicke Klumpen von Tomaten-Ketchup auf ihre Hamburger, brachen mit geschwärzten Fingern die Scheiben wohlriechenden Brotes und aßen, schnell und ungebärdig schlingend über Teller und Becher gebeugt, mit der Wollust wilder Tiere.

O ja, er war einer der ihren, er verstand sie wie ein Blutsbruder und fühlte ihre Lust und ihren Hunger bis zum letzten kräftigen Schluck, bis zur letzten tiefen Befriedigung des satten Bauches, bis zum letzten, bedächtig ausgestoßenen Rauchwölkchen ihrer dankbaren Lunge. Er fühlte die Großartigkeit ihres Lebens in der zauberischen Sommernacht. Ohne Zwischenfall sausten sie durch die Nacht in das Frühlicht und in den Vogelgesang des Morgens hinein, in den Morgen, der die Erde zu neuer Lust erweckte; und wenn er darüber nachdachte, dann war ihm, als wohnte die unsterbliche Jugend des verborgen-einsamen, ungebärdigen Menschenherzens in der Finsternis.

Den ganzen Sommer des Jahres 1929 hindurch saß an einem breiten Fenster des Lagerhauses ihm gegenüber ein Mann in immer gleicher Haltung an seinem Schreibtisch und sah auf die Straße hinaus. Wann immer George hinüberblickte, sah er ihn dort sitzen, aber er sah ihn immer nur unbeweglich und abwesend aus dem Fenster starren. Der Mann hatte zunächst als unauffälliger Bestandteil der Umgebung gewirkt und schien darin aufzugehen, so daß George ihn kaum bemerkt hatte. Dann hatte Esther ihn eines Tages entdeckt, deutete auf ihn und sagte lustig:

«Da ist ja wieder unser Freund von der Distributing Corp. Was mag er wohl verteilen? Ich hab ihn noch nie irgendwas tun sehn. Hast du ihn schon gesehen?» rief sie eifrig. «Mein Gott, so was Merkwürdiges hab ich noch nie gesehn!» Sie lachte herzlich, zuckte dann befremdet-wegwerfend die Achseln und sagte gleich darauf ernsthaft-wißbegierig: «Ist das nicht komisch? Was meinst du: womit beschäftigt sich so ein Mann! Woran denkt er?»

«Ach, ich weiß nicht», sagte George gleichgültig. «Wahrscheinlich an gar nichts.»

Dann vergaß sie den Mann und sprach von anderen Dingen, aber von da an wurde George den Gedanken an diese ungewöhnliche Erscheinung nicht los, und er begann den Mann wie hypnotisiert zu beobachten und sich zu fragen, was es wohl mit seinem regungslosen Hinausstarren auf sich haben mochte.

Wenn Esther bei ihrem täglichen Besuch einen Blick über die Straße warf, rief sie belustigt mit betont herzlicher Befriedigung, wie man etwas Altbekanntes und Längsterwartetes begrüßt:

«Ah, unser alter Freund der Distributing Corp. sieht immer noch aus dem Fenster! Woran mag er wohl heute denken?»

Lachend wandte sie sich vom Fenster ab. Dann dachte sie, mit der ihr eigenen kindlichen Vorliebe für den Rhythmus der Wörter, eine Weile über den sonderbaren Klang nach und formte lautlos mit den Lippen eine Reihe sinnloser Silben: «Corp-Burp-Forp-Dorp-Torp», und schließlich, als habe sie eine großartige Entdeckung gemacht, trällerte sie ein fröhliches Liedchen:

«Der Distributing Corp, der Distributing Corp,
Er sitzt den ganzen Tag und tut nicht eine Orb!»

George protestierte, weil der Reim keinen Sinn ergab, aber sie
warf vor Vergnügen den Kopf zurück und schrie vor Lachen.

Aber nach einiger Zeit lachten sie nicht mehr über den Mann.
Denn so undurchsichtig die Art seiner Beschäftigung und so unverständlich und komisch seine Indolenz auf den ersten Blick erschienen war – dieses unbewegliche Hinausstarren hatte doch etwas ungeheuer Eindrucksvolles und Erschreckendes. Täglich brandeten
auf der Straße vor ihm das Leben und der Geschäftsverkehr vorüber; täglich kamen die großen Lastwagen, Fahrer, Beifahrer und
Packer wimmelten, geradezu aufreizend auf ihre Arbeit konzentriert, zu seinen Füßen und erfüllten die Luft mit ihrem Schreien
und Fluchen; aber der Mann am Fenster sah nie zu ihnen hin, gab nie
zu erkennen, daß er sie auch nur hörte, und schien ihre Existenz
überhaupt nicht zu bemerken; er saß nur da, sah hinaus und starrte
abwesend ins Leere.

Im Laufe seines Lebens hatten viele an sich unbedeutende Dinge
sich tief in George Webbers Gedächtnis eingeprägt und saßen dort
fest wie Kletten in einem Hundeschwanz: es waren immer ganz
kleine Dinge, die dann, in einem Augenblick klarer Erkenntnis,
blitzartig-schmerzhaft eine tiefe Bedeutung für ihn gewonnen hatten. So erinnerte er sich – und er würde sich immer daran erinnern –
an den strahlenden Ernst in Esthers Gesicht, als es eines Abends
unerwartet in einer Menge grauer, antlitzloser Gesichter am Times
Square vor ihm aufleuchtete und wieder verschwand. Ebenso würde er nie die beiden Taubstummen vergessen, die sich einmal in der
Untergrundbahn in ihrer Zeichensprache unterhalten hatten; oder
den hellen Klang eines Kinderlachens in einer einsamen Straße bei
Sonnenuntergang; oder die Mädchen jenseits des Hofs in ihren
schäbigen kleinen Kammern, die Tag für Tag ihren armseligen
Staat wuschen, bügelten und wieder wuschen und nicht aufhörten,
sich für einen Besucher zu schmücken, der nie kam.

Und nun kam zu dieser Sammlung unerheblicher Dinge noch die
Erinnerung an das weiß-aufgeschwemmte Gesicht dieses Mannes,
das sich ewig gleich blieb in seinem ausdruckslos-stumpfen, sorgenvollen Hinausstarren. In seiner unveränderlichen Ruhe und
Teilnahmslosigkeit wurde es für ihn eine Art Symbol der Dauer in
dem chaotischen Brausen und Fluten der Stadt, wo alles kommt
und geht und vorüberfliegt und es bald vergessen wird. Und als er

den Mann täglich beobachtete und sein Geheimnis zu ergründen versuchte, meinte er endlich die Antwort gefunden zu haben.

Wenn er später, nach Jahren, an das Gesicht dieses Mannes dachte, war es für ihn immer mit einer Dämmerstunde im Spätsommer verbunden. Die letzten Sonnenstrahlen fielen ohne stechende Hitze auf die warmen Mauern des Gebäudes und tauchten es in ein wehmütig-unirdisches Licht. Der Mann saß am Fenster und sah unablässig hinaus. Sein Blick war fest, ruhig und sorgenvoll, und auf seinem Gesicht stand das Alleinsein eines gefangenen Geistes.

Das Gesicht dieses Mannes wurde für George zum Antlitz der Zeit und der Dunkelheit. Es sagte nichts und hatte doch eine Stimme – eine Stimme, die die ganze Erde zu enthalten schien. Es war die Stimme des Abends und der Nacht, in ihr vereinigten sich die Worte aller Menschen, hinter denen die Hitze und die Raserei des Tages liegen und die nun auf der Schwelle des Abends ausruhen. In dieser Stimme waren alle Ermattung und alle Stille, die zur Dämmerstunde die Stadt überkommt, wenn wieder einmal ein wirrer Tag zu Ende gegangen ist und wenn alles – Straße, Häuser und acht Millionen Menschen – ganz sachte in matter, unruhevoller Lust atmet. In dieser einen lautlosen Stimme lag das Wissen um all ihre Worte.

«Kind, o Kind», sagte sie, «hab Geduld und Vertrauen, denn das Leben besteht aus vielen Tagen, und jede gegenwärtige Stunde vergeht einmal. Sohn, o Sohn, du warst tollwütig und trunken, rasend und wild, deine Seele war voll von Haß und Verzweiflung und dunkler Wirrsal – aber wir haben das gleiche erlebt. Du fandest die Erde zu groß für dein kleines Leben, du fandest deinen Verstand und deine Körperkraft zu klein für den Hunger und das Verlangen, die dich verzehrten – aber das haben alle Menschen durchgemacht. Im Finstern bist du dahingestolpert, nach allen Richtungen hat es dich hin und her gezerrt, du wurdest müde und hast dich verirrt – aber dies, mein Kind, ist die Geschichte der Erde. Und nun kennst du den Wahnsinn und die Verzweiflung, und du wirst wieder verzweifeln, bevor noch der Abend sinkt; da rufen wir dich auf, wir, die wir die Wälle der wütigen Erde bestürmt haben und zurückgeworfen wurden, wir, die das unbegreiflich-bittere Geheimnis der Liebe wahnsinnig gemacht hat, wir, die wir nach Ruhm gehungert, die wir das Leben mit seinem Aufruhr, seinen Schmerzen und seiner Raserei ausgekostet haben und nun still am Fenster sitzen und auf alles herunterblicken, was uns hinfort nicht mehr berühren kann – wir rufen dich auf: fasse Mut! Denn wir schwören dir: alles geht vorüber.

Wir haben das Gleißen und Glänzen vieler Moden überlebt, haben so vieles kommen und gehen gesehen, haben erlebt, wie so vieles Gesagte wieder vergessen wurde, und wir sind Zeugen so manchen Ruhms geworden, der glänzend aufstieg und wieder unterging; nun aber wissen wir, daß wir Fremdlinge bleiben, deren Fuß keine Spur auf den endlosen Straßen des Lebens hinterläßt. Wir gehen nicht wieder in die Finsternis, wir werden dem Wahnsinn und der Verzweiflung nicht wieder anheimfallen: denn nun haben wir eine Mauer um uns gebaut. Das Schlagen fremder Uhren wird uns nicht mehr berühren, und morgens beim Erwachen im fremden Land werden wir nicht mehr an die Heimat denken: unsere Wanderung ist zu Ende, unser Hunger ist gestillt. O Bruder, Sohn und Gefährte, wir haben so lange gelebt und so viel gesehen, daß wir uns mit wenigen Dingen begnügen und Millionen von Dingen vorübergehen lassen.

Manche Dinge wandeln sich nie und werden immer die gleichen bleiben. Leg dein Ohr an die Erde und lausche.

Das Rauschen eines Waldbachs in der Nacht, ein Frauenlachen im Dunkeln, der durchdringende Ton eines Rechens im Kies, das scharfe Stechen der Sonne auf einer Wiese in der Mittagsglut, das zarte Geweb von Kinderstimmen in der klaren Luft – diese Dinge wandeln sich nie.

Das Sonnenglitzern auf bewegtem Wasser, die Pracht der Sterne, die Unschuld des Morgens, der Meeresgeruch in den Häfen, der federleichte, wolkige Schleier des jungaufbrechenden Laubs und alles, was da kommt und geht und unfaßbar ist: der scharfe Stachel, der lautlose Schrei des Frühlings – diese Dinge werden immer die gleichen bleiben.

Alles, was der Erde angehört, wird sich niemals wandeln: Laub, Halm und Blume, der tosende, einschlafende und wieder erwachende Wind, die Bäume, die mit steifen Armen im Dunkeln zittern und aneinanderschlagen, und der Staub der Liebenden, die längst in der Erde liegen – alle Dinge, die die Erde im Kreislauf der Jahreszeiten spendet, alles, was dahingeht, sich wandelt und wieder ersteht – all das wird immer das gleiche bleiben; denn es kommt aus der unwandelbaren Erde und geht wieder zurück in die ewig dauernde Erde. Nur die Erde besteht, und die besteht für immer.

Auch die Viper, die Giftnatter, die Tarantel wird sich nie wandeln. Schmerz und Tod werden immer die gleichen bleiben. Aber aus dem pulsierenden Pflaster der Städte, aus den Häusern, die gleich einem Schrei erzittern, aus aller Zeitvergeudung, aus dem Hufgestampfe der Bestie auf dem zerstückelten Gebein der Städte wird etwas emporwachsen wie eine Blume; ein unsterblicher, ewiger Glaube wird neu aus der Erde hervorsprießen und wird in das Leben einbrechen wie der April.»

Hinter allem die Angst

Neugierig betrachtete er den gelben Umschlag und drehte ihn in der Hand. Beim Anblick seines Namens auf der durchsichtigen Vorderseite wurde ihm unbehaglich zumute. Er war es nicht gewohnt, Telegramme zu bekommen, sie regten ihn immer ein bißchen auf. Unwillkürlich verschob er das Öffnen, denn er fürchtete sich vor dem Inhalt. Durch irgendeinen längst vergessenen Unglücksfall in seiner Kindheit waren Telegramme für ihn gleichbedeutend mit schlechten Nachrichten. Von wem konnte es sein? Und was mochte darin stehen? Also, du Idiot, mach's auf und sieh nach!

TANTE MAW GESTERN ABEND GESTORBEN STOP BEERDIGUNG DONNERSTAG IN LIBYA HILL STOP KOMM MÖGLICHST NACH HAUSE.

Das war alles. Nichts Näheres darüber, woran sie gestorben war. Höchstwahrscheinlich an Altersschwäche. Woran sollte sie sonst gestorben sein? Sie war doch nicht krank gewesen, sonst hätten sie es ihm wohl schon früher mitgeteilt.

Die Nachricht erschütterte ihn tief. Aber es war weniger Kummer als das tiefe, fast unpersönliche Gefühl eines Verlusts, an den man nicht glauben konnte, so als entdeckte man plötzlich, daß eine große Naturkraft aufgehört hatte zu wirken. Er konnte es nicht begreifen. Seit er mit acht Jahren seine Mutter verloren hatte, war Tante Maw der unverrückbar feststehende Punkt seiner Knabenwelt gewesen. Sie war die unverheiratete ältere Schwester seiner Mutter und seines Onkels Mark und hatte sich seiner angenommen und ihn mit aller eifernden Strenge ihrer Puritanerseele großgezogen. Sie hatte sich redliche Mühe gegeben, einen Joyner aus ihm zu machen und mit ihm bei ihrer engherzigen, provinziellen Gebirglerfamilie Ehre einzulegen. Das war ihn mißlungen, und sein Abirren vom Pfade Joynerscher Rechtschaffenheit hatte ihr tiefen Kummer bereitet. Das wußte er schon lange; aber jetzt wurde ihm auch klarer als je zuvor, daß sie auf ihre Weise ihm gegenüber unermüdlich ihre Pflicht erfüllt hatte. Wie er so ihr Leben überdachte, fühlte er unaussprechliches Mitleid mit ihr und wurde fast erstickt von einer Welle zärtlicher Liebe.

So weit er zurückdenken konnte war Tante Maw ihm als ein zeitloses altes Weib, so alt wie Gottvater selbst, erschienen. Er hörte noch ihre eintönig-jammernde Stimme und die endlosen Erzählungen aus ihrer Vergangenheit; sie hatte die Welt seiner Kindheit mit einem ganzen Schwarm von toten Joyners bevölkert, die seit den längstvergangenen Tagen vor dem Bürgerkrieg in den Hügeln von Zebulon begraben lagen. Und fast jede ihrer Geschichten war eine Chronik von Krankheit, Sorge und Tod. Über alle Joyners der letzten hundert Jahre wußte sie etwas zu erzählen, sie wußte, ob sie an der Schwindsucht, Lungenentzündung oder Typhus, an Hirnhautentzündung oder Aussatz gestorben waren, und jeden dieser Unglücksfälle wußte sie mit gleichsam jammerndem Wohlbehagen neu zu beleben. Durch sie entstand in ihm ein Bild von den Verwandten im Gebirge, über dem ständig der Schatten furchtbaren Elends und plötzlicher Todesfälle lag, ein Bild, das häufig durch übernatürliche Offenbarungen gespenstisch verdunkelt wurde. Sie waren des Glaubens, die Joyners wären vom Allmächtigen mit okkulten Kräften begabt, sie pflegten immer wieder auf Landstraßen aufzutauchen und mit Vorübergehenden zu sprechen, während sich später herausstellte, daß sie zur selben Zeit 80 Kilometer weit entfernt gewesen waren. Immer hörten sie Stimmen und hatten düstere Ahnungen. Wenn ein Nachbar plötzlich starb, kamen die Joyners meilenweit herbei und wachten bei der Leiche; dann saßen sie beim flackernden Licht der Fichtenkloben am Herd und redeten die ganze Nacht; in ihre monotonen Stimmen mischte sich das Geräusch der zusammenrutschenden Asche, während sie einander erzählten, wie ihnen schon eine Woche vorher der bevorstehende Todesfall verkündet worden war.

So hatte Tante Maw mit ihrem unermüdlichen Gedächtnis in Kopf und Herz des Knaben die Welt der Joyners aufgebaut. Irgendwie hatte er das Gefühl gehabt, daß andere Menschen wohl dahin leben und sterben könnten, daß die Joyners aber diesen Gesetzen nicht unterworfen, daß sie etwas Besonderes wären. Der Tod war ihre tägliche Nahrung, und sie triumphierten über ihn; die Joyners würden immer weiterleben. Und nun war Tante Maw, die älteste der Joyners, die triumphalste Besiegerin des Todes, gestorben ...

Donnerstag sollte das Begräbnis sein. Heute war Dienstag. Wenn er heute den Zug nähme, würde er morgen ankommen. Er wußte: alle Joyners von den Hügeln des Distrikts Zebulon in Old Catawba würden auch diesmal herbeiströmen, um die sorgenverdüsterten Sterberiten ihres Stammes abzuhalten, und wenn er so früh ankäme, würde er ihrem entsetzlich bedrückenden Gerede nicht entrinnen können. Besser war's, noch einen Tag zu warten und erst kurz vor der Beerdigung aufzutauchen.

Es war Anfang September. Das neue Semester an der School for Utility Cultures würde nicht vor Mitte des Monats beginnen. George war mehrere Jahre nicht in Lybia Hill gewesen, und er konnte gut eine Woche bleiben und sich in der Stadt umsehen. Allerdings, bei den Verwandten wohnen zu müssen, vor allem bei einem solchen Anlaß – diese Aussicht hatte etwas Beängstigendes. Dann aber fiel ihm Randy Shepperton ein, der gleich nebenan wohnte. Mr. und Mrs. Shepperton waren beide tot, und die älteste Tochter hatte geheiratet und war weggezogen. Randy hatte in der Stadt eine gute Stellung und wohnte in dem alten Haus zusammen mit seiner Schwester Margaret, die ihm den Haushalt führte. Vielleicht konnten sie ihn unterbringen. Sie würden Verständnis für seine Gefühle haben. Er telegrafierte also an Randy, bat ihn um seine Gastfreundschaft und gab den Zug an, mit dem er ankommen würde.

Als George am nächsten Nachmittag zur Pennsylvania Station zu seinem Zug ging, hatte er sich von der ersten Erschütterung durch Tante Maws Tod erholt. Die menschliche Seele ist erschreckend anpassungsfähig; das zeigte sich am deutlichsten an der geheimnisvollen Elastizität, mit der sie selbsterhaltende und heilende Abwehrkräfte hervorbringt. Sofern ein Ereignis nicht die gesamte Lebensordnung über den Haufen wirft, findet die junge und gesunde Seele sich, wenn man ihr nur Zeit läßt, mit dem Unvermeidlichen ab und wappnet sich für das nächste Geschehen – etwa so wie ein grimmig-pflichtbesessener amerikanischer Tourist bei seiner Ankunft in einer unbekannten Stadt sich kurz umsieht, sein Gepäck aufnimmt und sagt: «Schön, und wo fahren wir nun hin?» So ähnlich erging es auch George. Der Gedanke an die Beerdigung schreckte ihn – aber bis dahin war noch ein Tag Zeit; zunächst einmal hatte er eine lange Eisenbahnfahrt vor sich, und so verdrängte er seine düsteren Gefühle und gab sich ganz dem gierig-erregenden Genuß hin, den jede Eisenbahnfahrt für ihn bedeutete.

Als er den Bahnhof betrat, spürte er sogleich das mächtig-ferne Summen der Zeit, das ihn erfüllte. Breite Streifen staubigen Lichts fielen schräg auf den Boden der Bahnhofshalle, und unter dem Gewölbe des gewaltigen Raums geisterte die unentwegte Stimme der Zeit wie ein Niederschlag aus den Stimmen und dem Gewimmel des Menschenschwarms. Es klang wie fernes Meeresrauschen, wie das gedämpfte Steigen und Zurückfluten des Wassers am Strand. Es hatte etwas Selbständig-Elementares, hatte mit dem Leben der einzelnen Menschen nichts zu tun. Sie trugen nicht mehr dazu bei als die Regentropfen zu den strömenden Wassermassen eines Flusses, der aus der mächtigen Tiefe abendlich-purpurner Berge quillt.

Nur wenige Gebäude sind so groß, daß die Stimme der Zeit sich von ihnen einfangen läßt, und George fand es ganz sinnvoll, daß gerade ein Bahnhof sich am besten dafür zu eignen schien. Denn hier strömten wie nirgends sonst die Menschen zusammen, zu Beginn oder am Ende einer ihrer unzähligen Reisen, hier begrüßten sie einander und sagten sich Lebewohl, hier war das ganze Bild des menschlichen Geschicks zu einem kurzen Augenblick zusammengerafft. Die Menschen kamen und gingen, eilten vorüber und verschwanden, und alle gingen durch die einzelnen Augenblicke ihres Lebens hindurch dem Tode entgegen; ihrer aller Lebenslaut klang in dem Rauschen der Zeit – aber die Stimme der Zeit tönte unter dem gewaltigen hohen Dach immer weiter, ein unbeirrbar-fernes, ewig-schläfriges Gemurmel.

Jeder einzelne war erfüllt von seiner Reise. Durch das verwirrende Gewoge der Menge hindurch mußte jeder seinen Weg finden und sein Ziel zu erreichen suchen. Jeder dachte nur an *seine* Reise und kümmerte sich nicht um die Reisen der anderen. Da stand ein Reisender, der seinen Zug zu versäumen fürchtete. Mit fahrigen Bewegungen schrie er fieberhaft aufgeregt seinen Träger an, lief zum Billettschalter, mußte dort anstehen und sah, vor Nervosität platzend, immer wieder nach der Uhr. Dann kam seine Frau eilig über den glatten Steinboden gerannt und rief ihm schon von weitem zu:

«Hast du die Fahrkarten? Es ist höchste Zeit! Wir werden noch den Zug versäumen!»

«Weiß ich doch!» rief er verärgert zurück. «Ich mach ja schon so schnell wie möglich!» Und in erbittertem Ton fügte er laut hinzu: «Wir *könnten* ihn kriegen, wenn der da vorne endlich mit seiner Fahrkarte fertig würde!»

Der Mann vorne drehte sich drohend um. «Sie werden gefälligst warten, eine Minute werden Sie wohl *warten* können!» sagte er. «Denken Sie vielleicht, Sie sind der einzige, der den Zug schaffen muß? Ich war vor Ihnen hier! Sie haben wie alle anderen zu warten, bis Sie dran sind!»

Nun entbrannte ein Streit zwischen ihnen. Die anderen Reisenden, die auch auf ihre Fahrkarten warteten, wurden böse und begannen zu murren. Der Mann am Schalter klopfte ungeduldig an sein Fenster und blickte mürrisch hinaus. Schließlich rief ein kräftiger junger Mann in der Reihe ärgerlich-nörgelnd:

«Nun mal Schluß da vorne, um Gottes willen! Wir wollen auch noch drankommen! Sie halten ja die ganze Reihe auf!»

Wer waren diese Reisenden, die in Form einer feinen blauen Stahldrahtspule die Zeit in der Tasche trugen? Da standen einige von ihnen: ein heimwehkranker Nigger, der nach Georgia zurückwollte; ein reicher junger Mann, der ein Landhaus am Hudson besaß und seine Mutter in Washington besuchte; der Bezirksdirektor einer Firma für landwirtschaftliche Maschinen mit drei seiner Angestellten, der zu einer Bezirksdirektorenversammlung in die Stadt gekommen war; der Direktor einer demnächst bankrotten Bank in Old Catawba, der in seiner Verzweiflung mit zwei Politikern seines Orts bei einer New Yorker Bank um ein Darlehen gebeten hatte; ein dunkelhäutiger Grieche mit gelbbraunen Schuhen und einem Pappkoffer steckte den Kopf mit mißtrauisch blitzenden Augen durch das Schalterfenster und fragte: «Wieviela Sie wollen nach Pittsburgh, he?»; ein weichlicher Jüngling von irgendeiner Universität, der zu seinem allwöchentlichen Vortrag über Theaterwissenschaften in einem Damenklub in Trenton, New Jersey, fuhr; eine Dichterin aus einer Stadt in Indiana, die in New York gewesen war, um sich einmal in der Bohème auszuleben; ein Preisboxer mit seinem Manager auf der Reise zu einem Boxkampf in St. Louis; ein paar Studenten aus Princeton, die von ihrer Sommerreise nach Europa zurückkamen und für einen kurzen Besuch nach Hause fuhren, bevor sie ins College zurückkehrten; ein Gemeiner der US-Army, billig, derb und schlampig angezogen wie alle Gemeinen der US-Army; der Rektor einer staatlichen Universität im Mittelwesten, der soeben die Alten Herren in New York um Unterstützung angeschnorrt hatte; ein leicht verwirrtes, schüchtern-feindseliges jungverheiratetes Paar aus Mississippi, nagelneu eingekleidet und mit neuen Koffern; zwei kleine Philipinos, braun wie Brombeeren und zartknochig wie Vögel, untadelig geckenhaft gekleidet wie Mannequins; Kleinstadtdamen aus New Jersey, die zum Einkaufen in die Stadt gefahren waren; Frauen und Mädchen aus kleinen Städten im Süden und Westen, die sich auf einer Ferien-, Amüsier- oder Besuchsreise befanden; Geschäftsführer und Vertreter von Konfektionsgeschäften in kleinen Städten des ganzen Landes, die in der Stadt neue Modelle eingekauft hatten; eine bestimmte Sorte von sicheren, gewandten New Yorkern, die, grell-auffällig, mit letztem Schliff gekleidet, zur Erholung nach Atlantic City fuhren, blasse, dreckigverkommene Weiber, die bösartig schimpften und verschmutzte Kinder am winzigen Arm hinter sich her zerrten; dunkle, finster und herrisch blickende Italiener mit ihren dunklen, schmie-

rig-aufgeschwemmten Frauen, die Wollust und Prügel gleich mür-
risch-unterwürfig hinnahmen; und endlich die eleganten Amerikanerinnen, die sich weder im Bett noch mit der Peitsche bezwingen
lassen, mit ihren lauten, sicheren Stimmen, ihren unerschrockenen
Blicken und guten Figuren, aber körperlich und geistig ohne jene
lebendigen Formen, aus denen die Verheißung von Liebe, Wollust,
Zärtlichkeit oder sonst irgendeiner weiblichen Erfüllung spricht.

Alle Arten von Reisenden; alle Arten von Lebensumständen: arme Leute mit den elenden, verarbeiteten Gesichtern aller richtigen
New Jerseyer; schäbige, geschundene arme Teufel, die ihre billigen
Koffer mit einem Schlips, einem Kragen und einem Hemd darin
trugen und so aussahen, als hätte ein vorbeifahrender Zug sie endgültig ausgespien und auf den schmutzigen Schlackenhaufen neuer
Städte liegen gelassen, wo ihnen noch eine kleine Hoffnung auf
Verdienst blieb; das armselig-ziellose Treibgut der ganzen Nation;
dann wieder die reichen, welterfahrenen Leute mit guten Manieren,
die zu oft und zu weit mit zu vielen teuren Zügen und Schiffen
gereist waren, um überhaupt noch einen Blick aus dem Fenster zu
werfen; alte Männer und Frauen vom Lande, die zum erstenmal
ihre Kinder in der Stadt besuchten und unablässig mißtrauisch mit
den raschen Blicken wachsam-ängstlicher wilder Tiere oder Vögel
um sich sahen. Menschen, die alles in sich aufnahmen, und Menschen, die nichts sahen; mürrisch-finstere, verdrießliche Menschen
und andere, die lachten und johlten oder freudig-aufgeregt der Reise entgegensahen; manche drängten und stießen, manche standen
ruhig-beobachtend da und warteten; die einen sahen überlegen und
belustigt drein, die anderen reckten sich mit streitsüchtigem Au-
genblitzen. Junge und Alte, Reiche und Arme, Juden, Arier, Neger, Italiener, Griechen und Amerikaner – sie alle füllten den Bahnhof, und ihre unendlich mannigfaltigen Schicksale schlossen sich
für einen Augenblick harmonisch zu gewaltig-düsterer Bedeutung
zusammen in dem allumfassenden Raunen der Zeit.

George hatte einen Schlafwagenplatz im Wagen K 19. Dieser Wagen unterschied sich durch nichts von den anderen Pullman-Wa-
gen, aber für George bedeutete er etwas ganz Besonderes und Einzigartiges. Denn dieser K 19 verband zwei Punkte des Kontinents:
Tag für Tag legte er die 1300 Kilometer zwischen der Großstadt
und Georges Geburtsstädtchen Libya Hill zurück. Jeden Nachmittag um 13 Uhr 35 fuhr er in New York ab und kam am nächsten
Vormittag um 11 Uhr 20 in Libya Hill an.

Kaum war George eingestiegen, so fühlte er sich dem großen,

anonymen Menschenschwarm der Bahnhofshalle entrückt und in den vertrauten Kreis seiner Heimatstadt versetzt. Man mochte jahrelang fortgewesen sein und die ganze Zeit keines der bekannten Gesichter gesehen haben; man mochte durch die Zauberkraft eines Alräunchens alles vergessen haben, mochte den Sang der Seejungfrauen gehört oder das Lied der Sirenen verstanden haben; man mochte jahrzehntelang einsam in den Felsenklüften Manhattans gelebt und gearbeitet und jede Erinnerung an die Heimat wie einen fernen Traum verloren haben: sobald man aber den K 19 bestieg, kehrte alles zurück, man hatte wieder festen Boden unter den Füßen: man war zu Hause.

Es war ganz unheimlich, und das Wunderbarste und Geheimnisvollste daran war, daß man jeden Tag zur festgesetzten Zeit, 35 Minuten nach eins, aus dem brausenden Großstadt-verkehr durch die Riesenportale den gewaltigen Bahnhof betreten, sich in der weiten Bahnhofshalle durch das unaufhörlich lärmende Gewühl ankommender und abfahrender Menschen drängen konnte – und daß dann tief unter den steilen Treppen unter diesem Bienenstock von Leben mit dem steten Summen der Zeit der K 19 wartete. Er unterschied sich durch nichts von seinen rußgeschwärzten Brüdern, stand immer am gleichen Platz und verriet nichts von seiner einzigartigen Bedeutung.

Der Träger nahm George fröhlich grinsend den Koffer ab:

«'türlich – Mistah Webbah! Freut mich, daß Sie kommen, 'türlich! Wolln Sie Ihre Leute besuchen?»

Während sie den grün ausgeschlagenen Gang zu seinem Platz entlanggingen, erzählte George ihm, daß er zur Beerdigung seiner Tante fahre. Augenblicklich erlosch das Lächeln im Gesicht des Negers, und er setzte eine tief-feierliche, respektvolle Miene auf.

«Tut mir aber leid, Mistah Webbah», sagte er kopfschüttelnd. «Also wirklich, tut mir ganz schrecklich leid.»

Noch ehe George diese Worte ganz in sich aufgenommen hatte, rief ihn von hinten eine Stimme an; er hätte sich nicht umzudrehen brauchen, er wußte auch so, wer es war: Sol Isaacs von der Firma The Toggery; der war natürlich in der Stadt gewesen, um Einkäufe zu tätigen, das tat er viermal im Jahr. Diese Pünktlichkeit des Geschäftsmanns weckte ein freundlich-warmes Gefühl im Herzen des jungen Mannes, ebenso wie das gutmütige Gesicht mit der gebogenen Nase, das bunte Hemd, der grellfarbige Schlips und die Eleganz des adretten hellgrauen Anzugs – denn Sol war allgemein als «schikker Junge» bekannt.

George blickt sich nach weiteren Bekannten um. Natürlich, da war ja die lange, schwächlich-magere Gestalt des Bankiers Jarvis Riggs mit dem rötlich-gelb gefleckten Gesicht, und ihm gegenüber saßen im Gespräch mit ihm zwei andere Honoratioren aus Libya Hill. Er erkannte den beleibten, zurückhaltend-liebenswürdigen Bürgermeister Baxter Kennedy, und neben ihm rekelte sich, die langen, kräftigen Beine in den Gang hinausgestreckt, den kahlen Schädel mit der schmalen Tonsur schwarzen Haares zurückgelehnt und die Unterpartie seines Gesichts beim Sprechen schwer hängen lassend, der dicke, ölig-fleischige Parson Flack, der Politiker von Libya Hill. «Parson» nannte man ihn, weil er keine Betstunde in der Campbellite-Kirche auszulassen pflegte. Sie redeten gewichtig und laut, so daß George Bruchstücke ihres Gesprächs auffangen konnte.

«Marker Street – na, Marker Street nehm ich sofort!»

«Gay Rudd will für seins sechstausend pro Frontmeter haben. Kriegt er auch. Ich würde für meins fünfundzwanzigtausend verlangen, keinen Cent weniger; aber ich denk nicht daran, zu verkaufen.»

«Und ich sag Ihnen, sie wird auf drei raufgehen, eh das Jahr rum ist. Und das ist noch gar nichts – ist ja erst der Anfang!»

Sprachen sie wirklich von Libya Hill? Das klang ganz und gar nicht nach dem verschlafenen Gebirgsstädtchen, wie er es sein Leben lang gekannt hatte. Er stand auf und ging zu der Gruppe hinüber.

«Hallo, Webber! Hallo, mein Junge!» Parson Flack verzog sein Gesicht zu einer Grimasse, die ein gewinnendes Lächeln darstellen sollte, und zeigte seine großen gelben Zähne. «Freut mich sehr. Wie geht's denn, mein Junge?»

George schüttelte allen die Hand und blieb eine Weile bei ihnen stehen.

«Wir haben gehört, was Sie beim Einsteigen zu dem Träger sagten», sagte der Bürgermeister und legte sein verschlafenes Gesicht in die Falten feierlicher Teilnahme: «Tut mir leid, mein Junge. Wir hatten keine Ahnung. Sind eine Woche fort gewesen. Wohl ganz plötzlich passiert . . . Ja, ja, natürlich. Na, Ihre Tante war ja ziemlich alt. Bei dem Alter muß man ja mit so was rechnen. War 'ne gute Frau, wirklich 'ne *gute* Frau. Tut mir leid, mein Junge, daß Sie ein so trauriger Anlaß nach Hause führt.»

Ein kurzes Schweigen trat ein, durch das die anderen zu verstehen geben wollten, daß der Bürgermeister auch ihren Gefühlen Ausdruck verliehen hatte. Als diese Ehrenbezeigung für die Tote überstanden war, ergriff Jarvis Riggs in herzlichem Ton das Wort:

«Sie sollten 'n Weilchen dableiben, Webber. Sie werden unsere

Stadt nicht wiedererkennen. Toller Aufschwung bei uns. Mack Judson hat neulich dreihunderttausend für den Draper Block bezahlt. Das Haus ist natürlich 'ne Bruchbude – er hat nur das Grundstück bezahlt. Das heißt also fünfzehntausend pro Frontmeter. Ganz hübsch für Libya Hill, was? Und die Reeves haben vom Parker Hill ab sämtliche Grundstücke an der Parker Street aufgekauft. Wollen da eine ganze Reihe von Geschäftshäusern hinbauen. Und so ist's in der ganzen Stadt. Ich kann Ihnen nur sagen: in ein paar Jahren ist Libya Hill die größte und schönste Stadt im Staat.»

«Jawohl», bestätigte Parson Flack mit gewichtigem Kopfnicken, «und ich hab gehört, das Haus von Ihrem Onkel in der Hauptstraße, an der Ecke vom Platz, wollen sie auch aufkaufen. Irgend so ein Konsortium will den Eisenwarenladen abreißen und ein großes Hotel hinstellen. Aber Ihr Onkel wird's ja nicht verkaufen, dazu ist er zu schlau!»

Verwirrt und bestürzt ging George zu seinem Platz zurück. Seit Jahren fuhr er zum erstenmal wieder nach Hause, und er wollte die Stadt so wiederfinden, wie er sie in Erinnerung hatte. Aber offenbar hatte sie sich ganz erheblich verändert. Was ging da eigentlich vor? Er begriff es nicht. Eine unbestimmte Unruhe befiel ihn, so wie man sich immer beunruhigt fühlt, wenn die Zeit etwas ins Wanken gebracht hat, was man sein Leben lang als unveränderlich gekannt hat.

Der Zug schoß blitzschnell durch den Tunnel unter dem Hudson River, tauchte ins grelle Licht des September-Nachmittags wieder auf und raste nun durch das einsam-flache Wiesenland von New Jersey. George saß am Fenster, sah den Morast, die qualmenden Schutthaufen und die rußigen Fabriken an sich vorübergleiten und fand wieder einmal, daß eine Eisenbahnfahrt zu den herrlichsten Erlebnissen der Welt gehöre. In der Eisenbahn fahren ist ganz etwas anderes, als einen Zug vorbeifahren zu sehen. Jeder Draußenstehende sieht einen vorbeirasenden Zug als einen dampfzischenden Donnerkeil von Eisenteilen, als eine Reihe verschwommen aufleuchten der Abteile, als eine Mauer von Lärm und Bewegung; mit kreischendem Aufheulen schießt er vorbei, dann ist alles wieder leer, und es bleibt nur das Gefühl: «Da fahren sie dahin!», und keiner weiß, wer «sie» eigentlich sind. Dann empfindet der Zuschauer plötzlich die einsame Weite von Amerika und die Winzigkeit all der kleinen Leben, die über den ungeheuren Kontinent verstreut sind. Wenn man aber im Zug *darin*sitzt, dann ist alles ganz anders. Der

Zug selber ist ein Wunder menschlicher Schaffenskraft, und alles an ihm verkündet menschliche Planung und menschliche Führung. Man spürt das Anziehen der Bremsen, wenn der Zug sich einem Fluß nähert, und weiß: jetzt drosselt eine alte, erfahrene Hand das Ventil. Das Bewußtsein männlicher Überlegenheit wächst, wenn man in einem Zug sitzt. Und alle Mitreisenden werden greifbar wirklich. Man sieht den dicken schwarzen Träger mit dem Elfenbeingebiß und einer großen Geschwulst im Nacken, und man fühlt sich freundschaftlich-warm mit ihm verbunden. Mit geschärftem Blick und beschleunigtem Puls betrachtet man all die hübschen Mädchen. Für sämtliche Mitreisende interessiert man sich lebhaft, als hätte man sie schon immer gekannt. Am nächsten Morgen werden fast alle wieder aus dem Leben entschwinden; manche werden im Laufe der Nacht beim abgrundtiefen Schnarchen der Schlafenden leise aussteigen; aber jetzt sind sie alle «Mitreisende» und für eine kurze Zeitspanne in die mit nichts zu vergleichende enge Vertrautheit dieses Pullman-Wagens zusammengesperrt, in dem sie alle für diese Nacht zu Hause sind.

Im Raucherabteil haben zwei Handelsreisende eine Reisebekanntschaft geschlossen; sie fühlen sich sogleich durch ihr Geschäft brüderlich verbunden und breiten den gesamten Kontinent mit einer Selbstverständlichkeit vor sich aus, als handelte sich's um ihren Garten. Im Juli hat der eine Herrn Soundso in St. Paul getroffen und ...

«Da komm ich doch vorige Woche aus *Brown's Hotel* in Denver, und was meinen Sie, wen ich da treffe?»

«Ist denn so was möglich! Den alten Joe hab ich jahrelang nicht gesehn.»

«Und Jim Withers – der ist nach Atlanta versetzt.»

«Fahren Sie nach New Orleans?»

«Nein, diesmal nicht. Im Mai war ich dort.»

Wenn man die Leute so reden hört, lernt man sie bald gut kennen. Ohne eigenes Zutun sieht man ins Leben dieser Menschen hinein, die für eine Nacht zusammengesperrt sind und mit einer Geschwindigkeit von 100 Stundenkilometern über den Kontinent rasen; man fühlt sich zugehörig zu der riesengroßen Familie dieser Erde.

Eine sonderbar quälende, paradoxe Erscheinung scheint für uns Amerikaner typisch zu sein: wir fühlen uns nur dann sicher und behaglich, wenn wir in Bewegung sind. Mit dem jungen George Webber jedenfalls verhielt es sich so: nie wußte er so genau, was er wollte, als wenn er mit der Eisenbahn irgendwohin fuhr. Und nur während der Fahrt fühlte er sich irgendwie zu Hause. War er aber angekommen, dann begann seine Heimatlosigkeit von neuem.

Am anderen Ende des Wagens stand ein Mann auf und ging durch den Gang zum Waschraum. Er hinkte ein bißchen, ging am Stock und stützte sich in dem schwankenden Zug mit der freien Hand auf die Rückenlehnen der Sitze. Als er an George vorbeikam, der aus dem Fenster sah, blieb er plötzlich stehen. Und in Georges Bewußtsein drang wie eine lebendige Lichtwelle eine Stimme – kräftig und gutmütig-warm, behaglich spaßend und furchtlos, genauso wie damals, als sie vierzehnjährige Jungen waren:

«Hol's der Geier! Sieh einer an, Monkus! Wo fährst du denn hin?»

Bei dem Klang seines alten Spitznamens blickte George rasch auf. Es war Nebraska Crane. Sein kantiges, gebräuntes, sommersprossiges Gesicht sah genauso vergnügt und freundlich aus wie immer, und seine pechschwarzen Tscherokesenaugen blickten genauso aufrichtig und furchtlos drein. Er streckte die große braune Pranke aus, und şie umarmten sich herzlich. Sofort fühlte man sich geborgen wie in einem sicheren und freundlichen Heim. Bald darauf saßen sie zusammen und unterhielten sich mit der Vertrautheit von Freunden, die Zeit und Entfernung weder verändern noch trennen können.

In all den Jahren, seit George von Libya Hill fort- und aufs College gegangen war, hatte er Nebraska Crane nur einmal gesehen. Aber er hatte ihn nicht aus den Augen verloren. Das hatte freilich niemand getan, denn dieser furchtlose kleine Tscherokesenjunge, der einst, das Schlagholz über der Schulter und die eingefetteten Kricket-Handschuhe in der hinteren Hosentasche, die Locust Street heruntergeschlendert kam, war zu großen Dingen ausersehen: Nebraska war Profi im Baseball geworden, er gehörte nach kurzer Zeit zu den großen Ligen, sein Name prangte täglich in den Zeitungen.

Eine Zeitung war auch daran schuld, daß George damals Nebraska wieder getroffen hatte. Es war im August 1925, und George war gerade von seiner ersten Auslandsreise nach New York zurückgekehrt. Als er am ersten Abend gegen Mitternacht in einem Childs-Restaurant bei dampfend heißem Weizenkuchen, Kaffee und einer noch druckfeuchten Nummer der *Herald Tribune* saß, fiel ihm die Schlagzeile in die Augen: «Crane schon wieder ein *home run*». Begierig las er den Bericht über das Spiel, und in ihm erwachte der Wunsch, Nebraska wiederzusehen und wieder einmal den scharfen Geschmack des echten Amerika ins Blut zu bekommen. Aus dieser plötzlichen Regung heraus beschloß er, ihn anzurufen. Wie erwar-

tet fand er im Telefonbuch Name und Adresse des Freundes. Er
wählte die Nummer und wartete, bis sich eine Männerstimme meldete, die er zuerst nicht wiedererkannte.

«Hallo! ... Hallo! ... Ist da Mr. Crane? ... Bras, bist du da?»

«Hallo!» Nebraskas Stimme klang zögernd langsam, ein bißchen feindselig und so mißtrauisch-wachsam, wie Leute aus dem
Gebirge mit Fremden sprechen. «Wer ist da? ... Wer? ... Ach, *du*
bist's, Monk?» rief er auf einmal lebhaft, als er George erkannte.
«Ja, hol's der Geier!» begrüßte er ihn herzlich und freudig-erstaunt; er sprach hoch und ein bißchen singend, wie Leute aus dem
Gebirge oft am Telefon sprechen; seine Stimme klang voll und so-
nor, ein bißchen bäuerisch-verlegen, als ob er an einem stürmischen Herbsttag, wenn der Wind durch die Blätter rauscht, jemandem auf einem nahen Berggipfel etwas zuriefe. «Wo kommt du
denn her? Zum Teufel, wo bist du denn, alter Junge?» schrie er,
bevor George antworten konnte. «Wo hast du denn eigentlich die
ganze Zeit gesteckt?»

«Ich war in Europa. Bin grad heut morgen zurückgekommen.»

«Also, hol's der Geier!» rief er lärmend-freundlich, immer noch
freudig überrascht. «Wann sieht man dich denn mal? Willst du nicht
morgen zum Spiel kommen? Ich bring dich schon unter. Und sag
mal», fuhr er eilig fort, «wenn du nach dem Spiel auf mich wartest,
dann nehm ich dich mit nach Hause und zeig dir meine Frau und
den Kleinen. Wie wär's?»

Sie verabredeten sich also; George ging zu dem Spiel und sah
Nebraska wieder einmal einen *home run* hinlegen, viel deutlicher
aber besann er sich auf das, was nachher geschah. Als der Spieler
geduscht und sich angezogen hatte, verließen die beiden Freunde
den Sportplatz. Als sie herauskamen, stürzte sich eine Horde kleiner Jungen auf sie, dunkelhäutige, dunkeläugige und dunkelhaarige
kleine Bälger, die wie eine Drachenbrut aus dem scheußlichen New
Yorker Pflaster hervorsprießen und die trotzdem in ihren frührei-
fen kleinen Gesichtern und ihren heiseren Stimmen etwas von kind-
licher Unschuld und Gläubigkeit haben.

«Da ist Bras!» brüllten die Kinder. «He, Bras, Bras!» In einer
Sekunde hatten sie ihn umringt, umbettelten und umjohlten ihn
mit ohrenbetäubendem Lärm, zerrten ihn am Ärmel und versuchten auf jede Weise, seine Aufmerksamkeit zu erregen. Sie hielten
ihm schmutzige Papierfetzen, Bleistiftstummel und kleine, verbeulte Notizbücher hin und baten um ein Autogramm.

Er begegnete ihnen warm und gütig, wie es seine Art war. Er
krakelte rasch seinen Namen auf ein Dutzend dreckiger Papierfet-

zen, bahnte sich geschickt seinen Weg durch die johlende, knuffende und zappelnde Schar und sprühte die ganze Zeit von Witzen, Späßen und gutmütigen Vorwürfen:

«Na schön – nun gib schon her! ... Könnt ihr Gören euch nicht mal jemand anders aussuchen? ... Hör mal, mein Sohn!» sagte er plötzlich und zeigte anklagend auf ein unseliges Kind. «Wieso bist du denn heut schon wieder hier? Ich hab schon mindestens ein dutzendmal meinen Namen für dich aufgeschrieben!»

«Aber nein, Mr. Crane!» entgegnete der Kleine todernst. «Ehrenwort – das war ich nicht!»

«Stimmt's etwa nicht?» fragte Nebraska die anderen Kinder. «Kommt der Junge nicht jeden Tag her?»

Sie grinsten entzückt, weil ihr Gefährte in der Klemme saß. «Stimmt, Mistah Crane! Der hat ja 'n ganzes Buch mit nichts wie Namen drin!»

«Uh-h!» brüllte das Opfer und wandte sich erbittert gegen die Verräter. «Woher wollt ihr das denn wissen, ihr! Ehrenwort, Mistah Crane!» Ernsthaft sah er zu Nebraska auf. «Glauben Sie denen nicht! Ich will ja nur Ihr Autogramm! Bitte, Mistah Crane, dauert keine Minute!»

Noch einen Augenblick sah Nebraska mit gespielter Strenge auf das Kind hinunter; dann nahm er das Notizbuch, das der Kleine ihm hinstreckte, schrieb schnell seinen Namen auf eine Seite und gab es zurück. Dabei legte er seine mächtige Pranke auf den Kopf des Bengels und streichelte ihn unbeholfen; dann schob er ihn sanft, wie aus Spaß, beiseite und ging die Straße hinunter.

Nebraskas Wohnung unterschied sich durch nichts von hunderttausend anderen in Bronx. Das häßliche gelbe Backsteinhaus hatte eine Stuckfassade und sinnlose kleine Ecktürme am Dach und war mit billigem Luxus ausgestattet. Die Zimmer waren ziemlich klein und eng und wurden durch die schweren, überladenen Grand Rapids-Möbel noch enger. An den gelb getupften Wänden des Wohnzimmers hingen nur ein paar kitschige Farbdrucke; den Ehrenplatz über dem Kamin nahm eine vergrößerte, bunt kolorierte Fotografie von Nebraskas Söhnchen im Alter von zwei Jahren ein, das feierlich-starr aus einem ovalen Goldrahmen alle Besucher ansah.

Myrtle, Nebraskas Frau, war klein, rundlich und puppenhaft hübsch. Ihr maisblondes, seidenweiches Haar kräuselte sich wie ein Heiligenschein um ihr Gesicht, dessen Pausbäckigkeit durch den reichlichen Gebrauch von Rouge und Lippenstift noch betont wurde. Aber in Sprache und Benehmen war sie einfach und natürlich, und George hatte sie von Anfang an gern. Sie begrüßte ihn mit freundlich-warmem Lächeln und sagte, sie habe schon eine Menge von ihm gehört.

Sie setzten sich, und das Kind, das damals drei oder vier Jahre alt war und sich zunächst schüchtern an das Kleid seiner Mutter geklammert und dahinter vorgelugt hatte, rannte nun durch das Zimmer zu seinem Vater und kletterte auf ihm herum. Nebraska und Myrtle fragten George nach seinem Tun und Treiben, was er die ganze Zeit gemacht habe, wo er gewesen sei, und vor allem, welche Länder in Europa er besucht habe. Europa schien für sie so weit entfernt zu liegen, daß jeder, der tatsächlich dort gewesen war, in ihren Augen etwas unglaublich Fremdartiges und Romantisches bekam.

«Wo überall warst du denn eigentlich da drüben?» fragte Nebraska.

«Ach überall, Bras», sagte George. «Frankreich, England, Holland, Deutschland, Dänemark, Schweden, Italien – auf dem ganzen Erdteil.»

«Ja, hol's der Geier!» sagte Nebraska mit unverhohlenem Staunen. «Da bist du ja ziemlich rumgekommen, was?»

«Nicht so wie *du*, Bras. Du bist ja fast dauernd auf Reisen.»

«Wer – *ich?* Ach was, ich komm doch nirgends hin – immer bloß dieselben alten Nester. Chicago, St. Louis, Philadelphia – da bin ich überall schon so oft gewesen, daß ich den Weg im Dunkeln finde!» Mit einer Handbewegung schob er diese Städte beiseite. Dann sah er plötzlich George an, als erblicke er ihn zum erstenmal, schlug ihm aufs Knie und rief: «Ja, hol's der Geier! Wie geht dir's denn überhaupt, Monkus?»

«Ach, ich kann nicht klagen. Und dir? Aber da braucht man ja nicht zu fragen. Hab alles über dich in der Zeitung gelesen.»

«Ja, Monkus», sagte er. «Das letzte Jahr war gut. Aber, Junge, Junge!» Er schüttelte plötzlich grinsend den Kopf. «Die verdammten Hunde merken's doch!»

Er schwieg einen Augenblick und fuhr dann ruhig fort:

«Seit 1919 bin ich nun dabei – sieben Jahre, 'ne lange Zeit für diesen Sport. Nur wenige halten's länger aus. Wenn du erst mal so viele Bälle gefangen hast, daß du sie nicht mehr zählen kannst, dann brauchst du gar nicht mehr zu zählen, dann sagen's dir schon deine Beine.»

«Aber, mein Gott, Bras, *du* bist doch in Form! Bist doch heut da draußen rumgesaust wie einer von den Jüngsten!»

«Ja-a», sagte Nebraska, «vielleicht hat's so ausgesehn, aber ich bin mir vorgekommen wie 'n lahmer Ackergaul.» Er schwieg wieder, klopfte dann mit seiner braunen Hand dem Freund leicht aufs Knie und sagte kurz: «Nein, Monkus. Wenn man das so lange gemacht hat wie ich, dann weiß man Bescheid.»

«Na, hör mal, Bras, sei doch nicht kindisch!» sagte George, als er bedachte, daß der Baseballspieler nur zwei Jahre älter war als er. «Du bist doch noch jung, erst siebenundzwanzig!»

«Gewiß, gewiß», antwortete Nebraska ruhig. «Aber es ist schon so, wie ich sage: man kann nicht viel länger dabeibleiben. Natürlich, Cobb und Speaker und noch 'n paar von der Sorte – die sind lange dabeigeblieben. Aber acht Jahre sind mehr als der Durchschnitt, und sieben bin ich schon dabei. Ein paar Jährchen kann ich vielleicht noch dranhängen, aber dann hab ich nichts mehr zu melden ... Ja, zum Teufel», sagte er dann in seinem alten, aufrichtigen Ton, «dann hab ich nirgends mehr was zu melden. Am richtigsten wär's, ich hinge gleich morgen die Sache an den Nagel ... Stimmt's nicht, Butz?» rief er plötzlich lustig dem Kind zu, das auf seinem Knie saß, nahm es in seine starken Arme und wiegte es behaglich hin und her. «Der alte Bras hat schon recht, nicht wahr?»

«Bras und ich, wir haben uns das so gedacht», bemerkte Myrtle, die während des Gesprächs im Schaukelstuhl geschaukelt und friedlich an einem Kaugummi geknautscht hatte. «Im letzten Jahr sah es ein- oder zweimal so aus, als wollten sie Bras ausbooten. Einmal sagte er vor dem Spiel zu mir: ‹Na, altes Mädchen, ich hab so ein dunkles Gefühl, als könnten wir beide einpacken, wenn ich heute nicht 'n paar Treffer hinlege.› Sag ich: ‹Einpacken – wohin soll's denn gehn?› Und er sagte: ‹Weiß ich nicht, aber wenn ich heut nicht spure, dann verkaufen die mich sonstwohin, und ich hab so 'n Gefühl: heut oder nie!› Ich guck ihn bloß an», fuhr Myrtle gelassen fort, «und ich sag: ‹Na schön, was soll ich denn machen? Soll ich nun kommen oder nicht?› Wissen Sie, Bras sagt nämlich immer, ich brächte ihm kein Glück, und dann sollte ich lieber nicht kommen. Aber er sieht mich 'ne Weile an, und ich sah direkt, wie er sich das alles überlegte, und plötzlich gab er sich 'n Ruck und sagt: ‹Also komm nur, wenn du willst; mehr Pech wie bisher kann ich gar nicht haben, und vielleicht wird's grad heute anders, also komm nur.› Na ja, da bin ich dann hingegangen, und ich weiß nicht, ob ich ihm Glück gebracht hab oder nicht, jedenfalls hat er welches gehabt», sagte Myrtle und schaukelte selbstgefällig in ihrem Stuhl hin und her.

«Hol's der Geier, natürlich hat sie mir welches gebracht!» lachte Nebraska. «Drei Treffer an dem Tag, und zwei davon *home runs*!»

«Ja-a», bestätigte Myrtle, «und noch dazu bei dem Kerl aus Philadelphia mit seinen scharfen Bällen!»

«Das war vielleicht einer!» sagte Nebraska.

«Na, ich weiß doch», sagte Myrtle und kaute gemütlich, «hab doch gehört, wie die Jungens nachher sagten, die Hälfte der Bälle hätten sie überhaupt nicht kommen sehn, als ob er von den Tribünen mit den hemdsärmligen Kerlen hinter sich geschmissen hätte. Aber Bras, der muß sie schon gesehen haben – oder er hat eben Schwein gehabt mit seinen zwei *home runs*, das hat dem aus Philadelphia ja auch keinen Spaß gemacht. Beim zweiten *run*, den Bras gemacht hat, da hat er getobt und gestampft wie 'n wilder Bulle, als wär er verrückt geworden», sagte Myrtle, ohne sich aus der Ruhe bringen zu lassen.

«Hab noch nie so einen verrückten Kerl gesehn!» schrie Nebraska entzückt. «Der hat so gestampft, daß ich dachte, er würd mit seinem Bein in China wieder rauskommen ... Ja, so war das. Sie hat ganz recht. An dem Tag kam ich wieder in Fahrt. Ich weiß noch, wie einer von den Jungen später zu mir sagte: ‹Bras›, sagte der, ‹wir dachten alle, heut würdest du Feierabend machen, aber jetzt liegst du ja wieder richtig, was?› So ist das eben bei dem Sport. Babe Ruth – der hat wochenlang nicht mal 'n Luftballon geschafft, aber dann plötzlich hat er sich ins Zeug gelegt – hab ich erlebt. Und seitdem läßt er keinen aus.»

All das war nun vier Jahre her. Und nun saßen die beiden Freunde redend und einander zuhörend nebeneinander im Schnellzug. Als George erzählte, warum er nach Hause fuhr, blieb Nebraska vor Staunen der Mund offen stehen und auf seinem vertrauten braunen Gesicht stand echte Anteilnahme.

«Aber ich hatt ja keine Ahnung!» sagte er. «Das tut mir aber bestimmt leid, Monk.» Er dachte darüber nach und verstummte verlegen, weil er nicht wußte, was er weiter dazu sagen sollte. Nach einer Weile fuhr er kopfschüttelnd fort: «Du meine Güte! Und deine Tante hat so prima gekocht! Das vergeß ich nie! Weißt du noch, wie sie uns immer gefüttert hat – die ganze verflixte Bande von Nachbarskindern?» Er unterbrach sich und lächelte den Freund schüchtern an: «Ich möcht wahrhaftig jetzt eine Handvoll von ihrem guten alten Gebäck haben!»

Nebraska trug den rechten Fußknöchel bandagiert und hielt einen dicken Stock zwischen den Knien. George fragte, was ihm fehle.

«Hab mir 'ne Sehne zerrissen und bin nun lahmgelegt», sagte

Nebraska. «Da dacht ich mir, ich kann ebensogut mal runter zu meinen Leuten fahren. Myrtle konnte nicht mit – die Kinder müssen ja zur Schule.»

«Wie geht's ihnen denn?» fragte George.

«Oh, glänzend, glänzend. Alle beide prima geraten!» Er schwieg ein Weilchen, sah dann seinen Freund mit seinem nachsichtigen Tscherokesen-Lächeln an und sagte: «Aber ich werde alt, Monkus. Fürchte, ich kann nicht mehr lange mitmachen.»

George wollte das nicht glauben: Nebraska war doch erst einunddreißig. Aber der sah ihn wieder gutmütig lächelnd an:

«Für Baseball bin ich ein alter Mann, Monk. Mit einundzwanzig hab ich angefangen. Hab mich ziemlich lange gehalten.»

Seine stille Resignation machte George traurig. Es war ihm schmerzlich, daß dieser kraftvolle, furchtlose Mensch, der sein Leben lang als wagemutiger Sieger gegolten hatte, nun so bereitwillig von seiner Niederlage sprach.

«Aber Bras», widersprach er, «du hast doch in dieser Saison genauso gut geschlagen wie immer! Ich hab's ja in den Zeitungen gelesen, und die Reporter waren sich alle einig darüber.»

«Ach ja, schlagen kann ich schon noch», gab Nebraska ruhig zu. «Das macht mir keine Sorge. Das kann man bis zuletzt. Mir scheint's wenigstens so zu gehn, und die anderen Jungs, mit denen ich sprach, sagen dasselbe.» Nach einer Pause fuhr er leise fort: «Wenn das dumme Bein rechtzeitig wieder gut ist, dann geh ich zurück und spiel weiter bis zum Schluß der Saison. Und wenn ich Schwein hab, dann behalten sie mich vielleicht noch ein paar Jährchen, weil sie wissen, daß ich noch schlagen kann. Aber weiß der Teufel», fügte er ruhig hinzu, «die haben schon gemerkt, daß es mit mir aus ist. Die treiben mich schon in die Enge.»

Während Nebraska sprach, erkannte George in ihm wieder den echten Tscherokesen, der er schon als Junge gewesen war. Sein heiterer Fatalismus war immer die Quelle seiner großartigen Kraft und Tapferkeit gewesen. Deshalb hatte ihn nichts schrecken können, nicht einmal der Tod. Nebraska aber sah das Bedauern in Georges Gesicht, lächelte wieder und sprach gleichmütig weiter:

«Das ist nun mal so, Monk. Solang man gut ist, hat man's auch gut. Aber dann – dann verkaufen sie einen. Ach was, ich hab ja keinen Grund zum Meckern. Ich hab viel Glück gehabt. Zehn Jahre war ich dabei, länger als die meisten. Und drei World Series hab ich mitgemacht. Wenn ich noch ein bis zwei Jahre durchhalten kann, wenn sie mich nicht verschachern oder mich abschieben, dann sind wir fein raus. Myrtle und ich, wir haben uns schon alles überlegt.

Ich mußte ihren Leuten ein bißchen helfen, da hab ich für Mama und den Alten 'ne Farm gekauft – das haben sie sich immer gewünscht. Und dann hab ich noch 120 Hektar für mich in Zebulon gekauft – alles schon bezahlt! Und wenn ich dies Jahr meinen Tabak gut verkaufe, dann hab ich rund 2000 Dollar. Wenn ich mich dann noch zwei Jahre in der Liga halte und den Meister noch mal schaff, na ja –» er wandte seinem Freund das kantig-braune, sommersprossige Gesicht zu und grinste wie als Junge – «dann sind wir ja alle untergebracht.»

«Und – glaubst du, daß dich das befriedigen wird?»

«Wieso befriedigen?» Nebraska sah ihn verständnislos an. «Wie meinst du das?»

«Ich meine, nach allem, was du gesehn und gemacht hast, Bras – die großen Städte und die jubelnden Menschenmengen – und die Schlagzeilen in den Zeitungen, und die World Series – und – und – der erste März, und St. Petersburg, und die anderen Jungens, und das Frühjahrs-Training . . .»

Nebraska stöhnte.

«Nanu, was hast du denn?»

«Das Frühjahrs-Training!»

«Magst du's nicht?»

«Mögen! Die ersten drei Wochen ist's die reine Hölle. Wenn man jung ist, geht's noch. Dann nimmt man im Winter nicht so viel zu und braucht im Frühjahr nur ein paar Tage, um abzunehmen und den Speck loszuwerden. Nach zwei Wochen ist man leicht wie 'ne Feder. Aber wenn man erst so lange dabei ist wie ich!» Er lachte laut und schüttelte den Kopf. «Na, mein Junge, wenn du das erste Mal hinter einem Flachball her bist, kannst du deine Gelenke knacken hören. Mit der Zeit wird man dann beweglicher, man arbeitet sich ein, und der Muskelkater vergeht. Wenn dann im April die Saison anfängt, fühlt man sich ganz ordentlich. Im Mai geht's wie die Feuerwehr, und man sagt sich: du bist genausogut in Form wie sonst. Aber dann mach mal im Juli in St. Louis zwei Spiele an einem Tag! Na, Junge, Junge!» Wieder schüttelte er den Kopf und zeigte lachend seine regelmäßigen Zähne. «Monkus», sagte er leise und wandte sich nun mit seinem ernsten schwarzen Indianerblick zu dem Gefährten, «warst du jemals im Juli in St. Louis?»

«Nein.»

«Na also», sagte er sanft und geringschätzig. «Und du hast auch nicht im Juli dort *Baseball* gespielt. Schon wenn du an der Reihe bist, läuft dir der Schweiß aus den Ohren. Du gehst an deinen Platz und guckst nach dem Pitcher und siehst statt dessen vier Pitcher.

Die hemdsärmelige Menge auf den Sonnentribünen wird langsam geröstet, und wenn der Pitcher den Ball wirft, dann hast du keine Ahnung, wo er herkommt – vielleicht von den Hemdsärmligen in der Sonne. Eh du dich versiehst, ist er über dir. Na ja, dann suchst du dir irgendeinen Halt mit den Fußspitzen, holst aus, und vielleicht triffst du den Ball. Du schlägst einen Scharfen, und wenn du dich beeilst, schaffst du vielleicht zwei Bases. In deinen jungen Jahren hättest du's auf einem Bein machen können. Aber jetzt – Junge, Junge!» Langsam schüttelte er den Kopf. «Mir kannst du nichts über den Sportplatz in St. Louis im Juli erzählen! Im April ist er ganz mit Gras bewachsen, aber nach dem ersten Juli –» er lachte kurz auf – «Teufel noch mal! Da ist er mit Beton gepflastert. Und wenn du bei der ersten Base bist, dann wollen deine Gebrüder Beine nicht mehr. Aber du mußt weiter – du weißt, ja, der Manager paßt auf –, kommst in Teufels Küche, wenn du diese Extra-Base nicht machst, kann ausschlaggebend sein für das ganze Spiel. Und die Kerls auf der Presse-Tribüne verfolgen dich mit ihren Glotzaugen, haben schon gesagt: ‹Na, der alte Crane, der macht's auch bald billig!›, und du denkst ans nächste Jahr und an die nächste World Series, und du hoffst zu Gott, daß sie dich nicht nach St. Louis verkaufen. Und dann nimmst du deinen Prügel, und rein in die zweite Base wie der 20th Century in den Bahnhof von Chicago – und wenn du dann aufstehst und nachfühlst, ob du auch noch alle Knochen beisammen hast, dann mußt du dir noch die witzigen Bemerkungen vom zweiten Baseman anhören: ‹Nur nicht so eilig, Bras! Hast wohl Angst, daß du zu spät in den Veteranenklub kommst?›»

«Ja, ich versteh schon, was du meinst», sagte George.

«Verstehst du's wirklich? Paß auf: in der letzten Saison frag ich eines Tages einen von den Jungens, welchen Monat wir haben, und er sagt, wir haben gerade Mitte Juli. Da sag ich: ‹Zum Teufel mit deinem Juli! Wenn jetzt nicht September ist, freß ich 'nen Besen!› – ‹Dann fang nur an›, sagte er, ‹und friß deinen Besen, es ist nämlich nicht September, Bras, es ist Juli.› – ‹Na›, sag ich, ‹dann müssen in diesem Jahr die Monate 60 Tage haben – so einen verdammt langen Juli hab *ich* noch nie erlebt!› Und eines will ich dir sagen: das war auch gar nicht so falsch – hol's der Geier, wenn das nicht richtig war! Wenn du in dem Beruf alt wirst, dann denkst du im Juli, es wär schon September.» Er schwieg eine Weile. «Aber sie behalten einen ja im allgemeinen, so lange man noch treffen kann. Solange du den ollen Appel noch abknallen kannst, stellen sie dich raus, und wenn sie dich mit Knochenleim zusammenkleben müßten. Also, wenn ich Glück hab – vielleicht behalten sie mich dann noch ein oder zwei Jahre. Solang ich noch abschlagen kann, stellen sie mich vielleicht immer wieder raus, bis den anderen Spielern hundeelend wird, wenn sie den alten Bras hinter 'nem Flachball herhinken sehn.» Er lachte. «Noch bin ich nicht schlecht, aber vielleicht werd ich's bald, und dann ist's aus.»

«Es macht dir also nichts aus, wenn du abtreten mußt?»

Nebraska antwortete nicht gleich. Er sah aus dem Fenster auf die von Fabriken verschandelte Landschaft von New Jersey. Dann lachte er ein wenig müde.

«Mein Junge, für dich ist das vielleicht 'ne Eisenbahnfahrt, aber für *mich* – ach, hör auf! Ich bin die Strecke so oft gefahren, daß ich dir sagen kann, an welchem Telefonmast wir vorbeikommen, ohne auch nur aus dem Fenster zu sehn. Jawohl!» Nun lachte er laut und ansteckend wie immer. «Früher hab ich sie numeriert – jetzt werd ich ihnen *Namen* geben!»

«Und glaubst du, daß du dich an das Leben auf der Farm in Zebulon gewöhnen kannst?»

«Gewöhnen?» Nebraska hatte jetzt den wegwerfend-verächtlichen Ton, den er schon als Junge gehabt hatte; einen Augenblick sah er den Freund erstaunt und fast angewidert an. «Sag mal, was redest du da eigentlich? Das ist doch das großartigste Leben der Welt!»

«Und wie geht's deinem Vater, Bras?»

Nebraska grinste und schüttelte den Kopf: «Ach, der alte Herr ist munter wie 'n Fisch im Wasser. Endlich hat er das, was er sich sein Leben lang gewünscht hat.»

«Und geht's ihm gut?»

«Wenn's ihm noch besser ginge, müßt er sich ins Bett legen. Hat Kräfte wie 'n Bulle», sagte Nebraska stolz. «Der könnte jetzt noch 'nen Bären umlegen und ihm die Nase abbeißen! Ja, tatsächlich», fuhr er eindringlich fort, «der könnte heut noch zwei x-beliebige Männer hochheben und sich über die Schulter werfen!»

«Bras, weißt du noch, wie wir kleine Jungens waren und dein Vater bei der Polizei war, und wie er alle Berufsringer fertigmachte, die in die Stadt kamen? Und da waren ein paar gute darunter!»

«Sehr richtig!» sagte Nebraska und nickte. «Tom Anderson, der Champion von South Atlantic, und dann dieser Petersen – besinnst du dich auf den?»

«Natürlich. Den schwedischen Knochenbrecher nannten sie ihn – der kam immer wieder.»

«Ja, den mein ich. Der rang in der ganzen Gegend, war weit und breit der beste Ringer. Mein alter Herr rang dreimal mit ihm, und einmal hat er ihn geworfen, aber wie!»

«Und dann dieser Mordskerl, den sie den türkischen Würger nannten . . .»

«Ja–a, der war auch gut! War aber kein Türke – nannte sich bloß so. Mein Alter sagte, er wär so was wie 'n Polacke oder 'n Zigeuner. Kam von den Stahlwerken in Pennsylvania, deshalb war er auch wohl so stark.»

«Und der Riese von Jersey . . .»

«Ja–a . . .»

«Und der Wirbelsturm Finnegan . . .»

«Ja–a . . .»

«Und der Stier von Dakota – und Texas Jim Ryan – und das Wunder mit der Maske? Besinnst du dich noch auf das Wunder mit der Maske?»

«Ja–a – bloß davon gab's 'ne ganze Menge – da reisten mehrere Kerls im Land rum und nannten sich das Wunder mit der Maske. Mit zwei von ihnen hat der alte Herr gerungen. Aber das richtige Wunder mit der Maske kam nie zu uns. Der Alte sagte, es *gäbe* ein richtiges Wunder mit der Maske, aber der war wahrscheinlich doch zu gut für Libya Hill.»

«Bras, weißt du noch den Abend in der alten Stadthalle, wo dein Vater mit so einem Wunder mit der Maske rang, und wir saßen in der ersten Reihe und machten Stimmung für ihn, und er bekam den Kerl mit einem Würgegriff zu fassen, und die Maske ging ab – und da war's überhaupt nicht das Wunder mit der Maske, es war der Grieche, der nachts in dem anrüchigen *Café Bijou* unten am Bahnhof bediente!»

«Ja–a – Ha–ha–ha!» Nebraska warf den Kopf zurück und lachte laut. «Diesen verdammten Griechen hab ich total vergessen, aber richtig, der war's! Das ganze Publikum brüllte, das wär Schwindel, und alle wollten ihr Geld wiederhaben – stimmt haargenau, Monk! Wie schön, dich zu sehen!» Er legte seine große, gebräunte Hand auf Georges Knie. «Scheint gar nicht so lange her, was? Alles kommt wieder!»

«Ja, Bras», sagte George und sah einen Augenblick nachdenklich und traurig in die vorüberfliegende Landschaft hinaus. «Alles kommt wieder.»

George saß am Fenster und betrachtete die zerrüttete Landschaft. Es war ungewöhnlich heiß für September; wochenlang hatte es nicht geregnet, und den ganzen Nachmittag über waren die Konturen der Ostküste im diesigen Flimmern der Hitze nicht zu erkennen. Der Boden war ausgedörrt und staubig, und unter der flammenden Glasglocke des Himmels welkte neben den Schienen gelb-verdorrtes Gras und Unkraut in der brodelnden, blendenden Glut. Der ganze Erdteil schien nach Atem zu ringen. Feiner Ruß flog durch die Vorhangritzen in den heißen, grün schattigen Zug hinein, und wenn der Zug hielt, hörte man das monotone Summen der kleinen Ventilatoren an beiden Enden des Wagens, und es hörte sich an, als sänge die Hitze selber. Auf den Stationen dampften mächtige Lokomotiven auf den Nebengleisen vorüber oder standen keuchend wie große, faule Katzen da, während die Lokomotivführer sich die schwarzverschmierten, verarbeiteten Gesichter wischten und die Reisenden sich ermattet mit lappigen Zeitungsblättern fächelten oder schweißtriefend und ausgehöhlt dasaßen.

Lange saß George am Fenster. Seine Augen nahmen jede Einzelheit der vorüberfliegenden Bilder auf, aber er war in sich gekehrt und ganz versunken in die Erinnerungen, die durch die Begegnung mit Nebraska heraufbeschworen waren. Der mächtige Zug donnerte von Delaware nach Maryland hinein. Das Panorama des Landes entfaltete sich wie die aufblätternde Pergamentrolle der Zeit. George war es einsam und ein bißchen elend zumute. Sein Gespräch mit dem Freund aus der Knabenzeit hatte ihn um Jahre zurückgeworfen. Das unbehagliche Vorgefühl, das er von der Unterhaltung mit dem Bankier, dem Politiker und dem Bürgermeister zurückbehalten hatte, verstärkte sich zu Schwermut durch die Veränderung in Nebraska, durch dessen Ruhe, mit der er seine Niederlage hinnahm.

Als der Zug langsam in die dämmerige Bahnhofshalle von Baltimore einfuhr, sah er auf dem Bahnsteig flüchtig und verschwommen ein Gesicht an sich vorübergleiten – ein mageres weißes Gesicht mit eingefallenem Mund; aber in den Mundwinkeln glaubte er den Anflug eines Lächelns zu bemerken, eines matten, bösen, gespenstischen Lächelns, und plötzlich wurde er von sinnlosem Schrecken erfaßt. Sollte das wirklich der Richter Rumford Bland sein?

Als der Zug wieder abfuhr und den Tunnel auf der anderen Seite der Stadt passierte, erschien hinten im Wagen ein Blinder. Die anderen Leute redeten, lasen oder dösten vor sich hin, und der Blinde kam so leise herein, daß niemand ihn bemerkte. Er setzte sich auf den erstbesten Platz am Wagenende. Als der Zug wieder in das grelle Licht des Septembertages eintauchte, drehte George sich um und sah ihn sitzen. Der Blinde saß ganz ruhig da, stützte sich mit seiner gebrechlichen Hand auf einen dicken Stock aus Nußbaumholz, die blicklosen Augen starrten ins Leere, und das mager-eingefallene Gesicht trug jenen ruhigen Ausdruck fürchterlich gespannten Lauschens, den nur die Blinden haben. Um seinen Mund spielte ein kaum wahrnehmbares Lächeln, dem die erschreckende Vitalität und der quecksilbrige Reiz eines gefallenen Engels innewohnte. Wahrhaftig – es *war* der Richter Rumford Bland!

George hatte ihn fünfzehn Jahre lang nicht gesehen. Damals war er noch nicht blind, hatte aber schon geschwächte Augen. George besann sich gut darauf, wie er damals ausgesehen hatte; er wußte auch noch, wie er zur Nachtzeit, wenn die ganze Stadt schlafend und wie ausgestorben dalag, diesen Mann häufig durch die leeren Straßen hatte schleichen sehen, und daß dieser Anblick seinem Knabenherzen namenlosen Schrecken eingejagt hatte. Schon damals, noch ehe er völlig erblindet war, hatte ein dunkler Drang ihn in verlassene Straßen getrieben, wo das leere, öde Licht der Ecklaternen nicht hindrang – hatte ihn an ewig dunklen Fenstern, an ewig verschlossenen Türen vorbeigetrieben.

Er stammte aus einer alten, vornehmen Familie und hatte, wie alle seine männlichen Vorfahren seit über hundert Jahren, die Rechte studiert. Eine Amtsperiode lang war er Richter am Polizeigericht gewesen, und seitdem nannte man ihn «Richter» Bland. Aber allmählich war er von dem hohen Niveau seiner Familie erschreckend tief abgesunken. In George Webbers Kindheit nannte er sich noch Rechtsanwalt. Er hatte in seinem verrufenen alten Haus eine schäbige Kanzlei mit dem Anwaltsschild an der Tür, aber seinen Lebensunterhalt verdiente er sich auf andere, weniger rechtliche Weise. Seine Gewandtheit und seine Kenntnis der Gesetze diente ihm weniger dazu, der Gerechtigkeit zum Sieg zu verhelfen, als sie vielmehr zu Fall zu bringen und die Gesetze zu umgehen. «Geschäfte» betrieb er praktisch nur mit der Negerbevölkerung der Stadt, und diese Geschäfte bestanden hauptsächlich aus Wucher.

Im Erd- und Kellergeschoß seines baufälligen, zweistöckigen Backsteinhauses am Marktplatz befand sich «der Laden», und dort betrieb Rumford Bland seinen Altwarenhandel. Es handelte sich dabei natürlich nur um eine Tarnung für seine ungesetzlichen Transaktionen mit den Negern. Beim ersten flüchtig-entsetzten Blick auf den bis unter die Decke gestapelten Haufen stinkigen Trödels gewann man die Überzeugung, der Besitzer hätte innerhalb eines Monats seinen Laden zumachen müssen, wäre er vom Verkauf dieses Warenlagers abhängig gewesen. Das schmierige Fenster war mit einem Pool-Tisch verstellt, der bei einer Pfändung brutal aus dem Billard-

Zimmer eines Negers weggeholt worden war. Aber wie sah dieser Pool-Tisch aus! Sicher hatte er unter allen Altwaren der Gegend nicht seinesgleichen. Seine Oberfläche war völlig ausgebeult, zerfurcht und durchlöchert. Die Beutel hatten so große Löcher, daß ein Baseball hindurchgegangen wäre. Der grüne Filzbezug war durchstoßen und hatte sich an vielen Stellen abgelöst. Die Tischdecken und der Filzbelag waren zerfressen und voller Zigarettenlöcher. Und dabei war dieses heruntergekommene Stück wahrscheinlich noch das Prunkstück des ganzen Ladens.

Wenn man in den hinteren Teil des düsteren Raums vordrang, bekam man die phantastischste Sammlung von Neger-Trödel zu Gesicht, die je in einem Raum beisammen gewesen ist. Alles lag in unentwirrbarem Durcheinander in den Parterreräumen und im Keller bis zur Decke aufgestapelt, als hätte ein riesiger Bagger sein Maul aufgesperrt und alles auf gut Glück fallen lassen: zerbrochene Schaukelstühle, Kommoden mit zersprungenen Spiegeln und Schubladen ohne Boden, Tische, denen ein, zwei oder drei Beine fehlten, verrostete alte Küchenherde mit ausgebrannten Rosten und rußigen Knierohren, verrußte Bratpfannen, denen das Fett von Jahren anhaftete, Bügeleisen, zerbrochene Teller, Schüsseln und Krüge, Waschschüsseln, Nachttöpfe und tausenderlei andere Gegenstände, die alle abgenutzt, gesprungen und zerbrochen waren.

Was war nun der Zweck dieses Ladens, der mit so wertlosen Dingen angefüllt war, daß selbst die ärmsten Neger sie leicht entbehren konnten? Richter Rumford Blands Zweck und seine Methode, ihn zu erreichen, waren ganz einfach:

Wenn ein Neger in Not war und dringend Geld brauchte, um eine Polizeistrafe, eine Arztrechnung oder sonst eine Schuld zu bezahlen, dann ging er zu Richter Bland. Manchmal brauchte er nur fünf oder zehn Dollar, vielleicht auch einmal fünfzig, meistens aber weniger. Richter Bland fragte ihn dann, welche Sicherheit er ihm bieten könne. Natürlich konnte der Neger das nicht, denn er besaß ja nur ein paar persönliche Habseligkeiten und sein armseliges Mobiliar – ein Bett, einen Stuhl, einen Tisch und einen Küchenherd. Dann schickte der Richter Bland seinen Kassierer, Adjutanten und Schergen – einen Mann namens Clyde Beals, mit einem Gesicht wie ein Frettchen – zu den Leuten und ließ das elende Inventar besichtigen; fand er, daß der Trödel für seinen Besitzer wertvoll genug war, daß man ihm daraufhin Geld leihen könnte, dann streckte er das Geld vor, aber er zog gleich die erste Zinsrate ab.

Von da an trieb er eindeutig schamlosen Wucher. Die Zinsen waren wöchentlich jeden Samstag abend fällig. Bei einem Darlehen von 10 Dollar verlangte Richter Bland 50 Cents die Woche, bei 20 Dollar 1 Dollar die Woche und so fort. Daher wurden selten höhere Darlehen als 50 Dollar aufgenommen. Denn erstens war die Einrichtung der meisten Negerhütten nicht so viel wert, und zweitens konnte kaum ein Neger die Zinsen von zweieinhalb Dollar pro Woche aufbringen; der Wochenlohn der Männer war selten höher als 5 bis 6 Dollar, und die Frauen verdienten als Köchinnen oder Hausmädchen in der Stadt nur 3 oder 4 Dollar. Man mußte ihnen ja gerade so viel lassen, daß sie das nackte Leben fristen konnten – sonst machte das Spielchen keinen Spaß. Das Ziel und die Raffinesse dieses Spiels bestanden darin, daß der Neger eine Summe entlieh, die seinen Wochenlohn – und damit die Möglichkeit der Rückzahlung – ein wenig überstieg, deren wöchentliche Zinsen aber doch von dem geringen Einkommen bestritten werden konnten.

In den Büchern von Richter Bland standen die Namen von Negern, die ursprünglich 10 oder 20 Dollar entliehen hatten und ihm schon jahrelang 50 Cents oder 1 Dollar die Woche zahlten. Viele dieser armen, stupiden Menschen begriffen gar nicht, was ihnen widerfahren war. Mit der sklavischen Unterwürfigkeit, die Gewöhnung und Umwelt bei ihnen hervorgerufen hatten, sagten sie sich nur dumpf und traurig, daß sie vor sehr langer Zeit ihr Geld bekommen, ausgegeben und ihren Spaß gehabt hatten und daß sie nun für dieses Vorrecht bis in alle Ewigkeit einen Tribut entrichten mußten. Diese Männer und Frauen traten am Samstagabend in den trüb beleuchteten, schmutzig-armseligen Raum, und unter der mit Fliegenschmutz bedeckten Lampe saß der Richter in schwarzem Rock und weißem Hemd in eigener Sache zu Gericht.

«Na, wo fehlt's denn, Carrie? Du bist zwei Wochen im Rückstand. Hast du diese Woche bloß 50 Cents?»

«Nicht scheinen wie drei Wochen», antwortete die Negerin. «Muß Fehler haben irgendwo in mein Rechnung.»

«Ach wo, du hast dich nicht verrechnet. Drei Wochen sind's, das heißt, du schuldest 1 Dollar 50. Ist das alles, was du hast?»

Mürrisch-entschuldigend stammelte die Negerin: «Ja, Sir.»

«Und wann bringst du den Rest?»

«Da ein Mann, der sagen, er mir geben ...»

«Geht mich nichts an. Zahlst du die Zinsen weiter oder nicht?»

«Das sag ich ja. Gleich, wenn Montag kommen, und der Mann ...»

Der Richter unterbrach sie grob. «Bei wem arbeitest du jetzt?»

«Bei Doktah Hollandah ...»

«Bist du da Köchin?»

Mürrisch, mit der abgrundtiefen Trauer des Negers antwortete sie: «Ja, Sir.»

«Wieviel zahlt er dir?»

«3 Dollar.»

«Und du meinst, du kannst nicht weiterzahlen? 50 Cents die Woche kannst du nicht zahlen?»

Wieder kam es düster-mürrisch, voller Trauer, Zweifel und Verwirrung wie aus afrikanischen Dschungel-Tiefen: «Nicht wissen ... Scheinen so lange Zeit, daß ich abzahle ...»

Mit giftig-grausamer Kälte, rasch wie eine zuschnappende Natter fuhr Richter Bland auf sie los: «Gar nichts hast du abgezahlt, hast ja noch gar nicht angefangen! Du zahlst nur Zinsen und bist mit denen noch im Rückstand.»

Die Negerin begann, immer noch voller Zweifel und dunkelverwirrt, in ihrem abgenützten Portemonnaie herumzufummeln und brachte schließlich ein Häufchen schmutziger kleiner Quittungen zum Vorschein: «Weiß nicht, hab schon so viel von Dingern, daß 10 Dollar schon lange abgezahlt sein müssen. Wie lange muß ich denn noch abzahlen?»

«Bis zu 10 Dollar zusammenhast ... Na schön, Carrie: hier ist deine Quittung. Und den restlichen Dollar für die Zinsen bringst du nächste Woche.»

Andere, die vielleicht ein bißchen intelligenter als Carrie waren, verstanden besser, was mit ihnen geschehen war; aber sie zahlten immer weiter ihre Zinsen, weil sie nie auf einmal so viel Geld beisammen hatten, um sich von ihrer Fessel zu befreien. Ganz wenige brachten die Energie auf, ihre Cents zusammenzuhalten, bis sie sich endlich wieder freikaufen konnten. Andere wieder hatten wochen- und monatelang Zinsen gezahlten, gaben es schließlich verzweifelt auf und zahlten nicht mehr. Dann fiel natürlich der Blutsauger Clyde Beals über sie her. Er quengelte, schmeichelte und drohte, und wenn er schließlich sah, daß er kein Geld mehr aus ihnen herauspressen konnte, dann nahm er ihnen ihren Hausrat weg. Und daher stammte der wüste Haufen übelriechenden Trödels in Richter Blands Laden.

Aber wieso, wird man fragen, kam Richter Bland nicht mit dem Gesetz in Konflikt, wenn er so offenkundigen, so eindeutig-schamlosen Wucher trieb? Wußte die Polizei denn nicht, wie und woher er sein Einkommen bezog?

Sie wußte es ganz genau. Dieser niederträchtige Geschäftsbetrieb lag keine zwanzig Meter vom Rathaus und keine fünfzehn Meter vom Nebeneingang des Stadtgefängnisses entfernt, über

Zinsen sind höllisch...

... sie können einem den Schlaf rauben. Zinsen sind himmlisch, sie können einem viele Sorgen nehmen.

Mit den Zinsen ist es wie mit einer Medizin: Man muß sie einnehmen, damit sie einem helfen.

Pfandbrief und Kommunalobligation

Meistgekaufte deutsche Wertpapiere - hoher Zinsertrag - bei allen Banken und Sparkassen

Verbriefte  Sicherheit

dessen Steinstufen viele dieser Neger wiederholt heraufgezerrt, übel zugerichtet und in eine Zelle geworfen worden waren. Das Verfahren war zwar gesetzwidrig, aber allgemein üblich, und die Behörden des Ortes drückten ein Auge zu; es war nur eine von vielen ähnlichen Praktiken, durch die in den ganzen Südstaaten gewissenlose Weiße sich auf Kosten eines unterdrückten und unwissenden Volkes bereicherten. Dieser Wucher traf ja hauptsächlich «diese Niggerblase», und das entschuldigte ihn in den Augen des Gesetzes.

Im übrigen wußte Richter Rumford Bland genau, daß die Leute, mit denen er zu tun hatte, ihn nicht anzeigen würden. Er wußte, daß der Neger in ständiger Furcht vor dem verwirrenden Geheimnis des Gesetzes, von dem er wenig oder gar nichts verstand, und in Angst vor der brutalen Gewalt lebte. Das Gesetz war für ihn weitgehend die Sache der Polizei, und die Polizei war ein weißer Mann in Uniform, der berechtigt und ermächtigt war, ihn zu verhaften, ihn mit der Faust oder mit einem Knüppel zu schlagen, ihn mit dem Revolver zu erschießen oder in eine kleine dunkle Zelle zu sperren. Es war also sehr unwahrscheinlich, daß ein Neger sich mit seinen Sorgen an die Polizei wenden würde. Es war ihm gar nicht bewußt, daß er irgendwelche Bürgerrechte hatte und daß der Richter Rumford Bland diese Rechte mit Füßen trat; und wenn er sich auch nur vage dieser Rechte bewußt war, dann würde er wohl kaum jene Menschen um Schutz bitten, von denen er nichts wie Beleidigungen und Freiheitsberaubung erfahren hatte.

Im zweiten Stock, über dem wüsten Lager von Niggerkram, lag Richter Blands Kanzlei. Eine vom schweren Fuß der Zeit abgetretene Holztreppe mit einem Geländer, das wie ein loser Zahn wackelte und von der Berührung vieler schweißiger schwarzer Hände geglättet war, führte in einen dunklen Korridor hinauf. In der stygischen Finsternis hier oben hörte man das regelmäßig-monotone Tropfen eines Wasserhahns irgendwo im Gang und wurde von dem durchdringenden Gestank des Pissoirs getroffen. Von diesem Korridor führte eine Glastür in die Kanzlei, an der in schwarzer, teilweise abgeblätterter Schrift die Aufschrift stand.:

RUMFORD BLAND
RECHTSANWALT

Das Vorderzimmer war wie ein übliches Anwaltsbüro eingerichtet. Kahle Dielen, zwei altersdunkle Schreibtische mit Rollaufsatz, zwei Bücherschränke mit Glastüren, in denen abgenutzte Schweinslederbände standen, ein umfangreicher Messing-Spucknapf, in dem Tabaksaft herumschwamm, ein paar alte Drehsessel und noch einige schwer zu beschreibende steif-knarrende Stühle für die Besucher. An den Wänden ein paar vergilbte Diplome: vom Pine Rock College für den Bachelor of Arts; von der Universität von Old Catawba für den Doktor jur. und schließlich eine Zulassung zum Bund der Rechtsanwälte von Old Catawba. Dahinter lag ein zweiter Raum, in dem nur ein paar weitere Bücherschränke mit dicken, verstaubten Kalbslederbänden, ein paar Stühle und an der Wand ein Plüschsofa standen; in diesem Zimmer, so ging das Gerücht, «nahm Bland seine Weiber». An den ungeputzten Fenstern, die von dem Schmutz längst verstorbener Fliegen starrten, befanden sich draußen, zum Marktplatz hin, zwei alte, abgescheuerte, fleckiggelbe Fensterladen, auf denen in blasser Schrift noch die erlauchten Namen «Kennedy & Bland» zu erkennen waren. Der Kennedy in dieser alten Anwaltsfirma war der Vater vom Bürgermeister Baxter Kennedy gewesen, und sein Partner, der alte General Bland, war Rumfords Vater. Beide waren seit Jahren tot, aber niemand hatte sich die Mühe genommen, den Firmennamen zu ändern.

In dieser Umgebung hatte nach Georges Erinnerung der Richter Rumford Bland gelebt. Richter Rumford Bland – der «Sklavenhalter», der «Möbelhändler», der Wucherer für die Schwarzen. Richter Rumford Bland – Sohn eines Brigadekommandeurs der Infanterie bei der Armee der Konföderierten Staaten, zugelassener Rechtsanwalt, Träger untadeliger weißer Hemden und feiner schwarzer Tuchanzüge.

Was hatte diesen Mann so verdorben, daß er vom Wege der Ehrlichkeit und Rechtschaffenheit abgekommen war? Keiner wußte es. Fraglos war er auffallend begabt. Als Junge hatte George gehört, wie die angeseheneren Rechtsanwälte der Stadt selber zugaben, kaum einer von ihnen könne es mit der Geschicklichkeit und Tüchtigkeit des Richters Bland aufnehmen, wenn dieser nur seine Gaben in ehrenhafter Weise nutzte.

Aber er war vom Bösen gezeichnet. Es war, als wären die Quellen seines Lebens und Geistes von Anfang an verderbt und vergiftet worden. Das Böse war ihm in Fleisch, Blut und Knochen übergegangen. Man fühlte es, wenn man ihm zur Begrüßung die magere, zerbrechliche Hand drückte, es lag in dem ersterbenden Ton seiner Stimme, in der leichenblassen Haut seines ausgemergelten Gesichts, in seinem glanzlos-glatten nußbraunen Haar und vor allem in seinem eingefallenen Mund, um den unaufhörlich ein kaum wahrnehmbares, gespenstisches Lächeln schwebte. Dieses Lächeln konnte man nur gespenstisch nennen, und eigentlich war es überhaupt kein Lächeln. Es war nur ein geisterhafter Schatten in den Mundwinkeln, und wenn man näher zusah, war es ganz verschwunden. Aber man spürte: es war immer da – böse und geil, höhnisch und grauenhaft verderbt –, als spendeten die Säfte, die einer verborgenen Quelle dieser dunklen Seele entquollen, gleichzeitig Verderben und unbegrenzte Lebenskraft.

Als junger Mann hatte Richard Bland eine schöne, aber liederliche Frau geheiratet, von der er sich bald darauf wieder hatte scheiden lassen. Daher stammte vielleicht der ungeheure Zynismus, der sein Verhalten gegen Frauen kennzeichnete. Seit seiner Scheidung hatte er mit seiner Mutter zusammen gelebt, einer stattlichen, weißhaarigen Dame, die er immer mit treusorgender und betont höflich-gütiger Ehrerbietung umgab. Manche hatten den Verdacht, die Sohnesliebe hätte einen Anflug von Ironie und resignierter Verachtung, aber die alte Dame selber hatte bestimmt keinen Grund zu einer solchen Annahme. Sie hatte es gut in ihrem alten Haus und genoß jede Bequemlichkeit; wenn sie jemals ahnte, welchen dunklen Machenschaften sie ihr Wohlleben verdankte, so sprach sie darüber jedenfalls nicht mit ihrem Sohn. Richter Bland teilte die Frauen im allgemeinen roh in zwei Gruppen ein: in Mütter und Huren; und abgesehen von der einzigen Ausnahme in seinen vier Wänden interessierte er sich ausschließlich für die zweite Sorte.

Mehrere Jahre, bevor George von Libya Hill fortgegangen war, begann Richter Bland zu erblinden, und die dunkle Brille, die er seitdem trug, verlieh dem mageren, bleichen Gesicht mit dem spukhaften Lächeln etwas Finster-Unheimliches. Er war im Johns Hopkins-Krankenhaus in Baltimore in Behandlung und fuhr alle sechs Wochen dorthin, aber seine Sehkraft nahm ständig ab, und die Ärzte hatten bereits zugegeben, daß sein Zustand hoffnungslos sei. Seine Augenkrankheit war durch ein abscheuliches Übel entstanden, das er seit langem geheilt glaubte, und er gab offen zu, daß seine Blindheit jener Krankheit zuzuschreiben war.

Trotz all dieser unheimlichen und abstoßenden Züge seines Charakters, seiner Geistesart und seiner Persönlichkeit hatte Richter Bland erstaunlicherweise immer ungeheuer anziehend gewirkt. Jeder, der ihn kennenlernte, erkannte ihn sofort als einen schlechten Menschen. Nein – «schlecht» war nicht das richtige Wort. Jeder merkte, daß er böse war, durch und durch und von Grund auf böse; und ein solcher Grad des Bösen hat etwas ähnlich Großartiges wie erhabene Güte. Und tatsächlich gab es in ihm eine Art Güte, die nie ganz gestorben war. In seiner Amtszeit als Richter beim Polizeigericht wurde allgemein anerkannt, daß Richter Bland beim Schnellgericht kluge und gerechte Entscheidungen gefällt habe. Wieso das möglich gewesen war, verstand kein Mensch, aber der Nimbus von damals umgab ihn immer noch. Und eben deshalb bezauberte er die Menschen, auch wenn sie sich dagegen sträubten; sie wurden von ihm angezogen und mußten ihn irgendwie gernhaben. Wenn sie ihn kennenlernten und die bösen, tödlichen Mächte bei ihm spürten, dann empfanden sie gleichzeitig – ja, nennen wir es das Phantom oder die Ausstrahlung der ungeheuren Reinheit einer verlorenen Seele. Und bei der Erkenntnis fühlte man plötzlich wie einen Stoß ein ungeheures Bedauern, und man dachte: «Wie schade! Was für ein Jammer!» Und doch konnte niemand erklären, warum es so war.

Während die frühe Dämmerung des beginnenden Herbstes sich schnell herniedersenkte, raste der Zug weiter südwärts nach Virginia zu. George saß am Fenster und sah die dunklen Gestalten der Bäume vorüberfliegen, und dabei überdachte er noch einmal alles, was er über Richter Rumford Bland wußte. Wieder fühlte er das Abscheulich-Schreckliche und die geheimnisvolle Anziehungskraft dieses Mannes, und dieses Gefühl nahm derart überhand, daß er nicht mehr allein sitzen bleiben konnte. In der Mitte des Wagens hatten die anderen Bekannten aus Libya Hill sich zu einem lärmenden Haufen zusammengefunden. Jarvis Riggs, Bürgermeister Kennedy und Sol Isaacs saßen auf ihren Plätzen oder fläzten sich auf die Armlehnen, und Parson Flack stand im Gang, hielt sich vorgebeugt an den Rücksitzen der beiden Plätze fest und redete mit ernster Miene. Der Mittelpunkt dieser Gruppe und der Brennpunkt der allgemeinen Aufmerksamkeit war Nebraska Crane. Sie hatten ihn im Vorbeigehen geschnappt und ließen ihn nun nicht wieder los.

George stand auf und ging zu ihnen hinüber; dabei warf er wieder einen Blick auf Richter Bland. Er trug wie immer altmodisch-pedantisch einen lose sitzenden Anzug aus glattem schwarzem Tuch und ein steifes weißes Hemd mit niedrigem Kragen und schwarzem Querbinder und hatte den breitkrempigen Panamahut aufbehalten. Unter dem Hut wurde sein einst nußbraunes, jetzt aber leblos-weißes Haar sichtbar. Das Haar und die blicklosen Augen war das einzige, was sich an ihm verändert hatte. Sonst sah er genauso aus wie vor fünfzehn Jahren. Seit er in den Zug gestiegen war, hatte er sich nicht gerührt. Aufrecht, ein wenig vornübergebeugt auf seinen Stock gestützt, starrte er mit seinen blinden Augen vor sich hin, und sein weißes, eingefallenes Gesicht trug den Ausdruck still-gespannten Lauschens.

Als George zu der Gruppe in der Mitte des Wagens trat, unterhielten alle sich angeregt über Grundstückspreise – das heißt, alle außer Nebraska Crane. Parson Flack beugte sich wichtig vor, zeigte lächelnd seine großen Zähne und erzählte von einem Verkauf der letzten Zeit, für wieviel ein bestimmtes Grundstück weggegangen war: «Direkt an der Charles Street, gar nicht weit von Ihrer Wohnung, Bras!» Zu jeder neuen Wundermär äußerte der Spieler sich in der gleichen Weise.

«Ja, hol's der Geier!» sagte er verblüfft. «Hab ja keine Ahnung gehabt!»

Nun lehnte der Bankier sich vor und klopfte Nebraska vertraulich aufs Knie. Freundlich-überredend drang er in ihn, er möge seine Ersparnisse in Grundstücksspekulationen in Libya Hill anlegen. Er fuhr sein schwerstes Geschütz auf, brachte logische und mathematische Beweise, zog Bleistift und Notizbuch hervor und rechnete aus, um wieviel eine Geldsumme sich vergrößern würde, wenn sie jetzt klug in diesem oder jenem Grundstück angelegt würde, das man dann zum richtigen Zeitpunkt verkaufen müßte.

«Da können Sie gar nichts falsch machen!» sagte Jarvis Riggs ein bißchen übereifrig. «Die Stadt ist im Wachsen und steht ja erst im Anfang ihrer Entwicklung. Bringen Sie Ihr Geld mit nach Hause und lassen Sie's für sich arbeiten. Sie werden schon sehn!»

Das ging noch eine Weile so weiter. Bei all ihrem Drängen aber blieb Nebraska ganz er selbst. Respektvoll und gutmütig, doch ein bißchen zweifelnd und im Grunde unbeeinflußbar hörte er zu.

«Ich hab mir schon 'ne Farm draußen in Zebulon gekauft», sagte er grinsend, «auch schon bezahlt! Wenn's mit Baseball-Spielen nichts mehr ist, dann komm ich zurück und bewirtschafte die Farm da draußen. 120 Hektar bester Boden, den man sich denken kann. Mehr brauch ich nicht. Mit mehr könnt ich gar nichts anfangen.»

Nebraska sprach so schlicht und heimatlich, ein mit der Erde verwachsener Mensch, vor dem eine heitere Zukunft liegt, ein unabhängiger, hartnäckiger Mensch, der wußte, was er wollte, ein festverwurzelter, bodenständiger Mensch, der sich gegen Elend und Not gesichert fühlte. Der Rausch dieser Zeit berührt ihn gar nicht, weder der fiebrige Aufschwungs-Wahnsinn der Stadt noch das große Fieber der ganzen Nation. Die anderen redeten unausgesetzt von Grund und Boden, aber George merkte, daß allein für Nebraska Crane der Boden der Lebensquell und das Leben auf eigenem Grund und Boden etwas Selbstverständliches waren.

Schließlich löste Nebraska sich von den anderen und sagte, er wolle nach hinten ins Raucherabteil. George wollte ihm folgen. Als er hinter seinem Freund den Gang entlangging und an dem letzten Sitz vorbeikam, sagte auf einmal eine ruhige, tonlose Stimme:

«Guten Abend, Webber.»

Er fuhr herum. Vor ihm saß der Blinde. Er hatte ihn fast vergessen gehabt. Der Blinde hatte, während er ihn anredete, keine Bewegung gemacht. Er saß immer noch ein bißchen vorgebeugt und auf seinen Stock gestützt da, das magere weiße Gesicht geradeaus gerichtet, als lauschte er auf irgend etwas. Auch jetzt fühlte George sich seltsam angezogen von dem bösen, spukhaften Lächeln in den Mundwinkeln des Blinden. Einen Augenblick schwieg er, dann sagte er:

«Richter Bland.»

«Setzen Sie sich, meine Junge.» Und wie ein durch Zaubermacht gebanntes Kind setzte er sich. «Lassen Sie die Toten ihre Toten begraben und setzen Sie sich zu den Blinden.»

Er sprach fast tonlos, aber die tödliche Verachtung seiner Worte drang nackt und grausam bis in die fernsten Winkel des Wagens. Die anderen hörten auf zu sprechen und fuhren wie elektrisiert herum. George wußte nicht, was er sollte, und platzte in seiner Verlegenheit heraus:

«Ich – ich – da sind 'ne Menge Leute von zu Hause im Zug. Ich – hab mich mit ihnen unterhalten – Bürgermeister Kennedy und ...»

Der Blinde rührte sich nicht und unterbrach ihn mit seiner gräßlich tonlosen Stimme, die jedem Ohr vernehmbar war:

«Ja, ich weiß. Selten hat sich eine so hervorragende Elite von Hurensöhnen in dem engen Raum eines Pullman-Wagens zusammengefunden.»

Der ganze Wagen lauschte in stummem Entsetzen. Die Gruppe in der Wagenmitte tauschte ängstliche Blicke und begann dann gleich fieberhaft zu reden.

«Ich habe gehört, Sie waren dies Jahr wieder in Frankreich», sagte die Stimme. «Finden Sie, daß die französischen Huren sich irgendwie von unseren heimischen Gewächsen unterscheiden?»

Die unverhüllt-schamlosen Worte fuhren mit ihrer tonlosen Bosheit wie ein Blitz des Schreckens durch den Wagen. Jede Unterhaltung verstummte. Alle saßen unbeweglich, wie vom Schlage gerührt da.

«Sie werden sehn: da ist kein großer Unterschied», bemerkte Richter Bland gelassen, immer im selben Ton. «Die Syphilis macht alle Menschen zu Brüdern. Und wenn Sie Ihr Augenlicht verlieren wollen – das können Sie in unserer grandiosen Demokratie genausogut haben wie sonstwo auf der Erde.»

Im ganzen Wagen herrschte Totenstille. Dann steckte man die entsetzten Gesichter zusammen und begann verstohlen zu flüstern.

Die ganze Zeit über hatte der Ausdruck des weißen, eingefallenen Gesichts sich nicht verändert, und die Spur des gespenstischen Lächelns spielte unablässig um seinen Mund. Nun aber sagte er leise und beiläufig zu dem jungen Mann:

«Wie geht's Ihnen, mein Junge? Freu mich, Sie zu sehn.» In diesem einfachen Ausspruch des Blinden lag so etwas wie teuflischer Spaß, aber seine Miene blieb unbeweglich.

«Sind Sie – sind Sie in Baltimore gewesen, Richter Bland?»

«Ja, ab und zu fahr ich noch zu Hopkins. Hat natürlich gar keinen Zweck. Sie sehn ja, mein Junge: seit wir uns das letzte Mal gesehen haben, bin ich ganz blind geworden», fügte er leise und freundlich hinzu.

«Das wußte ich nicht. Aber Sie meinen doch nicht, daß Sie . . .»

«Doch, vollkommen, vollkommen!» entgegnete Richter Bland, und plötzlich warf er den Kopf mit den blinden Augen zurück und entblößte in höhnisch-schadenfrohem Gelächter seine schwarzen Zahnreihen, als könnte er einen so guten Witz nicht bei sich behalten. «Mein lieber Junge, ich versichere Ihnen: ich bin vollkommen blind. Ich kann auf einen halben Meter die prominentesten Bastarde unseres Städtchens nicht mehr erkennen. *Aber Jarvis!*» kreischte er plötzlich zänkisch zu dem unseligen Riggs hinüber, der sich wieder mit lauter Stimme über Grundstückspreise unterhielt. «Du *weißt* doch, daß das nicht stimmt! Also, Mann, ich seh's dir ja an den Augen an, daß du lügst!» Und wieder warf er den Kopf zurück und schüttelte sich in lautlosem, teuflischem Gelächter. «Entschuldigen Sie die Unterbrechung, mein Junge», fuhr er fort, «ich glaube, wir sprachen gerade von Bastarden. Ja, Sie werden es nicht glauben wollen.» Er beugte sich wieder vor, und seine langen Finger spielten zärtlich mit dem polierten Stockgriff: «Aber was Bastarde anbelangt, so hab ich festgestellt, daß ich meinen Augen überhaupt nicht mehr trauen kann. Ich verlaß mich ausschließlich auf meinen Geruchssinn. Und das –» hier verzog sein Gesicht sich zum erstenmal zu Überdruß und Ekel – «das genügt vollkommen. Man braucht weiter nichts wie eine gute Nase.» Dann sagte er ohne Übergang: «Wie geht's Ihren Leuten?»

«Ach – Tante Maw ist gestorben. Ich – ich fahre gerade zum Begräbnis.»

«Ach, ist sie gestorben?»

Weiter sagte er nichts. Keine der üblichen Redensarten, kein Ausdruck höflichen Bedauerns, einfach nur das. Und kurz darauf:

«Sie fahren also hin, um sie zu begraben.» Es war eine einfache Feststellung, in nachdenklichem Ton, als gäbe es dabei etwas zu überlegen; dann sagte er: «Und glauben Sie, es führt ein Weg zurück?»

George war etwas verblüfft und verlegen: «Wie – ich versteh nicht ganz. Wie meinen Sie das, Richter Bland?»

Wieder ein Aufflackern dieses geheimnisvoll-bösen Lachens. «Ich meine: glauben Sie, es führt *tatsächlich* ein Weg zurück?» Dann fragte er schneidend-kalt und herrisch: «Also, antworten Sie! Glauben Sie daran?»

«Nun – nun ja! Also –» Der junge Mann war ganz außer sich, fast bekam er Angst; ernst und flehentlich sagte er: «Also hören Sie, Richter Bland – ich hab nichts getan – auf Ehre, ich hab nichts getan!»

Wieder das leise, dämonische Lachen: «Wissen Sie das *sicher*?»

Fast wahnsinnig vor Schrecken, demselben Schrecken, den der Mann ihm schon als Junge eingeflößt hatte, sagte George: «Aber – aber natürlich weiß ich das! Hören Sie, Richter Bland, was in Gottes Namen soll ich denn getan haben?» In seiner Verzweiflung wälzte er wilde, phantastische Gedanken, fühlte ein elendes, erdrückendes Schuldbewußtsein und wußte nicht warum. Er dachte: «Hat er etwas von meinem Buch gehört? Weiß er, daß ich über die Stadt geschrieben habe? Meint er vielleicht das?»

Der Blinde meckerte leise vor sich hin; er genoß sein kleines Katz-und-Maus-Spiel mit zärtlicher Bosheit: «Der Schuldige flieht dahin, wo keines Menschen Fuß ihn erreicht. Ist's nicht so, mein Junge?»

In unverhohlen wahnsinniger Qual antwortete George: «Aber – aber – ich bin nicht schuldig!» Und dann ärgerlich: «Verdammt noch mal, ich hab mir nichts zuschulden kommen lassen! Ich kann jedem Menschen in die Augen sehn! Ich brauch mich nicht zu entschuldigen . . .»

Er brach kurz ab, als er das bös-gespenstische Lächeln in den Mundwinkeln des Blinden geistern sah. «Die Krankheit!» dachte er. «Die Krankheit, die seine Augen ruiniert hat – vielleicht – vielleicht – ja, natürlich, der Mann ist verrückt!» Dann stand er auf und sagte schlicht und langsam:

«Richter Bland – leben Sie wohl, Richter Bland.»

Das Lächeln spielte immer noch um den Mund des Blinden, aber er antwortete in verändertem, gütigem Ton:

«Leben sie wohl, mein Junge.» Und nach einer kaum spürbaren Pause: «Aber vergessen Sie nicht: ich hab Sie gewarnt.»

George ging mit dumpf klopfendem Herzen und zitternden Gliedern rasch davon. Was *hatte* Richter Bland mit seiner Frage gemeint: «Glauben Sie, es führt ein Weg zurück?» Und was sollte dieses lautlose, höhnisch-böse Lachen bedeuten? Was konnte er erfahren haben? Was wußte er? Und die anderen – wußten sie es auch?

Er stellte bald fest, daß alle Leute im Wagen seine panische Angst vor dem Blinden teilten. Selbst die Reisenden, die Richter Bland nie vorher gesehen und nun seine zynisch-brutalen Worte gehört hatten, erstarrten bei seinem Anblick vor Entsetzen. Bei den Leuten aus Libya Hill wurde dieser Abscheu noch vergrößert und verschärft durch alles, was sie von ihm wußten. Unverschämt und zynisch hatte er unter ihnen gelebt. Wenn er sich auch nach außen hin in das Mäntelchen der Ehrbarkeit hüllte, so war sein Ruf doch völlig untergraben: aber er setzte der öffentlichen Meinung in der Stadt eine so eiskalte, giftige Verachtung entgegen, daß jedermann ihm einen furchtsamen Respekt bezeugte. Parson Flack, Jarvis Riggs und Bürgermeister Kennedy fürchteten ihn, weil sie sich von seinen blinden Augen durchschaut fühlten. Sein unvermutet plötzliches Auftauchen in dem Wagen hatte sie unbewußt in nackten Schrecken versetzt.

Als George schnell in den Waschraum trat, überraschte er den Bürgermeister dabei, wie er seine falschen Zähne im Waschbecken reinigte. Das fette Gesicht dieses Mannes, das George immer nur in der Maske munterer Jovialität und Liebenswürdigkeit kannte, war nun ganz eingefallen. Als der Bürgermeister jemanden kommen hörte, drehte er sich um. Einen Augenblick stand in den schwachen braunen Augen nur ein namenloses Erschrecken. Er murmelte sinnlose, unzusammenhängende Worte und hielt dabei das Gebiß in den zitternden Fingern. Ohne recht zu wissen, was er tat, schwenkte er es mit einer gräßlich-grotesken Bewegung, in der Schrecken und Verzweiflung und Gott weiß was alles lagen. Dann tat er die Zähne wieder in den Mund, versuchte zu lächeln und murmelte entschuldigend, mit einem schwachen Abglanz seiner üblichen Herzlichkeit:

«Hoho, mein Junge! Na ja, diesmal haben Sie mich erwischt! Tja – ohne Zähne kann man nicht reden!»

Überall dieselben Anzeichen. George sah es an einem Blick, an einer Handbewegung, an dem verräterischen Ausdruck eines entspannten Gesichts. Der Kaufmann Sol Isaacs nahm ihn beiseite und flüsterte:

«Haben Sie gehört, was sie über die Bank gesagt haben?» Er sah sich schnell um und dämpfte die Stimme, als fürchte er, sich zu verraten. «Ach, ist ja alles in schönster Ordnung! Bestimmt! Die haben sich 'ne Zeitlang 'n bißchen weit vorgewagt. Jetzt ist das Geschäft ziemlich ruhig, aber das kommt schon wieder in Schwung!»

Die Unterhaltung hatte sich nicht verändert. «Soviel ist es bestimmt wert», versicherten sie eifrig einander. «In einem Jahr bringt es das Doppelte.» Sie faßten ihn überströmend freundlich und herzlich am Rockaufschlag und sagten, er solle sich doch in Libya Hill niederlassen und für immer dableiben: «Prächtigste Stadt der Welt, wissen Sie!» Sie äußerten sich genau wie vorhin mit selbstbewußter Sicherheit über Finanzierung und Bankgeschäfte, Markt-Tendenz und Grundstückspreise. Aber George fühlte jetzt ganz deutlich, daß unter all diesem die schiere, nackte Todesangst lauerte, die Angst von Menschen, die wissen, daß sie ruiniert sind, und sich fürchten, es sich selbst einzugestehen.

Mitternacht war vorüber, und im Mondlicht raste der Zug südwärts quer durch Virginia. In den kleinen Städten lagen die Menschen in ihren Betten und hörten den klagenden Pfiff, hörten das kurze Aufbrüllen des durchfahrenden Zuges – und sie wälzten sich unruhig und träumten von fernen, prächtigen Städten.

Im K 19 hatten die meisten Reisenden ihre Schlafabteile aufgesucht. Nebraska Crane hatte sich zeitig zurückgezogen, aber George war noch auf, ebenso der Bankier, der Bürgermeister und der politische Führer. Es waren derbe, blasierte, phantasielose Burschen, trotzdem aber steckte in ihnen immer noch der kleine Junge von einst, und sie waren viel zu aufgeregt, um in einem Eisenbahnzug zur gewohnten Zeit schlafen zu gehen. Sie hatten sich also in dem vollgerauchten Waschraum zusammengefunden, und hinter dem grünen Vorhang hörte man ein Gewirr von Männerstimmen, die sich, bald lauter, bald leiser, ihre endlosen Männergeschichten erzählten. Leise und verstohlen begannen sie mit schadenfrohem Entzücken anstößige Geschichten aus dem freien und schamlosen Leben des Richters Rumford Bland auszukramen, und auf jede Erzählung folgte eine donnernde, halbunterdrückte Lachsalve.

Wenn das Gelächter und Sich-auf-die-Schenkel-Schlagen nachließen, beugte Parson Flack sich wieder vor, um die nächste Geschichte zu erzählen. In gedämpft-vertraulichem Verschwörerton fing er an:

«Und wißt ihr noch damals, wie er ...?»

Da wurde der Vorhang rasch aufgezogen, mit einem Ruck fuhren alle Köpfe hoch: Richter Bland kam herein.

«Nun, Parson», sagte er barsch, «was ‹wißt ihr noch›?»

Vor dem blinden, eisig-starren Blick des ausgemergelten Gesichts verstummten die Männer. In ihren Augen war noch mehr als Furcht.

«Was ‹wißt ihr noch›?» sagte er noch einmal, diesmal mit einem Unterton von Grausamkeit. Aufrecht und zerbrechlich stand er vor ihnen und schaukelte mit beiden Händen auf der Krücke seines Stocks, den er fest vor sich auf den Fußboden gestemmt hatte. Er wandte sich an Jarvis Riggs: «Weißt du noch, wie du die Bank gegründet hast und wie du geprahlt hast, ‹keine Bank im Staat habe sich so schnell vergrößert› – wobei du in deinen Mitteln keineswegs wählerisch warst?» Er drehte sich zu Parson Flack herum: «Weißt du noch, wie einer von ‹den Jungens› (du suchst dir doch immer solche ‹Jungens› , nicht wahr, Parson?), ja, wie einer von ‹den Jungens› bei der so schnell größer werdenden Bank ein Darlehen aufnahm und 80 Hektar Land auf dem Hügel jenseits des Flusses kaufte?» Jetzt sah er den Bürgermeister an: «Und wie er das Land an die Stadt für einen neuen Friedhof verkaufte? ... Obwohl ich nicht weiß», und er kehrte sein Gesicht wieder Parson Flack zu, «warum die Toten so weit gehen müssen, um ihre Toten zu begraben!»

Er machte eine eindrucksvolle Pause wie ein Provinzanwalt, der sich anschickt, den Richtern die Zusammenfassung seiner Rede ins Gesicht zu schleudern.

«Was ‹wißt ihr noch›?» sagte er mit plötzlich hoch und schrill ansteigender Stimme. «Weiß ich vielleicht nicht mehr, Parson, was du all die Jahre mit unserer Stadt getrieben hast? Weiß ich nicht mehr, was für eine treffliche Sache deine Politik war? Du hast ja nie Wert auf ein öffentliches Amt gelegt, nicht wahr, Parson? Ach nein – dazu bist du viel zu bescheiden. Aber du verstehst es, die Bürger anzupacken, die diesen Ehrgeiz haben, die ihrem Volk und ihren Mitbürgern großherzig und unermüdlich dienen wollen! O ja – ein ganz nettes kleines Privatgeschäft, nicht wahr, Parson? Und all die ‹Jungens› sind Aktionäre und haben ihren Profit dabei – ist's nicht so, Parson? ... *Was* ‹wißt ihr noch›?» schrie er noch einmal. «Weiß ich vielleicht nicht, daß unsere Stadt in Trümmern liegt, daß sie nur noch ängstlich wartet und Pläne macht, um den Tag ihres nahenden Zusammenbruchs hinauszuschieben? O ja, Parson, das alles weiß ich. Und doch habe ich nichts damit zu tun, denn ich bin ein kleiner Mann. Oh», sagte er mit einer wegwerfenden Kopfbewegung, «hier und da ein kleiner, bedrängter Nigger, ein bescheidenes Einkommen aus der Niggerstadt, ein paar ungesetzliche Darlehen, ein

bequemes Wucherverfahren im kleinen – ich weiß; aber ich hatte bescheidene Wünsche, ich war mit kleinen Bissen zufrieden. Ich hab mich immer mit – sagen wir – bescheidenen 5 Prozent die Woche begnügt. Ich bin also kein Großverdiener, Parson. Ich weiß noch mancherlei, aber ich sehe jetzt, ich hab mein Kapital vertan, hab meine Gaben in einem ausschweifenden Leben vergeudet – während die frommen Puritaner in allen Ehren ihre Stadt verraten und ihren Mitbürgern so aufrichtig gedient haben, bis sie ruiniert waren.»

Wieder machte er eine drohende Pause, und als er fortfuhr, klang seine Stimme leise und fast gleichgültig vor ausdrucksloser Ironie:

«Ich fürchte, Parson, ich bin bestenfalls nur ein leichtsinniger Kerl gewesen und werde im Alter keine bedeutenden Erinnerungen haben – ein paar lustige Witwen, die in die Stadt kamen, Poker-Chips, Pferderennen, Karten- und Würfespiele, die verschiedenen Whiskey-Sorten – all diese teuflischen Sachen, Parson, von denen fromme Knaben, die jede Woche in die Kirche rennen, nichts wissen. So werde ich mich wohl im Alter an meinen sündhaften Erinnerungen wärmen – und werde schließlich, wie alle guten und braven Menschen, neben anderen Wohltätern auf dem kostspieligen städtischen Friedhof auf dem Hügel begraben werden ... Aber ich weiß auch noch andere Dinge, Parson, und du weißt sie auch. Und vielleicht hat in bescheidenen Grenzen auch mein Dasein einen Sinn gehabt – und sei es auch nur, das schwarze Schaf unter meinen würdigen Mitbürgern zu sein.»

Völlig verstummt saßen sie da, die erschreckten, schuldbewußten Augen auf sein Gesicht geheftet, und jedem war's, als sähen diese kalten, blinden Augen ihm auf den Grund. Noch einen Augenblick stand Richter Bland so da, dann begann langsam, ohne daß ein Muskel seines ausdruckslosen Gesichts sich regte, das gespenstische Lächeln um seinen eingefallenen Mund zu geistern.

«Guten Abend, meine Herren», sagte er. Er wandte sich um und schob mit dem Spazierstock den Vorhang zur Seite. «Wir sehen uns wohl noch.»

Die ganze Nacht lag George in seiner dunklen Koje und sah die alte Erde Virginias in der traumerfüllten Stille der Mondnacht an sich vorüberziehen. Felder und Berge, Schluchten und Flüsse und wieder Wälder, die ewig währende, ungeheuer-grenzenlose Erde von Amerika zog in dem unglaublichen Schweigen der Mondnacht an ihm vorbei.

Durch die gespenstische Stille der Landschaft fuhr der Zug mit

seinem tosenden Lärm, der aus tausend Stimmen zusammenge-
schweißt schien, und diese Stimmen weckten in George alte Erinnerungen: alte Lieder, alte Gesichter, alte Erinnerungen und alle
seltsamen, wortlosen und unaussprechlichen Dinge, die alle Menschen wissen, fühlen und erleben und für die sie niemals Worte finden – die Mär von der dunklen Zeit, von der Wehmut des kurzen
Menschenlebens, von dem unbegreiflich-überwältigenden Wunder des Lebens überhaupt. Wie in seiner Kindheit hörte er wieder
das stampfende Rad, das Anschlagen der Glocke, den klagenden
Pfiff, und er dachte daran, wie diese Töne, wenn sie in seiner Knabenzeit vom Flußufer in die kleine Stadt drangen, für ihn immer
wie eine wortlose Prophezeiung wilder und geheimer Lust gewesen
waren, wie die strahlende Verheißung neuer Länder, eines jungen
Morgens und einer schimmernden Stadt. Nun aber sprach der einsame Schrei des großen Zuges zu ihm ebenso seltsam von Rückkehr. Denn er fuhr ja zurück in die Heimat.

Die unbewußte Angst, mit der er sich schlafen gelegt hatte, die
Vorahnung von traurigen Veränderungen in der Stadt, die düstere
Aussicht auf die morgige Beerdigung – das alles zusammen ließ ihn
die Heimkehr fürchten, auf die er sich in den Jahren seiner Abwesenheit mit Hoffnung und Jubel im Herzen gefreut hatte. Alles war
so ganz anders, als er es sich gedacht hatte. Er war immer noch einer
von vielen Dozenten an einer Universität der Großstadt, sein Buch
war noch nicht erschienen, er war noch keineswegs so weit, daß
seine Heimatstadt ihn als «erfolgreich» anerkannt hätte, als einen,
der «es zu etwas gebracht hatte». Und wie er darüber nachdachte,
wurde ihm klar, daß er fast nichts so sehr fürchtete wie die scharfen,
kritischen Augen und die welterfahrenen Urteile dieser kleinen
Stadt.

Er gedachte all seiner Jahre in der Fremde, seiner Wanderjahre
durch viele Länder und Städte. Es fiel ihm nun ein, wie oft er mit so
starker Liebe an zu Hause gedacht hatte, daß er mit geschlossenen
Augen jede Straße und jedes Haus, ja – die Gesichter aller Leute vor
sich sah, und daß er sich auf alles besinnen konnte, was sie gesagt
und mit ihren schwerfällig-beschränkten Geschichten erzählt hatten. Morgen sollte er all das wiedersehen, und fast wünschte er, er
wäre nicht gefahren. Er hätte sich leicht mit Arbeit oder anderen
Verpflichtungen entschuldigen können. Und irgendwie kam ihm
sein Gefühl für diese Stadt ein bißchen albern vor.

Aber warum hatte es ihn denn immer so magnetisch nach der
Heimat gezogen, warum hatte er soviel daran gedacht und alles so
auffallend genau im Gedächtnis behalten? Hatte das wirklich nichts

zu bedeuten? War nicht diese kleine Stadt zwischen den unsterblichen Bergen seine einzige Heimat auf Erden? Er wußte es nicht. Er
wußte nur, daß die Jahre dahinfließen wie Wasser, und eines Tages
führte für alle Menschen der Weg zurück.

Brausend fuhr der Zug durch das mondbeschienene Land.

Wieder daheim

Als er am nächsten Morgen aus dem Zugfenster sah, waren sie
schon in den Bergen. Wie riesige Märchentürme stiegen sie in den
blauen Himmel hinan, und auf einmal spürte er auch die frisch-
kühle Luft, die wie Sekt prickelte, und das leuchtende, klare Licht.
Über ihm ragte die gewaltige Form der Berge, das undurchdringli-
che Grün der Wildnis, die Spalten und die Schluchten der Gebirgs-
pässe, die schwindelnd-steil abstürzenden Felsen. Er konnte die
kleinen Hütten erkennen, die wie Spielzeug hoch über ihm am
Rand von Abhängen und tiefen Schluchten klebten. Zu der unvergänglichen Stille der Erde gesellte sich nun das altvertraute, langsa-
me Bergaufkeuchen des Zuges, der in Windungen und Kurven
hochkletterte. George hatte das deutliche Gefühl, er habe etwas
wiederentdeckt, was er immer gewußt hatte – etwas Fern-Nahes,
etwas Fremd-Vertrautes; und ihm war, als wäre er nie von den Bergen fort gewesen und als wäre alles, was in der Zwischenzeit geschehen war, nur ein Traum.

Endlich fuhr der Zug die lang abfallende Kurve hinunter und in
den Bahnhof ein. Noch ehe er richtig hielt, hatte George aus dem
Fenster gespäht und Randy Shepperton mit seiner Schwester Margaret entdeckt, die ihn auf dem Bahnsteig erwarteten. Der lange,
athletisch gebaute Randy trat unruhig von einem Fuß auf den andern, während er suchend an den Fenstern des Zuges entlangblick-
te. Margarets kräftige, starkknochige Gestalt stand fest und sicher
da, sie hielt die Hände lose vor dem Leib zusammengelegt, und ihre
Blicke schweiften flink und aufmerksam von Wagen zu Wagen.
Und während George vom Trittbrett des Pullman-Wagens sprang
und mit dem Koffer in der Hand über den Schotter des Bahnkör-
pers und die blanken Schienen hinweg dem Bahnsteig zustrebte,
wußte er mit jenem inneren Sinn von Fremdheit und Wiedererkennen ganz genau, was sie bei der Begrüßung zu ihm sagen würden.

Nun hatten sie ihn erkannt. Er sah, wie Margaret aufgeregt auf
ihren Bruder einredete und auf ihn zukam. Und nun kam Randy

angerannt, streckte ihm die Hand zur Begrüßung entgegen und rief
schon von weitem mit seiner volltönenden Tenorstimme:

«Wie geht's denn, alter Junge? Stell nur ab!» rief er voller Herzlichkeit und schüttelte ihm kräftig die Hand. «Schön, daß du da
bist, Monk!»

Immer noch Begrüßungsworte rufend, langte er nach dem Koffer und versuchte, ihn an sich zu reißen. Sofort begann der unvermeidliche Kampf mit gutmütigen Hinundher und lebhaften Prote-
sten auf beiden Seiten; aber bald hatte Randy siegreich vom Koffer
Besitz ergriffen, und beide gingen auf den Bahnsteig zu, wo Randy
fortgesetzt Georges Protest zurückwies:

«Aber um Gottes willen, nun hör doch auf! Wenn ich dich mal in
der großen Stadt besuchen komme, kannst du ja genauso viel für
mich tun! . . . Da ist Margaret!» sagte er, als sie auf dem Bahnsteig
waren. «Sie freut sich so, daß du kommst!»

Sie erwartete ihn mit strahlendem Lächeln auf ihrem vertrauten Gesicht. Sie waren als Nachbarskinder zusammen aufgewachsen und kamen sich fast wie Geschwister vor. Selbstverständlich hatten sie, als George zehn und Margaret zwölf gewesen waren, ihre idyllische Kinderliebe gehabt, hatten sich ewige
Treue geschworen, und es galt für ausgemacht, daß sie später
heiraten würden. Aber das hatte sich im Laufe der Jahre gewandelt. Er war fortgegangen, und sie hatte sich, als die Eltern starben, Randys angenommen; sie führte ihm nun den Haushalt und
war unverheiratet geblieben. Wie sie so freundlich lächelnd dastand, hatte sie trotz ihrer hochgewachsenen, vollbusigen Gestalt
und ihrem Ausdruck von Herzensgüte etwas undefinierbar Alt-
jüngferliches an sich, und George war von Mitleid und alter
Zärtlichkeit bewegt.

«Hallo Margaret!» sagte er mit aufgeregter heiserer Stimme.
«Wie geht's dir denn, Margaret?»

Sie schüttelten sich die Hand, und er drückte ihr einen ungeschickten Kuß mitten ins Gesicht. Sie errötete vor Freude, trat einen
Schritt zurück und betrachtete ihn mit dem halb schalkhaften Ausdruck, den sie oft als Kind gehabt hatte.

«Gut, gut, gut!» sagte sie. «Du hast dich nicht sehr verändert,
George! Vielleicht ein bißchen dicker geworden, aber ich hätte dich
sicher erkannt!»

Dann sprachen sie leise über Tante Maw und das Begräbnis – so
gezwungen und hilflos, wie alle Leute vom Tode sprechen. Nachdem das erledigt war, schwiegen sie ein Weilchen und gaben sich
dann wieder so, wie sie waren.

Die beiden Männer sahen sich an und grinsten. In ihrer Knabenzeit hatte George gefunden, daß Randy so aussah, wie er sich Ro-
meos Freund Mercutio vorstellte. Er hatte einen kleinen, schmalen,
wohlgeformten Kopf gehabt und dichtes blondes Haar; er war flink
wie ein Wiesel gewesen, behende, drahtig, voller Tatkraft und in
allem, was er tat, wunderbar anmutig; er war geistig und seelisch
klar, sprudelnd, scharfsinnig und diszipliniert gewesen wie eine
feingeschliffene Toledo-Klinge. Im College war es genauso: er war
nicht nur ein guter Schüler gewesen, sondern hatte sich auch als
Schwimmer und als Mittelstürmer in der Football-Mannschaft ausgezeichnet.

Aber als George ihn jetzt ansah und erkannte, was die Zeit aus
Randy gemacht hatte, schnürte es ihm die Kehle zusammen. Randys hageres, dünnes Gesicht war tief zerfurcht, und seine Schläfen
waren mit den Jahren ergraut. An beiden Schläfen begann er kahl zu
werden, und um die Augenwinkel hatte sich ein Muster kleiner
Fältchen gebildet. George wurde traurig und irgendwie ein bißchen
beschämt zumute beim Anblick dieses alten und verbrauchten
Menschen. Am auffallendsten aber war der Ausdruck in Randys
Augen. Einst hatten sie klar, scharf und gerade in die Welt geblickt,
nun aber hatten sie einen zerstreuten, tief beunruhigten Ausdruck,
der auch in seiner offenkundigen Freude über das Wiedersehen mit
dem alten Freund nicht ganz verschwand.

Während sie noch da standen, kamen Jarvis Riggs, Parson Flack
und der Bürgermeister langsam über den Bahnsteig, tief im Gespräch mit einem der führenden Grundstücksmakler der Stadt, der
sie abgeholt hatte. Randy sah sie, blinzelte George grinsend zu und
gab ihm einen Rippentriller.

«Na, jetzt wirst du was erleben!» schrie er so übertrieben laut wie
früher. «Zu jeder Tageszeit, von Sonnenaufgang bis drei Uhr morgens – ohne Punkt und Komma! Auf dich haben sie gerade gewartet!» triumphierte er.

«Wer?» fragte George.

«Haha!» lachte Randy. «Wetten, daß das Empfangskomitee
schon vor der Tür steht, die ganzen gehenkten Hunde von Grundstücksspekulanten, um dich zu begrüßen und dir den Hals abzuschneiden? Der Barnes, das alte Roß, und der Leuteschinder Mack
Judson, das Stinktier Tim Wagner, der Vampyr Promoter, und der
alte Blutsauger Simms, der Sturmbock und Wohltäter der Waisen
aus Arkansas – alle sind sie da!» sagte er schadenfroh. «Sie hat ihnen
gesagt, mit dir wär noch was zu machen, und nun warten sie auf
dich! Jetzt kommst du dran!» johlte er. «Sie hat ihnen gesagt, daß du

im Anmarsch bist, und jetzt losen sie schon aus, wer dein Hemd bekommt und wer die Hose und wer die Unterhose! Hahaha!» lachte er und stieß seinen Freund wieder in die Rippen.

«Von mir werden sie nichts kriegen», lachte George, «denn ich hab nichts.»

«Macht fast gar nichts!» johlte Randy. «Wenn du einen Kragenknopf übrig hast, dann nehmen sie den als erste Einlage, und dann – hahaha! – knöpfen sie dir allmählich im Laufe des Jahres Manschettenknöpfe, Socken und Hosenträger als bequeme Ratenzahlung ab!»

Bei der verblüfften Miene seines Freundes wollte er sich vor Lachen ausschütten. Dann sah er den vorwurfsvollen Blick seiner Schwester und gab ihr einen Rippentriller; sie schrie ärgerlich auf und gab ihm einen Klaps auf die Hand.

«Also, ich muß schon sagen, Randy!» rief sie gereizt. «Was ist denn bloß los mit dir? Du benimmst dich ja völlig idiotisch! Also wirklich, das tust du!»

«Hahaha!» lachte er noch einmal. Dann besann er sich, grinste aber immer noch: «Du wirst wohl nebenan über der Garage schlafen müssen, Monk, mein alter Junge. Dave Merrit ist gerade da, der wohnt im Gastzimmer.» Bei der Erwähnung von Merrit hatte seine Stimme einen Unterton von Ehrerbietung, aber er sprach gleich leichthin weiter: «Oder, wenn du das lieber willst, hahaha – Mrs. Charles Montgomery Hopper hat ein nettes Zimmer zu vermieten, sie freut sich sehr, wenn du bei ihr wohnst!»

Bei der Erwähnung von Mrs. Charles Montgomery Hopper machte George ein etwas unbehagliches Gesicht. Er erinnerte sich noch gut an diese würdige Dame, aber er hatte keine Lust, in ihrer Pension zu wohnen. Margaret war das nicht entgangen, sie lachte:

«Hohoho! Da siehst du, in was du reingeraten bist! Der verlorene Sohn kommt heim, und wir lassen ihm die Wahl zwischen Mrs. Hopper und der Garage! Na, ist das nun ein Leben?»

«Aber das macht doch nichts», widersprach George. «Ich finde die Garage prima. Außerdem stör ich euch da nicht, wenn ich mich nachts rumtreibe und spät nach Hause komme.» Sie lächelten sich alle drei an mit dem liebevollen Einverständnis von Menschen, die sich bereits so lange kennen, daß sie's schon kaum mehr wissen. «Wer ist denn übrigens Mr. Merrit?»

«Ja», antwortete Randy und setzte nun seine Worte langsam, bedächtig überlegend, «das – das ist einer von der ‹Allgemeinen› – mein Chef, weißt du. Er fährt bei allen Zweigniederlassungen rum und prüft und sieht nach, ob alles in Ordnung ist. Prächtiger Kerl –

wird dir gefallen», sagte Randy ernst. «Wir haben ihm viel von dir erzählt, und er möchte dich kennenlernen.»

«Und wir dachten, du würdest nichts dagegen haben», sagte Margaret. «Weißt du, es ist wegen des Geschäfts, er ist doch bei der ‹Allgemeinen›, und natürlich muß man diplomatisch sein und ihn möglichst gut behandeln.» Da aber im Grunde solche Motive ihrem gastlichen und herzlichen Wesen fernlagen, fügte sie hinzu: «Mr. Merrit ist schon in Ordnung. Ich mag ihn gern. Jedenfalls freuen wir uns, daß er bei uns wohnt.»

«Dave ist ein prächtiger Kerl», wiederholte Randy. «Und ich weiß, er möcht dich kennenlernen ... Na schön», sagte er und sah wieder zerstreut aus, «wenn wir alles haben, können wir ja gehen. Ich muß noch mal ins Büro. Merrit ist nämlich dort. Ich denk, ich setz euch zu Hause ab, und wir sehn uns dann später.»

Damit waren alle einverstanden. Randy grinste wieder – ein biß-chen nervös, fand George –, nahm den Koffer und ging rasch über den Bahnsteig zu seinem Wagen, der an der Bordschwelle stand.

Am Nachmittag fand die Trauerfeier statt. Das kleine Fachwerk-haus, das der alte Lafayette Joyner – Tante Maws Vater und George Webbers Großvater – vor vielen Jahren eigenhändig gebaut hatte, sah noch genauso aus wie damals, als George als Knabe darin ge-wohnt hatte. Nichts hatte sich daran verändert. Und doch kam es ihm kleiner, niedriger und armseliger vor, als er es in Erinnerung hatte. Es war von der Straße ein Stück zurückgebaut und stand zwi-schen dem Sheppertonschen Hause und dem großen Backsteinhaus des Onkels Mark Joyner. Die ganze Straße entlang parkten Wagen, darunter viele alte, klapprige Fahrzeuge, an denen der rote Lehm des Gebirges klebte. Im Garten vor dem Haus standen viele Men-schen in feierlichen Grüppchen; sie unterhielten sich leise und machten mit ihren bloßen Köpfen und ihren feierlich schwarzen, steifen Sonntagskleidern einen verlegen-schüchternen und ge-zwungenen Eindruck.

In den kleinen Zimmern des Hauses drängten sich die Leute; das Schweigen des Todes lag über der Versammlung und wurde nur ab und zu durch unterdrücktes Husten und halbersticktes Schluchzen und Schnüffeln unterbrochen. Viele der Anwesenden waren Joyners – Vettern, Schwäger oder entfernte Verwandte von Tante Maw –, die für drei Tage aus dem Gebirge gekommen waren: lauter alte Männer und Frauen, deren Gesichter von Mühsal und Sorge ge-zeichnet waren. Manche von ihnen hatte George noch nie gesehen, aber alle trugen das Kennzeichen der Joynerschen Sippe: die versorgte Miene und um die dünnen Lippen eine Art grimmigen Triumph über den Tod.

In dem winzigen Vorderzimmer, in dem Tante Maw immer an Winterabenden beim Schein einer Öllampe vor dem flackernden Feuer gesessen und dem Jungen ihre endlosen Geschichten von Tod und Sorge erzählt hatte, lag sie nun in dem schwarzen Sarg, dessen Deckel und Vorderseite offengelassen waren, damit alle so viel wie möglich von ihr sehen könnten. Und kaum hatte George das Zimmer betreten, da wurde ihm klar, daß sie mit einer ihrer wichtigsten fixen Ideen über den Tod hinaus triumphiert hatte. Da sie ihr ganzes Leben lang unverehelicht und jungfräulich geblieben war, hatte sie immer eine fürchterliche Angst davor gehabt, daß eines Tages bei irgendeiner Gelegenheit ein Mann ihren Körper sehen könnte. Als sie älter wurde, hatte sie sich in Gedanken immer mehr mit dem Tod beschäftigt und mit der krankhaften Scham, daß nach ihrem Tod sie jemand so sehen könnte, wie Gott sie erschaffen hatte. Daher verabscheute sie alle Bestattungsinstitute, und sie hatte ihrem Bruder Mark und seiner Frau Mag feierlich das Versprechen abgenommen, daß kein Mann ihren unbekleideten Leichnam sehen, daß sie von einer Frau aufgebahrt und vor allem, daß sie nicht einbalsamiert würde. Nun war sie seit drei Tagen tot, seit drei langen, glühend heißen und drückend schwülen Tagen, und George kam es wie ein abscheulicher, aber doch folgerichtiger Abschluß vor, daß mit seiner letzten Erinnerung an dieses Haus, das während seiner Kindheit so voll von den Gerüchen überlebten Lebens gewesen war, nun der üble Geruch des Todes verbunden bleiben würde.

Mark Joyner schüttelte seinem Neffen aufrichtig und herzlich die Hand und sagte, er freue sich, daß er habe kommen können. Er hatte eine schlichte, würdig-zurückhaltende Art; seine ältere Schwester hatte er immer aufrichtig gern gehabt, und sein stiller Kummer war ihm deutlich anzumerken. Seine Frau Mag hingegen, die fünfzig Jahre lang unversöhnlich mit Tante Maw in einem Kriegszustand ewiger Quengelei gelegen hatte, betrachtete sich als die Hauptleidtragende und genoß ganz offensichtlich diese Rolle. Während des endlosen langen Gottesdienstes, bei dem der Baptisten-Pfarrer mit seiner nasal-plärrenden Stimme eine lange Lobrede auf Tante Maw hielt und kein Ereignis ihres Lebens ausließ, brach Mag immer wieder in lautes Geheul aus, schlug ostentativ ihren schwarzen Schleier zurück und wischte sich mit dem Taschentuch heftig die rotverschwollenen Augen.

Mit der unbewußten Gefühlsroheit der Selbstgerechten tischte der Geistliche noch einmal den ganzen Familienskandal auf. Er erzählte, wie George Webbers Vater seine Frau, Amelia Joyner, verlassen und in öffentlicher Schande mit einer anderen Frau gelebt hatte und wie Amelia kurz darauf «an gebrochenem Herzen gestorben» war. Er erzählte, wie «Bruder Mark Joyner und sein gottesfürchtiges Weib, Schwester Maggie Joyner», von gerechtem Zorn erfüllt, das Gericht angerufen und den mutterlosen Knaben gewaltsam den sündigen Händen des Vaters entrissen hatten; und wie «die gute Frau, die nun tot vor uns liegt», sich des Sohnes ihrer Schwester angenommen und ihn in ihrem christlichen Haus aufgezogen hatte. Und er sagte, wie sehr er sich freue, daß der junge Mann, dem diese pflichttreue Liebe zuteil geworden war, wieder heimgekehrt sei, um an der Bahre der Frau, der er soviel verdankte, seine letzte Dankesschuld zu bezeugen.

Die ganze Zeit gluckste und schniefte Mag in ihrem theatralischen Schmerz, und George saß da, biß sich mit hart zusammengepreßten Kiefern auf die Lippen und sah starr vor sich auf den Boden; er war in Schweiß gebadet, und sein Gesicht war puterrot vor Scham, Wut und Ekel.

Der Nachmittag schleppte sich hin, bis endlich der Gottesdienst vorbei war. Die Leute strömten aus dem Haus und bildeten einen endlosen, langsamen Trauerzug zum Friedhof hin. Ganz erlöst floh George aus dem engeren Familienkreis und gesellte sich zu Margaret Shepperton, mit der er in eine der gemieteten Limousinen einstieg.

Gerade als der Wagen anfahren und sich in den Zug einreihen wollte, wurde die Wagentür von einer Frau aufgerissen, die zu ihnen einstieg. Es war Mrs. Delia Flood, eine alte Freundin von Tante Maw; George kannte sie, solange er denken konnte.

«Hallo, da sind Sie ja, junger Mann», sagte sie zu George, während sie hereinkletterte und sich neben ihn setzte. «Wenn Tante Maw das gewußt hätte, daß Sie die weite Reise hierher machen würden, um bei ihrem Begräbnis dabei zu sein! Ein Ehrentag wär's für sie gewesen! Sie hielt große Stücke auf Sie, mein Junge.» Geistesabwesend nickte sie Margaret zu. «Ich sah, daß hier noch ein Platz frei war, da sagt ich mir: ‹Ist doch ein Jammer um den schönen Platz! Schnell hinein, ohne viel Gefackel, sagt ich, wenn ich ihn nicht nehme, nimmt ihn der Nächste.›»

Mrs. Delia Flood war eine kinderlose Witwe mittleren Alters, klein, kräftig und etwas plump gebaut, mit pechschwarzem Haar, stechenden braunen Äuglein und einem nie stillstehenden Mundwerk. Wenn sie jemanden erwischt und festgenagelt hatte, dann heftete sie sich an seine Sohlen und redete ohne Punkt und ohne Komma hartnäckig und eintönig immer weiter auf ihn ein. Sie war eine vermögende Frau, und ihr liebstes Gesprächsthema waren Grundstücke. Tatsächlich hatte sie, lange bevor das Spekulationsfieber ausbrach und die Preise hochschnellten, eine Leidenschaft fürs Kaufen und Verkaufen von Grund und Boden und eine sehr genaue Kenntnis der Preise. Sie schien einen sechsten Sinn dafür zu haben, in welcher Richtung die aufblühende Stadt sich entwickeln würde, und wenn dann alles so kam, wie sie es vorausgesagt hatte, dann stellte sich's gewöhnlich heraus, daß sie ausgezeichnete Bauplätze gekauft hatte, die sie für ein Vielfaches der Kaufsumme wieder verkaufen konnte. Sie lebte einfach und bescheiden, aber man hielt sie allgemein für wohlhabend.

Ein Weilchen saß Mrs. Flood nachdenklich schweigsam da. Als der Trauerzug sich aber langsam weiter durch die Straßen der Stadt bewegte, begann sie mit scharfen Blicken aus den Wagenfenstern zu spähen, und bald steckte sie unvermittelt in einem nicht abreißenden, umfassenden und erschöpfenden Kommentar über jedes Grundstück, an dem sie vorüberkamen. Sie redete unaufhörlich, mit kurzen, beiläufigen Handbewegungen und machte nur dann und wann eine Pause, um bedächtig und nachdrücklich bestätigend mit dem Kopf zu nicken.

«Das sehn Sie doch, nicht wahr?» sagte sie und nickte überzeugend, wobei es ihr völlig gleichgültig war, ob sie zuhörten oder nicht – wenn sie nur jemanden vor sich hatte, zu dem sie sprechen konnte. «Sie sehn doch, was hier vor sich geht, wie? Also, dieser Fred Barnes – dieser Roy Simms und dieser Mack Judson – diese ganze Blase – na, gewiß doch – bitte, sagen Sie selbst!» schrie sie und runzelte angestrengt nachdenklich die Stirn. «Ich hab's doch gelesen! Hat doch alles in der Zeitung gestanden – aber gewiß doch, vor ein oder zwei Wochen, wissen Sie: daß sie vorhaben, den ganzen Block hier abzureißen und die schönste Garage der ganzen Gegend zu bauen? Oh, so groß wie der ganze Block, wissen Sie, ein schönes achtstöckiges Gebäude, oben auch noch Garagenräume und Sprechstundenzimmer für Ärzte – ja, gewiß doch! –, und oben soll sogar ein Dachgarten und ein großes Restaurant hinkommen. Die ganze Sache wird sie alles in allem über eine halbe Million Dollar kosten – jawohl, sie haben ja schon 6000 Dollar für den Frontmeter bezahlt!» schrie sie. «Pah! Also das sind ja Großstadtpreise, *dafür* kriegt man ja Geschäftsgrundstücke im Stadtzentrum! Hätt ich ihnen vorher sagen können – aber nein!» sagte sie mit verächtlichem Kopfschütteln. «Ausgerechnet hier wollten sie's haben.

Die können von Glück sagen, wenn sie mit heiler Haut davonkommen!»

George und Margaret wußten nichts dazu zu sagen, was Mrs. Flood aber gar nicht zu bemerken schien. Als der Zug über die Brücke ging und in die Preston Avenue einbog, fuhr sie fort:

«Sehn Sie da drüben die Parzelle mit dem Haus? Vor zwei Jahren hab ich dafür fünfundzwanzigtausend gegeben, und jetzt ist sie unter Brüdern fünfzigtausend wert. Jawohl, das krieg ich dafür! Aber pah! Sehn Sie mal», sagte sie mit nachdrücklichem Kopfschütteln, «mit *mir* können sie so was nicht machen. Hab schon gemerkt, was er wollte! Gewiß doch! Kam doch dieser Mack Judson zu mir und wollte mich für dumm verkaufen! Muß so um Anfang April rum gewesen sein, wissen Sie», sagte sie mit einer ungeduldig wegwerfenden Bewegung, als ob das jedem vollkommen klar sein müßte. «Die ganze Blase, die daran beteiligt ist, stand hinter ihm, das war mir sonnenklar. Sagt er: ‹Ich will Ihnen mal was sagen. Wir wissen, Sie sind ’ne gute Geschäftsfrau, wir legen Wert auf Ihr Urteil, und wir möchten mit Ihnen arbeiten›, sagt er, ‹und bloß um mit Ihnen ins Geschäft zu kommen, biete ich Ihnen für Ihr Haus und Ihr Grundstück in der Preston Avenue drei prima Parzellen da oben an der Pinecrest Road in Ridgewood. Sie brauchen keinen Cent zu bezahlen›, sagte er. ‹Bloß um mit Ihnen ins Geschäft zu kommen, biet ich Ihnen diesen Tausch an!› – ‹Schön›, sag ich, ‹das ist aber nett von Ihnen, Mack, und ich fühl mich hochgeehrt. Wenn Sie das Haus und das Grundstück an der Preston Avenue haben wollen›, sag ich, ‹dann können Sie’s von mir aus haben. Sie kennen den Preis: fünfzigtausend!› sag ich. ‹Und was sind die Parzellen in Ridgewood wert?› Hab ihn ganz rundheraus gefragt, wissen Sie. ‹Tja›, sagt er, ‹schwer zu sagen. Das weiß ich nicht ganz genau, was sie *wirklich* wert sind. Die Grundstücke da oben steigen ja dauernd.› Ich hab ihn scharf angesehen und hab gesagt: ‹Also, Mack, *ich* weiß, was diese Parzellen wert sind, jedenfalls nicht so viel, wie Sie dafür bezahlt haben. Die Stadt entwickelt sich nach der anderen Seite hin. Wenn Sie also mein Haus und mein Grundstück haben wollen›, sag ich, ‹dann bringen Sie mir das Geld, und dann können Sie’s kriegen. Aber von einem Tausch kann keine Rede sein.› Genau das hab ich ihm gesagt, und damit war’s natürlich aus. Er ist nie wieder darauf zurückgekommen. Aber gewiß doch, ich wußte ganz genau, was er wollte!»

Als der Wagenzug sich dem Friedhof näherte, kam er an einem ungepflasterten Lehmweg vorbei, der durch die Felder zu ein paar einsamen Fichten hinführte. An der Stelle, wo der Lehmweg auf die große Landstraße stieß, stand ein aus zwei Granitblöcken bestehendes Portal wie das Wahrzeichen einer noch ungebauten prachtvollen Stadt, die sich eines Tages großartig auf den vom Fluß zur grünen Wildnis aufsteigenden Hügeln erheben würde. Jetzt aber waren das schöngeschmückte Portal und eine große Tafel mitten auf dem Gelände die einzigen Anzeichen künftiger Pracht. Mrs. Flood bemerkte die Tafel.

«Ha! Was ist das?» rief sie äußerst überrascht. «Was steht da drauf?»

Alle reckten die Hälse, als sie daran vorbeikamen, und George las laut den Text der Tafel vor:

RIVERCREST
Geweiht allen Bewohnern dieses Bezirks zum Ruhme
der größeren Stadt, die hier entstehen soll.

Offensichtlich befriedigt vernahm Mrs. Flood diese Worte. «Aha!» sagte sie und nickte langsam, bedächtig zustimmend mit dem Kopf. «Hab ich mir gedacht!»

Margaret stieß George an und flüsterte ihm verächtlich ins Ohr: «Geweiht!» Und affektiert-geziert fügte sie hinzu: «Na, ist das nicht reizend? Zum Ruhme des Halsabschneidens und des Weißblutens bis zum letzten Frühstück!»

Sie bogen jetzt in den Friedhof ein, der Zug wand sich langsam einen kurvenreichen Weg hinauf und hielt schließlich auf der Hügelkuppe vor dem Erbbegräbnis der Joyners. An der einen Ecke der Grabstätte stand eine hohe Robinie, in deren Schatten alle Joyners begraben lagen. Da stand der Familien-Gedenkstein, ein würfelförmiger, massiver Block aus grauem metallisch glitzerndem und glänzend poliertem Granit, auf dessen blanker Oberfläche in erhabenen Buchstaben der Name JOYNER prangte. Zu beiden Seiten standen die Grabsteine des alten Lafayette und seiner Frau mit Namen und Datum, und um sie herum waren auf dem sanften Abhang in Parallelreihen die Gräber von Lafayettes Kindern gruppiert. Jedes von ihnen hatte einen kleineren Gedenkstein für sich, und auf jedem stand unter dem Namen mit dem Geburts- und Todestag irgendein kleiner elegischer Vers in fließender Handschrift eingraviert.

Auf der einen Seite der Grabstätte gähnte dunkel das frisch ausgehobene Grab in der kahlen Erde, und daneben war ein Wall aus lockerem gelbem Lehm aufgeschüttet, auf dem mehrere Reihen von Klappstühlen aufgestellt waren. Die Leute stiegen nun aus und begaben sich zu diesen Sitzen.

Mark und Mag und verschiedene andere Joyners nahmen in den

ersten Reihen Platz, während George und Margaret, denen Mrs. Flood nicht von der Seite wich, sich weiter hinten hinsetzten. Die anderen – Freunde, entfernte Verwandte und Bekannte – gruppierten sich dahinter.

Von diesem Platz aus blickte man zwei oder drei Kilometer weit über dichtes dunkles Grün, bewaldete Hänge und Schluchten, die zu den Windungen des Flusses abfielen, und direkt gegenüber jenseits des Flusses lag das Hauptgeschäftsviertel der Stadt. Die alten Türme und Häuser und einige neue Prachtbauten – Hotels, Bürohäuser, Garagen und Kirchen – und die Gerüste und Betonhaufen der neuen Baustellen, die mit ihrem grellen Glanz von dem vertrauten Bild abstachen, waren alle deutlich zu erkennen. Eine prächtige Aussicht.

Während man die Plätze einnahm und wartete, bis die Sargträger mühselig-langsam die letzte Steigung des Hügels überwunden hatten, saß Mrs. Flood mit im Schoß gefalteten Händen da und sah auf die Stadt hinunter. Dann schüttelte sie nachdenklich den Kopf, verzog geringschätzig-bedauernd die Lippen und sagte leise, als spräche sie mit sich selber:

«Hm! Hm! Hm! Schlimm, schlimm, zu schlimm!»

«Was denn, Mrs. Flood?» flüsterte Margaret und beugte sich zu ihr. «Was ist denn so schlimm?»

«Na, daß sie sich ausgerechnet diese Stelle für den Friedhof ausgesucht haben», sagte sie bedauernd. Sie sprach jetzt im Bühnenflüsterton, so daß die Umsitzenden alles verstehen konnten. «Grad neulich hab ich zu Frank Candler gesagt: sie haben freiwillig und unwiderruflich die beiden besten Baugelände der Stadt den Niggers und den Toten gegeben! Jawohl, genau das haben sie getan! Ich sag nur soviel: die landschaftlich schönsten Baugegenden der Stadt sind die Niggerstadt und dieser Friedhof. Vor Jahren hätt ich's ihnen sagen können, und sie hätten's selber wissen müssen, wenn sie nur ein bißchen weiter als ihre eigene Nase sehen könnten: daß die Stadt sich eines Tages vergrößern und dies hier wertvoller Boden sein würde! Warum, warum in aller Welt? Wenn sie Friedhofsgelände brauchten – warum in aller Welt haben sie sich nicht zum Beispiel da oben am Buxton Hill was gesucht, wo man eine wunderbare Aussicht hat und wo der Boden nicht so wertvoll ist? Aber das hier –» flüsterte sie vernehmlich – «das hier ist doch von Rechts wegen *Bau*gelände! Hier hätte man Wohnungen für die Leute bauen sollen. Und die Nigger – ich hab immer gesagt, die wären viel besser in den alten Wohnungen im Bahnhofsviertel untergebracht. Jetzt ist's natürlich zu spät – nichts mehr zu machen –, aber es war bestimmt ein großer Fehler!» flüsterte sie und schüttelte den Kopf. «Ich hab's ja immer gewußt!»

«Na ja, wahrscheinlich haben Sie recht», antwortete Margaret flüsternd. «Ich hab auch nie darüber nachgedacht, aber wahrscheinlich haben Sie recht.» Dabei stieß sie George mit dem Ellbogen an.

Die Sargträger hatten den Sarg abgesetzt, und nun übergab der Geistliche die Verstorbene mit kurzen, feierlich-bewegten Worten der Erde. Langsam wurde der Sarg ins Grab hinuntergelassen. Und als der Sargdeckel verschwand, wurde George von einem noch nie erlebten unaussprechlichen Schmerz und Kummer zerrissen. Dabei wußte er ganz genau, daß es nicht der Kummer um Tante Maw war. Es war ein schmerzhaftes Mitleid mit sich selbst und mit allem Lebenden, es war das Wissen um die Kürze des Menschenlebens, um die winzige Spanne eines eigenen Lebens und um die dunkle Gewißheit, die nur allzu schnell näher kommt und dann nie mehr endet. Und was ihn selbst betraf, so hatte er das Gefühl, daß nun, da Tante Maw fort war und ihm in seiner ganzen Familie keiner mehr wirklich nahestand, ein Abschnitt seines Lebens für ihn abgeschlossen war. Er dachte an die Zukunft, die wie ein unbeschriebenes Blatt vor ihm lag, und war vorübergehend erschreckt und verzweifelt wie ein verlaufenes Kind, denn nun fühlte er, daß seine letzte Bindung an die Heimaterde zerrissen war; er kam sich heimatlos, entwurzelt und verlassen vor; auf dem weiten, einsamen Erdball war keine Tür, um ihn einzulassen, keine Stätte, die er sein Eigen nennen durfte.

Die Leute setzten sich in Bewegung und gingen langsam zu ihren Wagen zurück. Nur die Joyners blieben sitzen, bis der letzte Spaten voll Erde aufgeschaufelt und festgeklopft war. Dann standen sie auf; ihre Pflicht war erfüllt. Einige blieben noch stehen und unterhielten sich leise-schleppend, während andere zwischen den Grabsteinen umherschlenderten, sich darüberbeugten, um die Inschrift zu lesen, und sich wieder aufrichteten, um sich gegenseitig an ein vergessenes Ereignis im Leben eines vergessenen Joyners zu erinnern. Schließlich verzogen sich auch diese Letzten.

George hatte keine Lust, mit ihnen nach Hause zu fahren und sich mit anzuhören, wie sie Tante Maws Leben in Fetzen rissen und wieder zusammenflickten; er hakte Margaret unter und ging mit ihr über den Hügelabhang zur anderen Seite hinüber. Ein Weilchen standen sie schweigend im schrägen Licht, die Gesichter nach Westen gewandt, und sahen den großen Sonnenball hinter dem fernen Gebirgskamm versinken. Und die majestätische Schönheit dieses Schauspiels, zusammen mit der ruhigen Gegenwart der Frau an seiner Seite, brachte in das zerquälte Herz des jungen Mannes wieder Ruhe und Frieden.

Als sie zurückkamen, schien der Friedhof völlig verlassen. Aber an der Grabstätte der Joyners wartete noch immer Mrs. Delia Flood auf sie. Sie hatten sie vergessen; es wurde ihnen klar, daß Mrs. Flood ja nicht ohne sie zurückfahren konnte, denn auf dem Kiesweg unten stand nur noch ein Wagen, dessen Chauffeur zusammengesunken hinterm Steuer saß und schlief. In der rasch zunehmenden Dämmerung wanderte Mrs. Flood zwischen den Gräbern umher, blieb ab und zu stehen und bückte sich zu der Inschrift auf einem Grabstein hinunter. Dann stand sie gedankenverloren da und sah zur Stadt hinüber, von der schon die ersten Lichter herüberblinkten. Als sie zu ihr traten, wandte sie sich gleichgültig ihnen zu, als hätte sie ihre Abwesenheit gar nicht bemerkt, und redete sie in ihrer sonderbar sprunghaften Art mitten aus ihrem Gedankengang heraus an.

«Wenn man so denkt», sagte sie sinnend, «daß er einfach hinging und sie überführen ließ! Daß ein Mensch so gefühllos sein kann! Oh», sagte sie und erschauderte kurz und krampfhaft, als wollte sie etwas abschütteln, «mir erstarrt das Blut in den Adern, wenn ich daran denke – und jeder sagte ihm das damals! Daß er so unbarmherzig sein konnte und sie von der Stelle wegschaffen ließ, wo sie begraben lag!»

«Wen denn, Mrs. Flood?» fragte George unbeteiligt. «Wer wurde denn überführt?»

«Nun, Amelia natürlich – Ihre *Mutter*, mein Kind!» sagte sie ungeduldig und zeigte kurz auf den verwitterten Stein.

Er beugte sich vor und las wieder die vertraute Grabinschrift:

Amelia Webber geb. Joyner

und unter ihren Geburts- und Todesdaten den Vers:

> Nun schweigt die Stimme, die uns wohlbekannt,
> Das Antlitz, das wir liebten, ist ohne Leben.
> Ihr reiner Geist flog auf zum Himmelsland,
> Wo Engel sie umschweben.
> Uns bleibt nur Kummer, bleibt nur bittre Pein,
> Jedoch wir ahnen schon der Freude Licht:
> Im Himmel werden wir mit ihr vereinigt sein
> Vor Gottes Angesicht.

«Mit der Überführung fing ja die ganze Geschichte an!» hörte er Mrs. Flood sagen. «Kein Mensch hätte daran gedacht, hier raufzukommen – alles nur wegen Amelia! Da war die Frau nun über ein Jahr tot und lag im Grab», kreischte sie aufgeregt, «und da hat er doch die Idee, er müsse sie überführen lassen, und war nicht davon abzubringen! Jawohl, Ihr Onkel Mark Joyner! Er ließ einfach nicht mit sich reden, stellen Sie sich das vor!» rief sie mit dem Ausdruck lebhafter Überraschung. «Aber gewiß doch, natürlich! Das kam alles noch von dem Ärger, den sie mit Ihrem Vater hatten, mein Sohn. Er hatte Amelia verlassen und lebte mit dieser anderen Frau zusammen – aber eines *muß* man ihm lassen», sagte sie und nickte entschieden mit dem Kopf, «als Amelia starb, hat er sich sehr anständig benommen und hat sie beerdigen lassen – hat sie als seine rechtmäßige Frau begraben. Er hatte eine Stelle auf dem alten Friedhof gekauft, und da wurde sie denn begraben. Aber dann, nach mehr als einem Jahr – *Sie* wissen's ja, mein Kind! –, als Mark Joyner sich mit Ihrem Vater darüber gezankt hatte, bei wem Sie aufwachsen sollten – ja, da ging er vors Gericht und gewann den Prozeß! Na ja, und da hat Mark sich's in den Kopf gesetzt, Amelia müßte da weg. Hat gesagt, seine Schwester sollte nicht in Webberscher Erde liegen. Er hatte natürlich schon diese Stelle hier auf dem Hügel, wo kein Mensch je hinging. War nur so 'n kleiner privater Begräbnisplatz damals – 'n paar Familien, weiter nichts.» Sie schwieg einen Augenblick und sah nachdenklich über die Stadt; dann fuhr sie fort: «Ihre Tante Maw, die versuchte ja mit Mark zu reden, aber sie hätte ebensogut mit einer Wand reden können. Sie hat mir damals alles erzählt. Nein – nichts zu machen!» sagte sie und schüttelte heftig und entschieden den Kopf. «Er hatte es nun mal beschlossen und ging nicht einen Zoll davon ab! ‹Aber hör doch mal zu, Mark›, sagte sie. ‹Das ist nicht recht! Amelia sollte da liegen bleiben, wo sie begraben ist!› Sie konnte das nicht mit ansehen, wissen Sie. ‹Auch die Toten haben ihre Rechte›, sagte sie. ‹Wo der Baum fällt, da laß ihn liegen!› So sagte sie zu ihm. Aber nein! Er hörte gar nicht zu, ließ einfach nicht mit sich reden. Sagt er: ‹Ich werd sie überführen, und wenn's meine letzte Tat im Leben ist! Ich werd sie überführen, und wenn ich sie eigenhändig ausgraben und den Sarg auf meinem Rükken den ganzen Weg über den Fluß und den Hügel raufschleppen müßte! Da soll sie hin›, sagt er, ‹und nun will ich nichts mehr hören!› Na ja, da sah Ihre Tante Maw dann, daß er sich's in den Kopf gesetzt hatte und daß es zwecklos war, mit ihm darüber zu reden. Aber ach! Ein schrecklicher Fehler! Ein *schrecklicher* Fehler!» murmelte sie und schüttelte langsam den Kopf. «Die ganze Überführung und all die Ausgaben – für nichts! Wenn er die Sache so ansah, hätte er sie ja gleich hierherbringen können, als sie starb! Aber ich glaube, es war der Prozeß, der hat viel böses Blut gemacht, und dadurch ist er überhaupt darauf gekommen», sagte sie nun ruhiger. «Und darum liegen all die anderen Leute hier begraben –» sie machte eine umfassende Armbewegung – «damit fing alles an, gewiß doch! Aber natürlich! Als der alte Friedhof überfüllt war und sie einen neuen Platz suchen mußten – na ja, da erinnerte sich einer aus der Bande von Parson Flack im Rathaus an den ganzen Spektakel um Amelia, und ihm fiel das unbebaute Land hier oben neben dem alten Begräbnisplatz ein. Er sah, daß er's billig kaufen konnte, und das tat er denn auch. Ja, genauso ist's gewesen», sagte sie. «Aber mir hat's immer leid getan. Ich war von Anfang an dagegen.»

Sie versank wieder in Schweigen und sah feierlich und erinnerungsschwer auf den verwitterten Stein hinunter.

«Ja, und wie gesagt», fuhr sie lustig fort, «als Ihre Tante Maw sah, daß er nicht davon abzubringen war und daß sie bei ihm doch nichts erreichen würde – na ja, da ging sie denn an dem Tag, als sie überführt wurde, auf den alten Friedhof und bat mich mitzukommen, wissen Sie. Ach, es war so 'n rauher, windiger Tag wie manchmal im März. An genauso einem Tag war Amelia gestorben. Und die alte Mrs. Wrenn und Amy Williamson, beides gute Freundinnen von Amelia, die gingen natürlich auch mit. Und als wir da waren, da waren sie natürlich neugierig – sie wollten sie mal sehn, wissen Sie», sagte sie gelassen, und diese gräßliche Neugier schien sie in keiner Weise zu überraschen. «Und sie wollten mich auch dazu bringen, ich sollte sie sehn. Ihrer Tante Maw wurde so übel, daß Mark sie im Wagen nach Hause bringen mußte, aber ich blieb standhaft. ‹Nein›, sagte ich, ‹geht ihr nur hin und befriedigt eure Neugier, wenn ihr wollt, aber ich seh sie mir nicht an!› sagte ich. ‹Ich möcht sie lieber so in Erinnerung behalten, wie sie war.› Na ja, dann gingen sie also los. Sie kriegten den alten Prove – wissen Sie, der alte Nigger, der für Mark arbeitete –, den kriegten sie dazu, daß er den Sarg aufmachte, und ich drehte mich um und ging ein Stückchen weg, bis sie sich's angesehen hatten. Und gleich darauf hörte ich sie kommen. Na, da drehte ich mich rum und sah sie an, und ich kann Ihnen sagen», sagte sie mit ernster Stimme, «die Gesichter – die waren sehenswert! Ganz blaß waren sie, und sie zitterten am ganzen Leib. ‹Na, seid ihr nun zufrieden?› fragte ich. ‹Hat sich das Ansehen gelohnt?› – ‹Oh-h!› sagte die alte Mrs. Wrenn – wie ein Geist sah sie aus, so bleich und zitternd, und sie rang so die Hände – wissen Sie. ‹Oh, Delia!› sagte sie, ‹es war grauenvoll! Ich hätt sie mir nicht ansehen sollen!› sagte sie. ‹Aha!› sagte ich. ‹Was hab ich gesagt? Nun habt ihr's, nicht wahr?› Und sie sagt: ‹Oh, alles war verwest! Alles verwest! Alles verfault, nichts mehr übrig, gar nicht mehr zu erkennen! Das Gesicht war ganz verwest bis auf die Zähne! Und die Nägel waren ganz lang gewachsen! Aber, Delia›, sagt sie, ‹das Haar! das Haar. Oh, ich will dir was sagen: das Haar war wunderbar! Das war so lang gewachsen, daß es alles bedeckte – das schönste Haar, das ich je gesehen hab! Aber alles andere – oh, ich hätt sie mir nicht ansehn sollen!› sagt sie. ‹Na ja, das hab ich mir gedacht!› sagte ich. ‹Ich wußte, es würde euch leid tun, darum hab ich sie mir nicht angesehn!› ... Aber so war's, ganz genau so», schloß sie mit der stillen Befriedigung der Allwissenden.

George und Margaret hatten während dieser Erzählung wie gelähmt, mit entsetzter Miene dagestanden, aber Mrs. Flood beachtete sie nicht. Sie sah auf Amelias Grabstein hinunter, bewegte nachdenklich die Lippen und sagte nach einer kleinen Weile:

«*Wie* oft hab ich an Amelia und John Webber gedacht – da liegen sie nun beide seit Jahren tot in ihren Gräbern. Sie liegt hier, und er liegt auf seinem Platz da drüben auf der anderen Seite der Stadt, und ihr alter Streit – der ist ja schon so lange her. Wissen Sie», sagte sie aufblickend im Tone fester Überzeugung, «ich glaube, sie sind wieder glücklich vereint und haben sich ausgesöhnt. Ich glaub, daß ich sie eines Tages in einer höheren Sphäre mit all meinen anderen Freunden wiedertreffe und daß wir alle zusammen ein glückliches neues Leben führen.»

Wieder schwieg sie. Dann wandte sie sich mit raschem Entschluß um und blickte zur Stadt hinunter, wo nun in der Abenddämmerung hell und zuverlässig die Lichter brannten.

«Kommen Sie jetzt!» rief sie munter und fröhlich. «Zeit, daß wir heimfahren! Es wird dunkel!»

Schweigend gingen sie zu dritt den Abhang hinunter, zu dem wartenden Wagen. Als sie davorstanden und einsteigen wollten, blieb Mrs. Flood stehen und legte mit einer warmen, natürlichen Bewegung ihre Hand auf Georges Schulter.

«Junger Mann», sagte sie, «ich hab lange auf dieser Erde gelebt, und man sagt ja, die Welt steht nicht still. Sie haben Ihr Leben noch vor sich, haben noch 'ne Menge zu lernen und zu tun – aber ich will Ihnen was sagen, mein Junge!» Und auf einmal sah sie ihn mit einem erschreckend ehrlichen Blick an. «Gehn Sie, sehn Sie sich die Welt an und wandern Sie rum, bis Sie's satt haben», rief sie, «und dann kommen Sie zurück und sagen Sie mir, ob's irgendwo besser ist als zu Hause! Ich hab in meinem Leben manches anders werden sehn, und ich werd noch mehr sehn, eh ich sterbe. Uns stehn noch große Dinge bevor – große Fortschritte, große Erfindungen – das wird alles Wirklichkeit werden. Vielleicht werd ich's nicht mehr erleben – aber *Sie*! Unsere Stadt ist eine prächtige Stadt, und wir haben prächtige Leute, die sie vorwärts bringen – und wir sind noch nicht am Ende. Ich hab sie aus einem Bauernhof emporwachsen sehn – und eines Tages wird sie 'ne Großstadt sein.»

Sie wartete einen Augenblick, als wollte sie von ihm eine Antwort und eine Bestätigung hören; als er zum Zeichen, daß er sie verstanden habe, nur nickte, nahm sie das als Einverständnis und fuhr fort:

«Ihre Tante Maw hat immer darauf gehofft, daß Sie zurückkommen. Und das *werden* Sie auch!» sagte sie. «Es gibt auf der ganzen Erde nichts Besseres und nichts Schöneres als unsere Berge – und eines Tages werden Sie zurückkommen und hierbleiben.»

Der fieberhafte Aufschwung

In der Woche nach Tante Maws Beerdigung lernte George seine Heimatstadt neu kennen: ein aufregendes Erlebnis. Das verschlafene Gebirgsdörfchen, in dem er aufgewachsen war – denn mehr war es damals nicht gewesen –, hatte sich fast bis zur Unkenntlichkeit verändert. Die altbekannten Straßen, die ihm all die Jahre schläfrig, stumpf und ausgestorben in Erinnerung geblieben waren, wie sie an Frühnachmittagen dazuliegen pflegten, schäumten nun über von Leben und von einem luxuriösen Verkehrsgewühl, und überall begegneten ihm neue, unbekannte Gesichter. Hin und wieder traf er einen Bekannten, und das wirkte in all der Fremdheit wie ein Licht in der Finsternis einer einsamen Küste.

Auffällig war vor allem der Gesichtsausdruck der Menschen, und als George ihn erst einmal bemerkt hatte, begann er darauf zu achten; er begegnete ihm überall. Er hatte etwas Verwirrendes und Erschreckendes und wenn man ihn irgendwie charakterisieren wollte, so konnte man ihn nur mit – Wahnsinn bezeichnen. Dieses nervös-erregte Glitzern in allen Augen konnte nur von einer Art Wahnsinn herrühren. Die Gesichter der Einheimischen und der Fremden schienen von einer heimlichen, ruchlosen Freude durchglüht zu sein. Sie stürzten an einem vorbei, wichen aus oder drängten sich durch, wie unter der Wirkung eines starken, aufpeitschenden Gifts, das sie vorwärtsjagte. Die ganze Bevölkerung machte den Eindruck, als wäre sie betrunken – als befände sie sich in einem Rausch, der weder müde noch unzurechnungsfähig machte, der die

Menschen nicht erschöpfte oder gar umbrachte, sondern sie in einen immer gleichbleibenden Zustand sprunghaft vorwärtsdrängenden Überschwangs versetzte.

Alte Bekannte riefen ihn auf der Straße schon von weitem an, schüttelten ihm kräftig die Hand und sagten: «Ei, sieh da, mein Junge! Freut mich, daß du mal nach Hause gekommen bist! Bleibst du 'ne Weile bei uns? Na gut! Wir sehn uns noch! Muß jetzt weiter – hab da weiter unten 'ne Verabredung, muß was unterschreiben! Schön, daß du da bist, mein Junge!» Wenn sie, ohne in ihrem Sturmschritt einzuhalten, diese stürmisch-überstürzte Begrüßung herausgesprudelt hatten, drückten sie ihm wieder die Hand, zogen ihn dabei noch ein Stück mit sich und eilten davon.

Unaufhörlich stürmte von allen Seiten aufgeregtes Geschwätz auf ihn ein. Und dieses Stimmengewirr hatte nur ein einziges, in allen Variationen wiederkehrendes Thema: die Grundstücksspekulation. Vor den Drugstores, vor dem Postamt, vor dem Gerichtsgebäude und vor dem Rathaus standen die Leute in ernsten Gesprächen beieinander. Sie hetzten auf den Fußsteigen dahin, redeten heftig und versunken aufeinander ein und grüßten vorübereilende Bekannte nur flüchtig mit einem abwesenden Kopfnicken.

Überall stieß man auf Grundstücksspekulanten. Ihre mit künftigen Klienten vollgepfropften Wagen und Autobusse donnerten durch die Straßen der Stadt und in die Umgebung hinaus; sie standen, Grundrisse und Prospekte in der Hand, vor den Haustüren, und brüllten alten Frauen lockende Verheißungen plötzlichen Reichtums in die tauben Ohren. Keiner war vor ihnen sicher – Lahme, Hinkende und Blinde, Veteranen aus dem Bürgerkrieg oder deren pensionsberechtigte, altersschwache Witwen, Studenten und Studentinnen der High School, schwarze Lastwagenfahrer, Barmixer, Liftboys und Schuhputzer.

Jeder kaufte Grundstücke, jeder war, praktisch oder nur dem Namen nach, ein «Grundstücksspekulant». Friseure und Rechtsanwälte, Fleischer und Gemüsehändler, Bauunternehmer und Schneider – alle hatten nur dieses eine Interesse und waren ganz besessen davon. Und die allgemeine und unfehlbare Spielregel schien zu lauten: kaufen, immerfort kaufen, jeden geforderten Preis bezahlen und nach zwei Tagen zu einem willkürlich festgesetzten Preis wieder verkaufen. Es war phantastisch: die Stadtgrundstücke wechselten ununterbrochen ihre Besitzer; und als die Straßen der Stadt erschöpft waren, schuf man mit fieberhafter Eile in der umliegenden Wildnis neue Straßen; und noch ehe die Straßen gepflastert waren oder gar ein Haus an ihnen stand, war der Grund und Boden für

Hunderttausende von Dollars hektarweise, parzellenweise, quadratmeterweise verkauft und wieder weiterverkauft.

Überall herrschte so etwas wie Verschwendungsrausch und wilde Zerstörungswut. Die schönsten Plätze der Stadt wurden unter unsagbarem Kostenaufwand verschandelt. In der Stadtmitte hatte ein schöner grüner Hügel gelegen, der üppig mit dichtem Rasen, herrlichen alten Bäumen, Blumenbeeten und Geisblatthecken bewachsen war; oben darauf hatte ein riesiger, weitläufiger alter Holzbau gestanden, in dem sich ein Hotel befand. Von seinen Fenstern hatte man den Ausblick auf die in dunstiger Ferne liegende Gebirgskette gehabt.

George besann sich gut auf die weiten Portale, auf die bequemen, Schaukelstühle, auf die unzähligen Giebel und Dachtraufen, auf das Labyrinth von Seitenflügeln und Gängen, auf die großen Gesellschaftsräume mit dicken roten Teppichen, auf die Halle mit den alten roten Ledersesseln, die von vielen Menschen eingesessen waren, auf den Tabakgeruch und auf das Klirren der Eisstückchen in hohen Gläsern. Ein prachtvoller Speisesaal war da gewesen, in dem es vor lachenden oder gedämpften Stimmen schwirrte, während geschulte Neger in weißen Jacken sich verbeugten und dienerten, über die Witze der reichen Leute aus dem Norden kicherten und ihnen andächtig köstliche Speisen auf alten Silberschüsseln servierten. George besann sich auch auf das Lächeln und auf die zarte Schönheit der Frauen und Töchter jener reichen Herren. Damals hatten alle diese Dinge den Knaben unsagbar geheimnisvoll berührt, denn diese wohlhabenden Reisenden waren von weit her gekommen und hatten für ihn die ganze nie gesehene goldene Welt heraufbeschworen, märchenhafte Städte, die Ruhm, Ehre und Liebe verhießen.

Dieses Hotel war mit der angenehmste Aufenthaltsort der Stadt gewesen, nun aber war es verschwunden. Eine Armee von Männern mit Schaufeln hatte sich auf den schönen grünen Hügel gestürzt, hatte ihn abgetragen und zu einer häßlichen Lehmfläche planiert, hatte das Ganze mit grauenhaft weißem Beton gepflastert und darauf lauter neue Läden, Garagen, Bürogebäude und Parkplätze errichtet, die das Auge beleidigten, und nun bauten sie auch noch ein neues Hotel unterhalb der Stelle, an der das alte gestanden hatte. Es sollte ein sechzehnstöckiger Bau aus Stahl, Beton und Preßziegeln werden und wurde nach dem Muster von tausend gleichen Hotels im ganzen Land wie in einer riesigen Kuchenform gegossen. Und um die Talmi-Pracht seiner langweiligen Uniformität noch zu betonen, wollte man es *Libya-Ritz* nennen.

Eines Tages stieß George auf Sam Pennock, einen Kindheitsfreund und Klassenkameraden vom Pine Rock College. Sam kam in seinem zappelig-schlaksigen Gang die belebte Straße entlang und begann ohne eine Begrüßung sofort in seiner sprunghaft-abgerissenen Art heiser krächzend zu reden; das hatte er schon immer getan, nun aber schien diese Art ins Fieberhafte gesteigert.

«Wann bist du angekommen? ... Wie lange bleibst du? ... Wie findest du's hier?» Und ohne eine Antwort abzuwarten, fragte er geradezu in herausforderndem, fast ungeduldig-verächtlichem Ton: «Also, was hast du denn nun vor? Willst du dein Leben lang für 2000 Dollar im Jahr den Schulmeister spielen?»

Diesen verächtlich-überlegenen Ton hatte George schon vorher bei all diesen von Reichtum und Erfolg aufgeblähten Leuten beobachtet; er erwiderte scharf:

«Es gibt Schlimmeres als Schulmeisterei! Zum Beispiel, wenn man Millionen besitzt, die nur auf dem Papier stehn! Mit den 2000 Dollar hast du aber genau richtig geraten, Sam! Bloß daß dieses Geld nicht in Grundstücken steckt, sondern daß man's ausgeben kann. Man kann sich sogar ein Schinkenbrot dafür kaufen.»

Sam lachte. «Da hast du recht!» sagte er. «Ich mach dir keinen Vorwurf, du sprichst die reine Wahrheit!» Er schüttelte langsam den Kopf. «Hier haben sie alle total den Kopf verloren ... So was hab ich noch nicht erlebt ... Die sind ja alle vollkommen irre!» rief er. «Und sie lassen sich nichts sagen ... Man kann kein vernünftiges Wort mit ihnen sprechen ... Sie hören gar nicht hin ... Die kriegen ja hier Immobilienpreise, wie man sie nicht mal in New York bekommt!»

«*Kriegen* sie sie auch?»

«Na ja», sagte Sam und lachte schrill, «die ersten fünfhundert Dollar ... die restlichen fünfhunderttausend werden in Raten abgestottert.»

«In was für Raten?»

Großer Gott!» sagte er. «Das weiß ich nicht ... Ganz nach Wunsch ... Meinetwegen ad infinitum ... Darauf kommt's nicht an ... Man verkauft's ja doch am nächsten Tag für 'ne Million.»

«Auch auf Raten?»

«Na klar!» rief er und lachte. «Und so verdient man im Nu 'ne halbe Million.»

«Auf Raten?»

«Na klar!» sagte Sam. «Auf Raten ... Verrückt, verrückt, verrückt», sagte er, immer noch lachend und kopfschüttelnd. «Aber so wird's gemacht.»

«Und du machst mit?»

Auf einmal wurde Sam fieberhaft ernst. «Ja, siehst du, das ist das Tollste daran!» sagte er. «Ich scheffle das Geld nur so ... Hab in den letzten zwei Monaten 300 000 Dollar verdient ... Wirklich, die reine Wahrheit! ... Gestern hab ich 'ne Parzelle gekauft und hab sie im Handumdrehen nach zwei Stunden wieder verkauft ... 50 000 Dollar in Nullkommanull!» Er schnippte mit den Fingern. «Will dein Onkel vielleicht das Haus an der Locust Street verkaufen, wo deine Tante Maw gewohnt hat? ... Hat er zu dir was darüber gesagt? ... Würde er ein Angebot in Erwägung ziehn?»

«Das nehm ich an, wenn man ihm genug bietet.»

«Wieviel will er haben?» fragte Sam ungeduldig. «Würde er's für 100 000 Dollar hergeben?»

«Könntest du denn 100 000 Dollar für ihn erzielen?»

«In 24 Stunden!» sagte er. «Ich kenne einen, der greift in fünf Minuten zu ... Hör mal, Monk, wir machen das so: wenn du ihn rumkriegst, daß er verkauft, dann machen wir Halbpart ... Ich geb dir 5 000 Dollar.»

«Schön, Sam, einverstanden. Kannst du mir 50 Cents Vorschuß geben?»

«Glaubst du, daß er verkauft?» fragte Sam gierig.

«Ich hab wirklich keine Ahnung. Aber ich glaube kaum. Das Haus hat schon meinem Großvater gehört, ist schon lange in der Familie. Ich könnte mir vorstellen, daß er's behalten will.»

«Behalten! Was hat das denn für einen Sinn? ... Jetzt stehn die Preise am höchsten. Nie kriegt er ein besseres Angebot!»

«Weiß ich, aber gerade dieser Tage wollte er im Garten nach Öl bohren», sagte George lachend.

In diesem Augenblick wurde der wogende Straßenverkehr unterbrochen: ein prachtvoller Wagen löste sich aus dem Strom der bescheideneren Fahrzeuge, fuhr rasch an die Bordschwelle und blieb sanft gleitend stehen – ein einziges Glitzern von Nickel, Glas und blitzblankem Stahl. Ihm entstieg mit souveräner Lässigkeit ein grellfarbig gekleidetes Geschöpf, das nachlässig sein Stöckchen aus Malakka-Rohr unter den rechten Arm klemmte, langsam und geziert die zitronengelben Handschuhe von den nikotinbraunen Fingern zog und dabei zu dem livrierten Chauffeur sagte:

«Ich brauche Sie jetzt nicht, James. Rufen Sie mich in einer halben Stuhn-de an!»

Der Mann hatte ein dünnes, eingefallenes Gesicht von gelblichblasser Hautfarbe – bis auf die knollige Nase, die von einem dichten

Netz purpurner Äderchen überzogen war und knallrot erglühte. In seinem zahnlosen Mund trug er ein so enormes, schneeweiß glänzendes falsches Gebiß, daß die Lippen es nicht ganz zu bedecken vermochten und daß es nackt-vorspringend wie bei einem Skelett in die Welt hineingrinste. Die ganze Gestalt hatte trotz ihres plumpen Watschelgangs etwas Schlotterndes, das auf einen horrend ausschweifenden Lebenswandel schließen ließ. Mit dem nackten Grinsen seiner falschen Zähne bewegte der Mann sich, schwerfällig auf seinen Stock gestützt, fort, und plötzlich erkannte George in dieser Ruine den ihm seit seiner Kindheit bekannten Tim Wagner.

J. Timothy Wagner – das «J» war erst neuerdings höchst eigenmächtig von ihm hinzugefügt worden, zweifellos, weil es seinen Vorstellungen von persönlicher Vornehmheit und der hervorragenden Stellung entsprach, zu der er kürzlich in der Stadt emporgestiegen war. J. Timothy Wagner also war das schwarze Schaf einer alten, angesehenen Familie der Stadt, und schon in George Webbers Knabenzeit hatte Tim Wagner sich derartig enttäuschend entwikkelt, daß niemand auch nur den geringsten Respekt vor ihm hatte.

Er war der großartigste Säufer der Stadt. Diesen Titel machte ihm keiner streitig. Wegen seiner Fähigkeiten auf diesem Gebiet genoß er sogar eine Art von Zuneigung, und seine Heldentaten waren allgemein bekannt und Gegenstand von hundert Geschichten. Eines Abends zum Beispiel hatten die Nachtbummler in *McCormacks Drugstore* gesehen, wie Tim irgend etwas herunterschluckte und dann krampfhaft zusammenschauerte. Das wiederholte sich mehrere Male, bis die Bummler neugierig wurden. Sie beobachteten ihn heimlich, und nach ein paar Minuten streckte Tim listig die Hand in das Goldfischglas und zog sie mit einem zappelnden kleinen Wesen zwischen den Fingern wieder heraus. Dann wieder ein rascher Schluck und das krampfhafte Zusammenschauern.

Noch vor seinem 25. Lebensjahr hatte er zwei Vermögen geerbt und alle beide durchgebracht. Über Tims berühmte Vergnügungsreise auf Grund des zweiten Vermögens erzählte man sich lustige Geschichten. Er hatte einen Privatwagen gemietet, hatte ihn mit Schnaps vollgeladen und hatte sich als Reisegefährten alle notorischen Säufer, Vagabunden und Landstreicher der Stadt zusammengesucht. Das Gelage hatte acht Monate gedauert, in denen die reisenden Bacchusse durchs ganze Land gezogen waren. Sie hatten ihre leeren Flaschen an den Steinwänden der Rocky Mountains zerschmettert, hatten ihre geleerten Fäßchen in die Bucht von San Francisco geworfen und ihre Bierflaschen über die ganze Ebene verstreut. Schließlich war die Gesellschaft einigermaßen erschöpft in der Landeshauptstadt angekommen, wo Tim von dem, was von der Erbschaft übriggeblieben war, ein ganzes Stockwerk in einem der besten Hotels mietete. Dann hatten die erschöpften Wanderer sich einer nach dem andern wieder in der Stadt eingefunden und von sagenhaft bacchantischen Orgien erzählt, wie es sie seit der Zeit der römischen Kaiser nicht mehr gegeben hätte, während Tim schließlich verlassen in seinen ruinierten, leeren Räumen saß.

Von da an war er rapide in einen Dauerzustand ununterbrochener Besäufnis abgerutscht. Trotzdem waren immer noch Spuren eines anziehenden und gewinnenden Wesens zu erkennen. Jeder empfand eine uneingestandene nachsichtige Zuneigung für ihn. Tim war gutmütig und tat keinem etwas zuleide – abgesehen von dem, was er sich selber antat.

Seine Gestalt war in den nächtlichen Straßen der Stadt ein vertrauter Anblick gewesen. Von Sonnenuntergang an stieß man fast überall auf ihn. Aus der Art seiner Fortbewegung war leicht zu erkennen, in welchem Stadium des Rausches er sich befand. Niemand hatte ihn je torkeln gesehen, nie schwankte er betrunken im Zickzack über das Straßenpflaster. Vielmehr ging er, wenn er dem Sättigungspunkt nahe war, sehr aufrecht, sehr eilig, aber mit komisch-kurzen Schrittchen. Manchmal senkte er den Kopf und blickte dabei lächerlich schnell und vorsichtig von einer Seite zur andern. Wenn er die Herrschaft über seinen Körper völlig zu verlieren drohte, blieb er einfach stehen und lehnte sich irgendwo an, an einen Laternenpfahl, an eine Haustür, an eine Wand oder an den Eingang des Drugstores. Hier blieb er, von gelegentlichem Rülpsen unterbrochen, stundenlang ernst und unbeweglich stehen. Sein damals schon hager und schlaff gewordenes Gesicht mit der rotglühenden Knollennase hatte dann den Ausdruck ernster Sammlung, und sein Gesamtzustand war auffallend munter, wachsam und beherrscht. Selten kam es so weit, daß er völlig absackte. Meistens war er noch imstande, einen Gruß munter und ohne Zögern zu beantworten.

Selbst die Polizei behandelte ihn mit wohlwollender Achtung und nahm ihn freundlich unter ihren Schutz. Nach langer Erfahrung und Beobachtung war jeder Polizist mit Tims Symptomen bis ins letzte vertraut. Sie konnten auf den ersten Blick sagen, welchen Grad der Betrunkenheit er erreicht hatte, und wenn sie fanden, daß er endgültig die Grenze überschritten habe und nun bald in der Gosse oder unter einer Haustür liegen würde, dann nahmen sie sich seiner an und redeten gütig, aber streng-warnend auf ihn ein:

«Tim, wenn ich dich noch mal nachts auf der Straße treffe, muß ich dich einsperren. Mach jetzt, daß du nach Hause kommst und geh zu Bett.»

Tim nickte darauf lebhaft und liebenswürdig und war sofort vollkommen einverstanden: «Ja, Sir, ja, Sir. Das wollt ich ja gerade, als Sie mich ansprachen, Captain Crane. Gerade eben wollt ich nach Hause gehn. Ja, Sir!»

Damit ging er mit seinen schnellen, kurzen Schrittchen über die Straße, warf komische Blicke nach beiden Seiten und verschwand um die nächste Straßenecke. Aber nach zehn oder fünfzehn Minuten konnte man ihn schon wieder vorsichtig im dunklen Schatten eines Hauses daherkommen sehen; er schlich bis zur nächsten Ecke und hielt listig Ausschau, ob etwa einer der Wachhunde des Gesetzes in Sicht sei.

Als er mit der Zeit immer mehr in ein völliges Vagabundenleben versank, überließ eine seiner reichen Tanten ihm die Nutznießung einer freien Parzelle hinter einem Haus im Geschäftsviertel der Stadt, ein paar Häuser von der Hauptstraße entfernt. Wahrscheinlich hoffte die Tante, ihn durch eine Beschäftigung irgendwie zu retten. Zu jener Zeit waren die Autos so zahlreich geworden, daß Park-Bestimmungen eingeführt wurden, und Tim erhielt von seiner Tante die Erlaubnis, das Grundstück als Parkplatz zu verwenden und das damit verdiente Geld zu behalten. Diese Tätigkeit füllte er viel besser aus, als man erwartet hatte. Er hatte wenig mehr zu tun als auf dem Grundstück zu bleiben, und das bereitete ihm keine Schwierigkeit, solange er über einen reichlichen Vorrat an Whiskey verfügte.

Damals waren die Stimmenwerber für die Gemeindewahl auf der Suche nach Tim, um seine Stimme für ihren Kandidaten zu gewinnen; sie konnten aber nicht ausfindig machen, wo er wohnte. Er lebte natürlich schon seit Jahren nicht mit seiner Familie zusammen und die Nachforschungen ergaben, daß er überhaupt kein Zimmer hatte. Nun begann man sich zu fragen: «Wo wohnt Tim Wagner? Wo schläft er?» Niemand konnte das feststellen. Und Tim beantwortete alle Fragen nur mit listig-ausweichenden Redensarten.

Eines Tages aber kam es heraus. Das Auto hatte seinen Siegeszug so gründlich angetreten, daß die Leute sich sogar per Auto beerdigen ließen. Die Zeiten des pferdebespannten Leichenwagens waren für immer vorbei. So hatte denn eines der Bestattungsinstitute der Stadt seinen alten Leichenwagen Tim angeboten, wenn er ihn sich abholte. Tim hatte das makabere Geschenk angenommen und den

Leichenwagen auf sein Grundstück gestellt. Eines Tages kamen die Stimmenwerber, die hartnäckig weiter nach Tims Adresse forschten, auf den Parkplatz, als Tim nicht da war. Sie sahen den alten Leichenwagen dastehen, und es fiel ihnen auf, daß die schwarzen Vorhänge so fest zugezogen waren, daß man nicht in das Innere des Wagens hineinsehen konnte. Sie beschlossen, den Leichenwagen näher zu untersuchen und öffneten vorsichtig die Tür. Darin standen eine Bettstelle und sogar ein Stuhl. Der Wagen war ein vollständig möbliertes kleines, aber praktisches Schlafzimmer.

Auf diese Weise kam Tims Geheimnis schließlich ans Tageslicht, und bald wußte jeder in der Stadt, wo Tim wohnte.

So hatte George Tim Wagner vor fünfzehn Jahren gekannt. Seitdem war er immer stärker dem Alkohol verfallen und vollständig zerrüttet, und neuerdings hatte er das phantastische Gebaren eines Hofnarren angenommen. Jeder wußte über ihn Bescheid, und dabei war Tim Wagner – so unglaublich es klang – die vollendete Verkörperung der übersteigerten Narrheit der ganzen Stadt geworden. Denn so, wie ein Spieler in der abergläubischen Laune eines Augenblicks ein Vermögen aufs Spiel setzt und sein Geld einem Fremden anvertraut, damit er für ihn spiele, weil er eine glückbringende Haarfarbe hat, oder wie ein Rennreiter sich an dem Höcker eines Buckligen reibt, damit der ihm Glück bringe, so lauschten alle Leute der Stadt andächtig auf jedes Wort, das Tim Wagner von sich gab. Bei all ihren Spekulationen fragten sie ihn um seine Meinung und richteten sich blind nach seinen Ratschlägen. Er war – wie und warum, das wußte kein Mensch – der Hohepriester und Prophet dieses ganzen Verschwendungswahnsinns geworden.

Sie wußten genau, daß er krank und zerrüttet und daß sein Verstand stets von Alkohol umnebelt war, aber sie benutzten ihn, wie man früher Wünschelruten benutzte. Sie verbeugten sich vor ihm, wie die russischen Bauern sich einst vor ihrem Dorftrottel verbeugten. Sie glaubten fest daran, daß er kraft einer besonderen Intuition ein unfehlbares Urteil hätte.

Dieser Mann also war in trunkener Majestät und triefäugiger Eleganz ganz in der Nähe von George Webber und Sam Pennock ausgestiegen. Sam wandte sich mit fieberhaftem Eifer nach ihm um und sagte eilig zu George:

«Moment! Ich muß Tim Wagner was fragen. Warte doch auf mich!»

Staunend sah George, was sich nun begab. Tim Wagner streifte immer noch gleichgültig-gelangweilt seine Handschuhe ab und ging langsam zum Eingang von *McCormacks Drugstore* hinüber, nicht mehr mit kurzen, eiligen Schritten, sondern schwerfällig auf den Stock gestützt; Sam hielt sich wie ein unterwürfiger Bittsteller an seiner Seite, beugte sich über ihn und überschüttete ihn mit einer Sturzflut von Fragen:

«... Grundstück in Libya-West ... 75000 Dollar ... Die Option läuft bis morgen mittag ... Joe Ingram hat die Parzelle gleich drüber ... Will nicht verkaufen ... Pacht hundertfünfzig ... Meins hat die beste Lage ... Aber Fred Bynum sagt, zu weit von der Straße ... Was meinst du, Tim? ... Soll ich zugreifen?»

Diesen ganzen Schwall von Fragen beantwortete Tim nicht einmal mit einem Blick. Er schien Sam überhaupt nicht gehört zu haben. Statt dessen blieb er stehen, steckte die Handschuhe in die Tasche, sah sich ein paarmal schnell und listig um und sackte dann plötzlich mit verkrampften Händen in sich zusammen. Dann richtete er sich, wie aus einem Trancezustand erwachend, wieder auf und schien jetzt überhaupt erst den wartenden Sam zu bemerken.

«Wie war das? Was hast du gesagt, Sam?» fragte er schnell. «Wieviel haben sie dir geboten? Nicht verkaufen, nicht verkaufen!» sagte er plötzlich sehr eindringlich «Jetzt muß man kaufen, nicht verkaufen. Die Preise steigen. Kaufen! Kaufen! Mach's nicht, verkauf nicht! Ich rat dir gut!»

«Ich will ja nicht verkaufen, Tim!» rief Sam aufgeregt. «Ich will ja kaufen.»

«Oh – ja, ja, ja!» murmelte Tim rasch. «Versteh schon, versteh schon.» Nun erst drehte er sich zu dem Fragenden um und sah ihn an. «Wo ist es, sagst du?» fragte er scharf. «Deepwood? Gut! Gut! Kann gar nicht schiefgehn! Kaufen! Kaufen!»

Er schickte sich an, in den Drugstore zu gehen, während die herumlungernden Müßiggänger ihm ehrerbietig Platz machten. Sam stürzte wie ein Rasender hinter ihm her und packte ihn beim Arm:

«Nein, nein, Tim!» schrie er. «Nicht Deepwood! Gerade entgegengesetzt ... Ich hab's doch gesagt ... Libya-West!»

«Was sagst du?» rief Tim wieder in scharfem Ton. «Libya-West? Warum hast du das nicht gleich gesagt? Das ist ganz was anderes. Kaufen! Kaufen! Kann gar nicht schiefgehn! Die Stadt entwickelt sich nach dieser Seite. In einem halben Jahr ist's das Doppelte wert. Was wollen sie dafür haben?»

«Fünfundsiebzigtausend», keuchte Sam. «Option läuft morgen ab. Abzahlung in fünf Jahren.»

«Kaufen! Kaufen!» bellte Tim und verschwand in dem Drugstore.

Sam kam mit aufgeregt-glänzenden Augen zu George zurück.

«Hast du gehört? Hast du gehört, was er sagte!» fragte er heiser. «Hast doch gehört, nicht wahr? ... Soviel wie der versteht keiner von Grundstücken ... Hat sich noch nie geirrt! ... ‹Kaufen! Kaufen! In einem halben Jahr ist's das Doppelte wert!› ... Du hast ja direkt danebengestanden», sagte er heiser-vorwurfsvoll und starrte George an, «hast doch gehört, was er sagte, nicht wahr?»

«Ja, ich hab's gehört.»

Sam warf wilde Blicke um sich, fuhr sich mehrmals nervös mit der Hand durchs Haar und sagte dann mit einem tiefen Seufzer und fassungslosem Kopfschütteln:

«75 000 Dollar bei einer Sache verdient! ... So was ist noch nicht dagewesen! ... Mein Gott! Mein Gott!» rief er. «Wohin soll das noch führen?»

Irgendwie hatte sich das Gerücht verbreitet, daß George ein Buch geschrieben habe, das bald erscheinen solle. Der Chefredakteur der Lokalzeitung hörte davon, schickte einen Reporter, der George interviewte, und brachte einen Artikel darüber.

«Sie haben also ein Buch geschrieben?» fragte der Reporter. «Was für ein Buch ist das? Wovon handelt es?»

«Ach, ich – ich weiß nicht recht, wie ich's Ihnen beschreiben soll», stotterte George. «Es – es ist ein Roman –»

«Ein Roman über die Südstaaten? Hat er mit unserer Gegend was zu tun?»

«Nun – ja – das heißt – er handelt schon vom Süden, gewiß – von einer Familie in Old Catawba – aber ...»

DER ROMAN DES ALTEN SÜDENS VON EINEM SOHN UNSERER STADT

George Webber, der Sohn des verstorbenen John Webber und ein Neffe des hiesigen Eisenwarenhändlers Mark Joyner, hat einen in Libya Hill spielenden Roman geschrieben, der diesen Herbst im New Yorker Verlag James Rodney & Co. erscheinen wird.

Der junge Autor erklärte gestern bei einem Interview, sein Buch sei ein Roman über den Alten Süden, in dessen Mittelpunkt die Geschichte einer vornehmen alten Familie dieser Gegend stehe. Das Publikum von Libya Hill und Umgebung sieht der Veröffentlichung dieses Buches mit besonderem Interesse entgegen, nicht nur, weil viele sich des Autors entsinnen, der hier geboren und aufgewachsen ist, sondern auch, weil jene bewegte Zeit aus Old Catawbas Vergangenheit bisher noch nicht den ihr gebührenden Platz in den Annalen der Literatur der Südstaaten gefunden hat.

«Wie ich höre, sind Sie viel gereist, nachdem Sie von hier fortgegangen sind. Sie sind mehrmals in Europa gewesen?»
«Ja, das stimmt.»
«Und wie gefällt Ihnen unsere Gegend im Vergleich zu den anderen Orten, die Sie bereist haben?»
«Ach – nun ah – ja: *gut!* ... Ich meine, *sehr schön!* Das heißt ...»

LIBYA HILL EIN UNVERGLEICHLICHES PARADIES

Auf die Frage des Interviewers, wie ihm unsere Gegend im Vergleich mit anderen ihm bekannten Orten gefalle, antwortete der gebürtige Libyaner:

«Kein Ort, den ich besucht habe – und meine Reisen haben mich nach England, Deutschland, Schottland, Irland, Wales, Norwegen, Dänemark und Schweden geführt, ganz zu schweigen von Südfrankreich, der italienischen Riviera und den Schweizer Alpen – läßt sich an Schönheit der Lage mit meiner Heimatstadt vergleichen.

Die Natur hat uns hier», so rief er begeistert, «ein wahres Paradies geschenkt. Die Luft, das Klima, das Wasser und die Naturschönheiten machen unsere Stadt zum idealsten Wohnort der ganzen Welt.»

«Haben Sie daran gedacht, wieder ganz hierher zurückzukehren?»
«Ach – ja – ich *habe* schon daran gedacht – aber wissen Sie ...»

BEABSICHTIGT, SICH HIER NIEDERZULASSEN UND ZU BAUEN

Über seine Zukunftspläne befragt, antwortete der Autor:
«Seit Jahren ist es mein innigster Wunsch und mein größter Ehrgeiz, eines Tages für immer hierher zurückkehren zu können. Wer je den Zauber dieser Berge empfunden hat, der kann sie nicht vergessen. Ich hoffe also, daß ich in nicht allzu ferner Zeit für immer hierher zurückkehren kann.»

«Hier wie nirgends sonst», fuhr der Autor gedankenvoll fort, «spüre ich, daß ich die Kraft und die Inspiration für meine Arbeit empfangen werde. Gerade hier in den Bergen sind die landschaftlichen, klimatischen und geographischen Bedingungen für eine Wiedergeburt der modernen Literatur gegeben. Warum soll diese Gemeinde nicht in zehn Jahren eine große Künstlerkolonie werden, zu der die großen Künstler und die Liebhaber von Musik und Schönheit herbeiströmen werden wie jetzt nach Salzburg? Das Rhododendron-Fest ist schon der erste Schritt dazu.»

«Von jetzt an werde ich bestrebt sein», schloß der ernste junge Autor, «alles, was in meiner Macht steht, zur Förderung dieser großen Sache beizutragen und alle mir befreundeten Schriftsteller und Künstler dahin zu beeinflussen, daß sie sich hier niederlassen und Libya Hill zu dem machen, was seine eigentliche Bestimmung ist: zu dem Athen von Amerika.»

«Gedenken Sie wieder ein neues Buch zu schreiben?»

«Ja – das heißt – hoffentlich. Also, wirklich . . .»

«Könnten Sie darüber einiges sagen?»

«Ach – ich weiß nicht – es ist ziemlich schwer zu sagen . . .»

«Nur zu, junger Mann, nicht so schüchtern! Sie sprechen ja hier zu Ihren engsten Landsleuten . . . Also, nehmen Sie zum Beispiel Longfellow. *Das* war ein großer Schriftsteller! Wissen Sie, was ein junger Mann mit Ihren Fähigkeiten tun sollte? Hierher zurückkehren und für unsere Gegend das tun, was Longfellow für New England getan hat . . .»

HEIMATSAGA IN VORBEREITUNG

Über Einzelheiten seiner künftigen literarischen Arbeit befragt, erklärte der Autor sehr bestimmt:

«Ich möchte hierher zurückkehren und das Leben, die Geschichte und die Entwicklung von West Catawba in einer Reihe dichterischer Legenden verewigen, so wie der Dichter Longfellow das ländliche Leben und die Volkskunde von New England verewigt hat. Ich denke dabei an eine Trilogie, die mit den ersten Pioniersiedlungen in dieser Gegend beginnt und von der Gründung von Libya Hill und dem Bau der Eisenbahn über die ständige Weiterentwicklung der Stadt bis zu ihrer jetzigen internationalen Bedeutung als ‹Die Perle unter den Gebirgsstädten› führt.»

Fluchend und sich windend las George diesen Artikel. Kaum ein Satz darin stimmte. Er ärgerte sich und kam sich gleichzeitig albern und schuldbewußt vor.

Er setzte sich hin und schrieb einen vernichtenden Brief an die Zeitung, aber dann zerriß er ihn wieder. Was würde das schließlich nützen? Der Reporter hatte aus dem freundlichen Ton und aus der Haltung seines Opfers, aus ein paar verwirrt gestammelten Worten und Sätzen, und vor allem aus seiner Scheu, über seine Arbeit zu sprechen, seine Geschichte zurechtgesponnen; aber offenbar war

der Bursche vom Geist der Propaganda so durchsetzt, daß er ohne
weiteres dieses detaillierte Phantasiegebilde hatte aushecken können – wahrscheinlich ohne zu wissen, daß es seiner Phantasie ent-
stammte.

Außerdem, überlegte er, würden die Leute ihn für einen ausgemacht eitlen Griesgram halten, wenn er den Bericht nachdrücklich
dementierte. Man konnte die Wirkung einer solchen Sache nicht
durch einfaches Ableugnen ungeschehen machen. Wenn er dieses
ganze Geschwätz Lügen strafte, würden alle sagen, er griffe die
Stadt an und wendete sich gegen die, die ihn aufgezogen hatten. Es
war so schon schlimm genug; man ließ das am besten auf sich beruhen.

Er unternahm also nichts in der Sache. Und merkwürdigerweise
schien es, als hätte die Haltung der Leute gegen George sich seitdem
geändert. Nicht daß sie vorher unfreundlich gewesen wären. Nur
spürte er jetzt, daß sie ihn billigten. Das allein gab ihm ein ruhiges
Gefühl des Anerkanntseins, als hätte er seine Meisterprüfung bestanden.

Wie alle Amerikaner war George in den materiellen Erfolg verliebt, und das Bewußtsein, daß die Leute seiner Heimatstadt glaubten, er hätte diesen Erfolg erreicht, oder wäre jedenfalls schon auf
dem Wege dazu, machte ihn glücklich. Ein Umstand kam der ganzen Angelegenheit sehr zustatten: sein Buch war von einem alten,
hochangesehenen Verlag angenommen worden; jeder kannte den
Namen, und wer George auf der Straße traf, drückte ihm die Hand
und sagte:

«Also Ihr Buch wird bei James Rodney & Co. erscheinen?»

Diese Frage allein, der man deutlich das Bescheidwissen anhörte,
klang wundervoll. Darin lag nicht nur der Glückwunsch zum Erscheinen seines Buches, sondern gleichzeitig die Anerkennung, daß
der angesehene Verlag Rodney sich glücklich schätzen könne, dieses Buch bringen zu dürfen. So wenigstens klang es in Georges
Ohren, und wahrscheinlich war es auch so gemeint. Es erweckte in
ihm das Gefühl, daß er in den Augen seiner Leute «arriviert» sei. Er
war nicht mehr der komische junge Mann, der seine besten Kräfte
an die irrige Hoffnung vergeudete, «ein Schriftsteller» zu werden.
Ein Schriftsteller – was für ein verdächtiges Wort! Aber nun *war* er
ein Schriftsteller. Nicht nur das – er war sogar ein Schriftsteller,
dessen Buch demnächst bei dem altbekannten, ehrwürdigen Verlag
James Rodney & Co. erscheinen sollte.

Diese Art der Menschen, den Erfolg – oder alles, was irgendwie
erfolgversprechend erscheint – zu begrüßen, hat ihr Gutes. Es ist

eigentlich gar nichts Schlimmes dabei. Die Menschen lieben den Erfolg, weil er fast allen ein Glück bedeutet und, in welcher Form auch immer, ein Abbild dessen ist, was sie in tiefstem Herzen sein möchten. Das trifft auf Amerika mehr zu als auf andere Länder. Die Menschen benennen ihren Herzenswunsch so, weil ihnen nie eine andere Art von Glück vor Augen gehalten wurde. So ist im Grunde diese Anbetung des Erfolgs nichts Schlechtes, sondern etwas Gutes. Der Erfolg erweckt einen einmütig edlen Widerhall, wenn dieser Widerhall auch nicht frei von Eigennutz sein mag. Man freut sich über das Glück des anderen, weil man selber so gerne glücklich sein möchte. Und deshalb ist diese Freude im Grunde irgendwie ein gutes Gefühl. Ärgerlich ist sie nur, wenn sie an die falsche Adresse gerichtet wird.

So etwa dachte George darüber. Er hatte eine lange, strenge Bewährungsfrist hinter sich, und nun hatte er bestanden. Das machte ihn sehr glücklich. Nichts auf der Welt wirkt so befreiend wie das Gefühl, erfolgreich zu sein. George fühlte diese Befreiung und hatte gegen keinen mehr etwas einzuwenden. Zum erstenmal spürte er, daß es gut war, nach Hause gekommen zu sein.

Trotzdem hegte er noch allerlei heimliche Befürchtungen. Er wußte ja, was er über Leben und Leute seiner Heimatstadt geschrieben hatte. Er wußte auch, daß er sie so nackt und ungeschminkt geschildert hatte, wie es bis dahin in der Romanliteratur Amerikas selten der Fall gewesen war. Er war gespannt, wie sie das aufnehmen würden. Auch wenn man ihn zu seinem Buch beglückwünschte, konnte er sich eines unbehaglichen Gefühls nicht ganz erwehren, denn er dachte voller Angst an das, was sie sagen und denken würden, wenn das Buch erschienen war und wenn sie es gelesen hatten.

Diese Befürchtungen überfielen ihn eines Nachts in Gestalt eines sehr lebendigen, gräßlichen Traums. Ihm träumte, er rennte stolpernd über die dürre Heide einer ihm fremden Landschaft, in wilder Flucht vor irgend etwas Schrecklichem, das er nicht kannte. Er wußte nur, daß er sich namenlos schämte. Er konnte es nicht bezeichnen, es war formlos wie eine erstickende Nebelwolke, aber Herz und Seele krampften sich ihm in plötzlicher Selbstverachtung zusammen. Dieses Gefühl von Ekel und Schuld war so überwältigend, daß er sich an die Stelle von Mördern wünschte, an denen die Welt ihren wütigen Zorn ausgelassen hatte. Er beneidete alle Verbrecher, die durch den Urteilsspruch der Menschheit geächtet worden waren – den Dieb, den Lügner, den Gauner, den Banditen und den Verräter –, alles geächteten Menschen, deren Namen nur mit einem Fluch ausgesprochen wurden; aber sie *wurden* ausgesprochen; *er* hingegen hatte ein Verbrechen begangen, für das es keinen Namen gab, *er* faulte dahin an einer Seuche, für die es weder Verständnis noch Heilung gab, an *ihm* fraß eine gemeine Verderbtheit, die weder Rettung noch Rache erreichten, er stand jenseits von Mitleid, Liebe und Haß und war nicht einmal einen Fluch wert. So floh er unter einem glühenden Himmel über die unermeßliche, ausgedörrte Heide, ein Verbannter auf dem ausgestorbenen Planeten, der – wie sein eigenes schamzerfressenes Ich – nicht zu den Lebenden und nicht zu den Toten gehörte und auf dem es weder den Blitzstrahl der Rache noch die Gnade eines Begräbnisses gab; denn am grenzenlosen Horizont zeigten sich keine Schatten und kein Obdach, keine Kurve und keine Krümmung, kein Berg, kein Baum und keine Schlucht: nur ein riesiges, nackt aufgerissenes, rätselhaft forschendes Auge, vor dem es kein Entrinnen gab und vor dem seine preisgegebene Seele immer tiefer in den Abgrund der Scham versank.

Dann änderte sich mit einem Schlag der Schauplatz des Traums, und George befand sich plötzlich in einer ihm wohlbekannten Umgebung, inmitten vertrauter Gesichter. Er war nach vielen Jahren des Reisens und Umherwanderns in die Stadt seiner Kindheit zurückgekehrt. Das Gefühl der schrecklichen, aber unnennbaren Schuld hing noch unheilvoll über ihm, als er wieder durch die Straßen der Stadt ging, und er wußte, er war zu dem Quell der Unschuld und der Gesundung zurückgekehrt, von dem er ausgegangen war und der ihn jetzt retten würde.

Aber als er in die Stadt kam, spürte er, daß jeder von seiner Schuld wußte. Er sah Männer und Frauen, die er als Kinder gekannt hatte, Knaben, mit denen er zur Schule gegangen war, und Mädchen, die er zum Tanzen ausgeführt hatte. Sie waren von ihren Geschäften und den mannigfachen Verrichtungen ihres Lebens in Anspruch genommen und bezeugten einander eine freundschaftliche Zusammengehörigkeit; aber starrten sie ihn leeren Blickes an, in dem weder Liebe noch Haß, weder Mitleid noch Abscheu oder überhaupt irgendein Gefühl lag. Ihre Gesichter, die noch eben, als sie miteinander gesprochen hatten, freundlich und liebevoll gewesen waren, wurden tote Masken; kein Zeichen des Erkennens, kein Gruß; kurz und tonlos gaben sie ihm die Auskunft, um die er gebeten hatte, und jeden Versuch, den er zur Wiederaufnahme einer alten Freundschaft unternahm, erstickten sie mit ihrem leeren, starren Blick und mit ihrem Schweigen. Sie lachten oder flüsterten nicht, wenn er vorüberging, sie stießen sich nicht an und spotteten nicht über ihn; sie verstummten nur und warteten, als hätten sie nur einen Wunsch: er möge ihnen aus den Augen gehen.

Und weiter ging es durch die altbekannten Straßen, vorbei an Häusern und Plätzen, die wieder Leben gewannen, als hätte er sie nie verlassen, vorbei an Menschen, die verstummten und warteten, bis er vorüber war, und tief in der Seele trug er das Bewußtsein einer unnennbaren Schuld. Er wußte, daß er aus ihrem Leben gründlicher ausgemerzt war, als wenn er gestorben wäre, und er fühlte: nun war er für alle Menschen verloren.

Gleich darauf war er wieder außerhalb der Stadt, er floh wieder über die dürre Heide unter dem gnadenlosen Himmel mit dem nacktflammenden Blick, der ihn mit unsagbar lastender Scham durchdrang.

Die «Allgemeine»

George hielt es für ein Glück, daß er in dem kleinen Zimmer über Sheppertons Garage wohnte. Er freute sich auch, daß sein Besuch mit dem von Mr. David Merrit zusammenfiel und daß Mr. Merrit ungestört den größeren Komfort des Sheppertonschen Gastzimmers genießen konnte, denn gleich die erste Begegnung mit Mr. Merrit hatte ein angenehm warmes Gefühl in ihm ausgelöst. Merrit war ein frischer, beleibter, noch jugendlich wirkender und liebenswürdiger Mann von etwa 45 Jahren, der immer einen Witz parat und die Taschen voll duftender Zigarren hatte, die er beim geringsten Anlaß anbot. Randy hatte ihn als «den Mann von der ‹Allgemeinen›» bezeichnet; George wußte zwar nicht, was ein solcher Mann zu tun hatte, aber nach Mr. Merrit zu urteilen, mußte es sich um recht vergnügliche Dinge handeln.

George wußte natürlich, daß Mr. Merrit Randys Chef war, und er erfuhr, daß Mr. Merrit gewöhnlich zwei- oder dreimal im Monat in die Stadt kam. Er tauchte dann wie ein rotbäckiger, wohlwollender Weihnachtsmann auf, machte seine netten Späßchen, teilte dikke Zigarren aus, legte einem den Arm um die Schultern, und alle fühlten sich in seiner Gegenwart wohl. Wie er selber sagte:

«Ab und zu muß ich mal auftauchen und nachsehn, ob die Jungens auch brav sind und nicht etwa falsches Geld einkassieren.»

Dann blinzelte er George so komisch zu, daß alle lachen mußten, und er bot ihm eine dicke Zigarre an.

Seine Funktionen schienen etwa die eines Gesandten zu sein. Täglich lud er Randy und die Verkäufer der «Allgemeinen» zum Lunch oder zum Dinner ein, und abgesehen von kurzen Stippvisiten im Büro schien er den größten Teil seiner Zeit damit zu verbringen, eine Atmosphäre von Behagen und Wohlleben um sich zu verbreiten. Er ging durch die Stadt, begrüßte alle Leute, klopfte ihnen auf den Rücken und nannte sie beim Vornamen, und noch eine Woche nach seiner Abreise rauchten die Geschäftsleute in Libya Hill seine Zigarren. Wenn er in die Stadt kam, war er andauernd unterwegs, und man wußte, daß Margaret ihre besten Gerichte für ihn kochte und daß es stets etwas Gutes zu trinken gab. Die Getränke lieferte Mr. Merrit, der immer einen reichlichen Vorrat von Trinkbarem mit sich führte. Bei der ersten Begegnung stellte George fest, daß er zu den Leuten gehörte, die eine Atmosphäre guter Kameradschaft um sich verbreiten, und eben deshalb war Mr. Merrits Aufenthalt im Sheppertonschen Haus so erfreulich.

Aber Mr. Merrit war nicht nur ein netter Kerl. Er war auch «bei der ‹Allgemeinen›», und George merkte bald, daß die «Allgemeine» in aller Leben eine geheimnisvolle und lebenswichtige Macht darstellte. Randy war gleich nach seinem Abgang vom College dort eingetreten. Er war ins Hauptbüro irgendwo im Norden geschickt worden, wo er einen Lehrkursus absolviert hatte. Dann war er wieder in den Süden gekommen, hatte sich vom Verkäufer zum Bezirksdirektor hochgearbeitet und stellte nun ein wichtiges Mitglied der Verkaufsorganisation dar.

«Die ‹Allgemeine›», «Bezirksdirektor», «Verkaufsorganisation» – lauter geheimnisvolle, aber sehr trostreiche Bezeichnungen. In der Woche, die George in Libya Hill bei Randy und Margaret verbrachte, nahm Mr. Merrit gewöhnlich an den Mahlzeiten teil, und abends saß er gemütlich bei ihnen auf der Vorderveranda, lachte und erzählte Witze, und alle fühlten sich wohl. Manchmal sprach er mit Randy über das Geschäft, erzählte allerlei von der «Allgemeinen» und von seinen Erfahrungen in der Organisation, und sehr bald gewann George eine recht gute Vorstellung davon, worum es da eigentlich ging.

Die «Allgemeine Gesellschaft für Registrierkassen und Waagen» war ein weitverzweigtes Unternehmen, das auf den ersten Blick äußerst kompliziert erscheinen mochte, in Wirklichkeit aber wunderbar einfach war. Die Seele des Ganzen, ja sein Lebensnerv war die Verkaufsorganisation.

Das ganze Land war in Bezirke aufgeteilt, und für jeden Bezirk wurde ein Direktor ernannt. Diesem Direktor unterstanden wie-

derum Verkäufer, die die einzelnen Kreise seines Bezirks bearbei-
teten. Außerdem hatte jeder Bezirk einen «Geschäftsführer», der
in Abwesenheit des Direktors und seiner Verkäufer jedes anfal-
lende Geschäft wahrnahm, und einen «Techniker», der beschä-
digte oder reparaturbedürftige Maschinen zu überholen hatte.
Aus diesen Leuten setzte sich die Bezirksdirektion zusammen,
und das Land war so aufgeteilt, daß eine solche Direktion durchschnittlich eine halbe Million der Bevölkerung zu bearbeiten hatte. Es gab also in den ganzen Staaten 260 oder 270 Bezirksdirek-
tionen, die insgesamt 1200 bis 1500 Direktoren und Verkäufer
beschäftigten.

Die hohen Ziele dieses Industrie-Unternehmens, das – wie man
auch von der Gottheit nicht unverhüllt und geradezu spricht – von
den Angestellten nie beim Namen genannt, sondern immer nur mit
einer merklich leiseren und etwas belegten Stimme «die Allgemeine» genannt wurde ... diese hohen Ziele waren ebenfalls wunderbar einfach. Sie waren kurz und präzis in dem berühmten Ausspruch zusammengefaßt, den der Große Mann persönlich, Mr.
Paul S. Appleton III, alljährlich am Schluß seiner stundenlangen
Rede vor der Versammlung sämtlicher Mitglieder der Verkaufsorganisation wiederholte. Am Ende jeder Jahresversammlung nämlich hob er mit erhaben-befehlender Geste den Arm, deutete auf die
riesige Karte der USA, die die ganze Wand hinter ihm bedeckte,
und sagte:

«Das ist euer Markt! Gehet hin und verkauft!»

Gab es etwas Einfacheres und Schöneres? Konnte man beredter
jenen mächtigen Flug der Phantasie ausdrücken, der in den Annalen
des modernen Geschäftslebens unter dem Namen «Vision» berühmt geworden ist? Diese Worte zeugten von dem weiten Horizont und von der nüchternen Geradheit, die den Aussprüchen aller
großen Führer der Weltgeschichte eigen ist. So sagte Napoleon in
Ägypten zu seinen Truppen: «Soldaten, von jenen Pyramiden blik-
ken vierzig Jahrhunderte auf euch herab.» So sprach Captain Perry:
«Wir sind auf den Feind gestoßen, er ist in unserer Hand.» So rief
Dewey in der Bucht von Manila: «Wenn du soweit bist, kannst du
Feuer geben, Gridley.» So sprach auch Grant vor dem Gerichtshof
von Spottsylvanien: «Wir müssen diesen Kampf zu Ende kämpfen,
und sollte er den ganzen Sommer dauern.»

Und als Mr. Paul S. Appleton III seinen Arm zur Wand ausstreckte und sagte: «Das ist euer Markt! Gehet hin und verkauft!»,
da wußten die versammelten Hauptleute, Leutnants und gemeinen
Soldaten seiner Verkaufsorganisation, daß im Erdinnern noch Rie-

sen lebten und daß das Zeitalter der Romantik noch nicht abgestorben war.

Es hatte zwar eine Zeit gegeben, in der die Bestrebungen der «Allgemeinen» sich in engeren Grenzen gehalten hatten. Damals nämlich, als der Gründer des Unternehmens, der Großvater von Mr. Paul S. Appleton III, seine bescheidenen Hoffnungen in folgende Worte gefaßt hatte: «Ich möchte in jedem Lager, in jedem Laden und in jedem Geschäft eine von meinen Maschinen sehen, vorausgesetzt, daß man sie braucht und daß man sie bezahlen kann.» Aber die einschränkende Selbstverleugnung dieses Gründer-Ausspruchs war längst aus der Mode gekommen und mutete wie eine Reminiszenz an das viktorianische Zeitalter an. Das gab auch Mr. Merrit zu. So ungern er irgend jemand – und ganz besonders dem Gründer der Gesellschaft – etwas Böses nachsagte, so mußte er doch zugeben, daß es dem alten Herrn hinsichtlich der Verhältnisse von 1929 an Weitblick gefehlt hatte.

«Alles alter Käse!» sagte Mr. Merrit, schüttelte den Kopf und blinzelte George zu, als wollte er das Fluchwürdige seines Verrats an dem Gründer durch eine Wendung ins Scherzhafte abmildern. «Darüber sind wir nun weit hinaus!» rief er mit verzeihlichem Stolz. «Wenn wir heutzutage mit dem Verkauf einer Maschine warten wollten, bis jemand eine *braucht*, dann würden wir's zu nichts bringen.» Er nickte Randy zu und sprach jetzt mit dem Ernst tiefer Überzeugung: «Wir warten nicht, bis der Käufer eine Maschine *braucht*. Wenn er sagt, er kommt ohne sie aus, dann bringen wir ihn doch dazu, eine zu kaufen. Wir öffnen ihm die *Augen* über seinen Bedarf – nicht wahr, Randy? Mit anderen Worten: wir *schaffen* den Bedarf.»

Dieses nannte man, so erklärte Mr. Merrit weiter, mit einem Fachausdruck «schöpferischen Verkauf» oder «die Schaffung des Marktes». Und dieser dichterische Begriff war die geniale Schöpfung eines einzigen Mannes, des gegenwärtigen Haupts der Gesellschaft, Mr. Paul S. Appleton. Der Gedanke war ihm blitzartig gekommen, trat vollerblüht ans Tageslicht wie Pallas Athene aus dem Haupte des Zeus, und Mr. Merrit besann sich noch so lebhaft auf diesen Augenblick, als wäre es erst gestern geschehen. Bei einer Versammlung des gesamten Parlaments der «Allgemeinen» geschah es, daß Mr. Appleton im Hochflug seiner leidenschaftlichen Rede von seiner Vision so berauscht wurde, daß er plötzlich mitten im Satz abbrach, wie entrückt dastand und träumerisch über ein zauberhaft-gelobtes Land hinblickte; als er schließlich weitersprach, bebte seine Stimme vor verhaltener Bewegung.

117

«Meine Freunde», sagte er, «die Möglichkeiten des Marktes, wie wir ihn jetzt schaffen können, sind praktisch unbegrenzt!» Dann schwieg er einen Augenblick, und Mr. Merrit erzählte, der Große Mann sei tatsächlich blaß geworden, habe nur stockend weitersprechen können, und seine Stimme sei zu einem fast unverständlichen Flüstern herabgesunken, als könnte er selber die Größe seiner gewaltigen Konzeption kaum fassen. «Meine Freunde – meine Freunde – genau gesehen ...» flüsterte er und leckte sich die trockenen Lippen, «genau gesehen – der Markt, den wir zu dem machen wollen, was er sein sollte ...» Seine Stimme schwoll an, und die nächsten Worte schmetterte er nur so hinaus: «Es liegt kein Grund vor, daß nicht jeder Mann, jede Frau und jedes Kind in den USA eine unserer Maschinen besitzen sollte!» Und dann kam die bekannte großartige Geste zur Landkarte hin: «Das ist euer Markt! Gehet hin und verkauft!»

Diese Vision war der Grundstein, auf dem Mr. Paul S. Appleton das prachtvolle Gebäude der alleinseligmachenden Kirche und des lebendigen Glaubens errichtete, das die «Allgemeine» hieß. Im Dienste seiner Vision baute Mr. Appleton eine Organisation auf, die mit der herrlichen Exaktheit einer Maschinerie arbeitete. Über dem Verkäufer stand der Direktor, über dem Direktor der Bezirks-Inspektor, über dem Bezirks-Inspektor der Bezirks-Manager, über dem Bezirks-Manager der General-Manager und über dem General-Manager stand – wenn nicht gerade Gott selber, so doch ein sehr gottähnliches Wesen, denn die Direktion und Verkäufer nannten ihn in ehrerbietigem Tone nur «P. S. A.».

Mr. Appleton richtete auch einen speziellen Gesellschafts-Himmel ein, den «Klub der Hundertprozentigen». Den Vorsitz führte P. S. A., und alle Mitglieder der Verkaufsorganisation konnten hineingewählt werden – bis hinunter zum bescheidensten Verkäufer. Der «Klub der Hundertprozentigen» war eine gesellschaftliche Loge, aber er war noch mehr als das. Jeder Direktor und jeder Verkäufer erhielt eine «Quote»; das bedeutete einen bestimmten, je nach seinem Bezirk und seinen Verkaufsmöglichkeiten bemessenen Durchschnittsbetrag, in dessen Höhe er Geschäfte zu tätigen hatte. Die Quoten variierten je nach der Größe des Gebiets, nach dessen Kaufkraft und nach den Erfahrungen und Fähigkeiten des betreffenden Verkäufers. Die Quote des einen betrug sechzig, die eines anderen achtzig, neunzig oder hundert, und die Quote eines Bezirksdirektors lag höher als die eines einfachen Verkäufers. Aber jeder konnte, wie klein oder wie groß seine Quote auch sein mochte, in den «Klub der Hundertprozentigen» gewählt werden – unter der Voraussetzung, daß er seine Durchschnittsquote hundertprozentig erfüllte. Wenn er einen höheren Durchschnitt – sagen wir 120 Prozent seiner Quote – erreichte, dann erhielt er eine angemessene Auszeichnung und Belohnung, die sich nicht nur in seiner Stellung, sondern auch finanziell ausdrückte. Man konnte unter den «Hundertprozentigen» eine sehr hohe oder auch eine ganz niedrige Stellung einnehmen, denn der Klub kannte fast so viele Grade wie eine Freimaurerloge.

Das Quoten-System sah eine Bewertung nach «Punkten» vor; ein Geschäft im Wert von 40 Dollar bedeutete einen Punkt. Hatte also ein Verkäufer eine Quote von achtzig, so mußte er monatlich für 3 200 Dollar Produkte der «Allgemeinen Gesellschaft für Registrierkassen und Waagen» verkaufen, das heißt jährlich für fast 40000 Dollars. Es gab hohe Belohnungen. Die Provision eines Verkäufers betrug 15 bis 20 Prozent, die eines Direktors 20 bis 25 Prozent vom Verkauf. Darüber hinaus wurden Prämien für Erreichung oder Überschreitung der Quote ausgezahlt. Ein gewöhnlicher Verkäufer konnte also in einem durchschnittlichen Bezirk 6 bis 8000 Dollar, ein Direktor 12 bis 15000 Dollar jährlich verdienen, in einem besonders guten Bezirk sogar noch mehr.

Soviel über den Lohn des Appletonschen Himmels. Aber was wäre ein Himmel, wenn es keine Hölle gäbe? Die Situation zwang also Mr. Appleton logischerweise auch zur Einrichtung einer Hölle. Eine einmal festgesetzte Quote wurde von der «Allgemeinen» nie herabgesetzt – mehr noch: wenn jemand eine Quote von achtzig Punkten hatte und diese ein Jahr lang erfüllte, dann konnte seine Quote für das folgende Jahr auf neunzig Punkte erhöht werden. Es galt, unentwegt vorwärts und höher hinauf zu streben, und der Schnellste machte das Rennen.

Die Mitgliedschaft im «Klub der Hundertprozentigen» war zwar nicht obligatorisch, aber Mr. Paul S. Appleton dachte durchaus theologisch und wußte wie Calvin den freien Willen mit der Prädestination in Einklang zu bringen. Wenn jemand *nicht* zu den «Hundertprozentigen» gehörte, dann waren seine Tage bei Mr. Appleton gezählt. Nicht zu den «Hundertprozentigen» zu gehören, bedeutete für jeden Direktor oder Verkäufer, daß er sich auf dem toten Gleis befand. Wenn man nicht in den Gesellschafts-Himmel aufgenommen oder aus ihm ausgestoßen wurde, dann begannen die Kollegen vorsichtig zu fragen: «Wo steckt denn eigentlich Joe Klutz?» Sie erhielten ausweichende Antworten, und im Laufe der Zeit wurde Joe Klutz nicht mehr erwähnt; er geriet in Vergessenheit. Er war «nicht mehr bei der ‹Allgemeinen›».

Mr. Paul S. Appleton hatte nur eine Offenbarung gehabt, eben jene, die Mr. Merrit so plastisch schilderte; aber sie genügte auch, und er sorgte dafür, daß ihr ruhmreicher Zauber nie verblaßte. Viermal im Jahr, zu Beginn jedes Quartals, beschied er seinen General-Manager zu sich und sagte: «Was ist denn eigentlich los, Elmer? Sie machen ja gar keine Geschäfte! Der Markt wartet auf Sie! Sie wissen doch wohl, was Sie zu tun haben – andernfalls . . .!» Daraufhin nahm der General-Manager sich einen Bezirks-Manager nach dem andern vor und wiederholte ihnen Worte und Gesten von P. S. A.; die Bezirks-Manager spielten die Szene noch einmal vor jedem einzelnen Bezirks-Inspektor, der sie wieder an die Direktoren weitergab, und von diesen wanderte sie zu den Verkäufern; diesen blieb, da sie weiter keinen unter sich hatten, nichts übrig, als «loszugehen und sich zu tummeln – andernfalls . . .!». Das nannte man «die Moral der Organisation stärken».

Als Mr. Merrit auf der Vorderveranda saß und aus dem Schatz seiner Erfahrung bei der «Allgemeinen» erzählte, hörte George Webber aus seinen Worten weit mehr heraus, als er tatsächlich sagte. Er redete gleichmäßig weiter, im Ton verklärter Erinnerung, machte seine Späßchen und paffte eine seiner Zigarren; aber über allem, was er sagte, schwebte es wie ein Oberton: «Was für eine schöne und wunderbare Sache ist es doch, zur ‹Allgemeinen› zu gehören!»

So erzählte er beispielsweise von dem alljährlich stattfindenden prächtigen Unternehmen, bei dem sich die «Hundertprozentigen» zu einer sogenannten «Vergnügungswoche» versammelten. Es handelte sich um einen großartigen Ausflug «auf Kosten der ‹Allgemeinen›». Man traf sich in Philadelphia oder in Washington, in der üppigen Tropenpracht von Los Angeles oder Miami, manchmal auch an Bord eines gecharterten Schiffes, eines kleinen, aber luxuriösen Zwanzigtausendtonners, der über den Atlantischen Ozean nach den Bermudas oder nach Havanna fuhr. Wo auch immer die «Vergnügungswoche» stattfand – die «Hundertprozentigen» konnten anstellen, was sie wollten. Handelte sich's um eine Seereise, dann gehörte das Schiff eine Woche lang ihnen. Sie konnten den Schnaps der ganzen Welt haben – sofern sie ihn vertrugen; die Koralleninseln von Bermuda gehörten ihnen, oder sie beherrschten uneingeschränkt das fröhliche Havanna. Diese eine Woche lang beherrschten die «Hundertprozentigen» alles, was auf Erden für Geld zu haben ist, alles stand ihnen großzügig zur Verfügung, und die «Allgemeine» – die unsterbliche, väterlich-sorgende, großmütige «Allgemeine» – «bezahlte alles».

Aber während Mr. Merrit in glühenden Farben schilderte, wie sie sich bei diesen Ausflügen amüsiert hätten, sah George Webber ein anderes Bild vor sich. Er sah, die zwölf- oder fünfzehnhundert Männer – denn man war übereingekommen, bei diesen Pilgerfahrten die Frauen (oder jedenfalls die Ehefrauen) auszuschließen –, wie zwölf- oder fünfzehnhundert erschöpfte und überarbeitete Amerikaner meist mittleren Alters, mit abgenutzten, zum Zerreißen gespannten Nerven, aus allen Teilen des Erdteils «auf Kosten der ‹Allgemeinen›» für eine kurze, wilde, tolle Woche der Ausschweifung zusammenkamen. Und mit Abscheu erkannte George, welche Rolle dieses tragische Schauspiel sich amüsierender Geschäftsleute innerhalb des Gesamtsystems und des Lebensplanes spielte, der es ja hervorgebracht hatte. Da begann er zu begreifen, warum die Zeit Randy so verändert hatte.

Am letzten Tag seiner Woche in Libya Hill war George zum Bahnhof gegangen, um seine Fahrkarte für die Rückfahrt zu kaufen; auf dem Rückweg ging er kurz vor ein Uhr in Randys Büro, um mit ihm zum Lunch nach Hause zu gehen. Der äußere Verkaufsraum, in dem auf Sockeln aus Nußbaumholz blitzende Waagen und Registrierkassen in imposanter Schlachtordnung aufgestellt waren, war leer, und George setzte sich und wartete. An der einen Wand hing ein riesengroßes buntes Plakat. «Der August war der beste Monat in der Geschichte der ‹Allgemeinen›», las er. «*Sorgt dafür, daß der September noch besser wird! Der Markt ist vorhanden! Direktoren, nun liegt es an Euch!*»

Vom Verkaufsraum abgetrennt war ein kleines Abteil, das Randy als Büro diente. Während George wartete, drangen allmählich aus diesem Raum geheimnisvolle Geräusche an sein Ohr. Zuerst war es das Rascheln dicken Papiers, als würden die Seiten eines Hauptbuchs umgeblättert, dann erhob sich ab und zu ein halbunterdrücktes, vertraulich-unheilschwangeres Gemurmel mit gelegentlichem Grunzen und halblauten Ausrufen. Dann plötzlich ein zweimaliges lautes Klatschen, als würde ein großes Hauptbuch zugeschlagen und auf einen Schreibtisch geworfen, und nach einer kurzen Stille wurden die Stimmen wieder lauter und deutlicher vernehmbar. George erkannte sofort Randys Stimme, die leise und ernst, etwas zögernd und sehr beunruhigt klang. Die andere Stimme hatte er noch nie gehört.

Bei näherem Hinhören aber begann er zu zittern und bis in die Lippen zu erbleichen. Denn schon der Ton dieser Stimme war eine schmutzige Beleidigung für jedes menschliche Leben, ein niederträchtiger Peitschenhieb mitten ins Angesicht der anständigen Menschheit, und als ihm klar wurde, daß diese Worte gegen seinen Freund gerichtet waren, empfand er plötzlich eine blinde Mordlust im Herzen. Und das entsetzlich Verwirrende daran war, daß in dieser teuflischen Stimme ein merkwürdig vertrauter Ton mitschwang, als kennte er diesen Menschen von irgendwoher.

Blitzartig kam ihm die Erleuchtung: Merrit redete da! Diese Stimme gehörte, so unglaublich es auch erschien, keinem anderen als jenem beleibten, noch jugendlichen und gemütlichen Herrn, den er immer nur gutgelaunt, munter und jovial erlebt hatte.

Und nun hatte hinter der Wand aus Milchglas und gestrichenem Holz die Stimme jenes Mannes sich plötzlich in die eines Teufels verwandelt. Es war unfaßbar, und dem lauschenden George wurde ganz schlecht, als müßte er in einem grausigen Alptraum mit ansehen, wie ein ihm gut bekannter Mensch etwas Perverses und Abscheuliches tat. Aber das Entsetzlichste von allem war, wie demütig leise, unterwürfig und bescheiden flehend Randy sprach. Merrits krächzend-schleimige Stimme zerschnitt scharf die Luft, und ab und zu antwortete Randy sanft, zögernd und rief beunruhigt.

«Also, was ist los? Liegt Ihnen nichts an Ihrer Stellung?»

«Aber – aber ja doch, das wissen Sie doch, Dave – haha!» protestierte Randy ein wenig lauter, mit unsicherem Lachen.

«Und wieso knien Sie sich nicht richtig rein ins Geschäft?»

«Aber – haha!» lachte Randy wieder kurz und ärgerlich-verlegen auf. «Das hab ich doch getan, *dachte* ich . . .»

«Haben Sie eben nicht!» fuhr die kratzige Stimme messerscharf dazwischen. «In diesem Bezirk müßten dreißig Prozent mehr umgesetzt werden, als Sie umgesetzt haben, und die ‹Allgemeine› wird auch soviel umsetzen – andernfalls . . .! Entweder Sie schaffen's, oder Sie fliegen, verstanden? Die ‹Allgemeine› kümmert sich einen Dreck um Sie! Erst kommt das Geschäft. Sie sind schon lange dabei, aber für die ‹Allgemeine› sind Sie nicht ein Deut mehr als irgend jemand sonst! Und Sie wissen ja vielleicht, was mit all den anderen passiert ist, die sich zu gut für ihre Stellung vorkamen – nicht wahr?»

«Aber ja – natürlich, Dave – nur – haha!» lachte Randy wieder kurz auf. «Aber – ich hätte wahrhaftig nie gedacht . . .»

«Geht uns einen Dreck an, was Sie nie gedacht hätten!» platzte die brutale Stimme darein. «Diesmal hab ich Sie noch gewarnt! Entweder Sie machen Geschäfte oder Sie fliegen!»

Die Milchglastür wurde heftig aufgerissen, und Merrit stürzte aus dem kleinen Büro. Beim Anblick von George stutzte er, und dann ging sofort eine Veränderung bei ihm vor. Sein frisches, rundes Gesicht wurde von einem Lächeln überglänzt, und er rief in herzlichem Ton:

«Ei, ei, sieh an! Wen haben wir denn da! Da ist ja unser alter Junge!»

Randy war hinter ihm aus dem Büro gekommen, und Merrit drehte sich um und zwinkerte ihm lustig zu, als setzte er ein spaßiges Spielchen fort:

«Randy», sagte er, «ich finde, George sieht von Tag zu Tag besser aus. Ob er wohl schon ein paar Herzen gebrochen hat?»

Randy versuchte, sein graues, verstörtes Gesicht zu einem Lächeln zu verziehen.

«Wetten, daß ihm kein Mädchen in der Großstadt widerstehen kann?» sagte Merrit und wandte sich wieder an George. «Hören Sie mal, ich hab da diesen Zeitungsartikel über Ihr Buch gelesen. Ganz groß, mein Junge! Wir sind stolz auf Sie!»

Er klopfte George jovial auf den Rücken, drehte sich forsch um, griff nach seinem Hut und sagte fröhlich:

«Na also, meine Herrschaften, wie ist es denn? Wie wär's jetzt mit Margarets unübertrefflichem Happenpappen in eurer gemütlichen Bude? Sie werden mir doch keinen Kummer machen! Ich bin fertig – und Sie? Gehn wir!»

Rund und munter, mit vergnügtem Lächeln, ein Zerrbild gutmütiger Liebenswürdigkeit, schob er sich zur Tür hinaus. Nur einen Augenblick lang sahen die beiden alten Freunde sich bleich, mit entsetzt-verstörten Blicken an. In Randys Augen lag ein Ausdruck von Scham, und mit der unausrottbaren Loyalität, die ihm innewohnte, sagte er:

«Dave ist ein guter Kerl ... Du – du mußt das verstehn: er muß das tun ... Er – er ist ja bei der ‹Allgemeinen›.»

George sagte nichts. Denn während Randy noch sprach und George an das dachte, was Merrit ihm über die ‹Allgemeine› erzählt hatte, sah er ein grausiges Bild vor sich. Er hatte dieses Bild irgendwo in einem Museum gesehen: zwischen der großen Pyramide und dem Eingang zum Haus des großen Pharao stand eine lange Kette von Menschen; der große Pharao hatte eine Lederpeitsche in der Hand und schlug damit unbarmherzig auf Rücken und Schultern seines vor ihm stehenden Oberaufsehers ein; der Oberaufseher hatte eine vielschwänzige Peitsche in der Hand und schlug mit aller Wucht den unselig vor ihm zitternden Ober-Statthalter; der Statthalter bearbeitete mit einer Reitpeitsche heftig den bebenden Körper seines höchsten Unterbeamten, und der wieder traktierte eine stöhnende Schar ihm unterstellter Beamten mit einem Dreschflegel, und jeder dieser kleinen Beamten prügelte wieder mit einer geflochtenen Geißel ein ganzes Regiment von Sklaven, die schiebend und zerrend, schleppend und sich plackend, im Schweiße ihres Angesichts den hochgetürmten Bau der Pyramide errichteten.

George sagte nichts. Er konnte nichts sagen. Er hatte eben etwas über das Leben gelernt, das er bisher nicht gewußt hatte.

Die Stadt der Verlorenen

Am Spätnachmittag dieses Tages bat George Margaret, mit ihm auf den Friedhof zu gehen; sie lieh sich Randys Wagen und fuhr mit ihm hinaus. Unterwegs hielten sie bei einem Blumengeschäft und kauften ein paar Chrysanthemen, die George auf Tante Maws Grab legte. In der vergangenen Woche waren schwere Regengüsse niedergegangen, so daß der frische Hügel um ein paar Zentimeter eingesunken und von einer rissigen Rinne umgeben war.

Als George die Blumen auf die feuchte, frische Erde niederlegte, war er sich plötzlich selbst ganz fremd. Er war kein gefühlsseliger Mensch, und seine gefühlsbetonte Geste verwirrte ihn einen Augenblick. Er hatte sich das gar nicht vorgenommen. Er hatte einfach im Vorbeifahren das Schaufenster des Blumenladens gesehen, hatte, ohne nachzudenken, gehalten und die Blumen gekauft – und da waren sie nun.

Dann aber wurde ihm klar, warum er es getan hatte und warum er überhaupt noch einmal zum Friedhof gewollt hatte. Dieser Besuch in Libya Hill, diese so oft erträumte Heimkehr, die keineswegs so ausgefallen war, wie er sie erwartet hatte, dieser Besuch war in Wirklichkeit sein Abschied. Das letzte Band, das ihn an die Heimaterde geknüpft hatte, war zerrissen; er zog nun aus, um wie jeder Mensch allein sein eigenes Leben aufzubauen.

Noch einmal sank die Dämmerung über diese Stätte, und unten im Tal flammten allmählich die Lichter der Stadt auf. Er stand vor dem Grab neben Margaret, und sie verstand wohl, was in ihm vorging, denn sie war still und sagte nichts. Dann begann George leise zu sprechen. Irgendeinem mußte er all das erzählen, was er während dieser Woche in der Heimat gedacht und gefühlt hatte. Randy war nicht da, und so war Margaret die einzige, der er sich mitteilen konnte. Sie hörte zu und unterbrach ihn nicht; er erzählte von seinem Buch und von den Hoffnungen, die er damit verband; er beschrieb ihr so gut wie möglich, worum es sich darin handelte, und sprach auch von seinen Befürchtungen, daß die Stadt sein Buch ablehnen würde. Sie drückte ermutigend seinen Arm, und diese Geste sagte mehr als alle Worte.

Über Randy und Merrit sagte er nichts. Er wollte sie nicht unnötig beunruhigen; es hatte keinen Sinn, ihr die Sicherheit zu nehmen, die für die Ruhe und das Glück einer Frau so wesentlich ist. Sie würde noch früh genug ...

Aber er sprach ausführlich über die Stadt an sich, über das Spekulationsfieber, das ihn so sehr beeindruckt hatte. Was würde die Zukunft dieser Stadt und ihren Bewohnern bringen? Immerzu redeten sie von dem besseren Leben, das vor ihnen läge, von der größeren Stadt, die sie bauen wollten, aber George hatte hinter all dem einen seltsam wilden, ja verzweifelten Hunger verspürt, der sie weiter und weiter trieb, als wäre es in Wahrheit ein Hunger nach Tod und Vernichtung. Ja, ihm schienen sie bereits ruiniert zu *sein,* und wenn sie auch lachten, grölten und sich gegenseitig auf den Rücken schlugen, so fühlte er, daß sie doch um ihren Ruin schon wußten.

Sie hatten sagenhafte Summen für unwichtige Straßen und Brükken vergeudet. Sie hatten alte Gebäude abgerissen und neue errichtet, die für eine Stadt mit einer halben Million Einwohner genügt hätten. Sie hatten Hügel abgetragen und durchs Gebirge herrliche Tunnel gebohrt, deren doppelte Fahrdämme mit glänzenden Klinkern gepflastert waren – Tunnel, die auf der anderen Seite in arkadische Wildnis führten. Sie hatten das Einkommen einer Generation zum Fenster hinausgeworfen und das der kommenden Generation verpfändet. Sie hatten ihre Stadt in Grund und Boden gewirtschaftet und hatten dabei sich, ihre Kinder und ihre Kindeskinder ruiniert.

Schon waren sie nicht mehr die Besitzer ihrer Stadt, sie gehörte ihnen bereits nicht mehr. Sie war mit fünfzig Millionen belastet, die sie Kreditgesellschaften im Norden schuldeten. Die Straßen, durch die sie gingen, waren ihnen unter den Füßen weggekauft worden. Sie setzten ihre Namen unter schwindelnd hohe Zahlungsverpflichtungen und verkauften ihren Grund und Boden am nächsten Tag an andere Wahnsinnige, die mit derselben großartigen Sorglosigkeit ihre Existenz mit einem Federstrich wegwarfen. Auf dem Papier verdienten sie Unsummen, aber ihr «Aufschwung» war schon vorbei, sie würden nichts mehr davon zu sehen bekommen. Sie wurden erdrückt von Zahlungsverpflichtungen, die kein Mensch erfüllen konnte – und doch kauften sie weiter.

Als sie innerhalb der Stadt alle ausschweifenden und ruinösen Möglichkeiten erschöpft hatten, waren sie in die Wildnis hinausgeströmt, in die unberührte Weite der wilden Erde, wo es genug Land für alle Lebenden gab; dort hatten sie kleine Pfähle und Keile in den Gebirgsboden getrieben, als wollte man mitten im Ozean einen Lattenzaun aufstellen. All diese närrischen Projekte hatten sie mit Phantasienamen belegt: «Felsenwildnis», «Schattenfeld» oder «Adlerhorst». Sie hatten für diese Wald-, Steppen- und Unterholz-Parzellen Preise angesetzt, für die man ein Gebirge hätte kaufen können; sie hatten Pläne und Grundrisse angefertigt mit dicht besiedelten Gemeinden mit Läden, Häusern, Straßen und Clubs in einer Gegend, in der es weder ein Haus noch Weg und Steg gab und die nur für eine entschlossene Pionierschar mit Äxten erreichbar war. Diese abgesteckten Bauplätze sollten idyllische Kolonien für Künstler, Schriftsteller und Kritiker werden; es gab aber auch Kolonien für Geistliche, Ärzte, Schauspieler, Tänzer, Golfspieler und Lokomotivführer im Ruhestand, Kolonien für jedermann, und mehr noch: sie verkauften diese Parzellen untereinander!

Aber unter all dem äußeren Glanz dieses eifrigen Spiels erkannte man schon die Fadenscheinigkeit all ihrer Pläne und die hungrige Armseligkeit ihrer Lebenshaltung. Das bessere Leben, von dem sie redeten, beschränkte sich auf ein paar lahme, verlogene Gesten. Sie bauten häßlichere und kostspieligere Wohnungen, kauften sich neue Wagen und traten einem Club bei – das war im Grunde alles, was sie davon hatten. Und all das taten sie mit fiebrigem Übereifer, denn immer noch suchten sie nach der Speise, die ihren Hunger stillen könnte, und sie fanden sie nicht.

Als George auf dem Hügel stand und das Bild betrachtete, das sich in der zunehmenden Dunkelheit vor ihm ausbreitete: die deutlich markierten Zeilen der beleuchteten Straßen und das Verkehrsgewimmel stecknadelkleiner Wesen – da fielen ihm die ausgestorbenen nächtlichen Straßen der Stadt ein, wie er sie in seiner Knabenzeit gekannt hatte. Ihre menschenleere, verlassene Öde war unauslöschlich in sein Gedächtnis eingebrannt. Um zehn Uhr abends waren diese Straßen leer und verlassen gewesen, ein schmerzhaft-ödes Einerlei von vereinzelten grellen Laternen und nackt gähnendem Pflaster, eine frostige Starre, nur dann und wann vom Schritt eines Müßiggängers unterbrochen, eines verzweifelt darbenden, einsamen Menschen, der ohne Hoffnung und ohne Glauben doch noch auf irgendeinen Hafen hoffte, der ihm Behagen, Wärme und Liebe in der Einöde gäbe, auf eine Tür, die sich plötzlich durch Zaubermacht öffnete und ihn in ein geheimnisvoll-reiches, üppiges Leben führte. Viele solche Menschen hatte es gegeben, aber nie hatten sie das gefunden, wonach sie suchten. Sie waren im Dunkel erloschen – zwecklos, ziellos, ausweglos.

Und daher, meinte George, war wohl alles gekommen. Nur so hatte es geschehen können. Ja, das war es: aus vielen längst vergangenen, müde dahinschleichenden Nächten, aus zehntausend kleinen Städten mit zehn Millionen öden Straßen, in denen die Leidenschaft, der Hunger und die Hoffnung darbender Menschen wie ein großer Pulsschlag in den Gefilden der Finsternis zu hören war – daher, nur daher war dieser ganze Wahnsinn gekommen.

Und mit den einsam-öden Straßen der nächtlichen Stadt, wie er sie vor fünfzehn Jahren gekannt hatte, fiel ihm wieder der Richter Rumford Bland ein, dessen einsame, ruhelos die schlafende Stadt durchirrende Gestalt ihm so vertraut war und ihm solche Herzensangst eingejagt hatte. Vielleicht war er der Schlüssel zu dieser ganzen Tragödie. Vielleicht hatte Rumford Bland im Finstern nach dem Leben gesucht, nicht weil etwas Böses in ihm war (obwohl er bestimmt Böses in sich hatte), sondern des Guten wegen, das in ihm noch nicht erstorben war. Irgend etwas in diesem Menschen hatte sich immer gegen die Langeweile des Provinzlebens aufgelehnt, gegen Vorurteil und Mißtrauen, gegen Selbstgefälligkeit, Sterilität und Freudlosigkeit. Er hatte in der Nacht etwas Besseres zu finden gehofft; Wärme und Kameradschaft, ein dunkles Geheimnis, die prickelnde Erregung des unbekannten Abenteuers, die Sensation, gejagt, verfolgt und vielleicht gefangen zu werden, die Erfüllung seiner Begierde. Hatte vielleicht in dem blinden Mann, dessen ganzes Leben so unbegreiflich-offen schamlos gewesen war, einst eine Wärme und Kraft gesteckt, die ihn nach etwas suchen ließ, das über die berechnende Kälte der Stadt hinausging, nach einer Schönheit und nach einer Lust, die hier nicht zu finden waren, die aber in seinem Innern ihr einsames Leben weiterführten? Gehörte er zu den Verlorenen – den wahrhaft Verlorenen, einfach weil diese Stadt verloren war, weil sie seine Gaben verworfen, seine Kräfte ungenutzt gelassen, seinen starken Schultern keine Last aufgebürdet hatte? Weil alles, was er ihr an Hoffnung, Klugheit, Forschungsdrang und Wärme hätte geben können, fehl am Platze und somit verloren gewesen war?

Ja, auch der Richter Rumford Bland mochte aus denselben Dingen zu erklären sein, die die schlimme Lage der Stadt herbeigeführt hatten. Was hatte er doch im Zug gesagt? «Glauben Sie, es führt ein Weg zurück?» Und: «Aber vergessen Sie nicht: ich hab Sie gewarnt.» War das so gemeint gewesen? George glaubte ihn jetzt zu verstehen.

Während George dieses alles überdachte und aussprach, lag der Friedhof in schläfrig-brütender Wärme da. Die Rotkehlchen sangen ihr Abendlied, im Gebüsch rollte etwas zur Erde und raschelte im Laub, der Wind trug abgerissene Laute her, eine Stimme, den Ruf eines Knaben, Hundegebell und das Läuten einer Kuhglocke. Süß berauschende Düfte – den Harzgeruch der Tannen und den Wohlgeruch von Gras und warmem, süßem Klee. Das alles war genau wie immer. Aber die Stadt seiner Kindheit mit ihren in dichtes Laub gebetteten stillen Straßen und alten Häusern war bis zur Unkenntlichkeit verändert, war verunstaltet durch die grellen Flekke klobig-neuer Betonbauten. Wie ein Schlachtfeld sah sie aus mit Trichtern und aufgerissenen Stellen, als wären Ziegel, Zement und abstoßend neuer Stuck in wilden Explosionen emporgeschleudert worden. Dazwischen standen vereinzelt die Überbleibsel der alten, lieben Stadt und erinnerten bescheiden, schüchtern und machtlos an die leichten Schritte der Menschen, die zur Mittagszeit durch die stillen Straßen heimkehrten, und an leise lachende Stimmen im Laubgeraschel der Nacht. Dies alles war nun dahin!

Ein uralt-tragischer Schimmer umwebte die Hügel mit dem Zauber der Vergangenheit. George dachte an Mrs. Delia Flood und an das, was sie von Tante Maws Hoffnung auf seine endgültige Rückkehr erzählt hatte. Und wie er so still neben Margaret stand und das uralt-tragische Licht des scheidenden Tages ihre Gesichter überglänzte, da kam es ihm auf einmal so vor, als wären sie beide auf prophetische Weise mit Fluß und Hügeln verbunden, und er erkannte ihr unerträgliches Verlorensein, ihr vorbestimmtes Vergehenmüssen – einen Zauber, den er nicht in Worte fassen konnte, wie die alte Zeit und das Schicksal.

Unten, am dunklen Ufer des Flusses hörte er das Läuten und Pfeifen und die stampfenden Räder des einfahrenden Nacht-Express, der eine halbe Stunde Aufenthalt hatte, um dann seine Reise nach dem Norden fortzusetzen. Die Geräusche verklangen, und es blieben nur ein einsam-donnerndes Echo in den Bergen und das kurze Aufleuchten des offenen Feuerraums; dann nur noch das schwere Stampfen der Räder und das Rattern der Wagen, als der Zug über die Brücke fuhr. Dann herrschte wieder das große Schweigen. Aus weiter Ferne und fast vom Verkehrslärm der Stadt übertönt, hörte er noch einmal – zum letztenmal – den klagenden Schrei des Zuges, und noch einmal, wie stets in der Kindheit, erfüllte er ihn mit einem geheimnisvoll-wilden Jubel, mit dem Schmerz des Abschieds und mit der triumphierenden Verheißung eines neuen Morgens, fremder Länder und einer schimmernden Stadt. Und wie das Geflüster eines Dämons, der zu Flucht und Finsternis verführt, sprach es in seinem Herzen: «Bald! Bald! Bald!»

Dann stiegen sie in den Wagen und fuhren rasch davon, fort von dem Hügel der Toten – die Frau hinein in die Sicherheit der Stadt, der Menschen und der Lichter, der Mann zum Zug, zur großen Stadt, in die unbekannte Zukunft hinein.

Zweites Buch

Mr. Jack und seine Welt

Kurz nach George Webbers Rückkehr nach New York begann das Herbst-Semester der School for Utility Cultures, und er nahm den Unterricht wieder auf. Die Lehrtätigkeit war ihm mehr denn je zuwider; auch während des Unterrichts dachte er über sein neues Buch nach und wartete sehnsüchtig auf seine Freistunden, in denen er daran arbeiten konnte. Er war noch ganz im Anfang, aber aus irgendeinem Grund kam er gut voran, und aus alter Erfahrung wußte er, daß er jeden Moment ausnutzen mußte, wenn ihn der Schaffensdrang überkam. Er bemühte sich auch fast verzweifelt, möglichst viel an dem neuen Buch zu arbeiten, bevor das erste erschien. Dieser ersehnte und gefürchtete Zeitpunkt rückte nun bedrohlich näher. Er hoffte auf eine freundliche Kritik, oder doch wenigstens auf einen Achtungserfolg seines Romans; Fox Edwards meinte, die Kritik müsse das Buch wohl freundlich aufnehmen, über den Verkauf aber könne man natürlich nichts sagen — es sei das beste, nicht zuviel zu denken.

George sah Esther Jack immer noch täglich, aber bei seiner Aufregung über das bevorstehende Erscheinen von Heimwärts in die Berge und bei der ihn ganz beanspruchenden, fieberhaften Arbeit an dem neuen Roman stand sie nicht mehr so im Vordergrund seines Denkens und Fühlens. Sie merkte es und nahm das übel, wie das bei Frauen so üblich ist. Vielleicht hatte sie ihn darum zu ihrer Gesellschaft geladen; vielleicht glaubte sie, in dieser Umgebung werde sie ihm begehrenswerter erscheinen und dadurch in seinen Gedanken wieder an die erste Stelle rücken. Jedenfalls hatte sie ihn eingeladen. Sie hatte alles sorgfältig geplant: ihre Familie und alle ihre reichsten und prominentesten Freunde würden kommen, und er sollte auch dabei sein.

Er lehnte ab und erklärte, er hätte zu arbeiten. Er sagte, sie lebten jeder in seiner eigenen Welt, und man könnte diese beiden Welten nicht miteinander vereinen. Er erinnerte sie an den Kompromiß, den sie geschlossen hatten. Er betonte noch einmal, daß er mit ihrer Welt nichts zu tun haben wolle und daß er genug davon habe; wenn sie darauf bestehe, ihn ganz in ihr Leben hineinzuziehen, dann würde sie die Grundlage ihrer Beziehungen, auf der sie sich nach seiner Rückkehr zu ihr geeinigt hatten, zerstören.

Aber sie ließ nicht locker, sie wollte seine Gründe nicht gelten lassen.

«Manchmal redest du wie ein Idiot, George!» sagte sie ungeduldig. «Wenn du dir mal was in den Kopf gesetzt hast, dann hältst du gegen jede Vernunft daran fest. Du solltest wirklich mehr ausgehen. Du sperrst dich viel zuviel hier oben ein. Das ist ungesund! Wie kannst du denn ein richtiger Schriftsteller werden, wenn du am Leben ringsum nicht teilnimmst? Ich weiß schon Bescheid», sagte sie und errötete in ehrlichem Eifer. «Und dann dieser Unsinn von d e i n e r Welt und von m e i n e r Welt – was hat das denn mit u n s zu tun? Worte, nichts als Worte! Schluß jetzt mit den Albernheiten, und hör mir zu! Ich verlange wahrhaftig nicht viel von dir. Tu mir diesmal den Gefallen, tu's mir zuliebe!»

So bekam sie ihn schließlich herum, und er gab nach. «Also schön», brummte er geschlagen, aber nicht sehr begeistert. «Ich werde kommen.»

Aus dem September wurde Oktober, und jetzt war der Tag der großen Gesellschaft angebrochen. Wenn George später daran zurückdachte, gewann der Tag eine unheilvolle Bedeutung: diese glänzende Gesellschaft fand genau eine Woche vor dem donnernden Bankkrach statt, der das Ende eines Zeitalters bedeutete.

Mr. Jack am Morgen

7 Uhr 28 wurde Mr. Frederick Jack munter und erwachte zur Vollkraft seines Lebens. Er setzte sich auf und gähnte ausgiebig, reckte die Arme und schmiegte dabei sein verschlafenes Gesicht mit einer verschämt-kuscheligen Bewegung an das dicke Muskelpaket seiner rechten Schulter. «Aääh – a-a-a-ach!» gähnte er und rekelte sich den sanften, zähen Schlaf aus den Gliedern; einen Augenblick blieb er schwerfällig sitzen und rieb sich mit den Fingerknöcheln die Augen. Dann schlug er rasch entschlossen die Bettdecke zurück und setzte mit einem Schwung die Füße auf den Boden. Ohne hinzusehen, angelte er mit den Zehen in dem dicken, weichen grauen Teppich nach seinen niedrigen Pantoffeln aus rotem Saffianleder. Als er sie gefunden hatte und hineingeschlüpft war, ging er geräuschlos über den Teppich zum Fenster, blieb dort noch einmal gähnend und sich rekelnd stehen und sah verschlafen-zufrieden in den herrlich-frischen Morgen hinaus. Dann fiel ihm ein, daß heute der 17. Oktober 1929, der Tag der Gesellschaft war. Und Mr. Jack mochte Gesellschaften sehr gern.

Neun Stockwerke unter ihm lag im bläulich-steilen Morgenschatten die Seitenstraße leer und säuberlich in Erwartung des Tages da. Ein Lastwagen brauste mit schwerfälligem Gepolter vorüber. Ein Ascheimer wurde mit blechern schepperndem Knall aufs Pflaster gestellt. Die kleine Gestalt eines Mannes, die von oben gesehen merkwürdig verkürzt wie ein schmutzig-grauer Kegel wirkte, hastete die Straße entlang zur Arbeit und verschwand um die Ecke zur Park Avenue.

Die Seitenstraße unter Mr. Frederick Jack mutete zwischen den solide gemauerten, steilen Felswänden wie eine enge, bläulich beschattete Gasse an, aber im Westen prallte die erste goldene Morgensonne kräftig-zart gegen die Wände der scharf abgezeichneten, turmhohen Gebäude. Sie tauchte die oberen Stockwerke und die Spitzen der hochragenden Bauten in eine überirdische, rosig-goldene Glut, während die tieferliegenden Teile noch im Schatten lagen. Sie lag noch keineswegs hitzig auf den terrassenförmig zurücktretenden Stahl- und Steinpyramiden, an deren höchsten Spitzen kleine Rauchwölkchen in der Luft zergingen. Sie spiegelte sich glänzend in den blitzblanken Scheiben unzähliger hoher Fenster und lieh den grellen gelblich-weißen Steinmauern die sanfte Wärme von Rosenblättern.

Einige dieser Felsenspitzen von Menschenhand, die sich in der Morgensonne als scharfe Silhouetten vom Himmel abhoben, waren große Hotels, Clubs oder Bürogebäude, die jetzt noch leer und verlassen dastanden. Mr. Jack konnte in die hohen Büroräume hineinsehen, die auf Arbeit warteten: hier und da war im Morgenlicht ein mattfarbener Schreibtisch oder ein Drehstuhl aus Ahornholz erkennbar, dicke Glastüren und leichte Trennwände leuchteten auf. Noch standen die Büros ruhig, leer und zwecklos da, aber in ihrer Ausgestorbenheit lag schon die Erwartung des Lebens, das bald aus den Straßen hereinströmen und ihnen einen Sinn geben würde. Das gespenstische Licht, die morgenstille Nebenstraße und die leeren Bürohäuser gaben Mr. Jack plötzlich das Gefühl, alles Lebendige wäre aus der Stadt vertrieben oder ausgelöscht und die hochstrebenden Obeliske dieser Häuser wären alles, was von einer sagenhaften, uralten Zivilisation übriggeblieben sei.

Ungeduldig schüttelte er diesen Anfall von Geistesverwirrung ab und blickte wieder auf die Straße hinunter. Sie war immer noch leer, aber durch die Park Avenue zogen schon blitzende Wagen und sausten wie eilige große Käfer an der Straßenkreuzung vorbei auf die Grand Central Station zu. Überall war in dem lebendig strahlenden Licht das langsam wachsende Drausen eines neuen, wilden Tages zu verspüren. Mr. Jack stand am Fenster, ein Menschenwürmchen auf einem hoch in die Luft gebauten Felsenriff, ein Gotteswunder, ein dickes Atom triumphierenden, menschlichen Fleisches; er stand auf einem luxuriösen Felsblock, der sich über dem dichtesten Gewimmel der Erde abhob – aber der da stand, war ja der Fürst der Atome, denn er hatte sich das Vorrecht auf Raum, Stille, Licht und stahlummauerte Sicherheit mit einem königlichen Lösegeld erkauft, und der Preis, den er dafür bezahlt hatte, ließ ihn frohlocken. Dieses lebendige Stückchen Erdenstaub hatte an seinen Aug-Fensterchen täglich zahllose wahnsinnige Unfälle, Einstürze und Zusammenbrüche vorüberziehen sehen, aber er kannte weder Furcht noch Zweifel. Nichts konnte ihn erschrecken.

Hätte ein anderer die Stadt in der Nacktheit dieses Frühlichts gesehen, dann hätte er ihre Formen vielleicht unmenschlich, monströs und babylonisch-herausfordernd empfunden. Nicht so Mr. Frederick Jack. Wenn alle diese turmhohen Bauten zum Ruhme seines persönlichen Triumphs errichtet worden wären, so hätten sein Besitzerstolz und sein Vertrauen kaum größer sein können. «Mein», dachte er, «meine Stadt». Sein Herz war voll freudiger Gewißheit, denn er hatte wie viele andere gelernt, zu sehen, zu staunen, hinzunehmen und keine unbequemen Fragen zu stellen. In dieser hochmütigen Prahlerei aus Stahl und Stein sah er die endgültige Überwindung jeglicher Gefahr, die definitiv-niederschmetternde Antwort auf jeden Zweifel.

Er liebte alles, was solide und reich, geräumig und dauerhaft war. Er liebte das Sicherheits- und Machtgefühl, das große Gebäude in ihm erweckten. Und ganz besonders liebte er die dicken Wände und Fußböden dieses Apartment-Hauses. Die Dielen knarrten und bogen sich nicht, wenn er über sie hinwegging; sie waren so solide, als wären sie aus einem einzigen soliden Eichenstamm gehauen worden. All das, fand er, gehöre sich so.

Er liebte Ordnung in allen Dingen. Ihm gefiel auch die steigende Verkehrsflut, die nun unter ihm durch die Straßen zu strömen begann. Ja, er genoß von ganzem Herzen das Geschiebe und Gedränge der Menschenmenge, denn in alldem sah er eine Ordnung. Nach dieser Ordnung schwärmten morgens Millionen Menschen zur Arbeit in kleine Zellen, um abends nach der Arbeit wieder in andere kleine Zellen zurückzuschwärmen. Diese Ordnung war so unausweichlich wie die Jahreszeiten, und Mr. Jack sah in ihr die gleiche Harmonie und die gleiche Beständigkeit wie in dem Weltall, das ihn umgab.

Mr. Jack wandte sich um und überblickte sein geräumiges Zimmer. Es maß achtzehn Meter im Geviert und war dreieinhalb Meter hoch, und diese edlen Proportionen kündeten unaufdringlich von luxuriöser Behaglichkeit und Sicherheit. Der Tür gegenüber stand genau in der Mitte der Wand das Bett, ein schlichtes Empirebett, und daneben ein Tischchen mit einer kleinen Uhr, ein paar Büchern und einer Lampe. Die Mitte einer anderen Wand wurde von einer antiken Kommode eingenommen; ein Klapptisch mit einer Reihe von Büchern und den letzten Zeitschriften, zwei schöne alte Windsor-Stühle und ein weichgepolsterter, bequemer Lehnsessel waren geschmackvoll im Raum verteilt. An den Wänden hingen einige reizende französische Drucke. Der Fußboden war mit einem dicken mattgrauen Teppich ausgelegt. Das war alles. Die Gesamtwirkung war von bescheidener und fast strenger Einfachheit und vermittelte auf raffinierte Weise ein Gefühl von Geräumigkeit, Reichtum und Macht.

Der Besitzer dieses Zimmers betrachtete alles mit Wohlgefallen und trat noch einmal ans offene Fenster. Die Hände an die sich weitende Brust gelegt, atmete er mit vollen Zügen die frisch-lebendige Morgenluft ein. Sie trug den erregenden Geruch der Stadt zu ihm herauf, eine delikate Mischung vieler Düfte. Merkwürdigerweise war ein feuchter, irgendwie blumiger Erdgeruch dabei, dann wieder der schwache Salzgeruch der Flut und die süßlich-fauligen und doch frischen Ausdünstungen des Flusses, und das Ganze wurde vom strengen Duft starken Kaffees gewürzt. Diese duftgeschwängerte Luft brachte die alarmierende Drohung von Kampf und Gefahr mit sich, aber auch die sektartig prickelnde Verheißung von Macht, Reichtum und Liebe. Mr. Jack sog die lebenspendende Luft langsam ein und spürte wieder mit ungestümer Freude das Unbekannt-Drohende und das Entzücken, das er stets dabei empfand.

Auf einmal lief durch die Erde unter ihm ein kurzes, schwaches Zittern. Er blieb stehen, runzelte die Stirn und fühlte im Herzen eine unerklärlich störende Unruhe. Er mochte es nicht, wenn etwas erschüttert wurde und zitterte. Als er in diese Wohnung eingezogen war und eines Morgens fast unmerklich die massiven Mauern rings um sich erbeben fühlte, hatte er den Pförtner am Eingang in der Park Avenue darüber befragt. Der erklärte ihm, das große Apartment-Haus stehe genau über zwei tiefen Eisenbahntunneln, und das Vibrieren, das Mr. Jack gespürt habe, rühre von einem tief in der Erde fahrenden Zug her. Der Mann versicherte ihm, alles sei vollkommen sicher, und gerade das Erzittern der Mauern sei in Wirklichkeit ein weiterer Beweis für die Sicherheit des Gebäudes.

Aber Mr. Jack liebte es trotzdem nicht. Die Mitteilungen des Pförtners hatten etwas Vage-Beunruhigendes. Ihm wäre es lieber gewesen, wenn man das Gebäude auf einem massiven Fels fest verankert hätte. Auch als er jetzt wieder das leise Beben der Wände spürte, blieb er stehen, runzelte die Stirn und wartete, bis es aufhörte. Dann lächelte er.

«Unter mir fahren große Züge», dachte er. «Es ist Morgen, ein strahlender Morgen, und doch kommen sie her – all die Burschen aus den kleinen Städten mit ihren Kleinstadtträumen. Immer wieder kommen sie in die Großstadt. Ja, gerade jetzt fahren sie unter mir in wilder Freude, mit wahnsinnigen Hoffnungen, schon trunken von ihrem vermeintlichen Sieg dahin. Wofür? Wofür? Für Ruhm, für ungeheure Profite, um eines Mädchens willen! Alle suchen sie dasselbe Zauberwort: Macht. Macht. Macht.»

Mr. Jack war nun hellwach; er schloß das Fenster und begab sich munteren Schritts ins Badezimmer. Er liebte die luxuriöse Einrichtung des Bades, die dicke kremfarbene Keramik und die silbrigblitzenden Armaturen. Einen Augenblick stand er vor dem Spiegel über dem tiefen Waschbecken, entblößte die Zähne und betrachtete mit sichtlicher Befriedigung sein kräftiges, gesundes Gebiß. Dann putzte er sich mit einer festen, harten Bürste und mit fünf Zentimeter Zahnpasta die Zähne, wobei er den Kopf hin und her drehte und seine Tätigkeit aufmerksam im Spiegel verfolgte, bis er den Mund voll angenehmen Pfefferminzschaums hatte. Dann spuckte er aus, ließ Wasser nachfließen und spülte sich mit mild prickelndem Zahnwasser den Mund.

Er liebte seine vielen Toilettenwässer, Krems, Salben, Fläschchen, Tuben, Tiegel, Bürsten und Rasierutensilien, die auf der dikken blauen Glasplatte über dem Waschbecken gefällig angeordnet waren. Er seifte sich das Gesicht mit einem großen, silbergefaßten Rasierpinsel energisch ein und verrieb mit kräftigem Fingerdruck den Schaum, bis seine Wangen von einer sahnig-dicken Schicht warme Rasierkrem bedeckt waren. Dann nahm er das Rasiermesser zur Hand und klappte es auf. Er benutzte ein richtiges Rasiermesser und sorgte dafür, daß es stets sauber und gepflegt war. In diesem kritischen Augenblick, bevor er zum ersten langen Abwärtsstrich ansetzte, reckte er die dicken Arme aus den Schultergelenken heraus leicht nach vorn und hob mit ruhiger Hand die blitzende Klinge an; dabei spreizte er ein wenig seine kurzen Beine, knickte leicht in den Knien ein, drehte sein eingeseiftes Gesicht behutsam schräg nach oben und blickte zur Zimmerdecke auf, als wäre er oben angebunden und sollte eine schwere Last auf sich nehmen. Dann führte er vorsichtig die blitzende Klinge über eine Backke, die er zärtlich zwischen zwei gekrümmten Fingern spannte. Ein sanftes Grunzen der Befriedigung ertönte, als der erste Strich gelungen war. Das geschmeidige Messer hatte tadellos gearbeitet und hinterließ zwischen Wange und Kinn einen Streifen rosig-sauberen Fleisches. Der leicht kratzende Druck des tödlich scharfen Rasiermessers gegen die drahtigen Bartstoppeln und die zuverlässige Arbeit des siegreichen Stahls erfüllten ihn mit Entzücken.

Während des Rasierens beschäftigte Mr. Jack sich mit lauter angenehmen und erfreulichen Dingen seines Lebens.

Er dachte an seine Garderobe. Er war stets elegant und tadelloskorrekt gekleidet und zog täglich frische Wäsche an. Keine Baumwolle berührte seinen Körper, er trug die feinste Seidenwäsche und besaß über vierzig in London gearbeitete Anzüge. Jeden Morgen unterzog er seine Garderobe einer genauen Prüfung, stellte sorgfältig und geschmackvoll Schuhe, Socken, Hemd und Krawatte zusammen, und bei der Wahl des Anzugs versank er oft minutenlang in tiefes Nachdenken. Gern stand er vor der offenen Tür seines großen Kleiderschranks und musterte die Reihe seiner wohlgeordneten, eleganten Anzüge. Er liebte den kräftig-sauberen Geruch anständiger Kleidungsstücke, und diese vierzig verschiedenen Farbtöne und Macharten waren für ihn ebenso viele verschiedenartigangenehme Spiegelbilder seiner Persönlichkeit. Wie alles in seiner Umgebung erfüllten auch sie ihn mit morgendlicher Zuversicht, Freude und Kraft.

Zum Frühstück wollte er etwas Orangensaft zu sich nehmen, dann zwei weichgekochte Eier, zwei dünne, knusprige Toast-Scheiben und ein paar appetitliche Scheibchen Prager Schinken, hübsch mit frischer Petersilie garniert. Und viele Tassen starken Kaffees wollte er trinken. So gestärkt würde er der Welt heiter und kräftig entgegentreten, was immer der Tag ihm bescheren mochte.

Wie gut heute morgen der Erdgeruch in der Luft gewesen war! Noch in der Erinnerung umschmeichelte er sanft Mr. Jacks Seele. Er war zwar ein Stadtkind, war aber für Reize der Mutter Erde ebenso wie jeder andere empfänglich. Er liebte die Natur in ihrer kultivierten Form: die Rasenplätze großer Landgüter, fröhliche Reihen bunter Gartenblumen und dichtes Gebüsch. Dergleichen erregten sein Entzücken. Jedes Jahr hatte er sich stärker zu einem einfachen, natürlichen Leben hingezogen gefühlt, und deshalb hatte er sich in Westchester ein großes Landhaus gebaut.

Er liebte die kostspieligeren Sport-Arten. Er fuhr oft zum Golfspielen aufs Land und schwärmte für samtige Wiesen in strahlendem Sonnenschein und für den Geruch frischgemähter Golfplätze. Und wenn er nach dem Spiel unter der erfrischenden Dusche gestanden und den Schweiß des Kampfes von seinem gepflegten Körper gespült hatte, dann saß er gern auf der kühlen Terrasse des Clubhauses, unterhielt sich über seine sportlichen Erfolge, erzählte Witze und lachte, strich seine gewonnenen Wetten ein oder bezahlte die verlorenen und trank mit anderen angesehenen Herren guten Whiskey. Und er liebte es, die Flagge seines Landes an dem hohen weißen Fahnenmast im schwachen Winde flattern zu sehen.

Auch für die rauheren und urwüchsigeren Formen der Naturschönheit hatte Mr. Jack etwas übrig. Er liebte den Anblick des hohen, wogenden Grases auf einem Hügelhang oder alte, schattige Alleen, die fern von aller Hetze des Tages und allem Beton der Großstadt in die Stille führten. Die großartige Wehmut des goldgelben oder rotbraunen Oktoberlaubs rührte ihn, und als er einmal vor einer alten roten Mühle im Abendlicht stand, war es ihm ganz still ums Herz geworden («und all das keine fünfzig Kilometer von New York entfernt – ist das zu glauben?»). In solchen Augenblicken kam er sich dem Großstadtleben sehr weit entrückt vor. Er hatte auch schon oft eine Blume gepflückt oder war gedankenverloren an einem Bach stehengeblieben. Dann aber widmete Mr. Jack der törichten Hast des Menschenlebens einen tiefen Seufzer des Bedauerns und kehrte stets wieder in die Stadt zurück. Denn Mr. Jack war ein Geschäftsmann und kannte den Ernst des Lebens.

Ja: ein Geschäftsmann, und als solcher liebte er natürlich das Spiel. Was *ist* das Geschäftsleben denn anders als ein Spiel? Werden die Preise steigen oder fallen? Wird der Kongreß sich so oder so entscheiden? Wird es irgendwo in der Welt Krieg geben, und werden irgendwelche lebenswichtigen Rohstoffe knapp werden? Was werden die Damen nächstes Jahr tragen: große oder kleine Hüte, lange oder kurze Kleider? Man hat eine gewisse Vermutung und legt sein Geld entsprechend an, und oft genug war die Vermutung falsch und der Geschäftsmann hatte ausgespielt. Mr. Jack spielte gern, und er spielte, wie es einem großen Geschäftsmann zukam. Tagsüber mit den Börsenkursen, und abends häufig in seinem Club. Er spielte nicht kleinlich, auf 1000 Dollar kam es dabei nicht an; große Zahlen und Beträge konnten ihn nicht schrecken. Darum liebte er auch große Menschenansammlungen; darum gaben auch die hochragenden Felsenriffe eines monumentalen und unmenschlichen Baustils ihm ein Gefühl von Sicherheit und Kraft. Vor einem neunzigstöckiggen Gebäude fiel er nicht auf die Knie; er kroch nicht im Staub und faßte sich auch nicht mit einer Gebärde des Wahnsinns an den Kopf; er rief nicht «Weh! Weh mir!» O nein, im Gegenteil: jeder in den Himmel aufragende Wolkenkratzer war ein Talisman der Macht, war ein Denkmal des unvergänglichen

138

Reiches amerikanischer Geschäftstüchtigkeit und tat Mr. Jack in der Seele wohl; denn an dieses Reich glaubte er, da gehörte er hin, und dort lagen sein Glück und sein Leben.

Dennoch ließ der Stolz seinen Nacken nicht steif und seinen Blick nicht hart werden. Denn oft hatte er gesehen, wie die Menschen abends in der Haustür lehnten, oder wie sie Ratten gleich aus ihren Höhlen hervorschwärmten, und er hatte sich gefragt, was die wohl für ein Leben führten.

Mr. Jack war mit dem Rasieren fertig und überspülte sein glänzendes Gesicht zuerst mit heißem, dann mit kaltem Wasser. Er trocknete es mit einem frischen Handtuch ab und rieb es dann mit einem leicht brennenden, wohlriechenden Gesichtswasser ein. Danach betrachtete er sich einen Augenblick befriedigt im Spiegel und streichelte zärtlich-sanft die Sammethaut seiner rosigen, glattrasierten Wangen. Dann wandte er sich fröhlich seinem Bad zu.

Er liebte es, morgens in die große, gekachelte Badewanne zu steigen, er liebte die sinnliche Wärme des seifigen Wassers und den scharf-sauberen Duft des Badesalzes. Außerdem bereitete das Bad ihm einen ästhetischen Genuß; gerne saß er zurückgelehnt in der Badewanne und beobachtete das zauberhafte Wechselspiel tanzender Wassertropfen und deren Reflexe an der elfenbeinarbenen Zimmerdecke. Aber das Schönste war doch, wenn er dann triefend und rosig, über und über mit dem duftenden Teerseifen-Schaum bedeckt, aufstand: der schwere Entschluß nach atemlos-innerem Ringen, dann der plötzliche Schreck unter dem prickelnd-scharfen Wasserstrahl und schließlich das Gefühl von Wärme und strotzender Gesundheit, wenn er auf die dicke Korkmatte trat und sich mit dem großen, rauhen Badelaken kräftig trocken rieb.

Dies alles genoß er schon im voraus, während er den silbrigen Ablaufstöpsel mit einem Ruck schloß. Er drehte den Warmwasserhahn so weit wie möglich auf und beobachtete, wie das dampfende Wasser dumpf-brodelnd in die Wanne stürzte. Dann zog er rasch die Pantoffeln und den seidenen Pyjama aus. Stolz fühlte er seinen Bizeps ab, und er betrachtete höchst befriedigt das Spiegelbild seines gepflegten, gut gepolsterten Körpers. Er war wohlproportioniert und kräftig, hatte kaum überflüssiges Fett – höchstens eine kleine Rundung in der Nierengegend und die Andeutung eines Bäuchleins; aber es war kaum zu sehen; viele Männer, die zwanzig Jahre jünger waren als er, hatten weit mehr Speck angesetzt. Tief befriedigt drehte er das Wasser ab und prüfte es mit dem Finger, den er aber mit überraschtem Schmerzenslaut rasch zurückzog. Er war

derart in Selbstbetrachtung versunken gewesen, daß er das kalte
Wasser vergessen hatte; nun drehte er es auf und wartete, während es milchig-weiß in die Wanne schäumte und auf der blauen
Fläche des heißen Badewassers eine zitternde Lichtwelle hervor-
rief. Schließlich probierte er die Temperatur des Wassers vorsichtig mit der Fußspitze aus, fand sie angenehm und drehte das
Wasser ab.

Nun trat er barfüßig auf dem warmen, gekachelten Fußboden ein
paar Schritte zurück, richtete sich militärisch-stramm auf, atmete
tief ein und begann mit kräftigen Bewegungen seine Morgengym-
nastik. Mit durchgedrückten Knien beugte er sich vor und grunzte,
wenn er mit gestreckten Fingerspitzen gerade den Fliesenboden erreichte. Dann beugte er sich in streng rhythmischen Bewegungen
vor und zurück und zählte: «Eins! – Zwei! – Drei! – Vier!» Und
während seine Arme rhythmisch hin- und herschwangen, spazier-
ten seine Gedanken weiter auf den freundlichen Pfaden, die das Leben ihm bereitet hatte.

Heute abend fand die große Gesellschaft statt. Er liebte die glänzende Beschwingtheit solcher Zusammenkünfte; denn er war unter
anderem auch ein kluger, welt- und großstadterfahrener Mann,
und trotz seiner menschenfreundlichen Gesinnung wußte er den
Spaß an einem harmlos-versteckten Spielchen wohl zu schätzen: ein
Wortgefecht zwischen gescheiten Leuten oder die listige Art, mit
der routinierte Spieler unschuldige junge Leute aufzogen. Bei so
einer Gesellschaft kamen ja die verschiedenartigsten Menschen zusammen, da konnte man sich gewöhnlich auf allerhand gefaßt machen. Das gab dem Ganzen erst die rechte Würze. Wenn zum Beispiel so ein frisch vom Lande importierter Bauerntölpel, der vor
Verlegenheit nicht wußte, was er mit seinen Armen und Beinen
anfangen sollte, an der Angel eines hinterlistig-grausamen Wortes
zappelte, womöglich an dem Wort einer Frau – denn die Frauen
waren in solchen Sachen besonders hurtig und geschickt. Aber es
gab auch höchst geschickte Männer – verpimpelte Schoßhündchen
aus reichen Häusern oder schlagfertige kleine Frauenzimmer, die
mit ihren spitzen Zungen immer ein paar versteckte Giftpfeile los-
zulassen verstanden. So ein in die Enge getriebener Junge vom Lande, dessen Gesicht vor Scham, Überraschung und Ärger langsam
errötete und der mit unbeholfen-plumpen Worten sich der Wespe
zu erwehren suchte, die aber nach wohlgezieltem Stich schon wieder weggeflogen war ... so ein Junge hatte für Mr. Jack etwas derart Rührendes, daß ihn eine gleichsam väterliche Zärtlichkeit für
das unselige Opfer überkam und er in seinem Entzücken über soviel

Jugend und Unschuld sich fast in seine eigene Jugend zurückversetzt fühlte.

Aber zu weit durfte er nicht gehen. Mr. Jack war weder grausam noch maßlos. Er liebte das fröhlich-glänzende Nachtleben, das erregende Fieber hoher Einsätze und immer neue, aufpeitschende Vergnügungen. Er liebte das Theater und sah sich die besten Stücke und die besseren, eleganteren und witzigeren Revuen an, jene Revuen mit scharf-satirischen Texten, guten Tänzern und mit einer Musik von Gershwin. Er liebte die Bühnenbilder seiner Frau, weil sie sie entworfen hatte; er war stolz auf sie und genoß die erlesen-geschmackvollen Abende im *Guild*. Auch zum Preisboxen ging er im Abendanzug, und als er einmal nach Hause kam, war seine weißgestärkte Hemdbrust von dem Blut eines Meisterboxers bespritzt gewesen. Und das konnten wenige von sich sagen.

Er liebte es, im Strom der Gesellschaft zu schwimmen und sah gern prominente Schauspieler, Künstler, Schriftsteller und reiche, kultivierte Juden in seinem Haus. Er war ein biederer, herzensguter Mensch und ließ keinen Freund in der Not im Stich. Seine üppige Tafel und sein fürstlicher Weinkeller waren bekannt, und seine Familie liebte er wie seinen Augapfel.

Aber er liebte auch die samthäutigen Rückenausschnitte und den Juwelenglanz am Hals reizender Frauen. Frauen mußten verführerisch sein, und das Blitzen von Gold und Brillanten mußte ihre kostbaren Abendkleider noch überstrahlen. Er liebte die moderne Frau mit besten Brüsten, schlankem Hals, langen Beinen und schmalen Hüften, die Frau, in deren Tiefe ungeahnte Rätsel schlummerten. Er liebte blassen Teint, bronzegoldenes Haar, schmale rote, ein wenig grausame Lippen und schräggeschnittene, schmale Augen von katzengrüner Farbe und mit halbgeschlossenen Lidern. Er liebte es, wenn eine Dame den eisgekühlten Cocktail-Shaker schüttelte und dabei in heiser-verhaltenem, blasiertem, ein wenig müde-ironischem und leicht unverschämten Ton fragte:

«Nanu – was war denn mit *dir* los, Liebling? Du läßt dich ja überhaupt nicht mehr blicken.»

Er liebte alles, was die Menschen gerne mögen. Er hatte alles genossen – zur rechten Zeit und am richtigen Ort – und erwartete von allen, daß sie's ebenso machten. Aber für Mr. Jack war Bereitsein alles, und er wußte genau, wann er aufzuhören hatte. Er hatte in seiner alten, hebräischen Seele den klassischen Sinn für das richtige Maß. Das Dekorum wahren können – das war eine Tugend, die Mr. Jack sehr schätzte. Er kannte den Wert des goldenen Mittelwegs.

Er trug sein Herz nicht auf der Zunge, setzte nicht leichtsinnig sein Leben aufs Spiel, warf sich nicht weg und vergeudete seine Kräfte nicht einer vorübergehenden Aufwallung zuliebe. Solche Verrücktheiten begingen nur die Gojim. Aber für die Freundschaft tat er so viel wie jeder andere, natürlich ohne überspannte Anhimmelei. Einen Freund, dem es schlechtging und der kurz vor dem Ruin stand, hätte er nie verlassen, ja, er hätte sogar versucht, ihn vor dem Äußersten zurückzuhalten. Wenn er aber merkte, daß jemand keine Vernunft annehmen wollte und durch ruhiges Zureden nicht zu überzeugen war, dann kümmerte er sich nicht mehr um ihn. Dann ließ er ihn, wenn auch bedauernd, in der Patsche sitzen. Wenn die ganze Besatzung von einem einzigen besoffenen Matrosen in die Tiefe gerissen wird – wem ist damit schon geholfen? Keinem, fand Mr. Jack, und in seinem Ausruf «Jammerschade!» lag eine Welt von Aufrichtigkeit.

Ja, Mr. Jack war ein gütiger und maßvoller Mensch. Er fand es angenehm zu leben und hatte für sich das Geheimnis eines weisen Lebens entdeckt. Dieses Geheimnis bestand in einem geschickten Kompromiß, in einem Sichabfinden mit den gegebenen Tatsachen. Wenn man in dieser Welt leben wollte, ohne ausgeraubt zu werden, dann mußte man eben lernen, Augen und Ohren für seine Umwelt offen zu halten. Wenn man aber in dieser Welt leben wollte, ohne eins auf den Kopf zu kriegen, ohne allen sinnlosen Kummer und Schmerz, ohne die Angst und die Verbitterung, die das Fleisch des Menschen zu Tode martern, dann mußte man lernen, im richtigen Augenblick Augen und Ohren zuzumachen. Das mag schwierig erscheinen, aber für Mr. Jack war das nicht so schwer gewesen. Vielleicht hatte das große Erbe der Leidensfähigkeit, die lange, dunkle Prüfung seiner Rasse ihm als wertvollen Extrakt diese Gabe klugen Balancierens eingebracht. Jedenfalls hatte er es nicht gelernt, denn so etwas kann man nicht lernen; er war damit geboren worden.

Mr. Jack gehörte also nicht zu denen, die sich schlaflos im Dunkeln wälzen oder sich die Fingerknöchel an den Wänden blutig schlagen. Ihn trieb nicht die Raserei einsam-bitterer Nächte an den Rand des Wahnsinns, ihn würde man nicht blutig und zerschmettert aus der Arena des Lebens tragen. Zweifellos konnten die Frauen einem manchmal hart zusetzen, aber Mr. Jack hatte sich von dem bitteren Geheimnis der Liebe nicht zerbrechen lassen; ihm konnte die Liebe den Schlaf nicht rauben wie etwa ein zu schnell gegessenes Wiener Schnitzel oder wie so ein junger Goj, der – wahrscheinlich betrunken – um ein Uhr nachts anrief und Esther sprechen wollte.

Als Mr. Jack daran dachte, umwölkte sich seine Stirn. Unverständlich knurrte er in sich hinein: wenn es schon so idiotische Leute gibt, dann sollen sie mit ihrer Idiotie wenigstens den Schlaf eines vernünftigen Menschen ungeschoren lassen.

Ja, die Menschen raubten, logen und betrogen, schwindelten und mordeten – das war weltbekannt. Und die Frauen – na, sie waren eben Frauen, da konnte man nichts machen. Mr. Jack hatte auf seine Weise die Schmerzen und die Narrheiten aufrührerischer junger Herzen kennengelernt – natürlich war das schlimm, sehr schlimm. Aber dessenungeachtet: der Tag war Tag und gehörte der Arbeit, und die Nacht war Nacht und gehörte dem Schlaf, und es war einfach *unerträglich* ...

«Eins!»

Mit rotem Gesicht beugte er sich steif und grunzend vor, bis er mit den Fingern die elfenbeinfarbenen Fliesen des Badezimmers berührte.

... unerträglich! ...

«Zwei!»

Er richtete sich stramm auf, die Hände an den Oberschenkeln.

... daß ein Mann, der ernsthafte Arbeit zu leisten hatte ...

«Drei!»

Er streckte die Arme hoch, so weit er konnte, ließ sie rasch wieder fallen, und blieb, die Fäuste vor der Brust geballt, stehen.

... mitten in der Nacht von einem wahnsinnigen jungen Narren aus dem Bett gejagt wurde! ...

«Vier!»

Er stieß die Arme kräftig seitwärts und legte sie dann wieder an die Oberschenkel.

... Es war einfach unerträglich, und er war, bei Gott, drauf und dran, ihr das zu sagen!

Die Gymnastik war beendet, und Mr. Jack stieg vorsichtig in seine eingebaute Luxusbadewanne; langsam setzte er sich in der kristallblauen Flut zurecht, und seinen Lippen entfloh ein lang anhaltender Seufzer des Behagens.

Das Erwachen von Mrs. Jack

Mrs. Jack wachte um acht Uhr auf. Wie ein Kind war sie sofort hellwach und munter; und sobald sie die Augen öffnete, schüttelte sie jede Spur von Schlaf aus Geist und Sinnen. So war es ihr ganzes

Leben lang gewesen. Einen Augenblick blieb sie flach auf dem Rükken liegen und starrte zur Zimmerdecke hinauf.

Dann warf sie mit einer freudig-kraftvollen Bewegung die Bettdecke von ihrer kleinen, üppigen Gestalt, die mit einem langen, ärmellosen Nachtgewand aus dünner gelber Seide bekleidet war. Munter zog sie die Knie an, zog die Füße unter der Bettdecke hervor und streckte sich wieder der Länge nach aus. Erstaunt und entzückt musterte sie ihre kleinen Füße. Der Anblick ihrer wohlgebildeten, kräftigen Zehen mit den gesund glänzenden Nägeln bereitete ihr Vergnügen.

Mit demselben Ausdruck kindlich-verwunderter Eitelkeit hob sie ihren linken Arm und ließ vorsichtig die Hand kreisen. Fasziniert und zärtlich konzentriert beobachtete sie, wie das zarte, schmale Gelenk jedem Befehl ihres Willens gehorchte; hingerissen verfolgte sie die anmutig-fliegende Bewegung der Hand und die Schönheit und die feste Zuverlässigkeit des braunen, schmalen Handrückens und der wohlgeformten Finger. Dann hob sie auch den anderen Arm an, ließ beide Hände um die Gelenke kreisen und beobachtete die Bewegung mit konzentriert-zärtlichem Entzücken.

«Wie zauberhaft!» dachte sie. «Wieviel Kraft und Zaubermacht darin liegt! Mein Gott, wie schön sie sind, und was sie alles schaffen können! Jeder Entwurf entsteht in mir auf eine ganz wunderbare und aufregende Weise! Alles liegt schon fertig ausgebrütet in mir – aber keiner hat mich je gefragt, wie das eigentlich vor sich geht. Zuerst ist es wie eine feste Masse in meinem Kopf», dachte sie und runzelte die Stirn wie ein Tierchen, das angestrengt und verwundert nachdenkt. «Dann zerfällt alles in kleine Teile und ordnet sich irgendwie, und dann setzt es sich in *Bewegung*!» Triumphierend dachte sie: «Erst fühle ich es den Hals und die Schultern hinuntergleiten, dann breitet es sich über meine Beine und meinen Bauch aus, und dann stößt es zusammen und verschmilzt wie ein Stern. Dann fließt es durch meine Arme bis in die Fingerspitzen – und dann macht die Hand einfach, was sie will. Sie zeichnet eine Linie, und darin ist alles, was ich hineinlegen möchte. Sie legt ein Stück Stoff in Falten, und kein Mensch auf Erden könnte es gerade so in Falten legen. Sie legt den Löffel genauso hin, drückt die Gabel etwas anders oder tut eine Prise Pfeffer an das Essen, das ich für George koche», dachte sie, «und das gibt dann eine Mahlzeit, wie sie der feinste Küchenchef der Welt nicht bereiten könnte – weil ich ganz und gar darin bin, mit Herz und Seele, mit meiner ganzen Liebe», dachte sie in freudigem Triumph. «Ja, und so hab ich immer alles gemacht – immer der klare Entwurf, die lebendige Linie, die wie ein Goldfaden durch mich hindurchläuft bis zurück zur Kindheit.»

Nachdem sie ihre schönen, geschickten Hände betrachtet hatte, begann sie ihren übrigen Körper sorgfältig zu inspizieren. Sie beugte den Kopf vor und prüfte die vollen Formen ihrer Brüste, die sanften Linien ihres Bauches, ihrer Hüften und Beine. Sie streckte die Hände aus und streichelte sich wohlgefällig. Dann legte sie die Hände wieder an die Seiten und blieb unbeweglich liegen – die Fußspitzen nebeneinander, alle Gliedmaßen ausgestreckt, den Kopf mit den ernsthaft zur Decke starrenden Augen geradeaus – wie eine kleine, aufgebahrte Königin, aber noch warm und empfindsam und ungeheuer ruhig und schön.

«Meine Hände und Finger», dachte sie, «meine Beine und meine Hüften, meine hübschen Füße und meine tadellosen Zehen – mein Körper.»

Und plötzlich, als habe diese Bestandsaufnahme ihrer Besitztümer sie ungeheuer erfreut und befriedigt, setzte sie sich strahlend auf und stellte die Füße fest auf den Boden. Mit den Zehen angelte sie nach ihren Pantoffeln, stand auf, reckte die Arme und verschränkte die Hände hinter dem Kopf; gähnend schlüpfte sie in einen gelben, gesteppten Morgenrock, der am Fußende des Bettes gelegen hatte.

Esther hatte ein rosig-zartes, vornehm-schönes Gesicht: schmal, fest und fast herzförmig, mit beweglichen, zugleich kindlichen und fraulichen Zügen. Wenn man sie zum erstenmal traf, fühlte man: «Diese Frau muß noch genauso aussehen wie als Kind. Sie kann sich überhaupt nicht verändert haben.» Trotzdem waren die Merkmale der alternden Frau in ihrem Gesicht unverkennbar. Nur wenn sie sich fröhlich und eifrig-animiert mit jemand unterhielt, trat das Kindergesicht klar hervor.

Wenn sie arbeitete, hatte ihr Gesicht die ernste Konzentration eines reifen und erfahrenen Künstlers, der ganz in eine anspruchsvolle Arbeit versunken ist; in solchen Augenblicken wirkte sie am ältesten. Dann bemerkte man die winzigen Ermüdungsfältchen um ihre Augen und ein paar graue Strähnen, die sich in ihrem dunkelbraunen Haar zeigten.

Wenn sie in Ruhe oder allein war, gewann ihr Gesicht leicht einen finsteren, grübelnden Ausdruck. Dann war es von tiefer, geheimnisvoller Schönheit. Sie war dreiviertel Jüdin, und wenn sie in nachdenklicher Stimmung war, schien die uralt-dunkle Schwermut ihrer Rasse sie ganz zu beherrschen. Dann runzelte sie fassungslos und kummervoll die Stirn, und in ihren Zügen lag etwas Schicksalhaftes, als hätte sie etwas unendlich Kostbares unwiderbringlich verloren. Dieser Ausdruck, der bei ihr selten war, pflegte George Webber immer zu beunruhigen, denn er vermeinte dann in der Frau, die er liebte und zu kennen glaubte, ein tief-verborgenes Wissen um geheime Dinge zu spüren.

Meistens aber erschien sie als ein strahlend-munteres, unermüdlich tätiges und lebenshungriges Wesen, und die meisten Leute hatten sie auch als das fröhliche und unentwegt vertrauensvolle Kind in Erinnerung, das aus ihrem zarten Gesichtchen lugte. Dann glühten ihre runden Wangen gesund und frisch, und wenn sie ein Zimmer betrat, erfüllte sie es mit ihrem Zauber und ihrer morgendlichen Lebendigkeit und Unschuld.

Auch auf der Straße, im Gedränge einsam-stumpfer Menschen, leuchtete ihr Gesicht zwischen dem leblos-grauen Fleisch und den düster-starrenden Augen wie eine nimmerwelkende Blume. Sie strömten an ihr vorbei mit ihren gleichförmigen, wohlbekannten Gesichtern, in denen alberne Strenge, ziellos-verlogene Geschicklichkeit, zwecklose Arglist, zynisches Bescheidwissen ohne Glauben und ohne Klugheit standen; aber manchmal blieb einer von diesen wandelnden Toten in der trostlosen Hetze seines Daseins stehen und starrte sie mit gequälten, abgehetzten Augen an. Ihre üppige, erdhaft-blühende Erscheinung gehörte einer Menschenklasse an, die von jenem öden Hungerdasein so himmelweit entfernt war, daß sie ihr nachstarrten, als wären sie unselige Verdammte der Hölle und dürften einen kurzen Blick auf die unvergängliche Schönheit des Lebens werfen.

Während Mrs. Jack noch vor ihrem Bett stand, klopfte ihr Stubenmädchen Nora Fogarty und trat gleich darauf ein; sie brachte ein Tablett mit einer großen silbernen Kaffeekanne, einer kleinen Zukkerdose, einer Tasse nebst Untertasse, einem Löffel und der neuesten *Times*. Sie stellte das Tablett auf einen kleinen Tisch neben dem Bett und sagte mit belegter Stimme:

«'n Morgen, Mrs. Jack.»

«Hallo, Nora!» rief Esther in dem überrascht-eifrigen Ton, mit dem sie meistens eine Begrüßung beantwortete. «Wie geht's denn – hm?» fragte sie, als interessierte sie das wirklich; aber sie fuhr gleich fort: «Wird das nicht ein schöner Tag? Haben Sie je einen so herrlichen Tag erlebt?»

«Ja, *herrlich,* Mrs. Jack!» antwortete Nora. «Ganz herrlich!»

Die Stimme des Mädchens klang bei dieser Zustimmung respektvoll und fast schmierig-unterwürfig, aber zugleich lag etwas Verlogenes, Hinterhältig-Mürrisches darin. Mrs. Jack sah sie rasch

an und begegnete dem vom Trinken glitzerigen und unberechenbar
gereizten Blick des Mädchens. Ihr Groll schien sich aber nicht so
sehr gegen ihre Herrin als gegen die Welt im allgemeinen zu richten, und wenn in ihrem Blick so etwas wie ein persönlicher, direkter Trotz aufglomm, dann geschah das doch blind und unbewußt;
ohne daß sie einen Grund dafür hätte angeben können, schwelte
dieser Trotz abscheulich und ungebärdig in ihrem Innern. Sicher
entsprang er nicht einem Gefühl des Klassenhasses, denn sie war
Irin und katholisch bis auf die Knochen, und was die soziale Würde
anbelangte, so wußte sie ganz genau, wer von ihnen beiden sich
herabzulassen geruhte.

Sie diente bereits seit zwanzig Jahren bei Mrs. Jack und ihrer Familie und war mit der Zeit träge geworden; trotz aller zärtlichen
und warmen Liebe, die sie als Irin für ihre Herrschaft empfand,
zweifelte sie keinen Augenblick daran, daß diese letzten Endes zusammen mit allen anderen Ungläubigen und wilden Heidenstäm-
men zur Hölle fahren würde. Dabei war es ihr unter diesen wohlhabenden Ungläubigen recht gut gegangen: sie hatte eine «bequeme»
Stellung, sie erbte die kaum getragenen Kleider von Mrs. Jack und
ihrer Schwester Edith, und sie sorgte dafür, daß der Polizist, der ihr
mehrmals die Woche einen verliebten Besuch abstattete, in bezug
auf Essen und Trinken zufriedengestellt wurde, damit er nicht etwa
auf den Gedanken käme, fremd zu gehen und sich andere Weide-
gründe zu suchen. Inzwischen hatte sie mehrere tausend Dollar er-
spart; ihren Schwestern und Nichten fern in der Grafschaft Cork
hatte sie getreulich angenehm kitzelnde Berichte aus der großen
Welt im reichen Amerika geliefert, in der man soviel Geld verdienen konnte – Berichte, in die sie fromme Anmerkungen des Bedauerns oder des Mißfallens einflocht oder auch Anrufe der Mutter
Gottes, die über sie wachen und sie unter diesen Ungläubigen beschützen möge.

Nein – der wilde Groll, der in ihren Augen glomm, hatte bestimmt nichts mit irgendeinem Standesbewußtsein zu tun. Zwanzig Jahre lang hatte sie nun hier die großzügige Gunst dieser sehr
guten, vornehmen Heiden genossen; sie hatte sich allmählich an fast
all ihre sündhaften Sitten und Gebräuche gewöhnt, hatte es aber nie
vergessen, welches der rechte Weg war und wo das wahre Licht
leuchtete, und hatte nie die Hoffnung aufgegeben, eines Tages zu
ihresgleichen in zivilisiertere und christlichere Bezirke zurückzukehren.

Der hitzige Zorn in den Augen des Mädchens kam auch nicht aus
dem Bewußtsein ihrer Armut, aus dem unausgesprochenen, hart-

näckigen Groll der Armen gegen die Reichen, aus dem Gefühl, wie ungerecht es sei, daß so ehrbare Leute wie sie ihr Leben lang für faule, verschwenderische Müßiggänger rennen und schuften müßten. Sie war sich nicht zu schade dafür, den ganzen Tag niedrige Dienste zu verrichten und rauhe Hände dabei zu bekommen, nur damit diese feine Dame in rosiger Schönheit lächeln könnte. Nora wußte ganz genau, daß ihre Herrin jede Hausarbeit viel besser und schneller als sie erledigen konnte – Servieren oder Kochen, Flicken, Stopfen oder Saubermachen.

Sie wußte auch, daß diese andere Frau täglich mit der Energie eines Dynamos durch die große Stadt raste, deren brausender Lärm an Noras träge Ohren schlug, daß sie einkaufte, bestellte, anprobierte, zuschnitt und entwarf; daß sie in trostlos zugigen Riesenhallen mit den Malern, die ihre Entwürfe ausführten, auf dem Gerüst stand und ihnen handwerkliche Ratschläge gab; daß sie dann wieder mit gekreuzten Beinen zwischen riesigen Stoffballen saß und die Nadel mit geschickteren Händen führte als alle die geübten, blassen Näherinnen um sie her; oder daß sie unermüdlich ein Dutzend düsterer kleiner Trödelläden durchschnüffelte, bis sie triumphierend genau das eine kleine Schmuckstück ausgegraben hatte, das sie brauchte. Fortwährend war sie hinter ihren Leuten her, bedrängte sie fürchterlich, aber stets gutgelaunt, hatte alles in der Hand, und alles wurde rechtzeitig fertig – trotz der Faulheit und Nachlässigkeit der Leute, mit denen sie zu tun hatte: der Maler, Schauspieler und Bühnenarbeiter, der Bankiers und Gewerkschaftssekretäre, der Beleuchter und Kostümschneider, der Regisseure und der Theaterdirektoren. Dieser ganzen buntzusammengewürfelten und größtenteils trostlos unfähigen Schar, die so eine verrückte und heikle Angelegenheit wie eine «Theateraufführung» zustande brachte, zwang sie den Aufbau, die Form und den unvergleichlichen Farbenreichtum ihres eigenen Lebens auf. Alles das wußte Nora.

Das Mädchen hatte auch von dem harten und siegreichen täglichen Kampf ihrer Herrin gegen die Welt so viel gesehen, daß sie wußte: sie selber hatte, auch wenn sie etwas von dem überragenden Talent und dem Wissen ihrer Herrin besäße, in ihrem trägen Körper nicht so viel Energie, Entschlußkraft und Stärke wie jene im kleinen Finger. Und diese Erkenntnis brachte bei ihr keineswegs ein Gefühl der Unterlegenheit hervor, sondern trug nur zu ihrer Selbstzufriedenheit bei; denn die Arbeitende war ja nicht sie, sondern Mrs. Jack, und da sie in Essen und Trinken, in der Wohnung und sogar in der Kleidung mit Mrs. Jack gleichgestellt war, hätte sie um keinen Preis der Welt mit ihr tauschen mögen.

Ja, Nora wußte genau, wie glücklich sie sich schätzen konnte und daß sie sich über nichts zu beklagen hatte; und doch schwelte in ihren hitzig-aufrührerischen Augen ein häßlich-perverser Groll. Sie hätte ihn nicht in Worte fassen oder begründen können. Aber als die beiden Frauen sich ansahen, erübrigte sich jedes Wort. Die Begründung lag im Körperlichen, in allem, was sie taten. Die Auflehnung des Mädchens richtete sich nicht gegen Mrs. Jacks Reichtum, auch nicht gegen ihre Stellung und Autorität, sondern gegen den Ton und den Stil dieses anderen Lebens. Denn im letzten Jahr hatte in dem Mädchen ein unmutiges Gefühl von Fehlschlag und Enttäuschung Platz gegriffen, ein dunkles, aber mächtiges Gefühl, daß ihr Leben in eine falsche Bahn geraten sei und daß sie, unreif und unerfüllt, fruchtlos und dumpf altern werde. Die Enttäuschung, etwas Wundervolles und Herrliches im Leben versäumt zu haben, quälte sie, und doch wußte sie nicht, was es war. Was immer es sein mochte: ihre Herrin schien es wunderbarerweise irgendwie gefunden und mit vollen Zügen genossen zu haben; das lag so klar auf der Hand, daß sie es genau erkannte, aber nicht beschreiben konnte; und das eben war der Stachel, der ihr so unerträglich zusetzte.

Die beiden Frauen waren ungefähr gleichaltrig und hatten fast die gleiche Größe; das Mädchen konnte also die Kleider der Herrin unverändert tragen. Aber der Gegensatz zwischen ihnen hätte nicht größer sein können, wenn sie Geschöpfe verschiedener Planetensysteme gewesen oder wenn sie aus völlig verschiedenen Urstoffen geformt worden wären.

Man konnte nicht sagen, daß Nora ein Stiefkind der Natur gewesen wäre. Sie hatte eine verschwenderische Fülle schwarzen Haares, das sie seitlich zurückgebürstet trug. Ihr Gesicht wirkt, wenn es nicht durch Trinken oder ihre wütende Enttäuschung entstellt war, hübsch und anziehend. Es hatte etwas Warmes, aber auch etwas von dem wilden Stolz eines ungebändigten Naturgeschöpfs, gleichzeitig etwas Rauhes und Zartes, etwas Mörderisch-Empfindsames und etwas Ungebärdig-Aufwallendes. Sie hatte sich ihre gute Figur erhalten und sah in dem gutgeschnittenen grünkarierten Wollrock, den sie von ihrer Herrin bekommen hatte, sehr adrett aus (sie nahm infolge ihrer langen Dienstzeit inoffiziell eine höhere Stellung ein als die anderen Mädchen und brauchte im allgemeinen keine Dienstbotenkleidung zu tragen). Aber im Gegensatz zu ihrer zartknochigen, wohlgebildeten und dabei üppig-verführerischen Figur der Herrin wirkte das Mädchen dicklich und unbeholfen: eine nicht mehr junge, nicht mehr frische und nicht mehr fruchtbare Frau, die schon etwas schwerfällig und unter der Last unerträglicher Tage und unbarmherziger Jahre hart und trocken geworden war; denn die träge dahinschleichende Zeit nimmt dem Menschen eins nach dem andern, und man kann ihr nicht entrinnen.

Nein – man konnte ihr nicht entrinnen; nur *sie*, dachte das Mädchen erbittert in dumpfer Wut, *sie* konnte es, und *sie, sie* triumphierte immer. *Ihr* brachten die Jahre nichts wie ständig wachsenden Erfolg. Und warum? Warum?

Vor dieser Frage stand ihr Verstand wie ein wildes Tier vor einer unangreifbar glatten, festen Mauer. Atmeten sie nicht beide die gleiche Luft, nahmen sie nicht die gleiche Nahrung zu sich, trugen sie nicht dieselben Kleider, lebten sie nicht unter einem Dach? Kamen ihr nicht die gleichen guten Dinge zugute wie ihrer Herrin? O ja – und eigentlich hatte sie das bessere Teil gewählt, dachte sie bitter-verächtlich, denn *sie* würde *nicht* wie ihre Herrin von morgens bis abends herumhetzen.

Und nun stand sie hier, verwirrt und wie vor den Kopf geschlagen, und glotzte mürrisch das strahlende Gesicht der glorreich-erfolgreichen Frau an; sie kannte und fühlte ihre Wut, fand aber keine Worte für das, was sie für ein unerträgliches Unrecht hielt. Sie wußte nur, daß sie in den Jahren, die jener Frau Anmut und Schmiegsamkeit gegeben hatten, steif und dick geworden war, daß Regen und Sonnenschein, die der strahlenden Schönheit der anderen immer mehr Glanz verliehen hatten, ihre Haut ausgedörrt und aufgeschwemmt hatten, und daß ihr Inneres von dem Bewußtsein des Zusammenbruchs und der Niederlage zerfressen wurde, während in jener Frau ewig die köstliche Musik der Kraft und Selbstbeherrschung, von Gesundheit und Freude erklang.

Ja, das sah sie nur zu deutlich. Der Vergleich enthüllte grausam eine erschreckende Wahrheit, die auch das letzte bißchen ungläubiger Hoffnung zuschanden werden ließ. Und während sie mürrischverstimmt vor ihrer Herrin stand und eisern ihre Stimme zu einem gehorsam-respektvollen Ton zwang, erkannte sie auch, daß die andere Frau ihren geheimen Neid und ihre Enttäuschung kannte und sie deswegen bemitleidete. Das aber erfüllte Noras Seele mit Haß, denn Mitleid war für sie die letzte, unerträglichste Entwürdigung.

Tatsächlich hatte Mrs. Jack, obwohl ihr liebliches Gesicht seinen freundlich-munteren Ausdruck keinen Augenblick verloren hatte, gleich alle Anzeichen krankhafter Wut an dem Mädchen bemerkt, und in einer starken Anwandlung von Mitleid, Erstaunen und Bedauern dachte sie: «Also hat sie's wieder getan! Zum drittenmal in einer Woche hat sie getrunken. Ich möchte bloß wissen ... möchte wissen, was in so einer Person vorgeht.»

Mrs. Jack wußte nicht genau, was sie mit «so einer Person» meinte, aber sie empfand die unbeteiligte Neugierde eines starken, reichen und entschlußfreudigen Charakters, der vorübergehend in der Ausübung seiner glänzenden Begabung innehält, die ihn von Stufe zu Stufe führt und sein Leben mit dem triumphierenden Wohlgefühl des Erfolgs gekrönt hat, und plötzlich überrascht bemerkt, daß die meisten anderen Leute auf der Welt blind und elend herumfummeln und ihr graues Leben kraft- und wesenlos von einem Tag zum andern dahinschleppen. Voller Mitleid erkannte sie, daß solchen Menschen jede individuelle Besonderheit fehlt, daß sie nur wie kleine Teilchen einer großen, teigigen Masse unreinen Lebens erscheinen, nicht wie lebendig fühlende Wesen, die Liebe und Schönheit, Lust und Leidenschaft, Schmerz und Tod fühlen und auslösen. Sie machte diese Entdeckung ganz plötzlich, während sie ihr Dienstmädchen ansah, mit der sie nun fast zwanzig Jahre lang eng zusammen lebte, und zum erstenmal dachte sie darüber nach, was für ein Leben diese andere Frau wohl geführt haben mochte.

«Was ist das?» dachte sie weiter. «Irgend etwas stimmt bei ihr nicht. So war sie noch nie. Das ist erst im letzten Jahr gekommen. Und Nora sah doch immer so hübsch aus!» erinnerte sie sich plötzlich. «Damals, als sie zu uns kam, war sie wirklich ein hübsches Mädchen. Ist doch eine Schande», dachte sie entrüstet, «daß sie so nachgelassen hat – ein Mädchen mit solchen Möglichkeiten! Warum sie wohl nicht geheiratet hat? Früher hatte sie ein halbes Dutzend von diesen Polizei-Kerlen am Bändel, und jetzt kommt nur noch der eine getreulich wieder. Alle waren verrückt nach ihr, sie hätte sie sich aussuchen können.»

Während sie noch freundlich-interessiert das Mädchen betrachtete, wurde sie von dem übel-schalen Whiskey-Atem und von der widerlichen, ungewaschen und streng nach fettigem Haar riechenden weiblichen Körperausdünstung des Mädchens getroffen. Angewidert runzelte sie die Stirn; sie wurde glühend rot vor Scham, Verlegenheit und vorübergehendem Ekel.

«Mein Gott, sie stinkt ja!» dachte sie entsetzt und angewidert. «Sie verbreitet einen Geruch, den man direkt schneiden kann! Diese widerlichen Weiber!» dachte sie und richtete nun ihre Anklage gegen alle Dienstboten. «Sicher waschen sie sich nie – dabei haben sie hier den ganzen Tag so gut wie nichts zu tun und könnten sich doch wenigstens sauber halten! Mein Gott! Da denkt man, die Leute müßten froh sein, daß sie hier in dieser reizenden Wohnung ein schönes Leben führen können, sie müßten ein bißchen stolz darauf sein und zeigen, daß sie's zu schätzen wissen! Aber nein! Es ist einfach alles viel zu schade für sie!» dachte sie, und ihr schöner Mund verzog sich häßlich und verachtungsvoll.

In diesem Gesichtsausdruck lag nicht nur geringschätzige Verachtung, sondern etwas beinahe rassisch Bedingtes – ein unverhüllter und gewagter Hochmut, der die eigene Überlegenheit bestätigen sollte. Nur einen Augenblick lag dieser häßliche Ausdruck kaum wahrnehmbar um ihre Mundwinkel; er paßte nicht gut zu ihrem reizenden Gesicht und war auch gleich wieder verschwunden; aber das Mädchen hatte ihn bemerkt, und so rasch er auch gekommen und gegangen war – das, was darin lag, hatte doch die zerquälte Seele des Mädchens in rasende Wut versetzt.

«O ja, meine schöne Dame!» dachte sie. «Für so eine wie mich sind wir zu gut, was? Ja, du meine Güte, wir sind ja auch was ganz Großartiges, nicht wahr? Wir mit unseren feinen Klunkern und Abendkleidern und vierzig Paar Maßschuhen! Barmherziger – man könnte ja denken, sie wär 'ne Art Tausendfüßler mit den vielen Schuhen, die sie hat! Und dann unsere seidenen Unterröcke und Schlüpfer! Alles aus Paris! Jawohl – da kann man wohl feine Dame spielen, was? Als ob nicht auch wir unsere kleinen Seitensprünge machen wie gewöhnliche Sterbliche! Oder? Aber das ist ja was ganz anderes: wir sind eben abends hochelegant und standesgemäß bei einem Freund eingeladen! Aber bei so 'nem armen Mädchen, das keine gestickten Extraschlüpfer hat, ist das natürlich was andres! Dann heißt's: ‹Du ekliges Stück! Du widerst mich an!› ... Jawohl, und wenn man's bei Licht besieht, gibt's viele feine Damen an der Park Avenue, die keinen Deut besser sind! Das weiß ich! Also, meine Dame, seinen Sie vorsichtig und geben Sie nicht so an!» dachte sie mit giftigem Triumph ...

«Ach, wenn ich reden wollte! ‹Nora›, sagte sie neulich, ‹wenn in meiner Abwesenheit jemand anruft, dann nehmen Sie das Gespräch bitte an. Mr. Jack möchte nicht gestört werden.› ... Lieber Himmel! Nach allem, was man hier zu sehn kriegt, wollen sie alle beide nicht gestört werden. Lieben und lieben lassen, gefragt wird nicht viel, solange es in der Freizeit geschieht, und den Letzten beißen die Hunde. Aber wenn einer von beiden zwanzig Minuten zu spät zum Dinner kommt, dann heißt's gleich: wo bist du denn gewesen und wohin soll das denn führen, wenn du deine Familie in dieser Weise vernachlässigst? ... Ach ja», dachte sie und begann nun die Sache etwas humorvoller und toleranter zu betrachten, «es ist schon eine komische Welt, und die hier sind die Komischsten von allen. Ich bin ja Gott sei Dank als Christenmensch im Glauben der heiligen Kir-

152

che erzogen und hab so viel Anstand, daß ich wenigstens zur Messe geh, wenn ich gesündigt hab! Trotzdem ...»

Wie die meisten Menschen mit einem starken, aber beherrschten Gefühlsleben bedauerte sie bereits ihren Anfall schlechter Laune und ihre Gefühle bewegten sich nun mit gleicher Wärme in entgegengesetzter Richtung:

«Trotzdem gibt's wahrhaftigen Gott keine gutherzigeren Leute auf der Welt. Ich möchte für niemand anders als für Mrs. Jack arbeiten. Wenn sie einen gern haben, geben sie einem von allem was ab. Im April bin ich zwanzig Jahre hier, und die ganze Zeit haben sie keinen, der was zu essen haben wollte, von ihrer Tür gewiesen. Natürlich gibt's viel Schlimmere unter denen, die siebenmal die Woche in die Messe rennen – jawohl, das gibt's welche darunter, die würden auch einem Toten noch den letzten Pfennig klauen, wenn sie könnten. Wir werden hier gut behandelt – das sag ich ja immer zu den andern», dachte sie selbstzufrieden, «und Nora Fogarty beißt nicht die Hand, die ihr das Futter reicht, nein, so eine ist sie nicht, mögen die anderen machen, was sie wollen!»

All dieses hatte sich in den Köpfen und Herzen der beiden Frauen blitzschnell abgespielt. Inzwischen hatte das Mädchen das Tablett auf den kleinen Tisch neben dem Bett abgesetzt, war zu den Fenstern gegangen, hatte sie geöffnet und die Jalousien hochgestellt, um mehr Licht hereinzulassen, hatte die Falten der Vorhänge zurechtgezupft und war ins Badezimmer gegangen, um die Badewanne voll Wasser zu lassen; man hörte zuerst das Wasser sprudelnd in die Wanne plätschern und dann, als sie den Hahn etwas zudrehte und das heiße Wasser für das Bad temperierte, ein gleichmäßiges Rauschen.

Mrs. Jack hatte sich mit übergeschlagenen Beinen auf den Bettrand gesetzt, hatte sich aus der großen silbernen Kanne eine Tasse schwarzen Kaffee eingegossen und schlug nun die Zeitung auf, die zusammengefaltet auf dem Tablett lag. Während sie den Kaffee trank und die gedruckten Zeilen anstarrte, ohne etwas zu lesen, nahm ihr Gesicht einen bestürzten Ausdruck an; sie schob den aparten antiken Ring an ihrer rechten Hand auf dem Finger hin und her: eine unbewußte Angewohnheit, die sich immer einstellte, wenn sie ungeduldig oder nervös war, oder wenn sie sich aus einem ärgerlichen Anlaß zu einer entscheidenden Tat sammelte. Auch jetzt fühlte sie, nachdem sie die erste mitleidig-neugierige Regung überwunden hatte, das dringende Bedürfnis, in der Angelegenheit Nora etwas zu unternehmen.

«Da also ist der ganze Schnaps von Fritz geblieben», dachte sie. «Und er war so wütend darüber... Das muß aufhören. Wenn sie so weitermacht, ist sie in ein oder zwei Monaten zu nichts mehr zu gebrauchen ... Mein Gott, ich könnte sie umbringen für diese Dummheit! Was nur plötzlich in solche Leute fährt?» Ihr schmales, liebliches Gesicht war ärgerlich gerötet und zwischen ihren Augen bildete sich eine tiefe Unmutsfalte; sie beschloß unverzüglich offen und streng mit dem Mädchen zu reden.

Nachdem sie diesen Entschluß gefaßt hatte, fühlte sie sich gleich sehr erleichtert und beinahe glücklich, denn sie haßte alles Unentschiedene. Die Pflichtvergessenheit des Mädchens, die ihr nicht entgangen war, nagte schon geraume Zeit an ihr; sie fragte sich, warum sie so lange gezögert hatte. Als aber das Mädchen wieder ins Zimmer trat, noch einen Moment auf weitere Befehle wartend stehen blieb und sie nun wieder herzlich und warm ansah, da wurde Mrs. Jack plötzlich verlegen und begann zu ihrer eigenen Überraschung in zögerndem und fast um Entschuldigung bittendem Ton zu reden.

«Ach, Nora», sagte sie etwas erregt und schob dabei den Ring am Finger hin und her. «Ich wollte mit Ihnen über etwas sprechen.»

«Ja, Mrs. Jack», antwortete Nora und wartete bescheiden und respektvoll.

«Miss Edith bat mich, Sie etwas zu fragen», fuhr Mrs. Jack hastig und ein bißchen schüchtern fort und entdeckte zu ihrem Erstaunen, daß sie ihre vorwurfsvolle Rede ganz anders anfing, als sie vorgehabt hatte.

Nora wartete in beflissen-unterwürfiger Aufmerksamkeit.

«Ich möchte wissen, ob Sie oder eines von den andern Mädchen ein Kleid von Miss Edith gesehen haben», sagte sie und fuhr rasch fort: «Eins von denen, die sie voriges Jahr aus Paris mitgebracht hat. Es hatte so eine komische graugrüne Farbe, und sie trug es, wenn sie morgens ins Geschäft ging. Wissen Sie, welches ich meine?» fragte sie scharf.

«Ja gnä' Frau», sagte Nora ernst und verwundert. «Das Kleid kenn ich, Mrs. Jack.»

«Nun ja, und sie kann es nicht finden, Nora. Es ist weg.»

«Weg?» fragte Nora und starrte sie dumm-erstaunt an.

Aber während sie das Wort aussprach, spielte ein flüchtiges Lächeln um ihre Lippen und strafte ihr mürrisches Gehaben Lügen. In ihre Augen trat ein Ausdruck listigen Triumphs, den Mrs. Jack sofort bemerkte.

«Aha, Sie weiß, wo es ist!» dachte sie. «Natürlich weiß sie's! Eine von ihnen hat's genommen! Es ist einfach eine Schande, und ich seh das nicht länger mit an!» Heiß und erstickend wallte die Entrüstung in ihr auf. «Jawohl, weg! Ich sage ja: es ist weg!» fuhr sie das Mädchen böse an, das sie unverwandt anstarrte. «Und was ist daraus geworden? Was meinen Sie denn, wo es ist?» fragte sie barsch.

«Das weiß ich nicht, Mrs. Jack», antwortete Nora langsam und verwundert. «Vielleicht hat Miss Edith es verloren.»

«Verloren! Ach, Nora, seien Sie doch nicht so albern!» rief sie wütend. «Wie soll sie's denn verloren haben? Sie ist doch nie fort gewesen. Sie war doch die ganze Zeit hier. Und das Kleid war auch hier, bis vor einer Woche hat's noch im Schrank gehangen! Man verliert doch nicht einfach ein Kleid!» rief sie ungeduldig. «Sie denken wohl, es kriecht einem vom Körper und spaziert davon, wenn man nicht hinsieht?» fragte sie höhnisch. «Sie wissen doch genau, daß sie's nicht verloren hat! Jemand muß es genommen haben!»

«Ja, gnä' Frau», erklärte Nora beflissen-bereitwillig. «Das denk ich mir auch. Einer muß sich eingeschlichen und es weggenommen haben, wie sie alle weg waren. Sie können's mir glauben», bemerkte sie mit bekümmertem Kopfschütteln, «heutzutage kann man keinem trauen. Meine Freundin, die bei reichen Leuten in Rye arbeitet, hat mir erzählt, da ist doch grad neulich ein Mann gekommen, der wollte 'nen Mop für den Fußboden oder so was verkaufen, und der sagte, er wollt ihnen das Ding mal auf dem Fußboden vorführen, wissen Sie, und sie sagte, sie hätt ihr Leben lang keinen anständigeren, netteren Mann gesehn. Und sie sagt: ‹Mein Gott› – ich sag nur, was sie mir erzählt hat, Mrs. Jack – ‹ich hab meinen Ohren nicht getraut, wie ich später gehört hab, was der alles gemacht hat! Wenn's mein eigner Bruder gewesen wär, hätt ich nicht überraschter sein können!› sagte sie. Na ja, ich wollte damit nur sagen, daß . . .»

«Also um Gottes willen, Nora!» rief Mrs. Jack mit einer ärgerlich-ungeduldigen Bewegung. «Erzählen Sie mir doch nicht solchen Quatsch! Wer sollte wohl hier reinkommen, ohne daß Sie es merken? Ihr Mädchen seid doch den ganzen Tag hier und seht jeden, der reinkommt, und es gibt doch nur den Fahrstuhl und die Hintertür. Außerdem: wenn sich schon einer die Mühe nimmt, einzubrechen, dann begnügt er sich doch nicht mit einem Kleid. Dann würde er's doch auf Geld oder Schmuck oder auf sonstwas abgesehen haben, was er verkaufen kann.»

«Na ja, ich kann nur sagen», meinte Nora, «vorige Woche war der Mann hier, der den Kühlschrank repariert hat. Ich hab noch zu May gesagt: ‹Der Mann gefällt mir nicht›, sag ich. ‹Der hat was im

Gesicht, was mir nicht gefällt. Paß ein bißchen auf ihn auf›, sag ich, ‹denn...›»

«*Nora!*»

Bei diesem scharfen Warnruf ihrer Herrin hielt das Mädchen plötzlich inne, sah sie schnell an, und dunkle Röte der Scham und Auflehnung ergoß sich über ihr Gesicht. Mrs. Jack starrte sie in flammender Entrüstung an und brach dann in offene Wut aus:

«Jetzt hören Sie mal zu!» schrie sie wütend. «Ich finde es einfach niederträchtig, wie ihr Mädchen euch benehmt! Wir sind immer gut zu euch gewesen, Nora!» Ihre Stimme wurde sanfter vor Mitleid. «Glauben Sie, daß in dieser Stadt irgendein Mädchen besser behandelt wird als Sie?»

«Aber das weiß ich doch, Mrs. Jack», antwortete Nora ernst in etwas singendem Tonfall, aber in ihren Augen lag feindseliges Gekränktsein. «Das hab ich doch immer gesagt. Das hab ich doch erst neulich zu Janie gesagt. ‹Bestimmt›, sag ich, ‹was wir für 'n Glück haben! Für keinen in der Welt möcht ich lieber arbeiten wie für Mrs. Jack. Zwanzig Jahre bin ich hier›, sag ich, ‹und die ganze Zeit›, sag ich, ‹hab ich nie 'n böses Wort von ihr gehört. Sie sind die besten Leute der Welt›, sag ich, ‹und es ist 'n Glück für 'n Mädchen, bei Ihnen in Stellung zu sein!› Also bestimmt, ich kenn Sie doch alle», schrie sie laut, «Mr. Jack und Miss Edith und Miss Alma! Ich würd doch für Sie auf den Knien rutschen und mir die Finger blutig schrubben, wenn's Ihnen was nützte!»

«Wer verlangt denn, daß Sie sich die Finger blutig schrubben?» rief Mrs. Jack ungeduldig. «Großer Gott, Nora, ihr Mädchen habt's wahrhaftig leicht. Sie haben verflucht wenig schrubben müssen. Wir andern *schrubben* nämlich!» schrie sie. «Sechs Tage in der Woche gehn wir raus und arbeiten wie die Teufel...»

«Aber das weiß ich doch, Mrs. Jack!» unterbrach Nora sie. «Da hab ich erst neulich zu May gesagt...»

«Ach, zum Teufel damit, was Sie zu May gesagt haben!» Mrs. Jack sah das Mädchen in flammender Wut an und fuhr dann ruhiger fort: «Also, Nora, hören Sie gut zu! Ihr Mädchen habt von uns immer alles bekommen, worum ihr gebeten habt. Sie kriegen den höchsten Lohn, den Sie in Ihrer Stellung bekommen können, und Sie führen hier genau dasselbe Leben wie wir, denn Sie wissen ganz genau, daß...»

«Aber sicher», unterbrach Nora sie in ihrem gefühlvollsten Ton. «Es ist gar nicht so, als ob ich hier angestellt wär! Sie könnten mich nicht besser behandeln, wenn ich zur Familie gehörte!»

«Zur Familie – du meine Güte!» sagte Mrs. Jack ungeduldig.

«Daß ich nicht lache! Jeder einzelne in der Familie – vielleicht außer meiner Tochter Alma – tut an einem Tag mehr als ihr Mädchen die ganze Woche! Ihr habt hier ein Leben wie Gott in Frankreich! ... Wie Gott in Frankreich!» wiederholte sie und fand das beinahe selber komisch; dann ballte sie, vor Entrüstung bebend wie ein furchtbarer kleiner Dynamo, die kleinen Fäuste und sah das Mädchen an. «Weiß Gott, Nora!» schrie sie empört. «Haben wir euch denn jemals etwas mißgönnt? Ihr habt doch immer alles bekommen, worum ihr gebeten habt! Es handelt sich ja gar nicht um das Kleid. Ihr wißt ganz genau, daß Miss Edith es euch gegeben hätte, wenn eine von euch darum gebeten hätte! Aber – ach, es ist nicht zum Aushalten! Nicht zum Aushalten!» rief sie plötzlich in unbezähmbarer Wut. «Daß ihr auch nicht ein kleines bißchen Vernunft und Anstand habt, daß ihr uns, die wir euch immer als Freunde behandelt haben, so etwas antun könnt!»

«Gewiß, aber denken Sie vielleicht, daß ich so was getan hab?» rief Nora mit zitternder Stimme. «Wollen Sie damit mich beschuldigen, Mrs. Jack, wo ich schon so lange bei Ihnen bin? Ich ließ mir eher den rechten Arm abhacken», schrie sie und hielt in überströmendem Gefühl den Arm hoch, «eh ich einem von Ihnen auch nur einen Knopf wegnehmen würde! Das schwör ich bei Gott dem Allmächtigen», fügte sie feierlich hinzu. «Ich schwör es Ihnen bei meinem Leben und bei der Vergebung meiner Sünden!» erklärte sie noch leidenschaftlicher, als ihre Herrin etwas sagen wollte. «Ich hab nicht eine Nadel und nicht einen Cent genommen, der einem von Ihnen gehört – so wahr mir Gott helfe! Jawohl! Das kann ich beschwören bei allem, was mir heilig ist!» schrie sie nun, ekstatisch in frommen Eiden schwelgend. «Beim Geist meiner toten Mutter, Gott hab sie selig ...»

«Ach, Nora, lassen Sie das!» sagte Mrs. Jack mit gerührtem Kopfschütteln, wandte sich ab und mußte trotz ihrer Empörung über die übertriebenen Schwüre des Mädchens lachen. Bitter und verächtlich dachte sie: «Du lieber Gott! Man kann einfach nicht mit ihr reden! Sie schwört tausend Eide und denkt, damit ist dann alles wieder in Ordnung. Sie trinkt Fritz' Whiskey, und dann geht sie zur Messe, und wenn sie auf allen vieren dahinkriechen müßte, und besprengt sich mit Weihwasser und hört auf die Worte des Priesters, die sie nicht versteht, und kommt ganz verklärt wieder raus – und dann führt sie sich so auf und weiß doch, daß eins von den Mädchen etwas genommen hat, das ihr nicht gehört! Was sind diese Schwüre und Zeremonien doch für ein sonderbarer Hokuspokus!» dachte sie. «Eine Art Leben für Menschen, die kein eigenes Leben haben. Eine Art Wahrheit für die, die selber keine Wahrheit gefunden haben. Liebe, Schönheit, ewige Wahrheit, Erlösung – alles finden solche Leute darin, wofür wir auf Erden hoffen und leiden. Alles, was wir anderen uns mit blutiger Arbeit und Seelenqual erkämpfen müssen, das bekommen *sie* wie durch ein Wunder, wenn sie nur schwören können: beim Geist meiner toten Mutter, Gott hab sie selig . . .»

«. . . So wahr mir Gott helfe und die gebenedeiten Heiligen und die heilige Mutter Gottes!» intonierte inzwischen Noras Stimme; entmutigt wandte Mrs. Jack sich wieder zu dem Mädchen und redete ihr fast flehend mit sanftem Ernst zu:

«Nora, nehmen Sie doch um Gottes willen ein bißchen Vernunft an. Was hat es denn für einen Sinn, bei der Jungfrau und den Heiligen zu schwören und früh zur Messe zu laufen, wenn Sie dann nach Hause kommen und Mr. Jacks Whiskey saufen? Jawohl, das tun Sie, und dabei beschwindeln Sie Ihre besten Freunde!» rief sie erbittert. Als sie dann in den mürrisch-unmutigen Augen des Mädchens wieder die frühere Verstocktheit aufglimmen sah, fuhr sie fast weinend fort: «Nora, nun seien Sie doch nicht so töricht! Ist das denn alles, was Sie im Leben gelernt haben: sich hier so aufzuführen und mich mit Ihrem stinkigen Atem anzuhauchen, wo wir doch alles getan haben, um Ihnen zu helfen?» Ihre Stimme zitterte vor Mitleid und leidenschaftlicher Empörung, aber ihre Wut ging über das Persönliche hinaus. Sie hatte das Gefühl, daß das Mädchen etwas Gutes, Unangreifbares im Leben verraten hatte – den Glauben und den Anstand des Menschen, der überall in Ehren gehalten werden sollte.

«Also, gnä' Frau», sagte Nora und warf den schwarzhaarigen Kopf zurück, «wie ich schon sagte: wenn Sie mich beschuldigen wollen . . .»

«Nein, Nora. Schluß damit jetzt.» Mrs. Jacks Stimme klang traurig, müde und leer, aber ihr Ton war fest und endgültig. Sie entließ das Mädchen mit einer Handbewegung. «Sie können gehn. Ich brauch Sie jetzt nicht.»

Das Mädchen ging zur Tür, und ihr erhobener Kopf, ihr steif aufgerichteter Rücken und Hals drückten beredt ihre gekränkte Unschuld und ihre unterdrückte Wut aus. Die Hand an der Klinke, blieb sie noch einmal stehen und spielte, halb zurückgewandt, ihren letzten Trumpf aus:

«Und das Kleid von Miss Edith», sagte sie und warf wieder den Kopf zurück, «das wird ja wohl wieder zum Vorschein kommen, wenn's nicht verlorengegangen ist. Vielleicht hat's eins von den Mädchen sich ausgeborgt, Sie verstehen schon, was ich meine.»

Damit schloß sie die Tür hinter sich und war draußen.

Eine halbe Stunde später kam Mr. Frederick Jack mit seiner Nummer der *Herald Tribune* unterm Arm durch die Halle. Er war glänzender Laune. Seine vorübergehende Verstimmung über den Telefonanruf, der ihn mitten in der Nacht geweckt hatte, hatte er völlig vergessen. Er klopfte leise an die Zimmertür seiner Frau und wartete. Keine Antwort. Er klopfte noch einmal, noch leiser, und lauschte.

«Bist du da?» fragte er.

Er öffnete die Tür und trat geräuschlos ein.

Sie war bereits ganz in ihre erste Tagesarbeit vertieft. Ihm den Rücken zukehrend, saß sie an einem kleinen Schreibtisch, der auf der anderen Seite des Zimmers zwischen den Fenstern stand, hatte links von sich einen kleinen Stapel von Rechnungen, geschäftlichen und persönlichen Briefen und rechterhand ein offenes Scheckbuch liegen. Sie war gerade dabei, mit ihrer energischen Handschrift einen Brief zu schreiben. Als er sich ihr von hinten näherte, legte sie die Feder hin, löschte das Geschriebene schnell ab und faltete den Bogen, um ihn in einen Umschlag zu stecken.

«Guten Morgen», sagte er vergnügt und halb ironisch, wie man jemanden überraschend anzureden pflegt.

Sie sprang hastig auf und drehte sich zu ihm um.

«Oh, hallo, Fritz!» rief sie lebhaft. «Wie geht's denn, du?»

Er verbeugte sich ein wenig formell und drückte ihr einen kurzen, freundlich-flüchtigen Kuß auf die Wange; dann richtete er sich auf, ruckte unwillkürlich ein bißchen mit den Schultern und zog Ärmel und Jacke zurecht, damit auch kein Fältchen die untadelige Korrektheit seiner Erscheinung störe. Während seine Frau mit raschem Blick jede Einzelheit seiner heutigen Kleidung aufnahm – Schuhe, Socken, Krawatte und den vollendeten Sitz seines Anzugs mit einer schmucken Gardenie im Knopfloch –, hatte ihr vorgeneigtes, fest in die Hand gestütztes Gesicht einen eifrig-aufmerksamen, aber etwas gutmütig-grüblenden Ausdruck, der zu sagen schien: «Du lachst mich doch wegen irgendwas aus. Was hab ich denn verbrochen?»

Mr. Jack stand breitbeinig, die Arme in die Seiten gestemmt vor ihr und sah sie mit einem komischen Ernst an, der aber seine gute Laune und seinen Stolz nicht verbergen konnte.

«Also, was ist denn?» rief sie aufgeregt.

Statt einer Antwort zog Mr. Jack die Zeitung hervor, die er zusammengefaltet in einer Hand gehalten hatte, zeigte darauf und fragte:

«Hast du das gelesen?»

«Nein. Wer schreibt denn?»

«Elliot in der *Herald Tribune*. Willst du's hören?»

«Ja. Lies vor. Was meint er denn?»

Mr. Jack warf sich in Positur, raschelte die Zeitung zurecht, räusperte sich komisch-feierlich und begann in einem leicht ironischen und affektierten Ton, der seine tiefe Freude und Befriedigung verbergen sollte, die Kritik vorzulesen.

«‹Mr. Shulberg hat bei seiner letzten Inszenierung all seine hervorragenden Fähigkeiten für die geschickte Leitung eines Theaters eingesetzt. Er hat Wort, Geste und Bühnenbild in der Raumaufteilung und im Tempo so fein nuanciert und so geschickt aufeinander abgestimmt, daß diese Aufführung als die überzeugendste dieser Saison bezeichnet werden muß. Im Gegensatz zu dem lauten, aber meist recht unbedeutenden Geschrei unserer diesjährigen Bühnenereignisse hat er die Begabung für ein innig beredtes Schweigen. Der aufmerksame Beobachter darf das wohl mit einer sonst nicht üblichen Begeisterung betonen. Ferner hat Mr. Shulberg uns in Montgomery Mortimer das schönste Nachwuchs-Talent dieser Saison vorgestellt. Schließlich . . .›»

Mr. Jack räusperte sich feierlich: «Ahem, ahem!», streckte die Arme vor und raschelte bedeutsam mit der Zeitung, während er seiner Frau einen verschmitzten Blick zuwarf und las weiter:

«‹Schließlich hat er uns durch die Mitarbeit der erlesenen Künstlerin Miss Esther Jack ein unaufdringliches *décor* beschert, das über jeden Tadel erhaben ist und unser altes Herz nach vielen kalten Broadway-Monaten zum erstenmal erwärmte. Die Bühnenbilder der drei Akte sind die wirkungsvollsten, die Miss Jack je entworfen hat. Vor ihrer Begabung ziehen wir den Hut wie vor keiner anderen. Sie ist, nach der bescheidenen, aber wohlerwogenen Meinung des fleißigen Beobachters, tatsächlich die erste Bühnenbildnerin unserer Zeit.›»

Mr. Jack brach ab, lugte mit gespieltem Ernst hinter der Zeitung hervor und fragte:

«Sagtest du etwas?»

«Großer Gott!» kreischte sie hochrot vor Lachen und Aufregung. «Hast du das gehört! Nu, was heißt?» fragte sie mit einer komisch-jüdischen Handbewegung. «Eine Huldigung – was denn sonst, wie?»

Mr. Jack fuhr fort:

«‹Deshalb ist es sehr schade, daß die glänzende Begabung Miss Jacks nicht ein lohnenderes Betätigungsfeld gefunden hat als gestern abend im Arlington. Denn wir müssen trotz innerer Widerstände bekennen, daß das Stück selbst weder ...!›

Na ja», sagte Mr. Jack plötzlich abbrechend und legte die Zeitung weg, «das weitere ist – *du* kennst das ja – soso.» Er zuckte leicht die Schultern. «Nicht Fisch, nicht Fleisch. Er versucht einiges zu retten. Aber sag mal!» rief er dann scherzhaft entrüstet. «Der Junge hat Nerven! Wie kommt er bloß auf *Miss* Ester Jack? Wo bleib ich denn da? Ich als Ehemann zähle wohl gar nicht? Weißt du», sagte er, «ich möchte mir's ja auch ganz gern mal ansehn, wenn ich auch im zweiten Rang sitzen muß.» Er richtete seine Worte jetzt, wie manche Leute, wenn sie sarkastisch sind, ganz unpersönlich wie ein unbeteiligter Beobachter an einen unsichtbaren Zuhörer. «Ach, natürlich: ist ja nur ihr Mann. Was ist er denn? Pah!» sagte er wegwerfend-verächtlich. «Bloß 'n Geschäftsmann, was will denn der mit einer so blendenden Frau! Was versteht *der* schon von Kunst? Weiß der denn, was er an ihr hat? Begreift er überhaupt, was sie macht? Könnte er so was sagen – wie sagt doch der Kerl hier?» fragte er, blickte angestrengt in die Zeitung und las noch einmal in gespreiztem Ton: «... ‹ein unaufdringliches *décor* beschert, das über jeden Tadel erhaben ist und unser altes Herz nach vielen kalten Broadway-Monaten zum erstenmal erwärmte.›»

«Ja, ja, ich weiß», sagte sie mitleidig-verächtlich, als machten die blumigen Worte des Kritikers keinerlei Eindruck auf sie, aber das Vergnügen über die lobende Kritik stand noch deutlich auf ihrem Gesicht. «Ich weiß schon. Ist es nicht rührend? Diese Leute sind immer so fürchterlich übertrieben, es hängt mir zum Halse raus!»

«‹Vor ihrer Begabung ziehen wir den Hut wie vor keiner anderen›», fuhr Mr. Jack fort. «Na, das ist natürlich gut! So was hätte ihrem Mann natürlich nicht einfallen können. Nein!» schrie er plötzlich, schüttelte verächtlich lachend den Kopf und fuchtelte mit seinem dicken Zeigefinger vor dem Gesicht herum. «Dazu ist ihr Mann viel zu dumm! Dazu ist er nicht gut genug! Ist ja bloß 'n Geschäftsmann! Weiß ja gar nicht, was er an ihr hat!» Und auf einmal sah sie ganz erstaunt, daß ihm die Tränen in die Augen schossen und seine Brillengläser beschlugen.

Verwundert starrte sie ihn an und neigte ihm ihr Gesicht in verwirrt-abwehrendem Zuspruch entgegen, aber dabei wurde ihr wie schon oft das Fremdartig-Dunkle des Lebens bewußt, das sie nie richtig hatte definieren oder in Worte fassen können. Denn sie erkannte, daß dieser unerwartete und unvernünftig starke Gefühls-

ausbruch ihres Mannes mit der Zeitungskritik gar nichts zu tun hatte. Seine Gekränktheit darüber, daß der Kritiker sie als «Miss» bezeichnet hatte, war nur ein scherzhaft-verspielter Vorwand. Sie
wußte, daß er im Grunde vor freudigem Stolz über ihren Erfolg
platzte.

In ihrer plötzlichen Anwandlung von unsagbar schmerzlichem
Mitleid – sie hätte nicht sagen können, mit wem oder weswegen –
sah sie auf einmal die öde City vor sich, in der er den Tag zubrachte,
und sie sah, wie in der fürchterlichen Hetze des Geschäftslebens
wohlsituierte Herren ihn aufgeregt beim Arm packten oder ihm auf
den Rücken schlugen und riefen:

«Sagen Sie mal, haben Sie schon die *Herald Tribune* gesehn? Haben Sie das über Ihre Frau gelesen? Na, sind Sie nicht stolz auf sie?
Herzlichen Glückwunsch!»

Sie sah auch, wie sein frisches Gesicht bei dieser Anerkennung
vor Freude puterrot wurde, und wie er versuchte, ihnen amüsiert
und gönnerhaft lächelnd mit ein paar beiläufig anerkennenden
Worten zu antworten:

«Ja, sie war, glaub ich, erwähnt. Aber über so was reg ich mich
kaum noch auf. Das kennen wir nun schon. Sie haben schon so oft
solche Sachen geschrieben, daß wir daran gewöhnt sind.»

Wenn er dann abends nach Hause kam, pflegte er alles, was er
gehört hatte, getreulich zu berichten, und wenn er es auch in etwas
spöttisch-amüsiertem Ton tat, so wußte sie doch, daß es ihn im
Grunde ungeheuer befriedigte. Sie wußte auch, daß es seinem Stolz
erheblich schmeichelte, wenn die Frauen dieser reichen Männer –
meistens hübsche Jüdinnen, deren Sucht, in der Welt der Kunst tonangebend zu sein, der gleichen materiellen Einstellung entsprang
wie die Jagd ihrer Männer nach geschäftlichem Profit –, wenn diese
Frauen auch von ihrem Erfolg lasen und eiligst ins Theater liefen,
um sich selber zu überzeugen, und wenn sie abends in ihren Salons
darüber sprachen, bei ihren glänzenden Gesellschaften, deren hitzige Atmosphäre durch ihre hübschen, sinnlichen Gesichter eine ero-
tisch erregende Pikanterie gewann.

Alles das schoß ihr durch den Kopf, während sie den dicklichen,
grauhaarigen, tadellos gekleideten Mann anstarrte, dessen Augen
sich plötzlich aus einem ihr unbekannten Grund mit Tränen füllten
und dessen Mund sich weinerlich-schmollend verzog wie bei einem
gekränkten Kind. Mit unerklärlich-namenlosem Mitgefühl im
Herzen rief sie herzlich und protestierend:

«Aber Fritz! Du weißt doch, daß ich nie auf so einen Gedanken
käme! Du weißt doch, daß ich nie so was zu dir gesagt habe! Du

weißt doch, wie ich mich freue, wenn du die Sachen, die ich mache, gern magst! Deine Ansicht ist mir zehnmal wichtiger als die dieser Zeitungsleute! Was verstehn die schon davon!» murmelte sie verächtlich.

Mr. Jack nahm seine Brille ab und polierte sie, dann putzte er sich kräftig die Nase und setzte die Brille wieder auf. Er senkte den Kopf, legte in komischer Abwehrhaltung den Daumen steif an die Schläfe und vier dicke Finger vor die Augen und sagte mit belegter Stimme, wie um Entschuldigung bittend:

«Ja, ja, ich weiß. Ist schon in Ordnung. Hab ja bloß Spaß gemacht.» Er lächelte verlegen, putzte sich noch einmal kräftig die Nase, und der schmerzverzogene Ausdruck seines Gesichts verschwand. Dann begann er ganz natürlich und sachlich zu reden, als hätte er überhaupt nichts Ungewöhnliches gesagt oder getan. «Na», fragte er, «wie ist dir denn so? Freust du dich über den Verlauf des gestrigen Abends?»

«O ja, ich denke schon», antwortete sie zweifelnd, denn auf einmal wurde sie sich des vage-unbefriedigten Gefühls bewußt, das sie gewöhnlich überfiel, wenn eine Arbeit beendet und die fast hysterische Spannung der letzten Tage vor einer Premiere vorüber war. Dann fuhr sie fort: «Ich glaub, es ging alles ganz gut, nicht wahr? Ich denk, meine Bühnenbilder waren ganz anständig – meinst du nicht auch?» fragte sie eifrig und fuhr dann geringschätzig wie im Selbstgespräch fort: «Ach wo, wahrscheinlich waren sie ganz durchschnittlich. Noch lange keine Spitzenleistung, was?»

«Du kennst meine Ansicht», sagte er. «Ich hab dir ja gesagt: keiner reicht an dich ran. Die Bühnenbilder waren das Beste an der ganzen Aufführung. Bei weitem das Beste – bei weitem, bei *weitem*!» beteuerte er laut und fügte dann ruhig hinzu: «Na, du wirst froh sein, daß es vorbei ist. Damit ist Schluß für diese Saison, was?»

«Ja», sagte sie, «nur noch ein paar Kostüme, die ich Irene Morgenstern für ihr Ballett versprochen habe. Und dann muß ich heut vormittag noch mit ein paar Leuten vom Arlington wegen Änderungen sprechen», schloß sie mutlos.

«Was, noch mal? Warst du denn nicht zufrieden damit, wie sie gestern abend aussahen? Woran liegt's denn?»

«Ach», antwortete sie überdrüssig, «woran schon, Fritz? Immer bloß an einem, ewig das gleiche! Die Welt ist voll unausgegorener Dummköpfe, die nie das tun, was man ihnen sagt! Daran liegt's. Mein Gott, ich bin zu schade dafür!» bekannte sie. «Ich hätte meine Malerei nicht aufgeben sollen. Manchmal macht's mich ganz krank! Ist's nicht eine Schmach, daß ich mein ganzes Können an diese Leute verschwende?» fragte sie ehrlich empört.

«Welche Leute?»

«Ach, du weißt schon», brummte sie, «dieses ganze Theaterpack. Natürlich gibt's auch ein paar Gute darunter – aber mein Gott», rief sie aus, «was sind die meisten doch für Bruch! Haben sie mich in dem Stück gesehen, und haben sie gelesen, was man da und dort über mich gesagt hat, und war ich nicht hinreißend bei der und der Aufführung?» murmelte sie grollend. «Gott, Fritz, wenn man sie so reden hört, könnte man meinen, ein Stück würde überhaupt bloß dafür einstudiert, daß sie sich großtun und sich auf der Bühne zeigen können! Und dabei könnte es die wunderbarste Sache der Welt sein! Ach, wie man da zaubern könnte, was man alles mit den Leuten anstellen könnte, wenn man nur wollte! So was gibt's ja nur einmal auf der Welt!» rief sie. «Ist's nicht eine Schande, daß sie nicht mehr daraus machen?»

Einen Augenblick schwieg sie gedankenverloren und sagte dann müde:

«Na, ich bin froh, daß es diesmal vorbei ist. Ich wollte, ich könnte was anderes machen. Wenn ich nur was anderes wüßte, sofort würde ich's machen. Ja, wirklich», sagte sie ernst. «Ich hab's satt. Ich bin zu schade dafür», sagte sie einfach und starrte verstimmt vor sich hin.

Dann runzelte sie düster und verstört die Stirn, nahm aus einem Holzkästchen auf ihrem Schreibtisch eine Zigarette und zündete sie an. Sie stand auf, ging mit kurzen Schritten nervös im Zimmer auf und ab und zog mit umwölktem Gesicht an der Zigarette, die sie reizend unbeholfen hielt wie alle Frauen, die selten rauchen.

«Ich bin gespannt, ob ich in der nächsten Saison was fürs Theater zu tun bekomme», sagte sie halb zu sich, als wäre ihr die Anwesenheit ihres Mannes kaum bewußt. «Bin gespannt, ob sie wieder was für mich haben. Bis jetzt hat sich noch keiner gerührt», sagte sie düster.

«Na, wenn du's so satt hast, braucht's dich ja nicht zu kümmern», sagte er ironisch und fügte hinzu: «Warum sich vorzeitig den Kopf zerbrechen?»

Damit verbeugte er sich und drückte ihr wieder einen flüchtig-freundlichen Kuß auf die Wange; er klopfte sie sanft auf die Schulter, drehte sich um und ging hinaus.

Fahrt in die City

Mr. Jack hatte sich die Klagen seiner Frau so aufmerksam angehört, wie er stets den Erzählungen von ihrer Arbeit, ihren Kümmernissen und Abenteuern beim Theater zuhörte. Denn abgesehen davon, daß er auf die Begabung und auf den Erfolg seiner Frau ungemein stolz war, fühlte er sich wie die meisten reichen Leute seiner Rasse, und vor allem diejenigen, die gleich ihm Tag für Tag in der unwirklichen und phantastischen Scheinwelt der Spekulation lebten, von dem flimmernden Glanz des Theaters stark angezogen.

Seit vierzig Jahren lebte er nun in New York, und während seines Aufstiegs in diesen Jahren hatte er sich immer mehr von dem traditionell stillen und, wie er meinte, langweiligen häuslichen und gesellschaftlichen Leben entfernt und sich einen glänzenderen und vergnüglichen Leben zugewandt, das ihm die fortgesetzte Sensation neuer Vergnügungen und zugleich den angenehmen Kitzel von Unsicherheit und Bedrohtsein bot. Das Leben seiner Knabenzeit in einer Familie, die seit hundert Jahren eine Privatbank in einer Kleinstadt innehatte, kam ihm nun unerträglich fade vor. Das häusliche und gesellschaftliche Leben, das Jahr für Jahr mit der Gleichförmigkeit einer Uhr ohne Überraschungen ablief und nur an festgesetzten Zeitpunkten durch geheiligte Pflichtbesuche und Gegenbesuche innerhalb der Verwandtschaft unterbrochen wurde, erschien ihm ebenso dürftig und uninteressant wie das Geschäftsgebaren mit seinen kleinen, vorsichtigen Transaktionen.

In New York war er immer schneller aufgestiegen; er hatte sich der überwältigenden Entwicklung der rasenden Stadt, die ihn in ständig wachsendem Crescendo umtobte, angepaßt. So hatte auch seine Tageswelt, deren fiebrige Luft seine Lungen begierig einsogen, etwas von dem hitzigen Glanz der Nachwelt des Theaters, in der die Schauspieler lebten.

Jeden Werktag um neun Uhr früh ließ Mr. Jack sich in seinem blitzend dahinschießenden Wagen zu seinem Büro in der Stadt fahren; sein Chauffeur wirkte wie eine typische Verkörperung der Stadt New York. Wenn er so mit mürrisch-bleichem Gesicht, mit einem bitteren Grinsen um den zusammengepreßten Mund und mit unnatürlich glänzenden Augen, als stünde er unter der Einwirkung eines starken Gifts, hinter dem Steuer hockte, schien er eigens für die besonderen Zwecke dieser rasenden Stadt geschaffen zu sein. Und das war er auch: sein talgig-blasses Fleisch schien wie das von Millionen anderen Menschen, die über ihren leblos-grauen Gesichtern graue Hüte trugen, aus einem Großstadt-Teig geknetet zu sein, aus der frablos-grauen Substanz, aus der auch Straßen und Häuser, Türme, Tunnel und Brücken bestanden. In seinen Adern schien statt Blut der knisternde elektrische Strom zu pulsen, der die ganze Stadt in Atem hielt. Jede Geste, jede Reaktion dieses Mannes verriet das: die finster hinter dem Steuer hockende Gestalt, die rasch nach rechts und links schweifenden Blicke, die zuverlässig-geschickten Hände, unter denen der starke Wagen langsam anfuhr, Kurven schnitt, ausbog, überholte, sich durchschlängelte und mit mörderischer Waghalsigkeit durch die unmöglichsten Lücken hindurchschoß – alles das zeigte eine krankhaft-schnelle Reaktionsfähigkeit, die mit der grandiosen Energie, die in den Arterien der Großstadt pulsierte, durchaus in Einklang stand.

Aber gerade die Fahrt mit einem solchen Chauffeur erhöhte Mr. Jacks Vorfreude auf die vor ihm liegende Tagesarbeit. Er saß gern neben seinem Fahrer, um ihn zu beobachten. Bald waren die Augen des Burschen schlau und listig wie Katzenaugen, bald waren sie hart und schwarz wie Basalt. Sein hageres Gesicht drehte sich flink nach rechts und nach links, er grinste im Triumphgefühl seiner Geschicklichkeit, wenn er einen fluchenden Rivalen überholte, und machte mit heruntergezogenen Mundwinkeln laut murrend seinem Haß auf andere Fahrer oder auf unachtsame Fußgänger Luft: «Mach, daß du weiterkommst, du besoff'ner Hurensohn! Na *mach* schon!» Angesichts der drohenden Gestalt eines verhaßten Polizisten gab er etwas sanftere Knurrlaute von sich, und wenn ein Polizist ihm Vorfahrt gewährt hatte, stieß er aus bitter verzogenem Mundwinkel ein paar mürrisch-anerkennende Worte hervor.

«Manche sind in Ordnung, wissen Sie!» sagte er dann mit hoher, gepreßter Stimme. «Sind nicht alles Bastarde. Der da», sagte er und deutete mit dem Kopf auf den Polizisten, der ihn mit einem Kopfnicken weiterfahren ließ, «der ist in Ordnung. Den kenn ich doch, na klar! Ist ja 'n Bruder von meiner Schwägerin!»

Die unnatürlich-krankhafte Energie des Fahrers tauchte in den Augen seines Herrn die ganze Welt in einen unwirklich-theatralischen Schimmer. Er fuhr nicht einfach wie unzählige andere im prosaischen Tageslicht der Wirklichkeit zur Arbeit, nein, er und sein Fahrer bestanden listig und kraftvoll ihren Kampf gegen die Welt; und die gigantische Großstadtarchitektur, das traumhafte Verkehrsgewühl und das von Menschen wimmelnde Straßennetz wurde der kolossale Hintergrund für Mr. Jacks Tagewerk. Das Gefühl von Gefahr und drohendem Zusammenstoß, von heimlicher List, Macht und Sieg und vor allem: das Gefühl, zu den Bevorzug-

166

ten zu gehören, steigerte Mr. Jacks Freude auf seiner Fahrt in die Stadt zu lustvollem Rausch.

Dieses Gefühl des Bevorzugtseins war ein Grundpfeiler jener hektischen Welt der Spekulation, in der er arbeitete und die er nun mit einem dramatischen Glanz versah. Die Bevorzugten waren aus dem allgemeinen Haufen auserwählt, weil sie angeblich über eine geheimnisvolle Intuition verfügten; sie waren dazu ausersehen, herrlich und in Freuden zu leben, ohne arbeiten oder produzieren zu müssen; ihre Profite schnellten bei jedem Uhrticken in die Höhe; ihr Reichtum vermehrte sich durch Handbewegung oder durch ein Kopfnicken um sagenhafte Summen. Das war nun einmal so, und Mr. Jack und viele seiner Zeitgenossen – auch diejenigen, die nicht zu den Glücklichen gehörten, sondern sie beneideten – fanden es ganz vernünftig und sogar natürlich, daß die ganze Gesellschaftsordnung von oben bis unten von Unredlichkeit und Bevorzugung angefressen war.

Mr. Jack beispielsweise wußte ganz genau, daß einer seiner Chauffeure ihn dauernd beschwindelte. Er wußte, daß jede Rechnung für Benzin, Öl, Reifen oder Reparaturen nach oben abgerundet war, daß der Chauffeur mit dem Garagenbesitzer unter einer Decke steckte und eine hübsche Provision von diesem bekam. Aber das störte Mr. Jack keineswegs. Er hatte sogar ein gewisses zynisches Vergnügen daran. Er merkte genau, was vor sich ging, aber er wußte auch, daß er sich's leisten konnte, und das bestätigte ihm irgendwie seine Macht und seine Sicherheit. Er zuckte höchstens gleichgültig die Achseln und dachte:

«Na, wenn schon! Da kann man nichts machen. Das machen alle so, und wenn der's nicht ist, dann ist's eben ein anderer.»

Ihm war auch bekannt, daß einige seiner Dienstmädchen sich ohne Scheu Sachen «borgten» und das Zurückgeben «vergaßen». Er wußte genau, daß verschiedene Polizisten und einige rotnackige Feuerwehrmänner den größten Teil ihrer Freizeit in seiner Küche oder im Wohnzimmer der Mädchen verbrachten. Er wußte auch, daß diese Hüter der öffentlichen Ruhe und Ordnung jeden Abend die gleichen erlesenen Gerichte serviert bekamen wie er, ja, daß sie noch vor seiner Familie und seinen Gästen versorgt wurden und daß sie sich an seinem besten Whiskey und an seinen teuersten Weinen gütlich taten.

Aber zu alldem sagte er sehr wenig; höchstens war er gelegentlich einmal verstimmt, wenn er entdeckte, daß eine Kiste mit echtem irischen Whisky (mit Rostflecken vom Seewasser zum Beweis der Echtheit!) sich fast über Nacht verflüchtigt hatte – ein Verlust, der seinen Unmut war wegen der Seltenheit des verlorenen Guts erregte. Wenn seine Frau sich dann und wann schüchtern gegen solche Dinge aufzulehnen versuchte und zu ihm sagte: «Also, Fritz, mir ist völlig klar, daß die Mädchen sich Sachen nehmen, auf die sie kein Recht haben. Ich finde das einfach furchtbar – meinst du nicht auch? Was könnten wir denn nur dagegen machen», dann pflegte er nachsichtig zu lächeln und achselzuckend die Handflächen nach außen zu kehren.

Seine Familie mit allem, was drum und dran hing – Wohnung, Kleidung, Essen, Bedienung und Vergnügen –, kostete ihn einen hübschen Batzen Geld; trotzdem machte er sich keine Kopfschmerzen darüber, daß sein Hab und Gut von seinen Angestellten in beträchtlichem Maße vergeudet oder direkt gestohlen wurde. Das alles war ein so kleiner Bruchteil dessen, was er täglich in große Geschäfte und finanzielle Transaktionen hineinsteckte, daß er kaum darüber nachdachte. Dabei war seine Gleichgültigkeit nicht die Prahlerei eines Menschen, der kurz vor dem sicheren Ruin seine Welt schwanken fühlt und in Erwartung des Zusammenbruchs munter drauflos-lebt. Ganz im Gegenteil: er ließ alle Übergriffe und die Verschwendung der Leute, die von seiner Freigebigkeit abhängig waren, stillschweigend zu, weil er sich sicher fühlte, und nicht, weil er Sorgen hatte. Er war fest davon überzeugt, daß seine Welt auf stählernen Pfeilern ruhte und daß der gewaltige Pyramidenbau der Spekulation nicht nur standhalten, sondern fortwährend stärker werden würde. Deshalb betrachtete er die Treulosigkeit seiner Dienstboten nur als kleine Vergehen, die weiter nichts zu besagen hatten.

Mr. Frederick Jack unterschied sich hierin nicht wesentlich von zehntausend anderen Menschen seiner Klasse und seiner Position. Im New York jener Zeit wäre er aufgefallen, wenn er sich *anders* verhalten hätte. Denn all diese Menschen waren Opfer einer Krankheit, die mehr und mehr um sich griff, einer Art Massenhypnose, die sie einfach blind gegen alles machte, was offen zutage lag. Es war eine ungeheuerliche Ironie, daß dieselben Menschen, die diese Scheinwelt der falschen Werte geschaffen hatten, sich selber nicht als verblendete Opfer verhängnisvoller Illusionen betrachteten, sondern als die einzig erfahrenen und praktischen Realisten unter den Lebenden. Sie hielten sich nicht für Spieler, die von spekulativen Fiktionen besessen waren, sondern für die prachtvollen Vollstrecker großer Projekte, die unablässig «die Hand am Puls der Nation» hatten. Und wenn sie in ihrer Umgebung nichts wie die zahllosen Formen von Bevorzugung, Unredlichkeit und Eigennutz sahen, so waren sie eben davon überzeugt, daß das «so sein mußte».

Es galt als allgemein selbstverständlich, daß jeder Mann – genau wie jede Frau – seinen Preis hatte. Und wenn man in einer Unterhaltung mit diesen nüchtern-praktischen Menschen angedeutet hätte, Herr Soundso hätte aus anderen Motiven als aus Eigennutz und Berechnung gehandelt, er hätte dies oder jenes getan, weil er lieber sich selber Kummer zufügen wollte als anderen, die er liebte, oder er wäre anständig aus purem Anstandsgefühl und ließe sich nicht kaufen oder verkaufen, weil seine Unbestechlichkeit das nicht erlaube – dann hätte der Schlauberger nur höflich, aber zynisch gelächelt, die Achseln gezuckt und geantwortet:

«Soso – ich hätte Sie für gescheiter gehalten. Dann woll'n wir uns lieber über was unterhalten, wovon wir beide was verstehen!»

Solche Leute merkten nicht, daß sie ein völlig verzerrtes Bild vom Wesen des Menschen hatten. Sie waren stolz auf ihre «Nüchternheit», auf ihren Mut und auf ihre Gescheitheit, durch die sie ein so düsteres Bild dieser Erde so leicht hinnehmen konnten. Erst später zeigte sich das wirkliche Wesen ihrer «Nüchternheit» und Gescheitheit so deutlich, daß sie es begreifen konnten: als die Seifenblase ihrer Scheinwelt plötzlich vor ihren Augen zerplatzte, waren viele von ihnen so wenig imstande, der rauhen Wirklichkeit und der Wahrheit ins Gesicht zu sehen, daß sie sich eine Kugel durch den Kopf schossen oder sich aus ihren hochgelegenen Bürofenstern auf die Straße stürzten. Und unter denen, die der Katastrophe ins Gesicht sahen und durchhielten, brach mancher ehrliche, in sich gefestigte Mann mit weißer Weste über Nacht zusammen und wurde vorzeitig ein zittriger Greis.

Aber das alles lag noch in der Zukunft. Freilich in sehr naher Zukunft – nur wußten sie es nicht; denn sie hatten sich dazu erzogen, ihren Sinnen nicht zu trauen. Ihre selbstzufriedene Sicherheit in jenem Oktober 1929 war unüberbietbar. Wohin sie ihre Blicke lenkten, sahen sie, daß alles Schein war – wie auf einer Bühne, aber da sie sich daran gewöhnt hatten, das Falsche für das Normale und Natürliche zu halten, steigerte das alles nur noch ihre Lebensfreude.

Alle beliebten Geschichten, die man sich in der Gesellschaft erzählte, handelten von irgendeinem Fall menschlicher Schikane, von Verrat oder Unehrlichkeit. Mit besonderer Vorliebe tauschten sie Anekdoten über die bezaubernden Schurkereien ihrer Chauffeure, Dienstmädchen, Köchinnen oder Schnapsschmuggler aus und erzählten einander, wie diese Leute sie betrogen hatten, so wie man von den Streichen eines Haustierchens berichtet.

Derartige Geschichten bildeten ein beliebtes Tischgespräch. Die Damen hörten sie mit mühsam gebändigter Heiterkeit an, und am

Schluß einer Geschichte pflegten sie langsam, Wort für Wort, als wäre eine so komische Geschichte einfach unglaublich, zu sagen: «Also – das finde – ich ein-fach – un-be-zahl-bar!» Oder sie lachten leicht kreischend auf: «Ist ja un-glaub-lich!» Oder sie riefen mit einem damenhaft unterdrückten Aufschrei: «Nein, nein! Das ist doch nicht wahr!» Sie hatten alle dieselben stereotypen modernen Phrasen, mit denen sie auf eine «amüsante» Anekdote «eingingen», denn ihr Leben war so steril und fade geworden, daß sie nicht mehr lachen konnten.

Mr. Jack hatte seine Leib- und Magengeschichte, die er so oft und so gut erzählte, daß sie bei allen Abendgesellschaften in den besten Häusern die Runde machte.

Vor ein paar Jahren, als sie noch in dem alten braunen Backsteinhaus im Westen wohnten, gab seine Frau wie jedes Jahr einen offenen Abend für alle Mitglieder des Theaters, an dem sie arbeitete. Als die Gesellschaft voll im Gange war und die Fröhlichkeit ihren Höhepunkt erreicht hatte, als die Schauspieler durch die Räume fluteten und sich nach Herzenslust an dem Überfluß guten Essens und Trinkens gütlich taten, hörte man plötzlich gellende Polizei-Sirenen und das Geräusch von Wagen, die mit Höchstgeschwindigkeit näher kamen. Die Sirenen wurden lauter, Mr. Jack und seine Gäste drängten sich besorgt an den Fenstern: ein schwerer Lastwagen, begleitet von zwei Polizisten auf Motorrädern, hielt vor dem Haus. Die beiden Polizisten, die Mr. Jack gleich als Freunde seiner Dienstmädchen erkannte, sprangen ab und hoben mit Hilfe ihrer Kollegen, die auf dem Lastwagen gesessen hatten, ein riesiges Faß vom Wagen, das sie feierlich über den Gehsteig und die Steinstufen hinauf ins Haus rollten. Das Faß war, wie sich herausstellte, voller Bier. Die Polizisten steuerten es zu der Gesellschaft bei, zu der sie geladen waren (denn wenn Jacks eine Gesellschaft für ihre Freunde gaben, durften die Hausmädchen und Köchinnen in der Küche eine Gesellschaft für die Polizisten und für die Feuerwehrleute geben). Mr. Jack war von dieser freundschaftlichen Freigebigkeit gerührt und wollte den Polizisten für ihre Auslagen und ihre Mühe etwas bezahlen, aber der eine Polizist sagte:

«Lassen Sie man, Boss. Ist schon okay Ich sag Ihnen, wie's ist», sagte er dann mit vertraulich gedämpfter Stimme. «Das Zeug kostet uns keinen Pfennig, verstehn Sie? Nee», erklärte er mit Nachdruck, «wir haben's ja auch geschenkt gekriegt. Aber klar!» Und taktvoll-leise fügte er hinzu: «Das sind unsere Prozente, damit wir das Zeug durchlassen, verstehn Sie?»

Mr. Jack verstand und erzählte die Geschichte immer wieder.

Denn er war ein wahrhaft gutmütiger und freigebiger Mensch, und eine solche Tat erwärmte und erfreute sein Herz, auch wenn es sich um Leute handelte, die sich jahrelang auf seine Kosten betrunken und den Wert von hundert Fässern Bier verkonsumiert hatten.

Während er also nicht umhin konnte, das Leben in dem trügerisch-falschen Licht zu sehen, in dem seine ganze Umgebung es sah, war er zugleich in einem Maße gütig und großzügig, wie man es nicht alle Tage antrifft. Das zeigte sich immer wieder. Er war jederzeit bereit, in Not befindlichen Leuten zu helfen, und er tat es immer wieder – ob es sich nun um Schauspieler handelte, die Pech gehabt hatten, um betagte alte Jungfern mit unrentablen Bühnenreformplänen, um Freunde, Verwandte oder um Hausangestellte, die im Dienst ergraut waren. Außerdem war er ein liebevoller und nachsichtiger Vater und überhäufte sein einziges Kind mit kostbaren Geschenken.

Und dafür, daß er zwischen all diesen schwankenden Gestalten einer fiebrig-unsicheren Welt lebte, hatte er merkwürdig zäh und ehrfürchtig an einer der ältesten Traditionen seiner Rasse festgehalten: er glaubte an die Heiligkeit und Unverletzlichkeit der Familie. So war es ihm gelungen, seine Familie trotz des sinnverwirrenden und jede Stabilität bedrohenden Tempos der Großstadt zusammenzuhalten. Das war das stärkste Band zwischen ihm und seiner Frau. Sie waren sich seit langem darüber einig, daß jeder sein eigenes Leben führen müsse, aber sie bemühten sich gemeinsam, die Einheit der Familie aufrechtzuerhalten. Es war ihnen gelungen, und auf dieser Basis achtete und liebte Mr. Jack seine Frau aufrichtig.

So also sah der gutangezogene Herr aus, der jeden Morgen von seinem schnelligkeitstrunkenen und großstadtgestählten Chauffeur ins Büro befördert wurde. Und gleich ihm stiegen im Umkreis von einem Kilometer zehntausend andere Männer aus ihren großen Wagen und begannen wieder einen Tag voller Hetzerei und trügerischen Scheins – lauter Herren, die in Anzug und Benehmen, in ihren allgemeinen Ansichten und vielleicht auch in ihrer Güte, in ihrer Wohltätigkeit und in ihrer Toleranz Mr. Jack sehr ähnlich waren.

Sobald sie vor ihren Bürohäusern abgesetzt wurden, schossen sie in flinken Aufzügen hinauf ins Wolkenreich ihrer Büros. Dort kauften, verkauften und handelten sie in einer wahnsinnsschwangeren Atmosphäre. Dieser Wahnsinn wich den ganzen Tag über nicht von ihnen, und das merkten sie auch. O ja, sie fühlten es deutlich genug. Aber sie sagten nichts. Denn das war bezeichnend für jene Zeit: die Menschen erkannten und spürten den ganzen Wahnsinn um sich her, sie sprachen aber nie davon und gestanden ihn nicht einmal sich selber ein.

Eingang für Dienstboten

Das große Mietshaus, in dem Jacks wohnten, gehörte nicht zu den Bauten, die der Insel Manhattan ihren verblüffend märchenhaften Charakter verleihen, zu jenen jäh aufragenden Wolkenkratzern, deren schwindelnd hohe, steile Fels-Fassaden viel mehr dem Himmel als der Erde anzugehören scheinen. Mit solchen Formen verbindet der Europäer im Geiste den Begriff New York, und die ankommenden Reisenden sehen sie vom Schiffsdeck aus als zarte, erschreckend-unmenschliche Zaubergebilde aus dem Wasser aufsteigen. Dieses Haus jedoch war von anderer Art.

Es war – nun, eben ein Haus. Gewiß, es war nicht schön, wirkte aber einfach durch seine Größe und durch seine kantige Masse. Äußerlich machte es den Eindruck eines riesigen, mit vielen Fenstern gleichmäßig punktierten Würfels aus verwittertem Stein. Es füllte einen ganzen Straßenblock aus.

Beim Eintreten stellte man fest, daß es rechteckig um einen großen quadratischen Mittelhof herumgebaut war. Dieser Hof war terrassenförmig angelegt; der tiefere Mittelteil war mit lockerem Kies bestreut, und auf der ihn umgebenden Terrasse waren Blumenbeete und ein breiter, gepflasterter Weg angelegt. Hinter dem Weg lag um den ganzen Hof herum ein Bogengang, der dem Ganzen das Aussehen eines riesigen Klosters verlieh. An diesem Klostergang befanden sich in regelmäßigen Abständen die Eingänge zu den Wohnungen.

Das Gebäude war so großartig-mächtig und derart solide, daß es den Eindruck erweckte, als wäre es direkt aus dem Felsengrund Manhattans herausgehauen. Dem war aber keineswegs so. Das mächtige Gebäude bestand in Wirklichkeit wie ein Bienenstock aus unzähligen Gängen und Höhlen. Es ruhte auf ungeheuren stählernen Trägern und Pfeilern, unter denen sich leerer Raum befand. Seine Knochen, Sehnen und Nerven endeten unter dem Straßenniveau in einer Unterwelt von mehreren Kellergeschossen, und darunter lag tief unten im mißhandelten Felsen der Eisenbahntunnel.

Nur wenn die Bewohner dieser hochherrschaftlichen Wohnungen den Boden unter ihren Füßen erzittern fühlten, erinnerten sie

sich daran, daß unter ihnen zu allen Tages- und Nachtzeiten sanft-
gleitende Expresszüge ein- und ausfuhren. Dann hatten manche
wohl das unendlich befriedigende Gefühl, daß die Stadt New York
sehr geschickt eine Ordnung auf den Kopf gestellt habe, die überall
sonst in Amerika unabänderlich festzustehen scheint: daß es in New
York schick sei, nicht nur «an der Bahn», sondern «auch über der
Bahn» zu wohnen.

An diesem Oktoberabend kurz vor sieben Uhr kam der alte John,
der einen der Dienstboten- und Lieferanten-Aufzüge des Hauses
bediente, langsam die Park Avenue entlang, um seinen Nachtdienst
anzutreten. Als er vor dem Eingang stand und gerade hineingehen
wollte, sprach ihn ein etwa dreißigjähriger, offensichtlich stark be-
trunkener Mann an.

«Sag mal, mein Junge . . .»

Bei dieser plump-vertraulichen Anrede, die gleichzeitig krie-
chend-schmeichlerisch und drohend klang, lief das Gesicht des alten Mannes vor Ärger rot an. Er beschleunigte seinen Schritt und
versuchte zu entkommen, aber der Kerl faßte ihn beim Ärmel und
sagte leise:

«Ich wollt ja bloß fragen, ob du nicht für 'n armen Schlucker . . .»

«Nein!» fuhr der Alte ihn böse an. «Gar nichts hab ich für dich!
Ich bin doppelt so alt wie du und hab mir jeden Cent sauer erarbei-
ten müssen. Wenn du was taugtest, würdest du's auch so machen!»

«Ach nee – wirklich?» höhnte der andere und sah den Alten böse
und kalt an.

«Wirklich!» antwortete der alte John patzig, drehte sich um und
ging durch den hohen, gewölbten Eingang ins Haus; er hatte selber
den Eindruck, daß seine Erwiderung etwas unzureichend gewesen
war, aber im Augenblick war ihm nichts Besseres eingefallen.
Während er den Bogengang zum Südflügel entlangging, brummte
er immer noch vor sich hin.

«Was ist denn los, Alter?» Es war Ed, ein Fahrstuhlführer vom
Tagesdienst. «Wo brennt's denn?»

«Ah –» krächzte John, immer noch vor Wut kochend – «diese
verdammten Bettler! Eben hat mich da draußen einer angehalten
und mich um 'n paar Cents angeschnorrt. 'n ganz junger Kerl, nicht
älter als du, und bettelt 'n alten Mann wie mich an! Der sollte sich
was schämen! Hab ich ihm auch gesagt. Ich sag: ‹Wenn du was
taugtest, dann würdest du arbeiten!›»

«Soso», sagte Ed mäßig interessiert.

«Jawohl», sagte John. «Die sollten mal dafür sorgen, daß die Ker-

173

le hier nicht immer rumlungern. Die kleben hier an der Gegend wie die Fliegen am Siruptopf. Haben gar kein Recht, unsere Leute hier zu belästigen.»

Sein Ton wurde etwas sanfter, als er von «unseren Leuten hier» redete; es war da eine gewisse Ehrerbietung herauszuhören. «Unsere Leute hier» mußten auf alle Fälle geschützt und behütet werden.

«Deshalb lungern die ja bloß immer hier rum», fuhr der Alte fort. «Die spekulieren auf das Mitleid der Leute im Haus. Neulich abend erst hab ich gesehn, wie einer Mrs. Jack um 'nen Dollar angebettelt hat. Großer Kerl, gesund und kräftig wie du! Ich war drauf und dran, ihr zu sagen, sie soll ihm nichts geben. Wenn er Arbeit sucht, kann er genauso gut 'ne Stellung finden wie du und ich! Ist ja schon so weit, daß 'ne Frau nicht mehr sicher mit dem Hund um den Block gehn kann. Eh sie rum ist, hat sich schon so 'n schmieriger Strolch an sie rangemacht. Wenn ich hier was zu sagen hätt, würd ich das abstellen. So 'n Haus wie unsers kann sich das nicht leisten. Das brauchen unsre Leute sich hier nicht bieten zu lassen!»

Nach dieser Rede, die von empörtem Rechtsgefühl und von dem Wunsch, die heiligsten Rechte «unserer Leute hier» vor weiteren Angriffen bettelnder Vagabunden zu schützen, geschwellt war, verschwand der alte John etwas besänftigt durch den Hintereingang des Südflügels und stand ein paar Minuten später fertig zum Nachtdienst auf seinem Posten im Fahrstuhl.

John Enborg, der Sohn eines norwegischen Matrosen und einer irischen Kellnerin, war vor mehr als sechzig Jahren in Brooklyn geboren. Trotz seines gemischten Blutes erkannte man ihn sofort als «Ur»-Amerikaner, denn er sah aus wie ein Yankee aus New England. Sogar sein Körperbau hatte typisch nationale Merkmale angenommen, die vielleicht den Einflüssen der Landschaft und des Wetters, aber auch denen des Tempos, der Sprache und der Sitten des Landes zuzuschreiben sind; die besondere Beschaffenheit der Nerven und der Lebenskraft spricht sich im ganzen Knochenbau und in der Muskulatur aus, so daß man einen Menschen unfehlbar gleich als Amerikaner erkennt, auch wenn seine Abstammung noch so gemischt ist.

In diesem Sinn war der alte John ein «Amerikaner». Er hatte den mager-sehnigen, von Wind und Wetter gedörrten und tiefzerfurchten Hals, er hatte das faltige, völlig ausgetrocknete Gesicht, auch die trockenen, keineswegs brutalen, aber ein wenig steif und hölzern-unbeweglich zusammengekniffenen Lippen und den etwas vorstehenden Unterkiefer, als hätte der brüllende Lebenskampf ringsum sogar seine Knochen zu unnachgiebiger Zähigkeit verhärtet. Er maß nicht viel über Mittelgröße, erschien aber größer, weil

174

sein ganzer Körper ebenso flechsig-hager war wie Gesicht und Hals. Seinen breiten, knochigen Händen mit den dick hervortretenden Adern sah man die schwere Arbeit an. Auch seine Stimme und seine Redeweise waren ausgesprochen «amerikanisch». Er sprach wenig und karg mit undeutlich-nasaler Aussprache. Obwohl er keinen bestimmten Akzent hatte, hätten die meisten Leute ihn der Sprache nach für einen Vermonter gehalten. Besonders auffallend war seine wortkarge Schroffheit, die als typische Yankee-Eigenschaft gilt und auf chronische schlechte Laune hinzudeuten scheint. Aber das schien nur so, denn er war keineswegs bösartig. Es war nun einmal seine Art. Er besaß einen trockenen Humor und hörte ausgesprochen gern den derben und schlagfertigen Flachsereien zwischen den jüngeren Fahrstuhlführern zu, aber er verbarg diese sanftere Seite seines Wesens hinter spöttisch-ablehnender Kurzangebundenheit.

Das zeigte sich deutlich, als Herbert Anderson eintrat. Herbert hatte Nachtdienst im Personenaufzug am vorderen Südeingang. Er war ein vierschrötiger, gutmütiger Bursche von 24 oder 25 Jahren mit abgezirkelten rosenroten Flecken auf seinen frischen, dicken Backen. Er hatte lebhafte, freundliche Augen und eine Fülle krausen braunen Haares, auf das er offensichtlich sehr stolz war. Er war Johns besonderer Liebling im ganzen Haus, obwohl das dem Gespräch, das sich nun zwischen ihnen entspann, nicht ohne weiteres zu entnehmen war.

«Du, hör mal, Alter!» rief Herbert, als er in den Dienstbotenaufzug trat und dem Alten einen scherzhaften Rippentriller gab. «Hast vielleicht schon die zwei Blondchen gesehn?»

Während John Enborg die Tür zuschlug und den Hebel umlegte, kniff er den trocken lächelnden Mund fast eigensinnig zusammen.

«Och», sagte er mürrisch und fast angeekelt, «wovon red'st du eigentlich?»

Der Aufzug fuhr abwärts und hielt, und John stieß die Tür zum Kellergeschoß auf.

«Na, tu doch nicht so!» stieß Herbert heftig hervor, während er zu den Kleiderspinden ging und Kragen und Schlips abband. «Du weißt doch, die beiden Blondchen, von denen ich dir erzählt hab, weißt du doch, Alter!» Dabei streifte er das Hemd von seinen muskulösen Schultern; dann hielt er sich mit einer Hand am Spind fest und bückte sich, um die Schuhe auszuziehen.

«Och», sagte der Alte ebenso mürrisch wie zuvor, «was du mir schon alles erzählst! Da hör ich gar nicht erst hin. Das geht bei mir zu einem Ohr rein und zum andern wieder raus.»

«Ach nee – wirklich?» fragte Herbert mit ironisch erhobener Stimme. Er beugte sich vor, um den anderen Schuh aufzuschnüren.

«Wirklich!» sagte John trocken.

Der Alte schlug von Anfang einen Ton trockenen Widerwillens an, konnte aber nicht verhehlen, daß Herberts Geschwätz ihn im stillen amüsierte. Er machte auch durchaus keine Miene, wegzugehen. Statt dessen hatte er sich neben der offenen Fahrstuhltür aufgepflanzt und die alten Arme lose in die Ärmel seiner «Uniform», einer abgetragenen grauen Alpakajacke, gesteckt und wartete nun eigensinnig lächelnd, als genösse er den Wortwechsel und als wäre er willens, ihn endlos fortzuführen.

«So einer also bist du!» sagte Herbert, stieg aus seiner frisch-gebügelten Hose und tat sie sorgfältig in einen Spanner, den er dem Spind entnommen hatte. Dann hängte er die Jacke über die Hose und knöpfte sie zu. «Da komm ich her und denk, du hast alles organisiert, und jetzt läßt du mich aufsitzen. Okay, Alter», sagte er in düster-resigniertem Ton. «Hab gedacht, du wärst 'n richtiger Kerl, aber wenn du nicht mehr mitmachen willst, wo ich mir soviel Mühe gegeben hab, dann muß ich mich eben nach einem andern umsehn.»

«Ach nee – wirklich?» fragte der alte John.

«Wirklich!» sagte Herbert mit der dieser Erwiderung angemessenen Betonung. «Dachte, ich hätt mit dir 'n guten Griff getan, aber ich seh schon, du bist 'ne Niete.»

John würdigte ihn keiner Antwort. Herbert stand in Socken und Unterwäsche da, hob die Schultern, reckte und streckte sich, dehnte mit angespannten Muskeln die Arme und kratzte sich schließlich den Kopf.

«Wo ist denn der alte Organisations-Hank?» fragte Herbert dann. «Hast ihn heut abend gesehn?»

«Wen?» fragte John und sah ihn etwas verblüfft an.

«Henry. Vor der Tür stand er nicht, als ich reinkam, und hier unten ist er auch nicht. Kommt reichlich spät.»

«Ach der!» Der kurze Ausruf hatte einen starken Unterton von Mißbilligung. «Ja, so!» Der Alte machte mit seiner knorrigen Hand eine wegwerfende Bewegung. «Kann den Kerl nicht ausstehn!» Er sprach mit der trockenen Exaktheit alter Leute, denen der Jargon der Jüngeren ungewohnt ist. «Nicht ausstehn kann ich den!» wiederholte er. «Nein, hab ihn heut abend nicht gesehn.»

«Ach, Hank ist in Ordnung, man muß ihn bloß näher kennen», sagte Herbert vergnügt. «Weißt doch, wie das ist, wenn einer Feuer und Flamme für was ist – er nimmt's zu ernst –, meint, alle Welt müßte so sein wie er. Aber in Ordnung ist er schon. Wenn man mit ihm über was andres redet, ist er gar nicht so schlecht.»

«Jawohl!» rief John plötzlich ganz aufgeregt, nicht als Bestätigung, sondern als Einleitung zu dem, was ihm gerade eingefallen war. «Weißt du, was er neulich zu mir sagt? ‹Möcht mal wissen, was all die reichen Trottel hier im Haus machen würden›, sagte er, ‹wenn sie sich nur ein einziges Mal herablassen und einen Tag schwer arbeiten müßten.› Das hat er zu mir gesagt! ‹Und die alten Huren da› – jawohl!» rief John und nickte empört. «‹Die alten Huren da›, sagt er, ‹die ich die ganze Nacht rein in den Fahrstuhl und wieder rausbugsieren muß, als könnten sie keine Treppe zu Fuß gehn – wenn die nun auf dem Fußboden rumrutschen und scheuern müßten wie deine Mutter und meine Mutter?› So geht das die ganze Zeit!» rief John entrüstet. «Und dabei verdankt er den Leuten hier seinen Lebensunterhalt und nimmt Trinkgelder von ihnen – und dann redet er so über sie! Nein!» brummte John und trommelte mit den Fingern gegen die Wand. «Ich kann das Gerede nicht leiden! Wenn das seine Meinung ist, dann soll er gehn. Ich mag den Kerl nicht.»

«Ach», sagte Herbert gleichgültig-obenhin, «Hank ist kein schlechter Kerl, Alter. Er meint's halb so schlimm. Ist alles nur Quengelei.»

Indessen legte er mit der Behendigkeit langer Erfahrung den gestärkten Hemdeinsatz an, der zu seiner Dienstuniform gehörte, und befestigte die Knöpfe daran. Während er sich vor dem kleinen, viel zu tief hängenden Wandspiegel bückte und hin und her drehte, sagte er zerstreut:

«Läßt mich also aufsitzen mit den zwei Blonden? Traust's dir wohl nicht zu, was?»

«Och», sagte der alte John und verfiel wieder in seinen trocken-überlegenen Ton. «Du weißt wohl nicht, was du red'st. Hab zu meiner Zeit mehr Mädchen gehabt, als du dir überhaupt ausdenken kannst.»

«Ach nee – wirklich?» fragte Herbert.

«Wirklich!» sagte John. «Ich hab Blonde gehabt und Braune und alle Sorten.»

«Hast denn nie Rothaarige gehabt, Alter?» grinste Herbert.

«Doch, ja, auch Rothaarige», sagte John mürrisch. «Jedenfalls mehr als du.»

«Also 'n richtiger Rumtreiber», sagte Herbert, «'n richtiger alter Schürzenjäger, was?»

«Nein, 'n Rumtreiber und 'n Schürzenjäger bin ich nicht. Hm!»

177

brummte John verächtlich. «Bin 'n verheirateter Mann – seit vierzig Jahren. Hab erwachsene Kinder, die älter sind als du!»

«Na, du alter Gauner!» rief Herbert und drehte sich mit gespielter Entrüstung zu ihm um. «Erst gibst du wer weiß wie an mit deinen Blonden und Rothaarigen, und dann spielst du plötzlich den Familienvater! Also, du . . .»

«Ach wo», sagte John, «kommt gar nicht in Frage! Hab doch nicht von *jetzt* geredet, sondern von *damals*! Damals hab ich die alle gehabt – vor vierzig Jahren!»

«Wen?» fragte Herbert mit Unschuldsmiene. «Frau und Kinder?»

«Och», sagte John angeekelt, «hör bloß auf. Denk bloß nicht, daß du mich für dumm verkaufen kannst. Ich hab in meinem Leben schon mehr vergessen, als du gelernt hast. Bild dir bloß nicht ein, daß du mich zum Narren halten kannst mit deinem neunmalklugen Gerede.»

«Also, diesmal machst du aber einen großen Fehler, Alter», sagte Herbert in bedauerndem Ton. Er hatte seine adrette graue Uniformhose angezogen und die breite weiße Halsbinde gebunden und zog nun, mit gebeugten Knien vor dem Spiegel stehend, sorgfältig die Jacke über seinen gutgebauten Schultern zurecht. «Wart nur, wenn du sie siehst – die beiden Blondchen! Die eine hab ich extra für dich ausgesucht.»

«Mir brauchst du keine auszusuchen», versetzte John griesgrämig. «Für solche Dummheiten hab ich keine Zeit.»

In diesem Augenblick kam der Nachtpförtner Henry hastig die Treppe herunter und schloß schlüsselklappernd seinen Spind auf.

«Was sagst du dazu, Genosse?» rief Herbert lärmend und wandte sich zu ihm. «Entscheide mal! Da hab ich doch für den Alten 'ne Verabredung mit zwei scharfen Blondinen zuwege gebracht, und er läßt mich aufsitzen. Ist das 'ne Art?»

Henry antwortete nicht. Er hatte ein schmales, blasses, strenges Gesicht mit achatblauen Augen und lächelte nie. Er zog seine Jacke aus und hängte sie ins Spind.

«Wo bist du gewesen?» fragte er.

Herbert sah ihn bestürzt an.

«Wo ich *wann* gewesen bin?» fragte er.

«Gestern abend.»

«Da hatt ich frei», sagte Herbert.

«*Wir* hatten frei», sagte Henry. «Wir hatten Versammlung. Sie haben nach dir gefragt.» Er drehte sich um und richtete seinen kühlen Blick auf den alten Mann. «Und du», sagte er streng, «du hast dich auch nicht sehn lassen.»

Die Miene des alten John erstarrte zu Eis. Er hatte sich anders hingestellt und begann ungeduldig-nervös mit seinen alten Fingern gegen die Seitenwand des Fahrstuhls zu trommeln. Dieses rasche, ärgerliche Geräusch verriet seine Spannung, aber seine Augen waren hart wie Stein, als er Henrys Blick begegnete; es war unverkennbar, daß er den Pförtner nicht ausstehen konnte. Zwischen ihnen herrschte die instinktive Feindschaft zweier gegensätzlicher Typen.

«Ach nee – wirklich?» fragte John in hartem Ton.

Henry antwortete kurzangebunden: «Ja.» Dann sah er ihn kalt von unten her an, als hielte er ihm eine Pistole vor und sagte: «Entweder kommst du zu den Gewerkschaftsversammlungen wie alle andern oder du fliegst raus, verstanden? Du magst ja 'n alter Mann sein, aber das gilt für dich genauso wie für alle andern.»

«Meinst du?» fragte John höhnisch.

«Jawohl, das mein ich.» Es klang endgültig-abschließend.

«Ach, herrje!» entschuldigte Herbert sich niedergeschlagen stammelnd und errötete vor Verlegenheit. «Ich hab's total vergessen – Ehrenwort! Ich ging grade ...»

«Na ja, so was hast du eben nicht zu vergessen», sagte Henry streng und sah ihn tadelnd an.

«Ich – ich hab doch meine Beiträge alle bezahlt», versuchte Herbert sich zu verteidigen.

«Darum handelt sich's nicht. Wir reden hier nicht von Beiträgen.» Zum erstenmal war etwas von leidenschaftlicher Entrüstung in der harten Stimme, als er ernst fortfuhr: «Wo kommen wir denn hin, wenn jeder wegrennt, wenn wir 'ne Versammlung haben? Was hat denn das alles für 'n Zweck, wenn wir nicht zusammenhalten?»

Er schwieg nun und sah beinahe trotzig Herbert an, der sein gerötetes Gesicht wie ein gescholtener Schuljunge hängen ließ. Aber dann sprach Henry freundlicher und ruhiger weiter, und man merkte, daß er unter seiner harten Schale den abtrünnigen Genossen wirklich gern hatte.

«Für diesmal hab ich's in Ordnung gebracht», sagte er gelassen. «Ich hab den Jungens gesagt, du wärst erkältet und nächstes Mal brächt ich dich mit.»

Weiter sagte er nichts und begann schnell, sich auszuziehen.

Herbert sah verwirrt, aber erleichtert aus. Er wollte etwas sagen, besann sich aber anders. Er bückte sich, um einen letzten prüfenden Blick in den kleinen Spiegel zu werfen, ging dann schnell zum Fahrstuhl und sagte nun wieder ganz burschikos:

«Also dann, okay, Alter! Vorwärts!» Er nahm seinen Platz im

Fahrstuhl ein und fuhr mit gespieltem Bedauern fort: «Zu schade, daß es nun mit dir und den blonden Mädchen nichts wird, Alter. Aber vielleicht besinnst du dich noch, wenn du sie siehst.»

«Ach wo, ich besinn mich gar nicht», sagte John grämlich-unversöhnlich und schlug die Tür zu. «Weder über die noch über dich.»

Herbert lachte den Alten an, die rosigen Flecken auf seinen Bakken glänzten, und seine munteren Augen blitzten vor guter Laune.

«Also so denkst du von mir?» sagte er und puffte den Alten zärtlich mit der Faust in die Seite. «Glaubst mir wohl nicht, was?»

«Dir glaub ich gar nichts, und wenn du mir's auf zwanzig Bibeln schwörst», nörgelte John. Er legte den Hebel nach vorn, und der Aufzug fuhr hinauf. «Bist 'ne Klatschbase, weiter nichts. Ich hör gar nicht auf das, was du sagst.» Er hielt den Aufzug an und öffnete die schwere Tür.

«Bist mir 'n schöner Freund!» sagte Herbert und ging auf den Gang hinaus. Voller Selbstgefühl und sichtlich seine gute Laune genießend zwinkerte er zwei hübschen, rotbackigen irischen Dienstmädchen zu, die nach oben fahren wollten; dann deutete er mit dem Daumen auf den Alten und sagte: «Was soll man bloß mit so 'nem Kerl anfangen? Da verschaff ich ihm 'ne feste Verabredung mit 'nem blonden Mädchen, und er will mir's nicht glauben und denkt, wär alles blauer Dunst.»

«Ist es auch, jawohl», sagte der Alte grämlich zu den lachenden Mädchen. «Alles blauer Dunst. Redet immerfort von seinen Mädchen und hat bestimmt in seinem Leben noch keine gehabt. Wenn der so 'n Blondchen nur von fern sieht, läuft er wie 'n Hase.»

«'n schöner Freund!» sagte Herbert spöttisch-erbittert zu den Mädchen. «Also gut, Alter, okay. Mach, was du willst. Aber wenn die beiden Blondchen kommen, dann sag ihnen, sie sollen warten, bis ich wiederkomme, hörst du?»

«Solltest lieber dafür sorgen, daß sie gar nicht erst herkommen», sagte John. Er schüttelte störrisch sein weißes Haupt und benahm sich überhaupt sehr streitbar, aber man merkte deutlich, daß er sich köstlich amüsierte. «Ich will so was hier in unserm Haus nicht sehn – keine Blonden und keine Braunen und überhaupt keine», brummte er. «Wenn sie kommen, dann find'st du sie nicht mehr, wenn du wiederkommst. Ich schick sie weg. Werd schon mit ihnen fertig werden, grad so gut wie du.»

«Und *so was* nennt sich Freund!» sagte Herbert erbittert zu den beiden Mädchen und deutete wieder mit dem Daumen auf den Alten. Dann schickte er sich an zu gehen.

«Jedenfalls glaub ich dir kein Wort!» rief John dem davongehenden Herbert nach. «Hast ja gar keine Blondchen ... Hast nie welche gehabt ... So 'ne Rotznase wie du!» rief er triumphierend hinterdrein, als wäre ihm jetzt erst der glücklichste Einfall des Abends gekommen. «Ja, das bist du, 'ne richtige Rotznase!»

Herbert blieb an der Tür, die in den Hauptkorridor führte, stehen und warf einen drohenden Blick auf den Alten, aber das Funkeln seiner lustigen Augen strafte die Drohung Lügen.

«Ach nee – wirklich?» grölte er.

Mit einem grimmigen Blick auf den Alten stand er noch einen Augenblick da, zwinkerte den beiden Mädchen zu, ging durch die Tür und drückte auf den Knopf des Personenaufzugs, dessen Führer er für die Nacht abzulösen hatte.

«Der redet was zusammen», sagte John grämlich, als die Mädchen in den Dienstbotenaufzug stiegen und er die Tür schloß. «Dieses ewige Geschwätz von den Blondchen, die er mitbringen will – und noch nie hab ich wirklich eine gesehn. Nein!» brummte er verächtlich, während der Fahrstuhl nach oben schwebte. «Lebt ja bei seiner Mutter in Bronx und wär starr vor Schreck, wenn ein Mädchen ihn auch bloß ansähe.»

«Aber Herbert sollte eine Freundin haben», sagte das eine Mädchen ganz sachlich. «Ist doch 'n netter Junge, John.»

«Jaja, der ist schon ganz in Ordnung», brummelte der Alte.

«Und sieht doch auch gut aus», sagte das andere Mädchen.

«Jaja, das tut er schon», sagte John und fuhr ohne Übergang fort: «Übrigens: was ist denn heut abend bei euch los? Da liegt 'n ganzer Haufen Pakete für oben.»

«Mrs. Jack gibt 'ne große Gesellschaft», sagte das eine Mädchen. «John, sind Sie wohl so gut und bringen alles möglichst bald rauf? Es könnte was dabei sein, was wir eilig brauchen.»

«Na schön», sagte er halb streitsüchtig, halb unwillig, um seine Gutmütigkeit zu verbergen. «Werd mein möglichstes tun. Scheinen heut abend überall große Gesellschaften zu sein», brummte er. «Manchmal geht das hier bis zwei oder drei Uhr morgens. Man könnte meinen, die Leute hätten weiter nichts zu tun, als die ganze Zeit Gesellschaften zu geben. Da brauch ich ja 'n ganzes Regiment, um die Pakete raufzuschaffen. Jawohl!» brummelte er vor sich hin. «Und was kriegt man dafür? Nicht mal 'n Dankeschön ...»

«Aber John!» sagte das eine Mädchen vorwurfsvoll «Sie wissen doch, daß Mrs. Jack nicht so ist! Sie wissen doch selber ...»

«Nein, nein, die ist schon in Ordnung», sagte John, zwar immer noch unwillig, aber schon merklich sanfter. «Wenn alle so wären wie die», fuhr er fort, aber dann fiel ihm wieder der Bettler ein, und er sagte ärgerlich: «Die ist viel zu gutherzig! Diese herumstrolchenden Bettler kleben wie die Fliegen an ihr, sobald sie aus dem Haus geht. Neulich abend hab ich gesehn, wie einer sie um 'nen Dollar angeschnorrt hat, da war sie noch keine fünf Meter gegangen. Ist ja verrückt, daß sie sich auf so was einläßt. Werd ich ihr auch sagen, wenn ich sie seh!»

Bei dem Gedanken an Mrs. Jacks Gutmütigkeit war der alte Mann vor Empörung ganz rot geworden. Er öffnete die Tür zum Dienstbotenaufgang und brummte, während die Mädchen ausstiegen, vor sich hin:

«Unsre Leute hier sollten sich auf so was gar nicht einlassen ... Also schön, ich werd sehn, daß ihr das Zeug nach oben kriegt», sagte er entgegenkommend, als das eine Mädchen die Hintertür aufschloß und hineinging.

Einige Sekunden nachdem die Tür sich hinter den Mädchen geschlossen hatte, stand der Alte noch da und starrte auf die Tür – nichts als ein einförmig-leeres Stück gestrichenes Blech, auf das die Wohnungsnummer gemalt war; aber wenn jemand seinen Blick gesehen hätte, dann hätte er einen Ausdruck zärtlicher Ehrerbietung feststellen können. Dann schloß John die Fahrstuhltür und fuhr nach unten.

Als er im Erdgeschoß anlangte, kam gerade der Pförtner Henry die Kellertreppe herauf. Er war für seinen Nachtdienst fertig angezogen und ging wortlos am Dienstbotenaufzug vorbei. John rief ihn an.

«Wenn vorne Pakete abgegeben werden», sagte er, «dann schick sie zu mir rum.»

Henry wandte sich um, sah ohne das Gesicht zu verziehen den Alten an und fragte barsch: «Was?»

«Ich sag», wiederholte John, ärgerlich über das mürrisch-strenge Gehabe des anderen, mit schrill erhobener Stimme, «wenn einer am Vordereingang was abgeben will, dann sollst du ihn zum Hintereingang schicken.»

Henry sah ihn wortlos an, und der Alte fügte hinzu:

«Bei Jacks ist heut abend Gesellschaft. Sie haben mich gebeten, alles rasch raufzuschicken. Wenn also noch was abgegeben wird, dann schick's nach hinten.»

«Warum?» fragte Henry kühl und ausdruckslos und starrte ihn unverwandt an.

Diese Frage mit ihrem unverschämten Trotz gegen die Autorität – seine Autorität, die Autorität der Hausverwaltung, die Autorität «unserer Leute hier» oder *irgendeine* Autorität – brachte den Alten zur Raserei. Heiß und erstickend brauste die Wut in ihm auf, und unbeherrscht brüllte er los:

«Weil sie hierher gehören – darum! Hast ja lange genug solche Stellungen wie hier gehabt und weißt immer noch nicht, was sich gehört! Solltest doch allmählich wissen, daß es unsre Leute hier nicht wünschen, daß jeder x-beliebige Tom oder Dick oder Harry mit seinem Paket mit ihnen im Vorderaufzug fährt!»

«Warum?» fragte Henry noch einmal absichtlich unverschämt. «Warum woll'n sie das nicht?»

«Darum!» brüllte der alte John mit puterrotem Gesicht. «Wenn du nicht mal so viel Verstand hast, um das zu kapieren, dann solltest du hier kündigen und Steine klopfen gehn. Dafür wirst du ja bezahlt, daß du so was weißt! Das gehört zu deiner Stellung als Pförtner in so 'nem Haus! Wenn du nicht allmählich so viel Verstand hast, daß du tust, was man von dir erwartet, dann solltest du lieber kündigen und die Stelle einem überlassen, der weiß, worum's hier geht!»

Henry sah ihn nur kalt und unbewegt mit seinen achatblauen Augen an und sagte dann mit verhaltener Stimme:

«Nun hör mal zu: du weißt doch, was mit dir passiert, wenn du dich nicht in acht nimmst. Du bist nicht mehr jung, Alter, da solltest du lieber 'n bißchen vorsichtig sein. Eines Tages wirst du auf der Straße dabei erwischt, wie du dich darüber aufregst, daß die Leute hier im Haus mit demselben Aufzug fahren müssen wie 'n Lieferant. Du machst ein Gewese darum, als könnten sie sich anstecken, wenn sie mit einem im selben Fahrstuhl fahren, der ein Paket trägt. Und weißt du auch, was mit dir passiert, Alter? Ich will's dir sagen: du machst ein solches Gewese darum, daß du gar nicht merkst, wo's langgeht. Du wirst nämlich überfahren, verstehst du?»

Die verhaltene Wut dieser unerbittlichen Stimme ließ den Alten einen Augenblick – nur einen kurzen Augenblick – am ganzen Körper erzittern. Und die Stimme fuhr fort:

«Jawohl, Alter, überfahren wirst du. Und nicht von was Kleinem oder Billigem, nicht von 'nem Ford-Laster oder 'nem Taxi, sondern von 'nem großen, blanken Schlitten, der 'n Batzen Geld gekostet hat. 'n Rolls-Royce wird's mindestens sein, und hoffentlich gehört er einem von den Leuten hier. Du wirst abkratzen wie jeder andere Wurm, aber ich wollt dir nur vorher sagen, daß es nicht billig wird – nein, mit 'nem großen Rolls-Royce – von denen hier im Haus. Ich will nur dein Bestes, Alter.»

Der alte John war puterrot angelaufen, und seine Stirnadern traten wie dicke Stricke hervor. Er wollte sprechen, aber er fand keine Worte. Als ihm gar nichts anderes einfiel, nahm er schließlich zu der einzigen Erwiderung seine Zuflucht, mit der er stets in den verschiedensten Variationen seinen Gefühlen Luft machte; er stieß mühsam krächzend heraus:

«Ach nee – wirklich?» Und diesmal waren die Worte voll unversöhnlichen Hasses.

«Wirklich!» sagte Henry tonlos und ging davon.

Vor der Schlacht

Kurz nach acht Uhr trat Mrs. Jack aus ihrem Zimmer und ging durch die weite Halle, die von der Vorderfront bis zur Rückseite ihrer geräumigen Wohnung reichte. Die Gäste waren zu halb neun geladen, aber sie wußte aus langer Erfahrung, daß die Gesellschaft vor neun nicht richtig in Schwung kommen würde. Während sie die Halle mit raschen, munteren Schritten durchquerte, spürte sie eine angenehme Erregung, obwohl sich in ihre freudige Erwartung allerlei Befürchtungen und Zweifel mischten.

War alles fertig? Hatte sie noch etwas vergessen? Hatten die Mädchen ihre Anordnungen befolgt oder hatten sie irgend etwas versiebt? Fehlte noch etwas?

Zwischen ihren Augen erschien eine Falte, und unwillkürlich streifte sie mit einer raschen Bewegung ihrer schlanken Hand den alten Ring am Finger hin und her. In dieser Bewegung lag das instinktive Mißtrauen eines hochbegabten und stets wachsamen Menschen gegen die weniger Begabten. Ungeduld lag darin und ein wenig Verachtung – nicht eine Verachtung aus Hochmut oder aus Mangel an menschlicher Wärme, sondern eine Verachtung, die sich ein wenig scharf etwa so äußern könnte: «Jaja, ich weiß schon! Ich kenn das alles. So was braucht man mir nicht erst zu erklären. Kommen wir zur Sache. Was können Sie? Was haben Sie gemacht? Kann ich mich darauf verlassen, daß Sie alles Notwendige erledigen?» Und während sie lebhaft durch die Halle schritt, schossen die Gedanken wie Lichtblitze auf einem Teich schärfer und schneller durch ihren Kopf, als man sie beschreiben könnte.

«Ob die Mädchen wohl an alles gedacht haben, was ich ihnen gesagt habe?» dachte sie. «Mein Gott, wenn Nora bloß nicht wieder zu trinken angefangen hat!– Und Janie! Sie hat ein Herz von Gold, natürlich, aber sie *ist* nun mal dumm! – Und die Köchin! Na ja, kochen kann sie, aber sonst kann sie nicht bis drei zählen. Und wenn man ihr irgendwas sagen will, ist sie ganz verdattert und fängt an, auf deutsch zu gurgeln. Damit macht man's nur schlimmer, als wenn man gar nichts sagt. – Und May – also da kann man weiter nichts machen, bloß hoffen, daß alles gutgeht.» Die Sorgenfalte zwischen ihren Augen vertiefte sich noch, und der Ring glitt rascher denn je an ihrem Finger hin und her. «Man sollte meinen, sie wüßten, wie gut sie's haben und was für ein schönes Leben sie hier führen! Man sollte meinen, sie müßten das ein bißchen zeigen!» dachte sie entrüstet. Aber gleich darauf regte sich in ihr ein zärtliches Mitgefühl, und ihre Gedanken nahmen wieder den üblichen Lauf: «Na ja, die armen Dinger! Wahrscheinlich tun sie ihr Bestes. Man kann sich bloß damit abfinden, und im übrigen muß man eben das, was man ordentlich gemacht haben will, selber machen.»

Inzwischen war sie ins Wohnzimmer eingetreten; sie vergewisserte sich mit einem rasch prüfenden Blick, daß alles am richtigen Platz war. Sie war zufrieden, und die Besorgnis in ihren Augen ließ ein wenig nach. Sie steckte den Ring wieder an den Finger und ließ ihn dort, und über ihr Gesicht glitt der befriedigte Ausdruck eines Kindes, das stumm in die Betrachtung eines geliebten, selbstgeschaffenen Gegenstandes versunken ist und ihn wohlgelungen findet.

In dem großen Zimmer war alles für die Gesellschaft bereit. Alles darin sah genauso aus, wie sie es immer wünschte. Das Zimmer hatte so edle Proportionen, daß es fast zeremoniell wirkte, aber der unbestechliche Geschmack seiner Herrin hatte alles so fein aufeinander abgestimmt, daß seine kühl-zurückhaltende Vornehmheit stark gemildert wurde. Einem Fremden mußte dieses Wohnzimmer in seiner behaglichen Schlichtheit nicht nur gemütlich, sondern bei näherer Betrachtung sogar ein bißchen schäbig vorkommen. Fast jeder Gegenstand in diesem Raum war irgendwie abgenutzt. Die Bezüge der Couches und einiger Sessel waren hier und da fadenscheinig. Der alte, in verblichenem Grün gemusterte Teppich zeigte deutlich abgetretene Stellen. Ein antiker Klapptisch stand ein bißchen schief unter der Last der hübschen, abgeschirmten Lampe und einiger Stöße von Büchern und Zeitschriften. Auf dem etwas fleckigen und zerkratzten Kaminsims aus elfenbeinfarbenem Marmor lag ein Stück grün-verschossener Chinaseide, und darauf stand ein bezauberndes Jade-Figürchen, das seine leichtgekrümmten Finger in einer echt chinesischen Geste gnädigen Erbarmens erhob. Über dem Kaminsims hing ein Porträt der zwanzigjährigen Esther in all ihrem jugendlichen Liebreiz; ein inzwischen verstorbener und berühmt gewordener Maler hatte es vor langer Zeit gemalt.

Drei Seiten des Zimmers wurden von Bücherregalen eingenommen, die bis zu einem Drittel der Wandhöhe reichten; sie waren mit freundlich-ansprechenden Büchern ausgefüllt, deren Rücken die Spuren warmer, menschlicher Hände trugen. Man sah, daß sie immer wieder gelesen wurden. Keine Spur von jenen steifen, kostbaren Lederbänden, die oft ehrfürchtig-ungelesen die Bibliotheken der Reichen zieren. Auch kein Anzeichen der abstoßend-gierigen Leidenschaft des professionellen Sammlers. Wenn sich in diesen praktischen Regalen Erstausgaben befanden, dann nur deshalb, weil sie bei ihrem Erscheinen gekauft worden waren, um gelesen zu werden. Die Fichtenscheite in dem großen Marmorkamin krachten und warfen einen warmen Feuerschein über die abgenutzten Bucheinbände, und Mrs. Jack empfand den Anblick des harmonisch-behaglichen Farbenspiels als etwas Friedlich-Tröstliches. Da standen ihre liebsten Romane und Geschichtswerke, Stücke, Gedichte und Biographien, die großen Werke über Dekoration und Bühnenbildnerei, über Malerei, Graphik und Architektur, die sie in ihrem an Arbeit, Reisen und Genuß so reichen Leben gesammelt hatte. Alle diese Dinge – Stühle und Tische, Seidenstoffe und Jadefiguren, Zeichnungen, Gemälde und Bücher – waren im Laufe der Zeit zusammengekommen und durch die Instinktsicherheit dieser Frau zu einem Wunder an Harmonie verschmolzen. Es ist also nicht verwunderlich, daß ihr Gesicht beim Anblick ihres schönen Zimmers sich glättete und noch lieblicher erglühte. Ein solches Zimmer gab es nur einmal – das wußte sie genau.

«Ach», dachte sie, «mein schönes Zimmer! Es lebt, als wär's ein Stück von mir. Lieber Gott, wie wunderschön es doch ist! Wie warm – und wie ehrlich! Gar nicht wie in einer Mietwohnung – nicht einfach ein Zimmer unter anderen. Nein», dachte sie und warf einen Blick in die geräumige lange Halle hinaus, «wenn der Fahrstuhl nicht wäre, könnte man denken, es wäre ein herrliches altes Haus. Ich weiß nicht, woher es kommt, aber über dem Ganzen liegt» und während sie nach den richtigen Worten suchte, erschien zwischen ihren Augen eine kleine, diesmal angestrengt-nachdenkliche Falte – «etwas Großartiges – und Schlichtes.»

Das war auch wirklich der Fall. Man konnte auch damals bei einem jährlichen Einkommen von 15 000 Dollars einen ganz beträchtlichen Haufen Schlichtheit kaufen. Und wie ein Echo dieses Gedankens ging ihre Überlegung weiter:

«Wenn man es mit den meisten Wohnungen heutzutage vergleicht – mit den schauerlichen Wohnungen, in denen all die reichen Leute wohnen! Einfach nicht zu vergleichen! Wie reich sie auch sein mögen – hier ist eben etwas, das nicht mit Geld zu kaufen ist.»

Als sie im Geiste die tadelnden Worte von den «schauerlichen Wohnungen, in denen all die reichen Leute wohnen» formulierte, krauste sie in heftiger Verachtung die Nase. Denn Mrs. Jack hatte nie viel vom Reichtum gehalten. Obgleich sie mit einem reichen Mann verheiratet war und seit Jahren nicht zu arbeiten brauchte, gehörte es zu ihren unerschütterlichen Überzeugungen, daß man sie und ihre Familie unmöglich als «reich» bezeichnen könnte. «Ach nein, wir sind nicht *wirklich* reich», pflegte sie zu sagen. «Nicht so wie die wirklichen reichen Leute.» Und zur Bekräftigung wies sie nicht auf die 130 Millionen Menschen, die tief unter ihr in die Tretmühle eines harten Lebens eingespannt waren, sondern auf die 10 000 sagenhaften Geschöpfe, die über ihr auf geldgepflasterten Gipfeln thronten und mit ihr verglichen «wirklich reich» waren.

Aber im übrigen war sie «ein Arbeiter», und sie war es immer gewesen. Bei einem Blick auf ihre anmutig-kräftigen, zielbewußt-flinken kleine Hände wußte man, daß das Leben dieser Frau immer ein Leben der Arbeit gewesen war. Daher ihr tiefer Stolz und die Unbestechlichkeit ihrer Seele. Sie war nie auf den Geldbeutel eines Mannes angewiesen gewesen, hatte nie die schützende Kraft eines Mannes nötig gehabt. «Liegt nicht meine Hilfe in mir selbst?» Ja, *sie* konnte das sagen. Sie war ihren eigenen Weg gegangen, sie hatte sich selbst erhalten und hatte schöne Dinge von bleibendem Wert geschaffen. Sie kannte keinen Müßiggang, und so ist es kein Wunder, daß sie sich nicht als «reich» betrachtete. Sie war ein Arbeiter und hatte Arbeit geleistet.

Nachdem die Prüfung des großen Zimmers zu ihrer Zufriedenheit ausgefallen war, wandte sie sich anderen Dingen zu. Vom Wohnzimmer führte eine jetzt geschlossene und mit duftigen Vorhängen verhüllte Glastür ins Speisezimmer. Mrs. Jack zog die Vorhänge auf und öffnete die Tür. Dann blieb sie, die Hand zur Brust erhoben, wie angewurzelt stehen. Unwillkürlich stieß sie ein bewunderndes und entzücktes «Oh!» aus. Das war zu schön, einfach zu schön! Aber genauso hatte sie es erwartet, denn so hatte es bei all ihren Gesellschaften ausgesehen. Trotzdem war dieser großartige Anblick jedesmal wieder neu.

Alles war tadellos arrangiert. Die Platte des großen Eßtischs aus Nußbaumholz war spiegelblank poliert. In der Mitte stand auf einem Deckchen aus schwerer Spitze eine schöne, breitausladende Schale voll duftender Schnittblumen. An den vier Ecken waren hohe Stöße von Tellern aus Meißener Porzellan aufgestellt, daneben lagen in Reih und Glied blitzende Messer, Gabeln und Löffel aus schwerem, altenglischem Silber. Die echten Renaissance-Stühle standen rings an den Wänden, denn das Essen wurde in Form eines Büfetts serviert. Die Gäste konnten sich nach Belieben selber bedienen und würden auf diesem üppigen Tisch alles finden, was einen verwöhnten Gaumen reizen konnte.

Auf dem einen Ende der Tafel lag auf einer riesigen, silbernen Tranchierplatte ein knusprig braungebratenes Roastbeef. Es war an einer Seite «angeschnitten», und ein paar Scheiben lagen daneben, so daß jeder das ausgesucht saftige und rosige Fleisch des Bratens besichtigen konnte. Am anderen Tischende lag auf einer zweiten großen Tranchierplatte ein ebenfalls angeschnittener gebackener Virginia-Schinken mit glänzender Zuckerkruste, der über und über mit Gewürznelken gespickt war. Dazwischen war jedes Plätzchen mit einer überwältigenden Fülle der verschiedenartigsten, verlokkendsten Delikatessen besetzt. Da gab es große Schalen mit gemischtem grünem Salat, mit Geflügelsalat, Krabbenfleisch und mit rötlich-weißen, festen Hummerscheren, die unversehrt ihrer Schalen entkleidet waren. Da gab es Platten mit aufgeschnittenem goldgelbem Räucherlachs, der seltensten und teuersten Delikatesse. Da gab es Schüsseln mit schwarzem und rotem Kaviar und mit unzähligen anderen *hors d'œuvres* – mit Champignons, Heringen, Anchovis, Sardinen, mit jungen, zarten Artischocken, mit eingelegten Zwiebeln und roten Beeten, mit aufgeschnittenen Tomaten und russischen Eiern, mit Walnüssen, Mandeln und Pekannüssen, mit Oliven und Stangensellerie. Kurz – es war fast alles da, was man sich wünschen kann.

Das alles war wie die Tafel des Gargantua, wie die unvergeßliche Vision eines legendären Festessens. Nur wenige «reiche» Leute hätten sich getraut, so ein «Supper» wie Mrs. Jack zu geben, und das mit Recht. Nur Mrs. Jack konnte so etwas machen, nur sie konnte es richtig machen. Deshalb waren ihre Gesellschaften auch berühmt, und deswegen sagte auch kein Eingeladener ab. Denn seltsamerweise war an dieser üppigen Tafel nichts Unordentliches oder Ausschweifendes. Sie war ein Wunder sicher-maßvoller Planung. Niemand hätte sagen können, daß etwas fehlte, aber auch niemand hatte das Gefühl, daß es im geringsten übertrieben wäre.

Wohin man in diesem schlichten und strengen Speisezimmer blickte, bemerkte man denselben sicheren Geschmack, denselben Stil, der nie ausgeklügelt, sondern immer nachlässig-graziös und vollkommen richtig wirkte. Auf dem großen Büfet an der einen

Wand schimmerte eine Reihe verschiedenartigster Flaschen und Karaffen, Syphons und hoher, hauchdünner Gläser. Auf der anderen Seite standen zierlich wie Grazien zwei Vitrinen im Kolonialstil mit kostbarem Porzellan, Kristall und Silber, mit prachtvollen alten Tellern und Tassen, Terrinen und Schüsseln, Krügen und Kannen.

Nachdem Mrs. Jack alles beifällig gemustert hatte, ging sie rasch durch die Pendeltür, die zur Anrichte, zur Küche und zu den Mädchenzimmern führte. Beim Näherkommen hörte sie das aufgeregte Lachen und Schwatzen der Mädchen, in das sich die kehlige Stimme der Köchin mischte. Sie fand alles in geschäftiger Ordnung und Bereitschaft vor. Die große, gekachelte Küche war makellos sauber wie der Operationssaal eines Krankenhauses. Der Herd mit seinem prächtigen Abzug war so groß, wie man ihn sonst nur in großen Restaurants sieht, und von oben bis unten frisch gescheuert, geölt und poliert. Die lange Reihe kupferner Kochgefäße – Tiegel und Kessel, Töpfe und Pfannen von jeder Form und Größe, vom allerkleinsten zum Kochen eines Eies bis zum allergrößten, in dem eine Mahlzeit für ein Regiment Soldaten Raum hatte – war so blank gescheuert und geputzt, daß Mrs. Jack sich darin spiegeln konnte. Der große Tisch in der Mitte der Küche war schneeweiß wie ein Operationstisch, und die Regale und Schränke, die Schubladen und die Geschirrbretter blitzten, als wären sie eben mit Sandpapier abgerieben worden. Über den Stimmen der Mädchen schwebte das leise, merkwürdig eindringliche, dynamische Summen des riesigen Kühlschranks, der sich wie ein blendend weißes Schmuckstück ausnahm.

«Ach, und das hier!» dachte Mrs. Jack. «Das ist das Allervollkommenste! Das ist der schönste Raum im ganzen Haus! Gewiß, die anderen Räume lieb ich auch – aber gibt's in der ganzen Welt etwas Großartigeres und Herrlicheres als eine schöne Küche? Und wie vorbildlich die Köchin sie hält! Das möchte ich malen können! Aber nein – dazu müßte man ein Breughel sein! Kein heutiger Maler könnte das . . .»

«Oh, was für ein schöner Kuchen!» sagte sie jetzt laut zur Köchin.

Die Köchin blickte von der großen Schichttorte auf, die sie gerade andächtig mit den letzten Verzierungen aus Zuckerglasur versah, und ein schwaches Lächeln erhellte ihr stumpfes, germanisches Gesicht.

«Sie mögen ihn, ja?» fragte sie. «Finden Sie ihn schön?»

«Aber ja!» rief Mrs. Jack so kindlich aufrichtig, daß die Köchin diesmal ein wenig breiter lächelte. «Es ist der *schönste*, der *wunder-*

barste Kuchen!» Mit einem komisch-verzweifelten Achselzucken wandte sie sich ab, als fehlten ihr die rechten Worte.

Die Köchin gurgelte höchst befriedigt ihr kehliges Lachen, und Nora sagte lächelnd:

«Ja, Mrs. Jack, das stimmt! Das hab ich ihr eben auch gesagt.»

Mrs. Jack warf Nora einen flüchtigen Blick zu und sah zu ihrer Erleichterung, daß sie ganz klar, nüchtern und in Form war. Gott sei Dank hatte sie sich zusammengenommen! Man sah gleich, daß sie seit heute früh nicht mehr getrunken hatte. Trinken wirkte wie Gift auf sie, und man merkte es sofort, wenn sie auch nur genippt hatte.

Janie und May, die in ihren schmucken, gestärkten Servierkleidern zwischen der Küche und dem Wohnraum der Mädchen hin und her gingen, sahen wirklich ganz reizend aus. Es zeigte sich, daß alles in bester Ordnung war, viel besser, als Mrs. Jack es erwartet hatte. Nichts war vergessen, alles war bereit. Es würde eine großartige Gesellschaft werden.

In diesem Augenblick schlug scharf die Klingel an. Mrs. Jack stutzte und sagte schnell:

«Es hat geklingelt, Janie.» Dann fügte sie für sich hinzu: «Wer kann denn jetzt . . .?»

«Ja, gnä' Frau», sagte Janie, die aus dem Mädchenzimmer kam. «Ich geh schon, Mrs. Jack.»

«Ja, gehn Sie, Janie. Ich möchte wissen, wer . . .» Sie sah erstaunt nach der Küchenuhr und dann auf die kleine Platinuhr an ihrem Handgelenk. «Es ist doch erst Viertel nach acht! Ich kann mir nicht denken, daß jemand so früh kommt. Oh!» rief sie, denn es kam ihr ein erleuchtender Gedanke. «Das wird vielleicht Mr. Logan sein. Wenn er's ist, führen Sie ihn in die Halle, Janie. Ich komme gleich raus.»

«Ja, Mrs. Jack», sagte Janie und ging hinaus.

Mrs. Jack warf noch einen raschen Blick über die Küche, bedachte die Köchin mit einem Lächeln des Dankes und der Anerkennung für ihre Kunst und folgte dem Mädchen in die Halle.

Es war Mr. Logan. Mrs. Jack traf ihn in der Halle, wo er gerade zwei umfangreiche schwarze Koffer abgesetzt hatte, die, ihrem geschwollenen Aussehen nach, eine erhebliche Muskelkraft beanspruchen mußten. Der Zustand von Mr. Logan bestätigte diesen Eindruck. Mit gequälter Miene rieb er sich den schmerzenden Bizeps eines Armes mit der anderen Hand. Als Mrs. Jack auf ihn zukam, drehte er sich zu ihr um: ein untersetzter, ziemlich stämmiger

junger Mann von etwa dreißig Jahren, mit rötlichen, buschigen
Augenbrauen, einem dicken, runden Gesicht, in dem rötliche Bartstoppeln standen, mit einer niedrigen, in Falten gezogenen Stirn
und mit einem verschwitzten, kahl glänzenden Schädel, den er eifrig mit seinem Taschentuch bearbeitete.

«Ach du liebes bißchen!» sagte Mr. Piggy Logan, denn bei diesem liebevollen Vornamen nannten ihn seine näheren Bekannten.
«Ach du liebes bißchen!» sagte er noch einmal mit betonter Erleichterung. Gleichzeitig ließ er seinen schmerzenden Arm los und bot
der Hausherrin eine dicke, muskulöse Hand, deren Handrücken bis
zu den Fingernägeln mit großen Sommersprossen bedeckt war.

«Sie müssen ja einfach tot sein!» rief Mrs. Jack. «Warum haben
Sie mich's nicht wissen lassen, daß Sie so viel zu tragen haben? Ich
hätte Ihnen doch den Chauffeur geschickt. Der hätte Ihnen alles
abgenommen.»

«Ach, es geht schon», sagte Piggy Logan. «Ich mach immer alles
selber. Wissen Sie, ich hab hier alles bei mir – meine ganze Ausrü-
stung.» Er zeigte auf die beiden schweren Gepäckstücke. «Da ist es
drin», sagte er, «alles, was ich brauche – die ganze Vorstellung.
Deshalb laß ich mich nicht gern auf ein Risiko ein.» Er lächelte
flüchtig und ganz jungenhaft. «Alles, was ich besitze. Wenn was
schiefgeht – na, dann bin ich eben selber daran schuld und weiß,
woran ich bin.»

Mrs. Jack verstand sofort und nickte: «Ich weiß. Man kann sich
einfach nicht auf andere verlassen. Wenn irgendwas schiefginge –
nach der jahrelangen Arbeit, die Sie da reingesteckt haben! Jeder,
der's gesehen hat, sagt, es sei einfach herrlich!» fuhr sie fort. «Alle
sind schon ganz aufgeregt, weil sie wissen, daß Sie heute hier sind.
Wir haben schon soviel davon gehört – tatsächlich, es ist das Tages-
gespräch von New York . . .»

«Ja, also . . .» unterbrach Mr. Logan sie zwar immer noch höflich,
gab aber deutlich zu erkennen, daß er ihr nicht mehr zuhörte. Er
war nun ganz geschäftig, ging zur Wohnzimmertür und musterte
den Raum nachdenklich-überlegend. «Wahrscheinlich soll es doch
hier stattfinden, nicht wahr?» fragte er.

«Ja – das heißt, wenn Sie mögen. Wir können auch ein anderes
Zimmer nehmen, wenn Ihnen das besser gefällt, aber dieses hier ist
das größte.»

«Nein, vielen Dank», sagte er entschieden und etwas geistesabwesend. «Das geht sehr gut. Das genügt vollkommen . . . Hm!»
überlegte er und hielt seine dicke Unterlippe zwischen zwei sommersprossigen Fingern fest. «Ich möchte meinen, der beste Platz

wäre da drüben.» Er zeigte auf die gegenüberliegende Wand. «Die Tür gegenüber, die Zuschauer an den drei Wänden ... Hm! Ja ... Und im Halbkreis an den Bücherregalen die Plakate, denke ich ... Das hier räumen wir natürlich alles weg.» Er machte eine ausladende Handbewegung, die einen großen Teil der Möbel zu umfassen schien. «Ja! Das geht sehr gut so ...» Dann wandte er sich zu ihr und sagte ziemlich diktatorisch: «Wenn Sie nichts dagegen haben, werde ich mich jetzt umziehen. Wenn Sie ein Zimmer für mich hätten ...»

«Ja, natürlich», antwortete sie eilig, «gradeaus durch die Halle, das erste Zimmer rechts. Aber wollen Sie nicht vorher etwas essen oder trinken? Sie müssen doch schrecklich ...»

«Nein, vielen Dank», schnitt Mr. Logan ihr das Wort ab. Dann lächelte er sie flüchtig unter seinen buschigen Brauen an und sagte: «Reizend von Ihnen, aber vor einer Vorstellung nehme ich nie etwas zu mir. Und jetzt – entschuldigen Sie mich bitte», sagte er ächzend, während er sich bückte, nach seinen großen Koffern griff und sie schwungvoll anhob.

«Können wir noch irgendwas für Sie tun?» fragte Mrs. Jack hilfsbereit.

«Nein – vielen Dank – gar nichts», ächzte Mr. Logan, während er mit seiner ungeheuren Last die Halle entlangschwankte. «Ich werd schon – sehr gut – fertig – vielen Dank!» Jetzt hatte er die Tür erreicht; er schwankte in das Zimmer, das sie ihm angewiesen hatte.

Sie hörte noch ein schwaches: «Nein, wirklich – gar nichts!», dann wurden die beiden schweren Koffer mit einem schwerfälligen Bums auf den Fußboden abgesetzt und Mr. Logan stieß ein langes «Uff!» der Erschöpfung und der Erleichterung aus.

Nach dem schwankenden Abgang des jungen Mannes sah die Hausherrin ihm noch einen Augenblick etwas bestürzt und leicht besorgt nach. Seine geschäftige Eile und die Selbstverständlichkeit, mit der er durchgreifende Veränderungen in ihrem geliebten Zimmer vorgeschlagen hatte, erfüllten sie mit ungewissen Befürchtungen. Aber sie schüttelte den Kopf und beschloß, sich keine Sorgen darüber zu machen: es würde schon alles seine Richtigkeit haben. So viele Leute hatten ihr von ihm erzählt: es war wirklich in diesem Jahr die große Mode, jeder redete von seinen Vorführungen, und überall hatte er ausgezeichnete Kritiken gehabt. Er war der Liebling der ganzen guten Gesellschaft, der «reichen» Leute in Long Island und der Park Avenue. Bei diesem Gedanken blähten die Nüstern der Dame sich wieder ein wenig in gönnerhafter Geringschätzung auf; trotzdem konnte sie sich eines angenehmen Triumphgefühls nicht erwehren, weil sie ihn für diesen Abend gewonnen hatte.

Ja, Mr. Piggy Logan *war* in diesem Jahr die große Mode. Er war der Schöpfer eines Marionettenzirkus, und dieses merkwürdige Unternehmen war mit erstaunlichem Beifall aufgenommen worden. Wenn man in den tonangebenden Kreisen sich nicht verständnisvoll über ihn und seine Drahtpüppchen unterhalten konnte, dann war das ungefähr so, als hätte man nie etwas von Jean Cocteau oder vom Surrealismus gehört; es war, als wenn man bei der Erwähnung von Picasso, Brancusi, Utrillo oder Gertrude Stein in Verlegenheit geraten wäre. Wer auf dem laufenden war, redete über Mr. Piggy Logan und seine Kunst ebenso angeregt-ehrfürchtig wie über die Obengenannten.

Und ebenso wie jene berühmten Namen und Richtungen erforderte auch Piggy Logan mit seiner Kunst eine eigene Terminologie. Um richtig über sie reden zu können, mußte man eine Sprache kennen, deren Nuancen von Monat zu Monat spezieller und subtiler wurden, da jede Kritik die vorhergehende noch übertraf und immer tiefer in die erstaunlichen Verflechtungen und unübersehbaren Abstufungen und Assoziationen Mr. Piggy Logans und seines Drahtpuppen-Zirkus eindrang.

Die glücklichen Pioniere, die von Anfang an zu den Kennern von Mr. Logans Kunst zählten, hatten seine Vorführungen noch als «schrecklich amüsant» bezeichnet. Aber das war längst überholt; wer es heute wagte, Mr. Logans Kunst mit einem so erbärmlichen Adjektiv wie «amüsant» zu charakterisieren, der hatte im Handumdrehen jede Geltung als Kulturträger verwirkt. Mr. Logans Marionettentheater hatte aufgehört, «amüsant» zu sein, als ein intellektueller Mitarbeiter der Tagespresse feststellte, daß «seit dem frühen Chaplin die tragikomische Kunst der Pantomime keinen solchen Höhepunkt erreicht» habe.

Nachdem so die Marschroute bezeichnet war, entrichtete jeder Neuhinzukommende seinen Tribut in einer anderen, immer noch blankeren Münze. Auf die Artikel in der Tagespresse folgten in den eleganten Zeitschriften lobpreisende Essays über Mr. Logan mit Abbildungen seiner Püppchen. Dann stimmten auch die Theaterkritiker in den Chor ein und nährten mit ihrem Beitrag das verlöschende Feuer der vergleichenden Kritik. Man empfahl den führenden Bühnentragöden, sich Mr. Logans Clown genau anzusehen, bevor sie sich demnächst in der Rolle des Hamlet versuchten.

Überall kamen heftige Diskussionen auf. Zwei hervorragende

Kritiker verstrickten sich in ein derart intellektualistisch-spitzfindiges Wortgefecht, daß es schließlich hieß, ihr Endkampf wäre nur mehr sieben Menschen in der zivilisierten Welt verständlich. In diesem Kampf ging es um das zentrale Problem, ob Mr. Piggy Logan in seiner Entwicklung mehr durch den geometrischen Kubismus des frühen Picasso oder durch die geometrischen Abstraktionen von Brâncuşi beeinflußt worden sei. Beide Meinungen hatten leidenschaftliche Anhänger, aber letzten Endes mußte man zugeben, daß die «Picassos» mehr für sich hatten.

Ein einziges Wort von Mr. Logan hätte den Streit schlichten können, aber dieses Wort wurde nie gesprochen. Er äußerte sich überhaupt sehr wenig über den ganzen Sturm, den er entfesselt hatte. Wie mehrere Kritiker in bedeutsamen Worten darlegten, hatte er «die echte Einfalt des großen Künstlers – eine fast kindliche Naivität der Sprache und Bewegung, die direkt zum Kern der Realität vorstößt». Auch in bezug auf sein Leben und seine bisherige Entwicklung stießen die Biographen auf eine Undurchdringlichkeit, die ebenso bestürzend einfältig war. Oder, wie ein anderer Kritiker es klar formulierte: «Wie im Leben der meisten großen Künstler weist auch in Logans Jugend nur wenig auf sein späteres Können hin. Wie fast alle wirklich bedeutenden Menschen hat er sich langsam entwickelt, und er ist nicht sonderlich beachtet worden, bis er zu einem bestimmten Zeitpunkt plötzlich wie ein flammender Blitz ins Bewußtsein der Öffentlichkeit einschlug.»

Wie auch immer – zur Zeit jedenfalls strahlte Mr. Piggy Logans Ruhm, und über ihn und seine Marionetten gab es bereits eine ganze ästhetische Literatur. Mr. Logans Marionettentheater hatte den Ruf mancher Kritiker begründet oder auch ruiniert. Wollte man in der guten Gesellschaft jenes Jahres mitreden, so mußte man mit Mr. Logan und seinen Puppen sachverständig vertraut sein. War man das nicht, so war man keinen Dreck wert. Wenn man es aber war, dann galt man endgültig als Kunstkenner und erlangte sofort Zutritt zu jeder Gesellschaft feiner, organisierter Menschen.

Einer späteren Welt, die zweifellos von einer weniger scharfsinnigen und geistig bedeutenden Menschenrasse bevölkert sein wird, mag das alles ein bißchen merkwürdig vorkommen. Das kann aber nur daran liegen, daß die Welt der Zukunft nicht mehr wissen wird, wie das Leben um 1929 aussah.

In jenem Jahr der Gnade konnte man es ganz ruhig aussprechen, daß man den späteren John Milton langweilig und schwülstig fand. Die führenden Kritiker der Zeit entdeckten überhaupt eine Menge «Schwulst». Die unerschrockensten Köpfe der Zeit hatten solche aufgeblähten Figuren wie Goethe, Ibsen, Byron, Tolstoj, Whitman, Dickens und Balzac rücksichtslos analysiert und festgestellt, daß es sich bei ihnen in hohem Maße um überladenes Zeug handle. Man entlarvte fast jeden und jedes – mit Ausnahme der Entlarvenden selbst und Mr. Piggy Logans und seiner Puppen.

Das Leben war neuerdings für vieles, für das die Menschen früher Zeit gefunden hatten, zu kurz geworden. Das Leben war einfach zu kurz, um ein über zweihundert Seiten umfassendes Buch richtig zu lesen. Zum Beispiel *Krieg und Frieden* – zweifellos stimmte alles, was «man» darüber sagte – aber man selber – also, man hatte es versucht, und es war wirklich etwas zu – zu – ach, na ja, das Leben war einfach zu kurz. Und in jenem Jahr war das Leben bei weitem zu kurz, als daß man sich über Tolstoj, Whitman, Dreiser oder Dean Swift hätte den Kopf zerbrechen können. Nur war das Leben in jenem Jahr keineswegs zu kurz, um sich leidenschaftlich mit Mr. Piggy Logan und seinem Drahtpuppen-Zirkus zu beschäftigen.

Die geistreichsten Köpfe der Zeit, die Feinsinnigsten der Auserwählten fanden sehr viele Dinge langweilig. Sie beackerten dürres Land, und Morbidität war modern geworden. Alles fanden sie langweilig: Liebe oder Haß, Arbeit oder Müßiggang, schöpferische oder unschöpferische Menschen, Verheiratetsein oder Ledigbleiben, Keuschheit oder Ausschweifung, Reisen oder Zuhausebleiben. Die großen Dichter der Weltliteratur, deren Werke sie nie gelesen hatten, der Hunger auf den Straßen, ermordete Menschen, verhungernde Kinder, alle Ungerechtigkeit, Grausamkeit und Unterdrückung um sie her, aber auch Gerechtigkeit, Freiheit und die Lebensrechte des Menschen, ja das Leben und das Sterben an sich – alles, alles langweilte sie. Nur Mr. Piggy Logan und sein Drahtpuppen-Zirkus langweilten sie in jenem Jahr *nicht*.

Und was lag all diesem Geschrei zugrunde? Welche Urkraft steckte hinter dieser gewaltigen Sensation in der Kunstwelt? Ein Kritiker sagte ganz richtig: «Es ist sehr viel mehr als ein neues Talent, von dem nur eine neue ‹Bewegung› ausgeht; es ist vielmehr ein neugeschaffenes Weltall, ein wirbelnder Planet, der wahrscheinlich aus seinen Feuerkreisen neue Sternensysteme gebären wird.» Nun gut; und *Es*, das übermenschliche Genie, das alles dieses verursacht hatte – was tat Es in diesem Augenblick?

Es war froh, allein in einem der reizenden Zimmer von Mrs. Jacks Wohnung zu sein, und war in aller Ruhe, ganz bescheiden, prosaisch und sachlich dabei, sich die Hose aus- und eine Leinenhose anzuziehen, als wüßte Es überhaupt nichts von der ganzen Aufregung, in die Es die große Welt gestürzt hatte.

Inzwischen ging der übrige Haushalt reibungslos weiter, und alles reifte der Vollendung entgegen. Die Pendeltür zwischen dem Speisezimmer und den Küchenräumen schlug andauernd auf und zu, während die Mädchen ein und aus gingen und die letzten Vorbereitungen für das Festmahl trafen. Janie trug ein großes Silbertablett durchs Eßzimmer, das mit Flaschen, Karaffen, einer Schale mit Eisstückchen und wunderhübschen hohen Gläsern beladen war. Als sie das Tablett auf einem Tisch im Wohnzimmer absetzte, gaben die hauchdünnen Gläser eine schwingende Resonanz, und das Klirren der Flaschen vereinigte sich mit dem Rascheln der Eisstückchen zu einer angenehmen Musik.

Dann ging das Mädchen zum Kamin hinüber, schob den breiten Ofenschirm aus Messing beiseite und hockte sich vor die züngelnden Flammen. Als sie mit einer Zange und dem langen messingenen Feuerhaken darin herumstocherte, sprühte ein Funkenregen, und das knisternde Feuer flammte zu neuem Leben auf. Einen Augenblick kniete sie so in lieblich-mädchenhafter Anmut vor dem Feuer. Die Flammen tauchten ihr Gesicht in rosige Glut, und Mrs. Jack sah sie zärtlich an und dachte, wie adrett, hübsch und lieblich sie doch aussah. Dann stand das Mädchen auf und rückte den Ofenschirm wieder an seinen Platz.

Mrs. Jack arrangierte ein paar langstielige Rosen in einer Vase auf einem kleinen Tisch in der Halle und warf dabei einen flüchtigen Blick in den Spiegel, der darüber hing; dann ging sie froh und glücklich über den dicken Teppich der geräumigen Halle in ihr Zimmer. Gerade kam ihr Mann, bereits im Abendanzug, aus seinem Zimmer. Sie prüfte ihn mit sachkundigem Auge und stellte fest, daß sein Anzug so gut saß, als wäre er ihm angewachsen.

Im Gegensatz zu ihr war er vollkommen ruhig und blasiert, voll überlegener Erfahrung. Man brauchte ihn nur anzusehen, um zu wissen, wieviel er auf sich hielt. Man sah: er war ein Mann, der zwar Erfahrung in den Freuden des Fleisches hatte, der aber wußte, wie weit er gehen durfte, ohne Schiffbruch zu erleiden oder im Chaos zu versinken. Seine Frau nahm trotz ihrer halberstaunten Unschuldsmiene das alles mit einem raschen, unbeirrbar verstehenden Blick auf; sie fühlte zu ihrem Erstaunen, wieviel er wußte, und eine leichte Unruhe befiel sie bei dem Gedanken, daß er vielleicht viel mehr wüßte, als sie erkennen oder sich vorstellen konnte.

«Oh, hallo!» sagte er in höflich-verbindlichem Ton, während er sich vorbeugte und sie flüchtig auf die Wange küßte.

Für den Bruchteil einer Sekunde empfand sie einen gewissen Widerwillen, aber dann fiel ihr ein, was für ein vollkommener, gütiger und liebevoller Gatte er war, wie er an alles dachte, und daß er, was auch immer sie in seinen Augen zu lesen meinte, nie etwas gesagt und nach menschlichem Ermessen auch nichts gemerkt hatte. «Er ist wirklich ein lieber Mensch», dachte sie, während sie ihm strahlend erwiderte:

«Oh, hallo, mein Lieber. Du bist ja schon fix und fertig. Hör mal», fügte sie eilig hinzu, «magst du auf die Klingel achten und dich der Leute annehmen, die kommen? Mr. Logan zieht sich im Gastzimmer um – würdest du mal nach ihm sehen, ob er irgendwas braucht? Und sieh doch mal nach, ob Edith fertig ist. Und wenn die Gäste kommen, dann sollen sie in Ediths Zimmer ablegen – ach, sag Nora Bescheid, sie wird schon dafür sorgen! Und kümmere du dich bitte um die Männer, ja, Liebes? Führ sie in dein Zimmer. Ich bin in ein paar Minuten wieder hier. Wenn nur alles . . .!» sagte sie besorgt und begann den Ring schnell an ihrem Finger hin- und herzuschieben. «Hoffentlich ist alles in Ordnung!»

«Na, wieso denn *nicht*?» fragte er sanft. «Hast du dich denn nicht überzeugt?»

«Ach, es *sieht* alles tadellos aus!» rief sie. «Es ist einfach herrlich! Die Mädchen haben sich großartig bewährt – nur –» zwischen ihren Augen erschien die kleine, nervöse Falte – «behalt sie ein bißchen im Auge, ja, Fritz? Du weißt doch, wie sie sind, wenn man sie sich selbst überläßt. Es kann so leicht etwas schiefgehn. Also paß bitte ein bißchen auf sie auf, nicht wahr, Liebes? Und sieh nach Mr. Logan. Hoffentlich . . .» Sie unterbrach sich und starrte zerstreut und besorgt vor sich hin.

«Was denn ‹hoffentlich›?» fragte er scharf, mit der Andeutung eines ironischen Lächelns um die Mundwinkel.

«Hoffentlich wird er nicht . . .» begann sie unruhevoll und fuhr dann rasch fort: «Er hat so was gesagt – daß er für seine Vorstellung einiges aus dem Wohnzimmer ausräumen will.» Sie sah ihn etwas hilflos an; dann bemerkte sie sein leicht ironisches Lächeln, wurde rot und lachte herzlich. «Weiß der Himmel, was er anstellen wird. Er hat so schweres Gepäck mitgebracht, daß es ein Schlachtschiff zum Sinken bringen könnte! . . . Aber es wird schon alles seine Richtigkeit haben. Sie sind ja alle ganz wild nach ihm, weißt du. Alle sind ganz aufgeregt, weil sie ihn heute hier zu sehen kriegen. Ach, es wird schon alles klappen, bestimmt. Du glaubst doch auch, ja?»

Sie sah ihn ernsthaft fragend und so komisch flehend an, daß er einen Augenblick die Maske fallenließ, laut loslachte und sich abwendend sagte:

«Aber sicher, Esther. Ich werd mal nachsehn.»

Mrs. Jack ging durch die Halle und blieb lauschend vor dem Zimmer ihrer Tochter stehen. Sie hörte die klare, kühle und junge Stimme des Mädchens, die eine Stelle aus einem flotten Schlager summte:

«Du bist meine Sahne im Kaffee – bis mein Salz im Irish-Stew ...»

Ein liebevoll-zärtliches Lächeln lag auf Esthers Gesicht, als sie weiter durch die Halle und in ihr Zimmer ging.

Es war ein sehr einfaches und hübsches, auffallend keusches und fast übertrieben strenges Zimmer. An der einen Wand stand ihr schmales kleines Holzbett, so klein, niedrig und alt, daß es das Bett einer mittelalterlichen Nonne hätte sein können – und vielleicht war es das auch einmal gewesen. Daneben stand der kleine Tisch mit einigen Büchern, dem Telefon, einem Glas, einem silbernen Krug und einer silbergerahmten Fotografie, die ein Mädchen von etwa zwanzig Jahren, Mrs. Jacks Tochter Alma, darstellte.

Neben der Eingangstür stand ein riesiger alter Kleiderschrank, den sie aus Italien mitgebracht hatte. Er enthielt alle ihre herrlichen Kleider und die wunderbare Kollektion zierlicher kleiner Schuhe, die alle nach Maß für ihren vollendet kleinen Fuß angefertigt waren. Der Tür gegenüber stand zwischen zwei hohen Fenstern ihr Schreibtisch. Zwischen dem Bett und den Fenstern befand sich ein kleiner Ausziehtisch. Er bestand aus einer einzigen Platte aus edlem weißem Holz, und darauf lagen in tadelloser Ordnung ein Dutzend gespitzter Bleistifte, ein paar weiche Pinsel, einige Bogen Pauspapier, auf die geometrische Muster gezeichnet waren, ein Töpfchen mit Klebstoff, ein Lineal und ein kleiner Tiegel mit Goldbronze. An der Wand hingen, genau über der Mitte des Tischs, fein säuberlich, streng und akkurat ein Dreieck und ein rechter Winkel.

Am Fuße des Bettes stand eine Chaiselongue, die mit einem Stück verblichener, altgeblümter Seide bedeckt war. An den Wänden hingen ein paar einfache Zeichnungen und ein einziges Ölbild, das eine seltsame, exotische Blume darstellte. Eine solche Blume gab es in Wirklichkeit nicht, es war eine Traumblume, die Mrs. Jack vor langer Zeit einmal gemalt hatte.

An der dem Bett gegenüberliegenden Wand standen zwei alte Truhen. Die eine stammte von Pennsylvania-Deutschen, war lustig-altmodisch geschnitzt und bemalt und enthielt alte Seiden und Spitzen und die kostbaren indischen Saris, die Esther so gern trug. Die andere war eine antike Kommode, auf der ein paar silberne Toiletten-Utensilien und ein rechteckiger Spiegel standen.

Mrs. Jack ging durchs Zimmer und betrachtete sich im Spiegel. Zuerst beugte sie sich vor und sah lange und ernst in ihr kindlich-unschuldiges Gesicht. Dann drehte sie sich und musterte sich zuerst von der einen, dann von der anderen Seite. Sie hob die Hand zur Schläfe und glättete die Augenbrauen. Offensichtlich war sie mit dem Ergebnis ihrer Musterung zufrieden, denn in ihren Augen lag nun ein wohlgefällig-entzückter Ausdruck. Mit unverhohlener Eitelkeit versank sie in den Anblick ihres schweren Armbands – einer kostbaren, nachgedunkelten alten Indianerkette, die mit seltenen, matten Edelsteinen besetzt war. Sie hob das Kinn und prüfte ihren Hals, während sie mit den Fingerspitzen an der antiken Halskette entlangfuhr. Sie betrachtete ihre glatten Arme, den bloßen Hals, die schimmernden Schultern und die Formen ihrer Brüste und Hüften; zärtlich strich sie über ihren Körper und zog dabei halb unbewußt mit geübten Griffen die Falten ihres kostbar-schlichten Abendkleides zurecht.

Dann hob sie wieder den Arm und streckte die Hand, legte die andere Hand auf die Hüfte und drehte sich noch einmal im Spiel ihrer Selbst-Anbetung. Ganz langsam drehte sie sich, völlig versunken in die Betrachtung ihrer Schönheit, dann stockte ihr plötzlich der Atem, und sie stieß vor Überraschung und Schreck einen kleinen Schrei aus. Ihre Hand fuhr erschrocken an die Kehle, als sie merkte, daß sie nicht allein war und beim Aufblicken ihre Tochter dastehen sah.

Das junge, schlanke, lieblich-kühle und wohlgestaltete Mädchen war durchs Badezimmer hereingekommen, das zwischen den beiden Zimmern lag; als sie nun ihre Mutter überraschte, war sie unbeweglich an der Tür stehen geblieben. Das Gesicht der Mutter war wie mit Blut übergossen. Eine Weile sahen die beiden Frauen sich an, die Mutter mit völlig verwirrtem, schuldbewußt gerötetem Gesicht, die Tochter kühl, ironisch-beifällig und schadenfroh. Dann sprang ein schneller Funke des Verständnisses von einer zur andern.

Die Mutter fühlte sich ertappt und wußte, daß Worte nichts mehr ändern konnten; sie warf plötzlich den Kopf zurück und lachte aus vollem Halse, lachte herzlich und alles zugebend, wie nur Frauen es können.

«Nun, Mutter, bist du zufrieden?» fragte das Mädchen mit leisem Lächeln. Sie trat näher und küßte sie.

Wieder wurde die Mutter von einem hilflos-hysterischen Lachanfall geschüttelt. Dann fühlten sie, daß keine Erwiderung notwendig und für den Moment alles gesagt war; sie schwiegen.

In dieser kurzen Szene hatte sich die ganze ungeheuerliche Komödie der Weiblichkeit abgespielt. Es bedurfte keiner Worte. Es war nichts mehr zu sagen. In diesem Augenblick wortlosen, vollkommenen Verstehens, gegenseitigen Erkennens und Verschworenseins war alles gesagt worden. Die ganze Welt des Geschlechts mit ihrer Arglist und ihrer überwältigenden Komik hatte sich für den Bruchteil einer Sekunde nackt gezeigt. Und die große Stadt mit ihren Millionen Männern, die ahnungslos dieses geheime Gemach umbrauste, wußte von dieser Urkraft, die stärker als die Städte und so alt wie die Erde ist, keineswegs mehr als diese beiden Frauen.

Die Gesellschaft bei Jacks

Nun kamen die ersten Gäste. Die elektrische Türklingel zerschrillte immer wieder die gewohnte Ruhe. Die Gäste strömten herein und bewegten sich mit der Ungezwungenheit alter Freunde durch die Räume. Die Halle und die Vorderzimmer waren jetzt von dem Gewirr vieler Stimmen erfüllt – dem perlenden Lachen und den raschen, erregten Ausrufen der Frauen und den tieferen, sonor-vibrierenden Stimmen der Männer. Dieser Stimmenschwall war wie eine glatte Ölschicht, die sich ausbreitete und ständig zunahm. Mit jedem scharfen Klingeln, mit jedem Öffnen und Schließen der Tür kamen neue Stimmen und neues Lachen hinzu, ertönten neue, fröhliche Begrüßungen.

Die ganze Wohnung stand nun der Gesellschaft zur Verfügung. Überall gingen die Leute in schönem, ungezwungenem Durcheinander ein und aus – in der Halle, in den Schlafzimmern, im großen Wohnzimmer und im Speisezimmer. Die Frauen traten zu Mrs. Jack und umarmten sie mit der liebevollen Zärtlichkeit alter Freundschaft. Die Männer fanden sich zu ernster Unterhaltung oder zum Austausch von Witzen in Mr. Jacks Zimmer ein.

Mrs. Jack tauchte mit freudig glänzenden Augen überall auf, begrüßte ihre Gäste und sprach mit jedem ein paar Worte. Sie gab sich überrascht und entzückt, als begegneten ihr immer neue Wunder. Zwar hatte sie alle diese Leute eingeladen, aber während sie mit jedem einzelnen sprach, erweckte sie den Eindruck, als wäre sie glücklich überrascht durch die unerwartete und unverhoffte Begegnung mit einem alten Freund, den sie lange nicht gesehen hatte. Sie strahlte vor Vergnügen, und ihre Stimme klang vor Erregung höher als sonst, zuweilen sogar ein wenig schrill. Ihre Gäste lächelten sie an, wie man ein glücklich-aufgeregtes Kind anlächelt.

Viele promenierten mit ihrem Glas in der Hand auf und ab, manche lehnten an der Wand und unterhielten sich. Gutaussehende Männer stützten den Ellbogen auf den Kaminsims und debattierten mit nachlässigem Ernst. Schöne Frauen mit schimmernden Rücken schlängelten sich geschmeidig durch die Menge. Die jungen Leute bildeten, durch die Zauberkraft ihrer Jugend zueinandergeführt, kleine Kreise für sich. Überall lachende und plaudernde Menschen, die sich die Gläser mit eisgekühlten Getränken füllen ließen oder an der verlockenden Fülle des Eßtischs und des großen Büfetts vorbeidefilierten; dabei trugen sie verwirrt-zweifelnde, wählerische Mienen zur Schau, in denen zu lesen stand, daß sie am liebsten von allem gekostet hätten, aber wohl wußten, daß sich das nicht schickte. Die Mädchen boten ihnen lächelnd die Herrlichkeiten an und baten sie, doch noch ein wenig von diesem oder jenem zu nehmen. Alles in allem war es ein prachtvolles Bild in Weiß, Schwarz und Gold, ein Bild der Macht, des Reichtums, der Schönheit und des guten Essens und Trinkens.

Beglückt überblickte Mrs. Jack ihre menschenerfüllten Räume. Sie wußte: die besten, höchststehenden und ehrbarsten Leute, die die Stadt aufzubieten hatte, waren hier versammelt. Und immer noch kamen neue dazu. Gerade jetzt trat Miss Lily Mandell ein und ging federnden Schritts in ihrer schlanken, dunkel-glimmenden Schönheit durch die Halle, um ihren Mantel abzulegen. Gleich hinter ihr kam der Bankier Lawrence Hirsch. Nachlässig reichte er einem Mädchen Hut und Mantel und bahnte sich, ein eleganter, machtgewohnter Mann, nach allen Seiten hin grüßend, den Weg zur Gastgeberin. Er schüttelte ihr die Hand, küßte sie leicht auf die Wange und sagte mit der kühlen Ironie, die zum City-Stil gehörte:

«Liebling, du siehst noch genauso entzückend aus wie damals, als wir zusammen Cancan tanzten!»

Dann wandte er sich höflich und gelassen ab – eine auffallende Erscheinung. Sein volles Haar war vorzeitig weiß geworden, und das gab seinem klaren und glattrasierten Gesicht merkwürdigerweise etwas Jugendlich-Reifes. In seinen etwas verlebten, aber selbstbewußten Zügen prägte sich der unbewußte Hochmut aus, den die Last ungeheuren Reichtums verleiht. Wenn dieser müde, aber tätige Menschensohn sich unter Menschen bewegte und seinen Platz behauptete, so geschah das, wenn auch unbewußt, immer im Vollgefühl seines gewaltigen Einflusses.

Lily Mandell kam jetzt ins große Zimmer zurück und trat gemessen auf Mrs. Jack zu. Diese Erbin der Reichtümer eines Midas war groß und dunkelhäutig und trug einen dicken schwarzen Haarknoten. Ihr Gesicht mit den schweren Augenlidern wirkte stolz und träge-beredt. Sie war ein verblüffendes Geschöpf, und alles an ihr war erstaunlich. Ihr prachtvolles Abendkleid bestand aus einem einzigen Stück mattgoldenen Stoffes und brachte ihre Reize derart zur Gel-tung, daß ihre große, wollüstige Gestalt buchstäblich wie hineinge-gossen erschien. Sie wirkte darin wie eine wunderbar schöne Statue, und wenn sie träge-schleppend durch die Räume ging, richteten sich die Augen aller Männer auf sie. Sie beugte sich zu der kleineren Esther, küßte sie und sagte aufrichtig-herzlich mit voller, kehliger Stimme:

«'n Abend, Liebling, wie geht's?»

Der Fahrstuhlführer Herbert brachte ununterbrochen neue Gäste herauf, so daß eine Gruppe kaum mit der Begrüßung fertig wurde, bevor die Tür aufging und schon die nächste eintrat. Da war der angesehene Rechtsanwalt Roderick Hale und Miss Roberta Heil-prinn mit Mr. Samuel Fetzer. Diese beiden waren «Theaterfreun-de» von Mrs. Jack; sie begegnete ihnen nicht gerade herzlicher oder liebevoller als ihren anderen Gästen, aber doch um eine Nuance direkter und ungezwungener. Es war, als würfe sie vor ihnen eine Maske ab, die das Leben ihr vielen Menschen gegenüber aufzwang – nicht die Maske der Falschheit, sondern die Maske der Konven-tion. Sie sagte einfach: «Oh, hallo, Bertie. Hallo, Sam.» Diese Nuance sagte in undefinierbarer Weise alles: sie waren «Leute vom Bau», man hatte «zusammen gearbeitet».

Es waren noch mehr «Leute vom Bau» da: zwei junge Schauspie-ler vom Community Guild Theatre begleiteten die Damen Hattie Warren und Bessie Lane, zwei grauhaarige, altjüngferliche Direk-torinnen des Theaters. Und neben den Begabten und Anerkannten waren auch Unbedeutendere da: eine junge Tänzerin, die als zweite Besetzung in einem Repertoire-Theater beschäftigt war, eine Nä-herin, die dort als Obergarderobiere arbeitete, und eine andere, die einmal Mrs. Jack bei ihrer Arbeit dort assistiert hatte. Denn trotz des Erfolgs und des Ruhms, den Mrs. Jack geerntet hatte, vergaß sie nicht ihre alten Freunde. Obgleich sie nun selber ein Star war, hatte sie nie das banale und stereotype Leben der meisten Stars ge-führt. Sie liebte das Leben zu sehr, um sich dem Strom allgemeiner warmer Menschlichkeit zu entziehen. Sie hatte in ihrer Jugend Sor-ge und Unsicherheit, Mühsal, Herzeleid und Enttäuschung ken-nengelernt und hatte das nicht vergessen. Sie hatte eine seltene Be-gabung für treue und beständige Freundschaften, und die meisten Menschen, die heute abend hier waren, selbst die berühmtesten, waren Freunde, die sie seit vielen Jahren, manche schon aus der Kinderzeit kannte.

Unter den neu hereinströmenden Gästen befand sich eine sanfte, traurige Frau namens Margaret Ettinger. Sie war von ihrem ausschweifenden Mann, John Ettinger, begleitet, der seinerseits eine üppige junge Dame, seine derzeitige Geliebte, mitgebracht hatte. Dieses Trio berührte die sonst so erlesene Gesellschaft äußerst merkwürdig und unangenehm.

Immer noch kamen Gäste, so schnell der Fahrstuhl sie heraufzubringen vermochte. Stephen Hook kam mit seiner Schwester Mary und streckte der Gastgeberin seine zarte, schlaffe Hand zum Gruß entgegen. Dabei wandte er sich mit maßlos gelangweilter, gleichgültiger Miene halb von ihr ab und murmelte müde-verächtlich: «Oh, hallo, Esther ... Übrigens ...» Dabei wandte er sich ihr wieder zu, als wäre es ihm eben erst eingefallen. «Ich hab dir was mitgebracht.» Er überreichte ihr ein Buch und wandte sich wieder ab. «Ich fand es ganz interessant», sagte er gelangweilt, «vielleicht macht's dir Spaß, mal reinzusehn.»

Das Geschenk stellte sich als ein Prachtband mit Zeichnungen von Pieter Breughel heraus – eine ihr wohlbekannte Ausgabe, vor deren Preis selbst sie zurückgeschreckt war. Sie warf einen flüchtigen Blick auf das Vorsatzblatt und sah, daß er in seiner schönen Handschrift nichts weiter hineingeschrieben hatte als: «Für Esther – von Stephen Hook». Und plötzlich fiel ihr ein, daß sie vor ein oder zwei Wochen ihm gegenüber beiläufig ihr Interesse für dieses Buch erwähnt hatte, und sie begriff, daß dieses Geschenk, das er bezeichnenderweise unter der Maske gleichgültiger Steifheit versteckte, wie ein Blitzstrahl unmittelbar aus seiner großherzigen, schönen Seele kam. Sie wurde dunkelrot, es würgte sie in der Kehle, in ihren Augen brannten aufsteigende Tränen.

«O Steve!» hauchte sie. «Das ist einfach unglaublich schön – das ist ja so wunderbar ...»

Er schien direkt zurückzuzucken. Sein blasses, schlaffes Gesicht nahm einen so übermäßigen Ausdruck verächtlicher Langeweile an, daß es hätte komisch erscheinen können, wäre nicht der nackt flehende Ausdruck seiner haselnußbraunen Augen dagewesen. Es war der Blick eines stolzen, edlen, seltsam verschrobenen und zerquälten Menschen – fast der Blick eines verängstigten Kindes, das scheu vor der Kameradschaft und Sicherheit zurückschreckt, die es doch so verzweifelt nötig braucht, und dabei flehentlich bettelt: «Um Gottes willen, hilf mir, wenn du kannst! Ich fürchte mich!»

Dieser Blick in seinen Augen schnitt ihr, während er sich mit großartiger Geste von ihr abwandte, wie ein Messer durchs Herz. In blitzartig-schmerzhaftem Mitleid wurde sie sich des seltsam-befremdlichen Wunders des Lebens bewußt.

«Ach, du armes, gequältes Geschöpf!» dachte sie. «Was ist denn mit dir? Wovor fürchtest du dich? Was nagt an dir? ... Was für ein merkwürdiger Mensch!» dachte sie dann ruhiger. «Und dabei so vornehm und gut und nobel!»

In diesem Augenblick kam ihre Tochter Alma, als habe sie ihre Gedanken gelesen, ihr zu Hilfe. Lieblich, kühl und sicher kam das Mädchen quer durch den Raum auf Hook zu und sagte leichthin:

«Oh, hallo, Steve! Soll ich dir was zu trinken holen?»

Diese Frage kam wie vom Himmel. Er hatte das Mädchen besonders gern. Er liebte ihre elegante Geschliffenheit, ihre freundschaftliche, aber völlig unnahbare Art. Die gab ihm gerade die Art Hintergrund und die Art von Schutz, die er so verzweifelt brauchte.

«Das wäre ja ganz bezaubernd», murmelte er gelangweilt, ging zum Kaminsims und blieb dort als Zuschauer stehen, das Gesicht dreiviertel abgewandt, als könne er den Anblick so vieler erschreckend langweiliger Leute einfach nicht ertragen.

Die überaus manierierte Indirektheit seiner Antwort war durchaus bezeichnend für Stephen Hook und lieferte einen Schlüssel zu seinem literarischen Stil. Er hatte viele Erzählungen geschrieben, die er an Zeitschriften verkaufte, um sich und seine Mutter zu erhalten. Außerdem war er der Autor mehrerer sehr schöner Bücher, die ihn verdientermaßen sehr bekannt gemacht hatten, nur waren sie fast gar nicht gegangen. Er pflegte selber ironisch zu bemerken, anscheinend habe fast jeder seine Bücher gelesen, aber keiner habe sie gekauft. In diesen Büchern versteckte er, ebenso wie in seinem Umgang mit Menschen, Scheu und Schüchternheit hinter einer Maske müder Verachtung und hinter einem knifflig-gewundenen, höchst manierierten Stil.

Mr. Jack hatte Hook etwas hilflos nachgesehen und wandte sich nun zu seiner Schwester, einer unverheirateten Dame mit munteren Gesichtszügen, blitzenden Augen und einem ansteckenden Lachen. Sie hatte denselben Charme wie ihr Bruder, aber nicht seine zerquälte Seele. Esther flüsterte ihr zu:

«Was ist denn heut abend mit Steve los? Er sieht ja aus, als wär ihm ein Gespenst erschienen.»

«Das nicht – aber ein anderes Malheur», gab Mary Hook zurück und lachte. «Vorige Woche bekam er einen Pickel auf der Nase und starrte ihn so lange im Spiegel an, bis er fest davon überzeugt war, er bekäme einen Tumor. Mutter war dem Wahnsinn nahe. Er

schloß sich in sein Zimmer ein und weigerte sich tagelang, herauszukommen oder mit jemand zu sprechen. Vor vier Tagen schickte
er ihr einen Zettel, auf den er genaue Anweisungen für seine Trauerfeier und die Beerdigung geschrieben hatte; er findet es nämlich
entsetzlich, sich verbrennen zu lassen. Vor drei Tagen kam er im
Schlafanzug heraus und nahm von uns allen Abschied. Heut abend
hat er sich anders besonnen, zog sich an und ging zu deiner Gesellschaft.»

Mary Hook lachte wieder gutmütig auf und verschwand mit komischem Achselzucken und Kopfschütteln in der Menge. Und
Mrs. Jack wandte sich mit immer noch ziemlich verwirrter Miene
dem alten Jake Abramson zu, der während dieses ganzen konfusen
Zwischenspiels sanft streichelnd ihre Hand gehalten hatte.

Jake Abramson war unverkennbar ein alter Genießer. Er war über-
züchtet, alt, sinnlich und müde und hatte ein raubgieriges Geierge-
sicht, das merkwürdigerweise sonderbar anziehend wirkte. Es lag
soviel Geduld darin, soviel kluger Zynismus, müder Humor und
etwas Verständnisvoll-Väterliches. Er machte den Eindruck eines
unendlichen alten und müden Gesandten des Lebens, der sehr lange
gelebt, sehr viel gesehen hatte und soviel gereist war, daß sein
Abendanzug ihm so selbstverständlich war wie die Atemluft und
ihm mit müder und natürlicher Anmut am Leibe saß, als wäre er
darin geboren.

Er hatte Umhang und Zylinder abgelegt und dem Mädchen
übergeben und war müden Schrittes ins Zimmer zu Mrs. Jack getreten. Offensichtlich hatte er sie sehr gern. Während sie mit Mary
Hook sprach, hatte er stumm danebengestanden und sie wie ein
wohlwollender Raubvogel belauert. Er lächelte unter seiner großen
Nase und hielt die Augen unverwandt auf Esthers Gesicht gerichtet; dann nahm er ihre kleine Hand in seine müde alte Klaue und
begann ihren zarten Arm zu streicheln. Es war eine unverhohlen
sinnliche, altersmatte Gebärde, dabei aber merkwürdig sanft und
väterlich. Es war die Geste eines Mannes, der viele hübsche Frauen
gekannt und besessen hatte und sie wohl noch zu schätzen und zu
bewundern wußte, dessen stärkere Begierden sich aber nun in vä-
terliches Wohlwollen verwandelt hatten.

Und genauso redete er sie nun an.

«Nett siehst du aus!» sagte er. «Hübsch siehst du aus!» Er lächelte
sie weiter raubgierig an und streichelte ihren Arm. «Wie eine Rose
siehst du aus!» sagte der alte Mann und blickte sie unverwandt mit
seinen müden Augen an.

«Ach, Jake!» rief sie aufgeregt und überrascht, als hätte sie ihn bis jetzt gar nicht bemerkt. «Wie reizend, daß du gekommen bist! Ich wußte gar nicht, daß du zurück bist. Ich dachte, du wärst noch in Europa.»

«Da bin ich gewesen und bin wieder weggefahren», erklärte er humorvoll.

«Du siehst fabelhaft gut aus, Jake», sagte sie. «Die Reise ist dir ausgezeichnet bekommen. Du hast abgenommen. Hast du in Karlsbad Kur gemacht?»

«Ich habe keine Kur gemacht», erklärte der Alte feierlich, «ich habe nach der Di-eet gelebt.» Er sprach das Wort absichtlich falsch aus.

Mrs. Jacks Gesicht wurde dunkelrot vor Lachen, und ihre Schultern begannen hysterisch zu zucken. Sie wandte sich zu Roberta Heilprinn, hielt sie am Arm fest und quietschte schwach vor Lachen:

«Lieber Gott! Hast du das gehört? Er hat diät gelebt! Das muß ihn doch umgebracht haben! Wo er so gerne ißt!»

Miss Heilprinn gab ein klangvolles Lachen von sich; dabei verzogen ihre ölglatten Züge sich so, daß ihre Augen nur noch kleine Schlitze bildeten.

«Ich habe die ganze Zeit di-eet gelebt», sagte Jake. «Als ich von Karlsbad wegfuhr, war mir schon schlecht – und dann bin ich auch noch auf einem englischen Schiff gefahren», sagte der alte Mann mit einem melancholisch-bedeutsamen Seitenblick, der bei den beiden Frauen einen neuen Lachanfall auslöste.

«Ach, Jake!» rief Mrs. Jack außer sich vor Vergnügen. «Wie mußt du gelitten haben! Ich weiß doch, was du von dem englischen Essen hältst!»

«Genau dasselbe wie früher», sagte der alte Mann trüb-resigniert, «oder noch zehnmal weniger.»

Sie schrie wieder vor Lachen und japste dann: «Rosenkohl?»

«Ja, den haben sie immer noch», sagte der alte Jake ernsthaft. «Immer noch den gleichen wie vor zehn Jahren. Auf dieser Reise gab es Rosenkohl, der eigentlich ins britische Museum gehörte ... Und dann haben sie auch immer noch diesen guten Fisch», fuhr er mit einem anzüglichen Blick fort.

Roberta Heilprinn grinste wie ein Buddha über ihr ganzes gutmütiges Gesicht und gurgelte: «Vielleicht Galläpfel?»

«Nein», antwortete der alte Jake traurig, «keine Galläpfel – die sind nicht zäh genug. Diesmal gab es geschmorten Flanell – und eine *gute* Sauce dazu! ... Erinnert ihr euch, wie *gut* sie die Saucen machen?» Er sah Mrs. Jack dabei so eindringlich an, daß sie wieder in einen hysterischen Lachkrampf verfiel:

«Meinst du diese furchtbare – klebrige – nach nichts schmecken-de – oh, *gut!* – so ungefähr in der Farbe einer verfaulten Zitrone?»

«Genau die», sagte der alte Mann und nickte müde-bekräftigend mit seinem klugen, müden, alten Kopf. «Genau die . . . Die ist es . . . Die machen sie immer noch . . . Ja, ich habe also auf der ganzen Rückreise di-eet gelebt!» Zum erstenmal belebte seine müde alte Stimme sich etwas. «Die Di-eet in Karlsbad war gar nicht zu ver-gleichen mit der auf dem englischen Schiff!» Er schwieg und sagte dann mit einem Aufblitzen zynischen Humors in den müden Au-gen: «Das war grade gut genug für die Gojim!»

Diese Erwähnung der nicht ausgewählten Stämme und die hu-morvolle Geringschätzung, die darin lag, schuf blitzartig ein Band zwischen diesen drei Menschen, und man sah sie plötzlich in einem ganz neuen Licht. Der alte Mann lächelte fein, mit klugem Zynis-mus, und die beiden Frauen schüttelten sich in einem Krampf ver-ständnisvoller Heiterkeit. Man sah, daß sie wirklich *zusammenge*-hörten, sie, die Tüchtigen, Uralten mit ihrem unendlichen Wissen; sie waren eines Stammes, waren immer auf der Hut vor der übrigen Welt, waren eins in ihrem Spott und ihrer Verachtung für die gott-losen, ahnungslosen minderen Stämme, die an ihrem Wissen nicht teilhatten und nicht ihr Siegel trugen. Dieses plötzlich zutagetreten-de, uralte Stammesmerkmal schwand, wie es gekommen war. Die Frauen lächelten nun wieder gelassen: sie waren wieder Bürger die-ser Welt.

«Aber Jake, du Ärmster!» sagte Mrs. Jack voller Mitgefühl. «Das muß ja schrecklich für dich gewesen sein!» Dann fiel ihr etwas ein, und sie rief plötzlich begeistert: «Aber *ist* Karlsbad nicht entzük-kend? . . . Weißt du, Bert und ich waren doch einmal zusammen dort!» Dabei schob sie zärtlich ihre Hand in den Arm ihrer Freundin Roberta und fuhr lebhaft mit gutmütig-vergnügtem Lachen fort: «Hab ich dir das nie erzählt, Jake? . . . Es war wirklich ein herrliches Erlebnis! . . . Aber mein Gott!» platzte sie dann lachend heraus. «Weißt du noch, Bert, die ersten drei oder vier Tage?» Sie wandte sich an ihre lächelnde Freundin. «Weißt du noch, wie hungrig wir waren? Wie wir dachten, wir könnten's unmöglich aushalten? War's nicht fürchterlich?» Dann erklärte sie ernsthaft und ein bißchen ver-legen: «Aber dann – ich weiß nicht – es ist komisch – aber man gewöhnt sich irgendwie daran, nicht wahr, Bert? Die ersten paar Tage sind einfach grauenhaft, aber später macht's einem gar nichts mehr aus. Wahrscheinlich wird man zu schwach oder so ähnlich . . .

Ich weiß noch, Bert und ich blieben einfach drei Wochen im Bett –
und nach den ersten paar Tagen war's wirklich nicht schlimm.»
Plötzlich mußte sie wieder lachen. «Wir versuchten uns immer gegenseitig zu quälen, indem wir kolossale Menus zusammenstellten,
die köstlichsten Speisen, die wir kannten. Wir hatten uns ausgedacht, daß wir gleich nach Beendigung der Kur in ein schickes Restaurant gehn und uns das tollste Essen bestellen wollten, das wir
uns ausdenken konnten! ... Aber dann!» Sie lachte. «Soll man's für
möglich halten? Als die Kur zu Ende war und der Arzt sagte, wir
könnten nun aufstehen und essen – ich weiß noch, da blieben wir
noch stundenlang liegen und dachten uns Sachen aus, die wir essen
wollten. Es war herrlich!» sagte sie lachend und machte mit Daumen und Mittelfinger eine zierliche kleine Bewegung, um die Köst-
lichkeit ihrer damaligen Phantasien anzudeuten; sie sprach mit
schriller Kinderstimme, und ihre Augen wurden vor Vergnügen
klein wie tanzende Pünktchen. «Was Bert und ich alles verschlingen
wollten – so was Köstliches hast du in deinem ganzen Leben nicht
gehört! Alles sollte ganz großen Stil haben! ... Na ja, schließlich
standen wir auf und zogen uns an. Lieber Gott!» rief sie. «Wir waren so schwach, daß wir kaum stehn konnten, aber wir zogen unsere schönsten Kleider an und mieteten einen Rolls-Royce mit einem
livrierten Chauffeur! So was Protziges hast du in deinem ganzen
Leben noch nicht gesehn! Wir stiegen in den Wagen und fuhren los
wie zwei Königinnen. Wir sagten dem Chauffeur, er solle uns zum
schicksten und teuersten Restaurant fahren. Er fuhr uns zu einem
wunderschönen Lokal außerhalb der Stadt, wie ein Schloß sah's
aus!» Strahlend sah sie sich um. «Und als wir da vorfuhren, müssen
sie uns für Fürstlichkeiten gehalten haben – so ein Theater machten
sie. Die ganze Einfahrt lang standen die Kellner und dienerten und
verbeugten sich. Ah, es war himmlisch! Das machte die ganze Kur
und alles, was wir gelitten hatten, wieder wett ... Ja, und dann ...»
Sie sah um sich und stieß einen hörbaren Seufzer grenzenloser Enttäuschung aus. «Sollte man's für möglich halten? Als wir reingin-
gen und zu essen versuchten, konnten wir kaum einen Bissen run-
terbringen! Wir hatten uns so lange darauf gefreut – wir hatten alles
so sorgfältig ausgedacht – und wir konnten nichts weiter essen als
ein weichgekochtes Ei – und selbst das nicht ganz! Wir waren bis
oben hin satt davon», sagte sie und legte ihre kleine Hand waag-
recht unters Kinn. «Es war so tragisch, daß wir beinahe weinten! ...
Ist das nicht merkwürdig? Wahrscheinlich schrumpft der Magen
während der Diät zusammen. Da liegt man nun Tag für Tag und
denkt an die kolossale Mahlzeit, die man verschlingen will, sobald

man aufstehen darf – und wenn man's versucht, kriegt man nicht mal ein weichgekochtes Ei runter!»

Mrs. Jack zuckte die Achseln und hob so komisch-fragend die Hände, daß alle Umstehenden lachen mußten. Selbst der müde und blasierte alte Jake Abramson, der ihr in Wirklichkeit gar nicht zugehört und sie während ihrer lebendigen Erzählung immer nur lächelnd angestarrt hatte, lächelte nun ein wenig wärmer, bevor er sich anderen Freunden zuwandte.

Miss Heilprinn und Mrs. Jack blieben mitten in dem großen Zimmer stehen, und wenn man sie so nebeneinander sah und miteinander verglich, boten sie zwei interessante Beispiele für die verschiedenen Entwicklungsmöglichkeiten des weiblichen Geschlechts. Jede der beiden Frauen war in ihrer Art vollkommen. Jede hatte mit großer Anpassungsfähigkeit den Weg gefunden, ihre Gaben am ökonomischsten und reibungslosesten auszunutzen.

Miss Heilprinn sah man sofort die hervorragend tüchtige Frau an. Sie hatte Organisationstalent, hatte die Fähigkeit, das durchzusetzen, was sie wollte, und man sah auf den ersten Blick, daß diese verbindliche Dame auf dem rauhen und unsicheren Boden des praktischen Lebens dem Manne zumindest ebenbürtig war. Wenn man sie ansah, dachte man an Öl – an glattes, mildes Öl, dem eine ungeheure, dynamische Treibkraft innewohnte.

Sie hatte jahrelang als kluge Herrscherin ein bekanntes Broadway-Theater geleitet, und ihre straffe Geschäftsführung hatte selbst ihren Feinden Respekt eingeflößt. Sie hatte leitende, kontrollierende und fördernde Funktionen ausgeübt, und sie hatte sich in der unsicher-spekulativen Welt des Theaters gegen die Raubzüge der Broadway-Hyänen zur Wehr setzen müssen. Man sah ihr an, wie erfolgreich sie sich mit ihrer überlegenen, eisernen Willenskraft durchgesetzt hatte. Man braucht kein sehr erfahrener Beobachter zu sein, um sich denken zu können, daß in dem ungleichen Kampf zwischen Miss Heilprinn und den Broadway-Hyänen die Hyänen den kürzeren gezogen hatten.

War Miss Heilprinns Gesicht in dem unablässig wutenden Kampf erstarrt, in einem Kampf, der so viel Bitterkeit und unversöhnlichen Haß erzeugen kann, daß die Augen gelb vor Neid werden und die Lippen nur noch eine gallig-verzerrte Furche im ausgemergelten Gesicht bilden? War ihr Mund abstoßend verkniffen? Trug sie ihr Kinn vorgeschoben wie einen Granitfelsen? Sah man ihr überhaupt irgendwie ihr kampfreiches Leben an? Keineswegs. Je mörderischer der Kampf, um so gütiger wurde ihr Gesicht. Je mehr sie in die tückischen Intrigen des Broadway-Lebens verstrickt wurde, um so voller und wohlklingender wurde ihr Lachen. Sie war geradezu aufgeblüht dabei, und einer ihrer Kollegen pflegte von ihr zu sagen: «Roberta scheint nie so glücklich und so zwanglos sie selbst zu sein, als wenn sie in einem Nest von Klapperschlangen herumwühlen kann.»

Wie sie so plaudernd neben Mrs. Jack stand, bot sie ein auffallend hübsches Bild. Sie trug ihr graues Haar hochfrisiert, und ihr dezentes kostbares Abendkleid unterstrich noch ihre gelassene Sicherheit. Ihr Gesicht war fast zu gütig, aber diese Güte war nicht geheuchelt. Trotzdem erkannte man, daß ihre blitzenden Augen, die beim Lächeln lustige, schmale Schlitze bildeten, scharf waren wie geschliffene Steine und daß ihnen nichts entging.

Mrs. Jack war merkwürdigerweise komplizierter als ihre sanfte Gefährtin. Sie war gewiß nicht weniger tüchtig, nicht weniger hervorragend, nicht weniger feingebildet, auch nicht weniger entschlossen, ihr Ziel in dieser rauhen Welt zu erreichen; aber sie hatte eine ganz andere Taktik.

Die meisten Leute fanden, sie wäre «so ein romantischer Mensch». Ihre Freunde sagten von ihr, sie wäre «so wunderschön», «so kindlich» und «so gut». Gewiß, das alles war sie auch. Denn sie hatte früh gelernt, wie vorteilhaft es ist, ein rosig-munteres Gesichtchen zu haben und sich ein wenig erschrocken-überrascht und naiv-unschuldig zu geben. Sie lächelte ihre Freunde freundlich, aber ein wenig zweifelnd an, als wollte sie sagen: «Ich weiß schon, ihr lacht mich aus, nicht wahr? Ich weiß gar nicht, warum. Was hab ich denn jetzt wieder gesagt oder getan? Natürlich bin ich nicht so gescheit wie ihr – ihr seid ja alle so fürchterlich gewitzt –, aber ich fühl mich dabei ganz wohl, und ich mag euch alle gern.»

Viele Leute sahen in Mrs. Jack nur diese Seite. Nur wenige wußten, daß dahinter sich noch allerlei mehr verbarg. Zu diesen wenigen gehörte die gütige Dame, die jetzt mit ihr plauderte. Miss Roberta Heilprinn entging kein Kunstgriff dieser fast unbewußt heuchlerischen Unschuld. Vielleicht blitzten deshalb Miss Heilprinns Augen noch lustiger, vielleicht wurde deshalb ihr Buddha-Lächeln noch ein wenig gütiger, und ihr volles Lachen wurde noch ein bißchen ansteckender, als Mrs. Jack nach ihrer Erzählung den alten Jake Abramson so komisch-fragend ansah. Vielleicht beugte deshalb Miss Heilprinn sich in plötzlich aufwallendem Verständnis und echter Zuneigung zu der Freundin und küßte sie auf die glühende Wange.

Und die Frau, der diese Liebkosung galt, wußte ganz genau, was

in der anderen vorging, obwohl sie ihre überrascht-erfreute Unschuldsmiene keinen Augenblick veränderte. Fast unmerklich trafen sich die Augen der beiden Frauen ganz kurz: ohne jeden listigen
Hintergedanken. In diesem Augenblick vermeinte man das olympische Gelächter zu hören.

Während Mrs. Jack glückstrahlend ihre Freunde begrüßte, waren
ihre Gedanken zum Teil weit weg und mit ganz anderen Dingen
beschäftigt. Denn einer fehlte noch, und sie dachte unausgesetzt an
ihn.

«Wo bleibt er nur», dachte sie. «Warum kommt er nicht? Hoffentlich hat er nicht getrunken.» Rasch warf sie einen besorgten
Blick über die glänzende Gesellschaft und dachte ungeduldig:
«Wenn er sich bloß mehr aus Gesellschaften machte! Wenn's ihm
doch Spaß machte, abends auszugehen und mit Leuten zusammen-
zukommen! Na ja, er ist nun mal so. Zwecklos, ihn ändern zu wollen. Ich möcht ihn ja gar nicht anders haben.»

Dann kam er.

«Da ist er ja!» dachte sie ganz aufgeregt und sah ihn erleichtert
eintreten. «Und anscheinend in guter Verfassung.»

George Webber hatte tatsächlich als Vorbereitung für diese
Schicksalsprüfung zwei oder drei scharfe Schnäpse getrunken. Sein
Atem roch ordinär nach billigem Gin, seine Augen glitzerten etwas
wild, und seine Bewegungen waren ein bißchen fiebriger als sonst.
Trotzdem war er, wie Esther es vor sich selber formuliert hatte, «in
guter Verfassung».

«Wenn bloß die Leute – meine Freunde – alle, die ich kenne – ihm
nicht so auf die Nerven gingen», dachte sie. «Ich möchte nur wissen, warum. Als er gestern abend anrief, redete er so merkwürdig!
War gar kein Sinn in dem, was er sagte! Was wohl mit ihm los war?
Na – ist ja nun egal. Er ist gekommen, und ich liebe ihn!»

Ihr Gesicht erglühte sanft, und ihr Herz schlug schneller; sie ging
ihm entgegen.

«Oh, hallo, mein Lieber», sagte sie herzlich. «Ich freu mich, daß
du endlich da bist. Ich fürchtete schon, du würdest mich schließlich
doch noch sitzenlassen.»

Er begrüßte sie halb herzlich und halb grob, mit einer Mischung
aus Schüchternheit und Streitsucht, aus Hochmut und Bescheidenheit, aus Stolz, Hoffnung und Liebe, aus Mißtrauen, Verlangen und
Zweifel.

Er hatte überhaupt nicht zu der Gesellschaft kommen wollen. Bei
ihrer ersten Einladung hatte er einen Damm von Widerständen auf-

gebaut. Sie hatten tagelang darüber hin und her debattiert, schließlich aber war sie Siegerin geblieben und hatte ihm sein Versprechen abgerungen. Als der Tag näher rückte, begann er jedoch wieder zu zögern, und gestern abend war er stundenlang unentschlossen auf und ab gegangen und hatte sich in Selbstbeschuldigungen zerfleischt. Gegen ein Uhr schließlich hatte er einen verzweifelten Entschluß gefaßt, hatte nach dem Telefon gegriffen, hatte, bevor er sie erreichte, den ganzen Haushalt aufgeweckt und ihr schließlich gesagt, daß er nicht kommen würde. Er wiederholte noch einmal alle seine Gründe. Er verstand sie selber nur halb, aber sie hatten etwas mit der Unvereinbarkeit ihrer und seiner Welt zu tun und damit, daß er aus einem instinktiven Gefühl, auch aus einer Überlegung heraus der Ansicht war, daß er nur arbeiten könne, wenn er von ihrer Welt unabhängig bleibe. Er geriet fast in Verzweiflung, als er ihr das zu erklären versuchte, denn er schien ihr nicht verständlich machen zu können, worauf er hinauswollte. Am Schluß wurde auch sie etwas verzweifelt. Zuerst hatte sie sich geärgert und gesagt, er solle doch um Gottes willen mit diesen Albernheiten aufhören. Dann wurde sie gekränkt und böse und erinnerte ihn an sein Versprechen.

«Das haben wir nun doch ein dutzendmal besprochen!» sagte sie mit hocherhobener, ein bißchen weinerlicher Stimme. «Du hast mir's versprochen, George, das weißt du doch! Jetzt ist doch schon alles festgelegt. Jetzt läßt sich nichts mehr ändern. Du kannst mich nicht so im Stich lassen!»

Dieser Appell warf ihn um. Natürlich wußte er, daß die Gesellschaft nicht seinetwegen gegeben wurde und daß nichts umgestürzt zu werden brauchte, wenn er nicht käme. Kein Mensch außer Esther würde überhaupt bemerken, daß er nicht da war. Aber er *hatte*, wenn auch widerwillig, versprochen zu kommen, ihm wurde klar, daß es ihr nur darum ging, daß er sein Wort hielt. Also hatte er noch einmal – und diesmal endgültig – zugesagt. Und nun war er hier; er fühlte sich einigermaßen verwirrt und wünschte von ganzem Herzen, sonstwo zu sein, nur nicht hier.

«Du wirst dich sicher gut unterhalten», sagte Esther eifrig und drückte seine Hand. «Bestimmt, du wirst sehn! Lauter Leute, mit denen ich dich bekannt machen möchte. Aber du wirst hungrig sein. Hol dir lieber erst was zu essen. Du wirst alle Sachen finden, die du gern ißt. Ich hab sie extra für dich machen lassen. Geh ins Speisezimmer und such dir was aus. Ich muß noch ein bißchen hierbleiben und all die Leute begrüßen.»

Als sie ihn verlassen hatte, um neue Gäste zu begrüßen, stand

George eine Weile unbeholfen herum und betrachtete finsteren Blicks das verwirrende Gewimmel. Er gab dabei eine ziemlich groteske Figur ab. Die niedrige, von kurzgeschnittenem schwarzem Haar umrahmte Stirn, die glühenden Augen, das kleine, gedrungene Gesicht, die langen, bis zu den Knien herunterbaumelnden Arme und die gekrümmten Pranken ließen ihn noch affenähnlicher als sonst erscheinen, und sein schlechtsitzender Abendanzug unterstrichen das noch. Die Leute drehten sich um und starrten ihn an, dann wandten sie sich gleichgültig ab und nahmen ihr Gespräch wieder auf.

«So!» dachte er trostlos verlegen. «Das also sind ihre feinen Freunde! Das hätt ich mir denken können!» brummte er, ohne eigentlich zu wissen, was er sich hätte denken können. Hinter der Sicherheit und dem Selbstbewußtsein all dieser gewandten Intellektuellengesichter spürte er eine Geringschätzung, wo sie ihm gar nicht entgegengebracht wurde oder beabsichtigt war. «Ich werd's ihnen schon zeigen!» grollte er unhörbar vor sich hin und hatte nicht die geringste Vorstellung davon, was er damit meinte.

Damit drehte er sich auf dem Absatz um und drängte sich durch die glanzvolle Menge ins Speisezimmer.

«Ich *meine* nur! . . . Also *wissen* Sie! . . .»

Beim Klang dieser rasch und eifrig, mit etwas heiserer, aber seltsam verführerischer Stimme hervorgestoßenen Worte lächelte Mrs. Jack den Gästen zu, mit denen sie gerade plauderte. «Da ist ja Amy!» sagte sie.

Als sie sich umdrehte und das liebliche, fast jungenhaft angeregte, begeistert strahlende Elfengesicht mit der unwahrscheinlichen pechschwarzen Lockenfülle und der kleinen, sommersprossigen Stumpfnase sah, dachte sie:

«Wie schön sie ist! Und . . . und . . . sie hat etwas so Süßes, so Gutes!»

Aber während sie noch so der mädchenhaften Erscheinung mit dem Elfenköpfchen in Gedanken huldigte, wußte Mrs. Jack, daß es nicht stimmte. Nein, Amy Carleton mochte mancherlei sein, aber keiner konnte behaupten, daß sie gut wäre. Denn wenn sie keinen «schlechten Ruf» hatte, so lag das nur daran, daß sie selbst für New Yorker Verhältnisse die Grenzen eines «schlechten Rufs» weit überschritten hatte. Jeder kannte sie, jeder wußte alles über sie, und doch konnte niemand sagen, wo die Wahrheit lag oder wie dieses liebliche Trugbild jugendlicher Lust in Wirklichkeit aussah.

Ihre Geschichte? Nun, sie war mit dem goldenen Löffel im

Mund, in sagenhaften Reichtum hineingeboren. Sie hatte die Kindheit einer Dollarprinzessin gehabt, behütet, kostspielig, abgesperrt, gegängelt und mit goldenen Ketten gefesselt. Als Kind der «guten Gesellschaft» hatte sie ihre Jungmädchenzeit in teuren Schulen und auf Reisen in Europa, Southampton, New York und Palm Beach zugebracht. Mit achtzehn wurde sie in die Gesellschaft eingeführt und war gleich eine berühmte Schönheit. Mit neunzehn war sie verheiratet, und mit zwanzig war sie wieder geschieden, und ihr Name hatte einen Makel. Es war ein sensationeller, ziemlich anrüchiger Prozeß gewesen. Schon damals hatte sie sich so skandalös aufgeführt, daß ihr Mann mit Leichtigkeit die Scheidung erreichte.

Das war nun sieben Jahre her, und seitdem ließ ihre Laufbahn sich chronologisch nicht mehr verfolgen. Zwar war sie jetzt erst Mitte Zwanzig, aber ihr Leben schien Äonen eines schändlichen Lebenswandels zu umfassen. So konnte es geschehen, daß man sich an einen der unzähligen Skandale erinnerte, die mit ihrem Namen verbunden waren, plötzlich stutzig wurde und dann ungläubig sagte: «Aber nein! Das kann doch nicht sein! Das war doch erst vor drei Jahren, und seitdem ist sie ... Also, dann ist sie doch ...» Und dann starrte man verblüfft das jungenhaft-eifrige, stumpfnäsige Elfengesicht an, als würde darunter plötzlich ein furchtbares Medusenhaupt sichtbar oder eine zaubermächtige Circe, deren Leben alle Zeitalter überdauerte und deren Herz so alt war wie die Hölle selbst.

Ihr Leben spottete der Zeit und ließ die Wirklichkeit gespenstisch erscheinen. Man konnte ihr in New York begegnen wie heute abend: ein sommersprossiges, lachendes Gesichtchen, ein Bild glücklicher Unschuld; aber schon zehn Tage später tauchte sie vielleicht in Paris auf, wo sie opiumberauscht, verdreckt und verkommen in den Armen eines lasterhaften Subjekts lag; sie stand mit dem verderbtesten Abschaum der Großstadt auf du und du und wälzte sich mit einer Selbstverständlichkeit in der Gosse, als wäre sie daraus hervorgegangen und als hätte sie nie ein anderes Leben gekannt.

Nach ihrer ersten geschiedenen Ehe war sie noch zweimal verheiratet gewesen. Die zweite Ehe war nach zwanzig Stunden für ungültig erklärt worden, die dritte endete damit, daß ihr Mann sich erschoß.

Und trotzdem: vor-, nachher und zwischendurch, drinnen und draußen, währenddessen und später danach, jetzt und damals, hier und dort, daheim und im Ausland und auf den sieben Weltmeeren, auf allen Längen- und Breitengraden von fünf Erdteilen, gestern und morgen und immerdar – konnte man von ihr behaupten, sie hätte sich weggeworfen? Nein, das konnte man nicht. Denn sie war frei wie die Luft, von der man auch nicht sagt, sie hätte sich «weggeworfen». Amy hatte einfach mit jedem geschlafen, mit Weißen, Schwarzen, Gelben, Rosafarbenen, Grünen oder Purpurroten; aber weggeworfen hatte sie sich nie.

In der romantischen Literatur verherrlichte man damals die entgleiste Dame, das liebliche Geschöpf im grünen Hut, das «nichts ausließ». Ihre Geschichte war bekannt: sie war eine Heldin, über der ein Unstern stand, eine Märtyrerin unseliger Zufälle, sie war durch tragische Umstände, über die sie keine Macht hatte und für die sie nicht verantwortlich war, ruiniert worden.

Manche Verteidiger Amy Carletons versuchten, sie in diese Rolle hineinzuschieben. Es gab zahlreiche Geschichten darüber, «wie sie auf die schiefe Ebene gekommen war». In einer rührenden Version hieß es, ihr Abstieg hätte begonnen, als sie sich, ein unschuldiges und vergnügungssüchtiges Mädchen von achtzehn Jahren, bei einem Dinner in Southampton in Gegenwart einiger vornehmer Witwen in einem Anfall von Tollkühnheit eine Zigarette angezündet hätte. Nach dieser harmlosen kleinen Unbesonnenheit wäre es mit dem jungen Mädchen bergab gegangen. Damit wäre – so erzählte man – das Todesurteil über Amy bei den Witwen beschlossene Sache gewesen. Böse Zungen begannen zu klatschen, rasch wurde ein Skandal daraus, und ihr guter Ruf war dahin. Völlig verzweifelt kam das unglückliche Mädchen dadurch vom rechten Weg ab: sie begann zu trinken, und dann ging es rapide bergab: vom Trinken zu den Liebhabern, von den Liebhabern zum Opium, vom Opium – zu allen denkbaren Lastern.

Das war natürlich romantischer Unsinn. Freilich war sie das Opfer eines tragischen Geschicks, aber dieses Geschick hatte sie selber so geformt. Auch bei ihr lag die Schuld, wie bei dem lieben Brutus, nicht in den Sternen, sondern in ihr selbst. Denn bei all ihren seltenen und kostbaren Gaben, die den wenigsten Menschen zuteil werden – Reichtum, Schönheit, Charme, Intelligenz und Lebenskraft –, fehlten ihr doch der Wille und die Härte, nein sagen zu können. Und da sie fast alles bis auf dieses eine besaß, wurde sie zum Sklaven ihrer Gaben. Mit ihrem Reichtum konnte sie jede Laune bezahlen, und niemand hatte sie gelehrt, nein zu sagen.

Darin war sie ganz ein Kind ihrer Zeit. Leben bedeutete für sie: Geschwindigkeit, ständige Veränderung und neue Sensationen, ein fieberhaftes Tempo, das sich nie erschöpfte oder nachließ, sondern sich ständig bis zum wahnsinnigen Exzeß steigerte. Sie war überall gewesen und hatte «alles gesehen» – wie man die Dinge vom Fenster eines Express-Zugs aus sieht, der mit 130 Stundenkilometern dahinrast. Und da das übliche Kaleidoskop sehenswerter Dinge bald erschöpft war, hatte sie sich seit langem verborgeneren, unheimlicheren und phantastischeren Dingen zugewandt. Auch hier öffneten ihr Reichtum und einflußreiche Beziehungen jene Türen, die anderen verschlossen blieben.

So hatte sie enge und weitverzweigte Beziehungen zu den überspitzt intellektuellen und dekadenten Kreisen der «Gesellschaft» in allen Großstädten der Welt. Aber ihre Anbetung des Ungewöhnlichen hatte sie auch in die dunkelsten Grenzbezirke des Lebens geführt. Sie wußte in der Unterwelt von New York, London, Paris und Berlin so gut Bescheid, daß mancher Polizist sie darum hätte beneiden können. Und selbst die Polizei hatte ihr auf Grund ihres Reichtums gefährliche Vorrechte eingeräumt. Auf einem Weg, der nur Leuten mit großer finanzieller oder politischer Macht freisteht, hatte sie sich einen Polizeiausweis verschafft, der sie dazu berechtigte, von ihrem modernen Rennwagen rücksichtslos Gebrauch zu machen. Trotz ihrer Kurzsichtigkeit fuhr sie in mörderischem Tempo durch den Verkehrsstrudel von Manhattan, und wo sie vorbeiflitzte, wurde sie höflich von der Polizei gegrüßt. Und das alles, obwohl sie bereits einen Wagen zu Bruch gefahren und dabei einen jungen Mann, der mit ihr fuhr, getötet hatte, und obwohl die Polizei wußte, daß sie an einer Sauferei teilgenommen hatte, bei der ein Bandenführer der Unterwelt erschlagen worden war.

Dank ihres Reichtums, ihrer Macht und ihrer fieberhaften Energie schien sie in jedem Land der Welt alles zu erreichen, was sie sich wünschte. Früher hatte man gefragt: «Was wird Amy denn nun wieder anstellen?» Nun aber sagte man: «Was bleibt ihr denn noch übrig?» Wenn das Leben sich einzig in Fortbewegung und Sensation ausdrücken läßt, dann blieb ihr anscheinend nichts mehr übrig. Nur immer noch höhere Geschwindigkeit, noch mehr Veränderung, noch mehr Ungestüm, noch mehr Sensation – bis zum Ende. Und das Ende? Am Ende konnte nur die Zerstörung stehen, und die Zerstörung hatte sie bereits gezeichnet. Sie stand in ihren Augen, in ihrem gepeinigten, flackernden, übersättigten Blick. Sie hatte alles im Leben ausprobiert – nur das Leben selber nicht. Und das konnte sie nun nicht mehr, denn den Weg zum Leben hatte sie schon lange unwiederbringlich verloren. So blieb ihr nichts weiter übrig als zu sterben.

«Wenn es nur anders mit ihr gekommen wäre!» dachte manch einer bedauernd, und auch Mrs. Jack dachte es beim Anblick dieses Elfenköpfchens; verzweifelt suchte man in dem Labyrinth nach einem Anhaltspunkt, von wo das Übel ausgegangen sein könnte: «Hier war es ... oder hier ... oder hier, siehst du! Wenn bloß ...!»

Wenn bloß die Menschen ebensosehr Erde wären, wie sie Blut, Mark und Knochen, Leidenschaft und Gefühl sind! Wenn bloß ...!

«Ich *meine* nur! ... Also *wissen* Sie! ...» Bei diesen Worten, die so bezeichnend für ihre richtungslose Begeisterung und für ihr sprunghaftes Denken waren, riß Amy heiser-gierig lachend die Zigarette aus dem Mund, als brenne sie darauf, ihre Gefährten an ihrer überschwenglichen Heiterkeit teilnehmen zu lassen. «Ich *meine* nur!» rief sie noch einmal. «Wenn ihr das mit dem Zeug vergleicht, das heute gemacht wird! Ich *meine* nur! Das ist doch einfach nicht zu vergleichen!» Mit einem jubelnden Lachen, als müßte der Sinn dieser abgerissenen Sätze jedermann völlig klar sein, zog sie wütend an ihrer Zigarette und riß sie sich dann wieder aus dem Mund.

Die Gruppe junger Leute, die sich um Amy als strahlenden Mittelpunkt geschart hatte, und zu der nicht nur ihr derzeitiger Liebhaber, ein junger Japaner, sondern auch sein unmittelbarer Vorgänger, ein junger Jude, gehörte, war am Kamin vor dem Porträt Mrs. Jacks stehengeblieben und musterte es. Das Bild verdiente das Lob, mit dem es jetzt überhäuft wurde. Es gehörte zu den besten Stücken aus Henry Mallows Frühzeit.

«Wenn man sich das ansieht, und wenn man *bedenkt*, wie lange das her ist!» rief Amy jubelnd und deutete mit heftigen Stößen ihrer Zigarette auf das Bild. «Und wie schön sie *damals* war! Und wie schön sie *jetzt* ist!» rief sie überschwenglich, lachte heiser und blickte mit ihren fiebrig-erbitterten graugrünen Augen um sich. «Ich *meine* nur!» rief sie noch einmal und zog ungeduldig an ihrer Zigarette. «Das ist *schlechthin* unvergleichlich!» Dann merkte sie, daß sie das, was sie sagen wollte, gar nicht gesagt hatte; sie warf ihre Zigarette ärgerlich ins Kaminfeuer und fuhr fast verzweifelt fort: «Oh, ich *meine* nur! Es liegt doch klar auf der Hand!» Und nun waren alle noch verwirrter als vorher. Plötzlich wandte sie sich impulsiv an Stephan Hook, der, immer noch den Ellbogen auf die Kaminecke gestützt, dastand und fragte: «Wie lang ist das her, Steve? ... Ich *meine* nur! Doch sicher zwanzig Jahre, was?»

«Ach, mindestens», antwortete Hook kalt und gelangweilt. Unruhig-verlegen rückte er noch ein Stück weiter, bis er der Gruppe fast den Rücken kehrte. «Wird fast an die dreißig sein, möcht ich meinen», warf er über die Schulter zurück und nannte dann mit nachlässig-gleichgültiger Miene das Datum: «Ich möchte meinen: es wurde 1901 oder 1902 gemalt – was, Esther?» Er wandte sich an Mrs. Jack, die zu der Gruppe trat. «So um 1901 nicht wahr?»

«Was denn?» fragte Mrs. Jack, fuhr aber gleich fort: «Ach, das Bild? Nein, Steve. 1900 ...» Sie hatte sich so rasch gefaßt, daß keiner außer Hook es merkte. «1906.» Sie bemerkte ein feines Lächeln auf seinem blassen, gelangweilten Gesicht und warf ihm rasch einen warnenden Blick zu, aber er brummte nur:

«Ach so ... das hatte ich vergessen.»

Tatsächlich kannte er das genaue Datum, sogar Monat und Tag, an dem das Bild vollendet worden war. Über die Unberechenbarkeit des weiblichen Geschlechts nachsinnend, dachte er: «Wie kann man bloß so dumm sein! Sie muß sich doch sagen, daß jeder, der auch nur etwas über Mallows Leben weiß, dieses Datum genausogut kennt wie den 4. Juli!»

«Natürlich, ich war ja noch fast ein Kind, als es gemalt wurde», redete Mrs. Jack hastig weiter. «Ich kann kaum achtzehn Jahre gewesen sein – ach, noch nicht mal.»

«Dann wärst du also jetzt kaum einundvierzig», dachte Hook zynisch, «ach, noch nicht mal! Nein, meine Liebe, du warst zwanzig, als er dich malte, und warst schon zwei Jahre verheiratet ... Warum machen sie nur so was?» dachte er ungeduldig und gereizt. Er sah sie an und entdeckte in ihren Augen einen tief beunruhigten, fast flehentlichen Ausdruck. Er folgte ihrem Blick und bemerkte die unbeholfene Gestalt George Webbers, der in der Eßzimmertür stand und nichts Rechtes mit sich anzufangen wußte. «Ach so – wegen dem da!» dachte Hook. «Sie hat ihm also gesagt, daß ...» Und plötzlich mußte er an ihren flehentlichen Blick denken und fühlte Mitleid. Aber er murmelte nur gleichgültig:

«Ach ja, du kannst noch nicht sehr alt gewesen sein.»

«Nein, weiß Gott nicht!» rief Mrs. Jack aus. «Aber schön war ich!»

Sie sagte das mit so unschuldiger Freude, so ohne eine Spur peinlicher Eitelkeit, daß alle ihr liebevoll zulächelten. Amy Carleton sagte impulsiv mit einem hastig-kleinen Auflachen:

«Ach, Esther! Also wirklich, du bist die *aller* ...! Aber ich *meine* nur!» rief sie ungeduldig und warf ihren schwarzen Kopf zurück, als antwortete sie einem unsichtbaren Gegner. «Sie ist *wirklich* ...!»

«So was habt ihr in eurem ganzen Leben noch nicht gesehn!» sagte Mrs. Jack strahlend. «Ich war einfach wie Pfirsich mit Schlagsahne. Geradezu eine Augenweide!»

«Aber *Liebste*! Das bist du doch *noch*!» rief Amy. «Ich wollte sagen ... Liebste, du bist die *aller* ...! Ist es nicht wahr, Steve?» Sie lachte unsicher und wandte sich fieberhaft-eifrig an Hook.

218

Er blickte in ihre flatternden Augen, sah, daß sie verzweifelt, ruiniert und verloren war, und ihm wurde vor Entsetzen und Mitleid ganz elend. Mit müden, halbgeschlossenen Augen sah er sie verächtlich an und fragte eiskalt: «Was?» Dann wandte er sich ab und sagte gelangweilt: «Oh.»

Neben ihm das lächelnde Gesicht Mrs. Jacks und über ihm das Bildnis des lieblichen Mädchens, das sie einst gewesen war: wie ein Stich durchfuhren ihn das Geheimnis und die Qual der Zeit.

«Mein Gott, da steht sie nun!» dachte er. «Sieht noch immer aus wie ein Kind, ist noch immer schön und verliebt – verliebt in einen Jungen! Und sie ist noch fast so bezaubernd wie damals, als Mallow ein Junge war!»

1901! Ach ja, die Zeit! Die Zahlen drehten sich in trunkenem Tanz, und er rieb sich die Augen. 1901! Wie viele Jahrhunderte lagen dazwischen? Wie viele Leben, Tode und Fluten, wie viele Millionen Tage und Nächte voller Liebe und Haß, voller Qual, Angst und Schuld, voller Hoffnung, Enttäuschung und Niederlage, hier in den geologischen Zeitaltern dieser ungeheuren Katakomben, dieser zerpflügten Insel! 1901! Mein Gott! Das lag ja geradezu in prähistorischer Vorzeit! All *das* war doch vor mehreren Millionen Jahren geschehen! Seitdem hatte so vieles begonnen, hatte wieder aufgehört und war in Vergessenheit geraten; so viele ungenannte ehrliche Leben, junge und alte, soviel Blut, Schweiß und bittere Qual waren seitdem den Fluß hinuntergeflossen; und er selbst hatte inzwischen mindestens hundert Leben gelebt. Ja, er war so oft geboren worden, war so viele Tode gestorben und hatte alles wieder vergessen, so viele Jahrhunderte lang hatte er gehofft, gerungen, gekämpft und war vernichtet worden, daß er sich an nichts mehr erinnern konnte; jedes Zeitgefühl war ausgelöscht, und nun kam ihm alles vor wie ein zeitloser Traum. 1901! Von hier und von jetzt aus gesehen lag alles wie in einem Grand Canyon: Menschengebein und Menschennerven, Menschenblut, Menschenhirn und Menschenfleisch, Menschenworte und Menschengedanken; zeitlos lag das alles in unausdenkbarer Tiefe; gefroren und erstarrt, unveränderlich, eine der vielen geologischen Schichten; Häubchen und Tournüren, Strohhüte und alte Lieder, vergessenes Hufgeklapper und steife Hüte, das Rollen vergessener Räder auf vergessenen Pflastersteinen – das alles lag nun bei den Skeletten verlorener Begriffe, verschmolzen zu einer einzigen Schicht einer versunkenen Welt. Und *sie*?

Sie! Na, sie war so gut ein Teil dieser Welt wie er!

Sie hatte sich zu einer anderen Gruppe gewandt, und er hörte sie sagen:

219

«O ja, ich kenne Jack Reed. Er kam oft zu Mabel Dodge. Wir waren gut befreundet ... Damals, als Alfred Stieglitz seinen Salon eröffnete ...»

Ach, all diese Namen! Hatte auch er sie nicht alle gut gekannt? Oder war auch das nur ein Trugbild in dem phantastischen Schattenspiel der Zeit? Hatte er nicht neben ihr gestanden, als das Schiff auslief? Hatten die Thraker sie nicht beide gefangengenommen? Hatte er ihr nicht mit dem Windlicht zum Zelt des Herrschers von Mazedonien geleuchtet, den sie um ihrer Befreiung willen zu bezaubern gedachte? Lauter Gespenster – nur sie nicht! Sie allein, ein hungriges Kind der Zeit, war von dieser ganzen gespenstischen Gesellschaft unsterblich und sie selbst geblieben, hatte wie ein Schmetterling ihre früheren Ichs abgeworfen, als wäre jedes gelebte Leben nur ein abgetragenes Kleid, und stand nun hier – *hier!* mein Gott! – am abgebrannten Kerzenstumpf der Zeit! Stand hier mit ihrem mittagsfrischen Gesicht, als hätte sie gerade heute am Samstag von dieser trefflichen Welt gehört und als wollte sie mal sehen, ob auch *alles* bis morgen fortbestehen würde!

Mrs. Jack hatte sich beim Klang von Amys Stimme umgewandt und vorgebeugt und lauschte den unzusammenhängenden Ausrufen des Mädchens mit konzentrierter Aufmerksamkeit, als könnte sie deren verborgenen Sinn auf diese Weise leichter erfassen.

«Ich *meine* nur! ... Also *wißt* ihr! ... Aber Esther, Liebste, du bist die aller ...! Es ist das aller ...! Ich *meine* nur, wenn ich euch beide anseh, dann kann ich einfach nicht ...» rief Amy heiser und fröhlich, und ihr reizendes Gesicht strahlte über und über. «Oh, was ich *sagen* wollte ...» rief sie, schüttelte heftig den Kopf, warf wieder ungeduldig eine Zigarette fort und rief mit einem langen Seufzer: «Meine Güte!»

Armes Kind, ach, armes Kind! Hook wandte sich, um den gequälten Ausdruck seiner Augen nicht zu zeigen, brüsk ab. So früh heranzuwachsen, dahinzugehen, verbraucht zu werden und zu sterben wie wir alle! Er fühlte: gleich ihm war sie nur allzusehr geneigt, dem Augenblick zu leben, sich nichts weise aufzusparen als Reserve für die Stunde der Gefahr oder für den Tag des Zusammenbruchs; allzusehr waren sie geneigt, alles aufzubrauchen, sich zu verausgaben, sich verbrennen zu lassen wie die letzten Nachtfalter im grellen Licht!

Armes Kind, ach, armes Kind! Du und ich, wir Kinder eines jüngeren Geschlechts, so flüchtig und kurz und dem Zeitlichen verhaftet! dachte Hook. Und die anderen da? Er blickte um sich und sah die sinnlich geschwungenen, in verächtlichem Spott geblähten Nü-

stern. Die anderen da waren aus uraltem Stoff, waren nicht angefressen, wurden mit frischem Wagemut immer wieder neugeboren
und wußten sich dennoch klüglich vor der Flamme zu hüten. Die
anderen da würden weiterleben! Oh, Zeit!

Ach, armes Kind!

Die Entscheidung

George Webber hatte an dem verführerisch-prächtigen Büfett im
Speisezimmer reichlich zugelangt; nachdem sein Hunger gestillt
war, stand er ein paar Minuten in der Tür zum großen Wohnzimmer und überblickte das glanzvolle Bild. Er rang mit dem Entschluß, ob er sich kühn hineinstürzen und mit jemand ein Gespräch
anfangen, oder ob er es noch etwas hinausschieben und im Speisezimmer verweilen sollte. Er überlegte bedauernd, daß er von einigen Gerichten noch nicht gekostet hatte. Er hatte aber schon so viel
gegessen, daß es nicht sehr überzeugend gewirkt hätte, wenn er
noch mehr genommen hätte; es blieb ihm also wohl nichts übrig,
als all seinen Mut zusammenzunehmen und aus der Situation das
beste zu machen.

Er war gerade zu diesem Schluß gekommen und dachte: «Jetzt!»,
als er Stephen Hook bemerkte; er kannte und schätzte ihn und ging
ganz erleichtert auf ihn zu. Hook lehnte am Kaminsims und sprach
mit einer hübschen Frau. Er sah George kommen, hielt ihm, ohne
sich umzuwenden, von der Seite her seine weiche, dickliche Hand
hin und sagte so nebenbei:

«Ach! Wie geht's denn? ... Hör'n Sie mal!» Wie immer,
wenn er etwas aus einer warmen Regung seiner großzügigen
und empfindsamen Seele heraus tat, sprach er absichtlich gleichgültig und äußerst gelangweilt. «Haben Sie Telefon? Ich hab
neulich versucht, Sie anzurufen. Wollen wir nicht mal zusammen lunchen?»

In Wirklichkeit war ihm das eben erst eingefallen. Webber wuß-
te, daß er aus spontaner Sympathie handelte, daß er ihm die Situa-
tion erleichtern wollte, damit er sich in diesem brillant-überspitzten
Geplätscher nicht gar so verzweifelt heimatlos fühlte, sondern et-
was hätte, «woran er sich klammern könnte». Seit er Hook das erste
Mal getroffen und die verzweifelte Scheu und die unverhohlene
Angst in seinen Augen gesehen hatte, wußte er über ihn Bescheid.
Er hatte sich nie durch die absichtlich müde Zerstreutheit oder

durch die gekünstelt-manierierte Sprache täuschen lassen. Unter dieser Maske hatte er die Rechtschaffenheit und Großherzigkeit, die Vornehmheit und die Sehnsucht gespürt, die in der gequälten Seele dieses Mannes lebten. Er schüttelte ihm also in tiefer Dankbarkeit die Hand und kam sich dabei vor wie ein verirrter Schwimmer, der nach dem einzigen greift, was ihn in diesem unergründlich-verwirrenden, ringsum drohenden Strudel aufrechthalten konnte. Hastig stotterte er eine Begrüßung und sagte, er würde sich sehr freuen, einmal mit Hook zu lunchen – irgendwann – jederzeit, dann stellte er sich neben Hook, als hätte er die Absicht, den ganzen Abend dort zu bleiben.

Hook unterhielt sich eine Weile in seiner nachlässigen Art mit ihm und machte ihn mit der Frau bekannt. George versuchte, mit ihr ins Gespräch zu kommen, aber sie beantwortete seine Bemerkungen nicht, sie sah ihn nur wortlos-kühl an. George wurde verlegen, sah sich um, als suchte er jemanden, und um irgend etwas zu sagen und um den Anschein zu erwecken, als fühlte er sich ganz wohl und als hätte er eine bestimmte Absicht, platzte er schließlich heraus:

«Haben . . . haben Sie Esther hier irgendwo gesehn?»

Kaum hatte er das gesagt, da merkte er, wie steif, plump und albern seine Worte waren, denn Mrs. Jack stand, wie jeder sehen konnte, keine drei Meter weit und plauderte mit einigen Gästen. Und die Frau antwortete ihm umgehend, als hätte sie nur auf diese Gelegenheit gewartet. Sie lächelte ihn strahlend-überlegen an und sagte unfreundlich-kalt:

«Hier irgendwo? O ja, Sie werden sie hier schon finden – gerade hier!» Dabei deutete sie mit dem Kopf auf Mrs. Jack.

Diese Bemerkung war nicht sehr witzig, und George fand sie beinahe so albern wie seine eigenen Worte. Er wußte auch, daß die Unfreundlichkeit nicht persönlich gemeint war; es galt nun einmal als schick, ohne Rücksicht auf gute Manieren eine schlagfertige Antwort zu geben. Warum wurde er dann aber rot vor Ärger? Warum ballte er dann die Faust und machte eine so hitzig-drohende Bewegung gegen das nichtssagend-lächelnde Geschöpf, daß es aussah, als wollte er mit Brachialgewalt gegen sie vorgehen?

Als er sich seiner streitsüchtigen Haltung bewußt wurde, merkte er sogleich, daß er sich wie ein geprellter Bauernlümmel benahm, und bei diesem Gedanken fühlte er sich noch zehnmal tölpelhafter, als er in Wirklichkeit wirkte. Er versuchte, sich eine schlagfertige Antwort auszudenken, aber sein Geist war wie gelähmt; er spürte nur die brennende Röte auf Gesicht und Hals. Er wußte, daß der Kragen seines schlechtsitzenden Jacketts abstand, daß er eine traurige Figur machte und daß die Frau – «Diese verdammte Hure!» brummte er in sich hinein – ihn auslachte. Weniger durch die Frau als durch seine eigene alberne Bemerkung war er völlig außer Fassung gebracht, und er schlich wie ein Geschlagener davon; er haßte sich, die Gesellschaft hier und vor allem seine Torheit, hierhergekommen zu sein.

Schön, er hatte nicht kommen wollen! Das hatte Esther zuwege gebracht! Sie trug die Verantwortung dafür! Sie war schuld daran! Völlig durcheinander und sinnlos böse auf alles und jeden lehnte er sich mit dem Rücken an die gegenüberliegende Wand und starrte mit geballten Fäusten um sich.

Aber seine heftigen, ungerechten Gefühle legten sich bald und wichen einer nüchternen Überlegung. Er erkannte jetzt die Albernheit dieser ganzen Episode und begann sich selbst auszulachen und sich über sich lustig zu machen.

«Darum also hast du nicht kommen wollen!» dachte er verächtlich. «Weil du Angst hattest, daß irgendeine idiotische, schlechterzogene Frau eine alberne Bemerkung machen und damit dein zartes Fell verletzen könnte! Mein Gott, was für ein Trottel du bist! Esther hatte ganz recht!»

Aber hatte sie *wirklich* recht gehabt? Er hatte einen richtigen Streitfall daraus gemacht – durch sein Gerede über seine schriftstellerische Arbeit, um derentwillen er sich aus ihrer Welt heraushalten müßte. Hatte er mit allem nur ausdrücken wollen, daß er gesellschaftlich nicht zu ihr paßte? Hatte er sich auf dieses lange Theoretisieren nur deshalb eingelassen, um seinem geliebten Ich das Lächerliche und Demütigende einer Szene, wie er sie eben herbeigeführt hatte, zu ersparen?

Nein, ganz so war es doch nicht. Es steckte noch mehr dahinter. Er war nun genügend abgekühlt, um sich objektiv betrachten zu können, und da merkte er plötzlich, daß er selber gar nicht recht wußte, was er meinte, wenn er mit Esther von ihrer und von seiner Welt redete. Er hatte diese Redewendung als Symbol für etwas Wirkliches, für etwas sehr Wichtiges genommen, das er wohl instinktiv fühlte, aber nicht in Worte fassen konnte. Deshalb hatte er sich ihr auch nicht verständlich machen können. Nun also – woran lag es dann? Wovor hatte er sich gefürchtet? Es lag nicht nur daran, daß er große Gesellschaften nicht mochte und in gesellschaftlichen Formen nicht bewandert war. Zum Teil war es das – gewiß. Aber nur zum Teil, zum kleinsten, geringfügigsten, rein persönlichen

Teil. Da war noch etwas anderes, etwas Unpersönliches, etwas Größeres als sein Ich, etwas, das für ihn sehr viel bedeutete und das nicht abzustreiten war. Was denn nun? Es war wohl am besten, dieser Sache einmal ins Auge zu sehen und sie ins reine zu bringen.

Ganz kühl in das innere Problem vertieft, das der lächerliche kleine Zwischenfall in den Brennpunkt seines Denkens gerückt hatte, begann er sich nun die Leute im Zimmer anzusehen. Er beobachtete genau ihre Gesichter und versuchte, die gesellschaftliche Maske, die sie wahrscheinlich aufgesetzt hatten, zu durchdringen; grübelnd und forschend suchte er nach einem Schlüssel für die Lösung seines Problems. Er wußte: es war eine erlesene Gesellschaft glänzender, erfolgreicher Männer und schöner Frauen. Sie gehörten zu den angesehensten und vornehmsten Leuten der Großstadt. Aber als er sie wachsam und mit zielbewußt-klaren Sinnen überblickte, sah er in einigen von ihnen ganz etwas anderes.

Der Bursche zum Beispiel! Sein weichliches Gesicht, die Art, wie er gezierte Blicke um sich warf und sich beim Gehen verführerisch in den Hüften wiegte – der gehörte zweifellos zu den «Invertierten». Webber wußte, daß Männer dieses Typs überall gesucht waren und wie eine Kreuzung zwischen Schoßhündchen und Clown liebevoll gehätschelt wurden. Fast jede Dame der guten Gesellschaft betrachtete sie als unentbehrliche Würze einer eleganten Gesellschaft wie dieser. Warum wohl? überlegte George. Hatte der Geist der Zeiten dem Homosexuellen die bevorzugte Stellung des buckligen Hofnarren an alten Königshöfen eingeräumt? War seine Widernatürlichkeit Gegenstand offener Witze und Zoten geworden? Wie es auch dazu gekommen sein mochte, die Tatsache selber war nicht zu bezweifeln. Die gezierten Mienen und Gebärden solcher Männer, ihre Witzeleien und Sticheleien, der pikante Reiz ihrer femininen und vergifteten Geistesart waren das genaue Gegenstück zu den boshaften Witzen eines Hanswursts früherer Zeiten. Wie beispielsweise dieser geziert lächelnde Knabe, das weiß gepuderte, pergamentene Gesicht matt zur Seite geneigt, die müden Augen mit den schweren Lidern halb geschlossen, einherstolzierte, von Zeit zu Zeit stehenblieb, seinen über den großen Raum verteilten Bekannten mädchenhaft aus dem Handgelenk heraus zuwinkte und dabei rief:

«Oh, hallo! ... Da *bist* du ja! ... Du *mußt* mal herkommen!»

Seine Wirkung war so unwiderstehlich, daß die Damen quietschend lachten und die Herren einfach losbrüllten und vor Lachen bersten wollten.

Und jene Frau da drüben in der Ecke mit dem männlichen Haarschnitt, mit der eckigen Figur und dem hart emaillierten Gesicht, die das recht hübsche und verlegene junge Mädchen bei der Hand hielt – eine Lesbierin, wenn er sich richtig auskannte.

Beim Klang der abgerissenen Sätze: «Ich *meine* nur! ... Also *wissen* Sie!» drehte Webber sich um und bemerkte den dunklen Lockenkopf Amy Carletons. Er wußte, wer sie war, und er kannte ihre Geschichte; aber auch wenn er sie nicht gekannt hätte, würde er sie teilweise aus ihrem tragischen Ausdruck verlorener Unschuld erraten haben. Nun aber fiel ihm hauptsächlich ihr männliches Gefolge auf, darunter der junge Jude und der junge Japaner, und er mußte bei diesem Anblick an ein Rudel Hunde denken, das hinter einer läufigen Hündin her ist. Das alles wirkte so unverhüllt, nackt und schamlos, daß ihm beinahe übel wurde.

Sein Blick fiel auf John Ettinger, der mit seiner Frau und seiner Geliebten ein wenig abseits stand, und aus dem gegenseitigen Benehmen der drei konnte er untrüglich auf ihre Beziehungen zueinander schließen.

Immer wieder stieß George auf Zeichen der Dekadenz in einer Gesellschaft, der einst sein Neid und sein Ehrgeiz gegolten hatte; sein Gesicht nahm einen verächtlichen Ausdruck an. Dann aber sah er, wie Mr. Jack sich höflich unter seinen Gästen bewegte, und plötzlich schoß ihm das Blut ins Gesicht, denn er mußte an sich selber denken. Wer war denn *er*, daß er sich so überlegen fühlte? Wußten nicht alle, was *er* für eine Rolle spielte und warum er hier war?

Ja, alle diese Menschen sahen einander mit nichtssagenden Blicken an. Sie unterhielten sich leicht, rasch und witzig; aber von dem, was sie wußten, sagten sie nichts. Und sie wußten alles, hatten alles gesehen und alles hingenommen. Und jede Neuigkeit quittierten sie mit einem zynisch-amüsierten Blick ihrer nichtssagenden Augen. Sie entsetzten sich über nichts mehr. Es war nun einmal so, und man konnte vom Leben nichts anderes erwarten.

Aha, da hatte er's! Da kam er der Antwort schon näher. Nicht auf das, was sie taten, kam es an – denn darin unterschieden sie sich nicht merklich von ihm. Ihre Haltung des Hinnehmens war es, die Art, wie sie innerlich zu dem, was sie taten, standen, die Nachgiebigkeit, mit der sie sich selber und ihr Leben hinnahmen, der Verlust jeglichen Glaubens an etwas Besseres. So weit war er noch nicht, und so weit wollte er auch nicht kommen. Nun hatte er einen Grund dafür, weshalb er nicht als zu Esthers Welt gehörig abgestempelt sein wollte.

Trotzdem – es waren fraglos ehrenwerte Leute. Sie hatten keines Menschen Ochsen oder Esel gestohlen. Sie waren vielseitig und hochbegabt und hatten dafür den dankbaren Beifall der Welt eingeheimst.

War der große Finanz- und Industriemagnat Lawrence Hirsch nicht auch ein Förderer der Künste und der Führer einer fortschrittlichen Richtung? O ja – seine Ansichten über Kinder-Arbeit, über das Elend der Baumwollpflücker, über den Sacco-Vanzetti-Prozeß und andere Fragen, die die Empörung aller Intellektuellen erregt hatten, waren in ihrer Aufgeklärtheit und in ihrem Liberalismus geradezu berühmt. Wer konnte schon etwas dabei finden, wenn ein Bankier einen Teil seines Einkommens aus der Kinderarbeit in den Textilfabriken der Südstaaten bezog? Wenn ein anderer Teil dieses Einkommens vielleicht von der schweren Arbeit versklavter Arbeiter auf den Tabakfeldern herstammte? Und wenn wieder ein anderer Teil ihm vielleicht aus den Stahlwerken im Mittelwesten zufloß, wo bewaffnete Rohlinge angestellt waren, um auf streikende Arbeiter zu schießen? Ein Bankier mußte sein Geld da anlegen, wo es am meisten einbrachte. Geschäft war Geschäft, und es war tatsächlich reine Nörgelei, wenn man behaupten wollte, die sozialen Ansichten eines Menschen hätten etwas mit seinen Profiten zu tun! Mr. Hirsch hatte unter den Genossen der Linken ergebene Mitkämpfer, die sich nachzuweisen beeilten, daß eine derart theoretische Kritisiererei einfach kindisch war. Welches auch die Quellen von Mr. Hirschs Macht und Reichtum sein mochten – sie waren ganz nebensächlich und hatten mit der Sache nichts zu tun. Seine Haltung als Liberaler, als «Freund Rußlands», als Vorkämpfer für fortschrittliche soziale Ansichten, ja als tiefschürfender Kritiker der Kapitalistenklasse, der er angehörte, war so allgemein bekannt, daß er als führender Kopf unter allen aufgeklärt Denkenden galt.

Und diese ganze glänzende Gesellschaft, die Webber umgab – keiner hier hatte je gesagt: «Sie haben kein Brot? Mögen sie doch Kuchen essen!» Wenn die Armen verhungerten – sie hatten mitgelitten. Wenn die Kinder geschuftet hatten – ihnen hatte das Herz geblutet. Wenn die Unterdrückten, Schwachen, Geschlagenen und Verratenen fälschlich beschuldigt und zum Tode verurteilt wurden – diese Zungen regten sich zu empörtem Protest, wenn der Fall nur modern war! Sie hatten offene Briefe an die Presse geschrieben, hatten auf Beacon Hill Plakate angeschlagen, hatten an Demonstrationszügen teilgenommen, hatten Sammlungen veranstaltet und ihre guten Namen für Verteidigungsausschüsse hergegeben.

Das alles war zweifellos richtig. Aber als Webber nun darüber nachdachte, wurde ihm klar, daß solche Menschen bis zum jüngsten Tag ihre Stimmen erheben und Plakate vor sich her tragen konnten und sich dennoch am Blut des kleinen Mannes mästeten, und daß ihr geheimnisvoller-unangreifbarer Lebensunterhalt aus Profiten stammte, an denen Sklavenschweiß haftete, wie es zu allen Zeiten bei jedem gemeinen Verwalter von Geld und Vorrechten der Fall gewesen war. Das ganze Nest dieser fürstlichen Leben, diese lesbischen und päderastischen Liebesverhältnisse, diese ehebrecherischen Intrigen, die jetzt in der Luft lagen und das Antlitz der Nacht wie ein unheimlicher Schleier verdeckten, waren auch nur menschlich-gemeiner Staub und schweißdurchtränkter Lehm, waren herausgepreßt aus tiefster menschlicher Todespein.

Ja, das war es! So lautete die Antwort! Jetzt war er endlich zum Kern der Sache gekommen. Konnte er als Romanautor, als Künstler dieser hohen, bevorzugten Welt angehören, ohne in die Gefahr zu geraten, durch dieses bevorzugte Dasein zu verdummen? Konnte er das Leben wahrheitsgetreu so schildern, wie er es sah, konnte er alles sagen, wozu es ihn drängte, wenn er dieser Welt angehörte, über die er schreiben mußte? Ließen diese beiden Dinge sich miteinander vereinen? War diese Welt der Mode und der Vorrechte nicht der Todfeind von Kunst und Wahrheit? Konnte er zu den einen gehören, ohne die anderen in Stich zu lassen? Würden nicht eben diese Vorrechte, die ihm die Großen dieser Stadt einräumten, sich zwischen ihn und die Wahrheit stellen, sie beschatten, abmildern und schließlich verraten? Und würde er sich dann noch irgendwie von dem großen Haufen unterscheiden, der sich von den Vorspiegelungen eines reichen und bequemen Lebens und von der tödlichen Gier nach Ansehen hatte einfangen lassen, jenem Ansehen, das nur eine vergoldete Falschmünze ist und allzuoft für die ehrliche Münze menschlicher Achtung gehalten wird?

Da lag die Gefahr, und es war wirklich eine Gefahr, kein Hirngespinst seines unmutigen, mißtrauischen Geistes. War es nicht immer und immer wieder so gegangen? Man brauchte nur an all die jungen Schriftsteller – und nicht an die schlechtesten – zu denken, die für ihr vielversprechendes Talent Beifall geerntet und dann nicht erfüllt hatten, was sie versprachen, weil sie ihr Erstgeburtsrecht für ein Gericht aus dem Suppentopf der Welt verkauft hatten. Auch sie hatten als Wahrheitssucher angefangen, aber dann hatte ihr Blick sich getrübt, und sie hatten als Vorkämpfer für irgendeine engbegrenzte Spezial-Wahrheit geendet. Sie setzten sich besonders für den Stand der Dinge ein, wie er nun einmal war, und ihre Namen prangten fett und einschmeichelnd in der *Saturday Evening Post* und in den Frauenzeitschriften. Oder sie gaben es auf und verkauften sich nach Hollywood, wo sie spurlos von der Bildfläche verschwanden. Manche machten es ein bißchen anders, folgten im Grunde aber demselben blinden Prinzip, identifizierten sich mit dieser oder jener politischen oder künstlerischen Gruppe, Clique, Partei oder Interessengemeinschaft und verloren sich in esoterischen kleinen Kulten und Ismen. Aus ihnen setzte sich das zahllos kleine Gewürm der literarischen Kommunisten zusammen, der Vorkämpfer für die Junggesellensteuer, der streitbaren Vegetarier und derer, die das Heil von der Nacktkultur erwarteten. Was immer aus ihnen wurde – und es gab unbegrenzt viele Spielarten –, sie standen vor dem Leben wie der Blinde vor dem Elefanten: jeder von ihnen hielt einen Teil des Lebens für das ganze Leben, einen Bruchteil oder die Hälfte der Wahrheit für die Wahrheit an sich, ein kleines, persönliches Anliegen für die große, allumfassende Sache der Menschheit. Wenn er diesen Weg ginge – wie sollte er dann Amerika besingen können?

Nun begann das Problem sich zu klären. In diesem beglückend hellsichtigen Augenblick gewannen die Antworten auf seine Fragen Gestalt. Ihm dämmerte, was er zu tun hatte. Und als er sah, wohin der Weg führte, den er bereitwillig, hoffnungsvoll und sogar freudig mit Esther gegangen war, da wurde ihm blitzartig klar, daß er endgültig und unwiderruflich mit ihr brechen und ihrer märchenhaften Zauberwelt den Rücken kehren mußte, wenn er seine Künstlerseele nicht verlieren wollte. Darauf also lief es hinaus.

Aber kaum hatte er das eingesehen, begriffen und akzeptiert, da überfiel ihn das Gefühl eines so fürchterlichen Verlustes, daß er fast aufschrie vor Liebe und Schmerz. Waren denn nirgends eine einfache Wahrheit und Gewißheit zu finden? Würde die Folterqual nie ein Ende nehmen? Seine ganze Jugend hindurch hatte das bestirnte Antlitz der Nacht ihn zu Überschwang und Edelmut begeistert, hatte in ihm die Sehnsucht nach großen Träumen und großen Gedanken geweckt, die er in Gemeinschaft mit den größten Geistern der Welt denken und träumen wollte. Und nun, da dieser Traum Wirklichkeit wurde, als er sich mitten unter denen befand, die er immer nur von fern beneidet hatte, sollte er die grandiose Selbstlosigkeit aufbringen, in den Staub zurückzukehren, sollte erkennen, daß auch die große Nacht wie eine lauernde Schlange mitten im Leben lag! Keine Worte und kein Ohr für all die glühenden, schmählich enttäuschten Gewißheiten der Jugend? Des Menschen Glaube verraten und die Verräter, jene Abgötter seines vergeudeten Glaubens in Ehren erhöht! Die Wahrheit falsch und die Falschheit wahr, das Gute böse und das Böse gut, und das ganze Geweb des Lebens – wie veränderlich, wie unbeständig!

Alles war so ganz anders, wie er sich's einst vorgestellt hatte; und plötzlich vergaß er seine Umgebung und streckte unwillkürlich krampfhaft die Arme aus in qualvoller Verlorenheit.

Mr. Hirsch kann warten

Esther hatte Georges Bewegung bemerkt und fragte sich, was sie zu bedeuten habe. Sie löste sich von den Leuten, mit denen sie geplaudert hatte und kam mit zärtlich-besorgter Miene zu ihm herüber.

«Liebster», fragte sie eindringlich, indem sie seine Hand ergriff und ihn forschend ansah, «wie kommst du zurecht? Geht's dir auch gut?»

Vor schmerzlicher Verwirrung konnte er zunächst nicht antworten; als er dann sprach, drängte sein Schuldbewußtsein über die eben getroffene Entscheidung ihn gleichsam in eine streitsüchtige Abwehrstellung.

«Wer sagt denn, daß es mir nicht gut geht?» fragte er barsch. «Warum sollte es mir nicht gut gehn?» Aber ihr freundliches Gesicht verwirrte ihn und ließ ihn seine Barschheit bedauern.

«Ach, laß nur, laß nur», sagte sie hastig und besänftigend. «Ich wollte nur wissen – unterhältst du dich gut?» fragte sie gezwungen lächelnd. «Es ist doch eine nette Gesellschaft, wie? Möchtest du irgend jemand kennenlernen? Einige hier mußt du doch schon kennen.»

Bevor er etwas sagen konnte, schlängelte Lily Mandell sich durch die Menge und trat zu Mrs. Jack.

«O Esther, Liebste», sagte sie in schläfrigem Ton, «hast du eigentlich gehört ...» Dann bemerkte sie den jungen Mann und unterbrach sich. «Oh, hallo! Ich wußte gar nicht, daß *Sie* hier sind.» Es klang etwas ablehnend.

Die beiden hatten sich schon früher gelegentlich getroffen. Sie begrüßten sich, und sofort leuchtete Mrs. Jacks Gesicht glückselig auf. Sie legte beide Hände fest um die des Mannes und der Frau und flüsterte:

«Meine beiden! Meine beiden Geliebtesten auf der ganzen Welt! Ihr müßt euch so kennen und lieben lernen, wie ich euch beide kenne und liebe.»

Tief bewegt schwieg sie, während die beiden anderen unbeholfen dastanden und sich bei den Händen hielten. Dann ließen sie ungeschickt ihre Hände fallen und sahen sich verlegen an.

Da kam Mr. Lawrence Hirsch angeschlendert. Er war ruhig und selbstbewußt und schien niemandem zu folgen. Die Hände in den Hosentaschen seines Abendanzugs bummelte er lässig-elegant und gesellschaftlich-verbindlich in der glanzvollen Gesellschaft von einer Gruppe zur andern; er war gut informiert, immer wachsam, von glatter Höflichkeit und kühler Objektivität, genau das, was man sich unter einem aufgeklärten und in Finanzen, Literatur und Kunst tonangebenden Mann vorzustellen pflegt.

«O Esther», sagte er, «ich muß dir erzählen, was wir über den Fall eruiert haben.» Er sprach kühl und unbeteiligt, mit der ganzen Autorität sachlicher Überzeugung. «Zwei Unschuldige sind zum Tode verurteilt worden. Wir haben endlich den positiven Beweis: Material, das nie an die Öffentlichkeit dringen sollte. Danach ergibt sich ohne jeden Zweifel, daß Vanzetti für das Verbrechen überhaupt nicht in Betracht kommen kann.»

Mr. Hirsch sprach leise und sah Miss Mandell nicht an.

«Aber wie entsetzlich!» rief Mrs. Jack und wandte sich in gerechter Empörung an Mr. Hirsch. «Ist es nicht furchtbar, daß so was in unserem Lande vorkommen kann? So was Schändliches hab ich noch nicht gehört!»

Nun wandte Mr. Hirsch sich zum erstenmal ganz beiläufig an Miss Mandell, als hätte er sie eben erst bemerkt. «Ja, nicht wahr?» sagte er und ließ sie mit bezaubernder, aber gemäßigter Vertraulichkeit an seiner stillen Empörung teilnehmen. «Glauben Sie nicht . . . ?»

Miss Mandell hatte es durchaus nicht eilig. Sie maß ihn nur langsam mit einem lauernd widerwilligen Blick. «*Was* denn!» sagte sie, und dann zu Mrs. Jack gewandt: «Also *wirklich*! Ich kann einfach nicht . . .» Sie zuckte hilflos die Achseln, gab es auf und entfernte sich, eine wunderbare Welle von Sinnlichkeit.

Und Mr. Hirsch – nein, er folgte ihr nicht, mit keinem Blick. Er verriet mit keinem Wimpernzucken, ob er irgend etwas gesehen, gehört oder bemerkt hatte. Er plauderte in schön moduliertem Ton weiter mit Mrs. Jack.

Mittendrin bemerkte er plötzlich George Webber. «Oh, hallo!» sagte er. «Wie geht's?» Er zog seine Hand aus der eleganten Hosentasche und überließ sie einen Moment dem jungen Mann, dann wandte er sich wieder Mrs. Jack zu, die über das eben Gehörte noch flammend entrüstet war.

«Was sind das für erbärmliche Menschen, daß sie so was tun

230

konnten!» rief sie aus. «Diese verächtlichen, schauderhaften Reichen! Da möchte man doch gleich Revolution machen!»

«Na, meine Liebe», sagte Mr. Hirsch mit kalter Ironie, «dieser Wunsch kann leicht in Erfüllung gehn. Das liegt durchaus im Bereich des Möglichen. Und wenn es dazu kommt, dann wird man sich *dieses* Falles annehmen müssen. Der ganze Prozeß war unerhört, und den Richter sollte man auf der Stelle entlassen.»

«Daß es Menschen gibt, die so was tun können!» rief Mrs. Jack. «Weißt du», sagte sie abschweifend und sehr ernst, «ich bin immer Sozialist gewesen. Ich hab für Norman Thomas gestimmt. Siehst du», sagte sie schlicht und ehrlich-selbstbewußt, «ich bin immer ein Arbeiter gewesen. Meine Sympathien gehören ganz den Arbeitern.»

Mr. Hirsch hatte eine etwas vage-zerstreute Miene aufgesetzt, als hörte er nicht mehr richtig zu. «Ja, es ist eine *cause célèbre*», sagte er und wiederholte düster, als habe er sich in den Klang der Worte verliebt: «Eine *cause célèbre.*»

Damit schlenderte er vornehm, glatt und beherrscht, die Hände nachlässig unter den Frackschößen in die Taschen geschoben, davon, ungefähr in der Richtung, die Miss Mandell genommen hatte. Und doch schien er ihr nicht zu folgen. Denn Mr. Lawrence Hirsch trug eine brennende Wunde im Herzen. Aber er konnte warten.

«Ja, *Beddoes! Beddoes!*»

Bei diesen merkwürdigen, jauchzend herausgeschmetterten Worten, die durch das geräumige Zimmer schallten, stockten die lebhaften Gespräche, und man blickte erstaunt zu dem Sprecher hin.

«Ja, natürlich, *Beddoes!*» rief die Stimme noch jubelnder. «Ha-ha-ha! *Beddoes!*» Und dann mit hämischer Freude: «Alle müssen! Natürlich – man muß einfach!»

Mr. Samuel Fetzer redete so. Er war nicht nur ein alter Freund Mrs. Jacks, sondern anscheinend auch vielen Anwesenden gut bekannt, denn als sie sahen, wer da gesprochen hatte, lächelten sie einander zu und murmelten: «Ach so – Sam», als wäre damit alles erklärt.

Mr. Samuel Fetzer war in seiner Welt als *der* «Bücher-Narr» bekannt. Schon sein Äußeres sprach dafür. Auf den ersten Blick erkannte man ihn als Genießer und Feinschmecker auf dem Gebiet der schonen Literatur, als Sammler und Kenner seltener Ausgaben. Man sah sofort, daß er zu jenen Leuten gehörte, die an verregneten Nachmittagen in verstaubten alten Buchläden zu finden waren, wo

231

sie mit rosig-beglänztem, entrücktem Gesicht zwischen den Bücherstößen herumlungerten, wühlten und stöberten und hin und wieder mit liebevollen Fingern in einem zerfetzten alten Band blätterten. Irgendwie erinnerte er an ein reizendes, strohgedecktes englisches Landhaus, an eine Pfeife, an einen zottigen Hund, an einen bequemen Sessel am prasselnden Feuer, an ein altes Buch und an eine verkrustete Flasche – an eine Flasche alten Portweins! In der genießerischen Art, wie er die Silben «*Beddoes!*» aussprach, lag etwas von altem Portwein. Er leckte sich geradezu die Lippen, als hätte er sich eben ein Glas von einem alten, seltenen Jahrgang eingeschenkt und wohlgefällig daran genippt.

Sein Äußeres verstärkte diesen Eindruck noch. Sein freundlich-aufgeschlossenes, ständig in überirdischem Entzücken strahlendes Gesicht und seine hochgewölbte Stirn glänzten gesund und wettergebräunt, als bewegte er sich viel in frischer Luft. Im Gegensatz zu dem vorschriftsmäßigen Abendanzug der anderen Gäste trug er braune englische Straßenschuhe mit dicken Sohlen, wollene Socken und eine weite Oxford-Hose aus grauem Flanell, ein bräunlich gemustertes Tweed-Jackett, ein weiches weißes Hemd und eine rote Krawatte. Wenn man ihn so sah, hätte man denken können, er wäre gerade angenehm ermüdet von einem langen Spaziergang übers Moor zurückgekommen und freute sich nun auf einen gemütlich-beschaulichen Abend am Feuer mit seinem Hund, mit einer Flasche alten Portweins und mit Beddoes. Nie wäre man darauf gekommen, daß er in Wirklichkeit ein hervorragender Theaterregisseur war, der seit seiner Kindheit in der Großstadt, am Broadway und in der höchsten und glänzendsten Gesellschaft der Stadt gelebt hatte.

Nun unterhielt er sich mit Miss Mandell. Nachdem sie Mrs. Jack verlassen hatte, war sie zu ihm hinübergewandert und hatte die Frage an ihn gerichtet, die ihm diesen außerordentlichen Begeisterungsausbruch entlockt hatte. Miss Mandell war sehr lernbegierig in Sachen Literatur und vergrub sich gern in seltene und unbekannte Dinge. Ständig fragte sie die Leute aus: was sie von William Beckfords *Vathek*, von den Stücken von Cyril Tourneur, von den Predigten von Lancelot Andrewes oder – wie in diesem Fall – von den Werken Beddoes' hielten.

Um es genau zu sagen: sie hatte gefragt: «Haben Sie je etwas von einem Mann namens Beddoes gelesen?»

Miss Mandell stellte ihre Fragen immer so, und sie fragte auch ebenso indirekt-gewunden, wenn der Gegenstand ihres ästhetischen Interesses ein berühmter Mann war. So konnte sie einen aushorchen, was man über «einen Mann namens Proust» oder über «eine Frau namens Virginia Woolf» wisse. Derartige, stets von einem dunkel-lauernden Blick begleitete Fragen schienen zu besagen: «Da steckt mehr dahinter, als man auf den ersten Blick sieht.» Miss Mandell erweckte den Eindruck einer Dame mit einem tiefen, weitverzweigten Wissen, deren tiefgründige und abwegige Forschungen weit über die Plattitüden hinausgingen, die in der *Endyclopaedia Britannica* oder in anderen einschlägigen Werken zu finden waren, so daß sie etwas Neues wirklich nur noch durch eine ruhige Unterhaltung mit Mr. T. S. Elliot lernen konnte oder, wenn der gerade nicht da war, durch eine versuchsweise, wenn auch nicht sehr aussichtsreiche Frage an irgendeinen Menschen von überragender Intelligenz. Und wenn man Miss Mandell geantwortet und seine verfügbare Bildung über den Gegenstand ihres Interesses an sie verschwendet hatte, dann war ihre Antwort gewöhnlich nur ein schlichtes, unverbindliches «Hm». Die Wirkung dieser Antwort war schlagend: Während Miss Mandell «Hm» murmelte und davonging, blieb das betreffende Opfer völlig geschlagen zurück und hatte das Gefühl, sein Bestes hergegeben zu haben und doch als kindlich-überflüssig und rührend-unzulänglich befunden worden zu sein.

Bei Mr. Samuel Fetzer war das aber anders. Als Miss Mandell schleppenden Schrittes an seine Seite wogte und nachlässig fragte: «Haben Sie je was von einem Mann namens Beddoes gelesen?», dann meinte sie vielleicht, ihre übliche Technik würde auch bei ihm verfangen. Aber da erlebte sie eine heftige Überraschung, denn sie war an den Unrechten gekommen; zwar war es ein engelsguter, wohlwollender, frohlockender, überschwenglicher und glückseliger Unrechter, aber eben doch der Unrechte. Denn Mr. Fetzer hatte Beddoes nicht nur *gelesen*, nein, er hatte ihn *entdeckt*. Beddoes gehörte zu Mr. Fetzers bibliophilen Lieblingen. Er stand also Miss Mandell nicht nur Rede und Antwort, sondern es hatte fast den Anschein, als hätte er auf sie gewartet. Kaum hatte sie ihre Frage ausgesprochen, da stürzte er sich geradezu auf sie; auf seinem freundlichen Gesicht verbreitete sich überirdische Freude, und er rief:

«Ja, *Beddoes*!» Er schleuderte Miss Mandell diesen Namen derart explosiv-begeistert entgegen, daß sie unwillkürlich einen Schritt zurückwich, als hätte ihr jemand einen Knallfrosch vor die Füße geworfen. «*Beddoes!*» frohlockte er schmatzend. «*Beddoes!* Ha-ha-ha! *Beddoes!*» Er warf den Kopf zurück, schüttelte ihn und lachte hämisch. Dann erzählte er ihr von Beddoes' Geburt, von seinem Leben und seinem Tod, von seiner Familie, seinen Freunden,

Schwestern, Cousinen und Tanten; er erzählte alles, was man von Beddoes wußte und alles, was nur ihm, Mr. Samuel Fetzer, bekannt war. «Ja, *Beddoes*!» rief Mr. Fetzer zum sechzehntenmal. «Ich liebe *Beddoes*! Jeder sollte Beddoes lesen! Beddoes ist . . .»

«Aber er *war* doch verrückt, nicht wahr?» Die ruhige, wohlerzogene Stimme gehörte Mr. Lawrence Hirsch, der zufällig vorbeikam, als hätte die laute Kultur-Begeisterung ihn angezogen; nichts deutete darauf, daß er jemandem gefolgt wäre. «Ich meine», sagte er liebenswürdig erklärend zu Miss Mandell gewandt, «er ist ein interessantes Beispiel für den schizophrenen Typ, finden Sie nicht?»

Sie sah ihn mit einem langen Blick an, als mustere sie einen großen Wurm in einer Walnuß, die sie bisher für eßbar gehalten hatte.

«Hm», sagte Miss Mandell mit schläfrig-verächtlicher Miene und ging davon.

Mr. Hirsch folgte ihr nicht. Ganz besessen von dem Problem Beddoes hatte er sich wieder dem strahlenden Mr. Fetzer zugewandt.

«Ich meine», fuhr er in dem interessiert-forschenden Ton fort, der eine kultivierte Intelligenz kennzeichnet, «ich hatte immer den Eindruck, als hätte man es hier mit einer Persönlichkeit zu tun, die in die falsche Zeit geraten ist; eigentlich gehört er doch ins elisabethanische Zeitalter. Was meinen Sie?»

«O ja, durchaus!» rief Mr. Fetzer sofort ganz einverstanden und begeistert. «Sehen Sie, ich bin immer der Meinung gewesen . . .»

Mr. Hirsch schien aufmerksam zuzuhören. Wirklich: er folgte keinem. Er hielt die Augen fest auf Mr. Samuel Fetzers Gesicht gerichtet, aber irgend etwas in seinem Ausdruck deutete darauf, daß seine Gedanken ganz woanders waren.

Denn Mr. Lawrence Hirsch trug eine brennende Wunde im Herzen. Aber er konnte warten.

So ging es den ganzen Abend. Mr. Hirsch ging von einer klugredenden Gruppe zur andern, verbeugte sich, lächelte verbindlich und tauschte mit allen wohlerzogen-muntere Redensarten. Stets blieb er undurchdringlich, eine selbstbewußte Autorität und ganz und gar Ästhet. Sein Weg durch diese glänzende Versammlung hinterließ ein phosphoreszierendes Kielwasser mit den Goldkörnern seines Scharfsinns, die er so nebenbei fallen ließ. Hier eine kurze, vertrauliche Unterhaltung über Sacco und Vanzetti, dort eine kleine authentische Information aus der Wall Street; bald ein pointierter Witz oder eine amüsante Anekdote über ein Erlebnis des Präsidenten in der vorigen Woche, dann wieder ein Geschichtchen aus

Rußland mit einer scharfsinnigen Bemerkung über die marxistische Wirtschaftslehre; und das Ganze würzte er noch mit einer kleinen Prise Beddoes. In allem zeigte er sich so ausgezeichnet informiert und so modern, daß er nie ins Klischee abrutschte, sondern in Kunst, Literatur, Politik oder Wirtschaft immer genau die modernste Richtung vertrat. Es war ein beachtliches Schauspiel, ein anfeuerndes Beispiel dafür, was ein vielbeschäftigter Mann alles bewältigen kann, wenn er sich nur Mühe gibt.

Und zu alldem kam noch Miss Mandell. Niemals folgte er ihr direkt, aber wo immer sie auftauchte, da war er nicht weit. Seine Gegenwart war immer spürbar. Den ganzen Abend ging es so: er trat zu einer Gruppe, beehrte sie mit einer seiner klugen Bemerkungen, drehte sich dann zufällig um und entdeckte Miss Mandell; dann zog er sie sozusagen in den intimeren Kreis seiner Zuhörer mit hinein – aber sie sah ihn nur lauernd an und ging fort. War es also verwunderlich, daß Mr. Lawrence Hirsch eine brennende Wunde im Herzen trug?

Er aber schlug sich nicht an die Brust, raufte sich nicht das Haar und schrie auch nicht: «Weh mir!» Er blieb sich immer gleich: ein vielseitig interessierter, ungeheuer einflußreicher Mann. Denn er konnte warten.

Er nahm sie nicht beiseite, um ihr zu sagen: «Siehe, meine Freundin, du bist schön; schön bist du, deine Augen sind wie die Augen einer Taube.» Er sagte auch nicht: «Sage mir an, du, die meine Seele liebt, wo du weidest.» Er gab ihr auch nicht zu verstehen, daß sie schön sei wie Thirza oder lieblich wie Jerusalem oder schrecklich wie Heerscharen. Er bat keinen Menschen, ihn mit Blumen zu erquicken oder mit Äpfeln zu laben, und er gestand auch nicht, ihr zu sagen: «Dein Schoß ist wie ein runder Becher, dem nimmer Getränke mangelt. Dein Leib ist wie ein Weizenhaufen, umsteckt mit Rosen.»

Nein, er schrie nicht auf in seiner Liebesqual, aber er dachte: «Brüste dich nur vor mir mit Spott und Verachtung, tritt mich mit Füßen, geißle mich mit deiner Zunge, zertritt mich wie einen Wurm und bespeie mich wie den Staub, aus dem ich gemacht bin, verleumde mich bei deinen Freunden, laß mich demütig am Boden kriechen – tu alles, was du willst, ich kann's ertragen. Aber ach, beim allmächtigen Gott: beachte mich! Sprich ein einziges Wort zu mir – und wenn es ein Wort des Hasses ist! Bleib nur einen Augenblick in meiner Nähe, beglücke mich durch eine Berührung – auch wenn die Nähe nur Geringschätzung bedeutet und die Berührung nur ein Hauch von Verachtung ist! Behandle mich, wie du willst!

Aber ich flehe dich an, o du, die meine Seele liebet ...» Und mit
einem Blick aus den Augenwinkeln folgte er ihren üppig-wogen-
den Bewegungen, als sie sich wieder einmal umwandte und fort-
ging. «Beim allmächtigen Gott, zeige mir, daß du überhaupt weißt,
daß ich hier bin!»

Aber er sagte nichts. Er verriet nichts von dem, was er fühlte. Er
trug eine brennende Wunde im Herzen, aber er konnte warten.
Und niemand außer Miss Mandell wußte, wie lange sie ihn warten
lassen wollte.

Piggy Logans Zirkus

Nun war die Stunde für Mr. Piggy Logan und seinen berühmten
Drahtpuppen-Zirkus gekommen. Er hatte sich bis jetzt im Gastzimmer verborgen gehalten, und als er erschien, lief eine Welle der
Erregung und des Interesses durch das glanzvolle Gewimmel. Die
Leute drängten sich mit klirrenden Gläsern oder beladenen Tellern
in der Hand in der Speisezimmertür, und selbst der alte Jake Abramson gab seiner Neugier nach, ließ die verlockende Tafel für kurze Zeit im Stich und erschien, an einer Hühnerkeule knabbernd, in
der Tür.

Mr. Piggy Logan hatte für seine Vorstellung ein einfaches, aber
außergewöhnliches Kostüm angelegt. Er trug einen dicken blauen
Sweater mit Rollkragen, wie er vor 30 Jahren bei den Sporthelden
der Colleges modern gewesen war. Auf der Vorderseite dieses
Sweaters prangte – Gott weiß, warum – ein riesiges, handgesticktes
Y. Ferner trug er eine alte weiße Leinenhose, Tennisschuhe und ein
paar abgeschabte Knieschützer, wie sie früher von Berufsringern
benutzt wurden. Auf seinem Kopf saß ein altmodischer Football-
Helm, dessen Riemen fest unter seinen mächtigen Kinnbacken ver-
schnallt waren. Derart ausstaffiert bewegte er sich, schwankend
zwischen seinen beiden umfangreichen Koffern, vorwärts.

Man machte ihm Platz und sah ihm ehrfürchtig zu. Mr. Logan
stöhnte unter seiner Last, setzte sie mit einem Bums mitten im
Wohnzimmer ab und stieß einen vernehmlichen Seufzer der Erleichterung aus. Dann begann er sogleich, das große Sofa, alle Tische, Stühle und sonstige Möbel beiseite zu rücken, bis die Zimmermitte leer war. Er rollte den Teppich auf, dann nahm er die
Bücher aus den Regalen und warf sie auf den Fußboden. Er plün-
derte ein halbes Dutzend Regale an verschiedenen Stellen des Zim-

mers und befestigte an den so freigemachten Stellen große altersgelbe Zirkus-Plakate, auf denen die üblichen Tiger, Löwen, Elefanten, Clowns, Trapezkünstler und vielsagende Inschriften wie «Barnum & Bailey – 7. und 8. Mai» oder «Ringling Brothers – 31. Juli» zu sehen waren.

Alle sahen ihm neugierig zu, während er sein Werk methodischer Zerstörung vollführte. Als er damit fertig war, begab er sich wieder zu seinen Koffern und begann sie auszupacken: winzige Manegenringe, die sauber aus Zinn- oder Kupferdraht gearbeitet waren, Trapeze und Luftschaukeln und eine erstaunliche Menge von Drahtfiguren – die Tiere und die Artisten. Ferner Clowns und Trapezkünstler. Parterre- und Luftakrobaten, Pferde und Kunstreiterinnen. Da war alles, was zu einem kompletten Zirkus gehörte, und alles war aus Draht.

Mr. Logan hatte sich sehr geschäftig auf seine Knieschützer niedergelassen und war so sehr in seine Arbeit vertieft, als wäre er allein im Zimmer. Er stellte die Trapeze und Schaukeln auf und brachte mit peinlicher Sorgfalt jede kleine Drahtfigur – Elefanten, Löwen, Tiger, Pferde, Kamele und Artisten – in die richtige Stellung. Offensichtlich war er sehr geduldig, denn es dauerte über eine halbe Stunde, bis er alles aufgestellt hatte. Als er schließlich fertig war und noch ein kleines Schild mit der Aufschrift «Haupteingang» aufgestellt hatte, waren alle Gäste, die ihm zuerst neugierig zugesehen hatten, des Wartens müde geworden, hatten ihre unterbrochenen Gespräche wiederaufgenommen und sich wieder dem Essen und Trinken zugewandt.

Endlich war Mr. Logan fertig; er gab der Hausherrin durch eine Geste zu erkennen, daß er bereit sei, anzufangen. Sie klatschte möglichst laut in die Hände und bat um Aufmerksamkeit und Ruhe.

In diesem Augenblick klingelte es, und Nora führte eine Schar neuer Gäste herein. Mrs. Jack sah etwas verdutzt aus, denn die Neuankömmlinge waren ihr vollkommen fremd. Es waren größtenteils junge Leute. Die jungen Mädchen waren unverkennbar Schülerinnen des Instituts von Miss Spence gewesen, und die jungen Leute hatten offenbar ein paar Semester in Yale, Harvard oder Princeton hinter sich, waren Mitglieder des Racquet Club geworden und hatten Verbindung mit Bankleuten der Wall Street aufgenommen.

Zu dieser Gesellschaft gehörte eine voluminöse, etwas verlebt aussehende Dame mittleren Alters. In ihrer Blütezeit mochte sie eine Schönheit gewesen sein; jetzt aber waren ihre Arme, Schultern, ihr Hals und ihr Gesicht aufgeschwemmt, schlaff und verfettet. In ihrer verkommenen Eleganz wirkte sie etwa so, wie Amy Carleton in 30 Jahren aussehen *würde*, wenn sie sich in acht nähme und am Leben bliebe. Man konnte sich des peinlichen Gefühls nicht erwehren, sie hätte allzu lange in Europa – wahrscheinlich an der Riviera – gelebt, und in ihrer Umgebung müßte sich ein Subjekt mit dunkel-verschwimmenden Augen, einem kleinen Schnurrbart und pomadisiertem Haar befinden – jedenfalls etwas ganz Junges, Intimes, Obszönes und Ausgehaltenes.

Diese Dame wurde von einem ältlichen Herrn begleitet, der ebenso wie alle anderen einen tadellosen Abendanzug trug. Er hatte ein gestutztes Bärtchen und ein künstliches Gebiß, das man deutlich erkennen konnte, als er sich gleich bei seinem Eintritt wollüstig die schmalen Lippen leckte und stotterte: «Was? ... Was?» Diese beiden Leute wirkten wie zwei Gestalten von Henry James, die er hätte erfinden können, wenn er in einer späteren Verfallsperiode gelebt und geschrieben hätte.

Die Neuankömmlinge stürzten lärmend ins Zimmer, angeführt von einem geschniegelten Jüngling in Frack und weißer Binde, der sich kurz als Hen Walters vorstellte. Offensichtlich war er ein Freund von Mr. Logan, und im Grunde waren wohl all diese Leute Freunde von Mr. Logan. Denn als Mrs. Jack ihnen, etwas überwältigt von dieser Invasion, entgegenging und sie pflichtschuldigst willkommen hieß, stürzten alle, ohne sie zu beachten, an ihr vorbei und begrüßten Mr. Logan mit johlenden Scherzreden. Der grinste sie freundschaftlich an, ohne sich von seinen Knieschützern zu erheben und dirigierte sie mit einer weiten Bewegung seiner sommersprossigen Hand zu der einen Wand hinüber. Sie sammelten sich und stellten sich an den ihnen zugewiesenen Platz. Dadurch wurden einige geladene Gäste in die hintersten Ecken zurückgedrängt, aber das schien die Neuankömmlinge keineswegs zu bekümmern. Überhaupt schenkten sie den anderen Gästen nicht die geringste Beachtung.

Dann bemerkte einer aus der Gruppe Amy Carleton und rief sie quer durchs Zimmer an. Sie kam zu ihnen herüber und schien einige von ihnen zu kennen. Sie jedenfalls kannten alle vom Hörensagen. Die jungen Mädchen waren höflich, aber betont zurückhaltend. Nach einer formellen Begrüßung zogen sie sich zurück und warfen verstohlen-neugierige Blicke auf Amy, die deutlich besagten: «Das also ist sie!»

Die jungen Männer waren weniger reserviert. Sie redeten ganz natürlich mit ihr, und Hen Walters begrüßte sie sehr herzlich, wo-

bei in seiner Stimme so etwas wie ein unterdrücktes Gelächter mitschwang. Es war keine angenehme Stimme: sie klang etwas feucht
und blubbernd, als müßte sie einen dicken Schleimklumpen überwinden. Mit der ihm eigenen, etwas hämischen Fröhlichkeit sagte
er laut:

«Hallo, Amy! Hab dich ja 'ne Ewigkeit nicht gesehn! Wie
kommst denn *du* hierher?» Sein Ton verriet die unbewußte Arroganz der Leute seines Schlags; er machte keinen Hehl daraus, daß er
die Gesellschaft und die ganze Umgebung merkwürdig ulkig fand,
daß sie von ihm keineswegs anerkannt wurde und daß es ihn ver-
wunderte, hier einen Bekannten anzutreffen.

Dieser Ton, und das, was dahintersteckte, brachte aber Amy in
Harnisch. Sie selber war so lange die Zielscheibe lästernden Klat-
sches gewesen, daß sie Taktlosigkeiten humorvoll oder vollkommen gleichgültig hinnahm. Aber ein Affront gegen jemand, den sie
liebte, war ihr unerträglich. Und sie liebte Mrs. Jack. Ihre grüngol-
denen Augen blitzten gefährlich, und sie antwortete heftig:

«Wieso *ich* hier bin – *ausgerechnet* hier? Also – das hier ist ein sehr
gutes Haus, das beste, das ich kenne ... Und ich *meine* nur!» Sie
lachte heiser, riß sich die Zigarette aus dem Mund und warf die
schwarzen Locken ungeduldig-wütend zurück. «Ich *meine* nur!
Weißt du, *ich* bin nämlich hier eingeladen!»

Unwillkürlich legte sie ihren Arm warm-beschützend um Mrs.
Jack, die verwirrt dastand, als begriffe sie noch nicht ganz, was hier
vorginge.

«Esther, Liebste», sagte Amy, «das ist Mr. Hen Walters – und die
andern sind Freunde von ihm.» Einen Augenblick musterte sie die
jungen Mädchen und ihre Kavaliere, dann wandte sie sich ab und
sagte, ohne jemanden anzusehn, aber unvermindert laut: «Gott, sind
die nicht einfach fürchterlich? ... Ich *meine* nur! ... Also *wißt* ihr!»
Dann redete sie den älteren Herrn mit den falschen Zähnen an:
«Charley, um Himmels willen, was hast du denn vor? Du alter
Sittlichkeitsverbrecher! ... Ich *meine* nur! Schließlich und endlich: *so*
schlecht sind sie doch gar nicht, was?» Sie sah noch einmal auf die
Mädchen und wandte sich dann mit einem kurzen, heiseren Auflachen ab. «Lauter kleine Nutten von der Junioren-Liga!» murmelte
sie. «Mein Gott! ... Wie hältst du das überhaupt aus, du alter Bock?»
Sie sprach jetzt ganz natürlich und gutgelaunt, als handelte sich's um
gar nichts Ungewöhnliches. Dann fügte sie wieder kurz auflachend
hinzu: «Warum kommst du denn gar nicht mehr zu mir?»

Er leckte sich nervös die Lippen und zeigte sein künstliches
Gebiß:

«Wollte schon immer kommen, Amy, schon ewig ... Was? ...
Wollte mal reinsehn bei dir ... Wirklich, bin sogar vor einiger Zeit
bei dir vorbeigekommen, aber du warst grad weggefahren ...
Was? ... Du warst doch weg, nicht wahr? ... Was?»

Während er das in seinem abgerissenen Staccato vorbrachte,
leckte er sich fortwährend wollüstig die schmalen Lippen und
kratzte sich am rechten Oberschenkel, wobei er unanständig an der
Innenseite seines Hosenbeins herumwühlte; unwillkürlich hatte
man den Eindruck, er trüge eine wollene Unterhose. Dabei zog er
seine Hose hoch und vergaß, sie wieder herunterzuziehen, so daß
der obere Rand seiner Socken und ein Stück weißen Fleisches zu
sehen waren.

Inzwischen lächelte Hen Walters Mrs. Jack strahlend an und
blubberte:

«Reizend von Ihnen, daß wir alle kommen durften.» Dabei hatte
die Ärmste nicht das Geringste damit zu tun. «Piggy sagte, es wär
alles in Ordnung. Sie haben hoffentlich nichts dagegen.»

«Aber n-nein, durchaus nicht!» sagte sie, immer noch ganz verwirrt. «Jeder Freund von Mr. Logan ... Aber wollen Sie nicht was
zu trinken oder zu essen? Da ist eine Unmenge ...»

«Ach, um *Himmels* willen, nein!» blubberte Mr. Walters. «Wir
war'n ja alle bei Tony und haben uns gradezu *vollgefressen*! Beim
nächsten Bissen würden wir bestimmt platzen!»

Das sagte er so frohlockend-begeistert, daß man ihn schon im
nächsten Moment wie eine große, nasse Blase platzen sah.

«Nun, ja, wenn Sie meinen ...» fing Mrs. Jack an.

«Ja, *todsicher!*» rief Mr. Walters verzückt. «Aber wir halten die
Vorstellung auf! Und deswegen sind wir ja schließlich gekommen.
Wär ja einfach tragisch, wenn wir das versäumt hätten ... Piggy!»
brüllte er seinem Freund zu, der die ganze Zeit vergnügt lächelnd
auf seinen Knieschützern herumgekrochen war. «Fang doch an!
Wir alle sterben schon vor Spannung! ... Ich hab's schon ein dutzendmal gesehn», verkündete er heiter, «und jedesmal find ich's
spannender ... Also, Piggy, fang an, wenn du soweit bist!»

Mr. Logan war soweit.

Die Neuankömmlinge blieben an ihrer Wand stehen, und die anderen zogen sich etwas von ihnen zurück. Damit waren die Zuschauer deutlich in zwei Hälften geteilt: auf der einen Seite die jungen Talente aus reichen Häusern, auf der anderen Seite reiche «Gesellschaft».

Auf ein Zeichen von Mr. Logan löste Mr. Walter sich aus seiner
Gruppe, ging zu seinem Freund hinüber und kniete sich, nachdem

er seine Frackschöße angehoben hatte, anmutig neben ihn. Dann las er befehlsgemäß einen maschinegeschriebenen Text vor, den Mr. Logan ihm gereicht hatte – einen schrulligen Prolog, der alle richtig in Stimmung bringen sollte; er besagte, wenn man den Zirkus genießen und verstehen wolle, müsse man sich bemühen, seine verlorene Jugend wiederzufinden und sich in das Gemüt des Kindes zu versetzen. Mr. Walters las das sehr schwungvoll mit gepflegter Sprechtechnik vor und konnte sich dabei vor glückseligem Lachen kaum halten. Als er fertig war, stand er auf und nahm wieder seinen Platz bei den Freunden ein, und Mr. Logans Vorstellung begann.

Sie begann, wie alle Zirkusvorstellungen, mit einem großen Umzug der Artisten und der Tiere durch die Manege. Mr. Logan machte das so, daß er jede Drahtfigur in seine dicke Hand nahm, sie einmal rundherum und dann wieder hinausmarschieren ließ. Da es sehr viele Tiere und sehr viele Artisten gab, nahm das geraume Zeit in Anspruch, schließlich aber erhob sich lauter Beifall.

Dann kamen die Kunstreiter. Mr. Logan ließ die Pferde an seiner Hand in die Manege galoppieren und mehrmals die Runde machen. Dann setzte er die Reiter auf die Drahtpferde, hielt sie krampfhaft fest und ließ sie ebenfalls herumgaloppieren. Es folgte eine Clown-Nummer, bei der er die Drahtfiguren mit den Händen herumspringen und sich überschlagen ließ. Danach kam ein Umzug der Drahtelefanten. Diese Nummer fand besonderen Beifall, weil Mr. Logan sehr geschickt das schwerfällig-schwankende Schlurfen der Elefanten nachahmte und weil die Leute nicht bei jeder Nummer genau wußten, was eigentlich gemeint war; wenn sie aber etwas erkennen konnten, dann ging ein vergnügtes Lachen durch die Menge, und man klatschte zum Zeichen, daß man verstanden hatte.

Es folgten noch viele verschiedenartige Nummern und schließlich waren die Trapezkünstler an der Reihe. Es dauerte eine Weile, bis diese Nummer vor sich gehen konnte, denn Mr. Logan mußte in peinlich-genauer Nachahmung der Wirklichkeit erst ein kleines Netz unter den Trapezen ausspannen. Die Nummer dauerte unerträglich lange – vor allem, weil Mr. Logan nicht damit zurechtkam. Er ließ die kleinen Figuren an ihren Stangen schaukeln und baumeln. Soweit ging alles gut. Dann versuchte er, eine kleine Figur vom Trapez abspringen, durch die Luft fliegen und sich an den ausgestreckten Händen einer anderen Figur festhalten zu lassen. Das wollte nicht glücken. Immer wieder flogen die kleinen Drahtfiguren durch die Luft und haschten nach den ausgestreckten Händen einer anderen Puppe, die sie immer wieder kläglich verfehlten. Allmählich wurde es peinlich. Die Leute reckten verlegen die Hälse, nur Mr. Logan war gar nicht verlegen. Bei jedem mißglückten Versuch kicherte er glückselig und versuchte es noch einmal. Etwa zwanzig Minuten verstrichen mit unentwegt fruchtlosen Versuchen. Es wollte nicht klappen, und als es schließlich klar wurde, daß es gar nicht klappen konnte, machte Mr. Logan der Sache ein Ende, indem er die eine kleine Figur fest zwischen seine zwei fetten Finger nahm, sie zu der anderen Figur hinbeförderte und sorgfältig in deren Arme einhakte. Dann sah er die Zuschauer fröhlich lächelnd an, und nach einer Verlegenheitspause klatschten diese mechanisch Beifall.

Nun bereitete Mr. Logan sich auf den großen Höhepunkt vor, auf die *pièce de résistance* der ganzen Vorstellung: den berühmten Degenschlucker. In die eine Hand nahm er eine kleine, ausgestopfte und roh bemalte Puppe, in die andere eine lange Haarnadel, die er mehr oder weniger geradebog, mit dem einen Ende durch den Stoffmund der Puppe stieß und dann mit viel Geduld und Methode langsam in den Hals der Puppe bohrte. Die Leute sahen verständnislos zu; als ihnen aber dämmerte, was diese Operation bedeuten sollte, lächelten sie sich verlegen und unsicher an.

Es dauerte endlos und wurde allmählich ziemlich abscheulich. Mr. Logan bohrte unentwegt mit seinen dicken Fingern die Haarnadel tiefer und tiefer in die Puppe hinein, und wenn ihm ein Wattestück das Bohren erschwerte, blickte er auf und kicherte albern. Als er die Nadel halbwegs darin hatte, stieß er auf ein Hindernis, das ihm endgültig den Weg abzuschneiden drohte. Aber er gab nicht nach, sondern fuhr mit seinem gräßlichen Bohren fort.

Es war ein merkwürdiges Schauspiel und hätte einem nachdenklichen Chronisten der Sitten und Gebräuche dieses goldenen Zeitalters interessantes Material geliefert. Es war erschreckend, mit anzusehen, wie diese große Gesellschaft intelligenter Männer und Frauen, die alles, was gut und teuer ist, genossen hatten – Reisen, Lektüre, Musik, ästhetische Verfeinerung –, und die im allgemeinen allem Faden, Langweiligen und Trivialen gegenüber so unduldsam war, hier nun geduldig und respektvoll Mr. Piggy Logans Schaustellung zusah. Aber mit der Zeit war auch der Respekt vor der Mode des Tages erschöpft. Die Vorstellung hatte schon ermüdend lange gedauert, und einige Gäste gaben es auf. Man sah einander mit hochgezogenen Augenbrauen an und begann sich paarweise und in kleinen Gruppen in die Halle oder in das Erfrischung verheißende Speisezimmer zu verziehen.

Viele aber hielten aus. Die jüngere «Gesellschaft» sah immer noch gierig-interessiert zu. Während Mr. Logan unablässig seine

Haarnadel in die Puppe bohrte, sagte eine junge Frau mit einem reinen, formvollendeten Gesicht, wie man es häufig bei Klasse-Frauen findet, zu dem neben ihr stehenden jungen Mann:

«Ich finde das *wahnsinnig* interessant – wie er das macht. Findest du nicht?»

Und der junge Mann sagte kurz «Äh!», was an sich alles hätte bedeuten können, hier aber offensichtlich als Zustimmung gemeint war. Dieser kurze Wortwechsel hatte, wie alle Gespräche dieser jungen Leute, in einem sonderbar nuscheligen und halbverschluckten Ton stattgefunden. Sowohl das Mädchen wie der junge Mann hatten beim Sprechen kaum den Mund aufgemacht und die Lippen kaum bewegt. Offenbar war das in diesem Kreise schick.

Mr. Logan bohrte und stieß seine Haarnadel hartnäckig immer tiefer; auf einmal platzte die prallgestopfte Puppe auf einer Seite, und die Füllung begann herauszurieseln. Miss Lily Mandell hatte mit unverhohlenem Abscheu zugesehen; als aber die Eingeweide der Puppe herauszuquellen begannen, legte sie eine Hand auf den Magen, als würde ihr übel, sagte «Uch!» und eilte hinaus. Andere folgten ihr. Sogar Mrs. Jack, die bei Beginn der Vorstellung ein wunderbares Goldbrokatjäckchen angezogen und sich wie ein artiges Kind mit gekreuzten Beinen direkt vor dem Meister und seinen Marionetten auf den Fußboden gesetzt hatte, stand schließlich auf und ging in die Halle, wo inzwischen die meisten Gäste versammelt waren.

Bei den Schlußnummern von Mr. Piggy Logans Zirkus war fast keiner mehr da – außer dem Kreis seiner ungebetenen Freunde.

In der Halle stieß Mrs. Jack auf Lily Mandell, die mit George Webber sprach. Mit liebevoll-strahlendem Lächeln trat sie zu den beiden und fragte zuversichtlich:

«Hat's dir gefallen, Lily? Und du, Lieber?» wandte sie sich zärtlich an George. «Fandest du's hübsch? Amüsierst du dich auch gut?»

Lily antwortete im Tone tiefsten Abscheus:

«Nein, wie er die lange Nadel immer tiefer in die Puppe hineinbohrte und wie dann alles rausrieselte – uch!» Angeekelt verzog sie das Gesicht. «Ich konnte es einfach nicht länger aushalten! Es war grauenhaft! Ich mußte raus! Ich dachte, ich müßte mich übergeben!»

Mrs. Jacks Schultern begannen hysterisch zu schüttern, ihr Gesicht wurde rot, sie flüsterte japsend:

«Ja, ich weiß. War es nicht furchtbar?»

«Aber was soll das eigentlich?» fragte der Rechtsanwalt Roderick Hale, der zu ihnen getreten war.

«Hallo, Rod!» sagte Mrs. Jack. «Na, was sagst du dazu?»

«Ich komm nicht dahinter», sagte er und warf einen ärgerlichen Blick in das Wohnzimmer, in dem Piggy Logan immer noch geduldig weitermachte. «Was soll denn das alles vorstellen? Und wer ist der Kerl?» fragte er gereizt, als wäre er in seinem realistischen Juristenverstand gekränkt, daß er diesem Phänomen nicht auf den Grund kommen konnte. «Ist doch ein bißchen sehr dekadent», murmelte er.

Gerade da trat Mr. Jack zu seiner Frau, zuckte fassungslos die Achseln und sagte:

«Also, was soll das? Mein Gott, bin *ich* vielleicht verrückt?»

Mrs. Jack und Lily Mandell lehnten sich hilflos aneinander und wurden von verhaltenem Lachen geschüttelt.

«Armer Fritz!» keuchte Mrs. Jack schwach.

Mr. Jack warf einen letzten, fassungslosen Blick in das verwüstete Wohnzimmer und wandte sich mit kurzem Lachen ab:

«Ich geh in mein Zimmer!» entschied er. «Sag mir Bescheid, ob er die Möbel daläßt!»

Der unerwartete Höhepunkt

Nach dem Abschluß von Mr. Logans Vorstellung hörte man aus dem Wohnzimmer gedämpften Applaus und Stimmengewirr. Die fashionablen jungen Leute scharten sich um Mr. Logan und gratulierten ihm schnatternd. Dann gingen sie, wie sie gekommen waren, ohne ein Wort an die Hausherrin zu richten und ohne irgendeinen zu beachten.

Ein Teil der Gäste verabschiedete sich nun von Mrs. Jack. Einzeln, paarweise und in Gruppen brachen sie auf, und bald waren nur noch die näheren Freunde und Bekannten da, die bei großen Gesellschaften als letzte nach Hause zu gehen pflegen: außer Mrs. Jack und ihrer Familie nur noch George Webber, Miss Mandell, Stephen Hook und Amy Carleton. Und selbstverständlich auch Mr. Logan, der inmitten der von ihm angerichteten Verwüstung damit beschäftigt war, seine Drahtpuppen wieder in die beiden gewaltigen Koffer zu packen.

Die Atmosphäre hatte sich merkwürdig verändert. Es lag etwas von Abschluß, von Vorbeisein darin. Jedem war ein bißchen zumute wie am Tage, nach Weihnachten oder wie eine Stunde nach der Hochzeit, oder wie auf einem großen Dampfer, der in einem Hafen im Kanal liegt: die meisten Reisenden sind schon von Bord gegangen, und die Zurückbleibenden haben das trübselige Gefühl, daß die Reise eigentlich zu Ende sei und daß sie nur noch ein Weilchen auf der Stelle treten, bis auch für sie der Zeitpunkt zum Verlassen des Schiffs komme.

Mrs. Jack betrachtete Piggy Logan und das Chaos, in das er ihr schönes Zimmer verwandelt hatte; sie warf einen fragenden Blick auf Lily Mandell, als wollte sie sagen: «Verstehst du das alles? Was ging da eigentlich vor?» Miss Mandell und George Webber sahen Mr. Logan mit unverhohlener Abneigung zu. Stephen Hook stand mit gelangweiltem Gesicht abseits. Mr. Jack war wieder aus seinem Zimmer gekommen, um sich von seinen Gästen zu verabschieden: er stand in der Nähe des Fahrstuhls herum, bis die letzten gegangen waren, und spähte nun aus der Halle zu der knienden Gestalt im Wohnzimmer hinüber. Er hob mit einer komischen Bewegung die Hände und sagte: «Nu, was heißt?», was von allen mit schallendem Gelächter quittiert wurde.

Auch als Mr. Jack ins Zimmer kam und sich spöttisch lächelnd neben Mr. Logan stellte, blickte dieser nicht auf. Er schien nichts gehört und alles um sich her vergessen zu haben, er war glückselig in die Aufgabe vertieft, den ringsum verstreuten Krempel sachgemäß wieder zu verpacken.

Inzwischen hatten die beiden rosenwangigen Mädchen May und Janie begonnen, Gläser, Flaschen und Eisschalen fortzuräumen, und Nora stellte die Bücher wieder in die Regale. Mrs. Jack machte immer noch einen hilflosen Eindruck, und Amy Carleton verschränkte die Hände hinter dem Kopf, streckte sich auf dem Fußboden, schloß die Augen und schien einschlafen zu wollen. Die übrigen wußten offenbar nicht recht, was sie tun sollten, standen oder saßen herum und warteten, daß Mr. Logan fertig würde und ging.

In der Wohnung herrschte wieder die gewohnte Stille. Das unaufhörliche Stimmengewirr der Großstadt, das während der Gesellschaft ausgeschlossen und vergessen gewesen war, drang wieder durch die Mauern des großen Gebäudes und brach über die Bewohner herein. Der Straßenlärm war wieder deutlich hörbar.

Plötzlich kam tief unten auf der Straße mit schrillem Geklingel ein Feuerwehrauto angerast. Es bog um die Ecke in die Park Avenue, und das mächtige Motorengeräusch verklang wie ferner Donner. Mrs. Jack ging ans Fenster und sah hinaus. Noch vier Autos kamen aus verschiedenen Richtungen zur Straßenecke und verschwanden wieder.

«Wo es wohl brennen mag?» bemerkte sie unbeteiligt-neugierig. Wieder donnerte ein Feuerwehrauto durch die Nebenstraße und in die Park Avenue hinein. «Wahrscheinlich ein ziemlich großes Feuer, sechs Autos sind vorbeigefahren. Muß hier irgendwo in der Nachbarschaft sein.»

Amy Carleton setzte sich auf und blinzelte, und ein Weilchen ergingen sich alle in müßigen Vermutungen, wo es wohl brennen möge. Bald aber wandten sie ihre Aufmerksamkeit wieder Mr. Logan zu. Seine Tätigkeit schien sich endlich ihrem Ende zu nähern. Er schloß die großen Koffer und schnallte sie zu.

Da drehte Lily Mandell plötzlich den Kopf zur Hallentür und sagte schnuppernd:

«Riecht's nicht nach Rauch?»

«Wie? Was?» fragte Mrs. Jack. Dann ging sie in die Halle und rief aufgeregt: «Aber ja! Hier draußen riecht's ganz stark nach Rauch! Ich glaube, wir sollten mal runtergehen und nachsehn, was los ist.» Ihr Gesicht glühte vor Aufregung. «Wirklich, ich glaube, es wäre besser! Kommt alle mit! Ach, Mr. Logan!» sagte sie mit erhobener Stimme, und zum erstenmal hob er jetzt unschuldig-fragend sein dickes, rundes Gesicht. «Ich sage ... Ich meine, wir sollten alle runtergehn und nachsehn, wo's brennt! Sind Sie fertig?»

«Ja, natürlich», sagte Mr. Logan fröhlich. «Aber was heißt brennen?» fügte er verdutzt hinzu. «Was für ein Feuer? Brennt es denn?»

«Ich glaube, es brennt hier im Haus», sagte Mrs. Jack sanft, aber merklich ironisch. «Also ist es vielleicht besser, wenn wir alle runtergehn – das heißt, wenn Sie nicht lieber hier bleiben wollen.»

«O nein», sagte Mr. Logan heiter und stand schwerfällig auf. «Ich bin fix und fertig, vielen Dank, muß mich nur eben umziehn ...»

«Das sollten Sie, glaube ich, lieber später tun», sagte Mrs. Jack.

«Ach, die Mädchen!» rief sie dann plötzlich und schob rasch den Ring an ihrem Finger hin und her. Eilig lief sie ins Speisezimmer hinüber. «Nora, Janie! May! Kommt, ihr Mädchen, wir gehn alle runter, irgendwo im Haus brennt es. Ihr müßt mitkommen, bis wir erfahren haben, wo's ist.»

«Es brennt, Mrs. Jack?» fragte Nora ganz dumm und starrte ihre Herrin an.

Mrs. Jack warf nur einen Blick auf die trüben Augen und das gerötete Gesicht und wußte: «Nun hat sie doch wieder getrunken! Das hätt ich wissen können!» Dann sagte sie laut und ungeduldig:

«Ja, Nora, es brennt. Rufen Sie die Mädchen zusammen und sagen Sie ihnen, sie sollen mit uns runterkommen. Natürlich auch die

246

Köchin!» fügte sie rasch hinzu. «Wo steckt die denn? Einer soll sie holen und ihr sagen, daß sie auch mitkommen soll.»

Die Mädchen gerieten bei dieser Nachricht völlig aus dem Häuschen. Sie sahen einander hilflos an und liefen planlos herum, als wüßten sie nicht, was sie zuerst tun sollten.

«Sollen wir unsere Sachen mitnehmen, Mrs. Jack?» fragte Nora stumpfsinnig. «Haben wir Zeit zum Packen?»

«Aber nein, natürlich nicht, Nora!» rief Mrs. Jack, der die Geduld riß. «Wir ziehn doch nicht aus! Wir gehn einfach runter, um zu erfahren, wo's brennt und ob es schlimm ist! ... Und, Nora, holen Sie bitte die Köchin! Sie wissen doch, wie ängstlich und konfus sie ist!»

«Ja, gnä' Frau», sagte Nora und starrte sie hilflos an. «Und das ist alles, gnä' Frau? Ich meine ...» Sie schluckte. «Sollen wir nichts mitnehmen?»

«Aber um Gottes willen *nein*, Nora! ... Bloß eure Mäntel. Sagen Sie den Mädchen und der Köchin, sie sollen Mäntel anziehn.»

«Ja, gnä' Frau», sagte Nora wie betäubt und ging beschwipst und verwirrt mit unsicheren Schritten durchs Speisezimmer in die Küche.

Mr. Jack war inzwischen in die Halle gegangen und klingelte nach dem Fahrstuhl. Kurz danach gesellten sich seine Familie, die Gäste und die Dienstboten zu ihm, und er musterte sie ruhig:

Esther glühte vor verhaltener Aufregung, aber ihre Schwester Edith, die den ganzen Abend kaum den Mund aufgemacht hatte und in ihrer Farblosigkeit kaum bemerkt worden war, benahm sich auch jetzt unauffällig und ruhig. Die gute Edith! Auch seine Tochter Alma ließ dieses kleine Abenteuer ohne viel Aufhebens über sich ergehen, wie er befriedigt feststellte. Sie sah kühl, schön und ein bißchen gelangweilt aus. Die Gäste faßten das Ganze natürlich als Jux auf – und warum auch nicht? *Sie* hatten ja nichts zu verlieren. Alle außer diesem albernen jungen Goj, diesem George Sowieso. Wenn man ihn so ansah: ganz angespannt vor Aufregung ging er auf und ab und warf fiebrige Blicke nach allen Seiten. Als ob *sein* Hab und Gut hier in Flammen aufginge!

Aber wo war eigentlich dieser Mr. Piggy Logan geblieben? Mr. Jack hatte ihn zuletzt gesehen, wie er im Gastzimmer verschwand. Zog dieser Idiot sich doch noch um? Ah, da kam er ja! «Wenigstens nehme ich an, daß er's ist», dachte Mr. Jack belustigt, «denn wer in Gottes Namen sollte es sonst sein?»

Mr. Logan bot, als er langsam aus dem Gastzimmer durch die

Halle kam, wirklich einen höchst ungewöhnlichen Anblick. Alle drehten sich nach ihm um und stellten fest, daß er offenbar sowohl seine kleinen Drahtpuppen wie seinen Straßenanzug vor dem Feuer in Sicherheit bringen wollte. Er trug noch sein «Kostüm» von der Vorstellung und bewegte sich, in jeder Hand einen schweren Koffer, ächzend fort; über eine Schulter hatte er Jackett, Weste und Hose geworfen, seine schweren braunen Schuhe hatte er an den Schnürsenkeln zusammengebunden und um den Hals gehängt, so daß sie ihm bei jedem Schritt gegen die Brust schlugen, und hoch auf der Spitze seines Football-Helms thronte sein fescher grauer Hut. So ausstaffiert kam er keuchend näher, stellte seine Koffer neben dem Fahrstuhl ab, richtete sich auf und grinste fröhlich.

Mr. Jack klingelte ununterbrochen nach dem Fahrstuhl, und bald darauf hörte man durch den Schacht ein oder zwei Stockwerke tiefer die Stimme des Fahrstuhlführers Herbert rufen:

«Komme sofort, bin gleich oben, die Herrschaften! Muß nur noch diese Fuhre nach unten bringen!»

Durch den Schacht drangen erregt schnatternde Stimmen herauf, dann schlug die Fahrstuhltür zu, und man hörte den Aufzug abwärts fahren.

Es blieb nichts weiter übrig als zu warten. Der Rauchgeruch in der Halle wurde immer stärker, und wenn auch niemand sich ernstlich Sorgen machte, so spürte doch selbst der phlegmatische Mr. Logan allmählich die nervöse Spannung.

Bald hörte man den Aufzug wieder heraufkommen. Gleichmäßig stieg er empor – und blieb dann plötzlich unmittelbar unter ihnen stecken. Man hörte, wie Herbert an seinem Hebel arbeitete und an der Tür herumprobierte. Mr. Jack klingelte ungeduldig. Keine Antwort. Er bummerte an die Tür. Dann rief Herbert aus nächster Nähe, so daß sie jedes Wort verstehen konnten:

«Mr. Jack, wollen Sie bitte den hinteren Fahrstuhl benutzen. Der hier funktioniert nicht. Ich komm nicht weiter.»

«Na, da haben wir die Bescherung», sagte Mr. Jack.

Er nahm seinen steifen Hut ab und begab sich wortlos durch die Halle zur Dienstbotentreppe. Die anderen folgten ihm schweigend.

In diesem Augenblick ging das Licht aus. Die ganze Wohnung versank in pechschwarze Finsternis. Einen Moment hielten die Frauen erschreckt den Atem an. Im Dunkeln wirkte der Rauchgeruch viel stärker, schärfer und beißender, und die Augen begannen zu tränen. Nora stöhnte auf, und die Dienstmädchen liefen wie aufgescheuchte Tiere herum. Als aber Mr. Jacks tröstlich-beruhigende Stimme durchs Dunkel drang, nahmen sie wieder Vernunft an.

«Esther», sagte er ruhig, «wir müssen Kerzen anzünden. Weißt du, wo welche sind?»

Sie sagte ihm Bescheid, er entnahm einer Schublade eine Taschenlampe und ging in die Küche. Bald erschien er wieder mit einem Paket Talglichte, die er unter die Anwesenden verteilte und anzündete.

Die Gesellschaft wirkte nun etwas gespentisch. Die Frauen hoben die Kerzen in Gesichtshöhe und sahen einander verstört und voll böser Ahnungen an. Die Gesichter der Mädchen und der Köchin wirkten im Kerzenschein bestürzt und verängstigt. Die Köchin lächelte starr und verwirrt und brabbelte in ihrer Sprache vor sich hin. Mrs. Jack wandte sich sehr erregt an George, der neben ihr stand.

«Ist das nicht seltsam?» flüsterte sie. «Ist das nicht höchst seltsam? Ich meine: die Gesellschaft, all die Leute – und dann dies.» Sie hob ihre Kerze noch höher und betrachtete die Gespensterversammlung.

George war plötzlich von fast unerträglicher Liebe und Zärtlichkeit für sie erfüllt, denn er wußte, daß sie in ihrem Herzen genau wie er das seltsam-geheimnisvolle des ganzen Lebens ahnte. Und er war um so bewegter, als er gleichzeitig beim Gedanken an seinen Entschluß einen schmerzhaften Stich empfand und sich bewußt wurde, daß ihre Wege sich nun trennen müßten.

Mr. Jack gab mit seiner Kerze ein Zeichen und führte den Zug durch die Halle. Edith, Alma, Miss Mandell, Amy Carleton und Stephen Hook kamen gleich hinter ihm. Dann folgte Mr. Logan, der sich in einer verzwickten Lage befand: er konnte nicht gleichzeitig sein Gepäck und das Licht tragen; kurz entschlossen blies er die Kerze aus, legte sie auf den Fußboden, ergriff mit kräftigem Ruck seine Koffer und stolperte, steifnackig seinen Hut auf dem Football-Helm balancierend, hinter den entschwindenden Gestalten der Frauen her. Als letzte kamen Mrs. Jack und George, denen sich die Dienstboten anschlossen.

Als Mrs. Jack die Tür zur Hintertreppe erreicht hatte, hörte sie hinter sich unruhig schurrende Schritte, und als sie durch die Halle zurückblickte, sah sie zwei flackernde Kerzen zur Küche hin verschwinden: die Köchin und Nora.

«O Gott!» rief Mrs. Jack ganz außer sich vor Ärger. «Was in aller Welt haben die denn vor?... *Nora!*» rief sie scharf. Die Köchin war schon verschwunden, aber Nora hörte sie und drehte sich bestürzt um. «Nora, wo *gehn* Sie hin?» rief Mrs. Jack ungeduldig.

«Ach... ich... gnä' Frau... ich wollt bloß noch mal zurück und was holen», antwortete Nora verwirrt, mit belegter Stimme.

«Nein, das werden Sie *nicht* tun!» rief Mrs. Jack wütend und dachte erbittert: «Wahrscheinlich will sie sich nach hinten schleichen und noch einen trinken!» – «Sie kommen jetzt mit!» befahl sie scharf. «Und wo ist die Köchin?» Dann bemerkte sie die beiden verstörten Mädchen May und Janie, die sich hilflos im Kreis drehten, packte sie beim Arm und gab ihnen einen kleinen Stoß zur Tür hin. «Los – ihr zwei!» rief sie. «Was guckt ihr denn so dumm?»

George war der beduselten Nora nachgegangen, und nachdem er sie erwischt und durch die Halle zurückgebracht hatte, stürzte er in die Küche, um die Köchin zu suchen. Mrs. Jack folgte ihm mit der Kerze in der Hand und fragte besorgt:

«Bist du da, Liebster?» Dann rief sie laut nach der Köchin.

Die tauchte plötzlich wie ein Geist auf und huschte, die Kerze krampfhaft umklammernd, in dem schmalen Gang zwischen den Mädchenzimmern hin und her. Mrs. Jack rief erbost:

«Also, was *machen* Sie eigentlich? Sie haben jetzt mitzukommen! Wir warten auf Sie!» Und sie dachte, wie schon so oft: «Sicher ist sie ein alter Geizkragen. Hat wohl ihr Geld hier irgendwo in den Strumpf gesteckt und will deshalb nicht weg.»

Wieder verschwand die Köchin, diesmal in ihr Zimmer. Nach kurzer, unheilschwangerer Stille wandte Mrs. Jack sich an George. Als sie einander in dieser seltsamen Beleuchtung und Umgebung ansahen, brachen sie plötzlich in lautes Lachen aus.

«Mein Gott!» quietschte Mrs. Jack. «So was Blödsinniges . . .»

Da tauchte die Köchin wieder auf und huschte den Gang entlang. Sie riefen, stürzten hinter ihr her und bekamen sie gerade noch zu fassen, als sie sich im Badezimmer einschließen wollte.

«Also – jetzt kommen Sie aber mit!» rief Mrs. Jack ernstlich böse. «Sie müssen einfach!»

Die Köchin starrte sie an und murmelte bettelnd etwas Unverständliches vor sich hin.

«Haben Sie gehört?» rief Mrs. Jack außer sich. «Sie müssen jetzt mitkommen. Sie können hier nicht bleiben!»

«*Augenblick! Augenblick!*» murmelte die Köchin schmeichelnd.

Schließlich versteckte sie etwas an ihrem Busen und ließ sich sehnsüchtig zurückblickend durch Gang, Küche und Haupthalle und von dort hinaus auf die Hintertreppe schleifen, treiben und stoßen.

Auf der Hintertreppe blieben alle wartend stehen, während Mr. Jack die Klingel des Hinteraufzugs probierte. Als seine wiederholten Bemühungen keinen Erfolg hatten, sagte er kalt:

«Na schön, ich glaube, es bleibt uns nichts übrig, als hinunterzulaufen.»

Und sofort setzte er sich an der Spitze des Zuges in Bewegung, die Betontreppe neben dem Fahrstuhl hinunter, die über neun Stockwerke zum Erdgeschoß und in die Sicherheit führte. Die anderen folgten ihm. Mrs. Jack und George trieben die Dienstboten vor sich her und warteten auf Mr. Logan, der seine Koffer fester packte und sich endlich keuchend und schnaufend an den Abstieg begab, wobei er auf jeder Stufe seine Koffer vernehmlich aufbumsen ließ.

Das elektrische Licht auf der Hintertreppe brannte noch trübe, aber sie behielten die Kerzen in der Hand; unwillkürlich hatten sie das Gefühl, dieser primitiven Beleuchtungsmethode sei jetzt mehr zu trauen als den Wundern der Technik. Der Rauch war stärker geworden. Die Luft war von Flöckchen und Fäserchen durchsetzt, die das Atmen erschwerten.

Die Hintertreppe bot von oben bis unten ein erstaunliches Bild. In jedem Stockwerk gingen die Türen auf, und andere Mieter traten heraus, um sich dem Strom der Flüchtenden anzuschließen – ein merkwürdiges Gemisch von Klassen, Typen und Gestalten, wie man es nur in einem solchen New Yorker Mietshaus findet: Leute in prächtigem Abendanzug, schöne Frauen mit blitzenden Juwelen und kostbaren Abendmänteln und andere, die offenbar aus dem Schlaf aufgeschreckt waren und außer Schlafanzug und Pantoffeln ihren Morgenrock, einen Kimono oder irgendein Kleidungsstück trugen, das sie in der Aufregung gerade gegriffen hatten. Junge und Alte, Herrschaften und Dienstboten, ein Dutzend verschiedener Rassen mit dem aufgeregten, babylonischen Gewirr ihrer fremden Sprachen. Deutsche Köchinnen und französische Stubenmädchen, englische Butler und irische Kellnerinnen, Schweden, Dänen, Italiener, Norweger und ein paar Weißrussen, Polen, Tschechen und Österreicher, Neger und Ungarn. Alle strömten schnatternd und gestikulierend Hals über Kopf auf die Hintertreppe und hatten nur ein Interesse: sich in Sicherheit zu bringen.

Als sie sich dem Erdgeschoß näherten, bahnten sich behelmte Feuerwehrleute gegen den Strom der Abwärtssteigenden den Weg die Treppe hinauf. Ihnen folgten einige Polizisten, die jede Unruhe oder Panik zu beschwichtigen suchten.

«Alles in Ordnung, meine Herrschaften! Alles okay!» rief ein dikker Polizist, als er an der Jackschen Gesellschaft vorbeikam. «Der Brand ist schon gelöscht!»

Diese Worte, die die Leute beruhigen und ihr ordnungsgemäßes

Verlassen des Gebäudes beschleunigen sollten, hatten aber eine entgegengesetzte Wirkung: George Webber, der als letzter ging, blieb bei diesen beruhigenden Worten stehen, drehte sich um und wollte wieder hinaufgehen. Da bemerkte er, daß der Polizist sich nur verstellt hatte: er stand auf dem eine halbe Treppe höher gelegenen Absatz, nickte ihm mit verzerrtem Gesicht und heftigen Gebärden zu und flehte ihn gleichsam in stummer Verzweiflung an, nicht umzukehren und auch die anderen nicht zum Umkehren zu ermutigen, sondern das Haus so rasch wie möglich zu verlassen. Die anderen hatten sich auf Georges Aufforderung hin umgedreht und wurden Zeugen dieser stummen Szene; sie machten also, zum erstenmal wirklich beunruhigt, wieder kehrt und flohen möglichst schnell die Treppe hinunter.

Auch George wurde plötzlich von Panik ergriffen und eilte hinter ihnen her; da drang aus dem Schacht des Dienstbotenaufzugs ein Klopfen und Bummern an sein Ohr. Es schien von weiter oben zu kommen. Er blieb stehen und lauschte. Es klopfte und hörte wieder auf ... klopfte wieder ... hörte wieder auf. Es hörte sich wie ein Signal an, aber er konnte es nicht verstehen. Es war sehr unheimlich, er fröstelte und bekam eine Gänsehaut. Blindlings stolperte er hinter den anderen drein.

Als sie auf den großen Mittelhof des Gebäudes hinaustraten, fiel die augenblickliche Angst ebenso schnell von ihnen ab, wie sie gekommen war. Tief atmeten sie die frische, kalte Luft ein, und das Gefühl der Befreiung und Erleichterung wirkte so unmittelbar, daß jeder eine neue Welle von Leben und Energie, ein unnatürlich übersteigertes Lebensgefühl verspürte. Mr. Logan nahm schweißüberströmten Gesichts, laut schnaufend und keuchend, seine letzten Kräfte zusammen und drängte sich knuffend und puffend, ohne Rücksicht auf die empfindlichen Schienbeine der anderen, mit seiner Last durch die Menge und verschwand. Der Rest von Mr. Jacks Gesellschaft blieb lachend und plaudernd stehen und beobachtete mit lebhaftem Interesse alles, was ringsum vorging.

Nun spielten sie in einer höchst ungewöhnlichen Szene mit. Das ganze Schauspiel des menschlichen Lebens war darin enthalten, als wäre sie von dem alles begreifenden Genie eines Shakespeare oder eines Breughel geschaffen; sie war so wundersam dicht und wirklich, daß sie die Nähe und die Intensität einer Vision hatte. Auf dem großen, leeren Rechteck zwischen den turmhohen Mauern des Gebäudes tummelten sich Menschen, die auf jede nur erdenkliche Art an- oder ausgezogen waren. Durch die zwei Dutzend Eingänge un-

ter den Klosterarkaden, die den Hof umgaben, strömten ständig
neue Scharen aus dem ungeheuren Bienenhaus und brachten in das
bunte Bild und in den bereits herrschenden Höllenlärm ihre Farben,
Bewegungen und den aufgeregten Wirrwarr ihrer Sprachen. Über
den Klosterarkaden erhoben sich vierzehn Stockwerke hoch die gewaltigen Mauern und umrahmten ein Stück des ausgestirnten Himmels. In dem Flügel, in dem Mr. Jacks Wohnung lag, war das Licht
erloschen, und alles lag im Dunkeln, aber an den anderen hochragenden Wänden erstrahlten noch die warmleuchtenden Rechtecke,
glimmte noch in den vielen kleinen Zellen der starke Nachglanz des
eben entflohenen Lebens.

Von dem Brand war nichts zu spüren, abgesehen vom Rauch in
einigen Hallen und Treppenhäusern. Nur wenige Leute schienen
die Bedeutung des Ereignisses zu begreifen, das sie so unformell aus
ihren weichen Nestern in die rauhe Luft hinausgeworfen hatte. Die
meisten waren verwirrt und verstört oder neugierig-aufgeregt. Selten verriet jemand übertriebene Angst angesichts einer Gefahr, die
ihr aller Leben und Besitz bedrohte.

So einer erschien jetzt an einem Fenster im zweiten Stock des
Flügels, der der Jackschen Wohnung gegenüberlag. Es war ein kahl-
köpfiger Mann mit hochrotem, aufgeregtem Gesicht; offensichtlich
stand er kurz vor einem seelischen Zusammenbruch. Er riß das Fenster auf und rief mit lauter, hysterisch-zitternder Stimme:

«Mary! ... Mary!» Seine Stimme überschlug sich, während er
unter den Untenstehenden Mary suchte.

Eine Frau löste sich aus der Menge, trat unter das Fenster, sah
hinauf und sagte ruhig:

«Ja, Albert.»

«Ich kann den Schlüssel nicht finden!» schrie er mit zitternder
Stimme. «Die Tür ist verschlossen! Ich komm nicht raus!»

«Aber Albert», sagte die Frau noch ruhiger und offensichtlich
geniert, «reg dich doch nicht so auf, mein Lieber. Du bist ja gar
nicht in Gefahr, und der Schlüssel muß doch irgendwo sein. Sieh
nur mal nach, du wirst ihn schon finden.»

«Aber ich sag dir doch, daß er nicht da ist!» blubberte er. «Ich hab
ja nachgesehn, er ist nicht da! Ich kann ihn nicht finden! ... Hallo,
ihr da, hierher!» brüllte er ein paar Feuerwehrleuten zu, die gerade
einen schweren Schlauch über den Kies schleiften. «Ich bin eingeschlossen! Ich will hier raus!»

Die meisten Feuerwehrleute beachteten ihn gar nicht, nur einer
blickte zu ihm hinauf und sagte kurz: «Okay, Mister!» und ging
dann weiter seiner Arbeit nach.

«Haben Sie mich gehört?» kreischte der Mann. «Hallo, Feuerwehr! Ich sag Ihnen doch ...»

«Paps ... du, Paps!» sagte nun unten im Hof ein junger Mann, der neben der Frau stand. «Reg dich doch nicht so auf. Du bist ja gar nicht in Gefahr. Es brennt ja auf der anderen Seite. Sie werden dich gleich rauslassen, sowie sie raufkommen können.»

An dem gegenüberliegenden Eingang, aus dem Jacks gekommen waren, war die ganze Zeit über ein Mann im Abendanzug zusammen mit seinem Chauffeur ein und aus gegangen und hatte große Pakete mit schweren, flachen Gegenständen herausgeschleppt. Er hatte auf dem Kies schon einen beträchtlichen Stapel aufgehäuft, den er von seinem Butler bewachen ließ. Dieser Mann war von seiner Tätigkeit von Anfang an so völlig in Anspruch genommen, daß er von dem Gedränge ringsum überhaupt nichts bemerkte. Als er nun wieder mit seinem Chauffeur in den raucherfüllten Gang stürzen wollte, hielt die Polizei ihn zurück.

«Tut mir leid, Mister», sagte der Polizist, «aber da dürfen Sie nicht mehr rein. Wir haben Befehl, keinen reinzulassen.»

«Ich muß aber rein!» brüllte der Mann. «Ich bin Philip J. Baer!» Als dieser allmächtige Name fiel, erkannten die Umstehenden sofort den reichen, einflußreichen Filmmann, dessen Bankkonto kürzlich durch einen Regierungsausschuß überprüft worden war. «In meiner Wohnung befinden sich Schallplatten im Wert von 75 Millionen Dollar», brüllte er, «und die muß ich rausholen! Die müssen gerettet werden!»

Er versuchte sich Einlaß zu erzwingen, aber der Polizist drängte ihn zurück.

«Tut mir leid, Mr. Baer», sagte er eisern, «aber Befehl ist Befehl. Sie dürfen nicht rein.»

Diese Zurückweisung hatte augenblicklich eine erschreckende Wirkung. Es gehörte zu Mr. Baers Grundsätzen, daß es im Leben nur aufs Geld ankomme, weil man mit Geld alles kaufen könne. Dieser Grundsatz war nun Hohn und Spott geworden. In dem vor Wut rasenden Mr. Baer kam jetzt die unverhohlene Philosophie der Zähne und Klauen zum Durchbruch, die unter den gewöhnlichen, sicheren und komfortablen Bedingungen in einem Samtfutteral steckte. Der große, dunkelhaarige Mann mit der Hakennase im raffgierigen Gesicht wurde ein Raubtier, eine wilde Bestie. Er ging durch die Menge und bestürmte einen nach dem anderen, ihm für eine sagenhafte Summe Geldes seine geliebten Platten zu retten. Er stürzte sich auf ein paar Feuerwehrmänner, packte sie beim Arm, schüttelte sie und brüllte:

«Ich bin Philip J. Baer! Ich wohne hier! Sie müssen mir helfen! Jeder von Ihnen kriegt 10000 Dollar, wenn er mir meine Schallplatten rausholt!»

Der stämmige Feuerwehrmann wandte dem reichen Herrn sein wettergebräuntes Gesicht zu.

«Weg frei, Freundchen!» sagte er.

«Aber so hören Sie doch!» brüllte Mr. Baer. «Sie wissen wohl nicht, wer ich bin! Ich bin . . .»

«Geht mich gar nichts an, wer Sie sind!» sagte der Feuerwehrmann. «Aus dem Weg jetzt! Wir haben hier zu tun!»

Und er stieß den großen Mann derb beiseite.

Der größte Teil der Menge benahm sich unter dem Zwang der ungewöhnlichen Umstände sehr gut. Da von dem Feuer nichts zu sehen war, flanierten die Leute herum und musterten einander mit verstohlenen Seitenblicken. Die meisten hatten ihre Nachbarn bisher noch nie zu Gesicht bekommen und nahmen diese erste Gelegenheit wahr, sich gegenseitig abzuschätzen. Sehr bald durchbrachen Erregung und Mitteilungsbedürfnis die Mauern der Zurückhaltung, und nun kam eine Verbundenheit zum Vorschein, wie man sie in diesem riesigen Bienenstock noch nicht erlebt hatte. Leute, die sich sonst nicht einmal zu einem Kopfnikken herabgelassen hatten, lachten und plauderten miteinander wie alte Bekannte.

Eine berüchtigte Kurtisane trug einen Chinchilla-Mantel, ein Geschenk ihres alten, aber reichen Liebhabers; sie zog dieses prachtvolle Kleidungsstück aus, ging zu einer älteren, nur leicht bekleideten Frau mit einem feinen Patriziergesicht, legte ihr den Mantel um die Schultern und sagte derb, aber freundlich:

«Ziehn Sie das mal an, Herzchen. Sie frieren ja.»

Die alte Dame, die zuerst eine stolz-ablehnende Miene zur Schau getragen hatte, lächelte dankbar und bedankte sich liebenswürdig bei ihrer gefallenen Schwester. Dann plauderten die beiden Frauen wie alte Freundinnen.

Ein hochmütiger alter Bourbone vom Typ Knickerbocker war in ein angeregtes Gespräch mit einem Demokraten der Tammany Hall vertieft, der wegen seiner korrupten Geldschneidereien allgemein verrufen war und dessen Gesellschaft der Bourbone noch vor einer Stunde entrüstet von sich gewiesen hätte.

Aristokraten mit uraltem Stammbaum, die sich stets halsstarrig-exklusiv zurückgehalten hatten, sah man nun vertraulich mit plebejischen Parvenus schwatzen, deren Name und Geld erst neueren Datums waren.

255

Überall das gleiche Bild: rassebewußte Arier neben reichen Juden, standesbewußte Damen neben Varietésängerinnen, eine in allen Wohltätigkeitsorganisationen bekannte Frau neben einer berüchtigten Hure.

Neugierig beobachtete die Menge die Tätigkeit der Feuerwehr. Es waren zwar keine Flammen zu sehen, aber einige Hallen und Gänge waren dick verqualmt, und die Feuerwehrmänner hatten lange weiße Schläuche hergeschleift, die netzartig über den ganzen Hof verteilt waren. Von Zeit zu Zeit gingen behelmte Männer durch die verqualmten Eingänge in die oberen Stockwerke des Flügels hinauf, in dem kein Licht mehr brannte, und die Menge unten konnte ihren Weg durch das Aufleuchten ihrer Taschenlampen an den dunklen Fenstern verfolgen. Andere kamen aus den unterirdischen Kellergeschossen und berieten sich vertraulich mit ihren Vorgesetzten.

Auf einmal bemerkte ein Wartender etwas und deutete nach oben. Ein Murmeln ging durch die Menge, und aller Augen richtete sich gespannt auf eine der höchstgelegenen Wohnungen in dem dunklen Flügel. Aus einem offenen Fenster, vier Stockwerke über Jacks Wohnung, stiegen kräuselnde Rauchwölkchen auf.

Bald verdichteten die Wölkchen sich zu dicken Schwaden und plötzlich pufte durch das offene Fenster eine große rußig-schwarze Rauchwolke, der ein tanzender Funkenregen folgte. Der Menschenmenge stockte der Atem vor heftiger Erregung und jener merkwürdig-wilden Freude, die der Mensch beim Anblick eines Feuers verspürt.

Die Rauchwolken nahmen rasch zu. Anscheinend war nur dieses eine Zimmer im obersten Stockwerk in Mitleidenschaft gezogen, aber der ölig-schwarze Rauch quoll jetzt in heftigen Stößen heraus, und innerhalb des Zimmers war der Qualm unverkennbar in unheimliche Glut getaucht.

Hingerissen und fasziniert starrte Mrs. Jack hinauf. Sie hatte eine Hand aufgehoben und leicht in die Brust gekrallt; sie wandte sich zu Hook und flüsterte stockend:

«Steve ... ist das nicht seltsam ... ist das nicht ...» Sie sprach nicht zu Ende. Mit leicht verkrampfter Hand stand sie da und sah ihn an, und in ihren Augen lag ein tiefes Staunen, das sie vergeblich in Worte zu fassen suchte.

Er verstand sie vollkommen – verstand sie nur allzu gut. In seinem Herzen war ein elendes Gefühl von Angst, Hunger und hingerissenem Staunen. Für ihn war dieses ganze Schauspiel zu stark, zu schrecklich und zu überwältigend schön. Ihm war schlecht, er war einer Ohnmacht nahe. Er wünschte sich weit weg, wünschte sich irgendwo in einer lebensfernen, leicht zu atmenden Luft hermetisch abgeschlossen zu sein, damit er für immer von dieser verzehrenden Angst, die sein Fleisch marterte, befreit wäre. Und doch konnte er sich nicht losreißen. Er sah das alles mit kranken, aber faszinierten Augen. Er war wie ein Verdurstender, der Seewasser trinkt, dem bei jedem Tropfen übel wird und doch immer weiter trinkt, um das kühle Naß auf seinen Lippen zu spüren. So betrachtete und liebte er alles mit verzweifelt leidenschaftlicher Angst. Er sah alles: das Wunderbare und das Seltsame, die Schönheit, die Zauberkraft und das Unmittelbare. Und alles war so viel wirklicher, als die Phantasie es ersinnen konnte, daß es ihn überwältigte. Über dem Ganzen lag ein Schimmer der Unglaubhaftigkeit.

«Es kann nicht wahr sein», dachte er. «Es ist unfaßlich. Aber es ist wirklich da!»

Ja, es war da und nichts davon entging ihm. Trotzdem stand er als lächerliche Figur dabei: den steifen Hut auf dem Kopf, die Hände in die Manteltaschen vergraben, den Samtkragen hochgestellt, das Gesicht, wie üblich, dreiviertel von der Welt abgewendet, die gleichgültig-müden Augen halb geschlossen; so beobachtete er mit der verächtlichen Miene eines Mandarins das Schauspiel, als wollte er sagen: «Was soll eigentlich diese merkwürdige Versammlung? Was sind das für sonderbare Geschöpfe, die sich da um mich drängeln? Und warum diese schreckliche Gier, dieser fürchterliche Ernst?»

Einige Feuerwehrmänner drängten sich mit dem tropfenden Messingmundstück eines großen Schlauchs an ihm vorbei. Der Schlauch schleifte über den Kies wie die großschuppige Haut einer Riesenschlange, und Hook vernahm das Stampfen der schweren Feuerwehrstiefel und sah die derben Gesichter mit ihrer rohen Kraft, mit ihrer unkomplizierten Zielsicherheit. Sein Herz zog sich zusammen; er war krank vor Angst, vor Bewunderung, vor Hunger und vor Liebe angesichts dieser unbewußten Kraft, Freude, Energie und Gewalttätigkeit des Lebens.

Da hörte er aus der Menge eine betrunken-randalierende Stimme. Sie schrillte in seinen Ohren und brachte ihn auf; er hoffte ängstlich, sie möge nicht näher kommen. Er drehte sich ein wenig zu Mrs. Jack um und antwortete brummig-gelangweilt auf ihre geflüsterte Frage:

«Seltsam? . . . Hm . . . ja. Ganz interessant, wie da die Eingeborenen-Sitten zum Vorschein kommen.»

Amy Carleton war wirklich glücklich, als hätte sie an diesem

Abend zum erstenmal das gefunden, was sie suchte. Ihr Aussehen und Benehmen hatten sich nicht verändert. Die impulsiv-schnelle Sprache, die abgerissenen, nur halb zusammenhängenden Sätze, das heisere Lachen, die überschwenglichen Füllwörter und der liebliche, dunkellockige Kopf mit der Stumpfnase und den Sommersprossen – alles war unverändert. Und doch war irgend etwas anders an ihr: als wären die zersplitterten Elemente ihres Wesens durch die starke, wunderwirkende Feuersbrunst kristallinisch miteinander verschmolzen. Sie war genau dieselbe wie vorher, nur war die innere Qual von ihr gewichen: sie war zu einem Ganzen geworden.

Armes Kind! Dem, der sie kannte, mußte jetzt klar werden, daß sie, wie viele andere «Verlorene», keineswegs abgesunken wäre, wenn nur immer eine Feuersbrunst zur Stelle gewesen wäre. Dieses Mädchen konnte sich nicht damit abfinden, morgens aufzustehen und abends zu Bett zu gehen oder irgend etwas Gewohntes nach der gewohnten Ordnung zu tun. Der Brand aber kam ihr gerade recht. Sie fand ihn wunderbar und war über alles, was geschah, entzückt. Sie warf sich mitten hinein, nicht als Zuschauer, sondern als lebendig-begeisterte Beteiligte. Sie schien alle Leute zu kennen, man sah sie von einer Gruppe zur andern gehen, überall in der Menge tauchte ihr ebenholzschwarzer Kopf auf, überall hörte man ihre eifrige, heiser-abgerissene, glückselige Stimme. Als sie zu Jacks zurückkehrte, war sie ganz erfüllt von allem.

«Ich *meine* nur! . . . Also *wißt* ihr!» stieß sie hervor. «Diese Feuerwehrmänner da!» Sie wies hastig auf drei oder vier behelmte Männer, die mit einem Schaumlöscher in einen verqualmten Eingang stürzten. «Wenn man bedenkt, was die alles *wissen* müssen! Was die alles zu *tun* haben! Ich war schon mal bei einem großen Brand!» warf sie rasch erklärend dazwischen. «Ich war mit einem von der Feuerwehr befreundet! Ich *meine* nur!» Sie lachte heiser und beseligt. «Wenn man bedenkt, was die alles . . .»

In diesem Augenblick hörte man drinnen ein splitterndes Krachen. Amy lachte jubelnd auf und machte eine rasche kleine Bewegung, als wäre damit alles getan.

«Ich meine, *schließlich* . . .» rief sie.

Inzwischen hatte ein junges Mädchen im Abendkleid sich unauffällig der Gruppe genähert, wandte sich mit der Ungezwungenheit, die das Feuer unter allen Leuten herbeigeführt hatte, an Stephen Hook und fragte ihn in dem nasal-ausdruckslosen, fast tonlosen Akzent des Mittelwestens:

«Glauben Sie, daß es sehr schlimm ist?» Dabei sah sie zu dem

Rauch und zu den Flammen hinauf, die sich nun mit fürchterlicher Gewalt aus dem Fenster des obersten Stockwerks wälzten. Bevor ihr jemand antworten konnte, fügte sie hinzu: «*Hoffentlich* ist's nicht schlimm.»

Hook, der über diese plumpe Zudringlichkeit einfach entsetzt war, wandte sich ab und betrachtete sie mit halbgeschlossenen Augen von der Seite. Da das Mädchen von ihm keine Antwort bekam, redete sie Mrs. Jack an:

«Wär doch gar zu schlimm, wenn da oben was passierte, nicht wahr?»

Mrs. Jack antwortete schnell mit freundlich-beruhigender, sanfter Stimme:

«Nein, Liebe, ich glaube, es ist gar nicht schlimm.» Dabei sah sie besorgt zu den herausquellenden Rauch- und Feuermassen hinauf, die – ehrlich gesagt – nicht nur schlimm, sondern ausgesprochen bedrohlich wirkten; dann senkte sie ihren unruhvollen Blick wieder und sagte ermutigend zu dem Mädchen: «Sicher wird bald wieder alles in Ordnung sein.»

«Ach», sagte das Mädchen, «hoffentlich haben Sie recht . . . nämlich», fügte sie schon im Weggehen hinzu, als wäre ihr das eben erst eingefallen, «es ist Mamas Zimmer, und wenn sie da oben ist, das wär doch schlimm, nicht wahr? Ich meine, das wär doch *wirklich* schlimm.»

Nach diesen verblüffenden Worten, die sie, ohne die geringste innere Bewegung zu verraten, ganz nebenbei und ausdruckslos fallen gelassen hatte, verschwand sie in der Menge.

Einen Augenblick herrschte Totenstille. Dann wandte Mrs. Jack sich verstört an Hook, als wüßte sie nicht, ob sie recht gehört habe.

«Hast du das gehört?» fragte sie erschreckt.

«Aber da *habt* ihr's ja!» fuhr Amy mit kurzem, jubelndem Auflachen dazwischen. «Das *ist's* ja, was ich meine: da ist einfach alles *dran*!»

Nicht mehr Herren der Lage

Plötzlich erlosch das Licht im ganzen Gebäude, und der Hof lag, abgesehen von der beängstigenden Beleuchtung durch die Feuersbrunst in der obersten Wohnung, in tiefer Dunkelheit da. Durch die Menge gingen ein dumpfes Murmeln und eine unruhige Bewegung. Ein paar elegante junge Gecken im Abendanzug benutzten die Gelegenheit, um in der dunklen Menschenmasse herumzuschlendern und allen, an denen sie vorbeikamen, arrogant ins Gesicht zu leuchten.

Die Polizei rückte nun vor und trieb mit ausgestreckten Armen die Menge freundlich, aber bestimmt zurück, durch die Bogengänge aus dem Hof und auf die Gegenseite der anliegenden Straßen. Über alle Straßen zogen sich beunruhigend viele Schlauchleitungen, und der normale Straßenlärm wurde von dem mächtigen Motorengeräusch der Löschmaschinen übertönt. Die Mieter des großen Gebäudes wurden kurzerhand wie eine Viehherde auf den gegenüberliegenden Fußsteig getrieben, wo sie sich unter das bescheidenere Straßenpublikum mischen mußten.

Manche Damen, die für die kalte Nachtluft zu dünn angezogen waren, suchten in den benachbarten Wohnungen von Freunden Zuflucht. Andere gingen, des Herumstehens müde, in ein Hotel, um dort zu warten oder zu übernachten. Die meisten aber blieben stehen und warteten neugierig-gespannt auf den Ausgang des Abenteuers. Mr. Jack ging mit Edith, Alma, Amy und ein paar jungen Leuten aus Amys Bekanntschaft in ein Hotel in der Nähe, um etwas zu trinken. Die anderen blieben noch eine Weile neugierig stehen. Aber bald begaben sich Mrs. Jack, George Webber, Miss Mandell und Stephen Hook in einen nahe gelegenen Drugstore. Dort saßen sie an der Bar, bestellten Kaffee und Sandwiches und kamen mit anderen hereinströmenden Flüchtlingen in ein angeregtes Gespräch.

Alle unterhielten sich freundlich und gelassen, manche sogar fröhlich. Aber in ihren Reden war ein Unterton von Unruhe und Sorge, von Verwirrung und Unsicherheit. Reiche und mächtige Männer waren mit ihren Frauen, ihren Familien und Dienstboten plötzlich aus ihren warmen Nestern hinausgeworfen: sie konnten nur einfach warten, trieben sich heimatlos in Drugstores und Hotelhallen herum oder drängten sich, wie Schiffbrüchige in ihre Mäntel gehüllt, an den Straßenecken und sahen einander hilflos an. Manche fühlten dunkel, daß eine geheimnisvoll-unbarmherzige Macht sie ereilt hatte und daß sie unwissentlich von dieser Macht fortgerissen wurden wie eine blinde Fliege an einem sich drehenden Rad. Andere wieder fühlten sich in ein ungeheures Netz verstrickt, in ein derart weit und kompliziert verzweigtes Netz, daß sie nicht die geringste Vorstellung davon hatten, wo es anfing oder wie es angelegt war.

Denn die wohlgeordnete Welt dieser Menschen war plötzlich aus den Fugen geraten. Sie hatten die Dinge nicht mehr in der Hand. Sie waren die Herren und Beherrscher der Erde, besaßen Autorität und waren es gewohnt, zu befehlen; nun aber war ihnen alles aus der Hand genommen. Sie fühlten sich merkwürdig hilflos, denn sie waren nicht mehr Herr der Lage und begriffen nicht einmal mehr, was vor sich ging.

Aber jenseits ihrer blinden Vorsorglichkeit reiften die Ereignisse bereits ihrer unerbittlichen Vollendung entgegen.

In einem verqualmten Gang des riesigen Bienenstocks standen zwei gestiefelte und behelmte Männer in ernstem Gespräch beieinander.

«Hast du's gefunden?»

«Ja.»

«Wo?»

«Im Keller, Captain. Ist gar nicht auf dem Dach – da hat's nur der Zugwind durch den Kamin raufgetragen. Es ist da unten.» Er zeigte mit dem Daumen nach unten.

«Na gut, dann geht mal ran. Ihr wißt, was ihr zu tun habt.»

«Sieht schlecht aus, Captain. Wird schwer sein, da ranzukommen.»

«Wieso denn?»

«Wenn wir Wasser in den Keller lassen, werden zwei Eisenbahntunnel überflutet. Sie wissen, was das heißt.»

Einen Augenblick sahen sie sich fest in die Augen. Dann warf der Ältere den Kopf zurück und ging zur Treppe.

«Komm!» sagte er. «Woll'n mal runtergehn.»

Tief unter der Erde lag ein Raum, in dem ewige Nacht herrschte und immer Licht brannte.

Dort klingelte das Telefon, und der Mann, der mit einem grünen Augenschirm am Schreibtisch saß, nahm den Hörer ab.

«Hallo ... Oh, hallo, Mike.»

Er lauschte aufmerksam, dann beugte er sich plötzlich gespannt vor und nahm die Zigarette aus dem Mund.

«Teufel noch mal! ... Wo? Über Gleis 32? ... Das werden sie unter Wasser setzen! ... Verdammt!»

Tief in den Waben des Felsens brannten grüne, rote und gelbe Lichter, brannten still im ewigen Dunkel, lieblich und scharf, wie eine schmerzliche Erinnerung. Plötzlich schlossen sich die grünen und gelben Augen neben den schwach leuchtenden Schienen und blitzten alarmierend rot wieder auf.

Ein paar Blocks weiter, gerade da, wo das wunderbare unterirdische Eisenbahnnetz wieder ans Tageslicht tritt, hielt der Limited Express rasch, aber so sanft, daß die Reisenden, die sich schon zum Aussteigen bereitmachten, nur einen leichten Stoß verspürten und nicht bemerkten, daß etwas Ungewöhnliches geschehen war.

Vorn jedoch blickte der Lokomotivführer aus dem Führerstand der elektrischen Lokomotive, die den großen Zug die letzten Kilometer seiner Reise den Hudson River entlanggezogen hatte. Er sah die Signale und den schwankenden Schein greller Lichter im Dunkeln und fluchte:

«Was ist denn da los, verdammt noch mal?»

Während der Zug langsam hielt, wurde der Strom in der Mittelschiene abgeschaltet, und das leis klagende Geräusch der starken Lokomotivmotoren schwieg plötzlich. Der Lokomotivführer sagte ruhig über sein Schaltbrett hinweg zu seinem Gefährten:

«Möcht wissen, was zum Teufel da passiert ist.»

Lange Zeit stand der stählerne Limited Express stumm und machtlos da, während nur ein kleines Stück weiter das Wasser niederströmte und sich wie ein Fluß zwischen den Gleisen ausbreitete. Fünfhundert Männer und Frauen, die aus ihrem gewohnten Leben in großen und kleinen Städten und Dörfern rasch über den ganzen Erdteil weggetragen worden waren, saßen nun müde, ungeduldig und enttäuscht im Felsen gefangen, nur fünf Minuten von dem großen Bahnhof, dem Ende und Ziel all ihrer Wünsche entfernt. Und auf dem Bahnhof warteten andere Hunderte auf sie, warteten unruhig, grübelnd und ängstlich noch lange Zeit, ohne zu wissen, warum.

Inzwischen hatten auf der Hintertreppe im siebenten Stock des geräumten Gebäudes die Feuerwehrmänner fieberhaft mit ihren Äxten gearbeitet. Die schwitzenden Männer trugen Gasmasken gegen den dicken Qualm und hatten als einzige Beleuchtung ihre Taschenlampen.

Sie hatten die Tür zum Fahrstuhlschacht eingeschlagen; einer von ihnen hatte sich auf das Dach des einen halben Stock tiefer festsitzenden Fahrstuhls hinuntergelassen und bearbeitete nun das Dach mit seiner scharfen Axt.

«Kommst du durch, Ed?»

«Ja-a . . . gleich . . . bin beinah durch . . . beim nächsten Schlag hab ich's, glaub ich.»

Wieder schmetterte er die Axt auf das Dach. Ein Krachen und ein Splittern und dann:

«Okay ... Moment mal ... gib mal die Taschenlampe, Tom.»

«Was zu sehn?»

Gleich darauf die ruhige Antwort:

«Ja-a ... Werd mal reinsteigen ... Jim, komm doch auch runter. Ich werde dich brauchen.»

Eine kurze Stille, dann wieder die ruhige Stimme:

«Okay ... Werd'n wir gleich haben ... Hier, Jim, faß mal an und nimm ihn unter die Arme ... Hast ihn? ... Okay. Tom, pack mal an und hilf, Jim ... Gut so.»

Gemeinsam hoben sie ihn aus der Falle, in der er sich gefangen hatte, betrachteten ihn einen Augenblick im Schein ihrer Taschenlampen und legten ihn – nicht unsanft – auf den Fußboden: einen alten, müden, toten und sehr erbarmungswürdigen Mann.

Mrs. Jack ging zum Fenster des Drugstores und spähte über die Straße zum großen Gebäude hinüber.

«Möcht wissen, wie's da drüben steht», sagte sie nachdenklich zu ihren Freunden. «Meint ihr, daß es vorbei ist? Ob sie's gelöscht haben?»

Die turmhohen schwarzen Mauern waren stumm, aber einige Anzeichen deuteten darauf hin, daß der Brand fast gelöscht war. Auf der Straße lagen weniger Schläuche, und man sah, wie die Feuerwehrmänner die Schläuche aufrollten und in den Autos verstauten. Andere Feuerwehrmänner kamen aus dem Gebäude und packten ihre Werkzeuge ein. Das mächtige Pumpen der großen Maschinen dauerte noch an, aber sie waren nicht mehr an die Hydranten angeschlossen; sie pumpten das Wasser nun anderswoher und es strömte in Gießbächen die Rinnsteine entlang. Die Polizei hielt die Menge noch zurück und erlaubte den Mietern noch nicht, in ihre Wohnungen zurückzukehren.

Die Presseleute, die sich sehr bald bei der Brandstätte eingestellt hatten, kamen nun allmählich in den Drugstore, um den Zeitungen ihre Nachrichten durchzutelefonieren: ein bunt zusammengewürfeltes Völkchen, alle ein bißchen schäbig und ärmlich, mit verbeulten Hüten, an die sie ihre Presseausweise gesteckt hatten; manche hatten rote Nasen, aus denen man auf häufige und ausgedehnte Kneipenbesuche schließen konnte.

Auch ohne die Presseausweise hätte man sie als Presseleute erkannt. Sie waren unverkennbar: der abgehetzte Ausdruck in den Augen, etwas Schmuddelig-Verschlamptes, das dem ganzen Menschen anhaftete und sich auf Gesicht, Sprache, Gang, ja sogar auf die Art, eine Zigarette zu rauchen, oder auf den Sitz der Hosen erstreckte, und vor allem der typisch verbeulte Hut, der nur einem Herrn von der Presse gehören konnte.

Sie waren müde in ihrer Aufnahmefähigkeit und müde in ihrem Zynismus; sie sagten mit müder Stimme: «Ja, ich weiß, ich weiß schon. Aber wo steckt die Story? Wo ist da die Pointe?»

Und trotz ihrer Verderbtheit waren sie irgendwie ihres guten Kerns wegen liebenswert; auch in ihnen hatten einst Hoffnungen und Ehrgeiz gebrannt, und sie schienen zu sagen: «Ja, natürlich. Ich glaube, ich hätte es auch in mir, und für mein Leben gern hätte ich was Gutes geschrieben. Jetzt bin ich bloß noch 'ne Hure. Für eine Story würde ich meinen besten Freund verkaufen. Alles würde ich verraten; dein Vertrauen, deinen Glauben, deine Gutherzigkeit; ich würde alles, was du sagst, so lange rumdrehen, bis jedes deiner aufrichtigen, vernünftigen und ehrlichen Worte dem Gefasel eines Hanswursts oder eines Clowns gleicht – wenn nur die Story dadurch besser würde. Wahrheit, Genauigkeit oder Tatsachen – das schenk ich euch! Mir liegt nichts daran, von euch was zu erzählen, von eurem Leben, von eurer Sprache – von dem, was ihr scheint und was ihr wirklich seid, oder vom Wetter, von dem ganz besonderen Klang dieses Augenblicks (nämlich des Brandes); gar nichts liegt mir daran –, es sei denn, ich käm dadurch zu 'ner guten Story. Ich muß den ‹Haken› finden, an dem ich die Sache aufhänge. Heute nacht war alles dran: Kummer und Liebe, Angst und Rausch, Schmerz und Tod; das ganze Welttheater hat sich hier abgespielt. Aber das alles schenk ich euch, wenn ich nur 'ne Sache rausfinde, bei der die Abonnenten morgen früh dasitzen und sich die Augen reiben: wenn ich ihnen beispielsweise erzählen kann, daß in der allgemeinen Aufregung die Lieblings-Riesenschlange von Miss Lena Ginster aus ihrem Käfig ausgebrochen ist, daß Polizei und Feuerwehr noch nach ihr fahnden, während die MIETER DES ELEGANTEN MIETHAUSES IN STÄNDIGER ANGST leben …
Ja, meine Herrschaften, da steh ich nun mit gelben Fingern und übernächtigen Augen, mit einer Fahne von Gin und einem Kater-Rest von gestern; und bei Gott, ich wünschte, das Telefon wär endlich frei, und ich könnte meine Story durchgeben, und der Chef würde mich nach Hause schicken; dann könnt ich noch mal bei Eddy vorbeigehn und 'n paar Schnäpse kippen, eh's Morgen wird. Aber seid nicht zu streng mit mir. Gewiß, ich würd euch verkaufen, na klar! Der Name keines Mannes und der Ruf keiner Frau ist bei mir sicher – wenn ich nur 'ne Story daraus machen kann; aber im Grunde bin ich gar nicht so übel. Immer war es mein Herzens-

wunsch, ein anständiger Kerl zu sein, wenn ich auch sämtliche Anstandsregeln mit Füßen getreten hab. Ich bin nie ehrlich, aber trotzdem steckt in mir eine Art bitterer Wahrheit. Manchmal seh ich mich im Spiegel an und sag mir die Wahrheit über mich selber und weiß genau über mich Bescheid. Ich hasse Schwindel und Heuchelei, ich hasse Angeberei, Betrug und Verderbtheit; und wenn ich ganz genau wüßte, daß übermorgen die Welt untergeht – Jesus Christus! Da würde morgen vielleicht ein Blatt erscheinen! Außerdem hab ich Sinn für Humor, ich schwärm für fidele Gesellschaften, für gutes Essen und Trinken, für ein nettes Gespräch, für gute Kameradschaft und für das ganze aufregende Lebenstheater. Also seid nicht allzu streng mit mir. Ich bin wirklich nicht so übel wie manches, was ich tun muß.»

So etwa waren diese undefinierbaren Leute doch deutlich gekennzeichnet: als hätte der Schmutz der Welt sie zwar besudelt, aber als hätte er ihnen auch eine erdhafte Wärme verliehen; ihre reiche Erfahrung, ihr Witz, ihr Einfühlungsvermögen und die gemütliche Kameradschaftlichkeit ihrer scharfen Sprache wirkten versöhnend.

Zwei oder drei Presseleute interviewten jetzt die Leute im Drugstore. Die Fragen, die sie stellten, erschienen lächerlich unangebracht. Sie gingen zu den jüngeren und hübscheren Mädchen, stellten fest, ob sie in dem Gebäude wohnten und fragten dann gleich mit naiver Gier, ob sie zur guten Gesellschaft gehörten. Gab ein Mädchen das zu, dann notierte der Reporter ihren Namen und alle Einzelheiten über ihre Familie.

Mittlerweile hatte ein Pressevertreter seine Redaktion in der Stadt angerufen; er sah ziemlich schäbig aus und hatte eine knollige Nase und wenig Zähne im Mund. Er flezte sich mit zurückgeschobenem Hut in die Telefonzelle, wobei die Beine aus der offenen Tür herausragten, und gab seine Nachrichten durch. George Webber stand mit einigen Leuten hinten im Laden, direkt neben der Zelle. Er hatte diesen Reporter schon beim Hereinkommen bemerkt, und sein schäbig-hartgesottenes Aussehen hatte ihn irgendwie fasziniert; nun horchte George, während er anscheinend an dem gleichgültigen Geschnatter teilnahm, mit gespannter Aufmerksamkeit auf jedes Wort, das der Mann sagte:

«... Na klar, das sag ich ja. Schreiben Sie nur ... Die Polizei kam», fuhr er fort, wie von seinem eigenen journalistischen Stil hingerissen in wichtigem Ton fort, «die Polizei kam und bildete einen Kordon um das Gebäude.» Eine kleine Pause, dann krächzte der notnasige Mann ärgerlich: «Nein, nein, nein! Keine Schwadron! Einen Kordon! ... Was denn! ... *Kordon*, sag ich! K-o-r-d-o-n

– Kordon! ... Heiliger Bimbam!» sagte er tief bekümmert. «Wie lange sind Sie eigentlich schon bei der Zeitung? Haben Sie noch nie von 'nem Kordon gehört? ... So, das hätten wir. Hör'n Sie mal...» fuhr er etwas leiser fort und blickte auf das bekritzelte Notizblatt in seiner Hand. «Unter den Mietern befinden sich viele jüngere Damen und Herren der guten Gesellschaft und andere Prominente ... Was? Was sagen Sie?» unterbrach er sich verdutzt. «Ach so!»

Er sah sich schnell um, ob auch niemand zuhörte und fuhr mit verhaltener Stimme fort:

«Ja, doch! *Zwei*!... Nee, nur zwei, das andre war 'ne Falschmeldung. Die alte Dame haben sie gefunden ... Aber das sag ich ja! Sie war ganz allein, als das Feuer ausbrach, wissen Sie! Die Familie war ausgegangen, und als sie zurückkamen, dachten sie, sie wär da oben eingeschlossen. Aber sie haben sie gefunden. Sie war unten bei den andern Leuten. War unter den ersten, die rausgegangen sind ... Ja, bloß zwei. Beides Fahrstuhlführer.» Er dämpfte seine Stimme noch mehr und las mit einem Blick auf seine Notizen: «John Enborg ... vierundsechzig Jahre ... verheiratet ... drei Kinder ... wohnt in Jamaica, Queens ... Haben Sie?» fragte er und las weiter: «... wohnt bei seiner Mutter ... Bronx, Southern Boulevard 841 ... Haben Sie? ... Klar. Na klar.»

Er sah sich noch einmal um und sprach ganz leise weiter:

«Nein, sie haben sie nicht mehr rausgekriegt. Waren beide in den Fahrstühlen, wollten die Mieter runterholen, wissen Sie! Da hat irgendein Idiot an den Lichtschaltern rumgefummelt und hat den falschen erwischt und den Strom ausgeschaltet ... Jawohl, so ist es. Sie blieben zwischen den Stockwerken stecken ... Enborg haben sie grad rausgeholt», sagte er ganz leise. «Mit der Axt ... Ja, klar.» Er nickte in den Hörer hinein. «Richtig: Rauchvergiftung. Als sie ihn fanden, war's schon zu spät ... Nein, das ist alles. Bloß die zwei ... Nein, die wissen's noch nicht. Noch niemand. Die Verwaltung will's möglichst vertuschen ... Wie bitte? He! Sprechen Sie doch lauter! Sie brummeln ja bloß!»

Er hatte scharf und gereizt in den Apparat hineingebrüllt, nun lauschte er wieder aufmerksam.

«Ja, ist beinah aus. War aber nicht leicht. Sie hatten Mühe ranzukommen. Ist im Keller ausgebrochen, dann rauf durch den Kamin und oben raus ... Na klar, weiß ich», nickte er. «Deshalb war's ja so schwierig. Zwei Eisenbahntunnel liegen direkt drunter. Erst wollten sie's nicht riskieren, den Keller unter Wasser zu setzen. Haben's erst mit Schaumlöschern versucht, ging aber nicht ... Dann haben sie den Strom unten abgeschaltet und das Wasser reingelassen.

Wahrscheinlich ist die ganze Strecke nach Albany mit Zügen ver-
stopft ... Klar, wird schon ausgepumpt. Ich denke, 's ist gleich
vorbei, war aber nicht leicht ... Okay, Mac. Soll ich noch mal rum-
kommen? ... Okay», sagte er und hängte ein.

Liebe allein ist nicht alles

Der Brand war gelöscht.

Als Mrs. Jack und ihre Begleiter das erste Löschauto wegfahren
hörten, gingen sie auf die Straße hinaus. Auf dem Fußsteig trafen sie
Mr. Jack, Edith und Alma. Sie hatten im Hotel ein paar alte Freunde
getroffen und hatten Amy bei ihnen zurückgelassen.

Mr. Jack war gut gelaunt; offenbar stand er – in durchaus gemäßigter und angenehmer Form – unter dem wohltätigen Einfluß
einiger Drinks in fröhlicher Gesellschaft. Über dem Arm trug er
einen Damenmantel, den er seiner Frau umlegte.

«Das schickt dir Mrs. Feldmann, Esther», sagte er. «Sie sagt, du
kannst ihn morgen zurückschicken.»

Sie hatte die ganze Zeit über nur ihr Abendkleid angehabt. Sie
hatte wohl daran gedacht, daß die Dienstmädchen ihre Mäntel anziehen müßten, aber sie und Miss Mandell hatten ihre Mäntel vergessen.

«Wie reizend von ihr!» rief Mrs. Jack und errötete freudig bei
dem Gedanken, wie freundlich sich alle in Notzeiten erwiesen.
«Wie gut die Menschen sind!»

Auch andere Flüchtlinge schlenderten nun zurück und blieben
beobachtend in der Ecke stehen, wo die Polizei sie noch warten
hieß. Die meisten Löschzüge waren schon fort, und das ruhige Motorengeräusch der übrigen ließ darauf schließen, daß auch sie bald
abfahren würden. Ein großes Auto nach dem andern donnerte davon. Und bald gaben die Polizisten das Zeichen, daß die Mieter
wieder in ihre Wohnungen zurückkehren durften.

Stephen Hook sagte gute Nacht und ging; die anderen gingen
über die Straße zum Haus. Aus allen Richtungen strömten die Leute
durch die gewölbten Eingänge in den Hof und sammelten ihre
Mädchen, Köchinnen und Chauffeure um sich. Der Geist der Ordnung und der Autorität zog wieder ein, und man hörte, wie die
Herrschaften ihren Dienstboten Befehle erteilten. Die klosterarti-
gen Bogengänge hallten wider von den scharrenden Schritten der
Männer und Frauen, die sich ruhig zu ihren Haustüren begaben.

Die Stimmung in der Menge war nun ganz anders als vor ein paar Stunden. All diese Leute hatten ihre gewohnte selbstbewußte Sicherheit wiedergefunden. Von der ungezwungenen Freundlichkeit, die sie einander in den aufregenden Stunden bezeigt hatten, war nichts mehr zu spüren. Fast war es, als schämten sie sich ihrer Gemütsbewegung, die sie zu unbesonnener Herzlichkeit und ungewohnter nachbarlicher Hilfsbereitschaft verleitet hatte. Jede kleine Familiengruppe hatte sich wieder kühl zu einer geschlossenen Einheit abgekapselt und strebte nun in ihre warme kleine Zelle zurück.

In Jacks Hausflur haftete noch ein schaler, beißender Rauchgeruch an den Wänden, aber die elektrische Leitung war repariert, auch der Fahrstuhl funktionierte wieder. Mrs. Jack war etwas überrascht, als der Pförtner Henry sie nach oben fuhr; sie fragte, ob Herbert nach Hause gegangen sei. Nach kaum merklichem Zögern antwortete er ausdruckslos:

«Ja, Mrs. Jack.»

«Sie müssen ja alle völlig fertig sein!» sagte sie in einer Anwandlung warmen Mitgefühls. «War es nicht ein aufregender Abend?» fuhr sie eifrig fort. «Haben Sie schon mal so eine Aufregung, so ein Durcheinander erlebt wie heute abend?»

«Nein, Madam», sagte der Mann so merkwürdig ablehnend, daß sie verstummte und sich, wie schon so oft, abgestoßen fühlte.

«Was für ein sonderbarer Mann!» dachte sie. «Wie verschieden die Leute doch sind! Herbert ist so warm, so munter und menschlich. Mit *ihm* kann man reden. Aber der hier – so etwas Steifes und Förmliches, daß man gar nicht an ihn rankommt. Und wenn man ihn anspricht, dann weist er einen so schroff ab, als wollte er nichts mit einem zu tun haben.»

Sie war abgestoßen und verletzt, beinahe böse. Sie war selber ein freundlicher Mensch, und sie hatte es gern, wenn die Menschen ihrer Umgebung, auch die Dienstboten, freundlich waren. Aber gleich darauf zerbrach sie sich schon wieder den Kopf über die sonderbar-rätselhafte Persönlichkeit des Pförtners:

«Was nur mit ihm los sein mag?» dachte sie. «Immer sieht er unglücklich und unzufrieden aus, als trüge er die ganze Zeit einen heimlichen Kummer im Herzen. Woher das wohl kommt? Na ja, ein armer Kerl; das Leben, das er führt, kann einen wahrscheinlich verbittern: die ganze Nacht Türen aufmachen, Taxi rufen, den Leuten beim Ein- und Aussteigen helfen und tausend Fragen beantworten. Aber eigentlich hat Herbert es noch schlechter: immer in diesem dumpfen Fahrstuhl eingesperrt rauf- und runterfahren, wo nichts zu sehen ist und nichts passiert; und doch ist er immer so nett und gefällig!»

Aus diesen Gedanken heraus sagte sie:

«Herbert hat's wahrscheinlich heut abend am schwersten gehabt; die vielen Leute rauszubringen!»

Henry würdigte sie keiner Antwort. Er schien sie überhaupt nicht gehört zu haben. Er hatte den Fahrstuhl angehalten, hatte die Tür zum Treppenaufsatz aufgemacht und sagte mit seiner strengen, ausdruckslosen Stimme:

«Ihr Stockwerk, Mrs. Jack.»

Als sie ausgestiegen waren und der Aufzug wieder hinuntergefahren war, sagte sie ärgerlich-erbittert mit glühenden Wangen zu ihrer Familie und zu den Gästen:

«Also wirklich, den Burschen hab ich satt! So ein Griesgram! Und jeden Tag wird's schlimmer mit ihm! Jetzt antwortet er nicht mal mehr, wenn man ihn anspricht!»

«Na, Esther, vielleicht ist er heut nacht übermüdet», gab Mr. Jack friedfertig zu bedenken. «Von denen ist ziemlich viel verlangt worden, weißt du.»

«Sind *wir* vielleicht daran schuld?» fragte Mrs. Jack ironisch. Dann ging sie ins Wohnzimmer und betrachtete noch einmal das Chaos, das Mr. Logan nach seiner Vorstellung hinterlassen hatte; plötzlich kam ihr munter-schlagfertiger Geist wieder zum Durchbruch, und sie sagte mit komischem Achselzucken: «Nu, werden wir machen 'en Ausverkauf zur Feier des Brandes!» Und damit war ihre gute Laune wieder hergestellt.

Alles schien merkwürdig unverändert – merkwürdig, weil seit dem überstürzten Aufbruch so viel geschehen war. Die Luft in der Wohnung war muffig und abgestanden, und ein wenig roch es immer noch nach Rauch. Mrs. Jack befahl Nora, die Fenster zu öffnen. Dann nahmen die drei Mädchen mechanisch ihre unterbrochene Tätigkeit wieder auf und brachten das Zimmer rasch in Ordnung.

Mrs. Jack entschuldigte sich für einen Augenblick und ging in ihr Zimmer. Sie zog den geborgten Mantel aus und hängte ihn in den Schrank, dann bürstete und frisierte sie sorgfältig ihr Haar, das etwas in Unordnung geraten war.

Sie ging zum Fenster, schob es so weit wie möglich auf und atmete tief die frische, belebende Luft ein. Das tat gut. Die milde, kühle Oktoberluft wusch den letzten Anflug von Rauch säuberlich fort. Im weißen Mondlicht schimmerten die Spitzen und Mauern Manhattans in kalter Zauberpracht. Eine große Ruhe überkam sie, ihr

ganzes Wesen dehnte sich wie in einem Bad von Behagen und Sicherheit. Wie fest und sicher, wie reich und gütig das Leben doch
war!

Eine schwache, vorübergehende Erschütterung ließ ihren Fuß
stocken. Sie blieb erschreckt stehen, wartete und lauschte ... Fingen die alten Sorgen mit George wieder an und drohten sie ihre
ausgeglichene Seele zu erschüttern? Er war heute abend merkwürdig still gewesen, ja, er hatte den ganzen Abend kaum zwei Worte
gesagt. Was war nur mit ihm? ... Und was war das für ein Gerücht,
das sie abends gehört hatte? Etwas über fallende Börsenkurse. Als
die Gesellschaft voll im Gange war, hatte sie Lawrence Hirsch zufällig so etwas sagen hören. Vorhin hatte sie nicht so darauf geachtet, aber jetzt fiel es ihr wieder ein. «Eine leichte Erschütterung des
Marktes», so hatte er gesagt. Was war das für ein Gerede von Erschütterungen?

Halt – da war es wieder! Was denn nur?

Ach natürlich: die Züge fuhren wieder!

Es ging vorbei, wurde schwächer, nur noch ein zartes Beben in
dem sicheren, ewigen Felsstein, und zurück blieb die blaue Kuppel
der Oktobernacht.

Das Lächeln kehrte in ihre Augen zurück, die flüchtige Wolke der
Sorge war verflogen. Als sie sich umwandte und ins Wohnzimmer
hinüberging, wirkte sie fast engelhaft lieblich – wie ein artiges
Kind, für das wieder einmal das große Abenteuer des Tages zu Ende geht.

Edith und Alma hatten sich gleich nach der Rückkehr zurückgezogen, und Lily Mandell war in ein Schlafzimmer gegangen, um ihren
Mantel zu holen, nun kam sie in ihrem prachtvollen Abendcape
heraus.

«Liebste, es war ganz wunderbar», sagte sie müde mit ihrer kehligen Stimme und gab Mrs. Jack einen liebevollen Kuß. «Feuer, Rauch,
Piggy Logan und alles andere – ich fand's einfach himmlisch!»

Mrs. Jack schüttelte sich vor Lachen.

«Deine Gesellschaften sind zu schön!» schloß Miss Mandell.
«Nie weiß man, was im nächsten Moment passiert!»

Damit verabschiedete sie sich und ging.

George wollte auch gehen, aber Mrs. Jack nahm ihn bei der Hand
und redete auf ihn ein:

«Geh doch noch nicht! Bleib doch noch ein paar Minuten und
unterhalt dich mit mir.»

Mr. Jack war offensichtlich bettreif. Er küßte seine Frau leicht auf die Wange, sagte zu George flüchtig gute Nacht und ging in sein Zimmer. Mochten junge Männer kommen oder gehen – Mr. Jack brauchte jedenfalls seinen Schlaf.

Die Nacht draußen wurde kälter, ein Anflug von Frost lag in der Luft. Die Riesenstadt lag in abgrundtiefem Schlaf. Die Straßen waren verlassen, nur hin und wieder surrte ein Taxi vorbei, das einem dringenden Nachtruf folgte. Die Gehsteige waren menschenleer und hallten hohl unter dem Schritt eines einsamen Mannes, der um die Ecke in die Park Avenue einbog und eilig nordwärts seinem Heim und seinem Bett zustrebte. In den turmhohen Bürogebäuden waren alle Lichter erloschen – bis auf ein einziges Fenster hoch oben an einer verdunkelten Felswand; dort saß wohl ein treuer Bürosklave und arbeitete die Nacht durch an einem langweiligen Bericht, der bis zum Morgen fertig sein mußte.

In der leeren Nebenstraße war am Seiteneingang des großen Mietshauses ganz leise ein dunkelgrüner Sanitätswagen der Polizei vorgefahren und wartete mit gedrosseltem Motor. Niemand hatte ihn bemerkt.

Gleich darauf ging eine Tür auf, die in den Keller führte. Zwei Polizisten erschienen mit einer Bahre, auf der ganz still etwas Verhülltes lag. Sie schoben sie sorgfältig von hinten in den grünen Sanitätswagen.

Nach einer Minute ging die Kellertür wieder auf, und ein Polizist trat heraus. Ihm folgten zwei uniformierte Männer, die eine zweite Bahre mit einer ähnlichen Last trugen. Auch diese Bahre wurde in dem grünen Wagen verstaut.

Die Wagentüren klickten zu. Der Fahrer und ein zweiter Mann gingen um den Wagen und setzten sich auf den Steuersitz. Nach ein paar leisen Worten zum Polizisten fuhren sie leise an und bogen mit gedämpftem Klingeln um die Ecke.

Die beiden zurückbleibenden Polizisten sprachen noch eine Weile leise miteinander, und der eine schrieb etwas in sein Notizbuch. Dann sagten sie gute Nacht, hoben die Hand an die Mütze und gingen jeder in einer anderen Richtung davon, um ihre festgesetzten Streifen wieder aufzunehmen.

In dem Bogengang hinter dem imposanten Vordereingang unterhielt ein anderer Polizist sich mit dem Pförtner Henry. Einsilbig und tonlos-mürrisch beantwortete der Pförtner die Fragen, und der Polizist schrieb im Schein einer Laterne die Antworten in sein Notizbuch.

«Der Jüngere war unverheiratet, sagen Sie?»

«Ja.»

«Wie alt?»

«Fünfundzwanzig.»

«Und wohnte?»

«Bronx.»

Henry sprach so leise und mürrisch, daß kaum mehr als ein Brummen zu hören war; der Polizist sah von seinem Buch auf und fuhr ihn grob an:

«*Wo?*»

«*Bronx!*» sagte Henry wütend.

Der Mann schrieb auch das in sein Buch, steckte es in die Tasche und sagte dann beiläufig-nachdenklich:

«Na, da möcht ich auch nicht wohnen, Sie etwa? Ist doch verdammt weit weg!»

«Nein!» sagte Henry patzig. Dann wandte er sich ungeduldig ab und fragte: «Wenn das alles ist, was Sie wissen wollen ...»

«*Alles*», schnitt der Polizist ihm kurz, mit ironischer Freundlichkeit das Wort ab. «Alles, *Kamerad*!»

Und seinen Gummiknüppel schwingend, sah er mit einem harten, spöttischen Blick seiner kalten Augen dem Pförtner nach, der ins Haus ging und zum Fahrstuhl zu verschwand.

Oben in Jacks Wohnzimmer waren George und Esther allein. Etwas wie endgültiger Abschluß lag in der Luft. Die Gesellschaft war aus, das Feuer war aus, die anderen Gäste waren fort.

Esther seufzte ein wenig und setzte sich neben George. Sie sah sich mit einem nachdenklich-abschätzenden Ausdruck um. Alles wirkte wieder genau wie immer. Wer jetzt hereingekommen wäre, hätte sich nicht träumen lassen, daß inzwischen etwas geschehen war.

«War das alles nicht merkwürdig?» fragte sie sinnend. «Die Gesellschaft und dann das Feuer! ... Ich meine, *wie's* geschah.» Ihr Ton hatte etwas Suchendes, als könnte sie das, was sie meinte, nicht richtig ausdrücken. «Ich weiß nicht, aber wie wir hier alle nach Mr. Logans Vorstellung saßen ... wie dann plötzlich die Feuerwehrautos vorbeifuhren ... und wir wußten gar nicht ... wir glaubten, sie führen ganz woanders hin. Es hatte etwas ... etwas Unheimliches ... das alles.» Sie runzelte die Stirn bei dem schwierigen Versuch, ihr Gefühl klar auszudrücken. «Es hat etwas Erschreckendes, nicht wahr? Nein, nicht das Feuer!» fügte sie rasch hinzu. «Das war ganz belanglos. Keiner hat Schaden genommen. Natürlich war's furchtbar aufregend ... Nein, was ich meine ...» Wieder sprach sie in

diesem verwirrt-suchenden Ton. «Wenn man bedenkt, wie ... *groß*
alles geworden ist ... Ich meine, wie die Menschen heutzutage leben ... in diesen großen Häusern ... und wie in dem Haus, in dem
man wohnt, ein Feuer ausbrechen kann, und man weiß gar nichts
davon ... Das hat doch etwas *Schreckliches*, nicht wahr? ... Mein
Gott!» rief sie plötzlich eifrig. «Hast du in deinem ganzen Leben
schon mal so was gesehen wie die da? Ich meine die Leute, die hier
wohnen ...? Wie sie alle aussahen, als sie da in den Hof strömten?»

Sie lachte und schwieg; dann nahm sie seine Hand und sagte zärtlich und hingebend:

«Aber was gehn die uns an? ... Jetzt sind alle weg ... Die ganze
Welt ist weg ... Nur du und ich, wir sind noch da ... Weißt du»,
sagte sie leise, «daß ich immerfort an dich denke? Wenn ich morgens aufwache, bist du mein erster Gedanke. Und von da an trag ich
dich den ganzen Tag in mir herum – *hier*.» Sie legte ihre Hand auf
die Brust und fuhr leidenschaftlich flüsternd fort: «Mein Leben,
mein Herz, meine Seele, mein ganzes Sein ist erfüllt von dir. Ach,
kannst du dir denken, daß es seit Erschaffung der Welt so eine Liebe
wie die unsere gegeben hat? Daß es zwei Menschen gegeben haben
könnte, die sich so geliebt haben wie wir? Wenn ich ein Instrument
spielen könnte, würde ich eine große Musik daraus machen. Wenn
ich singen könnte, würde ich ein großes Lied daraus machen. Wenn
ich schreiben könnte, würde ich eine große Geschichte daraus machen. Aber wenn ich zu spielen, zu schreiben oder zu singen versuche, dann kann ich weiter nichts denken als: du ... Weißt du eigentlich, daß ich mal versucht hab, eine Geschichte zu schreiben?» Lächelnd neigte sie ihm ihr rosiges Gesicht zu. «Hab ich dir das mal
erzählt?»

Er schüttelte den Kopf.

«Ich war so sicher, daß es eine wunderbare Geschichte werden
würde», fuhr sie eifrig fort. «Ich war ganz erfüllt davon, zum Bersten voll. Aber als ich es aufzuschreiben versuchte, konnte ich weiter nichts sagen als: ‹Lang, lang lag ich in der Nacht – und dachte an
dich.›»

Plötzlich lachte sie herzlich.

«Und weiter kam ich nicht. Aber war das nicht ein großartiger
Anfang für eine Geschichte? Und wenn ich jetzt nachts einzuschla-
fen versuche, dann fällt mit diese eine Zeile meiner ungeschriebe-
nen Geschichte wieder ein und plagt mich und klingt mir immer in
den Ohren. ‹Lang, lang lag ich in der Nacht – und dachte an dich.›
Denn das ist die ganze Geschichte.»

Sie rückte näher an ihn heran und bot ihm ihre Lippen.

«Ach, Liebster, das ist unsere Geschichte. Mehr gibt's in der ganzen Welt nicht. Die Liebe ist alles.»

Er konnte ihr nicht antworten. Denn als er sprechen wollte, wußte er, daß es für ihn nicht die ganze Geschichte war. Er fühlte sich einsam und müde. Die Erinnerung an all die Jahre ihrer Liebe, an Schönheit und Hingabe, an Schmerzen und Streit, an all ihre gläubige Zärtlichkeit und an ihre noble Treue, an die ganze Welt der Liebe, die in diesem einen kleinen Körper gewohnt hatte und seine Welt gewesen war – alles das kam in diesem Augenblick wieder und zerriß ihm das Herz.

Denn heute abend hatte er gelernt, daß die Liebe allein nicht alles ist. Es mußte eine noch höhere Hingabe geben, höher als alle Hingabe in diesem Käfig der Liebe. Es mußte eine noch größere Welt geben als dieses glänzende Bruchstück einer Welt mit all seinem Reichtum und seinen Vorrechten. In seiner Jugend und in seinen ersten Mannesjahren hatte er gerade diese Welt der Schönheit, des behaglichen Luxus, diese Welt des Ruhms, der Macht und der Sicherheit für das letzte Ziel menschlichen Strebens gehalten, für die äußerste Grenze, die ein Mensch je erreichen kann. Heute abend aber hatte sich ihm in hundert einzelnen Augenblicken intensivster Wirklichkeit der wahre Kern dieser Welt enthüllt. Er hatte sie nackt und ohne Maske gesehen. Er hatte begriffen, daß die hohle Pyramide einer falschen Gesellschaftsordnung auf Schweiß und Blut und auf der Qual der ganzen Menschheit stand. Und er wußte: wenn er es je dazu bringen wollte, die Bücher, die er in sich trug, wirklich zu schreiben, dann mußte er sich abwenden und sein Antlitz zu edleren Gipfeln aufheben.

Er dachte an die Arbeit, die vor ihm lag. Irgendwie hatten die Ereignisse, deren Zeuge er heute abend geworden war, dazu beigetragen, das Chaos und die Wirrnis in ihm zu klären. Vieles, was ihm vorher kompliziert erschien, war nun ganz einfach. Und die Quintessenz von allem war: Ehrlichkeit, Aufrichtigkeit, kein Kompromiß in Dingen der Wahrheit; das waren die Grundelemente jeder Kunst; und ohne sie blieb ein Schriftsteller nur ein Schreiberling – mochte er noch so begabt sein.

Und hier eben stieß er mit Esther und ihrer Welt zusammen. In Amerika konnte man – noch weniger als anderswo – keinen anständigen Kompromiß mit den besonderen Vorrechten schließen. Vorrechte und Wahrheit – die ließen sich nicht miteinander vereinigen. Wenn man einen Silberdollar nahe genug vors Auge hielt, verdeckte er die Sonne. In Amerika gab es mächtigere, tiefere Fluten und

Ströme, als die glitzernden Lebewesen dieses Abends je ergründen oder erträumen konnten. Und zu diesen Tiefen wollte er vordringen.

Als er über das alles nachdachte, blitzte noch einmal ein Satz in seinem Bewußtsein auf, der ihm den ganzen Abend über durch den Kopf gegangen war – wie ein Leitmotiv zu alldem, was er gesehen und gehört hatte:

Wer sich zur Hure der Mode macht, der wird zur Hure der Zeit.

Also denn ... ein scharfer Stich der Liebe und des Mitleids durchfuhr ihn, als Esther zu sprechen aufhörte und er in ihr leidenschaftlich zu ihm aufgehobenes Gesicht sah. Es mußte sein: er in seiner Welt und sie in ihrer Welt.

Aber nicht heute. Heute abend konnte er es ihr nicht sagen.

Morgen ...

Ja, morgen wollte er es ihr sagen. So wäre es besser. Er wollte es ihr in klaren Worten sagen, so wie er es jetzt einsah; er wollte es ihr so sagen, daß sie es verstehen mußte. Aber nicht heute ... morgen wollte er's ihr sagen, und dann hätte er's hinter sich.

Und um es ihr und sich selbst leichter zu machen, wollte er ihr eines nicht sagen: es wäre sicherer, wirksamer und gütiger, ihr nicht zu sagen, daß er sie noch liebte, daß er sie immer lieben würde, daß nie jemand ihre Stelle einnehmen konnte. Er durfte ihr durch keinen Blick, nicht durch ein einziges Wort, auch nicht durch einen Händedruck zeigen, daß er damit die schwerste Tat seines Lebens vollbrachte. Es wäre viel besser, wenn sie das nicht wüßte, denn wenn sie's wüßte, würde sie es niemals verstehen ...

Niemals verstehen, daß morgen ...

Daß eine Flut des Menschen Herz durchströmt ...

Und daß er gehen mußte.

Sie sprachen an diesem Abend nicht mehr viel. Nach einigen Minuten stand er auf und ging müden und kranken Herzens fort.

Drittes Buch

Ein Ende und ein Anfang

Wenn eine Zikade aus dem Boden kriecht, um in ihre letzte Lebensphase einzutreten, dann gleicht sie durchaus nicht einem geflügelten Wesen; sie ist eine fettige, erdige Larve. Mühsam arbeitet sie sich einen Baumstamm hinauf, als wüßte sie von ihren ungeschickten Füßen noch keinen rechten Gebrauch zu machen. Schließlich hält sie in ihrem beschwerlichen Klettern inne, sie klammert sich mit den Vorderfüßen an die Baumrinde. Da gibt es unversehens einen kleinen Knall: die äußere Hülle ist schnurgerade den ganzen Rücken langgesprungen, als hätte man einen Reißverschluß aufgezogen, und das darin ruhende Geschöpf beginnt sich nun zu entfalten und schiebt sich ganz allmählich zur Öffnung hinaus, bis Rumpf, Kopf und alle Gliedmaßen freiliegen. Sehr langsam geht diese erstaunliche Arbeit vor sich, und sehr langsam kriecht das kleine Geschöpf an ein sonniges Fleckchen; die braune Hülle, in die es eingeschlossen gewesen war, bleibt leblos zurück.

Das lebendige, durchsichtig-blaßgrüne Stückchen Protoplasma sitzt lange regungslos in der Sonne; wer aber die Geduld aufbringt, weiter zuzuschauen, der kann das Wunder der Verwandlung und Entwicklung mit eigenen Augen beobachten. Nach einiger Zeit kommt Leben in den kleinen Körper, er dehnt sich, verfärbt sich wie ein Chamäleon, und die kleinen Ansätze beiderseits des Rückens werden nach und nach Flügel. Man kann ihr rasches Wachstum verfolgen, bis die durchsichtigen, im Sonnenlicht schillernden Elfenflügel fertig sind. Sie beginnen erst schwach, dann immer heftiger zu zittern, und plötzlich fahren sie mit metallischem Sirren durch die Luft: ein neugeborenes Geschöpf wirft sich befreit in sein neues Element.

Im Herbst 1929 glich Amerika einer Zikade: es befand sich an einem Ende und gleichzeitig an einem Anfang. Am 24. Oktober gab es hinter einer Marmorfassade in der New Yorker Wall Street plötzlich einen Krach, der im ganzen Land zu hören war. Die tote, abgetragene Hülle des Amerika von gestern war aufgesprungen, aufgerissen wie ein Reißverschluß, und das lebendige, leidgeprüfte, sich ewig wandelnde echte Amerika trat langsam zutage: ein Amerika, wie es immer gewesen war und immer bleiben wird. Betäubt, verkrampft, verkrüppelt von den Fesseln seiner

Gefangenschaft trat es ans Licht der Welt und verharrte noch lange in einer Betäubung, in der das Leben schlummerte; so wartete es geduldig die nächste Stufe seiner Verwandlung ab.

Die Führer der Nation hatten so lange auf das Trugbild einer scheinbaren «Prosperity» gestarrt, daß sie das wahre Amerika ganz vergessen hatten. Nun aber sahen sie es, und sie verhüllten schaudernd ihr Angesicht vor dem ungebrochen-rohen, kraftstrotzenden Amerika – einem Amerika, das sie nicht kannten. «Gebt uns unsere alte Hülle wieder», sagten sie, «die war so warm und gemütlich.» Dann versuchten sie es mit Zaubersprüchen: «Im Grunde sind die Verhältnisse gesund», behaupteten sie, um sich damit in Sicherheit zu wiegen: Tatsächlich hätte sich nichts geändert, alles wäre so, wie es immer gewesen war und immer sein würde, in Ewigkeit, Amen.

Sie hatten unrecht. Es führt kein Weg zurück – nur wußten sie das nicht. Amerika stand am Ende einer Entwicklungsstufe und etwas Neues begann. Aber kein Mensch wußte, wie dieses Neue aussehen würde, und die Unsicherheit des Umschwungs und die Irrtümer der Führer brachten Angst und Verzweiflung mit sich; sehr bald schlich das Gespenst des Hungers durch die Straßen. Nur eine Gewißheit gab es noch, die aber wollte niemand sehen: Amerika war und blieb Amerika, und was auch Neues entstehen mochte – amerikanisch würde es sein.

George Webber war ebenso verwirrt und verängstigt wie alle anderen. Ja, vielleicht sogar noch mehr, denn bei ihm kam zu der allgemeinen Krise noch eine persönliche hinzu. Gerade jetzt stand auch er an einem Ende und an einem Anfang: Am Ende einer Liebe, wenn auch nicht des Liebens; am Anfang der Anerkennung, wenn auch nicht des Ruhms. Sein Buch erschien Anfang November, und dieses so lange und sehnlich erwartete Ereignis wirkte sich anders aus, als er vorausgesehen hatte. In dieser Periode seines Lebens lernte er vieles, was er bisher nicht gewußt hatte: Denn ganz allmählich erst, im Laufe der kommenden Jahre, wurde ihm klar, daß seine innere Wandlung mit der größeren Wandlung in der Welt zusammenhing.

Schuldig?

Während seiner Kindheit im kleinen Libya Hill hatte die Vision von der großen Stadt sich tief in George Webbers Seele eingebrannt; ihn hatte nach Ruhm gedürstet; er hatte sich gewünscht, ein berühmter Mann zu werden. Dieses Verlangen hatte nie nachgelassen; je älter er wurde, um so mehr beherrschte es ihn, und jetzt war es stärker denn je. Aber von der Welt der Literatur, in der er eine große Rolle spielen wollte, wußte er so gut wie nichts. Nun sollte er einige Erfahrungen machen, die ihn aus seiner kindlichen Ahnungslosigkeit herausrissen.

Sein Roman *Heimwärts in die Berge* erschien in der ersten Novemberwoche 1929. Wie so oft im Menschenleben gewann auch hier bei späterer Rückschau ein zufälliges Zusammentreffen eine verhängnisvoll-schicksalhafte Bedeutung: Das Erscheinen des Buches fiel fast mit dem Beginn der großen Depression in Amerika zusammen.

Der Börsenkrach, der Ende Oktober eingesetzt hatte, wirkte gleichsam wie der Sturz eines riesigen Felsblocks in das Wasser eines stillen Sees. Dieses unvermittelte Ereignis breitete sich in immer größeren kreisförmigen Wellen verzweifelter Angst über ganz Amerika aus. Millionen Menschen in entlegenen Dörfern, in kleinen und großen Städten wurden von Ratlosigkeit befallen. Würden auch sie die Auswirkungen zu spüren bekommen? Noch hofften sie, verschont zu bleiben. Das Wasser schloß sich wieder über dem abgestürzten Felsblock, und die meisten Amerikaner gingen eine Zeitlang ihrem Tagewerk nach, als wäre nichts geschehen.

Und doch hatten die Wellen der Angst sie gestreift, ihr Leben war nicht mehr ganz dasselbe wie zuvor. Die Sicherheit war dahin; ein Hauch von Angst und kommendem Unheil lag in der Luft. In diese Atmosphäre trügerischer Ruhe und verzweifelter Besorgnis platzte nun George Webbers Buch hinein.

Es gehört nicht in den Rahmen dieser Erzählung, die Verdienste und Mängel von *Heimwärts in die Berge* abzuwägen. Nur sei hier festgestellt, daß es das erste Buch eines jungen Mannes war und viele Fehler und Vorzüge hatte, wie ein solches Buch sie haben muß. Webber hatte es – wie viele Anfänger – aus seiner Lebenserfahrung heraus geschrieben. Und das trug ihm vielerlei Unannehmlichkeiten ein.

Mit zunehmendem Alter war er zu der Überzeugung gekommen, ein interessantes oder irgendwie wertvolles Buch müsse aus einer Lebenserfahrung heraus geschrieben sein. Der Schriftsteller müsse sich, wie jeder andere, dessen bedienen, was er besitzt. Was er nicht besitzt, kann er nicht verwenden; wenn er das versucht – und viele Schriftsteller haben es versucht –, wird er kein gutes Buch zustande bringen. Das ist eine allgemein bekannte Tatsache.

Webber also hatte aus seinen Lebenserfahrungen geschöpft. Er hatte über seine Heimatstadt, über seine Familie und über die Menschen daheim geschrieben – und zwar in einem ungeschminkten, realistischen Stil, wie er in wenigen Büchern anzutreffen war. Und gerade daraus entstanden die Unannehmlichkeiten.

Jeder Schriftsteller nimmt sein erstes Buch sehr wichtig; es bedeutet eine Welt für ihn. Er meint vielleicht, etwas Derartiges habe noch kein Mensch vor ihm geschrieben. Webber jedenfalls war dieser Meinung. Und in gewisser Weise traf das auch zu. Er stand noch sehr unter dem Einfluß von James Joyce, und sein Buch war eine Art *Ulysses*. Die Leute seiner Heimatstadt, deren Wohlmeinung ihm wichtiger war als die der übrigen Welt, waren überwältigt und bestürzt. Natürlich hatten sie den *Ulysses* nicht gelesen. Und Webber wiederum hatte nicht in den Menschen gelesen. Zwar glaubte er es getan zu haben, er glaubte sie zu kennen, tatsächlich aber kannte er sie nicht. Er wußte noch nicht, daß mit Menschen leben und über sie schreiben zweierlei ist.

Wenn man ein Buch schreibt und veröffentlicht, kann man sehr viel lernen. Webber hatte in seinem Buch seiner Heimatstadt eine Maske vom Gesicht gerissen, hinter der sie sich immerfort versteckt hatte; doch war ihm das nicht zu Bewußtsein gekommen. Erst als es gedruckt und erschienen war, wurde ihm diese Tatsache klar. Er hatte ja nur das Leben, wie er es kannte, wahrheitsgetreu schildern wollen. Sobald aber die Arbeit abgeschlossen, die Korrekturen gelesen und die Bogen unwiderruflich ausgedruckt waren, da wußte er, daß er nicht die Wahrheit erzählt hatte; denn nichts ist schwieriger, als die Wahrheit zu sagen. Und beim ersten Versuch eines jungen Mannes, bei einem von Eitelkeit, Geltungsbedürfnis, hitziger Leidenschaft und verletztem Stolz verfälschten Versuch ist dergleichen nahezu unmöglich. Von solchen Fehlern und Unvollkommenheiten war George Webbers Buch nicht frei. Er wußte das besser als jeder andere, wußte es lange, bevor ein Leser es ihm sagen konnte. Er wußte nicht, ob sein Buch ein großes Werk geworden war; manchmal glaubte er das, oder er glaubte wenigstens, daß es den Ansatz zur Größe habe. Freilich wußte er, daß es im Ganzen genommen kein wahrhaftiges Buch war. Aber es enthielt Wahrheiten, und eben davor fürchteten sich die Menschen, das machte sie wütend.

Je näher der Tag des Erscheinens heranrückte, um so besorgter wurde Webber, wie Libya Hill seinen Roman aufnehmen würde. Seit seiner Heimreise im September trug er ein ständig wachsendes Gefühl des Unbehagens und der Besorgnis mit sich herum. Er hatte die im Aufschwung fiebernde Stadt am Rande des Ruins taumeln sehen, hatte auf der Straße in den Augen der Menschen die Angst und das schuldbeladene Wissen um ein bevorstehendes Unheil gelesen, das sie sich doch selber noch nicht eingestehen wollten. Er wußte, daß sie verzweifelt an der Illusion ihres papierenen Reichtums festhielten und daß ein solcher Wahn gegen jedwede Wirklichkeit und Wahrheit blind macht.

Auch wenn er diese besondere Situation nicht gekannt hätte – ein dunkles Gefühl hätte ihm gesagt, daß er einiges zu erwarten habe. Er kam ja selber aus den Südstaaten und wußte, daß die Menschen dort empfindlich waren: sie trugen ihr Leben lang an einer dunkel-entstellenden, tiefschmerzlichen Wunde, die nicht wegzudisputieren war und über die niemand zu schreiben oder zu sprechen gewagt hatte.

Vielleicht rührte diese Wunde von ihrem alten Krieg her, von ihrem Zusammenbruch nach der großen Niederlage und von deren entwürdigenden Nachwehen. Vielleicht lagen die Ursachen noch weiter zurück: in dem Übel der Sklaverei, in dem schmerzlich-schamvollen Gewissenskampf des Menschen gegen wütige Habsucht. Vielleicht rührte sie auch von der Sinnlichkeit des heißen Südens her, die unter dem quälend-beengenden Zwang einer ihr auferlegten, unduldsam-bigotten Frömmigkeit stand und doch heimlich unter der Oberfläche weiterschwelte wie ein unsichtbar verborgener Sumpf unter dem Dickicht. Vor allem aber waren vielleicht das Klima, in dem sie lebten, schuld daran, die Formen, denen sie sich anpassen, die Nahrung, die sie zu sich nehmen mußten, die unerklärlichen Schrecken, die der Himmel über sie verhängte, und die dunkel-geheimnisvollen Fichtenwälder ringsum, aus denen die Sorge sie anschlich.

Woher auch immer sie rühren mochten – sie war da, und Webber wußte das.

Aber nicht nur die Südstaaten von Amerika waren derart verwundet. Das ganze Land litt an einer noch tieferen, dunkleren, noch schwerer zu bezeichnenden Wunde. Woran lag das? An der unüberbietbaren Bestechlichkeit der Beamten, korrupter Regierungen und unredlicher Verwaltungsbehörden? An der ungeheuerlich angewachsenen Protektionswirtschaft und Schieberei, an dem Schutz, den Verbrecher und Gangster genossen? An der Fäulnis und Verrottung, an denen die Demokratie dahinsiechte? Lag es am «Puritanismus», diesem weiten, vagen Begriff, der alles mögliche bedeuten konnte? Oder an den übermäßig aufgeblähten Monopolen und an den Verbrechen des Reichtums gegen das Leben des Arbeiters? Ja, an all diesen Dingen lag es, aber auch an den täglichen Schreckensmeldungen von Morden, die so nebenbei und ganz zufällig überall im Land passierten, an der Scheinheiligkeit der Presse mit ihren rasch vergessenen, frommen Wünschen für eine Besserung der Zustände, an dem Wehklagen der Leitartikel, das von schadenfrohen Schlagzeilen Lügen gestraft wurde.

Nicht nur diese äußeren Erscheinungen dürfen wir betrachten, wenn wir den Krankheitsherd einer Nation erkennen wollen. Wir müssen genauso in das unschuldige Herz blicken, das in jedem von uns schlägt, denn dort ist die tiefere Ursache zu suchen. Dorthin müssen wir blicken, um mit eigenen Augen den innersten Kern all der Niederlage, der Schande und des Versagens zu erkennen, die wir im Leben auch des Geringsten unserer Brüder mit verursacht haben. Und warum? Weil wir unserer gemeinsamen Wunde auf den Grund gehen müssen. Als Menschen und als Amerikaner dürfen wir uns nicht länger herumdrücken und lügen. Wärmt uns nicht alle dieselbe Sonne, läßt nicht dieselbe Kälte uns schaudern, werden wir nicht alle in Amerika von denselben Blitzen der Zeit und der Angst geblendet? O ja, und wenn wir nicht hinsehen und alles erkennen, sind wir alle miteinander Verdammte.

George Webber hatte also ein Buch geschrieben, in dem er – nur teilweise mit Erfolg – den Versuch unternommen hatte, über den kleinen Lebensausschnitt, den er gekannt und erlebt hatte, die Wahrheit auszusagen. Und nun dachte er besorgt daran, was wohl die Leute daheim davon halten würden. Nur wenige, meinte er, würden «es lesen». Aber es würde «Gerede» geben, und davor fürchtete er sich. Vielleicht würde gar hier und da Widerspruch laut werden, und er versuchte sich dagegen zu wappnen. Als dieser Widerspruch dann aber einsetzte, übertraf er seine Befürchtungen derart, daß er ihn völlig unvorbereitet fand und fast zu Boden warf. Er hatte es wohl geahnt, aber noch nicht erfahren, wie wehrlos man in Amerika sein kann.

In jener Zeit schrieben die bekannteren Schriftsteller und Schriftstellerinnen der Südstaaten glatte, launige Plaudereien über ein geliebtes, fernes Schlaraffenland, ironische Lustspielchen, die von den Überbleibseln der vornehmen alten Tradition im Süden handelten, sentimentale Geschichtchen von Negermischlingen an der Battery in Charleston oder, wenn Leidenschaft gewünscht wurde, amüsant-leichtsinnige, romantische Ehebruchsgeschichten von dunkelhäutigen Herzensbrechern und ihren «Mulattenschönen» irgendwo auf einer Plantage. Viel Wahrhaftigkeit oder echten Realismus enthielten diese Bücher nicht; ihre Verfasser hatten sich nicht viel Mühe gegeben, dem wirklichen Leben ihrer Umwelt gerecht zu werden. Man schrieb über das Schlaraffenland, weil es weit genug entfernt lag; und wenn man über Ehebruch, Verbrechen oder Strafe schreiben wollte, so war es viel ungefährlicher, derartiges ein paar Farbigen widerfahren zu lassen als den Menschen, mit denen man tagtä lich zusammenleben mußte.

Der Roman *Heimwärts in die Berge* paßte in keine dieser festgelegten Literaturgattungen. Er schien überhaupt keiner Gattung anzugehören. Die Leute von Libya Hill wußten zunächst kaum etwas mit ihm anzufangen. Dann aber erkannten sie sich darin, und nun durchlebten sie das ganze Buch noch einmal. Wer noch nie vorher ein Buch gekauft hatte – dieses Buch kaufte er. In Libya Hill wurden allein zweitausend Exemplare verkauft. Zuerst war man verblüfft, dann niedergeschmettert, und schließlich begann man sich zu wehren.

Denn George Webber hatte das Seziermesser so scharf angesetzt, wie man es in dieser Gegend nicht gewohnt war. In seinem Buch wurde die ganze Gemeinde entlarvt und damit auch George Webber selber.

Einen oder zwei Tage vor Erscheinen des Buches trafen sich in Libya Hill Margaret Shepperton und Harley McNabb auf der Straße. Sie begrüßten sich und blieben plaudernd stehen.

«Hast du das Buch schon gesehn?» fragte er.

«Ja, George hat mir ein Vorausexemplar geschickt», antwortete sie strahlend. «Er hat auch was reingeschrieben. Aber ich hab's noch nicht gelesen. Es ist grad heut früh gekommen. Hast du's gesehn?»

«Ja», sagte er. «Wir haben ein Besprechungsexemplar im Büro.»

«Wie findest du's denn?» Sie sah ihn mit dem ernsten Ausdruck einer weitherzigen Frau an, deren Meinung in hohem Maße von der anderer Leute bestimmt wurde. «Ich meine ... also, du bist doch im College gewesen, Harley», sagte sie scherzend, aber wißbegierig. «Für mich ist's vielleicht ein bißchen hoch, aber du solltest doch wissen ... Du bist doch gebildet ... Du solltest solche Sachen beurteilen können. Ich meine, findest du's gut?»

Er schwieg einen Augenblick und paffte nachdenklich seine Pfeife, während seine schlanken Finger am Pfeifenkopf spielten. Dann meinte er:

«Margaret, es ist ziemlich starker Tobak ... Nein, nein, bloß keine Aufregung!» fügte er rasch hinzu, als er ihre ängstlich-besorgte Miene bemerkte. «Hat gar keinen Zweck, sich darüber aufzuregen, aber ...» Er unterbrach sich, zog an seiner Pfeife und starrte ins Leere. «Da ... da kommen ziemlich kräftige Sachen drin vor. Es ... es ist ziemlich frei, Margaret.»

In Margaret zog sich plötzlich alles zu heftiger Spannung, zu ganz persönlichem, blassem Schrecken zusammen, und sie fragte mit belegter Stimme:

«Etwa über mich? Über *mich*, Harley? Meinst du das? Steht da was ... über *mich* drin?» Auf ihrem Gesicht spiegelten sich unbeschreiblich quälende Angst- und Schuldgefühle.

«Nicht bloß über dich», antwortete er. «Über ... na ja, Margaret, über alle, über viele Leute hier in der Stadt ... Du hast ihn doch von Kind auf gekannt, nicht wahr? Ja, siehst du ... er hat alle seine Bekannten reingebracht. Manches trifft einen ziemlich hart.»

Einen Augenblick war ihr, «als bräche alles zusammen», wie sie gern zu sagen pflegte. Mit angespannt-verzerrtem Gesicht begann sie wild und zusammenhanglos zu reden:

«Na ... also ... ich kann mir nicht denken, was er über mich sagen könnte! ... Also ... wenn einer das so auffaßt ...» Dabei wußte sie gar nicht, wie irgendeiner das auffassen könnte. «Ich wollte nur sagen, ich weiß ganz genau, daß ich mich nicht zu schämen brauche ... Du kennst mich doch, Harley», fuhr sie dringend, fast flehentlich fort, «man *kennt* mich doch hier in der Stadt ... ich habe Freunde ... jeder kennt mich ... Also, ich habe bestimmt nichts zu verheimlichen.»

«Das weiß ich doch, Margaret», antwortete er. «Bloß ... na ja, es wird eben Gerede geben.»

Sie kam sich wie ausgehöhlt vor, ihre Knie wankten. Seine Worte hatten sie fast zerschmettert. Wenn er es sagte, mußte es wohl stimmen, aber sie begriff noch nicht, was er eigentlich gesagt hatte. Sie hatte nur verstanden, daß sie in dem Buch vorkam und daß Harley es nicht schön fand; und seine Ansicht bedeutete etwas, bedeutete sogar sehr viel, nicht nur in ihren Augen, sondern in denen der ganzen Stadt. Er vertrat etwas, was sie bei sich vage «das geistige Element» nannte. Er war immer «ein feiner Herr» gewesen und trat für Wahrheit, Kultur, Bildung und unbestechliche Ehrlichkeit ein. So sah sie ihn denn bestürzt, mit entsetzten Augen an; wie ein junger Soldat, dem die Eingeweide zerschossen sind, sich an den Gebieter über sein Leben wendet und ihn in höchster Gefahr und Todesangst fragt: «Ist es schlimm, General? Glauben Sie, daß es schlimm ist?», so fragte Margaret nun heiser und ängstlich gespannt den Redakteur:

«Harley, glaubst du, daß es schlimm ist?»

Wieder wich er ihrem Blick aus und starrte ins Blaue, zog ernst an seiner Pfeife und antwortete dann:

«Ziemlich schlimm, Margaret ... Aber mach dir keine Sorgen. Wollen mal sehn.»

Dann war er fort, und sie stand allein da und blickte starr, ohne etwas zu sehen, auf das Pflaster der engen, vertrauten Straße. Das gewohnte Leben flutete an ihr vorbei, und sie sah es nicht; sie stand im matten Sonnenlicht und starrte finster vor sich hin. Wie lange sie so gestanden hatte, wußte sie nicht, aber plötzlich ...

«Ach, Margaret!»

Beim Klang der schmelzenden, honigsüß triefenden Stimme wandte sie sich um, lächelte mechanisch und stammelte steif einen Gruß.

«Bist du nicht *wahnsinnig* stolz auf ihn? Immer hatte er dich lieber als *alle* andern! Findst du's nicht *maßlos* spannend?» Die Stimme erhob sich zu honigsüßem Gezwitscher, und in dem fahlen Licht wirkte das Gesicht wie eine kuhäugige Porzellanpuppe. «Also ich sag dir! Ich bin ja so *gespannt*! Du mußt doch einfach im siebenten Himmel sein! Ich kann's gar nicht *erwarten*! Ich *sterbe* vor Neugier, das zu *lesen*! Also bestimmt – *keiner* kann so stolz sein wie *du*!»

Gezwungen lächelnd stammelte Margaret irgend etwas, dann war sie wieder allein, und ihr breites, finsterblickendes Gesicht erstarrte in mühsamer Beherrschung. Mechanisch ging sie weiter und erledigte die Besorgung, deretwegen sie in die Stadt gegangen war. Die ganze Zeit dachte sie:

«Also über uns hat er geschrieben! So ist das also!» Ein wüstes Chaos schwankender Empfindungen jagte ihr durch den Kopf: «Also, ich weiß natürlich nicht, was eigentlich los ist, aber eins steht fest: *mein* Gewissen ist rein. Wenn einer denken sollte, er wüßte was auf *mich*, dann irrt er sich sehr ... Und wenn er *mich* kritisieren will», dachte sie, wobei das Wort «kritisieren» für sie eine Herabsetzung ihres Lebenswandels bedeutete, «dann soll er nur: ich hab mein Leben lang in dieser Stadt gewohnt, und jeder weiß, daß ich nie was Unmoralisches getan hab – ganz egal, was so einer sagt!» Mit «unmoralisch» meinte sie einzig und allein ein Abweichen vom vorgeschriebenen Pfad der Keuschheit. «Also, ich weiß ja nicht, was Harley gemeint hat mit ‹ziemlich frei› und ‹Gerede›, aber eins weiß ich: *ich* hab mich über nichts zu schämen ...»

Die tollsten Fragen, hunderterlei Ängste, Befürchtungen und schreckliche Möglichkeiten schossen ihr durch den Kopf, aber zwischendurch behaupteten sich bei ihr wieder standhafte Seelenstärke und Redlichkeit:

«Was es auch sein mag, ich weiß, es kann nichts Böses sein. Jeder von uns hat was getan, was er bereut, aber schlecht sind wir nicht. Ich kenn keinen, der wirklich schlecht ist. Auch wenn er wollte, könnte er uns nichts Böses nachsagen. Und», fügte sie hinzu, «das würd er auch nicht wollen.»

Als die abends nach Hause kam, sagte sie zu ihrem Bruder Randy:

«Na, da haben wir die Bescherung! ... Ich traf Harley McNabb auf der Straße, und er sagt, das Buch wär ziemlich schlimm ... Ich weiß ja nicht, was er über *dich* gesagt hat – Ho! Ho! Ho! –, aber *mein* Gewissen ist rein!»

Randy ging mit ihr in die Küche; während sie das Abendessen bereitete, besprachen sie die Sache ernst und ausführlich. Beide waren verwirrt und bestürzt über McNabbs Aussage. Sie hatten beide das Buch noch nicht gelesen und forschten in ihrem Gedächtnis nach allen möglichen Dingen, die darin stehen könnten, aber sie konnten sich nicht vorstellen, was es wohl sein möge.

Sie aßen spät an diesem Abend; als Margaret das Essen auf den Tisch brachte, war es angebrannt.

Drei Wochen später saß George in New York im Hinterzimmer seiner düsteren Wohnung in der 12th Street und las seine Morgenpost. Er hatte sich's immer gewünscht, viele Briefe zu bekommen. Nun hatte er sie. Es kam ihm vor, als brächen alle Briefe, auf die er sein Leben lang gewartet hatte, wie eine Sturzflut über ihn herein; alle Briefe, nach denen er sich gesehnt hatte und die nie gekommen waren.

Ihm fielen die Jahre ein, als er zum erstenmal von zu Hause fort und auf dem College gewesen war, diese Jahre mit ihren unzählig öden Tagen und Stunden des Wartens. Vor allem besann er sich auf das erste Jahr in der Fremde, sein *freshman*-Jahr, in dem er immerfort auf einen Brief gewartet hatte, der nie kam. Er dachte daran, wie die Studenten sich zweimal täglich – mittags und abends nach dem Essen – zum Empfang der Post versammelten. Er sah das schäbige kleine Postamt in der Hauptstraße der kleinen Universitätsstadt vor sich: das Scharren der vielen Studentenfüße, die kamen und gingen; die ganze Straße und das schäbige kleine Postamt waren voller Studenten; sie schlossen ihre Postfächer auf, um die Briefe herauszunehmen und drängelten sich um den Briefschalter.

Alle schienen Briefe zu bekommen, nur er nicht.

Die Jungens standen in den Ecken herum, lehnten an einer Wand oder an einem Baum, hockten auf den Stufen und Geländern der Eingänge und Veranden vor den Verbindungshäusern oder schlenderten zerstreut über die Straße, und alle lasen, alle waren völlig versunken in ihre Briefe. Der Junge da, der nur eine Freundin hatte und auch keine andere wollte als diese eine: er hatte sich fortgeschlichen, stand abseits von der vergnügt lärmenden Schar und las langsam und bedächtig, Wort für Wort, einen der Briefe, die sie ihm täglich schrieb. Ein anderer Bursche, ein schlanker, hübscher Jüngling, einer der Casanovas des Campus, ging auf und ab, überflog rasch blätternd ein Dutzend parfümierter Episteln und reagierte mit selbstgefälliger Befriedigung auf die Sticheleien der Kameraden über seine neueste Eroberung. All diese Jungen lasen Briefe von Freunden, von Bekannten auf anderen Colleges, von älteren Brüdern und jüngeren Schwestern, von Vätern, Müttern, Lieblingstanten oder -onkeln. Mit diesen Briefen hielten sie Symbole der Freundschaft, der Verwandtschaft, der Kameradschaft oder der Liebe in Händen; sie empfingen mit ihnen das, was dem Menschen die Heimat, das Vertrauensvolle, feste Wissen um sein Zuhause sichert, was seine Seele tröstlich aufrichtet und ihn vor dem verlorenen Gefühl völliger Wehrlosigkeit bewahrt, vor dem furchtbaren Bewußtsein, als winziges Nichts schutzlos dem Leben preisgegeben zu sein.

Jeder schien so etwas zu haben, nur er nicht.

Dann gedachte er der Zeit danach, der ersten Jahre in der Großstadt, seiner Wanderjahre und der ersten Zeit seines völlig einsamen Lebens. Auch da hatte er, wohl noch mehr als im College, auf einen Brief gewartet, der nie kam. Damals hatte er sich nachts in der klösterlichen Abgeschiedenheit kleiner Zimmer vor Einsamkeit verzehrt. Er hatte sich an den Wänden, die ihn einschlossen, die Knöchel rauh und blutig geschlagen. Damals – wie endlos lang war jene Zeit der Sehnsucht, der Enttäuschung, der bitteren Qual und der Verlassenheit gewesen! – hatte sein ruheloser Geist sich selbst die Briefe geschrieben, die nie kamen: Briefe von edlen, treuen, gütigen Menschen, die er nicht kannte; Briefe von heroischen, großmütigen Freunden, die er nie gehabt hatte; Briefe von anhänglichen Verwandten, Nachbarn oder Schulkameraden, die ihn vergessen hatten.

Nun also, jetzt hatte er sie, jetzt hatte er alles, was er wollte; das freilich hatte er nicht vorausgesehen.

Nun saß er in seinem Zimmer, las diese Briefe und hörte nichts vom Brausen der Großstadt. Durch das Fenster fielen zwei Lichtstreifen auf den Fußboden. Draußen im Hinterhof strich eine Katze am Zaun entlang und verfolgte erbarmungslos ihre Beute.

Ein anonymer Brief, mit Bleifstift auf ein liniiertes Blatt Papier geschrieben:

«Werter Schriftsteller die alte Dame Flood ist gestern nach Florida abgefahren da hat sie ein sogenanntes Litteraturbuch von einen sogenannten Schriftsteller gekriegt sie dachte sie kent ihn. Lieber Got wie könn Sie nur so ein Verbrechen auf Ihrer Sehle laden. Komme eben von Ihrer armen lieben Tante Maggie weiß wien Laken liegt sie im Bett und wird nie wieder hochkomm da ist Ihre Mordfeder dran schuld. Ihre liebe Freundin Margaret Shepperton ist fürs *Leben* ruiniert und enteert aus der habn Sie ja direkt ein liederliches Frauenzimmer gemacht. Sie habn Ihre Freunde verleumd und in Grundundboden runiert komm Sie bloß nie wieder her Sie sind so gut wie tod für uns alle wir wolln Ihre Fresse nie wieder sehn. Ich hab nie was fürs *Lünchen* übrig gehabt aber ich hätt *nichts* dagegen wenn die Kerls Ihren *Affenwanst* übern Marktplatz schleifen täten. Wie könn Sie nur nachts schlafen mit so ein Verbrechen auf der Sehle. Vernichten Sie dies *gemeine dreckige* Buch sofort und das es ja nicht weiter gedruckt wird Sie sind ein größer Verbrecher als Kain.»

Eine in einen Umschlag gesteckte Postkarte:
   «Wenn du jemals wieder hierher kommst, legen wir dich um. Du weißt schon wer.»

Von einem alten Freund:
   «Mein lieber Junge,
   was soll man dazu sagen? Es ist erschienen, es ist da, es ist passiert – und ich kann nur dasselbe sagen, was die gute Frau, die Dich aufgezogen hat und nun tot in ihrem Grab auf dem Hügel liegt, wahrscheinlich gesagt hätte: ‹Mein Gott! Hätte ich das geahnt!› Wochenlang habe ich nur darauf gewartet, daß Dein Buch erschiene und ich es in Händen hielte. Nun also ist es erschienen. Und was soll man dazu sagen?
   Du hast Deine Familie in einer Weise ans Kreuz geschlagen, daß, verglichen damit, der Kreuzestod unseres Herrn Jesu Christi leicht erscheint. Du hast das Leben von Deinen Verwandten und von einem Dutzend Freunden zerstört, hast uns, die wir Dich liebten, einen Dolch ins Herz gestoßen und hast ihn darin umgedreht, und da steckt er nun für alle Zeit.»

Von einem listig-wendigen Burschen, der das Ganze zu verstehen glaubte:
   «... wenn ich nur gewußt hätte, daß Sie so ein Buch schreiben, dann hätt ich Ihnen eine Unmasse erzählen können. Warum sind Sie nicht zu mir gekommen? Ich kenn soviel dreckige Geschichten über die Leute in der Stadt, wie Sie sich nie haben träumen lassen.»

Briefe wie dieser letzte kränkten ihn am meisten. Sie weckten in ihm die stärksten Zweifel an seiner Absicht und Leistung. Was dachten sich denn diese Leute? Daß er nur einfach einen pornographischen Wälzer hatte schreiben wollen? Daß er in lüsterner Neugier jedes in der Stadt begrabene Skelett hatte ans Licht zerren wollen? Offenbar hatte sein Buch in der Stadt einen Sturm unvermuteter Bitternis und Bosheit entfesselt und alle bösen Zungen in Bewegung gesetzt. Die Leute, deren Charakter er entlehnt hatte, wandten sich wie der Fisch an der Angel, und die anderen sahen sie zappeln und leckten sich die Lippen dabei.

Die Opfer all dieser losgelassenen Bosheit schlugen nun wie ein Mann auf den unseligen Autor zurück, den sie für den einzigen Urheber ihres Kummers hielten. Tag für Tag kamen solche Briefe; mit einer perversen Befriedigung über den eigenen Schmerz, mit einer Gier, die ganze brennende Schande auf sich zu nehmen, die er so unwissentlich-naiv über andere gebracht hatte, las George immer wieder jedes bittere Wort jedes bitteren Briefes, und Herz und Sinne waren ihm wie betäubt.

Zuerst hieß es, er sei ein widernatürliches Ungeheuer und habe sein eigenes Nest beschmutzt. Dann hieß es, er habe sich gegen sein Mutterland, die Südstaaten, gerichtet, hätte es bespien und geschändet. Dann wurde die vernichtendste Anklage gegen ihn laut, die man sich denken konnte: er sei «kein Südstaatler». Manche verstiegen sich sogar zu der Behauptung, er sei «kein Amerikaner». Das war nun freilich ein harter Schlag, dachte George mit grimmigem Galgenhumor; wenn er kein Amerikaner war, was war er dann überhaupt?

In diesen ersten Wochen nach Erscheinen seines Buches, die einem bösen Alptraum glichen, gab es nur zwei Lichtblicke; von allen, die er kannte, fanden nur zwei Menschen warme und tröstlich-zuversichtliche Worte.

Der eine war Randy Shepperton. Als Junge und später als Student hatte Randy den lebendig und lauter brennenden Geist eines Mercutio gehabt. Und nun bewies sein Brief, daß Randy trotz allem, was das Leben ihm angetan und was George aus seinem sorgenvollen Blick und seinem tief zerfurchten Gesicht geschlossen hatte, im Grunde immer noch der alte war. Er schrieb verständnisvoll über das Buch; er erkannte, was George beabsichtigt hatte, und kritisierte scharfsinnig die Vorzüge und die Schwächen des Romans; sein Brief schloß mit dem Ausdruck aufrichtigen Stolzes und ehrlicher Freude über das Ereignis an sich. Kein Wort über persönliche Angelegenheiten, nichts von dem ganzen Stadtklatsch, nicht einmal eine Andeutung, daß er unter den von George gezeichneten Figuren sich selber erkannt hatte.

Der zweite tröstliche Lichtblick war ganz anderer Art. Eines Tages läutete das Telefon, und Nebraska Cranes Freundesstimme meldete sich grölend:

«Hallo, du, Monkus! Bist du's? Na, wie geht's denn, alter Junge?»

«Och, ganz gut, denk ich», antwortete George in dem resignierten Ton, den er selbst in der Freude über die herzliche, vertraute Stimme nicht ganz unterdrücken konnte.

«Das klingt aber sehr gedämpft», sagte Nebraska gleich voller Anteilnahme. «Was ist denn los? Irgendwas nicht in Ordnung?»

«Nein, nein. Weiter gar nichts. Reden wir nicht davon.» Dann schüttelte er die Stimmung ab, die ihn tagelang beherrscht hatte, und er antwortete dem alten Freund mit aller Herzenswärme, die er für ihn empfand: «Gott, bin ich froh, von dir zu hören, Bras! Kann dir gar nicht sagen, wie froh ich bin! Wie *geht's* dir denn, Bras?»

«Oh, kann nicht klagen», rief Nebraska munter. «Kann sein, daß mein Kontrakt noch mal 'n Jahr verlängert wird. Sieht jedenfalls so aus. Dann wär'n wir alle fein raus.»

«Ist ja prima, Bras! Ist ja wunderbar! ... Und wie geht's Myrtle?»

«Glänzend! Glänzend! ... Sag mal», grölte er, «sie steht hier neben mir! Sie hat nämlich gesagt, ich soll dich anrufen. Ich selber wär nie drauf gekommen. Kennst *mich* doch! ... Wir haben alles über dich gelesen, über das Buch von dir. Myrtle hat mir davon erzählt, hat alles aus der Zeitung ausgeschnitten ... Ganz große Sache, was?»

«Ich glaube, es macht sich ganz gut», sagte George nicht sehr begeistert. «Der Verkauf scheint ganz ordentlich zu gehn, wenn du das meinst.»

«Na also! Hab ich's doch gewußt!» rief Nebraska. «Wir haben's auch gekauft ... aber ich hab's noch nicht gelesen», fügte er entschuldigend hinzu.

«Das brauchst du auch nicht.»

«*Werd* ich aber, *werd* ich aber!» brüllte er bekräftigend. «Sobald ich dazu komm.»

«Das lügst du in deinen Hals hinein!» sagte George gutmütig. «Du weißt doch ganz genau, daß du's nie lesen wirst!»

«Aber ja doch, ich *werd's* lesen!» erklärte Nebraska feierlich. «Muß nur abwarten, bis ich mal 'n bißchen zur Ruhe komm ... Junge, Junge, ist aber 'n mächtig dickes Buch, was?»

«Ja, es ist *wirklich* ziemlich dick.»

«So 'n verdammt dickes Buch hab ich noch nie gesehn!» grölte Nebraska begeistert. «Man wird direkt müde, wenn man's rumschleppt.»

«Na ja, mich hat das Schreiben auch müde gemacht.»

«Hol's der Geier, das will ich glauben! Kann mir gar nicht vorstellen, wie du dir all die Wörter ausgedacht hast ... Aber ich werd's lesen! ... 'n paar Jungens im Club kennen's schon, Jeffertz hat mir neulich davon erzählt.»

«Wer?»

«Jeffertz, Matt Jeffertz, der Catcher.»

«Hat *der's* denn gelesen?»

«Nein, er nicht, aber seine Frau. Die ist 'ne richtige Leseratte und weiß alles über dich. Sie wissen, daß ich dich kenne, und da hat er mir erzählt ...»

«Was hat er dir erzählt?» fuhr George erschreckt dazwischen.

«Na, daß *ich* drin vorkomm!» brüllte Nebraska. «Stimmt's?»

George wurde rot und begann zu stottern:

«Also, Bras, nun hör mal zu ...»

«Na also, Matts Frau hat's doch gesagt!» brüllte Nebraska mit voller Lautstärke, ohne eine Antwort abzuwarten. «Die hat gesagt, ich komm drin vor, daß jeder mich erkennen kann! ... Was hast du denn über mich gesagt, Monk? Bin *ich's* auch wirklich?»

«Also ... weißt du, Bras ... das war nämlich so ...»

«Was hast du denn für 'n Kummer, alter Junge? Also bin ich's wirklich? ... Ja, hat der Mensch Worte!» rief er offensichtlich überrascht und hocherfreut. «Der alte Bras kommt in dem Buch vor!» Seine Stimme wurde leise und noch aufgeregter, als er sich offenbar zu Myrtle umdrehte und sagte: «Also 's stimmt, ich bin's!» Dann sagte er feierlich zu George: «Du, Monk, da bin ich aber mächtig stolz drauf! Drum hab ich nämlich angerufen: das mußt ich dir doch sagen!»

Die Löwenjäger

In New York fand Georges Buch eine etwas bessere Aufnahme als daheim. Er war ein unbekannter Autor. Niemand ging mit einer vorgefaßten Meinung an das heran, was er über dieses oder jenes geschrieben hatte. Wenn das auch nicht gleich positiv zu bewerten war, so gab es dem Buch doch wenigstens die Chance, auf seine wirklichen Vorzüge hin beurteilt zu werden.

Überraschenderweise waren die Besprechungen in den meisten führenden Zeitungen und Zeitschriften recht gut. Das heißt, sie waren das, was der Verleger «gut» nennt. Sie sagten allerlei Freundlichkeiten über das Buch und ermunterten das Publikum zum Kaufen. George selber hätte sich gewünscht, daß einige der großen Kritiker, auch jene, die ihn als «eine Neuentdeckung» begrüßten und deren Sätze mit Superlativen gespickt waren, ein wenig differenzierter über ihn geschrieben hätten und gelegentlich etwas mehr Verständnis für seine Absichten aufgebracht hätten. Aber nachdem er die Briefe seiner ehemaligen Freunde und Nachbarn gelesen hatte, war er nicht dazu aufgelegt, mit Leuten zu streiten, die etwas Liebenswürdiges und Freundliches über ihn sagten, und im großen und ganzen hatte er durchaus Grund, mit seiner Presse zufrieden zu sein.

Mit fieberhafter Gier las er die Pressenotizen, die er früher oder später alle zu sehen bekam; denn sein Verleger zeigte ihm die Ausschnitte, die aus allen Teilen des Landes eingingen. Er nahm sie in großen Bündeln nach Hause und verschlang sie geradezu. Wenn sein heißhungriger Blick auf ein lobendes Wort fiel, war er wie verzaubert und rannte taumelnd vor Freude im Zimmer auf und ab. Wenn er eine wütende, strenge oder sonstwie ungünstige Kritik las, war er ganz niedergeschmettert: auch wenn sie nur in einem kleinen Provinzblättchen der Südstaaten stand, fingen seine Hände an zu zittern, er wurde blaß, zerknüllte das Blatt in der Hand und stieß bittere Flüche aus.

Wenn in einer der besten Zeitschriften oder Wochenzeitungen eine Besprechung über sein Werk erschien, brachte er es kaum fertig, sie zu lesen; aber er konnte sie auch nicht ungelesen liegen lassen. Er umkreiste sie, wie man sich heimlich an eine Schlange heranschleicht, um sie beim Schwanz zu packen, und sein Herz klopfte, wenn er seinen Namen entdeckte. Zuerst musterte er kritisch die letzte Zeile, dann stürzte er sich, während ihm das Blut in den Kopf schoß, mit einem Satz hinein und verschlag das Ganze so rasch wie möglich. Merkte er, daß es sich «gut» anließ, dann wallten in ihm eine so mächtige Freude und ein solcher Jubel auf, daß er am liebsten seinen Triumph zum Fenster hinausgebrüllt hätte. Wenn er aber feststellte, daß das Urteil «schlecht» ausfiel, dann las er wie gebannt, unter entsetzlichen Qualen weiter und meinte in seiner Verzweiflung, mit ihm wäre es aus, die ganze Welt wüßte nun, daß er ein Idiot und eine Niete sei, und er würde nie wieder eine Zeile schreiben können.

Als die wichtigeren Besprechungen erschienen waren, sahen die

Briefe, die ihn erreichten, allmählich anders aus. Zwar hörte der Strom von Schmähbriefen aus der Heimat nicht auf, daneben aber kamen nun auch andere Botschaften zu ihm, Briefe von völlig fremden Menschen, die seinen Roman gelesen hatten und ihn schön fanden. Anscheinend ging das Buch recht gut. Es tauchte sogar auf einer Bestseller-Liste auf, und nun kamen die Dinge richtig in Fluß. Bald häuften sich in seinem Postfach schwärmerische Briefe, und das Telefon klingelte munter den ganzen Tag; es regnete Einladungen von reichen und kultivierten Leuten zu Lunch, Tee oder Dinner, ins Theater oder für ein Wochenend auf dem Lande – kurz, für alles und jedes, wenn er nur wollte.

War das nun endlich der Ruhm? Es sah so aus. Im ersten gierigen Rausch des Glaubenwollens vergaß er fast ganz Libya Hill; er stürzte sich kopfüber in die ausgebreiteten Arme von Leuten, die er nie vorher gesehen hatte. Er nahm von allen Seiten Einladungen an und war somit ziemlich beschäftigt. Und jedesmal, wenn er ausging, wähnte er, nun alles Gold und allen Zauber packen zu können, von dem er immerfort geträumt hatte; nun, glaubte er, würde ihm wirklich der Ehrenplatz unter den Größten der Großstadt zuteil, ein glücklicheres und besseres Leben, als er's je gekannt hatte. Zu jeder neuen Verabredung mit jedem neuen Freund ging er in dem Gefühl, ihm stünde ein wunderbar berauschendes Glück bevor.

Aber er fand dieses Glück nicht. Obwohl er viele Jahre in New York gelebt hatte, war er stets ein Junge vom Lande geblieben, der nichts von den Löwenjägern wußte. Die Löwenjäger sind eine ganz besondere Menschenart, die in den hochgelegenen Dschungeln von Kosmopolis lebt und sich ausschließlich von einer selten vorkommenden, ambrosiaähnlichen Substanz ernährt, die in der Aura der schönen Künste aufzutreten scheint. Sie lieben die Kunst innig, sie schwärmen geradezu für Kunst, aber noch inniger lieben sie die Künstler. So verbringen sie ihr Leben damit, Künstlern nachzujagen, und ihr Lieblingssport ist die Jagd auf Literaturlöwen. Furchtlosere Jäger haben es nur auf ausgewachsene Löwen abgesehen, die für Ausstellungszwecke besonders prächtige Trophäen abgeben; andere aber – vor allem die Jägerinnen – fangen sich lieber ein Löwenbaby ein. Ein gezähmtes und stubenreines Löwenbaby ist ein reizendes Haustierchen, viel netter als ein Schoßhündchen, weil es gar nicht abzusehen ist, was für entzückende Kunststücke ihm von zarter Hand beigebracht werden können.

Einige Wochen lang war George nichts weiter als der reizende Junge dieser reichen, kultivierten Leute.

Einer seiner neuen Freunde erzählte ihm von einem ästhetischen, großherzigen Millionär, der förmlich danach lechzte, ihn kennenzulernen. Andere bestätigten ihm das.

«Der Mann ist einfach ganz weg von Ihrem Roman», sagte man ihm. «Er ist ganz wild darauf, Sie kennenzulernen. Sie sollten ihn aufsuchen; so ein Mann könnte eine große Hilfe für Sie sein.»

George erfuhr, daß dieser Mann sich genau über ihn orientiert und gehört hatte, daß er sehr arm war und gegen ein kleines Gehalt an der School for Utility Cultures dozieren mußte. Als der Millionär das hörte, blutete ihm gleich das Herz vor Mitleid mit dem jungen Schriftsteller. Solche Zustände seien doch einfach untragbar, hatte er gesagt. In keinem Land – außer Amerika – sei so etwas erlaubt. Überall in Europa – selbst in dem armen kleinen Österreich! – unterstütze man den Künstler; das drohende Schreckgespenst der Armut werde verscheucht, man lege seine besten Kräfte frei, damit er seine schönsten Werke schaffen könnte; bei Gott! – er werde dafür sorgen, daß für George dasselbe geschehe!

George war auf so etwas nicht im geringsten gefaßt; er konnte nicht glauben, daß überhaupt für irgendeinen etwas Derartiges geschehen könnte. Trotzdem brannte er beim Gedanken an diesen großherzigen Millionär darauf, ihn kennenzulernen, und er begann ihn wie einen Bruder zu lieben.

Es wurde also eine Verabredung getroffen; George ging zu dem Millionär, und der Mann war sehr nett. Er lud George mehrmals zum Essen ein und empfahl ihn allen seinen reichen Freunden. Eine bezaubernde Frau, der der Millionär den armen jungen Schriftsteller vorgestellt hatte, nahm ihn gleich am ersten Abend mit nach Hause und gewährte dem Löwenjungen die höchste Gunst, die sie in ihrem Zwinger zu vergeben hatte.

Dann mußte der Millionär für eine kurze, aber dringende Geschäftsreise ins Ausland fahren. George brachte ihn ans Schiff; sein Freund nahm ihn zärtlich bei der Schulter, nannte ihn beim Vornamen und sagte, wenn er irgend etwas brauche, solle er's ihn nur telegrafisch wissen lassen; er werde dafür sorgen, daß er's bekäme. Er sagte auch, er werde spätestens in einem Monat zurück sein, er werde soviel zu tun haben, daß er keine Zeit zum Schreiben habe, aber er werde sich gleich nach seiner Rückkehr mit George in Verbindung setzen. Damit schüttelte er George die Hand und segelte davon.

Ein Monat, sechs Wochen, zwei Monate vergingen – George hörte von dem Millionär nichts. Erst im neuen Jahr sah er ihn ganz zufällig wieder.

Eine junge Dame hatte George zum Lunch in einem teuren Speak-Easy eingeladen. Als sie das Lokal betraten, sah George seinen reichen Freund allein an einem Tisch sitzen. Sofort stieß er einen Freudenschrei aus und rannte mit ausgestreckter Hand quer durch den Raum auf ihn zu, stolperte aber in seinem Überschwang über einen Tisch und zwei Stühle und fiel der Länge nach hin. Als er sich vom Fußboden erhoben hatte, saß der Mann überrascht und verblüfft, in eisiger Zurückhaltung da, taute dann aber soweit auf, die dargebotene Hand des jungen Mannes zu ergreifen und kühl, amüsiert-nachsichtig zu sagen:

«Sieh da – unser Freund, der junge Schriftsteller! Wie geht es Ihnen?»

Die Niedergeschlagenheit und die Verwirrung des jungen Mannes waren so offensichtlich, daß sie das Herz des reichen Mannes rührten. Er gab seine Zurückhaltung auf, und es war selbstverständlich, daß George die junge Dame an den Tisch des Millionärs brachte und daß sie zusammen ihren Lunch einnahmen.

Im Laufe des Essens wurde der Mann sehr höflich und freundlich. Er konnte sich an Aufmerksamkeiten George gegenüber gar nicht genug tun. Immer wieder bot er ihm die verschiedenartigsten Speisen an und schenkte ihm Wein ein. Aber immer, wenn George ihn ansah, begegnete er einem so auffällig teilnahmsvollen und mitleidigen Blick, daß er schließlich nicht anders konnte: er fragte ihn, was denn eigentlich passiert sei.

«Ach», sagte der andere und schüttelte mit einem betrübten Seufzer den Kopf, «es tat mir furchtbar leid, als ich's las.»

«Als Sie was lasen?»

«Na, die Sache mit dem Preis», lautete die Antwort.

«Was für ein Preis?»

«Aber haben Sie's denn nicht in der Zeitung gelesen? Haben Sie nicht davon gehört?»

«Ich weiß nicht, wovon Sie reden», sagte George verdutzt. «Was ist denn passiert?»

«Tcha», sagte der Millionär, «Sie haben ihn nicht bekommen.»

«Was hab ich nicht bekommen?»

«Den Preis!» rief der andere. «Den Preis!» Und er nannte einen Literaturpreis, der alljährlich verliehen wurde. «Ich glaubte bestimmt, Sie würden ihn bekommen, aber –», er hielt inne und fuhr dann kummervoll fort: «Sie haben ihn einem andern gegeben … Sie wurden als Zweitbester gewählt …» Er schüttelte tiefsinnig den Kopf. «Aber – Sie haben ihn nicht bekommen.»

Soviel über Georges guten Freund, den Millionär. Er sah ihn niemals wieder. Und doch könnte niemand behaupten, daß er je verbittert war.

Dann kam Dorothy.

Dorothy gehörte der sagenhaft-romantischen Oberschicht der New Yorker «Gesellschaft» an, die bei Tage schläft, bei Sonnenuntergang munter wird und einzig und allein an den bekannteren Brennpunkten des Großstadtlebens aufzutauchen scheint. Man hatte keine Kosten gescheut, um Dorothy zu einem mondänen Leben zu erziehen, und sie stand in ihren Kreisen im Ruf einer Intellektuellen, weil es sich herumgesprochen hatte, daß sie gelegentlich ein Buch las; als George Webbers Roman auf einer Bestseller-Liste erschien, kaufte sie es natürlich und ließ es an den sichtbarsten Stellen ihrer Wohnung herumliegen. Dann schrieb sie dem Autor ein duftendes Briefchen, in dem sie ihn bat, zum Cocktail zu ihr zu kommen. Er ging hin, und auf ihre dringenden Bitten besuchte er sie immer wieder.

Dorothy war nicht mehr ganz jung, aber sie hatte ihre gute Figur und ihr Gesicht wohlkonserviert und sah keineswegs schlecht aus. Sie hatte nie geheiratet und schien das auch nicht nötig zu haben; es war kein Geheimnis, daß sie selten allein schlief. Angeblich verschenkte sie ihre Gunst nicht nur an alle Herren ihrer Kreise, sondern auch an zufällige Galane wie den Milchmann vom Landgut ihrer Eltern, gelegentliche Taxichauffeure, dadaistische Schriftsteller, Radrennfahrer, verbummelte Dichter und stramme Rowdies mit Plattfüßen und Zelluloidkragen. George hatte daher angenommen, daß ihre Freundschaft bald in voller Blüte stehen würde; er war sehr überrascht und enttäuscht, als nichts dergleichen geschah.

Seine Abende mit Dorothy waren und blieben stille, gediegene *tête-à-têtes*, bei denen ausschließlich hoch intellektuelle Konversation getrieben wurde. Dorothy blieb keusch wie eine Nonne, und George begann sich zu fragen, ob nicht vielleicht böse Zungen sie gröblich verleumdet hätten. Ihre intellektuellen und ästhetischen Interessen langweilten ihn ziemlich, und mehrmals war er drauf und dran, sie aus purer Langeweile aufzugeben. Aber sie ließ nicht locker, schickte ihm rotgeränderte Kärtchen und Briefe mit ihrer mikroskopisch kleinen Handschrift, und er ging immer wieder hin, größtenteils aus Neugierde, was diese Frau eigentlich von ihm wolle.

Eines Tages kam er dahinter. Dorothy lud ihn ein, abends mit ihr in einem mondänen Restaurant zu essen; sie brachte dazu ihren derzeitigen Beischläfer mit, einen jungen Kubaner mit lackglänzendem Haar. George saß bei Tisch zwischen den beiden. Während der Kubaner seine Aufmerksamkeit ungeteilt dem Essen zuwandte, redete Dorothy auf George ein, und er mußte zu seinem Kummer erfahren, daß sie ausgerechnet ihn zum Opfer ihrer einzig geheiligten Passion ausersehen hatte.

«Ich liebe dich, Jawge», flüsterte sie vernehmlich mit ihrer etwas versoffenen Stimme und beugte sich zu ihm. «Ich liebe dich – aber meine Liebe zu dir ist koisch!» Sie warf ihm einen seelenvollen Blick zu. «An *dir*, Jawge, liebe ich den *Geist*», röhrte sie, «deine Seele! Miguel dagegen, Miguel . . .» Ihre Augen schweiften zu dem Kubaner, der sich mit beiden Händen das Essen in den Mund stopfte. «An Miguel liebe ich den *Kö-arper!* Er hat keinen Geist, aber er hat einen he-arlichen *Kö-arper!*» raunte sie lüstern. «Einen he-arlichen, bi-eldschönen Kö-arper . . . so schlank . . . so knabenhaft . . . so *roma-nisch!*»

Einen Augenblick schwieg sie und fuhr dann hastig in einem Ton fort, der George das Schlimmste ahnen ließ.

«Ich möchte, daß du heute abend mit uns kommst, Jawge. Wer weiß, was heut passiert», fügte sie düster hinzu, «ich möchte dich *ba-i* mir haben.»

«Aber was soll denn passieren, Dorothy?»

«Ich weiß nicht», flüsterte sie, «ich weiß wirklich nicht. Aber irgendwas könnte doch passieren! . . . Also letzte Nacht, da dacht ich schon, er hätte mich *verlassen!* Wir hatten uns gezankt, und er stürzte einfach weg! Diese Romanen sind ja so *stolz*, so *sensi-bel!* Er hat bloß gemerkt, daß ich einen andern Mann angesehn hab, und schon stand er auf und verließ meine Wohnung! . . . Wenn er mich verlassen würde – ich weiß nicht, was ich täte, Jawge», stöhnte sie. «Ich glaube, es wäre mein Tod! Ich glaube, ich nehm mir das *Leben!*»

Sie blickte grübelnd auf ihren Liebhaber, der sich gerade mit gefletschten Zähnen vorbeugte, um seine Gabel mit einem großen Bissen zartgebratenen Hühnchens zum Munde zu führen. Als er ihren Blick spürte, sah er, die Gabel halb erhoben, auf, lächelte befriedigt, schob das Stück Huhn zwischen seine Kinnladen, spülte es mit einem Schluck Wein hinunter und wischte sich die feuchten Lippen mit der Serviette ab. Daraufhin hielt er sich elegant eine Hand vor den Mund, polkte sich mit dem Fingernagel einen Speiserest aus den Zähnen und schnippte ihn, während der zärtliche Blick seiner Dame schwärmerisch auf ihm ruhte, zierlich auf den Fußboden. Dann griff er wieder zur Gabel und nahm seine erfreuliche gastronomische Tätigkeit wieder auf.

«Darüber würde ich mir keine Sorgen machen, Dorothy», redete

George ihr zu. «Ich kann mir nicht denken, daß er dich in absehbarer Zeit verläßt.»

«Es wäre mein *Tod*!» raunte sie. «Wirklich, das würde mich *umbringen* ... Jawge, du *mußt* heut abend mitkommen! Ich möchte dich nur *ba-i* mir haben! Ich fühl mich so sicher, so *behütet*, wenn du dabei bist! Du bist so *zuverlässig*, Jawge, so *tröstlich*! Ich möchte nur, daß du da bist und zu mir *redest* ... daß du nur meine Hand hältst und mich *trö-stest* – falls was passiert.» Sie ergriff seine Hand und drückte sie.

Aber George ging an diesem Abend nicht mit, auch an einem späteren Abend nicht. Er sah Dorothy nicht wieder. Aber wirklich: niemand konnte behaupten, daß er je verbittert war.

Dann die reiche, schöne junge Witwe, deren Mann gerade gestorben war, was sie in dem rührenden, schmerzlich-verständnisvollen Brief erwähnte, den sie George über sein Buch schrieb. Kein Wunder, daß er ihre freundliche Einladung zum Tee annahm. Fast sofort schickte das reizende Geschöpf sich an, ihm das höchste Opfer zu bringen: mit einer vertraulichen Unterhaltung über Dichtung fing es an, dann machte sie ein unglückliches Gesicht und sagte, es sei sehr heiß im Zimmer, und ob er etwas dagegen habe, wenn sie ihr Kleid auszöge, dann zog sie das Kleid und alles übrige aus, bis sie so dastand, wie Gott sie geschaffen hatte; dann legte sie sich ins Bett, warf ihren flammend roten Haarschopf auf dem Kopfkissen hin und her, verdrehte in wahnsinnigem Schmerz die Augen und rief wehklagend: «Oh, Algernon! Algernon! Algernon!» So hatte nämlich ihr verstorbener Mann geheißen.

«Oh, Algernon!» schrie sie, wälzte sich in ihrem Schmerz und schüttelte ihren dichten brennendroten Haarschopf. «Algie, mein Süßer, ich tu's ja für dich! Algie, komm doch wieder! Algie, ich liebe dich doch so! Dieser Schmerz ist nicht zu ertragen! Algernon! ... Nein, nein, mein armer Junge!» kreischte sie und packte George, der wieder aus dem Bett kriechen wollte, beim Arm; denn, ehrlich gesagt, er wußte nicht recht, ob sie verrückt geworden war oder ob sie sich einen schlechten Scherz mit ihm erlaubte. «Nicht weggehn!» flüsterte sie zärtlich und klammerte sich an seinen Arm. «Du verstehst mich nicht! Ich möcht ja so gut zu dir sein – aber alles, was ich tue und denke und fühle, ist Algernon, Algernon, Algernon!»

Sie erklärte ihm, ihr *Herz* sei mit ihrem Mann begraben worden, sie sei eigentlich nur noch «eine Tote» (sie hatte ihm schon vorher erzählt, daß sie sich viel mit Psychologie beschäftigt habe), und der

Liebesakt sei für sie nur ein Akt der Hingabe an ihren geliebten alten Algie, sie bemühte sich nur, wieder bei ihm zu sein als «ein Teil seiner Schönheit».

Alles, was sie sagte, war sehr schön, sehr edel und subtil, und man darf keineswegs denken, daß George sich über solche schönen Gefühle lustig machte, aber sie waren etwas zu schön, um verstanden zu werden. Darum ging er und sah die reizende, schmerzgebeugte Witwe nie wieder. Er war nicht subtil genug für sie. Und doch darf man keinen Augenblick annehmen, daß er je verbittert war.

Schließlich trat während jener kurzen, glorreichen Periode noch ein Mädchen in George Webbers Leben, mit dem er sich gut verstand. Sie war eine schöne, tapfere junge Frau, stammte vom Lande, hatte eine gute Stellung und eine kleine Wohnung, von der aus man den East River mit seinen Brücken und dem geschäftigen Verkehr der Schleppdampfer und Lastschiffe überblicken konnte. Sie war nicht zu fein und zu hoch für ihn, aber sie beteiligte sich gern an ernsten Gesprächen, lernte gern wertvolle Menschen mit liberalen Anschauungen kennen und interessierte sich lebhaft für neuartige Schulen und moderne Erziehungsmethoden. George gewann sie sehr lieb; er blieb nachts bei ihr und verließ sie bei Tagesanbruch, wenn die Straßen noch leer waren und die großen Häuser unglaubhaft finster aufragten, als wäre er der erste Mensch, der sie eben in dem reinen, fahlen und stillen Dämmerlicht entdeckt hätte.

Er liebte sie sehr; eines Nachts, nach langem Schweigen, legte sie ihm die Arme um den Hals, zog ihn zu sich nieder, küßte ihn und flüsterte:

«Willst du mir eine große Bitte erfüllen?»

«Natürlich, Liebling, alles!» antwortete er. «Alles, was du willst, wenn ich's kann!»

In der dunkel-beredten Stille hielt sie ihn einen Augenblick fest an sich gedrückt. Dann flüsterte sie leidenschaftlich:

«Kannst du mich nicht durch deine Beziehungen in den Kosmopolis Club einführen?»

Da begann es zu tagen, und die Sterne stürzten herab.

Das war sein letztes Erlebnis in der großen, mondänen Welt der Kunst und der Literatur.

Sollte einer es schandbar finden, daß ich hier all diese schändlichen Dinge und diese schändlichen Menschen geschildert habe, so täte es mir leid. Ich habe hier nur die Aufgabe, einen wahrheitsgetreuen Bericht über George Webbers Leben zu geben, und ich bin fest davon überzeugt: er würde es als Letzter wünschen, daß ich irgendein Kapitel seines Lebens ausließe. Darum glaube ich nicht, etwas Schändliches niedergeschrieben zu haben.

Als einzig schändlich empfand George Webbers es, daß er einmal in seinem Leben, wenn auch nur für kurze Zeit, mit Menschen das Brot gebrochen und am gleichen Tisch gesessen hatte, mit denen ihn keine lebendige, warme Freundschaft verband, und daß er sich mit seiner Geistesarbeit und mit seinem Herzblut den Körper einer parfümierten Hure erkauft hatte, die er ebensogut für ein paar schmierige Cents in einem Bordell bekommen hätte. Nur das empfand er als schändlich. Und seine Scham darüber war so groß, daß er sich fragte, ob sein ganzes Leben ausreichen würde, ihm auch den letzten Flecken dieses abscheulichen Makels aus Hirn und Blut zu waschen.

Und doch wäre ihm nie der Gedanke gekommen, daß er verbittert war.

Der Künstler und der Mensch

Nun dürfte es wohl klar sein, daß George Webber nie verbittert war. Warum sollte er auch? Als er den Löwenjägern entfloh, konnte er wieder in die Einsamkeit seiner trübseligen Zwei-Zimmer-Wohnung in der 12th Street zurückkehren, und das tat er auch. Ihm blieben ja immer noch die Briefe seiner Freunde in Libya Hill. Dort hatte man ihn nicht vergessen. Mehr als vier Monate waren seit dem Erscheinen seines Buches verflossen, und man schrieb ihm immer noch; alle bemühten sich, in ihm keine Zweifel darüber aufkommen zu lassen, welchen Platz er in ihrem Herzen einnahm.

In dieser Zeit hörte George regelmäßig von Randy Shepperton. Randy war der einzige, bei dem George sich noch aussprechen konnte, und so schüttete er in seinen Antwortbriefen vor Randy alle seine Gedanken und Gefühle aus. Alle – mit Ausnahme eines einzigen Themas: des Hasses der Einwohner von Libya Hill gegen den Autor, der sie der ganzen Welt nackt gezeigt hatte. Die beiden Freunde hatten dieses Thema nie erwähnt. Randy hatte es in seinem ersten Brief übergangen; denn er fand es besser, den häßlichen Klatsch in Bausch und Bogen zu ignorieren, bis er sich legte und in Vergessenheit geriete. George war anfangs viel zu zerschmettert gewesen, es hatte ihn derartig überschwemmt und verschlungen, daß er nicht darüber sprechen konnte. So hatten sie sich auf das Buch an sich beschränkt, hatten ihre Gedanken und Einfälle darüber ausgetauscht und zu dem, was die verschiedenen Kritiken sagten oder nicht sagten, Stellung genommen.

Aber Anfang März des neuen Jahres war der Sturm von Schmähbriefen auf ein schmales Rinnsal zusammengeschrumpft, und eines Tages bekam Randy von George den Brief, den er schon lange ängstlich erwartet hatte:

«Fast die ganze letzte Woche», schrieb George, «habe ich damit zugebracht, immer wieder die Briefe zu lesen, die meine ehemaligen Freunde und Nachbarn mir seit dem Erscheinen des Buches geschrieben haben. Nun haben sie fast vollzählig abgestimmt, die meisten haben ihre Stimme abgegeben, und das Ereignis ist verblüffend und etwas verwirrend. Man hat mich verschiedentlich mit Judas Ischariot, Benedict Arnold und Brutus verglichen. Man hat mich einen Vogel genannt, der sein eigenes Nest beschmutzt, eine Schlange, die das Volk lange an seinem Busen genährt hat, eine Aaskrähe, die im Blut und in den Gebeinen ihrer Verwandten und Freunde herumhackt, einen widernatürlichen Dämon, dem nichts heilig ist, nicht einmal die Gräber ehrenwerter Verstorbener. Man hat mich einen Blutsauger, ein Stinktier und ein Schwein genannt, das sich vorsätzlich lüstern im Kote wälzt, einen Schänder weiblicher Reinheit, Riesenschlange, Esel, räudige Katze oder Pavian. Zwar habe ich meine Phantasie sehr anstrengen müssen, um mir ein Geschöpf vorzustellen, das all diese interessanten Züge in sich vereinigt (für einen Romanautor würde es sich lohnen, ein solches Prachtexemplar aufzutreiben!), aber es gab doch Augenblicke, in denen ich das Gefühl hatte, daß meine Ankläger vielleicht recht haben ...»

Randy sah deutlich, daß George hinter dieser scherzhaften Maske aufrichtig verstört war, und da er Georges Hang zur Selbstquälerei kannte, vermochte er sich wohl vorzustellen, wie brennend-tief er im Grunde litt. Das wurde ihm auch gleich bestätigt:

«Großer Gott! Was habe ich denn getan? Manchmal überwältigt mich das Gefühl einer entsetzlichen, nie wieder gutzumachenden Schuld. Noch nie ist es mir so klar geworden wie in dieser letzten Woche, wie schrecklich tief die Kluft zwischen Künstler und Mensch ist.

Als Künstler kann ich mein Werk mit reinem Gewissen betrachten. Ich habe Skrupel und bin unzufrieden mit mir – das sollte bei jedem Schriftsteller so sein; das Buch hätte besser werden sollen, es reicht nicht an das heran, was ich vorgehabt habe. Aber ich brauche mich dieses Buches nicht zu schämen. Ich weiß: ich habe es so, wie es ist, aus einer inneren Notwendigkeit heraus geschrieben, ich *mußte* es schreiben, und indem ich es schrieb, hielt ich dem einzig Wertvollen in mir die Treue.

So spricht der schöpferische Mensch. Aber in einem Augenblick kann sich alles verändern: aus dem Künstler wird ganz einfach der Mensch, das Mitglied der menschlichen Gesellschaft, der Freund und Nachbar, der Sohn und Bruder der ganzen Menschheit. Wenn ich mir mein Werk von diesem Gesichtspunkt aus ansehe, dann komme ich mir plötzlich unwürdiger vor als ein Hund. Dann sehe ich allen Schmerz und Kummer vor mir, den ich mir bekannten Menschen bereitet habe, dann frage ich mich, wie ich so etwas tun konnte und ob es dafür irgendeine Rechtfertigung gibt – ja, auch wenn mein Werk so groß wäre wie *König Lear* oder so ausdrucksstark wie *Hamlet*.

So unglaublich es klingen mag – aber glaub mir: ich habe sogar in den letzten Wochen beim Lesen dieser Briefe, in denen ich beschimpft, verflucht oder bedroht wurde, groteskerweise eine Art grausigen Vergnügens gefunden. Ich empfand es als einen gewissen bitteren Trost, daß es einen gibt, der jeden gemeinen Fluch über mich ausspricht, den man sich nur ausdenken oder vorstellen kann, daß es einen gibt, der mir erklärt, er würde mir eine Kugel durch den Kopf schießen, wenn ich jemals die Straßen von Libya Hill wieder betreten sollte. Auf alle Fälle hat der arme Teufel doch eine gewisse Befriedigung beim Schreiben gefunden.

Aber dann gibt es Briefe, die mir wie ein Messer ins Herz dringen und es schmerzhaft durchbohren; keine Schmäh- oder Drohbriefe, sondern die Briefe von niedergeschmetterten und vor den Kopf geschlagenen Menschen, die mir nichts getan haben, die mir immer mit gutwillig-gläubiger Freundlichkeit entgegengekommen sind, die mich nicht so kannten, *wie ich wirklich bin*, die mir nun aus ihrem gequälten Menschenherzen heraus schreiben, deren entblößte Seelen unter dem Peitschenhieb der nackten Scham zusammenzucken; diese verstörten Menschen stellen immer und immer wieder die furchtbare Frage: ‹Warum hast du das getan? Warum? Warum? Warum?›

Und ich weiß es nicht, wenn ich ihre Briefe lese, weiß nicht, warum. Ich kann ihnen nichts antworten. Als Künstler glaubte ich es zu wissen, und ich glaubte auch, mit dieser Antwort wäre alles gesagt. Ich habe sie alle plump und direkt geschildert, ich habe versucht, jede wichtige Einzelheit, jeden kleinsten Umstand hineinzubringen; ich tat das, weil ich es für feige hielt, *nicht* so zu schreiben, weil ich es für unehrlich hielt, etwas zu verschweigen oder zu ändern. Ich glaubte, die Sache selber trüge ihre gültige Rechtfertigung in sich.

Aber nun, da das Buch fertig ist, bin ich in jeder Beziehung unsicher geworden. Ich werde von den wahnsinnigsten Skrupeln geplagt. Es gibt Augenblicke, in denen ich mein Leben dafür hingeben würde, wenn mein Buch *ungeschrieben* und *ungedruckt* wäre. Denn anscheinend hat es weiter nichts fertiggebracht, als meine Verwandten, meine Freunde und jeden in der Stadt, der in irgendeiner Beziehung zu mir stand, zu ruinieren. Und was kann ich noch aus diesen Trümmern retten?

‹Die Unbestechlichkeit des Künstlers›, wirst Du sagen.

Ach ja – wenn dieser Trost mein Gewissen beruhigen könnte! Gibt es eine Unbestechlichkeit, die nicht von menschlicher Schwäche getrübt wäre? Könnte ich mir doch sagen, daß ich jedes Wort, jeden Satz und jedes Ereignis in meinem Buch vollkommen unparteiisch und objektiv, von keinem Haß getrübt, geschaffen hätte! Aber ich weiß, daß es nicht so ist. Viele Worte fallen mir ein, Sätze wie Peitschenhiebe, die ich aus einem Geist heraus geschrieben haben muß, der mit Kunst oder Unbestechlichkeit nichts zu tun hat. Wir sind nun einmal aus Staub gemacht, und wo wir versagen, da versagen wir! Gibt es denn nicht so etwas wie den reinen Schöpfergeist?

Diese ganze elende Erfahrung ist nicht ohne gräßlich-bitteren Humor. Es ist so wahnsinnig komisch, daß ich in fast all diesen Briefen für Dinge verflucht werde, die ich gar nicht getan oder ausgesprochen habe. Und noch lächerlicher ist es, daß man mich, wenn auch widerwillig, für etwas lobt, über das ich nicht verfüge. Nur wenige Briefschreiber (selbst die, die mir mit Aufhängen drohen, oder jene, die mir außer einer genialen Obszönität jede Spur von Talent absprechen) versäumen es, das zu erwähnen, was sie ‹mein Gedächtnis› nennen. Manche beschuldigen mich, ich wäre, die Taschen mit Notizbüchern vollgestopft, als kleiner achtjähriger Junge mit gespitzten Ohren und hervorquellenden Augen herumgeschlichen und hätte mich bemüht, jedes Wort, jede Redensart und jede Tat meiner tugendhaften, nichtsahnenden Mitbürger aufzuschnappen und auszuspionieren.

‹Es ist das dreckigste Buch, das ich je gelesen habe›, bemerkte einer sehr überzeugend, ‹aber eins muß man Ihnen lassen: Sie haben ein wunderbares Gedächtnis.›

Und genau das habe ich nämlich *nicht*. Ich muß eine Sache *tausendmal* ansehen, ehe ich sie *einmal* richtig sehe. Das, was sie mein Gedächtnis nennen, die Tatsachen, an die sie sich selber zu erinnern meinen – die haben sie nie erlebt. Vielmehr ist das etwas, was *ich* sah, nachdem ich es tausendmal vor Augen gehabt hatte und sie *glauben* nur, sich darauf besinnen zu können.»

Randy hielt im Lesen inne; denn ihm wurde plötzlich klar, daß das, was George schrieb, den Nagel auf den Kopf traf. Er selber hatte in den Wochen nach Erscheinen des Buches immer wieder Beweise dafür erlebt.

Er wußte, daß in Georges Buch kaum eine Einzelheit genau mit der Wirklichkeit übereinstimmte, daß es kaum eine Seite gab, auf der nicht alles durch die bindende Kraft von Georges Phantasie umgeformt und verwandelt worden wäre; aber den Lesern vermittelte das ein so starkes Gefühl lebendiger Wirklichkeit, daß viele von ihnen ohne weiteres geschworen hätten, diese Schilderung wäre nicht nur «aus dem Leben gegriffen», sondern sie wäre ein getreuer Tatsachenbericht. Daher die wütenden Entrüstungsschreie und Anklagen.

Doch blieb es dabei nicht. Es war schon komisch genug, wenn man die Leute eifrig überzeugt miteinander reden und streiten hörte, ob in dem Buch gewisse Szenen und Ereignisse, an die sie sich zu erinnern glaubten, wörtlich stimmten. Viel grotesker war es noch, wenn man sie, wie es jetzt mehrfach geschah, beteuern hörte, sie wären Zeugen von Ereignissen gewesen, von denen er wußte, daß sie lediglich der Phantasie des Autors entstammten.

«Aber er hat doch alles reingebracht!» riefen sie, wenn jemand einen stichhaltigen Beweis verlangte. «Er hat alles ganz genau so aufgeschrieben, wie sich's zugetragen hat! Nicht ein Tüttelchen hat er verändert! Denken Sie doch an den Marktplatz!»

Immer wieder kamen sie auf den Marktplatz zurück, der in *Heimwärts in die Berge* eine wesentliche Rolle spielte. George hatte ihn so eindringlich-anschaulich beschrieben, daß fast jeder Ziegelstein, jede Fensterscheibe und jeder Pflasterstein sich dem Leser einprägte. Aber wie sah dieser Marktplatz wirklich aus? War es tatsächlich der Marktplatz von Libya Hill? Jeder war steif und fest davon überzeugt. Hatte es nicht im Lokalblatt schwarz auf weiß gestanden, daß «der Chronist unserer Stadt den Marktplatz mit fotografischer Genauigkeit geschildert» habe? Daraufhin hatten die Leute das Buch selber gelesen, und sie mußten es zugeben.

Es war nutzlos, mit ihnen zu streiten und ihnen zu beweisen, inwiefern Webbers Marktplatz sich von dem der Stadt unterschied

– es sei denn, daß man ihnen hundert Abweichungen aufzählte. Ihre Wut bei der Entdeckung, daß die Kunst das Leben nachbilden konnte, war erbärmlich gewesen; ihre Ahnungslosigkeit, daß auch das Leben seine Formen der Kunst entlieh, wirkte lächerlich.

Randy schüttelte lächelnd den Kopf und nahm die Lektüre des Briefes wieder auf:

«Was *habe* ich, in Gottes Namen, denn getan?» schloß George. «Habe ich tatsächlich einer inneren Wahrhaftigkeit und einer wirklichen Notwendigkeit gehorcht, oder hat meine Mutter ein perverses Ungeheuer empfangen und geboren, ein Ungeheuer, das die Toten geschändet und seine Familie, seine Verwandten und Nachbarn und die ganze Menschheit verraten hat? Was hätte ich tun sollen? Und was soll ich jetzt tun? Wenn Du irgendeine Hilfe oder Antwort für mich weißt, so laß sie mich um Christi willen wissen. Ich komme mir vor wie ein welkes Blatt in einem Wirbelsturm. Ich weiß nicht, wohin ich mich wenden soll. Du allein kannst mir helfen. Halte zu mir, schreibe mir, sage mir, was du Denkst.

Immer Dein

George.»

Georges Qual sprach so greifbar aus jedem Satz seines Briefes, daß Randy beim Lesen tief erschrocken war. Er spürte die unverhohlene Pein seines schwerverwundeten Freundes fast so stark, als wäre sie seine eigene. Aber er wußte, daß weder er noch sonst jemand George die Hilfe oder Antwort geben konnte, um die er bat. Er mußte sie irgendwie in sich selber finden. Nur so hatte er je etwas lernen können.

Randy nahm also in seinem Antwortbrief absichtlich die ganze Angelegenheit so leicht wie möglich. Er wollte nicht den Anschein erwecken, daß er der Reaktion in der Stadt allzu große Wichtigkeit beimesse. Er schrieb, er wisse nicht, was er an Georges Stelle tun würde, denn er sei ja kein Schriftsteller; aber er habe immer angenommen, ein Schriftsteller solle das Leben so schildern, wie er es kenne. Um George etwas aufzuheitern, fügte er hinzu, die Leute in Libya Hill kämen ihm wie Kinder vor, die das wirkliche Leben noch nicht kennten. Sie schienen immer noch an den Storch zu glauben. Nur Menschen, die keine Ahnung von der Weltliteratur hätten, könnten überrascht oder erschreckt sein, wenn sie entdeckten, aus welcher Quelle jedes gute Buch schöpfte.

Als freundliche Nebenbemerkung fügte er noch hinzu, Tim Wagner, der notorische Säufer der Stadt, dessen Geistesblitze in

seinen seltenen nüchternen Momenten bekannt waren, habe das
Buch von Anfang an warm verteidigt, jedoch mit einem Vorbehalt:
«Ja, zum Teufel, wenn dieser George einen Roßdieb schildern will,
dann soll er's nur tun. Ich hoffe bloß, daß er nächstes Mal nicht seine
Straße und Hausnummer angibt und daß er die Telefonnummer
reinschreibt, ist auch nicht grade nötig.»

Randy wußte, daß George sich darüber amüsieren würde, und
das tat er auch. Tatsächlich sagte George ihm später, das sei der
gesündeste und wertvollste Rat, den man ihm je gegeben habe.

Am Schluß seines Briefes versicherte Randy: Wenn George auch
Schriftsteller *sei*, so betrachte er, Randy, ihn noch immer als Mitglied der menschlichen Rasse. Und als tröstliche Nachschrift fügte
er hinzu, es gebe noch mehr böses Geschwätz in der Stadt. Einer der
führenden Geschäftsleute habe ihm mit viel «Pst! Pst!» und «Bitte
nicht weiter sagen» das Gerücht zugeflüstert, Mr. Jarvis Riggs, der
Präsident der größten Bank und der einst unangreifbare Held von
Libya Hill, stehe am Rande des Ruins.

«Du siehst also», schloß Randy, «selbst dieser gottähnliche Herr
ist nicht ganz unfehlbar; also kann vielleicht auch ein so niederes
Geschöpf wie Du noch auf Vergebung hoffen.»

Die Katastrophe

Einen oder zwei Tage, nachdem George Randys Antwortbrief erhalten hatte, fiel sein Auge beim Lesen der *New York Times* auf eine
kleine Notiz einer Innenseite. Sie nahm kaum fünf Zentimeter an
einem unteren Spaltenende ein, aber das Datum und die Ortsbe-
zeichnung «Libya Hill» sprangen ihm in die Augen:

Bankkrach in Old Catawba
Libya Hill, O. O., 12. März. – Die Schalterräume der Citizens
Trust Company blieben heute morgen geschlossen; als diese
Nachricht im Laufe des Tages bekannt wurde, ließen sich Stadt
und Umgebung von einer ständig wachsenden Panik packen.
Die Bank ist eine der größten im westlichen Old Catawba und
galt jahrelang allgemein als ein Muster vorsichtiger Geschäftsführung und finanzieller Sicherheit. Die Ursache ihres Zusammenbruchs ist noch nicht bekannt. Man befürchtet, daß die Ver-
luste der Bevölkerung von Libya Hill beträchtlich sind.

Die durch die Schließung der Bank hervorgerufene Beunruhigung stieg noch im Laufe des Tages infolge des plötzlichen, geheimnisvollen Todes des Bürgermeisters Baxter Kennedy. Er wurde mit einem Kopfschuß aufgefunden, und alle feststellbaren Indizien lassen einen Selbstmord vermuten. Bürgermeister Kennedy war von besonders freundlicher und heiterer Gemütsart und soll keinerlei Feinde gehabt haben.

Ob zwischen den beiden Ereignissen, die die gewohnte Ruhe dieser Gebirgsgegend so gründlich gestört haben, ein Zusammenhang besteht, ist nicht bekannt; immerhin hat ihr Zusammentreffen Anlaß zu vielen erregten Mutmaßungen gegeben.

«So», dachte George, als er die Zeitung nachdenklich-betroffen sinken ließ, «nun ist es endlich so weit! . . . Wie sagte doch der Richter Rumford Bland?»

Er sah wieder die ganze Szene im Waschraum des Pullman-Wagens vor sich: die wortlos-unverhohlene Angst in den Gesichtern der Führer und Herrscher von Libya Hill, während der gebrechliche, schreckliche alte Blinde ihnen plötzlich gegenüberstand, sie mit seinen blicklosen Augen bannte und offen beschuldigte, die Stadt ruiniert zu haben. Als George sich daran erinnerte und über die eben gelesene Notiz nachdachte, war er fest davon überzeugt, daß zwischen dem Zusammenbruch der Bank und dem Selbstmord des Bürgermeisters ein direkter Zusammenhang bestand.

Ja, es bestand da ein Zusammenhang. Die Dinge hatten sich schon lange zu diesem zwiefachen Höhepunkt zugespitzt.

Der Bankier Jarvis Riggs stammte aus einer armen, aber durchaus angesehenen Familie der Stadt. Als er fünfzehn war, starb sein Vater; er mußte, um seine Mutter zu erhalten, die Schule verlassen und auf Arbeit gehen. Er hatte nacheinander mehrere kleine Stellungen inne, bis er mit achtzehn Jahren einen bescheidenen, aber sicheren Posten bei der Merchants National Bank angeboten bekam.

Er war ein heller Kopf und sehr strebsam; Stufe für Stufe arbeitete er sich empor, bis er es zum Kassierer gebracht hatte. Mark Joyner hatte bei der Merchants National ein Konto und pflegte zu Hause von Jarvis Riggs zu erzählen. Damals verfügte er noch nicht über die spröde Zurückhaltung und über die imponierende Sicherheit, die ihn später kennzeichneten, als er ein großer Mann geworden war. Sein leblos-sandfarbenes Haar hatte damals noch einen goldigen Schimmer, seine Wangen waren rund und rosig, und er trug stets ein munter-fröhliches, strahlendes Lächeln zur Schau, wenn ein Kunde eintrat und er sein «Guten Morgen, Mr. Joyner!» oder «Guten Morgen, Mr. Shepperton!» rief. Er war freundlich, hilfsbereit, höflich, gefällig und zudem geschäftstüchtig und gescheit. Außerdem war er stets sorgfältig gekleidet, und man wußte, daß er seine Mutter unterstützte. Wegen all dieser Dinge war er beliebt und geachtet. Man wünschte ihm, daß er vorwärtskäme. Denn Jarvis Riggs war ein lebendes Beispiel für eine amerikanische Legende: Für das Märchen vom armen Jungen, der aus seiner harten Jugend etwas gelernt hat und «es zu was bringt». Man nickte sich verständnisinnig zu und sagte:

«Der Junge steht mit beiden Füßen auf der Erde.»

«Ja», antwortete ein anderer, «der wird seinen Weg *machen*.»

Als man im Jahre 1912 zu munkeln begann, eine Gruppe solider Geschäftsleute beabsichtige eine neue Bank zu gründen, deren Kassierer Jarvis Riggs werden solle, wurde diese Nachricht allgemein beifällig aufgenommen. Die Hintermänner des neuen Unternehmens erklärten, den ansässigen Banken keinerlei Konkurrenz machen zu wollen. Sie waren der Ansicht, in einer aufstrebenden Stadt wie Libya Hill, deren Bevölkerung und Geschäftsinteressen ständig wuchsen, sei eine weitere Bank vonnöten. Und die neue Bank, so folgerte man, müsse nach den bestbewährten Grundsätzen eines gesunden Geschäftsgebarens geleitet werden. Doch sollte es eine fortschrittliche, auf lange Sicht planende Bank werden – im Hinblick auf die Zukunft, auf die große, goldene, herrliche Zukunft, der Libya Hill todsicher entgegenging und an der nur ein Ketzer zweifeln konnte. In diesem Sinne war diese Bank ein junges Unternehmen, und Jarvis Riggs war dort am rechten Platz.

Man kann ohne Übertreibung feststellen, daß Jarvis Riggs von Anfang an der größte Aktivposten des neuen Unternehmens war. Er lag genau richtig: er hatte niemanden gekränkt, hatte sich keine Feinde gemacht, war immer bescheiden, freundlich und dabei unpersönlich geblieben, als wollte er sich den Vertretern von Kapital und Autorität in der Stadt in keiner Weise aufdrängen. Alle waren der Ansicht, daß er genau wußte, was er tat. Er hatte in der hochgeschätzten «harten Schule des Lebens» seine Erfahrungen gemacht und hatte sich seine Kenntnisse im Bank- und Geschäftswesen «in der nüchternen Praxis» erworben; jeder hatte das Gefühl, mit der neuen Bank wäre bestimmt alles in Ordnung, wenn Jarvis Riggs dort Kassierer würde.

Jarvis lief in der Stadt herum und verkaufte die Aktien der Bank. Das machte ihm keine Schwierigkeiten. Er sagte ganz offen, er glaube nicht, daß man dabei ein Vermögen verdienen könne. Er verkaufte die Aktien einfach als sichere, solide Geldanlage, und das leuchtete jedem ein. Das bescheidene Kapital der Bank betrug 25 000 Dollar zu 250 Anteilen à 100 Dollar. Die Begründer, zu denen Jarvis gehörte, übernahmen 100 Anteile, und die restlichen 150 Anteile wurden auf eine «ausgesuchte Gruppe führender Geschäftsleute» verteilt. Jarvis betonte, die Bank sei wirklich «ein gemeinnütziges Unternehmen, das einzig und allein der Gemeinde dienen wollte»; deshalb durfte keiner einen zu hohen Anteil erwerben.

So wurde denn die Citizens Trust Company gegründet. Und in verschwindend kurzer Zeit rückte Jarvis Riggs vom Kassierer zum Vizepräsidenten und dann zum Präsidenten auf. Der arme Junge war zu seinem Recht gekommen.

In den ersten Jahren entwickelte die Bank sich bescheiden und solide. Sie vergrößerte sich stetig, aber nicht auffallend. Als die USA in den Krieg eintraten, hatte sie an der allgemeinen *prosperity* teil. Nach dem Krieg, im Jahre 1921, gab es eine vorübergehende Flaute, eine Zeit der «Anpassung». Aber im Laufe der zwanziger Jahre wurde es Ernst.

Was damals geschah, kann man nur mit dem Ausdruck umschreiben: «es lag etwas in der Luft». Jeder schien darauf aus zu sein, möglichst rasch und leicht Geld zu machen. Auf allen Gebieten setzte plötzlich eine aufregende Expansion ein: neue Möglichkeiten des Reichtums, des Luxus und der wirtschaftlichen Macht, von denen man bisher nichts geahnt hatte, schienen nur so auf der Straße zu liegen und auf den zu warten, der mutig genug war, sie aufzugreifen.

Jarvis Riggs war für diese verlockenden Möglichkeiten genauso zugänglich wie jeder andere. Er sagte sich, nun sei es an der Zeit, in den Vordergrund zu treten und der Welt zu zeigen, was man könne. Die Citizens Trust Company verkündete, sie sei die «schnellstwachsende Bank im Staate». Aber wodurch sie so schnell wuchs, das verriet sie nicht.

Damals begann die Clique von Politikern und Geschäftsleuten, die das Geschick der Stadt lenkte und die als «Aushängeschild» den liebenswürdigen Baxter Kennedy auf den Bürgermeistersessel geschoben hatte, ihre Tätigkeit auf die Bank zu konzentrieren. Die Stadt wuchs in rasendem Tempo und stieß in die Wildnis vor, die Leute glaubten an eine goldene Zukunft, und keiner machte sich Gedanken darüber, wohin die bedenkenlos steigenden öffentlichen Anleihen führen sollten. Fortwährend wurden schwindelnd hohe Obligationen «in Umlauf gesetzt», bis das Kreditwesen der Stadt einer auf die Spitze gestellten Pyramide glich und die Bürger von

Libya Hill auf Straßen einhergingen, die ihnen nicht mehr gehörten. Die Einnahmen aus diesen gewaltigen Anleihen wurden wieder in die Bank gesteckt. Die Bank ihrerseits ließ diese Summen gegen höchst dürftige Sicherheiten den Politikern, Geschäftsfreunden, Geldgebern oder anderen mit ihr verbündeten oder von ihr abhängigen Leuten zufließen, die sie wieder für private und persönliche Spekulationen verwandten. Auf diese Weise entwickelte «der Ring», wie man den anfangs kleinen inneren Kreis einiger ehrgeiziger Leute nannte, sich zu einem weitverzweigten, unübersichtlichen Netz, in das die ganze Stadt und damit das Leben Tausender von Menschen verstrickt wurde. Den Mittelpunkt dieses Netzes bildete die Bank.

Dieses komplizierte Netz irrsinniger Spekulationsgeschäfte und besonderer Vergünstigungen für «den Ring» ließ sich jedoch nicht unabsehbar weiterspinnen, obwohl viele solches für möglich hielten. Es mußte ein Zeitpunkt kommen, da der innere Druck und die innere Anspannung derart groß wurden, daß die Schuldenlast nicht mehr tragbar war; unheilverkündende Erschütterungen machten sich bemerkbar, warnende Anzeichen eines bevorstehenden Zusammenbruchs. Ziemlich schwer zu sagen, wann das eigentlich begann. Zwar kann man sehen, wie ein Soldat in der Schlacht vorwärtsstürmt, wie er plötzlich taumelt und wie es ihn niederwirft, und man kann sagen: jetzt ist er verwundet. Den Augenblick aber, in dem der tödliche Schuß ihn getroffen hat, kennt man nicht. So verhielt es sich auch mit der Bank und mit Jarvis Riggs. Mit Sicherheit kann nur etwas gesagt werden: für beide rückte der Zeitpunkt näher – schon lange bevor der mächtige Donner des Börsenkrachs in der Wall Street über die ganze Nation hinrollte und überall widerhallte. Diese Rückwirkungen waren auch in Libya Hill zu spüren, waren aber für die Vorgänge dort nicht in erster Linie verantwortlich zu machen. In Wall Street ereignete sich nur die erste Explosion, die im Laufe der nächsten Jahre im ganzen Land eine Kette kleinerer Explosionen auslöste; diese Explosionen legten versteckte Ansammlungen tödlicher Gase frei, die allen Zweifeln und gegenteiligen Behauptungen zum Trotz unter der Oberfläche des amerikanischen Lebens geschwelt und sich infolge einer falschen, verderbten und verrotteten Lebensordnung gebildet hatten.

Lange bevor die Explosion *ihn* und mit ihm die ganze Stadt in die Luft sprengte, hatte Jarvis Riggs es verspürt, daß sein Lebenswerk inwendig erschüttert und daß er selber ruiniert und verloren war. Auch andere wußten das schon lange, wußten, daß mit ihm auch sie ruiniert waren. Aber sie wagten sich's nicht einzugestehen. Statt dessen suchten sie das Schrecknis zu bannen: sie taten so, als existiere es nicht, und ihre Spekulationen wurden immer wahnwitziger und tollkühner.

Endlich kam dem fröhlich-umgänglichen Bürgermeister das, was man in seiner Umgebung schon monatelang gewußt haben mußte, irgendwie zu Ohren – im Frühling 1928, zwei Jahre vor dem Zusammenbruch der Bank. Er ging zu Jarvis Riggs, erzählte ihm, was er gehört hatte und forderte von der Bank die städtischen Gelder zurück. Der Bankier lachte dem verstörten Bürgermeister ins Gesicht.

«Wovor hast du denn Angst, Baxter?» fragte er. «Jetzt, wo wir in der Klemme sind, willst du dich drücken? Du willst die städtischen Einlagen zurückziehen? Bitte schön: zieh sie zurück. Nur laß dir eins gesagt sein: wenn du das tust, ist die Bank ruiniert. Dann kann ich morgen zumachen. Und was wird dann aus deiner Stadt? Dann ist deine prächtige Stadt genauso ruiniert.»

Bleich und bestürzt saß der Bürgermeister dem Bankier gegenüber. Jarvis Riggs beugte sich vor und redete auf ihn ein:

«Heb dein Geld ab, wenn du willst und mach deine Stadt kaputt. Aber – warum nicht bei der Stange bleiben, Baxter? Wir stehn die Sache schon durch.» Und mit seinem gewinnendsten Lächeln fuhr er fort: «Gewiß, wir liegen in einer vorübergehenden Depression. Aber in einem halben Jahr sind wir über den Berg, das weiß ich. Dann stehen wir stärker da denn je. Du kannst doch Libya Hill nicht für ein Butterbrot verkaufen», sagte er mit einer damals sehr gebräuchlichen Redewendung. «Noch ist ja gar nicht abzusehn, wohin der Fortschritt uns führen wird. Aber – das Wohl und die Zukunft dieser Stadt liegen in deiner Hand. Entschließ dich also: was willst du tun?»

Und der Bürgermeister entschloß sich. Der Unselige!

Die Zeit verging, die Sanduhr rann, die Dinge trieben unaufhaltsam weiter.

Im Herbst 1929 ging das vage Gerücht um, bei der Citizens Trust Company stünde nicht alles zum besten. Auch George Webber hatte davon gehört, als er im September daheim gewesen war. Aber es war doch nur ein ungreifbares Gerücht, und wenn auch viele es ängstlich flüsternd weitergaben, so rissen sie sich doch wieder zusammen und sagten:

«Ach was! Wahrscheinlich ist da gar nichts dran. Kann ja gar nichts dran sein! Man weiß ja, was die Leute so zusammenschwatzen.»

Das Gerücht aber behauptete sich hartnäckig den Winter durch, und Anfang März war es eine finster-quälende Seuche geworden. Niemand wußte, wo es zuerst aufgetaucht war. Es schien wie ein Gift aus den Köpfen und Herzen der Stadt zu sickern.

Nach außen hin mutete alles unverändert an: die Citizens Trust Company wirkte wie immer solide fundiert, geschäftstüchtig und unanfechtbar wie ein antiker Tempel. Durch ihre breiten Spiegelglasscheiben am Marktplatz flutete das Licht hinein, und drinnen herrschte eine denkbar klare Atmosphäre. Allein die breite Fensterfront schien der Welt das ehrlich offene und untadelige Geschäftsgebaren der Bank zu verkünden; sie schien zu sagen:

«Bitte: hier ist die Bank, hier sind alle Angestellten der Bank; alle diese Angestellten verrichten ihre Arbeit in aller Öffentlichkeit. Seht euch das an, Mitbürger und urteilt selbst! Ihr seht: wir haben nichts zu verbergen. Die Bank ist Libya Hill, und Libya Hill ist die Bank.»

Alles lag so offen zutage, daß man nicht erst einzutreten brauchte, um sich davon zu überzeugen. Man konnte von der Straße aus hineinsehen und alles beobachten. Rechts lagen die Kassenschalter, und links saßen hinter einer niedrigen Schranke die Beamten an ihren prächtigen Mahagonischreibtischen. An dem größten Schreibtisch innerhalb dieser Einfriedigung saß Jarvis Riggs und führte im Hochgefühl seiner Selbstherrlichkeit großartig-gewichtige Verhandlungen mit den Kunden. Da saß er und blätterte lebhaft in dem Stoß von Papieren auf seinem Schreibtisch, saß und hielt einen Augenblick in der Arbeit inne, um in tiefem Nachdenken zur Decke hinaufzustarren oder sich in seinem Drehstuhl zurückzulehnen und sinnend leise hin- und herzuschaukeln.

Alles war genauso wie immer.

Und dann geschah es.

Der 12. März 1930 wird ein unvergeßlicher Tag in den Annalen Libya Hills bleiben. Die Doppeltragödie dieses Tages war der einzigartige Auftakt für die grauenhaften Wochen, die nun folgen sollten.

Hätten an diesem Morgen um neun Uhr plötzlich alle Feuerglocken der Stadt alarmierend zu läuten begonnen – die Nachricht von der Schließung der Citizens Trust Company hätte sich nicht rascher verbreiten können. Die Schreckenskunde wurde von Mund zu Mund weitergegeben. Und sogleich stürzten aus allen Richtungen bleiche Männer und Frauen zum Marktplatz: Hausfrauen mit umgebundener Schürze, die Hände noch vom Spülwasser naß; Arbeiter und Mechaniker mit dem eben gebrauchten Werkzeug in der Hand; barhäuptige Kaufleute und Büroangestellte; junge Mütter mit Kindern auf dem Arm. Jeder, den die Nachricht erreichte, schien alles stehen und liegen zu lassen und auf die Straße hinauszustürzen.

Auf dem Marktplatz drängte sich eine brodelnde Masse verschreckter Menschen. Halb wahnsinnig fragten sie einander immer aufs neue: Ist es wirklich wahr? Wie konnte das passieren? Wie schlimm ist es denn?

Wer direkt vor der Bank stand, verharrte in stummem Entsetzen. Früher oder später drängten alle dorthin – in der verzweifelten Hoffnung, sich durch eigenen Augenschein vom Gegenteil überzeugen zu können. Wie ein träge fließender Strom wogte die Menge langsam am Bankhaus vorbei, und wer die festverschlossenen Türen und die herabgelassenen Rolläden sah, wußte, daß es keine Hoffnung mehr gab. Manche starrten nur entsetzt vor sich hin, Frauen jammerten und klagten, in den Augen kräftiger Männer standen stille Tränen, und hier und da wurde ein böses Murmeln laut.

Denn von dem Ruin waren alle betroffen. Die Mehrzahl dieser Menschen hatte ihre gesamten Ersparnisse verloren. Und nicht nur die Bankkunden waren ruiniert. Jeder wußte, daß es nun mit dem Aufschwung vorbei war. Sie wußten, daß mit dem Zusammenbruch der Bank all ihre Spekulationen zu Ende waren und daß keiner mehr die Möglichkeit hatte, sich herauszuwinden. Gestern betrug ihr Papierreichtum noch Zehntausende und Millionen; heute besaßen sie nichts mehr, ihr Reichtum war dahin; sie blieben mit einer Schuldenlast zurück, die sie nie würden abzahlen können.

Dabei wußten sie noch nicht, daß auch ihre Stadtverwaltung bankrott war und daß hinter diesen stumm-verschlossenen Türen sechs Millionen Dollar öffentlicher Gelder verspielt worden waren.

Kurz vor der Mittagsstunde dieses Unglückstags wurde Bürgermeister Kennedy tot aufgefunden. Und die grausige Ironie des Schicksals wollte es, daß er von einem Blinden aufgefunden wurde.

Richter Rumford Bland sagte bei der Vernehmung aus, er sei aus dem Büro im Oberstock seines baufälligen Hauses am Marktplatz durch den Korridor zur Toilette gegangen, um ein natürliches Bedürfnis zu verrichten. Auf dem Gang war es dunkel, sagte er mit seinem gespenstischen Lächeln, und die Dielen knackten; aber das störte ihn nicht, er kannte den Weg. Er hätte den Weg nicht verfehlen können, sagte er, auch wenn er gewollt hätte. Am Ende des

Ganges hörte er das langsam-stetige, eintönige Tropfen des Wasserhahns, außerdem verbreitete das Pissoir einen durchdringenden Geruch; er brauchte nur immer der Nase nachzugehen.

Im Dunkeln kam er zur Tür, er öffnete sie, und plötzlich stieß sein Fuß an einen Gegenstand. Er beugte sich vor und tastete mit seinen weißen, mageren Fingern den Boden ab; da fühlte er etwas Nasses, Warmes, das widerlich roch: eine wäßrige Substanz, die noch vor fünf Minuten Gesicht und Hirn eines lebendigen Menschen gewesen waren.

Nein, den Schuß hatte er bei dem Höllenlärm auf dem Marktplatz draußen nicht gehört.

Nein, er hatte keine Ahnung, wie *er* dahin gekommen war – vermutlich zu Fuß, das Rathaus lag ja keine zwanzig Meter weit.

Warum Seine Gnaden sich gerade diesen Ort ausgesucht hatten, um sich eine Kugel in hochdero Kopf zu schießen? Nein, darüber konnte er nichts sagen; über Geschmack ließe sich nicht streiten; wenn man so was vorhätte, dann wäre dieser Ort wahrscheinlich ebenso dazu geeignet wie ein anderer.

So wurde denn Baxter Kennedy, der schwache, umgängliche, unentschlossene und gutmütige Bürgermeister von Libya Hill, oder vielmehr das, was von ihm noch übrig war, gefunden: von einem bösen, alten, blinden Mann an einem finsteren Ort.

In den Tagen und Wochen, die dem Zusammenbruch der Bank folgten, spielte sich in Libya Hill eine Tragödie ab, wie man sie wahrscheinlich in Amerika bisher noch nicht erlebt hatte. Aber im Laufe der nächsten Jahre sollte diese Tragödie sich mit gewissen lokalen Abweichungen immer wieder in vielen großen und kleinen Städten wiederholen.

Der Zusammenbruch von Libya Hill war viel mehr als nur der Zusammenbruch der Bank und der wirtschaftlichen und finanziellen Ordnung. Zwar wackelten und krachten bei dem Bankrott der Bank alle weitsichtigen und eng verflochtenen Pläne, deren Verästelungen bis in die entferntesten Zellen des städtischen Lebens reichten. Aber der Bankkrach wirkte nur wie das Aufziehen eines Reißverschlusses, bei dem alles auseinanderfiel und den viel tieferliegenden, totalen Zusammenbruch im Innern bloßlegte. Dieser tiefere Zusammenbruch, die eigentliche Katastrophe, war der Ruin des menschlichen Gewissens.

Diese Stadt von 50000 Einwohnern hatte, ganz zu schweigen von Anstand und Vernunft, grundsätzlich jede persönliche und kommunale Redlichkeit soweit aufgegeben, daß sie in dem Augenblick, da der Schlag sie traf, über keine inneren Reserven für eine Abwehr mehr verfügte. Die Stadt nahm sich buchstäblich das Leben: innerhalb von zehn Tagen erschossen sich vierzig Menschen und späterhin noch viele andere. Und wie es oft geschieht: viele von denen, die sich umbrachten, waren am wenigsten schuld. Das entsetzlichste aber war, daß die Überlebenden ihre Schuld plötzlich verheerend klar erkannten, daß sie den Folgen nicht ins Auge zu sehen vermochten und wie eine Meute heulender Hunde übereinander herfielen. Alle schrien nach Rache und verlangten heulend das Blut von Jarvis Riggs. Nur entsprang dieses Geschrei nicht so sehr einem verletzten Gerechtigkeitsgefühl oder einem Gefühl betrogener Unschuld als vielmehr dem Gegenteil: die übermäßige Ironie, die unbestreitbare Gerechtigkeit des Geschehenen und das Bewußtsein, daß sie allein die Verantwortung dafür trugen, machte sie rasend; daher ihr Rachegeschrei und ihre Wut. Übereifrige Nationalökonomen haben das, was sich in Libya Hill und anderswo zutrug, in gelehrten Werken als einen Zusammenbruch «des Systems, nämlich des kapitalistischen System» bezeichnet. Gewiß, das war es auch. Aber es war noch mehr als das: die völlige Auflösung dessen, wozu das Leben all dieser Menschen sich auf ganz verschiedene Weise entwickelt hatte. Es war viel mehr als nur die Tilgung von Bankkonten, das Auslöschen papierener Profite und reiner Vermögensverlust. Diese Menschen brachen zusammen, weil sie bei der Zerstörung aller Symbole ihres äußeren Erfolges entdekken mußten, daß ihnen nichts übrig blieb, daß sie keine inneren Werte besaßen, aus denen sie nun frische Kraft hätten schöpfen können. Sie merkten nicht nur, daß sie es mit falschen Werten zu tun gehabt hatten, sondern sie erkannten, daß sie überhaupt nie etwas Reales besessen hatten und daß ihr Leben hohl und leer war. Deshalb brachten sie sich um; und diejenigen, die nicht selbst Hand an sich legten, starben an dem Bewußtsein, daß sie schon lange tot gewesen waren.

Wie ist dieses völlige Versiegen aller geistigen Quellen im Leben eines Volkes zu erklären? Wenn man auf einer Großstadtstraße einen achtzehnjährigen Jüngling beobachtet und sich klarmacht, daß sein Leben einer fühllos vernarbten Schwiele gleicht, und wenn man sich denselben Jüngling als achtjähriges Kind vorstellt, dann weiß man, auch ohne die Ursache zu kennen, was geschehen ist: daß von einem bestemmten Zeitpunkt ab das Leben dieses Jungen sich nicht mehr weiter entwickelte, sondern wie eine Schwiele verhärtete, und man sagt sich: wenn er nur die Ursache und das Heilmittel kennte, dann würde er wissen, was Revolutionen sind.

Auch in Libya Hill muß es einen Zeitpunkt gegeben haben, da das Leben sich nicht mehr weiterentwickelte, sondern zur Schwiele verhärtete. Aber die gelehrten Nationalökonomen kümmern sich nicht darum; sie analysieren «das System». Solche Überlegungen gehören für sie ins Gebiet der Metaphysik, sie schütteln sie ungeduldig ab, weil sie ihnen zuviel Mühe machen: sie wollen die Wahrheit in ihren kleinen Lattenzaun von Tatsachen einsperren. Das geht jedoch nicht. Es genügt nicht, von den verzwickten Feinheiten des Kreditwesens, von politischen und geschäftlichen Intrigen, vom Umlauf der Geldanleihen, von den Gefahren oder vom Aufstieg und Niedergang der Banken zu reden. Auch wenn man all diese Tatsachen zusammenfaßt, ergeben sie noch keine Antwort. Denn noch etwas anderes ist dazu zu sagen. Und so war es auch um Libya Hill bestellt.

Man weiß nicht genau, wann es anfing, wahrscheinlich aber begann es vor langer Zeit, in einsam-stillen Nachtwachen, als alle Menschen im Dunkeln wartend in ihren Betten lagen. Worauf warteten sie? Sie wußten es nicht. Sie hofften nur – auf eine erregende Erfüllung des Unmöglichen, auf eine glorreiche Bereicherung und Erlösung aus ihrem Lebenspferch, auf ein endgültiges Entrinnen vor der eigenen Langeweile.

Dergleichen kam nicht.

Die starren Äste knackten im kalten, grellen Licht der Ecklaternen, und die ganze Stadt wartete im Gefängnis ihrer Langeweile.

Manchmal öffneten sich Türen zu verborgenen Hausfluren und schlossen sich wieder; nackte Füße huschten flink über den Boden, Messingwürfel klapperten verstohlen, und dort, wo die Niggerstadt begann, wurden hinter alten, schadhaften Fensterladen stinkend-dumpfe Wollustschreie laut.

Manchmal im schmutzigen Brodem des Nachtasyls ein Fluch, ein Schlag, ein Zweikampf.

Manchmal in stiller Luft ein Schuß und eine Spur von nachts vergossenem Blut.

Und immer wieder, windzerrissen, der Schall rangierender Maschinen auf dem Bahnhof, weit weg, den Fluß hinab – und plötzlich das Donnern großer Räder, der Schlag der Glocke, einsamer Klageruf der Pfeife, der gegen Norden hin verhallt, dem Norden und der Hoffnung, der Verheißung und der Erinnerung zu an eine unentdeckte Welt.

Und immer noch knackten die Äste kahl im starren Licht, zehntausend Menschen lagen wartend im Dunkeln, fern heulte ein Hund, und im Gerichtsgebäude schlug es drei.

Keine Antwort? Unmöglich? . . . Dann mögen – wenn es solche gibt – die nicht im Finstern gewartet haben, die Antwort selber finden.

Wenn aber Wörter die Sprache der Seele fassen könnten, wenn der Mund aussprechen könnte, was dem einsamen Herzen bewußt ist, dann würden die Antworten anders lauten als jene, die durch das magere Gezäun veralteter Tatsachen vorgeschrieben sind. Die Antworten von Menschen wären es, die warten und noch nicht gesprochen haben.

Unter dem unendlichen Sternenhimmel der Gebirgsnacht am dunklen Fenster seines Büros steht der alte Rumford Bland, den sie «den Richter» nennen; nachdenklich streicht er sich die eingesunkenen Wangen, die blicklosen Augen auf die ruinierte Stadt gerichtet. So kühl und lieblich ist es heute nacht, unzählige Verheißungen des Lebens schwingen heut gleich Liedern in der Luft. Ein unsichtbarer Lichterkranz umschließt auf den Hügeln die Stadt wie ein Juwelengeschmeide. Der Blinde weiß es: sie sind da, obwohl er sie nicht sehen kann. Nachdenklich streicht er sich die eingesunkenen Wangen und lächelt sein gespenstisches Lächeln.

So kühl und lieblich ist es heute nacht, der Frühling ist gekommen. Noch nie, sagt man, habe auf den Hügeln oben der Hartriegel so reich geblüht wie dieses Jahr. Soviel Geheimnisvoll-Erregendes liegt in der Luft heute nacht: ein jähes Lachen, schwach-abgerissen junge Stimmen und Tanzmusik; wer könnte ahnen, daß der Blinde, der da lächelnd, nachdenklich die eingesunkenen Wangen streicht, auf eine ruinierte Stadt hinunterblickt?

Ja, das Gerichtsgebäude und das Rathaus nahmen sich sehr prächtig aus heute nacht. Er hat sie nie gesehen; als man sie baute, war er schon erblindet. Ihre Fassaden werden, so sagt man, stets angestrahlt von unsichtbarem Licht, so wie das Weiße Haus in Washington. Nachdenklich streicht der Blinde seine eingesunkenen Wangen. Nun, sie *können* prächtig aussehen – haben ja genug gekostet.

Unter dem unendlichen Sternenhimmel der Gebirgsnacht regt sich etwas in der Luft, ein Rauschen jungen Laubes. Und in dem Wurzelwerk des Rasens regt sich etwas in der Erde heute nacht, und unterm Rasen, unter Wurzeln, unter dem betauten Blütenstaub der ersten Blumen regt sich was und lebt. Nachdenklich streicht der Blinde seine eingesunkenen Wangen. O ja, dort unten, wo der ewige Wurm nicht Ruhe gibt, da regt sich etwas in der Erde, tief, tief unten, wo der Wurm ohn Unterlaß an den Ruinen nagt.

Was liegt dort reglos in der Erde heute nacht, tief unten, wo der Wurm nicht Ruhe gibt?

Der Blinde lächelt sein gespenstisches Lächeln. Der ewig wache Wurm regt sich, doch viele Menschen modern schon im Grab heut nacht, und 64 Schädel sind durchlöchert. Zehntausend andere liegen in den Betten heute nacht, ihr Leben ist so leer wie eine Hülse. Auch sie sind tot, wenn auch noch nicht begraben. Sie sind so lange tot, daß sie aufs Leben sich nicht mehr besinnen. Und viele qualvoll-lange Nächte müssen noch vergehn, eh sie zu den Begrabenen gehen können, hinunter, wo der Wurm nicht Ruhe gibt.

Indessen bleibt der ewige Wurm auf seiner Wacht. Nachdenklich streicht der Blinde seine eingesunkenen Wangen, dann wendet er bedächtig seinen augenlosen Blick und dreht der ruinierten Stadt den Rücken.

Der gekränkte Faun

Zehn Tage nach dem Bankrott der Bank in Libya Hill kam Randy Shepperton nach New York. Er hatte sich ganz plötzlich dazu entschlossen und George nicht benachrichtigt. Verschiedenerlei hatte ihn zu der Reise bewogen: einmal wollte er mit George sprechen; vielleicht konnte er ihm helfen, mit sich selber ins reine zu kommen. Seine Briefe hatten so verzweifelt geklungen, daß Randy sich schon Sorgen um ihn machte. Außerdem hatte Randy das Gefühl, einmal für ein paar Tage aus Libya Hill und der ganzen Atmosphäre von Untergang, Zusammenbruch und Tod heraus zu müssen. Da er jetzt ein freier Mann war und nichts ihn an der Reise hinderte, fuhr er ab.

Er kam frühmorgens kurz nach acht Uhr an, nahm am Bahnhof ein Taxi zur 12th Street und klingelte an Georges Haustür. Nachdem er lange gewartet und noch einmal geklingelt hatte, schnurrte der Türöffner, und er trat in den dämmerigen Hausflur. Auf der Treppe war es dunkel, das ganze Haus schien in tiefem Schlaf zu liegen. Randys Schritte hallten durch die Stille. Die Luft war dumpf und abgestanden; es roch nach verstaubtem altem Holz, nach der abgenutzten Wandverkleidung und nach dem gespenstischen Dunst längst verzehrter Speisen. Im zweiten Stock funktionierte das elektrische Licht nicht, eine stygische Finsternis herrschte dort; er tastete sich an der Wand entlang, fand schließlich die Tür und klopfte laut.

Sogleich wurde die Tür so heftig aufgerissen, daß sie fast aus den Angeln flog; George stand mit zerzaustem Haar und schlafgeröteten Augen, einen alten Bademantel hastig über den Pyjama geworfen, in der Türöffnung und blinzelte in die Dunkelheit. Randy war etwas verblüfft über die Veränderung, die in dem halben Jahr, seit sie sich zuletzt gesehen hatten, mit ihm vorgegangen war. Sein sonst jugendliches, geradezu kindliches Gesicht wirkte jetzt älter und strenger, und die Falten darin hatten sich noch verschärft. Jetzt starrte er, die dicken Lippen herausfordernd vorgeschoben, seinen Besucher an und wirkte mit seinem stumpfnasigen Gesicht wie eine grimmig-bissige Bulldogge.

Als Randy sich von der ersten Überraschung erholt hatte, rief er herzlich:

«Halt, einen Moment! Moment! Nicht schießen! Ich bin ja gar nicht *der*, den du meinst!»

Bei dem unerwarteten Klang der vertrauten Stimme stutzte George, dann verzog sein Gesicht sich zu einem breiten, ungläubig-freudigen Grinsen. «Ja, hol's der Teufel!» rief er, packte Randy beim Arm, schüttelte ihm kräftig die Hand, zerrte ihn fast ins Zimmer, hielt ihn dann mit ausgestrecktem Arm von sich ab und lachte ihn freudig-erstaunt an.

«Na, schon besser», sagte Randy mit gespielter Erleichterung. «Ich fürchtete schon, es wär ein Dauerzustand.»

Sie klopften sich gegenseitig auf den Rücken und überschütteten einander lärmend mit halb beleidigenden Begrüßungsworten, wie das zwischen zwei alten Freunden so üblich ist. Dann begann George unvermittelt Randy über die Bank auszufragen. Randy erzählte ihm alles. George hörte sich gierig die furchtbaren Einzelheiten der Katastrophe an. Alles war noch schlimmer, als er vermutet hatte, er bombardierte Randy immer weiter mit Fragen. Schließlich sagte Randy:

«Ja, da hast du nun die ganze Geschichte. Ich hab dir alles erzählt, was ich weiß. Aber komm, wir können später noch darüber reden. Ich möchte wissen: wie geht's denn *dir*, zum Teufel? Du wirst doch nicht etwa alt? Bei deinen letzten Briefen wurde mir 'n bißchen unbehaglich zumut.»

In ihrer Wiedersehensfreude und im eifrigen Gespräch waren sie beide an der Tür stehengeblieben. Als Randy nun den Finger auf Georges brennende Wunde gelegt hatte, zuckte George zusammen und begann ohne eine Antwort lebhaft im Zimmer auf und ab zu gehen.

Randy stellte fest, daß er müde aussah. Seine Augen waren gerötet, als schliefe er nicht gut, und sein unrasiertes Gesicht wirkte mager und verhärmt. An seinem alten Bademantel waren alle Knöpfe abgerissen, auch die dazugehörige Schnur fehlte; um das Ganze zusammenzuhalten, hatte George eine ausgefranste Krawatte als Gürtel umgebunden. Diese Bekleidung betonte noch den allgemeinen Eindruck von Müdigkeit und Erschöpfung. Während er im Zimmer umherging, zeigte seine Miene die intensive Anspannung überreizter Nerven, und als er rasch einmal aufblickte, begegnete Randy seinem unruhig-furchtsamen Blick.

Plötzlich blieb er stehen, sah Randy offen in die Augen und sagte mit grimmig zusammengebissenen Zähnen:

«Also, heraus damit! Was sagen sie jetzt?»

«Wer? Was soll wer sagen?»

«Die Leute daheim. Das wolltest du doch erzählen, was? Nach dem, was sie geschrieben und mir ins Gesicht gesagt haben, kann ich mir vorstellen, was sie hinter meinem Rücken reden. Nun sag's schon, damit wir's hinter uns haben. Was sagen sie jetzt?»

«Also», sagte Randy, «ich wüßte nicht, daß sie überhaupt was sagen. Erst haben sie natürlich 'ne Menge geredet – genau dasselbe, was sie dir geschrieben haben. Aber seit dem Bankrott der Bank hab ich deinen Namen wohl nicht mehr erwähnen hören. Sie haben jetzt zuviel wirkliche Sorgen, da können sie sich nicht noch mit dir abgeben.»

George schien zuerst ungläubig, dann erleichtert zu sein. Eine Weile blickte er, ohne etwas zu sagen, vor sich hin auf den Fußboden, und während das Gefühl der Erleichterung sich sanftlindernd auf seine Erregung legte, blickte er mit einem breiten Grinsen zu seinem Freund auf; da fiel ihm ein, daß Randy immer noch an die Tür gelehnt dastand, er besann sich plötzlich auf seine Gastgeberpflichten und rief mit impulsiver Wärme:

«Mein Gott, Randy, ich bin ja so froh, daß du hier bist! Ich kann's noch gar nicht glauben! Setz dich doch, setz dich! Ist denn nirgends ein Stuhl für dich da? Wo *sind* denn um Gottes willen alle Stühle in dieser Bruchbude?»

Damit ging er zu einem Stuhl, der hoch mit Manuskripten und Büchern beladen war, fegte ohne Umstände den ganzen Haufen auf den Fußboden und schob den Stuhl durchs Zimmer seinem Freund zu.

Er entschuldigte sich wegen der Kälte im Zimmer, erklärte überflüssigerweise, daß die Klingel ihn aus dem Bett gejagt habe, und sagte zu Randy, er solle den Mantel anbehalten, bald werde es im Zimmer wärmer werden. Dann verschwand er in einem muffigen

Kämmerchen, drehte einen Hahn auf und kam mit einem Kaffeetopf voll Wasser zurück. Er goß das Wasser in das Rohr des Heizofens, der unter dem Fenster stand. Dann hockte er sich nieder, guckte unter den Heizkörper, rieb ein Streichholz an, öffnete ein Ventil und entzündete die Flamme. Das Feuer kam sofort mit einem Puff in Gang, und bald begann das Wasser in den Röhren zu gurgeln und zu knattern.

«Gas», sagte George, als er sich wieder aufrichtete. «Das ist das Schlimmste an dieser Wohnung; wenn ich lange hier sitz und arbeite, bekomm ich Kopfschmerzen davon.»

Inzwischen sah Randy sich um. Das Zimmer, das eigentlich aus zwei großen Räumen bestand, deren Verbindungstür zurückgeschoben war, wirkte wie eine große Scheune. Die Vorderfenster gingen zur Straße hinaus, und durch die Hinterfenster blickte man über ein paar kahle, eingezäunte kleine Hinterhöfe hinweg auf eine Häuserreihe. Randy hatte zunächst den Eindruck von etwas Schal-Abgestandenem: das Aussehen und die Atmosphäre der ganzen Wohnung erweckte das Gefühl, als hätte hier wohl einmal einer gewohnt, aber als wäre hier etwas so endgültig zum Abschluß gekommen, daß es kein Zurück mehr gäbe. Das lag nicht nur an der Unordnung, die hier herrschte: an den überall verstreuten Büchern, den riesigen Manuskriptstößen, den achtlos herumgeworfenen Socken, Hemden, Kragen, alten Schuhen und umgekrempelten, ungebügelten Hosen. Nicht einmal an der schmutzigen Tasse lag es und an dem Aschenbecher, der von kaffeebefleckten Zigarettenstummeln überquoll und inmitten eines wüsten Durcheinanders auf dem Tisch stand. Nein, man fühlte es einfach, daß in all diesen Dingen kein Leben mehr war, daß es aus mit ihnen war; kalt, müde und schal war alles wie die alte, schmutzige Tasse und die ausgelaugten Zigarettenstummel.

George bewegte sich in dieser traurigen Wüstenei mit gleichsam unglücklich-verzweifelter Überlegenheit. Randy sah, daß er sich gerade in einem Zwischenstadium befand, in jener Vorhölle des Wartens zwischen zwei Arbeiten, in einer der quälendsten Perioden, die der Schriftsteller kennt. Er war mit der einen Sache fertig und doch noch nicht ernsthaft bereit, an die nächste heranzugehen. Er befand sich in einem wütenden und zugleich erschöpften Gärungsprozeß. Aber es war nicht nur die Periode der Schwangerschaft vor dem Beginn eines neuen Buches. Randy spürte es: die Aufnahme seines ersten Buches, die wilden Angriffe aus Libya Hill, das Bewußtsein, nicht einfach ein Buch geschrieben, sondern gleichzeitig alle Bande der Freundschaft und Zuneigung, die den

Menschen an die Heimat binden, bis zur Wurzel hin vernichtet zu haben – alles dieses hatte ihn offenbar so verstört und überwältigt, daß er jetzt von einem Mahlstrom selbst herbeigeführter Konflikte fortgerissen wurde. Er konnte sein neues Werk nicht beginnen, weil seine Kräfte noch von den Rückwirkungen des ersten aufgebraucht wurden.

Als Randy sich im Zimmer umblickte und die verschiedenen Gegenstände betrachtete, aus denen das unglaubliche Chaos sich zusammensetzte, sah er außerdem in einer verstaubten Ecke einen grünen Kittel oder eine zusammengeknüllte Schürze liegen, als wäre sie mit einer Bewegung endgültigen Überdrusses dort hingeworfen worden; daneben lag, halb nach innen umgeschlagen, ein einzelner kleiner, ziemlich schmutziger Überschuh. Die Staubschicht auf diesen beiden Gegenständen verriet, daß sie schon monatelang dort lagen – zwei schmerzlich bedrückende Gespenster. Randy wußte es nun: etwas, das zu diesem Zimmer gehört hatte, war für immer fortgegangen, und George war fertig damit.

Randy sah, wie es um George stand, und hatte das Gefühl, nahezu jede entscheidende Tat würde ihm gut tun. Deshalb sagte er:

«Um Gottes willen, George, warum packst du nicht den Kram zusammen und ziehst hier aus? Du bist fertig damit, es ist aus, du brauchst nur einen oder zwei Tage, und das Ganze ist erledigt. Also reiß dich zusammen und hau hier ab. Zieh irgendwohin – ganz gleich wohin, leiste dir einfach den Luxus, morgens beim Aufwachen nichts von alldem vorzufinden.»

«Ich weiß», sagte George. Er ging zu einer eingesessenen Couch, schob den Haufen schmutzigen Bettzeugs beiseite und warf sich müde darauf. «Ich hab schon dran gedacht», sagte er.

Randy drang nicht weiter in ihn. Er wußte, es hatte keinen Zweck. George mußte sich auf seine Weise und zu seiner Zeit dazu durchringen.

George rasierte sich und zog sich an; dann gingen sie frühstücken. Sie kamen wieder zurück und redeten den ganzen Vormittag, bis endlich das Klingeln des Telefons sie unterbrach.

George ging an den Apparat. Aus den Tönen, die aus der Muschel drangen, konnte Randy schließen, daß eine geschwätzige, unverkennbar aus den Südstaaten stammende Frau am Apparat war. Eine Zeitlang stammelte George nur höfliche Banalitäten:

«O ja, sehr schön ... Das weiß ich sehr zu schätzen ... Ganz reizend von Ihnen ... Ja, ich freu mich wirklich, daß Sie angerufen haben. Bitte, grüßen Sie alle von mir.» Dann schwieg er und hörte aufmerksam zu. Randy erriet aus seiner veränderten Miene, daß es sich nun bei dem Gespräch um etwas anderes handelte. Kurz darauf sagte George langsam und etwas verwirrt: «So? Wirklich? ... Hat er das gesagt? ... Soso», fügte er etwas unsicher hinzu, «das ist ja sehr nett von ihm ... Ja, ich werd dran denken ... Haben Sie vielen Dank ... Auf Wiedersehn.»

Er legte den Hörer auf und grinste matt.

«Das war eine», sagte er, «eine von der Sorte: ‹Ich – wollt – Sie – nur – anrufen – und – Ihnen – sagen – daß – ich's – Wort – für – Wort – gelesen – hab – und – daß – ich's – einfach – großartig – find›– wieder eine Dame aus den Südstaaten.» Dann versuchte er in unbewußt burleskem Ton das Pathos eines bestimmten Frauentyps der Südstaaten zu imitieren, ein Pathos, daß von einer Mischung aus Sirup und Gift zu triefen scheint.

«Also, ich muß Ihnen saa-gen, wir sind doch *alle* so-o stolz auf Sie! Ich wah einfach hab *tot* vor Spannung! Noch *ni-ie* hab ich so was Wundabares gelesen! Also *wi-erklich!* Also, ich hab ja nicht *gea-hent*, daß einer die Sprache so-o wunderbar beherrschen kann!»

«Aber hast du das nicht ganz gern?» fragte Randy. «Wenn's auch ein bißchen stark aufgetragen ist, muß es dich doch irgendwie befriedigen.»

«Ach Gott!» sagte George müde, kam zurück und warf sich auf die Couch. «Wenn du wüßtest! Das ist nur eine von tausend! Das Telefon da», er deutete mit dem Daumen darauf, «spielt nun seit Monaten dieselbe Leier! Ich kenn sie alle, ich hab sie schon klassifiziert! Wenn sie nur zu reden anfangen, kann ich dir schon aus dem Tonfall sagen, ob sich's um Typ B oder um Gruppe X handelt.»

«Also der berühmte Autor hat es bereits satt! Ist der erste Geschmack vom Ruhm schon langweilig geworden?»

«*Ruhm?*» entgegnete George angewidert. «Das ist doch kein Ruhm, sondern nur ein verdammter Jux!»

«Na, glaubst du denn nicht, die Frau meinte es ernst?»

«Ja», antwortete er bitter, «sie meinte es genau so ernst wie eine Aaskrähe. Jetzt fährt sie zurück und erzählt überall rum, daß sie mit mir gesprochen hat; kaum hat sie abgehängt, da ist die Geschichte auch schon fertig, bei der sich alle alten Stadthexen das Maul lecken und die sie noch ein halbes Jahr lang bekakeln können.»

Das klang so unvernünftig und ungerecht, daß Randy schnell erwiderte:

«Glaubst du nicht, daß du ungerecht bist?»

George ließ niedergeschlagen den Kopf hängen und sah nicht auf;

die Hände in den Hosentaschen, brummte er etwas Unverständ-
lich-Verächtliches vor sich hin.

Randy war enttäuscht und verärgert, daß er sich wie ein verzoge-
nes Kind benahm. Er sagte:

«Hör mal zu! Es wird Zeit, daß du endlich erwachsen wirst und
etwas Vernunft annimmst. Ich finde dich ziemlich arrogant. Meinst
du, daß du dir das leisten kannst? Ich zweifle sehr, daß du oder sonst
jemand im Leben Erfolg haben kann, wenn er sich wie ein ver-
wöhntes Genie aufspielt.»

Wieder brummte George mürrisch vor sich hin.

«Vielleicht *war* diese Frau wirklich idiotisch», fuhr Randy fort.
«Na schön, es gibt allerlei Idioten. Und vielleicht hat sie nicht genug Verstand, um das, was du geschrieben hast, so zu verstehn, wie
du's verstanden wissen willst. Aber was ist schon dabei? Sie gab
das, was sie geben konnte. Ich finde: statt über sie zu spotten, solltest du ihr dankbar sein.»

George hob den Kopf: «Hast du denn das Gespräch gehört?»

«Nein, nur das, was du mir erzählt hast.»

«Na also – dann weißt du nicht alles. Ich würde nichts sagen, wenn
sie angerufen hätte, um von dem Buch zu schwärmen ... aber paß
auf!» Er beugte sich sehr ernst zu Randy vor und klopfte ihm aufs
Knie. «Du sollst nicht denken, ich wär bloß ein eingebildeter Narr.
Ich hab in diesen letzten Monaten etwas durchlebt und entdeckt, was
die meisten Leute nie zu wissen kriegen. Ich geb dir mein feierliches
Ehrenwort: diese Frau hat nicht angerufen, weil sie mein Buch schön
findet und weil sie mir das sagen wollte. Sie hat nur angerufen», rief
er erbittert, «weil sie herumschnüffeln wollte, weil sie etwas über
mich rauskriegen wollte, um mir auf den Zahn zu fühlen.»

«Ach, nun hör doch mal zu ...» unterbrach Randy ihn ungeduldig.

«Ja, das wollte sie! Ich weiß schon, was ich sag!» erklärte George
sehr ernst. «Was du nicht gehört hast, und worum sie die ganze Zeit
herumstrich – das kam erst zum Schluß heraus. Ich kenn sie nicht,
hab nie von ihr gehört; aber sie ist eine Freundin von Ted Reeves
Frau. Der scheint zu glauben, ich hätte ihn in das Buch reingebracht; er hat gedroht, er würde mich umbringen, wenn ich je wieder nach Hause käm.»

Es stimmte; Randy hatte das auch in Libya Hill gehört.

«Darum hat sie angerufen, diese Person», höhnte George. «Darum geht's bei den meisten Anrufern. Sie wollen mal mit dem Tier
der Apokalypse reden, wollen es ausspionieren und ihm sagen: ‹Ist
ja gar nicht so schlimm mit Ted! Glauben Sie bloß nicht alles, was

324

Ihnen erzählt wird! Zuerst war er ein bißchen aufgebracht, aber jetzt sieht er die ganze Sache so, wie Sie sie gemeint haben, alles ist in schönster Ordnung.› Das hat sie zu mir gesagt; also vielleicht bin ich doch nicht so ein Idiot, wie du denkst!»

Er war derart ernst und erregt, daß Randy ihm zunächst nicht antwortete. Wenn man übrigens Georges verwirrte Gefühle in Rechnung zog, war an dem, was er sagte, schon etwas Richtiges.

«Hast du viele solche Anrufe bekommen?» fragte er.

«Ach», antwortete George müde, «fast jeden Tag. Ich glaube, jeder von daheim, der nach Erscheinen des Buches hier in New York gewesen ist, hat mit mir telefoniert. Sie haben verschiedene Methoden. Manche sprechen mich so an, als wäre ich eine Art böser Dämon: ‹Wie geht's denn?› fragen sie ganz leise und ruhig, als sprächen sie mit einem zum Tode Verurteilten, der grade in die Todeskammer von Sing Sing geführt werden soll. ‹Geht's Ihnen auch gut?› Dann wird man unruhig, fängt an zu stottern und zu stammeln: ‹Ja, wieso denn? Doch, mir geht's glänzend! Großartig, danke!› und dabei befühlt man sich von oben bis unten, ob man auch noch alles beisammen hat. Dann sagen sie in demselben ruhigen Ton: ‹Ach, ich wollte bloß wissen... ich hab nur angerufen, um zu fragen... Hoffentlich geht's Ihnen auch wirklich gut.›»

Eine Weile sah er Randy gequält und verstört an, dann brach er in erbittertes Lachen aus:

«Es langt, um einem Nilpferd das Grausen beizubringen! Hört man sie so reden, dann könnte man denken, ich wär ein berühmter Lustmörder! Selbst bei denen, die drüber lachen und Witze reißen, hört man die Meinung raus, ich hätte das Buch einzig aus dem Grund geschrieben, um möglichst viel schmutzige Gemeinheiten über mir unsympathische Leute zutage zu fördern. Ja», rief er erbittert, «meine einzige Stütze daheim scheinen kleine enttäuschte Sodawasserverkäufer zu sein, die es zu nichts gebracht haben, oder blasierte Bummler, die nicht in den Country Club aufgenommen wurden. Die rufen an, sagen: ‹Na, dem Jim Soundso, diesem Hurensohn, dem hast du's aber gegeben! Den hast du ja richtig fertiggemacht! Ich mußte lachen, als ich las, was du über den geschrieben hast – Junge, Junge!› Oder: ‹Warum hast du denn über diesen Bastard, den Charlie Wasweißich, nichts gesagt? Ich hätt zu gern gesehen, wie du mit dem Schlitten fährst!› ... Herr du meines Lebens!»

George schlug sich in wütender Erbitterung aufs Knie. «Weiter bedeutet's für sie doch nichts: nur schmutzigen Klatsch, Verleumdung, Bosheit, Neid und die Möglichkeit, einem eins auszuwischen; man sollte meinen, sie hätten noch nie vorher ein Buch gele-

325

sen. Sag mal», fragte er ernst, indem er sich zu Randy vorbeugte, «gibt's denn dort keinen, nicht einen einzigen außer dir, der auch nur einen Deut für das Buch an sich gibt? Keinen, der es als Buch gelesen hat und merkt, worauf es ankommt? Der versteht, worauf ich hinaus wollte?»

In seinen Augen stand die nackte Qual. Endlich war das heraus, was Randy gefürchtet hatte und umgehen wollte. Er sagte:

«Ich möchte meinen, du weißt das mittlerweile besser als jeder andere. Schließlich hast du die meiste Gelegenheit gehabt, das festzustellen.»

So, auch das war heraus. Diese Antwort, vor der George sich gefürchtet hatte, mußte ja kommen. Eine oder zwei Minuten lang starrte er Randy mit gequältem Blick an, dann lachte er bitter und tobte los:

«Also – dann zum Teufel damit! Zum Teufel mit der ganzen Sache!» Und er erging sich in kräftigen Flüchen: «Dieses doppelzüngige Gesindel verlogener Hurensöhne! Sie sollen sich zum Teufel scheren! Denen ist's gelungen, mich fertigzumachen!»

Das stimmte alles nicht, es war unwürdig und gemein. Randy sah, daß George sich in einen Anfall heftiger Anklagen hineinsteigerte, in dem seine übelsten und schwächsten Seiten zum Vorschein kamen: Verzerrung, Vorurteil, Mitleid mit sich selber. Diese Eigenschaften mußte er irgendwie überwinden, sonst war er verloren. Randy unterbrach ihn heftig:

«Also – jetzt Schluß damit! Nimm dich um Gottes willen zusammen, George! Wenn da ein paar verdammte Idioten dein Buch lesen und nicht verstehn, dann tust du, als wär's nicht Libya Hill, sondern die ganze Welt. Die Leute in Libya Hill sind nicht anders wie andere Menschen. Sie glaubten, du hast über sie geschrieben – und das hast du ja auch getan. Und nun haben sie einen Riesenzorn auf dich. Du hast ihre Gefühle und ihren Stolz verletzt. Und offen gestanden: du hast ja auch allerlei alte Wunden wieder aufgerissen. In manche hast du direkt Salz gestreut. Wenn ich dir das sage, dann gehör ich deshalb nicht zu denen, über die du dich beklagst; du weißt ganz gut, daß ich begriffen habe, was du gemacht hast und warum du's machen mußtest. Aber – manche Dinge wären wohl nicht nötig gewesen; das Buch wäre besser, wenn du sie unterlassen hättest. Also jammere nur nicht darüber, und spiel dich bloß nicht als Märtyrer auf.»

Aber George hatte sich in diese Märtyrerstimmung bereits hineingesteigert. Wie er da saß – eine Hand aufs Knie gelegt, den Kopf mürrisch-brütend in die ungeschlachten Schultern eingezogen –

gab er Randy deutlich zu erkennen, wie diese Stimmung sich allmählich seiner hatte bemächtigen können. Einmal war es naiv von ihm gewesen, sich nicht klar zu machen, wie die Leute auf manche Dinge, die er geschrieben hatte, reagieren würden. Als dann die ersten anklagenden Briefe kamen, wurde er von Scham, Demütigung und Schuldbewußtsein über den Kummer, den er verursacht hatte, förmlich überwältigt. Als mit der Zeit die Anklagen immer bösartiger und giftiger wurden, wollte er zurückschlagen und sich zur Wehr setzen. Als er sah, daß das unmöglich war, und als die Leute seine aufklärenden Briefe mit immer neuen Drohungen und Beleidigungen beantworteten, da war er verbittert geworden. Er hatte alles so schwer genommen und hatte sich durch diese ganze Gefühlsskala derart mühsam hindurchgequält, daß er schließlich in diesen Morast von Selbstbemitleidung versunken war.

George begann nun über den «Künstler» zu reden und deklamierte dabei alle billigen intellektuellen und ästhetischen Schlagwörter der Zeit. Demzufolge war der Künstler ein ganz besonders seltenes, legendäres Wesen, das sich von «Schönheit» und «Wahrheit» nährte und über so scharfsinnige Gedanken verfügte, daß der Durchschnittsmensch von ihnen nicht mehr verstand als ein Straßenköter von dem Mond, den er anbellt. Der Künstler konnte demnach seine «Kunstwerke» nur vollbringen, wenn er fortgesetzt in einen Zauberwald oder in ein Märchenreich floh.

Diese Phrasen klangen derart falsch, daß Randy ihn am liebsten gebeutelt hätte. Am meisten ärgerte ihn dieses: er wußte genau, daß George viel besser war als all dieses Geschwätz. Er mußte doch merken, wie billig und unecht alles, was er sagte, in Wirklichkeit war. Schließlich sagte Randy ganz ruhig:

«George, von allen Menschen, die ich kenne, eignest du dich am wenigsten dazu, den gekränkten Faun zu spielen.»

Aber George war so tief in seine Hirngespinste verstrickt, daß er gar nicht zuhörte. Er sagte nur: «He?» und redete gleich weiter. Jeder wirkliche Künstler, sagte er, sei dazu verurteilt, als Ausgestoßener der Gesellschaft zu leben. Es wäre sein unumgängliches Schicksal, «von seinem Stamm vertrieben zu werden».

Alles klang so verkehrt, daß Randy die Geduld verlor:

«Um Gottes willen, George, was ist denn los mit dir? Du red'st ja wie 'n Idiot! Kein Mensch hat dich vertrieben! Du hast dich bloß zu Hause ein bißchen in die Nesseln gesetzt! Da predigst du immerzu von ‹Schönheit› und ‹Wahrheit›! Mein Gott, warum hörst du nicht endlich auf, dich selber zu belügen? Hast du denn keine Augen im Kopf? In Wahrheit ist es dir doch zum erstenmal in deinem Leben gelungen, dir einen Platz auf deinem Gebiet zu erobern. Dein Buch hat ein paar gute Kritiken bekommen und ist gut gegangen. Du hast nun die richtige Grundlage, um weiterarbeiten zu können. Wohin hast du dich denn treiben lassen? Klar: bei all diesen Drohbriefen von daheim kommst du dir wie ein Verbannter vor. Aber zum Teufel, Mensch! Du bist ja schon seit Jahren verbannt! Und durchaus nicht gegen deinen Willen! Du hast doch nie die Absicht gehabt, für immer heimzukehren. Kaum aber fangen sie an, über dich herzuziehen, da vernarrst du dich in den Gedanken, du wärst mit Gewalt vertrieben worden! Und dann deine Idee, ein Mensch könnte nur ‹Schönheit› schaffen, wenn er aus seinem gewohnten Leben irgendwohin flieht – ja, liegt denn die Wahrheit nicht gerade im Gegenteil? Hast du mir das nicht selber dutzendmal geschrieben?»

«Wie meinst du das?» fragte George verdrießlich.

«Nehmen wir zum Beispiel dein Buch: rührt denn nicht alles Gute darin davon her, daß du dich nicht vom Leben zurückgezogen hast, sondern ins Leben hineingegangen bist; daß es dir gelungen ist, das Leben zu verstehn und zu verwerten?»

George antwortete nicht. Sein mürrisch-finsteres, verzerrtes Gesicht entspannte und glättete sich allmählich, und schließlich blickte er mit einem mühsam-spärlichen Lächeln auf.

«Ich weiß nicht, was manchmal über mich kommt», sagte er kopfschüttelnd; er lachte verschämt. «Du hast natürlich recht», fuhr er aufrichtig fort. «Es stimmt, was du sagst. Und so soll's auch sein: man muß das verwerten, was man kennt – was man nicht kennt, kann man nicht verwerten ... Deshalb machen mich manche von diesen Kritiken so verrückt», fügte er kurz hinzu.

«Wieso?» fragte Randy – froh, daß George endlich vernünftig redete.

«Ach, weißt du», antwortete George, «du hast doch die Besprechungen gelesen. Manche behaupteten, das Buch wär zu autobiographisch.»

Das klang überraschend. Randy dröhnte noch das wütige Geheul der Leute von Libya Hill in den Ohren, und der Nachklang von Georges abwegig-theatralischem Gewetter gegen jenes Geheul lag noch in der Luft; er glaubte, nicht richtig gehört zu haben und konnte nur ehrlich erstaunt fragen:

«Ja, aber – *war's* denn nicht autobiographisch? Das kannst du doch nicht leugnen.»

«Gewiß, aber nicht ‹zu autobiographisch›», fuhr George ernsthaft fort. «Wenn die Kritiker diese Wörter einfach gestrichen und statt dessen ‹nicht autobiographisch genug› geschrieben hätten, dann hätten sie's gerade getroffen. Da liegt mein Fehler. Da hab ich wirklich was falsch gemacht.» Fraglos meinte er das wörtlich; denn er verzog sein Gesicht plötzlich zu einer Grimasse, in der sich Niederlage und Scham verrieten. «Mein junger Held ist ein Trauerkloß, ein Idiot, ein selbstgefälliger Pedant, ein Snob wie Dädalus – so, wie ich selber mich in diesem Buch geschildert hab. Da liegt die Schwäche. O ja, ich weiß: das Buch hat viele autobiographische Stellen, und wo sie stimmen, schäm ich mich ihrer nicht. Aber der Nagel, an dem ich das Ganze aufgehängt hab, hält nicht. Es ist keine echte Autobiographie. Das weiß ich jetzt, und ich weiß auch, warum: die Figur stimmt nicht. Da liegt meine Schuld. Das hat was mit dem jungen Genie zu tun, mit dem jungen Künstler – du nanntest es vorhin den gekränkten Faun. Das verzerrt das Bild. Mag es in tausend Einzelzügen scharfsinnig, hochintelligent, tiefgründig und joicisch genau sein – die Gesamtschau ist falsch, maniriert und unwahr. Und auf das Gesamtbild kommt es an.»

Jetzt stand er wirklich hinter dem, was er sagte; er hatte wieder Boden unter den Füßen. Randy konnte ermessen, wie sehr er litt. Und doch schien George, genau wie vorhin, alles zu schwer und zu extrem zu nehmen – Fehler, wie sie alle Menschen machen.

«Aber ist denn schon jemals was so gut geworden, wie's hätte werden können?» fragte Randy. «Wem ist denn das wirklich gelungen?»

«Oh, vielen!» antwortete George ungeduldig. «Tolstoj in *Krieg und Frieden*, Shakespeare im *König Lear*, Mark Twain im ersten Teil von *Leben auf dem Mississippi*. Natürlich sind auch diese Sachen nicht so gut, wie sie sein könnten, nichts ist so gut. Nur: sie zielten richtig, schossen aber ein klein bißchen zu kurz; ich dagegen war gelähmt durch meine Eitelkeit, durch meine verfluchte Selbstbefangenheit. Deshalb mußte es mißlingen, an diesem Punkt hab ich versagt.»

«Und was kann man dagegen tun?»

«Ich muß mein Bestes hergeben, muß alles hergeben, was ich habe. Das Euter muß leergemolken, bis auf den letzten Tropfen ausgequetscht werden, bis nichts mehr übrig ist. Wenn ich mich selbst darstelle, darf ich nichts verschweigen; ich muß versuchen, mich so zu sehn und zu schildern, wie ich wirklich bin: neben dem Guten das Schlechte, neben dem Wahren das Unechte, genauso wie ich jede andere Figur sehn und zeichnen muß. Kein falsches Persönlichkeitsgefühl, kein falscher Stolz, keine Selbstverhätschelung, keine verletzten Gefühle mehr! Kurz und gut: der gekränkte Faun muß abgetötet werden!»

Randy nickte: «Ja. Und? Wie geht's nun weiter?»

«Weiß ich nicht», gab George offen zur Antwort. Er sah verwirrt vor sich hin. «Da liegt eben die Schwierigkeit. Nicht, daß ich nicht wüßte, worüber ich schreiben soll. Mein Gott!» lachte er plötzlich. «Wenn ich so von den Burschen höre, die ein einziges Buch schreiben, und damit ist Schluß, weil sie nichts mehr zu schreiben haben ...»

«Das macht dir also keine Sorgen?»

«Guter Gott, nein! Ganz im Gegenteil! Ich hab zuviel Stoff. Er erdrückt mich geradezu!» Er wies auf die einsturznahen Manuskripthaufen, die überall im Zimmer aufgestapelt waren. «Manchmal frag ich mich, was ich in Gottes Namen mit all dem Zeug anfangen soll. Wie soll ich einen Rahmen, eine Form dafür finden, ein Bett, in dem es dahinfließt!» Er schlug sich heftig mit der Faust aufs Knie, in seiner Stimme war ein verzweifelter Klang. «Manchmal kann ich mir vorstellen, daß man vielleicht deshalb nichts mehr schreiben kann, weil man in seinen eigenen Ausscheidungen ersäuft.»

«Du hast also keine Angst, daß dir der Stoff ausgeht?»

George lachte laut: «Zeitweise wünsch ich mir das beinah ... Einen gewissen Trost hätte der Gedanke, ich müßte eines Tages – vielleicht, wenn ich vierzig bin – austrocknen und wie ein Kamel von meinem Höcker leben. Aber ich mein das natürlich nicht ernst. Es ist nicht gut, so auszutrocknen – das ist eine Art Tod ... Nein, das macht mir keine Kopfschmerzen. Nur den Weg muß ich finden!» Er schwieg einen Augenblick und starrte Randy an; dann schlug er sich wieder aufs Knie und rief: «Den *Weg*! Den *Weg*! Verstehst du mich?»

«Ja», sagte Randy, «ich glaub. Aber wie?»

George sah verwirrt und hilflos aus. Er schwieg, während er sich bemühte, das Problem in Worte zu fassen.

«Ich such einen Weg», sagte er endlich. «Ich glaub, es muß so was geben, was man etwas vage Prosadichtung nennt. Vielleicht eine Art Legende. So etwas wie eine Erzählung, in der alles drinsteht, was ich weiß, jede Art Leben, die ich kennengelernt hab. Nicht die Tatsachen, verstehst du, nicht einfach die Geschichte meines Lebens, sondern etwas Wahreres als die Tatsachen, eine Art Extrakt meiner Erlebnisse, der in eine allgemeingültige Form gebracht ist. Das wär doch die höchste Prosa, meinst du nicht?»

Randy lächelte und nickte ermutigend. Das war wieder der alte, richtige George. Er hätte sich keine Sorgen um ihn zu machen brauchen. Der würde sich schon aus dem Sumpf herausarbeiten. Vergnügt fragte Randy:

«Hast du das neue Buch schon angefangen?»

George begann hastig zu sprechen, und wieder bemerkte Randy einen ängstlich-gespannten Ausdruck in seinen Augen.

«Ja», sagte er, «ich hab schon eine ganze Menge geschrieben. Diese Bücher da», sagte er und deutete auf einen großen Stapel abgegriffener Schreibhefte auf dem Tisch, «und die ganzen Manuskripte», er machte eine weite, das ganze Zimmer umfassende Handbewegung, «alle hab ich in letzter Zeit vollgeschrieben. Es müssen eine halbe Million Wörter sein oder noch mehr.»

Nun machte Randy einen Schnitzer, den viele Laien ahnungslos im Gespräch mit Schriftstellern machen.

«Wovon handelt's denn?» fragte er.

Er wurde mit einem finster-bösen Blick belohnt. George antwortete nicht. Er begann auf und ab zu gehen und brütete angestrengt vor sich hin. Schließlich blieb er am Tisch stehen, drehte sich um, sah Randy an und sagte ganz einfach mit der befreienden Ehrlichkeit, die eine seiner besten Züge war:

«Nein, ich hab mein neues Buch noch nicht angefangen! ... Tausende von Wörtern», er klatschte mit der flachen Hand auf die abgegriffenen Bücher, «Hunderte von Ideen, Dutzende von Szenen, Ausschnitten und Fragmenten – aber kein Buch! ... Und die Zeit vergeht!» fuhr er fort, und der besorgte Zug um seine Augen verschärfte sich. «Fast fünf Monate ist es her, daß das erste Buch erschienen ist, und ich», er streckte den Arm aus und wies mit einem Ausdruck erbitterter Wut auf das wüste und schale Durcheinander im Zimmer, «ich hab weiter nichts als das! Die Zeit verrinnt mir unter den Fingern, und ich merk es nicht! Zeit!» rief er, schlug sich mit der Faust in die Handfläche und starrte abwesend und flammenden Blicks vor sich hin, als hätte er eine Erscheinung. «Zeit!»

Die Zeit war sein Feind. Oder vielleicht war sie auch sein Freund? So genau kann man das nicht wissen.

Randy blieb mehrere Tage in New York; die beiden Freunde redeten von morgens bis abends und von abends bis morgens. Sie redeten über alles, was ihnen einfiel. George rannte in seiner ruhelosen Art im Zimmer auf und ab, redete oder hörte Randy zu, blieb dann plötzlich neben dem Tisch stehen, blickte sich finster um, als sähe er das Zimmer zum erstenmal, klatschte laut mit der Hand auf einen Manuskriptstapel und stieß hervor:

«Weißt du auch, warum ich das alles geschrieben hab? Ich will's dir sagen: weil ich so verdammt faul bin!»

«Sieht mir aber gar nicht wie das Zimmer eines faulen Menschen aus», meinte Randy lachend.

«Ist es aber doch», antwortete George. «Deshalb sieht's hier so aus. Weißt du», fuhr er schließlich nachdenklich fort, «ich denk mir, eine Masse Arbeit auf dieser Welt wird aus Faulheit getan. Nur deshalb arbeiten Menschen: weil sie so faul sind.»

«Ich kann dir nicht ganz folgen», sagte Randy, «aber erzähl' weiter, sprich dich nur aus!»

«Also», sagte George sehr ernst, «das ist so: man arbeitet, weil man Angst davor hat, nicht zu arbeiten. Man arbeitet, weil es eine so furchtbare Überwindung kostet, anzufangen. Dieser Abschnitt ist einfach die Hölle. Der Anfang fällt einem so schwer; da bekommt man, wenn man erst mal angefangen hat, Angst davor, wieder zurückzufallen. Alles will man lieber, nur nicht noch einmal diese Qual durchleben; deshalb macht man weiter, man wird immer schneller, man macht so lange weiter, bis man nicht mehr aufhören kann, auch wenn man wollte. Man vergißt zu essen, sich zu rasieren, ein frisches Hemd anzuziehen – falls man eins hat. Man vergißt auch beinah zu schlafen, und wenn man's versucht, dann kann man nicht schlafen, denn nun ist die Lawine ins Rollen gekommen, sie rollt Tag und Nacht. Die Leute fragen: ‹Warum machst du nicht mal eine Pause? Warum denkst du nicht ab und zu mal an was anderes? Warum gönnst du dir nicht mal ein paar Tage Erholung?› Das alles tut man nicht, weil man nicht kann; man kann nicht aufhören; auch wenn man's könnte, würde man Angst davor haben, weil man dann die ganze Hölle des neuen Anfangens wieder durchmachen müßte. Dann sagen die Leute, man wäre ein unersättliches Arbeitstier, aber das stimmt keinesfalls. Es ist einfach Faulheit, pure, verdammte Faulheit, weiter nichts.»

Randy mußte wieder lachen. Er konnte nicht anders: das war echt George, kein anderer hätte auf so etwas kommen können. Und das Komischste daran war, daß auch George die humoristische Seite dieser Sache sah und daß er es trotzdem verzweifelt ernst meinte. Randy konnte sich vorstellen, wie George nach wochen- und monatelangem tiefsinnigem Grübeln zu diesem paradoxen Schluß gekommen war und nun, gleich einem Wal nach langem Untertauchen, spuckend und prustend aus seiner Grübelei wieder auftauchte.

«Na ja, ich seh schon, worauf du hinauswillst», sagte Randy. «Vielleicht hast du recht. Aber zumindest ist's eine sehr ungewöhnliche Art von Faulheit.»

«Nein», antwortete George. «Wahrscheinlich eine sehr natürliche Art. Lies doch mal über all die Burschen nach», fuhr er lebhaft fort, «Napoleon ... und ... und Balzac ... und Edison!» Triumphierend rief er: «Die schlafen nie mehr als eine oder zwei Stunden hintereinander und können Tag und Nacht weitermachen – und warum? Nicht weil sie so gern arbeiten, sondern weil sie in Wirklichkeit faul sind und Angst haben, nicht zu arbeiten; weil sie ihre Faulheit *kennen*! Zum Teufel, ja! So ist es!» fuhr er begeistert fort. «Ich weiß, bei all denen ist's so gewesen! Der alte Edison», sagte er verächtlich, «lief rum und tat so, als arbeitete er die ganze Zeit, weil's ihm solchen Spaß machte!»

«Ja, glaubst du das nicht?»

«Zum Teufel, nein!» war die wegwerfende Antwort. «Ich wette mit dir, um was du willst: wenn du wirklich ergründen könntest, was im Kopf vom alten Edison vorging, dann würdest du finden, daß er keinen größeren Wunsch hatte, als den ganzen Tag bis zwei Uhr nachmittags im Bett zu bleiben! Dann würde er aufstehn und sich kratzen, dann würde er ein Weilchen in der Sonne liegen, und dann würde er mit den Jungens vor dem Dorfladen rumstehn und mit ihnen über Politik schwatzen und darüber, wer im nächsten Herbst die Meisterschaften machen wird!»

«Aber was hindert ihn denn daran, wenn ihm das Spaß macht?»

«Na ja», rief George ungeduldig, «eben die *Faulheit*! Weiter nichts. Er hat Angst davor, weil er weiß, daß er so verdammt faul ist! Und er schämt sich seiner Faulheit; er hat Angst, daß einer sie spitzkriegen könnte! Darum!»

«Ah, das ist was anderes! Warum schämt er sich denn?»

«Weil er immer», antwortete George ernst, «wenn er bis zwei Uhr nachmittags im Bett liegen möchte, die Stimme seines alten Herrn hört ...»

«Seines alten Herrn?»

«Natürlich! Von seinem Vater.» George nickte bekräftigend.

«Aber Edisons Vater ist doch schon jahrelang tot, nicht wahr?»

«Klar, aber das macht nichts. Er hört ihn trotzdem. Wetten, daß er immer, wenn er sich auf die andere Seite dreht und noch eine oder zwei Stunden schlafen will, den alten Papa Edison die Treppe raufbrüllen hört? Ja, er brüllt: er soll aufstehn, er sei keinen Schuß Pulver wert, *er* in seinem Alter sei um die Zeit schon vier Stunden aufgewesen und habe die ganze Tagesarbeit gemacht, so ein armer, elender Waisenknabe, wie er war!»

«Ach nein, das hab ich gar nicht gewußt. War Edisons Vater ein Waisenkind?»

«Klar, wenn sie einen die Treppe rauf anbrüllen, sind sie alle mal

Waisenkinder gewesen. Und die Schule war immer mindestens zehn Kilometer weit weg, und immer waren sie barfuß, und immer hat's geschneit. Mein Gott!» lachte er plötzlich. «Alle alten Herren sind immer bei Nordpolkälte zur Schule gegangen, alle! Und deshalb steht man auf, und deshalb reißt man sich zusammen: weil man Angst hat, Angst vor dem verdammten Joyner-Blut in einem ... Und ich fürchte, so wird's mit mir bis ans Ende meiner Tage gehn. Immer, wenn ich die *Île de France* oder die *Aquitania* oder die *Berengaria* samstags den Fluß runterfahren und aufs Meer ziehen seh, wenn ich die umgelegten Schornsteine und die weißen Brüste der großen Dampfer seh, wenn's mich dann in der Kehle würgt und ich plötzlich das Lied der Seejungfrauen hör – dann hör auch ich, so lange ich denken kann, die Stimme meines alten Herrn, der mich anbrüllt, ich wär keinen Schuß Pulver wert. Und wenn mir träumt, daß ich auf tropischen Inseln Brotfrüchte vom Baum pflückte, wenn mir träumt, ich lieg unter einer Palme in Samoa und eine reizende Eingeborenendame fächelt mir, mit ihrer neuesten Glasperlenkette bekleidet, Kühlung zu – dann hör ich die Stimme meines alten Herrn. Immer wenn mir träumt, ich flezte mich mit Pieter Breughel im Schlaraffenland, gebratene Ferkel kommen angetrottet, und durch einen Trichter fließt Bier in meinen Mund – dann hör ich die Stimme meines alten Herrn. So macht das schlechte Gewissen uns alle zu Feiglingen. Ich bin faul – aber immer, wenn mein schlechteres Selbst die Oberhand gewinnen will, brüllt mich der alte Herr die Treppe rauf an.»

George war von seinen Problemen ganz erfüllt, er redete unausgesetzt von ihnen. In Randy hatte er einen verständnisvollen Zuhörer. Eines Tages aber, als Randys Besuch zu Ende ging, kam es George auf einmal merkwürdig vor, daß sein Freund sich so lange Urlaub von der Arbeit genommen hatte. Er fragte Randy danach. Wie hatte er das denn fertiggebracht?

«Ich hab keine Arbeit mehr», antwortete Randy ruhig, mit einem kleinen, verlegenen Lächeln. «Sie haben mich rausgeschmissen.»

«Willst du damit sagen, daß der Merrit, dieser Hund ...» fing George gleich mit flammender Entrüstung an.

«Ach nein, nun schimpf bloß nicht», unterbrach Randy. «Der konnte nicht anders. Er wurde von oben getreten und mußte es tun. Er sagte, ich machte keine Geschäfte, und das stimmt: ich hab auch keine gemacht. Aber die ‹Allgemeine› scheint nicht zu wissen, daß kein Mensch mehr Geschäfte machen kann. Es sind keine mehr zu machen, schon das ganze letzte Jahr nicht. Du hast's ja gesehn, als du zu Hause warst. Die Leute steckten jeden Penny, den sie zusammenkratzen konnten, in die Grundstücksspekulation, das einzige Geschäft, das noch ging. Und damit ist's natürlich auch vorbei, seit die Bank zusammengekracht ist.»

«Und du meinst also», bemerkte George betont-langsam, «du meinst also, daß Merrit diesen Augenblick benutzt hat, um dich auf die Straße zu setzen? Also, dieser dreckige . . .»

«Ja», sagte Randy, «ich flog genau eine Woche, nachdem die Bank ihre Schalter geschlossen hatte. Ich weiß nicht, ob Merrit sich dachte, es wär die beste Gelegenheit, mich loszuwerden, oder ob's nur zufällig zusammentraf. Aber was macht das schon? Ich hab's lange kommen sehn, schon seit einem Jahr oder noch länger. Es war nur noch 'ne Frage der Zeit. Und glaub mir», sagte er ruhig-nachdrücklich, «es war eine Hölle. Von einem Tag zum andern lebte ich in Furcht und Schrecken, ich wußte, daß es kommen würde und daß ich's durch nichts abwenden konnte. Aber eins ist komisch: jetzt, wo's passiert ist, bin ich erleichtert.» Er lächelte sein altes, klares Lächeln. «Wirklich wahr», sagte er. «Ich hätte nie den Mumm gehabt, selber zu kündigen – ich hab ja ganz schön verdient, weißt du –, aber jetzt, wo ich raus bin, freu ich mich drüber. Ich hatte ganz vergessen, wie es ist, ein freier Mensch zu sein. Nun kann ich aufrecht jedem Menschen in die Augen sehn und dem Großen Mann, Paul S. Appleton persönlich, sagen, daß er mich sonstwas kann. Ein schönes Gefühl.»

«Und was wirst du nun anfangen, Randy?» fragte George in ehrlicher Anteilnahme.

«Keine Ahnung», sagte Randy vergnügt. «Ich hab noch gar keine Pläne. In den Jahren, die ich bei der ‹Allgemeinen› war, hab ich recht gut gelebt, ich hab aber auch ein bißchen was beiseite gelegt. Und da ich's glücklicherweise nicht in der Citizens Trust Company oder in Grundstücken angelegt hatte, ist es noch da. Außerdem gehört mir ja das alte Familienhaus. Eine Weile können Margaret und ich es ganz gut aushalten. Natürlich liegen solche Stellungen, wie ich eine hatte, nicht auf der Straße, aber das Land ist groß, und ein guter Mann findet immer eine Stellung. Hast du je von einem guten Mann gehört, der keine Arbeit gefunden hat?» fragte er.

«Na ja, so sicher ist mir das nicht», meinte George und schüttelte zweifelnd den Kopf. «Vielleicht hab ich unrecht», fuhr er fort, während er stehenblieb und nachdenklich vor sich hin blickte, «aber ich glaub nicht, daß der Börsenkrach und der Bankrott der Bank in Libya Hill Einzelerscheinungen sind. Allmählich hab ich so ein Gefühl, als wären wir auf dem Weg zu etwas Neuem, zu einschneidenderen Ereignissen, als Amerika sie bis jetzt erlebt hat. Die Presse fängt an, 's ernst zu nehmen. Sie nennt das Depression. Alle scheinen sich Sorgen zu machen.»

«Ach was!» sagte Randy lachend. «*Du* bist deprimiert. Das kommt, weil du in New York lebst: Hier ist die Börse alles. Wenn Hausse ist, sind die Zeiten gut, wenn Baisse ist, sind sie schlecht. Aber New York ist nicht Amerika.»

«Ich weiß», antwortete George. «Ich denk auch nicht an die Börse. Ich denk an Amerika ... Manchmal kommt mir's so vor», fuhr er langsam fort, wie wenn er sich im Dunkeln auf einer unbekannten Straße vorwärtstastete, «als wäre Amerika irgendwann vom Wege abgekommen, vor vielen Jahren, zur Zeit des Bürgerkriegs oder kurz danach. Statt vorwärts zu gehen und sich in der Richtung zu entwickeln, in die es anfangs aufgebrochen war, geriet es auf einen falschen Weg; und nun sehn wir uns um und erkennen, daß wir irgendwohin geraten sind, wo wir gar nicht hin wollten. Plötzlich wird uns klar, daß Amerika mit seinem leicht erworbenen Reichtum, mit seiner Korruption und seinen Privilegien etwas Häßlich-Verderbtes geworden und zutiefst angefressen ist ... Und das Schlimmste ist die geistige Verlogenheit, die diese Korruption hervorgerufen hat. Die Leute *fürchten* sich, gradeaus zu denken, sie *fürchten*, sich selber ins Auge zu sehn, sie *fürchten* sich, die Dinge so zu sehn, wie sie sind. Wir sind eine Nation von Reklamefachleuten geworden und verstecken uns hinter marktschreierischen Schlagworten wie ‹Prosperity›, ‹rücksichtsloser Individualismus›, ‹die amerikanischen Methoden›. Auch die echten Dinge wie Freiheit, gleiche Chancen, Unantastbarkeit und Wert des Individuums, der Lieblingstraum Amerikas von seinen Uranfängen her, auch die sind nur noch Worte. Sie haben keinen Inhalt mehr, sie sind nicht mehr wirklich ... Nimm beispielsweise deinen Fall. Du sagst, du fühlst dich endlich frei, weil du deine Stellung verloren hast. Ich zweifle nicht daran – aber es ist eine sonderbare Freiheit. *Wie* frei bist du eigentlich?»

«Na, immerhin so frei, daß ich mich wohl fühle», erwiderte Randy herzlich. «Und – sonderbar oder nicht – ich fühl mich so frei wie noch nie. Ich habe die Freiheit, mir Zeit zu lassen und mich ein bißchen umzusehn, eh ich eine neue Bindung eingehe. Ich will nicht wieder in so einen Betrieb, wie es der alte war. Ich will auf eigenen Füßen stehn», sagte er heiter.

«Aber wie willst du das anfangen?» fragte George. «In Libya Hill, wo alles in Grund und Boden gewirtschaftet ist, wirst du nichts finden.»

«Lieber Himmel, ich bin doch mit Libya Hill nicht verheiratet!»
sagte Randy. «Ich kann überall hin. Du mußt bedenken, daß ich
mein Leben lang verkauft hab und ans Herumreisen gewöhnt bin.
Und ich hab in anderen Branchen Geschäftsfreunde, die mir helfen
werden. Das ist das Gute am kaufmännischen Beruf: wenn man *eine*
Sache verkaufen kann, dann kann man alles verkaufen; dann ist es
leicht, sich auf andere Artikel umzustellen. Ich kenn mich schon
aus», schloß er sehr zuversichtlich, «um mich brauchst du dir keine
Sorgen zu machen.»

Sie sprachen nicht mehr viel darüber. Und als Randy abfuhr, waren seine letzten Worte am Bahnhof:

«Also, mach's gut, mein Junge! *Du* bist auf dem richtigen Weg.
Aber vergiß nicht: der gekränkte Faun muß abgetötet werden. Und
ich – ich weiß nicht, wie der nächste Schritt aussehn wird, aber ich
mach schon meinen Weg!»

Damit stieg er in den Zug und war fort.

George teilte Randys Zuversicht nicht; je mehr er über den Freund
nachdachte, desto bedenklicher wurde er. Sicherlich hatte Randy
sich von dem, was ihn betroffen hatte, nicht zu Boden werfen lassen, das war gut; aber seine ganze Haltung, sein fröhlicher Optimismus angesichts des Unheils hatte etwas Unechtes. Er war der klar-
ste Kopf, den George kannte, aber es hatte fast den Anschein, als
hätte er eine Kammer seines Gehirns abgeriegelt und stillgelegt.
Das alles war sehr bedenklich.

«Auch das Menschenleben kennt Gezeiten», sann George, «abgeschlossene Perioden von Ebbe und Flut ... Wenn sie kommen
sollen, dann kommen sie; dann lassen sie sich durch keine Wünsche
zurückhalten.

Das war's vielleicht. George kam es so vor, als wäre Randy in
einer Ebbe, ohne es zu wissen. Und eben das machte die Sache so
verzwickt und bedenklich: daß *er*, ausgerechnet er es nicht wissen
sollte.

Außerdem hatte er davon gesprochen, er wolle nichts mehr mit
einem Betrieb wie dem alten zu tun haben. Glaubte er denn, der
fürchterliche Druck, unter dem er gestanden hatte, wäre eine Besonderheit der Gesellschaft, für die er gearbeitet hatte? Wußte er
nicht, daß es anderswo genauso war? Hielt er es für möglich, derartigen Verhältnissen auszuweichen, indem er einfach die Stellung
wechselte? Glaubte er, man käme einfach durch eine solche Um-
stellung in den Genuß all der köstlichen Vorteile, von denen er als
ehrgeiziger, strahlender Jüngling geträumt hatte: ein weit höheres

Einkommen und ein besseres Leben, als die meisten es gewöhnt waren? Und das alles, ohne es irgendwie bezahlen zu müssen?

«Was willst du haben? sprach Gott; bezahle es und nimm es hin», hatte Emerson in jenem wunderbaren Essay über die *Compensation* gesagt, den jeder Amerikaner gesetzlich verpflichtet sein sollte zu lesen ... Ja, so war es. Man mußte für alles bezahlen ...

Großer Gott! Wußte Randy denn nicht, daß nie ein Weg zurückführt?

Die nächsten paar Jahre waren für ganz Amerika und ganz besonders für Randy Shepperton schrecklich.

Er fand keine andere Stellung. Er versuchte alles, aber ohne Erfolg. Es gab einfach keine Stellungen. Überall wurden die Menschen zu Tausenden entlassen, und nirgends wurden welche eingestellt.

Nach achtzehn Monaten waren Randys Ersparnisse aufgebraucht; er war in einer verzweifelten Lage. Er mußte das alte Familienhaus verkaufen und bekam dafür einen wahren Bettel. Er bezog mit Margaret eine kleine Wohnung, und bei sparsamem Wirtschaften gelang es ihnen, noch etwa ein Jahr von dem Ertrag des Hauses zu leben. Dann war auch dieser aufgezehrt. Randy war in äußerster Bedrängnis. Er erkrankte, mehr an einer seelischen als an einer körperlichen Krankheit. Als schließlich kein anderer Ausweg blieb, zogen er und Margaret weg von Libya Hill, zu der verheirateten älteren Schwester, bei deren angeheirateten Verwandten sie, abhängig von den Wohltaten gütiger Fremder, lebten.

Und das Ende von allem? Randy – Randy mit dem klaren Blick und dem raschen Verstand, Randy, der sich von keinem etwas vormachen ließ, die Wahrheit liebte und den Dingen stets auf den Grund gegangen war – Randy wurde Unterstützungsempfänger.

Da glaubte George ihn zu verstehen. Hinter Randys tragischem Schicksal erschien ihm ein Teufel in Gestalt eines wendigen, einnehmenden jungen Mannes, der wie ein Handlungsreisender gekleidet war, von Zuversicht triefte und das Wort «Vertrauen!» im Munde führte, wo gar kein Vertrauen vorhanden war. Ja, die Verkaufstüchtigkeit hatte ganze Arbeit geleistet, die Verkaufstüchtigkeit, jene kaufmännische Spielart der Sophisterei, der ergebene Diener des Eigennutzes, der geschworene Feind der Wahrheit. George dachte daran, wie klar-umfassend Randy die Probleme des Freundes theoretisch hatte betrachten können, weil keinerlei Eigennutz das Bild trübte. Andere konnte er retten, sich selber nicht;

denn über sich selbst vermochte er die Wahrheit nicht mehr zu erkennen.

George sah in Randys Tragödie ein Abbild der eigentlichen Tragödie Amerikas. Das herrliche, unerreichte, unvergleichliche, unschlagbare, immer wachsende, überlebensgroße Amerika (Neunundneunzig-Komma-vierundvierzig-prozentig, Blütenfrischer-Teint-wie-ein-Schulmädchen, Auf-der-ganzen-Erde-benutzt-man, Kilometerweit-würde-ich-dafür-laufen, Vier-unter-Fünfen-kaufen-es, Die-Stimme-seines-Herrn, Fragen-Sie-unsere-alten-Kunden), die Heimat der Einheitsnahrung Reklame, der Verkaufstüchtigkeit und der Sophisterei mit ihren vielen trügerisch-einschmeichelnden Spielarten.

Waren nicht die Geschäftsleute, die wahren Führer Amerikas, hinsichtlich der Depression im Unrecht geblieben? Hatten sie sie nicht mit verächtlichem Achselzucken abgetan und mit Worten zu verwischen gesucht, weil sie sie einfach nicht erkennen wollten? Hatten sie nicht immer wieder gesagt, die *prosperity* lauere hinter der nächsten Straßenecke, als die sogenannte *prosperity* schon längst dahin war, und die Ecke, um die sie hatte kommen sollen, sich in eine steil-abschüssige Bahn verwandelt hatte, die zu Hunger, Mangel und Verzweiflung führte?

Ach ja – Randy hatte recht gehabt mit dem gekränkten Faun. George wußte nun: sein Mitleid mit sich selbst war nichts weiter als sein geliebter Egoismus, und dieser Egoismus stellte sich zwischen ihn und die Wahrheit, die er als Schriftsteller suchte. Aber Randy wußte nicht, daß es auch im Geschäftsleben gekränkte Faune gab. Dort waren sie anscheinend nicht so leicht abzutöten. Denn das Geschäft war die köstlichste Form des Egoismus – ein Eigennutz, der in Dollars rechnete. Brächte man ihn mit Hilfe der Wahrheit um – was bliebe dann noch übrig?

Ein besseres Leben vielleicht, nicht aber auf der Grundlage eines Geschäfts, wie wir es kennen.

Viertes Buch

Das Medusenhaupt

George befolgte Randys Rat und zog um. Er wußte zunächst nicht, wohin, wollte nur möglichst weit fort von der Park Avenue, von den ästhetischen Dschungeln der Löwenjäger, von der reichen, mondänen Halbwelt, die am gesunden Körper Amerikas schmarotzte. So zog er denn nach Brooklyn.

Sein Buch hatte ihm etwas Geld eingebracht; er bezahlte seine Schulden und gab die Dozentenstelle an der School for Utility Cultures auf. Von nun an war er ganz auf das unsichere Einkommen aus seiner Tätigkeit als Schriftsteller angewiesen.

Vier Jahre lang lebte er in Brooklyn. Vier Jahre Brooklyn: ein geologisches Zeitalter, eine Gesteinsschicht aus einförmig-grauer Zeit. Jahre der Armut waren es, Jahre der Verzweiflung und der unsagbaren Einsamkeit. George lebte mitten unter den Armen, unter den Ausgestoßenen, Vergessenen und Verlorenen Amerikas, er gehörte selber zu ihnen. Aber das Leben ist stark; vier Jahre lang ging es rings um ihn weiter in seiner unendlichen Vielfalt, die reich an unbemerkten und schnell wieder vergessenen kleinen Ereignissen war. Er sah alles und nahm es hungrig als Bereicherung seiner Erfahrungen auf; vieles schrieb er nieder und preßte es aus, bis er schließlich aus allem den Extrakt seines verborgenen Sinnes gewann.

Wie aber sah es während dieser grauen Jahre in ihm selber aus? Was hatte er vor? Was tat er? Was wollte er?

Es ist schwer zu sagen; er wünschte sich mancherlei, am sehnlichsten aber verlangte es ihn nach Ruhm. In diesen Jahren konzentrierte er sich darauf, das schöne Medusenantlitz des Ruhms zu enträtseln. Er hatte ein wenig von Ruhm und Ehre gekostet und ihm war davon ein bitterer Geschmack im Munde geblieben. Vielleicht deshalb, weil er nicht genügt hatte? Ja, bestimmt: er hatte nicht genügt. Also war wohl das, was er gekostet hatte, gar kein Ruhm gewesen, sondern nur vorübergehende Anerkennung? Eine Eintagsfliege war er gewesen – nichts weiter.

Aber er hatte allerlei dazugelernt, seit er jenes erste Buch geschrieben hatte. Er wollte es wieder versuchen.

So lebte er ganz allein in Brooklyn, schrieb und lebte, lebte und schrieb. Wenn er stundenlang hintereinander gearbeitet und darüber Essen, Schlafen und alles übrige vergessen hatte, dann stand er schließlich taumelnd vom

Schreibtisch auf und torkelte trunken von Müdigkeit auf die nächtlichen Straßen hinaus. In irgendeinem Restaurant aß er zu Abend; er war so fiebrig erregt, daß von Schlaf keine Rede sein konnte; so ging er denn über die Brooklyn Bridge nach Manhattan, spürte in den Straßen der Stadt dem geheimen Herzen der Finsternis nach und kam gegen Morgen über die Brücke zurück, um sich in Brooklyn ins Bett zu legen.

Bei diesen nächtlichen Wanderungen fielen die alten Hemmungen von ihm ab, aber der alte Glaube blieb. Denn nun war ihm, als sei er tot gewesen und wieder auferstanden, als hätte er sich verloren und wiedergefunden, als hätte er in seiner kurzen Ruhmesepoche die Begabung, die Leidenschaft und die Gläubigkeit seiner Jugend verschachert, bis sein Geist tot, sein Herz verdorben und alle Hoffnung geschwunden waren, und als würde er nun in Einsamkeit und Finsternis sein ganzes Leben wiedergewinnen. Alles würde wieder wie früher werden, und wie einst sah er das Bild der schimmernden Stadt vor sich. Im Juwelenglanz ihrer Lichter lag sie vor ihm; ihr Bild brannte sich in seine Seele ein, wenn er über die Brücke ging, an der sich die Strömung brach und unter der die großen Schiffe riefen. Wieder und wieder ging er über die Brücke.

Und ihm zur Seite ging sein düsterer Freund, die Einsamkeit, der einzige Freund, dem er das anvertraute, wonach ihn aus tiefstem Herzen verlangte. «Ruhm!» flüsterte er der Einsamkeit zu. Und die Einsamkeit antwortete: «Geduld, Bruder, man muß warten können!»

Die Heuschrecken haben über sich keinen König

Das unabsehbare rostig-braune Dickicht von Süd-Brooklyn liegt in düsterem Abendlicht. Ohne Glanz und ohne Wärme fällt es auf die Menschengesichter mit ihren toten Augen und ihrem talgig-grauen Fleisch, auf Gesichter, die am traurig-stillen Tagesende zum Fenster hinauslehnen.

Wenn man um diese Tageszeit die enge Straße zwischen armselig-schäbigen Häusern hinuntergeht, vorbei an den Blicken der Menschen, die still in Hemdsärmeln zum offenen Fenster hinauslehnen, wenn man in eine Gasse einbiegt, dem halbmeterbreiten Fußsteig aus zerbröckelndem Beton bis zum allerletzten schäbigen Haus folgt und die abgetretenen Stufen zur Haustür hinaufgeht, wenn man laut mit der Faust gegen die Tür bummert (denn die Klingel funktioniert nicht) und geduldig wartet, bis jemand kommt, wenn man dann fragt, ob Mr. George Webber hier wohnt, dann wird man die Auskunft erhalten: gewiß, der wohne hier, man möge nur hereinkommen, die Kellertreppe hinuntergehen und an der Tür rechts klopfen, da sei er wahrscheinlich anzutreffen. Also steigt man in den feuchten, düsteren Kellerflur hinab, tastet sich zwischen verstaubten alten Kisten, ausrangierten Möbeln und anderem Gerümpel bis zu der bezeichneten Tür durch und klopft; Mr. Webber selber öffnet und bittet, in sein Zimmer, in sein Heim, in seine Burg einzutreten.

Der Raum macht eher den Eindruck einer Kerkerzelle als den eines Zimmers, das sich jemand freiwillig zur Wohnung erwählt hat. Er ist schmal und ebenso lang wie der Flur; nur zwei kleine Fenster ganz oben an den beiden Schmalseiten des Zimmers lassen ein wenig Tageslicht ein; sie sind mit dicken Eisengittern versehen, die ein früherer Besitzer des Hauses zum Schutz gegen die Brooklyner Einbrecher hatte anbringen lassen.

Die Möblierung ist des Raums würdig: kein überflüssiger Luxus stört seine zweckmäßig-spartanische Einfachheit. Hinten eine eiserne Bettstelle mit zerbrochenen Sprungfedern, ein wackliger Ankleidetisch, über dem ein zersprungener Spiegel hängt, zwei Küchenstühle, ein Reisesack und ein paar vielbenutzte Koffer. Vorn unter einer gelben Glühbirne, die an einer Schnur von der Decke hängt, ein großer, zerkratzter, abgeschabter Arbeitstisch, dessen Schubladen größtenteils keine Griffe mehr haben, und davor ein alter, steiflehniger Stuhl aus dunklem Holz. Um die beiden Zimmerhälften zu einem ästhetischen Ganzen zu vereinen, stehen an den Wänden folgende Möbelstücke nebeneinander: ein uralter Klapptisch in grüner, stark abgeblätterter Farbe, durch die überall der vorige rosafarbene Anstrich durchschimmert, einige roh zusammengefügte Bücherregale und zwei große Lattenverschläge oder Kisten ohne Deckel, in denen Stapel von Schreibheften und von weißen und gelben Manuskriptblättern liegen. Über den Schreibtisch, die Bücherregale, den Tisch und den ganzen Fußboden sind ungeheure Mengen beschriebener Blätter wie abgefallenes Herbstlaub verstreut, und überall im Raum sind Bücher aufgestapelt oder wacklig aneinandergelehnt.

In diesem düsteren Keller haust und arbeitet George Webber. Die Wände liegen mehr als einen Meter tief unter der Erde und schwitzen im Winter fortwährend kalte Feuchtigkeit aus. Im Sommer hingegen schwitzt George selber.

Seine Nachbarn sind vorwiegend Armenier, Italiener, Spanier, Iren oder Juden, kurzum: Amerikaner. Alle Hütten, Proletarierwohnungen und Elendsquartiere in den feuchten rostig-braunen Straßen von Süd-Brooklyn sind voll von ihnen.

Und was ist das für ein merkwürdiger Geruch?

Ach so? Ja, sehen Sie, George teilt sich brüderlich mit seinen Nachbarn ein Stück städtischen Grundbesitzes, das allen gemeinsam gehört und die ganz besondere, eigene Atmosphäre von Süd-Brooklyn schafft: den alten Gowanus-Kanal. Der Duft, den Sie erwähnten, ist nur die große aromatische Symphonie, in der sich unzählige Fäulnisgerüche listig zu einem einzigen Gestank vermischen. Manchmal ist es ganz interessant, sie zu zählen: nicht nur der widerliche Gestank stehender Kloaken ist zu erkennen, sondern auch der Geruch gekochten Leims, verbrannten Gummis und schwelender Lumpen, der Duft einer längst verreckten Schindmähre, der Weihrauch faulender Abfälle, verwesender Katzenkadaver, alter Tomaten, verfaulter Kohlköpfe und prähistorischer Eier.

Wie kann George das nur aushalten?

Mein Gott, man gewöhnt sich daran. Man kann sich an alles gewöhnen, genau wie die anderen Leute. Die denken nie an den Gestank, sie reden nicht davon, und wenn sie hier wegzögen, würden sie ihn wahrscheinlich vermissen.

Hierher also hat George Webber sich zurückgezogen, hier hat er sich «vergraben» in seinem verbissenen, ja verzweifelten Trotz. Und man geht nicht ganz fehl in der Annahme, daß er sich freiwillig dazu entschlossen hat, dieses einsamste, unauffindbarste Versteck aufzusuchen.

Mr. Marple, der ein Zimmer im zweiten Stock bewohnt, stolpert mit einer Flasche in der Hand die düstere Kellertreppe hinunter und klopft an George Webbers Tür.

«Herein!»

Mr. Marple tritt ein, stellt sich vor, macht von der Flasche Gebrauch, setzt sich hin und fängt ein Gespräch an.

«Na, Mr. Webber, wie schmeckt denn das, was ich da für Sie zusammengemixt hab?»

«Oh, sehr gut, sehr gut!»

«Na ja, ich meine nur, wenn's Ihnen nicht schmeckt, dann sagen Sie's bitte ehrlich.»

«Ja, gewiß, würd ich schon tun.»

«Ich meine bloß, ich möcht's gerne wissen. Leg großen Wert auf Ihr Urteil. Ich meine nämlich, ich hab das selber nach eignem Rezept gebraut. Würd nie geschmuggelten Schnaps kaufen – würd ich nicht riskieren. Den Alkohol kauf ich in 'nem Laden, wo ich weiß, was ich krieg – verstehen Sie?»

«Ja, natürlich.»

«Aber ich wüßte gern, wie's Ihnen schmeckt, liegt mir sehr viel an Ihrem Urteil.»

«Oh, sehr gut, könnte gar nicht besser sein.»

«Freut mich, wenn's Ihnen schmeckt; aber ich stör Sie doch nicht?»

«O nein, durchaus nicht.»

«Wie ich nämlich reinkam und bei Ihnen Licht sah, da sag ich mir: der denkt vielleicht: Unverschämtheit, wie der da reingetrampelt kommt; da werd ich mal bei ihm vorbeigehn und mich bekanntmachen und fragen, ob er nich 'nen Schluck will.»

«Freut mich, daß Sie gekommen sind.»

«Aber Sie müssen's sagen, wenn ich störe.»

«O nein, durchaus nicht.»

«Ist nämlich so meine Art. Ich interessier mich für Menschen – hab mich viel mit Psychologie abgegeben –, ich brauch bloß ein Gesicht zu sehn, dann weiß ich schon Bescheid. War immer so bei mir – vielleicht, weil ich bei der Versicherung bin. Wenn ich einen seh, der mich interessiert, dann möcht ich ihn gern kennenlernen und mal sehn, wie er so über alles denkt. Und wie ich da Licht bei Ihnen seh, da denk ich: vielleicht schmeißt er mich raus, aber schadt nichts, kann's ja mal probieren.»

«Freut mich sehr, daß Sie's probiert haben.»

«Ja, Mr. Webber, ich versteh nämlich ziemlich viel von Charakteren...»

«Kann ich mir denken.»

«... und wie ich Sie gesehn hab, da hab ich Sie beobachtet, wie Sie hier so sitzen. Sie haben's nicht gemerkt, aber ich hab Sie schon 'ne ganze Weile beobachtet, wie Sie hier gesessen haben, weil ich mich nämlich für Menschen interessier, Mr. Webber. In meinem Beruf, da seh ich ja täglich alle Sorten von Menschen, wissen Sie, ich bin nämlich bei der Versicherung. Und da wollt ich Sie mal was fragen. Wenn's zu persönlich ist, dann sagen Sie's ehrlich, aber wenn's Ihnen nichts ausmacht, dann frag ich Sie mal.»

«Ach wo, macht gar nichts. Worum handelt sich's denn?»

«Wissen Sie, Mr. Webber, ich hab mir ja schon mein Teil gedacht. Aber fragen wollt ich Sie doch, um sicher zu gehn. Also, was ich fragen wollte – aber wenn Sie nicht wollen, brauchen Sie nicht zu antworten – ja, ich wollte mal fragen: was machen Sie denn so? Was haben Sie denn für 'n Beruf? Aber wenn's zu persönlich ist, brauchen Sie mir's nicht zu sagen.»

«Durchaus nicht. Ich bin Schriftsteller.»

«*Was* sind Sie?»

«Schriftsteller. Ich hab mal ein Buch geschrieben, und jetzt schreib ich wieder eins.»

«Also wissen Sie, Sie werden sicher sehr überrascht sein, aber – genau das hab ich mir gedacht. Hab mir gesagt: das ist so einer, sag ich, der macht 'ne Art Intelligenzarbeit, wo er seinen Kopf zu braucht. Der ist 'n Schriftsteller oder 'n Zeitungsmann oder einer von der Reklame. Sehn Sie, ich irr mich selten bei Menschen – das ist so *meine* Art.»

«Ja, ich verstehe.»

«Und nun will ich Ihnen noch was sagen, Mr. Webber: was Sie da machen, das ist Ihre Bestimmung, dafür sind Sie geboren. Das haben Sie von Kind auf vorgehabt – stimmt's oder stimmt's nicht?»

«Doch, da haben Sie ganz recht.»

«Und darum werden Sie auch großen Erfolg haben. Schreiben Sie nur ruhig weiter, Mr. Webber. Ich versteh was von Menschen, ich weiß schon, was ich sag. Bleiben Sie nur dabei, Sie werden's schon erreichen. Gibt ja welche, die nie zu Stuhl kommen. Manche wissen nie, was sie eigentlich werden wollen, das ist das Schlimme bei denen. Bei mir war das ja anders. Ich hab erst, als ich erwachsen war, gewußt, was ich wollte. Sie würden lachen, Mr. Webber, wenn ich Ihnen erzähl, was ich als Kind werden wollte.»

«Was wollten Sie denn werden, Mr. Marple?»

«Also, wissen Sie, Mr. Webber, das ist zu komisch – Sie werden's mir nicht glauben: aber bis zu meinem zwanzigsten Lebensjahr, bis ich erwachsen war, da wollt ich absolut Lokomotivführer werden. Scherz beiseite! Ich war ganz verrückt danach. So verrückt, daß ich glatt hingegangen wär und mich bei der Eisenbahn hätt anstellen lassen, wenn mein Alter mich nicht beim Kragen genommen und mir's ausgeredet hätte. Wissen Sie, ich bin nämlich aus dem Nordosten – man hört mir's ja nicht mehr an, bin schon lange hier; aber da bin ich aufgewachsen. Mein Alter war Klempner in Augusta in Maine. Und wie ich ihm sag, ich will Lokomotivführer werden, da gibt er mir doch 'n Tritt in'n Hintern und sagt: ‹Daraus wird nichts. Ich hab dich auf die Schule gehn lassen›, sagte er, ‹du hast zehnmal soviel gelernt wie ich, und jetzt willst du so 'n Eisenbahnfritze werden. Daraus wird nichts›, sagt der Alte, ‹einer in der Familie soll abends mit saubern Händen und mit'mm weißen Kragen nach Hause kommen. Jetzt scher dich gefälligst und such dir 'ne Stellung in 'nem höheren Beruf, wo du unter deinesgleichen bist.› Ja, du

lieber Gott, das war mein Glück, daß er drauf bestanden hat! Sonst
wär ich doch nie so weit gekommen, wie ich heut bin. Aber damals
war mir's blutiger Ernst. Bloß, Mr. Webber, wissen Sie – Sie dürfen nicht lachen, wenn ich das jetzt sag – ich bin immer noch nicht
ganz drüber weg. Scherz beiseite! Wenn ich so 'ne große Maschine
fahren seh, dann krieg ich immer so 'n komisches Kribbeln wie als
Kind. Wie ich das denen im Büro erzählt hab, da haben sie mich
ausgelacht, und wenn sie mich jetzt sehn, nennen sie mich ‹Eisenbahnfritze›. – Na, wie wär's noch mit 'nem kleinen Schluck, eh ich
geh?»

«Vielen Dank, aber vielleicht doch lieber nicht. Ich muß noch ein
bißchen arbeiten, bevor ich schlafen geh.»

«Natürlich, Mr. Webber, ich weiß doch, wie das ist. So hab ich
Sie gleich eingeschätzt. Der ist Schriftsteller, sag ich, oder er hat
sonst 'ne intelligente Beschäftigung, wo er seinen Kopf zu braucht.
Hat doch gestimmt, was?»

«Ja, Sie haben ganz recht gehabt.»

«Na ja, Mr. Webber, hab mich gefreut, Sie kennenzulernen.
Schließen Sie sich bloß nicht so ab. Wissen Sie, manchmal ist man
doch 'n bißchen einsam. Meine Frau ist vor vier Jahren gestorben,
und seitdem wohn ich hier oben; hab mir gedacht, 'n einzelner
Mensch braucht ja nicht mehr wie so 'n Zimmer. Kommen Sie
doch mal rauf zu mir. Ich interessier mich für Menschen, ich red
gern mit den Leuten und hör mir an, was sie so sagen. Also, wenn
Sie mal Lust haben und 'n bißchen quasseln wollen, dann kommen
Sie nur.»

«O ja, sehr gern.»

«Gute Nacht, Mr. Webber.»

«Gute Nacht, Mr. Marple.»

Gute Nacht. Gute Nacht. Gute Nacht.

In einem Zimmer auf der anderen Seite des Kellers, ähnlich dem
Zimmer, das George bewohnte, lebte ein alter Mann namens Wakefield. Irgendwo in New York hatte er einen Sohn, der seine Miete
bezahlte, aber er bekam ihn selten zu sehen. Er war ein munteres,
schlaues Männchen mit einer fröhlichen Piepsstimme, war schon
nahe an die Neunzig, aber kerngesund und noch ungemein aktiv.
Der Sohn bezahlte seine Miete, und für seine übrigen bescheidenen
Bedürfnisse genügte seine kleine Pension von ein paar Dollar monatlich; freilich führte er ein sehr einsames Leben, denn sein Sohn
beschränkte sich auf seltene Feiertagsbesuche; die übrige Zeit hauste er ganz allein in seinem Kellerzimmer.

347

Der alte Mann war einer der tapfersten und stolzesten Menschen auf Gottes Erde. Er hatte ein verzweifeltes Verlangen nach Gesellschaft, wäre aber lieber gestorben, als daß er seine Einsamkeit zugegeben hätte. In seinem Selbständigkeitsdrang war er so sensibel, daß er trotz seines eigentlich höflichen und heiteren Wesens jeden Gruß ein wenig kühl und zurückhaltend beantwortete, damit niemand ihn für aufdringlich oder übereifrig hielte. Wenn der alte Wakefield aber zu der Überzeugung gekommen war, daß man es gut mit ihm meinte, gab es keinen wärmeren und herzlicheren Menschen als ihn.

George hatte ihn ins Herz geschlossen und unterhielt sich gern mit ihm; der alte Mann lud ihn dringend in sein Kellerzimmer ein, das er militärisch sauber und ordentlich hielt und ihm voller Stolz zeigte. Er war Veteran der Unions-Armee aus dem Bürgerkrieg, und sein Zimmer war vollgestopft mit Büchern, Zeitungen, Broschüren und alten Zeitungsausschnitten über den Krieg und über die Heldentaten seines Regiments. Obwohl der alte Wakefield noch springlebendig war, eifrig am Leben teilnahm und viel zu tapfer und zuversichtlich war, um der Vergangenheit nachzutrauern, stand der Bürgerkrieg doch als *das* große Ereignis im Mittelpunkt seines Lebens, und es wollte ihm, wie vielen seiner Generation im Norden und Süden Amerikas, nicht in den Kopf, daß der Bürgerkrieg nicht das zentrale Erlebnis jedes Menschen war. Er glaubte, auch heute müßten noch alle in der Erinnerung an den Bürgerkrieg leben und ständig von ihm reden.

Er spielte eine führende Rolle im Kriegerverein der Großen Armee und beschäftigte sich fortwährend mit Plänen und Projekten für die kommende Parade. Die Organisation der Großen Armee, deren gelichtete Reihen schwächlicher Greise er noch mit demselben Stolz betrachtete wie vor vierzig oder fünfzig Jahren, war für ihn die mächtigste Vereinigung, die es in der Nation gab; wenn sie ihre Stimme warnend oder mit vorwurfsvoller Strenge erhob, dann meinte er, müßten alle Könige der Erde schaudernd erzittern. Erwähnte man dagegen die Amerikanische Legion, dann brach er in bittere Verachtung aus und geriet gleich aus dem Häuschen: bei diesem Verein witterte er immerfort Mißachtung und Heimtücke – ja, und wenn er von den Legionären sprach, plusterte er sich auf wie ein Puter und piepste boshaft:

«Alles bloß Eifersucht! Alles pure schmutzige Eifersucht – jawohl, so ist das!»

«Aber wieso denn, Mr. Wakefield! Wieso sollten sie eifersüchtig sein?»

«Weil wir richtige Soldaten waren – deshalb!» piepste er aufgebracht. «Weil sie wissen, daß wir mit den Rebellen fertig geworden sind – jawohl! Weil wir sehr gut mit ihnen fertig geworden sind und sie außerdem *besiegt* haben!» kicherte er triumphierend. «Weil unser Krieg ein *richtiger* Krieg war! ... Pah!» fügte er mit verächtlich-gedämpfter Stimme hinzu und sah bitter lächelnd mit umflorten Augen aus dem Fenster. «Was wissen die vom Krieg? Dieses *Lumpengesindel* – diese paar kleinen *Winkeladvokaten*, die sich *Legionäre* nennen!» Mit befriedigter Bosheit stieß er diese Worte hervor, um dann in rachsüchtiges Kichern auszubrechen. «Die haben sich den ganzen Tag bis an den Hals in 'nem alten Graben versteckt, und dabei war meilenweit kein Feind zu sehn!» höhnte er. «Wenn die jemals auf 'nen Trupp Kavallerie gestoßen wären – wer weiß, wofür sie den gehalten hätten! Wahrscheinlich für 'nen Zirkus, der in die Stadt einzog! Krieg, *Krieg?* Bomben und Granaten – das war kein Krieg!» rief er spöttisch. «Wenn sie was vom Krieg sehen wollten, dann hätten sie an unsre blutige Ecke kommen müssen! Aber pah!» fügte er hinzu. «Wenn die das gesehn hätten – wie die Hasen wären sie gelaufen. Die hätte man schon an 'nem Baum festbinden müssen, damit sie stehenblieben!»

«Glauben Sie denn nicht, daß die Legionäre die Rebellen hätten schlagen können, Mr. Wakefield?»

«Schlagen?» kreischte er. «*Schlagen?* Sagen Sie mal, mein Junge, was reden Sie da eigentlich? ... Wenn Stonewall Jackson diese Bande angegriffen hätte – in Fetzen hätte der sie gerissen! Jawoll, Sir! Die hätten so schnell Reißaus genommen, daß die Straße gar nicht breit genug gewesen wär!» krächzte der alte Wakefield. «Pah!» sagte er noch einmal ruhig-verächtlich. «Die nicht! Haben ja keinen Mumm in den Knochen! ... Aber eins kann ich Ihnen sagen!» schrie er plötzlich ganz aufgeregt. «Das lassen wir uns nicht länger gefallen! Die haben's jetzt wahrhaftig weit genug getrieben! Wenn die uns noch mal so kommen wie letztes Jahr – pah!» Er unterbrach sich und blickte kopfschüttelnd aus dem Fenster. «Ist ja sonnenklar! Eifersucht – die reine, verdammte Eifersucht – weiter nichts!»

«Aber was denn, Mr. Wakefield?»

«Na ja, was sie letztes Jahr gemacht haben!» schrie er. «Haben uns ganz ans Ende von der Parade gedrängt, wo wir von Rechts wegen an der Spitze marschieren müßten – weiß doch jedes Kind! Aber wir werden's ihnen zeigen! Wir wissen auch schon, wie!» rief er warnend und schüttelte triumphierend den Kopf. «Ich weiß schon, was wir *dieses* Jahr machen, wenn sie's wieder so hintenrum versuchen!»

«Was wollen Sie denn tun, Mr. Wakefield?»

«Tcha, wir marschieren eben nicht!» kicherte er. «Wir marschieren einfach bei der Parade nicht mit! Wir sagen einfach: macht eure verdammte Parade ohne uns!» piepste er frohlockend. «Und das macht sie fertig, sag ich Ihnen! O ja! Da werden sie schon zu Kreuze kriechen, oder ich müßte mich *sehr* irren!»

«Na ja, das ist wohl anzunehmen, Mr. Wakefield.»

«Also, mein Junge», sagte er feierlich, «wenn wir je so was machen, dann gibt es einen stürmischen Protest – einen stürmischen Protest!» rief er mit erhobener Stimme und machte eine ausladende Handbewegung. «Von hier bis nach Kalifornien! ... Keiner würde sich so was *gefallen* lassen. Da werden diese Burschen sich sehr rasch ins Mauseloch verkriechen!»

Als George aufbrach, begleitete der Alte ihn bis zur Tür, drückte ihm herzlich die Hand und sah ihn eindringlich mit seinen einsamen alten Augen an:

«Kommen Sie wieder, mein Junge! Ich freu mich immer, wenn ich Sie seh! ... Ich hab allerhand Fotografien und Bücher, alles über den Krieg, so was haben Sie noch nicht gesehn. Nein, so was hat noch keiner gesehn!» kicherte er. «Denn das besitzt nämlich keiner! ... Also sagen Sie's nur, wenn Sie kommen wollen, damit ich auch zu Hause bin.»

George lebte allein in Brooklyn, und die Jahre schlichen dahin: schwere, einsame, verzweiflungsvolle Jahre, Jahre des unausgesetzten Schreibens, des ewigen Experimentierens, Jahre der Auswertung und der Entdeckung, graue, zeitlose Jahre der Erschöpfung, des Überdrusses und der Zweifel an sich selbst. Dieser Abschnitt seines Lebens glich einer Wildnis: mühsam schlug er sich einen Weg durch das Dickicht seiner Erfahrungen. Er hatte alles abgestreift, nur sein nacktes Ich und die unerbittliche Arbeit waren geblieben. Weiter hatte er nichts.

Er kannte sich selber jetzt besser denn je; trotz seines einsamen Lebens betrachtete er sich nicht mehr als einen seltenen Sonderfall, als einen zur Einsamkeit Verdammten; er fühlte sich als arbeitender Mensch, der wie alle anderen im Leben stand. Er nahm leidenschaftlichen Anteil an der Wirklichkeit; er wollte den Dingen auf den Grund kommen, wollte sich möglichst keine Einzelheit entgehen lassen, um dann aus dem, was er wußte, aus eigener Schau heraus, sein Werk zu schaffen.

Noch immer wurmte ihn eine Kritik über sein erstes Buch: ein Schreiberling, der keinen Erfolg gehabt und es dann mit Buchbesprechungen versucht hatte, tat das ganze Buch einfach als «barbarisches Gebrüll» ab und warf Webber vor, er ginge mehr mit dem Gefühl als mit dem Verstand an die Dinge heran und sei ein Feind jeder intellektuellen Arbeit, des «intellektuellen Standpunkts» überhaupt. Diese Beschuldigungen empfand George als unlebendige Halbwahrheiten (wenn sie überhaupt etwas Wahres enthielten), und solche Halbwahrheiten waren schlimmer als gar keine Wahrheit. Das war ja das Unangenehme an den sogenannten «Intellektuellen», daß sie nicht intellektuell genug waren und daß ihr «Standpunkt» meist gar kein fester Punkt war, sondern sich in launenhaften Widersprüchen und konfuser Willkür erging.

Ein «Intellektueller» war doch wohl etwas ganz anderes wie ein intelligenter Mensch. Ein Hund ließ sich durch seinen Geruchssinn zu dem leiten, was er suchte, oder er ließ sich vor dem warnen, was es zu vermeiden galt: das nannte man Intelligenz. Der Hund besaß also in seiner Nase Sinn für die Wirklichkeit. Der Intellektuelle hingegen hatte gewöhnlich keine Nase, der Sinn für die Wirklichkeit ging ihm ab. Webbers Mentalität unterschied sich von der des Durchschnitts-«Intellektuellen» am auffälligsten darin, daß er die Erfahrungen wie ein Schwamm aufsog und alles Aufgesogene verarbeitete. Er lernte aus seiner Erfahrung tatsächlich ununterbrochen. Die «Intellektuellen», die er kannte, schienen nichts zu lernen. Sie hatten einfach nicht die Gabe des Wiederkauens und des Verdauens und waren außerstande, zu reflektieren.

Er dachte über einige Intellektuelle nach, die er kannte:

Über Haythorpe zum Beispiel: als George ihn kennenlernte, war er ein ästhetischer Kunsthistoriker, Spezialist für Spätbarock und Verfasser von Einaktern mit historischem Hintergrund: «Gesmonder! Deine Hände blassen Kelchen gleich voll heißer Gier!» Dann wandte er sich den griechischen, italienischen und deutschen Primitiven zu und später der Negerkultur: Holzplastik, Niggersong, Spirituels, Negertänze und so weiter; dann entdeckte er die Ästhetik des Komischen: Cartoons, Chaplin und die Marx Brothers; dann kam der Expressionismus an die Reihe, Anbetung der Masse und die russische Revolution; später wurde ein ästhetischer Homosexueller, und schließlich starb er in Schönheit: er beging auf einem Friedhof in Connecticut Selbstmord.

Oder Collingswood: als er frisch von der Harvard University kam, war er weniger Kunst- als Gesinnungsästhet. Zuerst huldigte er als Salonbolschewist der Ausschweifung und der freien Liebe als einem Gegengift gegen die «bürgerliche Moral»; dann ging er nach Cambridge, saß als bereits graduierter Student Irving Babbit zu Füßen und wurde Humanist und ein erbitterter Bekämpfer Rousseaus, der Romantik und Rußlands (das er für die moderne Form des Rousseauismus hielt); in seiner nächsten Phase war er Dramatiker: New Jersey, Beacon Hill oder der Central Park in den klassischen drei Einheiten des griechischen Dramas dargestellt; dann entwickelte er sich zum abgebrühten Realisten: «Die Reklame enthält alles, was an der modernen Kunst oder Literatur gut ist»; zwei Jahre Drehbuchautor in Hollywood: nun gab es nur noch Film, leichtverdientes Geld, leichte Liebschaften und Saufereien; schließlich kam er wieder auf Rußland zurück, aber ohne die erste große Liebe: Keine sexuellen Tändeleien, Genossen! Wir, die wir der Sache dienen und auf unsere Stunde warten, müssen spartanisch-enthaltsam leben! Was vor zehn Jahren das freie Leben, die freie Liebe, das Wohlbefinden des aufgeklärten Proletariats gewesen war, wurde nun als verächtliche, «bürgerlich-dekadente» Ausschweifung verworfen.

Oder Spurgeon, ein Kollege aus Georges Dozentenzeit an der School for Utility Cultures. Der gute Chester Spurgeon, Doktor der Philosophie, Spurgeon mit der «großen Tradition», der schmallippige Spurgeon, Professor Stuart Shermans alter Schüler, der des Meisters Fackel weiterreichte. Der edle Spurgeon, der honigsüße Liebenswürdigkeiten über Thornton Wilder und seine *Brücke von San Luis Rey* schrieb: «Die Überlieferung der *Brücke* ist die Liebe, so wie auch die Überlieferung Amerikas und der Demokratie die Liebe ist. Daher ...» Spurgeon folgerte: mit den Jahren wird eine immer *wilder* wachsende Liebe eine *Brücke* über ganz Amerika schlagen. Wo bist du nun, guter Spurgeon, «intellektueller» Spurgeon, der du mit dünnen Lippen und schmalen Augen immer so eiskalte Definitionen drechseltest? Wo bist du nun, tapferer Intellektueller, den keine Leidenschaft entflammte? Der scharfsinnige Spurgeon, den kein Gefühl antrieb, ist nun ein ergebener Führer der intellektuellen Kommunisten (siehe seinen Artikel: *Mr. Wilders Geschwätz* in *New Masses*). Also, Genosse Spurgeon, heil! Heil dir, Genosse Spurgeon, und ein herzliches Lebewohl dir – du klarsichtiger Intellektueller!

Eines wußte George Webber: was auch immer er sein mochte – ein «Intellektueller» war er nicht. Er war einfach ein Amerikaner, der sich das Leben genau ansah, sorgfältig seine Lebenserfahrungen ordnete und aus dem ganzen Wirrwarr von Erfahrungen eine wesentliche Wahrheit zu gewinnen suchte. Freilich – wie hatte er zu seinem Verleger und Freund Fox Edwards gesagt?

«Was *ist* Wahrheit? Kein Wunder, daß Pilatus sich spöttisch abwandte. Die Wahrheit hat tausend Gesichter, und wenn man nur eines davon zeigt, geht die ganze Wahrheit zum Teufel! Wie aber soll man die ganze Wahrheit zeigen? Das eben ist die Frage ...

Erkenntnis an sich genügt nicht. Es genügt nicht, das Wesen der Dinge zu erfassen. Man muß auch ihren Ursprung erkennen, muß wissen, an welche Stelle der Mauer jeder einzelne Stein gehört. »

Immer wieder kam er auf die Mauer zurück:

«Ich denke mir das so: man sieht eine Mauer, sieht sie sich so lange und so genau an, daß sie eines Tages gleichsam durchsichtig wird. Dann ist es natürlich nicht mehr irgendeine Mauer, sondern jede Mauer, die es je gegeben hat. »

Der Kampf und die Probleme, die sein erstes Buch in ihm ausgelöst hatte, beschäftigten ihn immer noch; er suchte immer noch einen Weg. Zeitweise kam es ihm so vor, als hätte sein erstes Buch ihn nichts gelehrt, nicht einmal Selbstvertrauen. Seine dumpfe Verzweiflung, seine Zweifel an sich selber hatten sich eher verschlimmert als gebessert, denn er besaß nun fast keine persönliche Bindung mehr, wie sie ihn früher in gewissem Maße aufrecht gehalten und ihm Mut und Glauben geschenkt hatten. Nun war er fast ausschließlich auf die Quellen in sich selber angewiesen.

Dazu kam das ständig zermürbende Bewußtsein der Arbeit an sich, die Notwendigkeit, an die Zukunft zu denken und ein neues Buch abzuschließen. Stärker denn je fühlte er das unerbittliche Drängen der Zeit. Beim Schreiben seines ersten Buches hatte er als Unbekannter im Verborgenen gelebt; das hatte seine Position gewissermaßen gestärkt, denn man hatte nichts von ihm erwartet. Nun hingegen stand er im Rampenlicht der Öffentlichkeit, er fühlte sich unbarmherzig grell angeleuchtet. In diesem Lichtkegel war er gleichsam gebannt, er konnte sich aus seinem Umkreis nicht ins Dunkel verkriechen. Zwar war er noch nicht berühmt, aber man kannte ihn; man hatte ihn geprüft, hatte ihn unter die Lupe genommen und über ihn geredet. Er wußte: die Welt blickte mit kritischen Augen auf ihn.

Es war nicht schwer gewesen, sich in den Träumen eine lange Reihe flüssig geschriebener Bücher auszumalen; nun entdeckte George, daß es ganz etwas anderes war, sie auch wirklich zu schreiben. Sein erstes Buch war mehr ein Erguß als eine Arbeit gewesen, der leidenschaftliche Ausbruch eines jungen Menschen, etwas, das in ihm gefangen gewesen war, das er gefühlt, gesehen, sich vorgestellt und in Weißglut niedergeschrieben hatte. Das Schreiben war ein Prozeß geistiger und seelischer Ausleerung gewesen. Das lag nun hinter ihm; er wußte, daß er nie den Versuch machen würde, das zu wiederholen. Von nun an war für ihn Schreiben endlose Vorbereitung und Arbeit.

353

In dem Bestreben, seine Erfahrungen auszuwerten, einen Extrakt wesentlicher Wahrheit daraus zu gewinnen und einen Weg zur Formulierung dieser Wahrheit zu finden, suchte er sich jeden Bestandteil des Lebens ringsum bis in die kleinste Einzelheit einzuprägen. Wochen und Monate verbrachte er damit, in unzähligen Fragmenten das zu Papier zu bringen, was er «die trockenen, konzentrierten Farben Amerikas» nannte: das Aussehen eines Untergrundbahn-Eingangs, Muster und Aufbau der Hochbahnkonstruktion, wie ein eisernes Geländer aussah und sich anfühlte, die besondere Schattierung der rostig-grünen Farbe, mit der so vieles in Amerika angestrichen war. Dann versuchte er die verschwommene Farbe der Backsteine festzuhalten, aus denen in London so vieles gebaut ist, das Aussehen einer englischen Haustür, einer Verandatür, der Dächer und Schornsteine von Paris oder einer ganzen Straße in München; und dann verglich er alles, was er im Ausland gesehen hatte, mit den entsprechenden Dingen in Amerika.

Ein Entdeckungsprozeß war es in des Wortes buchstäblicher, nacktester und primitivster Bedeutung. Er begann tausenderlei Dinge zum erstenmal wirklich zu sehen und ihre Beziehungen zueinander, ja – hier und da ganze Reihen und Systeme von Beziehungen zu erkennen. Er war wie ein Forscher auf einem neuen Gebiet der Chemie, der zum erstenmal merkt, daß er in eine ungeheuer neue Welt hineingeraten ist; er identifiziert einzelne Dinge, zieht Rückschlüsse, entwirft hier und da die Umrisse eines Teilsystems in kristallklarer Harmonie, aber er weiß noch nicht, wie das Ganze aufgebaut ist und wie das Endresultat aussieht.

So verfuhr George nun bei der Beobachtung seiner unmittelbaren Umgebung. Auf seinen nächtlichen Streifzügen durch New York beobachtete er die Obdachlosen, die sich in der Nähe der Restaurants herumtrieben, die Deckel der Mülleimer aufhoben und nach verfaulten Speiseresten suchten. Er traf sie überall und konnte es verfolgen, wie ihre Zahl im Laufe des verzweifelt schweren Jahres 1932 stieg. Er wußte, was für Menschen sie waren, denn er unterhielt sich mit vielen von ihnen; er wußte, was sie gewesen waren, woher sie kamen, ja – was für Brocken sie aus den Mülleimern auszugraben hofften. Er entdeckte, an welchen Plätzen der Stadt diese Menschen nachts zu schlafen pflegten: ein beliebter Treffpunkt war ein Tunnel des Untergrundbahnhofs Ecke 33rd Street und Park Avenue in Manhattan. Dort zählte er in einer Nacht 34 Menschen, die auf dem kalten Betonboden, mit alten Zeitungen zugedeckt, dicht gedrängt beieinander lagen.

Er hatte die Angewohnheit, fast jede Nacht um ein Uhr oder

später über die Brooklyn Bridge und in den öffentlichen Abort oder in die «Bedürfnisanstalt» unmittelbar vor der New York City Hall zu gehen; sie übte eine gräßliche Anziehungskraft auf ihn aus. Man ging von der Straße aus eine steile Treppe hinunter und fand hier in kalten Nächten eine Unmenge Obdachloser, die hier Zuflucht suchte; torkelnde Menschenwracks, wie man sie überall, in Paris und in New York, in guten und in schlechten Zeiten antrifft: alte, zerlumpte Männer mit langem weißem Haar und buschigen schmuddelig-gelben Bärten, mit zerfetzten Mänteln, in deren durchlöcherten Taschen sie sorgfältig den ganzen Krimskrams aufbewahrten, den sie sich tagsüber auf der Straße zusammensuchten und von dem sie lebten: Brotkrusten, alte Knochen, an denen noch ranzige Fleischfetzen hingen, und dutzendweise Zigarettenstummel. Manche waren «schwere Jungens» von der Bowery, Verbrechertypen, vom Trinken oder von Drogen aufgepeitscht oder halb verrückt vom «Koksen». Die meisten aber waren einfach Schiffbrüchige aus dem allgemeinen Zusammenbruch der Zeit, ehrliche, anständige Männer mittleren Alters, denen Hunger und schwere Arbeit die Gesichter zerfurcht hatten, und junge Männer, auch Knaben unter zwanzig, mit vollem, ungekämmtem Haar. Sie wanderten von Stadt zu Stadt, fuhren als blinde Passagiere auf Güterzügen oder «per Anhalter» auf den Landstraßen: der entwurzelte männliche Bevölkerungsüberschuß Amerikas. Sie streunten auf dem Land umher und sammelten sich zu Beginn des Winters in den Großstädten, hungrig, vom Schicksal geschlagen, ausgemergelt, hoffnungslos und ohne Ruhe; eine geheime Kraft trieb sie von Ort zu Ort, immer waren sie in Bewegung, suchten Arbeit, um mit ein paar spärlichen Brosamen ihr elendes Leben zu fristen, und fanden weder Arbeit noch Brosamen. Hier in New York strömten die hilflosen Menschen an diesen widerlichen Ort; angezogen von dem warmen Brodem suchten sie ein wenig Ruhe und eine Abwechslung in ihrer verzweifelten Lage.

Noch nie war George Zeuge eines ähnlich unwürdigen, geradezu tierisch-grauenhaften Schauspiels gewesen. Der Anblick dieser verkommenen Menschen, die auf den türlosen, offenen Sitzen hockten, hatten sogar etwas Teuflisch-Komisches. Manchmal brachen Wortwechsel aus, wütende Streitereien und Kämpfe um diese Sitze, die sie alle mehr zum Ausruhen haben wollten, als um ein Bedürfnis zu verrichten. Der Anblick war ekelhaft und empörend und mußte jedem Menschen vor Mitleid die Sprache verschlagen.

George unterhielt sich mit den Männern und fragte sie möglichst viel aus; wenn er es nicht mehr ertragen konnte, stieg er aus dieser schmutzigen Leidenshöhle wieder sechs Meter hinauf; oben stand er vor dem gigantisch gezackten Manhattan, das kalt in der grausam-klaren Winternacht schimmerte. Keine fünfzig Meter weiter stand das Woolworth-Gebäude, und ein Stück weiter unten sah er die silbrigen Spitzen und Nadeln der Wall Street, riesige Festungen aus Stein und Stahl: die Sitze großer Banken. Die blinde Ungerechtigkeit dieses Kontrasts war für ihn das Brutalste: nur wenige Blocks von diesem Abgrund menschlicher Verkommenheit und menschlichen Elends entfernt erstrahlten ringsum im kalten Mondlicht die Hochburgen der Macht, in deren riesigen Gewölben ein großer Teil des Reichtums der ganzen Welt verschlossen lag.

Das Restaurant wurde geschlossen. Die müden Kellnerinnen stellten die Stühle auf die Tische, taten die letzten Handgriffe ihrer schweren Tagesarbeit und bereiteten sich für den Heimweg vor. An der Registrierkasse addierte der Besitzer die Tageseinnahmen; ein Kellner umkreiste wachsam den Tisch, um höflich anzudeuten, daß er es zwar nicht eilig habe, sich aber doch freuen würde, wenn der letzte Gast nun zahlte und ginge.

George rief ihn und zahlte. Der Mann nahm das Geld, wechselte und sagte, nachdem er das Trinkgeld eingestrichen hatte: «Vielen Dank, Sir.» Als George «Gute Nacht» gesagt hatte und gehen wollte, blieb der Kellner unsicher-zögernd stehen, als hätte er noch etwas zu sagen, aber als wüßte er nicht recht, ob er solle oder nicht.

George sah ihn fragend an; da sagte der Kellner sichtlich verlegen:

«Mr. Webber ... ich wollte ... ich hätte gern mal was mit Ihnen besprochen ... ch ... ich hätte Sie gern mal um Rat gefragt ... das heißt – nur, wenn Sie Zeit haben», fügte er hastig-entschuldigend hinzu.

George sah den Kellner wieder fragend an, was diesen offenbar ermutigte, denn er fuhr eilig, fast flehentlich-bittend fort:

«Es ... es ist wegen einer Geschichte.»

Dieser oft gehörte Satz rief bei Webber unzählige lästige Erinnerungen wach, bewog ihn aber auch zu jener ehrlich-bemühten Geduld, mit der jeder Mensch, der je im Schweiße seines Angesichts eine Zeile schrieb und sich sein Brot durch die schwere und unsichere Arbeit seiner Feder verdiente, pflichtschuldigst und verständnisvoll jeden anderen anhört, der angeblich etwas zu erzählen hat. Mühsam nahm er seinen Verstand und seinen guten Willen zusammen und setzte mechanisch eine gezwungen lächelnde, erwar-

tungsvolle Miene auf; etwas ermutigt fuhr der arme Kellner eifrig
fort:

«Es ... es ist eine Geschichte, die hat mir mal einer vor ein paar
Jahren erzählt. Ein Ausländer», betonte der Kellner, als bürgte das
allein dafür, daß er etwas ganz Einzigartiges und Brennend-Interes-
santes zu enthüllen habe. «Er war Armenier», sagte er sehr ernst.
«Ja, wirklich, kam direkt von dort!» Nachdrücklich nickte er und
fuhr in feierlichem Ton fort: «Die Geschichte, die er mir erzählte,
ist also eine *armenische* Geschichte.» Er schwieg, um diese eindrucksvolle Tatsache wirken zu lassen. «Er allein kannte die Geschichte, er hat sie mir erzählt, und außer ihm und mir kennt sie
kein Mensch», sagte der Kellner und blickte wieder schweigend mit
seinen fiebrig-glänzenden Augen auf den Gast.

George fuhr fort, ihn gezwungen-ermutigend anzulächeln; offensichtlich lag der Kellner in einem inneren Kampf, in dem Konflikt zwischen der Begierde, sein Geheimnis preiszugeben, und
dem Wunsch, es für sich zu behalten; nach einer Weile fuhr er fort:

«Ach was – Sie sind Schriftsteller, Mr. Webber, Sie wissen mit so
was Bescheid. Ich bin ja nur 'n blöder Kerl und arbeite im Restaurant – aber wenn ich das in die richtigen Worte bringen könnte,
wenn mir jemand dabei helfen würde, so einer wie Sie, der weiß,
wie man so 'ne Geschichte erzählt ... dann ... ja, dann ...» Er
kämpfte mit sich und rief dann begeistert: «Wir könnten beide ein
Vermögen dran verdienen!»

Georges Herz sank noch tiefer. Es kam also genauso, wie er sich's
edacht hatte. Trotzdem lächelte er krampfhaft weiter, räusperte
sich unentschieden, sagte aber nichts. Der Kellner hielt sein
Schweigen für Einverständnis und fuhr nun heftig-drängend fort:

«Also wirklich, Mr. Webber: wenn ich jemanden wie Sie fände,
der mir bei der Geschichte behilflich wäre und sie so aufschriebe,
wie sich's gehört ... dann ... dann würd ich ...» Einen Augenblick
kämpfte der Kellner mit seinem niederen Selbst, dann siegte die
Großmut, und er rief mit dem entschlossenen Ton eines Mannes,
der bereitwillig ein großzügiges Geschäft vorschlagen und sich
auch daran halten will: «Ich würde Halbe-Halbe mit Ihnen machen!
Ich ... ich wär bereit, Ihnen die Hälfte abzugeben! ... Ein Vermögen steckt da drin!» rief er. «Ich geh viel ins Kino, ich lese auch die
Wahren Geschichten – aber so eine Geschichte ist mir noch nicht vorgekommen! Das schlägt einfach alles! Ich hab jahrelang drüber
nachgedacht, als der Mann mir's erzählt hatte, und ich weiß, die
Geschichte ist 'ne Goldgrube, wenn ich sie bloß aufschreiben könnte! ... Es ... Es ist ...»

Der Kampf des Kellners mit seiner ängstlichen Vorsicht wurde geradezu peinlich. Offensichtlich brannte er leidenschaftlich darauf, sein Geheimnis zu verraten, gleichzeitig aber wurde er von Befürchtungen und Zweifeln gequält, ob er einem Menschen, den er kaum kannte, ohne weiteres einen Schatz preisgeben sollte, den jener vielleicht für sich selber ausschlachten würde. Er benahm sich wie ein Weitgereister, der im fremden Meer, auf einer unbekannten Koralleninsel das Versteck einer sagenhaften, vergessenen Piratenbeute gefunden hat und sich nun in einem verzweifelten Dilemma befindet: einerseits braucht er einen Gefährten und Hilfe von außen, andererseits hält er es für dringend notwendig, vorsichtig zu sein und seinen Fund geheimzuhalten. Die Miene des Kellners spiegelte deutlich den ungestümen Kampf dieser beiden Mächte wider. Schließlich entschloß er sich zu einem naheliegenden Ausweg: gleich einem Schatzgräber, der einen riesigen, ungeschliffenen Edelstein aus der Tasche zieht und in versteckten Andeutungen von der Stelle spricht, an der er noch viele derartige Edelsteine versteckt weiß, beschloß der Kellner, einen kleinen Teil der Geschichte zu erzählen, ohne sie ganz zu verraten.

«Ich ... ich kann Ihnen heut abend nicht das Ganze erzählen», sagte er entschuldigend. «Vielleicht an einem andern Abend, wenn Sie mehr Zeit haben. Aber damit Sie einen Begriff kriegen, worum sich's dreht ...» Er sah sich verstohlen um, ob ihn auch niemand belauschte, beugte sich vor und flüsterte eindringlich: «Bloß damit Sie einen Begriff kriegen ... Also: da ist eine Stelle in der Geschichte, da gibt eine Frau eine Annonce auf: jeder Mann, der am nächsten Tag zu ihr kommt, kriegt ein Zehn-Dollar-Stück und so viel Schnaps, wie er trinken kann!» Nachdem der Kellner seinem Gast diesen sensationellen Kosthappen vorgeworfen hatte, sah er ihn mit blitzenden Augen an. «Na!» sagte er und richtete sich mit einer abschließenden Handbewegung auf. «Haben Sie *so was* schon mal gehört? *Das* haben Sie bestimmt noch in keiner Geschichte gelesen!»

Einen Augenblick schwieg George verblüfft; er mußte zugeben: so etwas hatte er weder gehört noch gelesen. Als der Kellner ihn unentwegt in fieberhafter Aufregung ansah und ihm deutlich zu erkennen gab, daß er noch mehr sagen wollte, fragte George zweifelnd, ob diese interessante Sache sich wirklich in Armenien zugetragen habe.

«Na, klar!» bestätigte der Kellner mit heftigem Kopfnicken. «Das sag ich ja! Das Ganze spielt doch in Armenien!» Er hielt wieder ein; in ihm kämpften Vorsicht und die Begierde, weiter zu erzählen; seine fiebrig-glänzenden Augen schienen den Frager durchbohren zu wollen. «Es ... Es ist ...» Wieder kämpfte er, um sich dann kläglich geschlagen zu geben. «Also, ich will's Ihnen erzählen», sagte er ruhig, beugte sich vor und stützte vertraulich die Hände auf den Tisch. «Die Geschichte geht so: das mit der reichen Dame am Anfang haben Sie mitgekriegt?»

Er schwieg und sah George fragend an. George wußte nicht recht, was von ihm erwartet wurde; er nickte zum Zeichen, daß er diese wichtige Tatsache begriffen habe, und fragte zögernd:

«In Armenien?»

«Ja, klar!» Der Kellner nickte. «Die Dame stammt von dort, hat 'ne Menge Zaster, wahrscheinlich die reichste Dame in Armenien. Nun verliebt sie sich in diesen Mann, verstehn Sie? Der ist ganz verrückt nach ihr und geht jede Nacht zu ihr. Wie ich verstanden hab, wohnt sie ganz oben in dem großen Haus; also der Mann kommt jede Nacht und klettert rauf zu ihr. Verdammt langer Weg», sagte der Kellner, «dreißig Stock oder noch höher!»

«In Armenien?» fragte George leise.

«Na, klar!» rief der Kellner leicht gereizt. «Da spielt doch das Ganze! Sag ich doch!»

Er schwieg und blickte George forschend an. Dieser fragte schließlich, immer im gleichen nachdenklich-zögernden Ton, warum denn der Liebhaber so weit hinaufsteigen mußte.

«Na ja», sagte der Kellner ungeduldig, «weil doch der Alte von der Dame ihn nicht reinließ. Der Mann konnte doch sonst nicht zu ihr! Der Alte sperrte die Dame ganz oben im Haus ein, weil er nicht wollte, daß sie heiratete! ... Dann aber», fuhr er triumphierend fort, «dann stirbt der Alte, verstehn Sie? Er stirbt, und die Dame erbt den ganzen Zaster – und sie nichts wie hin und den Mann heiraten!»

Mit triumphierender Miene machte der Kellner eine dramatische Pause, um diese überraschende Neuigkeit auf den Zuhörer richtig wirken zu lassen. Dann fuhr er fort:

«Eine Zeitlang lebten sie zusammen; die Dame liebt ihn, und ein oder zwei Jahre leben sie herrlich und in Freuden. Dann fängt der Mann an zu trinken – der ist nämlich Säufer, verstehn Sie? Sie weiß das bloß nicht, weil sie ihn die ersten Jahre nach der Hochzeit an der Kandare gehabt hat ... Nun kommt er wieder auf Abwege ... Zuerst kommt er nachts nicht nach Hause und treibt sich mit lauter scharfen Blondinen rum, verstehn Sie? ... Na – Sie können sich schon denken, was jetzt kommt, was?» fragte der Kellner rasch.

George hatte keine Ahnung, nickte aber weise mit dem Kopf.

«Na also, was passiert? Der Mann natürlich auf und davon, läßt die Dame sitzen und nimmt noch 'ne Masse Geld und Schmuck mit

... Verschwindet einfach, als hätt die Erde sich aufgetan und ihn verschlungen!» erläuterte der Kellner, dem dieser poetische Vergleich offenbar gefiel. «Hängt die Dame einfach ab, und die verliert fast den Verstand. Sie versucht alles, beauftragt Detektive, setzt Belohnungen aus, setzt in die Zeitung, er soll doch bitte zurückkommen ... Alles umsonst. Sie kann den Kerl nicht finden, der ist und bleibt verschwunden ... Na schön», fuhr der Kellner fort, «drei Jahre vergehn, und die arme Dame sitzt und härmt sich ab wegen dem Kerl ... Schließlich ...» Hier machte er eine bedeutsame Pause, um dieser außerordentlichen Leistung seiner Heldin die gebührende Beachtung zu sichern; dann schloß er leise und schlicht: «Sie macht 'nen Nachtclub auf.»

Der Kellner schwieg. Die Hände leicht zusammengelegt, stand er ungezwungen und bescheiden da: er hatte sein Bestes gegeben, und seine Vernunft sagte ihm, daß es damit genug sei. Der Zuhörer konnte sich dem Eindruck nicht entziehen, daß der Erzähler jetzt eine angemessene Bemerkung von ihm erwarte und nicht fortfahren werde, bevor dieses Wort nicht gefallen sei. George raffte also seine schwindenden Kräfte zusammen, fuhr sich mit der Zungenspitze über die trockenen Lippen und sagte schließlich zögernd:

«In ... in Armenien?»

Diese Frage und der Ton, in dem sie gestellt wurde, faßte der Kellner als Zeichen maßloser Überraschung auf; er nickte sieghaft mit dem Kopf und rief:

«Na klar! Sehn Sie, die Dame denkt sich das nämlich so: Der Kerl ist ja bekanntlich ein Säufer; früher oder später wird er mal in das Lokal kommen, wo er viele Bardamen und leichte Mädchen findet. Die Sorte findet sich immer zusammen – klar! ... Also sie macht die Kneipe auf und steckt 'n Haufen Geld rein; es wird das schickste Lokal drüben. Und dann gibt sie die Annonce auf.»

George wußte nicht, ob er recht gehört habe; aber der Kellner sah ihn so stolz und so frohlockend an, daß er die Gelegenheit wahrnahm und fragte:

«Welche Annonce?»

«Na», sagte der Kellner, «doch die Aufforderung, von der ich Ihnen schon erzählt hab. Sehn Sie, das ist eben die großartige Idee, das hat die Dame sich ausgedacht, um ihn wieder einzufangen. Also sie setzt die Annonce in die Zeitung, daß jeder Mann, der am nächsten Tag in ihr Lokal kommt, ein Zehndollarstück kriegt und soviel Schnaps, wie er trinken kann. Das wird ziehn, denkt sie sich. Wahrscheinlich ist der Kerl schon ganz auf den Hund gekommen, und wenn er die Annonce liest, wird er gleich auftauchen ... Und tat-

sächlich, so kommt es auch: Wie sie am nächsten Morgen runter-
kommt, steht vor ihrem Lokal draußen 'ne lange Schlange – zwölf
Häuserblocks weit –, und der Mann steht natürlich gleich vorne.
Sie holt ihn sich also aus der Schlange raus, sagt ihrem Kassierer, er
soll den andern ihren Schnaps und ihre 10 Dollar geben, und zu dem
Mann sagt sie, er kriegt nichts. ‹Warum krieg ich nichts?› fragt er.
Die Dame hat nämlich einen dicken Schleier vorm Gesicht, verstehn Sie, und er kann sie nicht erkennen. Na schön, sie sagt, mit
ihm stimmt was nicht – sie faßt ihn gleich richtig an, wissen Sie –, er
soll mal mit raufkommen, sie will sich mit ihm unterhalten und
sehn, ob er in Ordnung ist . . . Haben Sie's auch verstanden?»
   George nickte unsicher. «Und dann?» fragte er.
   «Na ja», rief der Kellner, «sie nimmt ihn mit rauf, und dann . . .»
Er beugte sich wieder vor, die Hände auf den Tisch gestützt, und
seine Stimme erstarb in ehrfürchtigem Flüstern: *«Dann – nimmt sie –
den – Schleier – ab!»*
In andächtiger Stille stand der Kellner, die Hände auf den Tisch
gestützt, da; er sah den Zuhörer strahlend, mit einem sonderbar
feinen Lächeln an. Dann richtete er sich langsam auf und blieb still
vor sich hin lächelnd stehen; ein leiser langer Seufzer entfuhr seinen
Lippen, als könnte er sich endlich von schwerer Tagesarbeit ausruhen; er schwieg so lange, daß es schließlich peinlich wurde und George, unbehaglich auf seinem Stuhl hin- und herrutschend, fragte:
   «Und dann? Was kam dann?»
   Der Kellner fuhr zurück. Ehrlich erstaunt starrte er George an,
ganz sprachlos vor Verblüffung, daß jemand so begriffsstutzig sein
konnte.
   «Ja, aber . . .» brachte er endlich maßlos enttäuscht heraus, «das
ist *alles*! Verstehn Sie denn nicht? Weiter kommt nichts! Die Dame
nimmt den Schleier ab, und er erkennt sie – das ist alles! . . . Sie hat
ihn gefunden! . . . Sie hat ihn wieder! . . . Sie sind wieder zusammen!
. . . *Das* ist die Geschichte!» Ungeduldig-gekränkt, beinahe böse
fuhr er fort: «Also, das muß doch jeder verstehn . . .»
   «Gute Nacht, Joe.»
   Die letzte Kellnerin rief es im Vorbeigehen dem Kellner zu. Sie
war im Begriff, nach Hause zu gehen – ein schlankes blondes, adrett
gekleidetes Mädchen. Gelassen, mit gleichgültiger Vertraulichkeit
hatte sie es gesagt, wie gemeinsame Tagesarbeit das so mit sich
bringt. Sie hatte eine wohlklingende, etwas müde Stimme, und als
sie einen Augenblick stehenblieb, spielten Licht und Schatten auf
ihrem Gesicht, und man sah die schmalen violetten Ringe unter
ihren hellgrauen Augen. Ein maskenhaft-zartes, lieblich-zerbrech-

361

liches Gesicht, wie man es oft bei jungen Großstadtmenschen findet, die nichts weiter gehabt haben als Arbeit und eine schwere Jugend. Man sagte sich, dieses Gesicht werde nicht mehr lange so bleiben, und hatte Mitleid mit dem Mädchen.

Den Kellner hatte die gleichgültig-sanfte Stimme des Mädchens in seiner leidenschaftlichen Verteidigungsrede unterbrochen. Als er das Mädchen erkannte, hellte seine Miene sich auf, sein zerfurchtes Gesicht legte sich unwillkürlich in freundliche Falten.

«Ach, hallo, Billie! Gute Nacht, Kleine!»

Sie ging hinaus, und das hurtige Klappern ihrer kleinen Absätze auf dem harten Pflaster verhallte. Der Kellner sah ihr noch einen Augenblick nach, dann wandte er sich mit einem undefinierbaren Lächeln um den hartgeschlossenen Mund wieder seinem einzigen Gast zu und sagte ganz gelassen und beiläufig, wie man von erledigten, altbekannten und unabänderlichen Dingen spricht:

«Haben Sie die Kleine gesehn? ... Sie kam vor zwei Jahren zu uns und wurde eingestellt. Weiß nicht mehr, woher sie kam, muß irgend 'ne kleine Landstadt gewesen sein. Sie war Choristin gewesen, Steptänzerin an irgendeiner Schmiere, bis ihre Beine nicht mehr wolle ten ... Gibt viele solche Mädchen in unserm Beruf ... Na ja, nach einem Jahr fing sie was mit 'nem billigen Gigolo an, der hier verkehrte. Sie kennen ja die Sorte, die sind so stinkig, daß man's ihnen schon meilenweit anriecht. Hätt ich ihr vorher sagen können! Aber was hat das schon für'n Zweck? Sie hören ja nicht, man kommt in Teufels Küche; müssen ihre Erfahrungen selber machen, wollen keine Lehren annehmen. Also ich ließ die Sache gehn, was blieb mir da schon übrig? ... Na ja, und vor sechs oder acht Monaten merkte eins von den andern Mädchen, daß sie schwanger war. Der Chef setzte sie an die Luft. Ist kein schlechter Kerl, aber was sollte er machen? Schließlich kann man eine in dem Zustand nicht in so einem Lokal behalten, nicht wahr? ... Vor drei Monaten bekam sie das Kind, danach kriegte sie die Stellung wieder. Soviel ich weiß, hat sie das Kind in ein Heim gegeben. Ich hab's nie gesehn, soll aber 'n süßes Kind sein. Billie ist ganz verrückt mit ihm und besucht's jeden Sonntag ... Billie ist ja auch 'n süßes Kind.»

Der Kellner schwieg einen Augenblick und starrte traurig aber gleichmütig-sinnend vor sich hin. Dann sagte er gelassen und ein wenig angewidert:

«Du meine Güte, wenn ich Ihnen alles erzählen wollte, was sich hier täglich abspielt, was man alles sieht und hört, was man für Leute kennenlernt und was so alles passiert. Mein Gott, ich hab's bis oben. Manchmal hab ich das alles so satt, daß ich am liebsten das ganze Lokal nie wieder sähe. Manchmal denk ich mir, wie schön das sein müßte, nicht sein Leben lang diese Idioten hier bedienen zu müssen; ewig rumstehn und bedienen und sehn, wie sie reinkommen und rausgehn, und dann tut einem das kleine Ding so leid, das auf so 'n Gauner reinfällt, an dem man sich nicht die Füße abwischen möchte, und man überlegt sich, daß es nicht mehr lange dauern wird und sie ist arbeitslos ... Mein Gott, ich hab das alles ja so satt!»

Er schwieg wieder und blickte in die Ferne. In seinem Gesicht lag ein Ausdruck von milde-bedauerndem Zynismus und von einer Ergebenheit, wie man sie bei vielen Menschen findet, die schwere Erfahrungen hinter sich haben, die Schattenseiten des Lebens kennen und wissen, daß man nur sehr wenig dagegen tun oder sagen kann. Schließlich seufzte er tief, schüttelte die trübe Stimmung ab und nahm wieder seine übliche Haltung an.

«Donnerwetter noch mal, Mr. Webber», sagte er nun wieder so eifrig wie zuerst, «muß doch großartig sein, wenn man Bücher und Geschichten schreiben kann, wenn man diesen Ausdruck, diese flüssige Sprache hat, wenn man gehn kann, wohin man will, und arbeiten kann, wenn's einem grad Spaß macht! Wie zum Beispiel bei der Geschichte, die ich Ihnen erzählt hab», sagte er ernst. «Ich bin ja kein Studierter, aber wenn ich nur einen finde, der mir hilft, das so aufzuschreiben, wie sich's gehört, so einen wie Sie – also wirklich, Mr. Webber, da kann einer viel dran verdienen, da steckt ein Vermögen drin – ich würde Halbe-Halbe machen!» Seine Stimme hatte jetzt einen flehenden Klang. «Der mir's erzählt hat, ist 'n alter Bekannter, wir beide sind die einzigen, die davon wissen. Wie gesagt: er war Armenier, die ganze Sache ist da drüben passiert ... 'ne Goldgrube wär's, wenn ich nur wüßte, wie man's macht.»

Mitternacht war längst vorbei, und die runde Mondscheibe ging im Westen über den kalten, verlassenen Straßen des schlafenden Manhattan unter.

Das Fest war in vollem Gange.

Den gold- und marmorprunkenden Ballsaal des großen Hotels hatte man in einen Märchenwald verwandelt. Aus einem von antiken Nymphen und Faunen umgebenen Springbrunnen in der Mitte des Saales sprühten illuminierte Wassergarben; hier und dort waren Lauben aufgestellt, um die sich üppig duftende Kletterrosen rankten. An den Wänden standen in großen Kübeln blühende Treibhauspflanzen, die schimmernden Marmorsäulen waren mit wildem

Wein und mit Girlanden umwunden, und an der Decke hingen lustig-bunte Lampions, die den Raum in ein sanft-gedämpftes Licht tauchten. Der Saal wirkte wie eine offene Waldlichtung, auf der die Elfenkönigin Titania schwelgerisch Hof hielt.

Ein erlesener, exotischer Hintergrund war das, wie geschaffen für die sorglos-reiche Jugend, die sich hier eingefunden hatte. Die Luft war so schwer vom Duft starken Parfums, sie erzitterte im erregend pulsierenden Rhythmus sinnlicher Musik. Auf dem spiegelblanken Fußboden tanzten schleppenden Schritts hundert liebliche Mädchen in kostbaren Abendkleidern, eng an rosige Jünglinge aus Yale und Harvard geschmiegt, deren geschmeidige Figuren das Schwarz-Weiß ihrer tadellosen Maßanzüge besondere Eleganz verlieh.

Eine sagenhaft reiche junge Dame wurde in die Gesellschaft eingeführt, und das Fest übertraf alle Feste, die seit dem Bankkrach stattgefunden hatten. Wochenlang schon waren die Zeitungen voll davon. Der Vater, hieß es, habe bei dem Zusammenbruch Millionen verloren; anscheinend hatte er aber doch noch ein paar lumpige Dollar behalten. Jedenfalls tat er das, was sich gehörte und was man von ihm erwartete; er tat das Notwendige und Unvermeidliche für seine Tochter, die eines Tages alles erben würde, was er aus dem Ruin gerettet hatte.

Von nun an würde das lächelnde Antlitz des Mädchens mit monotoner Regelmäßigkeit in allen Bildbeilagen der Sonntagszeitungen auftauchen, und die ganze Nation würde täglich über die nebensächlichsten Dinge ihres Lebens auf dem laufenden gehalten werden: was sie zu essen pflegte, was für Kleider sie trug, wohin sie ging, wer sie begleitete, welche Nachtclubs mit ihrer Gegenwart beehrt wurden, welche glücklichen jungen Herren mit ihr bei welchem Rennen gesehen worden waren, und bei welchen Wohltätigkeitsveranstaltungen sie etwas gespendet oder Tee eingeschenkt hatte. Ein ganzes Jahr lang (bis aus der nächstjährigen Ausbeute reicher, schöner junger Damen eine andere reiche, schöne junge Dame von den Pressefotografen zur führenden Debütantin Amerikas erkoren würde) war dieses sorglos-muntere Geschöpf für die Amerikaner dasselbe wie eine Prinzessin aus dem Königlichen Hause für die Engländer – mit der gleichen Berechtigung, weil sie die Tochter ihres Vaters war, und weil ihr Vater zu den Herrschern Amerikas gehörte. Millionen würden jeden ihrer Schritte kennen, Millionen würden sie beneiden, und Tausende würden sie kopieren, soweit ihnen das ihre Mittel erlaubten. Sie würden Kopien ihrer kostbaren Toiletten, Hüte und Dessous kaufen, würden die gleiche Zigarettenmarke rauchen, den gleichen Lippenstift benutzen, die gleiche Suppe essen und auf den gleichen Matratzen schlafen – genau wie auf den hübschen bunten Reklamebildern auf den Rückseiten der Zeitschriften, für die sie sich liebenswürdigerweise in einem neuen Kleid, rauchend, sich die Lippen malend, essend oder schlafend hatte fotografieren lassen; alle würden sie nachahmen, obwohl sie sehr gut wußten, daß die reiche junge Dame (war sie nicht die Tochter ihres Vaters?) für diese Modereklamen bezahlt wurde – aber alles natürlich im Dienste liebreicher Wohltätigkeit und eines blühenden Wirtschaftslebens.

Auf der Avenue vor dem großen Hotel und in allen benachbarten Nebenstraßen parkten schnittige dunkle Limousinen. Manche Chauffeure saßen eingesunken am Steuer und dösten. Andere hatten das Innenlicht eingeschaltet und lasen die Kurznachrichten in den Zeitungen. Die meisten aber waren ausgestiegen, standen in kleinen Gruppen beisammen, rauchten, schwatzten und vertrieben sich die Zeit, bis sie wieder gebraucht wurden. Auf dem Gehsteig, neben dem großen Vordach, das den Hoteleingang vor Zugluft schützte, hatte der größte Teil der schmuck livrierten Chauffeure sich in lebhaften Debatten zusammengefunden. Sie sprachen über Politik und Weltwirtschaft; die eigentlichen Wortführer waren ein dicker Franzose mit gewichstem Schnurrbart und ausgesprochen revolutionärer Gesinnung und ein kleiner Amerikaner mit hart zerfurchtem Gesicht und listigen Augen; er hatte die ungeduldig-hastigen Bewegungen des Großstadtmenschen und stand keinen Augenblick still. Als George Webber auf seiner nächtlichen Wanderung zufällig an ihnen vorbeikam, war der Wortwechsel gerade auf seinem wütenden Höhepunkt; George blieb eine Weile stehen und hörte zu.

Die ganze Situation und der Gegensatz zwischen den beiden Wortführern verlieh der Sache etwas höchst Groteskes. Der dicke Franzose, dessen Backen vor Kälte und Aufregung glühten, hampelte und gestikulierte wie ein Verrückter und redete wie ein Buch. Er beugte sich vor, hob Daumen und Zeigefinger, legte sie elegant und ausdrucksvoll zusammen und gab damit sehr beredt seine Überzeugung zu verstehen, daß er soeben lückenlos-logisch und unanfechtbar die Notwendigkeit einer sofortigen, blutigen Weltrevolution bewiesen habe. Jeder Widerspruch steigerte nur noch seine heftige Begeisterung.

Schließlich reichte für die Anforderungen, die an ihn gestellt wurden, sein bißchen Englisch nicht mehr aus. Um ihn schwirrte es von Schimpfworten, Flüchen und leidenschaftlichen Ausrufen wie

«Mais oui! . . . Absolument! . . . C'est la vérité!» Dazwischen lachte er wie irrsinnig vor Erbitterung, als wäre ihm die Beschränktheit dieser Menschen, die anderer Ansicht waren, einfach unerträglich.

«Mais non! Mais non!» rief er. *«Vous avez tort! . . . Mais c'est stupide!»* Dabei warf er zum Zeichen seiner Machtlosigkeit die dicken Arme hoch, und drehte sich um, als könnte er es nicht länger ertragen und als wollte er weggehen; gleich darauf kam er aber zurück, und alles fing wieder von vorne an.

Der kleine, zappelige Amerikaner mit den listigen Augen, auf den es sein Redestrom hauptsächlich abgesehen hatte, ließ ihn die ganze Zeit ruhig weiterreden. Er lehnte an der Hauswand, zog ab und zu an seiner Zigarette und musterte den Franzosen unverwandt mit gleichgültig-zynischen Blicken. Schließlich unterbrach er ihn:

«Okay . . . okay, Franz . . . Wenn du ausgebrabbelt hast, darf *ich* vielleicht mal was sagen.»

«Seulement un mot!» entgegnete atemlos der Franzose. «Eine Wort!» rief er eindringlich, richtete sich zur vollen Höhe seiner ein Meter sechzig auf und hob den Finger, als wollte er die Heilige Schrift verkünden. «Ich dürfen nur noch sagen eine Wort!»

«Okay! Okay!» sagte der lebhafte kleine Amerikaner abwehrend und fügte zynisch hinzu: «Hoffentlich brauchst du nicht länger als anderthalb Stunden!»

Da trat ein anderer Chauffeur mit hellen blauen Augen und einem Nußknackergesicht – offensichtlich ein Deutscher – zu ihnen und sagte mit freudiger Entdeckermiene:

«Ich hab was Neues für euch, ganz was Neues! Ich hab einen Fahrer gesprochen, der in Rußland gelebt hat, der sagt, dort ist alles viel *schlimmer* . . .»

«Non! Non!» protestierte der Franzose und lief rot an vor Ärger. *«Pas vrai! . . . Ce n'est pas possible!»*

«Ach, du lieber Gott», sagte der Amerikaner und warf seine Zigarette ungeduldig-angewidert fort. «Wollt ihr Kerls denn ewig weiterschlafen? Hier ist nicht Rußland! Hier seid ihr in Amerika! Das ist ja das Schlimme bei euch», fuhr er fort. «Euer Leben lang habt ihr da drüben gelebt, ihr seid nichts Besseres gewöhnt! Und kaum seid ihr hier und könntet ein menschliches Leben führen, da wollt ihr alles umschmeißen!»

Nun mischten sich auch die anderen ein; das hitzige Gespräch wurde immer konfuser, immer wütender und drehte sich dauernd im Kreise. – George ging weiter in die Nacht hinein.

Die Menschen in unseren Großstädten führen oft ein unheimlich einsames Leben. Jeder Bewohner dieser großen Bienenstöcke ist ein moderner Tantalus in mehr als einer Hinsicht. Mitten im Überfluß droht er zu verhungern. Die kristallklare Quelle fließt an seinen Lippen vorbei und versiegt im Augenblick, da er trinken will. Die üppig-goldenen Trauben des Weinstocks hängen über ihm, sie neigen sich immer tiefer, und wenn er die Hand nach ihnen ausstreckt, sie greifen will, dann schnellen sie zurück.

Melville erzählt am Anfang seiner großen Dichtung *Moby Dick*, wie zu seiner Zeit die Leute in der Stadt bei jeder Gelegenheit zum Hafen hinunter gingen, sich ans äußerste Ende des Kais stellten und auf die See hinausschauten. In der modernen Großstadt gibt es keine See, auf die man hinausschauen könnte, und wenn es eine gibt, dann liegt sie so unerreichbar weit, so verschanzt hinter unendlich weitverzweigten Wällen aus Stein und Stahl, daß jedem, der sie zu erreichen sucht, der Mut versagt. Der Großstadtmensch sieht, wenn er hinausschaut, nur eine von Menschen wimmelnde Leere.

Erklärt das vielleicht die Einsamkeit und Hohlheit der Großstadtjugend? Die umherstreunenden Horden sechzehn- oder achtzehnjähriger Burschen, die man abends oder feiertags überall antrifft? Sie bummeln durch die Straßen und erfüllen die Luft mit rauhem Geschrei und sinnlosem Gebrüll; jeder will den andern übertrumpfen in freudlos-schrillen Pfiffen, unlustigen Witzen und Sticheleien, deren schwächlich-geistlose Albernheit man mit einer Mischung aus Mitleid und Scham hört. Wo haben diese Burschen den ganzen Frohsinn, die gute Laune, die natürliche Frische der Jugend gelassen? Diese Millionen junger Geschöpfe scheinen als halbe Menschen zur Welt gekommen zu sein: ohne Unschuld, alt und fade, stumpf und leer.

Wen kann das wundernehmen? In was für eine Welt werden die meisten hineingeboren? Finsternis war ihre erste Nahrung, zu Lärm und Gewalttat wurden sie entwöhnt. Den Pflastersteinen mußten sie ihr Brot abringen, die Großstadtstraße zog sie groß, in ihrer ummauerten Welt schwellte kein Wind die Segel zu flotter Fahrt; kaum kannten sie das Gefühl von Erde unter ihren Füßen, keine Vögel singen für sie und ihre jungen Augen wurden hart und blind, weil sie immer nur auf Steinmauern starrten.

Wenn früher ein Maler ein Bild schrecklicher Verlassenheit malen wollte, dann wählte er die Wüste oder eine kahle Felsenwildnis als Hintergrund, und dort stellte er den Menschen in seiner großen Einsamkeit dar: den Propheten in der Wüste oder auf dem Felsen Elias, dem die Raben Nahrung bringen. Für einen modernen Maler wäre das Bild tiefster Verlassenheit eine Großstadtstraße an einem Sonntagnachmittag.

Man stelle sich eine düstere, schäbige Straße in Brooklyn vor; sie besteht nicht nur aus Proletarierhäusern und hat daher auch nicht das unheimlich-wilde Gepräge der Armut; nein, eine Straße mit billigen Backsteinbauten, mit Lagerhäusern und Garagen, und an der Ecke ein Zigarrenladen, eine Obstbude oder ein Friseurgeschäft. Man stelle sich einen leeren, kahlen schiefergrauen Sonntagnachmittag im März vor. Man denke sich dazu eine Gruppe von Männern: amerikanische Arbeiter in ihrem Sonntagsstaat, in billigen Anzügen von der Stange, mit neuen, billigen Schuhen und billigen, einheitlich grauen Filzhüten. Nur das stelle man sich vor – nichts weiter. Die Männer stehen an der Ecke vor dem Zigarrenladen oder vor dem geschlossenen Friseurgeschäft, hin und wieder flitzt ein Auto durch die kahle, leere Straße, und in der Ferne hört man das nüchterne Geräusch eines vorüberdonnernden Hochbahnzuges. Stundenlang stehen sie so an der Ecke und warten, warten, warten . . .

Worauf?

Auf nichts. Auf gar nichts. Eben das gibt dem Ganzen die besondere Note tragischer Einsamkeit, furchtbarer Leere, grenzenloser Verlassenheit. Jeder moderne Großstadtmensch kennt das.

Und doch . . . und doch . . .

Es ist eine seltsam paradoxe Erscheinung in Amerika, daß eben diese Männer, die am Sonntagnachmittag an der Ecke herumstehen und auf nichts warten, eine nie versiegende Hoffnung in sich tragen, einen grenzenlosen Optimismus, einen unzerstörbaren Glauben: irgend etwas muß auftauchen, irgend etwas wird bestimmt geschehen! Es ist eine Eigenart der amerikanischen Seele, aus der sich in hohem Maße das Merkwürdig-Rätselhafte unseres Lebens erklärt, das so unglaubliche Gegensätze in sich vereint: Brutalität und Zärtlichkeit, Unschuld und Verbrechen, Einsamkeit und Kameradschaft, Verlassenheit und jubelnde Hoffnung, Angst und Tapferkeit, namenlose Furcht und feste innere Zuversicht, brutale, leere, nackte, unverhüllte, zersetzende Häßlichkeit und eine so bezaubernde und überwältigende Schönheit, daß man keine Worte dafür findet.

Woraus erklärt sich diese Hoffnung auf etwas Unbekanntes, die jeder vernünftigen Grundlage zu entbehren scheint? Ich weiß es nicht. Würde man einmal jenen recht intelligent aussehenden Lastwagenfahrer ansprechen, der wie alle anderen dort steht und wartet, und begriffe er, was man mit der Frage meint (aber er begreift es nicht), und verstünde er sich so gut auszudrücken, daß er seine Gefühle in Worte fassen könnte (aber er kann es nicht), dann würde er vielleicht folgendermaßen antworten:

«Jetzt haben wir März, den Monat März ... es ist jetzt März in Brooklyn, und wir stehn am Sonntagnachmittag an zugigen Ecken rum. Komisch, daß im Monat März so viele Ecken da sind, hier in Brooklyn, wo's sonst doch keine Ecken gibt. Du meine Güte! Sonntags im Monat März, da schlafen wir lang in den Morgen rein, dann stehn wir auf und lesen unsre Zeitung: die Witze und dann die Sportnachrichten. Dann essen wir zu Mittag. Und nachmittags ziehn wir uns an, lassen die Frau allein mitsamt der Zeitung, die am Boden liegt, und gehen raus im Monat März und stehn an vielen tausend Ecken rum in Brooklyn. Im Monat März, da braucht man eine Ecke, man braucht 'ne Wand, sich dranzulehnen, ein Obdach und 'ne Tür. Muß doch *irgendwo* ein warmes Plätzchen sein, 'ne Tür für uns im Monat März, wir aber kommen nie dahinter. So stehn wir an den Ecken unterm kalten Himmel, der noch rauh vom Winter ist, wir stehn in unsern guten Kleidern an der Ecke, vorm Friseur, und suchen nach 'ner Tür.»

Ach ja, aber im Sommer ...:

So kühl und lieblich ist es heute nacht, Millionen Füße wandern durch das wirre dunkle Netz der Brooklyn-Straßen, und schwer ist's jetzt, sich vorzustellen, daß es einmal März in Brooklyn war und daß wir keine Tür entdecken konnten. Viele Millionen Türen gibt es heute nacht. Für jeden gibt es eine Tür heut nacht, die Luft nimmt alles auf, und alle Klänge werden eins heut nacht: der ferne Donner eines Hochbahnzugs in Fulton Street, auf der Atlantic Avenue das Rattern vieler Wagen, und meilenweit entfernt der Lichterglanz von Coney Island; die Menschenmassen, Strudel des Verkehrs, Gebrüll aus Radioapparaten; Wagen, die flink durch stille Straßen fahren, und Menschenschwärme, hier und da von bläulichfahlem Licht gestreift; die Nachbarn lehnen auf den Fensterbrettern, und ihre Stimmen vermischen sich, bald leis, bald rauh, mit allen Stimmen dieser Nacht. Die linde Luft heut nacht färbt alles trügerisch; die Radios, die aus offenen Fenstern plärren, verfälschen jeden Klang. Und über allem liegt etwas heut nacht, ein fernes Zittern schwebt um alle Dinge, gehört zu ihnen und auch wieder nicht, schwebt über dem Gesumm des Riesenmeers der Nacht in Brooklyn. Im Monat März – da hatten wir das fast vergessen. Was ist? Geht leis ein Fenster auf? Klingt eine nahe Stimme durch die Luft? Lief da nicht unten etwas flink vorbei – zum Greifen nah? Vielleicht der Ruf der Schlepper in der Nacht, der klagt und dennoch ruft?

Das Tuten eines Dampfers? Hier ... dort ... und wieder anderswo
... War es ein Flüstern? Lockruf einer Frau? Gespräch von Menschen hinter Fensterladen oder Türen? Das große Luftgeweb erzit-
tert heute nacht, leichtfüßig wie ein naher Schritt und unvermittelt
leis wie Frauenlachen. Und in der linden Luft ist heut ein Flüstern
von dem, wonach wir suchen heute nacht, in ganz Amerika – von
eben dem, was uns so kalt erschien, so öde, kalt und hoffnungslos,
als wir in unsern guten Kleidern an vielen tausend Ecken standen
und warteten, in Brooklyn, und im März.

Auch wenn George Webber nie über die Grenzen seiner nächsten
Nachbarschaft hinausgekommen wäre – er hätte hier die Geschichte der ganzen Erde gefunden. Süd-Brooklyn war eine Welt für sich.

An den kalten, rauhen Wintertagen blieb das Leben der Menschen in den umliegenden Häusern fern, hermetisch abgeschlossen,
unergiebig, als wär's fest verlötet in einer Konservendose; im Frühling und im Sommer hingegen gewann dieses Leben für George
soviel Wirklichkeit, als kennte er die Menschen von Geburt an. Sobald die Tage und die Nächte wärmer wurden, standen alle Fenster
offen, und die intimsten Angelegenheiten der Bewohner wurden
von ihren lauten, derben Stimmen auf die Straße hinausgetragen, so
daß jeder, der zufällig des Wegs kam, zum Zeugen sämtlicher Fa-
miliengeheimnisse wurde.

Weiß Gott: George sah soviel Gemeinheit und Schmutz, Elend
und Verzweiflung, soviel Gewalt, Grausamkeit und Haß, daß er
von dieser Trostlosigkeit für immer einen ätzenden Geschmack im
Munde behielt: der schwachsinnige, bösartige italienische Gemüsehändler zum Beispiel, der mit servilem Lächeln um den verkniffe-
nen Mund vor seinen Kunden dienerte und im nächsten Augenblick
bissig knurrend seine Finger in den Arm seines elenden Söhnchens
krallte. Wenn samstags die Iren betrunken nach Hause kamen, ver-
prügelten sie ihre Frauen und schnitten sich gegenseitig die Kehle
durch, und ihre mörderischen Wutausbrüche mit johlendem Gelächter, Kreischen und Fluchen spielten sich bei offenen Fenstern in
aller Öffentlichkeit ab.

Aber Süd-Brooklyn hatte auch seine schönen Seiten: ein Baum
ließ seine Zweige in die enge Gasse hängen, in der George wohnte;
von seinem Kellerfenster aus konnte er zu ihm hinaufsehen, er
konnte verfolgen, wie sein junges Grün sich von Tag zu Tag immer
prächtiger und zauberischer entfaltete. Wenn abends die Sonne
sank und George sich ein Weilchen ermüdet auf seiner eisernen
Bettstelle ausstreckte, lauschte er dem schläfrig verklingenden Lied

370

der Vögel in diesem Baum, der jeden Frühling wieder den ganzen April und die ganze Erde in sein Kellerzimmer brachte. Und bei einem armseligen kleinen jüdischen Schneider und seiner Frau, deren schmutzige Kinder sich ununterbrochen in der muffig-stickigen Luft des Ladens balgten, fand er Liebe, Zärtlichkeit und Weisheit.

An diesen alltäglichen, zufälligen, oft unbemerkten Dingen läßt sich das Geweb des Lebens in seiner unendlichen Vielfalt verfolgen. Ob wir morgens in einer Großstadt aufwachen, ob wir im Dunkel eines Landstädtchens wachliegen oder in unbarmherziger Mittagsglut unter dem quälend-häßlichen, staubigen Tageslicht durch die Straßen gehen – die Welt um uns bleibt immer dieselbe. Ewig lebt das Böse – und das Gute auch. Nur der Mensch kennt diese beiden Mächte – der Mensch in seiner Winzigkeit!

Und was ist der Mensch?

Zuerst ein Kind mit weichen Knochen, unfähig, sich auf seinen Gummibeinchen aufrecht zu halten; es liegt in seinem eigenen Kot, schreit und lacht, weint ohne Grund und beruhigt sich sofort, wenn es nach der Brust der Mutter schnappt; ein schlafendes, essendes, trinkendes, schreiendes, lachendes Dummchen, das an seinen Zehen lutscht, ein zartes kleines Ding, das sich von oben bis unten besabbert und nach jedem Feuer greift – ein geliebter kleiner Narr.

Dann der Junge: vor den Kameraden gebärdet er sich laut und derb, und wenn er allein im Dunkeln ist, fürchtet er sich; er rauft mit dem Schwächeren und geht dem Stärkeren aus dem Weg; er schwärmt für Kraft, Roheit und Gewalt, für Kriegs- und Mordgeschichten, tritt immer in «Banden» auf und ist nicht gern allein; er heroisiert Soldaten, Matrosen, Preisboxer, Footballchampions, Cowboys, Banditen, Detektive und setzt seine Ehre darein, die Kameraden herauszufordern, sie zu reizen, sich mit ihnen zu schlagen und Sieger zu bleiben; er zeigt seine Muskeln vor und läßt sie abfühlen, er prahlt mit seinen Siegen und würde nie eine Niederlage zugeben.

Dann der Jüngling: er läuft den Mädchen nach, führt hinter ihrem Rücken mit seinen Kumpanen in der Kneipe zotige Reden, hat angeblich schon hundert Mädchen verführt und bekommt Pickel im Gesicht; er beginnt auf seine Kleidung zu achten, wird ein Fatzke mit pomadisiertem Haar, raucht eine Unmenge Zigaretten, liest Romane und schreibt heimlich Gedichte. Die Welt besteht für ihn nur noch aus Beinen und Brüsten; er lernt Haß, Liebe und Eifersucht kennen, ist feig und töricht und kann nicht allein sein; er lebt in der Masse, denkt wie die Masse und hat Angst, unter den anderen durch etwas Außergewöhnliches aufzufallen. Er gehört einem Club an und hat ständig Angst, sich lächerlich zu machen; fast immer ist er gelangweilt, unglücklich und bemitleidenswert, stumpf und unausgefüllt.

Dann der Mann: immer beschäftigt, voller Pläne und Überlegungen, immer in Arbeit. Er bekommt Kinder, kauft und verkauft kleinweise die ewige Erde, intrigiert gegen seine Konkurrenten und frohlockt, wenn er sie übers Ohr hauen kann. Er vergeudet seine kurzen siebzig Jahre an ein unrühmliches Leben: von der Wiege bis zum Grabe wird er kaum gewahr, daß es Sonne, Mond und Sterne gibt; er weiß nichts von dem unsterblichen Meer, von der ewigen Erde; er redet von der Zukunft, und wenn sie da ist, verschwendet er sie. Wenn er Glück hat, macht er einige Ersparnisse. Schließlich kauft er sich kraft seines geschwollenen Geldbeutels Lakaien, die ihn dorthin bringen, wohin seine Beine ihn nicht mehr tragen wollen; er nimmt schwere Speisen und goldenen Wein zu sich, nach denen sein verdorbener Magen nicht mehr hungert; mit müden, toten Augen betrachtet er die fremden Länder, nach denen sein Herz sich in der Jugend verzehrt hatte. Endlich ein langsamer, durch kostspielige Ärzte künstlich hinausgezögerter Tod, ein Begräbnis erster oder zweiter Klasse, ein parfümierter Kadaver, höflich dienernde Platzanweiser, die Fahrt im schnellen Leichenauto und schließlich wieder Erde.

So ist der Mensch: er schreibt Bücher, bringt Wörter zu Papier, malt Bilder und denkt sich zehntausend Philosophien aus. Er ereifert sich leidenschaftlich für Ideen, überschüttet das Werk des andern mit Spott und Verachtung, sein Weg ist der einzig wahre, alle anderen Wege sind falsch; aber nicht eins von den Milliarden Büchern in der Bibliothek kann ihn lehren, wie man einen einzigen flüchtigen Augenblick ruhig und friedlich atmen könnte. Er schreibt Weltgeschichten, lenkt die Geschicke von Nationen und weiß nichts über seine eigene Geschichte; er ist nicht imstande, sein kleines Schicksal auch nur für Minuten lang würdig oder weise zu lenken.

So ist der Mensch: im Ganzen ein verderbtes, elendes, verabscheuungswürdiges Geschöpf, ein der Fäulnis geweihtes Häufchen zerfallenden Gewebes, ein Wesen, das im Alter einen kahlen Schädel und einen stinkenden Atem bekommt, ein Wesen, das seinesgleichen haßt, betrügt, verachtet, verhöhnt und verleumdet, das in der Masse oder allein im Finstern mordet und würgt; ein lärmender Prahler im Kreise seiner Mitmenschen, für sich allein aber feige wie eine Ratte. Für einen Deut verbeugt er sich kriecherisch, um hinter

372

dem Rücken des Gebers knurrend die Zähne zu fletschen; er betrügt für 2 Sous, mordet für 40 Dollar und kann vor Gericht Ströme von Tränen vergießen, um einen anderen Schurken vor dem Gefängnis zu bewahren.

So ist der Mensch: er stiehlt seinem besten Freund das Weib, greift unter dem Tisch der Frau seines Gastgebers ans Bein, gibt ein Vermögen für seine Huren aus, stirbt in Anbetung von Scharlatanen und läßt seine Dichter verrecken. So ist der Mensch; er schwört, daß er der Schönheit, der Kunst und dem Geist sein Leben weihen wolle, und er lebt nur für die Mode, und sein Glaube und seine Überzeugung wechseln ebenso rasch wie die Mode. So ist der Mensch: ein großer Kämpfer mit schlechter Verdauung, ein großer Romantiker mit verdorrten Lenden, der ewige Schurke, der den ewigen Narren noch übertrumpft; die höchste Spezies im Tierreich, die ihren Verstand hauptsächlich dazu verwendet, einen abscheulicheren Gestank zu produzieren als Stiere und Füchse, als Hunde, Tiger und Ziegenböcke.

Ja, so ist der Mensch; man kann ihn nicht schwarz genug malen, denn die Schilderung seines obszönen Daseins, seiner Niedrigkeit und Ausschweifung, seiner Grausamkeit und seines Verrats läßt sich ins Unendliche fortsetzen. Sein Leben ist voller Mühe und Plage, voller Aufruhr und Leid. Seine Tage bestehen größtenteils aus einer Million sich idiotisch wiederholender Handlungen: ein Hin und Her auf heißen Straßen, Schwitzen und Frieren, eine sinnlose Anhäufung fruchtloser Tätigkeiten, ein mühsam übertünchter Verfall der Kräfte, lebenslängliche Schinderei um eines schlechten Essens willen und durch das schlechte Essen lebenslänglich eine quälend-schlechte Verdauung. So haust er im verkommenen Gehäuse seines Leibes; nur selten kann er zwischen zwei Atemzügen die bittere Last körperlichen Unbehagens vergessen, die tausend Krankheiten und Qualen seines Fleisches, die immer drückendere Last seines Verfalls. So ist der Mensch: wenn er in seinem ganzen Leben zehn goldene, frohe und glückliche Augenblicke in Erinnerung behält, zehn Augenblicke, die nicht von Sorge gezeichnet und nicht von Schmerz oder Unlust verschattet sind, dann ist er imstande, mit seinem letzten Atemzug stolz zu bekennen: «Ich habe auf dieser Erde gelebt, und es ist köstlich gewesen!»

So ist der Mensch – man fragt sich, warum er überhaupt am Leben hängt. Ein Drittel seines Lebens geht in dumpfem Schlaf verloren; das zweite Drittel gehört der fruchtlosen Arbeit; ein Sechstel verbringt er mit Kommen und Gehen, mit mühseligem Pflastertreten, mit Schieben, Stoßen und Drängen. Wieviel bleibt ihm noch, um einen Blick zu den tragischen Sternen hinaufzuwerfen? Wieviel bleibt ihm noch, um sein Auge der ewig währenden Erde zuzuwenden? Wieviel bleibt ihm noch zum Schaffen großer Gesänge, zu unsterblichem Ruhm? Nur ein paar hastig abgestohlene Augenblikke im unfruchtbaren Wirbel des täglichen Lebens.

So also ist der Mensch, der wie ein Falter an der Flamme der Zeit verbrennt und um seine abgezählten, kurzen Stunden betrogen wird – eine Spottgeburt aus sinnloser Verschwendung und nutzlosem Atem. Und doch: wenn die Götter herniedersteigen könnten auf eine ausgestorbene und wüste Erde, auf eine Erde, auf der die Städte der Menschen nur noch Ruinen wären, auf der nur noch ein paar Zeichen in zerbrochenen Inschriften und ein verrostetes Rad im Wüstensand von Menschenhand kündeten – sie würden aufschreien aus ihren Götterherzen und würden sagen: «Er hat gelebt, er war hier!»

Denn siehe seine Werke:

Er brauchte eine Sprache, um sich Brot zu erbitten – und er bekam Christentum! Er brauchte Lieder, um sie in der Schlacht zu singen – und er bekam Homer! Er brauchte Worte, um die Feinde zu verfluchen – und er bekam Dante, Voltaire und Swift! Er brauchte Kleider, um sein unbehaartes, zartes Fleisch vor Wind und Wetter zu schützen – und er webte den Mantel Salomonis, die Gewänder großer Könige und die brokatenen Wämser junger Ritter! Er brauchte Mauern und ein Dach, um darin zu wohnen – und er schuf Blois! Er brauchte einen Tempel, um seinen Gott zu versöhnen – und er schuf Chartres und Fountains Abbey! Er war geboren, um auf dem Boden hinzukriechen – und er schuf große Räder, ließ riesige Maschinen über Schienenstränge donnern, ließ breite Flügel durch die Luft schwingen und schickte große Schiffe übers feindliche Meer!

Seuchen schlugen ihn, grausame Kriege brachten seine stärksten Söhne um, aber weder Feuer noch Flut oder Hungersnöte vermochten ihn zu vernichten. Nein, selbst über das unerbittliche Grab triumphierte er: jauchzende Söhne erblühten aus seinen totgeweihten Lenden. Der zottige Bison mit seiner donnergleichen Körperkraft starb dahin auf der Prärie; sagenhafte Mammute der Vorzeit liegen als Skelette im fühllosen Lehm begraben; die Panther haben Wachsamkeit gelernt und schleichen behutsam durch hohes Gras zur Wasserstelle; aber der Mensch lebt weiter in aller nihilistischen Sinnlosigkeit der Welt.

Denn einen Glauben gibt es, eine Zuversicht: den Glauben an das Leben. Das ist des Menschen Ruhm, sein Triumph und seine Unsterblichkeit. Der Mensch liebt das Leben, und weil er das Leben liebt, haßt er den Tod; darum ist er groß, ruhmreich und schön, und seine Schönheit kann niemals vergehen. Er lebt unter den fühllosen Sternen und verleiht ihnen einen Sinn. Er lebt in Furcht und Mühsal, in Todesangst und unaufhörlichem Aufruhr; und dennoch: wenn ihm bei jedem Atemzug das Blut schäumend aus den verwundeten Lungen sprudelte, er würde nicht aufhören zu atmen, weil er weiterleben will. Noch im Sterben brennt die Flamme der Schönheit, brennt der alte ungestüme Hunger in seinen Augen: den ganzen schweren, sinnlosen Leidensweg hat er zurückgelegt, und dennoch will er leben.

Wie könnte man dieses Geschöpf verachten? Aus diesem starken Lebensglauben schuf der winzige Mensch die Liebe. Denn das Beste an ihm *ist* die Liebe. Ohne den Menschen gäbe es keine Liebe, keinen Hunger, kein Verlangen.

Das also ist der Mensch – sein Bestes und sein Schlechtestes: ein winziges, zerbrechliches Ding, das lebt, stirbt und vergessen wird wie alle anderen Geschöpfe. Aber das Gute und das Böse seiner Lebenszeit überdauern ihn, darum ist er unsterblich. Wie also sollte ein Lebender sich mit dem Tod verbünden und sich mästen an seines Bruders Blut?

Fox, der Fuchs

In diesen verzweiflungsvollen Jahren in Brooklyn, in denen George ganz für sich lebte und arbeitete, hatte er nur einen wirklichen Freund: seinen Verleger Foxhall Edwards. Sie verbrachten viele Stunden miteinander und führten wunderbare, endlose Gespräche. In diesen reich erfüllten Stunden sprachen sie offen über alle Fragen der Welt, und daraus entstand eine enge Freundschaft. Sie gründete sich auf gemeinsamen Geschmack und viele gemeinsame Interessen, auf Bewunderung für den andern und auf gegenseitige Zuneigung und Achtung, die es beiden erlaubte, ungehemmt ihre Meinung auch in den seltenen Fällen auszusprechen, in denen ihr Glaube und ihre Anschauungen nicht miteinander übereinstimmten. Eine solche Freundschaft gibt es nur zwischen Männern. Sie hat nichts von jener Besitzgier, die jede Beziehung zwischen Mann und Frau gefährdet; sie ist frei von körperlichen und gefühlsmäßigen Elementen, die dem Naturtrieb folgend Mann und Frau vereinen und dabei die innig ersehnte, dauernde Gemeinschaft eines Paares durch den beengenden Zwang von Verpflichtungen und wohlerworbenen Rechten beeinträchtigen können.

Der ältere Mann war dem jüngeren nicht nur Freund, sondern auch Vater. Der heißblütige Webber, der die Gefühlsstärke und die große Liebesfähigkeit der Südstaaten besaß, hatte seinen Vater vor vielen Jahren verloren und fand nun in Edwards einen zweiten Vater. Edwards, der zurückhaltende Neu-Engländer mit seinem tiefen Sinn für Tradition und Familie, hatte sich immer einen Sohn gewünscht; er hatte aber nur fünf Töchter und betrachtete George allmählich als eine Art Adoptivsohn. So geschah es, daß sie halb unbewußt einander adoptierten.

Wenn George seine Einsamkeit nicht länger ertragen konnte, nahm er immer seine Zuflucht zu Foxhall Edwards. Wenn er – wie so oft – von innerer Verwirrung, von Unruhe und Zweifeln an sich selbst heimgesucht wurde, wenn ihm sein Leben so leer, schal und abgestorben erschien, als wäre ihm die trostlose Öde der Straßen von Brooklyn in Mark und Blut eingegangen, dann suchte er Edwards auf. Und er ging niemals vergeblich zu ihm. Obwohl Edwards immer sehr beschäftigt war, ließ er alles stehen und liegen, um mit George zum Lunch oder zum Dinner zu gehen; dann redete er in seiner ruhigen, beiläufig-indirekten, verständnisvollen Art mit ihm und fragte so lange, bis er Georges Kummer herausgefunden hatte. Und da Edwards an George glaubte, endete es immer so, daß George sich beruhigte und auf wunderbare Weise sein Selbstvertrauen wiedergewann.

Was für ein Mensch war dieser große Verleger, Beichtvater und treue Freund, dieser Mann mit dem stillen, schüchternen, sensiblen mutigen Herzen, der von Leuten, die ihn nicht kannten, oft für überspannt, gleichgültig und kalt gehalten wurde? Wer war er, den man hochtrabend Foxhall getauft hatte und der sich lieber schlicht und bescheiden Fox nannte?

Der schlafende Fox war ein lebendes Bild argloser Unschuld. Er schlief auf der rechten Seite, die Beine ein wenig angezogen, die Hände unterm Ohr gefaltet, und neben ihm auf dem Kopfkissen lag sein Hut. Der Anblick des schlafenden Fox hatte etwas Rührendes: trotz seiner 45 Jahre wirkte er wie ein kleiner Junge. Auch mit geringer Phantasie konnte man sich vorstellen, der alte Hut neben ihm auf dem Kopfkissen wäre ein Kinderspielzeug, das er beim Schlafengehen mit ins Bett genommen hätte – und so war es auch!

Der Schlaf schien bei Fox alles auszulöschen bis auf einen kleinen Jungen. Es war, als rückte im Schlaf dieser Kern seines Lebens wieder in den Mittelpunkt, als fielen alle Zwischenstufen fort und als gewänne Fox wieder sein eigentliches Wesen zurück. Dieser Kern, den er tatsächlich trotz aller Veränderungen durch Erfahrung und Zeit nie verloren hatte, war unversehrt geblieben und behauptete sich im Schlaf als sein unverändert einheitliches Ich.

Trotzdem war dieser Fox ein arglistiger Fuchs. Oh, listiger Fox, unschuldig in seiner List und listig bei aller Unschuld! Aufrichtig in seiner Schläue, aufrichtig-schlau, seltsam umwegig nach allen Richtungen hin, und bei allen seltsamen Umwegen doch auf ein Ziel ausgerichtet. Zu gerade für krumme Sachen, zu gelassen, um Neid zu empfinden, zu anständig, um von Intoleranz verblendet zu werden, zu gerecht, zu klarsichtig und zu stark, um hassen zu können, zu ehrlich für schmutzige Geschäfte, zu vornehm für niedriges Mißtrauen, zu unschuldig für die Schliche und Kniffe üblicher Gaunerei – und doch von keinem übers Ohr zu hauen!

Ja, er ist der kleine Junge, das vertrauensvolle Kind des Lebens. Er ist des Lebens arglistig-argloser Fuchs, doch keineswegs des Lebens Engel oder des Lebens Narr. An alles geht er wie ein Fuchs heran: er stürzt sich nicht kopfüber auf ein Hindernis; nein, er späht durchs Dickicht und schleicht sich im Schutz des Waldrandes oder einer Mauer heran, schlägt einen Haken, umgeht die Meute und ist auf und davon, wenn sie ihn sucht, wo er schon nicht mehr ist; er will sie gar nicht überlisten, aber er tut's.

Er umkreist die Dinge, wie es die Art der Füchse ist. Nie geht er einen ausgetretenen Weg, benutzt er einen üblichen Dreh. Er sieht sofort, welches der übliche Dreh ist, sagt «Oh!» und weiß, es ist zwar der übliche, aber nicht der richtige Dreh; er findet genau den richtigen Dreh und wendet ihn an. Kein Mensch kann sagen, wie er es macht, auch Fox selber kann es nicht sagen, aber er macht es unbeirrt. Ganz leicht, kinderleicht sieht es aus, wenn Fox das macht. Das ist ihm angeboren, das ist seine Begabung.

Unser Fox ist nie kompliziert oder verstiegen, sondern immer klar. Er macht alles spielend leicht, nie mit Bravour; jeder meint es zu können, hat Fox es gekonnt. Er ist ein besserer Spieler als alle anderen, nur merkt es keiner. Sein Stil ist nie manieriert, eigentlich ist es überhaupt kein Stil; nie hält die Menge vor Spannung den Atem an, wenn er zielt – denn niemand hat Fox je zielen sehen, und doch schießt er niemals fehl. Andere brauchen ihr ganzes Leben, um zielen zu lernen; sie legen die richtige Zieluniform an, nehmen vorschriftsmäßig Haltung ein und gebieten Ruhe der atemlos lauschenden Welt. «Jetzt zielen wir!» sagen sie, dann heben sie fehlerfrei, wie sie's gelernt haben, in tadellosem Stil ihr Schießgewehr an, zielen und – *schießen daneben!* Der große Fox scheint nie zu zielen und schießt niemals daneben. Wie kommt das? Er ist eben ein begabtes Glückskind, einfältig-unschuldig und – ein Fuchs!

«Oh, dieser schlaue Fuchs!» sagen gute Zieler und schlechte Schützen. «Ein verdammt heimtückischer, teuflisch schlauer Fuchs!» schreien sie und knirschen mit den Zähnen. «Laßt euch durch seine harmlose Miene nicht täuschen; ein schlauer Fuchs ist er! Trauf keinem Fuchs, traut auch nicht diesem Fox; er sieht so arglos schüchtern und verwirrt aus – aber treffen tut er immer!»

«Ja, aber», fragen sich erbittert die guten Zieler und die schlechten Schützen, «wie macht er das? Was ist an dem Kerl denn dran? Er sieht nach nichts aus, er macht nicht von sich reden, er hat überhaupt kein Auftreten! Nie zeigt er sich, nie geht er zu einem Empfang, zu einer Gesellschaft, zu einem großartigen Dinner; er gibt sich gar keine Mühe, Leute kennenzulernen oder mit ihnen ins Gespräch zu kommen. Er redet überhaupt kaum! ... Was ist an ihm? Woher kommt das? Ist es Zufall oder Glück? Sehr geheimnisvoll das alles ...»

«Also paß auf», sagt einer, «ich will dir was sagen: meine Theorie ist ...»

Sie stecken die Köpfe zusammen und flüstern listig miteinander, bis ...

«Nein!» ruft ein anderer dazwischen. «Daran liegt's nicht. Ich will euch sagen, wie er's macht, er ist ...»

Wieder Köpfezusammenstecken, Flüstern, Streiten und Bestreiten; sie werden imer verwirrter und stehen schließlich in ohnmächtiger Wut da.

«Ja, aber!» ruft einer. «Wie macht der Kerl das bloß? Wie bringt er all das zustande? Es sieht doch aus, als hätte er keinen Verstand, keine Bildung, keine Erfahrung. So wie wir macht er's jedenfalls nicht: er legt keine Fußangeln, er stellt keine Fallen. Er scheint gar nicht zu wissen, was vorgeht oder worum sich's handelt, trotzdem ...»

«Ach was, er ist einfach ein *Snob*!» brummt ein anderer. «Wenn man ihn kollegial anspricht, behandelt er einen von oben herab. Will man ihm was vormachen, dann sieht er einen bloß an! Nie gibt er einem die Hand, nie klopft er einem auf den Rücken, wie sich's unter Kollegen gehört! Man gibt sich Mühe, nett zu ihm zu sein, man will ihm zeigen, daß man ein richtiger Kerl ist und daß man auch ihn für 'nen richtigen Kerl hält – und was macht er? Er sieht einen so komisch lächelnd an und dreht einem den Rücken; und dieser verdammte Hut, den er den ganzen Tag im Büro trägt – ich glaube, er geht damit *schlafen!* Nie bittet er einen, Platz zu nehmen, und wenn man mit ihm spricht, steht er plötzlich auf, läßt einen einfach stehn und wandert im ganzen Haus rum, starrt jeden an, der ihm in den Weg kommt, auch seine eigenen Kollegen – als wär er nicht ganz bei Trost; zwanzig Minuten später kommt er wieder in sein Büro, starrt einen an, als hätt er einen noch nie gesehn, zieht sich den verdammten Hut noch tiefer ins Gesicht und dreht einem den Rücken; die Hände an den Rockaufschlägen, grinst er blöde zum Fenster raus, dann sieht er einen wieder von oben bis unten an und starrt einem ins Gesicht, als hätte man sich plötzlich in einen Pavian verwandelt, und wortlos dreht er sich wieder zum Fenster um; dann starrt er einen noch mal an, *tut* schließlich so, als ob er einen erkenne, und sagt: ‹Ach, Sie sind's!› . . . Ich sag euch doch, er ist ein *Snob*; auf die Art will er einem beibringen, daß er einen nicht für *voll* nimmt! O ja, ich weiß schon, ich kenn die Sorte! Alter Neu-Engländer – älter als Gott, weiß der Teufel! Zu fein für alle – außer für Gott, weiß der Teufel! Und nicht mal der Teufel weiß das ganz genau! Aristokrat, Sohn reicher Eltern, so 'n Groton-Harvard-Fatzke, zu fein für unsereins, weiß der Teufel! Viel zu gut für die kleinen Plebejer in unserm Beruf! Für den sind wir bloß 'n Haufen kleine Kaufleute und Babbitts; darum sieht er uns auch so komisch an, darum grinst er auch so dämlich, darum dreht er einem auch den Rücken, hält sich an seinen Rockaufschlägen fest und antwortet nicht, wenn man ihn was fragt . . .»

«Ach nein», fällt ein anderer ihm rasch ins Wort, «stimmt nicht! Der ist doch schwerhörig – deshalb grinst er so dämlich und dreht einem den Rücken, und daß er nicht antwortet, wenn er gefragt wird, das liegt eben daran, daß er taub ist . . .»

«Taub – von wegen!» spottet ein anderer. «Schöne Taubheit! *Der* ist so taub wie 'n Fuchs! Diese Taubheit ist nur ein Mittelchen, ein Trick, ein Kunstgriff! Der hört bloß das, was er hören will! Und wenn er was hören will, dann *hört* er's, und wenn man's ihm aus vierzig Meter Entfernung zuflüsterte! Ich sag euch: ein Fuchs ist er!»

«Ja, Fox ist ein Fuchs!» pflichtete ihm der ganze Chor bei. «Das ist klar: er ist unser Fuchs!»

So flüstern und streiten die guten Zieler und die schlechten Schützen und suchen nach Erklärungen. Sie umlagern die Freunde und die guten Bekannten von Fox, überhäufen sie mit Schmeicheleien und geben ihnen starke Getränke und versuchen, auf diese Weise Fox' Geheimnis zu ergründen. Aber sie finden nichts, weil es da nichts zu finden gibt, wenigstens nichts, was einer ihnen erklären

379

könnte. Zum Schluß bleiben sie hilflos-verbittert zurück und sind so klug als wie zuvor. Sie nehmen Haltung an, zielen und – schießen daneben!

Und so machen sie es überall: überall im Dickicht der Großstadt legen sie ihre heimtückischen Fußangeln. Sie belagern das Leben. Sie denken sich eine raffinierte Taktik aus und listige, strategische Pläne. Sie schmieden tiefsinnige Projekte, um das Wild einzufangen. Nachts (wenn der große Fox schläft) unternehmen sie meisterhafte Flankenangriffe, schleichen sich, wenn der Feind nicht hinsieht, an ihn heran, glauben den Sieg schon in Händen zu halten, zielen großspurig, geben Feuer und – schießen sich gegenseitig schmerzhaft in die werten Hosenböden!

Inzwischen schläft der Fuchs seinen süßen, gesunden Kinderschlaf.

Die Nacht geht dahin, es dämmert: acht Uhr. Wie nun sein Erwachen schildern?

Ein Mann von fünfundvierzig, der nicht jünger aussieht, aber immer etwas Jungenhaftes hat. Das Jungenhafte liegt hinter seinem Gesicht, versteckt sich tief in seinen Augen und wohnt in seinem Fleisch und Gebein; es ist darin nicht eingesperrt, gleichsam nur eingefaßt von einem Rahmen, der mit den Jahren ein wenig abgenutzt und mit kleinen Fältchen um die Augen rissig geworden ist; aber es ist da wie immer, ist nicht totzukriegen. Sein ehemals hellblondes Haar ist nicht mehr hellblond: an den Schläfen zeigt sich ein grauer Schimmer, an anderen Stellen ist das Haar in Wetter und Zeit zu einer Art stahlgrau nachgedunkelt und wirkt nun im ganzen dunkelblond, aber man ahnt noch, daß es einmal hellblond war. Der schmale, wohlgeformte Kopf wirkt immer noch knabenhaft mit dem dichtanliegenden, vollen Haar, das an den Schläfen zurückweicht und sich mit natürlicher Anmut an den Hinterkopf schmiegt. Blaßblaue Augen, die seltsam dunkel leuchten können wie ein fernes Gewitter über dem Meer; es sind die Augen eines Matrosen aus New-England, der monatelang auf einem Klipper nach China unterwegs war – tiefgründig wie die See.

Sein Gesicht ist hager, lang und schmal gebaut: ein hochgezüchtetes Gesicht, das sich von alters her in der Familie vererbt hat. Ein einsam-strenges Gesicht, hart wie Granit, ein Gesicht von New-Englands Küste: es ist das Gesicht des Großvaters, eines Staatsmannes aus New-England, dessen Büste auf dem Kaminsims steht und auf sein Bett hinunterschaut. Aber mit Fox' Gesicht ist etwas geschehen, eine Verwandlung des nackten Urgesteins: die wesentlichen Züge sind noch graniten, aber eine lebendig-strahlende Wärme hat sie bereichert und gemildert. Ein Licht brennt in Fox und durchleuchtet sein Gesicht, jede Geste, jede Miene, jede Körperbewegung, etwas Flinkes, Quicklebendiges und Schwankend-Zerbrechliches, eine untergründig-verhaltene Leidenschaft. Vielleicht ist es das Gesicht seiner Mutter oder seines Vaters, vielleicht das Gesicht einer seiner Großmütter? Etwas von Dichtung, Intuition und Begabung ist darin, von lebendiger Phantasie und von einer innerlich strahlenden Schönheit, die den Granit warm durchglüht. Dieses Gesicht mit dem wohlgeformten Kopf, dem blassen, dunkelgründigen Blick der Augen, die wie Vogelaugen in runden Höhlen liegen, mit der kräftigen, etwas gebogenen Nase – eine etwas verächtliche, sensibel schnurgerade Patriziernase mit den beweglichen Nüstern eines Jagdhundes –, dieses ganze Gesicht mit seiner leidenschaftlich-stolzen Heiterkeit könnte fast das Gesicht eines großen Dichters sein oder eines fremdartig-mächtigen Vogels.

Jetzt aber regt sich der Schläfer, schlägt die Augen auf, lauscht und setzt sich mit einem Ruck auf.

«Was?» fragt Fox.

Der Fuchs ist erwacht.

«FOXHALL MORTON EDWARDS.»

Der große Name dröhnte ihm noch durch den Schädel; irgend jemand mußte ihn ausgesprochen haben; er klang ihm noch in den Ohren und läutete feierlich durch alle Gänge seines Bewußtseins; kein Traum war es gewesen: die Wände selbst hatten bei seinem Erwachen stolz und feierlich gedröhnt.

«Was?» rief Fox noch einmal.

Er sah sich um: niemand da. Er schüttelte den Kopf, als hätte er Wasser in den Ohren. Er drehte den Kopf und lauschte mit seinem gesunden rechten Ohr wieder auf den Klang. Er zupfte und rieb an seinem gesunden rechten Ohr: ja, es war unverkennbar: sein gesundes rechtes Ohr klang.

Fox sah sich mit seinen seeblauen Augen nochmals verwirrt und betroffen im Zimmer um, fand nichts, entdeckte schließlich auf dem Kopfkissen neben sich seinen Hut und sagte leicht erstaunt «Oh!»; er nahm den Hut auf und drückte ihn sich auf den Kopf, so daß die Ohren zur Hälfte bedeckt waren, schwang sich aus dem Bett und steckte die Füße in die Pantoffeln; dann stand er in Schlafanzug und Hut auf, ging zur Tür, machte auf, blickte hinaus und sagte:

«Was? Ist da jemand? . . . Oh!»

Es war gar nichts, nur die enge, morgendlich stille Halle, die geschlossene Zimmertür seiner Frau und die Treppe.

Er machte die Tür wieder zu, ging ins Zimmer zurück und lauschte, das gesunde rechte Ohr halb nach oben gewendet, lauschte gespannt und immer noch ein wenig verwirrt dem Klange nach.

Wo war das hergekommen? Er glaubte noch schwach seinen Namen zu hören und gleichzeitig viele andere fremdartige, verwirrende Geräusche. Woher aber? Aus welcher Richtung kamen sie? Oder konnte es etwas anderes gewesen sein? Ein langer, dröhnender Ton wie der eines Ventilators – vielleicht ein Motor auf der Straße? Ein leise verhallender Donner – vielleicht ein Hochbahnzug! Oder das Summen einer Fliege? Das Sirren einer Mücke? Unmöglich, nein: ein Frühlingsmorgen war es im Monat Mai.

Ein leichter Morgenwind bauschte die Vorhänge seines hübschen Zimmers. Ein altes Empirebett, eine mollige alte Fleckendekke in bunten Farben, eine alte Kommode, ein kleiner, mit Manuskripten überhäufter Tisch neben dem Bett, ein Glas Wasser, die Brille, eine kleine, tickende Uhr. Hatte er sie vielleicht gehört? Er hielt sie ans Ohr und lauschte. Auf dem Kaminsims ihm gegenüber blickte die hager-strenge, klug-entschlossene Büste seines Großvaters, des Senators William Foxhall Morton, mit blinden Augen in die Ferne. Ein oder zwei Stühle und an der Wand ein Stich von Michelangelos großem Lorenzo Medici. Fox sah ihn an und lächelte.

«Ein *Mann*», sagte er leise. «So *sollte* ein Mann aussehen!» Den Kriegshelm auf dem Haupt, saß der junge Cäsar mit seinen mächtigen Gliedern auf dem Thron; das Kinn leicht in die schöne Hand gestützt, grübelte er über große Ereignisse und Schicksale nach. Dieser Denker, Krieger, Staatsmann und Herrscher war zur Tat geboren und vereinigte alles in sich: Dichtung mit Wirklichkeit, Vorsicht mit Kühnheit, Bedachtsamkeit mit Entschlußkraft. «Und so *soll* ein Mann auch sein», dachte Fox.

Noch immer ein wenig verwirrt, geht Fox in Pyjama und Hut zum Fenster und blickt hinaus, die eine Hand mit der natürlichen Anmut eines Knaben hinten auf die Hüfte gestützt. Er legt den Kopf zurück und schnuppert mit beweglichen, verächtlich geblähten Nüstern. Der leichte Morgenwind streift ihn, die duftigen Vorhänge werden ins Zimmer geweht.

Draußen, unter ihm der Morgen; oben, unten, ringsum und gegenüber das morgendliche Himmelslicht, kühl-schräge Morgensonne, golden-kühler Morgen auf der Straße. Dunkle rostbraune Fassaden ihm gegenüber, die glatten Fassaden von Turtle Bay.

Fox blickt mit seinen seeblauen Augen auf die morgendliche Straße, als hätte er sie noch nie gesehn; dann sagt er leise-verhalten, mit ein wenig belegter, wohlklingender Stimme, fast flüsternd, wie in langsamem, still-verwundertem und irgendwie resigniertem Erkennen:

«Ach so ... natürlich.»

Er dreht sich um und geht in das gegenüberliegende Badezimmer; dort betrachtet er sich mit demselben ernst-verwunderten seeblauen Blick im Spiegel, mustert seine Gesichtszüge und die runden Augenhöhlen; während ihn der Knabe Fox so ernsthaft aus dem Spiegel anstarrt, fallen ihm plötzlich die Ohren des Knaben Fox ein, die vor vierzig Jahren rechtwinklig vom Kopf abstanden und in Groton manchen Anlaß zu Hänseleien gaben; er zieht sich den Hut noch fester über die Ohren, damit die abstehenden Ohren nicht mehr abstehen!

Nachdem er sich eine Weile betrachtet und schließlich festgestellt hat, daß er es wirklich ist, sagt er wieder langsam in dem gleichen leicht verwirrten, geduldig-gottergebenen Ton:

«Ach so ... natürlich.»

Er dreht die Dusche auf, und das Wasser zischt in dampfendem Strahl heraus. Als Fox unter die Dusche treten will, bemerkt er, daß er den Pyjama noch anhat, er murmelt langsam: «Oh!» und zieht ihn aus. Nun schickt er sich an, im Adamskostüm, also ohne Pyjama, aber mit dem Hut auf dem Kopf, unter die Dusche zu treten; da fällt ihm der Hut ein, und das verwirrt ihn etwas, denn er muß wider Willen zugeben, wie unklug er handelt; ärgerlich schnippt er mit den Fingern, und leise und widerwillig zugebend sagt er:

«Ach so – na schön! *Also* gut!»

Er will den Hut abnehmen, aber der sitzt jetzt so fest, daß er beide Hände zu Hilfe nehmen und heftig daran zerren muß; zögernd hängt er das verbeulte Wrack in Reichweite an einen Haken an der Tür und betrachtet ihn einen Augenblick unentschlossen, als wollte er noch nicht auf ihn verzichten; dann tritt er noch immer verwirrt unter den zischenden Wasserstrahl, der heiß genug ist, um ein Ei darin zu kochen!

Begreiflicherweise legt sich die Verwirrung mit einem Schlage; Fox macht einen Satz nach hinten, er flucht vernehmlich: «Au, verdammt!» Am ganzen Körper dampfend und mit den Fingern schnippend tanzt er herum und sagt noch einmal: «Au, verdammt!» Dann endlich gelingt es ihm, das Wasser richtig zu temperieren, er kann sich ohne weitere Zwischenfälle abduschen.

Nach der Morgendusche bürstet er das Haar glatt nach hinten

und setzt den Hut gleich wieder auf. Er putzt sich die Zähne, rasiert sich mit einem Rasierapparat, spaziert nackt, den Hut auf dem Kopf, in sein Zimmer und will gerade hinuntergehen –. da fällt ihm ein, daß er sich erst anziehen muß. «Oh!» sagt er, sieht sich betroffen um und findet seine Kleider auf einem Stuhl, wo die Frauen sie gestern abend säuberlich ausgebreitet haben: frische Socken, reine Unterwäsche, ein sauberes Hemd, ein Anzug und ein Paar Schuhe. Fox hat keine Ahnung, wo das alles herkommt; er wüßte gar nicht, wo er es suchen sollte; und ist immer leicht erstaunt, wenn er alles so vorfindet. Noch einmal sagt er «Oh!», geht zurück, zieht die Sachen an und stellt zu seinem Erstaunen fest, daß sie passen.

Sie passen wie angegossen. Fox paßt einfach alles: er weiß nie, was er anhat; er könnte einen härenen Sack, ein Leichentuch, ein Segel oder ein Stück Leinwand tragen – alles würde ihm, wenn er es anzöge, augenblicklich passen und untadelig elegant an ihm wirken. Seine Kleider scheinen mit ihm zu verwachsen: was auch immer er anzieht – es nimmt die Anmut, die Würde und die ungezwungene Nonchalance seiner Persönlichkeit an. Für körperliche Übungen hat er nichts übrig, er hat sie auch nicht nötig; er geht sehr gern spazieren, treibt aber keinen Sport: das ist ihm zu langweilig. Er hat noch dieselbe Figur wie mit einundzwanzig: einen Meter siebenundsiebzig groß, achtundsechzig Kilo schwer, weder Bauch noch Fettpolster – die Figur eines Knaben.

Nun ist er angezogen – bis auf die Krawatte; als er sie zur Hand nimmt, mustert er sie plötzlich scharf: eine sehr lebhaft gemusterte Krawatte mit blauen Punkten. Mit verächtlich geblähten Nasenflügeln wirft er sie weg und murmelt dazu ein einziges Wort, das Bände zu sprechen scheint:

«Frauenzimmer!»

Auf gut Glück sucht er unter den Krawatten in seinem Kleiderschrank, er findet eine diskret graue Krawatte und bindet sie um. Nun also ist er fix und fertig, nimmt ein Manuskript und seine Brille, öffnet die Tür und tritt in die schmale Halle hinaus.

Aus der geschlossenen Schlafzimmertür schließt er, daß seine Frau noch schläft; in der Luft liegt schwacher Parfumduft. Fox wirft den Kopf zurück und schnuppert heftig, dann läßt er langsam, mit einer abschließenden Bewegung den Kopf nach vorn fallen und sagt mit verächtlichem Mitleid und resignierter Zärtlichkeit:

«Frauenzimmer!»

Mit weit zurückgeworfenem Kopf, die eine Hand am Rockaufschlag, in der anderen das Manuskript, geht er die enggewundene Treppe hinunter in den zweiten Stock. Wieder eine schmale Halle.

Vorn, hinten und an der einen Seite drei weitere geschlossene Türen, dahinter fünf Töchter im Morgenschlaf...

«*Frauenzimmer!*»

Er steht vor der Tür von Martha, der zwanzigjährigen Ältesten...

«*Frauenzimmer!*»

Hinter der nächsten Tür schlafen die achtzehnjährige Eleanor und Amelia, die gerade sechzehn ist, aber...

«*Frauenzimmer!*»

Und schließlich streift sein Blick mit sanft-verächtlichem Lächeln die Tür zum Zimmer der beiden Jüngsten: der vierzehnjährigen Ruth und der siebenjährigen Ann, jedoch...

«*Frauenzimmer!*»

Er schnuppert heftig: Frauenzimmerluft! Dann steigt er zum ersten Stock hinunter, geht ins Wohnzimmer und steht vor dem Werk der...

«*Frauenzimmer!*»

Die Teppiche sind aufgerollt, die Morgensonne scheint auf kahle Dielen. Die Sessel und die Sofas sind aufgerissen, die Polsterung ist herausgenommen. Es riecht nach frischer Farbe: die gestern noch braunen Wände sind heute morgen hellblau. Farbspritzer auf dem Fußboden. Sogar die Bücher hat man aus den hohen, eingebauten Regalen an der Wand herausgenommen. Die Handwerker sind also wieder mal am Werk, und alles nur wegen dieser...

«*Frauenzimmer!*»

Angewidert schnuppert Fox in der von frischer Farbe geschwängerten Luft, geht durchs Zimmer, steigt ein paar Stufen hinauf, die ebenfalls hellblau gestrichen sind, und tritt auf die Terrasse. Bunte Stühle, Hängematten und Tische, buntgestreifte Markisen und in einem Aschenbecher mehrere vielsagende Zigarettenstummel mit Lippenstiftflecken...

«*Frauenzimmer!*»

Die Gärten an der Rückseite von Turtle Bay wirken mit dem jungen Grün, mit Vogelsang und mit dem Plätschern eines verborgenen Wassers poetisch verklärt: mitten im Herzen der Riesenstadt geheimnisvoll-lebendiger Elfenzauber. Dahinter steil wie ein gewaltiger Vorhang aufsteigenden Rauchs die Felsenfront der himmelwärts strebenden Türme.

Fox schnuppert heftig im reinen grünen Duft des Morgens, in seinen seeblauen Augen steht Verwunderung, Befremdung und Wiedererkennen. Etwas Fern-Leidenschaftliches verwandelt sein Gesicht – da reibt sich etwas an seinem Bein und jault leise. Fox blickt hinunter in die traurig-bettelnden Augen des französischen

Pudels. Wie lächerlich der Hund geschoren ist: der zottige Schulter behang aus wolligen Löckchen, der gelockte Kopf und Hals, die kahle Nacktheit der Rippen und Schenkel, dann wieder der wollige Schwanz und die hohen, nackten Beine. Ein *halb*angezogenes weibliches Wesen, überall Wolle, nur nicht da, wo sie am meisten angebracht wäre, eigentlich gar kein Hund, sondern die französische Karikatur eines Hundes, eine alberne Parodie auf alle dummen Moden, Manieriertheiten, Koketterien und auf die Verantwortungslosigkeit eines . . .

«*Frauenzimmer!*»

Angeekelt wendet Fox sich ab, geht von der Terrasse über die Stufen ins Wohnzimmer zurück, umgeht auf kahlen Dielen die ausgeweideten Möbelstücke und steigt die Treppe zum Souterrain hinunter.

«Was ist denn *das*?»

In der Eingangshalle unten, wo gestern noch ein blauer Teppich lag, liegt heute ein kräftig roter; die Wände sind heute elfenbeinfarben gestrichen – gestern waren sie noch grün gewesen –, in die Wand hat man Löcher gemeißelt, und wo gestern kein Spiegel gewesen war, steht heute eine große Spiegelscheibe bereit zum Aufhängen da.

Fox geht durch den engen Flur, an der Küche vorbei und durch die Garderobe – auch hier riecht es stark nach frischem Farbanstrich – in die kleine Kammer, die bisher unbenutzt geblieben war.

«Mein Gott, was ist denn *das*?»

Der Raum ist in ein «gemütliches Arbeitszimmer» für Fox verwandelt (Fox braucht kein «gemütliches Arbeitszimmer», er will keins haben!). Frisch gestrichene Wände, Bücherregale, eine Leselampe und bequeme Sessel; und Fox' Lieblingsbücher (Fox stöhnt auf) sind aus den Bücherregalen oben hierher heruntergebracht worden, wo Fox sie niemals finden wird.

Beim Hinausgehen stößt Fox sich den Kopf an dem niedrigen Türrahmen; er durchquert die schmale Halle und kommt schließlich ins Eßzimmer. Er setzt sich an die Schmalseite des langen Tisches (bei sechs Frauenzimmern braucht man einen langen Tisch!), besieht sich das Glas Orangensaft auf seinem Teller, rührt es nicht an und sitzt regungslos mit geduldiger, resigniert-niedergeschlagener Miene da, als wollte er sagen: «Ich bin ja bloß ein alter grauer Esel.»

Portia, eine dicke, etwa fünfzigjährige Mulattin tritt ein; die gelbe Tönung ihres Teints ist kaum wahrnehmbar, sie wirkt fast weiß. Sie tritt ein, bleibt stehen und starrt mit schüchternem Gekicher den unbeweglich dasitzenden Fox an. Fox dreht sich langsam um, faßt nach seinen Rockaufschlägen und sieht sie baß erstaunt an. Immer noch kichernd senkt sie verschämt die Augen und legt ihre dicken Finger an den vollen Mund. Fox betrachtet sie unverwandt, als könnte er durch ihre Finger hindurch zu ihrem Gesicht vordringen; dann sagt er mit einem hoffnungslosen Blick langsam, im Grabeston:

«Obstsalat.»

Ängstlich fragt Portia:

«Warum trinken Sie nicht sein Orangensaft, Mistah Edwards? Schmeckt nicht?»

«Obstsalat», wiederholte Fox tonlos.

«Warum essen Sie immer alten Obstsalat, Mistah Edwards? Warum wollen Sie altes Konservenzeug, wo wir machen so schönen, frischen Orangensaft?»

«Obstsalat», wiederholte Fox traurig im Tone hoffnungsloser Resignation.

Portia geht protestierend hinaus, erscheint aber gleich darauf mit dem Obstsalat und stellt ihn hin. Fox ißt ihn, dann sieht er sich um, blickt zu Portia auf und sagt mißmutig-leise, immer mit derselben hoffnungslosen Stimme:

«Ist das – *alles*?»

«Aber 'türlich nicht, Mistah Edwards», entgegnet Portia. «Sie können alles haben, was Sie wollen, wenn Sie's nur sagen. Wir nie wissen, was Sie bestellen wollen. Ganzen letzten Monat haben Sie Fisch zu Frühstück bestellt – wollen Sie *das*?»

«Ein Bruststück vom Perlhuhn», sagt Fox tonlos.

«Aber Mistah Edwards!» kreischt Portia. «Perlhuhn zu *Früh*stück?»

«Doch», sagt Fox hoffnungslos traurig und sieht sie unverwandt mit seinen tiefgründig-seeblauen Augen an; seine bitter-geduldige Leidensmiene scheint sagen zu wollen: «Der Mann ist vom *Weibe* geboren und zu ewiger Trauer geschaffen.»

«Aber Mistah Edwards», widersetzt Portia sich, «man ißt doch nicht Perlhuhn zu *Früh*stück! Man ißt Eier mit Schinken oder Toast mit Speck – oder so Sachen.»

Fox starrt sie weiter an.

«Perlhuhn», sagt er noch einmal matt und unerbittlich.

«A-aber, Mistah Edwards», stotterte die inzwischen völlig zermürbte Portia, «wir *haben* nicht Perlhuhn.»

«Vorgestern abend hatten wir welches», sagt Fox.

«Ja, 'türlich, 'türlich!» gibt Portia fast unter Tränen zu. «Aber das ist alle! Wir haben alles aufgegessen, was da war! … Und dann, Sie

387

haben die letzten zwei Wochen jeden Abend Perlhuhn gegessen, und Miz Edwards sagt, Sie haben genug, sie sagt, die Kinder können's nicht mehr sehn. Sie sagt, wir sollen was andres machen! ... Wenn Sie gesagt hätten, Sie wollen Perlhuhn zum Frühstück, dann hätten wir's dagehabt. Aber Sie haben nichts davon gesagt, Mistah Edwards.» Portia droht in Tränen auszubrechen. «Sie sagen ja nie, was Sie wollen – und darum wissen wir's nie. Einmal wollten Sie Huhn in Sahne zu jedes Frühstück ein ganzen Monat lang ... dann auf einmal Fischklößchen lange, lange ... Und jetzt Perlhuhn!» Portia schluchzte beinahe. «Und wir *haben* doch keins, Mistah Edwards. Nie sagen Sie, was Sie wollen. Wir haben Eier mit Schinken – wir haben Speck – wir haben ...»

«Na schön», sagt Fox müde, «bringen Sie, was Sie dahaben, irgendwas, was Sie wollen.»

Geduldig-verächtlich, mit bitter-hoffnungsloser Leidensmiene wendet er sich ab; die Eier werden serviert. Fox ißt mit großem Appetit die Eier mit drei knusprig-braunen Scheiben gebutterten Toasts und trinkt dazu zwei Tassen heißen, starken Kaffee.

Um halb neun huschte etwas ins Eßzimmer, flink und lautlos wie ein Lichtstrahl: ein vierzehnjähriges Kind, ein ungewöhnlich reizendes Geschöpf, Fox' vierte Tochter Ruth. Sie war eine verkleinerte Ausgabe von Fox: klein, vogelhaft anmutig und so wohlgestaltet wie ein vollkommenes, kleines Tier. Der kleine, schmale Kopf glich aufs Haar dem des Vaters; das dunkelblonde Haar lag glatt um das durchsichtig-elfenbeinfarbene Kindergesicht, dessen feine, sensible Züge wie eine Übertragung des Foxschen Gesichts ins Weibliche wirkten; das zart modellierte Gesichtchen glich einer kostbaren Gemme.

Die Schüchternheit dieses kleinen Mädchens war quälend anzusehen; die Kleine schien dauernd in Angst zu schweben. Atemlos, lautlos und verschreckt, mit gesenktem Kopf und hängenden Armen, die Augen zur Erde gesenkt, trat sie ins Zimmer. Es schien ein verzweifeltes Unternehmen zu sein, an dem Vater vorbeigehen und mit ihm sprechen zu müssen; sie schlüpfte vorbei, als hoffte sie, nicht bemerkt zu werden. Ohne den Blick zu heben, sagte sie leise und schüchtern: «Guten Morgen, Pappi»; sie wollte sich gerade auf ihren Stuhl verkriechen, als Fox erstaunt aufsah, schnell aufstand, die Arme um sie legte und sie küßte. Sie hielt ihm flüchtig, ohne die Augen zu heben, die Wange zum Kuß hin.

«Guten Morgen, Liebling», sagte Fox mit leiser, ein wenig heiserer Stimme, und sein Gesicht strahlte zärtlich auf.

Sie sah ihn noch immer nicht an und versuchte ängstlich-verzweifelt, sich von ihm loszumachen; trotzdem war es deutlich zu spüren, wie sehr sie den Vater liebte. Ihr Herz schlug wie ein Schmiedehammer, ihre Augen irrten hin und her wie bei einem verschreckten Vögelchen; wie gern wäre sie im Erdboden versunken, durch irgendeine Tür entschlüpft, wie gern hätte sie sich in einen Schatten verwandelt – damit sie nur *nur* nicht beachtet würde, damit niemand sie sähe, niemand auf sie aufmerksam würde und vor allem niemand mit ihr *spräche*! So flatterte sie in seinen Armen wie eine Taube in der Schlinge und versuchte sich zu befreien; es war quälend, ihre Todesangst mit anzusehen oder irgend etwas zu tun, was die Verlegenheit und verzweifelte Schüchternheit dieses verängstigten kleinen Mädchens hätte steigern können.

Während sie sich zu befreien suchte, umarmte Fox sie noch fester und blickte sie unruhig-besorgt an.

«Liebling!» flüsterte er leise und besorgt. Er schüttelte sie sanft. «*Was* denn, Liebling? *Na*, was ist denn?» fragte er schließlich mit einem Anflug der alten Verachtung in seiner Stimme.

«Aber *nichts*, Pappi!» widersprach sie und erhob dabei ihr schüchternes Stimmchen zu verzweifeltem Protest. «*Gar nichts*, Pappi!» Sie drehte und wand sich, um sich zu befreien. Widerstrebend ließ Fox sie los. Die Kleine verkroch sich gleich auf ihrem Stuhl und schloß, ohne ihn anzusehen, mit einem kleinen, atemlos protestierenden Lachen: «Du bist so *komisch*, Pappi!»

Fox setzte sich wieder hin und sah sie weiter ernst und streng, unruhig-besorgt und ein bißchen verächtlich an. Sie warf ihm einen angstvollen Blick zu und duckte sich über ihren Teller.

«*Fehlt* dir was?» fragte Fox leise.

«Aber nein, *natürlich nicht!*» protestierte sie wieder mit einem kurzen, atemlos-ärgerlichen Lachen. «Warum sollte mir was *fehlen*? Du bist wirklich *merkwürdig*, Pappi!»

«Na schön», sagte Fox geduldig-resigniert.

«Aber es ist *nichts*! Ich *sage* dir doch: es ist *nichts*! Das hab ich dir doch von *Aanfang* an gesagt!»

Alle Foxschen Kinder sagten «Aanfang» statt «Anfang» – kein Mensch wußte, warum. Es schien irgendwie in der Familie zu liegen, denn nicht nur die Foxschen Kinder, sondern auch ihre Vettern und Cousinen väterlicherseits sprachen so. Es war, als gehörten sie einer ausgesetzten Familie an, die, von aller Welt abgeschlossen, generationenlang auf einer einsamen Insel gelebt hatte und immer noch die dreihundert Jahre alte, vergessene Sprache ihrer Ahnen sprach. Außerdem sprachen sie etwas *schleppend* – nicht in dem mattschleppenden Ton der Südstaaten, sondern etwas protestierend, überdrüssig-verbittert, als hätten sie nahezu die Hoffnung aufgegeben, daß Fox – oder *irgend jemand* – begreifen könnte, was doch gar keiner Erklärung bedurfte. In diesem Ton sagte Ruth:

«Aber *gar nichts*, Pappi! Das hab ich dir doch von *Aanfang* an gesagt!»

«Na ja, Liebling, aber was *ist* denn eigentlich? Warum siehst du denn *so* aus?» fragte Fox mit einer nachdrücklichen Kopfbewegung.

«Aber *wie* seh ich denn aus?» widersprach das Kind. «Also, Pappi, wirklich!» japste sie mit einem gezwungenen kleinen Lachen und blickte von ihm fort. «Ich weiß nicht, was du willst!»

Portia brachte dampfende Hafergrütze und stellte sie vor das Mädchen hin; Ruth sagte scheu: «Guten Morgen, Portia», senkte den Kopf und begann hastig zu essen.

Fox fuhr fort, das Kind mit einem ernsten, strengen und beunruhigten Blick zu mustern. Plötzlich sah das Mädchen auf, legte den Löffel hin und rief:

«Aber *Pappi – wa-as* ist denn?»

«Kommen diese Gauner heute wieder?» fragte Fox.

«Ach, Pappi, *waas* für Gauner? ... Nein, wirklich!» Sie rutschte ein wenig atemlos auf ihrem Stuhl hin und her, versuchte zu lachen, nahm den Löffel zur Hand, begann wieder zu essen und legte dann wieder den Löffel hin.

«Aber *wen meinst* du denn?» protestierte sie und sah sich wie ein gehetztes Wild nach einem Ausweg um. «Ich weiß gar nicht, wen du *meinst*!»

«Ich meine diese *Kerle*, diese Handwerker», sagte Fox mit einer von unbeschreiblicher Verachtung erfüllten Stimme, «die ihr, du und deine *Mutter*, rangeschleppt habt und die das ganze Haus ruinieren.»

«Aber damit hab *ich* doch nichts zu tun!» widersprach das Kind. «Ach, Pappi, du bist *so* ...» Sie brach ab, rutschte hin und her und wandte sich kurz auflachend ab.

«So ... *wie* denn?» fragte Fox leise, heiser und verächtlich.

«Ach, ich weiß nicht ... so ... so *me-erkwürdig*! Du sagst so komische *Sa-achen*!»

«Könnt ihr *Frauenzimmer* mir vielleicht sagen», fuhr Fox fort, «wann ich in meinem Haus mal ein bißchen zur *Ruhe* komme?»

«Ein bißchen zur *Ru-uhe*? ... Was hab *ich* denn damit zu tun? Wenn du die Handwerker nicht willst, warum red'st du dann nicht mit *Mu-utter*?»

«*Weil*», antwortete Fox und betonte das Wort mit einem langsamen Kopfnicken, «*weil* – ich – nichts – zu sagen habe! Ich bin nur der alte – graue – Esel – unter euch sechs Frauenzimmern, und für mich ist natürlich *alles* gut genug!»

«Aber was haben *wir* denn damit zu tun? *Wir* haben dir doch gar nichts getan! Warum tust du denn so *bela-idigt*? ... Also, Pappi, wirklich!» Sie wand sich in Verzweiflung, versuchte zu lachen, wandte sich ab und senkte den Kopf wieder über ihren Teller.

Fox saß in seinen Stuhl zurückgelehnt, hatte eine Hand über den anderen Arm gelegt und blickte mit einem tief in sich gekehrten, geduldig-hoffnungslosen Ausdruck erst die Kleine an. Dann griff er in die Tasche, zog die Uhr heraus, sah nach der Uhr, blickte dann noch einmal auf das Kind und schüttelte streng-vorwurfsvoll in schweigender Anklage den Kopf.

Erschreckt blickte sie auf, legte den Löffel hin und japste:

«Was ist denn *nun*? Warum schüttelst du den Ko-opf? Was ist denn *nun* schon wieder?»

«Ist Mutter schon auf?»

«Aber Pappi, das *wa-iß* ich nicht!»

«Sind deine Schwestern auf?»

«Aber *Pappi*, woher soll *ich* das wissen?»

«Bist du gestern früh zu Bett gegangen?»

«Ja-a», war die trotzig-gedehnte Antwort.

«Wann sind deine Schwestern zu Bett gegangen?»

«Aber das *ka-ann* ich doch nicht wissen! Warum fragst du *sie* nicht?»

Fox sah wieder nach der Uhr, dann auf das Kind und schüttelte noch einmal den Kopf.

«Frauenzimmer!» sagte er gelassen und steckte die Uhr wieder ein.

Das Mädchen hat nun genug von der Hafergrütze, mehr mag sie nicht. Sie rutscht vom Stuhl und versucht, mit abgewandtem Gesicht an Fox vorbei aus dem Zimmer zu huschen. Fox steht rasch auf, legt den Arm um sie und sagt schnell, leise und traurig:

«Ach, *Liebling*, wo willst du denn hin?»

«Aber in die *Schu-ule*, natürlich!»

«Liebling, *iß* doch erst dein Frühstück auf!»

«Aber ich *ha-ab* ja schon!»

«Nein, du hast nicht *auf*gegessen!» flüstert Fox ungeduldig

«Aber mehr *ka-ann* ich nicht!»

«Du hast ja *gar nichts* gegessen!» flüstert er geringschätzig.

«Aber ich *mag* doch nicht mehr», widerspricht sie, sieht sich verzweifelt um und versucht sich zu befreien. «Also laß mich jetzt *ge-ehn*, Pappi! Ich komm zu *spä-ät*!»

«Dann *kommst* du eben zu spät!» flüstert der große Nachderuhrseher und Kopfschüttler wegwerfend. «Du *bleibst* und *ißt* dein *Frühstück* auf!» Diese Worte werden von langsam-nachdrücklichem Kopfnicken begleitet.

«Aber ich *kaann* nicht! Ich muß 'nen *Vo-ortrag* halten!»

«Was mußt du halten?»

«Einen Vortrag für die *Prü-üfung* ... bei Miss Allen ... um neun Uhr.»

«Ach so», sagt Fox, «natürlich.» Leise, fast unhörbar, fügt er hinzu: «Über – *Whitman*?»

«Ja-a.»

«Ach so ... Hast du das Buch gelesen, das ich dir gegeben hab, das Kriegstagebuch und die Aufzeichnungen?»

«Ja-a.»

«Tolles Buch!» flüstert Fox. «Ist es nicht *toll*? Hast du gemerkt, wie das *gemacht* ist? Wie er das alles *herausbringt*, als kröche er in die Dinge hinein – als hätte er alles *erlebt*!»

«Ja-a.» Sie sieht sich verzweifelt um und stammelt dann mit abgewandten Augen: «Mit dem andern hast du auch recht gehabt.»

«Mit welchem andern?»

«Mit der Nacht ... daß soviel Nacht und Dunkelheit in ihm ist ... sein Gefühl für die Nacht.»

«O ja», flüstert Fox langsam, und seine seeblauen Augen verdunkeln sich nachdenklich. «Kommt das auch in deinem Vortrag vor?»

«Ja-a. Es *sti-immt*. Als du mir's gesagt hast, hab ich ihn noch mal gelesen, und es *sti-immt*.»

Trotz aller verzweifelten Schüchternheit, trotz aller ängstlichen Scheu weiß sie doch genau, ob etwas stimmt.

«Das ist *schön*!» flüstert Fox und schüttelt heftig in ungeheurer Befriedigung den Kopf. «Das wird bestimmt ein *guter* Vortrag!»

Das elfenbeinfarbene Gesicht des Mädchens wird dunkelrot. Genau wie Fox ist sie für Lob empfänglich, aber es ist ihr unerträglich, wenn es ausgesprochen wird. Angewidert windet sie sich und hofft vergeblich ...

«Ich *wa-iß* nicht», japste sie. «Meinen letzten Vortrag konnte Miss Allen nicht leiden – den über Mark Twain.»

«Dann *soll* sie ihn nicht leiden können», flüstert Fox leise-geringschätzig. «Das war ein *schöner* Vortrag. Das ... das, was du über den *Strom* gesagt hast, war ganz richtig.»

«Ich *wa-iß*! Und grade das mochte sie nicht. Sie hat vielleicht gar nicht verstanden, was ich sagen wollte, sie sagte, es wär unreif und ungesund, und hat mir ein ‹C› gegeben.»

«Ach!» sagt Fox zerstreut, denn die ganze Zeit denkt er ungeheuer befriedigt: «Was *ist* das für ein Mädchen! Sie hat einen *prachtvollen* Verstand. Sie ... *sie weiß*, worauf's ankommt!»

«Weißt du, Liebling, dafür kann sie nichts», kommt Fox sanft flüsternd auf Miss Allen zurück. «Die Leute tun ihr Bestes, aber ... aber anscheinend können sie's einfach nicht *verstehn*. Weißt du, Miss Allen ist so 'n studiertes Frauenzimmer ... wahrscheinlich 'ne alte Jungfer – ja, sicher!» flüstert er und nickt nachdrücklich. «Und weißt du, Liebling, solche Leute verstehn einfach nichts von Whitman und Mark Twain und Keats ... Es ist eine Schande», brummt Fox mit betrübtem Kopfschütteln, «eine Schande, daß wir von diesen Männern zum erstenmal in ... in der Schule ... durch solche Leute wie Miss Allen hören. Weißt du was, Liebling?» sagt Fox sanft und neigt sein gesundes Ohr zu dem Mädchen hin; er spricht betont einfach, sein Gesicht ist eifrig gespannt, konzentriert nachdenklich und intensiv von innen her durchleuchtet, wie immer, wenn sein scharfer Verstand von etwas gepackt wird, was ihn interessiert und nachdenklich stimmt. «Weißt du, Liebling, die Schule ist ja ganz *schön*, selbstverständlich, aber in der Schule dreht sich's um ganz was anderes als bei Keats und Whitman und Mark Twain ... Diese Männer gehören einfach nicht in die Schule. In der *Schule*», flüstert Fox, «weißt du, in der Schule soll man was *lernen*, und die Lehrer, das sind eben studierte Leute; aber die andern ... die *Dichter*», flüstert Fox, «das sind keine studierten Leute; die ... machen genau das Gegenteil von dem, was die studierten Leute tun; sie ... sie *entdecken* die Dinge ganz allein, Dinge, die sich durchsetzen und die Welt verändern; und das können die studierten Leute nicht verstehn. Darum ist das, was die studierten Leute über sie sagen, *nicht viel wert*», flüstert Fox. Er schweigt einen Augenblick, schüttelt dann den Kopf und brummt im Tone tiefsten Bedauerns: «Es ist ein *Jammer!* Zu schade, daß man das erste Mal in der Schule etwas darüber erfährt; aber ... aber du mußt einfach sehn, das Beste daraus zu machen und soviel wie möglich daraus zu lernen; und», fährt er in einem aus Verständnis, Mitleid und Verachtung gemischten Ton fort, «wenn *diese Leute* da über ihre Grenzen hinausgehen wollen, dann *vergiß* einfach, was sie dir erzählen.»

«Ich *wa-iß!* Also, wirklich, Pappi, wenn Miss Allen mit ihren Kurven und Tabellen an der Tafel anfängt, und beweisen will, wie sie *gedichtet* haben ... das ... das ist *fü-ürchterlich!* Das kann ich nicht *ertra-agen* ... dadurch wird alles so ... *grä-äßlich!* ... O Pappi, ich

393

muß gehn!» Das zarte Gesichtchen von Befangenheit zerquält, windet sie sich in seinem Arm, um loszukommen. «*Bitte*, Pappi! Ich *muß* gehn! Ich komm zu *spät*!»

«Wie kommst du denn hin?»

«Aber so wie immer *natürlich*!»

«Mit dem Taxi?»

«Aber nein, *natürlich* nicht, ich nehm die *Stra-aßenbahn*.»

«Ach so ... welche Straßenbahn?»

«Die Lexington A-a-a-venue.»

«Ganz allein?» fragt Fox leise und ernstlich beunruhigt.

«Aber *natürlich*, Pappi!»

Er sieht sie streng-sorgenvoll an und schüttelt den Kopf.

«Aber was hast du denn gegen die *Stra-aßenbahn*? Ach, Pappi, du bist *soo* ...» Sie windet sich und sieht sich unentschlossen mit qualvoll-verlegenem Lächeln um. «*Bitte*, Pappi! Laß mich *gehn*! Ich sag dir doch, ich komm zu *spät*!»

Sie schiebt ihn ein wenig von sich, um loszukommen; er küßt sie und läßt sie widerstrebend gehen.

«Wiedersehn, Liebling», sagt er leise, zärtlich und ein wenig heiser vor ernster Besorgnis. «*Versprich* mir, daß du vorsichtig bist, ja?»

Ein kleines, gequältes Lachen: «Aber *natürlich*! Was soll mir denn *passieren*.» Dann sagt sie schnell mit schüchterner kleiner Stimme: «Wiedersehn, Pappi», und ist fort, so flink und so lautlos wie ein verlöschendes Licht.

Fox sieht ihr, die Hände in die Hüften gestützt, mit seinem seeblauen, halb beunruhigten, halb zärtlichen Blick nach. Dann wendet er sich zum Tisch, setzt sich wieder und nimmt die Zeitung zur Hand.

Die Nachrichten.

«*Die Höhlenmenschen*»

Fox nimmt die Zeitung zur Hand und setzt sich zurecht, um sie mit Genuß zu lesen: die *Times*. (Die *Tribune* hat er gestern abend gelesen: er hat sie noch abgewartet, würde sie nicht versäumen, hat sie noch nie versäumt, könnte gar nicht schlafen, wenn er sie nicht gelesen hätte.) Jetzt am Morgen liest Fox die *Times*.

Wie liest er die *Times*?

Er liest sie so, wie alle Amerikaner die Zeitung lesen, und er liest sie so, wie nur wenige Amerikaner die Zeitung lesen: mit gespannten Nüstern, die sich in stolzer Verachtung blähen und nach den Nachrichten zwischen den Zeilen schnuppern.

Er liebt Zeitungen, liebt sogar die *Times*, liebt etwas nicht Liebenswertes – und tun wir das nicht alle? Zeitungen, die nach frischer Druckerschwärze riechen, Millionen Zeitungen; der Geruch frischer Druckerschwärze mit dem Duft des Morgens vermischt: Orangensaft, Waffeln, Eier mit Speck und eine Tasse heißen, starken Kaffees. Herrlich ist es, hier in Amerika morgens beim Duft von Druckerschwärze und Kaffee die Zeitung zu lesen!

Wie oft haben wir in Amerika die Zeitung gelesen! Wie oft haben wir sie vor unsere Türen werfen sehen! Kleine Zeitungsjungen falten sie fest zusammen und werfen sie vor unsere Tür, und so finden wir sie und falten sie, die von Druckerschwärze starrt, raschelnd auseinander. Manchmal wird sie leicht und lässig hingeworfen, manchmal fliegt sie mit kräftigpfeifendem Schwung gegen die Schindeln (in Amerika gibt es viele Häuser mit Schindeln); manchmal, wie jetzt in Turtle Bay, finden die Dienstboten das frisch-gefaltete Morgenblatt säuberlich vor die Tür gelegt, und sie legen es ihrer Herrschaft auf den Tisch. Wie auch immer die Zeitung vor unsere Tür kommt – dort finden wir sie vor.

Wie sehr lieben wir hier in Amerika die Zeitung! O ja, wir lieben sie alle!

Warum lieben wir hier in Amerika die Zeitung? Warum lieben wir sie alle?

Ihr Herren, ich will's euch sagen:

Weil die Zeitung hier in Amerika uns die «Nachrichten» bringt und weil wir eine *Nase* für Nachrichten haben. Ja, wir lieben den Geruch «druckreifer» Nachrichten, und wir lieben auch den Geruch solcher Nachrichten, die *nicht* druckreif sind. Außerdem lieben wir den Geruch der *Tatsachen*, die in den Nachrichten stecken. Wir lieben also die Zeitung wegen der druckreifen und nicht druckreifen tatsachenhaltigen Nachrichten.

Enthalten die Nachrichten also Amerika? O nein – und Fox, ihr Herren, weiß anders als die anderen, daß er die Nachrichten liest, wenn er die Seiten der *Times* umblättert, und nicht Amerika.

Die Nachrichten sind *nicht* Amerika, und Amerika ist nicht die *Nachrichten*, sondern die Nachrichten gehören *zu* Amerika. Sie erhellen gleichsam den Morgen, den Abend und die Mitternacht Amerikas. Sie berichten über unser Leben und steigern es über sich selbst hinaus. Sie sind noch lange nicht alles, sie erzählen nicht unsere ganze Geschichte, und dennoch sind's die Nachrichten!

Mit seiner gierig-schnuppernden, verächtlich-genießerischen, stolzen Nase liest Fox:

Ein unbekannter Mann fiel oder sprang gestern mittag aus dem zwölften Stock des Hotels *Admiral Francis Drake* Ecke Hay Street und Apple Street in Brooklyn. Wie die Polizei feststellte, wohnte der etwa fünfunddreißigjährige Mann seit rund einer Woche unter dem Namen C. Green in besagtem Hotel. Die Polizei vermutet, daß es sich um einen angenommenen Namen handelt. Die Leiche wurde zur Identifizierung in das King's County-Leichenschauhaus gebracht.

So also lautet die Nachricht. Ist das nun die ganze Geschichte, Admiral Drake? O nein! Obwohl wir die Licht- und Schattenseiten Amerikas kennen, ergänzen wir sie nicht so, wie Fox es jetzt tut:

Hier also haben Sie eine Nachricht, tapferer Admiral Drake, und die Sache hat sich in Ihrem eigenen Hotel zugetragen. Nicht im *Penn-Pitt* in Pittsburgh oder im *Phil-Penn* in Philadelphia ist sie passiert, auch nicht im *York-Albany* in Albany oder im *Hudson-Troy* in Troy, im *Libya-Ritz* in Libya Hill, im *Clay-Calhoun* in Columbia, im *Richmond-Lee* in Richmond oder im *George Washington* in Easton/Pennsylvania, Canton/Ohio, Terre Haute/Indiana, Danville/Virginia, Houston/Texas oder in 97 anderen Orten; auch nicht im *Abraham Lincoln* in Springfield/Massachusetts, Hartford/Connecticut, Wilmington/Delaware, Cairo/Illinois, Cansas City/Missouri, Los Angeles/California oder in 136 anderen Städten; auch nicht im *Andrew Jackson*, im *Roosevelt* (Theodore oder Franklin – je nach Wahl), im *Jefferson Davis*, im *Daniel Webster,* im *Stonewell Jackson*, im *U. S. Grant,* im *Commodore Vanderbilt*, im *Waldorf-Astor*, im *Adams-*, *Parker-* oder *Palmer-House*, im *Taft*, im *McKinley*, im *Emerson* (Waldo oder Bromo), im *Harding*, im *Coolidge*, im *Hoover*, im *Albert G. Fall*, im *Harry Daugherty*, im *Rockefeller*, im *Harriman*, im *Carnegie* oder im *Frick*, im *Christopher Columbus* oder im *Leif Ericsson*, im *Ponce-de-Leon* oder im *Magellan* in den übrigen 843 Städten Amerikas – nein, im *Francis Drake*, mein tapferer Admiral, in Ihrem eigenen Hotel; und so werden Sie natürlich wissen wollen, was da eigentlich vorgegangen ist.

«Ein unbekannter Mann» – offenbar also ein Amerikaner. «Ungefähr fünfunddreißigjährig» mit «angenommenem Namen» – nennen wir ihn ruhig C. Green, wie er sich selber ironisch im Anmeldebuch des Hotels genannt hat. C. Green, der unbekannte Amerikaner, «fiel oder sprang» also «gestern mittag ... in Brooklyn»; neun Druckzeilen widmet die heutige *Times* ihm, einem von siebentausend, die gestern auf dem ganzen Erdteil starben, einem von dreihundertfünfzig, die gestern in dieser Stadt starben (siehe die schmalen, abgedruckten Spalten der Todesanzeigen auf Seite 15, anfangend mit «Aaronson», das ganze Alphabet durch bis «Zorn»). «Seit rund einer Woche» wohnte C. Green hier ...

Woher kam er? Von unten aus den Südstaaten, aus dem Tal des Mississippi oder aus dem Mittelwesten? Aus Minneapolis, Bridgeport oder Boston oder aus einer kleinen Stadt in Old Catawba? Aus Scranton, Toledo oder St. Louis oder aus der weißen Wüste von Los Angeles? Aus den dürren Kiefernwäldern an der flachen Atlantikküste oder vom Ufer des Stillen Ozeans?

Wer war er wohl, tapferer Admiral Drake? *Was* hat er wohl gesehen, gefühlt, gehört, geschmeckt und gerochen? *Was* wußte er?

Er kannte die ganze brutale Gewalt unseres Klimas: die drückend-brennende Julihitze im ganzen Land, den Gestank träger Flüsse, fruchtbar-schlammiges Uferland, wucherndes Unkraut und den feuchtheißen, würzigen Duft des Getreides. Vielleicht hat er gesagt: «Donnerwetter, ist das heiß!», hat sich die Jacke ausgezogen, das Gesicht abgewischt und ist in St. Louis zu *August* gegangen, wo er ein Roggenbrot mit Schweizer Käse und Senf und ein Glas Bier bestellte. Vielleicht hat er auch in South Carolina gesagt: «Verdammte Hitze!», ist in Hemdsärmeln und Strohhut die Hauptstraße langgeschlichen, hat in *Evans Drug Store* etwas getrunken und hat zu dem Mann an der Theke gesagt: «Na, Jim, ist dir's heute heiß genug?» Hat vielleicht mit gewisser Befriedigung in der Zeitung von der Hitzewelle, von Schwächezuständen und Todesfällen gelesen, hat sich verbissen von einem Tag zum andern geschleppt, hat nachts vor Hitze nicht schlafen können und am Morgen todmüde gesagt: «Mein Gott! Das kann doch nicht ewig so weitergehn!» Auch im August läßt die Hitze nicht nach, das ganze Land ringt nach Luft, das Laub, das im Mai noch frisch und grün war, bekommt nun Flecken, wird fahl, welk und braun von der Hitze. Vielleicht ist Green auch in den Bergen zu Hause, Admiral Drake, und rühmt die Kühle dort: «Nachts ist's immer kühl! Gegen Mittag wird's vielleicht 'n bißchen warm, aber nachts muß man immer mit 'ner Decke schlafen.»

Der Sommer geht dahin, Oktober wird's. Es riecht nach Rauch, und unser Mann spürt plötzlich etwas Herbes in der Luft, eine leicht nervöse Gehobenheit, etwas von Trauer und Abschied. C. Green weiß nicht, warum, Admiral Drake, aber die Tage werden kürzer, nachmittags fallen die Schatten schräg, die Mittagssonne ist dunstig verhangen wie altes Gold; in der fröstelnd-stillen Abenddämmerung schimmern die Lichter trübrot, Hunde bellen; auf den Hügeln flammend-gelber Ahorn, brennend-rote Gummibäume, bronzefarbene Eichen und goldgelbe Espen; dann der Regen, das abgestorbene Braun durchnäßter, abgefallener Blätter und schwärzlich starrendes Geäst – und dann November.

In den kleinen Städten wartet man auf den Winter, und schließlich kommt er. Derselbe Winter ist's wie in den großen Städten, nur ist die winterlich-kahle Abgeschlossenheit viel strenger. Wütig stürzt man sich ins Getriebe des Tages, aber abends, wenn es dunkelt, stellt man immer wieder die eintönige Frage: «Wo sollen wir hingehn? Was machen wir heute?» Der Winter hat uns gepackt, hat sich um jedes Haus gelegt, sein weiß-starres Licht kapselt uns ein. C. Green geht durch die Straßen, Admiral Drake, manchmal treffen ihn grelle Lichter, unter denen nackte Gesichter vorüberziehn, Lichtreklamen locken zu Amüsement. Am Broadway der unablässig öde Lichterglanz, mit dem die dichten Trauben greller Kandelaber auf den Hauptstraßen der kleinen Städte wetteifern. Auf dem Broadway das Millionen-Gewimmel bis zwölf Uhr nachts; in den kleinen Städten liegen die Straßen nach zehn Uhr verlassen und menschenleer da, nur grelle Lichter und eisige Stille. Die Herzen aller C. Greens sind von öder Langeweile und vager Verzweiflung erfüllt: «Mein Gott! Was soll man bloß anfangen? Geht dieser Winter denn nie zu Ende?»

So sehnt man sich nach dem Frühling, tapferer Admiral Drake, und die ganze Woche durch hofft man auf den Samstag.

Der Samstagabend kommt: nun wird unsere Erwartung sich erfüllen. O ja, heute abend wird es Wirklichkeit werden, das, worauf wir unser Leben lang gewartet haben! Neunzig Millionen Greens warten in ganz Amerika darauf und taumeln am Samstagabend wie Falter ins Licht. Heute abend muß es ja kommen! Auch Green macht sich auf die Suche – und findet grelle Lichter, die Third Avenue mit ihren Bars oder die griechische Kneipe in einer kleinen Stadt; scharfen Gin oder Whiskey findet er am Samstagabend, allgemeine Besoffenheit, Streit, Schlägerei und Kotzen.

Am Sonntagmorgen hat man einen dicken Kopf.

Es wird Sonntagnachmittag, und wieder winken in den großen Städten beschwörend-grelle Lichtreklamen und verheißen Freuden, die sich nie erfüllen.

Am Sonntagabend wieder kalte Sterne und das Gefängnis der

öden Winternacht: alte, rostbraune, froststarre Backsteinhäuser, das altersdunkle Braun der Fassaden, ungetünchte Häuser, verlassene Fabriken, Kais und Landungsplätze, Lagerhäuser und Bürogebäude, die quälende Armseligkeit aller Sixth Avenues; in den kleineren Städten die öde-verlassenen Hauptstraßen mit schäbigen Ladenfronten und Lichtkandelabern; in den Holzhäusern der Wohnstraßen brennt um zehn Uhr kein einziges Licht mehr; nur noch das Stöhnen froststarrer Äste und das schwanke Licht hochbeinig-steifer Ecklaternen, das die winterlich-kahle Schindelfront und den Eingang eines schäbigen Hauses beleuchtet, in dem der Polizist wohnt; kahl und öde fällt der Laternenschein in das stickig-abgeschlossene Wohnzimmer, in dem die Tochter des Polizisten mit ihrem Liebhaber sitzt und sich nicht *ganz*, aber *beinahe* hingibt: Fiebrige Glut und furchtsame Begierde, denn allzu nah ist das kalte Licht der Straße, zu laut ist das Knarren und Keuchen für das hellhörige Haus, und schon nähert sich bedrohlich der feste, langsamknarrende Schritt des Polizisten. Und doch: dieses hitzige Keuchen, rosige Lippen und zärtliche Zungen, ein weißes Bein und festgeschlossene Schenkel – das alles triumphiert irgendwie über den schalen Möbelglanz des kleinen Wohnzimmers, über die Straßennähe und das Licht, über die knackenden Äste und Papas Schritte. Denn diese furchtsamen, von süß-brennender Begierde erfüllten Zärtlichkeiten sind stärker als die aschgraue Eintönigkeit der Zeit, als der ewiglange öde graue Winter draußen.

Überrascht Sie das, Admiral Drake?

«Mein Gott!» Green stürzt aus dem Haus, sein Leben ist bitter vor Begierde, es knackt im steifen Licht. «Wann hört das auf?» denkt Green. «Wann kommt der Frühling?»

Er kommt, wenn man ihn am wenigsten erwartet und wenn man alle Hoffnung aufgegeben hat. Im März kommt ein Tag, da ist es schon fast Frühling, und C. Green, der durchaus will, daß Frühling ist, sagt: «Na also, da ist er ja . . .»; aber dann zergeht er wieder wie Rauch. Im März kann man sich auf den Frühling noch nicht verlassen, die rauhen Tage mit verblasenem Licht und stürmisch stöhnendem Wind kommen wieder. Der April bringt dünnen, durchnässenden Nieselregen. Die Luft ist feuchtrauh und frostig, aber es riecht schon ein wenig nach Frühling und nach Erde, hier und da sprießt ein Fleckchen Gras, ein Halm, eine Knospe, ein Blättchen. Und ein oder zwei Tage lang ist herrlichster Frühling. «Er ist da!» denkt Green. «Endlich ist er da!» Und wieder hat er sich geirrt: der Frühling vergeht, die kühlen grauen Tage und der durchweichende Nieselregen stellen sich wieder ein. Da gibt Green es auf. «Es gibt eben keinen Frühling!» sagt er. «Niemals wird's Frühling: vom Winter geht's gleich in den Sommer, und eh man sich's versieht, ist der heiße Sommer wieder da.»

Aber der Frühling kommt: mit leuchtendem Grün bricht er über Nacht aus der Erde hervor. Der Baum im Hinterhof der Großstadt hat am 28. April einen gelben Schleier jungen Laubs; am 29. April ist der gelbliche Laubschleier über Nacht schon dichter geworden. Am 30. April kann man ihn mit bloßem Auge wachsen und sich verdichten sehen! Am 1. Mai ist der Baum fast voll belaubt mit jungen, zartgefiederten Blättern! Mit einem Schlage hat der Frühling sich zu seiner vollen Pracht entfaltet.

Im Grunde bricht alles bei uns mit so plötzlicher Gewalt hervor, Admiral Drake: der Frühling, der heftig-heiße Sommer, der erste Frost im Oktober, die Februar-Kälte in Dakota – dreißig Grad unter Null! –, die Überschwemmungen im Frühjahr, die in den Flußtälern von Ohio, Missouri, New England, Pennsylvania, Maryland und Tennessee Hunderte von Menschenopfern fordern. Auch der Frühling bricht über Nacht aus, und so ist alles bei uns: unabsehbar groß und plötzlich wie eine Sturmflut. Ein paar hundert Tote durch Hochwasser, hundert bei einer Hitzewelle, zwölftausend jährlich durch Mord, dreißigtausend durch Autounfälle – das alles bedeutet hier nichts. Überschwemmungen, wie wir sie haben, würden ganz Frankreich überfluten: Todesziffern wie die unsrigen würden England in Landestrauer versetzen; in Amerika bedeuten ein paar tausend ertrunkene, ermordete, vom Auto überfahrene oder durch einen Sprung aus dem Fenster getötete C. Greens mehr oder weniger gar nichts: das nächste Hochwasser oder die Statistik der Toten und Ermordeten in der nächsten Woche löscht sie aus. Ja, bei uns geschieht alles im großen, Admiral Drake!

Der Asphaltgeruch auf den Straßen, johlende Kinder und ein Duft von Erde; ein wolkenlos-perlmuttblauer Himmel, überall saphirblaues Gefunkel, und in der Luft das schwerfällige Flattern unserer tapferen Flagge. C. Green denkt an Baseball-Spiele, an den knallenden Schlag von Lefty Grove, an die gähnende Höhlung eines gutgeölten Fausthandschuhs, an den Geruch der warmen Sonnentribünen, an die Witze grölenden, hemdsärmeligen Männer, an das endlose Einerlei der Spiele. (Denn Baseball ist ein stumpfsinniges Spiel, und das ist gerade das Schöne. Wir lieben das Spiel nicht so sehr um seiner selbst willen als des endlosen Dahindösens wegen in hemdsärmeliger Apathie!) Samstag nachmittag geht C. Green auf den Sportplatz, sitzt unter den anderen und wartet auf die kritischen Höhepunkte des Spiels und auf das plötzliche Aufjohlen der Menge. Wenn das Spiel zu Ende ist, flutet alles über den grünen Rasen des Sportplatzes zurück. Sonntags fährt Green in seinem billigen kleinen Wagen mit einem Mädchen über Land.

Dann wieder Sommer, pralle Sommerhitze, feucht-schwüler Dunst, ein unerträglich brutal-glasiger Himmel; C. Green wischt sich schwitzend das Gesicht und sagt: «Mein Gott! Nimmt das denn nie ein Ende?»

Das also ist der Amerikaner C. Green, «fünfunddreißigjährig» und «unbekannt». Was heißt das: Amerikaner? Worin unterscheidet er sich von den Männern *Ihrer* Zeit, alter Drake?

Als spanische Schiffe heimwärts segelten und als vor des Spaniers Augen Kap St. Vincent auftauchte, als der alte Drake mit seinen Männern von fremden Meeren zurückkehrte, die Scilly-Inseln passierte und vor sich die englische Küste, die sanftabfallenden Felder im Abendlicht, die Kreidefelsen, die Hafenbucht und die anheimelnd geduckten Häuser und Türme seiner Stadt liegen sah – wo war da Green?

Als noch im Dickicht der Roteichen die fellbekleideten Jäger der Wildnis bei Tagesanbruch auf Bärenjagd gingen, als Pfeile durchs Lorbeergebüsch schwirrten, als beim Kugelpfeifen geladene Musketen hinter Bäumen lauerten – wo war Green da?

Als falkenäugige Indianer, die strengen Gesichter gen Sonnenuntergang gerichtet, den Gewehrkolben in der Hand nach Westen zogen, als an den Painted Buttes ihnen wildes Kriegsgeschrei entgegenscholl – wo war da Green?

Green war nicht unter Drakes Männern, deren Schiffe am Abend von Amerika heimkehrten! Er sah auch nicht, wie des Spaniers dunkles Auge das Kap St. Vincent grüßte! Er jagte an jenem Morgen nicht im Dickicht der Roteichen! Nicht ihm galt das Kriegsgeschrei an den Painted Buttes!

O nein, er segelte nicht über unerforschte Meere, er zog nicht als Pionier gen Westen. Er war der kleine Mann des Lebens, ein Namenloser unter vielen, ein Atom im Menschenschwarm des Lebens, ein Amerikaner; und nun liegt er zerschmettert auf einer Straße in Brooklyn!

Green, dieses Menschenstäubchen im Dschungel der Großstadt, hauste in armseligen Straßen zwischen rußigem Stahl und Stein; wie ein Maulwurf verkroch er sich hinter rostbraune Backsteinmauern und glotzte im bleichen Morgenlicht bewundernd die lachsfarben schimmernden Riesentürme an. Er wohnte in einem schäbigen Holzhaus einer Kleinstadt zur Miete oder nannte ein na-

gelneues, billiges Vorstadthäuschen sein eigen. Er mußte früh aufstehen, wenn es auf den Straßen noch still war; er hatte ständig den
Wecker im Auge und sagte: «Herrgott, ich komm zu spät!» Er
war einer von denen, die hinter Reklametafeln Abkürzungswege
über Baugelände benutzen, er war gewöhnt an die Qual eines heißen Tages und an die brüllende Mittagshitze zwischen Betonmau-
ern. Der Mischmasch unserer Architektur, das geborstene Straßenpflaster, Mülleimer und schäbige Ladenfronten, der stumpf-
grüne Anstrich, die Stahlgerüste der Hochbahn, der zermürbende
Verkehrslärm und die tausendfach von ödem Elend gezeichneten
und malträtierten Straßen – das alles störte ihn nicht. Er kannte die
Tankstellen an den Ausfallstraßen der Stadt, er war ein kleines
Teilchen im Mechanismus des flutenden Wagenstroms – fahren,
halten, weiterfahren bei grünem Licht; sonntags fuhr er wie alle
anderen auf betonierten Straßen hinaus, vorbei an Wurstbuden
und Tankstellen, und kehrte bei Dunkelwerden heim; der Hunger
trieb ihn in den lockenden Glanz kleiner chinesischer Restaurants;
um Mitternacht saß er bei dem Griechen Joe im *Coffee Pot* bei einem Becher Kaffee, zerkrümelte müßig ein Stück Kuchen und
schlug, wie andere Männer mit grauen Hüten und talgig-grauen
Gesichtern, das dahinkriechende Aschgrau der Langeweile und
der Zeit tot.

C. Green konnte lesen (was Drake nicht konnte), freilich nicht
besonders gut; er konnte auch schreiben (was der Spanier nicht
konnte), wenn auch nicht sehr schön. Manche Wörter machten C.
Green Mühe, und wenn er mitternachts beim Kaffee saß, sprach er
sie umständlich mit gerunzelter Stirn und schwerfälliger Zunge
aus. Wenn ihn eine Zeitungsnachricht verblüffte, sagte er «Donnerwetter!». Denn Green las die Nachrichten, am liebsten aber il-
lustrierte Berichte mit Bildern von Mädchen mit pummeligen,
nichtssagend-geilen Puppengesichtern, die unterm hochgezogenen Rock die übergeschlagenen, wollüstig erregenden Schenkel
sehen ließen. Green liebte die Nachrichten «frisch» – nicht so wie
Fox, der mit befremdet-verächtlichen Nasenflügeln heimlich nach
den Nachrichten *zwischen* den Zeilen schnuppert; nein, Green liebte sie ohne viel Drum und Dran – puff-knall! – frisch von der Pfan-
ne und einen Klacks Mostrich drauf. Gutgeformte Beine, Autow-
racks am Straßenrand und verstümmelte Leichen, Gangsterlieb-
chen und Verbrechernester, fahl starrende Nachtgesichter im
Blitzlicht und Ausdrücke wie «Herzensdieb», «Augentrost» und
«Liebesgangster» – all das liebte Green.

Ja, Green liebte die Nachrichten – und nun lag er selber als eine

402

kleine Nachricht (neun Druckzeilen in der *Times*) zerschmettert auf dem Pflaster in Brooklyn!

Das also war unser Freund C. Green, der nicht sehr gut lesen und nur unvollkommen schreiben konnte; er hatte keine besonders feine Nase, keine allzu tiefen Gefühle und keinen übermäßig scharfen Blick, aber den Asphaltgeruch im Mai, den Gestank des trägen gelben Flusses und den reinen, derben Geruch des Korns hatte er gerochen; die Abendschatten auf den Hügelhängen der Smokies, die bronzebraunen Ackerfurchen und die behäbigen dunkelroten Scheunen in Pennsylvania, die mit ihren edlen Maßen wie stolze, schwere Stiere auf den Feldern thronen – die hatte er gesehen; er hatte die frostige Stille des Oktobers gespürt, hatte zur Nachtzeit den klagenden Pfiff eines Zuges und am Silvesterabend das Getümmel auf den Straßen gehört und hatte gesagt: «Himmel! Schon wieder ein Jahr vorbei! Was nun?»

Er war kein Drake, kein Spanier, kein fellbekleideter Jäger und kein Pionier, der gen Westen zog. Aber von diesen allen steckte ein wenig in einer ganz verborgenen kleinen Zelle seines Wesens. Vielleicht war Green irgendwo ein bißchen schottisch, irisch oder englisch, vielleicht sogar ein wenig spanisch oder deutsch; all diese kleinen Bestandteile waren zu einem Ganzen geworden und nun wieder zerplatzt in Gestalt eines namenlosen Atoms des großen Amerika!

Nein, der arme kleine Green war kein Mann wie Drake. Er war nur ein Stückchen Abfall des Lebens, ein Wesen mit ungeschlachter, unscharfer Wahrnehmungsgabe und primitiv im Denken, ein unterernährter kleiner Mann, ohne Saft und Kraft. Wenn Drake in den Tavernen saß, riß er mit den Zähnen safttriefendes Fleisch vom Knochen, trank humpenweise braunes Ale dazu, fluchte saftig durch seinen Schnauzbart, wischte sich mit dem harten Handrücken den Mund, warf den Knochen seinem Hund zu und stieß den Humpen auf den Tisch, damit man ihm mehr Ale bringe. Green aß in Cafeterias, saß um Mitternacht bei einem Becher Kaffee mit einem Krapfen oder einem Hefegebäck und ging am Samstagabend ins chinesische Speisehaus, um Nudelsuppe, Reis und ein chinesisches Kohlgericht zu verschlingen. Green hatte einen schmalen, ordinären und etwas hämischen Mund und eine nachlässig-brummige Sprache; seine Haut war grau, trocken und spröde, sein Blick abgestumpft und furchtsam. Drake war ein ganzer Mann: ihm gehörte die Welt, die See war seine Weide, gewaltige Weiten beschwingten ihn. Seine Augen waren seeblau (wie Fox' Augen!) und sein Schiff hieß England. Green hatte kein Schiff; er hatte ein kleines Auto, mit dem er sonntags über die Betonstraßen fuhr und beim roten Licht stoppte wie Millionen anderer Abfallstückchen, die gleich ihm durch die Hitze rasten. Green trottete auf ebenem Beton, auf grauen Pflastersteinen durch rußig-heiße Straßen mit rostbraunen Elendsquartieren. Drake segelte gen Westen, schritt über wogenumspülte, seefeste Decks, überwältigte den Spanier mitsamt seinem Gold und kehrte schließlich heim zu der anheimelnd geduckten Stadt mit ihren Türmen und zu den smaragdenen Feldern, an deren Fuß der Hafen von Plymouth liegt. Viel später erst kam Green!

Uns, die wir den tapferen Drake nie gesehen haben, fällt es nicht schwer, sein Bild heraufzubeschwören, und auch den bärtigen Spanier können wir uns mühelos vorstellen, und wir glauben, seine düsteren Flüche zu hören. Doch weder Drake noch der Spanier hätten sich je eine Vorstellung von Green machen können. Wer hätte ihn auch voraussehen können, diese Null im großen Amerika, die nun zerschmettert auf einer Straße in Brooklyn liegt?

Sehen Sie ihn an, Admiral Drake! Beachten Sie, was sich nun abspielt! Hören Sie zu, was die Leute sagen! Das ist nicht weniger wunderbar wie die Armada, wie die goldbeladenen Schiffe des Spaniers und wie die Vision des unentdeckten Amerika!

Was aber sehen Sie hier, Admiral Drake?

Zunächst sehen Sie – nun ja, ein Haus, wie es in Plymouth von damals keines gab: *Ihr* Hotel, Admiral Drake! Ein großer, gemauerter Block, fahl-verrußtes Weiß, vierzehn Stockwerke hoch, in gleichmäßigen Abständen von vielen Fenstern durchbrochen. Unten Schaufenster, in denen medizinische, kosmetische und hygienische Artikel, Parfums und Schönheitsmittel ausgestellt sind. Im Erdgeschoß eine Sodafontäne, Admiral Drake, und darin weißgekleidete, immer abgehetzte und überreizte Verkäufer mit Affenkäppis auf dem Kopf. Hinter der Theke Kübel mit schmutzigschmierigem Wasser und unabgewaschenes Geschirr. Vor der Theke Jüdinnen mit dicken, rotgeschminkten Lippen, die Eiskrem-Soda und Pimento-Sandwiches zu sich zu nehmen.

Draußen auf dem Fußsteig aus Beton liegt zerschmettert unser Freund C. Green. Eine Menschenmenge hat sich um ihn angesammelt: Taxifahrer, zufällige Passanten, Müßiggänger, die am Untergrundbahnhof herumgestanden haben, Arbeiter aus der Nachbarschaft und Polizei. Noch hat niemand gewagt, den zerschmetterten Green anzurühren; wie gebannt stehen sie im Kreis und sehen ihn an.

Es ist kein angenehmer Anblick, Admiral Drake; auch Ihre Män-

404

ner, die an blutüberströmte Schiffsdecks gewöhnt waren, würden ihn keineswegs hübsch finden. Unser Freund ist mit dem Kopf zuerst unten angekommen – «er ist auf die Nase gefallen», wie man sagt – und hat sich den Schädel an dem eisernen Sockel des zweiten Laternenpfahls vor der Straßenecke eingeschlagen. (Es ist, wie schon gesagt, ein Laternenpfahl, wie man ihn überall in Amerika findet: der übliche, normale Kandelaber mit fünf grellen, traubenförmigen Milchglaslaternen.)

Green liegt also auf dem Gehsteig – eine blutige Masse. Kein Kopf mehr, der ist zerplatzt und nicht mehr da. Nur noch Hirnmasse, rosige, fast blutlose Hirnmasse, Admiral Drake. (Überhaupt ist nicht viel Blut zu sehen, Sie werden gleich hören, warum.) Ein zermatschtes Gehirn sieht etwa wie blaßrosa Wurstfleisch aus, das frisch aus der Wurstmaschine kommt. Auch an dem Laternenpfahl klebt fest angepappt Hirn, als hätte man es mit einer Dampfspritze dagegengeschleudert.

Vom Kopf ist also, wie gesagt, nichts mehr übrig; kein Gesicht und keine Stirn mehr – nur ein paar Schädelteile liegen herum. Wie bei einer inneren Explosion ist alles in die Luft geflogen. Der hintere Teil der Schädeldecke ist merkwürdigerweise erhalten geblieben und liegt hohl und leer wie der gekrümmte Griff eines Spazierstocks da.

Der Rumpf – mittelschwer und etwa ein Meter fünfundsiebzig lang – liegt auf dem Pflaster – fast hätte ich gesagt: «mit dem Gesicht nach unten», aber man sagt wohl besser: «mit dem Bauch nach unten». Ein gutgekleideter Rumpf: alles billige, gutgebügelte Konfektionsware: braune Schuhe und Socken mit gesticktem Zwickel, ein leichter rotbrauner Anzug, ein hübsches gelbes Hemd mit festem Kragen – offensichtlich hielt C. Green seine Sachen gut instand. Dem Körper selbst sieht man, bis auf eine gewisse merkwürdig-undefinierbare «Zermatschtheit», kaum an, daß kein heiler Knochen mehr in ihm ist. Die Hände liegen noch gespreizt und halb nach innen gekrümmt da; sie zeugen erstaunlich beredt von dem eben erst entflohenen, noch warmen Leben. (Der Unfall passierte vor vier Minuten!)

Wo ist nun eigentlich das Blut geblieben? Das möchten Sie sicher gerne wissen, Drake, denn Sie sind ja an Blut gewöhnt. Sie haben wohl schon gehört, daß man Brot aufs Wasser werfen kann und daß es nach langer Zeit wiederkommt. Daß aber Blut auf der Straße vergossen wird, wegfließt und dann wieder zurückgeflossen kommt – das, wette ich, haben Sie noch nie gehört! Hier kommt es angeflossen: die Apple Street entlang, um die Ecke in die Hay

Street, und dann über die Straße zum Laternenpfahl, zu der Menschenmenge und zu C. Green: ein junger Italiener mit niedriger Stirn, verstörter Miene und entsetzensstarren Augen; mit schwerer Zunge lallt er etwas vor sich hin, ein Polizist hält ihn fest beim Arm, sein Anzug und sein Hemd sind blutdurchweicht und sein Gesicht ist blutübersspritzt. Ein verstörtes Raunen durchläuft die Menge, man stößt sich gegenseitig an und flüstert leise:

«Da ist er! Den hat's erwischt! ... Na, klar, den kennst du doch, ist doch der kleine Italiener vom Zeitungsstand ... Der hat direkt neben dem Laternenpfahl gestanden. Klar ist er das ... redete gerade mit 'nem andern Jungen ... da hat's ihn erwischt! *Drum* ist so wenig Blut zu sehn, *der* hat alles abgekriegt! Klar! Der ist ja keinen Viertelmeter neben ihm runtergestürzt! Klar! Ich hab doch gesagt: ich hab's *gesehn*! Ich guckte rauf und sah ihn runterstürzen. Der wär auf den Jungen drauf gefallen, aber wie er merkte, daß er an den Laternenpfahl flog, da hat er noch abwehrend die Hände ausgestreckt. *Drum* ist er nicht auf den Jungen draufgefallen. Aber der Junge hat ihn aufklatschen hören und hat sich umgedreht – und dabei hat er alles ins Gesicht gekriegt!»

Ein anderer deutet mit dem Kopf auf den schreckensbleich stammelnden Italiener, stößt seinen Nebenmann an und flüstert: «Mein Gott! Sieh dir bloß den Jungen an! ... Der weiß gar nicht, wie ihm geschehen ist! ... Der hat's noch gar nicht kapiert! ... Na klar, den hat's erwischt, kann ich dir sagen! Der stand da neben dem Laternenpfahl mit 'nem Paket unterm Arm ... und als es passierte, als er's abkriegte, da ist er einfach losgerannt ... Der weiß noch gar nicht, wie ihm geschehen ist! ... Ich hab ja gesagt: der ist einfach losgerannt, als er's abkriegte.»

Ein Polizist sagt zum andern: «... Na klar, ich hab doch Pat zugebrüllt, er soll ihn anhalten. Bei Borough Hall hat er ihn eingeholt ... Der rannte einfach drauflos ... weiß noch gar nicht, wie ihm geschehn ist.»

Und der junge Italiener stammelt: «... Ach Gott! Was ist denn los? ... Ach Gott! ... Ich hab dagestanden und mit einem geredet ... da hört ich's aufklatschen ... Ach Gott! ... Was ist denn bloß los? ... Ist alles auf mich drauf gekommen ... Ach Gott! ... Da bin ich einfach losgerannt ... Ach Gott! Mir ist so übel!»

Einige rufen: «Hier! Bringt ihn in den Drug Store! ... Wascht ihn doch ab! Der braucht 'nen Schnaps! ... Na klar! Bringt ihn da in den Drug Store! ... Das wird ihn wieder auf die Beine bringen!»

Der dicke, etwas weibische, aber sehr gescheite junge Jude, der den Zeitungsstand im Hausflur betreibt, redet aufgeregt und entrüstet auf alle ein: «... Ob ich's *gesehn* hab? Also hörn Se zu: *alles* hab ich gesehn! Ich kam über die Straße, guckte rauf, und da sah ich ihn durch die Luft fliegen! ... *Hab* ich gesehn! ... *Hörn Se zu:* stell'n Se sich vor, 'ne reife Wassermelone wird vom zwölften Stock auf die Straße runtergeschmissen – so sah das aus! ... *Hab* ich gesehn! Kann ich vor aller Welt bezeugen, daß ich hab gesehn! Nee – *so was* möcht ich nicht noch mal sehn!» Erregt und geradezu hysterisch-entrüstet fährt er fort: «Keine Rücksicht auf andre, *muß* ich schon sagen! Wenn einer schon so was tun will, warum sucht er sich grad *so 'ne* Stelle aus? Mit die belebteste Ecke in Brooklyn! ... Konnt *er* denn wissen, ob er nicht jemand verletzte? Also, wenn der Junge da nur 'n Viertelmeter näher am Laternenpfahl gestanden hätt, dann wär er futsch gewesen, kannste sicher sein! ... Und alles hier direkt vor den Leuten, und die müssen sich das ansehn! Kein bißchen Rücksicht auf andre! Wenn einer schon so was tun will ...»

(Ach, armer Jude! Als ob C. Green, nun jenseits aller Rücksichten, noch irgendeine Rücksicht hätte nehmen können!)

Ein Taxifahrer fährt ungeduldig dazwischen: «Na, das sag ich doch! ... Ich hab ihn fünf Minuten lang beobachtet, eh er sprang. Erst kroch er auf die Fensterbrüstung, und dann stand er *fünf* Minuten da und konnt sich nicht entschließen! ...Na, klar hab ich ihn gesehn! Viele haben ihn gesehn!» Ärgerlich fuhr er fort: «Warum wir ihn nicht *zurückgehalten* haben? Ja, um Gottes willen, was sollten wir denn tun? Wer sich so was vorgenommen hat, ist eben so verrückt und tut's! Du glaubst doch nicht etwa, daß er auf *uns* gehört hätte? ... Klar, wir *haben* ja zu ihm raufgebrüllt! ... Herrgott, wir hatten direkt *Angst*, ihn anzubrüllen ... Wir machten Zeichen, er solle zurückgehn ... wir wollten ihn ablenken, damit die Polypen sich um die Ecke ins Hotel schleichen konnten ... Na ja, als sie raufkamen, war er grade runtergesprungen ... Weiß ich nicht, ob er gesprungen ist, weil er sie kommen hörte, oder was sonst los war, aber meine Güte! Fünf Minuten haben wir gesehn, wie er da stand und sich nicht entschließen konnte!»

Ein untersetzter kleiner Tscheche, der in dem Delikatessenladen an der nächsten Ecke arbeitet, äußert sich: «Ob ich's *gehört* hab? Na, das hat man doch sechs Häuserblocks weit gehört! Na, klar! Das haben doch *alle* gehört! Im Augenblick, wo ich's gehört hab, da wußt ich auch schon, was passiert war, da bin ich hergerannt.»

Die Menge drängt und schiebt sich hin und her. Ein Mann kommt um die Ecke, drängt sich durch, um besser sehen zu können, stößt dabei einen kleinen, kahlköpfigen Dicken, der mit blaßverschwitztem Gesicht gequält und gebannt auf die Leiche starrt,

407

von hinten an, so daß dem Dicken der Strohhut vom Kopf fällt. Der neue Strohhut rollt aufs Pflaster, der dicke Kahlkopf läuft ihm nach, erwischt ihn und dreht sich zu dem Mann um, der ihn angestoßen hat. Beide stottern blöde Entschuldigungen:

«Oh, entschuldigen Sie! . . . 'tschuldigen Sie! . . . 'tschuldigen Sie! . . . Pardon!»

«Oh, bitte sehr! . . . Bitte sehr! . . . bitte!»

Bitte beachten Sie nun, mein Admiral, wie fasziniert alle Leute die rußig-weiße Fassade Ihres Hotels anstarren. Verfolgen Sie bitte ihr Mienenspiel: ihre Blicke wandern langsam aufwärts – höher – höher – noch höher. Das Gebäude scheint merkwürdig ins Übergroße verzerrt, wie ein Keil scheint es immer höher zu wachsen, bis es den Himmel verdunkelt und jedes Denken lähmt und zermalmt. (Diese optische Wirkung ist auch etwas Amerikanisches, Admiral Drake!) Die Blicke wandern von einem Stockwerk zum andern, bis sie schließlich an dem Brennpunkt ihres Interesses, bei dem einzigen offenen Fenster im zwölften Stock, angelangt sind. Es unterscheidet sich nicht im geringsten von den übrigen Fenstern, aber die Blicke der Menge bleiben daran haften wie *ein* schicksalsschwerer Blick. Eine Weile starren sie das Fenster an, dann wandern die Blicke langsam wieder abwärts – tiefer – tiefer – noch tiefer; die Gesichter sind angespannt, die Lippen nervös verzerrt; langsam, Schritt für Schritt, wie gebannt wandern die Augen abwärts – abwärts – abwärts, bis sie wieder den Gehsteig, den Laternenpfahl und – die Leiche erreicht haben.

Die Blicke verweilen auf dem Straßenpflaster: hier endet alles, hier liegt die Antwort. Amerikanisches Pflaster ist es, Admiral Drake, unser üblicher Großstadt-Gehsteig, eine breite, feste Bahn aus grauweißem Zement, die schön akkurat durch Trennungsritzen abgeteilt ist. Das härteste, kälteste, grausamste und unpersönlichste Pflaster der Welt ist es: die ganze Bedeutungslosigkeit, die atomgleiche Verlorenheit hundert Millionen namenloser, ins Nichts zerplatzter «Greens» liegt darin.

In Europa, Drake, gibt es abgetretene, ausgehöhlte und rundgewaschene Pflastersteine. Menschen, die wir nicht kennen, die längst begraben sind, gingen jahrhundertelang über diese Steine und haben sie abgetreten; bei ihrem Anblick regt sich etwas in unserem Herzen, unsere Seele wird von etwas Seltsam-Dunklem leidenschaftlich angerührt, und wir sagen: «Hier sind sie gegangen!»

Ganz anders ist es bei den Straßen, Gehsteigen und gepflasterten Plätzen in Amerika. Sind hier *Menschen* gegangen? Nein, nur unzählige namenlose Greens sind über sie hingeflutet, und von keinem blieb eine Spur.

Hat hier je ein Auge übers Meer nach beigesetzten Segeln ausgeschaut, voller Sehnsucht nach der fremden, unbekannten Küste Spaniens? Fand je die Schönheit hier in Aug' und Herzen eine Heimat? Hat je in dem Gewimmel dieser Menschen Aug' zu Auge, Antlitz zu Antlitz und Herz zu Herzen gefunden? Hat jemals hier ein Mensch gedacht: an dieser Stelle trafen wir uns einst? Blieb er versunken stehn, und wurde dieses abgetretene Pflaster zum heiligen Gedenkstein? Sie werden es nicht glauben, Admiral Drake – und doch ist es so: auch auf dem Pflaster Amerikas sind solche Dinge geschehen. Aber wie Sie selber sehen: sie hinterließen keine Spur.

Als Sie, alter Drake, das letzte Mal auf ihren Schiffen aussegelten, da drängten die Stadtbewohner vorbei an Türmen und enggeduckten Häusern zum Kai hinunter, zum kühlen Schoß des Wassers; Sie standen an Deck und sahen die langgestreckte weiße Küste ihrer Heimat versinken. In den Straßen der Stadt, die Sie verlassen hatten, geisterte noch der Klang Ihrer Stimme. Das abgetretene Pflaster trug noch die Spuren Ihrer Schritte, und auf dem Tisch in der Taverne war noch die Kerbe zu erkennen, wo Sie den Humpen hinzuknallen pflegten. Den ganzen Abend, nachdem die Schiffe verschwunden waren, warteten die Menschen auf Ihre Heimkehr.

Bei uns hier in Amerika gibt es keine Heimkehr. Durch unsere Straßen geistern keine Menschen, die in die Fremde gezogen sind. Überhaupt gibt es hier keine Straßen, wie Sie sie kannten. Hier gibt es nur zementierte Massenwege, sie tragen nicht den Stempel der Zeit! Auf einem Massenweg lädt keine Stelle zum Verweilen ein, alter Drake. Keine Stelle gebietet dem Geist, nachdenklich auszuruhn und zu sagen: «Hier ist er gegangen!» Kein Betonquader spricht: «Verweile, denn ich bin von Menschenhand gemacht.» Der Massenweg kennt nicht die Menschenhand wie Ihre Straßen. Er wurde von großen Maschinen angelegt und dient nur einem Zweck: den eiligen Lauf von Menschenflüssen immer reibungsloser und eiliger zu machen.

Woher kam der Massenweg? Wer hat ihn angelegt?

Er kam von dort, wo alle unsere Massenwege herkommen: von der Vereinigten Normal-Produktion Amerikas Nr. 1. Von dort kommen unsere Straßen, Gehsteige und Laternenpfähle (auch der, an dem Greens Hirn verspritzte), unsere rußig-weißen Bausteine (auch die, aus denen Ihr Hotel besteht), die roten Fassaden unserer Einheits-Tabakläden (auch der auf der anderen Straßenseite), unsere Autos, unsere Drug Stores, unsere Drug Store-Fenster und

Schaufenster, unsere Sodafontänen (komplett mit Verkäufer), unsere Kosmetika, unsere Toilettenartikel und die dicken, geschminkten Lippen unserer Jüdinnen, unser Sodawasser, unsere Sirups und alle anderen Getränke, unsere gedämpften Spaghetti, unser Eiskrem und unsere Pimento-Sandwiches, unsere Anzüge, unsere Hüte (saubere graue Einheitshüte), unsere Gesichter (graue, nicht immer saubere Einheitsgesichter), unsere Sprache, unsere Unterhaltung, unsere Gedanken, Gefühle und Meinungen. Das alles liefert uns die Vereinigte Normal-Produktion Amerikas Nr. 1.

So weit wären wir also, Admiral Drake. Sie sehen die Straße, den Gehsteig, die Front Ihres Hotels, die unaufhörlich vorbeiflutenden Autos, den Drug Store und die Sodafontäne, den Tabakladen, die Verkehrsampeln, die Polizisten in Uniform, die Leute, die beim Untergrundbahnhof hinein- und herausströmen, das fahlrostbraune Gewirr alter und neuer, hoher und niedriger Häuser. Es gibt keine bessere Stelle, um sich das anzusehen, Drake. Denn wir sind in Brooklyn – und Brooklyn heißt: zehntausend ebensolche Straßen und Häuserblocks. Brooklyn, Admiral Drake, das heißt: das Normal-Produktions-Chaos Nr. 1 der ganzen Welt. Das heißt: es hat keine Grenze, keine Form, kein Herz, keine Freude, keine Hoffnung, kein Streben, keinen Mittelpunkt, keine Augen, keine Seele, kein Ziel, keine Richtung, kein – gar nichts; überall nur Normal-Produkte. So ergießt es sich nach allen Richtungen meilenweit ins Land – ein siegreich triumphierender Normal-Klecks auf dem Antlitz der Erde. Und hier, gerade in der Mitte ... Nein, das stimmt nicht, denn Normal-Kleckse haben keine Mitte. Also, wenn nicht in der Mitte, dann eben schwaps! irgendwo in der Gegend, auf einem winzigen Fleckchen des prachtvollen Normal-Kleckses, für alle Normal-Kleckser deutlich sichtbar, liegt mit verspritztem Gehirn...

Green!

So etwas ist schlimm – o ja, sehr schlimm, *außerordentlich* schlimm, es sollte nicht erlaubt sein! Es zeigt, wie unser junger jüdischer Freund soeben entrüstet verkündete, einen bedauerlichen Mangel «jeglicher Rücksicht auf andere», das heißt: auf andere Normal-Kleckser. Green hat kein Recht, in dieser Weise auf einen öffentlichen Platz zu fallen. Er hat kein Recht, ein, wenn auch kleines, Plätzchen auf diesem Normal-Klecks für sich zu beanspruchen. Er hat da, wo er liegt, nichts zu suchen. Ein Normal-Kleckser hat nicht irgendwo zu *liegen*, er hat irgendwohin zu *gehen*.

Sie sehen, lieber Admiral, dies ist keine Straße zum Schlendern, zum Entlangreiten oder zum Durchfahren. Sie ist ein Kanal, oder

410

wie die Normal-Produktions-Presse es nennen würde: eine «Verkehrsader». Das bedeutet: man treibt nicht dort entlang, sondern man wird hindurchgetrieben. Eigentlich ist es gar keine Straße, sondern ein Geschützrohr, eine Art Lauf, durch den unaufhörlich Millionen und aber Millionen von Geschossen gejagt werden, die drohend vorwärtsstürmen und wie weiße Flecken gejagten Fleisches vorüberschießen.

Auch der Massengehsteig der Vereinigten Normal-Produktion ist eigentlich kein Weg zum Gehen. (Die Normal-Klecksler wissen nicht mehr, wie man geht.) Auf diesem Gehsteig drängt und flutet man vorwärts, man schiebt und stößt, man hastet vorüber, man strömt weiter. Eine der ersten Regeln im Leben eines Normal-Kleckslers heißt: «Weitergehen! Verdammt noch mal – Sie denken wohl, Sie sind auf 'ner Kuhweide?» Und wirklich: hier ist zum Hinlegen und Rekeln nicht der rechte Ort.

Und nun sehe man sich Green an! Man *sehe* ihn sich nur an! Kein Wunder, daß der Judenjunge auf ihn böse ist!

Green hat willentlich und absichtlich die heiligsten Normal-Klecks-Grundsätze verletzt. Er hat sich nicht nur das Gehirn zerschmettert, nein, er hat es sich auf einem öffentlichen Platz, auf einem Stück des Normal-Massenweges zerschmettert. Er hat den Gehsteig beschmutzt, er hat einen anderen Normal-Klecksler beschmutzt, er bildet ein Verkehrshindernis, er hat die Leute von der Arbeit abgehalten, er hat die Nerven seiner Mitmenschen strapaziert – und nun *liegt* er hier der *Länge* nach an einem Ort, an dem er nichts zu suchen hat. Am allerunverzeihlichsten aber ist, daß C. Green ... lebendig geworden ist!

Beachten Sie *das*, alter Drake! Wir können uns bis zu einem gewissen Grad in Ihr fremdes Sein hineinversetzen, denn wir haben Sie in der Taverne fluchen gehört, und wir haben Ihre Schiffe gen Westen segeln sehen. Können Sie nun einmal dasselbe bei *uns* versuchen? Bedenken Sie, Drake: es ist etwas Fremdes! Und dann sehen Sie sich Green an! Ein Landsmann von Ihnen, ein Mann Ihrer Generation hat gesagt: «'s gab eine Zeit, da schickte sich der Mensch, des Schädel leer, zum Sterben an.» Aber die Zeiten haben sich geändert, alter Drake. Sicher haben wir mancherlei Fremdartiges an uns, das Sie nicht voraussehen konnten. Denn hier ist der Schädel «leer» und der Mensch ist ...

lebendig geworden!

Was ist das, Admiral? Verstehen Sie es nicht? Ein kleines Wunder ist es, im Grunde aber sehr einfach:

Vor genau zehn Minuten war C. Green ein Normal-Klecksler

wie alle anderen. Vor zehn Minuten ist er wohl auch zur Untergrundbahn oder von der Untergrundbahn gehetzt, hat sich auf dem Pflaster vorwärtsgedrängt und -geschoben, ist in einer unserer zermalmenden Verkehrsmaschinerien als weißer Fleck an uns vorbeigeschossen, hat sich als namenloses Atom, als Null, als Stückchen Abfall im Gewimmel der anderen verloren, einer unter hundert Millionen. Nun aber – man sehe ihn sich an! – ist er nicht mehr «irgendein Mann»; er ist schon etwas Besonderes, ist *«der* Mann» geworden. C. Green ist endlich zum – *Menschen* geworden!

Wenn wir vor vierhundert Jahren Sie, tapferer Admiral Drake, auf dem Deck hätten liegen sehen, die Bronzehaut nun bleich und kalt, vom eigenen Blut befleckt, der Körper mittendurch gespalten vom Schwert des Spaniers – wir hätten es verstehen können, denn in Ihren Adern floß ja Blut. Green hingegen, der noch vor zehn Minuten ein Normal-Klecksler war, nach unserem Bild geschaffen, aus demselben Staub gemacht wie wir, geknetet aus der gleichen grauen Masse wie wir alle und – so dachten wir! – erfüllt von der gleichen konservierenden Normal-Flüssigkeit, die auch durch unsere Adern rinnt ... Oh, Drake, wir wußten nicht, daß der Mann *dieses Blut* in sich hatte! Wir konnten uns nicht denken, daß es so rot sei, so üppig und so überreichlich!

Arme, elende, zerstörte Null! Armes, namenloses, zerplatztes Atom! Armer kleiner Kerl! Wir Normal-Klecksler empfinden bei seinem Anblick Furcht, Scham, Ehrfurcht, Mitleid und Schrecken, denn in ihm sehen wir uns selber. Wenn er ein Mensch von Fleisch und Blut war, dann sind wir es auch! Wenn er mitten in seinem abgehetzten Leben schließlich zu dieser endgültigen, trotzigen Geste getrieben werden konnte, zu dieser Weigerung, weiter als Normal-Klecksler zu leben, dann könnten auch wir bis zu diesem äußersten Punkt der Verzweiflung getrieben werden! Es gibt noch andere Methoden trotziger Herausforderung, andere Arten endgültiger Weigerung, andere Mittel, in letzter Stunde das Recht wahrzunehmen, ein Mensch zu sein; und manches ist nicht weniger schrecklich anzuschauen als dieses hier! Wie gebannt wandern unsere Augen höher und höher die vielen Stockwerke der Normal-Produktions-Mauer hinauf und bleiben an dem offenen Fenster hängen, an dem er gestanden hat. Und plötzlich drehen wir den Hals, als würde uns der Kragen zu eng, wir wenden unsere verzerrten Gesichter ab und spüren auf den Lippen einen ätzend-bitteren Geschmack von Stahl!

So unerträglich schwer ist das Bewußtsein, daß der kleine Green, der unsere Sprache sprach und aus dem gleichen Stoff bestand wie wir, ein dunkel-furchtbares Geheimnis in sich barg, schrecklicher als alles, was wir bisher kannten; daß er in sich ein düster-gräßliches Entsetzen trug, einen abgrundtiefen Wahnsinn oder Mut; daß er *dort* stehen konnte, fünf Minuten lang auf dem glatten, schwindel-erregenden Rand der grauen Fensterbrüstung, daß er wußte, was er im nächsten Augenblick tun würde, daß er sich sagen konnte: «Jetzt *muß* ich's tun!», daß er nicht mehr zurück *konnte*! Denn der Zwang der schreckgebannten Augen im Abgrund unten ließ *jetzt* kein Zu-rück mehr zu. Und dann vor dem Sprung, unheilbar krank vor Entsetzen, alles vor sich zu sehen: den Fall, den rasenden Sturz in die Tiefe und den eigenen zerschmetterten Körper; alles zu fühlen: das Krachen und das Brechen der Knochen, den brutal-vernichtenden Augenblick, da sein Gehirn am Laternenpfahl verspritzen würde. Und gerade als seine Seele in Grauen, Scham und unsagbarem Ekel vor sich selbst vor diesem glatten Rand zurückschreckte und auf-schrie: «Ich kann nicht!» – eben da sprang er!

Und *wir*, tapferer Drake? Wir versuchen es zu sehen, doch wir können's nicht. Wir versuchen es zu ergründen, doch wir wagen's nicht. Wir versuchen, uns in die Hölle aller Höllen zu versetzen, in die hundert Leben des Entsetzens, des Wahnsinns, der Qual und der Verzweiflung, die dieses armselige Geschöpf durchlebte *in den fünf Minuten*, die es auf der Fensterbrüstung kauerte. Wir können es nicht begreifen, können auch nicht länger hinsehen. Zu schwer ist es, zu schwer, nicht zu ertragen. Ungläubig, hohl und blind vor Furcht und Ekel wenden wir uns ab.

Einer starrt, reckt den Hals, leckt sich die trockenen Lippen und flüstert: «Mein Gott! So was zu tun, dazu gehört schon was!»

Ein anderer entgegnet barsch: «Nein! Gar nichts gehört dazu! Wer so was tut, ist einfach verrückt! Der weiß ja gar nicht, was er tut!»

Und andere flüstern zweifelnd, die Augen auf die Fensterbank gerichtet: «Mein Gott – aber . . .»

Ein Taxifahrer wendet sich ab, geht zu seinem Wagen und sagt mit nicht ganz echt klingendem Gleichmut: «Na ja! Wieder einer mehr!»

Der erste wendet sich zu seinem Begleiter und fragt mit einem kleinen, nervösen Lächeln: «Na, wie ist's denn, Al? Willst du im-mer noch essen gehn?»

Und der andere antwortet gelassen: «Zum Teufel mit deinem Essen! Mir ist nach zwei oder drei scharfen Schnäpsen! Komm, wir gehn mal zu Steve rum!»

Sie gehen. Die Normal-Kleckser können so etwas nicht ertra-gen: sie müssen den Klecks irgendwie auslöschen.

Ein Polizist kommt um die Ecke und deckt den Mann ohne Kopf mit einer alten Zeltbahn zu. Die Menge rührt sich nicht von der Stelle. Dann kommt der grüne Wagen vom Leichenschauhaus. Die Zeltbahn wird mit dem, was sie verhüllt, hineingeschoben; der Wagen fährt davon. Ein Polizist scharrt und stößt mit seinen dicken Stiefeln Schädelknochen und Hirnteile in den Rinnstein. Sägemehl wird darüber gestreut, und aus dem Drug Store kommt jemand mit Formaldehyd. Später bringt jemand einen Wasserschlauch. Von der Untergrundbahn kommen ein junger Bursche und ein Mädchen mit unerschütterlich harten Großstadtgesichtern; sie gehen daran vorbei, treten absichtlich unverschämt mittenhinein, blicken auf den Laternenpfahl, sehen sich an und lachen!

Nun ist alles vorbei, alle sind fort, die Menge hat sich zerstreut. Aber etwas bleibt und läßt sich nicht vergessen: ein übel-feuchter Geruch liegt in der Luft, der Tag hat seine lichte Kristallklarheit verloren, und etwas ungreifbar Klebrig-Dickes – halb Geschmack, halb Geruch – bleibt auf der Zunge.

Alles wäre schön und gut gewesen, tapferer Admiral Drake, wenn unser Freund Green nur als ein hohler Mensch heruntergefallen und unversehrt unten gelandet wäre, oder wenn nichts aus ihm in den Rinnstein geflossen wäre als eine graue, konservierende Flüssigkeit. Alles wäre in Ordnung, wenn es ihn einfach fortgeblasen hätte wie ein altes Stück Papier, oder wenn er nur weggefegt worden wäre wie alltäglicher Abfall, und wenn er wieder der Normal-Produktions-Masse einverleibt worden wäre, aus der er stammte. Aber C. Green wollte es anders. Als er zerplatzte, durchtränkte er unsere zähe graue Einheitsmasse mit unanständig leuchtendrotem Blut; damit rettete er sich vor dem Dasein als bloße Nummer, wurde in unseren Augen zum Menschen und setzte damit an eine einzige Stelle des allgemeinen großen Nichts die einzigartige Passion, den ehrfurchtgebietenden Schrecken und die Würde des Todes.

So, Admiral Drake! «Ein unbekannter Mann fiel oder sprang gestern mittag» aus einem Fenster Ihres Hotels. So lautete die Nachricht. Und jetzt haben Sie die Geschichte gehört.

Wir sollen «die Höhlenmenschen, die Höhlenmenschen» sein? Dessen seien Sie nicht allzu sicher, tapferer Admiral!

Der Balsam auf die Wunde

Fox las es gleich mit stolz erhobener, heftig schnuppernder Nase:
«... Mann fiel oder sprang ... Hotel *Admiral Francis Drake* ...
Brooklyn.» Die seeblauen Augen nahmen es auf und gingen zu
wichtigeren Dingen über.

War Fox also ein kalter Mensch? War er hart, egoistisch, verständnislos, ohne Mitgefühl und ohne Phantasie? O nein, durchaus
nicht.

Wußte er nichts von Green? War der Patrizier in ihm so stark, daß
er Green nicht kannte? War er zu vornehm, zu exklusiv, zu feinsin-
nig und zu feinnervig, um Green zu verstehen? Nein, nichts von
alldem.

Fox wußte alles oder – fast alles. (Wenn das ein Mangel ist, dann
werden wir ihn schon aufspüren!) Fox wußte alles von Geburt an
und hatte viel dazugelernt, aber das Gelernte hatte ihn nicht verwirrt, hatte die scharfe Klinge seines Verstandes nicht stumpf gemacht. Er sah alles so, wie es war: nie hatte er (weder im Kopf noch
im Herzen) einen Menschen einen «weißen Mann» genannt, denn
Fox sah, daß der Mensch kein «weißer Mann» war: der Mensch war
rosa mit einem Stich ins Gelbliche, war gelblich mit einem Stich ins
Graue, war rosa-braun, bronzerot oder weiß-rot-gelblich – aber
nicht weiß.

Fox nannte also (im Kopf und im Herzen) die Dinge beim Namen. Er sah sie mit dem unverbildeten Auge des Knaben. Doch
diese Klarheit wurde von anderen nicht erkannt. Die tückisch-
groben Schurken hielten seine Geradheit für Heimtücke, den Falschen kam seine Wärme wie Eis vor, und für die Falsch-Aufrichti-
gen war Fox ein Schwindler. Dabei traf nichts von alldem auf ihn
zu.

Fox kannte Green sehr gut, kannte ihn besser als wir, die wir von
derselben Sorte sind wie Green. Weil wir zur selben Sorte gehören,
sind wir befangen und lassen uns auf einen Streit mit Green ein (und
geraten dabei mit uns selber in Streit); wir debattieren, beweisen
und streiten ab; wir haben ja dieselben Mängel wie er und können
infolgedessen nicht urteilen.

Mit Fox war es etwas anderes. Zwar war er nicht von derselben
Sorte wie Green, aber er gehörte zu der großen Familie der Erde.
Fox war sich von Anfang an darüber klar, daß Green Blut in den
Adern hatte. Fox sah ihn sofort vor sich: den Himmel über ihm, das
Hotel *Admiral Drake* hinter ihm; er sah den Laternenpfahl, das
Pflaster, die Leute, die Ecke in Brooklyn, die Polizei, die ge-

schminkten Jüdinnen, die Autos, den Untergrundbahn-Eingang und das verspritzte Gehirn. Wenn er dabei gewesen wäre, hätte er langsam, ein wenig betroffen und zerstreut gesagt:

«Ach so ... natürlich.»

Zweifellos, ihr Herren, er *hätte* das alles gesehen. In aller Klarheit und Totalität hätte er es gesehen, ohne unsere Qual und Verwirrung; er hätte sich nicht mit jedem Ziegelstein auseinandersetzen müssen, mit jedem Quadratzentimeter Betonpflaster, mit jedem Rostfleck am Schornstein, mit dem schmutzig-grünen Anstrich des Laternenpfahls, mit dem trostlosen Knallrot des Zigarrenladens, mit Fenstern, Brüstungen, Gesimsen und Haustüren, mit den Läden, die auf die alten Häuser der Straße aufgepfropft waren, mit der ganzen herzbeklemmenden Häßlichkeit, die für die Nichtigkeit von Brooklyn kennzeichnend ist. Fox hätte das alles mit einem Blick gesehen, ohne darum kämpfen zu müssen; alles hätte er gewußt, alles hätte er klar geordnet und für alle Zeiten in seinem kristallklar brennenden Verstand aufgenommen.

Wenn Fox in Brooklyn gewohnt hätte, würde er klar und unverfälscht noch viel mehr wahrgenommen haben, ohne wie wir die gepeinigten Ohren wie Schalltrichter aufsperren zu müssen; jedes Flüstern in Flatbush, jedes rhythmische Knarren der Sprungfedern in den Schlafzimmern der Huren in der Sand Street (hinter alten gelben Fensterladen), jeden Schifferruf in Coney, jeden Jargon in allen Wohnungen von Red Hook bis Brownsville. Ja, wir müssen in dieser Dschungelstadt um alles mit unseren fünf Sinnen ringen, unser gemartertes Gehirn verirrt sich in dem brutal-chaotischen Dickicht; Fox hingegen hätte ohne qualvoll-fiebriges Suchen und ohne verrückt zu werden alles in sich aufgenommen und gemurmelt:

«Ach so ... natürlich.»

Überall erfaßte Fox die kleinen Dinge, die kleinen, aber bedeutsamsten Dinge, aus denen man alles erfährt. Nie sucht er sich etwas Kleines heraus, weil es klein war oder um zu beweisen, was für ein teuflisch-schlauer, spitzfindiger, feinsinniger und überästhetischer Bursche er wäre; er suchte sich die kleinen Dinge heraus, weil sie die *richtigen* Dinge waren – und darin irrte er sich nie.

Fox war ein großer Fuchs und ein Genie. Er war kein kleiner, verstiegener Ästhet. Er schrieb nicht neun Seiten über *Die Handbewegungen Chaplins in seinem letzten Film*, er wies nicht nach, daß dieser Film eigentlich gar keine Groteske, sondern die Tragödie König Lears in modernem Gewand wäre; er erging sich nicht in witzigen Wortspielen; er behauptete nicht, die Dichtung Stephen

Cranes könnte nur allgemeinverständlich ausgedrückt, definiert und zusammengefaßt werden durch eine mathematische Formel – ähem, ähem! – nämlich so:

$$\sqrt{\frac{an + pxt}{237}} = \frac{n - F_3\,(B^{18} + 11)}{2}$$

(Auf zur Revolution, Genossen; es ist Zeit!)

Fox ging nicht mit Entdeckungen hausieren, die Boob McNutt schon vor neun Jahren gemacht hatte. Er stellte nicht fest, daß Grouchos Komik sieben Jahre zu spät käme, und er bewies der Öffentlichkeit nicht, *wieso* sie zu spät käme. Er schrieb nicht: «Die Eröffnungs-*Volte* des Balletts ist die in der Geschichte ausgebildete historische Methode, die Darstellung historischer Fülle ohne das literarische Klischee historizistischer Überfülle.» Er beteiligte sich nicht an der Fabrikation jenes lieblichen Mistes, mit dem wir uns langweilen, verrückt machen, verhetzen und verstänkern lassen – mit dem die hochmodernen, feinsinnigen Kunstsnobs der Normal-Produktions-Presse uns düpieren – heiße sie nun *Nation, New Republic* oder *Dial Press, Spectator, Mercury* oder *Story, Anville, New Masses* oder *New Yorker, Vanity Fair* oder *Times*. Er hatte nichts zu tun mit dem törichten Geschnatter, der schamlosen Scharlatanerie, mit den unechten Leidenschaften und mit den Eintags-Religionen von Dummköpfen, Vereinsmeiern und Modeaffen, die immer ein noch etwas helleres und fixeres Köpfchen haben als die Dummköpfe, Vereinsmeier und Modeaffen, von denen sie schmarotzen. Er gehörte nicht zu den herzigen kleinen Schnucki-Puckies, Wischi-Waschies, Bumsti-Plumsties, Rülpi-Schnülpies, Schwatzi-Patzies, Steini-Weinies, Pfiffi-Kniffies oder anderen goldigen Kodderschnäuzchen. Er kroch auch nicht unter das Mäntelchen von Grüppchen und Clübchen, von Cliquechen und Trickchen oder hinter die Mätzchen und Schwätzchen der aufgeblasen-devoten Drahtzieher und Liebediener dieser Welt.

Nein, zu all denen gehörte Fox nicht. Was es auch sein mochte: er sah es sich an, begriff es und sagte langsam: «Ach so... natürlich.» Dann schlich er wie ein Fuchs um die Dinge herum. Hier ein Auge, dort eine Nase, ein Stückchen Mund, eine Kinnlinie – und plötzlich sah er im Gesicht eines Kellners das einsam-ernste Denkerantlitz des Erasmus. Dann wandte Fox sich ab, trank nachdenklich sein Glas leer und musterte unauffällig den Mann, sobald der in seine Nähe kam; er faßte nach seinen Rockaufschlägen, drehte sich wieder um und starrte den Kellner an, sah wieder vor sich hin, drehte sich noch einmal zu dem Kellner um und starrte ihm vorgebeugt ins Gesicht.

Der Kellner wurde allmählich unruhig und fragte unsicher lächelnd: «Ja, Sir? ... Fehlt irgendwas, Sir?»

Fox fragte langsam und fast flüsternd: «Haben Sie mal von ... Erasmus ... gehört?»

Der Kellner antwortete lächelnd, aber immer unsicherer: «Nein, Sir.»

Fox wandte sich ehrlich verblüfft ab und flüsterte heiser: «Einfach *erstaunlich*!»

Ein andermal handelt sich's um ein Garderobenfräulein des Restaurants, in dem er zu lunchen pflegt, ein schnippisches, hartgesottenes kleines Mädchen mit ordinärer Stimme. Eines Tages bleibt Fox plötzlich stehen, fixiert sie scharf mit seinen seeblauen Augen und gibt ihr beim Hinausgehen einen Dollar.

«Na, sag mal, Fox», stellen ihn seine Freunde zur Rede, «warum, um Gottes willen, gibst du denn dem Mädchen einen Dollar?»

«Aber sie ist doch *furchtbar* nett!» flüstert Fox leise und ernst.

Sie starren ihn baß erstaunt an: *dieses* Mädchen! Diese ordinäre, abgebrühte Kleine, die nur auf Geld aus ist ... na ja, es hat ja doch keinen Zweck. Sie geben es auf. Ehe sie diesem unschuldsvoll-vertrauensseligen Kind seine Illusionen rauben, halten sie lieber den Mund und lassen ihn bei seinem Traum.

Und das abgebrühte kleine Garderobenfräulein sagt ganz aufgeregt in heiser-vertraulichem Ton zu einem anderen Garderobenfräulein: «Hör mal! Du kennst doch den, der jeden Tag zum Lunch herkommt, so 'n Ulkiger, der immer Perlhuhn bestellt und der nie seinen Hut abgeben will?»

Die andere nickt: «'türlich, kenn ich! Am liebsten würd er den Hut beim Essen aufbehalten! Den muß man ihm ja direkt mit Gewalt entreißen.»

Die Kleine nickt eifrig: «Ja! Den mein ich!» Und aufgeregt flüsternd fährt sie fort: «Also, denk dir, der hat mir den ganzen letzten Monat jeden Tag 'nen Dollar Trinkgeld gegeben!»

Die andere starrt sie verblüfft an: «Nicht möglich!»

«Ehrenwort!»

«Hat er sich irgendwas rausgenommen? Hat er was Zweideutiges gesagt oder sonst was Komisches?»

Die Kleine antwortet ganz ratlos: «Nein – das ist's ja gerade: bei dem kenn ich mich nicht aus. 'n bißchen komisch reden tut er schon, aber ... nicht so, wie ich erst dachte. Wie er das erste Mal was sagte, da dacht ich, er wollte frech werden. Kommt her und holt sich seinen

Hut, bleibt stehn und sieht mich so komisch an, daß ich gar nicht weiß, wo ich hin soll. Ich sag: ‹Na, und?› Da fragt er: ‹Verheiratet?› Weiter nichts. Steht da, sieht mich an und fragt: ‹Verheiratet?›»

«Donnerwetter! Das *war* aber frech!» sagt die andere und fragt dann neugierig: «Also weiter: was hast du denn gesagt? Was hast du denn geantwortet?»

«Na, ich hab mir gesagt: Oho! Das *mußte* ja kommen! Jeden Tag 'nen Dollar – das kann ja nicht ewig so weitergehn. Na ja, denk ich, gute Sachen dauern nie lange, dem werd ich's geben, eh er mir komisch kommt. Also lüg ich ihn an: ‹'türlich›, sag ich und seh ihn scharf an, ‹und *ob* ich verheiratet bin! *Sie* etwa nicht?› Das war deutlich genug, denk ich.»

«Und was sagt er *darauf?*»

«Stand bloß da und sah mich so komisch an. Dann schüttelte er den Kopf, als hätt ich was *ausgefressen*, als wär's *meine* Schuld, als ob er sich vor mir *ekelte*. Dann sagte er: ‹Ja›, nimmt seinen Hut, legt den Dollar hin und geht raus. Da mach sich einer 'nen Vers drauf! Na, ich überleg mir die Sache und denk mir, am nächsten Tag wird er die Katze aus dem Sack lassen: wird mir mit dem alten Käse kommen: daß seine Frau ihn nicht versteht oder daß er nicht mit ihr zusammen lebt und so allein ist . . . und wie wär's denn? Wollen wir nicht mal abends zusammen essen gehn?»

Nummer zwei fragt gespannt: «Und weiter?»

«Wie er sich am nächsten Tag seinen Hut holt, steht er wieder da und sieht mich immerfort so komisch an, daß ich ganz nervös werd . . . als hätt ich was *ausgefressen*. Also sag ich: ‹Na, und?› Da sagt er mit seiner komischen Stimme – manchmal spricht er so leise, daß man ihn kaum verstehn kann –, sagt er also: ‹Kinder?› Weiter nichts. Du, das war vielleicht komisch. Darauf war ich ja nun nicht gefaßt! Ich wußte nicht, was ich sagen sollte, schließlich sag ich: ‹Nein.› Er steht wieder da, sieht mich an und schüttelt den Kopf, als fänd er's einfach widerlich, daß ich keine hab. Das ärgert mich nun wieder, ich vergeß ganz, daß ich nicht verheiratet bin. Wie er so den Kopf schüttelt, als wär's *meine* Schuld, daß ich keine Kinder hab, da krieg ich direkt die Wut und sag: ‹Na, *und? Wenn* schon – haben *Sie* vielleicht welche?›»

Nummer zwei fragt ganz gebannt: «Na, und weiter? Was sagt er da?»

«Steht da und sieht mich an und sagt: ‹Fünf!› Weiter nichts. Dann schüttelt er wieder den Kopf und sagt, als ekelte er sich vor mir: ‹Alles *Frauenzimmer* – wie *Sie*›! Dann nimmt er seinen Hut, legt den Dollar hin und geht raus.

Nummer zwei sagt beinahe beleidigt: «Nu *sa-ag* bloß! Was denkt der denn, wer er ist? Wie kommt der denn dazu? Der ist aber wirklich frech, find *ich*!»

«Na ja, wie ich mir's so überleg, krieg ich die Wut: ist doch allerhand, so von den Frauen zu reden! Wie er am nächsten Tag seinen Hut holen will, sag ich: ‹Sagen Sie mal, was haben Sie denn für 'n Kummer? Sind Sie vielleicht 'n Weiberfeind oder so was? Was haben Sie denn gegen die Frauen? Was haben die Ihnen denn getan?› ‹Nichts›, sagt er, ‹nichts – nur, daß sie sich *wie Frauenzimmer benehmen*!› Also ich sag dir: wie er das sagte! Dabei stand er kopfschüttelnd da und sah mich so angewidert an, als hätt ich was ausgefressen! Dann nimmt er seinen Hut, legt den Dollar hin und geht raus ... Ich denk mir also: den werd ich 'n bißchen veräppeln, denn ich hab schon gesehn, daß er mir nicht komisch kommen wollte. Also hab ich von da an jeden Tag irgend 'ne dumme Bemerkung über die Frauen gemacht, um ihn auf die Palme zu bringen! Jawohl – ich hab's immer wieder versucht, ich muß es doch wissen. Der *merkt's* nicht mal, wenn man ihn auf die Palme bringen will! ... Dann fing er an, mich über meinen Mann auszufragen – na, da saß ich vielleicht in der Klemme! Fragt mich alles mögliche: was mein Mann macht, wie alt er ist, wo er herkommt, ob seine Mutter noch lebt und wie *er* über die Frauen denkt! Ich sag dir: ich hatte die ganze Zeit zu tun, mir jeden Tag auszudenken, was er mich nun wohl wieder fragen wird und was ich ihm antworten soll ... Dann fragt er mich über meine Mutter aus und über meine Brüder und Schwestern und was *die* machten und wie alt sie wären – na, das konnt ich ihm ja sagen, da wußt ich ja Bescheid.»

«Hast du's ihm erzählt?»

«Na klar, warum nicht?»

«Nein, Mary, *das* hätt ich nicht getan! Du kennst ihn doch gar nicht! Weißt du denn, was *das* für einer ist?»

«Oh», sagt die Kleine darauf zerstreut in sanfterem Ton, «ich weiß nicht. Aber *der* ist schon in Ordnung!» Sie zuckt die Achseln: «*Das* weiß man. Das sieht man gleich.»

«Na ja, aber trotzdem, man weiß doch nie! Du weißt doch gar nichts von ihm. Ich hab meinen Spaß mit ihnen, aber erzählen tu ich nichts.»

«Na klar, das *weiß* ich doch. Ich mach's doch auch so. Bloß – der ist nicht so. Komisch ist das; ich muß ihm fast alles erzählen – von Mama, von Pat und Tim und Helen –, allmählich kennt der schon meine ganze Familiengeschichte! Noch nie hab ich mit 'nem Fremden so viel gesprochen. Aber komisch: er selber redet kein Wort.

Steht einfach da und sieht einen an, dreht den Kopf so auf die Seite, als könnt er so besser hören – und dabei zieht er dir alles aus der Nase. Wenn er weg ist, merkt man, daß man die ganze Zeit *allein* geredet hat. ‹Hörn Sie mal›, sag ich neulich zu ihm, ‹jetzt wissen Sie so ziemlich alles, in allem hab ich Ihnen die Wahrheit gesagt, da will ich noch die eine Sache richtigstellen: es stimmt nicht – ich bin gar nicht verheiratet.› Herrgott, der hat mich doch bald verrückt gemacht, jeden Tag 'ne neue Frage über meinen Mann! ‹Ich hab Sie angelogen›, sag ich. ‹Ich war nie verheiratet, hab gar keinen Mann.›»

Nummer zwei fragt begierig: «Na und, was hat er da gesagt?»

«Sieht mich bloß an und sagt: ‹Na – *und!*›» Sie muß lachen. «Du, das war vielleicht komisch, wie *der* das sagte! Hat er wahrscheinlich von mir gelernt. Jetzt sagt er's immer. Aber er sagt's so komisch, als wüßt er nicht genau, was es bedeutet. ‹Na – *und?*› sagt er. Da sag ich: ‹Was woll'n Sie damit sagen? Ich sag Ihnen doch: ich bin gar nicht verheiratet, wie ich immer erzählt hab.› – ‹Das hab ich die ganze Zeit gewußt›, sagt er. ‹*Woher* wußten Sie das?› frag ich. ‹Wie *kommen* Sie darauf?› – ‹Weil Sie ein *Frauenzimmer* sind!› sagt er und schüttelt angewidert den Kopf.»

«*Ist* das die Möglichkeit! Der hat *Nerven!* Na, hoffentlich hast du's ihm richtig gegeben!»

«Na, klar! Ich geb ihm immer eins drauf! *Trotzdem:* man weiß nie genau, was er meint. Ich glaub, meistens meint er's gar nicht ernst. Kann sein, er meint's auch gar nicht ernst, wenn er so angewidert den Kopf schüttelt. Aber in Ordnung ist er jedenfalls. Ich weiß nicht, aber irgendwie weiß man das.» Nach einer Pause sagt sie mit einem Seufzer: «Meine Güte! Wenn er sich bloß mal einen neuen ...»

«... *Hut* kaufen wollte!»

«Hast du schon mal *so* 'n Deckel gesehn?»

«Ist der nicht zum *Schreien?*»

Schweigend und kopfschüttelnd sehen sie sich an.

So etwa geht Fox von allen Seiten her an die Dinge heran: zuerst faßt er klar und unkompliziert ein Ding als Ganzes auf, dann betrachtet er ebenso klar und unkompliziert die Einzelheiten. Er entdeckt beispielsweise in der Menge einen Mann mit abstehenden Ohren, einem langen Kinn und einer kurzen Oberlippe; etwas an der Gesichtsform um die Backenknochen herum fällt ihm auf; ein gut angezogener Mann mit guten Manieren, eigentlich eine ganz konventionelle Erscheinung; keiner außer dem Fuchs würde den

Mann mehr als einmal ansehen – der Fuchs aber sieht sich plötzlich dem nackten Blick eines Raubtiers ausgesetzt. Fox erkennt den grausam-wilden Tiger, der in diesem Mann lauert; unter einem trügerisch-harmlosen grauen Mäntelchen hat man ihn im Dschungel der Großstadt losgelassen, ein grimmig-reißendes, blutrünstig-mörderisches Raubtier, das sich ungehindert an die nichtsahnenden Schafe des Lebens heranpirscht. Erschreckt und wie gebannt wendet Fox sich ab und betrachtet erstaunt die Leute ringsum: «Sehen *sie* das denn nicht? *Wissen* sie es nicht?» Er kehrt wieder um, geht, die Hände an den Rockaufschlägen, an dem Tiger vorbei, beugt sich vor, reckt den Hals und starrt dem Tiger in die Augen, bis der wie ertappt Fox ins Gesicht starrt und auch die Leute sich betroffen und unruhig nach Fox umsehen. Kindlich erstaunt fragen sie sich, was sie davon halten sollen: «*Was* glotzt der Kerl denn so?» Und Fox denkt tief verwundert: «Ja, *sehen* sie es denn nicht?»

Wirklich: er betrachtet das ganze Leben auf Fuchsenart: er hat die scharfe Witterung der Tiere und läßt sich nicht durch Beton, Mauerwerk und Stein, durch Wolkenkratzer, Autos oder Anzüge über die Dinge selbst hinwegtäuschen. Er entdeckt den Tiger, der dem Leben auflauert, und auf einmal sieht er in jedem Menschen das Tier: Löwen, Stiere, Doggen, Terrier, Windhunde, Bulldoggen, Wölfe, Eulen, Adler, Habichte, Kaninchen, Reptilien, Affen und – Füchse. Fox weiß, daß die Welt voll von ihnen ist und daß er ihnen täglich begegnet. Auch in C. Green würde er, wenn er ihn gesehen hätte, ein Tier entdeckt haben: einen Kater, ein Kaninchen, einen Terrier oder eine Schnepfe.

So liest er auch heftig schnuppernd die Nachrichten und verschlingt mit Appetit die knusprig-frischen, scharf nach Druckerschwärze riechenden Blätter. Eine Art gieriger Hoffnungslosigkeit liegt darin. Denn Fox hofft nichts und steht über aller Verzweiflung. (Wenn das ein Mangel ist, werden wir ihn schon aufspüren! Und ist es nicht ein Mangel? Ist Fox nicht ein unvollkommener Amerikaner? Kann er ganz zu uns gehören, wenn er keine Hoffnung hat?) Fox hat tatsächlich keinerlei Hoffnung, daß die Menschen sich ändern könnten oder daß das Leben je viel besser würde. Er weiß: die Formen sind es, die sich ändern; vielleicht werden neue Veränderungen zu besseren Formen führen. Weil die verschiedenen Formen der Veränderung ihn fesseln, liebt er Nachrichten. Fox würde sein Leben dafür hingeben, wenn er die Tugend bewahren oder mehren, die Rettenswerten retten, die Entwicklungsfähigen weiterentwickeln, die Heilbaren heilen und das Gute schützen könnte. Aber um unrettbar Verlorenes, um ein Leben ohne Entwicklungsfähigkeit, um unheilbar Kranke kümmert er sich nicht. Ihn interessiert nichts, was recht eigentlich verloren ist.

Wenn einem seiner Kinder etwas fehlt, dann bekommt er ein graues, eingefallenes Gesicht und einen verstörten Blick. Eine seiner Töchter verunglückte mit dem Auto, kam aber anscheinend unversehrt davon. Nach ein paar Tagen bekommt sie einen leichten Krampfanfall, der sich noch einmal wiederholt. Nach Wochen tritt das Übel wieder auf, geht vorbei, kommt wieder – nicht schlimm und nicht lange, nur eine Kleinigkeit ist's, aber Fox wird grau vor Sorge. Er nimmt das Mädchen von der Schule, läßt Ärzte kommen – die besten Spezialärzte der Welt. Er läßt nichts unversucht: es ist nichts festzustellen, aber die Anfälle wiederholen sich; schließlich kommt er der Sache auf den Grund und entdeckt, woran es liegt: er bringt das Mädchen unter Menschen und verheiratet es. Nun hat er wieder klare Augen. Wäre das Mädchen jedoch unheilbar krank gewesen, dann hätte Fox sich nicht viel Sorgen gemacht.

Als seine Tochter ein Kind bekommt, geht er nach Hause, schläft seinen gesunden Schlaf und scheint uninteressiert und völlig sorglos zu sein. Als ihm am nächsten Morgen mitgeteilt wird, daß er Großvater geworden sei, sieht er etwas verdutzt und betroffen aus, und schließlich sagt er: «Oh . . .» Dann wendet er sich ab, schnüffelt verächtlich und sagt wegwerfend:

«Wohl wieder ein *Frauenzimmer*?»

Man belehrt ihn, daß es ein Junge sei; da sagt er in einem Ton, als hätte er nicht recht gehört: «Oh . . .» und flüstert dann verächtlich:

«Ich hätte nicht gedacht, daß ein derartiges Phänomen in *dieser* Familie möglich sei.»

Noch wochenlang spricht er von seinem Enkel konsequent per «sie» – zur Entrüstung, zum Groll und ungeachtet des erregten Protestes der

Frauenzimmer!

(Ein schlauer Fuchs! Wie der die Leute zum Narren hält!)

Hoffnungslose Hoffnung und resignierte Ergebenheit, geduldiger Fatalismus, nie erlahmendes Bemühen, nimmerwankender Wille – das ist Fox. Für das Endziel, für das große Ganze hofft er nichts, und doch hofft er unaufhörlich für jedes einzelne Ding an sich. Er weiß, daß wir auf der ganzen Linie verlieren werden, und er würde doch nie nachgeben. Er weiß auch, wie und wann wir gewinnen können, und er hört nie auf, um einen Sieg zu kämpfen. Es ginge ihm gegen seine Ehre, in seinem Bemühen nachzulassen; er schmiedet großangelegte, scharfsinnig-tiefschürfende Pläne, um jemand vor einer abwendbaren Niederlage zu bewahren: einen begabten Menschen, der in Verzweiflung zu versinken droht, oder eine starke, vitale Kraft, die sinnlos vergeudet wird, und alles Wertvolle, das mißbraucht und mutwillig ruiniert wird. In solchen Dingen *kann* man helfen, *muß* man einfach helfen und retten; es wäre unerträglich, wenn so etwas verloren und vergeudet würde; Fox würde Berge versetzen, um das zu verhindern. Wenn aber etwas wirklich verloren, ruiniert und unwiederbringlich vergeudet ist, dann verdüstert sich das ernste Gesicht, in den seeblauen Augen steht tiefes Bedauern, und die leise Stimme klingt heiser vor Entrüstung:

«Ein Jammer ist es. Ein *Jammer*! Alles wäre in Ordnung gekommen, er hätte nur zuzupacken brauchen ... und er läßt sich's entgehen! Er *gibt's einfach auf!*»

Ja, bei solchen Fehlschlägen ergreifen ihn kummervolle Entrüstung und tiefes Bedauern. In anderen Fällen aber, die von vornherein unweigerlich zum Scheitern verurteilt sind, läßt er es bei einem leicht betrübten: «Sehr bedauerlich!» bewenden, und er nimmt sie mit gleichmütig-gottergebenem Fatalismus hin: so mußte es kommen, man konnte es nicht ändern.

Er hält es mit dem Prediger Salomonis: er kennt die Tragik des Lebens, er weiß, daß schon das Geborenwerden ein Unglück für den Menschen ist – und in diesem Bewußtsein «packt er zu». Er schlägt nicht, wie der Narr, die Finger ineinander und verzehrt sich selbst; wenn etwas zu tun ist, greift er mit aller Kraft zu und tut es. Er weiß, daß alles eitel ist, und sagt: «Laß die Traurigkeit aus deinem Herzen und tue fröhlich deine Arbeit.»

Darum fürchtet er sich auch nicht vor dem Sterben; er buhlt nicht mit dem Tod, er weiß: der Tod kommt als Freund. Er haßt das Leben nicht, er steht leidenschaftlich mitten darin, aber er umwirbt es nicht wie ein Liebhaber, und man wird es ihm nicht aus verkrampften Fingern reißen müssen. Fox hängt nicht verzweifelt an seinem sterblichen Dasein, aber er hat ein tiefes Gefühl für das seltsame Geheimnis des Menschenherzens, ein glühendes Interesse für das Abenteuer des menschlichen Lebens; er ist immer wieder fasziniert von dem verwickelten, schmerzerfüllten, gramvollen, unfaßbaren Mosaik des Lebens. Beim Lesen der *Times* schnüffelt er heftig, schüttelt lächelnd den Kopf, überfliegt kritisch die wimmelnden Spalten des irdischen Geschehens und flüstert vor sich hin:

«Was für eine Welt! Was für ein Leben! Werden wir es je ergründen? ...Welch eine *Zeit*, in der wir leben! Ich trau mich nicht einmal, ohne Zeitung schlafen zu gehen. Ich kann es kaum erwarten, bis die nächste Nummer erscheint: alles ändert sich so rasch, die ganze Welt ist im Fluß, der Lauf der Geschichte kann sich von einer Zeitungsnummer zur andern wenden. Das ist alles so fesselnd, ich wollte, ich könnte hundert Jahre leben, um zu sehen, was noch passieren wird! Wenn es mir nicht darum zu tun wäre . . . und wegen der Kinder . . .»

Langsam nehmen seine Augen einen bestürzten Ausdruck an. Was soll aus den Kindern werden? Fünf zarte Lämmchen, die aus dem schützenden Gehege in den brüllenden Aufruhr dieser drohenden, veränderlichen Erde entlassen werden müssen. Fünf kleine Vögelchen, die wehrlos und verwirrt hinausgeschickt werden müssen in die wütigen Stürme von Gefahr, Not, zügelloser Gewalt, die über die ganze gramgeprüfte Erde tosen . . . Fünf ungeschützte, unwissende, nichtsahnende Vögelchen, und . . .

«Frauenzimmer!» Zu der Verachtung gesellen sich nun tiefes Mitleid, Unruhe und zärtliche Sorge.

Gibt es einen Ausweg? Gewiß – wenn er nur so lange leben darf, bis sie alle verheiratet sind mit . . . mit . . . mit einem *guten* Mann (der sorgenvolle Ausdruck der seeblauen Augen vertieft sich: vor ihm in den gedruckten Spalten das gequälte Brodeln der ganzen Welt . . . es wird nicht leicht sein) . . . *Gute* Männer muß man für sie finden, lauter Füchse, bei denen er seine Lämmchen in sicherer Hut und vor allen Stürmen behütet weiß; und sie alle . . . wieder mit ihren kleinen Lämmchen . . . ja! so muß es sein! Fox räuspert sich und raschelt festentschlossen mit der Zeitung. So muß es sein bei . . .

Frauenzimmern!

Sie müssen vor aller Gefahr, vor zuchtloser Gewalt und vor dem schmutzig-besudelnden Zugriff dieser rauhen Erde geschützt, bewacht und behütet bleiben; sie müssen lernen, die Nadel zu gebrauchen, ihr Haus zu führen, Frauenarbeit zu verrichten und weiblich zu sein; sie sollen «ein Leben führen, wie sich's für Frauen gehört», flüstert Fox vor sich hin, «ein Leben, für das sie bestimmt sind».

Das hieße also, Fox: wieder neue Lämmchen, die behütet werden müssen? Wer wird dann wieder für sie «gute» Männer und ein warmes Nest suchen, damit sie nähen und den Haushalt führen lernen und «ein Leben führen, wie sich's für Frauen gehört», damit sie wieder neue Lämmchen gebären, und so fort, *ad infinitum*, bis ans Ende der Welt oder bis . . .

Bis zum Tage des Zorns, bis wieder der gewaltige Sturm über die Erde heult . . . wieder Terror und Jemappes! . . . wieder November und Moskau! Bis wieder alle Dämme bersten, bis der mächtige Strom wieder über seine Ufer tritt und die dunkle Flut sich in die

Herzen der Menschen ergießt! Bis wieder der Sturm über die Erde braust, guter Fox, der große Sturm, der die Dächer fortträgt wie ein Blatt Papier, der die stärksten Eichen umlegt, der Mauern niederreißt und die wärmsten, dauerhaftesten Nester, die jemals junge Lämmchen schützten, dem Boden gleich macht. Was soll dann aus den Lämmchen werden?

Oh, Fox, gibt es denn keine Antwort?

Sollen die Lämmchen beim Wirbelsturm dasitzen und feine Handarbeiten machen? Sollen sie ihren Haushalt führen, wenn die Sturmflut sie bedroht? Sollen die Lämmchen die Stürme nackten Elends besänftigen, auf daß sie zärtlich-duftend um ihr Gehege säuseln? Wie soll man im Strudel des Mahlstroms «gute» Ehemänner finden, damit neue Lämmchen geboren werden können, die wieder sicher und geschützt Frauenarbeit verrichten und «ein Leben führen, für das sie bestimmt sind» ...

Wohin dann mit ihnen, Fox, wohin?

Mitleid von Pflastersteinen? Schutz von stählernen Himmeln? Zärtliche Sorge von der blutigen Hand des Eroberers? Galante Ritterlichkeit von brutal vorwärtsstürmenden Massen?

Noch immer keine Antwort, scharfsinniger Fox?

Werden nicht die von Blut und Siegesgeschrei heiseren Stimmen sich demütig sänftigen beim Anblick der zarten Lämmchen? Wird nicht, wenn der blinde Mob sich durch die öden Straßen wälzt, ein Mantel vom Himmel fallen, auf daß die zarten Füße der Lämmchen darüber hinschreiten? Wird das zerbröckelnde Mauerwerk, das uns so unerschütterlich sicher erschien und mit dem alle Füchse der Welt ihre Lämmchen zu schützen meinten, nicht mehr so selbstverständliche Wärme und Sicherheit gewähren wie einst? Kann es denn geschehen, daß die Brunnen, aus denen einst so reichlich Milch und Honig für die Lämmchen flossen, an der Quelle versiegen? Kann es geschehen, daß diese Brunnen von Blut sich röten, vom Blut des Lamms! Vom Blut der kleinen Lämmchen?

Oh, Fox, nicht auszudenken ist das!

Fox liest weiter, gespannt, hungrig und gebannt; seine Augen sind von tiefer Sorge umschattet. Aus den nüchtern-engen Spalten der *Times* springen ihn quälende Tatsachen an, sie enthüllen eine chaotische Welt, verwirrte Menschen und ein Leben in Ketten. Diese inhaltsreichen Blätter, durch die ein nüchterner Morgenhauch weht – ein Hauch von amerikanischem Frühstück, von scharfgebratenen Eiern mit Schinken, von den Wohnungen reicher Leute –, sie sind so bitter reich an Wahnsinn, Haß und Zersetzung, an Elend, Grausamkeit und Unterdrückung, an Ungerechtigkeit, Verzweiflung und am Bankrott des menschlichen Glaubens. Was steht zum Beispiel da, Ihr tollen Herren? Denn sicher: wenn Ihr die Herren dieser Hölle auf Erden seid, die die nüchterne *Times* so anschaulich schildert, dann müßt Ihr toll sein!

Lesen wir nur diese kleine Notiz:

Verkündet wird, Ihr Herren, daß am nächsten Samstag im Lande der Zauberwälder, der Märchen und des Elfenspuks, im Lande des Venusbergs und der unvergeßlichen Schönheit gotischer Städte, im Lande der wahrheitsliebenden Wahrheitssucher, im Lande des guten, geraden, gewöhnlichen, vor nichts zurückschreckenden, gesunden Menschenverstandes, in dem Lande, wo der große Mönch seine Herausforderung offen an die Tore zu Wittenberg nagelte und mit dem Schmiedehammer seiner genialen, groben und brutalen Rede die verbündeten Mächte, den Glanz und den Pomp und die Drohungen des kirchlichen Europa zerschlug, in dem Lande, das seitdem als eine Stätte nobler Würde, starker Wahrheitsliebe und echten Mutes galt und das der Narrheit mit der Faust ins Gesicht schlug – ja, im Lande Martin Luthers, Goethes, Fausts, Mozarts und Beethovens, in einem Lande, wo unsterbliche Musik und berühmte Dichtung erstanden und Philosophien geboren wurden, in einem Lande magischer Geheimnisse, unverspielter Schönheit und unermeßlicher, erlesener Kunstschätze, in dem Lande, wo der Mann von Weimar als Letzter unserer modernen Welt das Wagnis unternahm, kraft seines gigantischen Genies Kunst, Kultur und Wissenschaft souverän zu beherrschen, im Lande auch der edlen, geweihten Jugend, wo junge Menschen sangen und sagten, die Wahrheit liebten und ihre Lehrjahre dem Streben nach einem hohen, leidenschaftlichen Ideal weihten ... Nun ja, Ihr tollen Herren, an diesem Samstag wird jenes Zauberland eine andere Schar opferbereiter junger Menschen weihen: die Jugend der Nation wird auf allen Marktplätzen Deutschlands vor den Rathäusern Bücher verbrennen!

Nun, Fox?

Und ist es anderswo auf diesem gemarterten alten Erdball viel besser? Feuer, Hungersnot, Überschwemmung, Pestilenz – dergleichen Prüfungen hat es immer gegeben. Und den Haß, der schlimmer ist als Feuer, Hungersnot, Überschwemmung und Pestilenz – gewiß; auch den *hat* es immer gegeben. Und doch – großer Gott! – wann hat unsere, alte, unglückliche Erde eine so allumfassende Heimsuchung erfahren? Wann war sie so schmerzgepeinigt, so aus den Fugen wie jetzt? Wann jemals war sie so über und über

aussätzig, lahm und gichtbrüchig, so syphilitisch mit Schwären
übersät?

Die Chinesen hassen die Japaner, die Japaner die Russen, die Russen die Japaner und die indischen Massen hassen die Engländer. Die Deutschen hassen die Franzosen, die Franzosen die Deutschen, und die Franzosen suchen wild in der Runde nach anderen Nationen, die mit ihnen die Deutschen hassen könnten, und sie müssen dabei feststellen, daß ihnen fast alle Nationen ebenso verhaßt sind wie die Deutschen; da sie außerhalb Frankreichs nicht genug Hassenswertes finden können, spalten sie sich in 37 verschiedene Cliquen und verfolgen einander mit erbittertem Haß von Calais bis Mentone: die Linken hassen die Rechten, die Mitte die Linke, die Royalisten hassen die Sozialisten, die Sozialisten die Kommunisten, die Kommunisten hassen die Kapitalisten, und alle sind einig in ihrem gegenseitigen Haß. In Rußland hassen die Stalinisten die Trotzkisten, die Trotzkisten die Stalinisten, und beide hassen Republikaner und Demokraten. Allüberall hassen die Kommunisten ihre Vettern, die Faschisten (wenigstens behaupten sie es), und die Faschisten hassen die Juden.

In diesem Jahr, im Jahre des Herrn 1934, sagen die «Experten»: Japan bereite sich darauf vor, in zwei Jahren Krieg gegen China zu führen, Rußland werde China zu Hilfe kommen, Japan werde sich mit Deutschland verbünden, Deutschland werde einen Pakt mit Italien schließen, um dann Frankreich und England den Krieg zu erklären; Amerika werde versuchen, den Kopf in den Sand zu stecken, werde aber merken, daß das nicht geht und werde hineingezogen werden. Und zum Schluß, wenn alle auf dem ganzen Erdball sich gegenseitig bekämpft haben, werde die ganze kapitalistische Welt sich gegen Rußland verbünden, um den Kommunismus zu vernichten, der vielleicht gewinnen, vielleicht verlieren werde ... die siegen müsse ... der ausgelöscht werde ... der den Kapitalismus verdrängen werde, der auf dem letzten Loch pfeife oder auch nur eine vorübergehende Schlappe erleiden werde ... der immer aufgeblähter, aufgeblasener und monopolistischer werde ... der seine Methoden revidiere und immer besser werde ... der um jeden Preis gehalten werden müsse, wenn das «amerikanische System» fortbestehen solle ... der um jeden Preis vernichtet werden müsse, wenn Amerika fortbestehen solle ... der noch in seinen Anfängen stecke ... der am Ende sei ... mit dem es schon aus sei ... der nie untergehen werde ...

Und so geht es immer im Kreis um den schmerzverzerrten, gemarterten Erdball herum, immer rundherum und dann wieder rückwärts, auf und ab mit Hieb und Gegenhieb, bis die ganze Erde samt ihren Bewohnern in einem riesigen Netz von Haß, Habgier, Tyrannei, Ungerechtigkeit, Krieg, Diebstahl, Mord, Lüge, Verrat, Hunger, Leid und teuflischem Irrtum gefangen ist!

Und wir, alter Fox? Wie steht es in unserem schönen Land, in unserem großen Amerika?

Fox schreckt auf, zieht den Kopf ein und murmelt heiser und leidenschaftlich-bedauernd:

«*Sehr* bedauerlich! *Höchst* bedauerlich! Wir hätten es *haben* können! Wir hatten gerade angefangen ... wir müßten fünfzig Jahre weiter sein, wie es in Rom und in England war! Aber diese ganze Unruhe ist zu früh gekommen ... wir haben nicht genug Zeit gehabt! *Sehr* bedauerlich! *Höchst* bedauerlich!»

Ja, Fox, es *ist* bedauerlich. Es ist in der Tat höchst bedauerlich, daß für uns mit all unserer stolzen Selbstachtung jetzt in unserem starren Entsetzen das Medusenantlitz der gemarterten Erde wie ein Balsam auf die Wunde ist: es lenkt uns davon ab, ein allzu scharfes Auge auf unsere Ehre als Amerikaner zu werfen.

Die Verheißung Amerikas

Vier Jahre lang wohnte und schrieb George Webber in Brooklyn; die ganze Zeit lebte er so einsiedlerisch, wie es bei einem modernen Menschen nur möglich ist. Einsamkeit ist keine besonders seltene oder merkwürdige Sache: sie ist das unausweichliche, zentrale Erlebnis jedes Menschen und ist es immer gewesen. Das gilt nicht nur von den größten Dichtern, deren Veröffentlichungen davon zeugen, wie ungeheuer unglücklich sie gewesen sind; George fand, daß es genauso auf alle namenlosen Nullen zutraf, die gleich ihm durch die Straßen wimmelten. Wenn er sie bei ihren lärmenden Zusammenstößen beobachtete und das sich stets wiederholende Hin und Her von schimpfend-verächtlichen und mißtrauisch-haßerfüllten Redensarten belauschte, dann wurde ihm immer klarer, daß ihre tagtäglichen Quengeleien zum Teil aus ihrer Einsamkeit herrührten.

Ein so einsames Leben, wie George es jetzt führte, verlangte Gottvertrauen, verlangte den gelassenen Glauben eines frommen Mönchs und die Unerschütterlichkeit des Felsens von Gibraltar. Hat ein Mensch das nicht, dann wird er feststellen müssen, daß er zeitweise allem und jedem – den alltäglichen Ereignissen, den

gleichgültigsten Worten – schutzlos preisgegeben ist: seine Hand ist
gelähmt, sein Herz verkrampft sich in starrem Entsetzen, und eine
grauenvolle Machtlosigkeit und Verlorenheit erfüllt ihn wie eine
graue Masse. Da stand etwa in einer der linksgerichteten Zeitschriften folgende heimtückische Bemerkung eines allwissenden Litera-
turpropheten:

«Was mag wohl aus unserem Freund, dem feurigen Autobiogra-
phen George Webber, geworden sein? Erinnert man sich seiner
noch? Erinnert man sich noch des Aufsehens, das er vor ein paar
Jahren mit seinem sogenannten ‹Roman› erregte? Einige unserer
wertgeschätzten Kollegen nannten ihn damals ‹vielversprechend›.
Wir hätten ein neues Buch von ihm freudig begrüßt; es hätte uns
davon überzeugen können, daß es sich nicht um einen Zufallstreffer
gehandelt hat. Aber *tempus fugit*, und wo ist Webber geblieben? Wir
rufen Mr. Webber! Keine Antwort? Nun, vielleicht ist es schade um
ihn; aber wer nennt die Zahl der Autoren, die sich mit einem Buch
ausgeschrieben haben? Sie verschießen ihr Pulver und versinken
dann in Schweigen; man hört nichts mehr von ihnen. Wir haben
Webbers Buch von Anfang an mit Zweifeln aufgenommen, aber
unsere Stimme ging in den Oh's und Ah's derjenigen unter, die
nichts Eiligeres zu tun hatten, als einen aufsteigenden neuen Stern
am Literaturhimmel zu proklamieren. Jetzt könnten wir – hinderte
uns nicht unser Wohlwollen gegen jene leicht entflammbaren Kollegen aus der Bruderschaft der Kritiker – mit der bescheidenen Bemerkung hervortreten: ‹Das haben wir gleich gesagt!›»

Manchmal war es weiter nichts als ein Schatten, der über die Sonne hinzog, oder das frostige Märzlicht in der grenzenlos-nackten,
unentrinnbaren Häßlichkeit, in der spießigen Armseligkeit der
Brooklyner Straßen. Was es auch war – aus solchen Tagen schwan-
den Freude und Klang; Webbers Herz wurde schwer wie Blei, alle
Hoffnung, Zuversicht und Überzeugung schienen für immer verloren, und die hochleuchtende Wahrheit, die er entdeckt, erlebt und
begriffen hatte, wurde ein höhnendes Trugbild. Dann kam es ihm
so vor, als wandelte er unter Toten; jedes Ding auf Erden schien
falsch zu sein außer den Lebendig-Toten, die ewig im unveränderlichen Licht und Wetter der fahl-rötlichen, öden Sonntagsnachmitta-
ge im März dahintrieben.

Diese furchtbaren Anfälle von Zweifel, Ratlosigkeit und dunklem Wirrsal der Seele kamen und gingen bei George wie bei jedem
einsamen Menschen. Er fühlte sich keinem Götterbild verbunden
außer dem, das er sich selber erschuf. Ihn schützte nur das Wissen,
das er selbst sich in seinem Leben erworben hatte. Seine Lebensan-

schauung war nichts anderes, als was er mit eigenen Augen, eigenem Verstand und eigenen Sinnen wahrnahm. Keine Partei stützte, förderte oder ermutigte ihn, und kein Glaubensbekenntnis verlieh ihm Trost; er hatte nichts als den Glauben, den er sich selber geschaffen hatte.

Dieser Glaube bestand aus vielen Glaubensartikeln; im Grunde war er jedoch nur der Glaube an sich selbst: wenn er es fertigbrächte, nur einen Bruchteil der Lebenswahrheit, die er erkannt hatte, einzufangen und anderen verständlich und spürbar zu machen – das, glaubte er, wäre die rühmlichste Tat, die er sich vorstellen könnte. Und dieser Glaube – so gestand George sich ein – wurde beseelt und aufrechterhalten durch die Verheißung zukünftigen Lohns: wenn er diese Leistung vollbrächte, würde die Welt ihm dankbar sein und ihn mit dem Ruhmeslorbeer krönen.

Die Ruhmsucht sitzt tief im Menschenherzen. Sie ist eine der mächtigsten Begierden des Menschen, und weil sie so tiefverborgen in ihm steckt, wird sie höchst ungern zugegeben – am wenigsten von jenen, die ihren scharfen Stachel am heftigsten spüren.

Der Politiker beispielsweise wird niemals zugeben, daß die Liebe zu seinem Posten und die Ehre eines öffentlichen Amtes ihn antreiben. O nein, er wird ganz und gar von reiner Hingabe an das Allgemeinwohl, von Selbstlosigkeit und von vornehmen, staatsmännischen Motiven geleitet; nur aus leuchtendem Idealismus will er den Schurken, der das Vertrauen der Öffentlichkeit täuscht, aus einem Amt entfernen, das jener sich anmaßt und dem er – so versichert er – rühmlich und opfermütig dienen will.

Beim Soldaten ist es genauso. Nicht das Verlangen nach Ehre und Ruhm ließen ihn seinen Beruf wählen, nicht die Liebe zu Kampf und Krieg, das Streben nach hochtönenden Titeln oder stolze Eroberungssucht! O nein: aus reinem Pflichtgefühl wird er Soldat. Kein persönliches Motiv treibt ihn, er ist nur beseelt von selbstlosem Eifer patriotischer Opferbereitschaft. Er bedauert nur eines: daß er nicht mehr als ein Leben für sein Land hingeben kann.

Und so ist es in allen Bezirken des Lebens. Wenn man den Rechtsanwalt reden hört, dann ist er der Verteidiger der Schwachen und der Beschützer der Unterdrückten; er kämpft für die Rechte betrogener Witwen und bedrängter Waisen, er wahrt die Gerechtigkeit, er ist um jeden Preis der unerbittliche Feind jeglicher Rechtsverdrehung, von Betrug, Diebstahl, Gewalt und Verbrechen. Nicht einmal der Geschäftsmann wird zugeben, daß er aus eigensüchtigen Motiven Geld verdiene. Im Gegenteil: er vermehrt den Reichtum der Nation. Dank seiner Wohltätigkeit werden Tausende von Arbeitern beschäftigt, die ohne sein organisatorisches Genie und ohne seine scharfe Intelligenz verloren wären und stempeln gehen müßten. Er setzt sich für das amerikanische Ideal des rücksichtslosen Individualismus ein, er dient der Jugend als leuchtendes Beispiel dafür, was ein armer Junge in seiner Nation leisten kann, wenn er nur sein Leben den nationalen Tugenden der Sparsamkeit, des Fleißes, des Pflichtbewußtseins und der geschäftlichen Redlichkeit weiht. Er ist, so versichert er, das Rückgrat des Staates, er läßt die Räder nicht stillstehen, er ist der beispielhafte Staatsbürger, der Volksfreund Nr. 1.

Alle diese Menschen lügen natürlich. Sie wissen das auch, und jeder, der sie reden hört, weiß es ebenfalls. Aber diese Lüge gehört zum konventionellen amerikanischen Leben. Man hört sie sich geduldig an, und wenn jemand über sie lächelt, dann tut er das mit resigniert-gleichgültiger und müde-abweisender Miene.

Sonderbarerweise hat diese Lüge sich auch in der Welt des künstlerischen Schaffens breitgemacht, in der sie gewiß keine Existenzberechtigung hat. Es gab eine Zeit, da schämte sich kein Dichter, kein Maler, kein Musiker, kein anderer Künstler, einzugestehen, daß die Ruhmsucht eine der Triebkräfte seines Lebens und Schaffens sei. Wie haben die Zeiten sich gewandelt! Heutzutage kann man weit reisen, und man wird keinen Künstler finden, der offen zugibt, daß er für etwas anderes lebt als für die Hingabe an ein politisches, soziales, wirtschaftliches, religiöses oder ästhetisches Ideal, das mit ihm persönlich nichts zu tun hat und dem er sich in bescheidenem Verzicht auf jeglichen Ruhm selbstlos-ergeben geweiht hat.

Zwanzigjährige Bürschchen versichern uns, die Ruhmsucht wäre eine naive Kinderei und das Ergebnis einer überwundenen romantischen Anbetung des Individuums. Diese jungen Herren wollen uns erzählen, sie wären frei von aller Unwahrhaftigkeit und Selbsttäuschung; sie nehmen sich jedoch nicht die Mühe, uns auseinanderzusetzen, durch welchen wunderbaren Läuterungsprozeß sie zu dieser Freiheit gekommen sind. Goethe, die stärkste Seele der Moderne, hat 83 Jahre gebraucht, um seinen gewaltigen Geist von dieser letzten Schwäche zu befreien. Von dem über fünfzigjährigen Milton, einem alten, blinden, einsamen Mann, sagt man, daß er sich gegen Ende der Revolution Cromwells, bei der er sein Augenlicht einbüßte, davon freigemacht habe. Trotzdem: wissen wir sicher, daß er vollkommen geläutert war? Was ist das ungeheure Gebäude des *Verlorenen Paradieses* anders als ein endgültig-triumphierender Anspruch auf Unsterblichkeit?

Armer blinder Milton!
Der Ruhm, die letzte Schwäche edler Seelen,
Treibt wie ein Sporn den klaren Geist empor,
Die Freude zu verschmähn und Mühsal zu erwählen;
Doch wenn die Hoffnung uns gerechten Lohn verheißt
Und wir in jähem Glanze uns entfalten wollen,
Dann schneidet uns der blinden Furie Schere
Grausam den Lebensfaden ab. Doch nicht des Ruhmes Preis,
So sprach Apoll und rührte an mein bebend Ohr;
Nicht wächst auf sterblichen Gefilden Ruhm,
Nicht in dem Glanz und Trugbild dieser Welt;
Auch im Geschwätz der Menschen findest du ihn nicht;
Jupiters Blick allein, sein reines Zeugnis nur
Verleih'n ihm Leben und Allgegenwart;
So wie am letzten Tag sein Richterspruch befiehlt,
Wird dir im Himmel einst dein Ruhmesmaß zuteil.

Armer Irrender! Armer Sklave einer korrupten Zeit! Wie schön für uns, zu wissen, daß wir anders sind als er und Goethe! In bewegteren Zeiten leben wir, schon in der Jugend haben unsere Herzen die kollektive Selbstlosigkeit in der Tasche. Wir haben uns von aller niedrigen Eitelkeit befreit und haben in uns das gierige Verlangen nach persönlicher Unsterblichkeit erstickt; aus der Asche unserer Väter sind wir in den klaren Äther kollektiver Hingabe aufgestiegen, sind endlich rein von aller irdischen Plage und Korruption, rein von Schweiß, Blut und Leid, rein von Kummer und Freude, rein von Hoffnung, Furcht und menschlicher Qual, aus denen das Fleisch unserer Väter und jedes vor uns Lebenden gemacht war.

Ja, wir haben diese herrliche Befreiung vollzogen; wir haben unsere liebsten Träume abgelegt; wir haben gelernt, über das Leben nicht mehr in eigenen Begriffen zu denken, sondern in denen der Masse; wir haben gelernt, das Leben nicht so zu sehen, wie es heute ist, sondern wie es in fünfhundert Jahren sein wird, wenn alle Revolutionen Wirklichkeit geworden sind, wenn alles Blutvergießen ein Ende hat und wenn Hunderte von Millionen unnützer, selbstischer Leben, denen es nur um die romantische, ganz persönliche Spur ihrer Erdentage ging, rücksichtslos fortgefegt und einem künftigen Kollektivruhm entgegengeführt worden sind; auf wunderbare Weise, sozusagen über Nacht, sind wir zu solchen Ausbünden kollektiver Selbstlosigkeit, zu solchen Verächtern des eitlen persönlichen Ruhms geworden; ist es da nicht seltsam, daß wir zwar neue Phrasen haben, daß sie aber immer noch dasselbe bedeuten? Ist es nicht seltsam, daß wir, die wir nur amüsiert und mitleidig-verächlich auf jene blicken, die sich naiverweise noch nach Ruhm sehnen, trotzdem unsere Seelen zerfleischen, unsere Köpfe und Herzen vergiften und unseren Geist martern mit bitter-rachsüchtigem Haß gegen jene, die das Glück hatten, berühmt zu werden?

Oder irren wir uns vielleicht? Halten wir diese oftgelesenen Worte vielleicht fälschlich für Worte des Hasses, der Bosheit, des Neides und des grinsenden Hohns und Spotts? Nehmen wir dieses ganze Schimpf-Vokabular, das unsere rosaroten Genossen allwöchentlich in den Wochenzeitungen von sich geben, die niederträchtigen Spötteleien über einen begabten Menschen, dessen Arbeiten jeglicher Gehalt, jegliche Aufrichtigkeit, Wahrhaftigkeit und Lebensnähe in schärfstem Tone abgesprochen wird, zu unrecht für bare Münze? Zweifellos: wir *irren* uns. Es wäre barmherziger, zu glauben, daß die reinen Geister unserer Zeit wirklich das wären, was sie angeblich sind: kollektivistisch, selbstlos und opferbereit; daß ihre Worte nicht das bedeuten, was sie scheinen, und daß sie die romantisch verirrten Leidenschaften, die sie anscheinend beseelen, nicht verraten; daß sie vielmehr diese Worte kalt und leidenschaftslos für die Zwecke der kollektiven Propaganda benutzen als bewußte chirurgische Eingriffe, indem sie die moderne Sprache mit all ihren Nebentönen von Aberglauben, Vorurteil und Unkenntnis einfach klinisch-wissenschaftlich zur Förderung des Zukunftsstaates verwenden.

Genug davon, genug! Was hat es für einen Sinn, dieses Gewürm mit schweren Stiefeln zu zertreten? Die Heuschrecken haben keinen König, und Läuse vermehren sich in alle Ewigkeit. Dem Dichter ist es bestimmt, geboren zu werden, im Schweiße seines Angesichts zu leben und zu leiden, sich zu verwandeln und zu entwickeln und dabei irgendwie das unveränderliche Selbst seiner unbestechlichen Seele in dem Modegewimmel dieser Welt der Läuse zu bewahren. Der Dichter lebt, stirbt und ist unsterblich; aber die ewigen Flachköpfe jeglicher Art sterben nie aus. Der ewige Flachkopf kommt und geht, er saugt sich vom Blut lebendiger Menschen voll und entleert sich übersättigt, sobald die Mode sich ändert. Er verschlingt, speit wieder aus und wird nie satt. Soviel er auch verschlingen mag – es ernährt ihn nicht. Er hat kein Herz, keine Seele, kein Blut und keinen lebendigen Glauben: der ewige Flachkopf verschlingt nur und lebt ewig fort.

Und wir? Wir, aus unseres Vaters Erde gemacht, Blut von seinem Blut, Bein von seinem Bein, Fleisch von seinem Fleisch; wir, gleich unserem Vater geboren, um hier zu leben und zu kämpfen, um uns durchzusetzen oder um zu erliegen wie alle anderen Men-

schen, die vor uns lebten; wir, die wir nicht zu fein oder zu zart sind
für diese Erde, um auf ihr zu leben, zu leiden und zu sterben . . . Oh,
Brüder, wir brennen, brennen, brennen in der Nacht wie unsere
Väter einst zu ihrer Zeit.

Geh, Suchender, wenn du es willst, durchs ganze Land und finde
uns, die wir brennen in der Nacht!

Dort, wo der Kamm der Rocky Mountains im nackten weißen
Licht des Mondes glänzt, dort laß dich nieder auf dem höchsten
Gipfel. Kannst du uns noch nicht sehn? Der Schatten dieses Erdteil-
Walles fällt glatt und ungeheuer schwarz über die Ebene, und diese
Ebene breitet sich zweitausend Meilen weit gen Osten aus. Die gro-
ße Schlange, die du unten siehst, heißt Mississippi.

Siehe die Städte unseres guten grünen Ostens, wie zerstobene
Sterne, juwelengleich aufs schwarze Feld der Nacht gestreut! Dies
ausgedehnte Sternbild dort im Norden ist Chicago, und was dort
riesengroß im Mondlicht blinkt, ist der diamantene See, an dem es
liegt. Dahinter ballen sich wie Fäuste dicht die hellen Städte der
Atlantikküste: Boston, von einer Kette kleiner Städte eingefaßt,
und Lichtgefunkel in den Felsenbuchten von New England. Hier,
südwärts und ein wenig mehr nach Westen hin, doch immer noch
am Meeresstrand, siehst du das hellste Licht: das splitterübersäte
Firmament der turmbedeckten Insel von Manhattan, und rundherum, so dichtgesät wie Korn, den Glanz von hundert anderen Städten. Die lange Lichterkette dort sind Jerseys Küste und Long Island.
Südlich und ein paar Fuß ins Land hinein siehst du den milden Glanz
von Philadelphia. Noch weiter südlich die Zwillingssterne Baltimore und Washington. Dann weiter westlich, aber im Bereich des
guten grünen Ostens, schwelt und glüht der Höllenglanz von Pittsburgh durch die Nacht. Hier dann St. Louis mitten auf dem korn-
bestandenen Bauch des Landes, das sich in die reichgezackte Mittel-
krümmung der Schlange Mississippi schmiegt. Dort an dem
Schlangenmaul, sechshundert Meilen weiter südlich, siehst du den
edelsteinbesetzten Halbmond von New Orleans, und weiter noch
südwestlich das Funkeln der Städte an der Texas-Küste.

Nun, Sucher, dreh dich um auf deinem Ruheplatz hoch auf den
Rocky Mountains und blicke wieder tausend Meilen weit zur
mondbeglänzten Höllenwelt der Painted Desert und der Sierra.
Dort, jene zauberhafte Lichterfülle, die mit reicher Zier die Lieb-
lichkeit des Hafens gürtet, ist San Francisco, eine Märchenstadt.
Darunter Los Angeles und alle Städte an der Küste Kaliforniens.
Und tausend Meilen weiter nach Nordwesten der Lichterglanz von
Oregon und Washington.

Betrachte dir das Ganze, sieh es wie ein Kornfeld an. Mach es zu deinem Garten, Suchender, zu deinem Hinterhof. Mach dir's bequem darin. Du hältst es in der Hand wie eine Auster; du kannst es öffnen, wenn du willst. Laß dich nicht schrecken: wenn die Rocky Mountains der Schemel deiner Füße sind, dann ist's nicht mehr so groß. Du brauchst den Arm nur auszustrecken: schöpf dir eine Handvoll kalten Wassers aus dem Michigan-See. Trink es – wir haben's schon probiert –, es ist nicht schlecht. Zieh deine Schuhe aus und tauche deinen Fuß ins schlammige Wasser des Mississippi – erfrischen wird es dich in heißer Sommernacht. Hol dir vom Staat New York ein Bündel Trauben – sie sind gerade reif. Und plündere jenen Fleck Melonen in Georgia, oder pflück, wenn du sie magst, die Rockyford-Melonen Colorados, dort wo dein Ellbogen liegt. Tu nur, als wärst du hier zu Hause, erfrische dich, mach dich vertraut und sieh dich um, bring alles auf das rechte Maß. Es ist gar nicht so groß, ist jetzt dein Weideland: dreitausend Meilen nur von Ost bis West, zweitausend Meilen nur von Nord bis Süd; doch überall, wo tausendfach die Lichterpunkte der Städte und Dörfer leuchten, da wirst du, Suchender, uns brennen sehen in der Nacht.

Du gehst wohl zwanzig Meilen weit durch grausames Gewirr von Schienen, vorbei an öden Schuppen: die Slums von Süd-Chicago; hier, in ungestrichener Baracke, sitzt ein Negerjunge, und siehe, Suchender: auch er brennt in der Nacht. Er denkt an längst verlassene Baumwollfelder, an traurig-flaches Kiefernödland im verlorenen, begrabenen Süden, denkt an die Negerhütte dort am Waldesrand mit Mammy und elf kleinen Negerkindern. Und tiefer unten noch in seiner Seele spürt er des Sklaventreibers Peitsche, sieht er das Sklavenschiff, und ganz, ganz fern hört er den Dschungel klagen in Afrika. Und was liegt vor ihm? Der Ring, die Seile, Scheinwerfer, der weiße Boxer; die Glocke, es geht los, und um ihn her das Brüllen eines unabsehbar großen Menschenmeers. Blitzschnelle Finte dann, ein Schlag, des schwarzen Panthers Pranke, heißgelaufene Rotationsmaschinen und Ströme bedruckten Papiers! O Suchender, wer spricht jetzt noch vom Sklavenschiff?

Und dort, in einer lehmigen Niederung im Süden, ein hagerbrauner Junge, der sich vor dem Spritzenhaus im knarrenden Schaukelstuhl vor den Bewunderern rekelt und erzählt, wie er als Pitcher seinem Baseball-Team heut einen Sieg errungen hat. Von welchen Träumen ist er wohl besessen, Sucher in der Nacht, und was für Bilder brennen wohl in seiner Seele? Die überfüllten Reihen des Stadions, verschwitzte Menschen auf den Sonnensitzen, der tadellos gepflegte Samt des Spielfeldes – nicht festgestampfter Lehm wie hier daheim in Georgia. Ansteigendes Gebrüll von achtzigtausend Stimmen, Gehrig ist am Schlag, der Junge selber auf dem Pitcher-Hügel mit unbeweglich-schmalem Antlitz wie ein Jagdhund; ein Nicken, das Signal, dann fliegt der Ball, der Arm schlägt zu wie Peitschenknall, der Ball als kleine weiße Kugel in der Luft, der laute Aufschlag auf des Catchers Handschuh, des Umpires Daumen zeigt nach oben: der Schlag war gut.

Oder im East Side-Getto von Manhattan, zwei Häuserblocks vom East River entfernt und nah der Gasanstalt, wo Räuberbanden sich verstecken, im vollgestopften Proletarierviertel, allein in seiner drückend-heißen Kammer, wo durch das offene Fenster neben dem Kamin die noch vom Tag durchglühte Luft hereinströmt, hierher geflüchtet in ein wenig Einsamkeit und Fürsichsein vor allem Zank und Streit und Redeschwall der eigenen Familie, vor dem Gesumm des Bienenstocks ringsum – da hockt ein Judenjunge über seinem Buch und grübelt. Hemdsärmelig, unterm harten Licht der nackten Birne, beugt er sich auf den Tisch; mit hager-hungrigem Gesicht und großer Hakennase, die schwachen Augen mühsam durch die dicke Brille blinzelnd, das fettige Haar in kurzgeschnittenen Löckchen über der fliehenden, zerquält gerunzelten Stirn – so sitzt er da. Wofür? Wofür dies qualvoll konzentrierte Grübeln? Wofür dies angestrengte Mühn? Wofür sperrt er sich ab von Armut, schmutzigen Ziegelmauern, rostigen Feuerleitern, von heiserem Geschrei und unaufhörlich heftigem Lärm? Wofür? Auch er, mein Bruder, brennt in der Nacht. Er sieht die Klasse, sieht den Hörsaal vor sich, blitzende Instrumente in großen Laboratorien; die Welt der Wissenschaft, der reinen Forschung öffnet sich vor ihm, Erkenntnis und der Weltruf des Einstein.

Das ist es, Suchender: jedwedem seine Chance, für jeden, ohne Ansehn der Geburt, die lockend-goldene Möglichkeit, für jeden Menschen das Recht zu leben, zu sich selbst zu kommen und das zu werden, wozu sich Menschlichkeit und eigene Schau bei ihm verbinden – das verheißt Amerika.

Fünftes Buch

Verbannung und Entdeckung

Nach vier langen Jahren Brooklyn tauchte George Webber aus seiner frei-
willigen Verbannung auf: er sah sich um und fand, nun sei es genug. Er
hatte in diesem Abschnitt seines Lebens viel über sich selbst und über Amerika gelernt; nun wurde er wieder von Wanderlust gepackt. Sein Leben
hatte immer zwischen seßhafter Einsamkeit und unbeschwertem Reisen
hin- und hergependelt, zwischen ewiger Wanderschaft und Heimkehr; nun
bedrängten ihn wieder die alten Fragen: «Wohin soll ich gehen? Was mache
ich nun?»; sie wurden immer dringlicher, diese Fragen ließen sich nicht
beschwichtigen und forderten wieder einmal Antwort.

Seit dem Erscheinen seines ersten Buches hatte er nach einem Weg zur
Formung seines nächsten Buches gesucht. Nun meinte er ihn gefunden zu
haben. Vielleicht war es nicht der Weg, immerhin aber ein Weg. Die hundert und aber hundert zusammenhanglosen Notizen, die er niedergeschrieben hatte, begannen sich endlich in seinem Kopf zu ordnen. Wenn es ihm
nun noch gelang, sie miteinander zu verweben und die Lücken auszufül-
len, dann konnte wohl ein Buch entstehen. Diese Arbeit des endgültigen
Ordnens und Sichtens würde ihm leichter fallen, wenn er sein eintöniges
Leben radikal unterbrach. Ein Wechsel der Umgebung, neue Gesichter und
eine andere Atmosphäre würden seine Gedanken klären und seinen Blick
schärfen.

Wie gut es sein würde, Amerika für eine Weile den Rücken zu kehren!
Hier geschah zuviel Aufregendes, das ihn bei der Arbeit störte. Alles war
so in Fluß, alles deutete auf neues Werden hin; schon die Freude, dieses
alles zu beobachten, erschwerte ihm die Konzentration auf die Arbeit, die
nun vor ihm lag. In Europa, wo das Leben dank seiner älteren Zivilisation
eine feststehende, sichere Form hatte und durch das Erbe von Jahrhunderten
geprägt war, gab es nicht soviel Zerstreuendes und Ablenkendes. Er beschloß, nach England zu fahren, in einem stillen Wasser vor Anker zu
gehen und dort sein Buch zu vollenden.

Im Spätsommer 1934 reiste er von New York direkt nach London;
er mietete eine Wohnung und begab sich an seine schwere Arbeit. Diesen ganzen Londoner Herbst und Winter hindurch lebte er in freiwilli-
ger Klausur. Es war eine denkwürdige Zeit, in der sich ihm, wie er

später feststellte, eine ganz neue Welt auftat. Alle Ereignisse und Erfahrungen, alle Menschen, die er kennenlernte, prägten sich unauslöschlich ein.

Das bedeutsamste Ereignis in dieser fremden Welt war seine Begegnung mit dem großen amerikanischen Schriftsteller Lloyd McHarg; alles übrige schien nur eine Vorbereitung dafür zu sein. Diese Begegnung war deshalb so wichtig, weil er in McHarg zum erstenmal sein liebstes und geheimstes Traumbild lebendig verkörpert fand; als McHarg wie ein Wirbelsturm durch sein Leben fegte, erkannte George, daß er hier zum erstenmal das schöne Medusenhaupt des Ruhms leibhaftig vor sich hatte. Bisher hatte er diese Dame noch nicht zu Gesicht bekommen; er hatte nichts von den Wirkungen ihrer zauberischen Verführungskünste gewußt. Nun lernte er sie von Angesicht zu Angesicht kennen.

Daisy Purvis' Welt

Gleich nach seiner Ankunft in London hatte George das Glück, eine möblierte Wohnung in der Ebury Street zu finden. Der junge Offizier, der sich dazu herabließ, ihm seine Wohnung zu vermieten, führte einen jener langen, klangvollen Doppelnamen, die man unter Angehörigen der höheren englischen Gesellschaft – oder solchen, die es gern wären – häufig findet. George gelang es nie, sich alle rollenden Silben dieses erlauchten Namens richtig zu merken; es sei nur gesagt, daß sein Hausherr Major Sowieso Sowieso Sowieso Bixley-Dunton hieß.

Er war ein gut aussehender, großer, gesunder junger Mann mit der durchtrainierten Figur des Kavalleristen. Überdies hatte er ein sehr einnehmendes Wesen – so einnehmend, daß er bei Abschluß des Mietvertrags mit George eine gewaltige Summe für Gas und elektrischen Strom, den er im verflossenen Halbjahr verbraucht hatte, in die Mietrechnung hineinmogelte. George kam später erst dahinter, daß man in London viel Elektrizität und Gas verbrauchte. Elektrisches Licht brauchte man zum Lesen und Arbeiten, und zwar nicht nur nachts, sondern auch häufig während des sogenannten Tages mit seinem düsteren Erbsensuppen-Nebel. Das Gas benötigte man zum Baden, zum Rasieren, zum Kochen und um sich ein wenig zu wärmen. Es gelang George nie, genau festzustellen, wie der einnehmende Major es fertiggebracht hatte: er hatte so geschickt manipuliert, daß es in Georges arglosem Gemüt erst nach einem halben Jahr, auf der Rückfahrt nach Amerika, dämmerte, daß er die bescheidene Wohnung zwar nur ein halbes Jahr bewohnt, aber vier enorme Gas- und Stromrechnungen für das ganze Jahr bezahlt hatte.

Als George einzog, fand er die Wohnung spottbillig, und vielleicht war sie das auch. Er zahlte an Major Bixley-Dunton eine Miete von wöchentlich 2 Pfund 10 Schilling, vierteljährlich und natürlich im voraus zu entrichten, und dafür war er – zumindest nachts – der einzige Bewohner des sehr kleinen, aber unbedingt echten Londoner Hauses. Wirklich: das Haus war winzig und fiel in der Gegend, die für die geräumige Pracht und Eleganz ihrer Wohnungen bekannt war, kaum in die Augen. George bewohnte das oberste der drei Stockwerke. Unter ihm lag eine Arztpraxis und im Erdgeschoß eine kleine Schneiderwerkstatt. Diese beiden Mieter wohnten woanders und hielten sich nur tagsüber im Haus auf, so daß George nachts allein im Haus war.

Die kleine Schneiderwerkstatt flößte ihm großen Respekt ein: der ehrwürdige und berühmte irische Schriftsteller Mr. James Burke ließ dort seine Hosen bügeln, und George widerfuhr die Ehre, eines Abends zugegen zu sein, als der große Mann nach seinen Hosen fragte. Ein denkwürdiger Augenblick: Webber war sich bewußt, einer bemerkenswerten, eindrucksvoll-feierlichen Handlung beizuwohnen. Zum erstenmal kam er mit einer derart erhabenen Literaturgröße in so intime Berührung, denn man wird billigerweise zugeben müssen, daß es kaum etwas Intimeres in der Welt gibt als eine Hose. Zudem holte George, als Mr. Burke den Laden betrat und nach seiner Hose fragte, gerade seine eigene ab. Durch dieses simple Zusammentreffen fühlte er sich mit diesem Herrn, dessen Begabung seit Jahren Gegenstand seiner Verehrung war, in erhebendem Einklang und Einverständnis. Er hatte das Gefühl, als gehörte er ganz selbstverständlich zu seiner nächsten Umgebung; es war durchaus vorstellbar, daß jemand zu ihm sagen könnte:

«Ach, übrigens: haben Sie James Burke in letzter Zeit gesehn?»

«O ja», hätte er leichthin geantwortet, «ich traf ihn grad neulich in dem Laden, wo wir immer unsere Hosen bügeln lassen.»

Wenn er dann Nacht für Nacht als einziger Herr und Gebieter des Hauses arbeitend in seinem Wohnzimmer im dritten Stock saß und sich mit seinem Buch herumplagte, das hoffentlich – er wagte noch nicht daran zu glauben – einmal ebenso berühmt würde wie ein Werk von James Burke, dann bewegte ihn zuweilen das seltsame Gefühl, er wäre nicht allein; ihm war, als weilte unter seinem Dach ein guter Geist, der sein Werk guthieße und in der beredten Stille der Nachtwache zu ihm spräche:

«Plag dich nur weiter, mein Sohn, und laß den Mut und die Hoffnung nicht sinken. Laß dich nicht abschrecken: du bist nicht ganz verlassen. Ich bin noch da, ich warte und wache mit dir in dunkler Nacht, und ich sage dir: du bist auf dem rechten Weg mit deiner Arbeit und mit deinem Traum.

Deine stets aufrichtig ergebenen

Hosen von James Burke.»

Eines der unvergeßlichsten Erlebnisse während Georges Londoner Zeit war seine Beziehung zu Daisy Purvis.

Mrs. Purvis war eine Zugehfrau; sie wohnte in Hammersmith und arbeitete seit Jahren bei «alleinstehenden Herren» in den eleganten Stadtvierteln Mayfair und Belgravia. George hatte sie von Major Bixley-Dunton sozusagen geerbt; als er abreiste, gab er sie an ihn zurück, auf daß er sie an den nächsten Junggesellen weiterreichte, der hoffentlich ihrer Treue, Ergebenheit, Anbetung und demütigenden Unterwürfigkeit würdig sein würde. George hatte noch nie einen Dienstboten gehabt. Aus seiner Kindheit in den Südstaaten kannte er schwarze Dienstboten, und in den verschiedenen Wohnungen, die er seitdem innegehabt hatte, war ein- oder zweimal wöchentlich jemand zum Saubermachen gekommen; noch nie aber hatte sich eine dienstbare Person ihm mit Leib und Seele verschrieben und sein Leben und seine Interessen derart zu ihren eigenen gemacht; noch nie war ein Mensch lediglich für seine Behaglichkeit und für sein Wohlbefinden dagewesen.

Äußerlich hätte Mrs. Purvis als das Musterbeispiel einer ganzen Klasse gelten können. Sie war keine der komischen Figuren, wie man sie aus Zeichnungen von Belcher und Phil May kennt: jene dicken alten Frauen mit Umschlagtuch und Kapotthütchen à la Queen Victoria, die anscheinend meist in Kneipen herumsitzen und die man auch wirklich in den Londoner Kneipen trifft, wo sie sich mit Bier und Bosheit vollschlauchen. Mrs. Purvis war eine selbstbewußte Frau der Arbeiterklasse. Sie war in den Vierzigern, mittelgroß, blondhaarig und blauäugig, neigte zum Dickwerden und hatte ein angenehm bescheidenes, rosiges Gesicht und ein natürlich-freundliches Wesen, befleißigte sich jedoch Fremden gegenüber einer gewissen Würde. Bei aller Höflichkeit war sie anfangs gegen ihren neuen Arbeitgeber ein bißchen zurückhaltend. Morgens kam sie zu einer umständlichen Besprechung der zu erledigenden Tagesarbeit herein und erkundigte sich, was sie zum Lunch kochen solle, was für Vorräte «einzuholen» seien und wieviel Geld sie ausgeben dürfe.

«Was möchten Sie heut zum Lunch, Sir?» fragte Mrs. Purvis. «Haben Sie sich's schon überlegt?»

«Nein, Mrs. Purvis. Was würden Sie denn vorschlagen? Mal sehn: gestern hatten wir Lendenschnitte und Rosenkohl, nicht wahr?»

«Ja, Sir», antwortete Mrs. Purvis, «und vorgestern, Montag, hatten wir Rumpsteak mit Pommes frites, wenn Sie sich erinnern.»

«O ja, das hat gut geschmeckt. Wollen wir nicht heute wieder Rumpsteak machen?»

«Sehr wohl, Sir», sagte Mrs. Purvis vollendet höflich, aber in leicht schwebendem Ton, mit dem sie diskret, aber unmißverständlich zu erkennen gab, er möge das natürlich halten, wie er wolle, sie aber könne seine Wahl nicht restlos billigen.

George spürte das und wurde sofort schwankend:

«Ach nein, warten Sie mal: wir haben ziemlich oft Steak gehabt, nicht wahr?»

«Vielleicht ein bißchen oft, Sir», sagte sie dann ruhig-bestätigend, ohne jeden Vorwurf. «Aber natürlich . . .» Sie sprach nicht zu Ende; sie schwieg und wartete.

«Also, das Rumpsteak war immer sehr gut, ganz erstklassig war es. Trotzdem – wir könnten heute zur Abwechslung mal was anderes machen. Was meinen Sie?»

«Ich denke schon, wenn Sie nichts dagegen haben, Sir», sagte sie gelassen. «Schließlich *muß* man ja ab und zu mal was anderes haben.»

«Natürlich. Aber was? Was würden Sie vorschlagen, Mrs. Purvis?»

«Ja, Sir, wenn ich vorschlagen darf: ein Stückchen Räucherschinken mit Zuckererbsen ist manchmal ganz nett», sagte sie noch schüchtern, aber schon wärmer und ungezwungener mit milder Begeisterung. «Ich hab heute früh mal beim Fleischer reingeguckt, da gab's sehr schönen Räucherschinken, Sir, *wirklich* erstklassig!» Und mit echter Wärme fügte sie hinzu: «Ganz erstklassig!»

Natürlich durfte er nicht zugeben, daß er nicht die geringste Ahnung hatte, wie Räucherschinken eigentlich schmeckte. Er durfte nur mit entzückter Miene sagen:

«Dann auf alle Fälle Räucherschinken mit Zuckererbsen. Das ist heut grade das Richtige.»

«Sehr wohl Sir.» Sie hatte sich schon wieder in der Hand; mit diesen formellen Worten zog sie sich wieder in die Festung ihrer Reserviertheit zurück und wies ihn in seine Schranken.

Diese merkwürdig-beunruhigende Erfahrung hatte er häufig mit englischen Menschen gemacht. Wenn er gerade glaubte, die Schranken überwunden und die letzte Zurückhaltung durchbrochen zu haben, wenn die Unterhaltung gerade einen warm-begeisterten Ton annahm, dann plötzlich verschanzten diese Engländer sich wieder und man hatte das Gefühl, noch einmal von vorn anfangen zu müssen.

«Dann das Frühstück für morgen», fuhr Mrs. Purvis fort. «Wissen Sie schon, was Sie da möchten?»

«Nein, Mrs. Purvis. Haben wir irgendwas da? Wie sieht's denn mit Ihren Vorräten aus?»

«Ein *bißchen* knapp, Sir», gab sie zu. «Wir haben Eier, noch etwas Butter und ein halbes Brot. Der Tee geht zu Ende, Sir. Aber Eier könnten Sie essen, wenn Sie wollen, Sir.»

Der leicht formelle Klang ihrer Stimme gab zu verstehen, daß sie, auch wenn er sich zu Eiern entschlösse, das keineswegs billigte. Er sagte also rasch:

«Ach nein, Mrs. Purvis. Kaufen Sie Tee, natürlich, aber Eier möchte ich nicht. Wir hatten schon zu oft Eier, finden Sie nicht?»

«Ja, *wirklich*, Sir», sagte sie sanft. «Jedenfalls die letzten drei Tage. Aber wenn Sie natürlich ...» Wieder schwieg sie, als wollte sie sagen, daß er Eier bekommen könnte, wenn er absolut darauf bestünde.

«Nein, nein. Nicht schon wieder Eier. Wenn wir so weitermachen, können wir schließlich kein Ei mehr sehen, nicht wahr?»

Plötzlich lachte sie lustig aus vollem Halse. «Wahrhaftig, Sir, soweit kommt's noch!» sagte sie und lachte wieder. «Entschuldigen Sie, daß ich lache, Sir, aber Sie haben das so gesagt, daß ich lachen mußte. Das war wirklich zu komisch.»

«Schön, Mrs. Purvis, vielleicht fällt Ihnen was ein. Eines steht fest: keine Eier.»

«Haben Sie schon mal Räucherhering probiert, Sir? Räucherheringe sind recht gut, Sir», fuhr sie fort und begann sich wieder zu erwärmen. «Wenn Sie mal 'ne Abwechslung wollen, sind Räucherheringe nicht das Schlechteste. Wirklich, Sir.»

«Gut, nehmen wir Räucherheringe, das wird das Richtige sein.»

«Sehr wohl, Sir.» Sie zögerte einen Augenblick und sagte dann: «Zum Abendbrot, Sir ... da hab ich mir überlegt ...»

«Ja, Mrs. Purvis?»

«Mir ist eingefallen, Sir, wo ich doch abends nicht hier bin und

Ihnen nichts Warmes kochen kann, da könnten wir doch was herrichten, was Sie sich selber machen könnten. Ich hab mir neulich so gedacht, Sir, wo Sie doch so arbeiten, da müssen Sie doch nachts Hunger kriegen; da wär's doch gar nicht schlecht, Sir, wenn Sie was zur Hand hätten?»

«Eine ausgezeichnete Idee, Mrs. Purvis. Woran dachten Sie denn?»

«Ja, Sir», sagte sie, überlegte kurz und fuhr dann fort: «Ich könnte ja ein bißchen Zunge mitbringen, wissen Sie. Ein Stückchen kalte Zunge ist was Delikates. Ich könnt mir denken, daß Ihnen das nachts grad recht wäre. Oder auch 'n Stückchen Schinken. Dazu Brot und Butter, Sir, und Ihre Mixed Pickles, und ich könnt ja 'ne Flasche Chutney-Sauce mitbringen, und Tee können Sie sich doch allein machen, Sir?»

«Natürlich, ein sehr guter Gedanke. Jedenfalls besorgen Sie Zunge oder Schinken und Chutney-Sauce. Ist das dann alles?»

Sie dachte einen Augenblick nach, ging zum Büfett, öffnete es und warf einen Blick hinein. «Ja, Sir, ich denke grad dran, wie's mit Ihrem Bier ist, Sir ... Aha!» rief sie und nickte befriedigt. «*Sehr* knapp, Sir. Sie haben nur noch zwei Flaschen. Ob wir noch sechs Flaschen hinlegen?»

«Ja ... oder nein, Moment mal. Lieber ein Dutzend, damit Sie nicht gleich wieder rennen und welches bestellen müssen.»

«Sehr wohl, Sir.» Wieder der etwas formell-schwebende Ton, aber diesmal lag Billigung darin. «Und was mögen Sie lieber: Worthington oder Bass?»

«Ach, ich weiß nicht. Welches ist denn besser?»

«Beides erstklassig, Sir. Manche mögen das eine lieber und manche das andere. Worthington ist vielleicht 'n bißchen leichter, aber beide sind zu empfehlen.»

«Schön, dann will ich Ihnen was sagen: bestellen Sie von jedem ein halbes Dutzend.»

«Sehr wohl, Sir.» Sie wandte sich zum Gehen.

«Vielen Dank, Mrs. Purvis.»

«'nke», sagte sie nun ganz formell-distanziert, ging ruhig hinaus und schloß hinter sich sanft, aber sehr energisch die Tür.

Im Laufe der Wochen trat sie allmählich aus ihrer übertriebenen Reserve George gegenüber heraus und gab sie schließlich ganz auf. Immer rückhaltloser teilte sie ihm mit, was ihr durch den Kopf ging. Nicht, daß sie je ihre «Stellung» vergaß – im Gegenteil: sie behielt die englischen Dienstboten eingefleischte Haltung ihrer

Herrschaft gegenüber bei, wurde aber in ihrer sklavischen Aufmerksamkeit immer gewissenhafter, bis es schließlich fast so schien, als wäre die Erfüllung ihrer Pflichten bei ihm ihr einziger Lebenszweck.

Dennoch war sie ihm nicht so ausschließlich ergeben, wie es den Anschein hatte: drei oder vier Stunden am Tag diente sie einem anderen Herrn, der auch die Hälfte ihres Lohnes bezahlte, jenem merkwürdigen kleinen Mann, der im zweiten Stock seine Sprechstunde abhielt. Mrs. Purvis verteilte also ihre treuen Dienste auf zwei Arbeitgeber, wobei sie aber in jedem das Gefühl zu erwecken wußte, daß ihre Ergebenheit ausschließlich ihm gehöre.

Der kleine Arzt war Russe und hatte sich unter dem alten Regime als Hofarzt des Zaren ein beträchtliches Vermögen erworben, das bei seiner Flucht während der Revolution natürlich beschlagnahmt worden war. Ohne einen Penny war er nach England gekommen, wo er es zu einem neuen Vermögen gebracht hatte; über seine Praxis hatte Mrs. Purvis in ihrer hochmütig-distanzierten, aber zugleich treu-ergebenen Art einen beschönigenden kleinen Roman erfunden, während der Arzt selber mit der Zeit aus dem wahren Sachverhalt kein Hehl machte. Von ein Uhr mittags bis gegen vier Uhr nachmittags klingelte die Türglocke fast ununterbrochen, und Mrs. Purvis rannte die ganze Zeit treppauf und treppab, um den Patientenstrom hereinzulassen oder hinauszubegleiten.

Sehr bald, nachdem George die Wohnung bezogen hatte, machte er hinsichtlich dieser blühenden Praxis eine überraschende Entdeckung. Er hatte mit dem Arzt ein gemeinsames Telefon: sie hatten die gleiche Nummer, aber jeder konnte durch Umstöpseln in seinen Räumen telefonieren. Manchmal klingelte das Telefon abends, wenn der Arzt schon in seiner Privatwohnung in Surrey war; George stellte dabei fest, daß immer nur Frauen anriefen. Ihre Stimmen klangen manchmal verzweiflungsvoll-flehentlich, manchmal girrten sie in wollüstig-sinnlicher Klage. Aber wo *war* denn der Doktor? Wenn George ihnen mitteilte, daß er etwa dreißig Kilometer weit in seiner Wohnung sei, dann jammerten sie: das könne doch nicht stimmen, das sei unmöglich, so übel könne das Schicksal ihnen doch nicht mitspielen. Wenn er dann sagte, doch, es sei so, dann fragten sie manchmal, ob George ihnen vielleicht auf eigene Rechnung helfen könne. Auf solche Bitten mußte er, oft nach einigem Zögern, antworten, er sei kein Arzt, sie müßten jemand anders um Hilfe bitten.

Diese Anrufe weckten seine Neugier, und er begann nachmittags während der Sprechstunden des Arztes aufzupassen. Jedesmal, wenn es klingelte, ging er ans Fenster und sah hinaus, und nach einiger Zeit bestätigte sich sein Verdacht: die Praxis des Arztes bestand ausschließlich aus Frauen. Junge Frauen und ältliche Hexen waren darunter, alle Arten und Stände waren vertreten, aber eines hatten sie alle gemeinsam: sie waren Frauen. Nie klingelte ein männliches Wesen.

Manchmal zog George vor Mrs. Purvis diese unendliche Prozession von Besucherinnen ins Lächerliche, oder er stellte ganz offen Vermutungen über die Praxis des Arztes an. Sie hatte wie viele Leute ihrer Klasse die Fähigkeit, sich selber was vorzumachen, obwohl diese Erscheinung sich keineswegs auf eine bestimmte Klasse beschränkt. Zweifellos erriet sie annähernd, was im zweiten Stock vorging, aber sie war jedem ihrer Arbeitgeber so bedingungslos ergeben, daß sie sich in vagen Äußerungen erging, sobald George in sie drang: sie sei zwar mit den technischen Einzelheiten der Praxis nicht vertraut, glaube aber, es handle sich um die «Behandlung von Nervenkrankheiten».

«Ja, was für Nervenkrankheiten denn?» fragte George. «Gibt es nicht auch nervöse Herren?»

«Ach ja», sagte Mrs. Purvis und nickte mit der tiefsinnigen Miene, die sehr charakteristisch für sie war. «Sehen Sie, *da* haben Sie's ja!»

«Was hab ich da, Mrs. Purvis?»

«Die Antwort», sagte sie. «Das Tempo heutzutage, das ist es. Das sagt ja der Doktor», fuhr sie in dem etwas hochnäsigen Ton unanfechtbarer Autorität fort, in dem sie immer von dem Arzt berichtete und dessen Meinungen zum besten gab. «Am Tempo des modernen Lebens liegt's: Cocktail-Parties, spät Schlafengehen, und so. In Amerika ist das noch schlimmer, glaub ich», sagte Mrs. Purvis. «Das heißt, *eigentlich* natürlich nicht», fügte sie rasch hinzu, als fürchtete sie, mit ihrer Bemerkung unabsichtlich die patriotischen Gefühle ihres Arbeitgebers verletzt zu haben. «Ich meine, ich bin ja schließlich nicht dort gewesen und kann's nicht wissen, nicht wahr?»

Ihre Vorstellung von Amerika, die sie sich vorwiegend nach Kurznachrichten-Zeitungen gebildet hatte, zu deren getreuen Lesern sie zählte, war ein so zauberhaftes Phantasiegebilde, daß George es nie übers Herz brachte, sie ihrer Illusionen zu berauben. Er gab ihm also pflichtschuldigst recht und bestärkte sie durch ein paar geschickte Andeutungen sogar in ihrem Glauben, die meisten amerikanischen Frauen täten weiter nichts, als von einer Cocktail-Party zur anderen zu gehen, wobei sie praktisch niemals schliefen.

«Na also», sagte Mrs. Purvis und nickte weise und befriedigt. «Dann müssen *Sie* ja wissen, wie dieses moderne Tempo wirkt!» Nach einer kleinen Pause fügte sie hinzu: «Einfach empörend find ich das!»

Sie fand sehr viele Dinge empörend. Kein cholerischer Tory im exklusivsten Londoner Club hätte sich die Dinge der Nation so leidenschaftlich-entrüstet zu Herzen nehmen können wie Daisy Purvis. Wenn man sie reden hörte, hätte man meinen können, sie wäre die Erbin eines ausgedehnten Landbesitzes, der seit den Tagen der normannischen Eroberer zum historischen Besitz ihres Landes gehörte und ihr nun aus der Hand gerissen, zerstückelt, verwüstet und vernichtet würde, weil sie die von der Regierung verfügten ruinösen Steuern nicht mehr zahlen könnte. Sie pflegte lange und ernst, mit tiefen Seufzern und düsterem Kopfschütteln über die Angelegenheiten zu reden und dabei gräßliche Prophezeiungen auszustoßen.

Manchmal arbeitete George die Nacht durch und ging schließlich um sechs oder sieben Uhr in dem düster-nebligen Londoner Morgen zu Bett. Mrs. Purvis erschien um halb acht. Wenn er noch nicht schlief, hörte er sie vorsichtig die Treppe heraufschleichen und in die Küche gehen. Kurz darauf klopfte sie an seiner Tür und erschien mit einer riesigen Tasse, in der ein Getränk dampfte, an dessen einschläfernde Wirkung sie fest glaubte.

«Hier ist ein Täßchen Ovaltine», sagte Mrs. Purvis, «damit Sie besser einschlafen können.»

Eigentlich war er schon im Einschlafen gewesen, aber das machte nichts. Wenn er noch nicht schlief, bekam er seine Ovaltine, damit er einschliefe. Wenn er bereits eingeschlafen *war*, dann weckte sie ihn und gab ihm Ovaltine, damit er wieder einschlafen könne.

In Wirklichkeit wollte sie sich mit ihm unterhalten, wollte den neuesten Klatsch besprechen und vor allem mit ihm die köstlichen Tagesneuigkeiten erörtern. Sie brachte ihm die Morgenausgaben der *Times* und der *Daily Mail*, und sie selber hatte natürlich ihre Kurznachrichten-Zeitung. Während er im Bett saß und seine Ovaltine trank, stand Mrs. Purvis an der Tür, raschelte vielsagend mit ihrer Zeitung und begann folgendermaßen:

«Empörend find ich das!»

«Was ist denn heute so empörend, Mrs. Purvis?»

«Also bitte, hören Sie sich das an!» sagte sie entrüstet und las vor: «Die Firma Merigrew & Raspe, Rechtsberater Seiner Gnaden des

Herzogs von Basingstoke, gab gestern bekannt, daß Seine Gnaden Ihr Landgut in Chipping Cudlington in Gloucestershire zum Verkauf angeboten haben. Das 16 5000 Hektar große Landgut, davon 8 500 Hektar Jagdgelände, zu dem auch Basingstoke Hall, eine der schönsten frühen Tudor-Bauten des Königreichs, gehört, ist seit dem 15. Jahrhundert im Besitz der herzoglichen Familie. Die Vertreter der Anwaltsfirma stellten fest, daß auf Grund der seit dem Krieg ungeheuerlich angestiegenen Grund- und Einkommenssteuern Seine Gnaden nicht mehr in der Lage sind, das Besitztum zu erhalten, und es infolgedessen verkaufen müssen. Damit vermindert sich die Zahl der herzoglichen Besitztümer auf drei: Fothergill Hall in Devonshire, Wintringham in Yorkshire und Schloß Loch McTash, ein Jagdgut in Schottland. Seine Gnaden sollen kürzlich Freunden gegenüber geäußert haben, daß, wenn der gegenwärtigen ruinösen Steuerpolitik nicht Einhalt geboten werde, in hundert Jahren nicht eines der großen englischen Landgüter mehr im Besitz seiner ursprünglichen Eigentümer sein werde ...

Ja!» sagte Mrs. Purvis, als sie diese Trauerkunde verlesen hatte, und nickte weise-bestätigend. «Da haben Sie's! Wie Seine Gnaden sagt: alle unsere großen Landgüter gehn verloren. Und warum? Weil die Besitzer die Steuern nicht mehr zahlen können. Ruinös nennt er das, und recht hat er. Wenn das so weitergeht, hat der Adel bald überhaupt kein Dach mehr über dem Kopf, denken Sie an meine Worte! Eine ganze Menge sind schon ausgewandert», sagte sie düster.

«Wohin denn, Mrs. Purvis?»

«Ach», sagte sie, «nach Frankreich oder Italien, irgendwohin aufs Festland. Zum Beispiel Lord Cricklewood, der lebt irgendwo in Südfrankreich. Und warum? Weil die Steuern zu hoch sind. All seine Güter hier hat er aufgegeben. Ach, und was für entzückende Besitztümer das waren!» sagte sie zärtlich-feinschmeckerisch. «Dann der Graf Pentateuch, Lady Cynthia Wormwood und die verwitwete Gräfin Throttlemarsh – wo sind sie alle hin? Alle fort! Packen ihre Koffer und wandern aus. Geben ihre Güter auf und leben im Ausland. Und warum? Weil die Steuern zu hoch sind. Empörend find ich das!»

Mrs. Purvis' freundliches Gesicht war ganz rot vor Entrüstung. Dieses demonstrative Mitgefühl war für George höchst erstaunlich. Immer wieder bemühte er sich, zu ergründen, was dahinter steckte. Klirrend stellte er seine Tasse Ovaltine hin und rief:

«Ja, aber, großer Gott, Mrs. Purvis, warum regen *Sie* sich denn darüber auf? Die Leute werden schon nicht verhungern. Sie verdienen in der Woche 10 Shilling bei mir und 8 Shilling beim Doktor unten. Er sagt, er will sich Ende des Jahres zur Ruhe setzen und ins Ausland übersiedeln, und ich werde dann bald wieder nach Amerika fahren. Sie wissen ja gar nicht, wo Sie nächstes Jahr um diese Zeit sind, oder ob Sie dann Arbeit haben. Und da kommen Sie Tag für Tag zu mir und lesen mir dieses Zeug vor über den Herzog von Basingstoke oder über den Grafen Pentateuch, die eines von ihren sechs Landgütern aufgeben müssen, als hätten sie Angst, daß die allesamt stempeln gehen müßten. *Sie* werden stempeln gehen, wenn Sie arbeitslos sind! Die Leute da haben nichts auszustehen, jedenfalls nicht so viel wie Sie!»

«Ach Gott», antwortete sie ruhig, leise und sanft, als handelte sich's um das Wohl einer hilflosen Kinderschar, «aber *wir* sind doch schließlich dran gewöhnt, nicht wahr? Und *die* Armen sind's nicht gewöhnt!»

Es war einfach erstaunlich – er kam nicht dahinter. Es war, als rennte er gegen eine uneinnehmbare Mauer an. Man mochte es nennen, wie man wollte: versnobte Servilität, unwissende Verblendung oder hirnverbrannte Dummheit – es war einfach da. Man konnte es nicht zu Fall bringen, konnte es nicht einmal erschüttern: das ungeheuerlichste Beispiel treuer Ergebenheit, das ihm je vorgekommen war.

Morgen für Morgen fanden diese Unterhaltungen statt, bis es kaum einen verarmten jungen Baron gab, dessen Glanz und Elend Mrs. Purvis nicht einer erschöpfend-gründlichen, ehrfurchtsvoll-besorgten Untersuchung unterzogen hätte. Dann aber, wenn die ganze ungeheure Hierarchie von Heiligen, Engeln, Hauptleuten der himmlischen Heerscharen, Hütern der Pforte und Oberleutnants zur Rechten bis auf die winzigste farbenprächtige Feder ihrer heraldischen Schwingen zärtlich betrachtet worden war – dann trat Stille ein. Dann war es, als schwebte ein großer Geist durchs Zimmer. Dann raschelte Mrs. Purvis mit ihrer morgenfrischen Zeitung, räusperte sich und sprach andächtig-leise das geheiligte Wort «ER».

Manchmal ergab sich das aus einer angeregten Unterhaltung über Amerika und das moderne Tempo; nachdem sie sich zum hundertstenmal über das empörend-beklagenswerte Los der weiblichen Bevölkerung der USA verbreitet hatte, fuhr sie nach kurzer Pause taktvoll fort:

«Trotzdem – ich muß schon sagen: die amerikanischen Damen *sind* sehr elegant, nicht wahr, Sir? Sie sehen alle so fein aus. Wenn man eine sieht, weiß man immer gleich: das ist 'ne Amerikanerin.

Und dann sind sie auch *sehr* klug, nicht wahr, Sir? Ich meine, viele von ihnen sind doch bei Hofe vorgestellt worden, nicht wahr, Sir? Manche haben sogar in den Adel eingeheiratet. Und dann natürlich ...» Ihre Stimme war nun von zärtlicher Inbrunst verschleiert; George wußte genau, was jetzt kam: «ER natürlich, Sir ...»

Ja, nun war es heraus! Der unsterbliche «ER», dessen Leben und Lieben im Mittelpunkt von Daisy Purvis' Himmel stand! Der unsterbliche «ER», der Abgott aller Mrs. Purvises, deren Anbetung keinen anderen Namen fand und finden wollte als «ER».

«Natürlich, Sir», sagte Mrs. Purvis, «ER liebt die Amerikanerinnen, nicht wahr? Man sagt, er schwärmt direkt für sie. Die amerikanischen Damen *müssen* ja auch sehr klug sein, Sir, wenn ER sie so amüsant findet. Neulich war ein Bild von IHM in der Zeitung mit seinen Freunden, da war auch eine neue Amerikanerin dabei. Wenigstens hab ich *ihr* Gesicht bisher nicht gesehen. Und sehr elegant – eine Mrs. Soundso, der Name fällt mir nicht ein.»

Oder sie berichtete mit ehrfurchtsvoller Stimme und zärtlich erglühendem Gesicht eine Tagesnachricht:

«Ich seh da grad in der Zeitung, daß ER vom Kontinent zurück ist. Bin gespannt, was ER jetzt machen wird.» Plötzlich lachte sie ein unwiderstehlich-fröhliches Lachen, ihre rosigen Backen wurden hochrot, und ihre blauen Augen glitzerten feucht: «Ach, ich will Ihnen was sagen: ER ist ein stilles Wasser. Man weiß nie, was ER vorhat. Einen Tag liest man in der Zeitung, daß er bei Freunden in Yorkshire zu Besuch ist. Und kaum daß man sich's versieht, da taucht er schon am nächsten Tag in Wien auf. Hier steht, ER ist in Skandinavien gewesen – würde mich nicht weiter überraschen, wenn ER da eine von den jungen Prinzessinnen besucht hätte. Natürlich ...» Sie nahm nun den etwas erhaben-hochnäsigen Ton an, mit dem sie dem unfeinen Mr. Webber ihre wichtigeren Informationen zukommen ließ: «Natürlich wird *darüber* schon lange geredet. Aber ER kümmert sich nicht darum, nein, ER doch nicht! Dazu ist ER viel zu unabhängig! SEINE Mutter hat das schon lange gemerkt, wollte IHN auch so gängeln wie die andern. Aber nein – der läßt sich nicht gängeln! Der hat SEINEN eigenen Willen. ER macht, was ER will, da kann keiner was machen – so unabhängig ist ER!»

Sie schwieg einen Augenblick und sann mit umflorten Augen über den Gegenstand ihrer Anbetung nach. Dann plötzlich errötete ihr freundliches Gesicht, und sie brach unvermittelt in ein kurzes, herzliches Lachen aus:

«So ein *Teufels*junge! Wissen Sie, vor kurzem soll ER mal abends

451

nach Hause gekommen sein», sagte sie vertraulich-leise, «da soll
ER ein bißchen über den Durst getrunken haben, und da ...» Immer noch lachend, aber noch leiser und ein bißchen zögernd, fuhr
sie fort: «Na ja, Sir, ER konnte wohl nur noch mit Mühe nach
Hause gehn. Denken Sie bloß, Sir, ER hat sich an dem Gitter von
St. James Palace festhalten müssen. Und da, Sir ... oh! ha-ha-ha!»
lachte sie plötzlich aus vollem Halse. «Entschuldigen Sie, Sir, aber
ich muß lachen, wenn ich dran denke!» Dann flüsterte Mrs. Purvis
langsam-nachdrücklich, in ekstatischer Anbetung: «Da hat der Polizist vom Dienst IHN vor dem Palast gesehn und ist zu IHM range-
gangen und hat gesagt: ‹Kann ich Ihnen behilflich sein, Sir?› ER
aber – ach, woher denn! ER wollte sich nicht helfen lassen! Dazu ist
ER viel zu stolz! So ist ER immer gewesen. Ich kann Ihnen sagen:
ein *Teufels*junge ist ER!» Und immer noch lächelnd, die Hände auf
dem Bauch gefaltet, lehnte sie sich an die Tür und versank in tiefsin-
niges Grübeln.

«Aber Mrs. Purvis», bemerkte George, «glauben Sie denn, daß
er überhaupt heiraten will? Ich meine, glauben Sie jetzt wirklich
noch daran? Schließlich ist er doch kein grüner Junge mehr. Er muß
doch viele Gelegenheiten gehabt haben, und wenn er was dafür tun
wollte ...»

«Ach!» sagte Mrs. Purvis im Ton hochmütigen Bescheidwis-
sens, den sie bei solchen Gelegenheiten immer anzunehmen pflegte: «Ach! *Dazu* sag ich immer: ER *wird* schon! ER wird sich entschließen, wenn's an der Zeit ist, eher nicht! Der läßt sich nicht
hetzen, ER nicht! Aber ER wird schon, wenn ER die Zeit für richtig hält.»

«Ja, Mrs. Purvis, aber wann *ist* denn die richtige Zeit?»

«Na ja», sagt sie, «schließlich *ist* ja SEIN Vater noch da, nicht
wahr? Und SEIN Vater ist nicht mehr der Jüngste, nicht wahr?»
Ein Augenblick diplomatisch-taktvollen Schweigens, damit George
sich das Seine denken könne. «Also, Sir», schloß sie sehr ruhig, «ich
meine nur, die Zeit *wird* kommen, nicht wahr, Sir?»

«Ja, Mrs. Purvis», bohrte George weiter, «*wird* sie wirklich kommen? Ich meine: weiß man das sicher? Wissen Sie, man hört so alles
mögliche – sogar ein Fremder wie ich hört alles mögliche. Erstens
hört man, daß er keine große Lust dazu hat, und dann *ist* doch natürlich sein Bruder da, nicht wahr?»

«Och, *der!*» sagte Mrs. Purvis. «*Der!*» Wieder schwieg sie kurz;
mit einem ganzen Vokabularium bitter-ablehnender Feindseligkeit
hätte sie nicht mehr ausdrücken können als mit dem kleinen Wörtchen «*Der!*».

«Na ja», bohrte George grausam weiter, «aber schließlich, *der* *möchte* doch, nicht wahr?»

«Na, und ob!» sagte Mrs. Purvis bissig.

«Und der *ist* verheiratet, nicht wahr?»

«Das ist er», sagte Mrs. Purvis womöglich noch giftiger.

«Und *der* hat Kinder, nicht wahr?»

«*Hat* er, jawohl», sagte Mrs. Purvis ein wenig sanfter. Einen Augenblick strahlte ihr Gesicht warm und zärtlich, dann fuhr sie aber wieder grimmig fort: «Aber *der*? Nein, *der* nicht!» Sie war tief beunruhigt bei der Vorstellung, daß der Aufstieg ihres Abgotts bedroht sein könnte. Sie bewegte nervös die Lippen, schüttelte unbeugsamablehnend rasch den Kopf und sagte: «Nein, *der* nicht!»

Wieder schwieg sie, als kämpfte ihre kühl-zurückhaltende Natur mit ihrem Mitteilungsbedürfnis. Dann rief sie aus: «Eins kann ich Ihnen sagen, Sir: ich hab sein Gesicht nie leiden können! Nein – das gefällt mir nicht!» Krampfhaft schüttelte sie den Kopf und fuhr fast flüsternd, düster-vertraulich fort: «Der hat was *Hintertückisches* im Gesicht, das gefällt mir nicht! Das ist so 'n *Hintertückischer*, jawohl, das *ist* er, aber *mir* kann er nichts vormachen!» Ihr Gesicht war hochrot, und sie nickte nachdrücklich, als habe sie ihr grausamendgültiges Urteil gesprochen und als werde sie davon nicht abgehen. «Wenn Sie mich fragen, Sir: das ist meine Ansicht! So hab ich immer über ihn gedacht. Und dann sie. *Sie!* Würde *sie* das vielleicht zulassen? Im Traume nicht!» Sie lachte plötzlich bitter und spitz wie ein böses Weib. «*Sie* nicht! Also, das ist doch sonnenklar, hat ja alles schon über sie dringestanden! Geschähe ihnen aber ganz recht», sagt sie giftig. «*Wir* wissen Bescheid!» Sie schüttelte grimmig-entschlossen den Kopf. «Das *Volk* weiß Bescheid! Dem können sie nichts vormachen. Also sollen sie nur sehn, wie sie fertig werden!»

«Sie glauben also nicht, daß sie . . .»

«*Die?*» sagte Mrs. Purvis scharf. «*Die!* Nicht in Millionen Jahren, Sir! Nie! Nie! . . . ER», rief sie, und ihre Stimme schwang sich zu dem Schrei felsenfester Überzeugung auf, «ER ist der einzige! *Immer* war ER der einzige! Und wenn die Zeit kommt, Sir, dann wird ER – König!»

Mrs. Purvis' Charakter war so bedingungslos und zuverlässig treu wie der eines großen, gutmütigen Hundes. Ja, ihr ganzes Verhältnis zum Leben hatte etwas merkwürdig Tierhaftes. Die gesamte Tierwelt war ihrer Anteilnahme sicher; wenn sie auf der Straße einen Hund oder ein Pferd sah, fiel ihr immer zunächst das Tier auf und dann erst das menschliche Wesen, zu dem das Tier gehörte. Alle

Bewohner der Ebury Street kannte und erkannte sie an den ihnen gehörenden Hunden. Als George sie eines Tages nach einem vornehmen alten Herrn mit einem scharfgeschnittenen Habichtgesicht fragte, den er mehrmals auf der Straße getroffen hatte, antwortete Mrs. Purvis sofort mit befriedigter Miene:

«Ach ja! Das ist der mit dem Racker in Nr. 27. Also, *so* ein Racker!» rief sie kopfschüttelnd und lachte in zärtlicher Erinnerung. «So ein großer, zottiger Kerl, wissen Sie, und dann kommt er so an, wiegt sich in den Schultern und sieht so aus, als könnt er kein Wässerchen trüben. Ein richtiger *Racker* ist das!»

George fragte etwas verdutzt, ob sie den Herrn oder den Hund meine.

«Den Hund natürlich», rief Mrs. Purvis. «Den Hund! So 'n großer schottischer Schäferhund! Der gehört dem Herrn, nach dem Sie fragen. Der Herr ist, glaub ich, Gelehrter oder Schriftsteller oder Professor. War früher in Cambridge. Hat sich zur Ruhe gesetzt und wohnt in 27.»

Ein andermal blickte George aus dem Fenster in den nieselnden Erbsensuppen-Regen hinaus und bemerkte auf der anderen Straßenseite ein auffallend schönes Mädchen. Rasch rief er Mrs. Purvis, zeigte ihr das Mädchen und fragte ganz aufgeregt:

«Wer ist das? Kennen Sie die? Wohnt sie hier in der Straße?»

«Das kann ich Ihnen nicht sagen, Sir», antwortete Mrs. Purvis betroffen. «Ich muß sie schon mal gesehen haben, aber genau weiß ich das nicht. Ich werd mal drauf achten, und wenn ich rauskriege, wo sie wohnt, werd ich's Ihnen sagen.»

Nach ein paar Tagen kam Mrs. Purvis strahlend vor Befriedigung und voll von Neuigkeiten von ihrem morgendlichen Einkaufsgang zurück. «Ach», sagte sie, «ich hab was für Sie. Ich hab's raus, wo das Mädchen wohnt.»

«Was für ein Mädchen?» fragte George und blickte verstört von seiner Arbeit auf.

«Das Mädchen, nach dem Sie mich neulich fragten», sagte Mrs. Purvis. «Die Sie mir gezeigt haben!»

«Ach so», sagte er und stand auf. «Was ist denn mit ihr? Wohnt sie hier in der Straße?»

«Natürlich», sagte Mrs. Purvis. «Ich hab sie schon hundertmal gesehn. Ich hätte sie neulich gleich erkennen müssen, bloß: sie hatte *ihn* nicht mit.»

«Ihn? Wen?»

«Na, den Racker aus Nr. 46. Die ist das.»

«Wer ist was, Mrs. Purvis?»

«Na, die große dänische Dogge! Die müssen Sie doch gesehn haben, ist ja so groß wie 'n Shetland-Pony», lachte sie. «Die hat sie immer mit. Neulich war's das einzige Mal, daß ich sie ohne sie gesehn hab, und darum», rief sie triumphierend, «hab ich sie nicht erkannt. Aber heute gingen sie zusammen spazieren, ich sah sie grad ankommen. Da wußt ich, wer sie ist. Das sind die aus 46. Und dieser Racker ...» Sie lachte zärtlich. «Ach, das ist vielleicht ein Racker! Ein prachtvoller Kerl, wissen Sie. So groß und kräftig. Ich frag mich manchmal, wie sie den unterbringen, wie sie überhaupt ein Haus gefunden haben, in das er reinpaßt!»

Fast jeden Vormittag kam sie von ihrem kleinen Gang in die Nachbarschaft rot vor Aufregung über irgendeinen neuen «Rakker», einen «prachtvollen Kerl», einen Hund oder ein Pferd, die sie getroffen und beobachtet hatte. Das Blut schoß ihr ins Gesicht, so ärgerte sie sich, wenn jemand ein Tier grausam behandelte oder vernachlässigte. Sie konnte in siedende Wut geraten, wenn sie an einem Pferd vorbeigekommen war, das zu straff geschirrt war.

«... Dem hab ich's aber gegeben», rief sie dann, womit sie den Kutscher meinte. «Ein Mensch, der sein Pferd so mißhandelt, dürfte gar keins haben, hab ich gesagt. Wenn ein Polizist in der Nähe gewesen wär, hätt ich ihn verhaften lassen, jawohl, hätt ich gemacht. Hab ich ihm auch gesagt. Empörend find ich das. Wie manche so 'n armes, hilfloses Tier behandeln, das nicht sagen kann, wo's ihm weh tut! *Die* sollten mal so 'n Geschirr im Maul haben! *Die* sollten mal 'n Weilchen mit 'nem Maulkorb rumlaufen! Ach!» sagte sie grimmig, als empfände sie ein grausames Vergnügen bei dem Gedanken. «Da würden sie schon sehn! Vielleicht würden sie's dann endlich kapieren!»

Diese übertriebene Sympathie für Tiere war irgendwie beunruhigend und krankhaft. George beobachtete Mrs. Purvis' Verhalten zu anderen Menschen und entdeckte, daß sie sich angesichts menschlicher Leiden keineswegs so aufregte. Ihre Einstellung zu armen Leuten, zu denen sie ja gehörte, zeichnete sich durch philosophische Gottergebenheit aus. Sie schien der Meinung zu sein, daß es immer Arme gegeben habe und daß diese an ihre Armut gewöhnt seien; deshalb war es unnötig, daß sich jemand – am wenigsten die beklagenswerten Opfer selber – Sorgen darüber machte. Bestimmt war ihr nie der Gedanke gekommen, daß man dagegen etwas unternehmen könne. Die Not der Armen erschien ihr ebenso naturnotwendig und unvermeidlich wie der Londoner Nebel, und ihrer Ansicht nach war es reine Gefühlsverschwendung, sich über diesen oder jene aufzuregen.

George konnte sie am selben Vormittag, an dem sie in flammender Entrüstung über die Mißhandlung eines Hundes oder eines Pferdes angekommen war, scharf, barsch und ohne eine Spur von Mitgefühl mit dem verdreckten, halbverhungerten und halbnackten armen Jungen reden hören, der das Bier aus dem Spirituosenladen zu bringen pflegte. Dieses elende Kind schien aus einem Roman von Dickens entsprungen zu sein: ein lebendes Beispiel für die tiefste Stufe der Armut, die in England einen noch heruntergekommeneren und gedemütigteren Eindruck macht als anderswo. In England wirken diese Leute besonders erschreckend, weil sie gegen ihr Elend völlig abgestumpft sind, weil sie in einem Morast von generationenalter Verelendung zu stecken scheinen, für die es weder eine Besserung noch ein Entrinnen gibt.

So stand es auch um diesen gottverlassenen Jungen. Er war einer von den Zurückgebliebenen und gehörte zu der Rasse der Zwerge und Gnomen, die George in diesem Londoner Winter kennenlernte. Er entdeckte, daß es in England tatsächlich zwei verschiedene Arten von Menschen gibt, die so himmelweit voneinander verschieden sind, daß sie kaum zur gleichen Rasse zu gehören scheinen: die Großen und die Kleinen.

Die Großen sind frisch, gesund, glatthäutig und lebhaft und man sieht es ihnen an, daß sie immer genug zu essen gehabt haben. Die besten Exemplare von ihnen wirken wie große Zuchtstiere der Menschheit. Auf den Londoner Straßen begegnet man diesen stolzen, handfesten Männer- und Frauengestalten: sie sind prächtig gekleidet und wohlgepflegt, und ihre Gesichter sind völlig leer und unerschütterlich-ausdruckslos wie bei hochgezüchtetem Vieh. Das sind die britischen Herren der Schöpfung. Auch unter denen, die sie bedienen und beschützen und die in Wirklichkeit mit zu ihrer Art gehören, findet man prachtvolle Exemplare: stramme, kerzengerade Gardisten, einsfünfundneunzig groß und mit dem gleichen selbstbewußten Gesichtsausdruck, der deutlich besagt, daß sie zwar nicht die Herren der Schöpfung selber, aber doch die Vertreter und Werkzeuge dieser Herren sind.

Wenn man aber lange genug in England ist, entdeckt man auf einmal die Kleinen, eine Rasse von Zwergen; sie sehen so aus, als wühlten sie ständig in Erdhöhlen und als hätte ein jahrhundertelanges Leben in unterirdischen Schächten sie zu bleichen, verschrumpelten Zwergen verkrüppelt. An ihren Gesichtern und an ihren knorrigen Körperformen erkennt man, daß nicht nur sie selber wie

Begrabene leben, sondern daß auch ihre Väter, Mütter und Großeltern seit Generationen ein hungrig-sonnenloses Leben geführt haben und wie Gnomen im tiefen Dunkel der Erde aufgewachsen waren.

Zunächst bemerkt man sie kaum. Eines Tages aber ergießt sich der Schwarm dieser Kleinen über die Erdoberfläche, und man sieht sie zum erstenmal. So wenigstens stellte George Webber sich's dar — eine erstaunliche Entdeckung. Er glaubte, eine grausige Verzauberung zu erleben, als er plötzlich merkte, daß er bisher nur einen Teil dieser englischen Welt gesehen und diesen Teil für das Ganze gehalten hatte. Dabei war die Zahl dieser Kleinen durchaus nicht gering. Als er erst einmal einen Blick dafür hatte, schien sich fast die ganze Bevölkerung aus ihnen zusammenzusetzen. Sie waren zehnmal so reichlich wie die Großen. Da wußte er, daß das Bild Englands sich für ihn gründlich geändert hatte und daß von nun an nichts, was er über dieses Land las oder hörte, Sinn hatte, wenn es nicht auch für die Kleinen galt.

Der elende Junge aus dem Spirituosenladen war so ein Kleiner. Seine ganze Erscheinung zeugte davon, daß er als verkümmerter Zwerg in eine Welt hoffnungsloser Armut hineingeboren war, daß er nie genug zu essen gehabt und nie genug warme Sachen zum Anziehen besessen hatte und daß er niemals ein schützendes Obdach gegen die kalten Nebel gehabt hatte, deren Nässe ihm in Mark und Bein drang. Sein Körper war nicht gerade verkrüppelt, sondern einfach greisenhaft runzlig, saftlos und verschrumpelt. Er mochte fünfzehn oder sechzehn Jahre alt sein, obwohl er manchmal jünger aussah. Immer aber wirkte er wie ein zurückgebliebener Mann, und man hatte das gräßliche Empfinden, daß sein unterernährter Körper den ungleichen Kampf schon lange aufgegeben und auf jegliches Wachstum verzichtet hatte.

Er trug ein schmieriges, schäbiges, fest zugeknöpftes Jäckchen, aus dessen ausgewachsenen Ärmeln seine rauhen Handgelenke und seine großen, schmutzig-roten Hände fast unanständig nackt herausragten. Seine viel zu kurze, schmierig-fadenscheinige Hose saß stramm wie eine Wurstpelle, und die alten, zerrissenen Schuhe waren ihm mehrere Nummern zu groß; sie sahen so abgeschabt aus, als hätte er jeden Pflasterstein des steinernen London damit bearbeitet. Dieser Anzug wurde durch eine formlose alte Mütze vervollständigt, die so weit und so verbeult war, daß sie ihm auf einer Seite übers Ohr herunterhing.

Seine Gesichtszüge waren vor Schmutz kaum zu erkennen. Das Fleisch, das durch die Schmutzschicht hindurchschimmerte, war von leblos-fahler Farbe. Das ganze Gesicht war merkwürdig plump und formlos, als wäre es hastig und roh aus Talg geknetet. Die breite, platte Stupsnase hatte auffallend große Nasenlöcher. Der dick-aufgeworfene Mund sah aus, als hätte man ihn mit einem stumpfen Werkzeug ins Gesicht eingedrückt, und der Blick der dunklen Augen war ohne Leben.

Dieses groteske kleine Geschöpf redete sogar in einer ganz anderen Sprache. Natürlich war es Cockney, aber nicht das scharfe, ausgesprochene Cockney, sondern ein schleimig-kehliger Jargon, ein undeutliches Gemuschel, das kaum zu enträtseln war. George verstand nur selten ein Wort. Mrs. Purvis fand sich besser darin zurecht, aber auch sie gab zu, daß sie manchmal nicht wußte, wovon er eigentlich redete. George hörte ihr Geschimpfe, sobald der Junge unter der Last eines schweren Bierkastens ins Haus gestolpert kam.

«Hier, paß doch auf, wo du hintrittst! Mach nicht soviel Krach mit deinen Stiefeln! Kannst du dir deine dreckigen Schuhe nicht abwischen, eh du reinkommst? Nun trample doch nicht wie ein Gaul die Treppe rauf! . . . Oh», rief sie verzweifelt, zu George gewandt, «*so* ein Tolpatsch ist mir noch nicht vorgekommen! . . . Kannst du dir nicht einmal dein Gesicht waschen?» schoß sie dann mit ihrer scharfen Zunge auf den Knirps los. «Solltest dich was schämen, so 'n großer Bengel und geht mit so 'nem Gesicht unter die Leute!»

«Och», brummte er mürrisch, «mit so 'nem Gesicht unter die Leute! Wenn Sie so rumlatschen müßten wie ich, dann würden Sie sich wohl die Fresse waschen, was?»

Gekränkt vor sich hin brummend, polterte er die Treppe hinunter und ging; vom Vorderfenster aus konnte George ihn beobachten, wie er die Straße lang zu der Wein- und Spirituosenhandlung latschte, in der er arbeitete.

Dieser Laden war klein, da er aber in einer guten Gegend lag, herrschte in ihm jene würdig-luxuriöse, ruhig-elegante und gerade durch eine gewisse Schäbigkeit anheimelnde Atmosphäre, die man in solchen kleinen, teuren englischen Läden findet. Es war, als hafte dem ganzen Raum eine leichte Patina von Nebel, englischem Klima und dem undefinierbaren, sanft erregenden Geruch von Kohlenrauch an. Über allem hing der Duft alter Weine und reinster, bester Liköre; sogar das Holz des Ladentischs, der Regale und des Fußbodens schien ihn angenommen zu haben.

Beim Öffnen der Tür schlug diskret eine Glocke an. Man trat eine halbe Stufe tiefer in den Laden und wurde sogleich von seiner friedlichen Atmosphäre umfangen. Man hatte ein Gefühl der Geborgenheit und des Luxus, ein Gefühl, dessen heimlich-verführerische Macht sich in England stärker aufdrängt als anderswo – sofern man Geld hat! Man fühlte sich reich und zu allem fähig: die Welt war gut und voll von köstlichen Leckerbissen, die einem alle zur Verfügung standen, wenn man nur zugriff.

Der Besitzer dieses luxuriösen kleinen Verkaufsnestes schien für seinen Beruf wie geschaffen. Er war mittleren Alters, mager und mittelgroß, hatte hellbraune Augen und einen buschigen, strähnigen, ziemlich langen braunen Schnurrbart. Er trug einen Eckenkragen und eine schwarze Krawatte mit Nadel. Gewöhnlich erschien er in Hemdsärmeln; durch seine schwarzseidenen Ärmelschoner vermied er aber den Eindruck unangebrachter Formlosigkeit. Er hatte gerade die richtige Note echten, aber reservierten Diensteifers. Er gehörte der Mittelschicht an – nicht der Mittelschicht, wie wir sie in Amerika kennen und auch nicht der landläufigen englischen Mittelschicht, sondern einer besonderen Art Mittelschicht, wie es sich für einen Lieferanten feiner Genußmittel für feine Herren geziemt. Er diente den höheren Ständen, lebte und existierte durch und für sie und knickte leicht in der Taille ein, wenn ein Angehöriger der höheren Stände seinen Laden beehrte.

Sobald man den Laden betrat, ging er hinter seinen Ladentisch und sagte im angemessenen Ton gemäßigten Diensteifers: «Guten Abend, Sir»; er machte eine Bemerkung über das Wetter, stützte seine hager-knochigen, sommersprossigen Hände auf den Ladentisch, beugte sich mitsamt Eckenkragen, schwarzer Krawatte, schwarzseidenen Ärmelschonern, Schnurrbart, hellbraunen Augen und einem dünnen, gezwungenen Lächeln ein wenig vor und erwartete aufmerksam-servil, jedoch nicht kriecherisch die Wünsche des Kunden.

«Was haben Sie denn heute Gutes? Können Sie mir einen Rotwein empfehlen, einen guten Jahrgang, aber nicht zu teuer?»

«Einen Rotwein, Sir?» fragte er geschmeidig. «Da haben wir was sehr Gutes, Sir, und gar nicht teuer. Viele von unseren Kunden haben ihn schon ausprobiert und finden ihn ausgezeichnet. Versuchen Sie ihn doch mal, Sie werden's nicht bereuen.»

«Und wie ist es mit einem Scotch Whisky?»

«Einen Haig, Sir?» fragte er in demselben geschmeidigen Ton. «Haig kann ich Ihnen sehr empfehlen. Aber vielleicht möchten Sie mal 'ne andre Marke probieren, bißchen was Besonderes, vielleicht 'n bißchen reifer – allerdings auch 'n bißchen teurer. Ein paar von unseren Kunden haben ihn probiert, Sir. Kostet einen Shilling mehr, aber wenn Sie den etwas rauchigen Geschmack lieben, wird's Ihnen auf den Preisunterschied nicht ankommen.»

Oh, was für ein närrischer, flinker Sklave! Was für ein närrischer, geschickter Sklave! Wie er, die knochigen Finger auf den Ladentisch gestützt, in der Taille zusammenknickt! Wie er, das spärliche Haar säuberlich in der Mitte gescheitelt, die niedrige Stirn von blassen Fältchen durchzogen, aus seinem dünn-gezwungenen lächelnden Gesicht nach oben blickt! Dieser närrische, findige Kuppler für feine Herren – was ist er doch für ein elender Tropf! Denn plötzlich, mitten in dieser Schaustellung eifriger Dienstfertigkeit, in diesem Genrebild falscher Wärme drehte der Mann sich wie ein knurrender Köter nach dem armseligen Jungen um, der mit schniefender Schnupfennase vor dem fröhlich knisternden Kohlenfeuer stand, mit den froststarren Füßen schuffelte und sich die rot-aufgesprungenen, arbeitsrauhen Hände rieb.

«Du da! Was stehst du hier im Laden rum? Hast du schon die Bestellung für Nummer 12 abgeliefert? Los, geh! Der Herr wartet darauf!»

Dann sofort wieder zurück in die grotesk-geschmeidige Höflichkeit, das dünn-künstliche Lächeln und das ölig-servile: «Jawohl, Sir. Ein Dutzend, Sir. In einer halben Stunde, Sir. Nach Nummer 42 – ja, natürlich, Sir. Gute Nacht.»

Gute Nacht, gute Nacht, gute Nacht, mein närrischer, flinker Sklave, du Rückgrat einer mächtigen Nation! Gute Nacht, du zuverlässiges Symbol harter britischer Unabhängigkeit! Eine gute Nacht dir, deiner Frau, deinen Kindern und deiner hündischen Tyrannei über ihr Leben! Gute Nacht, du kleiner, unumschränkter Herrscher am Familientisch! Gute Nacht, du Herr und Gebieter über die Sonntags-Hammelkeule! Gute Nacht, du Kuppler für feine Herren in der Ebury Street!

Eine gute Nacht auch dir, mein armer kleiner Junge, mein kleiner Zwerg, du schmutziger Bürger in der Welt der Kleinen!

Rasch werden die Nebelschwaden dicker in der Straße heute nacht. Sie wälzen sich in die Straße hinein und legen sich wie eine Decke über sie, bis nichts mehr zu erkennen ist. Dort, wo das Licht des Ladens durch den Nebel schimmert, brennt trübe Glut, ein rosig-goldener Fleck strahlender Wärme und Behaglichkeit. Füße gehen vorbei, Menschen tauchen wie Geister aus der dicken Nebeldecke auf, werden geboren, werden Menschen für einen Augenblick, man hört sie auf dem Pflaster; dann verschwinden sie im Nebel wie Gespenster, werden wieder Geister, sind dahin, sind fort. Die Stolzen, die Mächtigen und die Anerkannten der Erde, die Schönen und die Geborgenen gehen nach Hause in die starkschützenden Mauern ihres Heims, aus dem die Lichter wie goldene Au-

Höhepunkt seines Ruhms, als ihm die denkbar größte Huldigung zuteil geworden war, hatte er bei einer Gelegenheit, die fast alle Menschen für sich selbst ausgenutzt hätten, in begeisterten Worten das Werk eines unbekannten jungen Schriftstellers gelobt, der erst ein Buch geschrieben hatte und ihm überdies persönlich völlig fremd war.

George sah darin jetzt und auch späterhin eine der großmütigsten Taten, die er je erfahren hatte; als er sich von dem Staunen und von der Freude über diese unerwartete Nachricht etwas erholt hatte, schrieb er an Mr. McHarg und schilderte, wie ihm zumute war. Nach kurzer Zeit kam die Antwort, ein paar kurze Zeilen aus New York. McHarg schrieb, das, was er über Webbers Buch gesagt habe, entspreche seinem Empfinden, und er sei glücklich, daß er Gelegenheit gehabt habe, seinem Gefühl vor der Öffentlichkeit Ausdruck zu verleihen. Demnächst werde ihm von einer führenden amerikanischen Universität ein Ehrengrad verliehen werden, und er gestand mit verzeihlichem Stolz, daß er sich darüber um so mehr freue, als diese Verleihung als besondere Anerkennung für sein letztes Buch mitten im Semester stattfinde und nicht innerhalb der üblichen Vorführung dressierter Seehunde bei Semesterbeginn. Unmittelbar danach wolle er nach Europa reisen und eine Zeitlang auf dem Kontinent bleiben; später werde er in England sein, und er hoffe, Webber dann zu sehen. George schrieb ihm zurück, er freue sich auf ihr Zusammentreffen, und dabei blieb es für einige Zeit.

Mrs. Purvis nahm an Georges freudiger Stimmung mit solchem Jubel teil, daß er ihr den Grund dafür nicht hätte verheimlichen können. Sie regte sich über seine bevorstehende Begegnung mit McHarg fast ebensosehr auf wie er selber. Gemeinsam durchforschten sie die Zeitungen nach Notizen über McHarg. Eines Morgens brachte sie ihm sein «Täßchen heiße Ovaltine», raschelte mit ihrer Zeitung und sagte:

«Ich weiß jetzt, wo er ist. Er ist von New York schon abgereist.»

Einige Tage später klatschte George auf die Morgenausgabe der *Times* und rief: «Er ist da! Er ist gelandet! Er ist in Europa! Nun dauert's nicht mehr lange!»

Dann kam ein denkwürdiger Morgen: sie brachte ihm die üblichen Zeitungen und die eingegangenen Briefe, unter denen sich einer von Fox Edwards befand, dem ein langer Ausschnitt aus der *New York Times* beigefügt war: ein ausführlicher Bericht über die feierliche Verleihung des Ehrengrades an McHarg. Der Autor hatte in der Universität vor einer erlesenen Versammlung eine Rede gehalten, aus der in dem Bericht längere Stellen zitiert wurden. Nein, ren, wie Blüten durch den Nebel schimmern. Vierhundert Meter weiter stampfen die großen Wachtposten auf und ab, machen kehrt und marschieren wieder auf und ab. Alles ist herrlich, alles ist so stark wie die steinernen Mauern, alles ist schön und fröhlich in dieser besten aller Welten.

Du aber, elendes Kind, das man so roh in diese herrliche Welt hineingezerrt hat, in die du nicht gehörst: wohin du heute nacht auch gehst, unter welchem Torweg, auf welchem faulig stinkenden Strohsack, hinter welcher verfallenen alten Backsteinmauer im Dunst, im kalten Nebeldickicht, im unendlich wimmelnden Geweb des alten London du auch immer schlafen magst – schlafe, so gut du kannst, und mögen bei der Erinnerung an die verbotene, angeblich so herrliche Welt die Geister der Wärme dich umschweben! Gute Nacht, mein kleiner Zwerg, gute Nacht. Gott sei uns allen gnädig!

Mr. Lloyd McHarg tritt auf

Der Spätherbst und der Frühwinter dieses Jahres brachten ein Ereignis mit sich, durch das Webbers Chronik um ein außerordentliches Abenteuer bereichert wurde. Er hatte mehrere Wochen lang keine Nachricht aus Amerika bekommen; im November trafen auf einmal aufgeregte Briefe seiner Freunde ein, durch die er von einem für seine weitere Laufbahn sehr bedeutsamen Ereignis erfuhr.

Der amerikanische Romanautor Lloyd McHarg hatte kürzlich ein neues Buch veröffentlicht, das sofort einmütig als national bedeutsames literarisches Denkmal und als die Krönung von McHargs glänzender literarischer Karriere begrüßt worden war. George hatte in der englischen Presse kurze Notizen über den gewaltigen Erfolg des Buches gelesen; nun berichteten seine Freunde in der Heimat ihm ausführlich darüber. McHarg war anscheinend von verschiedenen Reportern interviewt worden und hatte dabei zum allgemeinen Erstaunen nicht über sein Buch gesprochen, sondern über Webbers Roman; George bekam Zeitungsausschnitte von diesem Interview und las sie erstaunt mit einem Gefühl tiefer, aufrichtiger Dankbarkeit.

Er hatte Lloyd McHarg nie kennengelernt und hatte keine Gelegenheit gehabt, irgendwie mit ihm in Verbindung zu treten. Er kannte ihn nur aus seinen Büchern. Natürlich war er eine der größten Gestalten in der amerikanischen Literatur; und nun, auf dem das hatte George nicht erwartet; nie wäre er darauf gekommen, daß das geschehen könnte! Aus den dichtgedruckten Spalten sprang ihm sein Name entgegen und zerplatzte in seinen Augen wie ein Schrapnell. In seinem Hals saß ein harter Kloß und würgte ihn. Das Herz sprang, hüpfte und hämmerte ihm gegen die Rippen. McHarg hatte Webber in seiner Rede erwähnt, er hatte eine halbe Spalte lang über ihn gesprochen. Er hatte den Jüngeren als einen künftigen Wortführer des amerikanischen Geistes begrüßt, als einen Bürgen dafür, daß Amerika neu entdeckt worden sei. Er nannte Webber ein Genie und legte den Mächtigen der Erde seinen Namen ans Herz – als Unterpfand für Amerikas eigentliches Wesen und für Amerikas Zukunft.

Auf einmal wußte George, wer er eigentlich war; er sah den ganzen Weg vor sich, den er zurückgelegt hatte. Er dachte an die Locust Street in Old Catawba vor zwanzig Jahren, an Nebraska, Randy und die Potterhams, an Tante Maw und Onkel Mark, an seinen Vater und an sich selber, als er noch ein kleiner Junge war; er sah die Hügel rundum und hörte das nächtlich-klagende Pfeifen der Züge, die nach Norden in die große Welt fuhren. Und nun war sein Name, sein namenloser Name etwas Glänzendes geworden, ein Junge, der einst in den Südstaaten stumm auf seine Stunde wartete, hatte mit seiner Sprache die goldenen Tore zur Erde aufgetan.

Mrs. Purvis empfand das beinahe ebenso stark wie er. Wortlos zeigte er auf den Zeitungsausschnitt, klopfte mit zitternder Hand auf die glanzvollen Stellen und warf ihr den Ausschnitt zu. Sie las, wurde dunkelrot, drehte sich plötzlich um und ging hinaus.

Von da ab warteten sie tagtäglich auf McHarg. Eine Woche nach der andern verging. Jeden Morgen durchsuchten sie die Zeitungen nach Notizen über ihn. Er schien durch ganz Europa zu reisen; überall wurde er eingeladen, gefeiert, interviewt und zusammen mit anderen berühmten Leuten fotografiert! Jetzt war er in Kopenhagen. Jetzt hielt er sich eine oder zwei Wochen in Berlin auf. Dann war er nach Baden-Baden zur Kur gereist.

«Mein Gott!» stöhnte George niedergeschlagen. «Wie lange wird's noch dauern?»

Jetzt war er in Amsterdam, und dann trat Stille ein. Weihnachten kam.

«Hab ich mir schon gedacht», sagte Mrs. Purvis. «Jetzt könnte er kommen.»

Es wurde Neujahr, und immer noch kein Wort von Lloyd McHarg.

Eines Morgens, gegen Mitte Januar, saß George, der die ganze

Nacht gearbeitet hatte, im Bett und hielt sein übliches Schwätzchen mit Mrs. Purvis; gerade hatte er McHargs längst fällige Ankunft für ziemlich hoffnungslos erklärt, da klingelte das Telefon. Mrs. Purvis ging ins Wohnzimmer und meldete sich. George hörte, wie sie in ihrer förmlichen Art sagte:

«Ja. Wen darf ich melden? Wer ist am Apparat, bitte?» Nach einer kleinen Pause sagte sie hastig: «Einen Augenblick, Sir.» Sie kam in Georges Zimmer zurück und sagte errötend: «Mr. Lloyd McHarg ist am Telefon.»

Der Ausdruck «George stand auf» wäre eine hoffnungslos unzutreffende Schilderung einer Bewegung, die ihn zusammen mit dem ganzen Bettzeug in die Luft schleuderte, als hätte man ihn aus einer Kanone abgeschossen. Er landete verkehrt in seinen Pantoffeln, sauste mit zwei langen Sätzen, das Bettzeug hinter sich her schleifend, durch die Tür ins Wohnzimmer und hielt schon den Hörer in der Hand.

«Hallo, hallo, hallo!» stotterte er. «Was ... wer ... ist da?»

McHarg war noch schneller: seine etwas nasale und hohe, unverkennbar amerikanische Stimme schrillte fiebrig-überstürzt und nervös durch die Leitung:

«Hallo, hallo! Ist das George?» Er nannte ihn gleich beim Vornamen. «Wie geht's dir, mein Sohn? Wie geht's dir, mein Junge? Wirst du auch gut behandelt?»

«Glänzend, Mr. McHarg!» gellte George. «*Ist* da wirklich Mr. McHarg? Sagen Sie, Mr. McHarg ...»

«Nun mal sachte, sachte!» rief der andere aufgeregt. «Brüll doch nicht so laut!» gellte er. «Ich bin nämlich nicht in New York, weißt du!»

«Das weiß ich ja», kreischte George. «Das wollt ich ja grade sagen!» Er lachte idiotisch. «Sagen Sie, Mr. McHarg, wann können wir ...»

«Moment mal, Moment! Laß mich mal reden. Sei doch nicht so aufgeregt. Also, hör zu, George!» Seine Stimme klang wie das hastige Stakkato eines Morseapparates. Auch ohne ihn zu sehen, gewann man sofort den richtigen Eindruck von seiner fieberhaft-nervösen Vitalität und von seiner scharf gespannten, ununterbrochenen Aktivität. «Hör mal zu!» bellte er. «Ich möcht dich sehn und mit dir reden. Wir werden zusammen lunchen und alles besprechen.»

«Sehr schön! Glänzend!» stotterte George. «Ich freu mich sehr! Jederzeit! Ich weiß, Sie sind sehr beschäftigt. Ich kann morgen, übermorgen, Freitag ... oder nächste Woche, wenn Ihnen das besser paßt.»

ausgesprochen hatte. «Bißchen fix! Nimm dir 'n Taxi und komm, so schnell du kannst. Halt dich nicht mit Rasieren auf», befahl er. «Ich war die letzten drei Tage mit einem Holländer zusammen und hab einen Wolfshunger!»

Mit diesen dunklen Worten knallte er den   örer auf, daß es George in den Ohren dröhnte; äußerst verdutzt stand er da und fragte sich, wieso man eigentlich, wenn man drei Tage mit einem Holländer zusammen war, einen Wolfshunger bekäme.

Als er wieder in sein Zimmer kam, hatte Mrs. Purvis ihm schon ein frisches Hemd und seinen besten Anzug zurechtgelegt. Während er sich anzog, verschwand sie mit Bürste und Schuhkrem und mit seinen besten Schuhen durch die offene Tür ins Wohnzimmer, kniete sich hin und begann die Schuhe zu putzen. Während dieser Arbeit rief sie ihm mit schmachtender Stimme zu:

«Hoffentlich kriegen Sie einen guten Lunch bei ihm. Bei uns sollte es heute wieder Räucherschinken mit Zuckererbsen geben. Ganz erstklassige Erbsen! Ich hatt sie grade aufgesetzt, als er anrief.»

«Ja, sehr schade, daß ich die versäume, Mrs. Purvis!» rief George zurück, während er mit seiner Hose kämpfte. «Essen Sie sie nur, und machen Sie sich um mich keine Sorge. Ich werd schon einen guten Lunch bekommen.»

«Sicher wird er mit Ihnen ins *Ritz* gehn», rief sie ein bißchen von oben herab.

«Ach», antwortete George gleichgültig und zog sein Hemd an, «ich kann mir nicht denken, daß er solche Restaurants mag. Solche Leute», rief er so sicher, als wäre er ganz intim mit ‹solchen Leuten›, «sind in der Regel gar nicht protzig. So was ödet ihn wahrscheinlich an, vor allem nach dem, was er in den letzten paar Wochen ausgestanden hat. Wahrscheinlich geht er viel lieber in ein einfaches Lokal.»

«Hm. Könnt ich mir schon denken», sagte Mrs. Purvis nachdenklich. «Wo er immerfort mit Künstlern und vornehmen Leuten zusammen war. Die hat er wahrscheinlich bis oben hin, könnt ich mir denken. Mir wenigstens würd's so gehn», sagte sie, und damit gab sie zu verstehen, daß sie von solchen Dingen nicht viel hielt. «Wissen Sie was: Sie könnten ihn zu *Simpson* führen», fuhr sie leichthin fort — wie immer, wenn sie etwas Wichtiges zu sagen hatte.

«Eine gute Idee», rief George. «Oder in *Stone's Chop House* in der Panton Street.»

«Ach ja», sagte sie, «da beim Hay Market, nicht wahr?»

«Ja, zwischen Hay Market und Leicester Square», sagte George

«Wieso denn nächste Woche?» krächzte McHarg. «Wo denkst du denn hin: wie lange soll ich auf meinen Lunch warten? Heute kommst du zum Lunch! Los! Mach schnell! Beeil dich ein bißchen!» rief er gereizt. «Wie lange brauchst du ungefähr, bis du hier bist?»

George fragte ihn nach seiner Adresse, und McHarg nannte ihm eine Straße in der Nähe des St. James Palace und des Piccadilly. Mit einem Taxi wäre man in zehn Minuten dort gewesen; da es aber noch nicht zehn Uhr war, schlug George vor, er würde gegen Mittag dort sein.

«Was? Zwei Stunden? Um Gottes willen!» rief McHarg mit ärgerlich erhobener Stimme. «Wo wohnst du denn, zum Teufel? In Nord-Schottland?»

George sagte: nein, er wohne nur zehn Minuten entfernt, aber er habe gedacht, McHarg wolle erst in zwei oder drei Stunden lunchen.

«In zwei oder drei Stunden?» brüllte McHarg. «Sag mal, was stellst du dir eigentlich vor? Wie lange soll ich denn auf meinen Lunch warten? Läßt du die Leute immer zwei oder drei Stunden warten, wenn du mit ihnen lunchst, George?» fragte er milder, aber ausgesprochen beleidigt. «Herrgott, Mann! Da kann man ja verhungern, wenn man auf dich warten will!»

George wurde immer verwirrter und fragte sich, ob es bei berühmten Schriftstellern üblich sei, um zehn Uhr vormittags zu lunchen; hastig stammelte er:

«Nein, nein, natürlich nicht, Mr. McHarg. Ich kann jederzeit kommen. Ich brauche nur zwanzig Minuten oder eine halbe Stunde.»

«Du hast doch gesagt, du wohnst nur zehn Minuten weit weg?»

«Ja, gewiß, aber ich muß mich erst anziehn und rasieren.»

«Anziehn! Rasieren!» gellte McHarg. «Ja, um Gottes willen, willst du damit sagen, daß du noch nicht aufgestanden bist? Was machst du denn? Schläfst du jeden Tag bis Mittag? Wie in Gottes Namen kommst du denn da zum Arbeiten?»

George fühlte sich bereits derartig zermalmt, daß er sich nicht traute, McHarg zu erzählen, daß er nicht nur noch nicht aufgestanden, sondern gerade eben erst ins Bett gegangen sei; es schien ihm irgendwie unmöglich, zuzugeben, daß er die Nacht durchgearbeitet hatte. Wer weiß, welchen neuen Ausbruch von Hohn und Ärger das zur Folge gehabt hätte! Er ließ es also auf sich beruhen und murmelte eine lahme Entschuldigung: er habe gestern abend lange gearbeitet.

«Also, dann komm schon!» rief McHarg ungeduldig, ehe George

und band sich den Schlips. «Wissen Sie, so ein altes Lokal, zweihundert Jahre alt oder noch älter, nicht so schick wie *Simpson*, aber vielleicht gefällt's ihm grade deshalb besser. Da dürfen keine Frauen rein», fügte er gleichsam befriedigt hinzu, als wäre allein diese Tatsache in den Augen seines Gastgebers eine Empfehlung für das Lokal.

«Ja, und das Ale dort soll großartig sein», sagte Mrs. Purvis.

«Braun wie Mahagoni», antwortete George und zog sein Jackett an, «und rutscht durch die Kehle wie Samt. Ich hab's probiert, Mrs. Purvis. Es wird in silbernen Krügen serviert, und wenn man zwei getrunken hat, ist man so selig, daß man seiner eigenen Schwiegermutter Blumen schicken möchte.»

Sie mußte plötzlich herzhaft lachen und kam mit gerötetem Gesicht, die Schuhe in der Hand, geschäftig in sein Zimmer zurück.

«Entschuldigen Sie, Sir», sagte sie und stellte die Schuhe hin. «Aber Sie sagen das so ulkig, da muß ich manchmal lachen ... Trotzdem: *Simpson ... Simpson* wär auch nicht übel, wissen Sie», sagte Mrs. Purvis, die ihr Leben lang keines dieser Lokale betreten hatte. «Wenn er gern Hammelfleich ißt ... ja, ich kann Ihnen sagen», fügte sie befriedigt hinzu, «da kriegen Sie erstklassiges Hammelfleisch.»

Er zog die Schuhe an und stellte fest, daß seit dem Anruf von Mr. McHarg erst zehn Minuten vergangen waren. Er war nun fertig angezogen und stürzte, während er sich den Mantel überwarf, hinaus und die Treppe hinunter. Trotz der frühen Morgenstunde hatte das kulinarische Gespräch ihm Appetit gemacht, und er fühlte sich durchaus imstande, dem Lunch alle Gerechtigkeit widerfahren zu lassen. Als er auf der Straße stand und ein Taxi anrief, kam Mrs. Purvis ihm mit einem sauberen Taschentuch nachgerannt, das sie zierlich in die Brusttasche seiner Jacke steckte. Er bedankte sich und winkte dem Taxi.

Es war ein altes Vehikel mit einem Gepäckgitter auf dem Verdeck und schwarz wie eine Trauerkutsche; auf einen Amerikaner, der an die blitzschnell und sanft dahingleitenden Wagen der New Yorker Straßen gewöhnt ist, wirkt so ein Taxi wie ein Museumsstück aus der viktorianischen Zeit; tatsächlich sind die Fahrer auch oft ältliche Kutscher mit Seehundsbärten, die zur Zeit des Jubiläums der Königin Victoria zweirädrige Droschken gefahren haben. So ein antikes Fahrzeug rollte gemächlich auf George zu – wie üblich auf der falschen Straßenseite, die für die Engländer die richtige ist.

George machte die Tür auf, gab dem Seehund die Adresse an und bat ihn, schnell zu fahren, er habe es eilig. Der Fahrer sagte förmlich und höflich: «Sehr wohl, Sir», wendete seine alte Karre und rollte gemächlich in unverändertem Zwanzig-Kilometer-Tempo die Straße wieder hinauf. Sie fuhren an den Anlagen des Buckingham Palace vorbei, bogen in die Mall und dann, am St. James Palace vorbei, in die Pall Mall ein, fuhren durch die St. James Street und hielten kurz darauf vor dem von McHarg angegebenen Haus.

Es war eine jener ruhig und behaglich wirkenden Junggesellen-pensionen, wie man sie in England findet und die, wenn man genug Geld hat, so wunderbar bequem sind. Die Inneneinrichtung gemahnte an einen vornehmen Club. George wandte sich an einen Mann in dem winzigen Büro und erhielt die Auskunft:

«Mr. McHarg? Natürlich, Sir, er erwartet Sie. John», sagte er zu einem jungen Mann in einer Livree mit Messingknöpfen, «führ den Herrn hinauf.»

Sie stiegen in den Fahrstuhl. John schloß sorgfältig die Tür, riß kräftig am Seil und sie krochen gemächlich aufwärts; nach ein paar weiteren Manipulationen mit dem Seil hielten sie mehr oder weniger exakt an einem der oberen Stockwerke. John öffnete die Tür, stieg mit einem «Bitte, Sir» aus und ging George durch den Korridor voran zu einer Tür, die halb offen stand und hinter der man gedämpftes Stimmengewirr hörte. John klopfte leise, trat nach Aufforderung ein und sagte ruhig:

«Mr. Webber, Sir.»

Drei Männer waren in dem Zimmer, aber der Anblick von McHarg war so verblüffend, daß George zunächst die beiden anderen gar nicht bemerkte. McHarg stand mitten im Zimmer, in der einen Hand ein Glas, in der anderen eine Flasche Scotch Whisky und wollte sich gerade einschenken. Als er George erblickte, sah er schnell auf, stellte die Flasche hin und ging ihm mit ausgestreckter Hand entgegen. Seine Erscheinung wirkte fast erschreckend. George erkannte ihn sofort. Er hatte oft Bilder von McHarg gesehen, aber er merkte nun, wie wunderbar Fotografien schmeicheln können. Der Mann war von einer phantastischen Häßlichkeit, und sein Gesicht war in einer Weise verwüstet, wie George es noch nie bei einem Menschen gesehen hatte.

Der erste und stärkste Eindruck von McHarg war seine erstaunliche Röte. Alles an ihm war rot: das Haar, die großen, abstehenden Ohren, die Augenbrauen, die Lider und sogar seine hager-knochigen, sommersprossigen Hände. (Als George die Hände sah, begriff er, warum McHarg von seinen Bekannten «Knuckles» = Knöchel genannt wurde.) Außerdem wirkte dieses rote Gesicht höchst beunruhigend: es schien geradezu Glut auszuströmen; George hätte sich kaum gewundert, wenn im nächsten Augenblick Rauch aus McHargs Nasenlöchern gequollen und er selber ganz und gar in Flammen aufgegangen wäre.

Sein Gesicht hatte nicht die Roastbeefröte, die man oft bei alten, unmäßigen Trinkern findet. McHarg war überhaupt ganz anders: er war so dünn, daß er völlig ausgemergelt wirkte. Er maß etwa ein Meter neunzig und wirkte durch seinen übermäßig hageren und eckigen Wuchs noch größer. George fand, daß er krank und verbraucht aussah. Sein Gesicht war von Natur aus schief und zerfurcht; wenn man es eine Zeitlang kannte, war es ein streitsüchtiges und doch sehr anziehendes Gesicht, grausam, aber auch humorvoll wie das eines Kobolds; dann konnte es wieder wunderbar ansprechend und vertrauenerweckend sein – ein bescheidenes, sommersprossiges Yankeegesicht. Mit seinen unzähligen Fältchen wirkte es säuerlich-verzerrt, als müßte er ununterbrochen unreife Pflaumen schlucken, und spröde-ausgedörrt von dem wilden Feuer, das dahinter brannte. In diesem Gesicht standen die auffallendsten Augen der Welt. Ursprünglich mußten sie wohl hellblau gewesen sein; jetzt hatten sie einen verblichen-fahlen Ton, als wären sie ausgelaugt.

Er trat, die hager-knochige Hand zum Gruß ausgestreckt, rasch auf George zu; seine Lippen zuckten nervös und ließen die großen Zähne sehen; er drehte das Gesicht schief nach oben, mit einem wilden und zugleich furchtsam-nervösen Ausdruck, der rührendberedt eine stolze, ständig verletzte, furchtbar zerquälte Seele verriet, eine zarte und wehrlose Seele, die das Leben tausendfach verletzt und zerrissen hatte. Er nahm Georges Hand und schüttelte sie kräftig; gleichzeitig warf er sein schiefes Gesicht zurück, wie es ein kleiner Junge vor dem Zweikampf mit einem anderen tut, als wollte er sagen: «Komm nur, komm du nur! Versuch mal, ob du mich unterkriegst! Mit dir nehm ich's zweimal auf!» Genauso benahm er sich auch, nur sagte er:

«Na, du ... du Affenpinscher ... na, du Affenpinscher von einem Hurensohn! Seht ihn euch mal an!» rief er plötzlich überlaut und drehte sich halb zu seinen Gästen um. «Na, du ... wer hat denn eigentlich gesagt, daß du schreiben kannst?» Dann sagte er herzlich: «George, wie geht's? Komm doch rein, komm hierher!»

Er behielt Webbers Hand in seinen knochigen Fingern, ergriff mit der anderen Hand Georges Arm und führte ihn durchs Zimmer zu seinen anderen Gästen. Dann ließ er ihn plötzlich los, warf sich in pompöse Rednerpositur und begann in dem blumigen Stil eines Tischredners zu deklamieren:

«Meine hochverehrten Herrschaften! Es ist mir ein besonderes Vergnügen, ich darf sogar sagen: eine hohe Ehre, dem Frauenverein hohler Schweinsköpfe für Li-teratur, Ku-unst und Kultu-ur-Austausch unseren hochgeschätzten Ehrengast vorstellen zu dürfen: einen Mann, der so verflucht lange Bücher schreibt, daß nur wenige Leute sie aufzuschlagen wagen. Einen Mann, dessen li-terarischer Stil sich durch eine solche Beherrschung unseres herrlichen Schrift-Englisch auszeichnet, daß er nur selten weniger als einundzwanzig Adjektiva verwendet, wenn es auch mit vieren getan wäre!»

Er brach plötzlich ab, gab seine Rednerpose auf, lachte kurz und nervös in trockenem Falsett und versetzte Webber mit seinem knochigen Finger einen Rippenstoß. «Na, wie gefällt dir das, George?» fragte er mit freundschaftlicher Wärme. «Hab ich's getroffen? Machen sie's nicht genauso? Nicht übel, was?» Offenbar war er mit seiner Leistung zufrieden.

«George», fuhr er in natürlichem Ton fort, «darf ich dich mit meinen beiden Freunden bekanntmachen? Mr. Bendien aus Amsterdam», sagte er und stellte George einem schwerfälligen, rotgesichtigen, älteren Holländer vor, der in Reichweite einer großen braunen Kruke mit holländischem Gin am Tisch saß; nach seiner Gesichtsfarbe zu urteilen, mußte er schon beträchtliche Mengen zu sich genommen haben.

«Meine Herrschaften», rief McHarg und warf sich wieder in Positur, «darf ich Sie bekanntmachen mit der erstaunlichsten, todesmutigsten, spannendsten Weltattraktion, mit diesem haarsträubenden, nervenaufpeitschenden Naturwunder, das fast alle gekrönten Häupter Europas und sämtliche Totenköpfe Amsterdams in Spannung gehalten hat. Heute tritt es erstmalig in unserem Monstrezirkus auf. Meine Herrschaften, ich habe das Vergnügen, Ihnen Mynheer Cornelius Bendien vorzustellen, den holländischen Meister, der Ihnen jetzt seinen berühmten Balanceakt vorführen wird: er wird auf seiner Nasenspitze einen Aal balancieren und dabei rasch hintereinander, ohne Atempause, drei – ich bitte zu zählen! – drei braune Kruken des feinsten holländischen Import-Gins austrinken. Mr. Bendien, Mr. Webber … Na, wie war das, mein Junge, wie war das?» fragte McHarg, lachte im schrillen Falsett, drehte sich um und stupste George wieder eifrig mit dem Finger.

Dann sagte er etwas schroff: «Mr. Donald Stoat hast du vielleicht schon mal getroffen. Er sagt, er kennt dich.»

470

Der andere Gast sah George unter dicken Augenbrauen an und neigte gravitätisch den Kopf. «Ich glaube», sagte er, «ich habe bereits die Ehre gehabt, Mr. Webbers Bekanntschaft zu machen.»

George besann sich auf ihn, obwohl er ihn vor ein paar Jahren nur ein- oder zweimal gesehen hatte. Mr. Stoat gehörte zu den Leuten, die man nicht so leicht vergißt.

Offensichtlich war McHarg am Rande seiner Kräfte und schrecklich nervös; überdies schien ihn Stoats Anwesenheit zu reizen. Er wandte sich brüsk ab und murmelte: «Zuviel ... zu ... zu-viel.» Dann plötzlich: «Schön, George. Nimm dir was zu trinken. Was willst du?»

«Nach meiner Erfahrung», sagte Mr. Stoat salbungsvoll-gravitätisch und zog bedeutsam seine buschigen Augenbrauen hoch, «ist das beste Getränk für den Vormittag, ich darf wohl sagen, das Getränk des Gentleman – ein Glas trockener Sherry.» Er hatte gerade ein Glas dieses Getränks in der Hand, hielt es mit genießerischer Kennermiene an die Nase, hob wohlgefällig die Augenbrauen und roch an dem Wein, was McHarg offensichtlich maßlos reizte. «Gestatten Sie», fuhr Mr. Stoat feierlich-nachdrücklich fort, «daß ich es Ihrer Aufmerksamkeit empfehle.»

McHarg begann hastig auf und ab zu gehen. «Zuviel ... zuviel», murmelte er. «Also, George», sagte er dann gereizt, «was willst du trinken? Scotch?»

Jetzt gab auch Mynheer Bendien seinen Senf dazu. Er hob sein Glas, legte eine Hand auf sein fettes Knie und sagte, vorgebeugt, in feierlichen Kehllauten: «Sie sollten Chin trinken. Warum versuchen Sie nicht einen Trink holländischen Chin?»

Auch dieser Ratschlag schien McHarg zu ärgern. Er starrte mit seinem glühendroten Gesicht Bendien an, warf dann krampfhafthastig die knochigen Hände hoch und rief: «Ach, um Gottes willen!» Er machte kehrt und begann wieder auf und ab zu gehen. «Zuviel ... zuviel ... viel ... viel zuviel», brummte er und rief dann plötzlich mit ärgerlich-schriller Stimme: «Laßt ihn doch um Christi willen trinken, was er will! Los, Georgie», sagte er barsch, «trink was du willst. Gieß die einen Scotch ein.» Plötzlich wandte er sich Webber zu, sein ganzes Gesicht verzog sich zu einem strahlenden Koboldslachen, und über seinen Zähnen zuckten nervös seine Lippen: «Ist das nicht wunderbar, Georgie? Ist es nicht prächtig? K-k-k-k-k», machte er, bohrte Webber seinen knochigen Zeigefinger in die Rippen und lachte hoch, trocken und fiebrig. «Ist das nicht zum Brüllen?»

«Ich muß gestehen», ließ Mr. Donald Stoat sich jetzt ölig-salbungsvoll vernehmen, «daß ich das Opus unseres jungen Freundes noch nicht gelesen habe. Ich glaube», hier bekam sein salbungs- voller Ton eine deutlich sarkastische Note, «gewisse Feinschmek- ker haben es als Meisterwerk begrüßt. Aber schließlich gibt es ja heutzutage viele Meisterwerke, nicht wahr? Kaum eine Woche vergeht, ohne daß ich meiner *Times* – ich meine natürlich die Lon- doner *Times*, die nicht mit ihrer jüngeren und gewissermaßen un- reiferen Schwester, der *New York Times*, zu verwechseln ist – ent- nehme, daß wieder einer unserer jungen Leute die englische Lite- ratur um ein un-vergäng-li-ches Meisterwerk der Prosa bereichert hat.»

All das gab er in nöligem Ton von sich, mit gewichtigen Pausen, mit boshaften Seitenblicken und vielen Zuckungen seiner beiden verrutschten Schnurrbärte, die dieser Herr statt Augenbrauen hat- te. McHarg wurde offensichtlich immer verärgerter und ging vor sich hin brummend weiter auf und ab. Mr. Stoat war jedoch viel zu beschränkt und ließ sich von den rollenden Kadenzen seiner Rheto- rik viel zu sehr fortreißen, als daß er diese Warnungszeichen be- merkt hätte. Mit vielsagenden Seitenblicken und hochgezogenen Augenbrauen fuhr er fort:

«Ich will nur hoffen, daß unser junger Freund hier kein allzu be- geisterter Anhänger jener Meister ist, die ich die Schule des schlech- ten Geschmacks nennen möchte.»

«Wovon reden Sie eigentlich?» fragte McHarg; er blieb plötzlich stehen, drehte sich halb um und warf Mr. Stoat einen grimmigen Blick zu. «Wahrscheinlich meinen Sie Hugh Walpole, John Gals- worthy und andere Radikale dieser Sorte, was?»

«Nein, Sir», antwortete Mr. Stoat bedächtig. «An die dachte ich nicht. Ich meinte das Gebräu von zusammenhanglosem Unsinn und Schmutz, das jener Meister des Obszönen uns in seinem Buch auftischt, das kaum einer lesen und keiner verstehen kann, das aber von einigen unserer jungen Leute enthusiastisch als das größte Mei- sterwerk des Jahrhunderts begrüßt wird.»

«Was für ein Buch meinen Sie eigentlich?» fragte McHarg ge- reizt.

«Ich glaube», sagte Mr. Stoat mit großartiger Geste, «es heißt *Ulysses*. Der Autor soll ein Ire sein.»

«Oh», rief McHarg in plötzlicher Erleuchtung, und in seinen Au- gen blitzte es teuflisch auf, was Mr. Stoat jedoch entging. «Sie spre- chen von George Moore, nicht wahr?»

«Richtig! Richtig!» bestätigte Mr. Stoat rasch und nickte befrie- digt. Er wurde ganz aufgeregt, seine Augenbrauen zuckten heftiger denn je. «Das ist er! Und das Buch ... pah!» Er spuckte das Wort aus, als hätte er ein Brechmittel eingenommen; mit einem Ausdruck des Ekels ließ er auf seiner hochgewölbten Stirn die Augenbrauen kreisen. «Ich habe mal versucht, ein paar Seiten davon zu lesen», flüsterte er theatralisch, «aber ich mußte es wegwerfen. Ich warf es weg. Als hätte ich etwas Schmutziges angefaßt, so warf ich's weg. Und dann», fügte er heiser hinzu, «wusch ich mir die Hände mit einer – sehr – scharfen – Seife.»

«Mein lieber Herr», rief McHarg plötzlich im Ton aufrichtiger Überzeugung, konnte dabei aber das teuflische Blitzen seiner Augen nicht verbergen, «Sie haben vollkommen recht. Ich bin ganz Ihrer Ansicht.»

Mr. Stoat, der bis jetzt sehr von oben herab gewesen war, schmolz sichtlich bei dieser unerwarteten, schmeichelhaft-verführerischen Bestätigung seines literarischen Urteils.

«Sie haben absolut und einwandfrei recht», sagte Knuckles; er stand breitbeinig mitten im Zimmer und ließ die knochigen Hände hängen. «Sie haben den Nagel auf den Kopf getroffen – direkt auf den Kopf –, mausetot ist er.» Dabei warf er sein verzerrtes Gesicht nachdrücklich betonend von einer Seite zur andern. «Es gibt keinen schmutzigeren, dreckigeren, säuischeren und verderbteren Schriftsteller als George Moore. Und sein Buch, dieser *Ulysses*», brüllte McHarg, «ist fraglos das gemeinste ...»

«... ekelhafteste ...» brüllte Mr. Stoat ...

«... unanständigste ...» schrillte McHarg ...

«... unmoralischste ...» keuchte Mr. Stoat ...

«... ausgemachteste ...»

«... Stück Schund ...» bestätigte Mr. Stoat halb erstickt vor Begeisterung ...

«... das je den Namen der englischen Literatur geschändet, ihre Ruhmesblätter versaut und ihren Ruf ...»

«... besudelt hat!» japste Mr. Stoat beglückt und schwieg, um Atem zu holen. «Ja», fuhr er fort, sobald er wieder sprechen konnte, «und dieses andere Ding ... dieses Stück von ihm ... diese widerliche, gemeine, unmoralische sogenannte Tragödie in fünf Akten ... wie hieß das Dings denn gleich?»

«Oh», rief McHarg, als fiele es ihm plötzlich ein. «Sie meinen *Bunbury*, nicht wahr?»

«Nein, nein», sagte Mr. Stoat ungeduldig, «das nicht. Das ist ja ein späteres Stück von ihm.»

«Ach natürlich», rief McHarg, als besänne er sich jetzt. «Sie meinen *Frau Warrens Gewerbe*, nicht wahr?»

473

«Richtig! Richtig!» rief Mr. Stoat. «Ich habe meine Frau mit in die Aufführung genommen ... meine *Frau* ... *meine* Frau ...»

«*Seine* Frau!» wiederholte McHarg, als wäre er starr vor Entsetzen. «Teufel noch mal! Wie konnten Sie bloß!»

«Und glauben Sie mir, Sir», flüsterte Mr. Stoat angeekelt, während seine Augenbrauen unheilverkündend in seinem Gesicht kreisten. «Ich hab mich so geschämt ... ich hab mich *so geschämt*, daß ich sie gar nicht ansehen konnte. Sir, wir standen schon vor Ende des ersten Aktes auf und gingen hinaus, ehe uns jemand sehen konnte. Ich ging weg und wagte nicht aufzusehen, als hätte man mich gezwungen, bei einer schmutzigen Sache mitzumachen.»

«Wie konnten Sie aber auch!» sagte McHarg voller Mitgefühl. «War das nicht einfach schrecklich? Ich *finde es einfach ganz grauenhaft!*» brüllte er plötzlich, wandte sich ab, und seine Kiefermuskeln zuckten krampfhaft, während er murmelte: «Zuviel ... zuviel.» Dann blieb er vor Webber stehen, sein runzliges Gesicht glühte, seine Lippen zuckten nervös. Er lachte sein hohes Falsettlachen und begann ihn in die Rippen zu stochern. «Ein Verleger!» quietschte er dabei. «Er verlegt Bücher! K-k-k-k-k ... Ist das nicht zum Brüllen, Georgie?» Seine Stimme überschlug sich. Dann deutete er mit seinem knochigen Daumen auf den erstaunten Stoat und kreischte: «Allmächtiger Himmel! Ein *Verleger!*» Und wieder begann er wütend auf und ab zu gehen.

Die beiden Besucher

Seitdem George im Zimmer war, hatte er sich darüber gewundert, wieso ausgerechnet diese beiden merkwürdigen Herren McHargs Gäste waren. Man konnte beim ersten Blick sehen, daß Bendien und Stoat weder klug noch witzig waren und daß keiner von beiden soviel Verstand oder Beobachtungsgabe hatte, um einen Menschen wie Lloyd McHarg interessieren zu können. Wieso saßen sie also schon am frühen Morgen hier und taten so, als wären sie seine fröhlichen Zechkumpane?

Mynheer Bendien war offensichtlich nur ein Geschäftsmann, eine Art holländischer Babbitt: ein gerissener, tüchtiger Importeur, der laufend Geschäfte zwischen England und Holland tätigte und mit den Märkten und Geschäftsgepflogenheiten beider Länder aufs beste vertraut war. Der Beruf hatte ihm seinen Stempel aufgedrückt, den Stempel einer vergröberten Wahrnehmungsgabe und einer gewissen Abgestumpftheit, den Leute seiner Art überall in der Welt tragen.

Während George diese Merkmale feststellte, nach denen man Bendien unfehlbar einordnen konnte, fand er eine Ansicht bestätigt, die in letzter Zeit in ihm gereift war. Er hatte erkannt, daß die Menschheit in Wirklichkeit nicht aus Rassen besteht, von denen uns in der Jugend erzählt wird. Die Rassen werden weder durch nationale Grenzen bestimmt noch durch Merkmale, die ihnen nach den scharfsinnigen Untersuchungen der Anthropologen beigelegt werden. George war mehr und mehr zu der Auffassung gekommen, daß die wirklichen Unterschiede zwischen den Menschen nichts mit derartigen Abgrenzungen zu tun haben, sondern auf seelischen Verschiedenheiten beruhen.

George war zuerst durch eine Bemerkung von H. L. Mencken auf diese Erscheinung aufmerksam gemacht worden. In seinem außerordentlichen Werk über die amerikanische Sprache führte Mencken ein Beispiel für den Jargon der amerikanischen Sportberichter an: «*Babe Smacks Forty-second with Bases Loaded.*» Er wies nach, daß diese Schlagzeile für einen Oxforder Studenten genauso unverständlich sei wie der Dialekt eines neuentdeckten Eskimostammes. Das stimmte durchaus; George aber wurde beim Lesen blitzartig klar, daß Mencken aus dieser Tatsache einen falschen Schluß zog. Diese Schlagzeile war für den Oxforder Studenten nicht deshalb unverständlich, weil sie in amerikanischer Sprache abgefaßt war, sondern weil der Oxforder Student nicht Baseball spielte. Aus demselben Grund konnte vielleicht ein Professor in Harvard diese Schlagzeile nicht verstehen.

George fand nun, daß der Oxforder Student und der Harvard-Professor viel enger miteinander verwandt waren und einander in ihrem Denken, Fühlen und Leben viel besser verstehen, als es zwischen einem von beiden und Millionen eigener Landsleute der Fall war. Mit dieser Beobachtung erkannte George, daß das akademische Leben eine eigene, innerhalb der übrigen Menschheit durch Seelenverwandtschaft abgeschlossene Menschenrasse geschaffen hat. Diese akademische Rasse hatte, so schien es ihm, unzählige Sondermerkmale, darunter auch, wie bei den Sportsleuten, eine eigene Sprache. Der Internationalismus der Wissenschaft war ein anderes Merkmal: es gibt keine englische Chemie, keine amerikanische Physik und (wenn Stalin auch das Gegenteil behauptet) keine russische Biologie; es git nur Chemie, Physik und Biologie. Folgt daraus, daß man über einen Menschen sehr viel mehr aussagt, wenn man von ihm sagt, er sei ein Chemiker, als wenn man ihn einen Engländer nennt.

So fühlte auch Babe Ruth sich wahrscheinlich viel enger mit dem englischen Cricket-Profi Jack Hobbs verwandt als mit einem Griechisch-Professor in Princeton. Zwischen den Meisterboxern war es genauso. George dachte an diese ganze in sich völlig abgeschlossene Welt: Boxer, Trainer, Manager und Promoter, die Gesellschaft von Machern, Tippern, Buchmachern und korrupten Schiebern, die ganze Camp-Mannschaft und alle Sportberichter in New York, London, Paris, Berlin, Rom und Buenos Aires. Diese Leute waren eigentlich keine Amerikaner, Engländer, Franzosen, Deutsche, Italiener oder Argentinier. Sie gehörten einfach zur Welt der Meisterschaftskämpfe und fühlten sich enger miteinander verbunden als mit anderen Menschen ihrer Nation.

George Webber hatte sein Leben lang wie ein Schwamm alle Erfahrungen aufgesogen. Das war bei ihm immer so gewesen, aber während der letzten paar Jahre hatte er festgestellt, daß dieser Prozeß auf andere Weise vor sich ging: früher hatte er in seinem unersättlichen Hunger begehrt, alles zu wissen, alle Gesichter einer Menschenmenge auf einmal zu sehen, jedes Gesicht, das ihm auf der Straße begegnete, zu behalten, in einem Zimmer alle Stimmen zugleich zu hören und dabei aus dem großen, verwirrenden Stimmengewirr die Worte jedes einzelnen herauszuhören; dabei hatte er oft das Gefühl gehabt, in dem riesigen Meer eigener Wahrnehmungen und Eindrücke zu ertrinken. Nun aber überwältigten ihn Menge und Masse nicht mehr. Er war erwachsen geworden und hatte aus der Masse seiner Erfahrungen Objektivität und den Blick für das Wesentliche gewonnen. Die neuen Wahrnehmungen und Eindrücke blieben nun nicht mehr vereinzelt und beziehungslos; sie nahmen ihren Platz in einer Ordnung ein und setzten sich zu bestimmten, erkennbaren Erlebnisschichten ab. So hatte sein unentwegt tätiger Geist mehr denn je die Freiheit, etwas zu behalten, zu verdauen, nachzudenken, zu vergleichen und die Erscheinungen des Lebens aufeinander zu beziehen. Während er im Geiste Assoziationen und Gleichheiten feststellte, nicht nur oberflächliche Ähnlichkeiten, sondern die Identität von Idee und wesentlichem Kern erkannte, machte er eine Reihe erstaunlicher Entdeckungen.

So hatte er etwa festgestellt, daß die Gemeinschaft der Kellner mehr als jede andere Menschenklasse eine Welt für sich darstellte, in der die Unterschiede von Nationalität und Rasse im üblichen Sinne des Wortes fast verwischt waren. Aus irgendeinem Grund hatte George immer ein besonderes Interesse für Kellner gehabt. Möglicherweise deshalb, weil er selber aus dem kleinstädtischen Mittelstand stammte und von Kind an die Freundschaft mit der arbeitenden Bevölkerung gewohnt war; bei Tisch von einem Kellner in weißer Jacke bedient zu werden, war für ihn ein sensationelles Erlebnis gewesen, das sich nie verbrauchte. Woher es auch kommen mochte: er hatte in den verschiedenen Ländern Hunderte von Kellnern kennengelernt, hatte sich manchmal stundenlang mit ihnen unterhalten, hatte sie liebevoll beobachtet und sich eine ungeheure Kenntnis ihres Lebens angeeignet; dabei hatte er entdeckt, daß es unter Kellnern eigentlich keine verschiedenen Nationalitäten gibt, sondern daß sie eine in sich geschlossene Rasse bilden. Sogar die Franzosen, diese ausgesprochenste, provinziellste und am wenigsten anpassungsfähige Nation, machte darin keine Ausnahme. George war überrascht, daß sogar in Frankreich die Kellner mehr der Rasse der Kellner als der der Franzosen anzugehören schienen.

Diese Welt des Kellnertums hat einen ebenso scharf charakterisierten Typ geprägt wie etwa die Mongolen. Sie hat eine durchgehende gleiche Mentalität, durch die sie viel fester zusammengehalten wird als durch patriotische Gefühle. Diese gleiche Mentalität – eine Gemeinschaft des Denkens, der Ziele und des Benehmens – hat unverkennbar zu gleichen körperlichen Merkmalen geführt. Als George das entdeckt hatte, kam er bald dahin, einen Kellner überall als Kellner zu erkennen – sei es in der Untergrundbahn in New York, auf einem Pariser Autobus oder auf einer Straße in London. Mehrmals stellte er seine Beobachtungsgabe auf die Probe, indem er Leute, die er für Kellner hielt, ansprach und ins Gespräch zog; bei neun Fällen unter zehn fand er seine Vermutung bestätigt. Sie verrieten sich durch irgend etwas in Füßen und Beinen, durch ihre Art sich zu bewegen, zu gehen oder zu stehen. Es lag nicht nur daran, daß diese Männer den größten Teil ihres Lebens gestanden oder bei der Ausführung von Bestellungen zwischen Küche und Tisch hin- und hergeeilt waren. Andere Klassen, beispielsweise die Polizisten, waren auch andauernd auf den Beinen, und doch hätte man einen Polizisten in Zivil nie für einen Kellner gehalten. (Die Polizisten aller Länder, entdeckte George, bildeten auch eine geschlossene Rasse.)

Den Gang eines alten Kellners bezeichnet man am besten als «aufgepulvert». Er ist eine Art gichtisches, mühsam-rheumatisches Schlurfen, ist gleichzeitig aber fachmännisch gewandt, als hätte der Mann durch Erfahrung gelernt, seine Füße zu schonen. Eine Fixigkeit, die durch jahrelanges «Yes, Sir. Right away, Sir» oder aus «Oui, monsieur. Je viens. Tout de suite» entstanden ist. Es ist der Gang des Bedienens, der Eile, eines unaufhörlichen Herumhetzens mit Bestellungen; die ganze Seele, das Gemüt und der Charakter des Kellners sind darin enthalten.

Wenn man einen unmittelbaren Einblick in die verschiedenen Gefühls- und Geisteshaltungen von Kellnern und Polizisten gewinnen will, braucht man nur den Gang dieser beiden Rassen zu beobachten. Man vergleiche einen Kellner, der auf den herrischen Befehl eines ungeduldigen Gastes an den Tisch tritt, mit einem New Yorker, Londoner, Pariser oder Berliner Polizisten, der am Schauplatz einer Verkehrsstörung oder eines Unfalls erscheint. Ein Mann liegt auf dem Pflaster; sagen wir: er hat einen Herzanfall gehabt, ist von einem Auto angefahren oder von Rowdies überfallen und niedergeschlagen worden. Die Leute bilden einen Kreis um ihn. Nun beobachte man den dazukommenden Polizisten. Hat er es eilig? Kommt er angestürzt? Nähert er sich mit den eilig-schlurfenden, eifrig-besorgten Bewegungen eines Kellners? Nein: er nähert sich bedächtig, gewichtig, in schwer-plattfüßigem Schritt und überblickt langsam näher kommend mit unerbittlich abschätzendem Blick die ganze Szene. Er kommt nicht, um Befehle zu empfangen, sondern um welche zu erteilen. Er kommt, um die Situation zu beherrschen, um Untersuchungen anzustellen, um die Menge zu zerstreuen, um etwas zu sagen und nicht, um sich etwas sagen zu lassen. Seine ganze Haltung kündet auf primitiv-brutale Weise von einer festbegründeten Autorität und von allen damit verwandten geistigen und seelischen Eigenschaften, die die Ausübung einer privilegierten Macht mit sich bringt. In seiner ganzen Art, die aus seiner Welt- und besonderen Lebensperspektive entstanden ist, ist er fast genau das Gegenteil eines Kellners.

Wenn das alles zutrifft – kann man dann daran zweifeln, daß Kellner und Polizisten verschiedenen Rassen angehören? Und folgt daraus nicht, daß ein französischer Kellner einem deutschen Kellner verwandter ist als einem französischen Gendarm?

Mynheer Bendien hatte George von Anfang an interessiert – nicht nur, weil er Holländer war. Das allerdings war unverkennbar. Er hatte eine Frans Halssche Üppigkeit, eine Halssche Herzlichkeit und Behaglichkeit, eine Halssche Schwere, eine holländische Korpulenz, die sich von der deutschen Korpulenz dadurch unterscheidet, daß ihr etwas Zartes oder vielmehr Zierliches anhaftet. Diese Zartheit oder Zierlichkeit zeigt sich am häufigsten in Form und Ausdruck des Mundes. So auch bei Mynheer Bendien. Seine vollen, etwas schmollenden Lippen wirkten gleichzeitig blasiert und ein bißchen affektiert. Es waren charakteristische holländische Lippen, die Lippen eines kleinen, vorsichtigen Völkchens, das sehr genau weiß, welches die Butterseite vom Brot ist. In jeder holländischen Stadt kann man sie hinter den Fensterladen ihrer schönen, blitzsauberen Häuser sehen: in aller Stille und Heimlichkeit führen sie sich von allem das Beste zu Gemüte und schmatzen dabei mit ihren vollen, schmollend-sinnlichen Lippen.

Holland ist ein wunderbares kleines Land, und die Holländer sind ein wunderbares kleines Volk. Aber es *ist* eben ein kleines Land, und sie *sind* und bleiben ein kleines Volk, und George konnte kleine Länder und kleine Völker nicht leiden. Denn in diesen kleinen, dicken, feucht-schmollenden Mündern liegt auch etwas Vorsichtiges und Selbstzufriedenes, etwas, das sich sehr gut aus dem Krieg von 1914 herauszuhalten verstand, während die Nachbarn sich verbluteten, etwas, das auf Kosten Sterbender sein Nest auspolsterte und seinen Geldsack mästete, etwas, das wunderschön sauber, wunderschön blasiert und wunderschön zufrieden zu bleiben verstand und ganz still und schlicht in diesen entzückenden, wunderschönen Häusern lebte, ohne das ganze Theater um das Allgemeinwohl mitzumachen.

In diesem Sinn war Mynheer Bendien zweifellos ein echter Holländer. Aber er war noch etwas mehr, und deswegen beobachtete George ihn so gespannt. Er war nicht nur typisch holländisch, sondern auch ein typischer Vertreter jener Rasse, die George als die der kleinen Geschäftsleute zu erkennen gelernt hatte. Bei allen Angehörigen dieser Rasse hatte er diese Gesichtsbildung festgestellt, ob sie nun in Holland, England, Deutschland, Frankreich, in den USA, in Schweden oder in Japan lebten. Etwas Hartes, Raffgieriges lag in dem vorgeschobenen Unterkiefer. Um die Augen hatten sie etwas Listig-Verschlagenes und in ihrem glatten Fleisch etwas leicht Amoralisches; die etwas vertrockneten Züge und der im Ruhestand leere Gesichtsausdruck deuteten auf raffgierige Selbstsucht und auf einen beschränkten Verstand. Es war das Gesicht, das oft für typisch amerikanisch gehalten wird. Aber es war nicht amerikanisch. Es gehörte keiner Nation an. Es war einfach das Rassengesicht der kleinen Geschäftsleute in aller Welt.

Mynheer Bendien hätte sich gewiß unter den Geschäftsleuten in Chicago, Detroit, Cleveland, St. Louis oder Kalamazoo sofort zurechtgefunden. Er würde sich bei einem der üblichen Lunchs im Rotary Club völlig zu Hause gefühlt haben. Er würde unter der Elite des Clubs sitzen, an seiner Zigarre kauen und beifällig den Kopf wiegen, wenn der Präsident von einem Angehörigen des Clubs sagte, «er stehe mit beiden Füßen auf der Erde»; er würde sich mit Wonne an allem Unfug und an jenem derben Humor beteiligen, den man «Flachsen» nennt, und er würde in die brüllenden

Lachsalven einstimmen, mit denen witzige Meisterstückchen quittiert werden: wenn etwa einer alle Strohhüte in der Garderobe einsammelte und hereinbrächte, sie auf den Fußboden würfe und ausgelassen auf ihnen herumtrampelte. Sein rotes Gesicht würde voller Einverständnis nicken, wenn der Redner wieder mit seinen Faseleien über das «Dienen», über «die Ziele des Rotary Club» und über «seine Pläne für den Weltfrieden» herausrückte.

George konnte sich mühelos vorstellen, wie Mynheer Bendien in einem Blitzzug über die Breite des Kontinents der USA schaukelte, wie er im Raucherabteil des Pullman-Wagens ein Gespräch mit anderen gewichtigen Männern vom Zaune brach, wie er dicke Zigarren herausholte und sie seinen neuen Freunden anbot, wie er beifällig und gewichtig nickend an seiner Zigarre sog, wenn einer erzählte: «Ich hab neulich mit einem Mann in Cleveland gesprochen, einem der größten Leim- und Klebstoff-Fabrikanten des Landes, einem, der das Geschäft von Grund auf kennt und *Bescheid* weiß ...» Ja, Mynheer Bendien würde seinen Bruder, seinen Verwandten, seinen Zwillingsgeist erkennen, wo immer er ihm begegnete; er würde sofort eine Beziehung zu ihm haben und mit ihm auf so vertrautem Fuß stehen, wie McHarg und Webber es nie fertigbringen würden – auch wenn der Fremde ein Landsmann von ihnen wäre.

George kannte McHargs Antipathie gegen solche Leute: er hatte sie in wuchtig-satirischen Romanen zum Ausdruck gebracht; George wußte, daß dieser Antipathie bei allem Haß ein fast zärtliches Mitgefühl innewohnte; und trotzdem haßte er diese Leute. Warum hatte McHarg dann diesen Mann zu sich geladen? Warum hatte er sich gerade in dessen Gesellschaft begeben?

Als George darüber nachdachte, kam er der Sache auf den Grund. McHarg und Webber konnten zwar nie zu Bendiens Welt gehören, und dennoch war in ihnen beiden ein Stückchen Bendien – vielleicht in McHarg noch mehr als in Webber. Obwohl sie in verschiedenen Welten lebten, gab es noch eine dritte Welt, zu der sie gemeinsam Zugang hatten: die Welt des Natürlich-Menschlichen, die Welt des erdhaften, essenden und trinkenden, geselligen und Geselligkeit liebenden Menschen. Jeder Künstler hat diese Welt verzweifelt nötig. Er wird oft zwischen den Gegenpolen der Einsamkeit und des Herdentriebs hin und her gerissen. Um seiner Arbeit willen muß der Künstler sich absondern. Und doch ist er ohne Kameradschaft verloren, denn ohne sie entfremdet er sich dem natürlichen Leben, das er dringender braucht als jeder andere und an dem er teilhaben muß, wenn er sich entwickeln und künstlerisch gedei-.

hen soll. Oft wird aber ihm sein Geselligkeitsdrang zum Verräter, gerade weil er so heftig ist. Sein Lebenshunger und sein Lebensdurst verführt ihn oft dazu, sich vor der Dummheit von Narren und vor der Verschlagenheit und Unehrlichkeit von Spießern und Schuften bloßzustellen.

George erkannte, was McHarg widerfahren war; ihm war es selber oft so ergangen. McHarg war zwar ein großer, in der ganzen Welt berühmter Mann; er hatte den höchsten Gipfel des Erfolgs erreicht, nach dem ein Schriftsteller streben kann. Gerade deshalb aber mußten seine Ernüchterung und seine Enttäuschung um so größer und niederschmetternder gewesen sein.

Welche Ernüchterung und welche Enttäuschung? Die Enttäuschung, die jeder Mensch kennt, und der Schriftsteller am besten: man greift nach einer Blume, und wenn man sie anrührt, verwelkt sie. Diese Enttäuschung hat ihren Ursprung in der unbesiegbaren und unbelehrbaren Jugendlichkeit des Künstlers, in dem Geist unbezähmbarer Hoffnung und beharrlicher Abenteuerlust, der zehntausendmal unterliegt und doch immer wieder aufsteht; in dem Geist, den keine Verzweiflung klüger macht, der keine Niederlage hinnimmt, der durch keine Ernüchterung zynisch wird, der nach jedem Nackenschlag sich nur noch stärker erhebt, der mit den Jahren, je älter und vollständiger er besiegt wird, immer leidenschaftlicher und immer fester an die endliche, siegreiche Erfüllung glaubt.

McHarg hatte seinen triumphalen Erfolg mit kindlich-freudigem Jubel hingenommen. Die Verleihung des Ehrengrades, dieses Symbol seines höchsten Ruhmes, war für ihn die strahlende Verwirklichung seines Verlangens nach dem Unmöglichen. Kaum aber hatte er es ganz begriffen – da war es auch schon vorbei. Er hatte es erreicht, man hatte es ihm verliehen, er hielt es in Händen; er hatte vor den Großen dieser Erde gestanden und war umjubelt und gefeiert worden; *alles* war Wirklichkeit geworden – und doch hatte sich nichts erfüllt.

Der nächste Schritt war unvermeidlich gewesen: er nahm die Verleihung hin mit seinem überströmenden Feuergeist, mit seinem nach unmöglicher Erfüllung dürstenden Herzen; er sammelte Festreden, Programme und Lobeshymnen, fuhr nach Europa und wanderte von Ort zu Ort; er suchte etwas, das er nicht benennen konnte, das vielleicht irgendwo existierte – aber wo, das wußte er nicht. Er kam nach Kopenhagen: Wein, Frauen, Aquavit und Presse, dann wieder Frauen, Wein, Presse und Aquavit. Er kam nach Berlin: Presse, Wein, Frauen, Whisky, Frauen, Wein und Presse. Dann Wien: Frauen, Wein, Whisky, Presse. Schließlich die «Kur»

481

in Baden-Baden: wenn man will, eine Kur gegen Wein, Frauen und Presse, tatsächlich aber eine Kur gegen den Lebenshunger und den Lebensdurst, gegen den Triumph über das Leben, gegen die Niederlage und die Ernüchterung durch das Leben, gegen die Einsamkeit und Langeweile des Lebens; eine Kur gegen die Hingabe an die Menschen und gegen den Ekel vor ihnen, gegen die Liebe zum Leben und gegen die Lebensmüdigkeit; letzten Endes eine Kur gegen das Unheilbare: gegen den Wurm, das Feuer, das gefräßige Maul, gegen das bis zur letzten Stunde Nimmersatte und Nimmermüde in uns. Gibt es denn kein Heilmittel für das Unheilbare? Um Gottes willen, eine Kur gegen dieses innere Leiden! Fort damit – nein, wir wollen's behalten, gebt es uns wieder! Oh, laßt es uns behalten! Ach verdammt noch mal, nehmt es weg – nein, gebt es uns um Gottes willen wieder! Und damit gute Nacht!

So hatte der verwundete Löwe, der unbändige Wildkater des Lebens, der ewig die Millionen Schicksalstüren seiner Sehnsucht umschlich, sich gegen die Wälle Europas geworfen, hatte gesucht und gejagt, gedurstet und Hunger gelitten und hatte sich in einen Zustand wütender Selbsttäuschung hineingepeitscht. Und schließlich hatte er – einen rotgesichtigen Holländer aus Amsterdam getroffen, hat drei Tage pausenlos mit dem rotgesichtigen Holländer herumgesoffen; nun haßt er den rotgesichtigen Holländer bis aufs Blut, er wünscht nichts sehnlicher, als ihn mit Sack und Pack aus dem Fenster zu schmeißen; er fragt sich, wie es in Gottes Namen überhaupt dazu kommen konnte, und wie er sich je davon befreien und wieder allein sein könnte. Und so rast er denn auf dem Teppich seines Londoner Hotelzimmers auf und ab.

Die Anwesenheit Mr. Stoats war noch erstaunlicher. Der erdhafte Mynheer Bendien hatte wenigstens noch eine gewisse Geistesverwandtschaft mit McHarg, aus der heraus dessen Interesse zu erklären war. Mr. Stoat hatte gar nichts. Alles an diesem Mann war dazu angetan, McHarg zu ärgern. Er war großspurig und prätentiös; die Ansichten, die er von sich gab, waren von einer moralischen Bigotterie diktiert, die einen rasend machen konnte, und das Schlimmste war seine komplette, totale Dummheit.

Er hatte von seinem Vater einen namhaften Verlag geerbt, der auf anerkannte Leistungen zurückblickte. Unter seiner Führung war dieser Verlag zu einem Unternehmen herabgesunken, das sich hauptsächlich mit der Herstellung frommer Traktätchen und elementaren Schulbüchern befaßte. Die Liste der bei ihm erschienenen Romane war erbärmlich. Mr. Stoats literarische und kritische Maßstäbe entstammten seiner frommen Hingabe an das Wohl der *jeune fille.* «Ist das ein Buch», flüsterte er heiser mit hocherhobenen Augenbrauen einem ehrgeizigen neuen Autor zu, «ist das ein Buch, das Sie unbesorgt Ihrem Töchterchen zu lesen geben würden?» Mr. Stoat hatte kein Töchterchen, aber in seiner Verlagstätigkeit ging er immer von der Hypothese aus, daß er eines hätte und daß kein Buch gedruckt werden dürfe, das er ihr nicht unbesorgt in die Hand geben könnte. Das Ergebnis war – wie nicht anders zu erwarten – süßliches Blech und alberner Kitsch.

George hatte diesen Mr. Stoat vor ein paar Jahren zufällig kennengelernt und war später bei ihm eingeladen worden. Stoat war mit einer stattlichen, vollbusigen Dame verheiratet, deren Bullenbeißergesicht zu einem starren Grinsen verzerrt war und die an einer schwarzen Seidenschnur einen Kneifer trug. Diese abstoßende Dame war sehr kunstliebend und hatte sich in dieser Passion durch ihre Heirat mit Mr. Stoat nicht stören lassen. Nicht einmal ihren Namen hatte sie bei ihrer Heirat geändert, sondern sie hatte ihren klangvollen Mädchennamen Cornelia Fosdick Sprague beibehalten. Sie und Mr. Stoat hatten einen literarischen Salon, der von vielen ähnlichen Liebhabern der Kunst regelmäßig besucht wurde; zu einem solchen Abend der Auserwählten war George geladen worden. Er besann sich noch lebhaft darauf. Mr. Stoat hatte ihn ein paar Tage nach ihrer ersten zufälligen Begegnung angerufen und hatte ihm die Einladung aufgedrängt.

«Sie müssen kommen, mein Junge», hatte Mr. Stoat durch das Telefon gekrächzt. «Wissen Sie, Sie können sich's nicht leisten, so etwas zu versäumen, Henrietta Saltonstall Spriggins wird kommen. Die müssen Sie kennenlernen. Penelope Buchanan Pipgrass wird aus ihren Gedichten lesen, und Hortense Delancey McCracken wird uns ihr neuestes Stück vorlesen. Sie müssen einfach kommen, auf jeden Fall!»

Auf sein Drängen hin sagte George zu und ging hin; es war wirklich ein Ereignis. Mr. Stoat empfing ihn an der Tür und dirigierte ihn mit erhobenen Augenbrauen wie ein Hoherpriester zu Cornelia Fosdick Sprague. Nachdem der junge Mann ihr gehuldigt hatte, wurde er von Mr. Stoat durch das Zimmer geleitet und mit häufigem schwungvollem Augenbrauenheben den anderen Gästen vorgestellt. Es war eine erstaunliche Anzahl abstoßender Weiblichkeiten da, die fast alle, wie die imposante Cornelia, drei Namen hatten. Während Mr. Stoat sie vorstellte, schmatzte er geradezu bei dem sonoren Dreiklang ihrer Namen.

George stellte verwundert fest, daß alle diese Frauen eine ausgesprochene Ähnlichkeit mit Cornelia Fosdick Sprague hatten. Nicht daß sie ihr körperlich ähnelten: einige waren groß, andere untersetzt, einige hatten eckige Figuren, andere waren dick; aber alle hatten in ihrer Erscheinung etwas Erdrückendes. Das steigerte sich zu zermalmender Selbstsicherheit und absoluter Autorität, sobald sie über Kunst redeten. Und sie redeten sehr viel über Kunst. Schließlich war es ja auch der Zweck dieser Zusammenkünfte, über Kunst zu reden. Fast alle diese Damen interessierten sich nicht nur für Kunst, nein, sie waren selbst «Künstlerinnen», das heißt Schriftstellerinnen. Sie schrieben Einakter für das Little Theatre oder Romane, Essays und Kritiken, oder auch Gedichte und Kinderbücher.

Henrietta Saltonstall Spriggins las ein belangloses Geschichtchen für unsere lieben Kleinen über ein kleines Mädchen, das auf den Prinzen Wunderhold wartete. Penelope Buchanan Pipgrass las ein paar Gedichte: eines über einen wunderlichen Leierkastenmann und ein anderes über einen seltsamen alten Lumpensammler. Hortense Delancey McCracken las ihr Stück, eine phantastische Waldszene im Central Park, in der zwei Liebende im Frühling auf einer Bank saßen, während Pan im Hintergrund umherhüpfte, auf seiner Flöte eine tolle Musik machte und hinter den Bäumen hervor listig die Liebenden belauschte. In all diesen Machwerken gab es nicht eine Zeile, die auf den Wangen des unschuldigsten jungen Mädchens ein Erröten verletzter Sittsamkeit hätte hervorrufen können.

Nach dem Lesen saß man herum, trank dünnen Tee und diskutierte in süßen Flötentönen über das Gelesene. George hatte die vage Erinnerung, daß auch zwei oder drei Männer zugegen waren; aber sie waren blaß und nebelhaft verschwimmende Gestalten, die als farblose Gespenster im Hintergrund herumgeisterten: unterwürfig-unauffällige Begleitpersonen, vielleicht sogar die Gatten der Trägerinnen jener klangvollen drei Namen.

George besuchte Cornelia Fosdick Spragues Salon nie wieder und hatte Mr. Stoat seitdem nicht mehr gesehen. Und nun war er hier! Jeden anderen hätte George eher in Lloyd McHargs Hotelzimmer zu treffen erwartet als ausgerechnet ihn. Sollte Mr. Stoat je ein Buch von McHarg gelesen haben (was sehr unwahrscheinlich war), so mußte sein moralisches Gewissen tief unter dem Spott leiden, mit dem McHarg in fast jedem seiner Bücher über Mr. Stoats höchste Ideale und seinen geheiligten Glauben herzog. Und nun saß er hier in McHargs Zimmer und nippte mit einer Selbstverständlichkeit an seinem trockenen Sherry, als wäre diese intime Vertraulichkeit etwas ganz Alltägliches für ihn.

Was hatte er hier zu suchen? Was bedeutete das um alles in der Welt?

George brauchte nicht lange auf Antwort zu warten. Das Telefon läutete. McHarg schnippte heftig mit den Fingern und sprang mit einem Ausruf äußerster Erleichterung an den Apparat.

«Hallo! Hallo!» Das rotglühende, schiefe Gesicht seitlich verzogen, wartete er einen Augenblick. «Hallo, hallo, hallo!» rief er fieberhaft und rüttelte an der Gabel. «Ja, ja. Wer? Wo?» Eine kurze Pause. «Ach so, New York!» rief er ungeduldig. «Ja, schön. Geben Sie her!»

George hatte noch nie ein Überseegespräch miterlebt und lauschte ungläubig-bewundernd. Er sah im Geiste das unermeßliche Meer vor sich: Stürme fielen ihm ein, die er miterlebt hatte und bei denen große Schiffe hin und her geworfen wurden; er dachte an die riesige Erdkrümmung und an den Zeitunterschied; McHarg aber sagte gleich darauf in ruhig-gelassenem Ton, als spräche er mit jemandem im Nebenzimmer:

«Hallo, Wilson! Ja, ich verstehe Sie sehr gut. Natürlich ... Ja, ja, das stimmt. Aber natürlich!» rief er nun wieder fiebrig-gereizt. «Nein, ich habe ganz und gar mit ihm gebrochen ... Nein, ich weiß noch nicht, zu wem ich gehe. Ich habe noch mit keinem abgeschlossen. Na, schön, ist gut. Augenblick mal!» sagte er barsch und ungeduldig. «Lassen Sie mich mal reden. Ich unternehme nichts, ehe ich Sie nicht gesprochen habe ... Nein, das ist kein Versprechen, daß ich es Ihnen gebe ...» fügte er ärgerlich hinzu. «Ich verspreche Ihnen nur, daß ich's keinem andern gebe, ehe ich Sie nicht gesprochen habe.» Eine kurze Weile lauschte McHarg aufmerksam. «Wann fahren Sie ab? ... Heute abend? Mit der *Berengaria*? Gut. Dann sehen wir uns nächste Woche hier ... Sehr schön. Wiedersehn, Wilson», schloß er kurz und hängte ab.

Er kam vom Telefon zurück, schwieg eine Weile, und sein schief-verzerrtes Gesicht sah etwas kläglich aus. Dann zuckte er mit einem kleinen Seufzer die Achseln und sagte:

«So, nun ist die Katze wohl aus dem Sack. Es hat sich bereits rumgesprochen. Alle wissen, daß ich von Bradfort-Howell weg bin. Nun werden sie wohl alle hinter mir her sein. Das war Wilson Fothergill», sagte er und nannte damit den Namen eines der größten amerikanischen Verleger. «Er fährt heute abend ab.» Plötzlich verzog sein Gesicht sich in teuflischer Freude. Er kicherte hoch und trocken. «Himmel, Georgie», quietschte er und stieß Webber in die Rippen, «ist das nicht wunderbar? Ist es nicht himmlisch? Ist es nicht eine Unverschämtheit?»

Mr. Donald Stoat räusperte sich nachdrücklich-bedeutsam und hob vielsagend die Augenbrauen. «Ich hoffe», sagte er, «daß Sie zuerst einmal mit mir sprechen und mich anhören werden, bevor Sie mit Fothergill verhandeln.» Er machte eine gewichtige Pause und schloß salbungsvoll: «Stoat – das Haus Stoat – würde Sie gern zu seinen Autoren zählen.»

«Was war das?» fragte McHarg fiebrig-aufgeregt. «Was? Stoat?» rief er plötzlich. «Stoat?» Er zuckte wie in einem Nervenkrampf und blieb dann unentschlossen-zitternd stehen, als wüßte er nicht, ob er Mr. Stoat an die Kehle oder aus dem Fenster springen sollte. Er schnippte wieder heftig mit seinen knochigen Fingern, wandte sich an Webber und kreischte in schrill-kicherndem Falsett: «Hast du das gehört, Georgie? Ist das nicht wunderbar? K-k-k-k-k ... Stoat!» quäkte er und stieß Webber wieder in die Rippen. «Das Haus Stoat! So eine Unverschämtheit! Ist das nicht himmlisch? Ist das nicht ... Also schön», unterbrach er sich abrupt und wandte sich an den verdatterten Mr. Stoat. «Gut, Mr. Stoat, wir sprechen noch darüber. Ein andermal. Kommen Sie nächste Woche zu mir», fügte er fiebrig hinzu.

Damit ergriff er Mr. Stoats Hand, schüttelte sie zum Abschied, hob mit dem anderen Arm den überraschten Herrn buchstäblich vom Stuhl auf und geleitete ihn durchs Zimmer. «Wiedersehn, Wiedersehn! Also nächste Woche ... Wiedersehn, Bendien!» sagte er nun zu dem Holländer, ergriff ihn bei der Hand, hob ihn vom Stuhl auf und verfuhr mit ihm ebenso wie mit Mr. Stoat. Die knochigen Arme weit ausgebreitet, scheuchte er die beiden wie Hühner vor sich her; schließlich hatte er sie unter pausenlos hastigem Reden zur Tür hinausbugsiert: «Wiedersehn, Wiedersehn. Vielen Dank für Ihren Besuch. Kommen Sie bald wieder. Georgie und ich müssen jetzt zum Lunch gehen.»

Als er endlich die Tür hinter ihnen geschlossen hatte und ins Zimmer zurückkam, war er offensichtlich am Ende seiner Nervenkraft.

Ein Gast wider Willen

Als Bendien und Stoat so plötzlich ohne viel Umstände aus dem Zimmer komplimentiert waren, erhob George sich etwas erregt von seinem Stuhl und wußte nicht recht, was er mit sich anfangen sollte. McHarg sah ihn müde an.

«Setz dich, setz dich», japste er und ließ sich auf einen Stuhl fallen. Er schlug die Beine mit einer merkwürdig rührenden, erschöpften Bewegung übereinander. «Mein Gott!» sagte er mit einem langen Seufzer. «Ich bin ja so müde. Mir ist, als hätte man mich durch eine Wurstmaschine gedreht. Dieser verflixte Holländer! In Amsterdam bin ich mit ihm losgezogen, und seitdem haben wir die ganze Zeit über weitergemacht. Herrgott, ich glaube, seit Köln habe ich keinen Happen gegessen. Vier Tage also!»

Er sah auch danach aus. George war überzeugt, daß er die Wahrheit gesagt und sich tagelang nicht die Zeit zum Essen genommen hatte. Er war ein völlig übermüdetes Wrack, ein überreiztes Nervenbündel. Wie er da saß und seine gekreuzten Schenkel wie zwei schlaffe Schnüre hängen ließ, wirkte die hagere Gestalt gleichsam in der Taille durchgebrochen. Er sah so aus, als könnte er ohne Hilfe nie wieder von diesem Stuhl aufstehen. In diesem Augenblick schrillte jedoch das Telefon; McHarg sprang auf, als hätte ihn ein elektrischer Schlag getroffen.

«Himmelherrgott!» kreischte er. «Was ist denn nun schon wieder?» Er schoß zum Telefon, riß wütend den Hörer hoch und bellte: «Hallo, wer ist denn da?» Dann sagte er fiebrig, aber sehr herzlich: «Oh, hallo, hallo, Rick, du Hurensohn! Wo hast du denn eigentlich gesteckt? Ich hab dich den ganzen Vormittag zu erreichen versucht ... Nein! Nein! Ich bin erst gestern abend gekommen ... Natürlich komm ich zu dir . Das ist ja einer der Gründe, weswegen ich hier bin ... Nein, nein, brauchst mich nicht abzuholen. Ich hab meinen eigenen Wagen. Wir kommen hin. Ich bring noch jemand mit ... Wen?» kicherte er plötzlich in schrillem Falsett. «Wirst schon sehn, wirst schon sehn. Wart nur, bis wir da sind ... Zum Dinner? Sicher, kann ich machen. Wie lange brauchen wir? ... Zweieinhalb Stunden? Um sieben Uhr? Das schaffen wir längst. Moment, Moment! Wie ist die Adresse? Warte mal, muß ich mir aufschreiben.»

Er setzte sich mit einem Ruck auf den Schreibtisch, fummelte eine Weile mit Feder und Papier herum, reichte sie dann ungeduldig George hinüber und sagte: «Schreib auf, George, was ich dir sage.» Es handelte sich um ein Haus in Surrey, um ein Gut an einer Landstraße, ein paar Kilometer von einer kleinen Stadt entfernt. Die Anweisungen für den Weg dorthin waren sehr kompliziert, mit vielen Umwegen und Kreuzungen, schließlich aber hatte George alles richtig aufgeschrieben. Nachdem McHarg seinem Gastgeber fieberhaft versichert hatte, daß *sie* lange vor dem Dinner dort sein würden, hängte er ein.

«Also schön», sagte er ungeduldig und sprang mit einem neuen Ausbruch seiner erstaunlichen, unentwegt in ihm brennenden Vitalität auf, «los, Georgie! Mach schnell! Wir müssen gehn!»

«W-w-w-wir?» stotterte George. «M-m-m-meinen Sie mich, Mr. McHarg?»

«Ja, sicher, sicher!» sagte McHarg ungeduldig. «Rick erwartet uns zum Dinner. Wir dürfen ihn nicht warten lassen. Los! Los! Wir wollen aufbrechen! Wir fahren raus aus London! Wir fahren ein biß-chen in die Gegend!»

«I-i-i-in die Gegend?» stotterte George wieder wie vor den Kopf geschlagen. «Aber – w-w-w-wo fahren wir denn hin, Mr. McHarg?»

«Nach West-England», bellte er kurz. «Wir fahren zu Rick und übernachten da. Aber morgen ... morgen», murmelte er finster entschlossen, während er auf und ab ging, «morgen gehn wir unse-re eigenen Wege. West-England», murmelte er im Gehen und krallte die knochigen Finger in seine Rockaufschläge. «Städte mit Kathedralen, Bath, Bristol, Wells, Exeter, Salisbury, Devonshire, die Küste von Cornwall», schrie er plötzlich, während ihm Geogra-phie und Kathedralen hoffnungslos durcheinandergerieten und er in einem schnell hervorgestoßenen Satz einen großen Teil des Kö-nigreichs abfertigte. «Raus aus den Großstädten!» fuhr er fort. «Nur weg von den protzigen Hotels wie diesem hier! Ich hasse sie, hasse sie alle! Ich muß aufs Land – die englische Landschaft!» sagte er genießerisch.

George sank das Herz. Damit hatte er nicht gerechnet. Er war nach England gekommen, um sein neues Buch zu beenden, und war mit der Arbeit gut vorangekommen. Er hatte sich an Takt und Rhythmus täglicher Arbeitsstunden gewöhnt, und die Aussicht, jetzt, da er so gut im Zug war, diesen Rhythmus unterbrechen zu müssen, war fürchterlich für ihn. Außerdem: Gott mochte wissen, wo so eine Spritztour, wie McHarg sie vorhatte, enden würde. McHarg redete indessen immer weiter, ging nervös auf und ab, und seine Begeisterung stieg, je mehr er sich im Geiste das Idyll ausmal-te, das er sich plötzlich in den Kopf gesetzt hatte.

«Ja, die englische Landschaft, das ist es», sagte er genießerisch. «Wir werden abends am Straßenrand parken und uns unser Essen selber kochen, oder wir bleiben in einem alten Gasthaus – in einem richtigen englischen Landgasthaus», sagte er nachdrücklich. «Ein Humpen abgelagertes Ale, ein gutgebratenes Kotelett am Kamin, eine Flasche alten Portwein – was, Georgie?» rief er, und sein ausge-dörrtes Gesicht strahlte vor Freude. «Hab ich alles schon mal ge-macht. Vor ein paar Jahren bin ich mit meiner Frau durchs ganze Land gefahren. Mit einem Wohnwagen! Wir fuhren von Ort zu Ort, schliefen nachts in unserem Wohnwagen und kochten ab.

488

Wunderbar! Herrlich!» bellte er. «Die einzig richtige Art, sich die Landschaft anzusehn! Die einzig richtige Art!»

George sagte nichts. Er war im Augenblick nicht imstande, etwas zu sagen. Er hatte sich wochenlang auf sein Zusammentreffen mit McHarg gefreut. Er war sofort gesprungen, als McHarg ihn aufforderte, aufzustehen und zum Lunch zu kommen. Aber er hatte sich's nicht träumen lassen, daß er als Reisegefährte und Gesellschafter zu einer Expedition entführt werden sollte, die tage-, ja vielleicht wochenlang dauern und irgendwo im Blauen enden konnte. Er wollte und mochte McHarg nicht begleiten, wenn er es irgend vermeiden konnte. Wie ein Wahnsinniger zerbrach er sich den Kopf nach einem Ausweg: was sollte er tun? Er wollte McHarg nicht kränken; er bewunderte und achtete ihn viel zu sehr, als daß er ihn durch irgend etwas wissentlich oder unwissentlich hätte beleidigen oder seine Gefühle verletzen mögen. Und wie konnte er die Einladung eines Mannes ablehnen, der in großzügigster und selbstlosester Begeisterung die Macht seiner hohen Stellung dazu benutzt hatte, ihn aus der Niederung zu erheben, in der sein Leben bisher gelaufen war?

Trotz der kurzen Bekanntschaft hatte George bereits klar erkannt, wie gütig und vornehm McHarg im Grunde war. Er wußte, wieviel Unbestechlichkeit, Mut und Ehrlichkeit in diesem wutgequälten und wundenzerrissenen Menschen wohnten. Ungeachtet seiner Überreiztheit, seiner Barschheit und Verschrobenheit, ungeachtet alles dessen, was ihn bitter, schroff und bissig gemacht hatte, gehörte McHarg offensichtlich zu den wirklich guten, wirklich vornehmen, wirklich großen Menschen der Welt. Jeder, der nur eine Spur von Gefühl oder Verstand hatte, mußte das nach Georges Meinung gleich sehen. Während er McHarg weiter beobachtete, studierte und seine abstoßende Erscheinung wieder in sich aufnahm: das brandrote Gesicht, die tiefliegenden blauen Augen, die ausgemergelte Gestalt und die nervös zitternden Hände – da blitzte in ihm ein Bild auf, in dem er die Grundzüge dieses Mannes wiederzufinden meinte: das Bild Abraham Lincolns – so merkwürdig das auf den ersten Blick erschien. Abgesehen von seiner hageren Größe hatte McHarg äußerlich keine Ähnlichkeit mit Lincoln. Aber sie ähnelten einander nach Georges Ansicht in ihrer verwandten Art von Häßlichkeit, einer so erstaunlichen Häßlichkeit, daß sie schon ans Groteske grenzte und doch nicht wirklich grotesk war. Diese Häßlichkeit bewahrte stets eine überlegene, geheime Würde, was für Extravaganzen in Bewegung, Ton und Gehaben McHarg sich auch erlauben mochte. Diese sonderbar beunruhigende Ähnlichkeit kam besonders stark heraus, wenn McHarg sich ruhig verhielt wie eben jetzt.

Nachdem er mit explosiver Heftigkeit seinen Entschluß gefaßt hatte, saß McHarg ruhig in seinem Sessel, hatte die schmächtigdürren Beine übereinandergeschlagen und suchte mit seiner sommersprossigen, knotigen Hand in seiner Brusttasche nach Scheckbuch und Brieftasche. Als er sie endlich herauszog, zitterten seine Hände noch wie nach einem Schlaganfall, aber auch dadurch wurde der Eindruck ruhiger Würde und Kraft nicht beeinträchtigt. Er legte Brieftasche und Scheckbuch auf seine Knie, nahm aus der Westentasche ein altes, abgenutztes Brillenfutteral, ließ es aufschnappen und entnahm ihm eine Brille. So eine Brille hatte George noch nie gesehen: sie hätte Washington, Franklin oder auch Lincoln gehören können. Die Fassung, der Steg und die Bügel waren aus einfachem altem Silber. McHarg klappte sie sorgfältig auseinander, setzte sie sich langsam mit beiden Händen auf die Nase und befestigte die Bügel hinter seinen großen, sommersprossigen Ohren. Dann neigte er den Kopf, nahm die Brieftasche zur Hand, öffnete sie und begann sehr sorgfältig den Inhalt nachzuzählen. Erstaunlich, wie er sich bei dieser gewöhnlichen Tätigkeit verwandelte: er war nicht mehr der reizbar-aggressive, übernervöse Mann von vorhin. Diese häßlich-hagere Gestalt, das schief-verzerrte, rechnend vorgeneigte Gesicht mit der silbergefaßten Brille und die großen, knochigen Hände, die bedächtig jeden Geldschein in der Brieftasche durch die Finger gleiten ließen – das war einfach ein tüchtiger, schlicht-kraftvoller, einfach-würdiger und machtsicherer Yankee. Sogar sein Ton war anders geworden. Während er noch das Geld zählte, sagte er, ohne den Kopf zu heben, ruhig zu George:

«Klingle doch mal da drüben, George. Wir brauchen noch Geld. Ich werde John zur Bank schicken.»

George klingelte, und kurz darauf klopfte der junge Mann mit den Messingknöpfen an die Tür und trat ein. McHarg sah auf, schlug das Scheckbuch auf, nahm seinen Füllfederhalter heraus und sagte ruhig:

«Ich brauche Geld, John. Wollen Sie bitte diesen Scheck auf der Bank einlösen?»

«Sehr wohl, Sir», sagte John. «Und draußen steht Henry mit dem Wagen. Er wüßte gern, ob er warten soll.»

«Ja», sagte McHarg, während er den Scheck ausschrieb. «Ich brauche ihn. Sagen Sie ihm, wir kommen in zwanzig Minuten runter.» Er riß den Scheck heraus und reichte ihn dem Mann. «Übrigens», sagte er, «wenn Sie zurück sind, packen Sie bitte ein paar Sachen ein – Hemden, Unterzeug, Socken und so weiter –, in einen kleinen Koffer. Wir fahren weg.»

«Sehr wohl, Sir», sagte John gemessen und ging.

McHarg blieb einen Augenblick still und nachdenklich. Dann schraubte er seinen Füllfederhalter zu und steckte ihn wieder ein; er tat Brieftasche und Scheckbuch wieder an seinen Platz, nahm mit derselben ernst-geduldigen Bewegung seine alte Brille ab und legte sie in das Futteral, ließ das Futteral zuschnappen und steckte es wieder in die Westentasche. Dann ließ er lebhaft die Hand auf die Armlehne des Sessels fallen und sagte mit einer friedlicheren, echteren Freundlichkeit als vorhin:

«Na, George, was machst du denn jetzt? Arbeitest du an einem neuen Buch?»

Webber sagte, ja, das tue er.

«Wird es gut?» forschte er.

Webber sagte, er hoffe es.

«Ein schönes, großes, dickes Buch wie das erste? Mit viel Fleisch dran, und vielen Menschen?»

Webber bestätigte auch das.

«Das ist das Richtige», sagte er. «So mußt du es anpacken: Menschen mußt du vor sie hinstellen!» sagte er gelassen. «Du hast ein Gefühl dafür, du kannst sie lebendig machen. Mach nur so weiter, und bring sie alle hinein. Sie werden dir eine Masse Quatsch erzählen», fuhr er fort. «Wahrscheinlich haben sie's schon getan. Da werden allerhand superkluge junge Leute kommen und dir das Schreiben beibringen wollen; sie werden dir erzählen, du machtest alles verkehrt, du hättest keinen Stil und kein Formgefühl. Sie werden sagen, du schriebest nicht wie Virginia Woolf oder wie Proust oder wie Gertrude Stein oder wie sonst jemand, dem du nacheifern solltest. Hör dir ruhig alles an, wenn du's kannst, und glaube davon so viel, wie du glauben kannst. Versuch dir so viel wie möglich davon nutzbar zu machen, aber wenn du merkst, daß es nicht stimmt, dann laß sie reden und hör nicht drauf.»

«Kann man denn wissen, ob es stimmt oder nicht?»

«O ja», sagte McHarg gelassen. «Das weiß man immer. Mein Gott, Mensch, du bist doch ein Schriftsteller und kein superkluger Jüngling. Wenn du das wärst, dann hättest du nämlich keine Ahnung, ob etwas stimmt oder nicht, dann würdest du's nur behaupten. Aber ein Schriftsteller weiß das immer. Nur die superklugen jungen Leute denken, er wüßte es nicht, und darum sind sie eben so superklug. Sie meinen, ein Schriftsteller wäre zu dumm oder zu

starrköpfig, um auf das zu hören, was sie sagen; in Wirklichkeit
weiß der Schriftsteller aber viel mehr darüber, als sie je wissen können. Manchmal sagen sie vielleicht etwas, was den Nagel auf den
Kopf trifft – aber das kommt unter tausend Fällen einmal vor.
Wenn sie treffen, dann tut das freilich weh, aber dann lohnt sich's
schon, auf sie zu hören: eine Wahrheit über einen selber, die man
schon lange kannte; man hat wohl gewußt, daß man ihr eines Tages
würde ins Gesicht sehen müssen, aber man ist ihr immer noch aus-
gewichen und hat gehofft, die anderen würden's nicht merken.
Wenn sie so auf den bloßen Nerv treffen, dann muß man schon
hinhören, wenn's auch teuflisch weh tut. Im allgemeinen wirst du
aber feststellen, daß du das, was sie dir erzählen, schon lange gewußt hast und daß ihre Wichtigtuereien keinen Pfifferling wert
sind.»

«Was soll man also tun?» fragte Webber. «Es sieht doch so aus,
als müßte man sein eigener Arzt sein, nicht wahr? Es sieht so aus, als
müßte man die Antwort selber finden.»

«Ich kenne keinen anderen Weg», sagte McHarg, «und ich glaube, dir wird es genauso gehn. Also mach nur weiter und halte die
Augen offen. Um Gottes willen: friere nicht ein und bleib nicht
stecken! Ich hab viele Jungens gekannt, die nach ihrem ersten Buch
eingefroren sind – und nicht etwa, weil sie nur das eine Buch in sich
hatten. Das glaubten nämlich die superklugen jungen Leute. Immer
glauben sie das, aber es stimmt nicht. Großer Gott, Mensch, du hast
hundert Bücher in dir! Du kannst sie aus dir rausschmeißen, solange
du lebst. Du bist nie in Gefahr auszutrocknen. Es gibt nur eine Gefahr: das Einfrieren.»

«Wie meinen Sie das? Wieso sollte man einfrieren?»

«Meistens kommt es daher», sagte McHarg, «daß man die Nerven verliert und auf die superklugen jungen Leute hört. Die Besprechungen über das erste Buch sind vielleicht gut; man nimmt sie
ernst und grübelt über jedes kleine bißchen Kritik nach, das zwischen die Lobeshymnen eingestreut ist. Zweifel stellen sich ein:
kann man überhaupt noch schreiben? In Wirklichkeit könnte das
nächste Buch genauso gut werden wie das erste, vielleicht noch
besser. Anfangs war man ein Naturboxer mit einem kräftigen
Schlag. Nun fängt man mit Schattenboxen an, hört auf alles, was
die anderen sagen, wie ein Gerader und wie ein Haken aussieht, wie
man mit der Rechten kontert, wie man abduckt, wie man den Gegner abtastet und wie man sich deckt. Man lernt Beinarbeit und Seil-
springen, aber man vergißt seine natürliche, angeborene Schlag-
kraft; da kann es dann passieren, daß irgendeiner daherkommt und

einen umschmeißt wie 'ne Reihe Mülltonnen. Davor hüte dich, um Gottes willen! Lerne, soviel du kannst, vervollkommne dich, nimm jede Belehrung an, die dir was nützt. Aber denke immer daran, daß alle guten Lehren nicht soviel wert sind wie der Mumm in deiner guten alten Faust. Du kannst alle Kunstgriffe lernen, mit denen die anderen das Geschäft machen, aber wenn du deinen natürlichen Schlag verlierst, dann ist's aus mit deinem eigenen Stil. Dann bist du ein Schriftsteller gewesen. Also geh um Gottes willen deinen Weg weiter, und laß dich durch nichts davon abbringen. Mach deine Fehler, laß es darauf ankommen, daß sie dich für den Dummen halten – aber geh deinen Weg und friere nicht ein!»

«Ja, halten Sie das denn für möglich? Glauben Sie, daß man einfrieren kann, wenn man wirklich begabt ist?»

«O ja», sagte McHarg bedächtig, «das gibt es schon. Ich habe es selber erlebt. Wenn du dich nicht beirren läßt, wirst du merken, daß fast alles, was sie sagen, die meisten Gefahren, vor denen sie dich warnen, gar nicht existieren. Beispielsweise werden sie dir erzählen, du prostituierst dich. Sie werden dich davor warnen, für Geld zu schreiben, deine Seele an Hollywood zu verkaufen oder ein Dutzend andere Dinge zu tun, die für dich und dein Leben vollkommen gleichgültig sind. Du wirst dich niemals prostituieren. Man prostituiert sich nicht, bloß weil einem jemand einen dicken Scheck vor die Nase hält. Wenn einer sich prostituiert, dann ist er ein geborener Prostituierter. Es gibt auf dieser Welt eine erstaunliche Menge von Schriftstellern, die bei ihrem Whisky flennen und einem von den großartigen Büchern erzählen, die sie geschrieben haben würden, wenn sie sich nicht an Hollywood oder an die *Saturday Evening Post* verkauft hätten. Aber es gibt nur sehr wenige große Schriftsteller, die sich wirklich verkauft haben; eigentlich glaube ich, daß es überhaupt keine gibt. Wenn Thomas Hardy einen Vertrag mit der *Saturday Evening Post* für Kurzgeschichten hätte – glaubst du, er würde wie Zane Grey schreiben oder wie Thomas Hardy? Das kann ich dir ganz genau sagen: er würde wie Thomas Hardy schreiben. Er könnte ja gar nicht anders. Er würde weiter wie Thomas Hardy schreiben, ob's nun für die *Saturday Evening Post* oder für *Captain Billy's Whizbang* wäre. Ein großer Schriftsteller kann sich nicht prostituieren, weil ein großer Schriftsteller unabänderlich er selber bleibt. Er könnte sich gar nicht verkaufen, auch wenn er's wollte, und wahrscheinlich *haben* sehr viele es gewollt, oder sie haben wenigstens geglaubt, daß sie's wollten. Aber ein großer Schriftsteller kann einfrieren. Er kann zuviel auf die superklugen jungen Leute hören, kann Schattenboxen, Finten, Abtasten und die

493

ganze Technik lernen und dabei seinen Schlag verlieren. Was du auch tust: hüte dich vor dem Einfrieren!»

Es klopfte; auf McHargs «Herein!» trat John mit einem Bündel knisternder, nagelneuer Noten der Bank von England ein.

«Ich glaube, es stimmt so, Sir», sagte er, als er McHarg das Geld aushändigte. «Ich habe nachgezählt: 100 Pfund, Sir.»

McHarg nahm die Scheine in Empfang, faltete sie zusammen und steckte sie achtlos in die Tasche. «Gut, John», sage er. «Würden Sie jetzt ein paar Sachen packen?»

Er stand auf, sah sich zerstreut um und bellte dann plötzlich fieberhaft wie vorhin:

«Also, George, zieh deinen Mantel an! Wir müssen machen, daß wir fortkommen!»

«A-a-aber», sage George, um Zeit zu gewinnen, «meinen Sie nicht, wir sollten erst lunchen, eh wir rausfahren, Mr. McHarg? Wenn Sie so lange nichts gegessen haben, werden Sie's nötig haben. Wollen wir nicht erst irgendwohin gehn und was essen?»

George befleißigte sich eines möglichst überzeugenden Tones. Er war inzwischen selber sehr hungrig geworden und dachte sehnsüchtig an den «erstklassigen» Räucherschinken mit Zuckererbsen, den Mrs. Purvis für ihn bereitet hatte. Wenn er McHarg nur zu einem Lunch vor der Abfahrt überreden könnte! Vielleicht konnte er ihm bei dieser Gelegenheit seinen Plan ausreden, sofort wegzufahren und George wohl oder übel auf eine Fahrt mitzunehmen, die sich anscheinend über einen großen Teil der britischen Inseln erstrecken sollte. McHarg aber durchschaute Webbers Absicht; vielleicht fürchtete er auch, ein weiterer Aufschub werde seine fast erschöpften Kräfte gänzlich aufbrauchen; schroff und eigensinnigentschlossen fuhr er George an:

«Wir essen irgendwo unterwegs. Nur raus aus der Stadt!»

George sah ein, daß jede Widerrede zwecklos war, und sagte nichts weiter. Er beschloß, McHarg zu begleiten, wohin dieser auch fahren mochte, und in dem Landhaus von McHargs Freund zu übernachten, wenn es sein mußte; er klammerte sich an die Hoffnung, daß McHarg sich nach einer guten Mahlzeit und nach einem guten Nachtschlaf so weit erholen würde, daß er von selber seine Absichten änderte. Er nahm also Mantel und Hut, fuhr mit McHarg im Fahrstuhl hinunter, wartete, während dieser im Büro einige Anordnungen hinterließ, und ging mit ihm zum Auto, das am Bordstein stand.

McHarg hatte einen Rolls-Royce gemietet. Als George den prachtvollen Wagen sah, hätte er vor Lachen brüllen mögen: mit diesem Fahrzeug die englische Landschaft zu erforschen, in einem Pfännchen abzukochen und nachts am Straßenrand zu schlafen – das wäre wohl die kostspieligste und groteskeste Vagabundenfahrt, die sich je auf englischen Landstraßen abgespielt hätte! John war bereits unten und hatte unter den Rücksitz einen kleinen Koffer verstaut. Der Fahrer, ein kleiner, vorschriftsmäßig livrierter Mann, hob respektvoll die Hand an den Mützenschirm und half mit George zusammen McHarg in den Wagen. McHarg erlitt plötzlich einen Schwächeanfall und wäre beim Einsteigen beinahe hingefallen. Als er saß, bat er George, dem Fahrer die Adresse in Surrey anzugeben; dann brach er völlig zusammen: der Kopf sank ihm auf die Brust, und wieder sah er so merkwürdig mitten durchgebrochen aus. Er hatte eine Hand in die Schlinge neben der Tür gelegt; ohne diesen Halt wäre er vom Sitz gerutscht. George stieg ein und setzte sich neben ihn; immerfort zerbrach er sich verzweifelt den Kopf, was er tun sollte und wie in Gottes Namen er sich aus dieser Sache herausziehen könnte.

Als sie abfuhren, war es schon ein Uhr durch. Sie glitten sanft in die St. James Street, an deren Ende sie in die Pall Mall einbogen; sie fuhren um den St. James Palace und dann durch die Mall auf Buckingham Palace und den Stadtteil zu, in dem Webber wohnte. Als sie aus der Mall heraus und über den großen Platz vor dem Palast rollten, richtete McHarg sich mit einem Ruck auf und starrte durch den Dunst und Nieselregen des trübseligen Tages die prächtigen Wachtposten an, die feierlich vor dem Palast auf und ab stapften, sich beim Kehrtmachen ansahen und wieder zurückstapften; er wollte gerade wieder zurückrutschen, als George ihn mit festem Griff auffing.

Das Haus in der Ebury Street war jetzt ganz nah, und George gedachte seiner in diesem Augenblick mit zärtlicher Liebe. Er empfand sehnsüchtiges Verlangen nach seinem Bett, nach Mrs. Purvis und nach seinem unberührten Schinken mit Zuckererbsen. Sein zuversichtlicher Aufbruch am Morgen schien schon sehr lange her zu sein. Er lächelte bitter, als ihm die Unterhaltung mit Mrs. Purvis einfiel und ihre beiderseitigen Vermutungen, ob Mr. McHarg ihn zum Lunch ins *Ritz*, zu *Stone* in der Panton Street oder zu *Simpson* am Strand führen würde. Mit diesen lukullischen Phantasien war es nun vorbei. Jetzt war er so weit, daß er sich freudig mit einer Kneipe, mit einem Stück Käse und mit einem Maß bitteren Bieres begnügt hätte.

Während der Wagen gemächlich am Palast vorbeirollte, fühlte er seine letzte Hoffnung schwinden. Verzweifelt, ehe es zu spät wäre, rüttelte er seinen Gefährten am Ellbogen: er wohne gleich um die Ecke in der Ebury Street, und ob man nicht bitte einen Augenblick dort halten könne, damit er sich Zahnbürste und Rasierapparat hole, es würde nur eine Minute dauern. McHarg erwog diese Bitte ernsthaft und brummte schließlich, ja, das könne man, aber er möge «fix machen». George gab also dem Fahrer die Adresse an; sie fuhren um den Palast herum, bogen in die Ebury Street ein und fuhren langsam vor Georges bescheidenem Häuschen vor. McHarg sah nun wie ein Schwerkranker aus. Er hielt sich eisern an seiner Schlinge fest, aber als der Wagen hielt, schwankte er auf dem Sitz hin und her, und er wäre hinuntergerutscht, wenn George ihn nicht gehalten hätte.

«Mr. McHarg», sagte George, «Sie sollten etwas essen, bevor wir weiterfahren. Wollen Sie nicht mit mir raufgehen, damit die Frau Ihnen was zu essen gibt? Sie hat ein gutes Lunch für mich. Alles ist fertig: wir können essen und in zwanzig Minuten wieder unten sein.»

«Nein, kein Essen», murmelte McHarg und sah George mißtrauisch an. «Was hast du vor – willst du mir entwischen?»

«Aber nein, natürlich nicht.»

«Na schön, dann hol deine Zahnbürste und mach schnell. Wir müssen raus aus der Stadt.»

«Gut. Ich glaube nur, es ist falsch, daß Sie nicht erst was essen. Alles steht bereit, Sie brauchen nur zuzugreifen.»

George sprach so überzeugend wie möglich. Er stand an der offenen Wagentür, einen Fuß auf dem Trittbrett. McHarg antwortete nicht; er saß zurückgelehnt mit geschlossenen Augen da. Gleich darauf zog er sich jedoch an der Schlinge hoch, bis er halb aufrecht saß, und sagte halb störrisch, halb nachgiebig:

«Habt ihr da oben 'ne Tasse Tee?»

«Selbstverständlich, dauert keine zwei Minuten.»

McHarg grübelte eine Weile über diese Auskunft nach und sagte dann halb unwillig: «Na ja, ich weiß nicht. Ich könnte ja 'ne Tasse Tee trinken. Vielleicht erfrischt mich das ein bißchen.»

«Kommen Sie», sagte George rasch und nahm ihn beim Arm.

Zusammen mit dem Fahrer half er ihm aus dem Wagen. George sagte dem Mann, er solle warten, sie würden in einer halben Stunde zurück sein, was McHarg hastig in eine Viertelstunde verbesserte. Dann schloß George die Haustür auf, stützte den Erschöpften vorsichtig und begann, die große, eckige Gestalt langsam die enge Treppe hinaufzubugsieren. Als sie endlich oben waren, öffnete George die Tür, führte McHarg ins Wohnzimmer und setzte ihn in den bequemsten Sessel; sofort fiel ihm der Kopf wieder auf die Brust. George entzündete den kleinen Gasofen, die einzige Wärmequelle des Zimmers, rief Mrs. Purvis, die sie schon kommen gehört hatte und eilig aus der Küche kam, flüsterte ihr hastig zu, wieso sie hier seien und wer der erlauchte Besucher sei, und veranlaßte sie, schnell Tee zu machen.

Als sie hinausgegangen war, richtete McHarg sich ein bißchen auf und sagte: «Georgie, ich bin total erschossen. Herrgott, ich könnte einen Monat lang schlafen.»

«Ich habe Mrs. Purvis schon gesagt, daß sie Tee macht», antwortete George. «In einer Minute ist er fertig. Das wird Ihnen gut tun.»

Aber fast im gleichen Augenblick sank McHarg, als habe die Anstrengung des Sprechens ihn seine letzten Kräfte gekostet, in den Stuhl zurück und brach völlig zusammen. Als Mrs. Purvis mit Tablett und Teekanne wiederkam, brauchte er keinen Tee mehr. Er war in den tiefen Schlaf des Vergessens gesunken – jenseits von Tee, von Reisen und allem anderen.

Sie erfaßte die Situation sofort. Leise stellte sie das Tablett ab und flüsterte George zu: «Jetzt wird er nirgendshin fahren. Er muß schlafen.»

«Ja», sagte George. «Das muß er, weiß Gott!»

«Ist doch eine Schande, wie er da in dem Stuhl sitzt. Wenn wir ihn nur hochkriegten, Sir», flüsterte sie, «dann könnten wir ihn in Ihr Zimmer tragen und ihn ins Bett legen. Da hätt er's doch viel bequemer.»

George nickte, bückte sich neben dem Stuhl, legte einen von McHargs lang herunterbaumelnden Armen um seinen Hals und seinen Arm um McHargs Taille, hob ihn an und sagte ermutigend: «Kommen Sie, Mr. McHarg. Es ist besser, Sie legen sich hin und strecken sich aus.» McHarg ermannte sich, stand auf, ging die wenigen erforderlichen Schritte ins Schlafzimmer und fiel, diesmal mit dem Gesicht nach unten, aufs Bett. George drehte ihn auf den Rücken, streckte ihn aus, nahm ihm den Kragen ab und zog ihm die Schuhe aus. Dann deckte Mrs. Purvis ihn gegen die rauhe, klamme Kälte zu, die von der nebligen und regnerischen Straße her das kleine Schlafzimmer zu durchdringen schien. Sie häuften eine Anzahl Decken und Plaids auf ihn und stellten eine kleine elektrische Heizsonne so auf, daß er von ihr angestrahlt wurde; sie zogen die Fenstervorhänge zu und verdunkelten das Zimmer, schlossen die Türen und ließen ihn allein.

Mrs. Purvis war prachtvoll.

«Mr. McHarg ist sehr müde», sagte George zu ihr. «Etwas Schlaf wird ihm guttun.»

«Ach ja», sagte sie mitfühlend und nickte weise. «Ist doch klar: dauernd diese Anspannung, und dann die vielen Leute. Und er hat doch auch soviel reisen müssen. Das sieht man doch gleich», sagte sie etwas von oben herab, «daß er immer noch von der Reise ermüdet ist. Aber Sie», fügte sie rasch hinzu, «sollten dran denken, daß Sie selber müde sind – die ganze Aufregung und kein Lunch und alles. Kommen Sie», überredete sie ihn, «essen Sie ein bißchen was. Der Schinken ist gut, Sir. Ich hab ihn in einer Minute fertig.»

George stimmte ihrem Vorschlag begeistert zu. Sie stürzte in die Küche und kam bald darauf zurück und meldete, der Lunch sei fertig. Er ging sofort in das kleine Speisezimmer und nahm eine reichliche Mahlzeit zu sich: Räucherschinken, Zuckererbsen, gekochte Kartoffeln, einen knusprigen Apfelkuchen, ein Stück Käse und dazu eine Flasche Bass-Ale.

Dann ging er wieder ins Wohnzimmer zurück und beschloß, sich aufs Sofa zu legen. Es war nur klein und viel zu kurz für ihn, aber da er über 24 Stunden nicht geschlafen hatte, kam es ihm ganz einladend vor. Er legte sich hin, ließ die Beine über die Lehne baumeln und schlief augenblicklich ein.

Später nahm er undeutlich wahr, daß Mrs. Purvis leise hereinkam, seine Füße auf einen Stuhl legte und ihn mit einer Decke zudeckte. Er merkte auch im Halbschlaf, daß sie die Vorhänge zuzog, das Zimmer verdunkelte und leise wieder hinausging.

Noch später, als sie sich zum Fortgehen anschickte, hörte George, wie sie die Tür öffnete und eine Weile lauschte; dann ging sie ganz leise auf Zehenspitzen über die Diele, öffnete die Tür zum Schlafzimmer und spähte hinein. Sie schien befriedigt zu sein, daß alles in Ordnung war, ging auf Fußspitzen hinaus und schloß im Weggehen ganz sachte die Türen. Er hörte sie leise die Treppe hinunterschleichen, und gleich darauf fiel die Haustür ins Schloß. Dann sank er wieder für geraume Zeit in tiefen, festen Schlaf.

Als George aufwachte, war es draußen schon dunkel; McHarg war aufgestanden und rumorte im Schlafzimmer herum; offenbar suchte er nach dem Lichtschalter. Als George aufstand und das Licht im Wohnzimmer anknipste, kam McHarg herein.

Wieder war er erstaunlich verwandelt. Der kurze Schlaf schien seine Lebenskraft so weit wiederhergestellt zu haben, daß Georges Hoffnungen zunichte wurden: er hatte gehofft, ein paar Stunden Schlaf würden McHarg beruhigen und ihn zu der Einsicht bringen, daß es klüger sei, sich vor der Weiterfahrt richtig auszuruhen. Statt dessen war er wie ein rasender Löwe aufgewacht; er rannte wie ein Raubtier im Käfig auf und ab, tobte über die Verzögerung und verlangte nichts, als daß George sich unverzüglich zur Abfahrt bereitmache.

«Kommst du mit?» fragte er. «Oder willst du etwa kneifen? Was willst du nun eigentlich?»

George war noch halb im Schlaf; erst jetzt wurde ihm bewußt, daß es an der Haustür klingelte und schon einige Zeit geklingelt hatte. Davon waren sie wahrscheinlich aufgewacht. Er sagte zu McHarg, er komme sofort wieder, rannte die Treppe hinunter und machte auf. Natürlich war es McHargs Chauffeur. George hatte ihn in der Aufregung des Nachmittags und vor lauter Müdigkeit vollständig vergessen: die ganze Zeit hatte der arme Kerl in seinem blitzenden Triumphwagen vor Webbers bescheidener Tür gewartet. Es war noch nicht fünf Uhr nachmittags, aber draußen herrschte mitternächtliches Dunkel, denn an den düster-nebligen Londoner Wintertagen mit ihrem unablässigen Nieselregen wird es zeitig finster. Die Straßenlaternen brannten, und die Ladenfronten erstrahlten in neblig-verschwommenem Licht. Die Straße lag still und menschenleer, aber über den Dächern begann der Wind in unregelmäßigen Stößen schwach zu heulen und versprach eine stürmische Nacht.

Als George die Tür öffnete, stand ihm der kleine Chauffeur geduldig gegenüber; er hielt seine Schirmmütze respektvoll in der Hand, und in seiner Miene stand deutlich eine mühsam unterdrückte Angst. «Ich bitte um Entschuldigung, Sir», sagte er. «Wissen Sie vielleicht, ob Mr. McHarg seine Dispositionen geändert hat?»

«Dispositionen? Dispositionen?» stotterte George, immer noch nicht ganz wach, und schüttelte wie ein Hund, der aus dem Wasser kommt, den Kopf, um zu sich zu kommen und seiner Verwirrung Herr zu werden. «Was für Dispositionen?»

«Wegen der Fahrt nach Surrey, Sir», sagte der kleine Mann sanft, warf aber rasch einen leicht verstörten Blick auf George. Schon begann in ihm der schmerzliche Verdacht zu keimen, der im Laufe des Abends zur unausrottbaren Überzeugung werden sollte: daß er ganz allein den Befehlen zweier verbrecherisch-gefährlicher Irrer zu gehorchen hatte; im Augenblick allerdings verrieten seine Befürchtungen sich nur in einer besorgten, irgendwie gespannten Anteilnahme. «Sie wissen doch, Sir», erinnerte er leise-entschuldigend, «da, wo wir am frühen Nachmittag hinfahren wollten.»

«Ach ja, ja. Ich erinnere mich», sagte George in etwas geistesgestörtem Ton und fuhr sich mit den Fingern durchs Haar. «Ja, das hatten wir wohl vor, nicht wahr?»

«Jawohl, Sir», sagte der Chauffeur sanft. «Sehn Sie mal», fuhr er im Ton eines wohlwollenden Erwachsenen fort, der auf ein Kind einredet, «sehn Sie, Sir, eigentlich darf man hier in der Straße nicht so lange parken. Der Polyp», hüstelte er entschuldigend hinter vorgehaltener Hand, «hat mich grad angesprochen und hat gesagt, ich hab hier schon zu lange gestanden und muß wegfahren. Da hab ich mir gedacht, es wäre das beste, Sie zu fragen, Sir, ob Sie vielleicht wissen, was Mr. McHarg vorhat.»

«Ich . . . ich glaube, er bleibt dabei», sagte George. «Ich meine, er will nach Surrey fahren, wie wir's von Anfang an vorhatten. Aber . . . Sie sagen, der Polyp will, daß Sie hier wegfahren?»

«Jawohl, Sir», sagte der Chauffeur geduldig und sah, die Schirmmütze in der Hand, George wartend an.

«Gut, also dann . . .» George dachte einen Augenblick verzweifelt nach und platzte dann heraus: «Passen Sie auf, ich will Ihnen was sagen: fahren Sie einfach um den Block, immer um den Block . . .»

«Jawohl, Sir», sagte der Chauffeur und wartete.

«Und in fünf Minuten sind Sie wieder hier. Dann werd ich Ihnen sagen können, was wir machen.»

«Sehr wohl, Sir.» Er nickte kurz zum Zeichen des Einverständnisses, setzte seine Mütze auf und stieg in den Wagen.

George schloß die Tür und ging wieder hinauf. Als er ins Wohnzimmer trat, hatte McHarg schon Mantel und Hut an und ging unruhig auf und ab.

«Ihr Fahrer», sagte George. «Ich hatte ihn ganz vergessen, er hat den ganzen Nachmittag unten gewartet. Er wollte wissen, was wir jetzt machen.»

«Was wir jetzt machen?» schrillte McHarg. «Wir fahren endlich los! Allmächtiger Gott, Mensch, wir haben schon vier Stunden verloren! Los, los, George!» krächzte er. «Wir wollen gehn!»

George merkte, daß es ernst war und daß es keinen Zweck hatte, ihn zu einer Sinnesänderung bewegen zu wollen. Er nahm seine Aktentasche, stopfte Zahnbürste, Zahnpasta, Rasierapparat, Rasierkrem, Pinsel und einen Schlafanzug hinein, nahm Mantel und Hut, knipste überall das Licht aus und sagte, während er in die Diele voranging: «Gut. Von mir aus kann's losgehn. Gehn wir.»

Als sie in den nieseligen Nebel der Straße hinaustraten, fuhr der Wagen gerade an der Bordschwelle vor. Der Chauffeur sprang heraus und hielt ihnen den Schlag auf. McHarg und Webber stiegen ein. Der Chauffeur kletterte wieder auf seinen Sitz, und mit sanftem

Zischen der Autoreifen auf dem nassen Pflaster fuhren sie schnell davon. Bald waren sie in Chelsea, fuhren den Kai entlang und über die Battersea-Brücke und rollten dann südwestwärts durch das unabsehbare Straßennetz der Außenbezirke von London.

Webber erinnerte sich später an diese Fahrt wie an einen lebhaften Alptraum. McHarg war, noch ehe sie bei Battersea die Themse überquerten, wieder in sich zusammengesunken. Kein Wunder: in der Enttäuschung und Leere, die nach seinem großen Erfolg über ihn gekommen waren, hatte er sich wochenlang in einer wilden Jagd nach irgend etwas aufgepeitscht, war von Ort zu Ort gereist, hatte ständig neue Menschen kennengelernt und sich immer wieder in neue Abenteuer gestürzt. Nicht eine Ruhepause hatte er sich auf dieser Suche nach dem Unmöglichen gegönnt, und schließlich hatte er – nichts gefunden. Oder, genauer gesagt: in Amsterdam hatte er Mynheer Bendien gefunden. Man konnte sich unschwer vorstellen, was dann mit McHarg passiert war. Denn wenn am Ende dieser Irrfahrt nichts weiter stand als ein rotgesichtiger Holländer, dann mußte er bei Gott wenigstens herauskriegen, woraus dieser rotgesichtige Holländer gemacht war. So hatte er denn im Endstadium seiner grimmigen Raserei noch einige Tage lang den Holländer auf die Probe gestellt, hatte ihn ohne Essenspause noch unerbittlicher gejagt als sich selber, bis schließlich der Holländer dank dem Gin und seiner phlegmatischen Natur McHargs letzte, scheinbar unerschöpfliche Kräfte aufgebraucht hatte. Das hatte ihm den Rest gegeben. Die wieder aufflackernde Lebenskraft, mit der er aus seinem Schläfchen aufgewacht war, hatte sich schnell wieder gelegt: er lag zurückgelehnt im Wagen, zu erschöpft, um zu sprechen, ausgeleert und ausgehöhlt von seiner wütigen Besessenheit; die Augen waren geschlossen, der Kopf rollte mit der Bewegung des Wagens leise hin und her, die langen Beine hatte er schlaff ausgestreckt. George saß hilflos neben ihm und wußte nicht, was er tun sollte, wo die Fahrt hinging und wie und wann sie enden würde; er blickte starr auf den Kopf des kleinen Fahrers, der am Steuer hockte, aufmerksam die Straße im Auge behielt und den Wagen geschickt durch den Verkehr und durch den nächtlichen Nebel lenkte.

Das riesige Straßennetz des unendlichen London flog an ihnen vorbei: eine Straße nach der andern mit blind leuchtenden, regenvernebelten Laternen, meilenweite Reihen von Backsteinhäusern, die sich in unzähligen Tagen trübseligen Wetters mit Nebel, Ruß und Schmutz vollgesogen zu haben schienen, zahllose Dörfer, die zu einem riesigen, formlosen Haufen verschmolzen. Blitzschnell sausten sie durch die Hauptstraßen dieser ausgedehnten Menschenpferche. Einen Augenblick streifte sie der goldene Schimmer der nebelverhangenen Lichter, freundlich blitzende Fleischerläden mit saftig-rotem Ochsenfleisch, mit gemästetem Geflügel, das gerupft an langgezogenen Hälsen hing, und mit den Fleischern in ihren langen weißen Schürzen; die Wein- und Schnapsläden, der schwimmende Bierdunst, die Wärme und das Stimmengewirr der Kneipen an dem eintönig glänzenden, regennassen Fußsteig; dann wieder pechschwarze Finsternis und wieder die endlosen Häuserreihen im trüben Dunst.

Schließlich erreichten sie das freie Land: ländliche Dunkelheit, der Geruch nasser Felder, die wenigen schwachen Lichter, die zur Nachtzeit übers Land schimmern. Nun spürten sie den kräftigen Wind, der sie von den Feldern her ansprang und gegen den Wagen knatterte. Er blies den Nebel fort, und der Himmel wurde höher. An der feucht-lastenden, trüb-schweren Wolkendecke tauchte nun ein riesengroßer, böser Lichtschein auf, als wäre dort aller Schweiß und Rauch des unablässig tosenden Londoner Lebens aufgefangen und zusammengedrängt. Mit jeder Radumdrehung wich diese Glut hinter ihnen weiter zurück.

Als nun die einsame Landschaft sich um sie ausbreitete, wurde George sich des geheimnisvollen Doms der Nacht bewußt. Er spürte in einem beseligend-erlösenden Gefühl die immerwährende Kraft und Dauerhaftigkeit der Erde. Schon oft hatte er dieses Gefühl gehabt: jeder Mensch, der in einer modernen Großstadt lebt, muß es haben, wenn er nach Monaten diesem Bienenstock einmal entrinnt – nach Monaten voller Schweiß, Lärm und Tosen, voller Stein und rußiger Ziegel; nach Monaten unaufhörlichen Stoßens, Wogens und Drängens in der unabsehbaren Menschenmenge; nach Monaten verdorbener Luft und verdorbenen Lebens; nach Monaten des Betrugs, der Angst, der Bosheit, der Verleumdung, der Erpressung, des Neides, des Hasses, des Streits, der Wut und der Heimtücke; nach Monaten der Raserei, zum Zerreißen gespannter Nerven und des ewig gleichen Kreislaufs. Endlich ist er frei, und auch der fernste Ausläufer dieses Gewebes aus Schmutz und Qual erreicht ihn nicht mehr. Er, der nur den Urwald aus betoniertem Stein und Ziegeln kannte, in dem keine Vögel singen und kein Halm gedeiht, hat nun wieder zur Erde zurückgefunden. Und doch – o unbegreifliches Rätsel! Er hat die Erde gefunden und hat, da er sie fand, die Welt verloren. Der Erde hat er es zu verdanken, daß seine Phantasie und seine Seele wieder sauber sind, daß er reingewaschen ist vom Makel seines bisherigen Lebens, von seiner Bosheit und seiner Gier, von seiner Grausamkeit und allem perversen, untilgbaren Schmutz. Aber seltsam: das Wunderbare und Geheimnisvolle, die Schönheit und der Zauber, der Reichtum und die Freude – sie bleiben bestehen; und wenn er auf den böse glosenden Schein an der dunstigen Himmelsdecke zurückblickt, überkommt ihn ein Gefühl des Verlorenseins und der Einsamkeit, als hätte er zwar die Erde wiedergewonnen, das Leben aber aufgegeben.

Der Wagen sauste weiter und weiter, bis er endlich die letzten Ausläufer von London hinter sich gelassen hatte und der glühende Schein am Himmel verschwunden war. Durch das nächtlich dunkle Land fuhren sie ihrem Ziel entgegen. McHarg hatte noch kein Wort gesprochen. Er saß immer noch mit ausgestreckten Beinen und zurückgelehntem Kopf, schwankte bei jeder Bewegung des Wagens, wurde aber durch die Schlinge neben sich gehalten, in die er seinen schlaffen Arm gelegt hatte. George wurde immer unruhiger bei dem Gedanken, daß er ihn in diesem Erschöpfungszustand in das Haus eines alten Freundes bringen sollte, der ihn jahrelang nicht gesehen hatte. Schließlich ließ er den Fahrer halten und bat ihn zu warten, bis er mit seinem Herrn gesprochen habe.

Er knipste das Innenlicht an, schüttelte McHarg, und zu seiner Überraschung öffnete dieser sogleich die Augen und zeigte durch seine Antworten, daß er geistig völlig klar und munter war. George sagte, er könne doch in diesem überanstrengten Zustand unmöglich etwas von dem Besuch bei seinem Freund haben. Er bat ihn, seinen Plan zu ändern und für die Nacht nach London zurückzukehren; er könne doch den Freund aus der nächsten Stadt anrufen und ihm sagen, er sei aufgehalten worden und werde in ein oder zwei Tagen zu ihm kommen; jedenfalls möge er doch den Besuch aufschieben, bis er sich besser fühle. Nach der eigensinnigen Enschlossenheit, die McHarg vorher gezeigt hatte, rechnete George kaum mit einem Erfolg; zu seinem Erstaunen erwies McHarg sich jetzt aber als äußerst vernünftig. Er war mit allem einverstanden, was George vorschlug, gab zu, daß er es selbst für besser halte, seinen Freund heute abend nicht zu besuchen, und sagte, er werde sich jeder Entscheidung fügen, die George treffe; nur eines wolle er nicht – und darin war er ganz schroff und halsstarrig: er wolle nicht wieder nach London. Den ganzen Tag war er von dem dringenden Verlangen, aus London herauszukommen, geradezu besessen gewesen; George versteifte sich also nicht darauf. Er willigte ein, nicht nach London zurückzufahren, und fragte McHarg, wohin er am liebsten fahren wolle. Das sei ihm gleich, sagte McHarg; als er aber eine Weile mit abgesunkenem Kinn nachgedacht hatte, sagte er plötzlich, er würde gern an die See fahren.

George fand das im Augenblick nicht weiter erstaunlich; erst beim späteren Rückblick kam es ihm so vor. Er nahm den Vorschlag, an die See zu fahren, so selbstverständlich hin wie ein New Yorker etwa die Anregung, mit einem Bus die Fifth Avenue entlang zu Grants Grabmal zu fahren. Wenn McHarg gesagt hätte, er wolle nach Liverpool, Manchester oder Edinburgh, wäre es genauso gewesen: es hätte George nicht im geringsten in Erstaunen versetzt. Auf diese beiden ahnungslosen Amerikaner machte, nachdem sie einmal aus London heraus waren, die Ausdehnung Englands ebensowenig Eindruck wie ein Grundstück von der Größe eines Ackers. Als McHarg sagte, er wolle an die See, dachte George: «Sehr schön. Wir fahren mal eben auf die andere Seite der Insel und sehen uns die See an.»

George fand diese Idee also ausgezeichnet und stimmte begeistert zu: die Salzluft, das Wellenrauschen und eine Nacht guten Schlafs würden ihnen beiden ungeheuer gut tun und sie für die weiteren Abenteuer des nächsten Tages erfrischen und kräftigen. Auch McHarg begann sich herzhaft für den Plan zu erwärmen. George fragte ihn, ob ihm irgendein Ort vorschwebe. Nein, sagte er, das sei ganz gleich, jeder Ort sei ihm recht, wenn er nur an der See liege. In hastigem Durcheinander zählten sie die Küstenstädte auf, von denen sie gehört oder die sie früher schon einmal besucht hatten: Dover, Folkestone, Bournemouth, Eastbourne, Blackpool, Torquay, Plymouth.

«Plymouth! Plymouth!» entschied McHarg begeistert. «Das ist richtig! Da bin ich schon ein dutzendmal mit dem Schiff gewesen, bin aber nie an Land gegangen. Es ist zwar ein Hafen, aber das macht nichts. Es sah immer wie eine hübsche kleine Stadt aus. Da wollen wir übernachten.»

«Aber Sir», ließ sich jetzt der Chauffeur vernehmen, der bisher ruhig am Steuer gesessen und zugehört hatte, wie diese beiden Irren die britischen Inseln geographisch zerfetzten. «Aber Sir», wiederholte er mit unverkennbar besorgter Stimme, «das können Sie nicht, wissen Sie. Heute abend nicht mehr, Sir. Es ist ganz unmöglich, heute abend bis Plymouth zu kommen.»

«Und warum nicht?» fragte McHarg grob.

«Weil es über vierhundert Kilometer sind, Sir», sagte der Fahrer. «Bei diesem Wetter, bei dem Regen und wo man nie weiß, wann der Nebel wieder dichter wird, würden wir acht Stunden brauchen, Sir. Wir würden erst gegen Morgen ankommen, Sir.»

«Na schön», rief McHarg ungeduldig, «dann fahren wir eben woanders hin. Wie ist es mit Blackpool? Was meinst du zu Black-

pool, Georgie?» fragte er und wandte sich mit fiebrig-nervös verzerrtem Mund an Webber. «Versuchen wir's mit Blackpool. Bin
noch nie dagewesen. Möcht mir's mal ansehen.»

«Aber Sir», warf der Fahrer offensichtlich entsetzt ein, «Blackpool ... Blackpool, Sir, liegt im Norden von England. Also, Sir,
Blackpool ist ja noch weiter als Plymouth. Das sind bestimmt an
die fünfhundert Kilometer, Sir», flüsterte er, und sein Ton hätte
nicht erschreckter sein können, wenn sie eine Nachtfahrt von Philadelphia an den Stillen Ozean vorgeschlagen hätten. «Blackpool
schaffen wir nicht vor morgen früh, Sir.»

«Na, also gut», sage McHarg angewidert. «Machen Sie, was Sie
wollen. Sag ihm irgendeinen Ort, Georgie», verlangte er.

Webber dachte ernsthaft eine ganze Weile nach; dann kam ihm
eine Erinnerung an Szenen bei Thackeray und Dickens, er schöpfte
Mut und sagte hoffnungsvoll: «Brighton. Wie wär's mit Brighton?»

Damit hatte er offenbar das Richtige getroffen. Die Stimme des
Fahrers bebte in unaussprechlicher Erleichterung. Er drehte sich auf
seinem Sitz um und flüsterte mit fast kriecherischem Eifer:

«Jawohl, Sir! Jawohl, Sir! Brighton! Das schaffen wir bequem,
Sir.»

«Wie lange brauchen wir?» fragte McHarg.

«Ich möchte meinen, Sir», sagte der Fahrer, «von hier schaff ich's
in ungefähr zweieinhalb Stunden. Wird ein bißchen spät mit dem
Dinner, Sir, aber schaffen *läßt* es sich.»

«Gut. In Ordnung», sagte McHarg, nickte entschieden und setzte sich wieder zurück. «Fahren Sie los.» Er winkte verabschiedend
mit der Hand. «Wir fahren nach Brighton.»

Sie fuhren wieder los und schlugen an der nächsten Kreuzung
eine andere Richtung ein, um auf die Straße nach Brighton zu
kommen.

Von da ab wurde ihre Fahrt zu einem Alpdruck von Halten, Wenden und Richtungsändern. Der kleine Fahrer war sicher, daß sie in
der Richtung nach Brighton fuhren, aber irgendwo fand er die
rechte Straße nicht. Sie bogen auf diesen und auf jenen Weg ein,
fuhren kilometerweit durch Städte und Dörfer und dann wieder
über freies Land und kamen nirgendswohin. Schließlich hielt der
Fahrer an einer einsamen Kreuzung, von der mehrere Wege ab-
zweigten, und sah nach den Wegweisern. Auf keinem stand Brighton, und er mußte schließlich zugeben, daß er sich verfahren hatte.
Bei diesem Geständnis richtete McHarg sich auf, beugte sich mühsam auf seinem Sitz vor, spähte in die dunkle Nacht hinaus und

fragte George, was sie nun machen sollten. Sie wußten beide noch weniger als der Fahrer, wo sie sich befanden; aber irgendwohin mußten sie ja fahren. Als George auf gut Glück die Vermutung äußerte, Brighton müsse irgendwo linker Hand liegen, befahl McHarg dem Mann, den nächsten Weg links einzuschlagen und abzuwarten, wohin man käme; dann sank er wieder in seinen Sitz zurück und schloß die Augen. Von da an wiesen McHarg oder Webber den Fahrer bei jeder Straßenkreuzung an, wohin er fahren solle, und der kleine Londoner gehorchte ihnen pflichtschuldigst; es war ihm aber deutlich anzumerken, daß er von immer schlimmeren Ahnungen erfüllt wurde bei dem Gedanken, sich in der Wildnis von Surrey verirrt zu haben und den unberechenbaren Launen von zwei sonderbaren Amerikanern ausgeliefert zu sein. Aus einem unerfindlichen Grund fiel es keinem von ihnen ein, anzuhalten und nach dem Weg zu fragen, so daß sie sich nur immer mehr verirrten. Sie fuhren hin und her, vorwärts und rückwärts, in dieser oder jener Richtung, und George hatte allmählich das Gefühl, sie müßten einen großen Teil des gesamten komplizierten Straßennetzes von Südengland abgefahren haben.

Der Fahrer war nach kurzer Zeit einem Nervenzusammenbruch nahe. Die Todesangst des kleinen Mannes war unverkennbar. Übereifrig, aber mit bebender Stimme willigte er in alles ein, was man von ihm verlangte. Seinem ganzen Gehabe nach glaubte er offenbar, daß er zwei Wahnsinnigen in die Fänge geraten und ihnen auf der einsamen Landstraße auf Gnade und Ungnade ausgeliefert wäre und daß wahrscheinlich im nächsten Augenblick irgend etwas Furchtbares passieren würde. George sah ihn über das Lenkrad gebeugt, die ganze Gestalt verkrampft vor angespanntem Entsetzen. Wenn einer von diesen verrückten Amerikanern auf dem Rücksitz ein markerschütterndes Kriegsgeschrei ausgestoßen hätte, so würde das den unglücklichen Mann keineswegs überrascht haben; sicher aber wäre er auf der Stelle tot umgefallen.

Auch die unheimliche nächtliche Umgebung war dazu angetan, sein Entsetzen noch zu steigern. Je weiter die Nacht fortschritt, um so wilder wurde sie: eine sturmgepeitschte Wahnsinnsnacht, wie es sie im Winter in England zuweilen gibt. Ein einsamer, abenteuerlustiger Wanderer hätte sie herrlich wild und aufregend gefunden. Aber diesem stillen kleinen Mann, der sich vermutlich bitterlich nach einem Glas Bier und nach dem warmen Hafen seiner Stammkneipe sehnte, konnte das dämonische Antlitz der Nacht nur Furcht einjagen. Es war eine Nacht, in der der Mond sich wie ein Gespensterschiff durch die stürmisch jagenden Wolken des Himmels kämpft, in der der Wind wie ein irrsinniger Teufel heult und kreischt. Sie hörten ihn in den sturmgepeitschten Zweigen der kahlen Bäume toben; dann fiel er kreischend auf sie nieder, stöhnte und pfiff um den Wagen und fegte wieder davon, während Regenböen gegen die Scheiben klatschten. Dann hörten sie ihn in der Ferne heulen, hörten ihn in einer höheren Luftschicht wie wahnsinnig an den Zweigen der Bäume rütteln. Der gespenstische Mond jagte dahin; bald warf er sein mildes, fahles Licht über die sturmgepeitschte Landschaft, bald versteckte er sich hinter drohend aufgetürmten Wolkenmassen und überließ sie der Finsternis und dem teuflischen Geheul des Windes. Es war so recht eine Nacht, um ein Verbrechen zu begehen, und der Fahrer befürchtete offensichtlich das Schlimmste.

Nachdem sie stundenlang hin- und hergefahren und nirgends hingekommen waren, gab es irgendwo einmal einen Punkt, da McHargs erstaunliche Reserven an Lebenskraft versiegten. Er saß noch immer ausgestreckt mit zurückgelehntem Kopf da; plötzlich tastete er blind mit der Hand zu George hin und sagte:

«Ich bin am Ende, George. Laß halten. Ich kann nicht mehr.»

George ließ sofort halten. Da standen sie nun am Straßenrand, in Finsternis, Sturm und strömendem Regen. Im fahlen, wechselnden Licht des gespenstischen Mondes glich McHarg einem Geist. Sein Gesicht sah jetzt totenfahl aus. George war sehr besorgt und schlug ihm vor, auszusteigen und festzustellen, ob die kalte Luft ihm guttun würde.

McHarg antwortete ganz ruhig mit der Endgültigkeit äußerster Verzweiflung: «Nein. Ich möchte einfach sterben. Laß mich in Ruhe.» Er fiel wieder in seine Ecke zurück, schloß die Augen und schien sich ganz und gar George anzuvertrauen. Während dieser ganzen fürchterlichen Fahrt sprach er kein Wort mehr.

In dem Halbdunkel, das nur durch die Schalttafel und das unheimliche Mondlicht erhellt wurde, sahen George und der Fahrer einander stumm und verzweiflungsvoll fragend an. Dann leckte der Fahrer sich die trockenen Lippen und flüsterte:

«Was machen wir jetzt, Sir? Wohin sollen wir fahren?»

George dachte einen Augenblick nach und antwortete: «Ich glaube, wir müssen zum Haus seines Freundes zurück. Mr. McHarg ist vielleicht sehr krank. Kehren Sie rasch um und fahren Sie möglichst schnell dorthin.»

«Jawohl, Sir! Jawohl, Sir!» flüsterte der Fahrer. Er wendete und fuhr wieder los.

Nun war die Fahrt wirklich nur noch ein Alptraum. Die Anweisung, die man ihnen gegeben hatte, war ziemlich kompliziert und wäre schon schwer genug zu befolgen gewesen, wenn sie sich an die ursprünglich eingeschlagene Straße gehalten hätten. Nun aber hatten sie sich verirrt, hatten die Richtung verloren und mußten irgendwie wieder auf den ersten Weg zurückfinden. George empfand es als ein reines Wunder, daß das schließlich doch noch gelang. Dann mußten sie anweisungsgemäß sorgfältig auf mehrere schwierige Kreuzungen achten, bei jeder richtig abbiegen und zu guter Letzt den einsamen Feldweg finden, auf dessen Höhe McHargs Freund wohnte. Dabei kamen sie wieder vom Weg ab und mußten zum nächsten Dorf zurück, wo der Fahrer sich erkundigte und wieder den richtigen Weg fand. Als sie schließlich den Weg entdeckten, der zu dem gesuchten Haus hinaufführte, war es halb elf durch.

Nun bot sich ihnen ein noch unheimlicheres und grausigeres Bild als zuvor. George konnte es kaum glauben, daß sie sich noch in Surrey befanden. Er hatte sich Surrey immer als eine liebliche, ansprechende Gegend vorgestellt, als eine Art gemilderte, freundlichere Vorortgegend von London. Bei dem Namen hatten ihm sanfte grüne Wiesen vorgeschwebt, die dicht mit Städten und Dörfern besiedelt waren. Eine ruhige, friedliche Gegend hatte er sich vorgestellt, eine wunderbare *urbs in rure*, einen bezaubernden, von London in einer Stunde erreichbaren Landaufenthalt, eine Gegend, in der man die Freuden des Landlebens genießen konnte und doch nicht auf die Bequemlichkeiten der Stadt zu verzichten brauchte und in der man immer in Rufweite einen Nachbarn hatte. Die Landschaft, in die sie kamen, sah keineswegs so aus. Sie war dicht bewaldet und in dieser Sturmnacht denkbar wild und einsam. Als der Wagen sich langsam den gewundenen Weg hinaufquälte, kam es George so vor, als erklömmen sie den teuflischen Hang des Blocksberges, und er erwartete halb und halb, daß sie sich beim Durchbrechen des Mondlichts auf einer kahlen Waldlichtung mitten im Hexensabbat der Walpurgisnacht wiederfinden würden. Die Bäume bogen sich unter dem wahnsinnig heulenden Gelächter des Windes, die Wolkenfetzen jagten wie flüchtende Geister über den Himmel, und der Wagen schwankte, holperte, fauchte und rumpelte einen Weg hinauf, der schon zu Römerzeiten existiert haben mußte und anscheinend seit jener Zeit weder ausgebessert noch befahren worden war. Weit und breit war weder ein Haus noch ein Licht zu sehen.

George hatte das Gefühl, sie hätten sich wieder verfahren; in dieser unzugänglichen Wildnis konnte bestimmt niemand wohnen. Er wollte es schon aufgeben und dem Fahrer sagen, daß er umkehren möge, da bemerkte er, als sie um eine Kurve bogen, rechter Hand, etwa hundert Meter oberhalb der Straße ein Haus, dessen Fenster verheißungsvoll Helligkeit und Wärme ausstrahlten.

Das Haus auf dem Lande

Mit einem Ruck brachte der Chauffeur den Wagen zum Stehen.

«Das muß es sein, Sir», flüsterte er. «Das ist das einzige Haus hier.» Seine Stimme verriet weniger Erleichterung als erhöhte Spannung.

George bestätigte: wahrscheinlich sei dies der gesuchte Ort.

Auf dem ganzen Weg den Hügel hinauf hatte McHarg kein Lebenszeichen von sich gegeben. George machte sich ernstlich Sorge um ihn – um so mehr, als während der letzten paar Kilometer die langen, schlaffen Arme und die knochigen Hände des erschöpften Mannes leblos geschlenkert und gebaumelt hatten, sobald der Wagen über einen Straßenbuckel holperte oder in eine Fahrrinne absackte. George rief ihn an: keine Antwort. Da er McHarg nicht allein lassen wollte, schlug er dem Chauffeur vor, auszusteigen, zum Haus hinaufzugehen und sich zu erkundigen, ob McHargs Freund wirklich dort wohne; wenn das so wäre, dann sollte er den Mann bitten, zum Wagen herunterzukommen.

Das war eine starke Zumutung für den völlig verängstigten Chauffeur. Bisher hatte er sich gefürchtet, weil er mit seinen Fahrgästen *zusammen* war; der Gedanke, sich von ihnen zu *entfernen*, schien ihm noch beängstigender zu sein. George war es nicht ganz klar, wovor er sich eigentlich fürchtete; jedenfalls benahm der Mann sich so, als wäre in dem Haus da oben die übrige Mörderbande versteckt und wartete nur auf ihn.

«Oh, Sir», flüsterte er schaudernd, «da kann ich nicht raufgehn. Nein, Sir, nicht in das Haus da. Wirklich, Sir, das kann ich nicht. Bitte, gehn Sie doch, Sir.»

George stieg also aus, atmete tief, um sich für das Unternehmen zu stärken, und ging widerstrebend den Fußpfad hinauf. Da steckte er nun in einer grotesken, höchst peinlichen Klemme: er hatte keine Ahnung, zu wem er eigentlich ging, nicht einmal den Namen von McHargs Freund wußte er. McHarg hatte von ihm nur per «Rick» gesprochen, was George für eine Abkürzung oder für einen Spitznamen hielt. Außerdem war es ja keineswegs ausgemacht, daß dieser Mann wirklich hier wohnte. George wußte nur, daß er nach einem Tag voller unglaublicher Ereignisse und nach einer alptraumartigen Fahrt in einem Rolls-Royce mit einem verängstigten Fahrer jetzt, während Regen und Wind ihm ins Gesicht peitschten, einen Fußweg zu einem Haus hinaufstieg, das er noch nie gesehen hatte; daß er einem Menschen, dessen Namen er nicht kannte, mitteilen wollte, einer der berühmtesten amerikanischen Romanautoren liege erschöpft vor seiner Tür, und der Fremde möge doch bitte herauskommen und feststellen, ob er jenen Romanautor kenne.

Er ging also hinauf und klopfte an die Tür des anscheinend weitläufigen, alten und nie renovierten Bauernhauses. Gleich darauf ging die Tür auf, und vor George stand ein Mann, der nicht wie ein Dienstbote aussah, sondern sofort als Herr des Hauses zu erkennen war. Er war ein kräftiger, gepflegter Engländer mittleren Alters in einem Samtjackett, in dessen Taschen er die Hände vergraben hatte, während er mißtrauisch den nächtlichen Besucher musterte. Er trug einen Eckenkragen und einen tadellosen, gepunkteten Querbinder. Angesichts dieser geschniegelten Sauberkeit wurde George sehr unbeholfen und verlegen, denn er war sich peinlich bewußt, eine wie wenig empfehlende Figur er selber abgab: er hatte sich seit zwei Tagen nicht rasiert, und sein Gesicht war mit einem schmudelig-rauhen Stoppelbart bedeckt. Abgesehen von dem kurzen Nachmittagsschläfchen hatte er 36 Stunden nicht geschlafen, und seine Augen waren rot und blutunterlaufen. Seine Schuhe starrten von Schmutz, und von seinem alten Hut, den er sich tief ins Gesicht gezogen hatte, rann der Regen. Er war nicht nur körperlich müde, sondern auch von aller Sorge und Nervenanspannung völlig überanstrengt. Der Engländer hielt ihn offensichtlich für ein verdächtiges Subjekt, denn er stand steif da und starrte ihn wortlos an.

«Sind Sie ... ich ...» fing George an, «ich meine, wenn Sie der sind, den ich suche ...»

«Heh?» fragte der Mann verdutzt. «Wer denn?»

«Mr. McHarg ist da», setzte George wieder an. «Falls Sie ihn kennen ...»

«Heh?» fragte der Mann noch einmal und rief gleich darauf: «Oh!» Dabei hob er die Stimme und sprach das Wort in einem leicht überraschten, plötzlich begreifenden Sington aus, so daß es wie ein erschrecktes, heftig hervorgestoßenes «Au!» klang. Einen Augenblick schwieg er und blickte George forschend an. «Au!» sagte er noch einmal und fragte dann ruhig: «Wo ist er?»

«Er ... er ist draußen im Wagen», antwortete George eifrig mit einem überwältigenden Gefühl der Erleichterung.

«Au!» rief der Engländer und fuhr ungeduldig fort: «Also, warum kommt er dann nicht rein? Wir haben ihn schon lange erwartet.»

«Ich glaube, wenn Sie mal runtergingen und mit ihm redeten ...» fing George wieder an und stockte.

«Au!» rief der Herr und sah George mit ernster Miene an. «Ist er ... meinen Sie? ... Au!» rief er, als wäre ihm plötzlich eine Erleuchtung gekommen. «Hm-m!» brummte er nachdenklich. «Also gut», sagte er mit festerer Stimme, trat auf den Fußweg hinaus und schloß sorgfältig hinter sich die Tür, «dann werden wir mal runtergehn und ihn uns ansehn. Meinen Sie nicht?»

Die letzte Regenböe war so schnell vergangen, wie sie gekommen war; der Mond segelte wieder klar am Himmel, während sie zusammen den Fußweg hinuntergingen. Auf halbem Weg blieb der Engländer mit besorgter Miene stehen und schrie, um sich gegen den Wind verständlich zu machen:

«Sagen Sie ... ist ihm ... ich meine», er hüstelte, «ist ihm ... übel?»

George wußte aus einer gewissen Betonung dieses Wortes wie auch aus seinen früheren Erfahrungen mit Engländern, daß das Wort «übel» nur eines bedeuten konnte. Er schüttelte den Kopf:

«Er sieht sehr krank aus, aber *übel* ist ihm nicht.»

«Weil», grölte der Herr besorgt, «nämlich, wenn ihm übel ist ... au, du liebes bißchen! Ich hab Knuck sehr gern, wissen Sie, wir kennen uns schon jahrelang ... aber wenn ihm *übel* wird!» Er schüttelte sich. «Das müssen Sie verstehn: ich mag das nicht. Davon will ich nichts wissen!» brüllt er hastig. «Ich ... ich will gar nichts davon hören! Wenn das anfängt ... da ... da mag ich nicht dabei sein! Da ... also, ich wasche meine Hände in Unschuld!» platzte er heraus.

George beruhigte ihn: Mr. McHarg sei gar nicht übel gewesen, er sei nur schwerkrank; sie gingen also den Pfad hinunter zum Wagen. Der Engländer zögerte einen Augenblick, öffnete dann die Wagentür, steckte den Kopf hinein und rief mit einem Blick auf McHargs zusammengesunkene Gestalt:

«Knuck! Hörst du, Knuck!»

McHarg gab keinen Laut von sich; nur sein röchelnder Atem war zu hören, der fast wie ein Schnarchen klang.

«Knuck, alter Junge!» rief der Engländer noch einmal. «Hörst du, Knuck!» rief er noch lauter. «Bist du endlich da, alter Junge?»

McHarg *war* ganz offensichtlich da, gab aber keine Antwort.

«Hör mal, Knuck! Sag doch was, Mensch! Hier ist Rick!»

McHarg schnarchte bei dieser Mitteilung nur noch lauter: nach einer kleinen Weile bewegte er jedoch eines seiner langen Klapp-messer-Beine und brummte, ohne die Augen aufzuschlagen: «'lo, Rick.» Dann schnarchte er weiter.

«Knuck, hör doch!» rief der Engländer noch eindringlicher. «Willst du nicht raufkommen, Mensch? Wir warten oben auf dich!»

Keine Antwort, nur der fortgesetzte röchelnde Atem. Der Eng-länder bemühte sich weiter, aber ohne Erfolg; schließlich zog er seinen Kopf wieder aus dem Wagen und sagte, zu George ge-wendet:

«Ich glaube, wir müssen ihn ins Haus schaffen. Knuck hat sich mal wieder total übernommen, scheint mir.»

«Ja», sagte George besorgt. «Er sieht so schwerkrank aus, als wäre er körperlich und nervlich vollkommen zu Ende. Sollten wir nicht lieber einen Arzt rufen?»

«Au nein», sagte der Engländer fröhlich. «Ich kenne Knuck schon lange und hab das öfter erlebt, wenn er so 'ne Tour hinter sich hatte. Er treibt's unbarmherzig immer weiter, wissen Sie, keine Ruhe, kein Essen, denkt gar nicht dran, sich in acht zu nehmen. So wie er lebt – jeden andern würde das umbringen. Aber Knuck – ach wo! Kein Grund zur Sorge, wirklich! Der kommt schon wieder in Ordnung, Sie werden sehn.»

Nach diesen tröstlichen Worten halfen sie McHarg aus dem Wa-gen und stellten ihn auf die Beine. Seine ausgemergelte Gestalt wirkte erbärmlich schwach und gebrechlich, aber die kalte Luft schien ihn etwas zu kräftigen. Er atmete ein paarmal tief und sah sich um.

«So ist's recht», sagte der Engländer ermutigend. «Geht's nun besser, alter Junge?»

«Gottserbärmlich», sagte McHarg. «Bin total hin. Möchte ins Bett.»

«Natürlich», sagte der Engländer. «Aber erst solltest du was es-sen. Wir haben mit dem Dinner gewartet. Steht alles bereit.»

«Kein Essen», sagte McHarg schroff. «Schlafen. Morgen essen.»

«Schön, mein Alter», sagte der Engländer liebenswürdig. «Ganz wie du willst. Aber dein Freund hier muß ja halb verhungert sein. Wir bringen euch beide unter. Komm mit», sagte er und nahm McHarg beim Arm.

Sie begannen zu dritt den Weg hinaufzugehen.

«Aber, Sir», sagte eine klägliche Stimme neben George, der dem Wagen am nächsten stand. Sie waren so mit ihren eigenen Angele-genheiten beschäftigt gewesen, daß sie den kleinen Fahrer völlig vergessen hatten. «Aber, Sir», flüsterte er und lehnte sich aus dem Wagenfenster. «Was soll ich denn mit dem Wagen mache? Brauchen ...» er leckte sich nervös die Lippen, «brauchen Sie ihn heute abend noch?»

Der Engländer hatte die Situation sofort erfaßt.

«Nein», sagte er munter, «wir brauchen ihn nicht. Fahren Sie ihn einfach hinters Haus und lassen Sie ihn dort stehn, nicht wahr?»

«Jawohl, Sir! Jawohl, Sir!» japste der Fahrer. Er wußte selber nicht recht, wovor er sich jetzt noch fürchtete. «Hinters Haus fahren, Sir», wiederholte er mechanisch. «Sehr wohl, Sir. Und ... und ...» Er leckte sich die trockenen Lippen.

«Und ... ja, natürlich», erinnerte der Engländer sich plötzlich. «Wenn Sie fertig sind, gehn Sie in die Küche und lassen sich von meinem Butler was zu essen geben.»

Dann wandte er sich fröhlich um, packte McHarg wieder beim Arm und führte ihn den Weg hinauf; der verdatterte Fahrer murmelte: «Jawohl, Sir! Jawohl, Sir!»; der Mond jagte über ihm dahin, und der Wind heulte wie wahnsinnig.

Aus dem blinden Wirrsal von Sturm und Mißgeschick traten sie in das warme, strahlend erleuchtete Haus: ein reizendes Haus mit niedrigen Decken und alten, holzgetäfelten Wänden. Die Hausherrin, eine bezaubernde und sehr schöne Frau, erheblich jünger als ihr Mann, kam ihnen entgegen und begrüßte sie. McHarg antwortete ihr mit ein paar Worten und verlangte dann sofort wieder zu schlafen. Die Frau schien die Situation sogleich zu erfassen und ging vor ihnen die Treppe hinauf ins Gastzimmer, das schon für sie vorbereitet war. Es war ein behagliches Zimmer mit tief herabreichenden Fenstern, im Kamin brannte ein Feuer, und auf den beiden Betten waren die Decken säuberlich zurückgeschlagen und ließen das einladend weiße Leinen sehen.

Die Frau ließ sie allein, und ihr Mann und George brachten McHarg so gut sie konnten zu Bett. Er hielt sich kaum noch auf den Beinen. Sie nahmen ihm Schuhe, Kragen und Krawatte ab, setzten ihn dann auf und zogen ihm Jacke und Weste aus. Dann legten sie ihn aufs Bett, streckten ihn aus und deckten ihn zu. Als das getan war und sie aus dem Zimmer gingen, war McHarg bereits tief in friedlichen Schlummer versunken.

Die beiden Männer gingen wieder hinunter, und jetzt fiel ihnen ein, daß sie beiall dem Durcheinander nicht daran gedacht hatten, sich einander vorzustellen. George nannte seinen Namen und war erfreut und geschmeichelt, als er hörte, daß sein Gastgeber ihn kannte und sogar sein Buch gelesen hatte. Der Hausherr führte den seltsamen Namen Rickenbach Reade. Später am Abend erzählte er George, daß er ein halber Deutscher sei. Er hatte aber immer in England gelebt und wirkte in Benehmen, Sprache und Aussehen ganz englisch.

Anfangs hatte zwischen Reade und Webber eine gewisse Steifheit geherrscht. Die Umstände, unter denen Webber aufgetaucht war, wirkten nicht gerade förderlich für ein schnelles, gegenseitiges Verstehen und für eine enge Kameradschaft. Nachdem sie sich etwas förmlich-zurückhaltend bekannt gemacht hatten, fragte Reade, ob Webber sich nicht ein bißchen waschen wolle, und er führte ihn in einen kleinen Waschraum. Als George einigermaßen sauber wieder herauskam, soweit das mit Hilfe von Wasser, Seife, Kamm und Bürste zu erreichen ist, erwartete ihn sein Gastgeber und führte ihn, immer noch ein wenig förmlich, in das Speisezimmer, in dem sie bereits die Dame vorfanden. Sie setzten sich zu Tisch.

Es war ein reizendes, warmes Zimmer mit niedriger Decke und alter Holztäfelung. Auch die Dame war reizend. Und das Essen erwies sich als prächtig, obwohl es stundenlang gestanden hatte. Während sie auf die Suppe warteten, bot Reade George ein Glas guten alten Sherry an, dem ein zweites und drittes folgte. Schließlich wurde die Suppe von einem Burschen serviert, der in einer sauber-korrekten, aber etwas ausgeblichenen Livree steckte und ein scharfgeschnittenes, kluges Cockney-Gesicht mit einer großen Nase hatte. Es gab eine wunderbare, dicke Tomatensuppe von der Farbe dunklen Mahagonis. George machte aus seinem Hunger kein Hehl. Er aß gierig, und angesichts dieses begeisterten Appetits schmolz auch die letzte Steifheit, die noch zwischen den dreien geherrscht hatte.

Der Butler brachte ein riesiges Roastbeef mit gekochten Kartoffeln und Rosenkohl. Reade schnitt für George eine gewaltige Scheibe ab, und die Dame belegte seinen Teller reichlich mit Gemüse. Das Ehepaar langte ebenfalls zu, aber man merkte deutlich, daß es bereits gegessen hatte. Sie nahmen nur wenig und ließen das meiste auf dem Teller, machten aber die Zeremonie des Essens mit, um George Gesellschaft zu leisten. Im Handumdrehen war das Roastbeef von seinem Teller verschwunden.

«Na also!» rief Reade und griff wieder nach dem Tranchiermesser. «Darf ich Ihnen noch eine Scheibe geben? Sie müssen ja halb verhungert sein.»

«Sicher sind Sie ganz ausgehungert», sagte seine Frau mit melodischer Stimme.

George aß also weiter.

Der Butler brachte Wein: einen alten, schweren Burgunder in einer mit Spinnweb bedeckten Flasche, die sauber abgewischt wurde. Zum Nachtisch gab es einen hohen, knusprig überbackenen Apfelauflauf und ein großes Stück Käse. George aß alles auf, was ihm vorgesetzt wurde. Als er fertig war, seufzte er gesättigt und tief befriedigt und blickte auf. In diesem Augenblick trafen sich plötzlich drei Augenpaare, und plötzlich warfen sie sich gleichzeitig in den Stühlen zurück und lachten aus vollem Hals.

Es war jenes seltene, spontane Lachen des Einverständnisses: ein dröhnend-massives, unbezwinglich-brüllendes «Ha-ha-ha», die Explosion eines zwerchfellerschütternden Krampfes; es prallte an den Wänden ab und pflanzte sich als Echo fort, bis auf dem Büfett die Gläser zu klirren begannen. Nun, da der Bann gebrochen war, schwoll es an, stieg und überschlug sich, bis ihnen alles weh tat und sie erschöpft dasaßen und nur noch beinahe tonlos kicherten und keuchten; und als sie schon kaum noch japsen konnten und ihr geschwächtes Zwerchfell zu streiken drohte – da fing es wieder an und rollte mit brüllendem Widerhall durchs Zimmer. Zweimal kam der Butler an die Pendeltür, öffnete sie einen Spalt weit und steckte verstohlen sein verdutztes Gesicht herein. Jedesmal brachen sie bei seinem Anblick wieder in Gelächter aus. Als es endlich zu einem letzten, schwachen Keuchen verebbte, steckte der Butler wieder sein rundliches Gesicht durch die Tür und sagte:

«Ach, bitte, Sir: der Fahrer ist hier.»

Der unselige kleine Mann tauchte auf, stand, nervös seine Mütze in den Händen drehend, an der Tür und leckte sich ängstlich die trockenen Lippen.

«Bitte, Sir», brachte er endlich flüsternd heraus, «der Wagen. Wünschen Sie, daß ich ihn über Nacht hinterm Haus stehen lasse, Sir, oder soll ich ihn ins nächste Dorf fahren?»

«Wie weit ist das nächste Dorf?» keuchte George mühsam.

«Sie sagen, ungefähr zehn Kilometer, Sir», flüsterte er mit verzweifelter Schreckensmiene.

Sein Gesichtsausdruck gab ihnen den Rest: Webbers Kehle entrang sich ein halbersticktes Kreischen; Mrs. Reade krümmte sich und hielt sich die zusammengeknüllte Serviette vor den Mund. Rickenbach Reade hingegen lag einfach mit zurückgeworfenem Kopf in seinem Stuhl und brüllte vor Lachen wie ein Besessener.

Der Fahrer stand wie angewurzelt da. Er glaubte sicher, sein letztes Stündlein wäre gekommen. Jetzt war er diesen Irren auf Gnade und Ungnade ausgeliefert, stand wie gelähmt, unfähig zu fliehen.

515

Sie aber konnten nichts tun, um seine namenlose Angst zu beschwichtigen. Sie brachten kein Wort heraus, konnten nichts erklären, sie vermochten ihn nicht einmal anzusehen. Immer, wenn sie zu einem Wort ansetzten, zu ihm hinsahen und sein bleiches Gesicht mit dem Ausdruck unsinniger Todesangst erblickten, wurden sie wieder von jauchzend-gellendem, hilflos-kreischendem Gelächter geschüttelt.

Endlich war es dann doch vorbei: sie hatten sich ausgelacht. Sie kamen sich ausgehöhlt und albern vor und schämten sich in ihrer Ernüchterung, dem kleinen Fahrer so unnötig Angst eingejagt zu haben. Sie sagten ihm also ruhig und freundlich, er möge den Wagen dort lassen, wo er stand, und sich nicht mehr um ihn kümmern. Reade bat den Butler, sich des Fahrers anzunehmen und ihn für die Nacht in seinem Zimmer unterzubringen.

«Jawohl, Sir, jawohl, Sir», murmelte der kleine Fahrer mechanisch.

«Sehr wohl, Sir», sagte der Butler lebhaft und nahm den Mann mit sich.

Sie standen nun vom Tisch auf und gingen ins Wohnzimmer. Nach ein paar Minuten brachte der Butler ein Tablett mit Kaffee. Sie saßen vor dem freundlich knisternden Feuer, tranken Kaffee und danach Cognac. Es war wunderbar warm und tröstlich, hier zu sitzen und auf das Toben des Sturmes draußen zu lauschen; bei dem Zauber dieser Stimmung fühlten sie sich zueinander hingezogen, als kennten sie sich schon lange. Sie lachten und plauderten ohne jede Befangenheit und erzählten sich alle möglichen Geschichten. Als Reade merkte, daß George immer noch um McHarg besorgt war, suchte er auf verschiedene Weise seine Befürchtungen zu zerstreuen.

«Mein lieber Junge», sagte er, «ich kenne Knuck seit Jahren. Er jagt sich ab bis zur völligen Erschöpfung; das hab ich nun schon ein dutzendmal erlebt, aber schließlich kommt immer wieder alles in Ordnung. Erstaunlich, wie er das macht – ich könnte es bestimmt nicht. Kein anderer könnte das, er kann's. Eine erstaunliche Lebenskraft hat er! Grade wenn man denkt, er hätte sich völlig zugrunde gerichtet, dann kommt er ganz überraschend auf die Beine und fängt wieder frisch wie 'n Gänseblümchen von vorne an.»

George kannte McHarg nun selber schon gut genug, um sich das vorzustellen. Reade erzählte noch weitere Erlebnisse, die das bestätigten: vor ein paar Jahren war McHarg nach England gekommen, um an einem neuen Buch zu arbeiten. Auch damals hatte seine Lebensweise bei seinen Bekannten die schlimmsten Befürchtungen geweckt. Nur wenige glaubten, daß er es noch lange aushalten würde, und die mit ihm befreundeten Schriftsteller begriffen nicht, wie er dabei überhaupt arbeiten konnte.

«Einmal», fuhr Reade fort, «gab er abends in einem Privatzimmer im *Savoy* eine Gesellschaft. Er hatte sich seit Tagen aufgepeitscht und immer weitergemacht, wie es so seine Art ist; an diesem Abend war er gegen zehn Uhr völlig erledigt. Er sackte einfach zusammen und schlief bei Tisch ein. Wir legten ihn auf eine Couch, und die Gesellschaft ging weiter. Später trugen wir ihn mit Hilfe von zwei Portiers in ein Taxi und brachten ihn heim. Er hatte eine Wohnung am Cavendish Square. Am nächsten Tag war ich mit ihm zum Lunch verabredet. Nicht im entferntesten hätte ich geglaubt, daß er kommen würde. Ich zweifelte sogar sehr daran, daß er vor zwei oder drei Tagen wieder aufstehen könnte. Trotzdem ging ich kurz vor eins bei ihm vorbei, um nach ihm zu sehen.»

Reade schwieg eine Weile und blickte ins Feuer. Dann schnaufte er heftig durch die Nase und sagte:

«Na ja! Da saß er, einen alten Morgenrock über seiner ungebügelten alten Tweedhose, am Schreibtisch vor seiner Schreibmaschine und tippte wie ein Verrückter. Neben ihm lag ein großer Manuskriptstoß. Er sagte, er sitze schon seit sechs Uhr bei der Arbeit und habe über zwanzig Seiten geschafft. Als ich reinkam, sah er bloß auf und sagte: ‹Hallo, Rick. In einer Minute bin ich fertig. Setz dich doch, ja?› ... Na ja!» Wieder schnaufte er heftig durch die Nase. «Ich *mußte* mich setzen! Ich fiel einfach auf einen Stuhl und starrte ihn an. So was Erstaunliches hatte ich noch nie erlebt.»

«Und konnte er mit Ihnen zum Lunch gehn?»

«Na, und ob!» rief Reade. «Wie aus der Pistole geschossen sprang er auf, zog sich die Jacke an, setzte den Hut auf, riß mich von meinem Stuhl hoch und sagte: ‹Komm! Ich hab einen Bärenhunger!› Aber das Erstaunlichste war», fuhr Reade fort, «daß er sich an alles erinnerte, was am Vorabend geschehen war, an alles, was wir gesagt hatten, und dabei hätt ich schwören mögen, daß er bewußtlos gewesen war! Ein erstaunliches Geschöpf! Einfach erstaunlich!» rief der Engländer.

Sie saßen vor der wärmenden Glut des Kaminfeuers, begossen die neue Freundschaft mit verschiedenen weiteren Cognacs, rauchten eine Zigarette nach der andern und plauderten stundenlang, ohne auf die Zeit zu achten. Es war ein offenes, unbefangenes Gespräch, das nicht durch die sonst übliche Zurückhaltung gehemmt wurde und in dem die Menschen sich so geben, wie sie waren. Der Hausherr war großartiger Laune und erzählte viel sympathische

Dinge über seine Frau, sich selber und über das schöne Leben, das sie hier in der einsamen Freiheit ihres ländlichen Refugiums führten. Es gelang ihm, die gesunden Freuden des Landlebens nicht nur hübsch und anziehend zu schildern, sondern sie auch erstrebens- und beneidenswert erscheinen zu lassen. Er ließ vor dem Zuhörer ein idyllisches Bild entstehen: spartanische Unabhängigkeit mit schlichten Freuden und solider Bequemlichkeit; jeder Mensch, der in der Unruhe, Verwirrung und Unsicherheit unserer komplizierten Welt lebt, hegt irgendwann einmal den Wunsch danach. Aber während George seinem Gastgeber zuhörte und das Sehnsüchtig-Verlockende seiner Schilderung spürte, hatte er zugleich das beunruhigende Gefühl, daß unausgesprochen hinter diesem Bild etwas lauerte, das allen Einzelheiten den Stempel des Zweifelhaften und Unechten aufdrückte.

George erkannte bald, daß Rickenbach Reade zu den Menschen gehörte, die sich den Bedingungen des modernen Lebens nicht anpassen können und sich infolgedessen von der harten Wirklichkeit zurückgezogen haben, weil sie ihr nicht ins Auge zu sehen vermögen. Diese Erscheinung war George nicht neu: er hatte schon eine Anzahl ähnlicher Menschen kennengelernt und beobachtet. Nun wurde ihm klar, daß auch sie eine Gruppe, eine Familie oder eine Rasse bildeten, eine der kleinen Welten, für die keine Landes- oder Ortsgrenzen gelten. Solche Menschen gab es in überraschend großer Zahl in Amerika, vor allem in den abgelegeneren Außenbezirken von Boston, Cambridge und Harvard, oder auch in Greenwich Village bei New York; wenn sie auch dieses behelfsmäßige Bohèmeleben nicht ertragen konnten, zogen sie sich in ein gleichsam denaturiertes Landleben zurück.

Für alle diese Menschen war das Land die letzte Zuflucht. Sie kauften kleine Farmen in Connecticut oder Vermont und renovierten die schönen alten Häuser ein bißchen zu originell oder ein bißchen zu geschmackvoll-zurückhaltend. Ihre Absonderlichkeit war ein wenig zu absonderlich, ihre Schlichtheit ein bißchen zu ausgeklügelt; auf den alten Farmen, die sie erworben hatten, wurden keine Nutzpflanzen gesät und kein Getreide angebaut. Sie verlegten sich ganz auf Blumen und lernten es mit der Zeit, wie man sehr fachmännisch über seltene Sorten redet. Natürlich liebten sie das einfache Leben und das gute Gefühl, das einem «die Erde» gibt. Nur liebten sie «die Erde» ein bißchen zu bewußt; immer wieder hatten sie George versichert, wie leidenschaftlich gern sie im Garten arbeiteten.

Das taten sie auch wirklich: im Frühjahr arbeiteten sie an ihrem neuen Steingarten und ließen sich dabei nur von einem ortsansässigen Lohnarbeiter· helfen, dessen Einfalt und Verschrobenheit sie heimlich beobachteten und zu amüsanten Anekdoten für ihre Freunde verarbeiteten. Auch die Frauen arbeiteten im Garten; dabei trugen sie schlichte, aber nicht reizlose Arbeitskittel, und sie lernten sogar, die Hecken zu beschneiden – in Zwirnhandschuhen, um die Hände zu schonen. Diese hübschen, eleganten Geschöpfe bekamen allmählich eine gesunde Bräune: ihre wohlgeformten Unterarme schimmerten goldbraun, ihre Gesichter glühten vom aufgesogenen Sonnenlicht, und manchmal lag auch über ihren Backenknochen kaum merklich ein leichter Goldflaum. Sie waren hübsch anzusehen.

Auch im Winter gab es allerlei zu tun. Wenn der Schneefall einsetzte, war mitunter der Verbindungsweg zur Landstraße drei Wochen lang für Autos unbefahrbar. Nicht einmal die Lastwagen der A. & P. kamen durch. Dann mußten sie drei ganze Wochen lang mehr als einen Kilometer mühselig zu Fuß zurücklegen, um Lebensmittel einzukaufen. Und den ganzen Tag gab es soviel anderes zu tun! Die Leute in der Stadt stellten sich das Landleben im Winter vielleicht langweilig vor – aber nur, weil sie es nicht besser wußten. Im Winter wurde der Gutsherr Tischler. Natürlich arbeitete er an seinem Drama, aber zwischendurch tischlerte er Möbel. Es war gut, irgendein Handwerk zu können. Er hatte sich eine Werkstatt in der alten Scheune eingerichtet, in der sich auch sein Arbeitszimmer befand, damit er ungestört seiner geistigen Beschäftigung nachgehen konnte. Die Kinder durften die Scheune nicht betreten. Und der Vater konnte sich jeden Vormittag, nachdem er die Kinder zur Schule gebracht hatte, in sein Scheunen-Arbeitszimmer zurückziehen und hatte den ganzen Vormittag für die Arbeit an seinem Stück zur Verfügung.

Für die Kinder war es übrigens ein herrliches Leben. Im Sommer spielten, schwammen und fischten sie, und sie lernten sehr viel Nützliches auf dem Gebiet der praktischen Demokratie, da sie ja zusammen mit den Arbeiterkindern aufwuchsen. Im Winter besuchten sie eine ausgezeichnete, drei Kilometer entfernte Privatschule. Sie wurde von zwei hochintelligenten Leuten geleitet: einem Fachmann für Planwirtschaft und seiner Frau, einer Kinderpsychologin; diese beiden unternahmen gemeinsam höchst interessante Erziehungsexperimente.

Ja, das Landleben war voll von brennend interessanten Dingen, von denen die Leute in der Großstadt nichts ahnten. Beispielsweise die Lokalpolitik, in die sie sich leidenschaftlich gestürzt hatten. Sie besuchten alle Gemeindeversammlungen, ereiferten sich über die Frage, ob man die Brücke über den Fluß erneuern solle oder nicht, sie bekämpften den alten Bürgermeister Abner Jones und unterstützten ganz allgemein die jüngeren, fortschrittlichen Elemente. An den Wochenenden unterhielten sie ihre großstädtischen Freunde mit lauter entzückenden Geschichten aus diesen Gemeindeversammlungen. Sie waren voll von Anekdoten über die Einheimischen und lösten abends bei Kaffee und Cognac bei den blasiertesten Besuchern schallendes Gelächter aus, wenn der Gutsherr und seine Frau einen Rechtsstreit zwischen Seth Freeman und Rob Perkins über eine Mauer hinweg als Dialog zum besten gaben. Auf dem Land lernte man seine Nachbarn wirklich kennen, es war eine ganz besondere Welt. Einfach war das Leben hier, aber – ach, so gut!

In Reades altem Landhaus wurde abends bei Kerzenlicht gegessen. Die Täfelung aus Fichtenholz im Speisezimmer war älter als zweihundert Jahre, und sie hatten nichts daran verändert. Überhaupt war der ganze Vorderteil des Hauses unverändert geblieben, nur den neuen Flügel für die Kinder hatten sie angebaut. Natürlich hatten sie allerlei machen lassen, als sie das Haus kauften. Es war in einem entsetzlichen Zustand gewesen: Dielen und Schwellen waren verfault gewesen und hatten erneuert werden müssen. Auch einen betonierten Keller hatten sie gebaut und eine Ölheizung angelegt. Das alles hatte viel gekostet, aber es lohnte sich. Das Haus hatte früher Einheimischen gehört, die den Besitz hatten verkommen lassen. Der Hof war seit fünf Generationen in der Familie gewesen. Es war einfach nicht zu glauben, wie sehr sie das Haus verschandelt hatten. Im Wohnzimmer hatten sie einen Linoleumteppich liegen gehabt. Und im Speisezimmer, direkt neben dem schönen alten Porzellanschrank aus der Revolutionszeit, den die Leute schließlich mit dem Haus verkauft hatten, war ein gräßliches Grammophon mit einem altmodischen Schalltrichter aufgestellt gewesen. War das überhaupt vorstellbar?

Natürlich hatten sie vom Keller bis zum Dachgeschoß alles neu möblieren müssen. Die Stadtmöbel paßten überhaupt nicht hinein. Es hatte viel Zeit und mühselige Arbeit gekostet, aber sie hatten es mit Muße gemacht, waren über Land gefahren und hatten alle Bauernhäuser durchstöbert; auf diese Weise war es ihnen gelungen, sehr billig ganz prachtvolle Stücke zusammenzubringen, die größtenteils noch aus der Revolutionszeit stammten, und nun war das Haus endlich zu einem harmonischen Ganzen geworden. Sie tranken sogar ihr Bier aus Zinnbechern; Grace hatte sie, ganz mit

Spinnweben bedeckt, im Keller eines alten Mannes aufge...
Er war 87 Jahre alt, und die Becher hatten, wie er sagte, sch...
nem Vater gehört. Er selber hatte sie nie benutzt, und wenn sie
haben wollte, dann würde er ihr das Stück für 20 Cents lassen. Wa...
das nicht köstlich? Ja, jeder gab zu: es war köstlich.

Eine Jahreszeit folgte der andern, und man konnte sie hier so gut
beobachten. Sie hätten nie mehr da leben mögen, wo man die Jahreszeiten gar nicht bemerkte: sie waren immer wieder ein spannen-
des Abenteuer. Wenn beispielsweise einer von ihnen eines Tages im
Spätsommer die erste Wildente gen Süden fliegen sah, so war das
ein sicheres Zeichen dafür, daß es nun Herbst würde. Dann fiel die
erste Schneeflocke, die gleich wieder zerging, und dann wußten sie:
der Winter stand vor der Tür. Aber nichts war so aufregend wie der
Tag im Vorfrühling, wenn einer entdeckte, daß das erste Schnee-
glöckchen aufgeblüht oder der erste Star gekommen war. Sie führten ein Tagebuch über die Jahreszeiten und schrieben ihren Freunden in der großen Stadt großartige Briefe darüber:

«Ich glaube, es würde Dir jetzt bei uns gefallen. Der Frühling hier
ist einfach toll. Heute hörte ich die erste Singdrossel. Über Nacht
sind unsere alten Apfelbäume voll erblüht. Willst Du nicht kommen? In einer Woche wird es zu spät sein! – Unser Obstgarten und
unsere komischen, knorrigen, geliebten alten Apfelbäume werden
Dich begeistern. Die meisten von ihnen stehen schätzungsweise
schon achtzig Jahre. Es ist ganz etwas anderes wie ein moderner
Obstgarten mit seinen regelmäßigen Reihen kleiner Bäume. Viele
Äpfel ernten wir nicht. Sie sind klein, sauer und herb und so ver-
knorpelt wie die Bäume selber; die Ernte ist nicht groß, aber wir
haben immer genug, und sie sind uns gerade deswegen besonders
lieb. Das *ganze* New England ist darin.»

So verging ein Jahr nach dem andern in einer glücklichen und
gesunden Ordnung. Im ersten Jahr wurde der Steingarten angelegt
und mit kleinen Zwiebelpflanzen und Alpenblumen bepflanzt. Am
Haus und an den Zäunen entlang wurden Malven gesät. Schon im
nächsten Jahr blühten sie in verschwenderischer Pracht. Es war
ganz wunderbar, wie schnell das alles ging. Im zweiten Jahr baute
Reade in der Scheune das Arbeitszimmer aus; er hatte fast alles eigenhändig gezimmert, nur der Lohnarbeiter war ihm zur Hand gegangen. Im dritten Jahr – ja, da waren die Kinder schon größer, auf
dem Land wachsen sie so schnell! – hatte er mit dem Schwimmbas-
sin angefangen. Im vierten Jahr machte er es fertig. Inzwischen arbeitete er an seinem Stück, aber es kam nur langsam voran, weil
soviel anderes zu tun war.

hr – nun, manchmal vermißte man die Stadt doch.
n nie daran denken, ganz zurückzugehen. Es war
ar – bis auf die drei Wintermonate. Darum hatten
nmmen, in diesem Jahr für die drei schlechten Mo-
zu ziehen und ein Apartment zu mieten. Grace
sehr musikliebend und vermißte natürlich die Oper, er war
wieder mehr für das Theater, und es *wäre* gut, wieder mit bestimmten Leuten ihrer Bekanntschaft zusammenzusein. Das war
der größte Nachteil des Landlebens: die Einheimischen waren gewiß prächtige Nachbarn, aber manchmal fehlte einem doch die
geistige Anregung des Stadtlebens. Deshalb hatte er sich entschlossen, dieses Jahr mit seiner Alten hineinzuziehen. Sie würden
die Theater besuchen und Musik hören, würden alte Bekanntschaften erneuern und sich einmal ansehen, was es so gab. Even-
tuell würden sie im Februar für drei Wochen nach Bermuda gehen
oder auch nach Haiti. Haiti sollte noch ganz unberührt vom modernen Leben sein, hatte er gehört. Da gab es noch Windmühlen,
und da glaubten sie noch an Hexerei. Alles war noch wild, ganz
ursprünglich und farbenprächtig. So eine Reise war eine schöne
Unterbrechung des ewigen Einerleis. Natürlich würden sie am
1. April wieder aufs Land zurückkehren.

So etwa sah die üblichste Form der Flucht aus. Aber sie konnte
auch andere Formen annehmen: die amerikanischen Auswanderer,
die sich in Europa niederließen, gehörten im Grunde auch zu dieser
Menschensorte, obwohl ihre Flucht bitterer und trostloser war.
George Webber hatte sie in Paris, in der Schweiz und hier in England kennengelernt: sie schienen ihm den extremsten Grad von Bla-
siertheit darzustellen. Diese Amerikaner taten schon nicht mehr so,
als liebten sie die Natur, als hätten sie die Erde entdeckt und als
kehrten sie zu dem schlichten Leben bodenständigen Yankeetums
zurück. Sie hatten nichts mehr als ein umfassendes Hohnlächeln für
alles und jedes, was es in Amerika gab. Sie bezogen ihren Hohn aus
dem, was sie gelesen und was andere gesagt hatten, oder es war eine
bequeme Art von Notwehr. Hinter diesem Hohnlächeln steckte
keine aufrichtige Leidenschaft, auch keine ehrliche Empörung, und
es wurde von Jahr zu Jahr schwächer. Denn diesen Leuten war
nichts geblieben als Hohnlachen und Trinken, nichts als der öde
Kreislauf des Kaffeehauslebens mit aufeinandergestapelten Unter-
tassen, nichts als ein verschwommenes Weltbild, eine sentimental-
phantastische Vorstellung von «Paris», von «England» oder von
«Europa», die so wenig mit der Wirklichkeit zu tun hatte, als bezö-
gen sie ihr ganzes Wissen aus dem Märchenbuch und als hätte ihr

Fuß nie diese Stätten betreten, die sie angeblich so gu...
und so innig liebten.

George fand, daß der Grundtyp dieser Menschen...
Selbsttäuschung und ihrer Unterlegenheit überall der gleich...
ob sie nun die harmlosere Form der Flucht auf ein Landgut m...
ihrem ermogelten Interesse für Steingärten, Tischlerarbeit, Stock-
rosen und dergleichen wählten, oder ob sie sich verbitterter auf Europa und den Untertassenstapel zurückzogen. Amerikaner, Engländer, Deutsche und Hottentotten – bei allen war es dasselbe. Sie
alle machten sich aus der gleichen Schwäche etwas vor. Sie flohen
eine Welt, der sie nicht gewachsen waren. Wenn sie Talent hatten,
dann war dieses Talent nicht so stark, daß sie es bis zur Erfüllung
und zu dem angeblich verächtlichen Erfolg gebracht hätten, für den
jeder von ihnen das erbärmliche Restchen seiner dürftigen Seele
hingegeben hätte. Wenn sie den Schöpferdrang in sich spürten, so
spürten sie ihn nicht so dringlich, daß sie trotz Hölle und herzzerrei-
ßendem Elend etwas hätten schaffen, formen und vollenden können. Wenn sie arbeiten wollten, so war dieses Wollen nicht so echt,
daß sie pausenlos gearbeitet hätten, bis ihnen die Augen brannten
und der Kopf wirbelte, bis ihre Lenden ausgedörrt und ihre Eingeweide hohl waren, bis ihnen vor Müdigkeit und Entkräftung die
ganze Welt hinter einem grauen Schleier verschwamm, bis ihnen
die Zunge am Gaumen klebte und ihr Puls hölzern wie ein Hammer
in ihren Schläfen klopfte; nein, sie *mußten* nicht arbeiten, bis keine
Arbeit mehr in ihnen war, ohne Rast und ohne Ruhe, bis sie nicht
mehr schlafen konnten, bis sie überhaupt nichts mehr konnten,
auch nicht mehr arbeiten – um dann wieder mit der Arbeit zu beginnen. Sie waren die bläßlichen Halbkünstler, viel elender und verdammter, als wenn sie ohne Begabung geboren worden wären; mit
diesem halben Besitz waren sie weit armseliger, als wenn sie nichts
gehabt hätten. So flohen sie mit ihren halben Zielen schließlich vor
der Aufgabe, der sie nicht gewachsen waren, und wurden verspielte
Pfuscher, gärtnerten, tischlerten und tranken.

In diesem Sinn gehörte der Engländer Rickenbach Reade zu diesen Menschen. Wie er George im Laufe des Abends anvertraute,
war er Schriftsteller; er sagte selber mit einer Spur bitterer Ironie, er
sei «eine Art Schriftsteller». Er hatte ein Dutzend Bücher publiziert.
Diese holte er merkwürdig eilfertig und halb entschuldigend aus
den Regalen, um sie George zu zeigen. Es waren kritische Biographien von Schriftstellern und Politikern, historische Schriften, die
sich mit «Enthüllungen» befaßten. George las später einige von ihnen; sie stellten sich mehr oder weniger als das heraus, was er er-

...rtet hatte. Sie gehörten zu den Büchern, die alles enthüllen außer sich selber. Sie waren die leblosen Produkte eines phrasenhaft erstarrten Stracheyismus: ihrem Autor, der nicht so geistreich war wie Strachey und der sich vor dessen wissenschaftlicher Arbeit gedrückt hatte, gelang bestenfalls eine schwächliche Nachahmung seiner Lebensuntüchtigkeit, seiner tödlichen Müdigkeit und seines gezierten Wesens. Diese Bücher, die ein Dutzend verschiedener Leben und Zeitabschnitte behandelten, waren sich im Grunde alle gleich: Dokumente der Unterlegenheit, Seitenhiebe eines von Illusionen erfüllten Enttäuschten, skeptische Erzeugnisse einer unlebendigen, schwafelnden Glaubenslosigkeit.

Der Autor konnte seiner ganzen Art nach gar nicht anders schreiben: da er selber keinen Glauben und kein Fundament hatte, fand er auch in den Leben, die er beschrieb, keinen Glauben und keine Fundamente. Alles war leeres Geschwätz; jeder große Mann, der je gelebt hatte, verdankte seine sogenannte Größe nur einer künstlich zusammengestoppelten Legende; deshalb lag die Wahrheit in der Enthüllung, alles übrige war Unsinn – sogar die Wahrheit selber. Reade gehörte zu den Menschen, die ihrer Veranlagung nach und auf Grund ihrer Niederlage von anderen immer nur das Schlechteste glauben können. Wenn er über Caesar geschrieben hätte, hätte er nie zugegeben, daß Caesar so aussah – wie er wirklich aussah; höchstwahrscheinlich würde er nachgewiesen haben, daß Caesar ein elender Zwerg und für seine eigenen Truppen eine Zielscheibe des Spotts gewesen war. Wenn er über Napoleon geschrieben hätte, wäre dieser für ihn nur ein kleiner, fetter Mann gewesen, der mit seiner Stirnlocke in die Suppe stippte und auf den Aufschlägen seiner Marschallsuniform Fettflecke hatte. Wenn er über George Washington geschrieben hätte, so würde er sein Hauptaugenmerk auf Washingtons falsche Zähne gerichtet und sich in dieses Detail so vertieft haben, daß er alles übrige darüber vergessen hätte. Wenn er über Abraham Lincoln geschrieben hätte, so würde er ihn als einen zum Gott erhobenen Uriah Heep betrachtet haben, als ein groteskes Produkt hinterwäldlerischer Legenden, als einen in die Stadt verschlagenen Landadvokaten, dessen ganzer, rein zufälliger Ruhm auf einem versehentlichen Sieg und einem Märtyrertum im richtigen Augenblick beruhte. Nie hätte Reade glauben können, daß Lincoln wirklich das gesagt habe, was er gesagt hatte, oder daß er wirklich das geschrieben habe, wovon man weiß, daß er es geschrieben hat. Und warum? Weil alles Gesagte und Geschriebene Lincoln zu ähnlich sah. Es war zu schön, um wahr zu sein.

Darum war das alles ein Mythos, und nichts von alldem war wirklich gesagt worden. Wenn es aber doch gesagt worden war, dann hatte es jemand anders gesagt: vielleicht Stanton oder Seward oder ein Zeitungsreporter; jeder konnte es gesagt haben, nur Lincoln nicht.

In diesem Ton und in dieser Haltung waren Reades Bücher geschrieben, und solcher Art war die Glaubenslosigkeit, die ihnen zugrunde lag. Infolgedessen fiel auch niemand darauf herein – mit Ausnahme des Autors selber. Diese Bücher vermochten nicht einmal als üble Verleumdung zu unterhalten oder zu überzeugen. Im Augenblick der Drucklegung waren sie totgeboren. Kein Mensch las oder beachtete sie.

Wie aber erklärte Reade selber sich seinen Mißerfolg und seine Niederlage? Wie es nicht anders zu erwarten war auf die nächstliegende, bequemste Art: er hatte die Tollkühnheit besessen – so erzählte er George mit einem feinen, bitter-ironischen Lächeln –, einige der teuersten Objekte öffentlicher Anbetung herauszustellen und die falschen Legenden über sie mit der unbarmherzigen Sonde seiner eiskalten Wahrheitsliebe zu zerstören. Natürlich hatte er nur Schimpf und Schande, den Haß der Kritiker und die hartnäckige Feindschaft des Publikums geerntet. Es war von Anfang bis zu Ende ein undankbares Geschäft gewesen, und darum hatte er es auch aufgegeben. Er hatte dem Vorurteil, der Bigotterie, der Dummheit und der Heuchelei der ganzen wankelmütigen, götzendienerischen Welt den Rücken gekehrt und sich hier in die ländliche Einsamkeit zurückgezogen. Er gab zu verstehen, daß er nichts mehr zu schreiben beabsichtige.

Sicherlich wurde Reade bei diesem Leben für manches entschädigt. Das alte Haus, das er gekauft, renoviert und dabei ein bißchen zu ländlich gestaltet hatte – beispielsweise mit einer Werkbank zum Ausbessern von Pferdegeschirr in der Küche –, war trotz alledem ganz entzückend. Seine junge Frau war anmutig und hübsch und liebte ihn offensichtlich sehr. Und Reade selber war, abgesehen von seinen literarischen Ambitionen, die ihm das Leben verbittert hatten, nicht der Schlechteste. Wenn man seine Selbsttäuschung und seine Niederlage begriff und sich damit abfand, dann konnte man ihn durchaus als einen liebenswerten und gutherzigen Burschen hinnehmen.

Ohne daß sie es bemerkt hatten, war es spät geworden; sie waren überrascht, als die Uhr in der Halle zwei schlug. Sie plauderten noch einige Minuten weiter, tranken ein letztes Glas Cognac und wünschten sich gute Nacht. George ging hinauf und hörte kurz danach Mr. und Mrs. Reade leise heraufkommen und in ihr Zimmer gehen.

McHarg hatte sich nicht gerührt und lag genauso da, wie sie ihn verlassen hatten. Er hatte keinen Muskel bewegt und schien in sorglosem Kinderschlaf zu liegen. George legte noch eine Decke über ihn. Dann zog er sich aus. löschte das Licht und kroch ins Bett.

Er war abgespannt, aber von allen merkwürdigen Ereignissen des Tages so erregt, daß es ihn gar nicht nach Schlaf verlangte. Er lag da, dachte über das Geschehene nach und lauschte dem Wind. Der stürmte ums Haus, rüttelte an den Fenstern, stürzte sich gegen Kanten und Dachrinnen und heulte wie ein Totenvogel. Irgendwo schlug mit wahnsinnigem Geklapper ein Fensterladen. Ab und zu, in den kurzen Ruhepausen zwischen den Windstößen, bellte weit weg schwach und kläglich ein Hund. Die Uhr in der Halle unten schlug drei.

Kurze Zeit danach schlief George endgültig ein. Der Sturm heulte weiter wie ein Irrsinniger ums Haus, aber er hörte ihn nicht mehr.

Am nächsten Morgen

George lag in gnädig-traumlosem Schlaf, der so bleiern war, als hätte man ihn mit einer schweren Keule bewußtlos geschlagen. Wie lange er geschlafen hatte, wußte er nicht; als er plötzlich aufwachte, weil ihn jemand an der Schulter rüttelte, schienen es ihm kaum fünf Minuten gewesen zu sein. Er schlug die Augen auf und fuhr hoch. Es war McHarg: er stand in der Unterhose da und tänzelte auf seinen Storchenbeinen ungeduldig hin und her wie ein Sprinter vor dem Start.

«Steh auf, George, steh auf!» rief er mit schriller Stimme. «Herrgott, Mensch, willst du denn den ganzen Tag schlafen?»

George starrte ihn schlaftrunken an. «Wie ... wie spät ist es denn?» brachte er endlich heraus.

«Acht Uhr durch!» rief McHarg. «Ich bin schon eine Stunde auf. Bin schon rasiert und hab gebadet, und jetzt –» er klatschte begierig in die Hände und schnupperte behaglich den Frühstücksduft, der in der Luft lag. «Junge, jetzt könnt ich einen Ochsen verschlingen! Riechst du's nicht?» rief er grinsend. «Hafergrütze, Eier mit Speck, gegrillte Tomaten, Toast, Marmelade und Kaffee. Ach!» seufzte er ehrfürchtig-begeistert. «Es geht nichts über ein englisches Frühstück. Steh auf, George, steh auf!» rief er wieder schrill und eindringlich. «Mein Gott, Mensch, ich hab dich noch eine ganze Stunde schlafen lassen, weil du so aussahst, als hättest du's nötig! Nun rasch in die Kleider! Wir wollen beim Frühstück nicht auf uns warten lassen!»

George stöhnte, zog unlustig die Beine unter der Bettdecke hervor und stand schwankend auf. Er hatte keinen anderen Wunsch, als zwei Tage lang ununterbrochen weiterzuschlafen. Aber bei dem fieberhaften Drängen dieser roten Furie blieb ihm nichts anderes übrig, als aufzuwachen und sich anzuziehen. Wie in Trance stieg er mit langsamen, unsicheren Bewegungen in seine Kleider; die ganze Zeit raste McHarg auf und ab und feuerte ihn alle zwei Sekunden an, ein bißchen schnell zu machen und nicht den ganzen Tag mit Anziehen zu vergeuden.

Als sie herunterkamen, saßen Reades noch am Frühstückstisch. McHarg schoß ins Zimmer, als wäre er aus Gummi, begrüßte fröhlich die beiden Reades, setzte sich und fiel über das Essen her. Er verschlang das enorme Frühstück, redete die ganze Zeit und knisterte dabei vor Elektrizität. Seine Energie war verblüffend; es schien wirklich unglaublich, daß das erschöpfte Wrack, das er noch vor einigen Stunden gewesen war, jetzt auf wunderbare Weise dieser mit Lebenskraft geladene Dynamo geworden war. Er war überschäumend guter Laune und strömte über von Geschichten und Abenteuern. Er erzählte wunderbare Anekdoten von der Feier, bei der er den Ehrengrad empfangen hatte, und von allen Leuten, die dabei gewesen waren. Dann berichtete er von Berlin und von den Leuten, die er in Deutschland und Holland getroffen hatte. Er erzählte von seiner Begegnung mit Mynheer Bendien und gab einen zwerchfellerschütternden Bericht über ihre Wahnsinnseskapaden. Er steckte voller Pläne und neuer Unternehmungen und erkundigte sich nach all seinen englischen Bekannten. Sein geschliffener Geist schien Funken zu sprühen. Er erfaßte alles, und was er berührte, begann unter seiner dynamischen Energie und Lebhaftigkeit zu knistern. Er war ein bezaubernder Gesellschafter. George wußte, daß er nun McHarg in seiner besten Form erlebte, und diese beste Form war etwas Wunderbares und herrlich Gutes.

Nach dem Frühstück machten sie zusammen einen Spaziergang. Es war ein wilder Vormittag, wie man ihn selten erlebt. Die Temperatur war über Nacht um einige Grade gefallen, die Regenschauer hatte sich in Schnee verwandelt, der nun bei dem heulenden Sturm ununterbrochen ungestüm durch die Luft wirbelte und in weichen, samtenen Schneewehen liegenblieb. Über ihren Köpfen wurden die Zweige der kahlen Bäume stöhnend hin- und hergepeitscht. Die

Landschaft war von einer unwahrscheinlich wilden Schönheit. Sie gingen lange und weit, und der aufregende Sturm erfüllte sie mit einer seltsam-wilden Freude und zugleich mit Trauer, weil diese Verzauberung nicht von Dauer war.

Ins Haus zurückgekehrt, setzten sie sich ans Feuer und plauderten. McHargs fröhlicher Überschwang vom Morgen hatte sich gelegt; statt dessen strahlte er jetzt eine ruhige Macht aus: die verhaltene Würde und Kraft, die an Lincoln erinnerte und die George schon gestern beobachtet hatte. Er nahm die alte, silbergefaßte Brille heraus und setzte sie vor sein häßlich-schiefes, merkwürdig anziehendes Gesicht. Er las ein paar Briefe, die er in der Tasche gehabt und noch nicht aufgemacht hatte; dann unterhielt er sich mit seinem alten Freund. An sich sprachen sie über nichts Wichtiges; wichtig war *nur* das Bild McHargs, das sich George *unauslöschlich* einprägte: wie er da saß und sprach, wie er die knochigen Hände in einer Haltung unbewußter Macht vor sich zusammengelegt hielt; die Würde, die Klugheit und das tiefe Wissen seiner Worte. Hier saß ein großer Mann, und man spürte nun die Urquellen der in ihm verborgenen Kraft. In allem, was er sagte, schwang die stete Zuneigung zu seinem alten Freund mit. Etwas Dauerhaft-Unerschütterliches in ihm wurde spürbar, eine unveränderliche Treue, die sich immer gleich bleiben würde, auch wenn er seinen Freund zwanzig Jahre lang nicht wiedersähe.

Sie nahmen zusammen einen guten Lunch ein. Es gab Wein, aber McHarg trank nur wenig davon. Nach dem Essen teilte McHarg Webber zu dessen großer Erleichterung mit, daß sie nachmittags nach London zurückfahren würden. Von der geplanten Fahrt durch England, die er sich gestern in so glühenden Farben ausgemalt hatte, war nicht mehr die Rede. George wußte nicht, ob sie nur eine vorübergehende Laune gewesen war oder ob McHarg den Gedanken aufgegeben hatte, weil er Georges geringe Begeisterung dafür gespürt hatte. Das Ganze wurde überhaupt nicht mehr erwähnt. McHarg verkündete nur, daß sie nach London zurückfahren würden, und dabei blieb es.

Nun aber ging eine erstaunliche Veränderung mit ihm vor, als wäre ihm der Gedanke, in die Stadt zurückzukehren, unerträglich. Kaum war der Entschluß gefaßt, da wurde er wieder von seiner fiebrigen Ungeduld gepackt. Als sie gegen drei Uhr aufbrachen, hatte er sich in einen Zustand hitzigen Unmuts hineingesteigert und schien am Ende seiner Kräfte zu sein – wie jemand, der eine unangenehme Sache hinter sich bringen und nichts mehr davon wissen will.

Vorsichtig fuhren sie den weißverschneiten Weg hinunter, auf dem noch keine Wagenspur zu sehen war; hinter ihnen lag das behaglich-schöne alte Haus unter seinem tiefen Dach, um das sich nun die wärmende Schneedecke legte; George empfand wieder die fast unerträgliche Trauer, die ihn stets überkam, wenn er von Menschen Abschied nahm, die er nie im Leben wiedersehen würde. Die reizende Frau stand in der Tür und sah ihnen nach, neben ihr Reade, die Hände tief in die Taschen seines Samtjacketts vergraben. Als der Wagen um die Ecke bog, blickten George und McHarg zurück. Reade und seine Frau winkten, sie winkten zurück, und George wurde die Kehle eng. Dann waren sie verschwunden. McHarg und George waren wieder allein.

Sie erreichten die Landstraße, wandten sich nach Norden und fuhren rasch auf London zu. Beide waren schweigsam, jeder war mit seinen Gedanken beschäftigt. McHarg saß ruhig und in sich gekehrt in seiner Ecke und schien ganz in seine innere Welt versunken. Die Dunkelheit brach herein, und sie sagten nichts.

Nun flammten die Lichter auf, und wieder sah George am nächtlichen Himmel den riesigen, bösen Schein: den Dunst, das Tosen und das unaufhörliche Gewirr des Londoner Lebens. Bald darauf bahnte der Wagen sich seinen Weg durch das unabsehbare Häuser-Dickicht, und schließlich bog er in die Ebury Street ein und hielt. George stieg aus und bedankte sich bei McHarg; sie schüttelten sich die Hände, wechselten noch ein paar Worte und verabschiedeten sich. Der kleine Fahrer schloß die Wagentür, tippte respektvoll an die Mütze und kletterte wieder auf seinen Sitz. Der große Wagen fuhr schnurrend an und glitt sanft in die Dunkelheit hinein.

George stand an der Bordschwelle und sah ihm nach, bis er verschwunden war. Er wußte: er und McHarg würden sich vielleicht wieder begegnen, würden miteinander sprechen und wieder auseinandergehen; nie aber würde es wieder so werden wie bei dieser ersten Begegnung; denn etwas hatte angefangen und war zu Ende gegangen; von nun an würden ihre Wege sich trennen: er mußte seinem Ziel nachgehen und McHarg dem seinen, und niemand wußte, welches das bessere war.

Sechstes Buch

«Nun will ich dir was sagen ...»

Als George im Frühjahr nach New York zurückkehrte, glaubte er, kurz vor dem Abschluß seines neuen Buches zu stehen. Er mietete eine kleine Wohnung in der Nähe des Stuyvesant Square und machte sich ans Werk, um es in täglicher, regelmäßiger Arbeit bald hinter sich zu bringen. In zwei Monaten, hatte er geglaubt, würde er es sicher schaffen; aber er verrechnete sich – wie immer – mit der Zeit und fand das Manuskript erst nach einem halben Jahr einigermaßen zufriedenstellend. Das heißt: er wollte es nun seinem Verleger abliefern; er selber war noch nie mit etwas, was er geschrieben hatte, wirklich zufrieden gewesen. Immer gähnte eine anscheinend unüberbrückbare Kluft zwischen Vorstellung und fertiger Niederschrift; ob es wohl einen Schriftsteller gab, der von seinem Werk aufrichtig-beruhigt sagen konnte:

«Hier habe ich genau die Gedanken und Gefühle ausgedrückt, die ich ausdrücken wollte, hier habe ich nichts hinzugefügt und nichts weggelassen. So, wie es ist, muß es bleiben, es kann durch nichts mehr verbessert werden.»

In diesem Sinn war George mit seinem neuen Buch keineswegs zufrieden. Er kannte die Mängel, kannte alle Stellen, wo er seine Absicht noch nicht erreicht hatte. Er wußte jedoch, daß alles, was er in diesem Stadium seiner Entwicklung auszusagen hatte, in diesem Buch enthalten war; deshalb schämte er sich des Geschriebenen nicht. Er übergab Fox Edwards das umfangreiche Manuskript, und mit dem Gewicht dieses Papierstapels schien eine Last von seiner Seele und von seinem Gewissen zu weichen, eine Last, die ihn jahrelang bedrückt hatte. Für ihn war die Sache erledigt, und er wünschte zu Gott, sie zu vergessen und nie wieder eine Zeile davon zu sehen.

Diese Hoffnung sollte sich jedoch nicht erfüllen. Fox las das Manuskript und erklärte in seiner scheuen und geraden Art, daß er es gut finde; dann aber machte er ein paar Vorschläge: hier sei etwas zu kürzen, dort etwas hinzuzufügen, und an einigen Stellen müsse der Stoff neugestaltet werden. George hatte eine hitzige Auseinandersetzung mit Fox, nahm das Manuskript mit nach Hause, begab sich wieder an die Arbeit und machte alles so, wie Fox es haben wollte – nicht, weil Fox es gesagt hatte, sondern weil er einsah, daß Fox recht hatte. Das nahm zwei weitere Monate in Anspruch. Dann waren Korrekturen zu lesen, und darüber vergingen wieder sechs Wochen. Fast ein Jahr war seit seiner Rückkehr aus England vergangen; nun aber war diese Sache wirklich erledigt: George war endlich frei.

Das Buch sollte im Frühjahr 1936 erscheinen; je näher dieser Termin rückte, um so ängstlicher wurde George. Beim Erscheinen seines ersten Buches hätten ihn keine zehn Pferde aus New York fortgebracht; er hatte immer erreichbar sein wollen, um ja nichts zu versäumen. Er hatte gewartet und gewartet, hatte alle Besprechungen gelesen und in Fox' Büro sein Standquartier aufgeschlagen; Tag für Tag hatte er auf die Erfüllung des Unmöglichen gehofft, und nie war sie gekommen. Statt dessen kamen jene Briefe aus Libya Hill und die widerwärtigen Abenteuer mit den Löwenjägern. Jetzt fühlte er sich beim Gedanken an den Erscheinungstermin wie ein gebranntes Kind, und er beschloß, diesmal möglichst weit weg zu fahren. Zwar würden seine Erfahrungen von damals sich wahrscheinlich nicht genauso wiederholen, immerhin aber müßte man auf das Schlimmste gefaßt sein; jedenfalls war es besser, um diese Zeit nicht in New York zu sein.

Auf einmal mußte er an Deutschland denken, und er begann sich heftig danach zu sehnen. Nächst Amerika liebte er dieses Land am innigsten: er fühlte sich dort am meisten zu Hause, er empfand für das deutsche Volk eine ganz echte, unmittelbare Sympathie und ein instinktives Verhältnis. Außerdem nahm ihn der geheimnisvolle Zauber Deutschlands mehr als jedes andere Land gefangen. Er war mehrmals dort gewesen, und jedesmal hatte es den gleichen Reiz auf ihn ausgeübt. Nun, da die jahrelange Arbeit ihn erschöpft hatte, empfand er schon bei dem Gedanken an Deutschland wieder innere Ruhe, Befreiung und das Glück des alten Zaubers.

So fuhr er denn im März, vierzehn Tage vor dem Erscheinen seines Buches, wieder nach Europa; Fox brachte ihn an das Schiff und versicherte ihm, es werde alles gutgehen.

Der schwarze Messias

Seit 1928/29 war George nicht in Deutschland gewesen; damals hatte er nach einer Prügelei in einem Bierlokal mehrere langweilige Rekonvaleszentenwochen in einem Münchener Krankenhaus zugebracht. Vor dieser albernen Episode hatte er sich eine Weile in einer kleinen Stadt im Schwarzwald aufgehalten; er erinnerte sich, daß dort große Aufregung über eine bevorstehende Wahl geherrscht hatte. Die politischen Verhältnisse waren chaotisch gewesen, es hatte erschreckend viele Parteien gegeben, und bei der Wahl hatten die Kommunisten überraschend viele Stimmen erhalten. Die Leute waren verstört und ängstlich gewesen: eine Drohung kommenden Unheils hatte in der Luft gelegen.

Diesmal war es nicht so: Deutschland hatte sich verändert.

Seit dieser Veränderung – seit 1933 – hatte George – zunächst erstaunt, entsetzt und zweifelnd, später dann mit verzweiflungsschwerem Herzen – alle Zeitungsberichte über die Vorgänge in Deutschland gelesen. Manche dieser Berichte erschienen ihm nicht recht glaubwürdig. Natürlich gab es in Deutschland genau wie anderswo verantwortungslose Radikale, die sich in Krisenzeiten immer breit zu machen pflegten; George glaubte aber, Deutschland und sein Volk zu kennen und neigte im großen und ganzen zu der Auffassung, daß die wirklichen Zustände weit übertrieben wurden und daß es einfach nicht so schlimm sein könne, wie es nach den Schilderungen erschien.

Auf der Fahrt von Paris, wo er seine Reise für fünf Wochen unterbrochen hatte, wurde ihm seine Ansicht durch einige Deutsche bestätigt. Sie erzählten, mit aller chaotischen Verwirrung in Politik und Regierung habe es nun ein Ende, von Angst sei keine Rede mehr, denn jedermann sei glücklich. Gerade das wollte George mit aller Kraft glauben; auch er selber wollte weiter nichts als glücklich sein, und die Bedingungen, die seine Ankunft in Deutschland in den ersten Maitagen des Jahres 1936 begleiteten, waren denkbar günstig.

Von Byron wird erzählt, er sei mit 24 Jahren eines Morgens aufgewacht und ein berühmter Mann gewesen. Bei George Webber war das erst elf Jahre später der Fall. Als er in Berlin ankam, war er 35 Jahre alt; trotzdem war es wie ein Märchen. Mag sein, daß er in Wirklichkeit noch gar nicht so berühmt war, aber das tut nichts zur Sache: das Entscheidende war, daß er sich zum ersten- und letztenmal in seinem Leben als berühmter Mann fühlte. Kurz vor seiner Abreise von Paris hatte ihn ein Brief von Fox Edwards erreicht: sein neues Buch sei in Amerika ein großer Erfolg. Außerdem war sein erster Roman in deutscher Übersetzung vor einem Jahr in Deutschland erschienen. Die deutschen Kritiker hatten phantastische Dinge darüber geschrieben, der Verkauf war sehr gut gewesen und George Webber war ein bekannter Name geworden. Er wurde in Berlin schon sehnsüchtig erwartet.

Der Mai ist überall ein wunderschöner Monat, aber in jenem Jahr war er in Berlin besonders schön. Auf allen Straßen, im Tiergarten, in allen großen Gärten und am Ufer des Spreekanals standen die Kastanienbäume in voller Blüte. Unter den Bäumen des Kurfürstendamms flanierten die Leute, die Terrassen der Cafés waren dicht besetzt, und die Luft dieser goldfunkelnden Tage schien wie Musik zu schwingen. George lernte die endlose Kette lieblicher Seen rings um Berlin kennen und sah zum erstenmal das wunderbare Bronzegold der hohen Kiefernstämme. In früheren Jahren hatte er nur Süddeutschland – Bayern und das Rheinland – besucht; nun kam ihm das nördliche Deutschland noch reizvoller vor.

Er wollte den ganzen Sommer dort bleiben, und auch ein Sommer schien viel zu kurz für alle Schönheit, für allen Zauber und für die fast unerträgliche Freude, die plötzlich in sein Leben eingebrochen war; wenn er nur immer in Deutschland bleiben könnte, meinte er, würde das alles niemals blaß oder welk werden. Denn die Krönung dieser ganzen Glückseligkeit war, daß sein zweites Buch nach seiner Ankunft in deutscher Sprache erschien; es wurde mit einer Begeisterung aufgenommen, die er nie erwartet hätte – möglicherweise zum Teil dank seiner Anwesenheit in Deutschland. Die deutschen Kritiker übertrumpften einander in Lobeshymnen. Wenn der eine ihn «den großen amerikanischen Epiker» genannt hatte, bezeichnete der nächste George als «den amerikanischen Homer». Wo er hinkam, überall traf er Leute, die seine Bücher kannten. Sein Name war von Glanz und Schimmer umgeben: er war ein berühmter Mann.

Der Glanz dieses Ruhms verschönte alles, das Leben erstrahlte wie nie zuvor. Alles, was er sah, fühlte, schmeckte, roch und hörte, schien in aufregender Weise ungeheuerlich gesteigert, weil der Ruhm an seiner Seite war. Schärfer und gieriger denn je nahm er die Welt in sich auf. Alle Wirrsal und Ermüdung, alle düsteren Zweifel und alle bittere Hoffnungslosigkeit, die ihn in der Vergangenheit gequält hatten, waren verschwunden, ohne auch nur einen Schatten zu hinterlassen. Ihm war, als hätte er einen endgültig-triumphalen Sieg über das Leben jeglicher Gestalt errungen. Die erdrückende, erschöpfende Qual, in unaufhörlicher Anstrengung Mengen und Massen bewältigen zu müssen, war von ihm genommen. Alles war wunderbar gegenwärtig, er sog das Leben mit allen Poren auf.

Der Ruhm machte selbst das Schweigen beredt und brachte Ungesprochenes zum Erklingen. Fast immer fühlte er den Ruhm um sich, und auch dort, wo ihn niemand kannte und sein Name nichts bedeutete, umgab ihn die Aura seines Ruhms und ließ ihn jeder neuen Situation mit einem Gefühl von Macht und Selbstvertrauen, von freundlicher Wärme und guter Kameradschaft begegnen. Nun endlich war er Herr über das Leben. Als junger Mensch hatte er immer das Gefühl gehabt, daß die anderen über ihn lachten; er war Fremden gegenüber verlegen gewesen, und jede neue Bekanntschaft hatte wie ein Berg vor ihm gelegen. Nun aber meisterte er das Leben mit starker Hand und leichtem Herzen: jeder, der ihm begegnete und mit ihm sprach – Schriftsteller, Taxifahrer, Hotelportiers, Liftboys, zufällige Bekanntschaften in der Straßenbahn, im Zug oder auf der Straße –, spürte sofort einen Strom von Glück und Liebeskraft und reagierte unwillkürlich mit einer unmittelbarnatürlichen Zuneigung, so wie man sich dem strahlend klaren Licht der Morgensonne zuneigt.

Der Ruhm verzauberte alles. In den Augen der Männer erkannte George Staunen und Interesse, Achtung und gutmütigen Neid; die Frauen brachten ihm unverhohlene Bewunderung entgegen. Sie schienen anbetend vor dem Altar des Ruhms zu knien: George wurde mit Briefen und Telefonanrufen überschüttet, die ihn zu allem Erdenklichen aufforderten. Die Mädchen liefen ihm nach. Das alles hatte er freilich schon einmal erlebt: er war auf der Hut, denn die Löwenjäger sind überall in der Welt die gleichen, das wußte er nun. Er kannte sie und konnte von ihnen nicht mehr enttäuscht werden. Es machte ihm sogar besonderen Spaß und stärkte sein Machtgefühl, den Spieß umzudrehen und die Frauen, die es auf ihn abgesehen hatten, mit ihrer eigenen Taktik zu schlagen: er überschüttete sie mit galanter Ritterlichkeit, ließ sie im Ungewissen, und wenn sie ihn gefangen zu haben meinten, entschlüpfte er ihnen mit dem unschuldigsten Gesicht und ließ sie ratlos stehen.

Dann traf er Else. Else von Kohler war keine Löwenjägerin. George lernte sie bei einer Gesellschaft kennen, die sein deutscher Verleger Karl Lewald für ihn veranstaltete. Lewald gab sehr gerne Gesellschaften; er konnte George gar nicht genug feiern und dachte sich immer wieder einen Vorwand für eine neue Gesellschaft aus. Else kannte Lewald noch nicht und faßte bei der ersten Begegnung eine instinktive Abneigung gegen ihn; trotzdem kam sie zu der Gesellschaft: einer von Georges Bekannten brachte sie uneingeladen mit. Sie und George verliebten sich auf den ersten Blick ineinander.

Else war Witwe, etwa dreißig Jahre alt und äußerlich wie innerlich der Typ einer nordischen Walküre. Ihr üppiges goldblondes Haar war zu einer Krone frisiert, und ihre Wangen glichen zwei rosigen Äpfeln. Sie war für eine Frau ungewöhnlich groß, hatte lange, grazile Beine wie ein Läufer und breite, kräftige Männerschultern. Dabei hatte ihre phantastisch gute Figur durchaus nichts abstoßend Männliches. Sie war so durch und durch leidenschaftliches Weib, wie eine Frau es nur sein kann. Ihr etwas strenger und

535

einsamer Gesichtsausdruck wurde gemildert durch ihre seelenvolle Tiefe und Gefühlsstärke, und wenn sie lächelte, erstrahlte sie plötzlich von einem so heftigen inneren Licht, so intensiv und rein, wie George es noch nie erlebt hatte.

George und Else flogen aufeinander im ersten Augenblick ihrer Begegnung, und ohne Übergang verschmolzen ihre beiden Leben zu einem. Viele herrliche Tage verlebten sie miteinander, auch viele wunderbare Nächte, erfüllt von den geheimnisvollen Entzückungen einer starken beiderseitigen Leidenschaft. Während dieses ganzen köstlich-berauschenden Lebensabschnitts wurde dieses Mädchen zum tieferen, eigentlichen Mittelpunkt seines gesamten Denkens, Fühlens und Seins.

Die Arbeitsjahre, jene blindwütigen Jahre in Brooklyn, alle Erinnerungen an Menschen, die in Abfalleimer wühlten, all die Jahre des Wanderns und des Verbanntseins schienen nun weit entrückt. Seltsamerweise wurden für George der Erfolg und die selige Befreiung nach aller verzweifelten Mühsal eins mit Elses Bild, mit den Kiefern, mit den Menschenmassen, die den Kurfürstendamm entlangwogten, mit dem goldenen Singen der Luft – und irgendwie auch mit dem Gefühl, die rauhen Zeiten wären nun für jedermann vorbei und eine glücklichere Zeit nähme ihren Anfang.

Es war das Jahr der großen Olympischen Spiele, und fast jeden Tag zogen George und Else ins Berliner Stadion hinaus. George stellte fest, daß das Organisationsgenie des deutschen Volkes, das so oft edlen Zwecken gedient hat, bei diesem Anlaß besonders augenfällig zur Geltung kam. Schon das prunkvolle Bild war überwältigend, so überwältigend, daß es schon fast bedrückend wirkte. Etwas Unheilverkündendes schien darin zu liegen. Man spürte die horrende Konzentration der Kräfte, das ungeheuer Straffe und Geordnete in den von überall her zusammengezogenen Kräften des ganzen Landes. Das Unheilverkündende lag darin, daß diese Macht-Demonstration offensichtlich über die Erfordernisse des sportlichen Ereignisses hinausging. Die Spiele wurden dadurch in Schatten gestellt und wirkten nicht mehr als sportliche Wettkämpfe, zu denen die ausgewählten Mannschaften anderer Nationen entsandt waren; sie wurden von Tag zu Tag mehr zu einer überwältigenden Demonstration, für die man ganz Deutschland geschult und diszipliniert hatte. Die Spiele schienen nur ein Symbol der neu gewonnenen Macht zu sein, ein Mittel, um der ganzen Welt vor Augen zu führen, wie weit diese neue Macht es gebracht hatte.

Ohne irgendwelche Erfahrungen auf diesem Gebiet hatten die

Deutschen ein gewaltiges Stadion errichtet, das schönste und vollkommenste seiner Art. Das ganze Drum und Dran der kolossalen Anlage – die Schwimmbäder, die weiten Hallen, die kleineren Stadien – vereinigte in seiner Planung und Ausführung das Schöne mit dem Zweckmäßigen. Die Organisation war prachtvoll. Nicht nur, daß die sportlichen Ereignisse bis in die kleinste Einzelheit jedes Wettkampfes mit der Pünktlichkeit eines Uhrwerks begannen und abliefen; auch die Menschenmassen wurden mit einer verblüffenden Ruhe, Ordnung und Geschwindigkeit gelenkt – Menschenmassen, mit denen keine andere Großstadt je hatte fertig werden müssen und die sicherlich den New Yorker Verkehr hoffnungslos und unentwirrbar durcheinandergebracht und zum Wahnsinn getrieben hätten.

Das tägliche Schauspiel in seiner Pracht und Schönheit war atemberaubend. Im Stadion entfaltete sich ein unbeschreibliches Farbenspiel; verglichen mit dieser Fülle farbenprächtiger Fahnen erschienen die bunten Dekorationen der großen amerikanischen Paraden, des Amtsantritts des Präsidenten oder der Weltausstellung wie kitschiger Faschingsschmuck. Für die Zeit der Olympiade war ganz Berlin in eine Art Anhängsel des Stadions verwandelt worden. Vom Lustgarten zum Brandenburger Tor, die breite Promenade Unter den Linden entlang, durch die lange Allee des märchenhaften Tiergartens, den ganzen Weg durch das westliche Berlin bis vor die Tore des Stadions war die Stadt ein erschütternd farbenprächtiges, königliches Fahnenmeer: nicht nur die Häuserzeilen waren kilometerweit mit Flaggen dekoriert, sondern die ganze Anfahrt entlang erhoben sich fünfzehn Meter hohe Fahnenmasten, die das Schlachtzelt eines großen Kaisers hätten zieren können.

Den ganzen Tag über, vom frühen Morgen an, war Berlin ein gewaltiges Ohr, das aufmerksam-konzentriert den Ereignissen im Stadion lauschte. Überall war die Luft von einer einzigen Stimme erfüllt. Die grünen Bäume am Kurfürstendamm begannen zu reden: aus den Lautsprechern in ihren Zweigen sprach ein Ansager aus dem Stadion zur ganzen Stadt; George kam es sehr sonderbar vor, die vertrauten Sportausdrücke in Goethes Sprache übersetzt zu hören. Er vernahm, der «*Vorlauf*» habe begonnen – dann der «*Zwischenlauf*» – schließlich der «*Endlauf*» – und nun der Sieger:

«Owens – Uh Ess Ah!»

Von früh bis spät flutete die Menschenmenge unaufhörlich durch die fahnengeschmückten Straßen. Die breite Promenade Unter den Linden war von geduldigen deutschen Füßen festgetreten. Vater, Mutter und Kind, junge und alte Leute – die ganze Nation aus allen

Ecken des Landes war hier versammelt. Den ganzen Tag über marschierten sie mühselig, mit staunend aufgerissenen Augen, durch das Wunder dieser beflaggten Straßen. Unter ihnen fielen buntgestreifte olympische Jacken und ausländische Gesichter auf: die dunklen Gesichter der Franzosen und Italiener, die elfenbeinfarbenen Fratzen der Japaner, das strohblonde Haar und die blauen Augen der Schweden und große, elegante Amerikaner in Strohhüten, weißen Flanellhosen und blauen Jacken mit dem olympischen Abzeichen.

Auch viele marschierende Männer gab es zu sehen: Regimenter von Braunhemden marschierten schwungvoll durch die Straßen, nicht immer bewaffnet, aber im gleichen Schritt und Tritt. Täglich zur Mittagszeit nahmen diese Truppen an allen Hauptzufahrtsstraßen zum Stadion Aufstellung, an allen flaggengeschmückten Straßen und Alleen, die der Führer entlangzufahren pflegte. Die jungen Leute standen bequem, lachten und unterhielten sich: die Leibwache des Führers, die Einheiten der SS und der SA, alle Grade und Ränge in ihren verschiedenen Uniformen; in zwei geschlossenen Reihen standen sie von der Wilhelmstraße bis zu den Bogen des Brandenburger Tores. Dann plötzlich ein scharfes Kommando und das Zusammenknallen von zehntausend schweren Stiefeln. Es klang nach Krieg.

Alles schien für diesen Augenblick geplant, auf diesen Triumph zugeschnitten zu sein. Aber beim Volk – da war nichts geplant. Tag für Tag standen sie gedrängt hinter den geschlossenen Mauern der Uniformierten und warteten stumpf und geduldig. Die Massen der Nation, die Armen dieser Erde, die Gedemütigten des Lebens: Arbeiter mit ihren Frauen, Mütter mit Kindern; Tag für Tag kamen sie wieder, standen und warteten. Sie hatten nicht das Geld, um eine Eintrittskarte für einen Platz auf dem märchenhaften Sportfeld zu erwerben. Von mittags bis abends warteten sie auf die zwei kurzen, goldenen Augenblicke des Tages: den Augenblick, wenn der Führer zum Stadion fuhr, und den Augenblick, wenn er zurückkehrte.

Schließlich kam er; mit ihm lief eine Welle der Erregung, die durch die Menge wogte, wie wenn ein Wind über eine Wiese streicht; sie begleitete ihn von weit her: die Stimme des ganzen Landes lag darin, alle Hoffnungen, alle Gebete. Langsam näherte sich der blitzende Wagen des Führers; kerzengerade, ohne eine Bewegung und ohne ein Lächeln stand er darin, ein kleiner dunkler Mann mit einem Operettenbärtchen, den Arm mit der nach außen gekehrten Handfläche erhoben, nicht zum üblichen Nazi-Gruß, sondern hoch aufgereckt mit der segnenden Gebärde eines Buddha oder eines Messias.

Vom Anfang bis zum Ende ihrer Beziehung lehnte Else es ab, mit George über irgend etwas zu sprechen, das auch nur im entferntesten etwas mit dem Nazi-Regime zu tun hatte. Dieses Thema war zwischen ihnen tabu. Andere Leute waren nicht so taktvoll. Nach den ersten Wochen hörte George allmählich mancherlei häßliche Dinge. Wenn er sich bei den Gesellschaften, Einladungen und ähnlichen Gelegenheiten begeistert über Deutschland und über das deutsche Volk äußerte, nahm ihn später, wenn man genug getrunken hatte, der eine oder andere seiner neuen Freunde gelegentlich beiseite, sah sich vorsichtig um, beugte sich sehr geheimnisvoll zu ihm und flüsterte:

«Aber haben Sie nicht gehört …? Und haben Sie das schon gehört …?»

Keines der häßlichen Dinge, die man sich zuflüsterte, sah er wirklich. Er sah nicht, daß jemand geschlagen, verhaftet oder umgebracht wurde. Er sah keine Menschen in Konzentrationslagern. Nirgends sah er in der Öffentlichkeit einen greifbaren Beweis für eine brutale Gewaltherrschaft.

Gewiß: Männer in braunen, schwarzen und olivgrünen Uniformen waren überall zu sehen, auf allen Straßen erklangen schrille Querpfeifen und der feste Tritt schwerer Stiefel, überall sah man blitzendes Messing und junge Männer mit harten Augen unter Stahlhelmen, die mit gekreuzten Armen kerzengerade ausgerichtet auf großen Militär-Lastwagen saßen. Aber all das wurde eins mit der Freude über seinen Erfolg, mit seinem Gefühl für Else und mit der heiteren Festtagsstimmung des Volkes, so daß es ihm zwar nicht direkt gut, aber doch auch nicht unheimlich oder böse erschien.

Dann aber geschah etwas. Es geschah nicht plötzlich, sondern etwa so, wie eine Wolke sich zusammenzieht, wie ein Nebel sich verdichtet oder wie es zu regnen beginnt.

Einer von Georges neuen Bekannten wollte ihm zu Ehren eine Gesellschaft geben und fragte ihn, ob er noch irgendwelche Freunde von sich dazu einladen wolle. George nannte einen Namen. Der Gastgeber schwieg verlegen; dann sagte er, der Genannte sei der ehemalige Chefredakteur einer Zeitschrift, die jetzt verboten sei, und unter den Eingeladenen befindet sich jemand, der zu diesem Verbot wesentlich beigetragen habe; George möchte also nicht böse sein, wenn …

George nannte einen anderen Namen: seinen alten Freund Franz

Heilig, den er vor Jahren in München kennengelernt hatte, der jetzt in Berlin lebte und den er sehr liebte. Wieder eine besorgte Verlegenheitspause und lahme Ausreden: dieser Mann war ... war ... nun, sagte Georges Gastgeber, er kenne diesen Herrn gut und wisse, daß er sich nichts aus Gesellschaften mache ... er würde gar nicht kommen, wenn man ihn einlüde ... George möchte also nicht böse sein, wenn ...

Dann nannte George Else von Kohler; dieser Vorschlag wurde genauso aufgenommen. Wie lange kannte er diese Frau denn? Wo und unter welchen Umständen hatte er sie kennengelernt? George versuchte, seinen Gastgeber in jeder Hinsicht zu beruhigen: er brauche bei Else keinerlei Befürchtungen zu hegen. Der andere verteidigte sich sofort sehr eifrig: o nein, keineswegs ... er war überzeugt, daß die Dame über jeden Zweifel erhaben war ... nur heutzutage ... bei einer so gemischten Gesellschaft ... er hatte versucht ein paar Leute zusammenzubringen, die George kannte und die sich auch gegenseitig kannten ... er hatte sich das gerade so nett gedacht ... ein Fremder war bei so etwas leicht schüchtern, gezwungen und förmlich ... Frau von Kohler würde keinen Menschen kennen ... George möchte also nicht böse sein, wenn ...

Kurze Zeit nach diesem merkwürdigen Erlebnis bekam George Besuch von einem Freund, der im Laufe des Gesprächs sagte: «In ein paar Tagen wird dich jemand anrufen, wird dich sprechen wollen und wird dich um eine Zusammenkunft bitten. Laß die Hände weg von dem Mann.»

George mußte lachen. Sein Freund war ein schüchterner, schwerfälliger, ja beinahe schon langweiliger Deutscher; er hatte eine so albern-ernste Miene aufgesetzt, daß George das Ganze zunächst für einen plumpen Scherz hielt. Er erkundigte sich näher nach dieser geheimnisvollen Persönlichkeit, die angeblich auf seine Bekanntschaft so versessen war.

Als der Freund einen hohen Regierungsbeamten nannte, war George sehr erstaunt und wollte es nicht glauben.

Aber warum, fragte er, wollte dieser Mann ihn kennenlernen? Und weshalb sollte George sich vor ihm in acht nehmen?

Zunächst wollte der Freund nicht mit der Sprache heraus. Schließlich brummte er vorsichtig:

«Hör zu: laß dich mit dem Mann nicht ein, ich rate dir gut.» Er stockte, als wüßte er nicht recht, wie er es ihm sagen sollte; dann fuhr er fort: «Hast du von Hauptmann Röhm gehört? Kennst du die Geschichte? Weißt du, was mit ihm passiert ist?» George nickte. «Also», sagte der Freund in beunruhigtem Ton, «manche sind bei dieser Säuberung nicht erschossen worden. Der Mann, von dem ich rede, ist einer der Schlimmsten. Bei uns heißt er nur ‹Der Fürst der Finsternis›.»

George wußte nicht, was er aus alldem machen sollte. Er versuchte dahinterzukommen; es gelang ihm aber nicht, und so schlug er sich die Sache schließlich aus dem Kopf. Nach einigen Tagen telefonierte ihn der von seinem Freund genannte Beamte an und bat ihn tatsächlich um eine Zusammenkunft. George brachte irgendeine Entschuldigung vor und vermied es, sich mit dem Mann zu treffen; die ganze Episode war höchst sonderbar und beunruhigend.

Oberflächlich gesehen wirkten diese beiden unverständlichen Erlebnisse etwas komisch und kolportagehaft. Aber allmählich begann George hinter diesen Dingen die Tragik zu spüren. Es war nicht das Politische; die Wurzeln dieser Tragik lagen viel tiefer, waren unheimlicher und schlimmer als Politik oder selbst als rassische Vorurteile. Zum erstenmal in seinem Leben begegnete er etwas Entsetzlichem, das er noch nicht kannte und gegen das alle Leidenschaft und lauernde Gewalttätigkeit Amerikas – Gangsterbanden, plötzliche Morde, die Hartherzigkeit und die Korruption, die das Staats- und Geschäftsleben Amerikas stellenweise verseuchten – harmlos erschienen. George begann zu erkennen, daß hier die Seele eines großen Volkes angekränkelt war und nun an einer furchtbaren psychischen Krankheit litt. Ihm wurde klar, daß diese ganze Nation von der Seuche einer ständigen Furcht infiziert war: gleichsam von einer schleichenden Paralyse, die alle menschlichen Beziehungen verzerrte und zugrunde richtete. Der Druck eines ununterbrochenen schändlichen Zwangs hatte dieses ganze Volk in angstvoll-bösartiger Heimlichtuerei verstummen lassen, bis es durch Selbstvergiftung in eine seelische Fäulnis übergegangen war, von der es nicht zu heilen und nicht zu befreien war.

Als George nun den wirklichen Stand der Dinge sah und begriff, fragte er sich, ob irgend jemand wohl so niederträchtig sein könne, über diese große Tragödie zu frohlocken oder Haß gegen die einstigen Machthaber zu empfinden, die dieser Tragödie zum Opfer gefallen waren. Seit dem 18. Jahrhundert hatte die Kultur der Deutschen in Europa an erster Stelle gestanden. Goethe hatte in höchster Form einen Weltgeist verkörpert, der keine nationalen, politischen, rassischen oder religiösen Grenzen kannte, der ein Erbe der ganzen Menschheit war, einen Weltgeist, der aus diesem Erbe keine Herrschafts- oder Eroberungsansprüche herleitete, sondern nur daran teilhaben und dazu beisteuern wollte. In Kunst, Literatur,

Musik, Naturwissenschaft und Philosophie war bis zum Jahre 1933 eine kontinuierliche Linie dieses deutschen Geistes zu erkennen gewesen, und es gab unter den Lebenden wohl keinen Mann und keine Frau, die nicht in dieser oder jener Weise dadurch bereichert worden wären.

Als George 1925 Deutschland zum erstenmal besucht hatte, waren ihm überall eindeutig und unverkennbar die Merkmale dieses Geistes aufgefallen. Man konnte beispielsweise nicht an dem vollen Schaufenster einer Buchhandlung vorbeigehen, ohne darin auf den ersten Blick die leidenschaftliche Anteilnahme des deutschen Volkes am intellektuellen und kulturellen Leben widergespiegelt zu finden. Der Bestand einer deutschen Buchhandlung verriet eine Weite des Blicks und der Interessen, neben der ein französischer Buchladen in seiner sprachlichen und geographischen Enge armselig und provinziell anmutete. Die besten Schriftsteller jedes Landes waren in Deutschland genauso bekannt wie in ihrem eigenen Land. Von den Amerikanern hatten besonders Theodore Dreiser, Sinclair Lewis, Upton Sinclair und Jack London viele Anhänger; ihre Bücher wurden überall gekauft und gelesen, und die Werke der jüngeren amerikanischen Schriftsteller wurden eifrig verfolgt und publiziert.

Auch 1936 trat diese edle Begeisterung noch sehr ergreifend zutage, obwohl sie durch das Hitler-Regime unterdrückt und verkümmert war. George hatte sagen hören, die Veröffentlichung und das Lesen guter Bücher sei in Deutschland verboten. Das, fand er, stimmte nicht, wie überhaupt manches, was er über Deutschland gehört hatte, nicht stimmte. George war der Ansicht, in bezug auf das Deutschland Hitlers könne man nicht wahrhaftig genug sein, und zwar deshalb, weil die Sache an sich, gegen die jeder anständige Mensch Stellung nehmen mußte, so verlogen war. Gewiß war es falsch, dem Unrecht die andere Backe hinzuhalten, aber man durfte auch nicht Unrecht mit Unrecht vergelten. Man mußte wahrhaftig sein. Der Lüge und dem Betrug war nicht mit Lüge und Betrug zu begegnen; es gab allerdings Leute, die diesen Standpunkt verfochten.

Daß in Deutschland keine guten Bücher mehr veröffentlicht und gelesen werden durften, stimmte also nicht. Und weil das nicht stimmte, war die Tragödie des deutschen Geistes in der entstellten, zur Unaufrichtigkeit verdammten Form, in der er jetzt zutage trat, viel ergreifender, als wenn es gestimmt hätte. Es durften noch gute Bücher erscheinen, sofern ihr Inhalt, weder offen noch zwischen den Zeilen, keine Kritik am Hitler-Regime übte und seinem Dogma nicht widersprach. Und zu behaupten, ein Buch müsse Hitler kritisieren oder seinen Lehren widersprechen, um gut zu sein, wäre glatte Beschränktheit gewesen.

Die Neugier und die Begeisterung der Deutschen für die noch erlaubten guten Bücher und ihre Gier danach waren daher enorm gestiegen. Man wollte unbedingt wissen, was in der Welt vor sich ging, und das war nur noch möglich, indem man jedes außerhalb Deutschlands geschriebene Buch las, das man nur bekommen konnte. Das erkärte im Grunde auch das immerwache Interesse der Deutschen für die amerikanische Literatur, und *daß* sie sich dafür interessierten, wirkte ebenso überwältigend wie rührend. Die letzten Überbleibsel des deutschen Geistes konnten sich den herrschenden Verhältnissen nur noch wie Ertrinkende am Leben erhalten: sie klammerten sich verzweifelt an jede Planke, die von ihrem Schiffbruch übriggeblieben war.

Im Laufe dieser Sommerwochen und -monate bemerkte George überall ringsum die Merkmale der Zersetzung und des Schiffbruchs eines großen Geistes. Die giftigen Ausstrahlungen von Unterdrükkung, Verfolgung und Angst verpesteten die Luft wie ansteckende Miasmen und besudelten, verseuchten und vernichteten das Leben aller Menschen, die George kannte. Es war eine Seuche des Geistes – unsichtbar, aber unverkennbar, wie der Tod. Allmählich senkte es sich auch auf George hernieder durch das goldene Singen dieses Sommers hindurch, bis er es schließlich spürte, einatmete, erlebte und es als das erkannte, was es tatsächlich war.

«Ein großer Narr»

Georges Zeit in Deutschland ging ihrem Ende zu. Er wußte, daß er abreisen mußte, aber er hatte es immer wieder aufgeschoben. Schon zweimal hatte er seine Überfahrt nach Amerika gebucht und alle Vorbereitungen für die Abreise getroffen, aber als dann der Reisetag näher gerückt war, hatte er zweimal alles wieder umgeworfen.

Der Gedanke, Deutschland zu verlassen, war ihm fürchterlich; er konnte sich des Gefühls nicht erwehren, daß er dieses alte Land, das er so liebte, nie wiedersehen würde. Und Else ... unter welchem fremden Himmel würde er sie je wiedersehen? Sie war hier verwurzelt und er in einem anderen Land. Es würde ein Abschied für immer sein.

Nachdem er immer wieder gezögert hatte, buchte er also seine Überfahrt zum drittenmal und setzte seine Abreise aus Berlin für Mitte September fest. Der Aufschub des gefürchteten Augenblicks hatte ihn nur immer schwerer gemacht. Es wäre idiotisch gewesen, noch länger zu zögern. Diesmal würde er wirklich abfahren.

Und schließlich dämmerte der unglückselige Morgen.

Das Telefon neben seinem Bett schlug leise an. Er fuhr hoch und schüttelte energisch den unruhig-quälenden Schlaf ab, den jeder Mensch kennt, der mit der Aussicht, früh aufstehen zu müssen, spät zu Bett gegangen ist. Es war der Portier. Gegen seine tiefe, ruhige Stimme gab es keinen Widerspruch.

«Sieben Uhr», sagte er.

«Gut», antwortete George. «Danke. Ich bin schon wach.»

Während er noch unlustig gegen seine schlafsüchtige Müdigkeit und zugleich gegen eine quälend-gespannte Unruhe ankämpfte, die zum Handeln drängte, stand er auf. Ein Blick über das Zimmer beruhigte ihn: sein alter Lederkoffer lag geöffnet auf dem Gepäckständer. Das Zimmermädchen hatte ihn am Vorabend mit wunderbarer Umsicht gepackt. Es gab nun kaum noch etwas zu tun als sich zu rasieren und anzuziehen, die Toilettensachen zu verstauen, ein paar Bücher, Briefe und Manuskriptblätter, die sich in jedem von ihm bewohnten Zimmer ansammelten, in die Aktentasche zu pakken und zum Bahnhof zu fahren. Wenn er sich dranhielt, konnte er in zwanzig Minuten fertig sein. Der Zug würde nicht vor halb acht einfahren, und mit dem Taxi war er in drei Minuten am Bahnhof. Er fuhr in die Pantoffeln, ging zum Fenster, griff nach der Schnur und zog die schweren Holzjalousien hoch.

Es war ein grauer Morgen. Der Kurfürstendamm unter ihm lag still und leer da, nur hin und wieder ein Auto, das leise Surren eines Fahrrads oder der spärlich-dürre Klang morgendlicher Schritte eines Menschen, der munter zur Arbeit ging. Die schönen Baumkronen, die in der Mitte des Fahrdamms die Straßenbahnschienen überwölbten, hatten ihre sommerliche Frische bereits verloren: das intensive Dunkelgrün der deutschen Bäume, das grünste Grün auf Erden, das ein Gefühl von märchenhaftem Waldesdunkel und von zauberhafter Kühle erweckt. Die Blätter waren nun verblichen, staubig und hier und da schon herbstlich vergilbt. Die saubere, kremfarbene Straßenbahn glitt blitzend vorbei wie ein hübsches Spielzeug; es gab einen zischenden Ton auf den Schienen und an den Kontakten der Oberleitung: der einzige Lärm, den diese Straßenbahn machte. Wie alles, was die Deutschen konstruierten, funktionierte auch diese Straßenbahn mit ihrer Schienenanlage tadellos. Keine Spur von Rattern oder blechernem Geklapper wie bei der amerikanischen Straßenbahn. Sogar die kleinen Pflastersteine zwischen den Schienen waren so tadellos sauber, als wäre jeder einzelne eben erst gründlich mit dem Besen abgekehrt worden, und die Grasstreifen zu beiden Seiten der Schienen waren so samtgrün wie ein Oxforder Rasenplatz.

Die großen Restaurants, Cafés und Terrassen zu beiden Seiten des Kurfürstendamms waren still und verlassen wie stets um diese Morgenstunde. Die Stühle waren auf die Tische gestellt, alles war sauber, leer und verlassen. Drei Häuserblocks weiter, am Ende der Straße, schlug die Uhr der Gedächtniskirche verspätet sieben. George konnte den großen, düster-massigen Bau der Kirche erkennen; in den Bäumen begannen ein paar Vögel zu singen.

Es klopfte. George wandte sich um, ging durchs Zimmer und öffnete. Es war der Kellner mit dem Frühstück, ein fünfzehnjähriger Junge, ein blondes, ernsthaftes Kind mit frischem, rosigem Gesicht. Er trug ein steifes Hemd und einen tadellos saubere Kellneranzug, der offensichtlich einmal für einen stattlicheren Besitzer gearbeitet und nun für den Jungen enger und kürzer gemacht worden war. Feierlich, das Tablett vor sich her tragend, kam er herein und marschierte geradewegs auf den Tisch in Mitte des Zimmers zu, wobei er in kehlig-ausdruckslosem Ton seine stereotypen drei englischen Sätze sprach.

«*Goot morning, sir*», sagte er, wenn George die Tür aufmachte, «*If you bleeze, sir*», wenn er das Tablett hinsetzte, und «*Dank you ferry much, sir*», wenn er hinausmarschierte und sich umdrehte, um die Tür hinter sich zu schließen.

Immer waren es diese drei Formeln gewesen. Den ganzen Sommer lang hatte sich nicht ein Wort daran geändert, und als der Junge nun zum letztenmal hinausmarschierte, überkam George eine zärtliche Traurigkeit. Er rief dem Jungen nach, er möge einen Augenblick warten, holte Geld aus seiner Hosentasche und gab es ihm. Das rosige Gesicht wurde dunkelrot vor Glück. George schüttelte dem Jungen die Hand, und der sagte mit seiner kehligen Stimme:

«*Dank you ferry much, sir.*» Dann fügte er ganz leise und ernst hinzu: «*Gute Reise, mein Herr.*» Er klappte die Hacken zusammen, verbeugte sich förmlich und schloß die Tür.

George stand noch einen Augenblick da und dachte mit namenlos zärtlicher Trauer, daß er den Jungen nie wieder sehen würde. Dann ging er zum Tisch, schenkte sich eine Tasse heißer, dicker Schokolade ein, schnitt ein knuspriges Brötchen auf, bestrich es mit

Butter und Erdbeermarmelade und aß es. Mehr brauchte er nicht. Die Schokoladenkanne war noch halb voll, auf dem Teller lag noch ein Haufen sahniger Butterröllchen, es war auch noch genug von der köstlichen Marmelade, von den knusprigen Brötchen und lokkeren Hörnchen da, daß man ein halbes Dutzend Frühstücke davon hätte bestreiten können; aber er war nicht hungrig.

Er ging zum Waschbecken und knipste das Licht an. Das große, dicke Porzellanbecken war in die Wand eingelassen. Wand und Fußboden waren so solide und vollkommen wie ein kleines, aber luxuriöses Badezimmer. George putzte sich die Zähne, rasierte sich und verstaute die Toilettensachen in einem kleinen Leder-Necessaire, zog den Reißverschluß zu und packte es in den alten Koffer. Dann zog er sich an und war um 7 Uhr 20 fertig.

Als George nach dem Hausdiener klingelte, kam Franz Heilig herein. Er war ein alter Freund aus der Münchener Zeit, ein ganz erstaunlicher Mensch, und George war ihm innig zugetan.

Als sie sich kennenlernten, war Heilig Bibliothekar in München gewesen. Nun war er an einer der großen Bibliotheken angestellt. Dadurch war er Staatsbeamter und hatte Aussicht, mit den Jahren langsam, aber sicher aufzusteigen. Sein Gehalt war klein, und er lebte bescheiden, aber solche Dinge machten Heilig nichts aus. Er war ein Gelehrter mit so umfangreichem Wissen und so vielseitigen Interessen, wie George es selten erlebt hatte. Er las und sprach ein Dutzend Sprachen. Er war deutsch bis in den tiefsten Kern seiner Gelehrtenseele; englisch sprach er weniger gut als alle anderen Sprachen, und zwar nicht das übliche, an Shakespeare geschulte Englisch der meisten Deutschen. In seinem Englisch waren viele deutsche Elemente, aber auch seinem übrigen Sprachschatz hatte er mancherlei Betonungen und grammatikalische Bestandteile entliehen, und so ergab sich eine höchst eigenartige und amüsante Mischsprache.

Als er ins Zimmer trat und George sah, verzog er sein kleines Gesicht, begann mit zusammengekniffenen Augen zu lachen und zog durch seinen säuerlich verzogenen Mund die Luft ein, als hätte er gerade eine unreife Pflaume gegessen. Dann glättete sich sein Gesicht und er fragte unruhig:

«*You are ready, zen?* Du willst wirklich fahren?»

George nickte. «Ja», sagte er. «Fix und fertig. Wie fühlst du dich, Franz?»

Heilig lachte kurz auf, nahm seine Brille ab und begann sie zu putzen. Ohne Brille sah man, daß sein kleines, faltenreiches Gesicht müde und überanstrengt und seine kurzsichtigen Augen von der vergangenen Nacht matt und gerötet waren.

«O Gott!» rief er gleichsam mit verzweifelter Lustigkeit. *«I feel perfectly dret-ful! I haf not efen been to bett!* Als wir uns getrennt hatten, konnte ich nicht schlafen. Ich ging und ging, fast bis Grunewald . . . Soll ich dir was sagen?» sagte er ernsthaft und starrte George mit dem eindringlichen Ernst an, den er immer bei diesen rätselhaften Worten annahm. «Ich fühl mich einfach grauenhaft – also wirklich!»

«Bist du denn überhaupt nicht zu Bett gegangen? Hast du gar nicht geschlafen?»

«Ach doch», antwortete er matt. «Ich hab 'ne Stunde geschlafen. Als ich nach Hause kam, schlief meine Freundin schon; da wollt ich nicht zu ihr ins Bett gehn, ich wollt sie nicht wecken. Ich hab mich auf die Couch gelegt, hab mich nicht mal ausgezogen. Ich hatte Angst, ich würde zu spät kommen, um dich zur Bahn zu bringen. Und das», sagte er mit einem sehr ernsten Blick, «das wäre zu furchtbar gewesen!»

«Aber kannst du nicht nachher nach Hause gehn und schlafen?» fragte George. «In dem Zustand wirst du doch nicht viel arbeiten können, scheint mir. Wär's nicht besser, wenn du dir den Tag frei nähmst und dich ausschliefst?»

«Na schön», sagte Heilig kurz und uninteressiert. «Ich will dir was sagen.» Wieder blickte er George eindringlich-ernst an und sagte: «Ist ja egal. Ist wirklich egal. Ich werd irgendwas trinken – Kaffee oder so was. Wird nicht so schlimm werden. Aber Herrgott!» sagte er mit einem verzweifelt-munteren Lachen. «Heute nacht werd ich schlafen! Und dann werd ich mich mal wieder um meine Freundin kümmern.»

«Das hoff ich, Franz. Sie ist ein nettes Mädchen. Ich fürchte, sie hat im letzten Monat oder so nicht viel von dir gesehn.»

«Na schön», sagte Heilig wie vorher. «Ich will dir was sagen: das ist egal. Ist wirklich ganz egal. Sie ist ein gutes Mädchen, sie kennt das schon. Gefällt sie dir, ja?» Wieder ein eifrig fragender, ernster Blick. «Findest du sie nett?»

«Ja, ich finde sie sehr nett.»

«Na schön», sagte Heilig. «Ich will dir was sagen: sie *ist* sehr nett. Freut mich, wenn sie dir gefällt. Sie ist sehr gut für mich. Wir kommen sehr gut zusammen aus. Hoffentlich läßt man sie mir», sagte er leise.

«Man? Wen meinst du damit, Franz?»

«Oh», sagte Heilig matt und verzog angewidert das Gesicht, «die Leute da . . . diese blöden Leute . . . du weißt schon, wer.»

«Aber großer Gott, Franz! *Das* werden sie doch noch nicht verboten haben, was? Man wird doch wohl noch ein Mädchen haben dürfen! Du kannst doch ein Dutzend Mädchen haben, wenn du nur auf dem Kurfürstendamm bis zur nächsten Straßenecke gehst.»

«Oh», sagte Heilig, «du meinst die kleinen Nutten da. Ja, zu denen darfst du noch gehn. Das ist ganz was andres. Zu den kleinen Nutten darfst du gehn, und vielleicht holst du dir was bei ihnen, 'ne kleine Infektion. Aber das ist erlaubt. Siehst du, mein lieber Junge», sagte er mit teuflisch-böser Miene in dem übertrieben-gezierten Ton, mit dem er manche seiner boshaften Aussprüche vorzubringen pflegte, «jetzt will ich dir mal was sagen. Im *Dritten Reich* sind wir alle so glücklich, alles ist so herrlich gesund, daß es schon nachgerade zum Himmel stinkt», höhnte er. «Zu den kleinen Kurfürstendamm-Nutten dürfen wir gehn. Die nehmen dich mit rauf oder kommen mit zu dir. Ja», sagte er und nickte ernst, «die kommen mit in deine Wohnung, in dein Zimmer. Aber eine Freundin darfst du nicht haben. Wenn du eine Freundin hast, dann mußt du sie heiraten, und – ich muß dir sagen: ich kann nicht heiraten», sagte er offen. «So viel verdiene ich nicht. Das wäre *ganz* ausgeschlossen!» entschied er. «Und soll ich dir noch was sagen?» fuhr er fort, während er nervös auf und ab ging und heftig an seiner Zigarette zog. «Wenn du eine Freundin hast, dann mußt du zwei Zimmer haben. Und auch das ist ganz ausgeschlossen! Ich habe einfach nicht das Geld, um mir zwei Zimmer leisten zu können.»

«Du meinst, wenn du mit einem Mädchen zusammen lebst, dann bist du gesetzlich gezwungen, zwei Zimmer zu haben?»

«So will es das Gesetz, jawohl», sagte Heilig ruhig und nickte mit jener Endgültigkeit, mit der die Deutschen einen feststehenden Brauch konstatieren. «Du mußt. Wenn du mit einem Mädchen zusammen lebst, dann muß sie ein Zimmer für sich haben. *Zen you can say*, fuhr er ernsthaft fort, *zat you are liffing wiz each ozzer.* Ihr Zimmer kann direkt neben deinem liegen, aber man kann dann immer sagen, sie wäre nicht deine Freundin. Dann kannst du jede Nacht mit ihr schlafen, kannst alles tun, was dir Spaß macht. Aber dann, siehst du, ist alles in Ordnung. Dann tust du nichts gegen die Partei . . . Gott!» rief er wieder auflachend und warf sein bitter verzerrtes Koboldgesicht zurück. «Das ist ja alles so grauenhaft.»

«Aber Franz, wenn sie nun rauskriegen, daß du mit ihr in einem Zimmer lebst?»

«Na schön», sagte er gelassen, «da kann ich dir nur sagen: dann muß sie eben gehn.» Dann fügte er müde-wegwerfend in bitter-gleichgültigem Ton hinzu: «Macht nichts. Ist mir ganz egal. Ich kehr mich nicht an diese blöden Leute. Ich hab meine Arbeit und mein Mädchen. Alles andere ist mir egal. Wenn ich mit der Arbeit fertig bin, geh ich nach Hause in mein kleines Zimmer. Da ist meine Freundin und unser Hundchen», sagte er auf einmal strahlend vergnügt. «Dieses Hundchen – soll ich dir mal was sagen? – dieses Hundchen ... Pucki, *ze little Scottie zat you know* ... den hab ich richtig liebgewonnen. Er ist wirklich nett», versicherte Heilig. «Zuerst, als wir ihn bekamen, hab ich ihn gehaßt. Meine Freundin sah ihn und verliebte sich in das kleine Biest. Sie sagte, den müsse sie haben, und ich müsse ihn kaufen. Na schön», sagte Heilig und schnippte hastig die Asche von seiner Zigarette, während er im Zimmer auf und ab ging, «ich sagte, ich wollte das verdammte kleine Biest nicht in der Wohnung haben.» Das letzte brüllte er geradezu, um seine Entschlossenheit von damals zu betonen. «Na schön, das Mädchen fängt an zu heulen, redet in einer Tour von dem kleinen Hund und sagt, es wäre ihr Tod, wenn sie ihn nicht kriegt. Gott!» rief er wieder und lachte fröhlich. «Es war einfach fürchterlich. Ich hatte keine Ruhe mehr. Wenn ich abends nach Hause kam, fing sie gleich an zu heulen und sagte, sie würde sterben, wenn ich den kleinen Hund nicht kaufte. Schließlich sag ich: ‹Also gut, du sollst deinen Willen haben. Ich kauf dir das kleine Vieh. Hör bloß um Gottes willen mit dem Heulen auf!› Da ging ich denn», sagte Heilig und grinste wie ein Kobold, «da ging ich, kaufte den kleinen Hund und sah ihn mir an.» Heilig hatte einen ausgeprägten Sinn für das Parodistische: er verstellte die Stimme, zog die Augenbrauen zusammen, schnitt eine Grimasse, knirschte mit seinen gelblich verfärbten Zähnen und knurrte mit komisch gedämpfter Stimme: «Ich sah mir das Hundchen an und sagte: ‹Also, du ... *you buhloody little animal* ... du widerliches, du scheußliches kleines Biest ... ich nehm dich mal mit ... aber du ... du verdammtes kleines Biest du›», hier drohte er einem imaginären Hund komischboshaft mit der Faust, «‹wenn du was anstellst, was mich ärgert ... wenn du irgendwo eine fürchterliche, verdammte Schweinerei bei mir machst, dann geb ich dir was zu fressen, daß dir der Spaß vergeht› ... Aber dann», fuhr Heilig fort, «als wir ihn hatten, da gewann ich ihn richtig lieb. *He ist quite nice, really*. Manchmal, wenn ich abends nach Hause komme, wenn alles schiefgegangen ist und ich so viel von diesen grauenhaften Leuten gesehn hab, dann kommt er an und guckt. Dann erzählt er mir was. Dann sagt er, er weiß, daß ich so unglücklich bin und daß das Leben so schwer ist, daß er aber mein Freund ist. Ja, er ist wirklich sehr nett. Ich hab ihn richtig gern.»

549

Während dieses Gesprächs war der Hausdiener eingetreten und wartete auf Georges Befehle. Er fragte, ob alles im Koffer sei. George hockte sich auf den Fußboden und warf einen letzten Blick unter das Bett. Der Hausdiener öffnete alle Schranktüren und kontrollierte alle Schubladen. Heilig sah im großen Kleiderschrank nach, stellte fest, daß er leer war, drehte sich mit dem für ihn charakteristischen, erstaunten Ausdruck um und sagte:

«Na schön, ich kann dir sagen: ich glaube, du hast alles.»

Der Hausdiener machte befriedigt den schweren Koffer zu, schloß ihn ab und schnallte die Riemen fest, während Heilig George behilflich war, Manuskripte, Briefe und ein paar Bücher in die alte Aktentasche zu stopfen. Dann schloß George die Aktentasche und gab sie dem Hausdiener. Dieser trug das Gepäck in die Halle und sagte, er werde unten auf sie warten.

George sah nach der Uhr: bis zum Abgang des Zuges blieb ihnen noch eine Dreiviertelstunde. Er fragte Heilig, ob sie gleich zum Bahnhof gehen oder im Hotel warten wollten.

«Ich glaube, es ist besser, wir warten hier», sagte Heilig. «Wenn wir noch eine halbe Stunde hier warten, haben wir immer noch reichlich Zeit.»

Er bot George eine Zigarette an und reichte ihm ein brennendes Streichholz. Sie setzten sich, George an den Tisch und Heilig auf die Couch, an die Wand gelehnt. Ein paar Minuten rauchten sie schweigend.

«Na schön», sagte Heilig leise, «diesmal heißt es Abschied nehmen ... diesmal willst du wirklich fahren?»

«Ja, Franz. Diesmal muß ich fahren. Ich hab schon zwei Schiffe verpaßt. Dieses darf ich nicht versäumen.»

Wieder rauchten sie schweigend; dann sagte Heilig auf einmal ernst und sorgenvoll:

«Na schön, soll ich dir mal was sagen? Das betrübt mich sehr.»

«Mich auch, Franz.»

«Du mußt wiederkommen», sagte Heilig leise. «Es wäre ganz furchtbar, wenn du nicht wiederkämst.» Er sah George forschend an, aber der sagte nichts. Heilig fuhr fort: «Und ... und hoffentlich sehn wir uns mal wieder.»

«Das hoff ich auch, Franz», sagte George. Dann versuchte er die Trauer abzuschütteln, die sich auf sie gesenkt hatte, und er fuhr, mehr aus diesem Wunsch als aus Überzeugung, so munter wie möglich fort: «Natürlich sehen wir uns wieder. Eines Tages komm ich wieder, und dann sitzen wir wieder hier und schwatzen genauso wie heute.»

Heilig antwortete nicht gleich. Sein kleines Gesicht verzog sich zu einer bitter-humorvollen, boshaften Grimasse, die George oft an ihm beobachtet hatte. Er nahm rasch die Brille ab, putzte sie, rieb sich seine kurzsichtigen, übermüdeten Augen und setzte die Brille wieder auf.

«Glaubst du?» fragte er mit seinem bitter-verzerrten Lächeln.

«Ganz bestimmt», sagte George fest und glaubte im Augenblick selber daran. «Du und ich und all unsere Freunde ... wir werden zusammensitzen und trinken, werden die Nacht durchmachen und um die Bäume tanzen und werden um drei Uhr morgens zu Änne Mänz gehn und Hühnersuppe essen. Alles wird wieder genauso sein.»

«Na schön, hoffentlich behältst du recht. Mir ist das nicht so sicher», sagte Heilig ruhig. «Vielleicht bin ich dann nicht mehr hier.»

«Du?» spottete George lachend. «Was redest du da eigentlich? Du weißt doch, daß du dich nirgends sonst wohl fühlen würdest. Du hast eine Arbeit, wie du sie dir stets gewünscht hast, und schließlich bist du an dem Ort, an dem du immer gern leben wolltest. Deine Zukunft liegt klar vor dir: du mußt bloß so lange aushalten, bis deine Vorgesetzten sterben oder sich zur Ruhe setzen. Du wirst immer hier sein!»

«Ist mir gar nicht so sicher», wiederholte Heilig. Er zog an seiner Zigarette und fuhr etwas zögernd fort: «Siehst du: da sind eben diese Idioten ... diese blöden Leute!» Heftig drückte er seine Zigarette im Aschbecher aus, sein Gesicht verzog sich in trotzig-verquältem Stolz, und er rief ärgerlich: «Ich ... um mich geht es ja nicht! Um mich hab ich keine Sorgen. Jetzt hab ich noch mein kleines Privatleben: meine kleine Stellung, meine kleine Freundin und mein kleines Zimmer. Diese Leute ... diese Idioten!» rief er. «Die beachte ich nicht. Ich seh sie gar nicht. Das geht mich alles nichts an!» rief er, und sein Gesicht verzerrte sich zu einer grotesken Maske. «Ich komm immer durch. Wenn sie mich rausschmeißen ... na schön, ich kann dir sagen: mir ist's egal. Es gibt noch andere Länder!» rief er verbittert. «Ich kann nach England oder nach Schweden. Wenn sie mir meine Arbeit und meine Freundin nehmen», rief er verächtlich und machte eine ungeduldige Handbewegung, «da kann ich dir nur sagen: ist mir ganz egal! Ich komm schon durch. Und wenn diese Idioten ... *zese stupid people* ... wenn sie mir das Leben nehmen ... das find ich gar nicht so schrecklich. Oder findest du's etwa? Ja?»

«Doch, Franz, ich finde schon. Ich möchte nicht gerne sterben.»

«Na schön», sagte Heilig ruhig, «bei dir ist das was anderes: du bist Amerikaner. Bei uns ist das nicht dasselbe. Ich hab Menschen erschießen sehn, in München, in Wien ... ich finde das nicht so schlimm.» Er wandte sich zu George und sah ihn forschend an. «Nein, es ist wirklich nicht so schlimm», schloß er.

«Ach, zum Teufel, du redest wie ein Idiot», sagte George. «Kein Mensch denkt daran, dich zu erschießen. Kein Mensch wird dir deine Stellung oder deine Freundin nehmen. Mensch, du hast doch eine sichere Stellung, die mit Politik nichts zu tun hat. Und so einen Gelehrten wie dich finden sie niemals wieder. Also, die können ohne dich doch gar nicht auskommen.»

Heilig zuckte gleichgültig-zynisch die Achseln. «Ich weiß nicht», sagte er. «Wenn du mich fragst ... ich glaube, man kann jeden entbehren, wenn's sein muß. Und vielleicht muß es sein.»

«Muß sein? Was meinst du damit, Franz?»

Heilig zögerte einen Augenblick. Dann sagte er plötzlich:

«Also, ich glaube, ich werd dir mal was erzählen. Im letzten Jahr sind diese Idioten hier ganz fürchterlich geworden. Alle Juden haben sie aus ihren Stellungen entlassen und arbeitslos gemacht. Da kommen sie an ... so ein paar Idioten in Uniform», sagte er verächtlich, «und erzählen einem, jeder muß arisch sein: wunderbar blauäugig, zwei Meter fünfzig groß und arischer Abstammung seit 1820. Wenn da irgendwo ganz früher mal ein kleiner Jude war ... bedaure sehr», höhnte Heilig. «So einer darf nicht mehr arbeiten ... hat ja nicht den deutschen Geist. Zu blöde ist das alles.» Schweigend rauchte er ein paar Minuten und fuhr dann fort: «Letztes Jahr sind diese Vollidioten zu mir gekommen. Wollen wissen, wer ich bin, woher ich komme, ob ich geboren bin oder nicht. Ich soll nachweisen, daß ich arisch bin. Sonst darf ich nicht mehr in der Bibliothek arbeiten.»

«Aber mein Gott, Franz!» rief George und starrte ihn verdutzt an. «Willst du damit sagen ... aber du bist doch kein Jude», sagte er, «oder *doch*?»

«O Gott, nein!» rief Heilig verzweifelt auflachend. «Mein lieber Junge, ich bin so gottverdammt deutsch, daß es einfach grauenhaft ist.»

«Na also», sagte George erstaunt, «dann ist doch alles in Ordnung. Was können sie dir dann anhaben? Warum machst du dir dann Sorgen, wenn du Deutscher bist?»

Heilig schwieg wieder eine kleine Weile, und der gequälte Ausdruck seines kleinen, schiefen Gesichts vertiefte sich zusehends.

«Mein lieber Chorge», sagte er schließlich, «jetzt will ich dir mal was sagen: ich bin zwar rein deutsch ... bloß: meine arme, liebe

552

Mutter ... natürlich hab ich sie sehr lieb ... aber Herrgott!» Er stieß ein kurzes, bitteres Lachen durch die Nase. «Gott! So was Idiotisches! Die arme Dame», sagte er ein bißchen verächtlich, «hat meinen Vater sehr geliebt, so sehr, daß sie sich nicht erst die Mühe genommen hat, ihn zu heiraten. Und nun kommen diese Leute und fragen mich alles mögliche, beispielsweise: ‹Und wo ist Ihr Vater?› Das kann ich ihnen natürlich nicht sagen. Denn ach, mein lieber alter Junge, ich bin ein uneheliches Kind. Gott!» rief er wieder, und seine Augen zogen sich zu kleinen Schlitzen zusammen, während er bitter aus den Mundwinkeln heraus lachte. «Das ist alles so grauenhaft ... so blöde ... und so entsetzlich komisch!»

«Aber Franz, du weißt doch sicher, wer dein Vater ist ... du mußt doch mal seinen Namen gehört haben.»

«Mein Gott, natürlich!» rief Heilig. «Das ist ja grade das Komische!»

«Du kennst ihn also? Er lebt?»

«Aber natürlich», sagte Heilig. «Er lebt in Berlin.»

«Hast du ihn mal gesehn?»

«Aber natürlich», sagte er wieder. «Ich seh ihn jede Woche. Wir sind *sehr* gute Freunde.»

«Aber ... dann seh ich keine Schwierigkeit ... es sei denn, daß sie dir die Stellung nehmen könnten, weil du unehelich bist. Natürlich ist das alles für deinen Vater und dich etwas peinlich ... aber kannst du es ihnen nicht sagen? Kannst du's ihnen nicht erklären? Kann dein Vater dir dann nicht dabei helfen?»

«Das würde er sicher tun», sagte Heilig, «wenn ich ihm die Sache erzählte. Bloß ... ich kann's ihm nicht sagen. Siehst du», fuhr er leise fort, «ich bin mit meinem Vater sehr gut befreundet. Wir sprechen nie darüber ... über seine Beziehung zu meiner Mutter. Und da mag ich ihn nicht bitten ... ich mag ihm von dem ganzen Ärger nichts sagen ... ich mag nicht, daß er mir hilft ... das könnte so aussehen, als wollte ich dabei was rausschlagen. Damit würde ich alles verderben.»

«Aber ... kennen sie denn deinen Vater hier? Würden diese Leute da wissen, wer er ist?»

«Ach Gott, ja!» schnaufte Heilig mit bitterem Humor. «Darum ist ja das Ganze so entsetzlich ... und so furchtbar lächerlich. Sie würden gleich wissen, wer er ist. Vielleicht erklären sie mich für jüdisch und schmeißen mich raus, weil ich Nichtarier bin ... und dabei ist mein Vater –» Heilig beugte sich vor und konnte vor bitterem Lachen kaum sprechen – «mein Vater ist ein guter Deut-

553

scher, ein großer Nazi, eine hochwichtige Persönlichkeit in der Partei!»

Einen Augenblick sah George seinen Freund – den «Heiligen», wie sein Name ironischerweise besagte – sprachlos an. Diese seltsam-rührende Aufklärung seiner Lebensgeschichte machte vieles begreiflich: seine zunehmende Bitterkeit und Verachtung für alles und jeden, seinen müden Überdruß und seine Resignation, seine kalte Gehässigkeit und das verzerrte Lächeln, das er fast ständig zur Schau trug. Wie er da so zart, klein und anmutig saß und verzerrt lächelte, sah man seine ganze Entwicklung deutlich vor sich: ein zartes Kind des Lebens, sensibel, liebebedürftig und erstaunlich intelligent. Als kleines Lämmchen war er in die Kälte hinausgestoßen worden und hatte dem Sturm, dem Mangel und der Einsamkeit standhalten müssen. Er hatte grausame Wunden empfangen, war so verbogen und verzerrt worden, wie er heute dasaß; und doch hatte er sich eine Art verbitterten Anstands bewahrt.

«Das tut mir leid, Franz», sagte George. «Verdammt leid tut mir das. Das wußte ich nicht.»

«Na schön», sagte Heilig gleichgültig. «Ich kann dir sagen: mir ist's egal. Ist mir wirklich egal.» Er lächelte gequält, schnaufte ein bißchen, schnippte die Asche von seiner Zigarette und veränderte seine Stellung. «Ich werde was unternehmen in der Sache. Ich hab da so einen kleinen Mann beauftragt ... einen von diesen grauenhaften Leuten, Rechtsanwalt nennt sich so was. O Gott, sind die furchtbar!» rief er fröhlich. «So einen hab ich mir gekauft, der soll über mich was zusammenlügen. Dieser kleine Mann mit seinen Papieren, der schnüffelt rum, bis er Väter, Mütter, Schwestern und Brüder findet – alles, was ich brauche. Wenn er das nicht kann, wenn sie's nicht glauben ... na schön», sagt Heilig, «dann verlier ich eben meine Stellung. Aber ist ja egal. Dann mach ich eben was anderes. Dann geh ich eben woanders hin. Irgendwie komm ich schon durch. Bisher bin ich ja durchgekommen, war gar nicht so schrecklich ... Diese Idioten ... diese grauenhaften Leute!» sagte er mit tiefem Ekel. «Eines Tages, mein lieber George, mußt du ein bitteres Buch schreiben. Du mußt diesen ganzen Leuten sagen, wie entsetzlich sie sind. Ich ... ich kann nicht schreiben, ich bring kein Buch zustande. Ich kann nur die Bücher von anderen bewundern und weiß, ob sie gut sind. Aber du mußt diesen furchtbaren Menschen sagen, was sie sind ... Ich hab ein bißchen Phantasie», fuhr er fort und grinste wie ein Kobold. «Wenn mir elend ist ... wenn ich all diese grauenhaften Leute auf dem Kurfürstendamm sehe, wie sie da langbummeln oder an den Tischen sitzen und sich vollfressen, dann stell ich mir vor, ich hätte ein kleines Maschinengewehr. Dann würd ich mit meinem kleinen Maschinengewehr auf und ab gehn, und wenn ich einen von diesen grauenhaften Menschen seh, dann mach ich: päng-päng– päng-päng-päng!» Während er das Letzte kindlich-hastig hervorstieß, zielte er mit der Hand und bewegte rasch den gekrümmten Zeigefinger. «O Gott!» rief er begeistert. «*I should so enchoy it,* so mit dem kleinen Maschinengewehr rumzugehn und auf all diese blöden Leute zu schießen. Aber das kann ich nicht. Mein Maschinengewehr existiert nur in meiner Phantasie. Bei dir ist das was anderes. Du hast ein Maschinengewehr, mit dem du schießen kannst. Und du mußt schießen», sagte er ernst. «Eines Tages mußt du das bittere Buch schreiben und mußt diesen Idioten erzählen, wohin sie gehören. Bloß», fügte er rasch hinzu und wandte sich besorgt zu George, «jetzt noch nicht! Oder wenn du's tust, dann darfst du in dem Buch nichts sagen, was die Leute hier verärgert.»

«Wie meinst du das, Franz?»

«So Sachen», sagte er mit gedämpfter Stimme und warf einen raschen Blick zur Tür, «über Politik . . . über die Partei. Sachen, mit denen du sie verärgern könntest. Das wär ganz furchtbar.»

«Aber warum sollte ich sie verärgern?»

«Weil du hier einen großen Namen hast», sagte er. «Ich meine nicht bei den Idioten, bei diesen blöden Leuten . . . nein, bei denen, die noch Bücher lesen. Ich kann dir sagen», versicherte er ernst, «du hast bei uns von allen ausländischen Schriftstellern den besten Namen. Und es wäre sehr schade, wenn du es jetzt mit ihnen verderben würdest, wenn du jetzt irgendwas schreiben würdest, was ihnen nicht paßt. Dann würde die *Reichsschrifttumskammer* deine Bücher verbieten, und dann bekämen wir deine Bücher nicht mehr und könnten sie nicht mehr lesen. Das wär doch ein Jammer, wo wir dich hier so lieben . . . ich meine diejenigen, die was davon verstehn. Aber die kennen dich so gut, sie haben soviel Verständnis für deine Art, die Dinge zu sehn. Und ich kann dir sagen: die Übersetzungen sind ganz herrlich. Der Übersetzer ist ein Dichter, und außerdem liebt er dich; er hat alles erfaßt: wie du fühlst, deine Bilder und den Rhythmus deiner Sprache. Und die Leute finden es ganz wunderbar. Sie wollen's gar nicht glauben, daß sie eine Übersetzung lesen. Sie meinen, das müsse doch gleich auf deutsch geschrieben sein. Und . . . o Gott!» rief er fröhlich. «Sie geben dir alle möglichen Namen: der amerikanische Homer, der amerikanische Epiker. Sie lieben dich doch so und verstehn dich so gut. Deine Art zu schreiben ist so saftig, so rund und blutvoll. Du fühlst genau wie wir. Bei manchen Leuten giltst du als der größte Schriftsteller, den wir heute auf der ganzen Welt haben.»

«Das ist mehr Anerkennung, als ich zu Hause geerntet habe, Franz!»

«Weiß ich. Aber ich hab festgestellt, daß sie in Amerika einen ein Jahr lang vergöttern und dann auf ihn spucken. Hier hast du bei vielen Leuten einen großen Namen», sagte er ernst, *«and it vould be too dret-ful* ... es wäre so jammerschade, wenn du das jetzt verderben würdest. Das wirst du doch nicht?» fragte er ernst und blickte George wieder besorgt an.

George sah ins Leere und antwortete nicht gleich; dann sagte er:

«Man muß schreiben, wozu es einen treibt. Man muß das tun, wozu es einen drängt.»

«Du meinst also, wenn du das Gefühl hast, daß du etwas sagen mußt ... über die Politik ... über diese blöden Idioten ... über ...»

«Und das Leben?» fragte George. «Und die Menschen?»

«Dann würdest du's sagen?»

«Ja, das würde ich.»

«Auch wenn es böse Folgen für dich hätte? Auch wenn du's mit denen hier verderben würdest? Auch wenn wir nicht mehr lesen dürften, was du schreibst?» Heiligs kleines Gesicht war George ernst zugewandt; ängstlich wartete er auf die Antwort.

«Ja, Franz, auch dann.»

Heilig schwieg einen Augenblick und sagte dann merklich zögernd:

«Auch wenn du etwas schreibst ... und sie sagen dann, du darfst nicht wieder herkommen?»

Auch George schwieg jetzt. Da gab es vieles zu bedenken. Endlich aber sagte er:

«Ja, auch wenn sie das sagen.»

Heilig richtete sich in einer plötzlichen Aufwallung von Ärger und Ungeduld heftig auf. «Dann will ich dir was sagen», erklärte er schroff. *«You are one big fool* – Du bist ein großer Narr.» Er stand auf, warf seine Zigarette fort und begann nervös im Zimmer auf und ab zu gehen. «Du willst also jetzt hingehn *and write sings now zat vill make it so zat you cannot come back?* Du bist doch so gern hier!» rief er; dann drehte er sich heftig um und fragte besorgt: «Das bist du doch natürlich?»

«Ja, das bin ich ... fast lieber als an irgendeinem anderen Ort der Erde.»

«Und wir!» rief Heilig auf und ab gehend. «Wir lieben dich auch so sehr. Für uns bist du kein Fremder, George. Ich seh doch, wie die

Leute dich ansehn, wenn du auf der Straße an ihnen vorbeikommst – alle lächeln dich an. Du hast so was, das gefällt ihnen. Die kleinen Mädchen in dem Wäschegeschäft, wo wir das Hemd für dich kauften – alle haben gefragt: ‹Wer ist das?› Alle wollten wissen, wer du bist. Sie haben den Laden noch zwei Stunden länger aufgelassen – bis neun Uhr abends, damit du dein Hemd bekamst. Auch dein jämmerliches bißchen Deutsch mögen sie gern. Die Kellner im Restaurant kommen angerannt und bedienen dich vor allen anderen, und nicht etwa wegen des Trinkgeldes. Du bist hier zu Hause, alle verstehen dich. Dein Name ist berühmt: du bist der große Schriftsteller für uns. Und bloß wegen dem bißchen Politik», sagte er bitter, «bloß wegen dieser blöden Idioten willst du hingehn und alles verderben!»

George antwortete nicht. Heilig ging immer noch fieberhaft auf und ab und fuhr fort:

«Warum willst du das? Du bist kein Politiker. Du bist kein Parteipropagandist. Du gehörst nicht zu diesen gottverdammten New Yorker Salonkommunisten.» Das letzte Wort spie er böse aus, und seine hellen Augen verengten sich zu Schlitzen. «Soll ich dir jetzt mal was sagen?» Er blieb plötzlich stehen und sah George an. «Ich hasse diese jämmerlichen kleinen Leute, diese verdammten Ästheten, diese kleinen literarischen Propagandaredner.» Er verzog sein Gesicht zu einer blasierten Grimasse, hielt zwei Finger vor sich hin, schielte sie mit feinschmeckerisch halbgeschlossenen Augen an und hüstelte affektiert: «Ü-ch, Ü-ch!» Dann zitierte er parodistisch-geziert aus einem Artikel, den er gelesen hatte: «Wenn ich so sagen darf, die Transparenz der Darstellung in Webbers Werk ... Ü-ch, ü-ch!» hüstelte er noch einmal. «Dieser alberne kleine Idiot, der das über dich in der *Dame* geschrieben hat, der verdammte kleine Ästhet mit seinen Phrasen über ‹die Transparenz der Darstellung› ... soll ich dir was sagen?» rief er heftig. «Ich spucke auf diese verdammten Leute! Überall sind sie gleich: in London, in Paris und in Wien. In Europa sind sie schon schlimm genug – aber erst in Amerika!» rief er und grinste wie ein Kobold. «O Gott! Wenn ich dir das sagen darf: da sind sie einfach grauenhaft! Wo habt ihr die bloß her? Sogar die europäischen Ästheten sagen: ‹Mein Gott! *zese bloody men*, diese schrecklichen Leute, diese elenden Ästheten aus Uh Ess Ah – die sind zu grauenhaft.›»

«Redest du jetzt von den Kommunisten? Damit fingst du nämlich an, weißt du.»

«Na ja», sagte er schroff und kalt mit der geringschätzigen Arroganz, die immer stärker bei ihm hervortrat, «ist ja egal. Ist ja egal, wie sie sich nennen. Ist ja alles dasselbe. All die kleinen Expressionisten, Surrealisten und Kommunisten ... In Wirklichkeit paßt jeder Name auf sie oder auch kein Name, weil sie nichts sind. Und ich kann dir sagen: ich hasse sie. All diese überlebten kleinen Leute hab ich so satt», sagte er und wandte sich müde und angewidert ab. «Ist ja egal. Ist ja ganz unwichtig, was sie sagen, denn sie wissen nichts.»

«Glaubst du also, Franz, daß der ganze Kommunismus so ist, daß alle Kommunisten nichts sind als eine Bande von Salonschwindlern?»

«Ach, *die Kommunisten!*» sagte Heilig müde. «Nein, das glaub ich nicht, daß sie alle Schwindler sind. Und der Kommunismus ...» Er zuckte die Achseln. «Na ja, ich glaube schon, daß der was sehr Gutes ist. Ich kann mir schon denken, daß eines Tages die ganze Welt so leben wird. Bloß glaub ich nicht, daß du und ich das erleben werden. Es ist ein zu großer Traum. Und für dich ist das gar nichts. Du bist doch kein kleiner Parteipropagandist – du bist ein Schriftsteller. Du hast die Pflicht, dich umzusehn und über die Welt und die Menschen so zu schreiben, wie du sie siehst. Du bist nicht verpflichtet, Propagandareden zu schreiben und sie als Bücher zu bezeichnen. *You could not do zat* – ganz ausgeschlossen.»

«Aber wenn ich nun über die Welt und die Menschen so schreibe, wie ich sie sehe, und wenn ich dadurch mit der Partei in Konflikt komme – was dann?»

«Dann», sagte Heilig barsch, «bist du ein großer Narr. Du kannst alles schreiben, was du schreiben mußt, ohne diese Parteileute zu verärgern. Du brauchst sie überhaupt nicht zu erwähnen. Aber wenn du sie erwähnst und keine freundlichen Sachen über sie sagst, dann dürfen wir dich nicht mehr lesen, und du darfst nicht wieder herkommen. Wozu das? Wenn du ein kleiner Propagandamensch in New York wärst, dann könntest du so was sagen, und es wär ganz egal. Denn die können sagen, was sie wollen; sie wissen nichts von uns, und es kostet sie nichts. Aber du – du hast so viel zu verlieren.»

In erregtem Schweigen ging Heilig auf und ab und zog an seiner Zigarette; dann drehte er sich plötzlich um und fragte grob:

«Findest du denn alles so schlimm bei uns? Die Partei und all die blöden Leute? Meinst du etwa, wenn eine andere Partei am Ruder wäre, wie in Amerika, dann wär's besser? Dann», sagte er, ohne eine Antwort abzuwarten, «glaube ich, daß du dich sehr irrst. Es *ist* schlimm hier, natürlich; aber ich glaube, es wird sehr bald bei euch nicht viel besser sein. Diese verdammten Idioten gibt's überall. Auch bei euch – nur in einer anderen Art.» Plötzlich blickte er George ernst und forschend an. «Glaubst du, daß ihr in Amerika frei seid, nein?» Er schüttelte den Kopf und fuhr fort: «Ich glaub es nicht. Die einzig freien Menschen sind diese grauenhaften Leute. Bei uns haben sie die Freiheit, einem vorzuschreiben, was man lesen und was man glauben soll, und in Amerika ist das, glaub ich, genauso. Ihr müßt denken und fühlen, wie sie wollen, ihr müßt das sagen, was sie von euch hören wollen – oder ihr werdet umgelegt. Der einzige Unterschied ist, daß sie hier an der Macht sind und einen wirklich umlegen können. In Amerika sind sie noch nicht an der Macht, aber warte nur, das kommt schon noch! Wir Deutschen haben's ihnen vorgemacht. Und wenn's dazu kommt – dann hast du hier viel mehr Freiheit als in New York, denn bei uns hast du, glaub ich, einen besseren Namen als in Amerika. Bei uns wirst du bewundert, du bist der Amerikaner und kannst Sachen schreiben und sagen, die kein Deutscher wagen dürfte – solange du nichts gegen die Partei sagst. Glaubst du, daß du das in New York könntest?»

Er ging eine Weile schweigend auf und ab und blieb hin und wieder stehen, um George forschend anzusehen. Schließlich beantwortete er seine Frage selber:

«Nein, du könntest es nicht. Hier bei uns, da sagen sie offen, daß sie Nazis sind. Ich glaube, sie sind die Ehrlicheren. In New York legen sie sich irgendwelche schönen Namen zu. Da sind sie Salonkommunisten, die Kinder der Revolution, die Amerikanische Legion, Geschäftsleute und Handelskammer. Sie sind dies und das, aber im Grunde sind sie alle gleich, und ich glaube, sie sind genau solche Nazis wie hier. Überall findest du dieses elende Pack. Die sind nichts für dich, du bist kein Propagandamann.»

Wieder trat Stille ein. Heilig ging weiter auf und ab und wartete, daß George etwas sagte; als er das nicht tat, sprach Heilig weiter. In dem, was er nun sagte, offenbarte sich ein so tiefer Zynismus, eine solche Gleichgültigkeit, wie George sie nicht vermutet und deren er Heiligs sensible Seele nicht für fähig gehalten hätte.

«Wenn du jetzt was gegen die Nazis schreibst», sagte Heilig, «dann gefällt das zwar den Juden, aber du kannst nicht wieder nach Deutschland kommen, und das wäre für uns alle ganz fürchterlich. Und soll ich dir was sagen?» rief er grob und heftig mit einem Blick auf George. «Diese gottverdammten Juden sind mir durchaus nicht lieber als die andern. Die sind genauso schlimm. Wenn's ihnen gut geht, dann sagen sie: ‹Wir spucken auf euch und euer verdammtes Land, denn wir sind ganz wunderbar.› Aber wenn's ihnen schlecht geht, dann sind sie auf einmal die armen kleinen Juden, dann heulen

sie, ringen die Hände und sagen: ‹Ach, wir armen, unterdrückten
Juden, seht mal, was sie mit uns machen!› Und ich kann dir sagen»,
rief er schroff, «das rührt mich gar nicht. Ist mir ganz egal. Ich hab
diese Juden gesehn, als sie obenauf waren und Macht hatten, und
tatsächlich: sie waren grauenhaft. Sie haben nur an sich gedacht.
Auf alle andern spucken sie. Also, das ist ganz egal», wiederholte er
schroff. «Diese großkotzigen, fetten Juden sind genauso schlimm
wie alle andern. Wenn ich mein kleines Maschinengewehr hätte,
würd ich die auch abschießen. Mich bekümmert nur, was diese
grauenhaften Idioten aus Deutschland und aus unserem Volk machen.» Besorgt blickte er George an und fragte: «Du liebst doch das
Volk, Chorge?»

«Über alle Maßen», sagte George fast flüsternd; eine überwältigende Trauer erfüllte ihn, Trauer um Deutschland, um das Volk
und um seinen Freund; er konnte nichts weiter sagen. Heilig begriff
alles, was in Georges Flüstern lag. Er sah ihn scharf an. Dann seufzte er tief, und seine Bitterkeit schwand.

«Ja», sagte er leise, «das mußt du ja, natürlich.» Dann fügte er
sanft hinzu: «Das sind wirklich gute Kerle. Große Idioten, natürlich, aber nicht die Schlechtesten.»

Er schwieg einen Augenblick, drückte seine Zigarette im Aschbecher aus, seufzte noch einmal und sagte dann milde und traurig:

«Na schön, du mußt tun, wozu es dich drängt. Aber ein großer
Narr bist du doch.» Er sah auf die Uhr und legte seine Hand auf
Georges Arm. «Komm, alter Junge. Es wird Zeit.»

George stand auf; sie sahen sich kurz an, dann reichten sie einander die Hand.

«Leb wohl, Franz», sagte George.

«Leb wohl, lieber Chorge», sagte Heilig leise. «Du wirst uns sehr
fehlen.»

«Und ihr mir», antwortete George.

Sie gingen hinaus.

Der Abschied

Als sie hinunterkamen, war die Rechnung bereits ausgeschrieben,
und George bezahlte. Er brauchte nicht nachzurechnen, noch nie
war in einer Rechnung ein Irrtum oder gar ein Betrug vorgekommen. George verteilte an den Oberportier, einen grauhaarigen,
stämmigen, strengen und tüchtigen Preußen, und an den Oberkell-

ner Extratrinkgelder und gab dem grinsenden Liftboy, der grüßend die Hacken zusammenklappte, eine Mark. Dann warf er einen letzten Blick auf die häßlich-verblichene, dabei merkwürdig behagliche Einrichtung der kleinen Halle, verabschiedete sich noch einmal und ging rasch die Stufen zur Straße hinunter.

Der Hausdiener mit dem Gepäck stand schon draußen an der Bordschwelle. Soeben fuhr ein Taxi vor und das Gepäck wurde verstaut. George gab dem Hausdiener ein Trinkgeld und schüttelte ihm die Hand. Auch der riesengroße Pförtner bekam ein Trinkgeld – ein gutmütig lächelnder, einfältiger Bursche, der beim Hinein- oder Herausgehen George auf den Rücken zu klopfen pflegte. Dann stieg George ins Taxi, setzte sich zu Heilig und nannte dem Fahrer das Ziel: Bahnhof Zoo.

Das Taxi wendete und fuhr an der anderen Seite des Kurfürstendamms entlang, bog in die Joachimsthaler Straße ein und hielt drei Minuten später vor dem Bahnhof. Sie hatten noch ein paar Minuten Zeit bis zur Ankunft des Zuges, der vom Bahnhof Friedrichstraße her einlaufen sollte. Sie übergaben das Gepäck dem Träger, der sie auf dem Bahnsteig wiedertreffen wollte, Heilig steckte ein Geldstück in den Automaten und löste eine Bahnsteigkarte, und sie gingen durch die Sperre die Treppe hinauf.

Auf dem Bahnsteig wartete schon eine beträchtliche Menschenmenge. Aus dem Westen fuhr gerade aus der Richtung Hannover–Bremen ein Zug ein, aus dem viele Leute ausstiegen. Auf anderen Gleisen kamen blitzende Stadtbahnzüge an und fuhren wieder ab; ihre schönen tiefbraun, rot und goldgelb glänzenden Wagen, die die große Stadt von Ost nach West und von West nach Ost durchquerten, waren überfüllt mit Menschen, die zur Arbeit fuhren. George blickte die Gleise entlang nach Osten, von wo sein Zug kommen mußte, sah die Signale, die schmal zusammenlaufenden Schienenstränge, die Hausdächer und das dichte Grün des Zoologischen Gartens. Immerfort glitten die Stadtbahnzüge flink und fast geräuschlos herein und hinaus, entließen Ströme eiliger Menschen und nahmen andere auf. Alles war so vertraut und so beglückend morgenfrisch. Er meinte das alles schon immer gekannt zu haben und empfand, wie immer, wenn er eine Stadt verlassen mußte, wehmütiges Bedauern und ein schmerzliches Unerfülltsein: hier gab es noch viele Menschen, die er hätte kennenlernen und mit denen er hätte Freundschaft schließen mögen; all das war nun unwiederbringlich verloren und entglitt seinen Händen, je näher der unerbittliche Augenblick der Abreise rückte.

Weiter unten auf dem Bahnsteig klirrten die Türen des Gepäckaufzugs, und die Träger zogen mit Gepäck beladene Lastkarren auf den Bahnsteig. Nun bemerkte George auch seinen Träger, der mit seinem Karren auf ihn zukam; er erkannte seinen Koffer unter den Gepäckstücken. Der Träger nickte ihm zu und deutete auf den Platz, an dem er sich aufstellen sollte.

In diesem Augenblick wandte er sich um und sah Else den Bahnsteig entlangkommen. Sie ging langsam, mit ihrem weitausgreifenden, rhythmischen Schritt. Wo sie vorbeiging, sahen die Leute ihr nach. Sie trug eine helle, rauhgewebte Tweed-Jacke und einen Rock aus dem gleichen Stoff. Alles wirkte an ihr unvergleichlich stilvoll, und sie hätte jedes andere Kleidungsstück mit derselben sicheren Eleganz getragen. Ihre hohe Gestalt fiel durch ihre Kraft und gleichzeitig durch eine seltsam rührende Zartheit auf. Als sie auf George zutrat, gab sie ihm ein Buch, das sie unterm Arm getragen hatte. Er nahm ihre Hände – für eine so große Frau erstaunlich hübsche und sensible Hände, lang, weiß und dünn wie die eines Kindes; ihre Finger waren kalt und zitterten.

«Else, du kennst doch Herrn Heilig? Franz, besinnst du dich auf Frau von Kohler?»

Else drehte sich um und musterte Heilig kalt und streng. Heilig gab ihren Blick ebenso unnachgiebig-feindselig zurück. Ein ungeheures gegenseitiges Mißtrauen lag in diesen sich begegnenden Blicken. George hatte das schon oft beobachtet, wenn zwei Deutsche sich trafen, die einander entweder völlig fremd waren oder sich nicht sehr gut kannten. Sofort nahmen sie eine Abwehrhaltung an, als ob jeder dem anderen von vornherein mißtraute und sich erst durch Bürgschaften und Sicherheiten vergewissern müßte, daß Freundlichkeit und Vertrauen am Platze wären. George hatte sich mit der Zeit daran gewöhnt: es war nicht anders zu erwarten. Trotzdem beunruhigte es ihn jedesmal von neuem. Er selber konnte sich nicht damit abfinden und es als unumgängliche Notwendigkeit hinnehmen, wie viele Deutsche das anscheinend taten; weder zu Hause noch sonstwo in der Welt war ihm je etwas Ähnliches begegnet.

Zwischen Else und Heilig wurde das allgemein übliche Mißtrauen noch durch eine instinktive, tiefe Abneigung verstärkt. Während sie sich musternd gegenüberstanden, blitzte etwas zwischen ihnen auf, etwas stählern Hartes und Kaltes, rasch und unverkennbar wie ein Rapierstoß. In dem Schweigen einer Sekunde offenbarte sich eine Fülle von Mißtrauen und Feindseligkeit; dann neigte Else streng und kaum merklich den Kopf und sagte in ihrem ausgezeichneten, fast akzentfreien Englisch, das nur hin und wieder durch eine

562

Wendung oder durch eine nicht ganz korrekte Aussprache die Nicht-Engländerin verriet:

«Ich glaube, wir haben uns bei der Gesellschaft kennengelernt, die Grauschmidts für George gaben.»

«Ich glaube auch», sagte Heilig. Er musterte sie noch einen Augenblick böse und feindselig und fragte kalt: «Und Grauschmidts Zeichnung im *Tageblatt* – die hat Ihnen nicht gefallen, nein?»

«Die Zeichnung von George?» fragte sie mit ungläubigem Spott. Plötzlich verbreitete sich ein strahlendes Lächeln über ihr strenges Gesicht, und sie sagte verächtlich: «Diese Zeichnung von Ihrem Freund Grauschmidt – Sie meinen doch die, auf der George wie ein wunderbar-hinreißender Zuckertenor aussieht?»

«Sie gefiel Ihnen also nicht?» fragte Heilig kalt.

«Aber *ja!*» rief sie. «Als Zeichnung von einem *Zuckertenor*, als Zeichnung von Herrn Grauschmidt, so wie er leibt und lebt und die Dinge sieht, ist sie ausgezeichnet! Aber George! Sie sieht George genauso ähnlich wie Sie!»

«Dann will ich Ihnen was sagen», versetzte Heilig kalt und giftig. «Ich finde, Sie sind sehr dumm. Die Zeichnung ist *egg-zellent*, jeder sagt das. Grauschmidt selber hält sie für eine seiner besten Arbeiten. Ihm gefällt sie sehr gut.»

«Aber *natürlich!*» sagte Else ironisch und lachte wieder geringschätzig. «Herrn Grauschmidt gefällt vieles. Vor allem gefällt er sich selber. Alles, was er macht, findet er schön. Ihm gefällt auch Musik von Puccini», fuhr sie überstürzt fort, «er singt das *Ave-Maria*, er liebt Schmalzlieder von Hilbach und verdunkelte Zimmer mit rotem Licht und seidenen Kissen. Er ist ein Romantiker und verbreitet sich gern über seine Gefühle. Er sagt: ‹Wir Künstler!›»

Heilig war wütend. «Wenn ich Ihnen was sagen darf...» fing er an.

Aber Else war nun nicht mehr zu halten. Ärgerlich trat sie einen kurzen Schritt zurück, kam dann wieder heran und fuhr mit leidenschaftlich geröteten Wangen fort:

«Ihr Freund, dieser Herr Grauschmidt, redet mit Vorliebe von Kunst. ‹Ein wunderbares Orchester!› sagt er und hört dabei keinen Ton von der Musik. Wenn er sich ein Shakespeare-Stück ansieht, sagt er: ‹Mayer ist ein wunderbarer Schauspieler.› Er ...»

«Wenn ich Ihnen was sagen darf...» japste Heilig.

«Er schwärmt für kleine Mädchen mit hohen Absätzen», keuchte sie, «und in der SA ist er auch. Beim Rasieren trägt er eine Frisierhaube, und natürlich hat er polierte Nägel. Und Fotografien sammelt er in rauhen Mengen – Fotos von sich und anderen großen

563

Leuten!» Keuchend, aber triumphierend drehte sie sich um und entfernte sich ein paar Schritte, um sich zu fassen.

«Diese verdammten Leute!» knirschte Heilig. «O Gott, sie sind zu grauenhaft!» Giftig wandte er sich zu George: «Wenn ich dir was sagen darf: diese Person ... dieses Frauenzimmer ... diese von Kohler, die du so liebst, die *ist* eine Idiotin!»

«Moment mal, Franz! Das glaube ich nicht. Du weißt, was ich von ihr halte.»

«Na schön», sagte Heilig, «dann hast du eben unrecht, dann irrst du dich eben. Wenn ich so sagen darf: da bist du auch wieder ein großer Narr. Na schön, ist ja egal!» rief er schroff. «Ich geh und kauf ein paar Zigaretten, inzwischen kannst du dich ja mit diesem saublöden Frauenzimmer unterhalten.» Immer noch wutschnaubend wandte er sich brüsk ab und ging den Bahnsteig hinunter.

George trat zu Else. Sie war noch ganz atemlos vor Aufregung. Er ergriff ihre zitternden Hände, und sie sagte:

«Dieses giftige Männchen ... ‹der Heilige› heißt er auch noch ... der ist so voll Bitterkeit; er haßt mich. Er ist eifersüchtig auf mich: er will dich ganz allein für sich haben. Er hat dich belogen und hat versucht, dich gegen mich einzunehmen. Ich hab alles erfahren!» fuhr sie erregt fort. «Die Leute erzählen mir alles! Aber ich höre nicht auf sie!» rief sie böse. «Ach, George, George!» sagte sie plötzlich und packte seine beiden Arme. «Hör nicht auf dieses verbitterte Männchen. Letzte Nacht hatte ich einen seltsamen Traum», flüsterte sie. «Einen merkwürdigen, wunderbar-guten Traum für dich. Du darfst auf diesen verbitterten Menschen nicht hören!» rief sie ernst und schüttelte ihn. «Du bist fromm, du bist Künstler. Und ein Künstler *ist* ein frommer Mensch.»

Gerade da erschien Lewald auf dem Bahnsteig und kam auf sie zu. Sein rosiges Gesicht sah so munter aus wie stets. In seinem ständigen Überschwang wirkte er immer leicht alkoholisiert. Auch zu dieser frühen Tageszeit war er von überströmend weinseliger Heiterkeit. Er schwankte, die breiten Schultern und den vorstehenden Bauch wiegend, über den Bahnsteig, und sogleich wurden alle Leute von seiner fröhlichen Laune angesteckt und lächelten ihm mit einem gewissen Respekt zu. Trotz seines großflächigen, rosigen Gesichts und seines kolossalen Bauchs wirkte Lewalds Erscheinung durchaus nicht lächerlich. Auf den ersten Blick machte er den Eindruck eines auffallend gut aussehenden, keineswegs dicken, sondern eher imponierenden großen Mannes. Wenn er so daherrollte, beherrschte er die ganze Umgebung mit spielerischer und doch unangreifbarer Autorität. Man hätte ihn kaum für einen Geschäftsmann gehalten, keinesfalls für einen sehr gerissenen und geschickten Geschäftsmann, der seinen Vorteil zu nutzen wußte. Er wirkte im ganzen wie ein natürlicher, ungekünstelter Bohemien. Gleichzeitig verleugnete er nicht den alten Offizier – nicht jenen preußischen Militärtyp, sondern einen Burschen, der seinen Dienst getan und seine Militärzeit aus vollen Zügen genossen hatte: lärmende Männerkameradschaft, Freß- und Sauftouren und amouröse Abenteuer. Und das hatte er auch tatsächlich hinter sich.

Seine ganze Erscheinung zeugte von einem ungeheuren Lebensappetit. Jeder, der ihn sah, spürte das sofort, und deshalb wurde ihm von allen Seiten zugelächelt. Er strotzte von Wein und von einer allumfassenden, ungezwungenen Herzlichkeit, er hatte das Auftreten eines Mannes, der sich mit elementarer Naturkraft über alle Schranken alltäglicher Schablonen hinwegsetzt. Er gehörte zu den Menschen, die sich aus dem grauen Alltag irgendwie ganz unmittelbar und leuchtend herausheben, die eine wunderwirkende Aura von Wärme, Farbigkeit und Temperament ausstrahlen. Aus jeder Menschenmenge hob sich seine einsam-beherrschende Gestalt auffallend heraus und zog aller Augen in regem Interesse auf sich; auch wenn man ihn nur kurz gesehen hatte, erinnerte man sich später stets an ihn, so wie man in einem leeren Haus das einzige möblierte und geheizte Zimmer im Gedächtnis behalten würde.

Als Lewald nun näher kam und noch ein paar Meter von George entfernt war, drohte er diesem schelmisch mit dem Finger und wiegte dabei seinen großen Schädel von einer Seite zur andern. Als er herangekommen war, sang er mit heiser-versoffener Stimme den Anfang eines unanständigen Liedes, das er George beigebracht hatte und das die beiden oft an den ungeheuerlichen Abenden in Lewalds Haus gesungen hatten:

«*Lecke du, lecke du, lecke du die Katz am Arsche . . .*»

Else wurde rot; Lewald aber nahm sich im vorletzten Augenblick rasch zusammen, drohte George wieder mit dem Finger und rief:

«*Ach du!*» Dann zwinkerte er schelmisch mit den kleinen Äuglein und summte, immer weiter drohend, in albern-listigem und ausgelassenem Ton: «*Naught-ee boy-ee! Ungessogner Dschunge!*» Plötzlich rief er sehr herzlich: «Mein alter Chorge! Wo hast du denn gesteckt, du ungessogner Dschunge? Gestern abend such ich nach dir und kann dich nirgends entdecken!»

Bevor George antworten konnte, kam Heilig mit einer Zigarette im Mund zurück. George erinnerte sich, daß die beiden Männer schon miteinander bekannt waren; nun aber gaben sie kein Zeichen des Erkennens. Kaum hatte Lewald Heilig erblickt, so war seine

Herzlichkeit wie weggeblasen, und seine Miene erstarrte in Mißtrauen und eisiger Reserve. George war dadurch so aus der Fassung gebracht, daß er ganz vergaß, was sich gehörte, und stotternd Heilig vorstellte, anstatt zuerst Lewald Else vorzustellen. Lewald nahm Heiligs Anwesenheit mit einer steif-formellen kleinen Verbeugung zur Kenntnis. Heilig neigte nur leicht den Kopf und gab Lewalds Blick kalt zurück. George war sehr unbehaglich und verlegen zumute, aber Lewald war sogleich wieder Herr der Situation. Er drehte Heilig den Rücken, verfiel wieder in überschwengliche Herzlichkeit, ergriff mit seiner fleischigen Rechten Georges Arm und trommelte mit der anderen Faust zärtlich darauf herum; dabei rief er laut:

«Chorge! Wo hast du gesteckt, du ungessogner Dschunge? Warum kommst du denn in den letzten Tagen nicht zu mir? Ich hab auf dich gewartet.»

«Also … ich … ich …» setzte George an. «Ich wollte ja, Karl. Aber ich wußte ja, daß du zur Bahn kommen würdest, und ich bin einfach nicht dazu gekommen, dich noch mal im Büro zu besuchen. Ich hatte sehr viel zu tun, weißt du.»

«*And I also!*» rief Lewald, wobei er die letzte Silbe mit komisch ansteigender Stimme betonte. «Ich auch! Aber ich … ich hab immer Zeit für meine Freunde», sagte er vorwurfsvoll, malträtierte aber fortgesetzt Georges Arm zum Zeichen, daß es mit seiner angeblichen Gekränktheit nicht sehr weit her war.

«Karl», sagte George nun, «du besinnst dich sicher auf Frau von Kohler, nicht wahr?»

«*Aber natürlich!*» rief Lewald so geräuschvoll-galant, wie er Frauen immer zu behandeln pflegte. «Ehrenwerte Dame», sagte er auf deutsch, «wie geht es Ihnen? Es war mir ein unvergeßliches Vergnügen, Sie bei einer meiner Gesellschaften bei mir zu sehn. Aber seit jenem Abend habe ich Sie nicht wiedergesehn, und auch George habe ich seitdem immer weniger zu sehen bekommen.» Er fiel wieder ins Englische zurück, wandte sich zu George, drohte ihm mit dem Finger und sagte: «*Naught-ee boy-ee!* Du ungessogner Dschunge du!»

Seine scherzhafte Ritterlichkeit verfehlte auf Else jede Wirkung. Ihr Gesicht blieb so streng wie zuvor. Sie blickte Lewald nur unverwandt an und gab sich keinerlei Mühe, ihre Verachtung für ihn zu verbergen. Lewald schien das jedoch nicht zu bemerken, denn er wandte sich ihr wieder zu und redete sie überschwenglich auf deutsch an:

«Ehrenwerte Dame, ich kann sehr wohl verstehen, warum dieser

Chorge mich verlassen hat. Er ist aufregenderen Abenteuern nachgegangen, als der arme alte Lewald sie ihm bieten konnte.» Wieder zwinkerte er George boshaft aus seinen kleinen Äuglein zu, fuchtelte ihm mit dem Finger unter der Nase herum und summte listig-albern: «Du ungessogner Dschunge! Du ungessogner Dschunge!» Als wollte er sagen: «Aha, du Schurke! Jetzt hab ich dich!»

Diesen ganzen Monolog hatte Lewald fast pausenlos in der für ihn charakteristischen Art von sich gegeben, die ihn im Laufe von dreißig Jahren in Europa berühmt gemacht hatte. Sein schelmisches Benehmen gegen George war fast kindisch-naiv und verspielt, während er mit Else im Tone launigen, herzlich-gutmütigen Bluffs redete. Durch all das erweckte er den Eindruck gewinnender Offenheit und Aufrichtigkeit und eines fidelen guten Willens gegen jedermann. George hatte diesen Ton häufig bei ihm erlebt: wenn er einen neuen Autor kennenlernte, wenn er jemand in seinem Büro begrüßte, wenn er ein Telefongespräch führte oder Freunde zu einer Gesellschaft einlud.

Aber auch jetzt wieder konnte George feststellen, wie tief der eigentliche Mensch Lewald sich von seinem Gehaben unterschied. Diese angeblich offene Herzlichkeit diente Lewald nur als Maske vor der Welt; er gebrauchte sie mit der täuschenden Anmut und Schläue eines großen Matadors, der sich anschickt, einem angreifenden Stier den tödlichen Stoß zu versetzen. Hinter dieser Maske versteckte er seine wahre Seele: List, Gewandtheit, Schläue und Verschlagenheit. George stellte wieder einmal fest, wie klein und schief Lewalds Gesicht im Grunde war. Der massig-blonde Kopf, die breiten Schultern und die dicken, rosigen Säuferwangen wirkten als Ganzes großzügig und überlegen, aber dieser allgemeine Eindruck bestätigte sich nicht bei Betrachtung der einzelnen Gesichtszüge: Lewald hatte einen erstaunlich kleinen, sinnlichen Mund, der von fast unanständigem Humor und hinterhältiger Schläue zeugte, einen Mund, dem in Erwartung unzüchtiger Leckerbissen das Wasser aus den fetten Mundwinkeln zu triefen schien; die Nase war ebenfalls klein, spitz und listig-schnüffelnd; die blauen Äuglein zwinkerten mutwillig-schlau, und man spürte, daß ihnen nichts entging: nicht nur die ganze menschliche Komödie, die Lewald mit heimlichem Vergnügen beobachtete, sondern auch die arglos-bluffende Rolle, die er selber spielte und an der er seinen listigen Spaß hatte.

«Aber jetzt komm!» rief Lewald plötzlich, warf die Schultern zurück und schien mit einem Ruck ernst zu werden. «Ich hab dir was von meinem *hosband* mitgebracht ... *Was?*» George grinste, und Lewald sah alle drei mit unschuldig-fragendem Erstaunen an.

Es war ein altbekannter Fehler seines gebrochenen Englisch, daß er seine Frau immer als seinen *hosband* bezeichnete und George häufig versicherte, auch er würde eines Tages einen *good hosband*, einen guten Gemahl finden. Er sagte das aber so komisch-unschuldig, und seine blauen Äuglein in dem rosigen Gesicht zwinkerten so engelhaft-arglos, daß George fest davon überzeugt war, Lewald wisse es besser und mache den Fehler absichtlich um seiner komischen Wirkung willen. Als George nun lachte, wandte Lewald sich mit verdutzter Miene an Else und dann an Heilig und sagte hastig mit gedämpfter Stimme:

«*Was denn? Was, mein Chorge? Wie sagt man das? Ist das nicht richtig englisch?*»

Else blickte ostentativ fort, als hätte sie nichts gehört und als wollte sie nichts weiter mit ihm zu tun haben. Heilig sah ihn statt einer Antwort nur weiter kalt und mißtrauisch an. Lewald ließ sich jedoch durch den geringen Anklang, den er bei seinen Zuhörern fand, nicht im geringsten aus der Fassung bringen. Mit einem komischen Achselzucken, als verstünde er die ganze Sache nicht, wandte er sich wieder zu George und ließ eine kleine Flasche deutschen Cognac in dessen Tasche gleiten: das sei ein Geschenk von seinem *hosband*. Dann zog er ein dünnes, schöngebundenes Bändchen heraus, das von einem seiner Autoren geschrieben und illustriert war. Er behielt es in der Hand und durchblätterte es liebevoll.

Das Bändchen enthielt komische Aufzeichnungen aus Lewalds Leben von der Wiege bis zur Blüte seines Lebens; es war in einem grotesk-brutalen Stil geschrieben, der fast grausig anmutete, der aber bei aller Derbheit der Karikatur und bei aller Gräßlichkeit seines Humors von so starker Wirkung war, wie keine andere Rasse sie zustande bringt. Eine der Illustrationen zeigte das Baby Lewald als den kleinen Herkules, der zwei fürchterliche Schlangen würgte, die die Köpfe seiner beiden größten Konkurrenten im Verlagswesen trugen. Eine andere Karikatur zeigte den Jüngling Lewald als Gargantua, der seine Heimatstadt Kolberg in Pommern leersoff. Wieder eine andere stellte Lewald als jungen Verleger dar: er saß im Lokal von Änne Mänz an einem Tisch, biß große Stücke aus einem Weinglas und fraß sie auf; tatsächlich hatte er früher bei verschiedenen Gelegenheiten dieses Kunststück vorgeführt, um, wie er sagte, «Reklame für *meinself* und für *mein business* zu machen».

Lewald hatte dieses seltene kleine Buch mit einer Widmung für George versehen und hatte unter sein Autogramm die bekannte unanständige Zeile des Liedes «*Lecke du, lecke du, lecke du die Katz am Arsche*» geschrieben. Nun klappte er das Buch zu und steckte es George in die Tasche.

In diesem Augenblick ging eine Bewegung durch die Menge. Ein Licht blitzte auf, die Träger liefen den Bahnsteig entlang: der Zug lief ein. Er näherte sich rasch und bog um den Zoologischen Garten herum in den Bahnhof ein. Die Riesenschnauze der Lokomotive mit ihren knallrot umrandeten Puffern stampfte näher, dampfte feurig vorbei und hielt. Die gleichmäßige Wagenreihe wurde in der Mitte von dem lebhaft leuchtenden Rot des Mitropa-Speisewagens unterbrochen.

In der allgemeinen Geschäftigkeit nahm der Träger Georges schweren Koffer, kletterte behende die Stufen hinauf und belegte einen Platz für George. Ringsum Stimmengewirr und der aufgeregte Tumult des Abschieds.

Lewald ergriff Georges Hand und legte ihm den anderen Arm um die Schultern; halb ihn knuffend, halb ihn umarmend sagte er: «Mein alter George, *auf Wiedersehen!*»

Heilig drückte ihm kurz und fest die Hand; sein kleines, verbittertes Gesicht verzog sich, als wollte er weinen, und mit merkwürdig schwankender, tiefer und trauriger Stimme sagte er: «Leb wohl, leb wohl, lieber George, *auf Wiedersehen!*»

Die beiden Männer wandten sich ab, und Else legte den Arm um Georges Hals. Er fühlte ihre Schultern beben. Sie weinte, und er hörte sie sagen: «Bleib ein guter Mensch. Bleibe der große Mensch, als den ich dich kenne. Bleibe ein frommer Mensch.» Sie umarmte ihn fester und flüsterte halb schluchzend: «Versprich es mir!» Er nickte. Dann schmiegten sie sich aneinander: sie öffnete ihre Schenkel und schloß sie um sein Bein, ihre wollüstige Gestalt gab nach und wurde eins mit ihm; ihre Lippen hingen leidenschaftlich aneinander, und zum letztenmal vereinten sie sich in der Umarmung der Liebenden.

Dann stieg er ein, und der Schaffner schlug die Tür zu. Während George den engen Gang entlang zu seinem Abteil ging, fuhr der Zug bereits ab. Schon begannen diese Gestalten und Gesichter mit ihren Leben ihm zu entgleiten.

Heilig lief ein Stück mit; er schwenkte den Hut, sein Gesicht war immer noch schmerzverzerrt. Hinter ihm ging Else: ihr Gesicht war streng und einsam, sie winkte mit erhobenem Arm. Lewald riß sich den Hut vom Kopf und schwenkte ihn, sein blondes Haar stand zerzaust um sein weingerötetes Gesicht. Als Letztes hörte George seine zum überschwenglichen Abschiedsgruß erhobene Stimme:

«Alter Chorge, *auf Wiedersehen!*» Dann legte er die Hände wie einen Schalltrichter vor den Mund und gellte: *«Lecke du . . .!»* Seine Schultern schütterten vor Gelächter.

Dann sauste der Zug um die Kurve, und sie alle waren verloren.

Fünf auf der Reise nach Paris

Der Zug fuhr nun schneller; die Straßen und Häuser von West–Berlin glitten vorbei: solide, häßliche Straßen mit massiven, unschönen Häusern im Stil der Gründerzeit, die dennoch mit dem angenehmen Grün der Bäume, mit den leuchtend roten Geranien der Balkonkästen und mit ihrem ganzen ordentlich-soliden Komfort George immer so vertraut angemutet und so gut gefallen hatten wie die stillen Straßen und Häuser einer kleinen Stadt. Schon sausten sie durch Charlottenburg. Sie passierten den Bahnhof, ohne zu halten, und George sah mit dem altbekannten schmerzhaft-stechenden Gefühl von Trauer und Verlust die Leute auf den Bahnsteigen, die auf die Stadtbahn warteten. Der große Zug auf seinem überhöhten Gleis glitt sanft westwärts und gewann ständig an Geschwindigkeit. Sie fuhren am Funkturm vorüber, und ehe George sich dessen versah, brausten sie durch die Ausläufer der Großstadt dem freien Land zu. Sie kamen an einem Flugplatz mit seinen Flugzeughallen und einer Anzahl blitzender Flugzeuge vorbei. Während George hinaussah, rollte der Silberleib eines großen Flugzeugs aus der Halle die Rollbahn entlang; der Schwanz hob sich, der große Vogel löste sich langsam vom Boden und verschwand.

Die Stadt lag nun hinter ihnen. Die vertrauten Gesichter, Gestalten und Stimmen, die noch vor sechs Minuten so gegenwärtig gewesen waren, schienen schon fern wie Träume, eingeschlossen in eine andere Welt: in eine Welt aus solidem Stein, Ziegel und Pflaster, in eine Welt, in der vier Millionen lebten, in eine Welt voller Hoffnung, Angst und Haß, voller Sorge und Verzweiflung, voller Liebe, Grausamkeit und Treue – in eine Welt, die Berlin hieß.

Nun flog die Ebene der Mark Brandenburg an ihm vorbei, das einsame norddeutsche Flachland, das man ihm immer als so häßlich geschildert hatte und das er so seltsam faszinierend und schön fand: die stillen dunklen Wälder, einsame Kiefern, die hoch, schlank nach oben strebten und an ihren Wipfeln die zarte Last ihrer immergrünen Nadeln trugen. Ihre kahlen Stämme leuchteten in herrlich goldenem Bronzeton wie in einem sichtbar gewordenen überirdi-

schen Licht. Alles wirkte wie verzaubert: die goldbraune Waldes-
dämmerung zwischen den Kieferstämmen, der kahle goldbraune
Waldboden, aus dem die Bäume sich einzeln erhoben wie ein Wald
von Masten, zwischen denen zauberisches Licht geisterte.

Hin und wieder wurde es hell, der Wald trat zurück und sie sausten zwischen flachen Äckern dahin, die bis an die Eisenbahnbö-
schung heran bestellt waren. George konnte die zusammenge-
drängten Bauernhäuser sehen, die rotgedeckten Dächer, die kreuz-
förmig angeordneten Scheunen und Häuser. Und dann wieder der
geisterhafte Zauberwald.

George öffnete die Tür zu seinem Abteil, trat ein und setzte sich
auf einen Platz an der Tür. In der gegenüberliegenden Fensterecke
saß ein junger Mann, der in einem Buch las. Er war elegant und
nach der neuesten Mode gekleidet. Er trug ein kleinkariertes, buntes Sportjackett, eine wunderbare Weste aus kostbarem grauem
Wildleder, beige-graue, auf Taille gearbeitete Beinkleider, die
ebenfalls aus gutem, teurem Stoff waren, und graue Wildleder-
handschuhe. Er sah nicht wie ein Amerikaner oder wie ein Engländer aus. Sein Anzug hatte eine Note geckenhafter, fast süßlicher
Eleganz, die irgendwie mitteleuropäisch wirkte. George war
höchst erstaunt, als er bemerkte, daß der Fremde in einem amerikanischen Buch las, einem populären Geschichtswerk mit dem Titel
Die Sage von der Demokratie, das bei einem bekannten Verlag erschienen war. Während er noch grübelnd die vertrauten und die
fremdartigen Züge dieses Mannes zusammenzubringen suchte, näherten sich im Gang Schritte und Stimmen, die Tür wurde geöffnet, und herein kamen ein Mann und eine Frau.

Sie waren Deutsche. Die Frau war klein und nicht mehr jung, sah
aber mollig-warm und reizvoll aus; ihr Haar war hell wie ausge-
bleichtes Stroh, und ihre blauen Augen glichen Saphiren. Sie redete
hastig und aufgeregt mit ihrem Begleiter, wandte sich dann an
George und fragte, ob die anderen Plätze frei seien. Er antwortete:
ja, er glaube es, und blickte fragend auf den eleganten jungen Mann
in der Fensterecke. Der antwortete in etwas gebrochenem Deutsch,
er glaube auch, daß die anderen Plätze frei seien, und fügte hinzu, er
sei am Bahnhof Friedrichstraße eingestiegen und habe niemand
sonst im Abteil gesehen. Die Frau nickte heftig-befriedigt und sagte
rasch ein paar energische Worte zu ihrem Begleiter. Dieser ging
hinaus und kehrte gleich darauf mit dem Gepäck zurück: mit zwei
Koffern, die er im Gepäcknetz verstaute.

Sie waren ein seltsames Paar. Die Frau war offensichtlich die ältere von beiden, sah aber noch sehr gut aus. In ihren Augenwinkeln

zeigten sich die Spuren kleiner Fältchen und ihr Gesicht verriet körperliche Reife, Wärme und eine Klugheit, die aus Erfahrung stammt; gleichzeitig spürte man, daß sie nicht mehr die ungebrochene Frische und Elastizität der Jugend besaß. Ihre Figur hatte fast etwas schamloses Sexuell-Anziehendes, das Nackt-Lockende, das man oft bei Leuten vom Theater findet – bei einer Tänzerin oder bei einer wenig bekleideten Künstlerin in einer Posse. Die ganze Person hatte etwas Undefinierbares, das an die Bühne denken ließ. Sie war von jener übertriebenen Lebhaftigkeit, die für alle Theaterleute charakteristisch ist.

Neben ihrer sicheren, praktisch-energischen und äußerst lebhaften Art erschien ihr Begleiter noch jünger, als er tatsächlich war. Wahrscheinlich war er ungefähr 26 Jahre alt, aber neben ihr wirkte er wie ein kleines Bürschchen. Er war ein großer, blonder, gesunder und recht hübscher junger Deutscher, der irgendwie bäurisch-unbeholfen und unschuldig aussah. Er schien nervös und verlegen und war offenbar in der Kunst des Reisens nicht sehr erfahren. Meist hielt er den Kopf gesenkt oder abgewandt, und er redete nur, wenn die Frau ihn ansprach. Dann errötete er verlegen, und die Backen seines rosig-frischen Gesichts leuchteten wie zwei rote Fahnen.

George überlegte, wer die beiden sein könnten, warum sie nach Paris führen und in welcher Beziehung sie zueinander stünden. Ohne genau zu wissen, warum, spürte er, daß sie nicht miteinander verwandt waren. Geschwister konnten sie nicht sein, und verheiratet waren sie auch nicht, das sah man deutlich. Man hätte fast an die alte Geschichte vom Bauernjungen denken können, der einer Großstadtsirene in die Hände gefallen war; man konnte sich ausmalen, sie hätte ihn zu einer Reise nach Paris verführt, und der Dummkopf würde bald sein Geld los sein. Aber die Frau hatte durchaus nichts Abstoßendes, was zu dieser Annahme berechtigt hätte. Im Gegenteil: sie war entschieden ein höchst anziehendes, ein sympathisches Geschöpf. Auch ihre erstaunliche sexuelle Anziehungskraft, die sie so unverhohlen und fast beklemmend offen zur Schau trug, so daß man sie sofort beim Eintreten gespürt hatte, wirkte durchaus nicht verderbt. Die ganz unbewußte, natürliche Sinnlichkeit ihrer Erscheinung hatte die unschuldige Wärme eines Kindes.

Während George noch in diese Betrachtungen vertieft war, ging die Abteiltür wieder auf, und ein mürrisch aussehender kleiner Mann mit einer langen Nase spähte herein, sah sich wild und etwas mißtrauisch um und wollte wissen, ob noch ein Platz frei sei. Alle antworteten ihm: ja, sie glaubten es. Nach dieser Auskunft verschwand er wortlos im Gang und erschien gleich darauf wieder mit einem großen Koffer. George war ihm behilflich, ihn ins Gepäck-netz zu heben. Er war so schwer, daß der kleine Mann ihn wahr-scheinlich nicht hätte allein hinaufheben können; er nahm aber Georges Hilfe mit säuerlicher Miene und ohne ein Wort des Dankes an, hängte seinen Mantel auf, zappelte nervös und unruhig herum, holte eine Zeitung aus der Tasche, setzte sich George gegenüber und entfaltete die Zeitung; dann warf er die Tür des Abteils ziem-lich heftig zu, bedachte seine Mitreisenden mit einem mißtraui-schen Blick, raschelte mit seiner Zeitung und begann zu lesen.

Während er las, hatte George ab und zu Gelegenheit, diesen griesgrämigen Reisenden zu beobachten. Nicht daß er irgendwie verdächtig ausgesehen hätte – nein, das war entschieden nicht der Fall. Er war einfach ein farbloser, mürrischer, reizbarer kleiner Mann, ein Typ, der einem täglich tausendmal auf der Straße begeg-net, der über jedes Auto knurrt und jeden unvorsichtigen Fahrer anschnauzt, ein Typ, dem man immer auf Reisen zu begegnen fürchtet und dem man sehnlichst aus dem Wege zu gehen wünscht. Ein Bursche, der ununterbrochen die Abteiltür zuwirft, immer wieder aufsteht und ohne jemanden zu fragen das Fenster aufreißt, der immerfort ärgerlich herumzappelt und durch seine Launen, sei-ne Verschrobenheit und sein mürrisches Wesen sich so unbeliebt wie möglich macht und seinen Mitreisenden das Leben denkbar versauert.

Ja, er war bestimmt ein wohlbekannter Typ und im übrigen völ-lig uninteressant. Wäre man ihm auf der Straße begegnet – nie hätte man sich nach ihm umgesehen oder sich später seiner erinnert. Man behielt ihn nur deshalb im Gedächtnis, weil er sich in die intime Gemeinschaft einer langen Reise eindrängte und sofort wie eine aufgeregte Hornisse herumzupurren begann.

Es dauerte denn auch nicht lange, und der elegante junge Herr in der Fensterecke hatte einen Zusammenstoß mit ihm. Er zog ein kostbares Zigarettenetui heraus, nahm sich eine Zigarette und frag-te mit gewinnendem Lächeln die Dame, ob sie etwas dagegen habe, wenn er rauche. Sie antwortete gleich sehr warm und freundlich, es mache ihr gar nichts aus. George hörte das zu seiner großen Erleich-terung, zog ein Päckchen Zigaretten aus der Tasche und wollte ge-meinsam mit seinem unbekannten Reisegefährten den Luxus einer Zigarette genießen, als der alte Zappelphilipp böse mit der Zeitung raschelte, dem eleganten jungen Mann und George einen mürri-schen Blick zuwarf und, auf ein Schild an der Wand des Abteils deutend, düster krächzte:

«Nichtraucher!»

Das war ihnen allen von Anfang an bekannt, aber sie hatten nicht vermutet, daß der Zappelphilipp daraus einen Streitfall machen würde. Der junge Mann und George sahen einander etwas verdutzt und leicht grinsend an, wechselten einen Blick mit der Dame, die ihnen, der Komik der Situation entsprechend, zuzwinkerte, und wollten gehorsam ihre Zigaretten ungeraucht wieder einstecken; da raschelte der alte Zappelphilipp wieder mit der Zeitung, sah sich noch einmal mürrisch um und sagte dann in trübseligem Ton: ihm persönlich mache es nichts, von ihm aus könnten sie ruhig rauchen, er habe sie nur darauf hinweisen wollen, daß sie sich in einem Nicht-raucherabteil befänden. Offenbar wollte er damit sagen, daß sie das Vergehen nun auf ihre eigene Kappe nehmen müßten, er habe sei-ner Bürgerpflicht genügt und sie gewarnt, und wenn sie auf ihrer verbrecherischen Verschwörung gegen die Gesetze des Landes be-stünden, so ginge ihn das nichts mehr an. Sie holten also beruhigt ihre Zigaretten wieder heraus und zündeten sie an.

Während George rauchte und der alte Zappelphilipp seine Zei-tung las, fuhr er in der Betrachtung dieses unangenehmen Reisege-fährten fort. Seine Beobachtungen, die durch die späteren Ereignis-se an Bedeutung gewinnen sollten, prägten sich unauslöschlich sei-nem Gedächtnis ein. Wie er so da saß und den Mann studierte, fiel ihm ein, daß dieser eigentlich wie ein griesgrämiger Mr. Punch aus-sehe. Wenn man sich einen Mr. Punch ohne Herzlichkeit, ohne Schlagfertigkeit und ohne seinen listigen, aber gütigen Verstand vorstellt, einen verschrobenen, mürrischen Mr. Punch, der ärger-lich die Türen zuschlägt und Fenster zuknallt, Blicke auf seine Mit-reisenden wirft und seine lange Nase in anderer Leute Angelegen-heiten steckt, dann hat man jenen Burschen. Zwar war er weder buckelig noch zwergenhaft wie Mr. Punch, sondern einfach ein farbloses, reizloses Männchen. Aber in seinem Gesicht war jenes muntere Blitzen, das man von Mr. Punch kennt, und seine Züge hatten, wie die von Mr. Punch, etwas nahezu Engelhaftes, wenn es in diesem Fall auch ein griesgrämiger Engel war. Auch die Nase hatte Ähnlichkeit mit Mr. Punchs Nase: keine grotesk gekrümmte Schnabelnase, aber eine lange Nase mit einer überhängenden, flei-schig-knubbeligen Spitze, die mißtrauisch zu schnuppern und alles, was sie nichts anging, gierig zu beschnüffeln schien.

Bald darauf lehnte George sich an das Seitenfenster der Tür und schlief ein. Es war ein quälend unruhiger Halbschlaf nach aller Auf-regung und Übermüdung; er döste vor sich hin, saß nie bequem und schlief nie richtig, fuhr von Zeit zu Zeit hoch, sah sich um und döste wieder ein. Manchmal fand er beim Aufwachen die Augen des alten Zappelphilipps mit einem so mißtrauisch-unwirschen Ausdruck auf sich gerichtet, daß sie fast boshaft wirkten. Als er wieder einmal die Augen aufschlug, sah der Mann ihn so betont-unfreundlich an, daß er ärgerlich wurde. Er hatte schon eine wütende Äußerung gegen den Kerl auf der Zunge, da duckte der schnell den Kopf, als hätte er Georges Absicht gespürt, und beschäftigte sich wieder mit seiner Zeitung.

Bei der nervösen Zappelei dieses Mannes war es unmöglich, länger als fünf Minuten hintereinander zu schlafen. Immerfort schlug er die Beine über, veränderte seine Stellung, raschelte mit der Zeitung, fummelte am Türgriff herum, zog und zerrte daran, machte die Tür halb auf und schlug sie wieder zu, als fürchtete er, daß sie nicht richtig geschlossen wäre. Dann sprang er wieder auf, machte die Tür auf, trat auf den Gang hinaus, lief dort ein paar Minuten lang auf und ab, stellte sich ans Fenster, sah auf die vorüberfliegende Landschaft hinaus und rannte wieder mit mürrisch-grämlicher Miene den Gang auf und ab, wobei er die Hände auf dem Rücken hielt und im Gehen nervös und ungeduldig die Daumen drehte.

Währenddessen brauste der Zug mit Höchstgeschwindigkeit durchs Land. Wald und Feld, Dorf und Bauernhof, Acker und Wiese wurden im Vorüberfliegen von der Geschwindigkeit hinweggerafft. Als der Zug die Elbe überquerte, verlangsamte er das Tempo ein wenig, hielt aber nicht. Zwei Stunden nach der Abfahrt von Berlin fuhr er in das kolossale Gewölbe des Bahnhofs von Hannover ein. Hier hatte er zehn Minuten Aufenthalt. Als der Zug bremste, erwachte George aus seinem Halbschlaf; er stand aber nicht auf, da er immer noch müde war.

Der alte Zappelphilipp jedoch erhob sich und ging, von der Frau und ihrem Begleiter gefolgt, auf den Bahnsteig, um ein wenig Luft zu schöpfen und sich die Füße zu vertreten.

George war nun allein mit dem eleganten jungen Mann in der Ecke. Dieser ließ sein Buch sinken und sah aus dem Fenster; nach ein oder zwei Minuten wandte er sich an George und fragte in leicht akzentgefärbtem Englisch:

«Wo sind wir jetzt?»

George sagte, sie seien in Hannover.

«Ich hab das Reisen satt», sagte der junge Mann seufzend. «Ich werde froh sein, wenn ich zu Hause bin.»

«Und wo sind Sie zu Hause?» fragte George.

«In New York», sagte der andere, und als er Georges leicht über-

575

raschten Blick bemerkte, fügte er rasch hinzu: «Ich bin natürlich kein gebürtiger Amerikaner, wie Sie an meiner Aussprache hören werden. Aber ich bin naturalisiert und bin in New York zu Hause.»

George sagte, auch er wohne dort. Der junge Mann fragte, ob George lange in Deutschland gewesen sei.

«Den ganzen Sommer», erwiderte George. «Im Mai bin ich angekommen.»

«Und sind Sie die ganze Zeit – in Deutschland geblieben?»

«Ja», antwortete George, «bis auf eine zehntägige Reise nach Tirol.»

«Als Sie heute früh hereinkamen, dachte ich erst, Sie wären ein Deutscher. Ich glaube, Sie standen auf dem Bahnsteig mit ein paar Deutschen zusammen.»

«Ja, das waren Freunde von mir.»

«Aber als Sie dann sprachen, merkte ich an Ihrem Akzent, daß Sie kein Deutscher sein können. Und als ich Sie den Pariser *Herold* lesen sah, dachte ich mir, daß Sie Engländer oder Amerikaner sein müßten.»

«Ja, natürlich, ich bin Amerikaner.»

«Ja, jetzt ist es mir klar. Ich bin gebürtiger Pole. Ich kam mit fünfzehn Jahren nach Amerika, aber meine Familie lebt noch in Polen.»

«Da haben Sie sie natürlich besucht?»

«Ja. Ich komme fast regelmäßig jedes Jahr herüber, um sie zu besuchen. Zwei Brüder von mir leben in Polen.» Man merkte ihm an, daß er aus einem reichen Haus stammte. «Jetzt eben komme ich von dort.» Er schwieg einen Augenblick und sagte dann nachdrücklich: «Aber das war das letzte Mal. Jetzt werde ich sie lange Zeit nicht besuchen. Ich hab ihnen gesagt: jetzt ist es genug; wenn ihr mich sehn wollt, dann müßt ihr nach New York kommen. Ich hab Europa satt», fuhr er fort. «Jedesmal, wenn ich von dort komme, hab ich es bis oben. Dieses ganze dumme Getue, diese Politik, diesen Haß, diese Armeen und dieses Kriegsgeschrei – die ganze muffige Atmosphäre hier ... Das alles hab ich so satt!» rief er ungeduldig-entrüstet, griff in seine Brusttasche und zog ein Papier heraus. «Wollen Sie sich das mal ansehn?»

«Was ist das?» fragte George.

«Ein Papier ... eine Reisegenehmigung; das ganze verdammte Ding voller Stempel und Unterschriften: die Erlaubnis, daß ich 23 Mark aus Deutschland mitnehmen darf. 23 Mark!» wiederholte er wegwerfend. «Als ob ich ihr gottverdammtes Geld nötig hätte!»

«Ich weiß», sagte George. «Zu jedem Schritt, den man macht,

576

braucht man eine Bescheinigung. Wenn man einreist, muß man sein Geld angeben, und wenn man rausgeht, muß man es wieder angeben. Auch wenn man von zu Hause Geld haben will, muß man eine Bescheinigung haben. Wie ich Ihnen schon sagte: ich habe eine kleine Reise nach Österreich gemacht. Ich brauchte drei Tage, um die Bescheinigung dafür zu bekommen, daß ich mein eigenes Geld mitnehmen durfte. Sehn Sie sich das an!» rief er und zog eine Handvoll Papiere aus der Tasche. «Das alles hab ich in diesem einen Sommer bekommen.»

Nun war das Eis gebrochen. Auf Grund ihrer gemeinsamen Unzufriedenheit erwärmten sie sich füreinander. George merkte bald, daß sein neuer Bekannter mit dem patriotischen Feuer seiner Rasse ein leidenschaftlicher Amerikaner war. Wie er erzählte, hatte er eine Amerikanerin geheiratet. New York, so erklärte er, sei die herrlichste Stadt der Erde, der einzige Ort, wo er leben wolle; er wolle nie wieder von New York fort und habe großes Heimweh nach dieser Stadt.

Und Amerika?

«Ach», sagte er, «es wird so gut sein, nach alldem wieder dort zu sein: da gibt's nur Frieden und Freiheit, nur Freundschaft und Liebe.»

George hatte einige Vorbehalte gegen dieses umfassend gute Zeugnis für sein Heimatland; er sprach sie aber nicht aus. Diese Begeisterung war so echt, daß jeder Versuch einer Einschränkung unfreundlich gewirkt hätte. Außerdem litt auch George jetzt an Heimweh, und die großherzigen, überzeugten Worte dieses Mannes erfüllten ihn mit warmer Freude. Er spürte auch, daß sie trotz aller Übertreibung etwas Wahres enthielten. Im verflossenen Sommer hatte er in diesem ihm so wohlbekannten Land, dessen ansprechende Schönheit und Herrlichkeit ihn tiefer bewegt hatten als alles andere und für dessen Volk er immer das liebevollste Verständnis gehabt hatte, zum erstenmal den vergifteten Druck eines unausrottbaren Hasses und unlösbarer politischer Probleme gespürt: das ganze verfilzte Gewebe von Machthunger und Intrigen, in das das gequälte Europa wieder einmal verstrickt war, die drohende Katastrophe, mit der die ganze Luft vulkanisch geladen schien und jeden Augenblick zu explodieren drohte.

George hatte genau den gleichen Überdruß und Ekel im Herzen wie der andere; er war müde des ewigen Drucks, war erschöpft von den nervlichen und geistigen Spannungen und ausgehöhlt von dem Krebsschaden unheilbaren Hasses, der nicht nur das Leben der Nationen vergiftete, sondern sich auch auf die eine oder andere Weise in das Privatleben seiner Freunde und fast all seiner Bekannten eingefressen hatte. So fand er den Vergleich seines neuentdeckten Landsmannes trotz dessen leidenschaftlicher Übertreibung irgendwie gerechtfertigt. Er wußte genau – wie der andere – wie ungeheuer viele Mißstände es in Amerika gab. Ach ja, er wußte, daß jenseits des Atlantischen Ozeans nicht alles Freundschaft, Freiheit und Liebe war. Aber er spürte, wie auch sein neuer Freund es spüren mußte, daß Amerikas Hoffnung im Kern nicht ganz zerstört und daß seine Verheißung einer Erfüllung nicht gänzlich erschüttert war. Und genau wie der andere fühlte er, wie gut es sein würde, wieder daheim zu sein, außerhalb der vergifteten Enge dieser Atmosphäre, wieder daheim, wo es immer noch Luft zum Atmen gab und wo ein frischer Wind wehte – was für Mängel Amerika sonst auch haben mochte.

Sein neuer Freund erzählte nun, daß er in New York kaufmännisch tätig sei und einer Maklerfirma in der Wall Street angehöre. Nun mußte auch George über sich Auskunft geben, und er formulierte diese so geschickt und wahrheitsgetreu wie möglich, indem er sagte, er arbeite für einen Verlag. Der andere bemerkte darauf, er kenne die Familie eines New Yorker Verlegers, er sei sogar sehr gut mit ihr befreundet. George fragte nach dem Namen dieser Familie und erhielt die Antwort:

«Die Familie Edwards.»

Da fiel es George blitzartig ein, wer der andere war. Ihm ging ein Licht auf, und er sagte:

«Ich kenne die Edwards. Sie gehören zu meinen besten Freunden, und Mr. Edwards ist mein Verleger. Und Sie ... Sie heißen Johnnie, nicht wahr? Ihren Nachnamen habe ich vergessen, aber gehört habe ich ihn auch.»

Der andere nickte lächelnd. «Ja, Johnnie Adamowski», sagte er. «Und Sie? Wie heißen Sie?»

George nannte seinen Namen.

«Natürlich», sagte der andere. «Von Ihnen hab ich gehört.» Sie schüttelten einander höchst überrascht und erfreut die Hand und machten wieder einmal verdutzt die banale Feststellung, «wie klein die Welt doch sei». George bemerkte schlicht: «Hol mich der Teufel!», während Adamowski etwas formvollendeter sagte: «Sehr erstaunlich, daß ich Sie auf diese Weise kennenlerne! Zu merkwürdig – und doch kommt so was immer wieder vor.»

Sie fanden nun viele Berührungspunkte: sie entdeckten viele gemeinsame Bekannte, über die sie einander erfreut und begeistert das

Neueste berichteten. George war zwar nur fünf Monate von Hause fort, aber jetzt erkundigte er sich bei Adamowski, der noch vor vier Wochen in Amerika gewesen war, begierig nach seinen Freunden, nach Amerika, nach der Heimat wie ein Forscher, der nach einer mehrjährigen Nordpolexpedition heimkehrte.

Als die anderen nach einer Weile ins Abteil zurückkehrten und der Zug wieder weiterfuhr, waren George und Adamowski ganz in ihr Gespräch vertieft. Die drei Mitreisenden machten etwas verdutzte Gesichter, als sie diese lebhafte Unterhaltung hörten und die beiden Herren, die sich anscheinend vor zehn Minuten noch gar nicht gekannt hatten, so vertraut miteinander fanden. Die kleine blonde Frau und der junge Mann lächelten ihnen zu, als sie ihren Platz wieder einnahmen. Der alte Zappelphilipp warf ihnen rasch einen scharfen Blick zu und lauschte aufmerksam mit gespitzten Ohren auf alles, was sie sagten, als wollte er sich keine Silbe der fremden Sprache entgehen lassen und damit hinter das Geheimnis dieser plötzlichen Freundschaft kommen.

So ging das Kreuzfeuer der Unterhaltung zwischen Georges Ekke und Adamowskis Fensterplatz hin und her. George genierte sich ein bißchen vor den anderen Mitreisenden; er hatte sich ihnen gegenüber bisher sehr reserviert verhalten, und sie mochten dieses vertrauliche Gespräch in einer fremden Sprache aufdringlich finden. Johnnie Adamowski dagegen hatte offensichtlich keine gesellschaftlichen Hemmungen; er benahm sich viel natürlicher. Er war durchaus nicht verlegen und lächelte den drei Deutschen hin und wieder freundlich zu, als könnten sie sich am Gespräch beteiligen und jedes Wort verstehen.

Seine Umgänglichkeit ließ die ganze Gesellschaft sichtlich auftauen. Die kleine blonde Frau unterhielt sich angeregt mit dem jungen Mann. Nach einer Weile warf auch der Zappelphilipp ein paar Worte ins Gespräch, und bald war das Abteil von einem lebhaften Hinundher von Englisch und Deutsch erfüllt.

Adamowski fragte George, ob er nicht eine Erfrischung zu sich nehmen wolle.

«Ich habe natürlich gar keinen Hunger», sagte er gleichgültig. «Ich habe in Polen so viel zu essen bekommen. Diese Polen essen in einem fort. Ich habe mir vorgenommen, vor Paris nichts mehr zu essen. Ich kann nichts Eßbares mehr sehen. Aber mögen Sie vielleicht etwas polnisches Obst?» fragte er und deutete auf ein großes Paket an seiner Seite. «Sie haben mir da, glaub ich, allerhand eingepackt; Obst vom Gut meines Bruders, ein paar Hühner und Rebhühner. Ich selber mag nichts, ich habe keinen Appetit. Aber mögen Sie nicht etwas essen?»

George sagte: nein, er sei auch nicht hungrig, und Adamowski schlug vor, den Speisewagen aufzusuchen und etwas zu trinken.

«Ich habe noch einige Mark», sagte er gleichgültig. «Ein paar Mark habe ich für das Frühstück gebraucht, aber 17 oder 18 Mark sind noch übrig. Die brauche ich nicht mehr, ich hätte sie gar nicht mitzunehmen brauchen. Aber nun wär's doch nett, wenn wir sie zusammen verbrauchten. Wollen wir nicht mal nachsehn, was wir dafür bekommen können?»

George war einverstanden. Sie standen auf, entschuldigten sich bei den Mitreisenden und wollten gerade hinausgehen, als der alte Zappelphilipp sie überraschenderweise in gebrochenem Englisch ansprach und fragte, ob es Adamowski etwas ausmache, wenn er mit ihm den Platz tauschte. Mit einem nervös-gezwungenen, aber verbindlich gemeinten Lächeln betonte er, die beiden Herren – er deutete mit dem Kopf auf George – könnten sich doch bequemer unterhalten, wenn sie einander gegenübersäßen, und er würde sehr gerne aus dem Fenster sehen. Adamowski sagte obenhin, etwa wie ein polnischer Adliger zu einem gleichgültigen Fremden:

«Ja, natürlich, nehmen Sie nur meinen Platz. Mir ist es ganz gleich, wo ich sitze.»

Sie gingen hinaus, schlängelten sich vorsichtig durch mehrere Wagen des schleudernden Zuges an Reisenden vorbei, die – wie häufig in Europa – während der Fahrt meist auf dem engen Gang standen, aus dem Fenster sahen und sich an die Wand drückten oder zuvorkommend in die Abteile zurücktraten, um sie vorbeizulassen. Endlich erreichten sie den Speisewagen und setzten sich, nachdem sie den warmen Küchenbrodem passiert hatten, an einen Tisch des schönen, hellen, sauberen Mitropa-Wagens.

Adamowski, der über die unbegrenzte Trinkfestigkeit der Polen zu verfügen schien, bestellte reichlich Cognac. Er leerte sein Glas mit einem Zuge und beklagte sich:

«Viel zu wenig – aber gut und bekömmlich. Wir werden mehr bestellen.»

Angenehm erwärmt vom Cognac unterhielten sie sich nun über die drei Mitreisenden in ihrem Abteil; sie plauderten so ungezwungen-vertraulich, als kennten sie sich schon jahrelang; durch die Art ihres Kennenlernens und durch die Entdeckung vieler gemeinsamer Bekannter fühlten sie sich wie alte Freunde.

«Die kleine Frau ist ganz nett», sagte Adamowski, und sein Ton verriet, daß er auf diesem Gebiet Bescheid wußte. «Jung ist sie nicht mehr, glaub ich, aber ganz reizend, nicht wahr? Eine Persönlichkeit.»

«Und der junge Mann? Wofür halten Sie den?» forschte George. «Doch wohl nicht für ihren Ehemann?»

«Nein, natürlich nicht», gab Adamowski sofort zurück. «Ganz merkwürdig», fuhr er nachdenklich fort. «Offenbar ist er viel jünger als die Dame und nicht so ... er ist viel einfacher als sie.»

«Ja, fast wie ein junger Bauernbursche, während sie ...»

«Sie muß irgendwie vom Theater sein», nickte Adamowski. «Schauspielerin oder Kabarettistin.»

«Ja, sehr richtig. Sehr niedlich ist sie, und außerdem halte ich sie für gescheiter als ihn.»

«Ich wüßte zu gerne etwas über die beiden», fuhr Adamowski nachdenklich fort, und man spürte sein echtes Interesse für seine Umwelt. «Die Menschen, die man so in der Eisenbahn und auf dem Schiff trifft, interessieren mich ungemein. Man sieht so merkwürdige Dinge. Und diese beiden interessieren mich: ich wüßte zu gerne, wer sie sind.»

«Und der andere?» fragte George. «Der Kleine? Dieser nervöse, zapplige Mann, der uns immerfort anstarrt? Wofür halten Sie den?»

«Ach, der!» sagte Adamowski gleichgültig-wegwerfend. «Keine Ahnung. Der interessiert mich nicht. So ein langweiliges Männchen – nichts Interessantes ... Wollen wir jetzt zurückgehn?» fragte er. «Wir werden uns mit ihnen unterhalten; vielleicht kriegen wir raus, wer sie sind. Wir werden sie nie wiedersehn. Ich rede gern mit den Leuten im Zug.»

George war einverstanden. Sie riefen den Kellner, baten um die Rechnung und zahlten; von den dahinschwindenden 23 Mark blieben noch 10 oder 12 Mark übrig. Dann standen sie auf und gingen durch den dahinrasenden Zug in ihr Abteil zurück.

Die große Familie der Erde

Als sie zurückkamen, lächelte die Frau ihnen zu, und die drei Mitreisenden sahen ihnen höchst interessiert und mit lebhafter Neugier entgegen. Offensichtlich hatten sie während der Abwesenheit von George und Adamowski allerlei Vermutungen über sie angestellt.

Adamowski begann sich mit den anderen zu unterhalten. Sein etwas mangelhaftes, aber verständliches Deutsch schien ihn in keiner Weise verlegen zu machen. Er hatte eine so unbeirrbare Selbstsicherheit, daß er sich kühn und hemmungslos in das Gespräch in einer fremden Sprache stürzte. Dadurch ermutigt, machten die drei Deutschen kein Hehl aus ihrer Neugier und aus den Mutmaßungen, die sie über das Zusammentreffen von George und Adamowski angestellt hatten.

Die Frau fragte Adamowski, woher er sei: «Was für ein Landsmann sind Sie?»

Er sagte ihr, er sei Amerikaner.

«Ach so?» sagte sie überrascht und fügte hinzu: «Aber nicht von Geburt? Sie sind doch nicht in Amerika geboren?»

«Nein», antwortete Adamowski. «Von Geburt bin ich Pole. Aber ich lebe jetzt in Amerika. Mein Freund hier», alle wandten sich neugierig zu George, «ist gebürtiger Amerikaner.»

Sie nickten befriedigt. Die Frau lächelte gutmütig und eifrig-interessiert und fragte:

«Ihr Freund ... der ist doch Künstler, nicht wahr?»

«Ja», sagte Adamowski.

«Maler?» rief die Frau vergnügt, um zu sehen, ob sie richtig vermutet habe.

«Nein, Maler nicht. Er ist Dichter.»

George verbesserte hastig: «Schriftsteller.»

Daraufhin nickten alle drei befriedigt und sagten: aha, das hätten sie sich gedacht, das sähe man ja. Auch der alte Zappelphilipp tat den Mund zu der weisen Bemerkung auf, das sähe man gleich «am Kopf». Wieder allgemeines Kopfnicken; dann wandte die Frau sich wieder zu Adamowski und fragte:

«Aber Sie ... Sie sind kein Künstler, nicht wahr? Sie machen sicher was anderes.»

Er antwortete, er sei Geschäftsmann, lebe in New York, und seine Firma befinde sich in der Wall Street. Dieser Name war ihnen anscheinend ein imposanter Begriff, denn alle nickten höchst beeindruckt und sagten: «Aha!»

George und Adamowski erzählten dann von ihrem zufälligen Zusammentreffen, daß sie sich bis heute früh noch nie gesehen, aber schon durch viele gemeinsame Freunde voneinander gehört hatten. Das löste allgemeine Freude aus: er bestätigte, was sie sich selber schon gedacht hatten. Die kleine blonde Dame nickte triumphierend und sagte ganz aufgeregt zu ihrem Begleiter und zu dem Zappelphilipp: «Was hab ich gesagt? Genau das hab ich doch gesagt, was? Wie klein die Welt ist!»

Nun wurde es wunderbar gemütlich: alle unterhielten sich eifrig,

582

angeregt und zwanglos wie alte Bekannte, die sich nach langer Trennung wiedersehen. Die kleine Dame erzählte von sich: sie und ihr Mann hatten ein Geschäft in der Nähe des Alexanderplatzes. Nein, lächelte sie, mit diesem jungen Mann hier sei sie nicht verheiratet. Der sei ein junger Künstler und arbeite als ihr Angestellter. Was für ein Geschäft? Sie lachte: das würden sie wohl nicht raten: sie fabrizierten Schaufensterpuppen. Nein, kein Laden, berichtigte sie mit bescheidenem Stolz, eher eine kleine Fabrik, sie stellten die Puppen selber her. Sie ließ durchblicken, daß es ein ziemlich großes Geschäft sei mit über fünfzig Arbeitern, und früher hatten sie fast hundert beschäftigt. Daher mußte sie auch möglichst oft nach Paris fahren, denn Paris war nicht nur in Kleidern, sondern auch in Schaufensterpuppen tonangebend.

Nein, *kaufen* konnten sie die Pariser Modelle natürlich nicht. Mein Gott, das war bei der gegenwärtigen Geldsituation unmöglich. Heutzutage war es für einen deutschen Geschäftsmann schon schwer genug, aus seinem Land herauszukommen, von Einkäufen im Ausland konnte keine Rede sein. Aber sie mußte es trotz aller Schwierigkeiten schaffen, ein- oder zweimal im Jahr nach Paris zu fahren, nur um sich über das, «was los war», auf dem laufenden zu halten. Sie reiste immer in Begleitung eines Künstlers, und dieser junge Mann fuhr zum erstenmal mit. Er war von Beruf Bildhauer, verdiente sich aber das Geld für seine Ausbildung durch die kaufmännische Arbeit in ihrem Geschäft. Er würde die neuesten Pariser Schaufensterpuppen kopieren, Modelle entwerfen und sie nach ihrer Rückkehr modellieren; die Fabrik stellte sie dann zu Hunderten her.

Adamowski warf ein, er könne sich gar nicht vorstellen, wie ein deutscher Staatsbürger unter den gegenwärtigen Umständen überhaupt irgendwohin reisen könne. Schon für einen Ausländer sei es heutzutage schwer genug, nach Deutschland einzureisen und wieder herauszukommen. Diese Erschwerungen der Geldbeschaffung seien so lästig, man könne kaum noch durchfinden.

George berichtete nun über die Schwierigkeiten seiner kurzen Reise ins österreichische Tirol. Jammernd holte er die Bescheinigungen, Genehmigungen, Visa und andere amtliche Papiere aus der Tasche, die sich während des Sommers bei ihm angesammelt hatten.

Alle stimmten in laute Klagen über diesen Mißstand ein. Die Dame bekräftigte, wie dumm und lästig das alles sei; einem Deutschen sei es dadurch fast unmöglich gemacht, Auslandsgeschäfte zu tätigen. Loyalerweise fügte sie rasch hinzu: natürlich ginge es nicht

anders. Und weiter erzählte sie, ihre drei- bis viertägige Reise nach
Paris sei überhaupt nur durch komplizierte Arrangements und fran-
zösische Geschäftsverbindungen möglich; als sie versuchte, diese
Transaktionen im einzelnen zu erläutern, verwickelte sie sich derart
in ein kompliziertes Gewirr von Zahlungsverpflichtungen und
Guthaben, daß sie es schließlich mit einer graziös-erschöpften
Handbewegung aufgab und sagte:

«Ach Gott! Das ist alles viel zu kompliziert und verwirrend. Ich
kann's Ihnen nicht erklären, ich versteh's selber nicht.»

Der alte Zappelphilipp bestätigte das aus eigener Erfahrung: er
war Rechtsanwalt in Berlin und hatte früher in Frankreich und in
anderen europäischen Ländern viel geschäftlich zu tun gehabt.
Auch in Amerika war er gewesen, das letzte Mal 1930 zu einem
internationalen Anwaltskongreß in New York. Er sprach auch ein
bißchen Englisch, verkündete er voller Stolz. Jetzt fuhr er wieder zu
einem internationalen Anwaltskongreß, der morgen in Paris eröff-
net werde und eine Woche dauern solle. Aber auch bei einer so
kurzen Reise wie dieser hatte man mit ernsthaften Schwierigkeiten
zu kämpfen. Die Ausübung seines Berufs im Ausland war heutzutage unmöglich geworden.

Er fragte George, ob seine Bücher übersetzt und in Deutschland
erschienen seien, was George bestätigte. Alle waren sehr neugierig
und wollten Titel der Bücher und Georges Namen wissen. Er
schrieb ihnen also seinen Namen, die deutschen Buchtitel und den
deutschen Verleger auf. Alle sahen ihm mit wohlgefälligem Interesse zu. Die kleine Dame steckte den Zettel in ihr Notizbuch und
verkündete begeistert, sie werde die Bücher kaufen, sobald sie wieder in Deutschland sei. Der alte Zappelphilipp schrieb sich den Zettel sorgfältig ab und steckte das zusammengefaltete Dokument in
seine Brieftasche; auch er wollte die Bücher kaufen, sobald er wieder nach Hause käme.

Der junge Begleiter der Dame hatte, anfangs schüchtern und
mißtrauisch, nach und nach aber zutraulicher, am Gespräch teilgenommen; nun brachte er aus einer Tasche einen Briefumschlag zum
Vorschein, dem er mehrere Fotografien seiner Skulpturen entnahm. Es waren Bildwerke von muskulösen Athleten, Läufern,
Ringern, von Bergleuten mit entblößtem Oberkörper und von
wollüstig-nackten Mädchen. Die Fotografien wurden herumge-
reicht; jeder betrachtete, lobte und bewunderte sie von verschiedenen Gesichtspunkten aus.

Adamowski griff nach seinem umfangreichen Paket und erkärte,
darin befänden sich lauter gute Dinge vom Gut seines Bruders in

Polen; er machte es auf und lud alle ein, sich zu bedienen. Es enthielt herrliche Birnen und Pfirsiche, ein paar schöne Weintrauben, ein fettes Backhuhn, ein paar Täubchen und Rebhühner und noch verschiedene andere Leckerbissen. Die drei Deutschen protestierten: sie könnten ihm doch nicht seinen Reiseproviant wegessen. Aber Adamowski mit seiner warmherzigen, echten Gastlichkeit nötigte sie dringend zum Zugreifen. Ganz impulsiv verwarf er seinen früheren Entschluß und sagte, er und George würden sowieso im Speisewagen essen, und sein Reiseproviant würde verderben, wenn die anderen ihn nicht annähmen. Unter dieser Bedingung griffen alle zu; sie fanden das Obst köstlich, und die Dame versprach, das Huhn später zu untersuchen.

Schließlich nickten George und sein polnischer Freund allen freundlich zu und gingen zum zweitenmal in den Speisewagen.

Sie tafelten üppig und auführlich. Mit Cognac fing es an und endete nach einer Flasche guten Bernkasteler mit Kaffee und wieder mit Cognac. Sie waren fest entschlossen, den Rest ihres deutschen Geldes zu verbrauchen – Adamowski seine zehn oder zwölf Mark, George seine fünf oder sechs; das gab ihnen das angenehme Gefühl einer geschickten Kombination von Wirtschaftlichkeit und Wohlleben.

Während des Essens sprachen sie wieder über ihre Mitreisenden. Sie fanden sie reizend und die Auskünfte, die sie von ihnen erhalten hatten, höchst interessant. Einmütig erkärten sie die Frau für ein bezauberndes Wesen. Auch der junge Mann war bei aller Scheu und Schüchternheit sehr nett. Sogar für den alten Zappelphilipp fanden sie jetzt ein lobendes Wort. Wenn seine rauhe Schale erst einmal durchbrochen war, dann war der alte Kauz eigentlich gar nicht so übel, sondern ganz gut zu leiden.

«Da sieht man's wieder», sagte Adamowski gelassen, «wie gut die Menschen im Grunde sind und wie leicht es wäre, in der Welt miteinander auszukommen; eigentlich haben alle Menschen einander gern, wenn bloß . . .»

«. . . wenn bloß . . .» nickte George.

«. . . wenn bloß diese gottverdammten Politiker nicht wären», schloß Adamowski.

Schließlich baten sie um die Rechnung. Adamowski schüttete den Rest seines deutschen Geldes auf den Tisch und zählte nach.

«Sie werden mir aushelfen müssen», sagte er. «Wieviel haben Sie noch?»

Auch George schüttete sein Geld aus. Zusammen hatten sie genug, um die Rechnung zu bezahlen und dem Kellner ein Trinkgeld zu geben; dann behielten sie immer noch etwas für eine weitere Lage Cognac und für eine gute Zigarre.

Mit befriedigtem Lächeln, das auch von dem Kellner, der ihre Absicht begriff, liebenswürdig geteilt wurde, bezahlten sie die Rechnung und bestellten Cognac und Zigarren; vom guten Essen und Trinken angenehm gesättigt und befriedigt und in dem erhebenden Bewußtsein, mal wieder etwas richtig gemacht zu haben, pafften sie ihre Zigarren und betrachteten die vorüberfliegende Landschaft.

Sie fuhren nun durch den großen Industriebezirk Westdeutschlands. Mit der hübschen Landschaft war es vorbei, alles, was sie sahen, war schwarz von Ruß und Rauch der riesigen Werke. Der Erdboden war mit den Stahlskeletten großer Schmelz- und Frischanlagen übersät und durch berghohe Schrott- und Schlackenhaufen verunziert. Ein brutal-verräuchertes Bild, das von dem unerbittlich arbeitsamen, zusammengepferchten Leben der Industriestädte beherrscht wurde. Trotzdem hatten diese Städte etwas Faszinierendes: man spürte die Macht der Rohstoffe.

Die beiden Freunde plauderten über das Landschaftsbild und über ihre Reise. Adamowski sagte, sie hätten gut daran getan, ihr deutsches Geld auszugeben: außerhalb des Reiches sei der Wechselkurs niedriger. Sie waren schon fast an der Grenze, und da ihr Wagen nach Paris durchging, würden sie kein deutsches Geld mehr für einen Gepäckträger brauchen.

George vertraute Adamowski besorgt an, daß er etwa 30 amerikanische Dollar bei sich habe, für die er keine deutsche Genehmigung besaß. Duch den in Berlin herrschenden Bürokratismus sei fast die ganze letzte Woche mit Reisevorbereitungen ausgefüllt gewesen: er war trostlos von einem Reisebüro zum andern getrabt, um sich die Überfahrt zu sichern, hatte an Fox Edwards um Geld telegrafieren und sich dann die Genehmigungen für dieses Geld besorgen müssen. Im letzten Augenblick hatte er entdeckt, daß er noch 30 Dollar übrig hatte, für die er keine offizielle Genehmigung besaß. Verzweifelt hatte er sich an einen Bekannten gewandt, der in einem Reisebüro angestellt war, und hatte ihn gefragt, was er tun solle; der Mann hatte ihm geraten, das Geld einzustecken und nichts zu sagen; wenn er sich um eine Genehmigung dafür bemühen und auf sämtliche notwendigen Vollmachten warten wollte, würde das Schiff ohne ihn abfahren; er solle also das – übrigens nicht sehr große – Risiko auf sich nehmen und sich nicht weiter darum kümmern.

Adamowski nickte bestätigend, riet aber, George solle die nicht genehmigten Dollars in seine Westentasche stecken, in der er sonst kein Geld aufzubewahren pflegte; wenn man sie bei ihm fände, könne er immer noch sagen, er habe das Geld in dieser Tasche anzugeben vergessen. George leuchtete dieser Vorschlag ein: er ließ das Geld unauffällig in der Westentasche verschwinden.

Durch dieses Gespräch kamen sie wieder auf das unerfreuliche Thema der Valuta-Bestimmungen und auf die Schwierigkeiten ihrer deutschen Mitreisenden zu sprechen. Sie waren sich einig darüber, daß ihre neuen Bekannten in einer sehr bitteren Lage waren und daß das Gesetz, nach dem sowohl Ausländer wie Reichsbürger ohne besondere Genehmigung nicht mehr als 10 Mark über die Grenze mitnehmen durften, für Geschäftsleute wie die kleine blonde Frau und den alten Zappelphilipp eine Ungerechtigkeit bedeutete.

Da kam Adamowski aus seiner spontanen Großmut heraus auf eine glänzende Idee.

«Ja, aber», sagte er, «was hindert uns, ihnen zu helfen?»

«Wie meinen Sie das? Wie könnten wir ihnen denn helfen?»

«Na», sagte er, «ich habe doch hier eine Genehmigung, daß ich 23 Mark über die Grenze mitnehmen kann. Sie haben keine Genehmigung, aber jeder darf ...»

«... 10 Mark mitnehmen», unterbrach ihn George. «Sie meinen also, wir haben zwar beide unser deutsches Geld ausgegeben ...»

«... dürfen aber immer noch so viel mitnehmen, wie auf unserer Genehmigung steht», ergänzte Adamowski. «Ja, das meine ich. Wir könnten es ihnen wenigstens vorschlagen.»

«Daß sie uns etwas von ihrem Geld in Mark zur Aufbewahrung geben sollen, bis wir über die Grenze sind?»

Adamowski nickte. «Ja, ich könnte dreiundzwanzig Mark übernehmen und Sie zehn. Viel ist es natürlich nicht, aber vielleicht eine kleine Hilfe.»

Gesagt, getan. Sie waren ganz selig vor Freude, daß sie diesen Leuten, die sie so liebgewonnen hatten, einen kleinen Dienst erweisen konnten. Aber während sie noch zufrieden lächelnd dasaßen, ging ein uniformierter Mann durch den Wagen, blieb an ihrem Tisch stehen – sie waren die einzigen Gäste, alle anderen waren bereits aufgebrochen – und teilte ihnen im Befehlston mit, die Paßkontrolle befinde sich bereits im Zug und sie mögen sich unverzüglich zur Prüfung ihrer Pässe in ihr Abteil zurückbegeben.

Sie standen sofort auf und eilten durch die schlingernden Wagen zurück. George ging voran, und Adamowski flüsterte ihm über die Schulter zu, sie müßten sich nun beeilen und ihren Mitreisenden rasch das bewußte Angebot machen, ehe es zu spät wäre.

Sobald sie das Abteil erreicht hatten, berichteten sie den drei Deutschen, daß die Beamten schon im Zug seien und die Paßkontrolle gleich beginnen würde. Diese Nachricht versetzte alle in Aufregung, und jeder machte sich bereit. Die Frau kramte in ihrem Portemonnaie, nahm ihren Paß heraus und begann mit besorgter Miene ihr Geld zu zählen.

Adamowksi sah ihr einen Augenblick ruhig zu, nahm dann seine Bescheinigung heraus und entfaltete sie; er sagte, er habe die amtliche Genehmigung für 23 Mark, sei auch mit dieser Summe auf Reisen gegangen, habe sie nun aber ausgegeben. Auf dieses Stichwort hin bemerkte George, auch er habe sein deutsches Geld verbraucht, dürfte aber ohne besondere Genehmigung 10 Mark mitnehmen. Die Frau sah rasch und eifrig von einem zum andern: sie erriet das freundschaftliche Angebot.

«Sie meinen also . . .» setzte sie an. «Das wäre natürlich wunderbar, wenn Sie das tun wollten!»

«Haben Sie 23 Mark mehr, als Sie mitnehmen dürfen?» fragte Adamowski.

«Ja», nickte sie schnell und fügte besorgt hinzu: «Ich habe sogar mehr. Aber wenn Sie 23 nehmen und behalten würden, bis wir über die Grenze sind . . .»

Er streckte die Hand aus: «Geben Sie her!»

Sie gab ihm rasch das Geld, das er in seiner Tasche verschwinden ließ.

Der Zappelphilipp zählte nervös 10 Mark ab und reichte sie wortlos George hinüber, der sie einsteckte. Dann lehnten sich alle mit vor Aufregung roten, aber triumphierenden Gesichtern zurück und versuchten, möglichst gefaßt auszusehen.

Ein paar Minuten später öffnete ein Beamter die Abteiltür, grüßte und bat um die Pässe. Zuerst prüfte er Adamowskis Paß, fand alles in Ordnung, nahm die Bescheinigung, warf einen Blick auf die 23 Mark, stempelte den Paß ab und gab ihn zurück.

Dann wandte er sich an George, der ihm seinen Paß und die verschiedenen Genehmigungen für den Besitz von Dollars reichte. Der Beamte blätterte in dem Paß, der mit Stempeln und Eintragungen für die Abhebung von Registermark fast ganz ausgefüllt war. Bei einer Seite des Passes stutzte er, runzelte die Stirn und musterte aufmerksam einen Stempel, der besagte, daß George von Kufstein über die österreichische Grenze nach Deutschland eingereist war; dann vertiefte er sich noch einmal in die Papiere, die George ihm gegeben hatte. Er schüttelte den Kopf: wo war die Genehmigung aus Kufstein?

Georges Herz setzte aus und begann dann heftig zu klopfen. Hatte er diese Genehmigung vergessen? Er hatte seit damals so viele Papiere und Dokumente dieser oder jener Art bekommen, daß er angenommen hatte, die Bescheinigung aus Kufstein wäre überflüssig. Er begann sämtliche Papiere, die er noch in der Tasche hatte, zu durchwühlen. Der Beamte wartete geduldig, aber sichtlich beunruhigt. Alle sahen George ängstlich an, mit Ausnahme von Adamowski, der beruhigend sagte:

«Lassen Sie sich nur Zeit. Irgendwo muß es ja sein.»

Schließlich fand George die Bescheinigung. Alle Mitreisenden stimmten in seinen tiefen Seufzer der Erleichterung ein. Auch der Beamte schien sich zu freuen. Freundlich lächelnd nahm er das Dokument in Empfang, prüfte es und gab George seinen Paß zurück.

Während der angstvollen Minuten, in denen George in seinen Papieren herumsuchte, hatte der Beamte die Pässe der Frau, ihres Begleiters und des Zappelphilipps kontrolliert. Anscheinend fand er bei ihnen nichts auszusetzen; nur die Dame mußte zugeben, daß sie 42 Mark bei sich hatte, und der Beamte teilte ihr bedauernd mit, er müsse ihr diese Summe bis auf 10 Mark wegnehmen. Das Geld werde an der Grenze deponiert und ihr selbstverständlich bei ihrer Heimreise zurückerstattet. Sie lächelte wehmütig, zuckte die Achseln und lieferte 32 Mark ab. Sonst war offenbar alles in Ordnung: der Mann grüßte und zog sich zurück.

Das war also überstanden! Alle atmeten erleichtert auf und bedauerten die arme Dame wegen ihres Verlustes. Aber alle jubelten im stillen darüber, daß sie nicht mehr eingebüßt hatte und daß Adamowski ihr dabei ein wenig hatte helfen können.

George fragte den Zappelphilipp, ob er sein Geld jetzt oder später zurückhaben wolle. Der antwortete, es sei wohl besser zu warten, bis sie die Grenze nach Belgien überschritten hätten. Gleichzeitig machte er eine Nebenbemerkung, die sie zunächst nicht weiter beachteten: aus irgendeinem nicht ganz ersichtlichen Grund hatte er nur eine Fahrkarte bis zur Grenze und wollte während des Aufenthalts von fünfzehn Minuten in der Grenzstation Aachen eine Fahrkarte nach Paris lösen.

Sie näherten sich Aachen, und der Zug fuhr langsamer. Sie kamen noch einmal durch eine hübsche ländliche Gegend mit grünen Feldern und einladend-sanften Hügeln, eine unaufdringlich-liebliche, irgendwie unverkennbar europäische Landschaft. Der versengte, ausgedörrte Bezirk der Bergwerke und Fabriken lag hinter ihnen: dies war die Umgebung einer hübschen Stadt.

Nach ein paar weiteren Minuten bremste der Zug und hielt im Aachener Bahnhof. Sie hatten die Grenze erreicht. Hier sollte die Lokomotive gewechselt werden. Alle stiegen aus: der Zappelphilipp, um sich seine Fahrkarte zu lösen, die anderen, um sich die Füße zu vertreten und Luft zu schöpfen.

Die Verhaftung

Adamowski und George gingen am Zug entlang nach vorn, um sich die Lokomotive anzusehen. Die deutsche Maschine, die hier gegen eine belgische Lokomotive ausgewechselt werden sollte, wirkte fast so gewaltig wie die großen amerikanischen Maschinen. Sie war prachtvoll stark und schwer und in schöner Stromlinienform für hohe Geschwindigkeit gebaut. Ihr wunderbarer Tender unterschied sich von allen anderen, die George kannte: sein Röhrensystem glich einem ganzen Bienenstock. Duch das schräge Gitter hindurch erblickte man ein springbrunnenartiges Gebilde von aber tausend feinen, dampfenden Wasserstrahlen. Jedes einzelne Teilchen dieser herrlichen, komplizierten Maschine zeugte von dem Organisationstalent und der technischen Begabung ihrer Konstrukteure.

George wußte, daß beim Übergang in ein anderes Land gerade die kleinen Dinge besonders wichtig sind, die ersten, flüchtig vorüberhuschenden Eindrücke, wenn man es plötzlich mit den Sitten und der Haltung eines anderen Volkes zu tun hat; er war gespannt darauf, wie weit die belgische Lokomotive charakteristisch für das kleine Land sein würde, das sie nun betreten sollten, im Unterschied zu dem unbändigen, mächtig-soliden Volk, das sie verlassen hatten.

Während Adamowski und George derartige Betrachtungen anstellten, wurden ihr Wagen und ein anderer Kurswagen nach Paris von dem deutschen Zug abgekoppelt, auf die andere Seite des Bahnsteigs rangiert und an einen dort stehenden Zug angehängt. Sie wollten zurückeilen, aber ein Schaffner beruhigte sie: es sei noch reichlich Zeit, der Zug fahre erst in fünf Minuten ab. Sie blieben also wartend stehen; Adamowski bemerkte, es sei doch ein trauriges Zeichen für die gegenwartigen Verhältnisse in Europa, daß der

Schnellzug zwischen den beiden größten Hauptstädten des Kontinents nur zwei nicht einmal voll besetzte Kurswagen habe.

Die belgische Lokomotive war immer noch nicht da; bei einem Blick auf die Bahnhofsuhr stellten sie fest, daß es Zeit zur Abfahrt war. Um den Zug nicht zu versäumen, gingen sie den Bahnsteig entlang zu ihrem Wagen zurück. Sie trafen die kleine blonde Dame, nahmen sie in die Mitte und schritten eilig auf ihr Abteil zu.

Beim Näherkommen merkten sie deutlich, daß irgend etwas geschehen sein mußte. Von Abfahrt schien keine Rede zu sein. Der Zugführer und der Stationsvorsteher standen zusammen auf dem Bahnsteig, das Signal zur Abfahrt war noch nicht gegeben. Als sie ihren Wagen erreicht hatten, sahen sie, daß die anderen Reisenden sich im Gang zusammendrängten, in einer verhaltenen Spannung, die auf eine kritische Situation schließen ließ; Georges Herz begann schneller zu schlagen.

Er hatte schon öfter in seinem Leben solche Situationen beobachtet und kannte ihre Anzeichen: wenn in einer Stadt ein Mensch aus einem hohen Haus auf die Straße gesprungen oder gefallen, wenn jemand erschossen oder von einem Auto überfahren worden ist und nun still im Sterben liegt – immer ist der Ausdruck der Zuschauermenge der gleiche. Man braucht die Gesichter nicht zu sehen – man erkennt an den Rücken, an der Haltung der Köpfe und an der Art, wie die Menschen dastehen, was geschehen ist. Ohne die näheren Umstände zu kennen, spürt man sogleich, daß hier eine Tragödie ihren Abschluß gefunden hat. Man weiß: hier liegt ein Toter oder ein Sterbender. Und die erschreckend beredten Rücken und Schultern, das gierige Schweigen der Zuschauer künden von einer anderen, noch tieferen Tragik: die ganze Grausamkeit des Menschen liegt darin, die wollüstige Freude am Leiden des andern, jene tragische, demoralisierende Schwäche, deren man sich nicht erwehren kann, obwohl man sie verabscheut. George hatte in seiner Kindheit diese Tragik auf den Gesichtern von Menschen gesehen, die vor dem Schaufenster eines schäbigen kleinen Ladens standen und den blutig-zerfetzten Leichnam eines vom Pöbel gelynchten Negers anstarrten, und später, als vierzehnjähriger Junge, hatte er sie bei einem Tanzvergnügen auf Männer- und Frauengesichtern wiedergefunden, als ein Mann in einem Zweikampf seinen Gegner erschlug.

Und nun hier dieselbe Erscheinung: als George mit seinen beiden Begleitern den Zug entlanghastete und die Leute im Gang gewahrte – wieder jenes gierig-gespannte Abwarten und Beobachten, wieder jener Bann eines tödlichen Schweigens –, da wußte er, daß er wieder dem Tod gegenüberstand.

591

Das war sein erster Gedanke, und ohne daß er ihn aussprach, dachten Adamowski und die kleine blonde Frau im selben Augenblick: der Tod. Als sie aber einsteigen wollten, blieben sie erschreckt stehen: die Tragödie mußte sich in ihrem Abteil abgespielt haben. Die Vorhänge waren fest zugezogen, die Tür verschlossen, das Abteil hermetisch abgesperrt. Wie angewurzelt blieben sie auf dem Bahnsteig stehen und starrten hinein. Dann bemerkten sie an einem Fenster im Gang den jungen Begleiter der Frau. Er gab ihnen rasch ein verstohlenes Zeichen, sie sollten draußen bleiben. Da begriffen sie blitzartig, daß nur der nervöse kleine Mann, mit dem sie vom Morgen an zusammen gereist waren, das Opfer des tragischen Geschehens sein konnte. Von den verstummten Menschen und der starren Öde des abgesperrten Abteils ging ein Grauen aus. Alle drei waren fest davon überzeugt: der anfangs so unangenehme kleine Mann, der allmählich aufgetaut war und sich mit ihnen angefreundet hatte, der Mann, mit dem sie noch vor einer Viertelstunde gesprochen hatten, war tot, und hinter jener verschlossenen Tür waren Macht und Gesetz um seine Leiche versammelt, um die von der menschlichen Gesellschaft geforderten offiziellen Formalitäten zu erfüllen.

Während sie noch stumm vor Schrecken und Entsetzen auf die zugezogenen Vorhänge des Abteils starrten, hinter denen sich die Katastrophe verbarg, klickte das Türschloß, die Tür wurde geöffnet, ein Polizist trat heraus, und die Tür ging rasch wieder zu. Es war ein stämmiger, etwa fünfundvierzigjähriger Beamter mit Schirmmütze und olivgrüner Uniformjacke, mit einem roten Gesicht, derben, vorstehenden Backenknochen und einem gelblichbraunen, hochgezwirbelten Kaiser-Wilhelm-Schnurrbart. Sein Haar war kurz geschoren, und am Hinterkopf und im fleischigen Nacken hatte er Speckfalten. Er kletterte schwerfällig aus dem Zug, winkte und rief aufgeregt einem anderen Beamten auf dem Bahnsteig zu und kletterte wieder in den Zug.

Er gehörte einem allgemein bekannten Typ an, den George oft gesehen und belächelt hatte, der aber jetzt, in dieser unheilschwangeren, undurchsichtigen Situation unangenehm bedrohlich wirkte. Schon seine plumpe Schwerfälligkeit, sein unbeholfenes Aus- und Einsteigen, sein dicker Bauch, die ungeschlachte Breite seines vulgären Hinterteils, die entrüstet bebenden, autoritativen Schnurrbartspitzen, die gutturale Stimme, mit der er seinem Kollegen etwas zubrüllte, das kurzatmige Schnauben seiner empörten Beamtenseele – all das war durchaus typisch, wirkte nun aber irgendwie abscheulich abstoßend. Ohne eigentlichen Grund begann George plötzlich in unsinniger, mörderischer Wut zu zittern. Er hätte auf die Speckfalten dieses Nackens losgehen, hätte dieses empörte rote Gesicht zu Brei schlagen mögen. Er wünschte sich, dieses ausladende, unanständig fleischige Gesäß mit wohlgezielten Fußtritten zu traktieren. Wie alle Amerikaner hatte er stets eine Abneigung gegen die Polizei und ihre geheiligte persönliche Autorität gehabt. Aber die mörderische Wut, die ihn jetzt beherrschte, war etwas anderes: er fühlte, daß er und alle anderen machtlos waren, er fühlte sich ohnmächtig gefesselt und außerstande, gegen die Mauern einer vernunftwidrigen, aber unerschütterlichen Autorität anzurennen.

Der schnurrbärtige Beamte öffnete nun zusammen mit seinem Kollegen, den er herbeizitiert hatte, wieder die verhängte Tür, und George konnte erkennen, daß zwei weitere Beamte im Abteil waren. Und das nervöse Männchen, ihr Reisegefährte – nein, tot war er nicht! Er saß in sich zusammengesunken da und sah sie an. Sein teigig-weißes Gesicht glänzte, als wäre es mit einer Schicht kalten, fettigen Schweißes überzogen. Der Mund unter der langen Nase bebte in einem fürchterlichen, krampfhaften Lächeln. Die beiden Männer, die sich zu ihm hinunterbeugten und ihn ausfragten, wirkten schon in ihrer Haltung unsauber und aufreizend.

Der Beamte mit dem faltigen Specknacken füllte die Tür ganz aus, so daß sie nichts mehr sehen konnten. Dann trat er, von seinem Kollegen gefolgt, rasch ins Abteil, die Tür fiel hinter ihnen ins Schloß, und wieder nur die zugezogenen Vorhänge und die unheilverkündende Stille.

Alle Leute ringsum hatten einen Blick in das Abteil erhascht und sahen einander verdutzt an. Die im Gang Stehenden flüsterten miteinander. Die kleine blonde Frau trat ans Fenster und begann sich leise mit dem jungen Mann und einigen anderen, die am offenen Fenster standen, zu unterhalten, wobei ihre unterdrückte Erregung sichtlich wuchs. Nach einigen Minuten kam sie zurück, nahm George und Adamowski beim Arm und flüsterte:

«Kommen Sie mit. Ich muß Ihnen was sagen.»

Sie ging mit ihnen auf die andere Seite des Bahnsteigs, wo niemand sie hören konnte. Als die beiden Männer sie mit gedämpfter Stimme fragten: «Was ist denn?», sah sie sich vorsichtig um und flüsterte:

«Der Mann da ... der in unserm Abteil ... der wollte über die Grenze, und sie haben ihn geschnappt!»

«Aber warum? Weswegen? Was hat er denn getan?» fragten sie verdutzt.

Wieder blickte sie sich vorsichtig um, zog die beiden Männer zu sich heran, bis die drei Köpfe sich fast berührten, und flüsterte geheimnisvoll in ängstlich-verschrecktem Ton:

«Er soll Jude sein! Und sie haben Geld bei ihm gefunden! Sie haben ihn untersucht ... sein Gepäck auch ... der wollte Geld rausschmuggeln!»

«Wieviel?» fragte Adamowski.

«Weiß ich nicht», flüsterte sie. «Ich glaube, sehr viel. Hunderttausend Mark, hab ich gehört. Auf alle Fälle haben sie's gefunden.»

«Aber wieso?» fragte George. «Ich dachte, alles wäre erledigt. Ich dachte, mit der Zugkontrolle wären wir alle abgefertigt.»

«Das stimmt schon», sagte sie. «Aber besinnen Sie sich auf die Sache mit der Fahrkarte? Er sagte doch, er habe keine durchgehende Fahrkarte. Wahrscheinlich hat er das für sicherer gehalten ... hat wohl in Berlin nur eine Karte nach Aachen genommen, um keinen Verdacht zu erregen. Dann ist er hier ausgestiegen, um die Fahrkarte nach Paris zu lösen – und dabei haben sie ihn geschnappt!» flüsterte sie. «Wahrscheinlich kam er ihnen schon verdächtig vor, und sie haben ihn beobachtet! Darum haben sie ihn auch weiter nichts gefragt, als sie durch den Zug gingen!» George fiel jetzt ein, daß «sie» das wirklich nicht getan hatten. «Aber beobachtet haben sie ihn, und hier haben sie ihn geschnappt!» fuhr sie fort. «Als sie ihn fragten, wo er hinwollte, hat er gesagt: nach Paris. Dann haben sie gefragt, wieviel Geld er bei sich habe. Zehn Mark, hat er gesagt. Wie lange er in Paris bleiben wolle und zu welchem Zweck er hinführe? Er hat gesagt: eine Woche wolle er bleiben, und er führe zu dem Anwaltskongreß, von dem er uns ja erzählt hat. Und dann haben sie gefragt, wie er denn eine Woche in Paris mit zehn Mark auskommen wolle. Und da hat er's wohl mit der Angst gekriegt! Da hat er den Kopf verloren und hat gesagt, er hätte noch zwanzig Mark mehr in einer anderen Tasche, die hätte er vergessen. Und damit hatten sie ihn natürlich! Sie untersuchten ihn und sein Gepäck und fanden mehr», flüsterte sie verschreckt, «viel, viel mehr!»

Wortlos vor Entsetzen starrten sie sich an. Dann lachte die Frau leise, etwas ängstlich und unsicher: «O-hoh-hoh-hoh-hoh!» Es klang, als könne sie es gar nicht fassen.

«So ein Kerl ...» flüsterte sie, «so ein kleiner Jude ...»

«Ich wußte nicht, daß er Jude ist», sagte George. «Ich hätte das nicht gedacht.»

«Aber es ist so!» flüsterte sie und sah sich wieder verstohlen um, ob sie auch nicht belauscht oder beobachtet würden. «Er hat dasselbe gemacht wie viele andere ... wollte sein Geld rausbringen!» Sie lachte wieder ihr unsicheres, ungläubig-erstauntes kleines «Hoh-hoh-hoh!». Aber George sah auch in ihren Augen die lauernde Angst.

Mit einemmal fühlte George sich elend, leer und angeekelt. Er wandte sich halb ab und steckte die Hände in die Taschen – aber er zog sie wieder heraus, als hätte er sich die Finger verbrannt. Das Geld jenes Mannes ... er hatte es ja noch! Vorsichtig steckte er die Hand wieder in die Tasche und befühlte die beiden Fünf-Mark-Stücke. Sie fühlten sich fettig an, als wären sie mit Schweiß bedeckt. George nahm die Geldstücke fest in seine Faust und ging über den Bahnsteig auf den Zug zu. Die Frau packte ihn am Arm.

«Wo gehn Sie hin?» japste sie. «Was haben Sie vor?»

«Ich will ihm sein Geld zurückgeben. Ich werd ihn nie wiedersehn. Ich kann's doch nicht behalten.»

Die Frau erbleichte. «Sind Sie verrückt?» flüsterte sie. «Das nützt doch jetzt nichts mehr – wissen Sie das nicht? Sie werden höchstens auch noch verhaftet! Und er ... der hat's sowieso schon schwer genug, Sie machen's damit nur schlimmer! Außerdem», stammelte sie, «wer weiß, was er auf dem Kerbholz hat, wer weiß, was er schon gestanden hat! Vielleicht hat er total den Kopf verloren und hat gesagt, daß wir uns gegenseitig helfen, Geld rüberzuschmuggeln ... dann sitzen wir alle drin!»

Daran hatten sie nicht gedacht, und als ihnen klar wurde, was für Folgen ihre gute Absicht haben konnte, starrten sie sich alle drei hilflos an. Wie vor den Kopf geschlagen, schwach und ausgehöhlt standen sie da und konnten nichts tun, konnten nur beten, daß es noch einmal gut gehen möge.

Nun ging die verhängte Tür wieder auf, und die Beamten verließen das Abteil. Der Schnurrbärtige erschien mit dem Koffer des kleinen Mannes, kletterte schwerfällig auf den Bahnsteig und stellte den Koffer zwischen seine Füße. Er sah sich um: sie glaubten zu bemerken, daß er sie aufmerksam musterte. Sie rührten sich nicht und wagten kaum zu atmen: nun kamen sie wohl an die Reihe – gleich würde auch ihr Gepäck zum Vorschein kommen.

Jetzt traten die anderen drei Beamten aus dem Abteil und führten zwischen sich den kleinen Mann ab. Sie gingen mit ihm den Bahnsteig entlang: er war weiß wie ein Laken, und auf seinem Gesicht standen Schweißperlen; er protestierte ununterbrochen in einem angstvoll-singenden Tonfall. Er mußte unmittelbar an ihnen vorbeikommen. George fühlte das schwitzige Geld des Mannes in seiner Hand und wußte nicht, was tun. Er machte eine Armbewegung, wollte ihn ansprechen und hoffte gleichzeitig verzweifelt, der Mann möge sie nicht verraten. Er versuchte, den Blick abzuwenden und konnte es nicht. Der kleine Mann kam pausenlos protestierend immer näher: alles werde sich aufklären, das Ganze sei ein dummes Mißverständnis. Jetzt hatte er die drei erreicht: für den Bruchteil einer Sekunde stockte er und sah sie mit seiner bleichen Schreckensmiene, mit seinem schrecklichen, krampfhaften Lächeln an; nur einen kurzen Augenblick sah er sie an – dann ging er weiter, ohne auch nur im geringsten anzudeuten, daß er sie kannte. Er hatte sie nicht verraten.

Die Frau stieß einen leisen Seufzer aus und lehnte sich zusammensinkend an Georges Schulter. Alle drei fühlten sich schwach und kraftlos. Langsam gingen sie über den Bahnsteig und stiegen ein.

Die böse Spannung war nun einer fieberhaften Aufregung gewichen: die Leute unterhielten sich immer noch gedämpft, aber offensichtlich erleichtert. Die kleine blonde Frau beugte sich aus dem Gangfenster und sprach den Beamten mit dem Schnurrbart an, der noch am Zug stand.

«Sie ... darf der nicht weiterfahren?» fragte sie leise und zögernd. «Müssen ... müssen Sie den hierbehalten?»

Er glotzte sie stumpfsinnig an, dann breitete sich langsam ein widerliches Lächeln auf seinem brutalen Gesicht aus. Er nickte bedächtig-endgültig, in satter Genugtuung und antwortete:

«Ja, der bleibt.» Mit leichtem Kopfschütteln fügte er hinzu: «Geht nicht.»

Sie hatten ihn also. Am unteren Ende des Bahnsteigs hörte man plötzlich den schrillen Pfiff der belgischen Lokomotive, der Schaffner rief zum Einsteigen, und am ganzen Zug wurden die Türen zugeschlagen. Langsam setzte der Zug sich in Bewegung und schlich an dem kleinen Mann vorbei. Nichts zu machen: den hatten sie. Er stand, immer noch protestierend und lebhaft gestikulierend zwischen den Beamten. Die Uniformierten sagten kein Wort – das hatten sie nicht nötig: sie hatten ihn. Sie standen nur beobachtend um ihn herum, und auf ihren Gesichtern lag jenes leichte, widerliche Lächeln.

Auch der kleine Mann unterbrach für einen Augenblick seine fieberhaften Aufklärungsbemühungen. Als der Wagen, in dem er gesessen hatte, vorüberglitt, schwieg er und hob sein teigiges Gesicht mit den entsetzten Augen zu seinen Mitreisenden auf. Noch einmal sah er sie gerade und fest an, und sie gaben ihm den Blick zurück. In seinen Augen stand die maßlose Todesangst eines Menschen. George und die anderen fühlten sich nackt vor diesen Augen; Scham und ein unbestimmtes Schuldgefühl erfüllten sie. Alle empfanden das-

596

selbe: dies war ein Abschied, ein Abschied nicht nur von einem Menschen, sondern von der Menschlichkeit; ein Abschied nicht nur von irgendeinem rührenden Fremden, von einer zufälligen Reisebekanntschaft, sondern ein Abschied von der ganzen Menschheit. Nicht eine namenlose Null des Lebens blieb dort zurück – jenes entschwindende Bild war das Antlitz eines Bruders.

Der Zug ließ die Bahnhofshalle hinter sich und begann schneller zu fahren: von dem kleinen Mann war nichts mehr zu sehen.

Kein Zurück

Adamowski wandte sich an George. «Ja», sagte er, «ein trauriger Abschluß unserer Reise!»

George nickte wortlos. Dann gingen sie alle ins Abteil zurück und nahmen ihre Plätze wieder ein.

Aber alles schien jetzt verändert zu sein: der leere Platz zwischen ihnen hatte etwas Drohendes. Mantel und Hut des kleinen Mannes hingen noch da – in seiner Angst hatte er sie vergessen. Adamowski stand auf und nahm sie an sich, um sie dem Schaffner zu geben; die Frau hielt ihn zurück:

«Erst die Taschen nachsehn – es könnte was darin sein.» Ihr kam ein Gedanke und sie flüsterte hastig: «Vielleicht hat er Geld darin stecken lassen.»

Adamowski durchsuchte die Taschen: er fand nichts irgendwie Wertvolles und schüttelte den Kopf. Die Frau untersuchte die Sitzpolster und fuhr mit der Hand in alle Polsterritzen.

«Er könnte ja hier was versteckt haben, wissen Sie.» Sie lachte aufgeregt und beinahe fröhlich. «Vielleicht werden wir alle noch reich.»

Der junge Pole schüttelte den Kopf. «Das hätten sie wohl auch gefunden, fürchte ich.» Er spähte aus dem Fenster und griff in seine Tasche. «So – jetzt sind wir wohl in Belgien», sagte er. «Hier ist Ihr Geld.» Er gab ihr die 23 Mark zurück, die sie ihm übergeben hatte.

Sie nahm das Geld und steckte es in ihr Portemonnaie. George betrachtete die 10 Mark des kleinen Mannes, die er noch in der Hand hielt. Die Frau blickte auf; als sie seine verstörte Miene bemerkte, sagte sie rasch und warm:

«Aber Sie sind ja ganz aus dem Häuschen! Sie sehn ja ganz verstört aus!»

«Mir ist, als hätt ich Blutgeld in der Tasche.»

«Aber nein», sagte sie, beugte sich lächelnd vor und legte ihm beruhigend die Hand auf den Arm. «Blutgeld doch nicht – bloß Judengeld!» flüsterte sie. «Darüber brauchen Sie sich keine Sorge zu machen. Der hatte viel mehr!»

George wechselte einen ernsten Blick mit Adamowski.

«Ein trauriger Abschluß unserer Reise», sagte Adamowski noch einmal leise vor sich hin.

Die Frau versuchte, plaudernd sich und die anderen über ihre Niedergeschlagenheit hinwegzubringen. Sie bemühte sich, zu lachen und einen scherzhaften Ton anzuschlagen.

«Diese Juden!» rief sie. «Ohne die würde so was gar nicht passieren! Die sind an allem schuld, Deutschland mußte sich einfach gegen sie wehren. Diese Juden haben all ihr Geld aus dem Land geschleppt. Tausende von ihnen sind entkommen und haben Millionen rausgeschmuggelt. Jetzt endlich, wo's zu spät ist, gehn uns die Augen auf! Zu schrecklich, daß die Ausländer das mit ansehn müssen, sehr peinlich … macht keinen guten Eindruck. Sie können ja nicht einsehn, daß es nicht anders geht. Aber daran sind die Juden selber schuld!» flüsterte sie.

Keiner antwortete; und die Frau redete geschäftig, mit eindringlichem Ernst immer weiter. Aber es klang, als müßte sie sich selber überzeugen und als suchte sie das, was sie mit Kummer und tiefer Scham erfüllte, mit Gerechtigkeit und mit dem sogenannten Rassenbewußtsein zu entschuldigen oder zu rechtfertigen. Auch während sie fröhlich plauderte, blieben ihre klaren blauen Augen traurig und bekümmert. Schließlich gab sie es auf und schwieg. Eine lastende Stille breitete sich aus. Dann sagte die Frau ernst und ruhig:

«Wie er sich wohl danach gesehnt hat, rauszukommen!»

Sie riefen sich jedes Wort und jede Bewegung des Mannes ins Gedächtnis zurück: wie nervös er gewesen war, wie er dauernd die Tür auf- und zugemacht hatte und immer wieder aufgestanden und im Gang auf und ab gegangen war. Sie erinnerten sich seiner mißtrauischen Blicke beim Hereinkommen und seiner dringenden Bitte, Adamowski möchte ihm seinen Platz überlassen, als er mit George in den Speisewagen ging. Auch seine Erklärung, daß er an der Grenze eine Fahrkarte für die Weiterfahrt nach Paris lösen müsse, fiel ihnen ein. Jede Geste und jedes Wort des kleinen Mannes, alle Einzelheiten, die sie als bedeutungslos oder als Auswirkungen eines reizbaren Temperaments abgetan hatten, erhielten nun eine neue, schreckliche Bedeutung.

«Aber die 10 Mark!» rief die Frau schließlich zu George gewendet. «Warum hat er Ihnen um Gottes willen die 10 Mark gegeben, wenn er außerdem noch so viel Geld hatte? Wie dumm das war!» rief sie erbittert. «Das hatte doch gar keinen Sinn!»

Gewiß, sie konnten alle keinen Sinn darin entdecken – es sei denn, er habe es getan, um bei ihnen keinen Verdacht aufkommen zu lassen. Adamowski äußerte diese Theorie, und der Frau schien sie einzuleuchten. George hingegen hielt es für wahrscheinlicher, daß der kleine Mann in einem verzweifelten Zustand von Nervosität und Angst gewesen war, der ihm gar keine klare Überlegung mehr erlaubt hatte; er hatte nur noch wild und blindlings dem Impuls des Augenblicks gehorcht. Aber wissen konnte man das nicht, und man würde es auch nie mehr erfahren.

George wurde immer noch von dem Gedanken gequält, wie er dem Mann seine 10 Mark wieder zustellen könne. Die Frau sagte, sie habe ihm ihren Namen und ihre Pariser Adresse angegeben, und er würde sich vielleicht in Paris an sie wenden, falls er später doch weiterreisen dürfe. George gab ihr seine Adresse in Paris: sie sollte sie dem Mann übermitteln, falls er sich bei ihr meldete. Sie versprach es, aber im Grunde wußten alle, daß sie nie wieder etwas von ihm hören würden.

Spätnachmittag war es geworden. Die Eisenbahnstrecke führte nun durch eine hübsche, romantische Wald- und Hügellandschaft. Im schräg-verblassenden Abendlicht wurde der Wald immer tiefer und undurchdringlicher, das Wasser immer kühler und düsterer.

Schon lange hatten sie die Grenze überschritten; die Frau hatte sinnend und ein wenig ängstlich aus dem Fenster geschaut und rief nun den vorbeigehenden Schaffner an: ob sie nun wirklich in Belgien seien? Er bestätigte es. Adamowski übergab ihm Hut und Mantel des kleinen Mannes und erkärte alles Notwendige. Der Schaffner nickte, nahm die Sachen an sich und ging.

Als der Schaffner sich entfernt hatte, stieß die Frau, die Hand aufs Herz gelegt, einen langen Seufzer der Erleichterung aus. Dann sagte sie leise und schlicht:

«Mißverstehen Sie mich nicht: ich bin Deutsche und ich liebe mein Land. Und doch ist mir, als wäre mir eine Last vom Herzen genommen.» Wieder legte sie die Hand auf die Brust. «Sie können das vielleicht nicht so nachfühlen, aber ...» Sie stockte und schien angestrengt einen Ausdruck für das zu suchen, was sie sagen wollte. Dann schloß sie rasch und leise: «Wir sind so glücklich – *draußen* zu sein!»

Draußen? Ja, so war es. George begriff sie mit einemmal: auch er,

der Ausländer – obwohl er sich in Deutschland nie als Fremder gefühlt hatte … war «draußen», war heraus aus dem großen Land,
dessen Bild er schon als Kind und als Jüngling – lange bevor er es
tatsächlich aufgesucht – in sich getragen hatte; er war heraus aus
diesem Land, das für ihn weit mehr bedeutete als ein «Land» in
geographischem Sinne. Das gelobte Land seines Herzens war es
gewesen, ein unerforschtes Erbgut, das es zu ergründen galt. Die
bestrickende Schönheit dieses Märchenlandes hatte in seiner Seele
gewohnt wie ein dunkles Wunder. Den Geist dieses Landes hatte er
verstanden, noch ehe er es betreten hatte, und die deutsche Sprache
war ihm vom ersten Hören an vertraut gewesen. In der ersten Stunde hatte er sich mit seinem gebrochenen Deutsch ihrem Tonfall
angepaßt, er hatte sich keinen Augenblick fremd gefühlt und hatte
sich ohne Schwierigkeiten verständigen können. Er war in dieser
Sprache zu Hause gewesen und sie in ihm. Als hätte er sie von Geburt an gekannt.

Dieses Land hatte ihm seine Wunder, seine Wahrheit und seinen
Zauber offenbart, und auch Kummer, Einsamkeit und Schmerz
hatte er dort erfahren. In diesem Land hatte er geliebt und zum
erstenmal in seinem Leben von der trügerisch-gleißenden Hostie
des Ruhms gekostet. Nein, für ihn war es kein fremdes Land; die
zweite Heimat seines Herzens war es, ein Land der dunklen Sehnsucht, ein Zauberreich der Erfüllung. Wie eine dunkle, verlorene
Helena hatte es in seinem Blut gebrannt – und dort hatte er die
dunkle, verlorene Helena auch gefunden.

Und nun hatte er die dunkle, wiedergefundene Helena für immer
verloren. Nun wußte er besser denn je, wie unermeßlich kostbar sie
ihm gewesen war. Freilich wußte er auch, daß er etwas unermeßlich Kostbares gewonnen hatte: von nun ab war ihm dieser Weg für
immer verschlossen, es gab kein Zurück. Er war «draußen», erkannte er nun, und damit begann sich ein neuer Weg für ihn abzu-
zeichnen. Er sah jetzt: es führt kein Weg zurück – nie und nimmer –
es gibt keine Straße in die Vergangenheit. Mit der Endgültigkeit
einer zufallenden Tür war nun ein unerbittlich-reinlicher Schluß-
strich unter die Zeit gezogen, in der seine dunklen Wurzeln wie bei
einer Topfpflanze von ihrer eigenen Substanz zehren und ihren kleinen, eigensüchtigen Zwecken leben konnten. Nun galt es, sich aus-
zuweiten: hinaus aus dem Gefängnis des Menschengeistes, aus der
geheimnisvoll verborgenen, unerforschten Vergangenheit, hinaus
in den reichen, lebenspendenden Boden einer neuen Freiheit in der
größeren Welt der ganzen Menschheit! Er sah sie vor sich, die wahre Heimat der Menschen: sie lag jenseits des drohend umwölkten

Horizonts des Hier und Jetzt, auf den hoffnungsgrünen, noch unberührten Fluren der Zukunft.

«Deshalb», so dachte er, «alter Meister und Magier Faust, Urvater des ewig strebend sich bemühenden Menschengeistes, alte Erde du, altes deutsches Land mit all seiner Wahrheit, mit deinem Ruhm und deiner Schönheit, mit deinem Zauber und deiner Verderbnis – dunkle Helena, du, die du in unserem Blute brennst, große Königin, Geliebte, Zauberin ... dunkles Land, du dunkle Erde, du altes, uraltes Land meiner Liebe ... Lebe wohl!»

Siebentes Buch

Ein Wind erhebt sich und die Ströme fließen . . .

Die Erlebnisse dieses entscheidenden Sommers in Deutschland übten auf George Webber eine nachhaltige Wirkung aus. Er hatte zum erstenmal in seinem Leben die alte Urkraft des Bösen im menschlichen Geiste von Angesicht zu Angesicht gesehen, und das hatte seine innere Welt in ihren Grundfesten erschüttert. Das deutsche Abenteuer bedeutete keinen plötzlichen Umsturz seines ganzen Denkens, sondern nur den Höhepunkt eines jahrelangen Prozesses, mit dem sich seine Weltanschauung und seine eigene Stellung zur Welt allmählich gewandelt hatten. Es rückte viele verwandte Erscheinungen, die George als Zeichen der Zeit wahrgenommen hatte, in ein grelles Licht und ließ ihn ein für allemal die drohende Gefahr der verborgenen atavistischen Triebe erkennen, die dem Menschen von seiner dunklen Vergangenheit her innewohnen.

Er erkannte den Hitlerismus als einen Wiederausbruch der alten Barbarei: seine unsinnige und grausame Rassentheorie, seine unverhüllte Anbetung der rohen Gewalt, seine Unterdrückung der Wahrheit und seine Flucht in Lügen und Mythen, seine rücksichtslose Verachtung des Individuums, seine antiintellektuelle und antimoralische Lehre, derzufolge der einzelne kein Recht auf Urteil und Entscheidung hatte und das Heil der Masse in blindem, bedingungslosem Gehorsam lag – jedes dieser Grundelemente des Hitlerismus bedeutete einen Rückfall in die wilden Urinstinkte der behaarten Teutonen, die einst von Norden her das Land überflutet und den großartigen Bau der römischen Zivilisation zerstört hatten. Stets war dieser primitive Geist triebhafter Gier und Gewalt der wahre Feind der Menschheit gewesen.

Aber dieser Geist war nicht nur in Deutschland zu finden und beschränkte sich nicht auf eine einzelne Rasse. Er gehörte dem furchtbaren Erbe der ganzen Menschheit an. Auf Schritt und Tritt begegnete man seinen Spuren. Er trat in mancherlei Gewandung und unter verschiedenartigen Bezeichnungen auf: Hitler, Mussolini, Stalin – jeder hatte einen anderen Namen dafür geprägt. Auch in Amerika gab es ihn in mannigfacher Gestalt, denn er gedeiht überall dort, wo die Menschen sich zur rücksichts-

losen Durchsetzung ihrer eigensüchtigen Interessen miteinander verschwo-
ren und wo das Prinzip «Jeder des andern Feind» die Oberhand gewann.
Wo immer man auf diese Haltung stieß – man konnte feststellen, daß ihre
Wurzeln tief in den Urgrund der bösen Vergangenheit des Menschengeschlechts zurückreichten. George fühlte: wenn der Mensch nicht wieder
zum Wilden werden und von der Erde vertilgt werden sollte, wenn er die
letzte Freiheit gewinnen wollte, dann mußten diese Wurzeln irgendwie
ausgerottet werden.

Als George sich dieses alles klarmachte, begann er auch in sich selber
nach solchen atavistischen Trieben zu suchen, und er fand deren viele. Jeder
Mensch, der ehrlich danach sucht, kann sie in sich entdecken. Während des
ganzen Jahres nach seiner Rückkehr aus Deutschland prüfte George sich
selber, und schließlich fand er, was er gesucht hatte; damit aber sah er endlich auch die neue Richtung vor sich, nach der er lange tastend gesucht hatte:
er wußte nun, daß es den Menschen immer wieder in die dunkle Höhle der
Vorfahren zurückzieht, in den Schoß, aus dem die Menschheit zum Licht
geboren wurde; aber er wußte auch: es führt kein Weg zurück.

Dieser Satz enthielt für George eine Fülle von Konsequenzen: es führt
kein Weg zurück zur Familie oder zur Kindheit, zur romantischen Liebe
oder zu den Jünglingsträumen von Ruhm und Ehre; es gibt keine Rückkehr
in die Verbannung, in die Flucht nach Europa oder in ein anderes fremdes
Land; es gibt kein Zurück zum lyrischen Gefühlsüberschwang, zur l'art
pour l'art oder zum Ästhetizismus, auch nicht zu dem jugendlichen Begriff
von «Künstler» oder «Kunst», «Schönheit» oder «Liebe» als Selbstzweck;
es gibt keine Flucht in den Elfenbeinturm, in die ländliche Zurückgezogenheit eines Häuschens auf den Bermudas, fern vom Streit und Hader der Welt;
es gibt keine Heimkehr zum verlorenen, lange gesuchten Vater oder zu
irgendeinem Menschen, der einem helfen, einen retten oder die Last für einen
tragen könnte; es gibt keine Rückkehr zu alten Formen und Systemen, die
ewig zu bestehen schienen, die sich in Wirklichkeit aber dauernd wandeln: es
führt kein Weg zurück, der uns retten könnte vor Zeit und Erinnerung.

In gewissem Sinne faßte diese Erkenntnis alles das zusammen, was
George je gelernt hatte, und sie führte ihn unerbittlich zu einem Entschluß
– zu dem schwersten, vor dem er je gestanden hatte. Das ganze Jahr über
rang er mit diesem Entschluß; er besprach ihn mit seinem Freund und Verleger Foxhall Edwards, und er wehrte sich gegen die Entscheidung, der er
doch nicht ausweichen konnte. Denn jetzt war der Zeitpunkt gekommen,
da er Fox Edwards verlassen mußte; ihre Wege mußten sich trennen. Nicht
daß Fox zu jenen modernen Barbaren gehört hätte – nein, das tat er bei
Gott nicht! Aber Fox ... nun ja, Fox ... Fox verstand schon, wie es
gemeint war, und George wußte, daß Fox immer sein Freund bleiben würde, was auch immer geschehen würde.

So trennten sie sich schließlich nach so vielen gemeinsamen Jahren, und als es überstanden war, setzte George sich hin und schrieb an Fox. Er wollte reinen Tisch machen, und was er schrieb, war dies:

Der junge Ikarus

Lieber Fox (schrieb George), ich habe in letzter Zeit sehr viel an Dich und an Dein fremdes und doch so vertrautes Gesicht gedacht. Ich habe nie einen Menschen wie Dich kennengelernt, und ich hätte Dich mir niemals vorstellen können, wenn ich Dich nicht kennte. Trotzdem bist Du unvermeidlich für mich gewesen, und weil ich Dich kenne, kann ich mir mein Leben ohne Dich nicht mehr denken. Du warst der Polarstern meines Schicksals. Du warst der Zauberfaden in dem großen Gewebe, das nun fertig vor mir liegt: unsere beiden Lebenskreise haben sich nach ihrem Gesetz geschlossen, jeder auf seine Weise: wir können nichts mehr daran tun. Dieses Ende ist wie der Anfang, unvermeidlich: lieber Freund und Vater meiner Jugend – lebe wohl.

Neun Jahre sind vergangen, seit ich das erste Mal in Deinen Vorzimmern wartete. Ich wurde nicht abgewiesen, nein, ich wurde eingelassen und willkommen geheißen, wurde aufgerichtet und gestützt, als ich mich in einer tiefen geistigen Ebbe befand; Du gabst mir wieder Leben und Hoffnung, Du stärktest meine Selbstachtung; mein Glaube und mein Selbstvertrauen richteten sich an Deinem unbeirrbaren Vertrauen wieder auf: in allen Kämpfen und Zweifeln, in aller Wirrsal, Verzweiflung und mühseligen Arbeit der folgenden Jahre hat Deine Hilfe mich getragen, hat Dein beständiger, edler Glaube mich befeuert.

Nun aber stehen wir am Ende unseres gemeinsamen Weges. Nur wir beide wissen, wie einschneidend dieses Ende ist. Doch bevor ich gehe, will ich den Kreis meines Lebens für Dich nachzeichnen, denn nur wenigen Menschen ist ein so vollendeter, endgültig in sich geschlossener Lebenskreis beschieden.

Vielleicht findest Du es ein bißchen voreilig, daß ich als Siebenunddreißigjähriger es unternehme, ein Fazit meines Lebens zu ziehen. Das will ich hier auch nicht. Aber wenn ich mit meinen siebenunddreißig Jahren auch nicht behaupten kann, viel gelernt zu haben und ein reifer Mensch zu sein, so bin ich doch wiederum nicht mehr zu jung, um nicht einiges gelernt zu haben. In meinem Alter hat man lange genug gelebt, um einen Blick auf den zurückgelegten

605

Weg werfen zu können und um gewisse Ereignisse und Lebensabschnitte in ihrer Beziehung zueinander und in einer Perspektive zu sehen, wie das früher nicht möglich war. Wenn ich gewisse Abschnitte meines Lebens rückschauend übersehe, dann erkenne ich in ihnen deutliche Stufen meiner Entwicklung und Wandlung – nicht nur geistig, in bezug auf meine Arbeit, sondern auch hinsichtlich meiner Beziehung zur Welt und meiner Anschauungen vom Menschen und vom Leben; davon möchte ich Dir etwas erzählen. Glaube mir: nicht aus Selbstgefälligkeit fühle ich mich dazu gedrängt. Du wirst sehen: alle meine Erfahrungen laufen in einer Kurve, wie in einer vorgezeichneten Planetenbahn, auf Dich, auf diesen Augenblick, auf unsere Trennung zu. Darum habe noch ein wenig Geduld mit mir und dann – lebe wohl.

Um von vorne anzufangen (denn es führt eine klare Linie vom Anfang bis zum Ende):

Vor zwanzig Jahren war ich ein siebzehnjähriger Student am Pine Rock College und redete, wie viele meiner Kameraden, mit Vorliebe von meiner «Lebensphilosophie». Die gehörte zu unseren liebsten Gesprächsthemen, und wir nahmen sie sehr ernst. Ich weiß heute nicht mehr genau, worin meine damalige «Philosophie» bestand, aber daß ich eine hatte, weiß ich. Jeder hatte eine Philosophie, und wir am Pine Rock College setzten uns besonders gründlich mit ihr auseinander. Wir warfen mit ungeheuerlichen Begriffen um uns, wie «Konzeption», «kategorischer Imperativ» und «Negationsmoment» und jonglierten so unbekümmert damit herum, daß ein Spinoza darob errötet wäre.

Ich darf wohl sagen: ich tat mich sehr dabei hervor. Mit siebzehn Jahren bekam ich in Philosophie eine A-1. «Konzeptionen» konnten mein junges Leben nicht schrecken, und «Negationsmomente» waren mein tägliches Brot. Ich verstand mich auf Haarspaltereien so gut wie irgendeiner. Und da ich mit der Großtuerei nun einmal angefangen habe, will ich Dir auch noch verraten, daß ich in Logik eine Eins bekam – angeblich die einzige Eins, die seit Jahren in diesem Fach erteilt worden war. Wenn wir also von Philosophie reden wollen, dann kann ich, wie Du siehst, ein Wörtchen mitreden.

Ich weiß nicht, wie es heute bei den Studenten ist; wir jedenfalls, die wir vor zwanzig Jahren auf dem College waren, nahmen es mit der Philosophie sehr ernst. Wir redeten ständig von «Gott» und suchten in unseren endlosen Diskussionen immer der «Wahrheit», der «Güte» und der «Schönheit» auf den Grund zu gehen. Über alle diese Dinge machten wir uns viele Gedanken, über die ich heute keineswegs lache: wir waren jung, waren leidenschaftlich bei der Sache und meinten es ehrlich.

Eine Begebenheit aus meiner College-Zeit ist mir unvergeßlich: eines Mittags ging ich einen Weg im Campus entlang und traf D. T. Jones, einen meiner Klassenkameraden. D. T. – der manchmal vertraulich auch Delirium Tremens genannt wurde – war auch ein Philosoph. Als ich ihn an jenem Mittag auf mich zukommen sah, merkte ich gleich, daß D. T. mit Problemen rang. Er stammte aus einer Baptistenfamilie und war rothaarig, hager und eckig; als er mir in der Mittagssonne entgegenkam, leuchtete alles an ihm in einem krassen, fast erschreckenden Rot: Haar, Augen, Brauen, Lider, Sommersprossen und sogar seine großen, knochigen Hände.

Er kam gerade aus einem schönen Wald, in dem wir unsere akademischen Ferien abhielten und sonntags spazierengingen. In diesen heiligen Hain zogen wir uns auch zurück, wenn wir uns in der Einsamkeit mit philosophischen Problemen herumzuschlagen hatten: wir gingen dorthin, um «die Einsamkeit zu erleben» und kehrten nach dem «Erlebnis der Einsamkeit» triumphierend aus diesem Wald wieder zurück.

So auch D. T.: er hatte, wie er mir später erzählte, die ganze Nacht im Wald zugebracht. Sein «Erlebnis der Einsamkeit» schien ein gutes Ergebnis gehabt zu haben: wie ein Känguruh kam er auf mich zugehüpft, machte ab und zu einen Luftsprung und rief mir immer nur zu:

«Ich habe eine Konzeption gehabt!»

Dann ließ er mich verdutzt an einen uralten Baum gelehnt stehen und lief mit gelegentlichen Luftsprüngen weiter, um die große Neuigkeit der ganzen Bruderschaft zu überbringen.

Ich finde das auch heute nicht lächerlich: wir nahmen damals die Philosophie blutig ernst, und jeder von uns hatte seine spezielle Philosophie. Alle zusammen hatten wir unseren eigenen «Philosophen», einen ehrwürdigen, großherzigen Mann, eine der großartigen Gestalten, die damals in jedem College anzutreffen waren und die es hoffentlich auch heute noch gibt. Er hatte ein halbes Jahrhundert lang großen Einfluß auf das Leben unseres Staates gehabt. Er war Hegelianer, und seine gelehrte Beweisführung ließ an Knifflichkeit nichts zu wünschen übrig: sie fing bei den alten Griechen an und verfolgte alle «Entwicklungsstufen» bis Hegel. Über Hegel hinaus vermochte er keine Antwort zu geben. Aber das machte nichts, denn für das, was über Hegel *hinausging*, hatten wir ja *ihn*; er war unser erkorener Meister.

Die «Philosophie» unseres Philosophen kommt mir heute nicht mehr wichtig vor. Sie war wohl bestenfalls ein künstlich zusammengestoppeltes Sammelsurium aus den Ideen anderer. *Wichtig* war allein der Mann selber. Er war ein großer Pädagoge, und was wir und unsere Vorgänger ihm in den fünfzig Jahren seiner Tätigkeit zu verdanken hatten, das war nicht die Vermittlung seiner «Philosophie», sondern die Tatsache, daß er seine Wachsamkeit, seine Ursprünglichkeit und seine Denkkraft auf uns übertrug. Er war für uns lebenswichtig, weil er in vielen von uns zum erstenmal den fragenden Verstand weckte. Er lehrte uns, keine Angst vor dem Nachdenken und vor dem Fragen zu haben und unseren heiligsten Aberglauben und unsere angeborenen Vorurteile kritisch zu prüfen. Natürlich war er allen Frömmlern im ganzen Staate verhaßt; seine Schüler aber vergötterten ihn, und seine Saat gedieh – noch lange, nachdem wir Hegel, «Konzeptionen», «Negationsmomente» und alles übrige zum alten Eisen geworfen hatten.

Um diese Zeit ungefähr fing ich an zu schreiben. Ich redigierte die College-Zeitung und schrieb Erzählungen und Gedichte für unsere literarische Zeitschrift *Die Klette*, zu deren Redaktionsstab ich gehörte. Der Krieg war gerade ausgebrochen. Ich war zu jung, um einberufen zu werden, aber in meinen ersten literarischen Versuchen sind die Spuren patriotischer Kriegsbegeisterung unverkennbar. Ich besinne mich auf ein Gedicht (mein erstes, glaube ich), in dem ich es auf nichts Geringeres als auf das unselige Haupt Kaiser Wilhelms II. abgesehen hatte. Es hieß herausfordernd *Der Fehdehandschuh* und war im gleichen Stil und Versmaß geschrieben wie James Russel Lowells *Krisis der Gegenwart*. Ich erinnere mich auch, daß es sehr hochtrabend anfing: der Dichter sei der Prophet und Barde, der berufene Sprecher seines Volkes. Damit meinte ich mich selber. Im Namen der kriegsbereiten Demokratie machte ich mit dem Kaiser kurzen Prozeß. Vor allem besinne ich mich auf zwei Zeilen, die in meinen Ohren wie die Stimme der entfesselten Freiheit klangen:

«Du hast uns den Handschuh hingeworfen –
Nun zahle, du Hund, die Zeche, und geh!»

Diese Zeilen habe ich deshalb behalten, weil sie einen Streit unter den Redaktionsmitgliedern entfesselten. Die konservativeren Elemente fanden das Attribut «du Hund» zu stark; nicht daß der Kaiser es nicht verdient hätte – aber es war ein schriller Mißklang zu dem erhabenen ethischen Pathos des Gedichts und zu dem literarischen

Niveau der Zeischrift *Die Klette*. Trotz meines heftigen Protests und ohne Rücksicht auf das Versmaß wurden die beiden Wörter gestrichen.

In jenem Jahr schrieb ich auch ein heiteres Gedicht über einen flandrischen Bauern, der beim Pflügen auf seinem Feld einen Schädel findet und gelassen wieder an seine Arbeit geht, während die großen Geschütze weiterdonnern und «der Schädel gräßlich grinsend sein Geheimnis hütet». Auch eine Kurzgeschichte – meine erste – fällt mir ein; sie hieß *Der Winchester von Virginia* und handelte von dem feigen Sohn einer alten Familie: der besinnt sich wieder auf seine Tapferkeit und nimmt zur Rettung seiner befleckten Ehre an einem Sturmangriff teil, der ihm das Leben kostet. Das waren, soweit ich mich erinnern kann, meine ersten schriftstellerischen Versuche; man sieht, eine wie wichtige Rolle der letzte Krieg darin spielte.

Ich erwähne das alles nur, um zu zeigen, wo ich herkomme; das war der Anfang meines Weges.

In den letzten Jahren ist mehrmals der Versuch unternommen worden, meine weitere Entwicklung aus einem Erlebnis jener College-Zeit zu erklären. Ich glaube, ich habe Dir, lieber Fox, nie von dieser Episode erzählt – nicht etwa, weil ich mich meiner Rolle darin schämte oder weil ich mich fürchtete, darüber zu sprechen, sondern weil sie mir einfach nicht einfiel; ich hatte sie gewissermaßen vergessen. Jetzt aber, da wir uns trennen, sollte ich wohl doch von ihr sprechen, denn es ist mir grundsätzlich wichtig, klarzustellen, daß ich nicht ein Opfer oder gar ein verbitterter Märtyrer irgendeines Ereignisses meiner Vergangenheit bin. Gewiß gab es eine Zeit, in der ich durch und durch verbittert war – Du weißt es. Es gab eine Zeit, in der ich mich vom Leben betrogen fühlte. Aber diese Selbstverhätschelung habe ich nun überwunden und damit auch die Bitterkeit. Das ist die reine Wahrheit.

Um aber auf die erwähnte Episode zurückzukommen:

Wie Du weißt, Fox, war man beim Erscheinen meines ersten Buches in meiner Heimat sehr aufgebracht gegen mich. Damals versuchte man, die sogenannte «Bitterkeit» des Buches mit dem Fall Pine Rock in Zusammenhang zu bringen, in dessen Verlauf mir die Bürgerrechte entzogen wurden. Dieser Fall ist in Old Catawba allgemein bekannt, aber die Namen der Hauptbeteiligten waren damals, als das Buch erschien, fast in Vergessenheit geraten. Da ich einer dieser Beteiligten war, begannen die Leute wieder über den Fall zu reden und die ganze gräßliche Tragödie noch einmal auszugraben.

Wir waren zu fünft (und Gott sei den Seelen der anderen gnädig, die damals geschwiegen haben!); wir hatten eines Nachts unseren Klassenkameraden Bell auf den Sportplatz gezerrt, hatten ihm die Augen verbunden und ihn gezwungen, auf einer Tonne zu tanzen. Er stolperte, fiel von der Tonne herunter, zerschnitt sich an einem Flaschenscherben die Halsschlagader und verblutete innerhalb von fünf Minuten. Wir fünf – außer mir Randy Shepperton, John Brackett, Stowell Anderson und Dick Carr – wurden von der Schule verwiesen, vor Gericht gestellt und der Obhut unserer Eltern oder nächsten Verwandten anvertraut; außerdem wurden uns durch eine gesetzliche Verfügung die Bürgerrechte entzogen.

Das alles fiel den Leuten wieder ein, als mein Buch erschien, und die Tatsachen stimmten auch. Aber die Ausdeutung dieser Leute war falsch: ich glaube nicht, daß einer von uns «ruiniert» oder «verbittert» war – unsere spätere Entwicklung beweist das. Zweifellos haben die tragischen Folgen unserer Tat (von den fünf Bestraften waren mindestens drei – ich will nicht sagen, wer – nur als Zuschauer an ihr beteiligt) ihre dunkle Schreckensspur in unserem jungen Leben hinterlassen. Aber, wie Randy mir in jener furchtbaren Nacht zuflüsterte, als wir bleich und hilflos im Mondlicht standen und mit ansahen, wie der arme Junge verblutete:

«Wir haben keine Schuld – wir sind nur verdammte Vollidioten!»

So empfand es jeder von uns, als wir in jener Nacht elend vor Entsetzen um den sterbenden Jungen hockten. Und ich weiß: auch Bell empfand es so, denn als er das Entsetzen und die Reue in unseren bleichen Gesichtern sah, versuchte er, der Sterbende, zu lächeln und zu uns zu sprechen. Er brachte kein Wort heraus, aber wir wußten alle: wenn er hätte sprechen können, würde er uns gesagt haben, daß wir ihm leid täten und daß er wisse, in uns sei nichts Böses – nichts Böses außer unserer Dummheit.

Wir hatten den Jungen getötet, hatten ihn durch unsere alberne Gedankenlosigkeit umgebracht, aber wir wußten: mit seinem letzten Atemzug hätte er kein anderes Urteil über uns gesprochen. Unserem Meister, unserem Philosophen Plato Grant, brach es das Herz; aber als er sich in jener Nacht von dem armen Bell abwandte, sagte auch *er* nur leise zu uns:

«Mein Gott, Jungens, was habt ihr angestellt!»

Das war alles. Auch Bells Vater sagte nichts anderes. Und als der erste Sturm sich gelegt hatte und die wütenden Entrüstungsschreie im ganzen Staate verstummt waren – da empfanden wir *das* als unsere Strafe: das unerbittliche Bewußtsein unserer Tat, das unbarmherzig bohrende, unselig-unwiderrufliche «Warum?».

Die Leute erkannten und fühlten das auch sehr bald. Der erste Wutausbruch, der die Entziehung unserer Bürgerrechte zur Folge gehabt hatte, war rasch verraucht. Wir erhielten sogar nach drei Jahren stillschweigend unsere Bürgerrechte zurück. (Ich war damals erst achtzehn Jahre alt und habe infolgedessen keine Wahl versäumt.) Ein Jahr nach unserem Hinauswurf durften wir alle wieder aufs College zurück und konnten unseren Kurs bis zur Abschlußprüfung absolvieren. Die Gemüter beruhigten sich, und das Urteil über uns lautete bald: «Sie haben es nicht absichtlich getan. Es war nur ihre verdammte Dummheit.» Später, als wir unsere Bürgerrechte zurückerhielten, kam die öffentliche Meinung in großzügig– verzeihenden Redensarten zum Ausdruck: «Sie sind schwer genug gestraft», sagten die Leute. «Sie waren einfach dumme Jungens und haben's nicht absichtlich getan. Gewiß», sagten sie nachsichtig, «es hat ein Menschenleben gekostet, aber die Quälerei der Jungens untereinander hat dadurch im ganzen Staate aufgehört.»

Was nun den späteren Lebenslauf von uns fünfen betrifft: Randy Shepperton ist tot; aber die anderen drei – John Brackett, Stowell Anderson und Dick Carr – haben in ihrer Heimat mehr als durchschnittlichen Erfolg gehabt. Als ich Stowell Anderson das letzte Mal sah – er ist Rechtsanwalt und in seinem Bezirk politisch tonangebend –, sagte er seelenruhig, jenes Erlebnis habe ihm in seiner Laufbahn keineswegs geschadet, er glaube sogar, es habe ihn vorwärtsgebracht.

«Die Leute vergessen gern ein Vergehen, das man begangen hat, wenn sie sehn, daß man sonst normal ist. Sie verzeihen es nicht nur gern – sie freuen sich wohl sogar, wenn sie einem hilfreich die Hand reichen können.»

«... wenn sie sehen, daß man sonst normal ist!» Ich glaube, in dieser Wendung liegt, ohne jeden Kommentar, das Ganze wie in einer Nußschale. Daß diese drei – Brackett, Anderson und Carr – «normal» waren, stand außer Zweifel; darüber hinaus glaube ich, daß ihre natürlichen, normalen Neigungen durch den Fall Pine Rock noch gestärkt wurden. Ich glaube auch, die Anklagen gegen meine «Anormalität» nach dem Erscheinen meines ersten Buches wären noch bösartiger und giftiger ausgefallen, wenn nicht die respektablen Herren Brackett, Anderson und Carr meine Kameraden gewesen wären.

Ich habe mir also die Mühe genommen, Dir, lieber Fox, diesen dunklen Unglücksfall aus meinem Leben zu erzählen, weil Du ja irgendwann einmal von ihm hören und ihn falsch auslegen könntest. Manche Leute in Libya Hill hielten dieses Ereignis ja für eine einleuchtende und ausreichende Erkärung für das, was ich in meinem Buch geschrieben hatte, und auch Du könntest auf die Vermutung kommen, daß ich dadurch verkrampft und verbittert geworden wäre und daß es etwas mit dem zu tun hätte, was jetzt zwischen Dir und mir geschehen ist. Neun Zehntel Deiner Seele und Deines Herzens verstehen vollkommen, warum ich von Dir gehen muß, aber zu einem Zehntel verstehst Du's nicht, und ich sehe schon, wie Du noch lange darüber grübeln wirst. Du hast von Zeit zu Zeit versucht, mit mir über das zu reden, was Du, halb im Scherz, meinen «Radikalismus» nanntest. Ich glaube gar nicht, daß ich radikal bin – oder wenn ich es bin, dann gewiß nicht in dem Sinne, in dem Du dieses Wort anwendest.

Glaube mir also: der Fall Pine Rock hat damit nichts zu tun; überhaupt läßt sich mit ihm gar nichts erkären. Für mich wie für die anderen Beteiligten hätte die Vermutung viel nähergelegen, daß ich mich grade durch dieses Erlebnis viel stärker dem Normalen anzupassen versuchte, als wenn ich es nicht gehabt hätte.

Du hast mich einmal mit Deinem Freund Hunt Conroy bekanntgemacht. Er ist nur ein paar Jahre älter als ich, hält aber mit großer Überzeugung an dem fest, was er «Die verlorene Generation» nennt – eine Generation, zu der er sich, wie Du weißt, wortreich bekennt und in die er auch mich begeistert einbeziehen wollte. Hunt und ich haben oft darüber diskutiert.

«Sie gehören auch dazu», pflegte er verbissen zu sagen. «Sie sind ein Kind derselben Zeit und können ihr nicht entrinnen. Sie gehören dazu, ob Sie wollen oder nicht.»

Meine unfeine Antwort darauf war:

«Sie können mich . . .!»

Wenn Hunt durchaus zur verlorenen Generation gehören *will* – und es ist wirklich erstaunlich, mit welcher Zärtlichkeit manche Leute das Gespenst der Einsamkeit an ihre Brust drücken –, so ist das *seine* Sache. Wenn ich für sie ausersehen bin, dann ist das ohne mein Wissen und gegen meinen Willen geschehen, und ich muß mich damit abfinden. Ich habe nie das Gefühl gehabt, einer verlorenen Generation anzugehören. Ich zweifle sogar stark daran, daß es so etwas überhaupt gibt – es sei denn in dem Sinne, daß jede Generation sich in ihrem Suchen und Tasten verloren fühlen muß. Aber in letzter Zeit kommt es mir so vor, als setzte sich die verlorene Generation – wenn es so etwas in unserem Land überhaupt gibt – wahrscheinlich aus den Menschen im fortgeschrittenen Alter zusammen, aus Menschen, die noch die Sprache aus der Zeit vor 1929 sprechen und keine andere Sprache kennen. Diese Menschen *sind* zweifellos verloren. Aber ich gehöre nicht dazu.

Ich glaube also nicht, daß ich je einer verlorenen Generation angehört habe; trotzdem kann ich nicht leugnen, daß ich als Einzelner verloren war. Das ist vielleicht einer der Gründe, warum ich Dich, lieber Fox, so lange und so verzweifelt nötig hatte. Denn ich war ein Verlorener und sehnte mich nach einem Älteren und Klügeren, der mir den Weg weisen könnte; ich fand Dich, und Du tratest an die Stelle meines verstorbenen Vaters. In den neun Jahren unseres Zusammenseins halfst Du mir, meinen Weg zu finden, wenn Du auch kaum gemerkt hast, wie Du es zustande brachtest; nun aber führt mein Weg in eine Richtung, die Deiner Absicht zuwiderläuft. Die Sache ist nämlich die: ich bin kein Verlorener mehr, und ich will Dir auch sagen, warum.

Ich kehrte nach Pine Rock zurück, beendete meinen Kurs und machte die Abschlußprüfung; ich war erst zwanzig Jahre alt, und es gab damals wohl keinen größeren Wirrkopf als mich. Ich war aufs College geschickt worden, um mich «fürs Leben vorzubereiten», wie man sich damals ausdrückte; aber es schien fast so, als ginge ich aus der ganzen College-Ausbildung denkbar unvorbereitet hervor. Ich stamme aus einer der konservativsten Gegenden Amerikas und noch dazu aus einer der konservativsten Familien jener Gegend. Alle meine Vorfahren, bis zur Generation meines Vaters hin, waren Farmer, die in der einen oder anderen Weise von der Erde lebten.

Mein Vater, John Webber, ist sein Leben lang ein Arbeiter gewesen und hat von seinem zwölften Lebensjahr an schwere Handarbeit geleistet. Wie ich Dir öfter erzählt habe, war er ein sehr fähiger, mit natürlicher Intelligenz begabter Mann. Wie viele andere Menschen, die nicht die Vorteile einer richtigen Ausbildung genossen haben, wollte er, daß sein Sohn es zu etwas bringe: sein höchster Wunsch war, daß ich aufs College ginge. Er starb kurz vor meinem Eintritt ins College, aber das Geld, das er mir hinterließ, wurde dafür verwendet. Es ist ganz natürlich, daß ein Mensch wie mein Vater sich von einer richtigen Ausbildung einen gewissen praktischen Nutzen versprach, den sie aber nicht hat und auch nicht haben soll. Für ihn war das College eine Art Zauberpforte, durch die man nicht nur zu allen Schätzen der Gelehrsamkeit gelangte, sondern die auch den breiten Weg zum materiellen Erfolg öffnete, für den man sich entscheiden konnte, sobald der ergötzliche Hain des akademischen Wissens durchwandert war. Ebenso natürlich war es, daß ein Mensch wie mein Vater sich vorstellte, dieser Erfolg wäre am leichtesten auf einem der üblichen, allgemein anerkannten Wege zu erreichen.

Vor seinem Tode hatte er bestimmt, daß ich einen Zweig des Ingenieurwesens zum Beruf erwählen sollte. Damit stand er in eigensinnigem Gegensatz zu den Joyners, die für mich das Studium der Rechte ausersehen hatten. Der alte Mann hielt nicht viel von den Berufsjuristen und hatte sehr wenig Respekt vor den menschlichen Qualitäten eines Rechtsanwalts; er pflegte die Anwälte eine «Bande von Rechtsverdrehern» zu nennen. Als er im Sterben lag und ich ihn das letzte Mal besuchte, lautete sein letzter Rat:

«Lerne etwas *tun*, lerne etwas *schaffen* – dazu gehst du aufs College.»

Er bedauerte es bitter, daß er in seiner Jugend zu arm gewesen war, um ein gehobeneres Handwerk zu erlernen als das eines Zimmermannes und Maurers. Er war ein guter Zimmermann und ein guter Maurer und bezeichnete sich in seiner letzten Lebenszeit gerne als Baumeister; das war er auch, aber ich glaube, innerlich litt er darunter, daß er seine Begabung fürs *Entwerfen* und *Gestalten* nicht ausgebildet hatte. Sicher wäre er sehr enttäuscht gewesen, hätte er gewußt, welche sonderbaren Formen sein eigener Wunsch, daß ich etwas «tun» und «schaffen» solle, später bei mir annahmen. Ich weiß nicht, was er mehr verabscheut hätte: das Studium der Rechte oder die Schriftstellerei.

Als ich vom College abging, zeigte sich's schon, daß ich weder für das Ingenieurwesen noch für die Jurisprudenz begabt war – was für Talente ich auch sonst haben mochte. Für das erstere fehlte es mir an technischer Geschicklichkeit, und nach den Erfahrungen, die ich später mit mir selber machte, war ich für die letztere wohl zu ehrlich. Was sollte ich anfangen? Meine akademische Laufbahn war durch die Schande der zeitweiligen Ausstoßung aus dem College getrübt und wies, bis auf jene Eins in Logik, keinerlei wissenschaftliche Glanzleistungen auf. Ich hatte also meinen Vater wie auch die Joyners in ihrem Ehrgeiz für mich schmählich enttäuscht. Mein Vater war tot, und die Joyners wollten nichts mehr von mir wissen.

Unter diesen Verhältnissen war es auch für mich selber nicht ganz leicht, mir meinen phantastischen und unpraktischen Wunsch, zu schreiben, einzugestehen. Das hätte nur die schlimmsten Ahnungen meiner Familie bestätigt, und ich fürchtete, ich selber war schon ein wenig davon angesteckt. Infolgedessen suchte ich zunächst einen bequemen Ausweg: ich redete mir ein, ich wollte Journalist werden. Wenn ich jetzt zurückblicke, sind mir die Gründe für diese Entscheidung ganz klar. Ich bezweifle sehr, daß ich mit

zwanzig Jahren eine so flammende Begeisterung für die Zeitungsarbeit verspürte, wie ich sie mir vormachte; es gelang mir aber,
mich davon zu überzeugen, denn die Zeitungsarbeit war das einzige
mir bekannte Mittel, durch das ich auf irgendeine Weise zum
Schreiben kommen, mir dabei meinen Lebensunterhalt verdienen
und der Welt und mir beweisen konnte, daß ich meine Zeit nicht
unnütz vertue.

Meiner Familie offen zu bekennen, daß ich Schriftsteller werden
wollte, war ein Ding der Unmöglichkeit. «Schreiben» war, modern ausgedrückt, «eine nette Nebenbeschäftigung». Für die Joyners und auch für mich war «Schriftsteller» ein sehr vager Begriff:
eine romantische Gestalt wie Lord Byron, wie Longfellow oder . . .
oder wie Irvin S. Cobb; durch irgendeine Zauberei hatte er die Fähigkeit, Wörter zu Gedichten, Erzählungen oder Romanen zusammenzusetzen, die dann in Buchform gedruckt wurden oder in Zeitschriften wie der *Saturday Evening Post* erschienen. Offensichtlich
war er also ein ganz fremdartiges und geheimnisvolles Wesen, das
ein ganz fremdartiges, geheimnisvolles und glänzendes Leben führte und einer ganz fremdartigen, geheimnisvollen und glänzenden
Welt angehörte, die von *unserem* Leben und von *unserer* Welt himmelweit entfernt war. Wenn damals ein Junge aus Libya Hill öffent-
lich behauptet hätte, er wolle Schriftsteller werden, dann hätte ihn
jeder für verrückt erklärt. Bei mir hätte man das auf meinen Onkel
Rance Joyner zurückgeführt, der seine Jugend damit vertan hatte,
Geige spielen zu lernen, und sich später von Onkel Mark 50 Dollar
geborgt hatte, um Phrenologie zu studieren. Immer hatte man mir
erzählt, daß ich Onkel Rance sehr ähnlich sei, und wenn ich nun
meine geheimsten Wünsche gestanden hätte, würde sicherlich jeder
diese Ähnlichkeit mehr denn je bestätigt gefunden haben.

Eine peinliche Situation, die mir in der Erinnerung sehr vergnüg-
lich vorkommt. Es war aber auch eine sehr menschliche und – eine
sehr amerikanische Situation. Ich glaube, die Joyners haben sich bis
zum heutigen Tag noch nicht ganz von ihrem Erstaunen darüber
erholt, daß ich wirklich «Schriftsteller» geworden bin. Ihre Einstellung, die ich im Alter von zwanzig Jahren teilte, sollte noch jahrelang für mein Leben bestimmend bleiben.

Frisch vom College entlassen, nahm ich also den Rest meines
väterlichen Erbteils und begab mich mit dem frohlockenden Gefühl, mein Geheimnis mitsamt meiner Sonntagshose in den Koffer
gepackt zu haben, mit Sack und Pack auf den Weg zu Ehre und
Ruhm. Das heißt: ich fuhr nach New York, um mir Arbeit bei einer
Zeitung zu verschaffen.

Ich nahm es mit der Arbeitssuche nicht sehr ernst und fand auch nichts. Vorläufig hatte ich noch genug Geld zum Leben, und ich begann zu schreiben. Als mein Geld zu Ende ging, ließ ich mich dazu herab, als Dozent an einem der großen Unterrichtsbetriebe der Stadt zu arbeiten. Wieder ein Kompromiß, der aber einen Vorteil hatte: Ich konnte davon leben und weiterschreiben.

Während meines ersten Jahres in New York wohnte ich mit ein paar Burschen zusammen, die wie ich aus den Südstaaten kamen und die ich vom College her kannte. Durch einen von ihnen machte ich die Bekanntschaft einiger kunstbeflissener junger Leute, die in dem sogenannten «Dorf» wohnten, das für mich bald ein geläufiger Begriff wurde. Hier war ich zum erstenmal in einem Kreis gleichaltriger junger Intellektueller – zumindest kamen sie mir damals sehr intellektuell vor. Denn im Gegensatz zu mir, einem ungehobelten, hinterwäldlerischen Stoffel mit rauhen Ecken und Kanten, der in seinem Innern den heimlich-scheuen Hang zum Schreiben verspürte, hatten diese jungen Herren von der Harvard University eine selbstverständliche Weltläufigkeit; sie erzählten ganz nebenbei, aber durchaus unverblümt, sie *seien* Schriftsteller. Und das stimmte auch: sie schrieben und wurden in den kleinen avantgardistischen Zeitschriften gedruckt, die damals überall aufkamen. Wie ich sie beneidete!

Sie brachten es nicht nur fertig, freimütig zu behaupten, daß sie Schriftsteller seien, nein, sie hielten ebenso freimütig sehr viele andere Leute, die sich Schriftsteller nannten, für blutige Laien. Als ich mich zögernd an der sprühenden Unterhaltung zu beteiligen versuchte, mußte ich feststellen, daß mir wohl verschiedene harte Schläge bevorstünden. Beispielsweise war es entschieden sehr verwirrend, wenn ich einen dieser überlegenen jungen Leute mit rosigen Wangen und nachlässig-korrekten rauhen Tweed-Anzügen fragte: «Haben Sie Galsworthys *Strife* gelesen?», und wenn der Befragte dann langsam, mit erhobenen Augenbrauen den Zigarettenrauch ausstieß, ebenso langsam den Kopf schüttelte und im Ton resignierten Bedauerns sagte: «Ich kann ihn nicht lesen. Ich kann einfach nicht. Tut mir leid ...», wobei er die Stimme leicht hob, als wollte er andeuten, es sei wirklich schlimm, aber leider nicht zu ändern.

Es gab sehr viele Dinge und sehr viele Leute, die ihnen leid taten. Sie interessierten sich glühend fürs Theater, aber es gab damals kaum ein dramatisches Werk, das sie nicht verrissen hätten. Shaw war amüsant, aber kein Dramatiker, er hatte nie richtig gelernt, ein

Stück zu schreiben. O'Neill wurde stark überschätzt: sein Dialog war plump, und seine Charaktere waren Klischee. Barrie war wegen seiner Sentimentalität einfach unerträglich. Was Pinero und seine ganze Richtung anlangte, so waren diese Machwerke bereits derart überlebt, daß sie nur noch lächerlich wirkten.

In gewisser Weise hat mir diese hyperkritische Haltung sehr gut getan. Ich lernte es, manche der ehrwürdigsten Namen und Berühmtheiten anzuzweifeln, die ich, ohne viel Nachdenken, von meinen Lehrern als Autoritäten hingenommen hatte. Schlimm war nur, daß ich bald wie die anderen in einen krittelnden, überspitzten Ästhetizismus verfiel, der nicht nur blaß und affektiert, sondern auch so lebensfremd war, daß er weder den Stoff noch den Schwung für eine große schöpferische Arbeit liefern konnte.

Es ist interessant, sich rückblickend zu vergegenwärtigen, was wir vor fünfzehn Jahren glaubten, wir gescheiten jungen Leute, die wir damals etwas künstlerisch Wertvolles schaffen wollten. Wir redeten viel über «Kunst» und «Schönheit» und redeten viel über «den Künstler» – wohl ein bißchen zuviel. Denn der Künstler, wie wir ihn uns vorstellten, war so etwas wie ein ästhetisches Wundertier. Jedenfalls war er kein lebendiger Mensch. Und wenn der Künstler nicht zuallererst vorwiegend ein lebendiger Mensch ist – ich meine damit: ein Mensch, der im Leben steht, der zum Leben gehört und so innig mit ihm verbunden ist, daß er seine Kraft aus dem Leben schöpft – ja, was ist er dann überhaupt für ein Mensch?

Der Künstler, von dem wir redeten, war ganz etwas anderes. Wenn er überhaupt außerhalb unserer Phantasie existierte, dann mußte er das sonderbarste menschenunähnliche Monstrum sein, das die Natur je hervorgebracht hat. Statt das Leben zu lieben und daran zu glauben, haßte unser «Künstler» das Leben und floh es. Das war das eigentliche Grundthema der meisten von uns verfaßten Erzählungen, Stücke und Romane. Immer wieder schilderten wir den empfindsamen, begabten Menschen, das junge Genie, das vom Leben gefoltert, von den Menschen mißverstanden und verachtet, von der engstirnigen Frömmelei und vom gemeinen Spießbürgertum seiner Stadt oder seines Dorfes lächerlich gemacht und verjagt wurde, das von seinem feilen Weibe betrogen und gedemütigt und schließlich von der organisierten Gewalt des Pöbels unterdrückt, mundtot gemacht und in Stücke gerissen wurde. Dieser sogenannte Künstler, über den wir soviel redeten, war nicht mit dem Leben verbunden, vielmehr lag er ununterbrochen mit ihm im Kampf. Anstatt der Welt, in der er lebte, anzugehören, war er dauernd auf der Flucht vor ihr. Die Welt war eine Art wildes Tier, dem der Künstler ständig wie ein verwundeter Faun zu entfliehen sucht.

Heute habe ich den Eindruck, daß das Gesamtergebnis von alldem nicht gut war. Die jungen Leute, denen die lebendige Grundlage, die Lebenserfahrung und der für den Künstler unentbehrliche Kontakt mit dem Leben fehlten, befleißigten sich einer ungesund affektierten Sprache und eines preziösen Stils. Sie panzerten sich mit einer ästhetisierenden Philosophie des Eskapismus. Wir werdenden Künstler fühlten uns immer mehr als besondere, ja sogar als bevorzugte Menschen: jeder einzelne von uns lehnte für sich selber gern die Gesetze, denen andere Menschen unterworfen sind, ab und glaubten, andere Wünsche, andere Gefühle und andere Leidenschaften als die übrige Menschheit zu haben. Kurzum: wir fühlten uns als schöne Mißbildungen der Natur, etwa wie die Perle in der Auster.

Man kann sich unschwer vorstellen, wie das alles auf einen Menschen wie mich wirkte. Zum erstenmal bot sich mir ein Schutzpanzer an: der glitzernde Schild des Intellektualismus, mit dem ich mein mangelndes Selbstvertrauen, alle inneren Ängste und die Zweifel an meiner Kraft und Begabung für die Verwirklichung meines Vorhabens zudecken konnte. Infolgedessen wurde ich grob und arrogant, sobald es um meine eigenen Wünsche und Ziele ging. Ich verfiel in den Jargon der anderen, schwatzte über «den Künstler» und redete wegwerfend-verächtlich von Bourgeoisie, Babbitts und Philistern, womit wir alle die meinten, die nicht der kleinen, erlesenen Provinz angehörten, die wir uns eingerichtet hatten.

Ich versuche mir zu vergegenwärtigen, wie ich damals war: ich fürchte, ich war kein sehr freundlicher oder umgänglicher junger Mann. Ich trug eine Last auf den Schultern und verteidigte sie gegen die ganze Welt. Gegen Leute, die an meinen Fähigkeiten zu zweifeln schienen, schlug ich aus meiner eigenen Unsicherheit heraus einen hochnäsigen Ton an – etwa so, wie einer im Dunkeln pfeift, um seine Angst zu beschwichtigen.

So war ich, als Du mich kennenlerntest, Fox. Ach ja, ich sprach wohl über meine Pläne in demütigen und hingebenden Worten, innerlich aber war ich weder demütig noch hingebend. In meinem Herzen war ich voller Verachtung für die kleinlichen, pedantischen Leute, ich fühlte mich allen anderen überlegen und glaubte einer Elite anzugehören. Ich hatte noch nicht gelernt, daß wirkliche Überlegenheit aus der Demut, der Toleranz und dem Verständnis für andere erwächst. Ich wußte noch nicht, daß man nur dann der Elite angehören kann, wenn man in sich die echte Kraft und Begabung zum selbstlosen Opfer pflegt.

Auch zwei Engel genügen nicht

Seit meiner Kindheit (schrieb George an Fox) hatte ich mich nach
dem gesehnt, was sich jeder junge Mensch wünscht: ich wollte berühmt sein und geliebt werden. Diese beiden Wünsche zogen sich
wie ein roter Faden über alle Stufen und Grade, durch alle Phasen
meiner Lehrjahre; sie spiegelten das wider, was man uns Jünglinge
von damals zu glauben und zu wünschen gelehrt hatte.

Liebe und Ruhm! Nun, ich habe sie beide gehabt.

Einmal sagtest Du mir, lieber Fox, daß ich Liebe und Ruhm nicht
wirklich wünschte, sondern sie nur zu wünschen glaubte. Damit
hattest Du recht. Ich sehnte mich verzweifelt nach ihnen, aber als sie
mein waren, fand ich, daß sie mir nicht genügten. Und in Wahrheit
gilt das wohl für jeden lebenden Menschen, der den Funken zu etwas Höherem in sich hat.

Es ist nicht gefährlich, zuzugeben, daß der Ruhm uns nicht genü-
gen kann – einer der größten Dichter der Welt nannte ihn «die letzte
Schwäche edler Seelen» –, aber aus naheliegenden Gründen ist es
sehr gefährlich, die Grenzen der Liebe anzuerkennen. Vielleicht befriedigt manche Menschen das Bild der Liebe, vielleicht vermag die
Liebe wie ein glitzernder Wassertropfen Sonne und Sterne, den
Himmel und das ganze Universum des Menschen im kleinen zu
spiegeln. Die größten, längst verstorbenen Dichter haben das gesagt, und die Menschen haben es immer wieder versichert. Ich kann
dazu nur sagen: ich glaube nicht, daß ein Froschteich das Bild des
Ozeans wiedergeben kann, obwohl dieser wie jener aus Wasser bestehen.

«Die Liebe ist alles, und wenn die ganze Welt versänke», schrieb
William Morris. Das ist eine Behauptung, und es steht uns frei, sie
je nach Belieben zu glauben oder nicht zu glauben. Vielleicht traf sie
für ihn zu, obwohl ich auch das bezweifeln möchte. Im Augenblick, da er diese Behauptung niederschrieb, mag sie vielleicht gestimmt haben, nicht aber für die Dauer, nicht, nachdem das letzte
Wort gesprochen war.

Ich selber kann diese Behauptung nicht aufstellen, denn noch
während ich warm und sicher in den Banden der Liebe lag, entdeckte ich die größere Welt außerhalb jenes Gefängnisses. Das ging mir
nicht blitzartig auf, nicht so, wie die Welt von Chapmans *Homer*
über John Keats hereinbrach:

> «Da fühlte ich mich wie ein Himmelsforscher,
> Der einen unbekannten Stern entdeckt.»

Nein, es kam keineswegs so plötzlich über mich. Allmählich drang es in mich ein, und es war mir selber kaum bewußt.

Bis dahin war ich nur ein empfindsamer junger Mann gewesen, der sich in Opposition zu seiner Heimatstadt, zu seiner Familie und zu dem Leben seiner Umwelt befand; dann verliebte sich der empfindsame junge Mann und versank so völlig in die kleine Welt seiner Liebe, daß er sie für die ganze Welt hielt. Allmählich aber fielen mir manche Dinge des Lebens auf, die mich mit ihrem selbständigen Eigendasein aus dieser Versunkenheit herausrissen. Ich gewann Einblick in die Welt der Großen, Reichen und Glücklichen dieser Erde, denen das Beste von allem zufällt, ohne daß sie sich's verdienen müssen, und die das als ihr gutes Recht hinnehmen. Ich sah, daß sie seit Generationen ein bevorzugtes Dasein führten, das mit der Zeit ein festbegründetes Vorrecht geworden war: sie schienen es als feststehendes Naturgesetz zu betrachten, daß sie immer wieder des Lebens Schoßkind waren. Gleichzeitig lernte ich in den unteren Regionen des Lebens die vergessene, unterdrückte Sklavenschicht sehen, die mit ihrem Schweiß und Blut, kraft ihrer Mühsal und ihrer Leiden diese mächtigen Herren des Lebens unterhält und ernährt.

Dann kam der Zusammenbruch von 1929, und es kamen die schrecklichen Tage, die darauf folgten. Das Bild trat nun klarer hervor – deutlich genug für alle, die Augen hatten zu sehen. In jenen Jahren lebte ich in den Dschungeltiefen von Brooklyn, und dort lernte ich wie nie zuvor das ungeschminkte, erschreckende Antlitz der Enterbten kennen. Ich bekam einen Blick für die Unmenschlichkeit des einen Menschen gegen den anderen, und mit der Zeit trat dieses Bild an die Stelle des persönlicheren, selbstsicheren Weltbildes, das jeder Mensch in seinen jungen Jahren hat. Damals war es, glaube ich, daß ich die Demut lernte. Mein leidenschaftlich intensives Interesse für die Neigungen und Pläne meines eigenen kleinen Lebens kam mir nun unwichtig vor, unwürdig und läppisch; mehr und mehr gelangte ich dazu, ebenso leidenschaftlich-intensiv an den Absichten und Plänen meiner Mitmenschen, ja, der ganzen Menschheit teilzunehmen.

Natürlich habe ich diesen Entwicklungsprozeß hier weitgehend vereinfacht. Während er sich in mir vollzog, wurde ich mir seiner nur undeutlich bewußt. Erst jetzt, da ich auf diese Jahre zurückblikke, sehe ich das, was damals mit mir geschah, im richtigen Licht. Denn – ach, die menschliche Natur ist ein schlammiger Pfuhl mit einem trüben Bodensatz aus den Niederschlägen der Zeit; sie wird in der Tiefe und an der Oberfläche durch zu viele unbewußte Strömungen aufgewühlt, als daß sie ein scharfes, wahrheitsgetreues

Spiegelbild liefern könnte. Man muß abwarten, bis die Wasser sich wieder beruhigt haben. Es ist also eine unsinnige Hoffnung, daß die Seele ihr altes Kleid so leicht und so restlos abwerfen könnte wie eine Schlange ihre alte Haut – so gern man das auch möchte.

Damals, als ich die Außenwelt neu sehen und in ihren seltsamen Gestalten erkennen lernte, war ich auch heftiger denn je in innere Kämpfe verstrickt. Es waren die Jahre der größten Zweifel, der trostlosesten Verzweiflung. Ich hatte mich mit den Problemen meines neuen Buches auseinanderzusetzen und konnte das, was meine Augen sahen, nur blitzschnell in der Form von flüchtigen Eindrükken und Bruchstücken aufschnappen. Späterhin zeigte es sich, daß diese Bilder in mir eingeätzt waren wie in einem lichtempfindlichen Film; aber erst als das zweite Buch vollendet und aus meinem Kopf war, schlossen die einzelnen Bilder sich zu einem Ganzen zusammen und ich erkannte, was die ganze Erfahrung für meine Entwicklung bedeutete.

Natürlich hatte während dieser ganzen Zeit meine Verliebtheit in das schöne Medusenantlitz des Ruhms nicht nachgelassen. Meine Ruhmsucht war ein Überbleibsel aus der Vergangenheit: seit frühester Jugend hatte ich vom Ruhm in jeder lieblichen Gestalt geträumt wie von einer trügerisch vor mir herhuschenden Waldfee, bis ich das Antlitz des Ruhms und das der Geliebten nicht mehr auseinanderhalten konnte. Geliebt zu sein und berühmt zu werden – das hatte ich mir immer gewünscht. Die Liebe hatte ich nun kennengelernt, aber der Ruhm hatte sich mir noch immer versagt. So war denn die Arbeit an meinem zweiten Buch ein einziges Werben um Ruhm.

Dann bekam ich ihn zum erstenmal zu Gesicht: ich lernte Lloyd McHarg kennen. Dieses merkwürdige Erlebnis hätte mich etwas lehren sollen, und in gewisser Weise tat es das wohl auch. In Lloyd McHarg lernte ich einen wahrhaft großen und aufrichtigen Menschen kennen, der dem Ruhm nachgejagt war und ihn errungen hatte; und ich mußte erkennen: er hatte mit diesem Sieg nichts gewonnen. McHarg war berühmter, als ich es je für mich erhoffen durfte, und doch ließ sich nicht verkennen, daß ihm der Ruhm nicht genügte. Er wollte mehr – und das eben hatte er nicht gefunden.

Ich sage: ich hätte daraus lernen sollen. Aber wie konnte ich das? Hat je ein Mensch wirklich durch andere gelernt, wenn er selber für die Lehre noch nicht reif war? Man kann die Wahrheit im Leben eines anderen klar und deutlich erkennen und wird doch unfähig sein, sie auf sich selber anzuwenden. Schiebt sich nicht immer wieder das Bewußtsein von unserem kostbaren «Ich» – von diesem wunderbaren, einzigartigen «Ich», das es vor einem noch nie gegeben hat und das nach einem nie wieder da sein wird – schiebt sich dieses zärtlich verhätschelte «Ich» nicht immer wieder vor den urteilenden Blick, indem es für sich eine Ausnahmestellung beansprucht? So dachte auch ich: «Ja, ich sehe schon, wie es um Lloyd McHarg steht, aber bei mir wird es anders sein – denn ich bin *ich*.» Immer ist es mir so ergangen: ich habe alles nur auf die schwerste Weise lernen können. Alles muß ich erst an mir selber durchmachen, dann aber weiß ich es.

So erging es mir auch mit dem Ruhm: endlich ergab er sich mir wie eine Frau, und so paradox es klingt: er wird von den Frauen und von der Liebe in gleicher Weise umbuhlt. Ich besaß den Ruhm, soweit er sich besitzen läßt, und mußte dabei entdecken, daß er genau wie die Liebe nicht genügt.

Dann schloß die große Kurve meines Lebens sich zum Kreis. Es folgte ein Leerlauf von mehreren Monaten, in denen mein ausgehöhlter, erschöpfter Geist nach Atem rang. Aber nach dieser Ebbe trug die Flut neuer Lebenskraft mir die Welt wieder zu, ließ sie immer weiter in mich einströmen, und in der Welt und in meinem Herzen fand ich etwas, wovon ich bisher keine Ahnung gehabt hatte.

Um Ruhe, Erholung und Vergessenheit zu finden, war ich in jenes Land zurückgekehrt, das ich von allen mir bekannten fremden Ländern am meisten liebte. In den Jahren der strengen Zurückgezogenheit und der schweren Arbeit an meinem Buch hatte ich oft in heftiger Sehnsucht an dieses Land gedacht, wie Gefangene, die an die Ketten der öden Gegenwart gefesselt sind, sich nach den feenhaften Wäldern und Fluren eines Märchenlandes sehnen mögen. Wie oft war ich in meinen Träumen im Land der versunkenen Glocke gewesen – auf dem alten Marktplatz einer gotischen Stadt, bei mitternächtigem Brunnengeplätscher und brüchigklimperndem Glockenspiel, beim üppigen Fleisch blonder Frauen. Dann endlich kam der Tag, an dem ich morgens durch das Brandenburger Tor und über die bezaubernden Alleen des feenhaft grünen Tiergartens ging und den Ruhm an meiner Seite spürte. Es war Mai, ich schlenderte unter den großen, blühenden Kastanienbäumen dahin und fühlte mich wie Tamerlan bei seinem königlichen Triumphzug durch Persepolis: prächtig war es, ein berühmter Mann zu sein.

Nach den langen, mühseligen Jahren harter Arbeit und Bewährung erfüllte sich für die gequälte Seele mein Traum: nun konnte ich aufatmen, und mein unmögliches Verlangen wurde mit einem Zauberschlag erfüllt. Wie oft war ich fremd und unbekannt durch die großen Städte der Welt gegangen – und nun schien ganz Berlin mir zu gehören. In einer wochenlangen Kette von Festen und Feiern hatte ich zum erstenmal das wunderbar aufregende Erlebnis, im fremden Land und in einer fremden Sprache hundert Freunde zu finden. Saphirenes Funkeln in der Luft, der Zauber der kurzen nördlichen Sommernächte, köstlicher Wein in schlanken Flaschen, der Morgen, grüne Wiesen, hübsche Frauen – alles das war mein, schien eigens für mich geschaffen, schien nur auf mich gewartet zu haben und in all seiner Schönheit nur für mich da zu sein.

So gingen die Wochen dahin – und dann geschah es. Allmählich sickerte die Welt in mich ein, zuerst fast unmerklich, so wie die dunklen Federn aus den Schwingen eines Racheengels niederschweben. Bald war es ein verzweifelt flehendes Augenpaar, die nackte Angst in einem erschreckten Blick, das Aufblitzen plötzlicher Furcht; bald huschte es vorüber wie ein Licht und sickerte unaufhaltsam ein in rasch hingeworfene Worte, in Haltung und Gespräch.

Schließlich aber strömte in durchwachten Nächten die ganze Flut auf mich ein: unsagbar verzweifelte Bekenntnisse hinter dicken Mauern, verriegelten Türen und verhangenen Fenstern. Ich weiß nicht, warum diese Leute gerade vor mir, einem Fremden, ihr Herz ausschütteten – vielleicht, weil sie meine Liebe zu ihnen und zu ihrem Land kannten. Sie schienen ein verzweifeltes Bedürfnis zu haben, sich mit einem verständnisvollen Menschen über alles auszusprechen. Soviel hatte sich in ihnen aufgestaut, und meine Sympathie für alles Deutsche ließ sie den Damm ihrer Zurückhaltung und Vorsicht durchbrechen. Diesem Strom leidvoller und angsterfüllter Berichte konnten meine Ohren sich nicht verschließen. Sie erzählten von Freunden und Verwandten, die in der Öffentlichkeit etwas Unvorsichtiges gesagt hatten und spurlos verschwunden waren, von der Gestapo, von Zänkereien zwischen Nachbarn und läppischer persönlicher Ranküne, die zu politischer Verfolgung ausarteten; von Konzentrationslagern und Pogromen, von reichen Juden, die man ausgezogen und verprügelt hatte, denen man ihren ganzen Besitz fortnahm und denen man das Recht verweigerte, sich auch nur ein Existenzminimum zu verdienen; von gepflegten Jüdinnen, die man ausgeplündert und aus ihren Wohnungen geworfen hatte und die nun gezwungen wurden, auf den Knien rutschend antinazistische Inschriften vom Pflaster wegzuscheuern, während die als Soldaten verkleideten jungen Barbaren um sie herumstan-

623

den, mit ihren Bajonetten nach ihnen stachen und die stillen Straßen mit ihrem schamlosen Hohngelächter erfüllten. Es war ein Bild aus dem finstersten Mittelalter – so empörend, daß man es kaum glauben konnte, und doch so wahr wie die Hölle, die der Mensch ewig sich selber schafft.

So also wurde mir der zerstörte Glaube an den Menschen und die Hölle seiner heimlichen Todesangst offenbar, und ich erkannte endlich das seelische Übel, das ein edles und mächtiges Volk tödlich vergiftete, in all seiner furchtbaren Gestalt.

Aber während ich das sah und als das erkannte, was es war, wurde mir seltsamerweise etwas anderes bewußt. Ich saß nächtelang in den verdunkelten Zimmern deutscher Freunde, hinter verriegelten Türen und verhangenen Fenstern; ihre Flüsterstimmen sprachen zu mir von der Angst in ihren Herzen, ich saß und hörte ihnen verstört zu, sah ihre Tränen und ihre von Todesangst zerfurchten Gesichter, die sich noch eben in Gegenwart anderer hinter der Maske sorgloser Gleichgültigkeit versteckt hatten; was ich sah und hörte, zerriß mir das Herz, und aus der aufgerissenen Tiefe meines Herzens wuchs eine Erkenntnis in mein Bewußtsein, von der ich kaum etwas geahnt hatte. Denn merkwürdigerweise fluteten jetzt alle vergessenen grauen Tage in Brooklyn, die in meine Seele eingesickert waren, wieder in mein Bewußtsein zurück. Auch meine nächtlichen Streifzüge durch den Dschungel der Großstadt fielen mir wieder ein: ich sah wieder die ausgemergelten Gesichter der Heimatlosen, der ewigen Wanderer, der Enterbten Amerikas; ich sah die alten Arbeiter, die ihr ganzes Leben lang gearbeitet hatten und nun nicht mehr arbeiten konnten – auch die halbwüchsigen Jungen, die nie gearbeitet hatten und keine Arbeit finden konnten; ich sah all die Ausgestoßenen einer Gesellschaft, die keine Verwendung für sie hatte und sie auf jede Weise loszuwerden suchte; ich sah sie in Mülltonnen nach Speiseresten suchen, sah sie mit ihresgleichen in die Wärme stinkender Latrinen flüchten oder mit alten Zeitungen zugedeckt auf dem Betonboden der Untergrundbahnhöfe schlafen.

Jedes einzelne Teilchen dieses Bildes fiel mir wieder ein; auch die unheimliche Erinnerung an das Nachtleben der Oberschicht tauchte wieder auf, ihr glänzender Reichtum, ihre faden, hochzivilisierten Amüsements und ihre kalte Gleichgültigkeit gegen das Elend und die Ungerechtigkeit, die die Basis ihres Lebens bildeten.

So wurde mir in der Fremde, unter diesen tief bewegenden, Besorgnis und Abscheu erregenden Umständen zum erstenmal richtig klar, wie schlecht es um Amerika stand; ich erkannte auch, daß es an einer ähnlichen Krankheit wie Deutschland litt und daß diese

Krankheit als eine furchtbare seelische Seuche die ganze Welt beherrschte. Einer meiner deutschen Freunde, Franz Heilig, sagte später dasselbe. In Deutschland war es hoffnungslos: die Seuche war schon zu weit fortgeschritten, als daß man in letzter Stunde noch Maßnahmen gegen den Tod, Zerstörung und Untergang hätte ergreifen können. In Amerika jedoch schien mir diese Krankheit nicht tödlich, nicht unheilbar zu sein – noch nicht. Gewiß: auch Amerika war sehr schwer krank, und das würde noch schlimmer werden, wenn die Amerikaner, wie jetzt die Deutschen, sich davor zu fürchten begännen, der Angst selber ins Gesicht zu sehen, ihre Hintergründe aufzuspüren, nach ihren Ursachen zu forschen und sie beim Namen zu nennen. Noch war Amerika jung, noch war es die Neue Welt, die Hoffnung der Menschheit; Amerika war mit diesem alten, verbrauchten Europa, in dessen Tiefe tausend uralte, nicht auskurierte Krankheiten schwärten, nicht zu vergleichen. Amerika war noch elastisch, war noch zu heilen, wenn nur ... wenn nur ... die Menschen einmal aufhören wollten, sich vor der Wahrheit zu fürchten. Denn das klare, scharfe Licht der Wahrheit, das hier in Deutschland fast zu verlöschen drohte, war das einzige wirksame Heilmittel für die leidende Seele des Menschen.

Wenn nach einer solchen Nacht, in der ich endlich den Zusammenhang der Dinge begriffen hatte, der Tag wieder anbrach, dann war in meinen Augen alles verändert: das kühle Morgenlicht, das Bronzegold der Kiefern, die stillen grünlich-klaren Seen, die zauberhaften Parks und Gärten – nichts sah so aus wie zuvor. Denn nun kannte ich die andere Seite des Lebens, die auch frisch wie der Morgen und doch so alt wie die Hölle ist: das Übel, das die ganze Welt befallen hatte. Hier in Deutschland trat es in seiner finstersten Gestalt auf, hier hatte man zum erstenmal die Worte dafür geprägt, hier war es nun in einem Schema von Phrasen und in einem System verabscheuungswürdiger Taten organisiert. Und täglich sickerten immer mehr solche Dinge in mich ein, bis ich überall, in jedem Menschenleben, mit dem ich in Berührung kam, ihre unsagbar schmutzige, zerstörerische Wirkung erkannte.

Wieder war das sehende Auge von einem Schleier befreit, und ich wußte: was das Auge hier wahrgenommen und begriffen hatte, das würde es nimmermehr vergessen und überall in jeglicher Gestalt erkennen.

Der Prediger Salomo

Ich habe Dir nun etwas davon erzählt (schrieb George an Fox), was mir im Laufe meines Lebens widerfahren ist, und in welcher Weise ich dadurch beeinflußt worden bin. «Was aber hat das alles mit mir zu tun?» wirst Du vielleicht fragen. Dazu komme ich jetzt.

Ich habe eingangs von der «Lebensphilosophie» gesprochen, die ich vor zwanzig Jahren als College-Student vertrat. Ich habe meine Anschauungen nicht näher beschrieben, denn eigentlich glaube ich gar nicht, daß ich damals eine Lebensphilosophie hatte. Ich weiß nicht einmal sicher, ob ich jetzt eine habe. Aber ich halte es für interessant und wichtig, daß ich mit siebzehn Jahren eine Lebensphilosophie zu haben *glaubte* und daß die Leute auch heute noch von ihrer «Lebensphilosophie» so reden, als wäre sie ein konkreter Gegenstand, den man mit Händen greifen, wägen und messen könnte.

Gerade kürzlich wurde ich um einen Beitrag zu einem Buch *Die Philosophien der Gegenwart* gebeten. Ich versuchte, etwas dafür zu schreiben, gab es aber auf, denn ich wollte und konnte mich nicht zu den «Philosophen der Gegenwart» rechnen. Das lag nicht daran, daß ich im unklaren oder im Zweifel darüber gewesen wäre, was ich heute denke und glaube, sondern daran, daß ich im unklaren und im Zweifel darüber war, wie man es in gültigen Worten formulieren sollte.

Das war das Verkehrte bei den meisten von uns am Pine Rock College vor zwanzig Jahren: wir hatten eine «Konzeption» von Wahrheit, Schönheit, Liebe und Realität, und das ließ unsere Vorstellungen, die mit diesen Wörtern bezeichnet wurden, erstarren. Wir hatten feste Begriffe und kannten nun keine Zweifel mehr – oder wenn wir welche hatten, durften wir sie nicht zugeben. Das war falsch, denn es gibt keinen Glauben ohne Zweifel und keine Realität ohne Fragen. Das Wesen der Zeit ist fließend und nicht starr, und das Wesen des Glaubens liegt in dem Wissen, daß alles fließt und dem ewigen Wandel unterworfen ist. Ein Heranwachsender ist ein lebendiger Mensch, und seine «Philosophie» muß mit ihm wachsen und fließen. Ohne dieses Wachsen und Fließen werden wir – ist es nicht so? – zu schwankenden Menschen, zu ewigen Flachköpfen und zu Modeaffen; wir werden Menschen, die sich heute auf etwas versteifen und morgen wieder schwankend werden, und unsere Glaubensbekenntnisse sind nur eine Kette starrer Systeme.

Deshalb will ich auch nicht den Versuch machen, Dir Deine eigene «Philosophie» zu schildern; das hieße, Dich in die Grenzen eines

626

Akademikers mit feststehenden Ansichten zwängen, und zu der Sorte gehörst Du, Gott sei Dank, nicht. Ich würde damit wieder einmal Deine für Dich so typische, neugierige Verachtung auf mich lenken, Deine unvermittelte, halb belustigte Geringschätzung. Denn wie könnte man das Wesen Deines Neu-Engländertums in dürren Worten festhalten: Deinen empfindlichen Stolz, Deine scheu zurückzuckende Einsamkeit und auch die Furchtlosigkeit, die Dich wohl zutiefst beseelt?

Also, lieber Fox, ich will Dich auf nichts festlegen. Aber aufzeichnen darf ich doch, nicht wahr? Ich darf doch aussprechen, «wie es mir erscheint», welches Bild ich von Fox habe und was ich davon halte?

Nun, in erster Linie scheint mir Fox der Prediger Salomo zu sein. Ich halte diesen Vergleich für sehr treffend, und soweit eine solche Definiton überhaupt treffend sein kann, wirst Du mir wohl zustimmen. Kennst Du irgendeine bessere Definition? Ich nicht. In den dreißig Jahren des Denkens, Fühlens und Träumens, des Arbeitens, Reisens, Ringens und Aufnehmens ist mir kein Begriff begegnet, der auch nur halb so gut auf Dich paßte. Vielleicht ist schon einmal in der Welt etwas geschrieben, gemalt, gesungen oder gesprochen worden, das Dich treffender kennzeichnet – mir jedenfalls ist es nicht bekannt; wenn ich eines Tages darauf stoßen sollte, dann würde mir zumute sein, als käme ich in eine zweite Sixtinische Kapelle, die noch großartiger wäre als die, die wir kennen, und von der kein Lebender je etwas gehört hat.

Soweit ich Dich in den verflossenen neun Jahren habe beobachten können, gleichst Du in Deinem Leben, Denken, Fühlen und Handeln dem Prediger Salomo, und das scheint mir das Beste zu sein, was man von einem sagen kann. Denn unter allem, was ich je gelesen oder gelernt habe, scheint mir dieses Buch die erhabenste, weiseste und mächtigste Formel für das Leben des Menschen auf Erden zu sein – und außerdem die höchste Blüte der Poesie, der Ausdruckskraft und der Wahrheit auf Erden. Es steht mir nicht an, dogmatische Urteile über literarische Werke zu fällen, aber wenn man mich fragte, so könnte ich nur sagen, daß ich das Buch Salomonis für das großartigste Prosawerk halte und daß es eine so tiefe, ewige Weisheit enthält wie kein anderes Buch.

Und Deine Haltung, möchte ich sagen, wird darin so vollkommen ausgedrückt wie nirgends sonst. Ich lese es mehrmals im Jahr und kenne kein Wort und keine Strophe darin, mit der Du nicht ohne weiteres einverstanden wärst.

Um nur ein paar Lehren aus diesem erhabenen Buch zu zitieren:

Du wärst einverstanden damit, ‹daß ein guter Ruf besser ist denn gute Salbe›, und sicher auch damit, ‹daß der Tag des Todes besser ist denn der Tag der Geburt›. Du würdest dem großen Prediger darin beipflichten, ‹daß alle Dinge so voll Mühe sind und daß niemand es ausreden kann› und ‹daß das Auge sich nimmer satt siehet und das Ohr sich nimmer satt höret›. Ich weiß, Du würdest auch zugeben, ‹daß das, was geschehen ist, eben das ist, was hernach geschehen wird, und daß das, was man getan hat, eben das ist, was man hernach wieder tun wird und daß nichts Neues unter der Sonne geschieht›. Du wärst damit einverstanden, ‹daß es eitel und Haschen nach Wind ist, sein Herz auf die Erkenntnis von Weisheit, Tollheit und Torheit zu richten›, und auch damit – denn Du hast mich oftmals in diesem Sinne ermahnt –, ‹daß ein jegliches seine Zeit und alles Vornehmen unter dem Himmel seine Stunde hat›.

«Es ist alles ganz eitel, sprach der Prediger, ganz eitel.» Dieser Ansicht wärst auch Du, aber Du würdest auch zugeben, ‹daß ein Narr die Finger ineinanderschlägt und sich selbst verzehret›. Und mit Deinem ganzen Wesen würdest Du das Wort bejahen: «Alles, was dir vor Handen kommt zu tun, das tue frisch; denn in der Hölle, da du hinfährst, ist weder Werk, Kunst, Vernunft noch Weisheit.»

Genügt Dir dieser Auszug, lieber Fox, und treffen diese Worte nicht wirklich auf Dich zu? O ja, ich habe jede Silbe dieses Buches tausendmal in Dir wiedergefunden und habe jede seiner Wendungen eigentlich von Dir gelernt. Du hast einmal, als ich Dich in der Widmung eines Buches erwähnt hatte, gesagt, diese Widmung würde Deine Grabschrift werden. Damit hattest Du unrecht: Deine Grabschrift ist schon vor vielen Jahrhunderten von dem Prediger Salomo geschrieben worden. Das Bildnis, das der große Prediger von sich selber zeichnete, ist Dein Porträt. Du bist er, seine Worte sind die Deinen, so sehr, daß seine ganze große und edle Predigt, wenn er nie gelebt und sie nie geschrieben hätte, von Dir stammen könnte.

Wenn ich also Deine und *seine* – Philosophie irgendwie benennen sollte, dann würde ich sie als *hoffnungsvollen* Fatalismus bezeichnen. Er und Du, Ihr seid im Grunde Pessimisten, aber Ihr seid Pessimisten mit einer Hoffnung. Ich habe von Euch beiden viel Wahres und Hoffnungsvolles gelernt. In erster Linie: daß man seine Arbeit tun muß, und zwar die Arbeit, die man kann, und zwar so gut, wie die eigenen Kräfte es erlauben. Und ich habe gelernt, daß nur der Narr murrt und sich nach dem Vergangenen sehnt oder nach dem, was hätte sein können, aber nicht ist. Ich habe von Euch die schwere

Lehre der Ergebung gelernt: den tragischen Untergrund des Lebens anzuerkennen, des Lebens, in das der Mensch hineingeboren wird, das er leben muß und aus dem er hinwegstirbt. Ich habe von Euch gelernt, diese wesentliche Tatsache ohne Klage hinzunehmen und dann mit meinen besten Kräften das zu tun, was von mir gefordert wird und wozu ich imstande bin.

Damit komme ich nun zu der merkwürdig paradoxen, zwiefachen Wechselbeziehung zwischen uns: seltsamerweise begann ich gerade in diesem Punkt, in dem ich so stark und so grundlegend mit Dir einig war, von Dir abzuweichen. Fast könnte ich sagen: «Ich glaube an alles, was Du sagst, aber ich stimme nicht mit Dir überein.» Das ist nämlich die Wurzel unserer Schwierigkeiten und das Geheimnis unserer Spaltung und unserer endgültigen Trennung. Die kleinen Klatschmäuler werden sich rühren – wie ich höre, haben sie es schon getan –, sie werden rasch tausend einleuchtende Erklärungen bei der Hand haben (auch das haben sie schon getan); aber, Fox, die eigentliche Wurzel des Ganzen liegt hier.

In einem der wenigen Briefe, die Du mir geschrieben hast, in einem wunderbar bewegenden Brief aus der letzten Zeit, schriebst Du:

«Ich weiß, Du wirst jetzt gehen. Ich habe immer gewußt, daß es dazu kommen würde. Ich will Dich nicht zu halten versuchen, denn einmal mußte es kommen. Das Befremdliche und Schwierige daran ist nur, daß ich trotzdem keinen anderen Menschen kenne, mit dem ich in allen wesentlichen Dingen so tief übereinstimme.»

Das eben ist das Befremdliche und das Schwierige, auch das Wunderbare und das Geheimnisvolle; denn es ist in einem Sinne vollkommen wahr, von dem die kleinen Klatschmäuler nichts wissen können. Das eben ist das sonderbar Paradoxe an uns beiden: mir scheint, im Bereich unserer Welt bist Du der Nordpol, und ich bin der Südpol; wir befinden uns ganz und gar im Gleichgewicht und in Übereinstimmung, und doch, Fox – die ganze Welt liegt zwischen uns.

Zwar sehen wir das Leben fast auf die gleiche Art: wenn wir zusammen Ausschau hielten, sahen wir Menschen, die von derselben Sonne verbrannt wurden, die in derselben Kälte erstarrten und die unter demselben unwirtlich-harten Klima litten; wir sahen die Menschen von derselben Leichtgläubigkeit verführt, von derselben eigenen Torheit betrogen und von derselben Dummheit irregeleitet und genarrt. Jeder an seinem Pol auf der anderen Hemisphäre, verfolgten wir den Kreislauf dieser gequälten und gemarterten Welt, und jedem von uns bot sich nahezu dasselbe Bild. Wir sahen nicht nur die Dummheit, die Torheit, die Leichtgläubigkeit und die Selbsttäuschung des Menschen, wir gewahrten auch seinen Edelmut, seine Tapferkeit und sein Streben. Wir sahen die Wölfe, die ihm auflauerten und ihn zugrunde richteten, die wilden Wegelagerer der Gier und der Angst, der Bevorzugung, der Macht und der Tyrannei, der Unterdrückung, der Armut und der Krankheit, der Ungerechtigkeit, der Grausamkeit und des Unrechts; und in allem, was wir da sahen, lieber Fox, stimmten wir überein.

Warum dann der Gegensatz? Warum mußte es zum Kampf zwischen uns und schließlich zu dieser Trennung kommen? Wir sahen dieselben Dinge und nannten sie beim selben Namen. Wir verabscheuten sie mit derselben Empörung und mit demselben Ekel – und doch waren wir uns nicht einig, und ich muß Dir Lebewohl sagen. Lieber Freund, Vater und Vormund meines jugendlichen Geistes – es ist geschehen, und wir wissen es. Warum aber?

Ich weiß die Antwort, und ich will sie Dir sagen:

Über mein sterbliches Leben hinaus, über die harte Einsicht hinaus, daß der Mensch zum Leben, Leiden und Sterben geboren wird, über Deinen und des großen Predigers Glauben hinaus kann ich mich nicht zu einem fatalistischen Schicksalsglauben bekennen. Kurz gesagt: Du hältst alle Plagen, von denen die Menschheit heimgesucht wird, für unheilbar: so wie der Mensch zum Leben, Leiden und Sterben geboren sei, meinst Du, werde er auch von allen selbstgeschaffenen Ungeheuern ewig heimgesucht und verfolgt werden: von Angst, Grausamkeit, von Tyrannei und Machtgier, von Armut und Reichtum. Für Dich in Deinem strengen, resignierten Fatalismus, dem Urgestein Deines Wesens, sind diese Dinge für alle Zeiten vorbestimmt, weil es sie immer gegeben hat und weil ihr Usprung in der unreinen, gequälten Menschenseele selber liegt.

Lieber Fox, lieber Freund: ich habe Dir zugehört, und ich habe Dich verstanden – aber einverstanden war ich nicht. Ich hörte und verstand, wenn Du sagtest: zwar könnte man die alten Ungeheuer zerstören, dann aber würde man an ihrer Stelle neue erschaffen, und wenn man die alten Tyrannen stürzte, würden neue Herrscher aufstehen, die ebenso finster und böse wären. Alle schreienden Mißstände unserer Welt – die ungeheuerlich-perverse Kluft zwischen Herrschen und Dienen, zwischen Mangel und Überfluß, zwischen Bevorzugung und erdrückender Diskriminierung – hieltest Du für unvermeidlich, für den Fluch des Menschengeschlechts von alters her und für die Grundbedingungen unseres Daseins. Da tat sich die Kluft zwischen uns auf. Du konstatiertest und konntest alles belegen; ich hörte zu, aber ich war nicht einig mit Dir.

Um Deine Richtung und Deine Haltung deutlich zu machen: ich glaube, ich habe nie einen gütigeren und vornehmeren Menschen als Dich gekannt – aber auch nie einen fatalistisch-resignierteren. In Deiner Praxis, in Deinem Leben und Verhalten habe ich wie durch ein Wunder die Worte des großen Predigers verwirklicht gefunden. Ich habe mit angesehen, wie Du mager und grau wurdest, wenn Du eine Begabung verschwendet, ein Leben vergeudet oder eine notwendige Arbeit versäumt wußtest. Ich habe Dich Berge versetzen sehen, um etwas zu retten, was Du der Mühe wert hieltest und was noch zu retten war. Ich habe Dich Wunder an Mühe und Geduld vollbringen sehen, um einen begabten Menschen aus dem Sumpf des Mißerfolgs zu ziehen, in dem er zu versinken drohte; keinen Fehlschlag nahmst Du resigniert oder bedauernd hin, im Gegenteil: mit blitzenden Augen, hart wie geschmiedeter Stahl, schlugst Du mit der Faust auf den Tisch und flüstertest in wild-verbissener Leidenschaft: «Ich lasse ihn nicht los. Er ist nicht verloren. Ich *will* nicht, und er *darf* nicht – es muß etwas geschehn!»

Das muß ich hier feststellen, denn diese alte Tugend Deines Lebens verdient es, gebührend verherrlicht zu werden. Ohne das sind Dein Wert und Deine wahre Größe nicht zu verstehen. Wenn man von Deinem streng-ergebenen Fatalismus sprechen wollte, ohne zuerst die feurige Zähigkeit Deiner Bemühungen zu beschreiben, dann gäbe man ein falsches und lückenhaftes Bild von der fremdartigsten und vertrautesten, von der umwegigsten und geradesten, von der einfachsten und kompliziertesten Gestalt, die es in unserer Nation und in unserer Generation gibt.

Man täte Dir Unrecht, wenn man behaupten wollte, Du nähmst alles Leid und alle Ungerechtigkeit dieser gequälten und gemarterten Welt mit fatalistischer Resignation hin, wenn man nicht gleichzeitig Deine hingebenden, wunderbaren Rettungsversuche erwähnte. Kein Mensch hat je das Gebot des Predigers treuer erfüllt, sich seiner Haut zu wehren und seiner Hände Arbeit mit aller Kraft zu verrichten. Kein Mensch hat so wie Du alles daran gesetzt, dieses Gebot nicht nur selber zu erfüllen, sondern auch andere zu retten, die es nicht erfüllt hatten und noch zu retten waren. Aber kein anderer nahm auch das Unabänderliche so gelassen und gleichgültig hin. Ich glaube, Du würdest Dein Leben aufs Spiel setzen, um das eines Freundes zu retten, der sich nutzlos-mutwillig in Gefahr begeben hat; ich weiß aber auch, daß Du den unvermeidlichen Tod eines Menschen ohne Bedauern hinnehmen würdest, als eines Deiner geliebten Kinder an einem Nervenschock oder an einem Nervenleiden erkrankt war, dessen Ursache die Ärzte nicht erkannten. Du fandest schließlich die Ursache und gingst ihr zu Leibe; aber ich weiß: wäre die Krankheit des Kindes unheilbar und schicksalsbestimmt gewesen, dann hättest Du sie mit ebenso resignierter Fassung getragen, wie Du im anderen Falle Deine ganze Kraft eingesetzt hast.

All dieses macht unsere paradoxe, große Verschiedenartigkeit ebenso befremdlich und schwierig wie unsere paradoxe Polarität. Darin liegt die Wurzel unserer Verstimmung und der Keim zu unserer Trennung. Deine Philosophie hat Dich dazu geführt, die Ordnung der Dinge so hinzunehmen, wie sie ist, weil Du keine Hoffnung hast, sie zu ändern; und wenn Du sie ändern könntest, dann meinst Du, jede andere Ordnung würde genauso schlecht sein. In einem höheren Sinne – im Sinne der Ewigkeit – mögt Ihr, Du und der Prediger, recht haben: denn es gibt keine größere Weisheit als die des Predigers, und im letzten Grunde ist die einzig wahrhaftige Ergebenheit der strenge Fatalismus des Felsens. Der Mensch wird zum Leben, zum Leiden und zum Sterben geboren, und was ihm widerfährt, ist ein trauriges Los. Das läßt sich am Ende nicht leugnen. *Aber, lieber Fox, wir müssen es leugnen, solange wir unterwegs sind.*

Die Menschheit ist für die Ewigkeit geschaffen, aber der lebendige Mensch lebt für den Tag. Neues Übel wird nach ihm kommen, aber ihn kümmert nur das Übel seiner Tage. Der wesentliche Glaube für einen Menschen meiner Art, die wesentliche Religion für Leute meiner Gesinnung scheint mir die zu sein, daß man das Leben der Menschen bessern kann und bessern wird und daß man die größten Feinde des Menschen heute – Angst, Haß, Sklaverei, Grausamkeit, Armut und Not – besiegen und ausrotten kann. Dieser Sieg und diese Ausrottung verlangen freilich nichts Geringeres als eine vollkommene Neuordnung unserer heutigen Gesellschaft. Mit bekümmerter Gottergebenheit und resigniertem Fatalismus können wir diese Feinde nicht vernichten, nicht durch philosophische Ergebung in das Schicksal und durch die traurige Hypothese, daß es alles Böse, alles Gute oder Schlechte in irgendeiner Form immer geben werde. Das Böse, das Du nicht weniger hassest als ich, ist nicht mit Achselzucken, Seufzern und mit noch so weisem Kopfschütteln zu stürzen. Mir scheint: wenn wir uns zurückziehen und uns auf die Feststellung des tragischen Schiffsbruchs der Menschheit beschränken, dann wird das Böse uns immer frecher verhöhnen. Wenn man glaubt, daß nach dem Sturz der alten Ungeheuer ebenso verderbliche neue aufstünden, wenn man glaubt, daß der abscheuliche Schwarm des Bösen unvermindert weiter aus der einmal geöffneten Büchse der Pandora aufstiege – dann verhilft man nur dazu, daß es ewig so bleibt.

Du und der Prediger – Ihr mögt für die Ewigkeit recht haben, lieber Fox; wir lebendigen Menschen aber haben recht für das Heute. Für das Heute, für die Lebenden müssen wir sprechen, für sie müssen wir die Wahrheit verkünden, soweit wir sie zu sehen und zu erkennen vermögen. Wenn wir unseren Feinden mit dem Mut der Wahrheit in uns begegnen, dann *werden* wir sie besiegen. Und wenn wir sie besiegt haben und neue Feinde vor uns sehen, dann sollen wir sie von unserer eroberten Stellung aus weiter angreifen. Diese Einsicht, dieser fortgesetzte, unaufhörliche Krieg ist die Religion und der lebendige Glaube des Menschen.

Credo

Ich habe noch nie ein Glaubenbekenntnis abgelegt (schrieb George abschließend an Fox), wenn ich auch an manches geglaubt und mich offen dazu bekannt habe. Ich habe meinen Glauben nie in konkreten Worten niedergelegt, weil jede Faser meines Wesens sich gegen eine endgültige, systematische Formulierung sträubte.

Wenn Du der Fels des Lebens bist, so bin ich sein Geweb; wenn Du der Zeiten Urgestein bist, so bin ich, scheint mir, das Gewächs der Zeit. Mein Leben ist mehr als bei allen anderen Menschen, die ich kenne, ein dauerndes Wachstum. Ich glaube, niemand war so tief wie ich im Mutterboden von Zeit und Erinnerung und im Klima seiner persönlichen Welt verwurzelt. Du hast mich während dieses ganzen herkulischen Kampfes begleitet. In den vier Jahren, in denen ich in Brooklyn lebte und arbeite und Brooklyns Dschungeltiefen erforschte – und damit auch die Dschungeltiefen meiner Seele –, warst Du mir zur Seite, folgtest Du mir und harrtest bei mir aus.

Du hast nie daran gezweifelt, daß ich damit fertig werden, zu einem Ende kommen und den Kreis als Ganzes vollenden würde. Solche Zweifel waren nur in mir selber, um so mehr, als mich meine eigene Müdigkeit und Verzweiflung und außerdem die boshaft kläffenden Klatschmäuler quälten, die sich in ihrer Ahnungslosigkeit zuflüsterten, ich würde niemals fertig werden, weil ich gar nicht imstande wäre, anzufangen. Wir beide wußten, daß sie sich in einem grotesken Irrtum befanden – einem so grotesken Irrtum, daß ich manchmal trotz meiner Angst und Verbitterung darüber lachen mußte. Die Wahrheit lag ganz woanders, denn ich hatte genau die entgegengesetzten Befürchtungen: daß ich nie ein Ende finden würde, weil ich das, was ich wußte, fühlte, dachte und schreiben mußte, nicht bewältigen könnte.

Ein Riesennetz hielt mich gefangen: ich hatte von der Familie meiner Mutter eine ungeheuerliche Erinnerungsfähigkeit geerbt, die wie ein Sturzbach jede Einzelheit mitschwemmte. Sie erzeugte in mir eine lebendige, millionenfach verzweigte Schicht, die mich an die Vergangenheit band – nicht nur an die Vergangenheit meines persönlichen Lebens, sondern an den Boden, von dem ich stammte, so daß nichts dem tiefschürfenden und alles erfühlenden Forscherdrang dieser Erinnerungsfähigkeit entgehen konnte. Wie an einem bestimmten Tag die Sonne auf- und unterging, wie das Gras sich zwischen nackten Zehen anfühlte, die Gegenwärtigkeit eines Mittags, das Zuschlagen eines Gittertors, das kreischende Bremsen einer um die Ecke fahrenden Straßenbahn, der leichte Klang von Schuhsohlen auf den Gehsteigen, wenn die Leute zum Lunch nach Hause gingen, der Geruch von Rübenkraut, das Klirren der Eisschollen, das Gackern eines Huhns – und dann jene Zeit, da ich zwei Jahre alt war, da alles zu einem Traum verblaßte und die Zeit sich in Vergessenheit auflöste. Nicht nur das – auch alle verklungenen Geräusche und Stimmen, alle vergessenen Erinnerungen wurden vom unermüdlichen Pulsschlag meines Gehirns wieder ausgegraben, bis ich sie in meinen Träumen durchlebte und die ständig wachsende, entsetzliche Last bei den unruhigen Reisen meines Nachtschlafs mitschleppen mußte. Nichts, was je gewesen war, ging verloren. Alles flutete in einem endlosen Strom zurück – selbst die schadhafte Tünche über dem Kamin in meinem Vaterhaus, der Geruch des alten, von meinem Vater eingesessenen Ledersofas, der Kellergeruch nach staubigen Flaschen und Spinnweben, das bedächtige Stampfen eines dürren Gauls auf dem weichen Holzboden eines Mietstalles, das stolze Heben eines glänzenden Pferdeschweifs und das Klackern körniger Pferdeäpfel. Ich durchlebte noch einmal alle Zeiten und Witterungen, die ich je kennengelernt hatte: das Ende des trostlosen Winters im Monat März mit dem trübselig-kalten, kahl-zerfetzten Rot eines Sonnenuntergangs, den Zauber des jungen Grüns im April, den blinden Schrecken und die Stickluft grenzenloser Betonstraßen in der Hochsommerglut und die Oktoberluft mit ihrem Duft von Holzfeuer und abgefallenem Laub. Die ungeheure Fracht meines Gedächtnisses brachte mir alle versunkenen Augenblicke, alle vergessenen Stunden wieder; verschollene Stimmen aus den Bergen begannen wieder zu klingen, die Stimmen der toten, nie gesehenen Verwandten; ich sah die Häuser, die sie gebaut hatten und in denen sie gestorben waren, die ausgefahrenen Straßen, die sie entlanggetrottet waren, und erlebte jeden Augenblick ihrer längst vergangenen, dunkel-verlorenen Lebenstage, von denen Tante Maw mir erzählt hatte. So erwachte in meinem unermüdlich hämmernden Hirnkasten alles wieder zum Leben, so wuchs die Pflanze rückwärts, Stamm um Stamm, Wurzel um Wurzel, Faser um Faser, bis sie ein vollständiges Ganzes war, eingebettet in die Erde, aus der sie kam und deren letzter lebendiger Teil sie selber war.

Du bliebst als der Fels, der Du bist, an meiner Seite, bis ich die Pflanze aus der Erde hob, bis ich ihren feinsten Fasern und ihren tiefsten Würzelchen in der blinden, tauben Erde nachgespürt hatte. Nun ist es vollbracht – der Kreis schließt sich; und da auch wir beide an einem Abschluß stehen, will ich Dir eines sagen:

Ich glaube, daß wir hier in Amerika verloren sind, aber ich glaube auch, daß wir eines Tages neu entdeckt werden. Dieser Glaube, der sich jetzt in mir zur überzeugten Gewißheit klärt, ist nicht nur meine – und, ich glaube, unser aller – persönliche Hoffnung, sondern der ewig lebendige Traum Amerikas. Ich glaube, das Leben Amerikas, das wir geformt haben und das uns geformt hat – die Formen, die wir schufen, die Zellen, die sich bildeten, der ganze Bienenstock, der so entstand –, war seinem Wesen nach selbstzerstörerisch und muß zerstört werden. Ich glaube, daß unsere Formen im Absterben begriffen sind und sterben müssen, aber ich weiß auch, daß Amerika und das amerikanische Volk unsterblich, unentdeckt und unvergänglich sind und leben müssen.

Ich glaube, daß die wahre Entdeckung Amerikas noch vor uns liegt. Ich glaube, daß die wahre Erfüllung für unseren Geist, für unser Volk und für unser mächtiges, unsterbliches Land noch kommen wird, so wie ich auch glaube, daß die wahre Entdeckung unserer Demokratie noch vor uns liegt. Und ich glaube: all dieses wird so sicher kommen wie der Morgen, so unausweichlich wie der Mittag. Ich spreche, glaube ich, für nahezu alle Lebenden, wenn ich sage, daß unser Amerika das Hier und das Jetzt ist, daß es nur auf uns wartet und daß diese wunderbare Gewißheit unsere lebendige Hoffnung, unser Traum ist, den wir verwirklichen müssen.

Ich glaube auch, daß unser Feind hier mitten unter uns ist. Aber wir kennen die Gesichter und Gestalten, die der Feind annimmt, und unsere lebendige Hoffnung liegt eben in dem Bewußtsein, daß wir ihn kennen, daß wir es mit ihm aufnehmen und ihn schließlich besiegen werden. Ich glaube, der Feind hat tausenderlei Gestalt,

635

aber wir erkennen ihn an der Maske, die er immer trägt. Denn unser einziger Feind ist die Selbstsucht, ist die habgierige Gewalt – ein blinder Feind, aber seine Macht liegt in der Brutalität seines blinden Zugriffs. Ich glaube nicht, daß der Feind erst gestern geboren wurde oder daß er sich vor vierzig Jahren zu seiner vollen Kraft entfaltete; ich glaube nicht, daß er im Jahre 1929 kränkelte und zusammenbrach oder daß wir zunächst überhaupt keinen Feind hatten, sondern unser Ziel aus den Augen verloren, vom Weg abkamen und uns plötzlich mitten unter den Feinden befanden. Nein – ich glaube, der Feind ist so alt wie die Zeit und so böse wie die Hölle, und er ist von Anfang an unter uns gewesen. Er hat uns um unsere Erde bestohlen, er hat unseren Wohlstand vernichtet und unser Land ausgeplündert und verheert. Er hat unser Volk zu Sklaven gemacht, er hat die Quellen unseres Lebens vergiftet, er hat das Brot genommen und uns die Rinde gelassen, und weil der Feind von Grund auf unersättlich ist, hat er schließlich versucht, uns auch noch die Rinde zu nehmen.

Ich glaube, daß der Feind uns in der Maske der Unschuld begegnet und spricht:

«Ich bin euer Freund.»

Ich glaube, daß der Feind uns mit falschen Worten und Lügen täuscht und spricht:

«Seht, ich bin einer von euch, bin eines von euren Kindern, ich bin euer Sohn, euer Bruder, euer Freund. Seht nur, wie dick und wohlgenährt ich geworden bin – und alles nur, weil ich einer von euch und euer Freund bin. Seht, wie reich und mächtig ich bin – und alles nur, weil ich einer von euch bin, weil ich wie ihr lebe, denke und handle. Ich bin ich, weil ich einer von euch bin, euer demütiger Bruder und Freund. Seht ihr nicht», ruft der Feind, «was ich für ein Mensch bin, wozu ich es gebracht habe, was ich geleistet habe? Bedenkt es wohl: wollt ihr das zerstören? Glaubt mir: ich bin euer kostbarstes Gut! Ich bin euer eigenes Selbst, jeder von euch findet sich in mir wieder. Ich bin der Triumph aller eurer Einzelleben, bin tief in eurem Blut verwurzelt und von eurer Sippe überkommen – ich bin die Tradition Amerikas! Ich bin, was ihr sein könntet», sagt der Feind demütig, «denn bin ich nicht einer von euch? Bin ich nicht euer Bruder und Sohn? Bin ich nicht die Erfüllung eurer Hoffnungen und eurer Wünsche, das, was ihr für eure Söhne ersehnt? Wollt ihr diese höchste Verkörperung eures eigenen heroischen Selbst zerstören? Wenn ihr das tut», sagt der Feind, «dann zerstört ihr euch selber; ihr tötet das Höchste, das Amerika hervorgebracht hat, und tötet damit euch selber.»

Er lügt – wir wissen jetzt, daß er lügt! Er ist nicht unser Höchstes und ist überhaupt nicht einer von uns. Er ist nicht unser Freund, unser Sohn und Bruder, und er ist ganz und gar nicht amerikanisch! Denn wenn er uns auch tausend vertraute und bequeme Gesichter zeigt – sein wahres Gesicht ist so alt wie die Hölle.

Du brauchst Dich nur umzusehen – dann weißt Du, was er angerichtet hat.

Lieber Fox, alter Freund, so sind wir denn am Ende unseres gemeinsamen Weges angekommen. Ich habe Dir nichts mehr zu sagen – darum lebe wohl.

Aber eines muß ich Dir noch sagen, ehe ich gehe:

Es hat nach mir gerufen in der Nacht, beim letzten Flackern des schwindenden Jahres; es hat nach mir gerufen in der Nacht und hat zu mir gesagt, ich werde sterben – wo, weiß ich nicht. Es hat gesagt:

«Laß fahren diese Erde, die du kennst, um höherer Erkenntnisse willen; laß fahren dieses dein eigenes Leben, um eines höheren Lebens willen; laß fahren die geliebten Freunde, um einer höheren Liebe willen; ein Land erwartet dich, das gütiger als die Heimat ist und größer als die Erde . . .»

«Dort ist der Grund, auf dem die Pfeiler dieser Erde ruhn – der Hort des Weltgewissens . . . ein Wind erhebt sich, und die Ströme fließen.»

Die Erzählerbibliothek

Henry Miller
Der Engel ist mein Wasserzeichen
Sämtliche Erzählungen
Deutsch von Kurt Wagenseil und
Herbert Zand
352 Seiten. Gebunden

Robert Musil
Frühe Prosa und aus dem Nachlaß zu Lebzeiten
384 Seiten. Gebunden

Vladimir Nabokov
Der schwere Rauch
Gesammelte Erzählungen
Herausgegeben und mit einem Nachwort
von Dieter E. Zimmer
352 Seiten. Gebunden

Jean-Paul Sartre
Die Kindheit eines Chefs
Gesammelte Erzählungen
Deutsch von Uli Aumüller
256 Seiten. Gebunden

John Updike
Werben um die eigene Frau
Gesammelte Erzählungen
Deutsch von M. Carlsson/S. Rademacher/
H. Stiehl
320 Seiten. Gebunden

C 2329/1 a